善書坊

大河珍藏

初婚

吴克敬 著

陕西师范大学出版总社

图书代号：WX22N1066

图书在版编目（CIP）数据

初婚 / 吴克敬著. — 西安：陕西师范大学出版总社有限公司，2022.8
（大河珍藏；1）
ISBN 978-7-5695-3092-6

Ⅰ.①初… Ⅱ.①吴… Ⅲ.①长篇小说—中国—当代 Ⅳ.①I247.5

中国版本图书馆CIP数据核字（2022）第123519号

初 婚
CHU HUN

吴克敬 著

出版统筹	刘东风　郭永新
责任编辑	姚蓓蕾
责任校对	彭　燕
封面作品	郭如林
书籍装帧	YooRich-萝卜七七
出版发行	陕西师范大学出版总社
	（西安市长安南路199号　邮编 710062）
网　　址	http://www.snupg.com
印　　刷	陕西龙山海天艺术印务有限公司
开　　本	720 mm×1020 mm　1/16
印　　张	24.25
插　　页	4
字　　数	340千
版　　次	2022年8月第1版
印　　次	2022年8月第1次印刷
书　　号	ISBN 978-7-5695-3092-6
定　　价	399.00元（全三册）

读者购书、书店添货或发现印刷装订问题，请与本公司营销部联系、调换。
电话：（029）85307864　85303629　传真：（029）85303879

目录

第一章 _ 001

第二章 _ 007

第三章 _ 016

第四章 _ 025

第五章 _ 035

第六章 _ 043

第七章 _ 055

第八章 _ 064

第九章 _ 077

第十章 _ 090

第十一章 _ 104

第十二章 _ 113

第十三章 _ 124

第十四章 _ 138

第十五章 _ 149

第十六章 _ 164

第十七章 _ 179

第十八章 _ 189

第十九章 _ 200

第二十章 _ 214

第二十一章 _ 227

第二十二章 _ 239

第二十三章 _ 250

第二十四章 _ 267

第二十五章 _ 277

第二十六章 _ 297

第二十七章 _ 313

第二十八章 _ 326

第二十九章 _ 341

第三十章 _ 353

第三十一章 _ 369

我想回家（代后记）_ 377

第一章

"谁的娃娃谁抱上。"娘亲豆菊芳说这话时眉头皱了一下,任喜过听见了,也看见了,她眼皮子一软,就又滚落一串泪蛋儿。任喜过知道,娘亲豆菊芳说过这句话后,还会继续说的——娘亲豆菊芳把这些话说了好几遍了。娘亲豆菊芳说:"你是娘心上掉下的一块肉,娘把你抱着,抱大了,抱不动了。娘抱不动你就得寻个人来抱你。我给你说,你还不能怨娘,你要听娘话哩,在娘把你抱在怀里时,你是娘的女儿,娘把你当女儿待哩,乖了是娘的女儿,疯了还是娘的女儿。可你这一出门,就由人家抱了,抱在人家怀里就成了人家的媳妇了,人家就要把你当媳妇待哩。娘说不好,给你寻下抱你的人,抱好了是一辈子,抱不好了还是一辈子,就看我娃的命了。"

娘亲豆菊芳给任喜过寻下抱她的人是谁呢?是谷寡婆村的谷梦梦。

谷梦梦年前顶着漫天的大雪,来麦禾营村给任喜过"下日子"。那天的雪可真大呀!谷梦梦来到任喜过家里,他几乎就是一个雪人了。任喜过的娘亲豆菊芳欢喜谷梦梦"下日子",她颠颠地迎住谷梦梦,让谷梦梦站屋门口,自己返身进到屋子,拿起一把扫炕的笤帚,出来给谷梦梦拂扫满身的落雪,把穿新衣戴新帽的谷梦梦从雪中拂扫出来,这才从谷梦梦的手里接过"日子"。"丈母娘爱女婿,前院后院拉母鸡。"渭河沿岸的村子,都是这么说丈母娘的。女婿娃来了,丈母娘拉住母鸡做什么?鸡屁股掏蛋给女婿吃呀。这可有点儿巴结女婿娃的味道了,但你叫丈母娘怎么办呢?疼爱的女子就要交给女婿娃抱了,丈母娘巴结女婿娃,也是为女子好哩。接了"日子"的娘亲豆菊芳,按着一个丈母娘的本分,留谷梦梦在家吃了一顿饭,把谷梦梦喜滋滋打发走后,就给任喜过说了这一通话。此后的日子,娘亲豆菊芳不论手里是忙是闲,逮住任喜过,都要把她说过的这通话,带着十分的歉意,还带着十分的警告,给任喜过再说一遍。初听,任喜过不仅不哭，甚至还嘻嘻地笑。

任喜过笑着说："给自己找理由吧？娘哎，你是不想抱我了，把我往门外推哩。"

娘亲豆菊芳知道任喜过是给她撒娇的，便说："那我给家里栽个桩，把你拴在娘家好了。"

可是"日子"近了，这是谷梦梦下的"日子"。谷梦梦是娘亲豆菊芳给任喜过选定的女婿娃。谷梦梦没敢自己做主，他给任喜过下的"日子"，是他听两家老人商定后下的。这个"日子"可不一般——换帖换来任喜过的生辰八字，封上礼钱，交由算命先生查阅万年历，按照天干地支掐算出来的"日子"，这样的日子是要称好"日子"的。算命先生把好"日子"写在红帖子上，谷梦梦捧在手里，去绛帐镇买了水晶饼、蓼花糖、天鹅蛋等五色礼品，谨慎小心地下给了任喜过，这就把他和任喜过结婚前要走的程序全都走完了。他俩就等着这个好"日子"，放花炮、拜天地、闹洞房了。

好"日子"就定在正月初六。在这一天，任喜过天不明就要上路了，也就是说，任喜过就要真的离开娘亲的怀抱，扑进谷梦梦的怀抱里了。这时候，任喜过再听娘亲豆菊芳说那些话，便乐不起来了，一串眼泪下来，就像冲决了一条大河，喷涌而出的是悲伤。

娘亲豆菊芳伸手去拍任喜过满是泪水的脸蛋，只是轻轻的一下，就把任喜过拍软了，软得像一堆柔柔的棉花，倒在娘亲豆菊芳的怀抱里了。

瓦数很小的一盏电灯泡，亮亮地照着任喜过娘儿俩，也照着屋子里为任喜过准备的嫁妆。公元一九八五年的中国，乡镇政府已经取代了人民公社，村组织也取代了生产大队和生产小队，包产到户，大锅饭让位给了小锅饭。任喜过娘儿俩知道，在离她们很远很远的一个叫小岗的村子，村民暗夜里集合起来，自发在一页粗糙的白纸上按上红手印，冒险率先实行了这样一个农业生产新模式。新的中央人民政府，肯定了小岗村的做法，把它推广开来，极大地提高了农民群众的生产积极性。别人家怎么样，任喜过娘儿俩不敢说，但她们家的确大变样了，如不然，怎么能给任喜过准备那样亮眼的嫁妆呀！洗衣机是双鸥双桶的，录音机是燕舞双喇叭的，自行车是凤凰双梁的……一件一件，都是任喜过的娘亲豆菊芳卖了家里的余粮和圈里的肥猪，挑了又挑，拣了又拣，给女儿任喜过买回来的。娘亲豆菊芳还做得一手好豆腐，村里人都叫她"豆腐西施"。她做豆腐又赚了一笔钱，所以尽着一切可能，要给任喜过陪嫁好，她不能让宝贝女儿任喜过输在初婚的日子上。

灯光照射着嫁妆，还有娘亲一针一线缝制出来的八床被子——一水儿的绸缎面子，或桃红，或玫红，整齐地叠在一起，像是一堵晃人眼目的花墙。为这花墙奠基的，是两口描金的箱子。按关中西府的规矩，娶媳妇嫁女，别的陪嫁都是附加的，唯有描金箱子，是必不可少的。娘亲听人说了，塬上吴木匠的描金箱子好，之所以好，一是用料讲究，二是画工精美。他的手艺口口相传，箱子的价钱自然也掰得硬实。娘亲豆菊芳眼都没眨，从渭河边的麦禾营村走出来，往返四十里，上塬给任喜过背回来两口描金箱子。任喜过忘不了，娘亲豆菊芳把两口描金箱子背回麦禾营村的时候，村里人的眼睛都直了，大家看见任喜过的娘亲，都像不认识似的，交头接耳，传是非传成了一片。

脱帽富农婆子……她可是精神起来了！

脊背上背一口描金箱子，胸口抱一口描金箱子——两口箱子用软布带子绑了，一前一后搭在娘亲的肩上。任喜过也看见了。她像村里传是非的人们一样，先看见了描金箱子，然后才看见娘亲。两口油漆得通红闪亮的描金箱子，打村口一步步挪着过来时，大家以为描金箱子是长了眼睛和腿，自己往前走着来的。应该说，那两口描金箱子太打眼了，怎么看，怎么好。红彤彤的箱脸儿，四边全都勾描了那种古雅的但又是新颖的金色镶边；镶边的中间，又都浓墨重彩地画了金光闪闪的斗方画儿，一个是《西厢记》里崔莺莺普救寺会张生的故事，一个是梁山伯与祝英台十里相送的故事。

这样的故事，可都是"四旧"呀！被打倒多少年了，如今竟亮晃晃地"复辟"，让麦禾营村的人狐疑着、惊讶着。直到描金箱子走到他们跟前，他们才看清，不是描金箱子长了眼睛和腿自己走，而是任喜过的娘亲用肩背着走来的。他们中的一些人低下了头，任喜过没有，她在一阵狐疑和惊讶后，跳着、跑着迎着娘亲而去，从娘亲的肩上卸下描金箱子。娘亲一边，她一边，两人合力抬着描金箱子走。

把描金箱子抬回家，任喜过给娘亲端了一碗水，半嗔半娇地说："娘咋不给我说？"

娘亲豆菊芳喝了一口水，说："怕把我娃吓着了！"

任喜过说："娘不怕，我还有啥怕的。"

娘亲豆菊芳说："是啊，脱帽富农婆子怎么了？啊，脱帽富农婆子没啥怕的了！"

任喜过找来一块抹布，擦拭着心爱的描金箱子上的浮尘，潮湿的抹布在箱脸上拂拭过，使箱脸上的图画更清晰、更显眼。任喜过看着那金灿灿的人物故事图案，心里喜着，却还问她娘亲。

任喜过问："这都是什么呀？"

娘亲豆菊芳说："我有意挑的，一个是《西厢记》里的崔莺莺和张生，一个是化蝶成仙的梁山伯和祝英台。你不知道，当年娘嫁在麦禾营村的时候，你舅姥爷给我陪嫁的就是这样两口描金箱子哩。"

任喜过见过娘亲的那两口描金箱子。破"四旧"时，别人没上家里来，娘亲自己就先把那两口描金箱子砸了。任喜过朦胧记得，娘亲在砸描金箱子前，端了一盆清水，拧着湿抹布，把描金箱子很仔细地擦拭了一遍，擦得纤尘不染，就像任喜过现在用抹布擦拭娘亲给她陪嫁的描金箱子一样。最后，娘亲还用热脸蛋儿，把描金箱子上画的人物故事挨个儿贴了贴，嘴里念念叨叨的，然后抡起一柄斧头，朝着心爱的描金箱子就是一通乱砍乱砸，直把它们砍砸成了一堆柴火似的木板条。娘亲披头散发，像个疯癫了的婆子一样，痴呆呆垂首站在描金箱子花红柳绿的碎片前，悄没声息地流着泪。娘亲给任喜过买回这样的一对描金箱子，是追寻自己曾经碎了的梦吗？任喜过不知道，但任喜过说了。

任喜过说："这是'四旧'哩！"

娘亲豆菊芳笑了，说："我还是脱帽富农婆子哩。"

娘亲豆菊芳这一说，放在早前的日子里，不把她娘儿俩吓个半死才怪。现在说，娘亲是笑着的，任喜过忍不住也笑了。

之所以能笑，也敢笑，是因为娘儿俩天天听着广播匣子里讲了，要大家勤劳致富；下村来的公家人，也张大了嘴说，要大家勤劳致富。娘亲花钱受累，特意给任喜过买来这对勾画了"四旧"图案的描金箱子陪嫁，正是她们娘儿俩勤劳致富的证明哩！

娘亲豆菊芳没少给任喜过念叨，她家之所以被划为富农，她之所以被戴了富农"帽子"，最根本的一条原因，就是她家的传统——一代一代的人都太勤劳，太节俭了。

软在娘亲怀抱里的任喜过，在她出嫁前的这个晚上，真想一直赖下去。可是娘亲推她了，哪怕她哭得泪人儿一样，娘亲也毫不留情地把她推了起来。娘亲说了，哭两声就行了，别把自己的眼睛哭出血来，天明进了女婿家的门，让人见了，还以为你娘我虐待你了。娘亲豆菊芳的话，冷冰冰的，在任喜过的记忆里，这还是娘亲头一回这样跟她说话。她不解地从娘亲怀里硬挺起来，抹着眼泪不哭了。任喜过突然想，生为一个女子，娘家妈的娇宠原来是靠不住的，日后的路，好走难走，看来都得靠自己走了。

昏昏沉沉中，是怎样睡过去的，任喜过不知道。听见娘亲豆菊芳养在后院里的鸡，"喔喔喔"高叫起来的声音，她才睁开了眼睛。

睁开眼睛的任喜过没有从被窝里爬出来，她伸手一摸，摸在一堆棉乎乎的衣服上，她知道这是娘亲为她准备的嫁衣。她从被窝里爬出来，就要脱下为女子时的旧衣服，换穿上这堆扎了花、绣了朵的嫁衣了……这么想着，任喜过抓了一把嫁衣。那红红的锦缎袄儿，那红红的锦缎裤子，可都是娘亲的女红绣活。这一点，娘亲豆菊芳让任喜过佩服得五体投地。任喜过相信，在有了专门的裁缝、缝纫机后，除了她的娘亲，再没有人做得出这么精细的手工活了。正心怀感激地想着亲爱的娘亲，任喜过听见自己独自居住的厢房门"咯吱"响了一声，娘亲端着一盆热气腾腾的水进来了。

娘亲呼唤着任喜过，让她起来洗浴。

娘亲说："谷梦梦下话过来，说他们谷寡婆村今日三门娶亲，哪门抢了先，哪门得风气。"

是个什么风气呢？任喜过不知道，也没问晓事的娘亲。但她知道，渭河从甘肃的鸟鼠山发源，曲曲拐拐跌出宝鸡峡，进入此地，滋养出了关中西府，从那时起西府人的风俗就是这样了。为了抢那个风气，娶亲的人家常常半夜就都上路了。

任喜过想笑：土匪抢亲吗？半夜三更的。

但任喜过知道她不能笑了。她在娘亲的帮助下，洗了一遍身子，换上了新嫁衣，坐在炕边上，才刚喘过一口气来，就听见她家的大门被娶亲的谷梦梦拍响了。

娘亲豆菊芳小跑着到了大门口，她本是要立即打开大门的，却听见门外人声喧哗，其中就有她熟悉的麦禾营村乡亲挡着敲门的谷梦梦讨要彩门钱的声音……哦，搭彩门，关中西府的风俗哩。嫁女的人家，在村里活得有没有人气，就看嫁女这天的彩门了。人气高的人家，不用请，村里一户不落地都要来。来人摘下绕在脖子上的围脖，解下顶在头上的头巾，往嫁女人家门上能搭的地方搭。不知是否有意为之——西府人家，即便穷得脱了裤子卖，即便在建屋院时少盖一间房子，也要腾出砖瓦木头，为自家修筑一个门楼的。门楼上吊角挂斗，挑檐重檩，就都是搭彩的地方。红红黄黄、蓝蓝绿绿，五彩缤纷的围脖、头巾，一条一条，重重摞摞，搭在任喜过家的门楼上，让任喜过的娘亲透过门缝看来，心慌得差点晕倒。

脱帽富农婆子！

任喜过的娘亲豆菊芳，抬手捂住自己的胸口。她在这一刻，真正感到她和麦禾营村的乡亲是一样的了。在此之前，她是不敢奢望大家会在她嫁女的时候来到她家门楼前，给她家搭彩门的。捂着怦怦狂跳的心，任喜过的娘亲豆菊芳没有立即打开大门，她要让村里来搭彩的乡亲，与来娶亲的谷梦梦，尽情嬉闹那么一会儿。

这一时刻，哪怕是唱戏、耍社火的场子，也没有任喜过娘家门外乡亲的喧闹更让任喜过和她的娘亲豆菊芳开心的了。

第二章

  两只描金箱子，分别扎绑在两辆自行车的后架子上，箱盖上又各摞着四床被子。再是洗衣机、录音机及别的陪嫁物品，一字排开，扎绑在了第三辆、第四辆……自行车的后架子上。这是谷梦梦迎娶任喜过的队伍，长长的一溜自行车，花花绿绿地扯开来，几乎是头不见尾、尾不顾头了。一身红绸袄、红绸裤子的任喜过，在娘家几位亲眷的簇拥下，从她进出了二十年的娘家门里走出来，走到由谷梦梦把持着方向的自行车旁，屁股轻轻地拧了一下，就稳稳当当地坐在后架子上了。任喜过的这个动作是熟练的，像她平时练过了似的。谷梦梦也就十分配合地一脚踩上自行车的脚踏，在麦禾营村的街道上向前滑了几步，然后抬起另一只脚，从自行车前梁上跨过去，屁股落在自行车的座垫上，双脚踩着自行车的脚踏，骑行在自行车车阵的最前头，引领着长长的自行车车队，蜿蜿蜒蜒、曲曲拐拐地出了麦禾营村，向着黎明中的谷寡婆村疾驶而去……这个特殊的自行车婆亲队列，行出麦禾营村已经很远了，可是谷梦梦他们还能听见身后没了踪影的麦禾营村里，任喜过娘家嫁女燃放爆竹的声音。

  任喜过只觉得耳边风声呼啸，她想谷梦梦该给她说说话的，但他没有，她就只能自己乱想了。

  任喜过首先想，谷梦梦给她下话，说他们谷寡婆村今日三门娶亲，谷梦梦组织了自行车队来娶她。那么那两门呢？他们也是组织自行车队去娶亲的吗？任喜过想不出来，就把这件事丢到了脑后。任喜过在这初婚的日子里，告诫自己不要多想，她知道想什么都是白想——在这一天，新娘子就是一只猴子，一只化了妆的猴子。她没有自己的主张，没有自己的自由，谁想要就能耍，耍得过了也不要紧。任喜过不要自己多想，然而又不能够，特别是娘家人在麦禾营村为她燃放的送嫁炮仗，一会儿响一声，一会儿响一声，就让她不能自禁地又要想，谷寡婆村里一日三门娶亲，还不知要燃放多少炮仗哩！

谷寡婆村没有让任喜过失望，在她的自行车娶亲队伍进村的时候，那两门的娶亲队伍也刚进了村子。

当然，这不是商量好的，也不是谁等着谁，完全是个巧合。

有了开头一个巧合，就有接下来的第二个巧合，那就是三门娶亲人家燃放娶亲炮仗——"噼里啪啦，噼里啪啦"，差不多又都抢在同一时间了。这一家的二踢脚，"咚"的一声蹿到高天上，"啪"的一声炸响；那一家的二踢脚又"咚"的一声蹿到高天上，接着"啪"的一声炸响……千字头、万字头的鞭炮，在各家大门外扯开来，一起爆响着。不知是受了鞭炮齐鸣的影响，还是各家燃放二踢脚的炮手无意中同时点燃了二踢脚的药捻子，三家的二踢脚又同时"咚"的一声蹿上高天，再同时"啪"的一声炸响……谷寡婆村在这一天，可是太热闹、太红火了。天上地下满是炮仗炸过后的纸屑，红是红，绿是绿，搅和在一起，先在天上飘，飞着飞着就落到地上。人从上面走过，炮仗的纸屑还会飞扬起来，沾在人的衣裳和鞋面上，个别的还飞扬着钻进人的头发里……此外，原来建得不很规则的谷寡婆村，土墙上、砖墙上、碾盘上、碌碡上、牲口桩子上、官井沿儿上，以及大大小小的石头、高高低低的树木柴垛上，都有人早早地贴上一方手片大的红彩纸，人称"遮丑红"。这也是西府的老规矩，和给新娘头上顶的红盖头是同一个道理呢。

谷寡婆村的万事万物，按着老理儿，都贴上了"遮丑红"，但是娶来的三个新娘子，却没人顶红盖头。这该是"破四旧"的功劳了。有些被"破"了的"旧"，在改革开放的春风里，悄悄地恢复着，譬如任喜过的娘亲豆菊芳给任喜过陪嫁过来的描金箱子，譬如谷寡婆村民给村里万事万物贴上的"遮丑红"，全都不走样地恢复了。可是新嫁娘头顶的盖头布，却彻底地被"破"掉了，没有哪个新娘再顶了。

因为没顶红盖头，任喜过淡淡地抬眼一看，就知道谷寡婆村的三门娶亲人家，一家在自家的隔壁，一家远一些，在村道拐弯的西口上。

村道拐弯的西口上那一家，情况是怎样的，任喜过还不知道。和她家隔壁的这一家怎么样，谷梦梦没有下话，是任喜过的娘亲豆菊芳问出来的。心细的娘亲晓得"远亲不如近邻"的道理，娘亲给任喜过寻找"抱她"的那家人时，问了对方家里的情况后，很自然地就把近邻的情况也问了。娘亲问来的情况是，谷梦梦家的隔壁是他们谷寡婆村的老支书谷大房家。

谷大房的名声不坏。同在渭河边上，麦禾营村与谷寡婆村隔着小十里的路程，任喜过的娘亲豆菊芳对谷大房早有耳闻，知道他在"人民公社化"时期当了谷寡婆村的支书。

村支书不是啥大不了的官，但在一个村子里，就是人见人畏的"皇上"了。

任喜过不知道娘亲豆菊芳为啥没有弹嫌这样一个近邻。但她无从选择地进了谷梦梦家的大门，拜了天地，入了洞房，不用眼见，仅凭耳闻，也已感觉到自家与隔壁都办喜事，但热闹的程度是大不一样的。她家这边，不论是拜天地，还是宴客人，全都静悄悄按部就班地进行，没有喧哗，没有戏耍，每个人都赔着小心，生怕弄出大的响动，搅扰了隔壁谷支书家的喜事似的。可谷大房家则不同，一台带着大喇叭的收录机，从头到尾地响着，调一个频道唱流行歌，再调一个频道又吼秦腔，交织在一起，没边没沿，无休无止……还有猜拳行令的号叫，喷吐着肉的香气、菜的香气、酒的香气，翻越过两邻不是很高的界墙，直往任喜过的耳朵里、鼻子里钻。其间还发生了叫人哭笑不得的事——谷梦梦的几个老亲戚，多年没太走动，这一日来吃谷梦梦的喜酒，结果进错了门，坐了隔壁谷支书家的席，酒斟上了，菜端上了，却突然发现人不对，才赶紧退出来，再进谷梦梦家的门。他们脸上臊臊的，像染了红一样，埋怨谷梦梦，咋过的喜事呀？弄得这么冷清！

正月里，天短夜长。

热闹也罢，冷清也罢，差不多算是支应过去了。但热闹的谷支书家更热闹了，相比之下，冷清的谷梦梦家里也就更显冷清了！

村支书谷大房在黑棉袄上套了件藏蓝色的中山装，他站在自家的雕花门楼前，满脸的喜气和春风，鞭子赶一般，把他脸上的皱纹全都赶到眼角旁堆叠起来，更加突显了他的喜悦。有人从他家门里走出来，他就送上一根香烟，问候一声"喝好了"。有人向他家门里进，他就递上一根香烟，叮嘱一声"放开喝，甭怕醉"。眼看着天黑下来，谷大房举手向雕花门楼内的院子招了招手，就有持事的人推上电闸，把吊在院子棚梁上的灯泡点亮了。因为灯泡瓦数大，点亮后一取二用，把雕花门楼内的院子和雕花门楼外的街道，全都照得亮晃晃的，仿佛白昼一般。人潮一波一波地来，一波一波地去，谷大房的中山装口袋，就像取之不竭的聚宝盆，来来去去的客人，能抽烟的他敬烟，不能抽烟的他敬糖。

谷大房把烟敬上去了，就热乎乎地说："吸着，吸着。"

谷大房把糖敬上去了，就热乎乎地说："拿上，拿上。"

客人吸了谷大房的烟，拿了谷大房的糖，给他回几句敬奉的话就成了必然。

有人说了："老支书给娃办事，劳累了。看哩，你的眼睛都熬红了。"

有人说了："这回给二娃把媳妇一娶，老支书的心事就全了咧，你就尽等着享福了。"

有人说了："今日这事，办得全村头一份，还是老支书的威望大，脸上有光哩。"

大家用话敬奉着谷大房，他没有不应的道理，因此他张着嘴，一遍一遍地应承，先说"全靠乡党帮忙哩，我连个啥啥的力都没出，能劳累个啥？快进屋去，进去了要吧！我立站门口，是代表我全家欢迎乡亲们来哩"，再说"大炮一响，把儿交给婆娘！咱人老了，要知道老哩，以后就不操娃娃的心咧"，后又说"啊呀啊呀，今日把乡党慢待了，改日有机会给乡党把情补上"。

言语来，言语去，谷大房的院子里挤满了人。

大家依着风俗，是来耍房的。新郎谷天明在掀来挤去的人伙里，像他爹谷大房一样，给大家发着烟；新娘上官乐跟在谷天明的身后，拿着一匣火柴，给嘴上叼了烟的人点烟。因为幸福，因为羞涩，上官乐的脸上红扑扑的，洋溢着甜蜜的微笑，一双大大的黑宝石般晶莹而灵泛的眼睛，闪烁着熠熠的灿烂的光彩。这个在学校文艺特长小组里担任过主角的高中毕业生，没有农村女娃未曾见过世面的扭捏和慌恐，她落落大方，举手投足是那样得体自然。上官乐似乎有种先天性的体悟，在这样的场合，羞涩一点儿是应该的，但一定不能太怯场，越是手足无措，越会惹起耍房人的情绪，他们恶作剧的路数，自然就会像井喷一样冒出来，让人应接不暇、洋相百出。学过一点儿政治，略通辩证法的高中生，知道无论在什么情况下，无论做什么事，掌握主动权是关键的。自由恋爱，甚至不顾本家大哥的激烈反对，私订终身，把自己嫁给谷天明，上官乐知道谷天明是厚道的，还厚道得有点儿古板，有点儿死心眼儿。正因为如此，上官乐看见谷天明就乐，就爱得不能释手。跟在谷天明身后给大家点烟的上官乐，早把古板、拘束的谷天明看透了——凭他在耍房的人伙里乱钻，还不惹得耍房的人把他俩撕碎吃了去？手、手、手……到处都是手，有些伸来的手已经闪电似的摸了上官乐最为敏感的地方，乳房、屁股……上官乐左闪右躲，可她又躲得了几只伸来的手？上官乐心想，躲不是个办法，她要主动出击了。她出击的办法是往谷天明的前头跨了一步，从他的手里接过西府乡间最为吃香的地产金丝猴烟，取出两支，噙在自己的嘴头上，划着火柴吸燃，再从自己的嘴头上取下来，顺手塞进旁边人的嘴头上。

上官乐噙上两根烟，吸燃了就递发出去，也不知她吸空了几只金丝猴烟盒，直把自己一口一口吸得晕晕的，这才把乱哄哄耍房的人安顿下来。

上官乐有了喘口气的机会，可她还没把气喘匀，就听人伙里两个半大小子野腔野调地吼唱起来：

  扳转肩膀亲上个嘴，
  肚肠里结的疙瘩化成了水。
  冰糖砂糖尝了个遍，
  要数妹子儿唾沫星星甜。

上官乐扭头找着吼唱的小伙儿，她找到了，笑盈盈忽闪着的两只大眼睛，放胆瞅着那两个半大小子，不但没有退缩，反而发起了更加猛烈的"攻击"。

上官乐说:"啊哟哟,现在都是啥时代了?还唱那老得没牙的调调儿。听我说,要唱,你就唱个八十年代的流行歌。"

要房的人静了片刻,受到"攻击"的两个半大小子,羞臊得低下了头。

上官乐"痛打落水狗",跟着还说:"怕人笑话了?嘿,多大点事儿呀,把头抬起来。"

见惯了新娘子的扭捏,见惯了新娘子的羞怯,纯朴善良的庄稼人,面对上官乐这样的大方和率性,显得既惊喜又新奇。大家静了片刻后,一哇声就又号吵起来了。

大家没敢直接号吵上官乐,而先号吵被上官乐"攻击"得低下头的两个半大小子:"咋的了?像两只斗败了阵仗的小公鸡一样,让开路,旁边就是鸡窝,你俩钻鸡窝里去吧。"

被上官乐"攻击"得已很沮丧的两个半大小子,是不能再被大家奚落的了。他俩不甘认输,相互使着眼色,鼓励着,要反击了。

俩小伙齐声大喊:"对着哩,我俩唱得不好,新娘子给咱唱一个。"

高中生上官乐可能会怯别的什么,但唱歌她是一点儿都不怯的。大家才一起哄,她就挺了挺脖颈,扭了扭腰肢,甩了甩脑后乌黑蓬松的马尾辫,张嘴就说:"唱一个就唱一个。咱脑子里没记下别的,流行歌儿一串一串的,难不住咱。"

上官乐说话特有气势。几句话说罢,这就极有韵致地唱了起来。

风吹(着)杨柳嘛唰啦啦啦啦啦……
小河(里)水流呀哗啦啦啦啦啦……

上官乐一曲《回娘家》,唱得圆润而甜美,就像原唱朱明瑛来到谷寡婆村给大家唱了一样,当下把欢笑、嬉闹、嘈杂的要房人群震得没了脾气。院子里鸦雀无声,只有上官乐的歌声在飞旋,回荡。她的歌声是多么轻盈、多么清脆呀,浸着她一个新娘子满心的幸福和甜蜜。随着她跳跃欢畅的歌声，安静下来的要房人，眼睛里却像扑了水，湿漉漉的，仿佛看见广袤的田野上绿绿的麦苗、黄黄的油菜花以及清清的渭河水，这些春天才有的景致扑面而来。

歌声停了。

歌声停了好一会儿，要房的人才从他们暖融融、阳光明媚的春日幻境里走了出来。叫好声、呼啸声，以及"再来一个"的呼喊声，齐茬茬爆响在村支书谷大房的农家院子里。

招呼了一天客人，谷大房累了，从雕花门楼的外面回家来了。他绕开要房的人群，回到上房他和老伴居住的屋子里，惬意地吸着一根烟，不时地透过窗子玻璃，向喧闹的院子瞥一眼。

儿媳妇上官乐的大方，在他看来就是要命的人来疯。他担心他的二儿子谷天明，可能把握不住他自由恋爱的新娘子！

谷大房为二儿子谷天明担心着，却并不反感院子里的喧闹。在谷寡婆村，谷大房担任支部书记的时间够长了，长得他自己都有些疲了。疲就疲吧，他还是想当下去的。院子里要房的人群，要笑的是他二儿子和儿媳妇，透出的却是他的威望，以及村里的民意。谷大房需要院子里要房的效果，而且也很享受院子里要房的效果。

唱小调的两个半大小子，激出了新娘子上官乐的歌声，自己又得意了起来。两个半大小子眨着眼睛，会心地相视一笑，就又花样翻新地提出一个要房新方案。

两个半大小子说："歌儿唱在这里就算了，我们认输。下来，咱们猜估经怎么样？"

书面语言说的"猜谜语"，在关中西府是叫"猜估经"的。两个半大小子输了一回，不相信初来乍到的新娘子上官乐，还能再赢一把，彻彻底底地把谷寡婆村人"震"住。

上官乐是咄咄逼人的，她白玉一般洁净好看的牙齿，咬了一下嘴唇，很干脆地说："猜么。"

两个半大小子面带诡色地张开了口，可还没有发出声音，就被上官乐招手制止了。

上官乐说:"咱可要放文明哩。"

两个半大小子咳嗽了一声,说:"那是当然的。不过你也不要往歪处猜。"

上官乐大气地说:"你们说。"

两个半大小子摇头晃脑地说起来了:"光不溜秋没毛,插进里边不饶;要得饶了,等天明了。"

上官乐不知想到哪里去了,两个半大小子的"估经"才说了个头头,她俊俏的脸盘儿就先"腾"地大红起来,仿佛熟透的西红柿子。俩小伙把"估经"拆成一个一个的字,从嘴里吐出来,弹射到上官乐的脸蛋上,把她的脸蛋敲打得都快流出血来了。

上官乐两手捂住了脸,咯咯笑着嚷嚷:"胡说的啥嘛?咱规定了要文明哩。"

出"估经"的两个半大小子没有笑,倒绷着脸,做出受了天大委屈的样子,说:"这可咋不文明哩?高中生的心眼儿就是稠,谁可让你往瞎处猜哩嘛!其实明白得很,不就是个门闩儿,谁家门闩儿不是天黑了插上,天明了抽开。"

"哄"的一声,明晃晃的院子里就是一阵哄堂大笑。

两个半大小子得了胜,顿时神气活现,新点子跟上又出来了:"新娘子,这回你输了,给咱老实回答问题,你和天明是咋对上相的?谁先瞄上谁了?谁先撵着谁了?说出来让咱腿泥子也见识见识。"

这个问题的提出,把窘迫中的上官乐解救了出来。她没有回避神气着的两个半大小子,只把她兴奋的、充满了柔情的目光看向恭呆呆的谷天明,自豪而干脆地回答问题了。

上官乐说:"是我瞄上天明的。我给他说,咱俩可要好哩,一辈子都好。"

上官乐说话还要谷天明来证实,谷天明却只笑不答言,惹得上官乐在他腰眼上还捅了两指头。

隔窗看着院子里的谷大房，心里一惊一诧，他想这媳妇儿太胆大了，说话咋那么口畅啊！啥话从她嘴里都敢说出来……院子里耍房的人，有一些跟谷大房是一样的，守旧的他们，觉得上官乐的开朗大胆，太"那个"了，有些不习惯、不适应。但是，这毕竟是在发骚遭怪的耍房过程中，他们都有种"新媳妇三天没大小"的意识，因此更多的是体会到了一种从未经见的新奇与新鲜。听了上官乐的回答，他们一起掩着有胡子或是没有胡子的嘴巴，扭过头去，"嘿嘿嘿嘿，嘿嘿嘿嘿"地偷笑起来。大家似乎一下子对这个大胆泼辣的新娘子产生了异样的好感，不在新娘子面前表现一下自己，就对不起新娘子，也对不起自己似的，鼓足了勇气和力量，以上官乐为中心，拼命地向前挤着、扛着，迅速把抢了风头的两个半大小子挤出了人圈子。

点子一个接着一个，使正月还很寒冷的夜晚，因为支书谷大房家的耍房而热气腾腾，仿佛艳阳高照的夏天。

第三章

仅仅一墙之隔的九先生谷正芳家,与动地喧天的村支书谷大房家比起来,此时就显得太冷清了。

整洁的院子和几间老旧的房子里,像村支书谷大房的家一样,也高悬着大瓦数的电灯泡,也在二儿子谷梦梦和儿媳妇任喜过新婚的晚上,一只不落地都点亮了,照得不是很大的院子灿亮辉煌,如同白昼。待承乡党们前来要房的水果糖、花生豆、葵花子、金丝猴牌香烟和工字牌雪茄,一样不少地堆在谷梦梦新房里的大漆方桌上。此外,九先生谷正芳还生了蜂窝煤炉子,开大了煤炉风门,把火烧得旺旺的,架上铁皮茶罐儿,"咕嘟嘟,咕嘟嘟"地一直地熬着茶。从弥漫在房间里的茶叶味儿判断,九先生谷正芳把茶叶熬得汁子能吊线了。然而让九先生谷正芳失望的是,很少有人登门来要房,偶尔跑来几个碎娃娃,探头探脑地看上一番,看不出什么热闹,就又"腾腾腾腾"地跑出去了。

正是碎娃娃的一进一出,更加显出了院子里的寂静与落寞。

当然还有隔壁的喧闹,他们那边闹腾的声势越大,这边就越发空寂与无奈。

这哪里像是迎娶新娘子的"喜日"呀!

谷梦梦到九先生谷正芳的上房转了一圈,看他爹的脸比锅底还要黑,知道老爹的心里比他更不好过,就把"咕嘟嘟"响着的铁皮茶罐子提起来,给他爹倒了一盅茶,往老人家的手边推了推……要说,西府农村盛行的罐罐茶,熬了太长时间,熬得确实不错了,黑糊糊热气蒸腾,配上两颗三颗的花生豆,是能喝得人冒汗的。可是九先生谷正芳看了一眼二儿子谷梦梦,不仅没有喝茶盅里的热茶,还难过地背过儿子偷洒了两滴浑浊的泪水。

儿子谷梦梦没问老爹九先生话,但九先生谷正芳心里知道,新婚之夜没人来要房,儿子是心里难受,想问他道理的,但碍着他是老爹,儿子张不开口罢了。

能是个什么道理呢?其实儿子谷梦梦知道,九先生谷正芳自己更清楚。他是脱帽右派,谷寡婆村长期批斗的对象。一有风吹草动,九先生谷正芳就被村支书谷大房提溜出来。两个基干民兵,身背长枪押着他,让他低头弯腰站着;支书谷大房历数他几宗"旧罪",然后就很威严地坐在土台子一角,号召村里的积极分子,轮番上台,批判他的"反动思想"。

戴帽右派九先生怎么"反动"呢?一次次的批判后,大家脑子里其实还是很模糊的,只知道他是谷寡婆村最早读书的人,把自己读到了北京的一所大学,在新中国成立后回到了岐阳县,做了县城中学的老师;娶了妻,连妻也是个识文断字的人;生了子,大儿子谷劳劳、二儿子谷梦梦又是一对儿能读书的娃。仅此而已。一九六五年,组织上考虑九先生谷正芳的实际情况,给他整理材料,报请给他摘除"帽子",让他再登县城中学的讲台,为培养无产阶级接班人立功劳。这个时候,"文化大革命"像是一场狂风暴雨席卷了全中国。他也被裹挟着,从县城中学学生灶管理员的岗位上被免下来,狠狠地批斗了几个回合,注销了县城户口。他和他的儿子们被一把推回到老家谷寡婆村,做起了"职业"右派分子。

这是个让人只能老老实实劳动,不敢有半点儿乱说乱动的"职业",这"职业"仿佛泰山一样压着九先生,使他抬不起头来。可谁又能料到,老实地接受了改造的九先生谷正芳,没能管住他的嘴巴——他说话了,说的又是极其反动的一句话。

九先生说:"社会主义?嘿嘿,我看就是个社火主义!"

说这话时,正是"文化大革命"进行到如火如荼的时候。当时,绛帐"革命委员会"隔三间五地召开大型阶级斗争教育会,会上集中了他们辖区所有的"戴帽分子"——有地主和富农分子,有历史和现行反革命分子,自然还有右派分子。他们被集中起来挨斗争,低头站在一起,今日不见明日见,一来二去,戴帽分子就都成了熟人。他们接受批判,其中有心理脆弱的,忍受不了那样的折磨,上吊的有之,服毒的有之,扑河的也有之……九先生谷正芳除了被批斗,还在谷寡婆村接受劳动改造,在渭河边上收收种种,没日没夜。一次歇在河堤上,他发现河水里沉浮着一个人,他下到河水里,把沉浮着的人捞上来,扳着那个人的脸看,发现那是一个经常和他站在一起被批斗的人。九先生谷正芳那个伤心,他仰头看着天,呆呆地看了一阵,只见满天的白云,遮掩住了艳阳。他低下头来,把已淹死的同伴揽在怀里,絮絮叨叨地说话了。

九先生谷正芳说了许多话,不知怎么就说了"社会主义不就是个'社火主义'"那样的一句话。

九先生谷正芳说的是句开导话。他说咱们就是个运动员,运动来了,不要咱们要谁?人家要耍让他耍去好了,咱又不是没被人耍过,一次一次地耍,还不都是像耍社火一样,耍一阵子就过去了,你见谁能把社火耍一辈子?人家要耍咱,咱跟上他就耍,也不只是娱乐了人家,咱跟上耍不也娱乐了咱自己吗……对着一个死人,九先生谷正芳不住嘴地说,把自己说得还流了泪,"呜呜呜呜"像头老牛一样,吸引了谷寡婆村几个与他一起在渭河边劳动的人。他们吃惊于九先生谷正芳的举动,更吃惊于九先生谷正芳说的话,把他抓了个现形,在渭河河堤上现场开了他的批斗会。

那么难堪的场面,九先生谷正芳都乐观地扛过来了。可在他脱了"帽子"给儿子娶回媳妇的晚上,他似乎有点儿扛不住了。儿子谷梦梦给他倒茶,他没接,脸上臊得能滴血。他瞅了一眼儿子,站起来,听着隔壁谷大房家的喧闹,低头从自家大门里走出去了。

谷梦梦不知老爹九先生出门去做什么,只目送着老爹的背影,觉得他今晚比戴着右派"帽子"时还要委顿不堪……要知道,脱帽后的九先生谷正芳,落实了政策,是有资格被重新安排工作的,只是他觉得自己年龄大了,没有要求安排工作。他赋闲在家,组织上给了他一笔不小的政策落实补助,而后月月都有退休金寄给他。他是不差钱了,而且他的精神世界因此也起了变化,腰挺直了,头仰高了,他觉得他能昂昂气壮地活人了,但……委顿不堪的老爹九先生从大门里走出去后,谷梦梦辛酸地背过身,回到自己的新房里,没敢看亲爱的新娘子任喜过,只是长搭搭把自己仰面摆在喜烛高照的炕面上。

把自己仰面摆在炕面上的谷梦梦,一声不吭,两只雾蒙蒙的眼睛,迷茫地盯着新糊了一层花纸的顶棚。在西府农村刚刚流行起来的西服,他穿着本来就不甚合体,让他不惜不爱地一番折腾,就显得更加凌乱不整。他搁在炕沿的那一双大脚,蹬着双也刚在西府农村流行起来的方头皮鞋。因为一天的忙迫,鞋上的泥土没有及时打掉,鞋便显得土头土脑,顿失原来该有的瓦亮铿光。谷梦梦把一只粗糙的大手,垫在被他抓挠得头发乱糟糟的脑袋下边,腾出另一只手,捉了一支接了两截的金丝猴香烟,叼在铁青的嘴皮间,长长地抽了一口,烟头上的火苗便懂事般地往下矮了一截。火苗过处,形成长长的一截烟灰,掉下来,谷梦梦没防顾,烟灰便落在他的脸上、西服上,但他身子动也不动,只是用手慢慢腾腾一扑拉,就又狠狠地抽起他的烟来了。

新婚的任喜过,呆呆地坐在写字台前面的靠背椅子上,对面的三开门大立柜中间的一扇门是面刻了凤凰暗花的穿衣镜,镜子里面的任喜过是高挑顺溜的,但她圆乎乎、红润润的脸盘上,凝滞着不知所措、痛苦而惘然的神情。

任喜过初入洞房时的心情不是这样的。她眼见新房的布置和摆设,是堂皇富丽的,远比她过门之前想象中的要好得多,大小立柜、写字台、软沙发、茶几,一水儿橙黄色漆面,一式大上海新流行的样子;小立柜上搁着她陪嫁来的燕舞牌台式收录机,收音机上蒙了一块大红色的金丝绒布;写字台上摆了几本书,书的旁边又摆了一盆鲜艳美丽的红花——虽然这花是绢做的假花,可也让任喜过初看头一眼时就那么惊喜和神往……惊喜是因为陌生,神往是因为神秘。任喜过沉浸在巨大的幸福里,挨过了慌慌乱乱的初婚头一天,进入初婚的头一夜。她准备好了,准备着谷寡婆村的乡亲,蜂拥到她的洞房里来,开开心心耍她的房。

任喜过愿意和来耍房的乡亲们分享她新房的堂皇与富丽。

可是没有人来!谷梦梦为她准备的新房,便是再堂皇、再富丽、再豪华,也在眼前的清冷和孤寂中,黯然失色。

任喜过悄悄地扭头过去,看了一眼女婿谷梦梦。他依然是那一副姿势,依然是那一副神态，一口口吃着烟，再一口口吐出来。浓重呛人的烟团，把他几乎都要埋起来了。

这到底是怎么回事呢？任喜过觉得她的心像泡在了醋罐里，酸得她想要流泪。新娘子初婚之夜被人耍房，任喜过在做姑娘时对这套旧俗就很熟悉了，她曾经好多次远远地站在人背后，悄悄地看大家怎么耍房。他们把新娘子耍闹得可是够疯呢！什么恶作剧的路数都敢用，任喜过看了，脸红心跳，但看得津津有味。就在昨天晚上，絮絮叨叨的娘亲豆菊芳给她说了许多话，其中还说了耍房的事儿。

娘亲豆菊芳一再强调，新娘子要明事理，要耐得住耍，耍得过头一点儿也不要紧，可不敢给人撂脸子，让人担不起。娘亲豆菊芳还说，乡亲们来耍房，是乡亲们看承你，耍闹得越欢实，时间越长，越是你娃的福气，是你在谷寡婆村把人活出来了……任喜过懂得娘亲豆菊芳的心思，她毫不怀疑娘亲的絮叨，她也相信自己上门到谷梦梦家里，在这初婚的晚上，经得起村里乡亲的耍房，能把乡亲们都待承好。那有什么呢？姑娘家变身为新娘子，可都有这一回的。把羞脸收起来，让乡亲们尽兴地、快乐地耍，不就是敬酒、点烟、剥糖纸么，不就是听乡亲们说什么"隔山取火""雀儿含钱""翻山爬沟"的洋相话么，这没有啥嘛，咱经受得起，不会拂了乡亲们的美情好意……任喜过把啥啥都思量过了，啥啥都准备好了，可哪里想得到，自己的洞房花烛夜，竟会是这样一种场面。这到底是怎么一回事呢？难道说我任喜过今日刚过门，就把谷寡婆村的乡亲们得罪尽了吗？

任喜过摇头了，她相信不是自己的错，但也已经敏感地知道，今后她在谷寡婆村的日子不会好过了。

任喜过摇头的同时，轻轻地招呼了一声仰躺在炕面上的谷梦梦："喂……"

整整一天，任喜过头一回给谷梦梦递话。她想问问谷梦梦，咋不见人来耍房哩？她希望谷梦梦能给她一个解释。但是，谷梦梦的头朝她转了转，向她投来一束阴郁愤怒、委屈不安的目光后，又迅速地别转过去，像是恼着什么，从喉咙深处重重地发出一声："哼！"

谷梦梦没说话，挂在墙壁上的三五牌大钟，赶着点响了起来，"叮当""叮当"……一直敲了十下子。任喜过的耳朵里，厚重的钟声响过后，就又是隔壁的笑声、吼喊声和歌唱声尖锐地传过来，那么响亮，那么欢畅：

  一阵乌云来，一阵风儿刮，
  眼看那山中就要把雨下……

那是隔壁新娘子的歌声吗？任喜过肯定着自己的判断。很能忍耐的她再也忍耐不住了，两行泪水扑簌簌地滴落下来，洒在她簇新的嫁衣前襟上。

任喜过参加劳动早，身材高挑却又不失力气，干起活来有使不完的劲儿。然而她又是胆小怕事的。在娘家时，不论去学校，还是下地劳动，她都只知埋头学习或干活，从不多言多语，从不招惹是非。稍稍碰上惹人着气的事儿，哪怕小得提不起来，她都会躲开，躲得远远的，害怕把自己绕进去。原因很简单，她是富农家的女儿。有了这个身份，她只有躲着事儿，才是对自己最大的保护。

娘亲豆菊芳现在脱帽了，脱帽了又怎么样？因这已经养成的性格，任喜过暂时还回不过神儿来。娘亲给她找婆家时，和她商量过：咱还找个脱帽的人家，猪黑不笑老鸹黑，咱们谁也不欺侮谁。

是的，相同的家庭遭遇下，自己人的确不会欺侮自己人，可邻里旁人呢？任喜过的头伏在包了皮革的椅子背上，咬着嘴唇，抽抽搭搭地不敢哭出声来。

灯光璀璨的院子，又恢复了可怕的寂静。而隔壁院子的欢声笑语，似乎比刚才更响亮、更热烈地传了过来……一声一语，一笑一喧，都异常强烈地刺激着任喜过的心。

在大门外转了一圈的九先生谷正芳，低头又回到门里，回到他居住的上房，把在蜂窝煤炉上熬得"咕嘟嘟"响的铁皮茶罐儿提起来，给自己倒了一碗茶，也不管茶汁烫不烫，端起来就往嘴里倒，结果把他烫得吐出茶汁，并"咻咻咻咻"地吸着冷气。

任喜过赶在这个时候，推开了老爹九先生虚掩的房门。她给老人端了一杯晾凉了的罐罐茶，递到老人的手上，让他漱口解疼。老人听话地喝了，漱着口看任喜过，而任喜过也眨巴着亮晶晶的眼睛来看他。

　　老爹九先生愧羞地说："对不起。"

　　这是什么话呢？任喜过攒到老爹九先生的面前，不是听老人检讨的。任喜过想听老人给她说出个理由来。老人没说，却给她道了一声歉，这让任喜过不由自主地低下头，两手无措地揪扯着新嫁衣的下襟，啥话都没说。过了一会儿，她绕过老爹九先生，把铺在炕上的被子，打了个圆圆的被筒，并且摆上枕头，轻声细语给老人说话了。

　　任喜过说："爹您睡吧。熬累了这些日子，您该睡个好觉了。"

　　多么懂事的儿媳妇呀！九先生谷正芳核桃壳一样粗糙的脸，难看地抽动了几下，黄蜡蜡的脸上写满了痛苦和歉疚。老人向炕边退着，他退得那么小心，像是怕退得不好而跌倒在房脚地似的。他慢慢地退到炕边，脱了鞋，上了炕，钻进被窝里，又给他懂事的儿媳妇检讨了。

　　九先生谷正芳说："真的对不起哩！"

　　九先生谷正芳向刚进门的儿媳妇任喜过的检讨声未落，院门口便响起一阵杂沓的脚步声。那声音像是乡下人高兴时敲响的锣和鼓，对坐上炕的九先生不啻一个很大的鼓舞——他知道有人来要房了。等待，多么艰难的等待呀。他撕下自己的老脸不要，出门去，在隔壁支书谷大房家的大门口，掏烟敬奉着在那里进出要房的人。他让自己的脸堆满了笑，他相信自己的笑是媚态的、讨好的。当然，他还乞求和希望，乞求大家到他家里来要房，希望大家到他家里来喧闹……大家没驳九先生的面子。他敬奉大家的金丝猴香烟，大家都接了。可他们又都像不懂他的用意似的，接了他香烟后，没进他家门，还是进出着支书谷大房的家门。现在好了，有人来了，来要房了，九先生谷正芳把腰身拉挺起来，刚才还黯淡似灰的脸上也腾起一抹红红的亮光。

　　九先生谷正芳给任喜过说："去吧，好好待承来人。"

　　任喜过冲着老爹九先生笑了笑，从上房里退出来，准备回她的洞房去接受来人要房。她忐忑着心走在院子里时，已听到洞房里吵嚷成一片，吆五喝六的，像是麻雀窝里被戳了一扁担。是哩，是她的新女婿谷梦梦热情地招呼来人哩。

谷梦梦喊着说："吃烟吃烟。"

谷梦梦喊着说："吃糖吃糖。"

任喜过的脚步是急的，她急急地走到洞房门口，抬手撩起绣着"鸳鸯戏水"的大花门帘，人没走进去，心先凉了一大截。她恭呆呆地站在洞房门口，看着新女婿谷梦梦和五六个小伙子或坐或蹴地拥了一炕。他们吃着谷梦梦给他们敬奉的金丝猴香烟和大白兔奶糖，呼喊着，吼叫着，拿着一副扑克牌，在打一种叫"斗地主"的牌式。这种牌式是带着"彩"的，输赢的"彩"头由参与的人协商拟定，高了一二十元，低了三五角钱。任喜过看见，在她洞房里赌博的几位，玩得不大不小，输了的一盘给赢家五元钱。他们是一进任喜过的洞房就赌上了，赌得那个热烈，连新娘子任喜过撩起门帘站在洞房门口都没引起他们的注意。这该是赌徒的特点了，他们聚精会神地关注着手里的纸牌，是一把好牌，就会兴高采烈地高举起来，重重地摔下去，摔得"啪啪"响。洞房炕上的大红绸绣花被子，盖着赌博者的脚，中间同样为大红绸绣花的枕头，纸牌就摔在上面，而每个人眼前的被面上则散乱地放着两块、五块、十块钱的票子。

赌博……他们要房就要房么，怎么就赌博上了呢？

任喜过吃惊地看着坐在她洞房炕上赌得兴致勃勃的几个人，最后把她热烫烫惊异的目光停在新女婿谷梦梦的脸上。谷梦梦应该感觉得到新娘子戳他脸皮的目光呢，可是他没有理会。谷梦梦跟着几个赌徒，尚欠熟练地揭牌出牌……站在洞房门口的任喜过发现，因为欠熟练，输的总是谷梦梦。他把手里的钱都输光了，再输，就把衣服上的口袋翻开来找，一个口袋翻开了，另一个口袋也翻开了——谷梦梦翻开了衣服上所有的口袋，没有找到一分可用的赌资。他摇了摇头，解开他戴在手腕上的表链，把他新婚才戴的手表撸下来，押在了赌资堆里。

谷梦梦粗声粗气地说："就是这块手表了。"

赌博着的几个小伙子，把谷梦梦押进赌资堆里的手表拣出来，挨个儿仔细看过，似乎并不看重这块谷梦梦新婚才戴的手表。赌徒的心眼里，除了钱，别的东西似乎都很轻。但他们哪里知道，这块手表可是新娘子任喜过买了送给谷梦梦的新婚信物，这块手表的价值，可不是多少钱能够顶替的。金钱不能顶替的手表，传到赌徒里一个矮矮胖胖的小伙儿手里了，他红红的烂了一圈的眼睛，难得抛开纸牌，看向了呆站在洞房门口的新娘子任喜过，这让他有种发现九天仙女般的惊喜。他两只眼珠子盯在任喜过的脸上，一动都不动，喷射而出的眼光像是毒蛇的信子，是贪馋的，是淫邪的。他龇着牙向任喜过一笑，猛地把谷梦梦要押进赌资堆里的手表抛给谷梦梦，高喉咙大嗓门儿地说话了。

矮矮胖胖的小伙儿说："不要你的烂尿手表。"

听着矮矮胖胖小伙儿的拒绝，依着洞房门框站着的任喜过还松了一口气，她可不想自己送给谷梦梦的新婚信物被作为赌资输了去。可是矮矮胖胖的小伙儿接下来的提议，比把新婚信物的手表做了赌资还要叫人难堪和痛心。

矮矮胖胖的小伙儿说："干脆，把新娘子押上好了。谷梦梦再输，就把他新娘子的头一夜给赢家睡了去！"

吵成一团的新房顿时静了下来，就像一颗威力很大的炸弹炸过之后，一切的生命都消失了一般。赌博着的几个小伙子，转过眼来，一起盯在新娘子任喜过的脸上……谷梦梦的脸涨红了，他嘴唇哆嗦着，一双愤怒的眼睛盯住那双烂眼睛。谷梦梦是想要那双烂眼睛怯下来的，但没成。那双红红的烂眼睛里所表现出来的，是蛮横、无所顾忌，同时还包含着一股放浪不羁的淫邪意味。谷梦梦嘴张了张，败下阵来……

任喜过不敢置信地呆住了。九先生谷正芳听到了任喜过新房里的闹腾声，想要从上房屋里走出来，但他的屁股却像焊在了炕面上，挪是挪不动了。老人家没了办法，他伸出手，在空中没着没落地乱摸着，摸到了挂在炕墙上的那把二胡。九先生谷正芳把二胡摸到手，取下来，靠在他的腿上，调了两声弦，便不知所措、毫没根由地拉了起来。

九先生拉的是喜庆的二胡曲子《百鸟朝凤》，可在儿子媳妇新婚的晚上，从二胡的弦索上流出来，却是那么的幽怨和哀伤。

第四章

"叮当！"一声清清亮亮的响动，把惠杏爱从睡梦中惊醒过来了。

从昏昏沉沉的睡梦中睁开眼睛，惠杏爱的第一感觉就是，自己的脖子被谁紧紧地搂着。这是谁呀？惠杏爱一惊，猛地记起，自己昨天结婚了。意识到这一点，一种从未经历过的羞涩和心慌，使她浑身一颤，她想起了初婚的丈夫谷门坎——一定是他了，是他搂着她的脖子哩。然而她却觉得搂她的手，柔柔的、细细的，便偏过头去看，这一看，让她差点儿"扑哧"笑出声来。

搂着她脖子的是小弟弟门栓。

惠杏爱长长地出了一口气。她释然了，感到可笑，接着，又有一种深深的爱恋和感激，像泛滥的潮水涌上来。

自从昨天清晨，迎亲的队伍热热闹闹地把惠杏爱接进这个小小的庄稼院儿里，新郎官谷门坎的小弟弟门栓就几乎成了她的"尾巴"，形影不离地跟在她的左右。小家伙是可爱的，却也是寒碜的——小棉袄穿了一冬，袖口都绽出了棉絮。因为是惠杏爱的喜日，家里给门栓套了一件半新的褂子，精光光一双赤脚，黑黢黢地蹬着一双新棉鞋……这些都不能成为门栓缠绕惠杏爱的障碍，他那冻出紫色疮疤的小脸上，满是灿烂的、衷心的欢笑。小家伙对她毫不生分，见她就把她叫了"大姐"，然后便简直成了她果敢勇猛的"保护神"。谁知道那小小的心灵是怎么想的，反正，只要有谁胆敢要笑他新进门的"大姐"，门栓就会毫不示弱地反唇相讥，惹急了，他甚至要挥动他小小的生铁疙瘩般的拳头，和人干架哩。门栓的这些举动，时常把来贺喜的人惹得哈哈大笑，都把他叫成惠杏爱的"二女婿"。他自己也不反对，甚至得意着这一称呼。昨晚上闹洞房，一直闹到半夜，他没瞌睡，也不去睡，就那么随在"大姐"惠杏爱的身边，顽强地守着，毕了，任谁哄他去睡他都不去，固执地要和他的"大姐"睡在一搭。这不是吗，天明了，他还双手箍着

"大姐"的脖子呼噜呼噜睡得香着哩!

轻轻地挪开门栓的小胳膊,惠杏爱拉亮了电灯。

昨晚上睡得太迟了,哄着门栓睡觉,惠杏爱自己也睡着了,自然连衣服都没脱。噢,对了,和女婿谷门坎自然也就连一句私房话也没顾上说。此刻,谷门坎已不在炕上,他是啥时节起来的呢?惠杏爱心里想着,倒有了几分歉疚和怅然。

"叮当。"又是一声清亮的响。

这一回,惠杏爱听清楚了,是铁皮桶在井沿上的磕碰声。惠杏爱想得出来,这一定是谷门坎在绞水了。她往窗子上一望,贴着各色剪纸的窗户上,才微微地透出一丝亮光,但她没敢迟疑,翻身起来,急急忙忙地下了炕。惠杏爱知道,做了门坎的媳妇,是跟在娘家做姑娘时不一样了。做姑娘时,只要屋里没有当紧的活儿要做,起迟了,起早了,都没有啥,谁家姑娘在爹娘面前不撒一点儿娇哩?可是呢,为人媳妇,要睡懒觉那是万万不能的。惠杏爱在娘屋里早就看惯了,几个嫂子都是摸黑下炕,摸黑安排好一天里的家务的。

媳妇家的清早,都是又杂乱又烦琐的零碎活。

从炕上下来,惠杏爱给门栓盖严了被子,这才走出新房门。

哦,天还未亮,西沉的弦月还挂在天边,清冷而淡薄的月光斜洒过来,洒了半院子,像冻了薄薄一层冰似的。

在月光照不到的西墙根,惠杏爱五大三粗的新女婿谷门坎,绞了一桶水,"咚咚咚咚"地走了过来。又大又沉的铁皮水桶,提在他的手上,轻得简直像一棵灯草。新郎官把他昨天穿着的一身新衣全都换下了,又穿上他平时的旧棉袄和旧棉裤。可能是掉了颗扣子的原因吧,那件旧棉袄的下襟敞开着,随着他身体的摆动,有节奏地呼扇着。他感觉到了站在新房门口拢着头发的惠杏爱,愣了一下,然后羞涩而腼腆地笑了。

怎么像个姑娘一样?惠杏爱看着谷门坎,从新房门口走出来。

谷门坎说话了,他说话的声音是细细的、关切的:"天还早着哩,你起来弄啥呀?清早没多少事。"

惠杏爱没接谷门坎的话,但她暖心暖肺地笑了。过门来才一天,忙忙乱乱的,由明到黑,他们俩像一对化了妆的猴子,被人耍着,连个多说一句话的机会都没有。清早起来,惠杏爱还抱歉着,却听到自家女婿谷门坎几句温情体贴的话,她一下子感受到了新家的可爱和温暖。这似乎是她在娘家时从没体验过的。人啊,就是这么怪哩!猛然间,惠杏爱有了种说不清、道不明的踏实感,这该是她的新女婿谷门坎给予她的。谷门坎的体魄强壮悍实,他同时又那么勤劳仔细。她是要向女婿谷门坎学习,俩人齐了心奔日子,以后日子一定错不了。

新媳妇惠杏爱觉得她未来的生活充满了希望和欢欣。

惠杏爱迈着细碎而轻盈的脚步,跟着女婿谷门坎,走进了低矮而简陋的灶房。

灶房里黑着,没有点灯,风箱在暗色中"呼哧呼哧"地轻轻响着,红红的火焰扑出灶门口来,照亮了黑糊糊的、窄狭的脚地。坐在灶火门口烧火的是谷门坎的大兄弟谷门墩。这二十出头的小伙子,憨憨实实的,明明知道他的新嫂子惠杏爱进来了,却埋着头,不敢抬眼看他的新嫂子,好像他把新嫂子看了,就是对新嫂子的伤害一样。他死死地低着头,正儿八经地烧着火,这使惠杏爱感到特别滑稽和可笑。

惠杏爱大方地挤进灶火门口,她要替换谷门墩来烧火。

惠杏爱说:"我烧。"

柴草燃烧的火光,映在谷门墩带着些憨傻气的脸膛上。他发现新嫂子挤着来烧火,躲了躲,却没给新嫂子让位子。

惠杏爱又说:"起来,我烧。"

可能是惠杏爱的声音高了些,谷门墩不敢坚持了。他咧开大嘴,羞愧难当地朝新嫂子笑了一下,拍落膝盖和双腿上的灰草,站起来走了出去。

谷门坎一抬胳膊,把他提来的一大桶水倒进了黑老鸹锅里。惠杏爱抬眼往锅里瞧了瞧,已经足足有两大桶水了。惠杏爱不知道,天还没明,烧这么些水弄啥?早上洗脸用得了这些水么?她是想问的,却没有问,只是把火烧得更旺了些。

谷门坎走过来，摆手让惠杏爱住了火，把两个大蒸馍埋进灶台里的灰火里。

风箱声有节奏地响着，火苗又从灶门口扑出来，金红色的一团，鲜亮而耀眼，扑扑闪闪，似乎舔在了惠杏爱的脸膛和胸脯上，给她整个可爱的身形镀上了一层金光。

锅里的水经不住火的烧灼，发出"咝咝咝咝"的响动。

谷门坎跐蹴在锅台边的黑影里。他是不吸烟的，两只空闲的手，有一下没一下地折着柴枝，两截、三截……直到此刻，他才有了机会，大胆地盯着自己的新媳妇看。昨天，他不是没空儿——一直都和自己的新娘惠杏爱在一起，啥时候不是机会呢？但他碍着耍闹他俩的人眼，没敢认真看他娶进门里的新娘子。现在他能够看了，能够不眨眼地看了，他甚至可以伸出手来，搂一搂、抱一抱他的新娘子，但他还是忍住了。他是太能忍了，昨天就忍着，耍闹他俩的人都走了，他还想着家里有父母，有兄弟，他不能不顾及父母兄弟的眼睛，就一直忍着。便是此刻，他还得忍着。像昨天一样，他只能把他盯视惠杏爱的眼光，幻化成他的两条胳膊、两只手，去搂抱、抚摸他的新娘惠杏爱。这样的搂抱，这样的抚摸，让谷门坎有种幸福的感觉，满满当当地从心底升起来。

噢，新娘子的脸膛在火光中是多么生动而可爱啊！

那张脸，是鸭蛋形的，长长的、黑得发亮的刘海儿，恰到好处地垂在眼睫毛上，遮住了细细弯弯的眉毛，使她那双温顺而柔情的大眼睛，显得深沉幽渺，仿佛两潭深深的秋水，看不到底儿。她的脸色有点儿黑，她是那种被庄稼人称为"黑牡丹"的俊女子。厚厚的嘴唇微微地合着，嘴角有点儿上翘，流泻出她心底的欢欣和喜悦。她没往谷门坎这边看，一双眼睛聚焦在灶眼儿里的火上，看那火跳跳蹿蹿，腾腾跃跃……她的明亮洁净的眸子里，便也跳蹿腾跃出两团红火苗儿。她的一只手，轻巧地往灶眼里送着柴草，另一只手拉着风箱杆，一送一缩，那么自如、自然，似乎全不费力，十分灵巧，好看极了。

谷门坎静静地瞧着，心"噔噔噔噔"地跳动着。这些年上演的新电影他都看了，人家电影上的夫妻，那么热烈地抱住了亲哩，看得他羡慕而眼红，想他娶了新娘子，也要放心大胆地亲热哩。可是真轮到他自己了，他的新娘子就在他的跟前，他又哪里敢放心大胆地亲热呀。谷门坎想，他娶个媳妇不容易，娶来的又是一个这么漂亮、这么柔情的高中毕业生！美丽的惠杏爱啊，在谷门坎的眼睛里，就是玻璃做的，就是水晶做的，可爱而令人心疼，动弹她一下，都怕把她弄碎了。

凝望着火光里的惠杏爱，谷门坎轻轻地叫了一声："杏爱。"

惠杏爱闻声微微地侧过脸来，应声道："哎。"

两双冒火的眼光碰了一下，谷门坎说："今日个……我就得出门去。"

谷门坎说得吞吞吐吐——昨天才结的婚，今日就要出门，不能陪在惠杏爱身边，这让谷门坎感到特别难为情。他扪心自问，自己是想陪在惠杏爱身边的，都是青年人，把这样的事放在谁头上，怕都是一样的呢。

惠杏爱也吃惊了，她小声地问："噢，啥事这么急呀？"

谷门坎的两手继续折着柴枝，边折边说："我出车去林由的北马坊拉煤……没办法，我跟人家窑客老李签了合同，他窑炉上的煤我包了，人家窑上要是断了火，损失由我赔哩。"

惠杏爱的吃惊变成了担心，她问："几天？"

谷门坎说："起早出门，摸黑回来。"

惠杏爱担着的心放下来了。她没多说话，刚刚嫁到这个新的家庭，这里的一切对她来说都是陌生的，新的院落，新的村子，她还需要时间去适应。便是圪蹴在她对面的谷门坎，对她来说也是陌生的，但是昨天，他俩拜了天地，由那阵儿开始，陌生的谷门坎命中注定地算是她的人了。她多么希望在初婚的日子里，她亲近的人哪儿都不要去，就陪在自己身边。他是她的依靠，她要依靠着他，熟悉这里她应该熟悉的一切。可他身上背着合同，该死的合同逼着他，让他在初婚的日子不得陪在她身边，而要冒着严寒，驾驶着小四轮拖拉机，走上渭北高原，然后再翻沟爬梁，到遥远的林由山里拉煤。惠杏爱能说个啥哩？她无话可说了。

谷门坎看出了惠杏爱的不忍，又说："没办法，真的没有办法哩。"

惠杏爱不想谷门坎再这么说，她轻轻地回答他："你去，你放心地去。"

谷门坎的脸上绽出了笑容。他往惠杏爱身边挪了挪，沉思一下说："昨晚上，就想给你说哩，可后来……没顾上。"

惠杏爱低头扯着风箱，听谷门坎说话。

那可都是心里话呀，谷门坎憋在肚子里，实在憋不住了："你过门了，很快会看出来的，咱是个穷屋，爹病了多年了，都是咱妈撑着这个家，拉扯我们兄弟姊妹往前走。吃呀、穿呀、念书呀，订媳妇、娶媳妇呀，她就好比一碗油，硬让我们给熬干了。这些年，老人家不容易哩，淌的眼泪怕有一河滩，受的熬煎就更没法说了。我一辈辈都报答不了老人家的恩情。"

惠杏爱抬起了头，看了一眼女婿谷门坎，只见他的眼角闪着泪光，忙又低了头，说："我过门来，是给你添手哩，以后咱合着伙儿孝敬老人。"

谷门坎感激地看着他的新娘子惠杏爱，说："就是这话……我在屋里是老大，你跟了我就也是老大，两个兄弟，还有妹妹门环，往后都要你多费心思哩。"

惠杏爱说："多费心思就多费么，攒着还能攒成条河。"

谷门坎说："只是……咱屋太穷，你进咱屋，把你实实地亏欠委屈了。"

惠杏爱说："进了一家门，就是一家人，谁又亏欠谁，谁又委屈谁呢。"

结为夫妻的惠杏爱和谷门坎的对话，没有甜言蜜语，没有你恩我爱，说的都是实实在在的家常话。惠杏爱也想从新郎官谷门坎的嘴里听到一些谈情说爱的话，最终没有听到，却也一点儿都不觉遗憾，甚至有点儿赞赏谷门坎的实在。日子是实在的，惠杏爱可不想活在虚虚套套的谎言中。惠杏爱发现，把家里的实情和盘端给她的谷门坎，说话时眼睛是热情的，更是诚实的。他的热情和诚实，让初婚的惠杏爱有种无以言表的踏实，她想，这一辈子，她遇了个实诚人，好人！和这样的男人过日子，穷就不是个啥了。两人一条心，黄土变成金……忽的，惠杏爱有许多话直往嘴边涌，可她抿了抿嘴唇，忍住了。

往后的日子长着哩，还愁没有说话的时候？高中毕业生惠杏爱几乎要笑话自己了。

烧在锅里的水开了，水蒸气冲着了锅盖，"哒哒哒哒"地响起来。

逮住机会，把心里话说给惠杏爱的谷门坎，心里甭提多轻快了。他掀开锅盖，把开水一瓢瓢舀进大铁桶里，去给小四轮加水了。冬天的日子，没有一锅开水，小四轮就发动不起来。谷门坎天天如此——烧水，发动小四轮，怀里揣上两个烤得黑糊糊的大蒸馍，这就把他一天的活路安排好了。这时离天明还有一阵子哩。跟在谷门坎的身后，惠杏爱也提了一桶开水来了。

这时她才看清楚谷门坎裹在身上的旧衣服，油一坨，泥一坨的，胳膊肘上磨出了一个不小的洞眼，透出一团团的棉花疙瘩……旧棉袄小了点儿，几乎要被他粗壮的腰身撑开来。他拧开小四轮的水箱盖，先把一桶开水灌进去，又放出来，然后再加另一桶开水。加满水了，就使劲摇起发动机拐把，每摇一下，发动机"哼啊"一声响，他的身子就跟着往上一提，又露出他旧棉袄下精光光的腰背来。

惠杏爱从车座下捞出一把棉纱，来帮谷门坎擦车。对这种十二马力的"秦川牌"小四轮拖拉机，惠杏爱一点儿都不陌生，她的娘家就有一台，而且比谷门坎的这一台要新得多。

惠杏爱擦着车说："这车，你买下几年了？"

谷门坎摇车摇得直喘气，说："才几个月的时间。"

惠杏爱说："哟，那咋这么旧呢？"

谷门坎说："买的就是旧货么。就这，还搬了村支书谷大房，由他给面子，在信用社贷了两千块钱，东拼西凑地才买下来。旧是旧，我把机子拆下来大修了一场，使起来还不错。再者说，配套齐全得很，双铧犁、旋耕机、播种机、拖斗儿，样样都不缺。地里活儿忙了咱顾地里，地里活儿闲了咱跑运输。我还就指望这四个轮子欢欢实实地转着，给咱还借的债、贷的款，指望它带着日子往前头跑哩。"

谷门坎说着，一手扶着小四轮的机头，一手猛摇了两圈发动机拐把，把小四轮发动了，"突突突突"的声响，惊动了谷寡婆村里的鸡儿们，"喔喔喔喔"此起彼伏地大叫起来。

谷门坎招呼他的大弟谷门墩坐上拖斗，自己手把方向盘，脚踩油门就要走了。惠杏爱在一边说："慢点儿，我给你做点儿热的吃了再走。"

谷门墩上了小四轮拖拉机，他一手拿着一个埋在灶门洞灰里的大蒸馍，给惠杏爱摇着说："有了，有了。"

这是什么有啊？惠杏爱还想拦下小四轮给他们兄弟做口热的，谷门坎又说了："时间来不及了，北马坊矿上发煤，有定点哩，错过了点，就不是一天来回了，要等到第二天才能回来哩。"

谷门坎说着，把他棉帽的棉耳放下来，在下巴底下扎紧，脚踏离合器，手挂前进挡，把小四轮从家里敞开着的大门稳稳地开了出去。

惠杏爱追着小四轮，大声地问谷门坎："你没有棉大衣吗？"

天太冷了，又是这么早出车，不穿棉大衣还不把人冻硬了？可是，惠杏爱刚喊出口，心里就后悔上了。这还用得着问吗？他那又薄又窄小的旧棉袄底下，连件衬衣都没有哩！惠杏爱由不得自己，心头忽然涌上一股酸酸的感觉来。

初婚的媳妇儿，连手都还没摸过呢，就这么关心自己，谷门坎心里暖洋洋的。他向追着他来的惠杏爱招了一下手，笑着大声地说："甭急，苦干上一年，就啥啥都有了。"

小四轮开在谷寡婆村的街道上，"突突"的声音变得更加响亮，和着嘹亮的鸡叫声，让寂静寒冷的村子活起来了。

眼看着小四轮越走越远，站在大门口的惠杏爱，空落落地想流泪……她慢慢地折回家，关院门时，她发现西边天际的弦月早已沉落了，东边隔墙人家的房脊上空，透出一抹亮亮的银白色，天就要亮了。惠杏爱刚刚往前走了两步，猛地想起新媳妇早上要做的"功课"，便匆匆忙忙往婆婆和公公住着的上房走去。惠杏爱向被窝里的婆婆和公公问了安，就弯了腰去端放了一夜的尿盆子，可她的手还没碰到尿盆沿子，就被早她半步下炕来的大妹子门环抢着端走了。

惠杏爱说："让我端么。"

这是一个媳妇家应尽的义务和责任——在娘家时，惠杏爱就知道父母屋子里的尿盆子从来都是由嫂子在老人睡下后提进去，天不明时端出来的。她现在成了谷家门里的媳妇，她可不想刚过门就留下话把子。

炕上的婆婆说话了："他嫂子，让你妹门环端去，咱屋不讲究那些。"

惠杏爱端不上尿盆，急忙又回到院子里，拿起扫帚扫院子。就在这个时候，她才有了心思，有了机会，认认真真，细细法法，打量自己将要在此度过一生的农家院落。

院子是窄长的，三间偏厦，三间上房，除了进门处有一块能让小四轮回旋开的空地外，往进走，院子的那个窄狭，仿佛能把人的头夹扁。土木结构的厦子房，年头已久，房顶黝黑，生着许多干缩了的松塔塔……因为要办喜事，厦房的檐墙用白灰水刷了，却也不能掩饰它的陈旧和破败。上房的窗前有一株杏树，也许是院子里缺乏日光，它猛劲地往高处长去，光光的枝条几乎要伸过房顶了。整个院落是简陋的、寒碜的，显出一种令人压抑的单调。要不是为了她初婚而来，窗户上糊了窗纸，窗纸上贴了剪纸，呈现出些许亮色，这家里会更显阴暗。在上房旁边，有一条小小的甬道，通往后院兼猪圈，惠杏爱站在院子里，能听见零星的哼叽声。

惠杏爱在心里断定，新女婿谷门坎说的是真话。在这样一个贫困苦寒的家庭里，惠杏爱感觉到了自己肩膀上的沉重，因此，心也渐渐地向下沉。

又是妹子谷门环，赶到惠杏爱的身边来抢她的扫帚了。妹子谷门环手劲可真大呀，抢得也认真、坚决。惠杏爱犟了几个回合，说她该扫院子的，上房炕上的婆婆却又随着她的话说了："让你妹子扫吧，她扫惯了。"惠杏爱能咋办呢，手一松就又让妹子谷门环抢去扫帚一下一下地清扫着冷寂的院落了。

距离早饭的时间还早着哩，惠杏爱在院子里站了站，再也找不到自己要做的事，就只好讪讪地回到她的新房里。

与简陋寒碜的院子比起来，惠杏爱以为新房的布置和摆设很说得过去了——彩色花纸把房屋从顶棚到墙面，裱糊得严严实实，似乎把这房子翻上几个滚，也不会破坏新房里的气氛，这使人感到艳丽而温馨。

房子里满满当当，油漆得明光锃亮的大衣柜、高低柜，以及一对喜鹊闹梅的描金箱子，是娘家陪嫁来的。除此以外，还有写字台、靠背椅、老辈人用的卧式银柜,是谷门坎家准备的。谷门坎给惠杏爱说过:"你是高中生哩,写字台、靠背椅我给你准备着。"惠杏爱满意谷门坎做的,但是刚才,她去过婆婆的上房,看到那似乎被火烧过一般的空旷和萧索,就明白她新房里的富足,是集中了全家人的力量的。

惠杏爱呆愣愣地站在新房的脚地上,心中一阵激动。谷门坎一家人,把她这个刚过门的媳妇抬得是多么高啊!紧接着,她心中又是一阵酸楚,她隐隐地觉得,自己让这个本来就贫困的家庭雪上加霜,更加贫困了。

谷门栓醒过来了,睁着一双黑丢丢的眼睛,悄声地叫着:"大姐!"

随着他一声甜甜的叫,谷门栓精光着身子从被窝里跳出来……惠杏爱听见了,也看见了,她失慌地走到炕边,硬把小家伙又塞进被窝里,接着又把小家伙的衣服往被窝里塞。塞了一半,她却被小家伙伸出的手,又箍住了脖子。

小家伙说了:"大姐好漂亮哩!"

惠杏爱摘着小家伙的手,说:"瞎说烂舌头。"

小家伙不松手,说:"我没瞎说,我爱大姐。"

惠杏爱被小家伙的话惹笑了,多么好的一家人啊!她的心上像被什么锋利的东西刺过了一样,有一种隐隐的痛,传到她每一根神经的末梢上,但她觉得这痛不是痛,痛在她的心里变成了热浪般涌动的幸福。

第五章

她又来了。

从女婿谷梦梦的嘴里,任喜过已经知道这个三番五次往她家来的女人叫云小兰,更知道云小兰就是隔壁支书家的大儿媳。他们家多热闹呀!支书给二儿子娶媳妇,谷寡婆村的人一户不落地派了代表,随了份子,到他们家吃酒耍闹去了。嫁作人妻,热闹了要拜天地,冷清了也要拜天地。任喜过就是在几个亲戚门人的簇拥下,冷冷清清地跟谷梦梦拜天地的。就在这时候,云小兰撇下自家的热闹,从人伙里钻出来,到隔壁来看任喜过拜天地了。

　　新人新人拜拜,
　　亲亲嘴儿耍耍怪,
　　猴娃吹喇叭,
　　蜜蜂采花花。

也不顾拜天地的仪式进行到哪里,云小兰一进谷梦梦家的院子,就大声地说了这几句怪气话。任喜过听到了,觉得那几句怪气话没有什么错的,大不了引人一笑,可是正拜天地的谷梦梦,脸色为之一变,原先湿润的眼睛里,突然像有火在烧。他身体还照着司仪的口令进退着,或鞠躬,或叩首,一点儿都不变样,但他燃烧的目光,盯视着云小兰,像要把她烧了似的。任喜过心想,如果不是她和谷梦梦正拜天地,谷梦梦肯定会扑过去,把云小兰撵出他们家的。

谷梦梦恶狠狠的眼神,并未被云小兰所接收,她我行我素地走进院子,把她嘴里的怪气话,朝着拜天地的谷梦梦和任喜过,又怪声怪气地喊叫了一遍。

大哥谷劳劳在院子里招呼着亲戚故交，手脚不停嘴不停。抽烟的他给散烟，不抽烟的他给散糖，忙得王朝马汉一般，正不亦乐乎，听了云小兰怪声怪气的喊叫，他笑了，是那种别人不易觉察出来的温暖的微笑。其实谷劳劳心里知道，他是忧戚却又开心地笑哩。谷劳劳放弃了他正招呼着的亲朋，绕过他们，走到云小兰的跟前，用他那忧郁的目光，把云小兰看了看，就让云小兰安静下来了。云小兰在谷劳劳的目光引领下，从围观谷梦梦和任喜过拜天地的人伙里退出来，跟着谷劳劳，带着几分羞涩，又带着几分胆怯，乖乖地走到搭着席棚的酒席桌旁，坐在了一张长条凳上……云小兰坐远了，把长条凳的一边压得都翘了起来，慌得谷劳劳抢前一步，把长条凳翘起来的一头稳稳地压下来。如果没有谷劳劳这有效的一压，压翘长条凳的云小兰，会在稠人广众面前跌个大坐蹲儿的。受了惊的云小兰，脸白了一下，安稳下来，脸又红了，让人看去，仿佛一个情窦初开的姑娘似的。

谷劳劳安慰着云小兰，说："你老实坐在这里，一会儿咱们吃席。"

谷劳劳安慰着云小兰时，把他手里的喜糖往云小兰的手里塞了几颗。云小兰看了看塞到她手里的糖果，突然想起什么似的，把糖果往待客的桌子上一放，腾出手来，在她身上的衣服口袋里一阵乱翻，她大概是要翻出些钱票子或是什么值点儿钱的东西吧，没翻出来，就带着歉意地朝谷劳劳苦笑了一下。

云小兰说："你兄弟大喜，我该随些份子哩。"

谷劳劳说："不妨，不妨。"

云小兰却坚决从她坐的长条凳上站起来，向院子里的礼桌走去，礼桌上放着一个大红封面的礼册，守着礼册的是个年老的戴着个圆形石头眼镜的人。他不知道云小兰到礼桌前来做什么，惊慌地收起礼册，抱在怀里看着云小兰。这让云小兰不知所措，她回了一下头，看着跟她走来的谷劳劳。谷劳劳善解人意地朝云小兰浅浅地一笑，走到她的面前，从看守礼册的老者怀里取来礼册，摊放在礼桌上，面对云小兰，又是暖暖地一笑。

云小兰感激谷劳劳，就还了他一个同样暖暖的笑容。

云小兰从她的衣服口袋里掏出两枚手指肚般大小的石子儿，一黑一白，油油的，光光的，煞是醒目。她把这样两枚石子儿捻在礼桌上，捉起写礼账的那管羊毫毛笔，蘸上墨汁，拿过礼账，在上面写下这样几句话：

　　为谷梦梦、任喜过新婚志喜！暂押石子儿两枚，每枚作价拾圆，以后以贰拾圆现金赎回。

　　　　　　　　　　　　　　　　　云小兰　即日

　　这个时候的任喜过，还不认识她的大哥谷劳劳，更不认识来随礼的云小兰，但她从长相上看得出来，在她的喜日子里忙得团团打转的谷劳劳，应该是媒人传话时说的大哥了。嘿，谷劳劳、谷梦梦兄弟俩，生得也太像了。认真拜着天地的任喜过，眼睛却一瞥一瞥的，把院子里发生的事都看清楚了。大哥谷劳劳和云小兰的一举一动，很自然的，也都收进了她的眼帘。

　　任喜过虽然还不知道大哥谷劳劳和云小兰的过去，但仅凭他俩这天在院子里的举动，她就在心里断定，他俩是有故事的。

　　大哥谷劳劳忙了一天，天扑黑时，一家人把白天待客剩下来的菜饭，热了一桌子。吃了后，大哥就告辞走了。他在渭河南岸有一圈猪要照顾，都是张口货，白天请人帮忙照看了一阵子，到晚上了，他不好意思再请人，而且他也不能放心，就踏着薄薄的一层夜色去了。

　　就在大哥谷劳劳走后不久，云小兰又到家里来了。她之前怪声怪气的那几句喊叫，仿佛预告似的，滑稽可笑。而她这个时候来，该是赶着点耍房来的，所以，任喜过透过贴满喜庆剪纸的窗玻璃看见云小兰时，浑身为之一震，慌忙抬起手来，在脸上搓了几把。

　　新娘子坐轿头一回，被耍房自然也是头一回，任喜过精神上必须有所准备。

　　任喜过没在炕上死守，她搓着脸下到炕脚地，走到新房门口，揭开那面绣花门帘，走到院子来，迎接头一个来她门上耍房的人。但是，任喜过还是慢了两步，新女婿谷梦梦抢在她的前头，把云小兰堵住了。

　　像白天一样，谷梦梦眼睛瞪得圆圆的，一脸气愤和不屑，两手张着，像赶一只不长眼睛的鸭子似的，嘴里喊着："去去去……去去去……"

云小兰侧身看向任喜过，说："新娘子好看啊！不羞不羞，咱不羞。"

谷梦梦张开的手臂，差不多挡在了云小兰的脸上，嘴里喊叫的还是那样的话："去去去……去去去……"

云小兰瞪了谷梦梦一眼，假意不懂他的干涉，说："护媳妇了？哈哈哈……你先不忙护，人走了，吹灭灯有你护的时候哩。"

一个过来人说的话，合情合理，谷梦梦却听得很不顺耳，他更加大声地喊叫："滚！"

这是个伤人的话呀！放在谁的身上都会受不了，可是云小兰并没反应。她躲开谷梦梦，朝着迎她走来的任喜过说："你叫我滚，新娘子可不叫我滚哩。"

任喜过觉得谷梦梦的话过分了，她朝云小兰羞怯地笑了笑，还想劝劝谷梦梦，谷梦梦却更粗鲁地往出赶云小兰了。

谷梦梦不无恶毒地低吼起来："神经客！"

正是这一声恼恨的低吼，把云小兰震住了。她的脸色瞬间一变，刚才嘻嘻哈哈的表情一扫而去，两只圆睁的眼睛，显露出一种让人心伤的惶恐和悲凉。她看看逼在面前的谷梦梦，又看看站在新房门口朝她投来忧伤目光的任喜过，慢慢地拧转身子，向大门一步一步走去……云小兰走得趔趔趄趄，一步踩向左边，一步踩向右边，嘴里含糊不清地絮叨："神经客……神经客……我不是神经客……"

忧伤着的任喜过，听着云小兰的絮叨就更忧伤了，她从新房门口跨下来，撵着云小兰的背影追了去，她想追撵上云小兰，替粗野无礼的谷梦梦道两声歉。可是她往前追撵了两步，就被谷梦梦伸手抓住了手腕，拽着不让她撵。

任喜过拿眼来瞪谷梦梦。她瞪眼看着谷梦梦，既是询问，更是对他的指责。

谷梦梦看得懂任喜过的瞪眼，他说："她就是个神经客。"

跟跟跄跄走着的云小兰，都快走到高挂着大红灯笼的大门口了。她本来会絮叨着走出去的，听到谷梦梦说她是"神经客"的话，却又站住了，她站在大红灯笼映照下的大门口，回过头来，朝着谷梦梦回了一嘴。

大红灯笼把云小兰映照得通体亮红，她鼻翼翕动着，回嘴说："神经客……别人可以说，你不可以说。"

任喜过甩脱了谷梦梦的钳制，她向云小兰追撵过去了……任喜过追撵着，却没追撵上。原因是，云小兰回了嘴后，转过身去，人像一股风似的，走得没了影子。可是，任喜过还听见云小兰回嘴的声音，在她耳边鸣响。

云小兰说："神经客……别人可以说，你不可以说。"

…………

难熬的初婚之夜，不堪回首，任喜过好容易熬过去了。天明即起，她依循着一个农村新娘子该做的，去上房向公公谷正芳问了安，给公公谷正芳倒了尿盆，拿了扫帚，把院子扫干净后，又去门上，扫家门前的尘土和杂物……任喜过扫得很细致，一扫帚一扫帚地扫，她扫着的时候，新女婿谷梦梦脸净头光地出门来，不知是不敢看任喜过，还是羞于看任喜过，背着脸，僵硬着腰身，向村街的西头晃了去。任喜过介意昨晚发生的事，但不介意谷梦梦的僵硬。遇上那样的事，任喜过的心里不舒服，谷梦梦心里自然也不好受。

任喜过心胸宽和地想着事儿，把院门前扫干净了。她收起扫帚，往还贴着喜联的大门里走，前脚刚进门，就见云小兰站在大门里，朝她喜滋滋地笑着。

这个不受谷梦梦待见的云小兰呀！如此不计前嫌，如此锲而不舍、再三再四地往她家里来，任喜过不能不多想，但她刚到谷寡婆村，她多想又能想出什么呢？除了结婚喜宴上大哥谷劳劳对待云小兰的那点儿耐心和周到，任喜过是什么也不知道，也想不出来的。不过任喜过为自己确立了一个态度，她不能像谷梦梦一样对待云小兰，她是要对云小兰好的，要有好的态度，好的口声，好的颜面。任喜过想，这是她一个谷寡婆村的新媳妇应有的姿态，无论是对云小兰，还是对其他人。

新婚夜的尴尬遭际，让任喜过一整夜前思后想，坚定地树立起了她在谷寡婆村的活人理念。

任喜过也很欢喜地对笑着的云小兰笑着，把掂在手里的扫帚往大门背后一靠，笑笑地朝云小兰走近了些，拉住她的手，准备了两句话，想要开口说时，云小兰却抢在她的前头开口了。

云小兰说："我给你说实话哩，媳妇不好当。"

任喜过看见云小兰一开口，脸上的笑颜便一扫而去。她听着云小兰的话，承认她说得没错，媳妇是不好当，可是不好当也得当啊！这是姑娘家的命运，谁还能像棵树一样栽在娘家不成？迟早要嫁作人妻的，这就看一个姑娘的造化了。眼前的云小兰给她这么说话，让任喜过对云小兰就只有同情了。任喜过没应云小兰的话，不点头，也不摇头，她等着云小兰开口再说。

果然，云小兰又开口了："他们说我神经客……天知道，谁才是神经客呢。"

云小兰的话跳跃性太大，不过任喜过听得明白，正像云小兰自己说的，她的确不像"神经客"。不仅不像，似乎还比所谓的正常人更正常。就说她的穿着吧，虽然算不上新，却是合身合体的，又非常洁净、整齐——紫红色的格子呢上衣，蓝莹莹的阴丹士林裤子，可都是时下流行的花色和样式哩。她头发梳得一丝不乱，黑黑亮亮的两条短辫子，很是顺服地垂在耳畔边，像两把扎得非常规整的毛刷子。她的年龄有三十五六了吧，这样的穿着和打扮，可是太合她的形象了。任喜过不禁要想，关中西府夸耀女人的几个词，用在云小兰的身上，是再恰当不过了。

"漂亮""美丽"等赞美女人的书面语，在关中西府的民间语言中是没有的。

女人的一生，长到十六七岁时，要夸她的好，就说这女娃生得"乖爽"。长到二十岁出头嫁人为妻时，要夸她的好，就说这媳妇生得"干淑"。长到三十出头一直到老，要夸她的好，就说这女人生得"齐整"。任喜过成长的麦禾营村，是几千年前周家王朝的祖庙所在地，那里出土过青铜器，大的是鼎，小的是爵，不大不小的是觚，此外还有簋、盘什么的。任喜过闹不懂那些铜锈斑斑的东西，却懂得这一带的村落，很好地保留着孔圣人克己复礼所尊崇的一些传统习俗。分阶段夸赞女人的词，想来该是从那样的传统中来的哩。任喜过耳濡目染，把那样的话听得多了，虽然还不能深知其中的含义，但从字面意思来解，她是有所认识的，即所谓"乖爽"，实指姑娘家学会了许多手艺，乖巧爽利，惹人喜爱；再所谓"干淑"，实指嫁为人妻，主持家务，而不失干净练达、贤淑大方；再所谓"齐整"，实指女人的儿大了、女嫁了，她也修炼得城府满怀，心宽了，势老了，不仅可以齐家，更可以规整方圆力量，围着一个更高的目标做事了。

面对被人称为"神经客"的云小兰，任喜过一下想到了这么多。她以为云小兰在生活的不同阶段是配得上"乖爽""干淑""齐整"这几个优美的词语的。

任喜过回避着云小兰的话题，她说："那个话咱不说了，好吗？"

这是个善良的回避，云小兰焉有不知的道理？她又一次地对任喜过笑了。

任喜过拉着云小兰的手，把她往自己的新房拉。她一边拉，一边说："我还不知道，我该叫你啥哩。"

云小兰说："嫂子，我是你的嫂子哩。"

任喜过就把云小兰"嫂子""嫂子"地叫着了。她说一句话叫一声"嫂子"，把云小兰叫得云开雾散、心花怒放。云小兰在任喜过的新房里，转着圈儿欣赏新房的家具，大衣柜、高低柜、写字台、靠背椅……如果不是柜门上都装了锁，云小兰真会拉开柜门看了。她仔细地看着，认真地赞着，突然看到了大衣柜上穿衣镜中有一个人，吓了一跳。她伸了手去摸，摸了几下，这才发现穿衣镜里的人就是她自己，她便笑得更开心了。

云小兰开心得像个女娃儿，对着穿衣镜，做了几个娇羞的动作，然后慢慢地转过身来，眼睛里满是跳跃着的火光。

云小兰说："你说，我能像你一样再做一次新娘吗？"

任喜过没有想到云小兰会说这样一句话。但她没有吃惊，她如云小兰一样娇羞地一笑，说："如果你想，就一定能。"

云小兰是真的高兴了，她手足无措地在身上摸着，没有摸出别的东西，而是像她昨天在婚礼的礼桌前一样，摸出几枚石子儿，摸出来往任喜过的炕席一放，再在身上摸，又摸出几枚石子儿……这是云小兰从渭河滩上捡回来的石子儿，有黑有白，大的大过大拇哥，小的小不过小指哥，她捡回来是做玩具的。关中西府的农村，女孩儿起小就玩"抓子儿"。宽宽展展的渭河滩，有取之不尽的黑白石子儿。女孩儿挑着圆的、光的石子儿，捡回来抓着玩，这种玩法是简单的，更是原始的——女孩儿把石子儿抓在手心里，抛在空中，用自己的手背来接，手背上接到的石子儿多者为赢。而这只是头一茬的赢，接下来，把手背上的石子儿撒在地上，手里留下一枚母石子儿，把母石子儿翻手抛向空中，手迅速地去抓撒在地上的石子儿，然后翻手再接空中坠落的母石子儿……反反复复，看谁最早抓完地上撒着的石子儿，谁就赢了。赢者的奖品，没有别的，就还是女孩儿玩的石子儿。

任喜过是会玩石子儿的，任喜过看着云小兰摸出来放在炕席上的石子儿，就对她说："玩石子儿吗？咱们？"

云小兰高兴地说："咱们……玩两把。"

她俩兴高采烈地玩着石子儿，有输有赢，却都不怎么当回事儿，好像她们早就认识，是一对两小无猜的玩伴……她俩玩得真是开心啊！突然，云小兰说话了。

云小兰说："谷寡婆村原来的老规矩，新娘子进门第二天，是要到祠堂里拜谷寡婆的，后来不拜了。我是想拜的，却没拜成。"

任喜过听云小兰这么说，没头没脑地问了一声——

"拜谷寡婆？"

第六章

云小兰提早给任喜过说了要拜谷寡婆,但真正通知任喜过的是谷冬梅。

谷寡婆村原来的铁姑娘队队长,后来的村支部书记、绛帐镇党委书记、县粮食局局长谷冬梅,心不甘、情不愿地退休了。退休下来的她,先在岐阳县县城闲住了些日子,那里有县政府为她福利分配的一套单元住宅——虽然不是很大,七八十平方米的样子,却也有三间房子一个小厅,住起来是足够的。在县城混不到局长以上的位子,这样的住宅想都不要去想。粮食局局长谷冬梅有这个条件,但她住在里边,一点儿都不觉得舒心。其中的原因,似乎还不只退休这一件事。

在县上,同是科级干部,男性六十岁退休,女性五十五岁退休。身为女性的谷冬梅,再怎么心不甘、情不愿,被卡在这个政策上,她能怎么办呢?组织部部长找她谈话,问她还有什么意见,她很干脆地回答:"没有啥意见。"县委书记陈再生也找她谈话了,问她有什么意见,她仍很干脆地回答:"没有啥意见。"陈书记就很感激地和她聊了几句,说她退休了,不在岗位了,但不等于党员的意志也退休了,有机会还要发挥余热,为党的事业贡献力量。陈书记这么聊天,是再正常不过了,没有多少实际内容,但谷冬梅听得还算顺耳。聊了几句,有人在陈再生书记的门口转圈子,谷冬梅隔窗看见了,不好意思再占用陈书记的时间,就站起来,告辞要走,陈书记跟上送她,话赶话地又聊了两句。

陈书记说:"谁让你是女同志呢,我向上级汇报过,就要考察你,让你到政协去哩,没想到你的年龄到了。"

陈再生书记的这句话灌进谷冬梅的耳朵里,让她的眼睛湿了。后来她赋闲住在单元楼里,住得不舒服,很大程度上,都是陈书记的那句话闹的。

当然还有一些因素让她也很闹心。譬如她的独苗儿子谷铁柱,就让她难以省心——该念书的时候，他不好好念书。亏得她泼辣敢干，从谷寡婆村的支书任上，被破格提拔成绛帐人民公社的书记。在谷冬梅的履历中，这是她最为骄傲的一步。特殊时期的特殊政策，让两腿泥巴的村支书，拔出泥脚来，当上了国家干部，吃上了商品粮。她庆幸自己有这不知道是哪一辈修来的福分，那样的事，往后再推一年，党中央拨乱反正，全面实行改革开放政策，重视人才、发掘人才时，就不会再有了。只知道苦干，没有一肚子的墨汁儿的人，也不能获得重用了。她是幸运的，靠着苦干实干，脱产当了干部。这不仅使她吃上了商品粮，也让她不争气的儿子谷铁柱随了她的户口，吃上了商品粮。可是那个孽障，不以此为荣，好好学习，改变自己，反而变本加厉，更加厌恶学习，拿起书就打瞌睡。他初中读了，高中读了，真正落进肚子里的墨水却没几滴，把个在人前说话像打炮似的谷冬梅，都要气疯了。谷铁柱年龄到了可以工作的时候了，谷冬梅腆着一张脸不要了，东求西求，给谷铁柱求了个国营毛巾厂的工作，指望他从此收心，在毛巾厂好好工作，谈个恋爱成个家，她也就算尽了一个娘亲的责任了。谁能想到，他在毛巾厂两天打鱼，三天晒网，根本不把事当事，整日里游手好闲，在社会上结交了一批闲人，吃香喝辣，仗义得真是可以——每次都是他解囊埋单，把自己的工资花完了，还伸手过来向她讨……谷冬梅是要数说谷铁柱的，逮着机会就要说，常常把自己说得一把鼻涕一把泪。前些日子，她又说谷铁柱了，说了几句，她的儿子谷铁柱还给她还嘴了。

谷铁柱说："省省吧！鼻涕擀不成面，眼泪煮不了饭。"

谷冬梅悔极生悲，鼻涕眼泪流得更多了。她痛彻心扉地说："当初就不该生下你！"

谷铁柱说："算你说了一句实话。"

谷冬梅的脸气白了，颤抖的手指直直戳到谷铁柱的脸上。她还想教育谷铁柱的，人家却把她手指拨拉下来，换了副嬉皮笑脸的模样儿，给谷冬梅继续说话。

谷铁柱说："省点力气吧，虎上虎山，狗爬狗坡，我的路我自己走。"

谷冬梅被谷铁柱这么一说，本来是该大伤心的，可她抬手把鼻涕眼泪擦去，懒得再和儿子谷铁柱说话。在这一刻，她想起了谷寡婆村人说的一句俗话："生娃不管娃，娃跑了不撵娃。"她可就是这样一个娘亲呢，在谷寡婆村里时，把集体劳动看得非常重，参加了工作，当上了国家干部，又把工作看得非常重，这就抽不出时间管儿子。儿子现在成了这一种德行，谷冬梅只有恨自己了，她恨自己种下了苦果。

眼不见，心不乱。谷冬梅想要逃避，她选择的逃避办法，就是放弃县城里的退休生活，孤身一人回到谷寡婆村来。

就在谷冬梅回到谷寡婆村的那一日，她的宝贝儿子谷铁柱也辞去毛巾厂的公职，下海经商去了。

这就是谷铁柱说的"虎上虎山，狗爬狗坡"吗？谷冬梅没法想。她最初回到村子时，还像她退休在县城一样，终日无所事事，坐在她家的院子里，一杯热茶，一张报纸，打发着日子。但她心里又想着儿子谷铁柱。

谷冬梅想儿子想得心烦，关门闭户在家里，想要找一些清静。但她挡不住人来拉家常、扯闲传。这是谷寡婆村的好处了，不像在县城，一个退休的粮食局局长，就如一张褪色的彩纸，苍白得没人理睬了，有点儿过节的，还会趁势冷嘲热讽，恨不得把"褪色的彩纸"撕巴撕巴，拿去擦了屁股呢。在谷寡婆村则不然，谷冬梅还像一个奇迹，还像一个传说，被村里人尊重着、敬佩着，大家你走了他来，他来了你走……本来也是，谷冬梅是谷寡婆村走出去的级别最高的干部嘛。

谷冬梅是不抽烟的，却也要买来金丝猴香烟供大家抽了。

谷冬梅喝茶很淡，开水一冲就行了。谷寡婆村的人喜欢喝酽茶，她就也买了铁皮的茶罐子，生了煤球炉子，熬了酽茶供大家喝。

谷冬梅的院子，是关中农村典型的那种四合头大院子。院墙高耸着，墙头上细心地施了瓦；墙根是从渭河滩刨回来的大石头灌了灰浆砌起来的，坚固而美观。河滩地方雨水丰、渍水浅，有了水泥石块的基础，就不担心进水了。院门开在一溜四间门房的右侧间，老榆木的质地，又宽又厚，尺寸均衡地上了四道铁板箍，每道铁板箍上铆了五颗拳头大的泡儿钉。匠人把门板油成乌黑的漆色，又把铁板箍和泡儿钉油成金黄的漆色，在谷寡婆村鲜亮着、惹眼着，让人看了，觉得有种推不倒、撬不开的稳重。院门是加盖了门楼的——在门两侧竖起两根水泥柱子，托起门顶上一块预制的水泥遮檐，又层层叠叠地镶了花不棱登、愣愣的几色瓷片儿，大有凌空飞翔的气势。进了院子，两丈开外还有一道二门。二门是艺术的，只是在不很高的砖石雕花院墙上，留出一个圆拱门，别致而雅观，给四合院平添了一道景致。大门和二门之间的小院，空荡荡的，安置了一个方形的石桌，石桌的周边，是几个等距离安置的石凳。如果天气晴好，是个暖洋洋的日子，来人从大门进来，石桌石凳就是大家的安坐处了。坐在石桌旁，来人只需喊叫一声谷局长，或者是谷书记，抑或是谷支书什么的，就能喊叫来谷冬梅。人们大大方方抽她搁在石桌上的香烟，大大方方喝她熬得扯线的酽茶……当然，心如果够闲，放眼周边的院墙，就会发现院墙四边对称地栽着修剪整齐的冬青，一簇两簇的竹子和紫荆、牡丹之类的花。相信到春暖的时节，谷冬梅的院子里，会是一派花团锦簇、溢香流彩的大美景象。二门之内，东西两排，不多不少，各是三间房。上房相对讲究一些，人字梁大房，全都青砖到顶，安装在青砖墙上的门和窗，也不取农村旧时的式样，改成城市流行的模样，高窗大玻璃，是新颖的，是明亮的。院子中间留出的那块小天井，也用三合土锤过，清幽幽地泛着水一般的光。

这太不像农家小院了，倒完完全全一副机关单位院子的样式。

不错，谷冬梅要的就是这个效果。虽说她原本就是个农家女人，可是机缘巧合，她一路高升，当了县粮食局局长，在机关院子出出进进、吆吆喝喝了许多年。现在她不能在机关院子待了，还不能给她自己在老家整出一处与机关院子无大差别的院子吗？不能说谷冬梅处心积虑。在粮食局局长的岗位上，她没少听人说"有权不用，过期作废"的话，开始听时，还觉得刺耳，听得多了，就听出别样的感觉，以为这话说得没错，面对退休这个残酷的事实时，她就更觉得那句话是专给她说的。这个时候，她想起了谷寡婆村，想起了安埋在谷寡婆村官坟里的谷狗剩，她回家来了。

突击——这是谷冬梅的特点。她当年在谷寡婆村任铁姑娘队队长，突击修筑渭河大堤，突击平整土地……做了国家干部，抓工作时她还是喜好搞突击。后来任粮食局局长，管公购粮收购，那才是个可以发挥她突击才干的好工作——夏天麦收了，秋天收玉米了，她都要亲自带队，从碌碡下收麦子，从玉米架上收玉米……给自己突击翻盖一个小院，还不是简单的事儿？也没用她张嘴，她管辖下的粮站，平常日子总想套她近乎的人，开着拉粮食的汽车来了，汽车上装得满满的，不是木料，就是砖石。为粮食系统修建粮仓、晒场的施工队，也闻风而动，肩上扛着锛子、锯子和刨子等木器制作工具，手里提着瓦刀、水平仪和吊锤等泥瓦工工具，浩浩荡荡地来到谷寡婆村。才过了十天半月，谷冬梅心里想着的新型农家四合头院子，就在鞭炮的轰鸣声中突击落成了。

谷冬梅害怕落人话把子。拉来木料的她付木料钱，拉来砖石的她付砖石钱，至于施工的一般匠作之人，她更是不能不付钱。不过，谁的心里都明白，谷冬梅付的钱和帮忙人收的钱，只是个意思和象征。

其实，谷寡婆村的乡里乡亲，也有帮忙的心思，一拨一拨地往谷冬梅突击造屋的现场来。大家插不上手，遗憾着，又羡慕着，等到谷冬梅退休回了村，说什么都要上门去说说话的。

现任谷寡婆村的村支书谷大房，是谷冬梅一手培养提拔起来的。他连屁股上都长了眼睛，谷冬梅什么时候回村来，他都看得见，都是头一个跑到她跟前去的人。

谷大房就是谷冬梅养在村里的一条"宠物狗"。

谷寡婆村的人是这么说谷大房的。大家这么说谷大房，谷大房自己不觉刺耳，大家说得也很流畅，背后说得，当面也说得，彼此间从不生分。谷大房到了谷冬梅跟前，谷冬梅冲谷大房点一点下巴，就算是应承了他。谷大房则不能这样，他是一定要堆起满脸的笑，先给谷冬梅请安的，不请安他不会开口说话。

谷大房最近一次往谷冬梅跟前蹿，是在大过年的那天清早。穿过谷寡婆村纷飞的炮屑，他到村子东头的谷冬梅家来了。

要说呢，谷大房比谷冬梅还长两岁，可是谷冬梅的丈夫谷狗剩的年龄大，而且不是一般的大，他比谷大房大了有十来岁。关中西府的人说，"涝池大了鳖就大"，谷大房识得这个理，他就恭敬地叫谷冬梅"嫂子"了。不过，谷大房叫的时候，在"嫂子"面前，还要加上谷冬梅的职务。谷冬梅原在村里任支书，谷大房就叫她"支书嫂"；她当了公社和改制后的绛帐镇党委书记，谷大房就叫她"书记嫂"；她退休前是县上的粮食局局长，谷大房就叫她"局长嫂"。

从谷冬梅翻修一新的家门进去，谷大房就热辣辣地叫了起来："局长嫂!"

谷冬梅在大年里起来得早，早有预见地在火炉上熬着罐罐茶了。她听见了谷大房的叫声，应着他，让他到上房来，给他说："茶熬酽了，熬得都吊线线了。"

谷大房十分欢喜地去了上房，说："还是局长嫂子关心我。"

谷冬梅养成的习惯是不与人耍贫嘴。她对近乎巴结她的谷大房说："退下来了，不是局长了，你这样叫让人身上起疙瘩。"

谷大房不管谷冬梅身上起不起疙瘩，依然按着他的习惯叫。他说："局长嫂，我来给您拜年是一回事，还有别的事要跟您讨主意哩。"

谷大房坚持叫谷冬梅"局长嫂"，谷冬梅奈何不了他，也就由他了。她抬起眼睛，看着拜年来的谷大房。

谷大房是敏感的，他没抬眼，仅凭脸皮子，就感觉到了谷冬梅瞥来的目光。他反客为主，拿眼去看煤炉子上熬着的罐罐茶，他看得出来，罐罐茶熬出工夫来了，就把熬煮好的罐罐茶端到一边，取了几只分茶的白瓷茶盅，往茶盅里分着茶。茶黑盅子白，色彩非常分明，吊着黑线的茶汤倾注进白瓷盅里，激出一股一股钻人鼻腔的香气。谷大房斟茶的时候，谷冬梅便从一个高低柜里取来炒花生、炒瓜子以及柿饼、核桃和枣儿等几样干果，散在宽宽的木炕沿上。这也是关中西府的一种习惯：天热的时候，就在院子的石桌石凳上接待来客；大冬天的，院子里不方便，客人便挪到屋子里，坐上主人的热炕头了。

在外工作了许多年，谷冬梅的这个老习惯没有改。她散上干果后，就很自然地脱了鞋，自己先上了炕，再回头招呼谷大房。谷大房是要客气的，说："局长嫂你上炕是对的，我是啥呀？我敢上吗？"

谷冬梅没有勉强谷大房,她拍了拍炕边,就让谷大房坐在了炕沿上。

谷大房听话地挪步到炕边上,扭捏着屁股,浅浅地坐上去……他的那个坐,不仔细看,还以为他是站着靠在炕边上哩。

谷冬梅喝不惯酽茶,她让谷大房喝,自己则端起她带回家的一个罐头瓶做的茶杯,喝她冲泡出来的淡茶。

谷大房表情舒服地喝了一盅酽茶,他给谷冬梅说了:"我给二娃天明看下日子了,让二娃天明和媳妇圆房。他们圆了房,我把愁帽也就摘下来了。"

谷冬梅说:"是初六日吗?"

谷大房惊讶地看向谷冬梅,不知她是怎么知道的。谷冬梅则淡淡地一笑,说:"放心给二娃办去,到时我来随份子。"

谷大房想问谷冬梅打哪儿获得的消息,但他没敢问出来,便没话找话地说:"我侄儿谷铁柱呢?他可是也要来的,不然我打的酒就要剩下了。"

这是个哪壶不开提哪壶的话题。谷大房刚一开口,谷冬梅的脸就阴下来了。

一月三个"六",胜过看历头。在西府农村,人人相信,逢"六"都是好日子。这一天,谷寡婆村的谷大房给二娃谷天明娶媳妇,九先生谷正芳给二娃谷梦梦娶媳妇,还有贾桂仙给她大儿子谷门坎娶媳妇。

不论是贾桂仙,还是谷大房,来给谷冬梅说话,就是想让她在初六的喜日里到他们家里去吃喜酒,那是面子哩,天大的面子呀!说什么都要给谷冬梅下个话的,这一点,谷冬梅心里是清楚的,她答应了贾桂仙,就还得答应谷大房,他们看得起她,她就不能给了一家面子而撇下另一家。但是,还有九先生谷正芳家里呢,谷冬梅不是孙悟空,可以拔下自己的头发,吹口气变几个自己,到几家有喜的人家去吃酒。阴沉着脸儿的谷冬梅,为谷大房刚才说的话生着暗气,但她知道有气也是不好发作的。经过多年的干部生涯,谷冬梅已能很好地把握自己了。她应付着谷大房,心里想着的却是九先生谷正芳。

谷冬梅想,谷正芳也该登门向她下话的。

但是没有。

九先生谷正芳没来谷冬梅的门上给她下话，这让谷冬梅不免落寞和忌猜，不知九先生是怎么了。他还记着过去的事情吗？谷冬梅以为一定是的呢。

村支书谷大房把他的事给谷冬梅说过后，还想赖在谷冬梅的家里，喝着她的酽茶，吃着她的干果，再说说别的事情。没承想，刚又喝了一盅热烫烫又苦又香的酽茶，谷冬梅的房子里，呼啦啦又来了几拨人。谷大房自己不想走，谷冬梅都要撵他走了。

谷冬梅说："大房，二娃结婚是大事，到眼前了，你去准备吧。"

谷大房没了辙，他辞了谷冬梅，回家筹谋二娃谷天明的结婚大事去了……

年前，谷冬梅的儿子谷铁柱传话回来，说他下海的生意忙，就不回来了。可是因为过年，谷冬梅的院子并不缺少人气，宽敞新颖的院子，整日里来人不断，谷冬梅说得不多，却也把她说得牙床疼。来得最是殷勤的两个人，一个是贾桂仙，一个就还是谷大房。他俩的身份，较之其他人，终究要特殊一些，谷大房不说大家也知道，贾桂仙可是谷冬梅组建铁姑娘队时的骨干力量哩。她们到了一起，说起话来，也相对要深一些。特别是贾桂仙，仗着同是女人，婆婆妈妈的，把谷寡婆村见得人、见不得人的事，只要她知道的，就都给谷冬梅说了。家长里短，是是非非，谷冬梅听着，不能说毛骨悚然，却也有点儿惊心动魄的意思哩。

谷三忙修筑渭河大堤时因公丧命，留下三个儿子、两个女子，老伴靠在集体的身背上，把儿女抓养大了。集体散开了，她的儿女有考学到城里工作的，有结婚嫁人的，可就是没人愿和孤老婆子一起过。唉，大过年的，孤老婆子的灶台上起不了火，自己拉着个枣棍挨门乞讨去了！

传言往耳朵里钻，谷冬梅听着，几乎不忍再听，却又不能拒绝传话的贾桂仙和谷大房。于是，她就还听说村里谁谁的媳妇，仗着几分颜色，先在村子里发骚，后来就去了绛帐火车站，在那里发骚哩！这样的丑事，该是多么丢人啊，可她不以为耻，还理直气壮，带动别人家的媳妇，互通声气，结伴儿去绛帐，在那里租房子，每日赶在天擦黑时，在自己脸上胡涂乱抹一通，拉客卖肉……唉唉唉,把咱谷寡婆村的脸算是丢尽了。

脏话像是磨得锋利的刀子,无情地割着谷冬梅。她想要呐喊,想要咆哮,可她不知道向谁呐喊,给谁咆哮。可以说,过年的几天时间,把谷冬梅初回村时的一点儿好心情,差不多败坏殆尽了。

初六的日子,谷冬梅早上的喜酒,去了贾桂仙家里,中午的喜酒,转移到了谷大房的家里。一日两场喜酒,也是谷冬梅心情好转的原因,她喝得一个下午都睡在自己家的热炕上,到她口干舌燥地醒来,端着她用罐头瓶改做的茶水杯,哗啦哗啦灌了几口时,才又想起九先生谷正芳来了。

谷正芳不来咱门上下话,咱可以到他门上去祝贺呀。

当了多年的领导干部,谷冬梅自觉已养成了一副大胸怀。她心里想着,从热炕上下来,用热毛巾擦了两把脸,便摸黑去了九先生谷正芳的家。

谷冬梅来得可太是时候了。几个耍房的小伙子,不好好耍房,在谷梦梦和任喜过的洞房里赌博,赌急了眼,还要赌新娘子任喜过的初夜!这是过分的,太过分了。谷冬梅从谷正芳家十分冷清的大门走进去,听到洞房里的号吵和哭泣声,便径直走了进去,指着鼻子把几个赌博瞎闹的小伙子好一顿臭骂。

九先生谷正芳拉着二胡,他拉过了《百鸟朝凤》,现在拉的是秦腔过门。这时,他停了下来,他听得出那高腔臭骂的声音,知道那是退休回家的谷冬梅。他心里想着,该从上房的热炕上下来,去迎一迎谷冬梅的,腿却像坐僵了一样,不听心的使唤,镇定而坚决地一动不动。

门帘在谷冬梅的手上翻了过去,她人没进上房,问候的声音已传了进去。

谷冬梅说:"九哥没睡吧?"

九先生谷正芳应声而答:"没有睡。"

谷冬梅说:"我就猜么,今晚上你不会睡得早。但我还是来迟了,我是不请自来的呢。"

僵硬的腿脚,经不起谷冬梅两句温热的话泡,突然就血脉通畅,活络了起来。九先生谷正芳伸腿想要赶在谷冬梅进门前下炕,却还是被谷冬梅抢了先,她快步走到炕沿边,把他的腿脚又挡回到热炕上……曾经的一些日子里，九先生谷正芳是遣送回村的戴帽右派，谷冬梅是村里的铁姑娘队队长、村党支部书记。谷冬梅组织九先生的批判会，九先生低头耷脑接受批判，几乎像家常便饭一样。这个晚上，谷冬梅寻到九先生谷正芳的门上来了。就像人常说的，"有理不打上门客"，谷冬梅是实实在在的上门客呢，谷正芳能不热情起来吗？再者说了，儿子谷梦梦和儿媳妇任喜过，在他们的洞房花烛夜里受点儿冷清还是次要的，严重的是，红眼儿"骚怪"他们在新房里赌博，让一对新人尴尬着、无奈着，不是谷冬梅突然上门，化解了这令人难堪的事端，谷正芳还不知道怎么了结呢。谷冬梅来了，帮他解了眼前的难，他还能怎么样呢？谷正芳只能笑脸相对了。

两位过去疙疙瘩瘩的人，有着许多不快的人，在这个特殊的晚上，能够坐在一起说话了。

话题是从几个小伙子要房来赌新娘任喜过的初夜说起的。说着，谷冬梅还把她听到的一些事，和九先生谷正芳做了核实。谷冬梅以为，九先生长期在谷寡婆村里住着，对那样的事知道得要确切一些。谷冬梅相信九先生谷正芳，他是肚子里装了墨水的人，自己把几句掏心窝的话一说，九先生谷正芳会将和她结下的怨，全都抛到脑后的。谷冬梅判断得不错，正是她的几句话，把谷正芳冻凝在胸腔里的冰块化成了水，他自责起来了。他责备自己心眼小，一头扎在旧账里，就看不见前头的风景，还什么读了那么多的书，为人师表教书哩，其实不如谷冬梅一半儿好。"起早，你读书不多，识字不多，我是不怎么看得起你的。你带人开我的批斗会，你喊的声再大，我都只当刮黑风哩，从没在心里服气过。你今儿晚上来，说的都只是些家常话，拉的都只是些家常事，我倒服气你了。我服气你的心胸大，遇事想得开……"认真地责备了自己几句，又感慨了几句，九先生谷正芳突然话题一转，说了一句使谷冬梅醍醐灌顶的话。

九先生谷正芳说："几次夜里做梦，你知道我梦见谁了？"

谷冬梅哪里知道九先生谷正芳做梦梦见谁了。她是糊涂的。

九先生谷正芳不能让谷冬梅糊涂，他说："我不要你猜，我要给你说，我梦见咱的老祖宗谷寡婆了！"

谷冬梅把她的眼睛睁大了，九先生谷正芳梦里的情景，和她最近几个晚上在梦里梦见的，何其一致！老祖宗谷寡婆也到谷冬梅的梦里来了。谷寡婆在谷冬梅的梦里，薄得像一片画布一样，非常模糊，但她衣袂飘飘，周围有祥云翻腾，有霞彩飞渡……谷冬梅不识老祖宗谷寡婆，但梦醒以后，回想梦中那个模糊身影，她坚定地以为，那肯定是谷寡婆村的老祖宗——谷寡婆呢。

谷冬梅问九先生谷正芳："你梦里的老祖宗谷寡婆可还清晰？"

九先生谷正芳给谷冬梅说了他梦里的情景，他说的情景，让谷冬梅深以为奇，这和她梦里的竟然又是一模一样的。

老祖宗谷寡婆何以要托梦于他们呢？

谷冬梅一时没想明白，九先生谷正芳似乎早有深思熟虑，他问谷冬梅："咱们能不敬老祖宗？"

谷冬梅响应着，说："对着哩，咱们必须要敬老祖宗。"

九先生谷正芳说："咱要把老祖宗请回来，让老祖宗荫庇着咱们。"

谷冬梅进一步响应说："对着哩，让老祖宗荫庇着咱们。"

两个过去对立着，甚至是敌对的人，前嫌尽弃，在敬奉老祖宗谷寡婆的事情上，话说到了一起，心想到了一起。话一投机，九先生谷正芳就有些忘乎所以，给谷冬梅交代了一件事。

九先生谷正芳说："老祖宗的画像在我这里呢！"

谷冬梅听得不仅是吃惊，还有一份敬佩，她说："那可是太好了！"

新娘子任喜过就在公公谷正芳和谷冬梅聊到这里时，又迈进了上房门。新婚之夜，不管她遇到什么尴尬，遭遇了什么不愉快，夜深了，该上炕休息了，她是一定要先来上房公公的炕前头，问公公一声安的。娘亲豆菊芳给她有过特别的交代，说她公公谷正芳是个文化人，"文化人的讲究大，咱没人家文化大，可咱也是大户人家文明人哩。冲着这一点，咱做事要奉礼在先。知礼奉礼，咱才能混出自己的人哩"。

娘亲豆菊芳的嘱咐言犹在耳，任喜过奉礼进了公公谷正芳的上房，她伸手在公公的被窝里揣了揣，给公公谷正芳细声细气地说："炕有点儿凉了。"

任喜过言毕，就把公公炕上的炕眼门拔开，低头弯腰地向炕眼里塞了几把碎柴火，起来又到火炉边，提起熬煮茶叶的铁皮罐罐，往罐子里添了些水，又往炉子里添了些煤。任喜过做过了这些，就要给公公说休息的话了。

任喜过是要说"天不早了，您老不敢再熬了"的，可是她的话还没说出来，公公谷正芳倒先说话了。

九先生谷正芳对儿媳任喜过介绍说："你还不认识你冬梅婶哩。我给你说，她可是咱谷寡婆村的大能人呀！在县上当着粮食局局长，退休回来了，大家可都敬着她呢。"

谷冬梅把九先生谷正芳介绍她的话打断了，说："你叫任喜过对吧？咱村今天迎娶了你们三个新娘子，隔壁天明的新娘子叫上官乐，隔着几户人家的门坎家新娘子叫惠杏爱……好了，你们有"喜"有"爱"有"乐"，这是你们的福气哩。"

九先生谷正芳听谷冬梅这么说，差点儿要鼓掌了。他两手一合，使劲地摇了摇，说："听你冬梅婶子说得多好。"

谷冬梅不让九先生夸她，她说："九哥你甭打岔，听我说，咱要敬奉老祖宗谷寡婆，就从'喜''爱''乐'她们起头，拜拜咱老祖宗谷寡婆。"

第七章

怎么说呢？谷寡婆村的名字，不知道根由的人，是会觉得这名字古怪，但要知道了，却是要生出许多敬畏之情的。

从九先生谷正芳家出来，谷冬梅在街巷里走着。从谷大房和贾桂仙家要房出来的人，嬉笑着，迎面碰上她，都要停下来给她打招呼。他们称她"局长嫂"，或者是"局长婶"。夜里天冷，大家叫了谷冬梅，没再说话，就听着谷冬梅"哼啦""哼啦"的回应声，起步走了去……是夜，月亮出来得有些晚，到这时才爬高了一竿子多高，这就给了银河极大的机会，横流在高高的天宇，冷清着，却也灿亮着……谷冬梅走到自家门口，站在那棵大皂角树下，抬头看着这棵古老的大树时，也看见了星罗棋布的银河。她想象着银河一边的牵牛星和另一边的织女星，只有夏秋时节才能看到的两颗星啊，可是她眼里最亮最亮的两颗星哩！

谷冬梅久久地遥看着银河，把她的眼睛都看酸了，恍恍惚惚的，只见牵牛星和织女星脱离了银河，一点点地跌落下来，挂在她仰头看着的皂角树上……传说这棵皂角树是谷寡婆当年手植的。对于这个传说，不知别人可信？谷冬梅不想去管别人，她只知道自己，此时此刻是相信了的。她还知道，从此以后她会一直相信，相信这棵古老的皂角树，肯定是谷寡婆亲力亲为植下的。这棵老皂角树没动窝地生长在这里，它的背阴处，可就是原来的谷寡婆宗祠啊！

曾经香火不断、建筑古朴的谷寡婆宗祠在谷冬梅担任村支部书记时，由她带头拆掉了。

"破四旧，树新风"，带头拆除谷寡婆宗祠时，谷冬梅犹豫过，村里人更是不情不愿，有人甚至给她发话，说她拆了谷寡婆宗祠，她就不得好死。但是形势逼人，她没有办法，就带头上房，溜瓦扭椽，生生地把谷寡婆宗祠拆成了平地。为了表示自己的决心,她还向当时的绛帐人民公社请示,把老祖宗谷寡婆享有的宗祠基地,开辟成了她的宅基地。

站在皂角树下,仰望苍穹的谷冬梅,后悔着自己曾经的举动。她希望在繁乱的星空中,找见属于谷寡婆的那一颗星。她要向老祖宗忏悔请罪,把属于老祖宗谷寡婆的宗祠,完完整整地恢复,交还给亲爱的老祖宗谷寡婆。谷冬梅觉得她把自己的肠子都悔青了,人总得有自己的根啊!根扎在自己的家,而家的根扎在哪儿呢?家的根不就扎在本姓本族的祠堂里吗?

可是,咱却把本姓本族的祠堂给拆了!罪过啊罪过……为了拆除谷寡婆宗祠,谷冬梅当年还拉出九先生谷正芳,在皂角树下开了个批斗会。

一事当前,舆论先行。谷冬梅生搬硬套了当时非常流行的那一种行事方式,做什么事,都要大张旗鼓地召开一个批判会。村上的"地富反坏右"就九先生谷正芳一个,他很自然地成了被批判的对象,批判修正主义找他,批判资本主义找他,批林(彪)批孔(子)找他,批判右倾翻案风找他,农业学大寨批判小脚女人思想还找他……要破"四旧",拆除老祖宗谷寡婆宗祠,该批判的能是谁呢?跑不了九先生谷正芳,就又把他拉出来批判了。不过那天批判九先生谷正芳的火力不够猛。时为村支书的谷冬梅,在高音喇叭上一喊"右派分子谷正芳",畏缩在会场一角正煎熬着的谷正芳立即自觉地戴上黑牌子,爬上皂角树下的官碾子,低着头接受大家的批判。

对此,不知村里人是怎么看的,九先生谷正芳不愿意多想,倒是表现得十分乐观。他常常给人说,村上没啥乐子找,隔些日子批判他,就当他耍社火给大家看哩。

多么反动的思想啊!放在别的地方,不斗他个你死我活才怪。但是为了拆除谷寡婆宗祠而批斗谷正芳,就不一样了,村里人打不起精神。

皂角树下的官碾子,就是九先生谷正芳耍社火的舞台呢。他太熟悉这舞台了,小的时候,还光着屁股时,他就在官碾子上耍了,不缺年长后再耍……不只是九先生谷正芳,谷寡婆村的人,都把这里当成他们耍闹的舞台。他们敬奉着古老的皂角树,也热爱着皂角树下的官碾子。他们无人不知老皂角树的来历,一代一代,都传说这是谷寡婆手植的,这么算来,该有六七百年的历史了。皂角树长到如今，粗得两人都无法合抱，扭曲的树身已经大空，四个人在树洞里打扑克，周围还能再站四个人观战。皂角树斜斜地生出三根树杈，在高空遮盖住树下一片宽大的场地……青楚楚的官碾子，就如一头老牛，长年累月地卧在树底下。早晚都有来推碾子的人，碾盐末，碾辣面，官碾子上反反复复地变幻着色彩。碾过盐末时，官碾子白生生的；碾过辣面子，就又红刺刺的了……日久年深，官碾子的碾台凹下去了一些，下雨天还会收一圈圆如月亮的渍水哩。据传说，官碾子也如老皂角树一样，是老祖宗谷寡婆置办下的。谷寡婆村没有足够大的会议室，皂角树撑起的一片树荫下，成了村里开会、派活儿和娱乐的地方。皂角树下的官碾子，就成了村里人娱乐的舞台。

谷冬梅组织村里人开罢九先生谷正芳的批判会，隔了一夜，便带人来拆谷寡婆宗祠。拆着拆着，他们发现，敬奉在宗祠里的老祖宗挂像不翼而飞，不知去向，同时，还有一大套铜质供器，包括香炉、香筒、供盘等，也没了踪影……唉唉唉，即便打破头，谷冬梅都无法想象，盗去了谷寡婆挂像和供器的会是九先生谷正芳。

今日晚上，九先生谷正芳捐出老祖宗谷寡婆的挂像和供器，他可是帮她赎罪哩！

啊啊啊……在今夜，谷冬梅的心窍像挨了一棒槌，她一下子明白过来，她当年带人拆除谷寡婆宗祠是造下孽了！而且，在她带头拆除谷寡婆宗祠时，如果不是谷正芳来那绝妙的一手，老祖宗谷寡婆的挂像和供器会怎样呢？谷冬梅不敢想，再想她是会胆战肉跳、浑身冷汗的。

谷冬梅把她仰望星河的目光收回来。她不知道自己怎么就笑了。笑使她浑身一轻，这样的轻松，是她工作了许多年来，哪怕官至县粮食局局长时都没有过的。这可太好了，明早起来，她要献出自己新翻修的房院，让老祖宗谷寡婆归其位，安其民。

主意既定，谷冬梅这一夜都没有睡着。天还没亮，她就早早起来，召集来谷大房、贾桂仙等人，其中自然少不了九先生谷正芳。大家在皂角树下，商量修复谷寡婆宗祠的事儿了。

工期太紧了，就只一个大白天。因为到了晚上，就要由谷冬梅主持，给最新娶进谷寡婆村的三位新娘子举行拜祖活动了。

破墙立窗子，搬砖起台子……谷冬梅在谷寡婆村做支部书记的功夫一点儿都没废，她指派起人来，有条有序，纹丝不乱。原本就乐于受她指挥的谷大房、贾桂仙，以及积极支持重修谷寡婆宗祠的九先生谷正芳，和村里闻讯而来的村民们，都像当年接受谷冬梅指挥一样，在她的吆吆喝喝和指手画脚下，不到一天时间，就把谷冬梅捐出来的门房，很好地改造成敬奉老祖宗谷寡婆的宗祠了。

原来的五间门房，右侧的那一间，是谷冬梅进出里院的头门，暂时保留着没有动，余下临街的几间，初建时为了安全，都只留了几个小小的亮窗，现在破开中间的一堵墙，装上一副双开的大门，并把两边墙上的小小亮窗换成一水儿玻璃的大窗，这就使屋内的光线充足了许多。下午，谷寡婆宗祠改建工程刚有个眉目，九先生谷正芳便回了一趟家，双手捧着一个明黄色的锦囊，面色庄严地从他家里走了出来。他的身后，还跟着他的大儿子谷劳劳和二儿子谷梦梦，两兄弟抬着一个柳条箱子……明黄色的锦囊和柳条箱子，被九先生谷正芳收藏得太久了，突然出现在谷寡婆村人的面前，让大家有了一时的震惊。是的，明黄色的锦囊已失色了，一点儿都不鲜亮，甚至有点儿发乌，但大家知道，锦囊里装裹着谷寡婆的挂像，人们看这锦囊，倒觉十分神圣和鲜亮。还有柳条箱子，也是一点儿都不鲜亮，甚至显出朽腐的样子来，却因为里面盛装着敬奉谷寡婆的供器，大家看了，亦觉柳条箱子神圣和鲜亮。

一街两行的人，夹道看着九先生谷正芳和他的儿子们……大家没有鼓掌，也没有啸叫欢呼，全都肃穆着一张脸，不错眼地注视着九先生谷正芳和他的儿子们，以及他们捧着、抬着的明黄色的锦囊和柳条箱子。眼软的人，忍不住已眼泪汪汪的了……谷冬梅就站在皂角树下，在她的身旁，分站着谷大房、贾桂仙他们，他们等在这里，是接九先生谷正芳的。

大家在心里计算着，谷冬梅带头拆毁谷寡婆宗祠，到如今都有二十多个年头了。二十多年来，谷寡婆村再没有过祭拜老祖宗谷寡婆的活动，大家是在没有老祖宗的日子里,灰暗失意地生活着。今天,把老祖宗请出来,请谷寡婆重新升位,哪里能草草行事,又哪里能草率为之?举行一个仪式是必需的。好在是血肉相连的谷寡婆,好在是慈爱仁厚的谷寡婆,她永远活在她的子孙们的心头上,大家都还懂得敬奉她老人家的仪规,便公推了谷冬梅,让她作为主祭人,主持老祖宗的升位活动。

九先生谷正芳和他的儿子们如果走直线,用不了多长时间,就能把老祖宗谷寡婆的挂像和供器送到皂角树下。但是没有,九先生谷正芳率领着他的儿子们,走了一条曲线,背过皂角树,绕着向村子的另一端走了去……这是九先生谷正芳与谷冬梅他们商量好的程序——恭迎谷寡婆的挂像和供器,是要把村里的人家都走遍的,游走到一户人家,这家人就要在院门前设供祭奠,并且要点燃火堆、燃放炮仗庆贺,然后跟在九先生和他儿子们的身后,一路护送谷寡婆的挂像和供器。因此,谷寡婆村的初六日,娶三门新娘子时是热闹的,初七日送迎老祖宗谷寡婆上位时,更热闹了。相较之下,初六日的热闹,只是一种简单的热闹加上些戏谑,而初七日的热闹就不同了,是一种隆重的热闹还要加上一层庄严,大家的脸上都洋溢着发自内心的喜悦,没人胆敢胡乱喧哗和跑动……九先生谷正芳和他儿子谷劳劳、谷梦梦一家一户地游走着,没有哪家敢于怠慢,此起彼伏的火堆噼啪声和炮仗声,响彻谷寡婆村。先是一户人家手捧蒸馍(特制的蒸馍)和碗子(菜碗)跟在九先生谷正芳他们一家人的身后走,渐渐的,两户三户、四户五户……九先生谷正芳和他儿子们身后跟随的人越来越多,多到扯成一条长队,最后到达皂角树下的谷寡婆宗祠门口时,已蜿蜿蜒蜒有三五百人。谷寡婆村今日走得动的人来了,走不动的人,被家里人拉在架子车上也来了。

皂角树下,除了准备迎接谷寡婆挂像和供器的谷冬梅、谷大房和贾桂仙,还有村上懂些音律节拍的人,背着锣锣鼓鼓,列队站在皂角树下,全神贯注地看着九先生谷正芳他们的队伍,走到了皂角树下。没有人指挥,他们却都自觉地,拿锣槌的举起了锣槌,拿鼓槌的举起了鼓槌,只等主礼人谷冬梅发话了。

因为激动，还因为一种赎罪后的快乐，谷冬梅涨红了她的一张脸，她呐喊一声："起乐！"

举着锣槌和鼓槌的人就都在她的呐喊声里舞动起来了。喧天的锣声，铿锵的鼓声，一时之间，惊天动地，把谷寡婆村淹没在其中了。

一曲未罢，只听谷冬梅又大声地呐喊了。

谷冬梅呐喊："乐止。"

齐茬茬的，锣鼓的声音哑了下去。

迎主上位、祭饭……祭拜老祖宗谷寡婆的仪式，依照传统的仪规，丝丝入扣、庄严肃穆地进行着。当主礼人谷冬梅高声呐喊"迎主"时，谷大房和贾桂仙从她身侧跨步向前，迎着九先生谷正芳，恭恭敬敬地从他手里迎过谷寡婆的挂像，转过身来，在谷冬梅的引导下，走进刚修好的谷寡婆宗祠，展开老粗布作衬的谷寡婆挂像，挂在宗祠正当间的墙壁上。挂像的下面，是谷冬梅家的一张三斗条桌，现在权且当作祭礼的案子，谷劳劳和谷梦梦跟进来，把他们兄弟抬着的柳条箱子打开来，取出香炉、香筒、烛台和供盘，端正对称地放在桌面上。下来该是祭饭了。主礼人谷冬梅一声喝令，最先走进祠堂祭饭的是九先生谷正芳，跟在九先生身后的是谷大房、贾桂仙……这个祭饭顺序，是谷冬梅拍的板。她认为九先生谷正芳的功劳大，应是头一个祭饭的人，下来是村支书谷大房、村妇女主任贾桂仙，再往后，就由村里人自觉排队了。祭饭是不需要每人都参与的，每家出一个代表就行，他们把在自家灶房准备好的蒸馍和碗子，供献在老祖宗谷寡婆的挂像前。供献了自家的蒸馍和碗子后，他们还要稽首鞠躬，给老祖宗谷寡婆看香、吊表、祭酒……一家挨着一家，来的都是家里说话占地方的人。完成祭礼后，他们自觉退出祠堂门，但都没有立即走开，还恭立在皂角树下，看着其他鱼贯而入祠堂的人，献饭司礼。高悬着谷寡婆挂像下的案桌上边，不大一会儿的工夫，就都是村里人供献的蒸馍和碗子了。

主礼的谷冬梅，一遍遍地高喊："上饭、看香、吊表、祭酒……"喊到后来，她把嗓子都喊哑了。

敬奉老祖宗的礼规进行到了最后一项，声音嘶哑了的谷冬梅，请出了九先生谷正芳。她当着众人的面,表彰了九先生保护老祖宗谷寡婆挂像和供器的义举,说他在特殊的历史环境下,不顾个人的荣辱,冒险抢救谷寡婆的挂像和供器,使它们不受损毁,"他是老祖宗最忠心、最仁厚的后人,他让人感动,我们感激他"。为此,她还提议,这次的祭祖经文,就由九先生来颂读。

谷寡婆村最有学问的人,可不就是九先生谷正芳吗!

早先祭祖,谷寡婆村的人为了弘扬老祖宗的洪恩大德,肇启后辈的福祉大运,所推选颂读祭文的人,多是有学问的人。昨天夜里,谷冬梅上门和九先生谷正芳确定下复修谷寡婆宗祠后,九先生就想过颂读祭文的事,这是村里祭祖最为关键的一环,绝对不能有一丝一毫的闪失。谷冬梅告辞走了后,九先生谷正芳几乎一夜无眠。他人在被窝里安安静静地睡着,心却油煎一样地思谋着,调词遣句,反复推敲,还真腹创了一段祭文。谷冬梅主礼,点了他的将,他也不推辞,往宗祠门口的台阶上一站,清了清他的嗓子,便高声地颂读起来了。

九先生的嗓音是浑厚的,还带着些沧桑感,他先颂读了一个开头:"我谷寡婆村爷叔子侄,婶娘姑嫂,莫不感念祖宗恩泽。二十年未能祭祖,实非后辈儿孙不孝,而是时事变化使然。"他这一说,先把自己的鼻子说酸了。站在皂角树下的谷寡婆村众人,受了他的影响,也都哭泣起来;仁厚的人,甚至不能自禁,双膝一软,跪在了地上……九先生谷正芳想控制自己的情绪,不想心酸流泪,却就是管不住自己的眼泪,哗哗地流了一脸。此时此刻,他想起了曾经的日子,他总是作为批判的对象,站在皂角树下,接受村里人的批判和斗争。今天,他却站在皂角树下,代表村里人向他们敬爱的老祖宗颂读祭文,这是多么大的变化啊!凛冽的寒风,迎面吹在九先生谷正芳落泪的脸上,他不觉得冷,还觉得暖,他用颤抖的声音,热辣辣地颂读着腹撰的祭文。

福兮祸所伏,祸兮福所倚。福少祸必至,祸多福自无。福自苦寒来,芬香云求福。福自乐中来,知乐才是福。福由礼中来,遵礼才得福。福由义中来，仁义方得福。福从俭中来，勤俭自得福。福由耻中来，知耻可得福。福从悌中来，仁爱定得福。福从忠中来，忠国当得福。福从信中来，诚信才是福。

颂读毕，九先生谷正芳浑身为之一轻，好像这祭文就是一服良药，把他凝滞了的经脉全都打通了……不仅九先生谷正芳有此感觉，谷冬梅、谷大房和贾桂仙等都有此感觉。这会儿，大家都伫立在寒风里，却都感到脸上热辣辣的，身上似有微汗浸出。这就是老祖宗的庇佑，这就是谷寡婆的温暖。

列队在皂角树下的锣鼓手们，不失时机地又敲打了起来。

虽说二十余年后再兴祭祖活动，虽说这次祭祖活动来得太突然、太仓促，锣鼓队的演奏却一点都不仓促。参加演奏的村里汉子达二十人之多，他们人手一件器乐，分为打击乐和吹奏乐两类，计有阵仗鼓、坐堂鼓、月鼓、战鼓、大小铙钹、铰子、大锣、报锣、云锣、马锣，以及笛子、笙管、海笛、琵琶等。锣鼓队是谷寡婆村的一大特色，世代相延，为的就是祭拜祖宗谷寡婆。二十多年不再祭拜祖宗谷寡婆，锣鼓队却没散掉，配合上头的这运动、那运动，为壮声势扩大影响，常常集中起来吹奏一番。说来真是巧合，春节前，支书谷大房接到县上通知，今年的元宵节，为庆祝县上的家庭联产承包等农村体制改革措施的顺利推行，要组织大型的闹元宵活动，耍社火、扭秧歌，红红火火闹几天，所有的红火，都要谷寡婆村的锣鼓队来配合。谷大房在村里组织锣鼓队，在过去的年份，是要给锣鼓队的汉子加工分的，即使是那样，大家还不是很乐意。这一次并没工分派，谷大房只是张了张嘴，村里喜好锣鼓音律的汉子们，却都争先恐后地报了名。是土地到了户，村民们在地里挖刨得勤快，地里的粮食丰收了，大家的肚子填饱了。而且，谷寡婆村里的习惯，能进锣鼓队的汉子，是要被人高看一眼的。因此，他们只让村上出资添了几件急需的乐器，至于锣鼓队成员的行头，则由锣鼓手们自筹资金自己弄。

这次祭拜老祖宗谷寡婆，锣鼓队队员就都穿上了他们自筹资金弄来的行头——一水儿杏黄色仿绸布料，腰眼束带，头顶冠冕，很鲜亮也很精神。

他们穿着新行头，吹奏、敲打着尺调、商调、中吕、南吕和仙吕等律乐。锣鼓手中的谷子乐，是谷寡婆村锣鼓传人中的佼佼者。他推陈出新，发掘整理出了前人演奏过的汉代乐府和唐代教坊乐曲，如《粉蝶儿》《灯影环》《石榴花》《包玉头》等。他们从年前练到年后，是准备元宵节去大闹县城的社火的，没想到提前用在了祭拜老祖宗谷寡婆的活动中。这使他们感动着，又兴奋着，无一人不用心，无一人不用力。在他们的头顶上，有黄龙伞、米色幡、帅字旗猎猎飘舞，在他们手上，有锣槌、鼓槌和吹奏乐器急急发力，那样的场面是整齐有序的，蔚为大观。

为首的谷子乐，身材魁伟，形象庄严。一条红色宽布带，挽着阵鼓两侧的铜环，斜挎在他的肩背上。他舞动着鼓槌，是锣鼓队的指挥，其娴熟的表演，确有汉之雄风、唐之博雅的情怀。他一招一式，起、承、转、合，或奔放，或细密，或豪迈，或哀婉……把锣鼓手们在乐曲演奏中的地位与作用，指挥调和得恰到好处，让大家发挥得淋漓尽致，魅力毕现。乐曲演奏到高潮时，谷子乐卸下肩背上的阵鼓，由另外两位锣鼓手抬着，他则解放出双臂来，周游在锣鼓阵中，时而敲打阵鼓几声，时而又敲打坐鼓、战鼓、月鼓几声，此一时也，他是手之舞之，足之蹈之，好不恣肆放浪，无拘无束。但只闻，一阵子鼓点紧，一阵子鼓点慢，一会儿又戛然而止，不声不响……其他的锣鼓手，一组组地排列着，整齐划一，与谷子乐周游旋转的击打配合，使其乐声有分有合、有高有低、有急有缓。大家一会儿正襟兀立，一会儿又左摇右摆、前仰后合……汉语中所谓的"鼓动""鼓励""鼓舞"，都在谷寡婆村的锣鼓曲目中，得到了活灵活现的表达。祭拜老祖宗谷寡婆的仪式是结束了，但因为锣鼓队的持续演奏，前来祭拜供献的村里人，就还聚拢在皂角树下，一边兴奋地观摩锣鼓队的表演，一边耐心地等待着，等待昨日嫁入谷寡婆村的三个新娘子，于入夜华灯点亮的时刻来祭祖。

第八章

皂角树下的锣鼓声，从头一声敲起时，就一声不落地灌输进新娘子上官乐、任喜过和惠杏爱的耳朵里了。

新娘子上官乐、任喜过和惠杏爱她们知道，那是村里人祭拜祖宗哩。这么热闹的事，她们可是太想参加了。但是她们已被告知，刚从外姓旁人家嫁入谷寡婆村，还没有祭拜过谷寡婆，怕她老人家生疏，她们还不能参加白天的祭拜。不过，到了晚上，可是要给她们组织专场祭祖活动的。

新娘子见公婆，从娘家嫁到一个新的家庭来，谁不走这一个程序呢，这是不新鲜的。新鲜的是，嫁到谷寡婆村来，还要祭拜一个遥远的婆婆，这就是其他村庄的新娘子没有的殊荣哩。

谷寡婆村可是太特别了。

谷寡婆村的特别就在于他们敬奉的老祖宗是位寡居的女人。

难以理解吗？不，知道了谷寡婆村的建村历史，就觉得没有什么难以理解了。

在生生不息的谷寡婆村人的口里，一代一代又一代地传说着，上古的时候，有一个谷姓的女人，也不知她从哪儿来，要到哪儿去。她逆着渭河而上，单身落荒到这里。她走不动了，在白浪冲刷的渭河河滩上，走一步，歇两步。突然，她一步踩跌在沙滩上，豆大的汗珠从她的前额上往出渗，她咬着牙，艰难地忍着。但她忍不住了，仰天大叫一声，她的裙裾下，泄出一摊血水，血水中有个赤条着小身子的婴儿，哇哇哭着落在沙滩上……正是这个小生命的降临，让在茫茫荒野里跋涉的女人，在这里落了脚，开始了谷寡婆村最初的创建。后人为了纪念她，称她为谷寡婆。传说中，谷寡婆一路走来时，随身带了个不是很大的枕头，那枕头没有什么出奇的地方，粗布的质地，粗针大线的做工。但这可不是一个普通的枕头，谷寡婆村人传说，一说枕头里装着的是她从家里带出来的金银细软；一说枕头里装着的是她从家里带出来的五谷籽种。此两种传说，大家都相信，在谷寡婆村并行不悖、相得益彰地流传着。谷寡婆落脚在了渭河滩，她撕开枕头，拣出金银细软，留着日常使用；拣出五谷籽种，漫撒在渭河滩地里，让它们生根发芽，好收获养家糊口的粮食。

此说是实是虚，无文字查考，但约定俗成的仪规，不走样子地传承着。

如白天祭拜老祖宗一样，嫁入谷寡婆村的新娘子祭拜谷寡婆，也是中断二十多年后的头一次，所以没有人敢不尊崇。当然，参拜的人不同，秉持的仪规就有不同。新娘子祭拜老祖宗谷寡婆，便要排斥村里的男人，而主要由女眷们来做了。

这如同谷寡婆村的妇人节，可是由着村里有头有脸的妇人大显手段呢。

谷寡婆村如今最受崇敬的妇人有谁呢？这样问似乎多余，怎么说都少不了退休回家的谷冬梅，其次就是贾桂仙了。

喝罢晚汤，新娘子上官乐、任喜过和惠杏爱，在家人的催促下，走出家门，向着皂角树下的谷寡婆宗祠缓缓走来了。她们走得都很小心，步子不敢走快了，也不敢走慢了，头不敢抬高了，也不敢压低了……新娘子初嫁到谷寡婆村，事事时时都要考虑村里人的眼睛和村里人的嘴巴。新娘子嘛，谁不想从一开始就给村里留下个好印象？而且，三个新娘子，她们之间也还暗暗比试呢。

上官乐和惠杏芳是怎么比试的？又从哪件事上来比试？任喜过不知道，但任喜过明白，从初六清早，她们三个新娘子嫁进谷寡婆村时，在婚车队伍和她们的穿衣打扮上就开始比试了。

当然了，谷梦梦迎娶任喜过的是一列长长的自行车队伍。

当时的关中西府，乡下人娶媳妇，莫不是这样的娶法。谷梦梦到麦禾营村迎娶任喜过，由他老子九先生谷正芳和大哥谷劳芳操劳，借遍了谷寡婆村以及村子周边能借的人家，是借了几辆自行车的。看着那借来的自行车，谷梦梦没说什么，但他把眉头拧起来了，脸上没有了一点儿迎娶新娘子的喜气。他不说话，但他的老子九先生和他大哥谷劳劳从他的脸上看出他的心情来了。于是谷劳劳态度很坚决给老子九先生说:"咱们家晦气了那么多年,咱现在还能晦气吗?咱不能呢,咱要借势亮堂一次!"

谷劳劳说话虽未咬牙切齿,却也有咬钢啃铁的劲道。他给老子九先生说了那堆话后,还加强了语气说:"咱还有啥势借呢?就是梦梦的婚礼了,这一次咱要红红火火、风风光光给梦梦结个婚。"

九先生谷正芳听懂了谷劳劳的话,他低了一下头,再抬起来时,他像谷劳劳一样硬气了,他说:"就是这话,借着梦梦的婚礼,咱们是要红火风光一下了。"

决心既下,九先生谷正芳回想起他的右派"帽子"摘了后,他当年相好的几个同事以及他关心的学生,都到谷寡婆村来看过他。他们如今混得有模有样,都很不错,向九先生说了许多关切的话,到走的时候,又都郑重地给他说,让他有事不要忘了他们,就给他们说。九先生谷正芳一直没有啥可给他们说的,二娃谷梦梦结婚成家,他是有必要给他们说了。他不要他们出钱,也不要他们出力,只要他们帮他二娃结婚借些好的自行车,就是给了他体面,给了他气势。

九先生谷正芳写好了条子,交给谷劳劳去办。他的那些故交和学生,还真是讲义气、讲情面,合计了一下,十几辆清一色的天津凤凰牌自行车,就被擦抹得油光锃亮,弄到谷寡婆村,再浩浩荡荡地骑去麦禾营村,娶回新娘子任喜过。一路上,自行车链条滑动的"铮铮"声,清脆又悦耳,像是敲响的小鼓点儿,真个是喜人啊。

可是,这样一列独特的娶亲队伍,迎娶了新娘子任喜过回到谷寡婆村时,别说新娘子任喜过的心情如何,九先生谷正芳和儿子谷劳劳、谷梦梦也像霜杀了似的,很不好受了。他们前头刚进村子,支书谷大房给儿子谷天明迎娶新娘的车队跟着也进了村。他们看见村支书谷大房给儿子娶亲,借的是一辆帆布篷的北京吉普车和两辆洗刷得干干净净的东风大卡车……吉普车里坐着新郎官谷天明和新娘子上官乐,陪嫁的箱箱柜柜和穿着棉衣棉帽的来客,都载在绿汪汪的东风大卡车上。谷梦梦看到人家那个阵势,两手一抖,差点把载着新娘子任喜过的自行车侧倒在街道上……谷寡婆村的街道算不上宽，有谷梦梦迎娶任喜过的自行车队在前面骑行，谷天明迎娶新娘子上官乐的汽车队，就没法越过他们往前走。司机是性急的，也知道乡村娶亲抢门的习俗，一次次按着喇叭，想要超越过去，可是谷梦梦没有妥协，他们自行车队不紧不慢地在前头骑行着，不给汽车队让行。

这又何必呢？

被谷梦梦驮在凤凰牌自行车后架上的新娘子任喜过，一点儿都不眼红人家的汽车队。她不是个爱攀比的人，自己的幸福自己享，自己的难过自己受，任喜过是很想得开的。她坐在谷梦梦骑着的自行车后座上，是想提醒他的，却碍于还没进门就指教男人的忌讳，默默的，没有出声。

但任喜过的"大肚"，没过一会儿，也酸溜溜地装满叫人牙软的醋水了。

迎娶任喜过的自行车队伍到了自家门口停下了，跟在他们后边迎娶上官乐的汽车队也停下了。帆布篷子的吉普车，有红绸挽着的大花装饰着，显得既喜庆又热烈。车门开处，走下了谷天明的新娘子上官乐。她的喜服不是任喜过身上那样传统的红绸袄、红绸裤，而是一袭单薄的雪白色婚纱。这可是哈口气就能结成冰的大冷天呢！上官乐心热，身子也不能不惧冷呀！

婚纱低领，露出新娘子上官乐一截白白的颈项，一条金灿灿的黄金项链悬着个心形的坠子，恰到好处地摇晃在颈窝。新郎官谷天明先于新娘子上官乐一步下了吉普车，再伸手过去，扶着上官乐也下了车，然后又把自己的一条胳膊交给上官乐，由上官乐甜蜜地挽着，向他们家门口走了去。村上瞧热闹的人被震惊了，震惊之余，还有一些唏嘘，唏嘘之余，自然还有大饱眼福的感慨。

任喜过震惊了没有？唏嘘了没有？

任喜过和看见这一情景的谷寡婆村人一样，也震惊了，也唏嘘了。

那一刻，可以一步踏进自家大门的任喜过迟疑了一下，她回了一次头。一回头，她还闻到了冷冷的空气里飘来的一股别样的清香，这是谷天明的新娘子上官乐身上的清香哩。上官乐把自己修饰得太漂亮、太不一样了。乡村人家的新娘子，原来也可以很洋气，很城市，很像电影里的明星和飞机上的空姐！上官乐挽着新郎官谷天明的胳膊，目不斜视地往家门前走，她走得那么专注，好像前面有块磁石在吸引她，她挺着小白杨树一般笔直的腰身，风摆杨柳，笑靥如花……人比人，活不成，和同时嫁到谷寡婆村的新娘子上官乐只那么一比较，任喜过就知道，自己是土气的，还欠缺一点儿漂亮——她面皮不白，眼睛不大，嘴唇还略略翻翘。这使任喜过不能不有所刺激了，她当时就听到耳朵里有什么东西炸了一下，接着，身体的一些部位还隐隐作疼。

如果不是云小兰去任喜过的门上叫她，任喜过可能就不参加是夜祭拜老祖宗谷寡婆的活动了。她有点怕见其他新娘子，当然主要是隔了一墙的上官乐。云小兰告诉了她祭祖的消息，而且动员她去，并表达了自己未能祭祖的遗憾。还有她的公公谷正芳，是他老人家保护了老祖宗谷寡婆的挂像和供器，这也给了任喜过理由，她是必须要和村里的新娘子上官乐、惠杏爱一起祭拜老祖宗谷寡婆了。

惠杏爱过门来的声势怎么样呢？不像上官乐和自己只隔了一道墙，任喜过看见了、听见了，也感受到了。惠杏爱过门来的声势，任喜过是耳听到的，但新郎官谷梦梦没有给她说过，公公谷正芳也没给她说过，是三番五次上门来，对她表现得很亲热的云小兰告诉她的。

云小兰给任喜过说："知道吗，惠杏爱是坐小四轮拖拉机过门来的。你和上官乐，一个坐自行车，一个坐吉普车——嘿嘿，谷寡婆村的人还不知道怎么说你们呢。"

爱怎么说就说去！任喜过没有那么大的手，她捂不住村里人的嘴。再者说了，谁能活在别人的话里头？你一嘴唾沫，他一嘴唾沫，最后还不把人淹死了。任喜过只想活自己的人，一步一个脚印，踏踏实实地活，活出自己的模样来。

白天的祭祖拜先人活动，谷冬梅挑了头，晚上新娘子祭拜谷寡婆老祖宗，谷冬梅就让出位子，由贾桂仙来主持了。

贾桂仙可不是糊涂人，谷冬梅给她让位，她哪里就会直接接过来？做样子推一推是必需的。

在临时建的谷寡婆宗祠里，谷冬梅给贾桂仙交代了任务，贾桂仙摇手拒绝,说:"有你在,我可不敢。"

谷冬梅听出贾桂仙是假推辞,她说:"算了吧,谷寡婆村又不是只我一个人。"

主持祭拜老祖宗谷寡婆的事就这样定下来了。这一夜,贾桂仙的身份就很特别了,她既是祭祖拜宗的主持人,又是新娘子惠杏爱的婆婆,所以她在来祠堂时,还刻意地把自己收拾了一下:一身的粗布黑衣,剪裁是很合体的,上身前她又浆洗了一遍,用枣木的棒槌,仔细槌了,槌出了一条条棱角分明的折线……她没有独自一人来,而是带了惠杏爱一起来的。她走在了所有人的最前边,头一个进了谷寡婆宗祠。任喜过来晚了一步,因此,当她跨过谷寡婆宗祠高得有些离谱的门槛时,头一眼就看见了随在贾桂仙身边的惠杏爱。

这是不用介绍的,任喜过跨过谷寡婆宗祠的门槛,接过惠杏爱向她投来的目光,她就知道,这是一个和她一样的新娘子哩。

任喜过还了惠杏爱一眼,像惠杏爱投向她的一样。惠可爱的目光是友善的,是关爱的,这让任喜过非常受用。初嫁到谷寡婆村,任喜过不仅需要家里人的友善和关爱,她还需要村里人,最好是和她一起嫁来谷寡婆村的新娘子的友善和关爱。

没说一句话,两位还很陌生的新娘子,就有了一种心灵相通的融洽。

有二十多年的中断,村里的新娘子再起祭祖拜先人的活动,大家又岂能不来凑热闹?喝罢晚汤,尽管家里还有怎么忙都忙不完的家务,女人们还是放下来,急急地往皂角树下的谷寡婆宗祠来了。是的呀,这是谷寡婆村的妇人节,男人憋不住也来了,就自觉聚集在谷寡婆宗祠外的皂角树下,有的蹲在官碾子上吃纸烟,有的站在官碾子旁扯闲嘴。婆娘女子们,在平常的日子里,总要顾男人们的面子,总要把好的位置让给他们,由着他们在人前疯。今晚是不需要了,婆娘女子们可以撂下没有收拾利落的锅灶,吃拧着她们的碎脚,扭颤着她们的细腰,齐齐楚楚、花枝招展地走,叽叽喳喳、闹闹嚷嚷地行,行走到谷寡婆宗祠前了,瞥一眼散在皂角树下和官碾子上吃烟和扯闲篇的男人,心是不慌的,脸是不烧的,大大方方地就进到祠堂里来了。碎娃娃们最是不受约束和限制，村里的热闹和红火事，他们是最不可或缺的积极参与者。在人缝里，他们钻进钻出，蹦着跳着，踩了谁的脚，绊了谁的腿，不免让人惊叫一声，拍打一把，但他们依然搅和在越聚越稠、越来越热闹的人群里。

突然的，祠堂的门口起了一阵骚动，骚动声还传进了祠堂里边。大家回头来看，就看到村支书谷大房和老婆白拴蛾，陪着他们二娃谷天明的新娘子上官乐来了。

初嫁谷寡婆村的上官乐，昨天穿了一身洋气的白纱裙，就把任喜过比得心酸难过，今晚祭拜老祖宗谷寡婆，她又是一袭花红的旗袍，新鲜凛然地走来，让任喜过又一次在心里叫起苦来……任喜过发现同为新娘子的惠杏爱，看着上官乐时的神情，和她似乎是一样的，心里大概也不好受。同为谷寡婆村的新娘子，任喜过和惠杏爱的穿着，自然都是不差的。"能欠自己一辈子，不欠自己这一会儿"，说的就是姑娘家穿上嫁衣初婚这会儿。娘家人、婆家人，再怎么困难，再怎么不易，都要泼了命地往出拿钱，给新人添箱的。添什么呢？添漂亮的衣裳呀。任喜过和惠杏爱的新嫁衣，花色上稍有不同，但样式和质地，就没什么差别了，都是很中式的锦缎袄儿，外套一件格子呢的罩衫，腿上的棉裤外，也自然地罩了一条黑灯芯绒的套裤，显得非常传统，也非常规矩，是关中西府那个时候新娘子们常有的穿着。上官乐穿了一袭旗袍，这可是太"各色"了，祠堂外的人，不生出一点骚动才怪了呢。

向谷寡婆宗祠门口走来的上官乐，仿佛一束电光，或者一把利刃，把团聚得像是一堵厚墙似的人群，割开了一道缝隙。她从容大方地从这道缝隙走进来，走到悬挂着谷寡婆画像的案桌前……没有人指拨任喜过和惠杏爱，但早到的她们，却都自觉地一让，让出一个缺口来，使上官乐款款地站在了她俩的中间。

"啧啧啧啧"的惊叹声，在祠堂里的人群中此起彼伏。

不用问，大家是在惊叹上官乐的穿着：红色真丝织锦面料的旗袍，制作可是太讲究了，且不肥不瘦，恰到好处地裹紧了上官乐的身子，使她身子该凸的地方凸起来，该收的地方收起来。从颈脖处起头，有一条金色的绲边，自她胸前的开襟上划过,像是一颗流星,燃烧在一片热烈的红光里,就只亮一下,便又归于无处不在的红色光晕里。金色的绲边上,有一组一组的菊花盘扣,菊花绽放,如星星一般灿亮,匀称地铺陈开来,形成一条优美的弧线。还有不很对称的小金花,随着上官乐的一举一动,鲜活地在她红色锦缎旗袍上,有款有型地张扬着,像是四处飞溅着的金属荆棘,直扎人的眼睛和心窝。

贾桂仙可是不想失去控制权的,谷冬梅原来在谷寡婆村当支书的时候,她就是村里的妇女主任。谷寡婆村里人说过,"尊罢谷冬梅,再尊贾桂仙,次序甭颠倒,啥事都能成"。这个婆娘,不是个可以小视的人物。生产队没散伙时,见天黑了有会开,学习呀、讨论呀,贾桂仙一口伶牙俐齿,谷冬梅说完了她接着说,能从会前说到散会。谷冬梅让她主持新娘子的祭祖活动,可是选对人了。现在的她,脸相是消瘦干巴的,已经刻满了横七竖八的皱纹,眉毛淡得几乎看不见,可她那小而圆的眼睛,依然不失曾有的神采。她端端正正地站在供桌的旁边,神情严肃而认真。她寻找着另一双眼睛,她寻找到了,人就在她的身边,是退休回家的谷冬梅呢。贾桂仙和那个比她更加严肃认真的人对视了片刻,就又扫视起祠堂里的人来了。她扫视大家的目光,是分层次的,她首先向祠堂的大门口看了看,似乎是和什么肉眼看不见的神灵对了一下目光,然后,慢慢地收回来,再从拥挤在祠堂里的妇女们和娃娃们的脸上扫过。她的目光扫过处,嘈杂喧嚷的人,就都噤了声,祭拜祖宗的场面安静下来了。

贾桂仙清了一下嗓子,喝礼了:"看香!"

三个新娘子就在贾桂仙悠长而响亮的呼喝声里,一起走上前来,把来时准备好的老香伸在供桌上燃烧着的烛台上,点着了,又一起插在供桌上的大香炉里。

淡淡的香烟升起来,袅袅冉冉,在供桌的上空缭绕着,盘桓着……透过缥缈的烟气,三个新娘子好奇地抬起头来,瞻仰挂在供桌上方的谷寡婆画像。传说中的谷寡婆活了一百零八岁,而画像上的她,却有着华彩盛年的美:虽是粗布麻衣,但遮盖不住她的端庄美艳。她乌黑的头发高高地挽起来，中间用一绺淡红色的头巾扎住，头巾的一角垂下来，遮掩在她的耳后；她的脸圆润而鲜活，长长的几乎插入鬓角的眉毛，黑油油的，平添了许多精气神；她的眼角向下垂着，这使她既呈现出一种肃穆的表情，又隐含着淡淡的凄苦之意。在她的面前，端正地跪着一个刚刚长成的男子。

这个男子，大约就是谷寡婆在这里落脚时生的儿子了。

画幅已经陈旧发黄，但不知为什么，上官乐居中看着老祖宗的画像，感觉这画像倒有点儿唐宋仕女的韵味。上官乐有点儿想笑——描画自己的老祖宗，可是要画出她老人家的艰辛和苦难才对呀。

白天的时候，在谷大房和谷冬梅他们紧张有序地改建着谷寡婆宗祠时，新女婿谷天明不断地往家里跑。他向上官乐叮咛了又叮咛：今晚她们这些新娘子，都是要祭祖拜先人的。谷天明告诉了上官乐谷寡婆的传说，还说了公公谷大房和谷冬梅拆毁祠堂的事。二十多年了，一个政治运动跟着一个政治运动，还真多亏了那位老右派九先生，没有他，现在想要敬奉老祖宗，又到哪里去找老祖宗的影儿呢？

谷天明的感慨也是上官乐的感慨。

感慨过了，上官乐却有疑惑要问谷天明。她说："咱爹既然这么爱咱的老祖宗，他那时为啥要带头拆了祠堂呢？"

谷天明说："也不能说咱爹带头，还有谷冬梅哩。他们那个时候，听人说思想单纯得很，说咋弄就咋弄，自己是不能有意见的。"

上官乐又有了新的感慨，说："老右派九先生倒是很有远见。"

谷天明说："人家是村里最有文化的人，老大学生哩。"

上官乐说："那我看还不如把九先生的像挂在祠堂里。"

谷天明举着拳头吓唬上官乐，说："你再胡说。"

上官乐说："我胡说了吗？"

不管胡说不胡说，现在的上官乐，已经站在老祖宗谷寡婆的挂像前了。不过虽然恭恭敬敬地按照主持祭拜的贾桂仙的口令，把香插进了香炉里，上官乐的心里却虔诚恭敬不起来。她觉得滑稽可笑，但她硬忍着，不让她的那种心理表露出来，她知道一旦表露出来，她就把谷寡婆村的人得罪大了，以后就没她的好日子过了。她劝告自己,要把这种原始可笑的祭祖拜先人活动,当作对农业社会以及中国传统文化的一种体验来看待。

贾桂仙在新娘子们看罢香后,又开始了祭拜老祖宗的第二项仪规。

贾桂仙高声地呼喊着:"吊表。"

这一回,新娘子们不能直愣愣地站着了,她们得跪下去,跪在老祖宗的画像前吊表。对此,新娘子们似乎都不习惯。这怪不得她们,在她们成长的年月里,她们连自己的父母都没跪过,当然都没有跪的自觉。她们迟疑着,你看我,我看你。执礼的贾桂仙声音不是很大但十分威严地提示她们,让她们跪下。她们还能怎么样呢?面对着挂在墙上的老祖宗,她们膝盖一软,老老实实地跪下了。跪在脚地上,她们把带来的黄表纸投在面前的一个大铜炉里点燃了。红红的火焰燃起来,呼呼烧了很长一段时间。过了火的纸灰,又轻又薄,变了颜色,像是白色的幽灵,随着气流飞起来,旋转着,向四周散开去,落在供桌上献祭的供品上及周围的妇女和娃娃们的身上和头上。

三个新娘子的身上、头上也落下了纸灰……不偏不倚,有一片纸灰,落在了任喜过的手心里。火已经灭了,彻底地灭了,她仍然觉得那纸灰火火地烫手。

现实生活距离自己的想象,怎么总是那么遥远啊!

高大粗壮、不善言辞的新娘子任喜过,不幸生在一个富农家庭里。她是想凭着自己的刻苦学习来改变命运的。应该说,她的学习成绩是很好的,小学毕业念初中,念了初中考高中,可她的学习成绩好又能怎么样?国家的教育政策挡着她,她没能进入高中学习,而是早早地回家去了。不过,她没有放弃自己的学业,在娘家屋里,能帮娘亲干的活儿,她不惜力气尽量帮着做。做活儿的空隙,但凡有点儿时间,她就趴在桌子上演算几何、代数题,那神秘的演算公式,与她像是通着灵,甚或是前世就有约会,只要她去接触它们,它们就会乖乖地来,逗她开心。然而,她并不以此为荣,还常常为自己这么不知高下而羞愧。在她的心里,她知道所有的努力都等于零,她是没有未来的,她只有如她的娘亲一样,面朝黄土背朝天,与天斗,与地斗了。到了某一天,她是要嫁人的,嫁作一个庄稼人院里的媳妇。对于这一点,她既不难受，也不悲观。天底下的庄稼人一茬子哩，人家能成，自己就不能吗？在她，希望的只是嫁去的婆家，是一户老实厚道的人家。穷也罢，富也罢，她自己有的是力气，没上高中，有高中生的学识，不怕把日子过不到人的头里去。别人给她提说谷梦梦，他们见面了，她是满意谷梦梦的，两人很能说得来，这才定下了他俩的婚姻。准备嫁妆的日子里，任喜过感觉她所憧憬的新生活就要来到了，她满怀着创造未来的信心嫁到了谷寡婆村。

唉唉！初婚的头一天……初婚的头一夜……唉唉！

清早起来，她知道了去祠堂祭祖拜先人的事，却一直不想言语。她只想钻到一个没人的地方去大哭一场。云小兰来了，被谷梦梦辱骂为"神经客"的云小兰，和任喜过玩"抓子儿"的游戏，劝说着她，她才抛头露面地来祭祖拜先人了。

支书家的大儿媳云小兰，为任喜过想得可是真周到。她和任喜过玩了一会儿"抓子儿"，要走时，变戏法似的从自己后背的衣襟下取出一个小枕头，给了任喜过，告诉她说，祭祖拜先人时用得着。

纸灰碎在了任喜过的手心里，她向供桌上方悬挂的谷寡婆画像叩下头去。她不知该向这位历经磨难的老祖宗祷告些什么，她的心里茫然一片，一种麻木的感觉，在她的四肢蔓延。

贾桂仙节奏感很好地喝起了第三项仪规："献供。"

新娘子给谷寡婆的供物是特殊的，既不是酒肉，也不是白面蒸馍，不是庄稼人稀罕的任何吃喝，而是一个用粗针大线缝制的不大的枕头，就像谷寡婆挂像中怀里抱着的那个枕头一样。每个出嫁到谷寡婆村来的新娘子，都要向这位远古的老祖宗供献一个枕头。这个枕头里边装着五谷杂粮，四角绣着云子，塞上四种干果，有核桃，有红枣，有柿饼，还有杏干或是桃干。为什么要给老祖宗贡献这些枕头？没有人说得出道理来，但一代传一代，风俗就是这个样子，大家就都自觉遵守着了。

惠杏爱恭敬而虔诚地献上婆婆贾桂仙给她准备的枕头。她知道，从昨天开始，她再不是什么清高的高中生了，而是一个庄稼院里平平常常的媳妇。那么，她就该一切都应照一个农家媳妇的样子，开始她在谷寡婆村的生活。

梦想中，惠杏爱多么希望自己能够走进大学的校门，成为一个胸佩大学徽章的大学生啊！在学校的时候，她的语文能力太差了，没有什么出彩的地方，可是她的理化成绩不错，在班上是挑梢子的。她幻想自己将来能成为一个女科学家，甚至是居里夫人那样为后人敬仰的大科学家。可是，接连大考两年，她都没能上录取分数线。对于这样的失败，她伤心得不能再说了，只能用沉痛的哭泣结束自己的读书生涯。她扛起了锄头，跟着她的父母下了地。夏天的麦子，秋天的稻谷，就在她的锄头尖上成长，时间不是很长，她就喜欢上了这种生活——无拘无束、无羁无绊，田野之大，什么样的委屈和忧伤，都会无声无息地吸纳。呵呵，惠杏爱站在无边无际的庄稼地里，嘲笑过自己：本来就是"土"命，自己不知足，还用哪门子功？惠杏爱不想早结婚，可是早在几年前，媒人就一遍又一遍地寻上门来，诉说着谷门坎家里的困难和苦楚，直言男人家里急着要人哩！当时十五岁的惠杏爱，就由媒人说合与谷门坎订了婚。从那以后，她的上学以及吃穿费用，都是谷门坎家供给的。头一年考大学失败，她要复读，谷门坎家啥话没说，又供了她一年，现在，她还有拖的理由吗？媒人来给惠杏爱的父母传话，父母觉得惠杏爱在田地里是个好劳力，还想留她两年，但她站出来给媒人说了，让谷门坎家看日子，看下日子了她过去。惠杏爱这么说，她自己都很吃惊，可那一时，什么国家号召晚婚，什么青年人要从长远看，统统都是耳边风。她毕业回到家里，父母的白眼她看得厌了，还有他们的专横和自私自利、几位哥嫂的斤斤计较，可真是让惠杏爱心灰意冷。她有种无法忍受的压抑感，她想过了，结婚倒不失为一种逃避。于是，惠杏爱自作主张，不想早结婚却又早早地把她自己嫁到谷寡婆村来了。

婆婆贾桂仙主持祭祖拜先人的活动，她可是妇女伙里的能行人哩。

惠杏爱把自己嫁过来了，时间虽短得才度过了一天一夜，她也体会到了婆婆贾桂仙虽然能行，但并不刁蛮，因此对婆婆还是很信赖的。尤其是她的女婿谷门坎，忠厚又勤劳，他说得对，他是家里老大，她有一千种理由，一万种责任，帮助婆婆贾桂仙和谷门坎挑起家庭重担来！

给老祖宗谷寡婆磕着头，惠杏爱在心里思量着：谷寡婆一个女人家创造了一个村子，我前有婆婆贾桂仙和女婿谷门坎，后有弟弟谷门墩、谷门栓和妹妹谷门环，怎么就不能创建一个幸福美满的家庭呢！

新娘子们都把枕头供献在了谷寡婆的挂像前，主持祭祖拜先人的贾桂仙又要喝礼了。这是最后一个仪规，三叩头后，祭拜老祖宗的仪规就都结束了。

贾桂仙高声喝着礼："一叩头。"

她这"一叩头"还没喊完整，祠堂门口又起了一阵骚动。是云小兰哩，她穿戴得齐齐整整的，打扮得也是鲜鲜亮亮的，非常莽撞地闯进来，嘻嘻地乐着，说："我也是新人呀，老新人哩。我要补上祭祖拜先人这一课。"

云小兰说着，跪在三个新娘子的旁边，有模有样地给谷寡婆磕起头来。

第九章

上官乐是个安静不住的人。

刚嫁进村支书谷大房的家里,一家人把她像是客人似的看待着,什么活儿都不让她伸手,哪怕是油瓶子倒了,她也无须着慌。不用慌忙的上官乐,便只有守在她的新房里。守上一天可以,守上两天也过得去,守到第三天,安静不住的上官乐就觉得她的新房犹如一间没上大锁的监舍,让她有那么点儿犯晕。不过,也只是那么一点点的犯晕,因为她是非常满意她的新房的。冷寂的监舍怎么能和她的新房比呢?谷天明有个特点,在高中一起读书时是那样,毕业了,和上官乐确立了恋爱关系还是那样——他做任何事前,都要征求上官乐的意见,只有取得了她的同意,他才会下了势去做。谷天明要收拾新房了,这样的大事,焉有不征求上官乐想法的道理?因此说,上官乐的新房就几乎完全是她的创意了。她要谷天明给新房刷上淡绿色的涂料,谷天明便不折不扣地刷了淡绿色的涂料,这个色调是文雅、素净的,看着清爽利落。上官乐可不喜欢西府农村请来的裱糊匠用彩色纸裱糊得花花绿绿的那种新房,嫌那俗气。只有没有文化的人,才喜欢花里胡哨的样式哩。谷天明是高中毕业生,上官乐与他是同学,也是高中毕业生,他们可是农村中有文化的人呀!文化人就该有文化人的高雅……在新房里无所事事的上官乐,把由她指导涂刷的新房又欣赏了一遍后,喊来了女婿谷天明,叫他把她陪嫁来的一箱子书搬了来,往书架子上摆。

上官乐说:"三天了,没人耍房了,咱把书摆出来,新房里就齐整了,要不老觉得缺了一大豁子。"

谷天明是殷勤的,他听话地搬来一箱书,揭开箱盖,取出一摞就往书架子上放。

谷天明摆放着书说:"老婆说得好,新房里没有书还真是不行。"

谷天明夸着上官乐，却没有想到被上官乐呛了回来。她说："俗了不是！老婆，太难听了。"

上官乐呛着谷天明，发现他往书架上摆书，既不分开本大小，也不分题裁种类，便又嚷嚷着问他把眼睛长哪儿去了。上官乐要亲自动手，谷天明却把她按坐在新房里的沙发上，让她坐着，拿嘴指拨就行了。上官乐果然就"鸭子晒粪——拿嘴拨了"。谷天明拿起一本书，她说放上边，他就往上边摆；谷天明拿起一本书，她说放下边，他就往下边放；谷天明拿起一本书，她说放前边，他就往前边摆；谷天明拿起一本书，她说放后边，他就往后边放……上上下下，前前后后，折腾了好一阵，才算把一箱子书在书架上摆放停当。有了一架子书，上官乐左瞧右看，瞧得她一脸的喜气，那是比她结婚那天还要明显的喜气呢！书脊上李白、杜甫、李清照、艾青、郭小川、舒婷，还有雪莱、拜伦、普希金等等，古今中外诗人的名字，一个一个在上官乐的眼前过，让她心里有种说不出的舒服与喜悦，她觉得，新房里有了这一架子书，虽不敢说是满室生辉，但在关中农村，也该是独特的了。

富贵于我如浮云，只有精神的富有才是真正值得骄傲的哩。

满心欢喜地浏览着书架上的书，上官乐却像发现了多么重大的疏漏，她惊惊诧诧地冲着谷天明嚷起来："啊呀，你的那些小说呢？快，快搬出来，都放到一块儿，那才有气势哩！"

谷天明站在新房的脚地上，用手在头发里梳着，显出一种难为情来："嗯……从学校回来后，我把那些书都搁到楼上去了。我有一阵子，没看书的心思，也没看书的时间。"

上官乐像不认识谷天明似的站了起来，凑到他的眼前，把他狐疑地看了好一阵，说："啊哟，真没想到，这才半年的光景，你看你都变成啥了！意志薄弱，论调庸俗，我的个你呀！"

谷天明经不住上官乐的眼睛看，脸都红了，红到了脖根上，嘴里嘟嚷着想说什么没有说出来。

上官乐嘲笑着谷天明，把自己也嘲笑得"扑哧"笑出了声，她举起拳头，在谷天明的胸膛上抚摸似的捶了两下,督促着他说:"去去去,快去把书从楼上搬下来,你莫要忘了,这些书上圈圈点点,有着咱俩许多记忆呢。"

还能怎么办呢?谷天明满面愧色地去了上房楼上,在灰尘和蛛网中,翻腾那些被他束之高阁的小说了。

读书学文是上官乐的最大爱好,诗词、散文、小说,她逮住了就不释手……她和谷天明的情缘,还是由阅读文学书籍而开始的呢。

他俩在学校同级而不同班。偌大的县城中学,上官乐可是个知名人物哩,老师、学生,一说起来,都知道她。一来呢,她是有名的"校园诗人",在学校的墙报上,每一期都有她的诗作,新诗或古体诗,短的或长的,见样儿她都能来;要是学校举行个文艺晚会或者什么别的集会,往往也少不了她的诗歌朗诵。二来呢,她生得漂亮,也敢穿衣裳,一阵儿新潮,一阵儿传统,穿什么都好看,就是学校统一配置的学生服——既无特点,又无个性,她穿了也还是好看。背过她,有同学不无妒忌地议论,上官乐披件麻袋皮,可能也是好看的呢!见过上官乐的人,赞赏她也罢,厌恶她也罢,在心里都得承认:她是县城中学独一无二的校花:高高挑挑的身量,不胖不瘦,眼睛是那么生动、灵活,热情洋溢,仿佛也会吟诵出美妙的诗歌来。第三个原因倒不在她身上,而是她是现任县委宣传部部长的亲妹妹。

有此一点,上官乐就足以让一些人对她另眼相看了。

现在的中学里,从学生到老师,大家无不信奉这样一个逻辑,"学会数理化,走遍天下都不怕"。所以,同学中热爱理工科的比比皆是,而专心于文科的人相对少得多。上官乐喜欢文学,热衷于新诗创作,一心向往的,是能当个出类拔萃的女诗人。舒婷是她最为迷恋的诗歌王后,那一首《致橡树》,上官乐读得如醉如痴,读了几遍就全记了下来。在一些公开或是不公开的场合,大家鼓励她朗诵诗歌时,她就会挺胸而出,用她甜美的声音朗诵:

我如果爱你——
绝不像攀援的凌霄花

借你的高枝炫耀自己；
我如果爱你——
绝不学痴情的鸟儿
为绿荫重复单调的歌曲；
也不止像泉源
常年送来清凉的慰藉；
也不止像险峰
增加你的高度，衬托你的威仪。
甚至日光。
甚至春雨。
不，这些都还不够！
我必须是你近旁的一株木棉，
作为树的形象和你站在一起。
根，紧握在地下
叶，相触在云里。
…………

县城中学偏重数理化的风气，影响不了上官乐，她确定了做女诗人的理想，就是数理化考试不及格，她也不管不顾，醉心于她自己的诗歌创作。由于她的执着，学校里也有几个以她马首是瞻的同学，热衷于文学创作，向她大献殷勤。但她觉得他们是浅薄的、平庸的，不会有什么出息的。所以，孤芳自赏、顾影自怜的上官乐，感觉在喧闹的县城中学校园里，她是寂寞与孤独的。不过，这倒有一个好处——没有人打搅她，她常可以一个人钻进图书馆里读书，有了感觉就写诗，写了诗就往外投稿，全国有名的《人民文学》《诗刊》这样的大刊她都敢寄，因为舒婷的诗就是在那样的大刊上变成铅字的，她要她的诗歌也在大刊上露脸儿，但是结果很不理想，她的诗寄出去的多，退回来的也多。后来她改变思路，给一些地方上的小报小刊也寄了诗稿，情况好了许多，她寄去的诗稿，有一些被刊登了出来，这让她在县城中学的校园里就更知名了。可是，上官乐并不看重这些地方报刊，她仍然向往在全国性的大刊上一炮打响。

上官乐喜欢诗歌，读的诗歌自然就多，而与诗歌互为兄弟的小说，她倒是不大爱看。但突然的，本县文化馆的文学创作干部吴小愚，创作了一部起名为《渭河五女》的中篇小说，发表在北京的《当代》杂志上，北京电影制片厂邀请作者赴京改编剧本，由陕西人民广播电台和中央人民广播电台录制了广播剧，一天三次地连播，作品和作者一下子叫响了全国。这是自己身边的事呢，上官乐的好奇心促使着她，到图书馆借阅那本《当代》。借到手阅读的时候，她发现杂志的天头地脚处写了不少批语，原来有人早她一步借阅了。上官乐爱书又惜书，最见不得人在书上胡涂乱画，或者是撕扯折损书页。可是，当她生发出满肚子的怨气，读完这篇小说和那些批语时，满肚子的怨气都化成了水。她一点儿都不觉得那些用钢笔书写的批语有什么不妥，反而认为那可说是太有见地了，使后来的阅读者，获得了一个难得的指导。听说脂砚斋批《红楼梦》，就是在原版的《红楼梦》书页上一笔一画写出来的。上官乐笑了，她打心底服气这个批阅《渭河五女》的同学了。她服气他的卓越才华，更服气他批注作品的口气是自负的，她不由分说地把他视为知音甚至知己了。

上官乐觉得，批评《渭河五女》的同学可不是那些孤陋轻浅、装腔作势的人。

几经周折，上官乐终于探听出来，在《渭河五女》的天头地脚写了那许多批语的同学就是与她同一年级的谷天明——上官乐在一班，谷天明在六班。探出谷天明的时候，上官乐正在上她最爱的语文课，可她人在一班教室里，心却跑到同年级不同班的谷天明上课的教室里去了。熬到下课，上官乐像是屁股上装了弹簧，随着铃声响起，即刻弹跳起来，冲到六班的教室门口，大声地喊着谷天明的名字，说她有话要给谷天明说。在男女同学的关系上，上官乐是大方的，不像一般女生那样保守，所以她也绝不扭扭捏捏。上官乐来喊谷天明，手里就拿着那本《当代》杂志。在此之前，上官乐不认识谷天明，但谷天明是认识上官乐的，只是他内敛自卑，不敢主动去结识上官乐。这下好了,上官乐自己拿着刊有《渭河五女》的《当代》杂志来找他,他就有了和她相识亲近的机会了。谷天明忐忑着一颗心走向上官乐,并从此与她频繁而亲密地来往,谈学习,谈创作,还谈未来,谈爱情……怦怦跳动着的两颗年轻的心,就这么悄悄地,而且有滋有味地融合了。

在县城中学,他们的交往,让相当一部分同学嚼着舌根子,却又眼红地羡慕着。

时任县委宣传部部长的上官乐哥哥,是最后一个知道上官乐和谷天明关系的人。他知道得太迟了——到这对相亲相爱、热爱着文学的人儿双双高考落榜,他才赶到学校,质问学校的领导和老师,还把谷天明找了去,劈头盖脸地训了一顿。当哥哥的这一训,不但没有解决问题,还使问题进一步升级了。他的妹妹上官乐,本来还打算复习再考的,如今也坚决地放弃了,还给做哥哥的撂下一句不容更改的话。

上官乐说:"我和谷天明好定了!给我准备一下,春节时我就嫁给他,做他的新娘。"

父母过世早,兄妹俩生活在一起,做兄长的就如父亲一样——过去是,现在他反对上官乐和谷天明好,就不是了。妹妹上官乐让兄长感到自己非常失败,她则完全胜利。

胜利了的上官乐,为此还创作了一首题为《美好的上午》的诗:

> 一样的晴朗天空
> 一样的明亮阳光
> 淡绿色的纱质窗帘照常拉开
> 它在两边一如既往轻微抖动
> 今天上午仿佛昨天上午
> 今天上午也相似于明天上午
> 为什么偏偏今天上午这么地好啊
> 身体的每个毛孔都想放声歌唱

> 是谁在今天上午
> 拿走了我的晦暗和浑浊
> 拿走了我的枯枝和败叶
> 落花谢了一朵又开了两朵
> 流水携着新雨又流了回来

胜利者上官乐，指拨着女婿谷天明把她的诗歌集和他的小说摆到一面书架上了。但是，她结婚时，任县委宣传部部长的哥哥没来参加她的婚礼，嫂子也没来，谁都没有来，在这一点上，上官乐再怎么乐观，心里终究觉得有那么一点儿不对味儿。不过，她正沉浸在初婚的幸福和激动中，那点儿不对味儿又算什么呢？在心里像气泡儿一样，冒一冒就都塌下去了。

上官乐拍打着谷天明在楼上搬书时落在身上的灰尘，问："真的？这半年多，你把书放在楼上，就没读过？"

谷天明思量着吭吭哧哧地说："嗯……读来着，读得不多。咱们在学校时，读书是第一重要的。现在嘛，回到了农村，参加农业劳动是第一重要的，读书就排到第二重要了。"

上官乐不同意谷天明的观点，她打断他的话说："错！在学校、在农村，在任何地方，读书都是第一重要的，这不能改变，永远都不能改变。"

谷天明惹得上官乐不高兴了，而他知道上官乐不高兴的结果是自己会吃不了得兜着走，所以就哄着她，说："你误会我了。我说在农村读书不是第一重要，是认为我们应该好好地深入生活，领悟生活，多读生活这本大书，然后……"

上官乐的眉头一皱，扑到了谷天明的怀里，用她的嘴堵住了他的嘴，甜甜地吻了一阵，非常欢喜地说："你这个想法太好了——生活是创作的唯一源泉哩。"

谷天明被上官乐吻得脸红了。

上官乐依然兴奋地说："这半年，你的创作情况怎么样？又写了几篇小说？往出寄了没有？反正，我这半年写的诗不少——时间宽余了，不再被数理化打扰，不必准备应付考试，见闻又多，总是写不完。"

谷天明听得紧张，说："有发表的没？"

上官乐毫不在乎地说："没。有的退回来了，夹个纸绺绺，有的连退都没有退，更不用说夹纸绺绺了。我不怕的，我要坚持哩，坚持就是胜利，我就不信编辑老爷看不懂我的诗。"

谷天明长出了一口气，劝解她说："创作是一辈子的事，急不得，我现在写不出来，没有投稿，不等于我今后就不写不投稿了。我要在渭河滩上的谷寡婆村扎下根来，把生活的基础打得坚坚实实的，多思考、多总结。生编乱造一个故事，那还不容易吗，但那又有什么价值呢？乐乐，我的好乐乐，你以为哩？"

上官乐点点头，她觉得亲爱的谷天明说得对着哩。猛然间，她想起一件事来，便牵着谷天明的手一拽，说："走，你领我到村里转转去。"

谷天明有点不好意思，说："转什么？"

上官乐说："谷寡婆村以后就是我的生活基地了，我要在这里生活一辈子，我应该尽快地熟悉它、认识它。"

谷天明迟疑起来了，说："咱结婚才几天，俩人牵了手在村里逛荡，到处都是人，到处都是眼睛和嘴，还不叫人笑死咱。"

上官乐听她深爱的谷天明这么说，不仅没有收敛，还更起了劲，说："笑话啥？没有见过猪哼哼，还没吃过猪肉了？咱俩本就是自由恋爱的，和农村里的包办婚姻不一样嘛。再说，我在屋子里钻不住，钻久了心里慌。"

正在谷天明左右为难，想要推脱又不知怎么推脱，想要牵了上官乐的手到街上逛荡又怕人笑话时，他妈白拴蛾在院子里喊叫起谷天明来了。

娘亲白拴蛾叫着："天明，你把你妈要累失塌吗？啊，前天借的盆呀碗呀，还有桌子凳子，妈都擦洗干净了，你抽身给人家还了去。"

谷天明应答着他妈，说："来了。"

娘亲叮咛他："还盆盆碗碗碟碟时，记得给人家捎上一碗菜；还桌子凳子盘子时，记得给人家捎上两个肉馍。"

谷天明又应着他妈："知道了。"

这是个勤劳的娘亲哩，家里大小事体，都是她做，有人搭手了就让搭一把，没人搭手就她一人做。给二娃操办婚事，事情太多，头绪太杂，把她累得真是晕头转向。昨日，上官乐早起也想着自己是一个为人妻的人了，寻着婆婆想要帮忙的，婆婆却挡住了她的手，让她在新房里歇着。新娘子头三天，是可以不动烟火水汤的。家里虽还有公公谷大房和嫂子云小兰，但这两个人，公公是村支书，不动家里活计；嫂子云小兰，说是精神不大正常，不爱沾家里的活计。婆婆一个人忙，的确是够累的了。她喊谷天明帮忙给人还东西，上官乐还能牵了他的手去街上逛荡吗？

不能了。谷天明丢开上官乐的手，扭头给她做了个表示没办法的鬼脸，便急急奔到院子，按照他妈的吩咐给人家还东西去了。

新房里又只剩下上官乐一个了。她孤单地待在屋子里，没着没落。她走到书架子前，把她过去爱读的诗集，抽出一本翻翻，就插进书架子里，再抽出一本翻，翻不了几页，又插回书架子上……她实在气闷心慌，安静不下来。这时，她想起昨夜祭祖拜先人的事，好笑着、可乐着，便想要因此来写诗，可她又想听听和她一起祭祖拜先人的另外两个新娘子的感受，这可以丰富她的诗情哩。这么想着，上官乐就不由自主地踱出新房，走出大门，去找那两个新娘子了。

任喜过住在上官乐的隔壁，这是她俩在祭祖拜先人时交换过的信息。上官乐从自己家里走出来，头往隔壁偏了偏，发现任喜过家大门上的对联写得非常好，不仅墨深，也很有味道，是那种什么体来着？颜筋……柳骨……上官乐说不清楚，在心里揣摩着，只觉古意盎然，一笔一画，表露得特别明显，不像她家门上的喜联，是潦草的，是寡味的。热爱诗歌创作的上官乐由不得自己，在那副韵味悠长的喜联前站了下来，多看了两眼。

    试问夜如何 牛女双星渡河汉
    欲知春几许 凤凰比翼下秦台

谁拟的喜联呢？是九先生谷正芳了吧。任喜过的这个公公可真是有趣，为儿子儿媳大婚拟的喜联,竟然用了好几个典故。譬如上联,就活用了北宋苏轼《洞仙歌》中的词句:"起来携素手,庭户无声,时见疏星渡河汉。试问夜如何?夜已三更,金波淡、玉绳低转。"譬如下联,所谓"秦台",应该是假借了"秦楼"——春秋时,秦穆公把他的女儿嫁给了善吹箫作凤鸣之声的萧史,为女儿营建了凤楼,即秦楼。婚姻中的二人,每天在楼上吹箫,招致凤凰来集。后来,那对幸福的人儿成仙随凤凰而去。

如此喜联,可是绝妙,既切事体,又切情怀。上官乐读了,真是要为任喜过高兴哩!

任喜过遇到了一个好公公。

从大门外进入任喜过的家里,上官乐想她是能够碰见九先生谷正芳的。碰了面,她还要请教这位老先生一些诗词上的秘诀。昨晚祭祖拜先人,上官乐就知道了九先生的一些事,今日把他大门上的喜联一读,就更感觉这位落难多年的老先生,可是不简单哩。他能拟出那么妙的喜联,就一定也作得一手好诗,向他求教,说不准会提高自己的水平哩。但是,上官乐没有碰见九先生谷正芳,也没有见着任喜过的女婿谷梦梦。院子里静悄悄的,不知他们爷儿俩去了哪里。待客剩下的肉菜,一时处理不了,就晒在院子里的一张大席上,有只芦花鸡站在晒席上,肆无忌惮地用爪刨着,刨得肉菜到处都是……上官乐皱了一下眉头,张开两条胳膊,吆喝着把鸡赶跑了。

心情不是很好的任喜过,在上官乐走进她家的时候,正无所事事地躺在炕上,用厚厚敦敦的红绸被子捂着身子睡大觉。但她是睡不着的,初嫁来遇到的事情,乱麻似的堆在脑子里,她理不出头绪来。她窝在被窝里乱乱地想着,这就听见了推门声和"噔噔噔噔"的脚步声。任喜过在被子里没有动,她以为是女婿谷梦梦回来了。听到上官乐的吆鸡声,她才把头从被窝里探出来,隔窗看见了院子里的上官乐。上官乐是多么出格呀!在谷寡婆村的新娘子里,上官乐把一切风头都出了,把一切风光都占了……任喜过在心里羡慕着上官乐。此时,任喜过告诉自己,要从炕上下来,可她紧揭被子慢穿鞋,还没收拾好,上官乐已抬手把挂在新房门上绣着鸳鸯戏水的花门帘儿挑起来了。

上官乐"扑哧"笑了，说："好福气哟，大白天养精神呢！"

任喜过黑乌乌的头发，在枕头上滚得乱蓬蓬的，她听得懂上官乐"养精神"的话，抬手捋着头发，没有应声，脸却先自红了。

上官乐就很得意地往炕脚处跨了两步，紧挨着任喜过，掰过她红了的脸，说："把人折腾乏了吧？"

任喜过溜下了炕，掩饰地说："我头疼，真格的，我不哄你。"

上官乐"咯咯"笑着，一屁股坐在沙发上，扭头看着任喜过的新房，嘴里却说："好好的咋就头疼了？我给你说，吃饱了要知道撂碗哩，可不敢弄过头了，受罪的是自己。"

任喜过想不到同为新娘子的上官乐，嘴是那么敞，啥话都说得出来。任喜过鼓了鼓勇气，和上官乐狡辩着："才不是呢！"

狡辩无力，竟还带出了任喜过的一声轻叹。上官乐警惕起来了，在听到那声轻微的叹气后仔细瞅了瞅任喜过，她注意到，任喜过的眼圈红红的，脸上甚少新娘子该有的幸福光彩。

上官乐把她掩饰不住的快乐收敛了起来，诧异地问："咋的了？"

这是个难以回答的问题呢，任喜过抿着嘴没说话。她端来盛着花生、瓜子和水果糖的小碟儿，放在沙发前的茶几上，往上官乐的面前推了推，让着上官乐说："咱吃瓜子。你看你都来了一会儿了，咱光顾了说话，倒把吃杂碎的事忘了。"

任喜过让着上官乐，自己也挨着她坐在沙发上。不过，她坐得小心翼翼，好像在这簇新的洞房，她倒不是主人似的。

上官乐来看任喜过的兴趣，顿时因为任喜过的举止和情绪消失了。初次碰面，她想她问得太多了，就把任喜过捧给她的茶啜了几口，又捏起几颗瓜子儿，在嘴里嗑着，说："我还要到西头的新娘子家里看看的。咱们一块儿来的谷寡婆村，都认识一下好。"

上官乐的猴性子，这时全都表露出来了。她说着话，屁股就先从沙发上抬起来，说："我走呀。"

兴许是受了上官乐的感染，情绪恹恹的任喜过也跟着上官乐从沙发上抬起屁股，说："要去一块儿去么，我跟你一搭走。"

上官乐睁大了眼睛，说："你不是头疼吗？"

任喜过不好意思地低了低头，说："这阵儿不疼了。"

上官乐在任喜过的脸上盯了一阵，突然笑了，说："好么，那咱走。"

临出新房门，上官乐却又拽住了任喜过，任喜过迷惑不解地说："咋的咧？"

上官乐说："你说咋！都是新人哩么，你看你的一头乱发，像个鸡窝似的，出去走到街上，你不怕人笑话你和凶鬼一样吗？快去把你的头发梳一下，梳齐整了。"

任喜过被上官乐这么直戳戳地说，一点儿都不觉得难为情，倒觉得这个快人快语的新娘子很合她的脾气，就打趣地说："我这么走出去，不正好是你一个衬托吗？你看你结婚那天，还有祭祖拜先人那晚，是多么让人眼红呀！"

上官乐听出了任喜过对她的艳羡，这可是她想要的效果哩。她催任喜过去梳头，自己先撩起绣花门帘，从新房出来，不意又看到贴在新房门上的喜联。

上官乐想，这该也是任喜过的公公谷正芳的手笔吧。

喜联曰：

今日咏桃夭四句

他年诵麟趾三章

如果不是热爱文学，如果不是对诗词特别敏感，是不能对这副喜联做出深刻的理解的。上官乐热爱文学，对诗词十分敏感，所以她只瞟过一眼，就知道这是一副取自《诗经》诗意的喜联。譬如上联所谓的"桃夭"，便出自《诗经·周南》中的一首诗，诗共三章，每章四句，是描述古代人婚嫁的诗歌，全诗为："桃之夭夭，灼灼其华。之子于归，宜其室家。桃之夭夭，有蕡其实。之子于归，宜其家室。桃之夭夭，其叶蓁蓁。之子于归，宜其家人。"比兴的手法，在诗歌中运用得真是太妙了——尽可能地渲染了春初时节举行婚礼的热闹和欢畅的气氛。艳美的桃花则隐喻新娘子的姿容。全诗一句赶一句，一声赶一声，祝愿新婚的人儿婚姻美满、家庭幸福。再譬如下联所谓"麟趾"，出自《诗经·周南》中的《麟之趾》一诗。这首诗不吝诗藻，着力颂扬"公子信厚"，并祈愿新婚夫妇恩恩爱爱，儿孙满堂。全诗亦为三章，一曰"麟之趾，振振公子，于嗟麟兮"；二曰"麟之定，振振公姓，于嗟麟兮"；三曰"麟之角，振振公族，于嗟麟兮"！任喜过家的喜联巧借《诗经》中的两首诗来拟写，没有点儿真功夫的人是不能做到的——切题切意自不待言，而言语之雍容古雅，实在叫上官乐感佩不已。

被上官乐取笑了两句，任喜过的情绪倒好转不少。她说说笑笑地梳了几下头，就从新房里出来了。

上官乐想要证实自己的猜想，问："你这喜联可是你家公公谷正芳写的？"

任喜过顺嘴应了一声："嗯，听说是他老人家的手笔。"

上官乐说："你遇着了一个有学问的好公公。"

任喜过不知上官乐的葫芦里卖的什么药，怕她又要落数自己，没敢再接话，就在前头领着路，和上官乐出了家门。

第十章

谷寡婆村的街巷并不长，没有经过严格的规划，曲曲拐拐，歪歪扭扭，两边填塞着一家一户的院落。各家头门伸前缩后，参差不齐，使人一眼看不到路的尽头。路面上拖拉机碾出的辙儿，以及行人在泥雨天踩出的脚窝，没有人去平整，冰雪污水冻得一疙瘩一疙瘩的。有牲口的人家，把他们饲养的牛呀、驴呀、骡马呀，从槽头上牵出来，拴在门前的牲口桩上，任由那不懂人事的牲口乱屙乱尿。家家户户的门前头，都有冬闲时拉回的土堆成的大土堆，今日垫圈，明日盖屎。大土堆旁往往又堆着一个大粪堆。这些土堆和粪堆，入侵着本就狭窄的街道，而且街两边的人都不甘示弱，你从这边侵入半步，他就从那边侵入一步，全都竞赛似的向街心占，使得过来过去的架子车和小四轮拖拉机，都像在跳动作难度很大的街舞，前扭腰、后摆臀，跳起来旋转，落地下打滚——非"舞林中人"，没法在这样的村街上驾驶机动车辆。怀了身孕的老母猪，活蹦乱跳的猪娃子，刚一头拱进这个土堆，抬起头，就又不歇气地拱进那个粪堆，满街巷游荡。若恰巧碰上一摊娃娃屎，它们便兴奋地摇头摆尾巴，若那屎是刚拉的，便"唧唧唧唧"大口地吞咽；若拉的时间长了，冻成了冰橛橛，它们也决不放弃，大嘴吻在屎堆上，把它吻热了，软和了，还是要吞咽下去的……街巷里的鸡又岂能落后，一群一群地飞掸来，尖叫着抢食。

上官乐几乎连眼睛都睁不开了。

在街巷上走了没几步，她刚才在任喜过家欣赏到两副绝妙喜联的好心情，已败坏得荡然无存。她跟在任喜过的背后，头都不敢抬地盯着脚底下，小小心心地在牲口的屁股后边转，在猪呀鸡呀的缝隙里过，生怕踩在牛屎猪尿上。

忍无可忍，上官乐埋怨了："这村子也太脏了。"

任喜过猜想上官乐的娘家在塬上，就说："你家在塬上吧？"

上官乐说："在塬上更上头呢。"

任喜过的娘家就在塬下的渭河边上，塬底靠河的村子都是这样，她是习以为常了，就给上官乐做解释："塬底下的活路忙，地皮湿，加上人口稠，是比不上你塬顶上干净么。"

上官乐不同意任喜过的解释，说："这是个习惯问题。真应该来一次卫生革命，革掉这要命的习惯。"

任喜过佩服上官乐的敢想敢说，便向她投去赞赏的一瞥。心里怎么想，就给上官乐怎么说，任喜过说："你要搞卫生革命？对的，真该来次卫生革命呢。可谁知道会是一个什么结果。"她这么说着，就拿眼睛去看上官乐的脸色。

满腔子的埋怨，使上官乐的肚子气鼓鼓的。任喜过瞥眼看着她，觉得自己刚说的话倒让愤怨的上官乐钦佩自己了，心里就很受用。任喜过这么来想上官乐，应该说只想对了一部分。她不知道，上官乐是想到了在县委宣传部当部长的哥。哥哥是一头沉的干部，他一个人在县上工作，家还安顿在农村。哥哥到过许多地方，县域内的城镇农村，他说他走遍了。一个地方的精神面貌如何？不需要打听别的，只消在那个地方走一走、转一转，便都知晓了。上官乐这么想着，又在心里埋怨起谷天明的老爹——她的公公谷大房了。他老人家是怎么弄的？在谷寡婆村担任村支部书记，又兼着村主任，他就不能把村子的面貌改变一下吗？几十年的老干部了，是没有想到呢，还是缺少责任心？

虽然不能称为翻江倒海，但上官乐的心里还是非常激烈地思谋着，决心要和她的公公谷大房就村容村貌的问题说一说了。

路不好走是一码事，还有不少麻烦事要冲着上官乐和任喜过来。毕竟，她俩是刚嫁来的新娘子，刚过门就在街上悠闲地走，穿得新鲜亮堂，走得又扭腰摆臀，自然特别惹人。大人娃娃像得到什么号令似的，纷纷跑出门，站了一街两行，来看上官乐和任喜过的热闹。"三天没大小"，不断地有人拦住她俩，让她俩烧烟，让她俩行礼，让她俩叫爷叫婆……一伙儿碎娃，更是满脸鼻涕眼屎地跟在她俩的屁股后边，一哇声地喊叫着：

> 高跟鞋，走街道，
> 低处歪，高处跛，
> 小心拧了新娃（新娘子）的腰。

任喜过的脸涨得通红。此刻，她真后悔冒冒失失地跟着上官乐跑到街上来。她想退回去，但前前后后地"侦察"一番，就知道退回去的困难更大。实诚的任喜过就只有规规矩矩的，人家让叫爷她就叫爷，人家让叫婆她就叫婆，此外还要烧烟、鞠躬……她给闹腾的村里人烧着烟、鞠着躬，又突然想起初婚的头一夜，大家没来她的家里要房，现在该不是补课了？打心里说，任喜过倒是需要乡里乡党给她补上这一课的。心里有了这想法，她给围上来要她叫爷叫婆、烧烟鞠躬的人，就多了几分热情和耐心。上官乐与任喜过不一样，她想着的是：倒霉的新娘呀！谁兴下这么多的麻烦事儿？她想不通，便不去多想，只灵活地应付迎面而来的耍闹，和拥来的人们磨蹭着，趁着实诚的任喜过给人烧烟鞠躬的当儿，嘻嘻哈哈地笑着，躲闪着，从人们的围堵中滑过去了。可是，她顾得了头，却顾不得脚，稍一懈怠，就把脚上穿着的一双棕红色的新皮鞋踩在了一堆热气腾腾的牛屎上，气得她都要跳起来了。她迟疑了一下，眉头蹙了蹙，就飞起一脚，用糊了热牛屎的红皮鞋，朝着刚刚拉下热牛屎还悠闲自得的大犍牛的尻蛋子，狠狠地踢了上去。她踢了一脚还不解气，又换了一只脚，狠狠地往上踢……啊呀呀！这可怎么得了，大犍牛是活的，有血有肉的，被棕红色皮鞋钉了铁掌的高跟踹在尻蛋子上，感到了疼，沉闷地吼了一声，同时跳腾起来，把拴着缰绳的大牛坠石也带了起来。它胡跳乱窜，几乎要撞翻戏闹的人群。幸亏有人手快，赶紧拽住大犍子牛的鼻环，拼命地控制住几乎就要发疯的大犍子牛，才没有生出大的乱子。不过，这下倒好，围上来的村里人，都惊得一哇声地四散跑开，给任喜过和上官乐让出了很大的空间。她们趁乱跑出人群，一溜烟儿地往西街口上惠杏爱家跑了去。

跑得太急，任喜过便有些气喘，但她从心里感到了些许甜味。她真怕在街巷里走时，蜂拥而来的村里人，只撵着戏耍上官乐，把她冷冷清清地抛在一边，那才让人难堪、难受呢！

还好，谷寡婆村人并没有冷落任喜过，大家把她和上官乐一样待着哩。这么想着，任喜过幸福地笑了。

上官乐不知道任喜过为什么笑，就问："吃了喜娃他妈的奶咧？你笑，你笑。"

任喜过没有收敛她的笑，说："我要服你了！你看你，那两脚……差一点点要惹下麻烦哩。"

上官乐就也笑了。她笑着低下头来，看她穿在脚上的棕红色高跟皮鞋。因为猛烈地踢蹋大犍子牛的尻子，她踩在皮鞋上的热牛屎倒踢蹋掉了不少，仅剩下鞋帮上的一点点。为了棕红色皮鞋的容颜，上官乐站了下来，在冰冻得干硬的街巷上，"咣咣咣咣"跺着脚。

任喜过劝着上官乐，说："要干净等回家了再说，在这街巷上，就甭想要干净。"

之所以这么劝说上官乐，任喜过是担心四散开的村里人再次围拢上来，就没有刚才那么好脱身了。说不定挨了高跟鞋铁掌踢蹋的大犍子牛的主家，还要找上官乐的麻烦，要她去给牛尻子挨踢的地方按摩哩。上官乐却不吃劝，还跺着脚埋怨着谷寡婆村的街巷。

上官乐说："等着好了，我一定要叫谷寡婆村街巷没有牛屎猪粪便。"

任喜过劝不住上官乐，就牵了她的手，往街西艰难地走去。拐过一个小弯，街巷直了些，任喜过和上官乐一抬头，远远地就看见和她们一起祭祖拜先人的惠杏爱，此刻就站在她家头门口，朝着脏脏乱乱的村口，焦急地眺望着。

新娘子任喜过和上官乐有所不知，半上午的时间里，惠杏爱已经是第三次出了头门，站在院门外焦急地眺望了。

惠杏爱的心"嗵嗵嗵嗵"地跳着，像是谷寡婆村的锣鼓队在皂角树下为了祭奠老祖宗而激情敲打，越跳越激烈，越跳越心慌。她安心不下来，总是不由自主地要从家里走出来，在门口上站一会儿，往通向村外的土路远望，望上一阵儿，又失望地走回去。可是，她在家里仅能停留那么一会儿，就又会由不得自己地走出来。

大妹子谷门环看见新嫂子魂不守舍，三番五次地往门口跑，就很认真地对她说："嫂子哎，你是到门上瞧望我哥哩吧？其实，你不用往出跑也能成，咱在院子听见拖拉机的突突声，就知道我哥回来了。"

诚恳而勤快的大妹子谷门环，没有任何耍笑新嫂子的意思。新嫂子来家几天，谷门环就打心眼里喜欢上了惠杏爱，觉得这位上过高中的新嫂子是那么惹人亲近。可是，听到大妹子谷门环那么一说，惠杏爱的脸还是红了。红潮迅速地浸染了她的脸庞，使她的脸像一枚熟透了的大红枣儿。

惠杏爱甚至不敢看大妹子谷门环一眼，只吭吭哧哧地说："……不是的，真的，我是……"

惠杏爱想要哄住大妹子谷门环，但无法哄住自己的心。"我是……我是什么呢？"惠杏爱的心里最清楚，不是等新女婿谷门坎回来，又能是什么让她一趟一趟，失魂落魄，面红耳赤地往头门外跑呢？

到底是什么？惠杏爱给大妹子谷门环是说不出口的。

大妹子谷门环不戳破新嫂子惠杏爱心里的秘密，但她陪着新嫂子，寸步不离。新嫂子手里有活儿，扫院子，做饭烧火……做着做着，就成了谷门环手上的活儿。还有碎兄弟谷门栓，更是小尾巴一样，从新嫂子初婚的头一夜起，就要搂着新嫂子的脖子睡觉，还要搂着新嫂子的脖子听她给他讲故事……惠杏爱的故事真是不少，她讲了《卖火柴的小姑娘》，再讲《小矮人》，又讲《马兰花》《小蝌蚪找妈妈》……讲了一个又一个，惠杏爱越讲，小家伙越要缠着她再讲。这一晚，惠杏爱不厌其烦地给碎兄弟谷门栓讲着故事，讲到清早起来，她的心突然地狂跳起来，此外还有她的右眼皮，跟着她的心跳也很没出息地闪跳了起来。

左眼跳财，右眼跳祸。谷门坎怎么样呢？他在拉煤的路上可好？

惠杏爱成为谷门坎的新娘子，满打满算才到第三个日头上。新婚第二天清晨，谷门坎驾驶着小四轮拖拉机一上路，她的心就像拴在了谷门坎的身上。那么冷的天气，出车都一天一夜了，他连一件大衣也没有，在路上怎么熬呀？惠杏爱真是后悔，昨天清晨连口热汤也没给烧，就那么让他揣着两个蒸馍走了，一天一夜，再加一个上午，他在哪里吃饭呢？有口热汤喝吗？可不敢只啃干馍不喝热汤，那会坏了自己的身体的。"原来你怎么样，我惠杏爱管不着，现在我要管了，我不能让你冻坏了身体……"惠杏爱前想想，后想想，不知道产煤的北马坊在啥地方，又有多远。走时，他说早上走，晚上就回来了，可怎么耽误了这么长时间呢？

今日清晨起来，惠杏爱的耳畔老有小四轮拖拉机"突突突突"的响声。正是这拖拉机声，使她一趟又一趟地往头门外跑。别说大妹子谷门环要那样问她，就是她自己，也在心里嘲笑自己了。唉，真没出息，才刚刚过门来，怎么就那么想念女婿呢？不就是连衣服都没脱地在炕上滚了一夜，清晨起来说了几句话嘛！

一遍一遍地思量着，惠杏爱最后才想清楚，她是有许多话要给女婿谷门坎说呢。

仅仅三天时间，惠杏爱在这个新的家庭里，已经有了许多感受，也有了一些想法，她要告诉女婿谷门坎，咱家是个多么好的家庭啊！的确，咱家是贫困的，然而又是温暖的。一个外人走进来，睁眼就能看到咱家的贫困，但也很快就能感受到每一个家庭成员所表露出来的绵长而令人心烫的温暖。

昨天清晨，送女婿谷门坎出车后，该是做早饭的时候了，惠杏爱就往灶房里去。这不需要别的理由，对她来说，进了谷寡婆村，成了谷门坎的新娘子，她的身份就变了，再不是过去的高中生，也不是娘家门上的大姑娘，她无法更改地为人媳妇了。为人媳妇就不能偷懒耍滑，不能贪恋热被窝，就要操心一家三顿的吃喝，一家门里门外的活路。正是冬闲时节，门外的活路还没开，还不需要她用心，但门里的活儿是不断头的。从进了家门，她就得自觉地来担责任了。而且呢，在新的家庭里，她绝对不可以拿新人的架子，那是既对不住人，也对不住己的。在她的心头，始终压着一块沉重的大石头，那就是，她欠这一家人的东西太多了。正是因为她，这一家人才穷成了这个样子！她到这家门里来了，就只能用自己的辛勤劳动偿还欠债，就只能用自己的真情实意建设这个家庭……她刚要去问一问婆婆贾桂仙，早饭吃啥，可是大妹子谷门环，已经在灶房里忙开了。

惠杏爱往灶房里进，大妹子谷门环看见了，急忙堵在门口，两手撑着门框，高低不让她进。

情急了的谷门环说："好嫂子哩，你歇着去，歇着去。"

谷门环说："一点点早饭，动不了多少火，我一会会儿就烧好了。"

惠杏爱把手抚在大妹子谷门环的头上说："嫂子进门了，就该嫂子来做饭。"

谷门环说："谁定的规矩？我不管，过去一直是我做饭，以后还是我做饭。"

谷门环说："咱妈也说了，咱家不同于别人家，不要使唤媳妇的排场。"

惠杏爱心头不由得一热，她掰着谷门环的手，几乎是央求地说："我的好妹子呀！那咱以后一块儿做饭，人手多了，也快一些。"

谷门环不能再拒绝了，只好让开灶房门，让新嫂子惠杏爱进来，和自己一块儿动手了。早饭是简单的，前天大办婚宴剩下的肉菜、剩下的蒸馍和面条还都没有吃完，搭配着热了热，就是一顿饭了。姑嫂俩在一搭儿，边热着饭边说话，言来语去，惠杏爱才知道，年仅十六岁的大妹子谷门环，竟然已经围着这锅台转了五六年了。开始在锅边转的时候，大妹子谷门环的个头矮，够不着锅，够不着案，就叫家里人在锅前和案前，用土坯砌了两个高台子，站在土台子上切菜炒菜，擀面下面……这有什么办法呢？她爹早不瘫痪，晚不瘫痪，偏就在生产队散伙的那一年瘫痪了——他接受生产队的指派，跟着公社拖拉机站的"东方红"拖拉机深翻队里的土地，连夜转，把自己熬乏了，竟然睡在了拖拉机牵引的钢铁犁架上。拖拉机耕地到了地头上，转弯时把他摔下去了，犁铧的大铁轮碾过他的脊背，当时就把他的脊骨碾断了……上医院治疗，回家来静养，五六年过去了，他腰以下总是没有知觉。他不疼不痒，就一直睡在炕上，嘴里常说的一句话是："老天咋不把我收了去？收了去还能给娃省两个。"老爹炕上一瘫，家里的大活，就都压在老妈贾桂仙的身上了。她这个谷寡婆村的老妇女主任，从来是个不认输的主。她心疼瘫痪的丈夫谷敬勤，又关爱她的一窝儿女，还想把日子过到人前去。她劝女儿谷门环退了学，接了家里的活儿，锅上案上忙着。那时候，谷门环才上小学四年级，还完全是个娃娃呀！她爹一瘫，懂事而能干的她，噙着眼泪听了她妈的话，啥话都没有说，就把她爱读的课本往屋里头的旮旯一塞，代替她妈操持起艰难的家务来了。做饭、洗衣服、喂猪、侍候炕上的老爹、照顾不谙世事的小弟弟，她什么时候有闲空的一刻呢？望着大妹子谷门环瘦仃仃的身子，惠杏爱的心里有说不出的酸楚。自己是上中学了，上了初中上高中，后来又还复读了，复读的花费里，不也有大妹子谷门环的汗水和泪水吗！

　　大妹子谷门环在惠杏爱的协助下，很快把饭菜热熟了。姑嫂俩把杂烩饭菜盛到碗里，搁在一张木制的条盘上，端到上房爹妈的炕边上，拿起筷子，一双一双架在碗口上，再递到爹妈的手上。之后，惠杏爱退出上房，回到灶房里，给自己舀了一碗饭，坐在风箱前的大草墩上。关中西府的习俗，几千年了，媳妇家吃饭的时候就在锅台边，端着碗有一口没一口，支棱起耳朵，聆听上房吃饭的声音，时刻准备着，有人放下碗，她就得迅速赶去，接过碗进灶房添了饭再端回去……这样的规矩，没人教，惠杏爱也是知道的，在娘家，两个嫂子谁不是这样呢？

　　可是，大妹子谷门环和小弟弟谷门栓一搭儿来灶房请惠杏爱了，说是爹妈说了，让她到上房里和大家一块儿吃哩，说她如果不去，爹和妈都会伤心的。

　　惠杏爱一开始是推脱的，推脱了半会儿，还是推脱不过去。小弟谷门栓叫着她"大姐"，拉着她的手，把她硬拉进了上房。大妹子谷门环给她端来了她的碗。

　　上房里静悄悄的，惠杏爱端进上房的饭碗和菜碟儿整齐地摆在炕头上。她先前在碗上架了筷子，把饭碗递到了公公谷敬勤和婆婆贾桂仙的手里，可她退回到灶房后，公公谷敬勤和婆婆贾桂仙又都把饭碗放了下来，等着惠杏爱一起来吃饭。婆婆贾桂仙这时端坐在炕上，旁边是也坐在炕上拥着被子的公公谷敬勤。两位老人都张着眼，热切地看着她，她的心头不由得一热，忙把拽着她手的小弟谷门栓抱起来，放在了热炕上。

惠杏爱热乎乎地说："爹，妈，吃饭吧，别放凉了。"

婆婆贾桂仙没有端碗，公公谷敬勤也没有端碗。惠杏爱还要像她刚把饭碗端进来时一样，把筷子架在碗口上往婆婆和公公手里递时，盘腿坐在炕头上的婆婆贾桂仙发话了。

婆婆贾桂仙轻轻地拍拍身边的炕席，说："他嫂子，你上来，坐到妈偏旁来。"

惠杏爱吃了一惊。她看过旁人，知道婆婆和媳妇从来都是一对解不开的冤家，婆婆很难把媳妇儿当女儿待；媳妇儿呢，也很难把婆婆当成娘亲待。心和心隔着肚皮，却像隔着万水千山，想不到一块儿，说不到一块儿。她自己的娘家妈，和两个嫂子总是生分着，没有一天不打肚皮仗，把她们打得无一人不筋疲力尽、遍体鳞伤。在嫁进谷门坎家之前，惠杏爱总结娘家屋里的情况，和她平时听到的情况，对她进了谷门坎的家门后要面对的婆婆，是怀着许多忌惮的。可嫁来三天不到，惠杏爱发现婆婆贾桂仙是个明白人——当了多年的村妇女主任，婆婆历练得很有心智，在公众心目中很有威信。这从昨晚婆婆主持她们新娘子祭祖拜先人的活动上可以看得很清楚，她不紧不慢，有板有眼，主持得非常成功、非常好。回到家里来，她也不端婆婆的架子，事事处处，塌下心把惠杏爱当女儿待呢。惠杏爱这么想着，就把她感激的目光在婆婆的脸上多停留了一会儿。她看见盘腿坐在炕上的婆婆，因为操劳和辛苦而如核桃皮似的老脸上，满是慈祥。婆婆笑着，横七竖八的刀刻般的皱纹舒展开来，像灌注了蜂糖一样甜蜜。

迟疑着的惠杏爱感激得都快流泪了。婆婆贾桂仙善解人意地又拍了拍她身边的席子，说："好他嫂子哩，你上来么。"

惠杏爱却还想着一个过门媳妇的职责——吃饭时要操心公公婆婆和兄弟姊妹的碗筷，就没顺从婆婆贾桂仙心意，而是说："我就立在脚地吃，让门环和门栓都上去，他们小，炕上暖和。"

婆婆贾桂仙依然温暖地笑着说："好他嫂子哩，我说了，咱这小门小户人家，没那么多讲究。你上炕来，坐到妈的偏旁来，妈有话给你说。"

惠杏爱犹豫着还是不肯上炕——进门不几天的时间，婆婆贾桂仙把"咱屋那些规矩"之类的话说了几遍了。"我的个好婆婆哩……"惠杏爱在心里感叹着时，碎兄弟谷门栓爬上了炕，拉了她的手往上拉，身后呢，大妹子谷门环还帮着把她往炕上推，惠杏爱拗不过了，这才上炕坐到婆婆身边。

惠杏爱感到奇怪，自己一坐到婆婆身边，就浑身发热，汗也似乎要流出来了。她先轻轻端起公公面前的饭碗，双手捧给公公，让他接住了，再腾出手来，轻轻地端起婆婆面前的饭碗，双手捧到婆婆的面前，让婆婆接住了。

因为感激，惠杏爱给公公婆婆端碗的手微微抖动着，她说："看饭着凉了。爹，妈，您二老快吃。"

公公谷敬勤和婆婆贾桂仙都把饭碗接到手了，竹筷也捉到了手里，却都还不张嘴。公公因为长期卧床，脸色是蜡黄的，却病恹恹地泛着一种特殊的潮红。公公谷敬勤偏头看着相依为命大半辈子的贾桂仙，嘴唇颤抖着，想要说话，却一言都说不出来。本来嘛，家里的话都是婆婆贾桂仙来说的。婆婆贾桂仙接过了公公谷敬勤的目光，在惠杏爱的脸上扫过，然后对着把惠杏爱拉上炕后又跳下脚地的谷门栓叫了一声。

婆婆贾桂仙的声音变凝重了。她叫："门栓。"

活泼而极富心眼儿的谷门栓欢笑着应答了一声。

婆婆的眼神又落在谷门环的身上了。她叫："门环。"

谷门环看着娘亲贾桂仙，也欢快地答应了一声。

"我给你们说哩。"婆婆贾桂仙这么开始了她的话，像极了一个长期做村妇女主任工作的人的腔调。她说了，"你哥他们经常在外跑车，你嫂子才进门，啥啥都还不熟，你们要放勤快，要多帮助你嫂子做活，要多帮助你嫂子操心。你嫂子是上了高中的人，虽说比你们大，可也大不到哪里去，在我的眼里，她也是个娃娃。可你们要敬她呢，长嫂比母，你们敬你嫂子，就是敬你妈我哩。要听你嫂子的指拨……咱们家里，不是我说话难听，你们老爹是盏大风里的灯，说不准哪一阵风吹来，就会把你们老爹这盏灯给吹灭了。

我个人呢，看上去风风火火、能颠能跑，颠颠跑跑许多年，也快要颠跑不动了，顾得了家里，顾不得家外，顾得了家外，又顾不了家里。现如今，你嫂子来了，在咱屋里就是咱一门人，就是替你们理事哩，她的话就和我的话一样，你们都要小心听呢……今日个，我就把话撂在这里，你们记下了没？"

谷门环和谷门栓齐声应答着："妈，我们记下了。"

婆婆贾桂仙强调了一句："记下了好，记牢。"

公公谷敬勤的脸上，难得地露出一丝笑容，他不说一句话，但他显然同意婆婆贾桂仙说的那一河滩话。他浅浅地笑着，一下一下地点着头。

婆婆贾桂仙说得似乎还不尽兴，她又放下饭碗，扭回头来，双手捉住惠杏爱的一条胳膊，把她拉过来，跟自己坐得更近一些，然后认真而诚恳地说："杏爱，你兄弟门墩、门栓，你妹子门环，他们要有啥错处不妥处，你就要管教哩。你是替妈我管教哩，该打该骂你看着办，你识字，保准比妈会管教，会把咱屋里的事都管好。"

婆婆贾桂仙的话，丁是丁，卯是卯，全都砸在了惠杏爱的心里。有种热乎乎却又带着些酸酸涩涩味道的情愫，在她的胸膛里涌动，使她感到喉头发紧，眼睛发酸，她赶紧低下头去，硬忍住不让眼泪流出来。她无论如何都没想到，婆婆贾桂仙在她刚刚踏进这个家庭时，就对她如此信赖，这几乎是要把这个家里的几个弟妹，一起托给她了呀！自己的娘家，一而再，再而三地索要彩礼，给这个家庭带来了多么大的困难啊，惠杏爱是带着还债的念头嫁过来的，她认为今后在这屋里，在公公婆婆和弟妹们面前是不好做人的。可是，她的婆婆贾桂仙咋会不记过去，这么看得起自己呢？她被深深地感动了……她感到了被亲人信任的幸福和喜悦，同时，也有了种从未体验过的负重感。今后，她要为这个家庭负起责任来，献出自己的全部智慧和力气。

二十一岁的惠杏爱，就在这吃早饭的辰光里，深刻地感觉到，不管幸福与否、富裕与否，当然还不管苦难与伤痛与否，今生今世，对于这个家庭，她都不会推卸责任。

惠杏爱端起了饭碗，眼泪落在了饭汤里，被她和着饭，一起咽了下去。

人真是个怪东西，从昨天的那顿早饭以后，惠杏爱考虑问题，就再也离不开这个可爱的家庭了。她首先想到，要把自己新房里的家具搬一些出来，送到公公婆婆的上房里去。她看明白了，新房里的老式银柜、箱子和椅子，此前应该是公公婆婆上房里的物件，为了她新房里的充实，才腾空搬过来的。惠杏爱想："我怎么能图了自己的排场，而让老人的房子里空空荡荡呢？"一个问题考虑出了结果，她又要考虑下一个问题，她考虑到，该给家里喂上猪、喂上羊、喂上兔子，自然还要喂上一群鸡……这些能来财的门路，一样都不能缺。她要使这个贫困的家庭发生变化，就要脚踏实地，从这些看得见、摸得着的笨办法开始。惠杏爱把这些想了又想，愣憋在肚子里没往出说，她是要等女婿谷门坎出车回来告诉他，和他商量了之后再告诉公公婆婆。

　　盼望着谷门坎赶快回家，惠杏爱就又想起了他出车时的寒冷。一件棉衣，怎么能抵抗清晨刺骨的寒风呢？

　　惠杏爱稍一思量，便毫不犹豫地脱下棉袄，又脱下套在棉袄下边的毛衣，扯出一个线头，就"滋啦啦——滋啦啦——"一圈一圈地拆开了。

　　像条尾巴似的一直跟着惠杏爱的谷门栓惊叫了起来："大姐，你咋把新新的衣服往开扯呢？"

　　惠杏爱只是甜蜜地笑着，没有搭理谷门栓。可是，正在院子里往铁丝上晒衣服的大妹子谷门环听见了，跑进惠杏爱的新房里，忙忙地问："嫂子哎，这是你刚穿身上的新毛衣呢，穿了才几天，你咋拆了呀？"

　　惠杏爱踌躇了好一阵，才说："你不见你哥清早出车，光身子穿一件老棉袄，那可是太冷了。"

　　原本吃惊地看着惠杏爱的谷门环，听懂了新嫂子的心思，就要阻挡嫂子了。她说："你可不能为想着我哥，把你又冻上了。"

　　惠杏爱的大红毛衣，确实是她的新嫁衣。在这件漂亮的毛衣上身之前，她也没穿过很像样的好毛衣。所以说，她是非常爱惜这件毛衣的。她决心拆了毛衣给女婿谷门坎再织，心里也有一阵不忍，可当她拆开一条线头，便没有了障碍，迅速地就拆掉了一条袖筒……大妹子谷门环想要阻挡她，看来是阻挡不住了。惠杏爱不歇手地拆，拆得还留着体温的大红毛衣像只受了惊的小动物，在她的手里翻转跳跃。看得心惊肉跳的大妹子谷门环伸手去夺，夺到手了，线头却还在惠杏爱的手里，并没能阻止她继续拆。

坚持拆着毛衣的惠杏爱说："拆了给你哥织成背心，他穿上能扛一点风寒。"

谷门环扑上去，抱住了惠杏爱的胳膊，央求着她说："你再甭拆了，我的嫂子哩。好好的，还是你穿合适……我那有一斤毛线，给我哥织上就是了。"

惠杏爱抬起头来，看着激动的大妹子谷门环，略一思量就明白了。大妹子谷门环说她有一斤毛线，那一定是她没嫁过去的婆家送来的，是要她出嫁时织了穿的。唉唉……惠杏爱在心里感叹着，自己有一个多么好的妹子啊！惠杏爱是宁可损失自己的喜爱，也不能损失了大妹子的所爱的。她摇摇头，推开大妹子谷门环抱她胳膊的手，劝说大妹子谷门环。

惠杏爱说："你那一斤毛线，是婆家送来的吧？"

大妹子谷门环不摇头，也不点头。

惠杏爱就笑了，说："你好生留下吧，以后你有用的。我这件已经拆开了，拆开了就用我的织。"

大妹子谷门环犟不过新嫂子惠杏爱，就很无奈地看着她把毛衣拆完，化了洗衣粉，用水泡着洗过，挂在院子里撑着太阳光照晒。做了这一件事，惠杏爱又觉得心跳心慌，忍耐不住，一遍又一遍地跑到头门口上去眺望，等待出门未归的女婿谷门坎……他回来了，别的不说，惠杏爱要量他的体格哩，量过了好给他织毛背心。

早一天织好，他清早出车就能少挨一天的冷。唉，也不知那些毛线够不够给他织一件毛背心。

惠杏爱不断地出了头门眺望，没有望见女婿谷门坎，却望见了来找她的村里另外两个新娘子。

她们是不同村却同一天出嫁的姐妹，同一天来到谷寡婆村的新娘子，这使她对她们有着一种自然的亲切感。才过门第三天，她没怎么想她俩，她俩倒是心长，结伴跑到西头来看自己了。这更使淳厚善良的惠杏爱感激而快乐。她暂时压下望不见女婿谷门坎的焦急心情，来招呼上官乐和任喜过了。

三个女人一台戏。那么上官乐、任喜过、惠杏爱她们三个新娘子在一起呢？就是一出未经排演却表演得默契的新戏了。她们一碰面，就笑着、闹着、嚷着了。惠杏爱把她俩让进自己的新房，取出瓜子、糖果、茶水招待她俩，安静的小院，立即像麻雀窝里戳了一扁担，哗哗啦啦热闹起来了。

第十一章

还能说什么话题呢？自然是三个新娘子的新女婿们了。

上官乐、任喜过和惠杏爱首先大声地品评对方的女婿，说着她们各自婚姻的根根梢梢。惠杏爱的婚姻平淡无奇，是自小由两家老人订下的，就像农村里千篇一律的庄稼院一样，几乎没有什么可以说道的。任喜过和她女婿家由于历史的原因，过去都是受排挤和压制的人家，有人说合，彼此觉门当户对，便成了一门亲事。上官乐和惠杏爱听了任喜过的婚姻都说好，过去的戴帽分子可都是一方能人呢，没本事、没才华，想戴"帽子"还没人给你戴哩。现在好了，"帽子"一脱，把本事和才华往出一使，就又是一方能人了。"任喜过你就等着吧，你是有好日子过的。"俩人这么说，任喜过心里酸酸的，却也觉得很是安慰，就啥话也没往出说。让任喜过和惠杏爱称赞和羡慕的是上官乐的婚姻：小两口是高中同学，自由恋爱。公公谷大房是村里的支书，一村的"霸王"呀！还有她的亲哥哥，在县委宣传部当部长，这可是多大的面子啊！上官乐简直是一脚踏进了福窝里，没啥好挑剔的了。上官乐被任喜过和惠杏爱说得几乎合不拢嘴，就只有甜蜜地笑了。她笑着，又不小心说到她热爱诗歌创作，她女婿谷梦梦热爱小说创作，更把任喜过和惠杏爱羡慕得不得了，夸他俩是志同道合、天造地设的一对子——"老天爷太偏心眼了，把好事都往你的头上堆哩"。话说到这里起了个高潮，屋子里闹闹哄哄的，引来了惠杏爱的大妹子谷门环、碎兄弟谷门栓。他俩的到来，势必影响新娘子们说话的兴趣。她们停下话头，喝了两口水，嗑了几颗瓜子儿，你瞥我一眼，我回你一眼，分明还有话说。惠杏爱可不笨，她把大妹子谷门环和碎兄弟谷门栓指拨了出去，让他俩一个去看后院喂的猪是不是饿了，要补喂就喂一顿；一个到头门口去看他大哥他们出车回来没有，回来了就给她传话。谷门环和谷门栓不知有诈，都按照嫂子惠杏爱的指拨，乖乖地去了。

这又惹得上官乐和任喜过说惠杏爱了，说她可是本事不小，一来就把家当上了。惠杏爱嗔怪地说她们"歹人不识好人心"，指拨走两个"电灯泡儿"，大家好说话呀。于是三个新娘子都笑，笑着说着，笑声低了，语声也低了，好像是几只蚊子在叫。这是因为，她们相互探询起初婚晚上的神秘情形来了。惠杏爱在自己的新房里，她有这个主动权，她给任喜过卖了一个眼色，俩人心领神会，各捉了上官乐的一条胳膊，拧着扭着让她坦白交代。上官乐就不是个扭捏的人，没有她俩拧扭拷问，她都可能耐不住要说哩。因此，只被她俩拧扭了一会儿，她就红着脸交代了，坦白地说她的新女婿谷天明就是一头秦岭山里跑出来的豹子，晚上能把她吞到嘴里吃了去。有衣服罩着哩，大家看不见，也不能看——她的身上青一块，紫一块，都是谷天明的嘴巴吸吮啃咬出来的。不过有点儿奇怪，过去，身上有点儿青红瘀痕，就把人疼得受不得，他个豹子吸吮啃咬的青肿疙瘩，咋就不疼呢？上官乐坦白了自己的，就要惠杏爱和任喜过交代她们的。任喜过交代了，却只交代了一句话，说只要是狼都一样，哪还有不吃人的。惠杏爱不愿说，便搪塞着给上官乐和任喜过续水抓瓜子。但她俩坦白了自己的事，又岂能容忍惠杏爱蒙混过关？就像起初惠杏爱和任喜过一样，上官乐和任喜过也一左一右，扭住了惠杏爱的胳膊，拧着扭着要她交代。实在扛不过，惠杏爱说了，说她还是一个她，女婿谷门坎就没工夫来碰她，都是他的碎兄弟谷门栓，像条小蛇一样，两个晚上都箍着她的脖子睡觉哩。

啊呀呀！我的个神神呀，怎么能是这样的呢？

上官乐和任喜过惊叹着，很自然地把话题转到昨晚祭祖拜先人的事上去了。一结婚，先祭祖，别的地方有这事吗？没有听说过。所以说，这风俗该是出奇的，而且祭拜的老祖宗，是一位孤苦伶仃的寡居老婆婆，这就更要叫人称奇了，是奇而又奇的事哩。

因为任喜过的公公谷正芳在关键的时刻偷偷藏了老祖宗谷寡婆的挂像，又在下一个关键的时刻献出来，这才临时性建起了谷寡婆宗祠，上官乐就有话问任喜过了。

上官乐说："你家老爷子倒是个有文化的人，给你结婚拟写的喜联，那可是妙得盖了帽儿。人说先睹为快，你说说，他献出偷藏的谷寡婆挂像时，你先见着了没有？"

任喜过说："我倒是想先见的，可是老爷子没给我机会。"

上官乐说："那咱们仨是同一时间看到的。"

任喜过说："可不是吗。咱们仨祭祖拜先人，起初我心慌得不知如何是好，听着杏爱婆婆的喝令，叫上香就上香，叫吊表就吊表，叫磕头就磕头，一直不敢搭眼看咱的老祖宗谷寡婆。直到后来，祭拜仪式结束了，我才抬头看了挂在墙上的谷寡婆，老祖宗她还缠了碎脚呢！三寸金莲，哦哦，那么碎的一双脚！你们说，老祖宗她是从哪儿来的？怎么就走到咱这里来了？还有，她膝下的那个娃娃是怎么有的？他有爹吗？他爹是谁呀？"

惠杏爱截住了任喜过的话头，说："唉呀呀，我说喜过，你脑子里咋那么多问题。听我说，咱们可不敢乱猜自己老祖宗的事哩。她从哪里来，膝下的娃娃是怎么有的都不要紧，要紧的是老祖宗千辛万苦，衔草和泥，开辟了谷寡婆村，村里的后人敬重她，咱跟上敬重就对了，可是不敢瞎猜疑。"

挨了惠杏爱一顿呛，任喜过一点儿都不觉得委屈，反而觉得她这人好，有良心，就满心喜悦地腆着脸冲惠杏爱笑着说："你说得对。"

上官乐有强烈的表现欲，任何时候，任何地方，她都要抢在人先，成为谈话做事的中心。任喜过和惠杏爱说着话，没把她扯进来，她就要自己往上冲。而且，她一开口就非同凡响。

上官乐说："依我看呀，你俩争论的都不在点子上。"

她的这一否定，让任喜过和惠杏爱都有些发愣。上官乐把发愣的俩人各扫一眼，觉得俩人太认真、太较真，就"扑哧"一笑，说开了："你们别那么认真好不好？也许，根本就没有老祖宗谷寡婆这个人。我们都是读了书的现代知识分子，你们难道不知道，咱们中华民族的历史，以及民间传说中的人物，被证实的有几个？人头蛇身子，马首人样子，神神鬼鬼一大堆，不都是经人杜撰后传说下来的，谁敢保证咱们的老祖宗谷寡婆不是虚构出来的人物？"

上官乐语出惊人。要说刚才，惠杏爱和任喜过被上官乐的开篇话弄得发愣，到她下来说了这一堆话，她俩就只有心惊肉跳了。对自己的老祖宗，咋敢这么怀疑，咋能这么说呢？

惠杏爱惊慌得都要去捂上官乐的嘴了。她说："不是的，不是的，哪有给自己杜撰老祖宗的事呢？肯定没有。"

任喜过附和："你太胆大了！小心惹了老祖宗，让你有好果子吃。"

上官乐一通惊世骇俗的论说，像是把她说累了，她委顿了精神，嗑着瓜子"补养"起来。她嗑瓜子的水平可是高哩：手捏着一颗瓜子，轻轻送进红唇之间，也没见她牙齿怎么动，瓜子儿已裂成两瓣，瓜子里的仁儿，已经滑进她的嘴里，在牙齿上被有滋有味地嚼着了。

空空的瓜子壳，上官乐是不随手扔的，她一颗连着一颗，摆在面前的茶几上，摆了一行一行又一行，有长有短，仿佛她写的自由体诗。上官乐是不服气惠杏爱和任喜过对她的否定的，她在想怎么反击她俩，战胜她俩。同是嫁到谷寡婆村来的新娘子，上官乐哪能头一次扯闲就败在另外两个新娘子手里？

用瓜子壳在茶几上"写"着"诗行"的上官乐，用眼角儿斜睨着惠杏爱和任喜过，说："就算不是杜撰的传说吧，老祖宗谷寡婆也是个矛盾的人哩。一方面，老人家忍辱负重，创造了咱这里一方水土，是位可亲可敬的中国妇女。另一方面呢，她又是个不遵守封建道德礼教，叛逆的人，说难听一点儿，就是个缠了碎脚还红杏出墙的女人哩。不然，咋会一个人跑到荒寂的渭河滩上来生娃娃？这说明什么？说明这女人是有了私情而私奔了的。你俩说，事实是不是这样？"

惠杏爱截住上官乐的话，说："我劝你，再甭胡说了，谷寡婆可不是让你胡评论的，她是咱们的老祖宗啊！咱们都在老人家挂像前祭拜了她，你还这么胡评乱论，小心外人听见了，要教训你这胡言乱语的媳妇呢！"

任喜过帮着惠杏爱的腔，说："对对对，杏爱说得对。"

这就是上官乐的胜利了，她要的就是惠杏爱和任喜过急赤白脸的样子。于是，她毫不在乎地"咯咯"笑着，又一次语出惊人："其实，我佩服的正是老祖宗谷寡婆的这一点哩。她敢从封建的家里跑出来，敢有自己的私生子,敢在荒寂的渭河滩上创建自己的家园,不正证明她为自己的幸福追求过、奋斗过?在这一点上,她也算是妇女追求自由平等、追求自由解放的先驱呢!"

惠杏爱和任喜过紧张的神情舒缓下来了。

上官乐瞧着她俩,又不无揶揄地说:"怎么样?这么说你俩以为如何?"

惠杏爱沉默了一会儿,说:"我有我对谷寡婆的理解。我佩服的是她身上传统女性的坚韧不拔,不论顺境,还是逆境,她都不失自己对后辈儿孙伟大的爱。你思量呀,她孤身一人,苦守渭河荒滩,创造了一个村子,有了这么多后代,是多么伟大。我们还能怎样呢?只能无怨无悔,无条件地以她为楷模,学习她,像她一样建设发展谷寡婆村。"

上官乐扭头问任喜过:"听见了吗?你呢?"

任喜过像是凝神思索着啥,眼睛是湿润的。她听上官乐问她,便答非所问地说:"你瓜子嗑得太有水平了。"

惠杏爱大概不满意任喜过对上官乐所问的回答,还想再说什么时,却突然听到头门外的街巷上一片混乱,汽车的鸣笛声,纷沓奔跑的脚步声,惊诧裂魂的喊叫声,汇成一股骇人的声浪,向自己的家门口来了。

三个新娘子一起收住了话头,惊慌地站起来,透过窗口,他们看见一个满脸糊着血的人跑进了院子,哀痛欲绝地喊叫:"我哥没命了!"

脸上糊血的人是惠杏爱的二弟谷门墩,他报告的消息,不仅使惠杏爱的身子一摇,软软地瘫在了沙发上,还使陪着惠杏爱说话的上官乐和任喜过,以及上房炕上的公公谷敬勤和婆婆贾桂仙都像被抽了筋一样,软在原地,一动不能动。

晴空中的一声霹雳呀!

新婚的谷门坎在去北马坊煤矿拉煤的途中,翻车身亡了!

运送谷门坎的尸体回谷寡婆村的汽车,是邻县公路交通管理站的同志临时挡下来征用的。谷门坎的二弟谷门墩引路,汽车在他家头门口停下来,还没有停稳,谷门墩就血头血脸地跳下车,冲进家门大喊大叫。随车来的交管工作人员和拥上来的谷寡婆村人，合伙从汽车上把谷门坎的尸体搬下来，放在了贴着新婚喜联的家门口。陪同来的交管工作人员，穿着制服，戴着大檐帽，在人群里打问村上的支书。这是他们的经验了——遇到这样的恶性交通事故，找当事人所在地的"头头"，让他们出面协助，事情总要好办一些。村支书兼村主任谷大房，当时不在人伙里，交管工作人员问，大家就七嘴八舌地给他们指路，他们就顺着大家所说的方向找去了。没走几步，他们迎面碰到了谷冬梅，她庄严的气势和肃穆的神情，让交管工作人员，把她误认为村里的"头头"了。

他们问谷冬梅："您是……村支书……村主任？"

谷冬梅大方地说："支书、主任很重要吗，啊？说吧，怎么回事。"

被谷冬梅呛了一头，他们却没有恼的意思，相反却都像找到了主心骨似的给谷冬梅说了事情的来龙去脉。他们说了，谷门坎是昨天下午出事的。不知怎么的，小四轮拖拉机拉着煤翻下了深山公路，四轮朝天地躺在几十丈深的干沟里。刚过年，路上车辆稀少，直到昨天日头落山，有个叫陈增强的小伙子，开着台小四轮拖拉机路过，这才发现翻了的拖拉机。当时，谷门坎压在拖拉机下，他弟弟一脸血地在扒拉煤块，哭着喊着要把他哥拉出来。陈增强是个好小伙儿，他放下自己的事情，下到沟底，想要帮助谷门墩救他哥。谷门墩吧，他哥翻车到沟里了，陈增强来帮他，他却表现得像是认为是陈增强害了他哥，把他哥撞到沟里去了一样，要和陈增强干架。你看谷门墩的身坯子，多么强壮魁梧啊，陈增强又多么单薄瘦弱，帮谷门墩救他哥，反被他一头顶得伤了两条肋骨。"小伙子不错，他没有因为谷门墩的瞎闹撒手不管，跑了几十公里的山路，通知了我们公路交通管理站。我们赶去时，谷门墩还拉开架势，要拿头顶我们呢！"给谷冬梅交代情况的交管工作人员说，"事情就是这样。昨天晚上，陈增强忍着肋骨疼，在半山上的西北风里守了整整一夜，今天早上把人搬上沟，挡住了一辆过路汽车，这才把谷门坎拉回来了。"他公事公办地给谷冬梅交代了这一切，又把从谷门坎身上找出来的红本儿拖拉机驾驶证，和一个烤过了但没吃完的冷蒸馍，递到谷冬梅的手里，就辞别谷冬梅，回到谷门坎家门口，坐进那辆运送谷门坎回家的汽车，准备和同事一起搭乘离开了。

谷冬梅礼貌地招呼说:"咋这么急呢,不喝一口热汤吗?"

几位同志到这时才猛地想起什么,从汽车驾驶舱里探出头来说:"汤不喝了。有一张票你看看,我们不能让人家非亲非故的汽车司机做公益吧。"

谷冬梅接过票一看,上面开着四十八元的运输费,她二话没说,翻着自己的衣兜,找出几张十元的纸币,交给探出脑袋的交管工作人员。

交管工作人员认真地数着钱,说:"谷门墩……嗨,谷门坎的这个兄弟呀,脑子是不是不好使?"

谷冬梅听不得交管工作人员的这句话,就给他们挥了挥手,说了声谢谢,要打发他们走了。

谷大房在家里喝着罐罐茶,听到消息也赶来了。他一来就往运送谷门坎尸体的汽车跟前撵,因此,谷冬梅的举动以及她和交管工作人员的对话,他都看清楚了,也听清楚了。在这样的时刻,谷大房是不能不尽他的责任的,他挨在谷冬梅的身边,插话感谢交管工作人员。他还拉住交管工作人员数钱的手腕,硬要把他们从车上拉下来,拉到他家里去,给他们生火做饭。

谷大房给交管工作人员自我介绍说:"我是村支书,我是村主任。"

交管工作人员愣了愣,把谷大房和谷冬梅各瞄了一眼,有点儿解嘲似的说:"你是村支书、村主任。她是……她肯定是管支书和村主任的人了。"

谷大房拉着交管工作人员的手,稍一松劲就落了下来。他还想再说什么时,本就发动了的汽车猛轰了一脚油门,挂上挡向前开走了。

汽车开走了好一阵子,几乎看不见了,谷大房还想着交管工作人员说的话。他心里觉得怪怪的,脸上挂不住,便低了头,目光躲着谷冬梅,像是问自己,又像问谷冬梅:"门坎回来了,他的小四轮拖拉机呢?嗯,我该问一问交管的同志,谷门坎的小四轮拖拉机在哪里。对于这个苦难深重的家庭,那台小四轮拖拉机可是很重要哩。"唉唉唉!贾桂仙的大娃殁了,搁在谷寡婆村,就是村里出了人命!

谷冬梅不是小肚鸡肠的人,她不在乎交管工作人员说了啥,也不在乎谷大房抢风头,她为当年的好搭档贾桂仙难受着。她没有什么计较的,她想的是，眼目脚下，首要要先解决好谷门坎死亡的善后问题。这可是打破谁的头，都没法料想的棘手事哩！前天才办了喜事的人家，过了一天，到了第三天，竟又有场恶丧！而恶丧的死者竟就是初婚的新郎官谷门坎！

老天爷呀，你不睁开眼看看，你这弄的到底是啥事吗？

谷冬梅为贾桂仙难受得不知怎么才好。这个突如其来的灾难，降落到她的头上，可是太残忍了！

作为死难者娘亲的贾桂仙，噩耗传到她耳朵里时，她正坐在上房炕上陪着她瘫痪的丈夫谷敬勤说话。两位老人对嫁进门来的惠杏爱可是太喜欢了，觉得这个高中毕业的媳妇，真是没得挑。他俩说的话，没一句不是夸他们的儿子谷门坎命好，前世烧了高香，今世娶回这么一个有知识、明道理的媳妇，这要旺三代人哩。他家以后可要善待他们的好媳妇惠杏爱……正口里像含了糖块儿一样甜蜜蜜说着话时，跟着谷门坎一起上北马坊拉煤的二娃谷门墩血头血脸跑回家，一连声喊叫他哥命没了，当下把瘫痪在炕上的老父亲唬吓得坐起了身子，把坐在炕上的老娘亲贾桂仙唬吓得瘫躺在炕上，喊了声"命苦的我娃呀！"就咬紧了牙哭。她哭得太惨烈了，破命似的号了一声后，就像被一根绳子勒住了脖子，只剩下从齿缝和嘴唇角呼噜呼噜地喘气了。与此同时，她的胳膊和手颤抖着，腿和脚也颤抖着，脸色先还白着，然后一点点地转红，很快又转成了青色……谷门环和谷门栓听了他们二哥的哭喊，当下亦大哭起来，疯了似的，都向头门外扑了去。谷门墩哭喊着扑进爹娘住着的上房，他不知娘亲贾桂仙已被噩耗打击得犯了心脏病，还抓住娘亲的身子，又是摇，又是晃，嘴里依然没命地喊叫不停。

谷门墩哭喊着："我哥殁了！我哥殁了！"

发现了问题的是老爹谷敬勤。久病成良医，说的可能就是他的这种情况：丧子之痛突然袭来，让瘫痪在炕的他，震惊哀痛的同时，一心想着能用他的命替下大娃谷门坎的命多好！可他念头才起，还来不及痛哭流涕，就眼睛偏了偏，去寻他的老伴儿贾桂仙了……这是长期生活在一起养成的习惯哩，事情摊到头上，为丈夫的谷敬勤自己常常拿不了主意，也不会拿主意，都是孩儿他娘贾桂仙出的头，她要是乐了，大家乐，她要是哀了，大家哀，谷敬勤必须看清楚老伴儿的神色，才能跟上走。正是他在慌忙失措与哀痛中偏头向老伴贾桂仙寻求主意时，发现贾桂仙也出问题了。

这可不是小问题呢！是在大娃殁了后，可能叠加着再出了一条人命的大问题！

老爹谷敬勤是真急了，他坐着挪不动，就把炕上的一个枕头拿起来，砸到二娃谷门墩的头上，吼骂他："你哥没命了，你还想把你妈摇死吗？"

犯着傻的谷门墩被老爹谷敬勤吼骂得不摇晃他妈贾桂仙了，他恭呆呆地站在脚地上，半张着嘴，一动不动，像一根失去生命的粗木头，这就更加显出了他的傻。

大妹子谷门环和碎兄弟谷门栓，扑出头门，见到了大哥谷门坎血淋淋的惨状，没敢多看，就又背过脸跑进头门，哭喊着一头撞进父母的上房来，却又看见了瘫在炕上叫不灵醒的娘亲贾桂仙，以及慌神失惊的老爹谷敬勤。他们于是站在二哥谷门墩的身边，想哭不敢哭，想喊不敢喊，只轻轻地叫着。

谷门环轻声叫着："妈。妈。"

谷门栓轻声叫着："妈。妈。"

可是巴心巴肉爱着他们，为他们没黑没夜，里里外外操劳的娘亲贾桂仙却不答应他们。

极度的震惊和哀伤，导致刚强了一生，也困苦了一生的贾桂仙突发心脏病，张不开嘴了。

第十二章

惠杏爱不知道自己是怎么跑出头门来的，当她一眼看见从汽车上搬下来的谷门坎的尸体时，她的所有感觉都空了，眼前像扯开了一块铺天盖地的白布，挡住了她的视觉和听觉，同时阻住了她的呼吸，她就像一个活生生的人身上突然什么都不存在了一般！跟着她跑出来的上官乐和任喜过，立即伸出手来，一人抓住她的一条胳膊，搀扶着她，随着她跟跟跄跄、跌跌绊绊地往谷门坎的血身子跟前扑。

上官乐和任喜过也是哀伤的、悲痛的，她们只怕惠杏爱伤心过度，昏倒在地上。

上官乐惊慌地叫着："杏爱！"

任喜过惊慌地叫着："杏爱！"

惠杏爱在上官乐和任喜过的呼唤声里恢复了神志，她猛地甩开她俩搀扶着她的手臂，疯了一般扑向前去。当她猛扑到血淋淋的谷门坎身边时，她的腿软了，"扑通"一下，跪在了那里。

她没有哭喊，没有眼泪……她就那么瞅着谷门坎，直勾勾地瞅着，慢慢地抬起了双手，努力地向前伸着……伸着……似乎要去拥抱谷门坎，但她没有，她伸出去的双手，僵在谷门坎的身体上空……她的嘴猛地张了一下，又猛地闭起来……她的眼睛圆圆地睁着，眼珠却一动都不动，这让她显得呆滞而又茫然，更有许多无助和悲伤。这个变故太突然了，好像一道电光，一下子就把他们这对新婚夫妻分到了两个世界，她觉得这很不真实，就像在梦里似的。

这是真的吗？啊，是真的吗？

大前天，谷门坎把他的小四轮拖拉机装扮得比传统的花轿还要光鲜亮堂，他驾驶着小四轮拖拉机，轰轰隆隆地来到惠杏爱的娘家，扶着惠杏爱坐上了拖拉机，颠颠簸簸又喜气洋洋地，把惠杏爱接到谷寡婆村，接进了这个对惠杏爱而言还很陌生的农家小院。她和这个订婚多年然而仍然陌生的名叫谷门坎的小伙子拜了天地。初婚的头一天晚上，那是洞房花烛夜哩，多么美妙，多么令人向往啊！她和谷门坎在一条热炕上囫囵地睡了一夜，他们可是连手都没有来得及拉一拉呢！昨天清早，在他出车前，她才认真地看了他，记住了他的脸庞，记住了他粗粗壮壮、结结实实、宽厚的身躯。他们只说了短短的几句话啊，她觉得她已经把自己的一切都交给他了。她已经在思谋着、编织着他们的未来，憧憬着他们未来的幸福，他怎么就突然翻车死了呢？

这不能够！不能……不能够呀！

这不会的！不会……不会的呀！

然而，眼前就是他……啊啊啊……他的血淋淋的尸体啊！

全村的男女老少，此刻几乎都拥到村西头这个苦难的庄稼院门前了。庄户人家，啥会儿见过这么悲惨的事情啊！一些老人和妇女都哭出了声，老天爷做事太绝了啊！怎么能让一个刚结婚的年轻人就这么走了呢？中年的庄稼汉子们，一张张因风吹日晒黑红了的脸膛，肃穆而悲切，他们都是家里的主心骨，此刻，他们或许都在思量一个问题：谷门坎遭此横祸，丢下一家老小病残，这以后日子可怎么过呀？谷门坎是长子，从牙牙学语长到今天，成了一个年富力强的小伙子，堪称庄稼院子的擎天柱子呢，倒了这根擎天柱，他们那个庄稼院子谁来支撑呀？

冬尽春初的阳光十分淡，因为谷门坎遭遇横祸，谷寡婆村的人，在这一天，像谷门坎的家里人一样，感到了一种彻骨的冷。许多人袖着手，默默地拥立在谷门坎的尸体周遭，因为哀伤，还因为茫然，默立上一会儿，又掉头向冬季里未能封冻的渭河望一眼……流水是无情的，在流水的岸边，还能看见薄薄的积雪。有风吹来，带着积雪的寒冷，掠过谷寡婆宗祠前的老皂角树，掀得光秃秃的树枝抽风似的抖动着，发出尖细的像是飞镖掠过的呼啸。沉重的、悲痛的空气，顷刻间笼罩了整个谷寡婆村。

惠杏爱欲哭无泪，她慢慢地拉起谷门坎黑而脏的手臂。她的心，此刻软薄得像是一片雪白的羽毛……她想着，谷门坎的脸怎么是那么脏呢？应该把他的身子搬回家去，给他擦净脸上、身上的脏污。她顽强地撑起身子，想把胳膊伸到谷门坎的身下。她伸得太费劲了，几乎咬破了嘴唇，才把胳膊从谷门坎的身下伸进去，她要把谷门坎抱进家里。

惠杏爱说："门坎，回，咱回家里去。"

惠杏爱说："回家我就给你洗头洗脸，我把你洗净了，给你换上新衣服……你说你，把咱拜天地的新衣服只穿了一天，你脱下新衣服做啥呀？啊……你该穿着新衣服呢。"

嘴里呢呢喃喃，惠杏爱使着劲要抱起她新婚的女婿谷门坎，可她怎么都抱不动那僵硬而沉重的身躯。一次又一次，她都失败了。但她并不灰心，仍然紧紧地咬着牙关，一次又一次地挣扎着。

站在惠杏爱身边的上官乐，依然像她嫁来谷寡婆村时身穿白色婚纱、祭祖拜先人时身穿旗袍那般出挑，那么引人注目。当然，这时的出挑和引人注目，与那两次是不同的。那两次，只是表现在衣着上，带着些爱出风头的刻意；这一次，她是真心真意真性情，要为悲苦的惠杏爱两肋插刀，倾情相助。惠杏爱要把死去的谷门坎抱回家去，怎么也抢不动。周围拥了多少人啊！里三层、外三层，却都眼睁睁地看着，没有一人上前帮忙。上官乐看不下去了，她一抹脸上的泪水，抬起头向四围拥过来的人大喊。

上官乐喊："大爷、大叔、大哥……大家搭把手，把人抬回家去吧！"

悲切的人群，呈现出一种可怕的沉默。人们似乎没有听到上官乐的呐喊，没有人应声，更没人动手。上官乐喊过了，还把眼光扫向拥围的人群，她的眼光扫到那边，那边的人群不向前跨，反而惊惧地向后退去……突然发生的悲惨事件，仿佛使谷寡婆村人，一起变得痴呆了。

上官乐又一次地来为惠杏爱哀求大家了："大爷、大叔、大哥呀……大家搭把手吧，搭手把人给抬回家去吧！啊……啊……"

还是没人动弹，没人应声。不过，仔细看，可以看见拥围来的人群里，那些上了些年纪，嘴上生出硬扎扎胡须的人，在暗暗地传递着眼色。

哭成泪人儿的任喜过突然明白过来了。她是在渭河滩长大的，她懂得一些家乡的风俗。她站在上官乐旁边,哽咽着提醒上官乐。

任喜过提醒说:"甭喊了,上官乐。渭河滩上的风俗,殁在家门外边的人……就不能往屋里抬了。"

依然挣扎着,想要抱起谷门坎的惠杏爱,也听见了任喜过的提醒,她一怔,身上那一股劲儿倏忽消失了。她也是渭河川道里长大的姑娘,家乡的风俗她是懂得的。她抬起头来,睁圆了眼睛,直勾勾地瞅着阳光稀薄、阴冷昏暗的天空,身子慢慢地委顿下来,屁股坐在了自己的脚后跟上。到了这时,她的眼泪才夺眶而出,像决了堤的河水,翻滚着倾泻了下来,在她那泥塑一样的脸上肆意地冲刷着。

刹那间,上官乐仿佛万箭穿心!

这个初为人妇的女子啊!上官乐的心肠是软的,心肠是热的,又是最为感情用事的。一切她所不能理解、不能容忍的事情,都让她仿佛清清亮亮的眼睛里揉进了沙子一般,让她装聋作哑,让她视而不见,让她缩头缩脑,让她一声不吭,那是万万办不到的。天下能有那种事吗?死了人,居然连家门都不让进,难道说就把死人明晃晃摆在头门外面吗?或者说,要抬到村外的荒郊野地里去吗?上官乐无论如何都想不通,无论如何都不能接受这样的陈规陋习。

不能啊……上官乐霍地站起身来,双眼一眨不眨,几乎要喷射出火苗儿来。面对着周围沉默的谷寡婆村人,她大声而愤怒地质问了。

上官乐质问:"为啥就不能把谷门坎抬回家里?"

上官乐质问的声音是凄厉的,她说:"啊?他的家,他为啥就不能回去?为啥?这到底是为啥?我是塬上人,我不懂渭河滩上的风俗,可我不能看着人就摆在家门口!好了,没人搭手,我搭手。"

上官乐嘴里质问着,就真的给惠杏爱搭手去了。

女婿谷天明赶在这时从人群后边挤进来了。这个手不能搭呀!他迅速地把上官乐要给惠杏爱搭的手捉住了。谷天明把上官乐的手捉得很紧,他庆幸自己来得正是时候……本来,他按照他妈白拴蛾的盼咐,在给邻居家归还借用的桌凳和碗碟,猛地听说村西头的谷门坎出了事,当即大吃一惊。可他没有及时赶过来，这就是他的性格了，他一向不是个爱往人群里钻着凑热闹的人，而且又是横祸，他就更没有心绪来看了。是他妈白拴蛾，急急慌慌地催他来，给他说："你媳妇刚才往西头去了，是和隔壁谷梦梦的新媳妇任喜过一块儿去的。新娘子不在自己家里守着，乱跑个啥呀？如果碰上横死那样的祸端，对她们新人又有什么好的？快去，你快快去，去把你媳妇叫回来。"谷天明倒不像他妈白拴蛾那么封建，忌讳新娘子碰见恶事，但他还是放下手里要还的桌凳和碗碟，慢慢腾腾地向村西走来了。自由恋爱、结婚的谷天明，虽然不忌讳新人面对祸端，却也对初嫁到他家的上官乐产生了一些不满。这是他爹谷大房和他妈白拴蛾给他提醒的，俩老人说他们算是给他打预防针："可不敢太过放任自己的媳妇，初婚就要给火色看，不能让她没有做女人的规矩。刚进门哪能一点儿约束都没有，由得她想做什么做什么，想说什么说什么……特别是，不能让她无事到街巷里乱转，这家门出，那家门进，你们小两口不嫌丢人现眼，我们做老人的会脸红发烧的。知道没有啊？咱可不能娶媳妇没娶成，娶回了个爷，骑在你娃的脖子上屙屎撒尿，那可就有你娃受的咧！"可谷天明还没来得及把老人们给的预防针打给上官乐，她就迫不及待地犯上事了。一肚子心事的谷天明，刚刚慢腾腾地走到谷门坎的家门口，还在人群的外面兜着圈子，就听到了上官乐大声豪气的质问声，这让他可是大吃了一惊。

啊呀呀！村里的事，可有你一个刚嫁来的新娘子说的份儿吗？谷天明心里叫着苦，就削尖了脑袋往人群里挤了。

谷天明挤进人群，没敢往血淋淋的谷门坎身上看一眼，便心惊肉跳地捉了上官乐的手，轻轻地一拽，小声说："回，咱妈叫咱回家哩。"

一股压抑不住的义愤，正在上官乐的胸膛里奔涌，这使她根本无暇考虑别的什么了。什么新娘子呀，什么初来乍到呀，还有什么被人戳脊梁骨指骂呀……都去见鬼吧！上官乐才不要去思量呢。她只觉得眼目脚下的事，太不人道，太不近人情了，令人气愤，让人看不过眼！她要说哩，她不说出来，肚子里的气愤要把她憋炸了的。于是，她头也没回，只是把谷天明抓她的手一拨拉，就又照着自己的思路说上了。

上官乐说："甭拉我，等我把这里的事弄清白了。"

谷天明说："爹他们都来了。"

上官乐说："来了好，让爹他们来说这个理。"

隐忍着的谷天明，万万没有想到，新媳妇上官乐竟会当着全村人的面给自己来这一下。他虽说是学生出身，接受了一些新知识、新观念，可他毕竟生在农村、长在农村，打小被灌输了许多农村中的观念和意识。背过人，上官乐可以对他颐指气使，怎么敲打他、踩踏他，他都可以忍受；可这是在稠人广众的眼目之下，上官乐这么做，简直是把他作为丈夫的颜面撕下来，血赤糊拉地扔在地上拿脚踢呢，他觉得这太过分了，是不可容忍的，谷天明脸色一时就涨得像猪肝一样了，众目睽睽之下，他去拽上官乐的那只手伸出去不是，收回来也不是，便气恼地结结巴巴地数说上官乐。

谷天明说："你……你这是弄啥哩吗？啊，村里的事，自有村……村里人管哩么，哪轮得上你一个新……新媳妇来说话。"

上官乐扭回头，盯视着谷天明，似乎忘记了他是刚刚和自己拜了天地的丈夫，只冷冷地一笑，说："怎么，新媳妇就没说话的地方了？啊？你把我当成啥了？是传统的小媳妇吗？缠着小脚，顶着头帕，只能做饭生娃，不能发言的傻瓜蛋吗？"

谷天明万万想不到，上官乐会这么泼辣蛮横。他想再说上官乐几句的，试了试，却怎么都张不开口。

上官乐是不管不顾的，她继续说着："你说得好听，很好听，村里的事自有村里人管哩。谁呀？人呢？管事的人到哪儿去了？为什么不承头管呢？难道说当了村里的干部，就只知道领补助不管事吗？既然不见来人管，为什么我就不能出来说话？天底下有这号理吗？告诉你谷天明，你到旁边去，少来给我指手画脚。你该知道的，地不平自有人铲，事不平自有人管，走到天尽头都是这个理。"

上官乐因为激动和愤怒，瞪着一双圆鼓鼓的眼睛，瓜子形俊俏的脸儿涨得通红，像是点燃的红灯笼，弯弯的、黑黑的眉毛扬起来，几乎要飞到脑门上去，两片红润的薄薄的嘴唇迅速地翕动着，话说得又快又急又响，简直就如练武场上连射出的机枪子弹。可爱的激愤的上官乐，一只手叉在腰间，挺耸着胸膛，愤愤地倾泻着她的不平。连她自己也没想到，在这样的场合，她会一下子说这么多，更不会想到她的这些话都会刺伤什么人。仅仅是新婚的女婿谷天明吗？她不是把她的公公谷大房也拉进去数说了么！

寂静……人群呈现出可怕的寂静。

谷天明惊得眼睛睁大了，鼻子歪了，嘴巴斜了，他感到难堪，更有一种羞辱，他双手颤抖着，不知道该说什么，该做什么，是继续叫上官乐回去呢，还是自己扭身走掉？

"闪开！闪开！"

拥围着的人群外响起了低沉而威严的说话声。听到那声音，拥挤着的老汉、中年人、婆娘和女子，立刻让出了一条通道，他们知道是什么人来了！

啊啊！就看新娘子上官乐今日弄下的事怎么下场呀！

威严的说话人，正是村支书兼村主任谷大房，他迈着稳健的步子走来了。

身高头大而敦实的谷大房，肩背上依然披着他那件新挂了布面的宁夏九道弯羊羔皮袄，皮袄的两襟向外撇开着，翻出白生生的弯弯曲曲的雪绒长毛来。他走得有力，既不匆忙，也不拖沓，一副沉沉稳稳的架势，别说是谷门坎一个人的横死，就是天要塌下来，他也顶得起来。他的脸膛上，除了有对谷门坎突然亡故的悲伤之外，别的什么都隐得很深，一时半刻看不出来，好像他儿子谷天明新娶的媳妇上官乐刚才那一通大不敬的话，还没传进他的耳朵似的。不过，在谷寡婆村生活了许多年的人，细心一点儿的，还是从谷大房阴郁的脸色上看出了一些端倪，料定他把他儿媳妇挑战他的话，一字不落地听下了。

这样的猜测是有道理的，如不然，谷大房那浓重的向下垂着的眉梢不会微微抖动，此刻，他的那双锐利的、深沉的眼睛里，有种难以掩盖的东西，令人感到可怕而心悸。

突然……一切都来得那么突然。

谷门坎的死那么突然，退休干部谷冬梅自掏腰包支应运送尸体的交管工作人员是那么突然，儿媳妇上官乐站在人群中指斥村干部也是那么突然……一个连着一个的突然，横亘在村支书兼村主任的谷大房面前，他不多想是不可能了。这是对他的挑战吗？对，公然的，肆无忌惮的挑战呢！在谷寡婆村，谷冬梅培养了他，他感激她，可那都过去了。她退休回来，只要她不触动他，他会敬着她，像敬奉在宗祠里的谷寡婆一样敬她。但这是有一个前提的，那就是她不要多事，绝对不要！资历深、威信高，是谷冬梅在谷寡婆村里的优势，但她应该知道，那已是明日黄花。谷大房是谷寡婆村今日的村支书兼村主任……他恼着谷冬梅，心里想，你退休还有钱拿，钱多得烧手了，拿你自己的钱支应运送谷门坎尸体回村的交管工作人员和汽车司机，你尽管去支应好了，你不心疼你的钱，我又替你心疼啥呢？好了，我一时不能在众人面前拾你的能，我忍着，咱们以后走着瞧。谷大房气恨着谷冬梅，却暂时还不敢和她翻脸，但是刚嫁进他家门的上官乐——你凭什么撂大话，也来挑战你公公我的权威？你是我的儿媳妇哩，你都不把自己放在秤上称一称，你有几斤几两？

谷大房在心里发着恨："哼！碎崽娃子上官乐，你也太不知天高地厚了吧？"

从大家让出的过道走进人群中心，谷大房瞥了一眼血身子的谷门坎。本来，他还想把谷门坎新婚的新娘子惠杏爱也看一眼的，但他的儿媳妇上官乐和九先生谷正芳的儿媳妇任喜过都在一起，他就抬高了自己的目光，从她们三人的头顶扫了过去。他一只手拽着呼呼飘抖着的九道弯羊羔皮袄，一条胳膊抬起来，老练而极有气势地向下一压，眼光徐缓而威严地扫过眼前的庄稼人，待一切抽泣、唏嘘和窃窃私语声都消失了后，他咳嗽了一声，这才高声地发话了。这是谷大房在村里长期任村支书和村主任积累下来的能耐，说起话来也是头头是道，滴水不漏。在县级三干会上，别的人，把头仰得像鹅一样，听一阵领导的报告，低头在笔记本"唰唰"记几笔；谷大房不识字，记不了笔记，就低了头听，听的时候还和左右听会的干部交头接耳几句。可你放心，回到村里传达的时候，一句都不会走样，他把会议内容原原本本地记在脑子里，再掏给大家伙儿。

谷大房说：“刚才，谷冬梅拿她的钱把送门坎回来的汽车打发走了。谷冬梅有钱么，她掏那点儿钱没啥。既使这样，也是要感激人家哩！作为支书和村主任，这是我的责任呢，我来迟了，这是我的不对，我检讨。"

谷大房啥时候这么说过话呢？这是新鲜的，但也有他的深意呢。他之所以用这样的话做开场白，很明显，是说给谷冬梅听的，敲山震虎，他有必要说这一段。下来，他就说给拥围过来的谷寡婆村的群众了，当然还有他不分高低、不明事理的儿媳妇上官乐。

谷大房说了：“本来，门坎的事怎么办，村上干部应该讨论研究一下的，可这是磨盘压手的事，没时间讨论研究。我是支书、村主任，上级把我放在这两个位置上，就把事拿了。第一，谷门坎的尸首应该停放在哪里，传统的习俗有没有道理，不是今天讨论的。破'四旧'破了许多年，咱们老祖宗的祠堂也被破了，咱们现在不是又建起来了吗！什么是'四旧'？我算是糊涂了，说不清了。我的意见呢，谷门坎的尸首不能进家门就不进吧，让他到谷寡婆的宗祠里报到去。咱们谷寡婆村没有杂木楔子，都姓谷，姓谷的谁不去给谷寡婆报到，谁就不是孝子贤孙。谷门坎是在咱谷姓人家眼皮下长大的，大家有眼看得见，他是孝子，更是贤孙。第二，门坎家的难场，咱们大家都知道。本来就不宽裕，才又娶了媳妇，经济上的困难是一定有的。现在，虽说地分了，一家过一家的日子，可咱都是谷姓人家啊！咱谷姓的老传统不能丢，我是村里说话的人，要我说，咱们也都拿出点儿谷姓人家的感情来，一家有事全村忙。"

谷大房一口气把话说完，看着拥围在一起的庄稼人，又强调了一句：“大家有啥意见没？啊，有了就说。"

静静的，没有人吭声。

谷大房又说：“没意见？没意见了就好。我就像过去一样派活了。"他喊叫着"克明"："你叫你三爷、七哥，还有栓栓，都扛上家伙到官墓地里去打墓。"他喊叫着"有有"："你给咱带上几个屋里人，这几天在门坎家操持一下，要磨面了就磨面，要蒸馍了就蒸馍。""四伯，你外头人熟，出去给咱寻棺子，尽量少花钱，但棺子的质量要保证，不能只是个薄皮皮，能成不？"他喊叫着"九先生"："九先生呢？给九先生传话，揭两张白纸，给门坎写两副丧联。"……"好了，都散了去做吧，谁出工我知道，给你记着哩，今后我在义工中扣。"

谷大房指派着村里人，没人不听，没人不从……就在他身边站着的二娃媳妇上官乐，差点儿能戳进他的眼睛，他却视而不见，只管安排事情。上官乐很想公公谷大房也给她安排个事情，但他没有，她就愣愣地听着公公谷大房高声大气地安排村里人，自己的脸便毫无理由地红了。

上官乐觉得，她是有点儿佩服这个说话霸蛮、行事霸道的公公了。

好，知道脸红就好。谷大房说话时，虽然没正眼瞧咋咋呼呼的儿媳妇，但他仅凭眼角的余光，已把嫁来了几日的儿媳妇上官乐看了个明白。待他把要说的话都说了，把该安排的活路都安排了，才扭回头来，声音不大，却一字一句像铁钉铁铆一样，把话砸向了上官乐。

当然，谷大房向上官乐铁钉铁铆地砸话时，艺术地拐了个弯，只冲着他的儿子谷天明说："没事了，你们都给我回去。"

听到谷大房指派的人，没有人还嘴，全都履行自己的职责去了……拥围的人群中，没有得到实际指派的人，就准备搬抬谷门坎的尸体去谷寡婆宗祠，还有人应着谷大房的话，说他去找九先生，给谷门坎写白头联。

上官乐还好意思在这里逞能吗？她不能了，她拿眼睛去找叫她回家的女婿谷天明，却发现他没有再拽她，甚至招呼都没给她打，就先自一个人，挤出人群走了。"小心眼儿。"上官乐在心里嘟囔了一下，抬手在悲苦着的惠杏爱肩上轻轻拍了两下，就也朝着谷天明走的方向撵了过去。

支应走了交管工作人员的谷冬梅，听着谷大房的一通说道，什么也没说。她承认谷大房的安排是妥当的，但又觉得太简单了，就是不和她商量，不和村里的干部商量，也该到谷门坎的头门里去，与他家的两位老人商量的。

谷冬梅这么想着时，已抬脚往谷门坎的家里进了。

恰在这时，从谷门坎爹娘住着的上房里传来了谷门坎弟妹们撕天裂地的号哭声。他们在哭昏死过去的娘亲贾桂仙。

长一声哭喊的是谷门墩:"妈呀——我的妈!"

短一声哭喊的是谷门环:"妈!妈!妈!妈呀!"

不长不短、声音稚嫩地哭喊的是谷门栓:"妈妈!妈妈!"

谷冬梅的脚步加快了。她前脚刚踏进贾桂仙和她丈夫谷敬勤居住的上房门,就失魂落魄地大喊起来。

谷冬梅喊叫着:"桂仙!桂仙!"

可她也叫不醒变脸失色的贾桂仙。贾桂仙的儿女们叫不醒他们亲爱的娘亲贾桂仙,谷冬梅又怎么能叫醒贾桂仙呢?

听到头门里的哭叫,拥围着谷门坎尸体的谷寡婆村人,又都心慌肉颤地往头门里拥进来了。

天不睁眼,从谷门坎前脚横死,他的娘亲贾桂仙紧跟着也晕死过去了!

谷寡婆村在这一天,被谷门坎和他娘亲贾桂仙弄得既压抑又悲伤。不远处的渭河流水,也像在哀痛一样,汩汩地悲泣着。

第十三章

轰隆隆……轰隆隆……一列火车自东而来,向西而去;轰隆隆……轰隆隆……一列火车自西而来,向东而去。

陇海铁路线上的绛帐火车站不是很大,也不是很小。隔不了多长时间,就有一列满载着煤炭,或者木材什么的的货运列车呼啸而过。偶尔也有绿皮的客运列车,吭吭哧哧地驶来,或者停,或者不停,又吭吭哧哧地驶了去。就在火车站北临的塬坡边上,坐落着惠杏爱读书的绛帐中学。这一天,休着暑假的惠杏爱和同级毕业的其他学生一样,从家里骑着自行车到学校看榜来了。

农村的学生,说是休暑假,其实与不休暑假一个样。他们没有集体组织的夏令营,也没有自发组织的社会活动,他们有的是老师布置下的永远都做不完的假期作业和家里永远都做不完的杂活……惠杏爱的爹娘喂了三头壳郎猪,瘦乍乍的,正拽条子,各有一副怎么吃都吃不饱的下水。惠杏爱晚上做暑假作业,白天给三头壳郎猪拔猪草,天天拔,两只手都被鲜嫩的猪草的汁液染成绿色的了。

惠杏爱偷藏着绿色的双手,到学校贴着高考红榜的大照壁前,站在挤作一团的同学后边,往红榜上瞄,她只淡淡地瞄了一眼,就发现自己落榜了。

离上榜仅差了一分啊!

唉唉唉,眼泪在眼眶里打着旋儿,惠杏爱轻轻地跺了一下脚,转身从学校门里走出来,走不多远,就到了双轨并列的火车线上……她恭呆呆地数着过往的火车,"复习再考""复习再考",火车飞驰的铿铿声,在她耳朵里,全都转换成了这四个字。但她想着她的爹娘,自私自利的爹娘啊,他们能同意她复习再考吗?

专注地数着火车的惠杏爱没有留意，有台小四轮拖拉机停在了火车道边，从驾驶座上走下了浑身油渍麻花的谷门坎。

谷门坎走近了惠杏爱，问："咋把手都染成绿的了？"

惠杏爱扭回头来，她看见了媒人给她说下的女婿谷门坎，她没接话，脸却先自红了。

谷门坎说："得是数火车呢。"

媒人给他俩牵线时，他们虽只匆忙地见了一面，惠杏爱还是把谷门坎深深地记下了。当时，谷门坎送了惠杏爱一个硬皮笔记本和一支铱金钢笔，说她在学校用得着。惠杏爱还了谷门坎一双手套、一方手帕。为什么还他这两样礼情，惠杏爱是不晓底里的，家里给她这么准备，她就这么给。不过她觉得非常好笑，因为她根本没有想过以后真的能成为谷门坎的人。她还在读书，是要读到城里去，成为一个城里人的。谷门坎能成为城里人吗？拗不过爹娘和媒人，与谷门坎相亲，她是当作演戏来做的。谷门坎在火车道边撵到她跟前，说她数火车，这不是奚落她吗？

惠杏爱几乎要愤怒了，说："我想卧轨死了呢！"

谷门坎被吓住了，猛地跳到惠杏爱的面前，张开两条胳膊，挡住了惠杏爱的去路……正在这时，又有一列火车开来了，风驰电掣般向前而去，卷起的风浪，把谷门坎的衣裳吹得掀起来了，露出他黝黑的皮肤和结实的肌肉。惠杏爱不知为什么，竟在这时候低头抿唇，浅浅地笑了起来。

看着惠杏爱笑，谷门坎的心松了下来。他说："到学校看榜去了？"

惠杏爱点了点头。

谷门坎说："不理想，是吧？"

惠杏爱又点了点头。

谷门坎就像他自己参加高考失败了似的，眉头皱了起来。但他接着便很是坚定地说："你听我说，箭箭射进老虎屁股里，山里就没野虫了。别灰心，还有明年哩，又不是今年高考明年就不高考了。复习，你复习，明年再考么。"

在谷门坎慷慨的鼓励声中，惠杏爱抬起头来，头一次大胆地看了谷门坎。她发现这个因为家庭困难，早早放弃读书的青年，是那么理解她。她可以敞开心扉和他说话了。

惠杏爱说："我是想复习、高考的，不知我爹我妈给不给我机会。"

谷门坎说："这你放心，有我哩，我支持你复习、高考。"

惠杏爱想着他那困难的家，问："你拿什么支持我？"

谷门坎抬手指着停在不远处的小四轮拖拉机，说："看见了么？那是我刚刚买下的，我没办法，小四轮拖拉机有办法。"

有办法的小四轮拖拉机，支持惠杏爱复读了一年——虽然她还是没有成功。小四轮拖拉机对谷门坎困难的家庭，也起到了非常大的作用，一家人依靠谷门坎驾驶小四轮的收成，生活眼看着有了起色，还把她顺顺当当地娶进了家门。谷门坎起早贪黑，还要驾驶小四轮拖拉机让他们家向着小康挺进，可是，他自己却被他寄望着的小四轮拖拉机，无情地夺去了性命。

头门里门墩、门环、门栓几个弟弟妹子的哀号，惠杏爱听见了。他们凄惨的哀号，一声一声，像是横空飞来的利箭，尖锐地刺痛了惠杏爱。她不知他们在院子里哀号什么，还来不及理清思路，就慌脚慌手地随着纷纷拥进家的村里人跑进去了。

惠杏爱跌绊着一头闯进公公婆婆居住的上房，扑到炕边上，看到原先病卧着的公公谷敬勤坐着，而为了照顾公公总是坐着的婆婆贾桂仙却横躺着，就知道又出大事了！她双手一伸，拨开门墩、门环、门栓，摇晃着身子，匍匐在婆婆贾桂仙的身前，眼望着婆婆贾桂芝变得紫青的脸，嘴里呜咽着说话。

惠杏爱说："婆婆呀，我被门坎吓着了！"

惠杏爱说："我的婆婆哩，你可不敢再吓杏爱了！"

惠杏爱说："杏爱胆子小啊！"

谷门墩、谷门环、谷门栓兄弟姊妹摇不醒、喊不醒的娘亲贾桂仙，在惠杏爱轻轻的呜咽声里睁开了眼睛，她甚至还用手掀开盖在身上的棉被，拥住惠杏爱，含糊不清地给惠杏爱说话了。

婆婆贾桂仙说："婆婆……婆婆不吓……不吓杏爱。"

惠杏爱任凭婆婆贾桂仙拥着她。她惊讶于婆婆的力气——那双细如麻秆的胳膊，这阵儿竟然像有千钧之力，死命地钳在她的腰身上，微微地抖颤着。惠杏爱没有挣扎。

惠杏爱应着婆婆贾桂仙："妈——"

婆婆贾桂仙紧贴着惠杏爱身子的头努力地向上抬着，一张脸完全地仰了起来。啊！啊！那是一张什么样的脸呀，惠杏爱想，她今生今世也不会忘记这张脸！婆婆的脸是消瘦的，仿佛一段枯木雕刻出来的，满脸都是皱纹，密集而深刻，像一条条纵横交错的沟渠，盛满人世间的辛酸和悲苦。此时的婆婆贾桂仙，和昨天夜里主持她们新娘子祭祖拜先人时太不一样了。那时，婆婆贾桂仙是谷寡婆村几十年的妇女主任，她刚强果毅，她干练智慧，主事有板有眼，纹丝不乱。只过去了一天一夜都不到，她就衰朽得让人惊慌了：满头的灰发，突然变白了，像霜、像雪……蓬乱着，颤晃着，根根如针，直扎人的心肺；深陷在皱纹里的眼睛，一下子睁得那么大、那么圆，黑黄的眼珠子，几乎要从她红肿的眼眶里挣脱出来；她的眼神，是那么痛苦，那么悲伤，仿佛饱含切切的哀求与祈愿，又仿佛有着深深的留恋和希冀，同时还有一种无法从深涧中解脱的挣扎和绝望。

婆婆贾桂仙张大了口喘气，说："杏……杏……杏爱哎！"

那微弱的、胆怯的，就像从地缝中硬挤出来的呼喊，如同一把锋利的尖刀猝然间从惠杏爱的心头划过，使她柔弱的心房，泛起一阵无法言说的战栗。

婆婆贾桂仙说："妈离不了你哩，杏爱。"

惠杏爱应着婆婆："妈——"

婆婆贾桂仙说："你千万不敢走哩，杏爱。"

惠杏爱应着婆婆："妈——"

婆婆贾桂仙说："啊，妈咋这么没福哩？我看出来了，你是个好女子哩！妈想靠你多过些日子，可妈和你缘太浅，妈就要走……走了……你要是有啥解不开的疙瘩，你放心，有你冬梅婶婶呢，她……她……"

惠杏爱不断地点头应着婆婆贾桂仙，却突然听不见婆婆唔唔哝哝的呢喃了。

惠杏爱叫着"妈",大声地叫着"妈",但是任她怎么叫,都唤不回婆婆贾桂仙了。她看见婆婆的眼泪涌了出来。大颗的泪珠,像在染缸里染过了,是浑黄的、是浊红的,是不黄不红的,像断了线一样,在老人家皱纹满面的脸上簌簌地滚落着。

惠杏爱的眼泪也涌出来了。

刚刚号哭了一鼻子的谷门墩、谷门环、谷门栓都拥在惠杏爱的身后,眼里如惠杏爱一样,噙满了泪水。他们现在都不哭喊妈妈了,而是对着惠杏爱的背影,悲悲切切地呼喊着。

傻乎乎的谷门墩扯着哭腔叫:"嫂子!"

一脸无助的谷门环也扯着哭腔叫:"嫂子!"

小弟谷门栓是那么惊慌,他胆怯地跟着惠杏爱,伸手牵着她的后衣襟,生怕她会一下子消失。他那圆乎乎的润泽的小脸上,一双黑丢丢的圆眼睛,不停地惊恐地转动。他仿佛是一头被恶魔追赶而受惊吓的小鹿,跟在惠杏爱的身边,依傍着她,寻求庇护。

谷门栓悲声地哭哥哥,哭妈妈,嘴里一声一声地叫着的却都是惠杏爱:"姐,姐,姐……"

这一声一声的呼叫,是依赖,更是信任。先是谷门坎死,再是贾桂仙亡,这个苦难的家庭,在这个苦难的时候,不依赖、不信任惠杏爱,还能依赖、信任谁呢?当然,还有在炕上瘫坐着的公公谷敬勤,但他是可以依赖和信任的吗?一个不能颠又不能走的老人,或许在精神上能起一些作用,其他的,就只有惠杏爱承担了。

婆婆贾桂仙拥在惠杏爱腰际的手松了,缓缓地滑落下来。她紧紧地闭上了眼睛。多么不情愿、不甘心,她也终究跟着自己的大娃谷门坎一块儿去了。

惠杏爱把婆婆贾桂仙滑下来的手臂,挨着身子捋顺了。然后,她抬起头来,双手把随在她身边的泪人儿似的小弟谷门栓揽进怀里。她觉得自己该说话了,但她不晓自己该说什么,能说什么。这时,谷冬梅抬手按在了惠杏爱的肩膀上。

谷冬梅说:"天塌不了。"

谷冬梅说:"就是塌了,咱们一起扛,就一定扛得过去。"

惠杏爱感觉到了肩上谷冬梅手掌的力量,也感觉到了她说话的力量。初嫁到谷寡婆村,惠杏爱虽然还不能完全了解村里的情况,但这位退休回村的县粮食局局长谷冬梅,因为她带头重整谷寡婆宗祠,因为她组织新娘子拜祖祭先人,婆婆贾桂仙就给惠杏爱多说了一些她的事。惠杏爱知道这位谷寡婆村把官做得最大的女人,像村里的始祖谷寡婆一样,她的故事也是非常传奇的。

一九六一年春天,背河汉子谷狗剩在渭河边守着。他的身后,是他用渭河边上的柳条搭起的一个窝棚。因为临着河,沙土里水分足,插在土里的柳枝,全都活了过来,生出郁郁葱葱的芽叶,不仔细看,还以为这窝棚是一簇丛生的沙柳。离着柳条窝棚不远的沙梁上,还有几棵迎风乱舞的大柳树,柳树下起伏着几座大坟包,那是谷狗剩家的祖坟,他爷爷和父亲都长眠在那几棵大柳树的树荫下。在谷狗剩的记忆里,他的爷爷是渭河上的背河汉子,他的父亲也是渭河边上的背河汉子。爷爷和父亲都去世了,轮到他,还是在渭河边上做了背河汉子。父亲去世时间不长,还不到一年。父亲去世前看上去好好的,不像有病的样子,他把谷狗剩从村里叫到渭河边来,还和他一起搭了那座柳枝窝棚。躺在窝棚里,父亲留下遗言给他,让他也来背河。父亲给谷狗剩说,渭河边上不能没了背河汉子。父亲这么给他说,怕他听不懂,就给他解释说:"水能养人,也能害命。咱靠着渭河吃渭河,也要靠着渭河……"最后的话,父亲还没说,就毙命了。为了父亲那句没有说完的话,谷狗剩想了许多个日子。那天孤坐在柳枝窝棚前,谷狗剩无精打采地望着眼前的渭河水,这就望见一个红衣女子,从渭河的对面涉水走过来了。

水能养人……谷狗剩的年龄不小了,三十六七岁的人,看上去有五十岁。不是父亲临终留遗言给他,他是不会在渭河边背河的。这个职业没能使他的爷爷过上好日子,没能使他的父亲过上好日子,轮到他了,又能背出什么前程呢？

谷狗剩是不抱任何希望的，因为他到现在还是一个光棍汉。人常说，一人吃饱，全家不饿，所指的就是他们这种光棍汉。但在这个特殊年代，越是光棍汉越吃不饱饭。父亲把谷狗剩拉扯到渭河边接班背河，别的不说，倒是暂时地把填饱肚子的问题解决了。

没有果腹的粮食，谷狗剩可以在河边的死水凹里捉青蛙来吃，运气好时，还能摸到一两条小鱼，或是一两只老鳖，摸到了，谷狗剩就能煮了大快朵颐。

这天夜里，丝线绺绺地落了一夜春雨。天明时，谷狗剩抬头就清晰地看见了黛色一线的南山。他下到渭河的浅水里，不到一会儿的工夫，就摸到了两条各有三两重的鳖，还摸了两条三两重的小鱼。他掘了一根芦草，拴住鳖腿，吊着鱼嘴，提溜着回到柳枝窝棚里，架起锅，生上火，烹煮鱼鳖，准备吃早餐了。

也许是谷狗剩心有所想，架火煮着早餐时，他忍不住哼唱起了秦腔《柜中缘》里的一折：

> 许翠莲来好羞惭，
> 悔不该门外做针线。
> 那相公进门人若见，
> 难免过后说闲言。
> 这才是手不逗红红自染，
> 蚕作茧儿自己拴。
> 无奈何我把相公怨，
> 你遇的事儿本可怜。
> 你不向东走来不西窜，
> 偏偏来在我家园。
> 我本是女孩儿人家心肠软，
> 怎忍把你往外掀……

旺旺的火在锅底烧着，鱼和鳖在沸腾的水里滚着，柳条窝棚里充溢着鱼鳖肉烂熟的腥香气。谷狗剩哼唱着秦腔，不无满足地吸着鼻子。把锅底的柴火退了，他就踱到窝棚边上，一边等着鱼鳖汤锅凉下来，一边无所事事地张望一夜春雨后涨了一些的河面。红衣女子就在这个时候，挽起裤腿，试探着下到了渭河里，往河的这边渡过来了。

红衣女子低估了渭河的威力——不是背河的汉子，很难涉水横渡。

浑浊的河水里，你不知道哪里有漩涡，更不知道哪里有巨石。你不知深浅，不知一脚踏不实，就有被河水冲走的危险。涉水横渡的红衣女子是谁呢？她是在渭河边上长大的吗？她晓得渭河的危险吗？谷狗剩看着漫漫河水里的那一点红，忘了他烹煮在锅里香气四溢的鱼鳖，只顾眼睛眨也不眨地看着那红衣女子。

背河汉子谷狗剩，虽然没有背河的爷爷和父亲经验丰富，可也积累了许多这方面的常识。见红衣女子下到渭河里，涉水走了几步，跟跟跄跄的，没有一步能走稳，他就知道这不是个习水的人。谷狗剩在心里惊呼起来了。

谷狗剩刚在心里惊呼了一声，便见渡河的红衣女子扑爬在河水里了。

还好，红衣女子扑爬下去的地方，水位还是浅的。她在水里扑腾了两下，挣扎了两下，又站了起来。她的衣裳湿了，头发也湿了，可她还不退回河边去，站起来又向渭河这边走来了。她怎么就不呼叫谷狗剩背她呢？冬春交接时期的渭河水，虽然行不了船，人却是可以凫水过河的，可那必须是识水性的人。不识水性的人，就都是要背河汉子来背的。谷狗剩接了父亲的班，在渭河边背河，什么样的过河人他都见识过了，却没有见过红衣女子这样的过河人！她是不要命了吗？谷狗剩看着在河水里挣扎的红衣女子，他的心没来由地抽搐起来。他不等红衣女子呼唤他了——他想这是他的职责呢，背河汉子神圣的职责啊！他不能看着那一个孤单的女人，在春汛初起的渭河水里独自挣扎，再往河心走，弄不好，脚下一跌，她会再次倒进河水里，那时就迟了，她不会再爬起来的，她只会顺水而去，沉沉浮浮，丢了她的性命。谷狗剩撒开脚丫子，边往渭河水奔，边解着他的衣服扣子，解开一件，脱下来往河滩上扔一件，到他双脚踩进渭河水里时，他已经把身上脱得只剩了一条短裤。谷狗剩奋勇地向着红衣女子涉水而去了。

渭河水被谷狗剩踩得又碎又散，飞溅起来，弄湿了他裸露在水外的肌肤和脸面。他顾不得去擦，更加奋勇地向红衣女子飞扑……渭河水好像顽皮的野兽，缠着红衣女子，直往她的身上爬，起先只爬到她的膝弯上，一会儿就爬到她的大腿根，呼啦啦又爬到她的腰眼上了……谷狗剩喊叫着她，不让她动，说他背她过河，可她像没长耳朵一样，还在往河心的急流跋涉……湍急的渭河水，已经爬到红衣女子的肩胛窝下了，奋勇接近她的谷狗剩，只要再向前抢一步，就能抓住红衣女子了。可是，他向前伸着的手，只在红衣女子的眼前晃了一下，还没能抓住她的手，她已被河水冲得转了个身，再次倒在河水里，被河水冲卷着向下游飞窜而去了。

谷狗剩没有迟疑，他也顺着水流，迅速地向红衣女子游了过去。

红衣女子得救了。

谷狗剩把水淋淋的红衣女子从渭河里抱起，抱进了他的柳枝窝棚，放在他的床铺上。很在行地，他先是掰开红衣女子的嘴巴，清除她嘴里的泥沙，使她的呼吸顺畅起来，然后让红衣女子翻转身子，趴在床上，在她的背上拍一拍，压一压，让她把喝进肚子里的渭河水，一口一口地吐出来。吐尽了喝进肚子里的水，红衣女子睁开了眼睛。她没有去看救了她命的谷狗剩，而是翕动着鼻翼，说了她醒来后的头一句话。

红衣女子说："香哩！真是个香！"

谷狗剩就把香香的鱼鳖汤舀了一碗，捧到红衣女子的嘴边，让她喝了。

红衣女子香香地喝了一碗鱼鳖汤，似乎还不满足，又手指着热气腾腾的鱼鳖汤锅，眼望着热气腾腾的鱼鳖汤锅……谷狗剩没说二话，接过她喝得见底的汤碗，又盛满一碗端来，捧着让红衣女子喝。连喝了两碗，红衣女子似乎仍未喝饱，还要再喝，谷狗剩拒绝了。

谷狗剩说："不是我舍不得，是你饿极了。饿极了的人可不敢一次吃得太多，吃太多是会要人命的。"

红衣女子笑了，笑出了一脸薄薄的红云。

谷狗剩见红衣女子的衣服都湿得滴着水，粘在她的身上，把她凹凸有致的身形一览无余地显露了出来，谷狗剩的脸烧起来了。红衣女子红了脸，是因为谷狗剩说她吃多了；谷狗剩的脸烧起来，全因为红衣女子湿衣包裹的身影……谷狗剩不敢多看红衣女子，从窝棚里的一口柳条箱笼里拣出一身他的干衣裳，丢在柳枝窝棚里，就出去了。

站在柳枝窝棚外的谷狗剩说："你甭弹嫌喀。把你的湿衣裳换下来，晒干了再穿。"

红衣女子没应声，但谷狗剩听得清楚，她在柳枝窝棚里窸窸窣窣地换穿着衣裳。

恰在这时，渭河的对岸走来两位急于渡河的女人。一个是临村的，谷狗剩认得人，叫不出名字，一个不是别人，就是谷寡婆村的贾桂仙。她们在河对岸一喊叫，谷狗剩便放下柳枝窝棚里的红衣女子，涉水去了河对岸，背她们过河了。

谷狗剩在两个女人的相让下，先把邻村那个女人背过河，再去河对岸背贾桂仙。贾桂仙那个时候嫁入谷寡婆村没一年，身上穿的也是新嫁娘才穿的红衣裳。谷狗剩专心于他的背河职责，没有注意他的柳枝窝棚那儿，正在发生什么，但贾桂仙的眼睛尖，她看见了。等谷狗剩背过了临村女人，再过河背她时，她指着谷狗剩的柳枝窝棚问他了。

贾桂仙说："狗剩哥唉，你看你窝棚那儿。"

谷狗剩听了贾桂仙的话，抬头去看，就看见了柳枝窝棚前的红衣女子。她换上了他的寡颜失色的青布裤褂，把她湿了的红衣裳挂在柳枝窝棚上晾晒着。谷狗剩看得眼热，他没说啥，脸却像他看见红衣女子湿衣裳包裹下的身形时一样，腾地红了起来。

贾桂仙说："狗剩哥脸红了！"

谷狗剩说："谁脸红了？啊，我脸不红。"

依着辈分，贾桂仙是不该开谷狗剩玩笑的，而且她本来也没开谷狗剩的玩笑。贾桂仙的娘家与谷寡婆村隔了一条渭河，她回门遨娘家，再从娘家回婆家，要在渭河上打来回。夏天水丰的时节，是谷狗剩划着船接送她；冬春枯水时节，就只能由谷狗剩背着她来回了。人都说，背河的汉子骚，姑娘媳妇上了身，他背到河心里是会要笑她们的——轻者抠她们脚心挠她们腰，惹她们发笑扭摆，再更紧地搂抱住背河汉子，这是占姑娘媳妇的小便宜；严重者，要抠姑娘媳妇被抠了也不敢说、不能说的地方呢！贾桂仙伏在谷狗剩的脊背上，来回在渭河上，不知过来过去了多少回，谷狗剩规规矩矩的，从来没有骚挠过贾桂仙。贾桂仙感激着谷狗剩，知道他三十大几的汉子，还没成家立业，就为他着急着哩。

贾桂仙说："狗剩哥娶了嫂子？"

贾桂仙说："狗剩哥娶嫂子该给人家说的呀！"

贾桂仙说："嫂子她好看吧？"

快人快语的贾桂仙等不得谷狗剩还嘴，一连串欢欣鼓舞的话，把谷狗剩说得差点背过了气。他的脸持续地红着，一直红下了脖子根。

谷狗剩心虚而慌张地说："快不敢胡说。我一个光棍儿，怕人胡说哩。"

贾桂仙却还不依不饶，说："我胡说了吗？"

贾桂仙说："我长着眼睛哩。"

贾桂仙说："眼睛能骗我？"

谷狗剩把身子往下压了压，那是他让贾桂仙上他身子的姿态呢。他怕贾桂仙一声接一声地说，不知道还会说出什么话，就瓮声瓮气，半是气恼，半是欢愉地说贾桂仙了。

谷狗剩说："话就多得很！我只问你，你是过河呀么不过了？"

贾桂仙"咯咯咯咯"地乐了起来，双膝往谷狗剩的脊背上一跪，谷狗剩便揽住了她的膝弯。她的手一边一只搭在谷狗剩的肩上，便让他轻轻巧巧地背过了河。

过了河的贾桂仙却没急着回村里去，而是走到谷狗剩的柳枝窝棚边，牵了正晾晒衣裳的女子的手，把她拉开，拉到一旁一片固沙护堤的柳荫里去，和她掏着心窝子说话了。贾桂仙问了女子的籍贯，问了女子的年龄和婚姻情况，又问女子以后的打算。女子没有马上回答贾桂仙，半晌，只说她肚子饿，想要给自己找个饭碗，不再挨饿。贾桂仙听得懂女子的回话，乐了，问女子刚才可是喝了鱼鳖汤。女子点头说她喝了两大碗，不是谷狗剩挡，她会把他烹煮的一锅鱼鳖汤都喝了去。贾桂仙就更乐了，问女子说，鱼鳖可新鲜？女子说新鲜，好喝。贾桂仙就很畅快地说了："那不就是你要找的饭碗吗？"

女子的眼睛睁大了，说："他没有女人？"

贾桂仙说："没有。"

女子说："怎么没有呢？"

贾桂仙说："缘分没到，你来了，缘分就到了。"

两个年龄相仿的女人，在春天嫩绿的柳树下，说得可真是投机。女子遇见了贾桂仙，像遇到了前世的姐妹，就扑到她的怀里，抱着她，小声地啜泣。贾桂仙拍着她窄小的背脊，给她说："咱们女人呀，谁不嫁人呢？在哪儿嫁不一样？饥荒的日子，把人逼的，离乡背井到处找饭碗，这不丢人。听我说，我们谷寡婆村的老祖宗，她就是个女人哩！老人家当年沿着渭河走，没人知道她从哪里来，要到哪儿去。她走到咱这儿，走不动了，跪在渭河滩上，生了一个孩子，一代一代，在咱这儿留下了种子，有了咱们一个谷寡婆村。你说老祖宗在渭河滩上做啥呢？不也是给自己找饭碗吗？这两年，四川的女人，甘肃的女人，有不少都到渭河滩上来，给自己寻饭碗哩。算你有缘分，遇上了谷狗剩。他是渭河里的一只船，船有河水养着，渭河的水断不了流，就饿不着他。他饿不着了，也就饿不着你，你就有你的饭碗了。"女子听着贾桂仙说的话，脸红耳烧，她悄悄地问贾桂仙了。

女子问："刚才你说啥来？咱们村的老祖宗……是谷寡婆？"

贾桂仙说："和谷狗剩成亲，你还要去祭拜她老人家哩。"

女子就很高兴，说："我就是谷姓，我叫谷冬梅。"

没有惊动谷寡婆村的人，遇事好拿主意也能拿主意的贾桂仙，与谷冬梅走出柳荫，回到谷狗剩的柳枝窝棚前，也不和谷狗剩商量，就让谷冬梅把她晾晒干了的红衣裳再换上，指拨着他俩先给沙梁上谷狗剩的爷爷和父亲的坟堆磕头，接着指拨着他俩给湍流不息的渭河磕头，最后又指拨着他俩相对而拜,并大声而严肃地告诉他俩:"饥荒的日子,就不要那些客套了,你俩患难时相遇,是天大的缘分,希望你们相亲相爱,白头到老。"

谷狗剩可能是欢喜得过了头,他用手猛拧自己的大腿,一边拧一边说:"我是做梦吗?啊,我是做梦吗?"

贾桂仙在一旁欢喜地说:"你们把天地都拜了!"

谷狗剩便高腔大调地喊:"我成家了!我成家了!"

谷狗剩大喊着扑向不远处的渭河,在河水里像是一条戏水冲浪的鱼儿,把一河水折腾得散散碎碎……他在河水里折腾乏了,就躺在河面上,像是躺在一张又长又宽的棉花床上。他睁眼仰望着白云悠悠的蓝天,感到在这饥饿的日子里,天空也可以那样明净空阔,太阳也可以那样明媚温暖。

在河水里折腾了好一阵,谷狗剩爬上岸来。这时候,给他主持了田野婚礼的贾桂仙已经不见了踪影。他回到柳枝窝棚前,发现和他拜了天地的谷冬梅也没闲着,她在一河滩的柳树林里,捡拾枯干掉落在地上的柳枝。她捡得可真快呀!谷狗剩的眼睛在柳树林里捕捉到她时,她已捡拾了一大捆,背着向柳枝窝棚边来了。

贾桂仙说到做到,第二日黄昏时分就把自己压箱底的一件红衫子和一条阴丹士林的蓝裤子包在一个包袱里,拿到谷狗剩的柳枝窝棚来,让谷冬梅换了,又交给她一个装着五谷杂粮和五色干果的枕头,便带着她去了谷寡婆宗祠。贾桂仙按着祭祖拜先人的老规矩,一丝不苟地指挥谷冬梅拜了谷寡婆。

就是在祭拜老祖宗谷寡婆这天的傍晚,贾桂仙发现谷冬梅的身子有些笨,就悄悄地问了她,问她可有身孕。谷冬梅没有点头,没有说话,但也没有否定。果然,六个月后的一个晚上,谷狗剩跑到村里来,把贾桂仙叫到渭河边他的柳枝窝棚里,为谷冬梅接生了一个男婴。

贾桂仙给谷狗剩说:"生到谁的炕上就是谁的娃!狗剩哥哎,你听到了没?"

谷狗剩应着贾桂仙说:"我听下了。"

谷狗剩三十五六岁了,没费力气白得一个小子,他有啥可说呢?他脸上看似平平静静,心里却高兴着哩。

谷冬梅和贾桂仙的友谊就这样深深地结了下来。她俩在谷寡婆村，成了一对风吹不开、雨淋不散的好姐妹。贾桂仙比谷冬梅大两岁，谷冬梅当着人面就叫贾桂仙姐姐，贾桂仙当着人面也叫谷冬梅妹妹。突然地，好姐妹中的姐姐倒头去了，谷冬梅不比贾桂仙的儿女好受啥。关键时候，她是必须来为这个困苦的家庭担些责任的。

惠杏爱从婆婆贾桂仙的嘴里，已经详详细细地知道了婆婆和谷冬梅之间的关系。因此，在她心慌意乱、毫无主意的时候，谷冬梅搭在她肩上的手，让她一下子想起了婆婆给她说过的话，她身子一转，顺势抱紧了谷冬梅，俨然抱住了一根擎天的柱子。

惠杏爱声泪俱下，说："杏爱无能，全凭冬梅婶您了……"

惠杏爱的话还有半句没说出来，就听见院子里盛装柴油的大铁桶被人凶巴巴地掰倒了，那人再用脚一蹬，铁桶便轰轰隆隆地往头门外滚了去。

第十四章

　　滚动柴油桶的人是谷中秋，大家都叫他"骚怪"，时间一长，他的大名倒没人叫了。他三十开外的年纪，矮矮胖胖的，生铁疙瘩似的脑袋上，长长的头发披散着，一绺又一绺，像是扯了半拉没能扯开的毡片儿，撇着的嘴角里，总夹着一支带把儿的纸烟。一进惠杏爱的家，他就把他八字形的黑眉毛一拧，红红的烂了眼眶的眼睛，根本不向为这个家庭操持丧事的众人看一眼，只顾自个儿在院子里，贼一样角角落落地搜寻着。他没看见让他稀罕的东西，只有立在墙角装柴油的大铁桶，让他还有那么一点儿兴趣，便冷冷地笑着，走到半人高的绿皮柴油桶跟前，也不管里边有没有柴油，只管掰倒了往门外滚。

　　巨大的响声，使悲伤的人们吃惊而意外。

　　有人喊着问："骚怪，你这是弄啥呢？"

　　绰号"骚怪"的谷中秋，把土地分到户后，没心思耕种，草草地撒了一把种子，就到绛帐镇上跑小生意去了。过两天，有人说他从广州倒腾来时髦的衣裳卖哩；再过两天，有人说他去口外倒回来牛羊卖哩……总之，他的承包地荒着，撒进地里的籽种长出苗子，苗子的间隙又长出了杂草，杂草和苗子就相互比赛着长，长得都让人分不清杂草和苗子了。谷门坎惨遭横祸，他听来绛帐镇赶集的人一说，当下就骑了他新买的一台旧摩托车，"笃笃笃笃"开着回到谷寡婆村来，连他自家的门都没进，端直到谷门坎的家里，来滚谷门坎家为小四轮拖拉机准备下的柴油桶了。他手掰脚蹬，把还剩点儿柴油的柴油桶滚着，听到有人问他话，就用一只脚踏住了滚动的柴油桶，扭过上身来，寻找向他问话的人。

　　因为柴油桶里还留有柴油，而盖子螺丝又没上紧，停在"骚怪"脚下的柴油桶便汩汩地往出漏着油。在上房里悲声痛哭的谷门墩，听到柴油桶的滚动声，抢先一步跑出来，看到柴油桶不停地漏油，他慌忙上去拧柴油桶的盖子。傲慢的"骚怪"没把谷门墩当回事儿，只低头把他扫了一眼，就又抬起头来，依然在人群里寻找喝问自己的人。

"骚怪"找不到喝问他的人，就红着眼睛，目光在院子里的人的脸上急速地一转，把噙在嘴角上的烟把儿吐在脚地上，"嘿嘿"地笑了一下说话了。

"骚怪"说："谁的钱都没有多余的是吧？"

"骚怪"说："就是有多余的钱，谁也不想打了水漂儿是吧？"

"骚怪"说："明人不做暗事，我把话挑明了说。年前，门坎三一回、五一回地寻到我的门上来，说他急着使唤钱，娶媳妇用哩。人生喜事，莫过于金榜题名时，洞房花烛夜，我能不给门坎借吗？我给借了，借了三十块钱。事到如今，他倒是洞房花烛夜了，可我这钱向谁要去呀？没啥好办法，我这人忙，没时间好熬，要我看，就是这个柴油桶了，顶上我给他借的钱。我还吃亏了呢。"

"骚怪"不是野兽，也没有长牙齿，他说的话却像野兽长了牙齿，把人咬着了，使满院子的人都惊吸了一口冷气，一起噎住了。噤了声的村里人，心里都有一本账，他们中给谷门坎借过钱、借过粮的人不少，十块、二十块、三十块、五六十块，粮食一斗、两斗……现在，伸手借钱借粮食的谷门坎殁了，他的老娘贾桂仙也殁了，他们也在想咋办哩。还有，谷门坎为买这台小四轮拖拉机，和老娘贾桂仙一起求村支书兼村主任谷大房，以谷寡婆村村委会的名义做担保，在信用社贷了款呢！"骚怪"说的话难听，可也是实情呀……唉唉，这可如何是好？他们家谁来担责还钱还粮呢？靠他们瘫痪在炕上的老爹谷敬勤吗？靠他们兄弟谷门墩、谷门栓和妹子谷门环吗？靠他们过门来不几天的新媳妇惠杏爱吗？他们谁是靠得住的人呢？过着庄稼日子的人，谁的家里都没有金山银山，都不宽裕，借出去的钱粮是时刻挂在他们心头的。"骚怪"一猛子跳出来，挑起了这个由头，现场的人，立马就都想起自己的债权来。不过，他们想也只是心里想了想，没人说出自己的事，更没人转眼转着去找顶债的物件。毕竟，人心都是肉长的，一个"谷"字掰不成两瓣儿，他们现时张不开那个口，伸不了那个手。只有"骚怪"这号没人味儿的东西，才会下手做那号伤天害理的邪事哩！

轰隆隆……轰隆隆……柴油桶又在院子里滚动起来了。

不迟不早，谷梦梦赶在这时候，慢腾腾地出现在了门口。

"骚怪"已经察觉出了他的孤立处境，他想多拉几个人为他助阵，看见了谷梦梦，他便立马喊叫起来："梦梦，你也是来讨债的吧？"

院子里的情况，谷梦梦并不知道，听"骚怪"这一喊叫，他有些懵懂地应道："讨债？"

"骚怪"说："对呀，讨债。你不是说过，谷门坎向你老子借了钱的吗？快往进走，看他家里有能顶债的，你就拿吧，迟了怕就赶不上了。"

院门外，院门里，站的都是人，谷梦梦以为来人都像"骚怪"一样，是来找顶债的物件的。因此，他稀里糊涂地问了一句："门坎家里还有啥好顶债的？"

"骚怪"便进一步撺掇他，说："梦梦甭问了，先下手为强，就看你看上啥了。"

跟在惠杏爱左右，一直劝惠杏爱节哀的任喜过，在上房猛地听见有人喊叫谷梦梦，而且谷梦梦应答着，不由得浑身一颤，急忙挤出上房来，只把谷梦梦和喊叫他的那人瞥了一眼，就把"骚怪"认出来了。滚动着柴油桶，并喊叫着让谷梦梦找物件顶债的"骚怪"，不正是前天晚上在她的洞房之夜，与几个人耍钱，要赢她初夜权的那个烂眼吗！一股无名之火直往任喜过的头上冲，把她恼恨得牙齿格格地响着，她不顾一切地冲上去，站在女婿谷梦梦和"骚怪"中间，咬着牙怒斥起"骚怪"来了。

任喜过把高耸的胸脯挺了挺，说："我知道你是'骚怪'。你知道大家为啥叫你'骚怪'？"

谷梦梦不想任喜过得罪"骚怪"，要挡她，便张口叫道："喜过。"

任喜过回头瞪了一眼谷梦梦，转回来又发恨地看着"骚怪"，说："你说呀，怎不说呢？"

"骚怪"哪里经过被一个进村几天的新娘子这么数落的事，想要还嘴，甚至想要骂她，却怎么也张不了口，憋得他脸色发青，像是一个上了色的紫茄子。

村支书谷大房就在这个时候走进了院子。跟在谷大房身后进来的是九先生谷正芳，他听人传了话，就书写了一副丧联拿来了。进了谷门坎家的院子，他把丧联交给还呆愣在任喜过背后的谷梦梦，给他说："都是谷姓人家，遇事了能帮一把是一把，不想帮了，也不要再生事。"

九先生谷正芳说的是他儿子谷梦梦，亮的是"骚怪"的耳朵。末了，他又给儿子谷梦梦说："化点面黏，把门口的喜联换下来。"

谷梦梦有种从是非中解脱出来的轻松感，他遵照老爹的盼咐，化面黏，去换贴在大门口的大红喜联了。

大红喜联撕下来，白亮的丧联贴上去，这一喜一哀的变换，让拥到谷门坎家里来的人，仿佛做了一场梦似的，不约而同地阴下了脸。眼皮软些的男人，以及婆娘女子，都不由自主地流起泪来。

任喜过自然也要流泪了。她不流泪则已，一流泪便把自己流得手冰脚凉，越流泪越多，怎么都止不住。

走进院子的谷大房，直直地走到"骚怪"的面前，把他直直地盯了好一阵。

谷大房说："你还知道脸红？好，知道脸红就好，把柴油桶从哪里滚来的，就滚到哪儿去，立起来。"

众人的目光，这时也都集中在了"骚怪"的身上。平日横着走路、邪着谋事的"骚怪"，原来也怕犯了众怒。他不再往门外滚柴油桶了，自然也不再蛊惑他人乱找物件顶债了。不过，他也没有听进谷大房对他的指斥，抛开踩在他脚下的柴油桶，斜着个肩膀，悻悻地向谷门坎家的大门外走去了。

目送"骚怪"走开的人群里，发出了一阵嘲笑的嘘声。"骚怪"听见了，却是不以为然的。

"骚怪"不无丧气地说："借钱还钱，再借不难。我来讨我的债，倒讨得我没理了！"

打发儿子谷梦梦去化面黏来贴丧联的九先生谷正芳，一直站在谷大房的旁边，他对谷大房撵走"骚怪"是赞成的——都在谷姓人家的村子里生活着，是必须打击邪气而树立正气的。

九先生谷正芳由衷地说："着！人无仁爱之心，猪狗都不如。"

九先生谷正芳说着话，从他的口袋里掏出了五张十元的人民币，往谷大房的手里一塞，说这是他上的礼，说也可以说是他自愿捐助的："敬勤兄弟瘫在炕上，一猛子遇着儿子和婆娘下世，他怕都要悲愁死了呢。多的我拿不出来，组织落实政策给我的，我匀出几个，给他应个急。"九先生谷正芳嘴上说的，也正是他心里想的。之前，有人找到他家里来给他传话，说谷门坎遭了横祸，想让他给撰写一副丧联，他心里悲哀着，在心里推敲着丧联的句子。有个比较成熟的腹稿，并且裁了纸，磨下墨，他捉起笔就要写时，又有人跑到他的家里，说谷门坎的娘亲贾桂仙跟也着她的大娃去了。噩耗连连，传到九先生谷正芳的耳朵里，让他的心激烈地震颤着，捉着饱蘸了墨汁的毛笔的手，也僵住不动了。天爷爷啊！他们家这可怎么得了？九先生谷正芳在心里惊呼起来了！他推翻了刚刚为谷门坎推敲好的那副丧联，重新为这双双丧命的母子推敲着丧联。一边认真地推敲，一边想着谷门坎家的难场，知道他家出了这样的大事，可正是用钱的时候呢。之前，谷门坎为娶媳妇，就从九先生谷正芳的手里倒了五十块钱，可这又算什么呢？乡里乡亲的，口袋里只要有，借来借去掀日子，这是再平常不过的事情呢。九先生谷正芳想，不知他们家还张口不张？如果张口，他还是要借给他们的。所以，九先生谷正芳撰写好了丧联，卷了往谷门坎家去的时候，从组织落实政策给他的钱中又取出五十元，准备着，到他们张口时就拿出来。"咱可不能站在干岸上，看河里水涨水落。"九先生谷正芳还真是准备对了，一进门，就听"骚怪"胡叫乱喊的，还缠着他的儿谷梦梦，害得谷梦梦懵懵懂懂差点儿像"骚怪"一样做那不仁不义的猪狗事。九先生谷正芳肚子里的火气腾腾往上升，但他毕竟是有阅历的文化人，他把自己的火气压着，巧妙地支走儿子谷梦梦，再看谷大房收拾"骚怪"谷中秋，满肚子的火气才塌下来许多，这才有了他捐钱的义举。

因为九先生谷正芳的义举，被"骚怪"搅扰得极不正常的气氛有了根本的扭转。

谷大房手里拿着九先生谷正芳捐的五十块钱，一张一张从左手数到右手，又从右手数到左手。当了多年的村支书兼村主任，谷大房心里从来没像今天这样复杂过。他自信是个经得起事情的人，谷寡婆村过去不是不死人，死了人自然都要他出面来安置，他想不出来有哪一次他安置得不好。可是今天，先有谷冬梅自掏腰包，打发运送谷门坎回村的交管工作人员和汽车司机，接着又有谷正芳带头捐款，这让他这个村支书兼村主任，心里很不是味道。他不知道，一位退休回村的县粮食局局长，一位脱帽的右派分子，这么勇于出头，究竟是想做什么。仅仅是表达他们的良知和正义吗？谷大房想不明白，但凭直觉，他知道，在谷寡婆村，许多事情都要改变了，他再一手遮天，可能会使自己难堪。

村支书兼村主任谷大房，在谷寡婆村从来都是稳坐钓鱼台的。他不怵"骚怪"谷中秋那样的货色，要想收拾他们，还不是一巴掌拍下来，就让他们变脸失色，成为狼狈逃窜的臭虫？但是对谷冬梅和谷正芳，他还敢一巴掌拍下来吗？

借给谷大房十个胆，他都是不能够的。

谷大房调整着自己的心态，左手右手的，哗啦哗啦地把九先生谷正芳的义捐数了几遍，又举起来在空中摇了两摇，说："大家看见了吗？患难见真情，九先生给咱们带了个好头，我没多的，但我也是要捐的。"

这是谷大房深思熟虑后说的一句话。他说着话，在九道弯羊羔皮袄里层摸索了一阵，摸索出了五元钱，并到谷正芳义捐的五十块钱里，就又一次举起手来，在空中摇着了。

乡村的事就是这样，瞎事、好事，就怕没有带头的。有人带了头，瞎子也会跟上扑。譬如刚才，"骚怪"谷中秋的那一场折腾，就把大家的心折腾得怪怪的，有几个人，包括谷梦梦，是想要学他以物顶债，在谷门坎家翻找物件的。"骚怪"谷中秋被谷大房撵跑了，九先生谷正芳带头捐了款，谷大房积极地一跟，拥在院里院外的人，有不少也在自己的口袋里摸索起来，摸出十块的捐十块，摸出五块的捐五块，还有人摸出两块一块，就也不嫌少地都捐出来了。正应了"众人拾柴火焰高"那句民间说法，谷大房喊来村里的会计，把零零碎碎的一堆钱清点出来，竟然有六百二十七块。

谷大房给大家报了个数，让会计拿着捐款进了上房门，他跟在后面给谷敬勤交代，说这都是乡亲的一片心意，让谷敬勤务必收起来。

咽了气的贾桂仙还在炕上躺着，谷敬勤六神无主地坐在她的尸首旁，看着会计送到他面前的一堆钱，红红绿绿的，接也不是，不接也不是。因为太悲伤，也因为太感动，他终于忍耐不住，大张着嘴，号哭起来。

谷敬勤把他的手摇得像拨浪鼓，哭着说："多谢……谢乡党哩！"

谷大房劝着他，说："不谢，都是本家谷姓人。"

谷敬勤就还哭着说："支书啊……主任啊……我是没主意了，家里人，他嫂子刚……刚进门，其他几个都小，全凭你给拿主意了，我不要……不要钱……你看着把大娃，大娃……娃他妈两个埋进土……土里，就把啥……啥啥的事都安下了。"

谷大房想要应下来的，他也有责任应下来，但他在等一个人说话。这个人就是谷冬梅，此时她就在上房的炕边上坐着。她和贾桂仙要好，谷大房知道，谷寡婆村的人都知道。她不说话，谷大房不会轻易应下来。在这一刻，谷大房想，他刚才在头门口指派人打墓，指派人寻棺材板都有些莽撞了。

谷冬梅好像猜透了谷大房的心思，她从自己的身上掏出了五十块钱，加在会计拿着的一堆钱里，给谷大房说话了。

谷冬梅说："事出突然，敬勤家怕是啥都没有准备，我写了个条子，你让人到绛帐火车站去，找木材公司的李经理——我和他有些交情——让他批两副棺材板，拉回来，给门坎和他妈先把棺材打起来。"

谷大房听着，脸上浮出些许不易觉察的得意，别说你是退休的县粮食局局长，真到拿主意安置事情时，还是要咱谷大房哩。他很沉稳，又很果敢地把谷门坎和他妈贾桂仙的丧事承担下来了。

谷大房给会计说："大家捐的钱你就先管上，咱们省着花，节约着用——恐怕还差着一点儿呢。你也不要担心,先从村里大账上支,支多支少记下来,事后咱们再斟酌。"

抖擞了精神的谷大房,给会计发下话后,就给谷寡婆村里的人排了个队,谁去请木匠做棺材,谁去扯孝布报丧,谁去请乐人支帐篷……差不多都理出头绪排好了队,他才从上房出去,到院子里给院子里的人安排事。谷敬勤听着,号哭的声音弱了下来。

安排罢事情,谷大房再回上房里来,问谷敬勤还有啥要他安排的。

谷敬勤的哭声是弱下来了,但还一抽一吸地哭着,不知道怎么给谷大房说话。是感激他?是要求他?谷敬勤说不出话来。

谷大房就说了:"人死不能复生,你哭两声就对咧。这几天事情多,我还有事要找你讨主意哩。"

谷大房心里明白得很,自己说的只是一句客套话,并没想得到谷敬勤的回答,他还想到院子去做些别的安排。可他的话却神奇地牵动了谷敬勤的另一根神经,他把老伴贾桂仙头底下的那只红漆枕匣掏出来,拥在怀里,小心地抚摸着,像是抚摸老伴渐渐冷硬起来的尸体……这只红漆枕匣可是贾桂仙的陪嫁物哩。她嫁进谷寡婆村的时候,怀里就抱着这个红漆枕匣。那时的红漆枕匣可是新鲜物件儿啊,抱在新嫁娘贾桂仙的怀里,像是一块燃烧着的红火蛋儿,映红了谷寡婆村一街两行人的眼睛。直到现在,不是特别健忘的人,肯定都还记得那红漆枕匣上,描金绘彩地画了一对恩恩爱爱的鸳鸯……这只画了鸳鸯的红漆枕匣,端端正正地摆放在贾桂仙的和谷敬勤的炕头上,伴他俩同床共枕,耳鬓厮磨,到如今,他俩厮磨得花白了头发,同时把红漆枕匣厮磨得少了许多颜色,描金绘彩的鸳鸯几乎看不清模样了。

谷敬勤小心地摩挲着红漆枕匣,叫住了谷大房。

谷敬勤说:"支书哎,你先甭忙走,听我说句话。"

谷大房把他抬起的脚又踏在了上房的脚地上。

谷敬勤说:"你和他冬梅婶都在,你们听我说,我不是能拿事的人,从来都不是。我原来是个浑全人时都拿不了事,如今瘫痪在炕上,就更拿不住事了。娃他妈这两天给我一再说，说她看不错的，他嫂子惠杏爱虽说刚进门，但是个会把家的人。依我说，有啥事，你们和他嫂子惠杏爱商量就成了。"

谷大房和谷冬梅的眼睛睁大了。

两个谷寡婆村里最具势力的人，不约而同地看了一眼谷敬勤，又不约而同地转过眼来看惠杏爱，他们看见，惠杏爱的眼睛同样睁得很大。

谷敬勤够不着，没法把红漆枕匣递给惠杏爱，就顺手把它交到坐在炕沿上的谷冬梅手上，让她转交给惠杏爱。谷冬梅把红漆枕匣接到手，却没有立即给惠杏爱，她想着于她有恩的贾桂仙，想着这只红漆枕匣，知道它对于贾桂仙的重要性。

贾桂仙曾经给谷冬梅说过她的这个红漆枕匣，当时还给她说过一句话。

贾桂仙说的那句话是："人生人，吓死人！"

贾桂仙给谷冬梅说她的红漆枕匣和这句话时，正是谷冬梅生下她的儿子那天。贾桂仙说了："咱们女人不就是守着个枕匣活人吗？此外就是给人间育苗子呢。这是老先人留下的理儿，你说是吗？"谷冬梅不能否认贾桂仙的话，她不糊涂，当时她就听出来了，贾桂仙给她说的话，一半是说给她听的，一半是说给谷狗剩听的……谷冬梅抱着贾桂仙的红漆枕匣，一时之间，想的可是太多了。她当时正呼爹叫娘地生她儿子谷铁柱，她把贾桂仙吓住了。贾桂仙是谷狗剩请到渭河边上他的柳枝窝棚来给谷冬梅接生的。嫁给谷狗剩才六个月的谷冬梅，此时浑身血水，在谷狗剩柳枝窝棚的床上绝望地号叫着，翻滚着，直到惨痛地生下谷铁柱。来接生的贾桂仙，给谷铁柱洗净了身子，包裹在谷冬梅带来的小衣裳里，让谷狗剩抱了，她腾出手来，又给谷冬梅洗身子。

谷冬梅是心虚的，贾桂仙拧了一把热毛巾，刚刚擦在她半裸的身上就感觉到了。谷冬梅的身子怯惧地颤抖着，这颤抖传染了贾桂仙，她给谷冬梅擦洗身子的手也颤抖起来。

谷冬梅的身子颤抖着，怕这个早早出生的孩子不被谷狗剩接受，那她和孩子就惨了。贾桂仙的手颤抖，是因为谷冬梅的坚强。生孩子不早去医院，独自在荒寂的渭河边上挣扎，出了麻烦可怎么办？在谷寡婆村走得比较近的两个女人，用她们颤抖的身子和手做着激烈的交流。贾桂仙把一块热毛巾擦凉了，又在谷狗剩烧好的热水里拧一把毛巾，再接着给谷冬梅擦，小心仔细地把谷冬梅生谷铁柱时流出的秽物擦净了，这才安慰着谷冬梅说了那样的一段话。

贾桂仙说过了还不放心，就又给谷狗剩说："咱渭河滩上的习俗哩，生到谁的炕上就是谁的娃。谷狗剩哎，我给你说了，你说呢？"

谷狗剩怀抱着谷铁柱，亲得已把眼睛眯成了一条缝，说："是哩，是这个理儿哩！"

谷冬梅因此甜蜜地笑了。

贾桂仙却还来了劲，说："冬梅哎，我给你说哩，你也祭拜过老祖宗谷寡婆了，我看你……你干脆就是今日的谷寡婆哩！"

贾桂仙对谷冬梅的这一句评语，传开来后，竟然得到了谷寡婆村人的普遍认可。一开始，谷冬梅自己还抵触着这种说法，后来也渐渐地认可了，觉得自己大概就是转世而来的谷寡婆哩。

有了大家这样的一种认可，谷冬梅在谷寡婆村几乎如鱼得水，要风有风，要雨得雨，有了连她自己都想象不到的进步和发展。

是啊，谷冬梅进步了，发展了。可是说出那句话的贾桂仙呢？虽然也有进步，也有发展，但那又能算什么进步和发展呀！不就是个村里的妇女主任吗？一直以来，为了村里的事，她路没少跑，话没少说，然而贫困始终缠着她，使她从来都没有轻松舒坦过。年纪渐大，她先是老伴因公致伤瘫在炕上，再是日思夜想给大娃谷门坎娶媳妇，媳妇娶进门来了，三天不到，大娃又横死在小四轮拖拉机翻车事故中……你让可怜的贾桂仙怎么办呀？最终，她气血攻心，把自己苦悲的命也搭进去了。

红漆的枕匣，在谷冬梅的手里。她像贾桂仙的老伴谷敬勤一样，用手怜惜地摩挲了一阵那红漆枕匣，然后从炕沿上下到脚地，站在惠杏爱的面前，郑重地把它交到了惠杏爱的手上。

不是很沉的红漆枕匣，落到了惠杏爱的手上，像有千斤重，她费了很大的气力，才把红漆枕匣接稳了。

惠杏爱猜测，红漆枕匣里装着的东西，是家里的全部家底了。直觉告诉她，她现在还不能接过红漆枕匣。公公谷敬勤瘫在炕上，行动不方便了，但他还是家长，装着全部家当的红漆枕匣，无论如何还得由他老人家保管。

惠杏爱心里怎么想，嘴里就怎么说："红漆枕匣还是爹保管着好。"

惠杏爱说："妈不在了，爹该保管妈留下的物件的。"

惠杏爱说着，就把端在手里的红漆枕匣往炕上坐着的公公面前推。公公摇着手，坚决不接。

公公谷敬勤说："难为我娃了！"

旁边站着的谷冬梅站出来，劝说惠杏爱了。

谷冬梅说："杏爱哎！不是我多嘴，你家公公确实不是个管家的人，这你日后会知道。听我话，家里现在这个情况，还就只有你了。"

惠杏爱难受得直摇头，她望着谷冬梅，泪水流得更多了。

谷冬梅说："难也罢，易也好，摊到你面前了。"

第十五章

三天时间，一眨眼就过去了。

再过一天，就是谷门坎和贾桂仙入土的日子了。在农村，入土这件事的性质是因人而异的。入土的人如果是位古稀老人，在豁达的庄稼人看来，那就是头卸套的老驴，入土即享福，那这入土就是白喜事，操持经办时也就有了许多喜庆的成分。如果入土的是个正值盛年的人，这没什么好说，实实在在的就是一门苦丧了。而谷门坎，是新婚刚几日的新郎官哩，他殁了，连带着又使他妈悲伤过头，一口气出不来，也殁了，他家的丧事可就成了让谷寡婆村举村悲痛的大苦丧了啊！

有村支书兼村主任谷大房出面操持，谷门坎和他妈的丧事一步不少地按着乡间习俗进行着。这是谷大房与惠杏爱商量的结果——不管家里多么艰难，该待的客是一定要待的，该请的乐人是一定要请的。好在，渭河滩上的丧事，待客是不吃荤的，省了割肉这一块儿，只要到绛帐火车站多抬几坨豆腐回来，再添上白菜、蒜苗、红萝卜、粉条等，够锅上用就行了。当然，细白的长面是要多压的，细白的馒头是要多蒸的，关中西府的庄稼人，有了长面、馒头，就很满足了。前院里那棵大杏树下，谷门坎娶惠杏爱时搭的帆布篷子刚拆下，就又搭了起来。帆布篷里摆了三张大方桌，桌子周边放了三条长板凳。帮忙的人出出进进地忙碌着，其中最关键的人物是一老一少两个木匠。他们在上房的屋檐下，用锯子锯着、刨子刨着，囫囫囵囵已经打好了两口白茬棺材，又买了黑色的油漆，正在一刷子一刷子地往白茬棺材上涂着——谷门坎家境摆在那儿，实在容不得大扑腾。

婆婆贾桂仙的红漆枕匣传到了惠杏爱的手上，家里的事就只有她来拿主意了，而且还都刻不容缓。和村支书兼村主任谷大房商量，很有主见的谷大房也经验性地保留自己的意见，只虚心地听惠杏爱说，再顺着她的话来做事情。对此,惠杏爱是不怨谷大房的。她做出主张时,还想听兄弟和妹子的意见。妹子谷门环是个不怎么懂得人生大事的姑娘,嫂子提出什么她都依从。二兄弟谷门墩空有一副粗壮的身板,却傻气呆滞,任你给他怎么说,他都呆愣愣的,眼光直勾勾瞅着你,毕了,只会语气含混地说:"成么,嫂子看着办哩。"小弟弟谷门栓……唉唉唉,这么说来,还就村支书兼村主任谷大房能帮帮她了。

当然,还有谷冬梅婶子呢,她是婆婆最后时刻交代给惠杏爱,可以依靠的人。

初春时节天气短,庄稼院里的人还没有喝罢晚汤,夜幕即已笼罩了整个村落。这该是各家各户到惠杏爱家商量事的时候了。然而没有别人来,只有谷冬梅婶子来到了惠杏爱的家里。她来了,把惠杏爱拉到院子一角,给她说了谷寡婆村的一些习俗。习俗中最关键的一条,就是要惠杏爱挨门挨户去磕头,请来各家主事的人,商量明天安排谷门坎和他妈贾桂仙入土的事。今儿黑只要把各家的主事人请了来,由执事人做一番分工安排,各负其责,各执其事,就能顺顺当当地把事安顿好,如不这样,事到临头出岔子,那可就不好了。这是谷寡婆村里的一个规矩——"谷"字不分家,谷寡婆村任何一家的丧事,都是全村人的事呢。

红肿着眼睛的惠杏爱,叫上妹子谷门环领着她,先到了谷大房的家,给谷大房磕了头。

谷大房是主事的人,他请动了,什么事就都好办了。

惠杏爱给谷大房磕了头后,给他说:"我冬梅婶子让您到祠堂里去哩,她在那儿等您。"

惠杏爱在谷门环的引领下,给谷大房磕头下了话,没听见谷大房应承,却也没有多想,就又一户挨一户地去磕头了。进一家门,谷门环称呼这家人大伯大妈,惠杏爱就叫这家人大伯大妈,谷门环称呼这家人大叔大婶,惠杏爱就跟上叫大叔大婶,嘴里叫着,就要曲下腿来磕头。这让大家发慌,就要去扶她,不让她磕头,并都利索地答应她,说放下碗就过去。尽管如此,惠杏爱在谷门环的带领下,还是一户不落地磕了头,磕到后来,她的膝盖好似针刺似的疼，赶着回家里时，竟然疼得她一瘸一拐，走得跟跟跄跄，东倒西歪的。谷门环去扶她，她还推开谷门环，硬撑着自己走……越是家庭不幸的时候，惠杏爱越是要鼓足力量，为这个家庭承担一切。

在夜色中走着，惠杏爱没有防顾，突然，街巷一边的大门里走出了一个人，是任喜过。她扑到惠杏爱身边，把一卷钱塞到惠杏爱的手里，说："都是自家姐妹，你可不要嫌少。"

惠杏爱还没从任喜过的资助里回过神来，挨着任喜过家的大门里，又扑出了上官乐。她扑到惠杏爱的身边，和任喜过一样，把一卷钱塞到惠杏爱的手里，说："钱不多，救个急吧。"

三个同时嫁到谷寡婆村里来的新娘子，站在暗夜里的街巷中，不约而同地伸出手，最后紧紧地拉在了一起……她们没有说话，神情凝重地相互看着。墨绿色的天空中，无数的星星眨着眼睛，还有一轮半圆的月亮，悄悄地爬着，清清明明地挂在半天上。

任喜过说话了。她说："你这是啥命呀？啊，咋这么苦呢！"

上官乐也说话了。她说："啥命不命的，咱不信命，咱要信自己哩。要我说，就没有过不了的火焰山！"

惠杏爱感激她俩，说她还没时间和她俩说话。她在村里挨门齐户地把头磕遍了，现在要去祠堂，等着大家来，商量明天的事哩。

三个新娘子的六只手松开来了。

因为惠杏爱磕了头，还因为大家也都操心着惠杏爱家的丧事，庄稼院里主事的人，在喝毕晚汤之后，便很快地汇集到祠堂里了。

祠堂里地方小，来的人多拥不下，这谷冬梅早就预料到了。她早早地托人从祠堂里扯出一根电线，扯到祠堂门口，用一根杆子挑着，悬在祠堂门上，高高地亮起一盏一百五十瓦的灯泡，使得原本昏黑暗淡的祠堂门前明亮了许多。各个庄稼院子里的主事人，先来的摸一块烂砖，垫在屁股下坐着，后来的没东西可坐，干脆脊背靠着墙一蹭，蹲在了脚地上。除了各家主事人，村里其他人也来了不少，也都在祠堂外或站或蹲地等着了。祠堂门口戳着谷冬梅拿出来的火炉子，黑糊糊的茶罐儿咕嘟咕嘟的，又响哨儿又冒气……谷门环穿梭在人中间,给他们倒茶敬烟,惠杏爱端了一小簸箕的葵花子儿,端到各人的面前,让大家随便抓。庄稼人沉默着,呼呼地喝着茶,吃着烟,或是嗑着葵花子儿,忍不住时,才交头接耳两三句,但把声音压得低低的。当惠杏爱和谷门环来到他们面前,给他们敬烟捧茶时,多数人都不敢去看她们那悲痛忧伤的脸,只用一声长长的叹息,表达他们心中所有的哀悼和同情。

谷冬梅稳稳地坐在祠堂门口,不时地照看着火炉上响哨儿又冒气的茶罐儿,同时用眼光扫视村里的来人。九先生谷正芳来得早一些,他就坐在谷冬梅的身边,看茶罐儿里的茶汤滚到了时候,就站起身,端着茶罐儿给近旁的乡亲们递……大家都不说话,除了心里因为惠杏爱一家人而痛苦难受,显然还因为有一个人没到现场来。这个人不是别人,就是村支书兼村主任谷大房。

惠杏爱最早给他磕头,他应该是最早到祠堂门口来的呀!

这没不错,谷大房确实是最先到祠堂门口来了的,但他只在那儿停了停脚,就又迅速地离开了。多多少少的,谷大房心里犯了一点儿病。惠杏爱上门给他磕头,说是她谷冬梅婶子让他到祠堂门口来的。论起村子的老传统,有什么重大事情,到祠堂议事天经地义。祖祖辈辈多少年,一直依循着这一旧例,谷冬梅带头把祠堂毁了,这才中断了几十年。她退休回村,也不和他打商量,只和九先生谷正芳一叨咕,就腾出她的门房,把谷寡婆宗祠恢复起来了。凭良心说,谷大房也是赞成恢复谷寡婆宗祠的,可这恢复过程让他心里总觉得疙疙瘩瘩,不是个味道。在这件事上,他是被动的,太被动了。谷冬梅,再加一个谷正芳,让他一个谷寡婆村里的村支书兼村主任,仿佛外姓旁人一样无足轻重,这是不可忍受的。谷大房怎么都不能使自己落得这样一个地位,他是要反击的,但他不能明着反击,而应有手段有策略地反击。所以,谷大房地披着他的那件九道弯羊羔皮袄,到祠堂门口站了站,就直接去了惠杏爱的家,他要把祠堂门口的人先晾一会儿。在谷门坎出事之前,虽然门坎的娘亲贾桂仙当着村里的妇女主任,可谷大房也是很少涉足她这个狭小的农家院落的。村支部,或者村委会要开会，需要贾桂仙参加，他会让会计在喇叭上喊两嗓子，把贾桂仙喊来就行了。谷门坎出了横祸，贾桂仙一口气上不来，跟着他走了，出了这样的大事，谷大房就不能不来了。虽说他在前天早上已安顿下了执事的人，可他还得来，这是他确立自己在谷寡婆村地位的必要姿态。在这个黄昏，谷大房进门来，先去看望了瘫在炕上的谷敬勤，用一个领导者和好邻居的身份，又一次拿话劝慰开导了谷敬勤一番，然后，他退到院子里来，用行家的眼光把两副刚油漆好的棺材挑剔地看了看，琢磨了一会儿，点了头。接下来，他在院子转着，又细细详详地了解了明天过事待客的准备情况，问了执事，面条压得够不够，馒头蒸得怎么样，钱趁手不趁手。毕了，他就坐在了帆布篷下的桌子边上。惠杏爱和谷门环都去了祠堂门口，家里能走能跑的还有一个谷门墩、一个谷门栓。谷门墩人大却傻，谷门栓人碎，但灵光。小人儿看见谷大房来了，就自觉跟上去，两只眼睛滴溜溜地在他身上瞄。看他把院子里的准备情况都问过，坐在了帆布篷下，谷门栓就把桌子上放的一盒烟拿起来，抽出一根给他敬。谷大房没有接。这是他的习惯，他嫌纸烟没劲，吃的是他自己准备的黑棒棒（工字牌雪茄）。他把黑色四棱棒从自己的衣服口袋里摸出来，送到嘴边，用舌头舔着，舔湿了一圈，这才噙在嘴头上大口大口地吸着了。浓雾一般的白烟，一团一团地缭绕在他表现得沉重而痛楚的脸前面。

谷大房吃着他的黑棒棒，指拨院子里的人，把一口黑漆棺材抬去祠堂，盛殓谷门坎。他又指拨另外一些人，把谷门坎的母亲贾桂仙盛殓进留在院子里的黑漆棺材里。这以后，他不再指拨谁，也不再问谁话，苦着一张脸，继续吃他的黑棒棒。这时候，灵光的谷门栓稚声稚气地寻着他说话了。

谷门栓说："我嫂子、我姐都到祠堂那里去了。"

正是谷门栓的这一句话，让谷大房觉得自己不能再在惠杏爱的家里多耽搁了。他想他该扎的势都扎了，该作的态也作了，现在该出场演下一出戏了。如不然，耽搁的时间一长，让在祠堂里的谷冬梅和谷正芳出了头，他可就不是"被动"一个词儿可说的了。谷大房这么想着，站起来，在谷门栓的头上轻轻地摸了摸，便吃着他的黑棒棒，一路烟火地往祠堂门口去了。

盛殓了谷门坎的黑漆棺材，就架在祠堂门前搭着的帐篷下，全村庄稼院里主事的人，都散坐在黑漆棺材前边。谷大房远远地看着，清楚他晚来了一步，但这正是谷大房刻意要的。他一来，就从人群中走到放着火炉的祠堂门口，咳嗽了一声，问了一句，这句像是问大家，实则是问谷冬梅和谷正芳。

谷大房说："人都来了？"

大家应答的声音不是很整齐，稀稀拉拉的："来咧。"

谷大房对大家的应承声不很满意。他把吃着的黑棒棒从嘴里拔下来，用他惯常看大家的眼光扫着在场的人。这给大家提了个醒，知道刚才应承谷大房的声音不齐，大家就都精神一振，又应了一声："都来咧。"坐着，或是靠墙蹴着的人，相互照看着，都怕应得不响亮。

这是谷大房所需要的，他担任村里干部许多年，主持开会养成那样一个习惯，问那么一声，算是给大家打了招呼，大家应不应是无所谓的。问毕，就该他说话。今晚可不一样，他是一定要村里人响亮地应他一声的，这就是对谷冬梅、谷正芳的反击，也是向他们示威。

大家回应他的声音整齐洪亮，谷大房高兴了，但他没在脸上表现出来，只是低头把坐在火炉旁的谷冬梅和谷正芳各看了一眼，就给坐在祠堂门口议事的村里人说开了。他说："都来了好。不是我说，这是事实，咱们都是谷寡婆村的后人，在谷寡婆宗祠里祭拜过老人家了。今日夜里在宗祠前议事，我不多说，大家心里都有底。谷敬勤是咱连着血连着肉的本家人，他家里连遭不幸，要我说，那就是咱谷姓全村的不幸。"

谷大房说得缓慢而沉重，很是动情。一字一句，从他的嘴里吐出来，使来到谷寡婆祠堂门口的人都有同感——这不幸可不就也有他们的一份儿吗？谷大房当众询问惠杏爱，这些天安排在她家的人可都尽了心，惠杏爱重重地点头了。他就又问惠杏爱，同时也是问聚在一起商量事的村里人，谷门坎和他老娘贾桂仙就要入土了，大家还有没有觉得欠缺的，还有没有觉得不妥的。村里人没说话，惠杏爱就使劲地摇头了。总之，谷大房问得很细致，连匝墓用了多少砖，明日下葬封门又留了多少砖，也一一问到了。

是的啊，谷大房是村支书，又兼着村主任，这种难场事，他是一定要管得仔细具体的,不会允许有一丝一毫的差池和不妥。

问过了那些七七八八的事后,谷大房就给大家发话了。他说明天安埋谷门坎和他妈贾桂仙,在家的汉子都要来,抬丧、下葬,要用的人手多着哩。"我强调一下,不管谁有什么样的理由,做活儿的把活儿停下来,跑生意的把生意停下来,谁脚勤,能把天下的路都走完?谁手大,能把天下的钱都挣完?不能吧!那就都到谷敬勤家里来,把他这里的事给安顿了,耽搁不了你多少事。周围多少村子的人看着咱们谷寡婆村子哩。咱们是要把这事办好的,咱不能让旁近临村的人指责咱,说咱没人管困难人家的事,笑话咱谷姓人家生分!再者呢,大家都看见了,他们一家连殁母子两人,家里该是更困难了。咱来帮忙的人,可不能像在别人家一样要求他们家,能够省惜的就坚决地省惜。惠杏爱把明天的饭准备下了,这是她尽心哩,可咱不能来一个汉子,带上一个婆娘和一群娃娃,那种吃大户的事在这里行不通。我先表个态,明天一天我在这里帮忙看着哩,我要监督大家,大家也监督我,我就不准备在这里的锅里捞一条面,掰一块馍填我的嘴。"

一直默默地站在人群里的惠杏爱听到谷大房这么说,她忍不住叫了一声:"大房叔!"

热辣辣的一声叫,让惠杏爱几天来刚刚干了一阵儿的眼睛,又一次湿了。她的鼻子酸酸的,泪花儿在眼眶里打着转儿。惠杏爱太感动了,感动中又加进了十分的感激。她感动于谷大房办事的诚恳和果敢,她也感激谷大房处事的细致和严谨,这些可都是一个好领导和长辈才有的品质啊!惠杏爱硬忍着,没有让转在眼眶里的泪水泄出来。她深情地看着谷大房,觉得他在她的眼前是多么高大啊!高大得她的眼睛都装不下了。想想看,如果没有谷大房的支持和安排,能这么快地拉回棺材板,打制好棺材吗?如果没有谷大房巧妙的运筹指派,能这么快打好墓,安顿好那烦烦琐琐的一切吗?明天她女婿谷门坎和婆婆贾桂仙入土,他又考虑、布置得多么细致啊!而且,为了不给她的家里造成更大的困难,他竟准备不在席桌上坐,不吃一条面,不嚼一块馍……啊,遇上这样一位热心负责、体贴奉公的长辈兼村领导,这不是不幸之中的大幸吗?

惠杏爱抻着袖口，在泪眼上抹了一下，向让她尊敬而感激的谷大房走近了一小步，双膝软软地就又给他跪下去了。

惠杏爱说："谢谢你哩，大房叔。"

惠杏爱说："明儿个你一定要上桌子吃饭哩。不管家里怎么困难，你领导着大家来帮忙，没有好吃好喝，赖一点儿你可也要吃，你要不吃，大家就都不吃了，大家都不吃，我死去的女婿门坎和我婆婆他们也不好瞑目啊！"

惠杏爱说："为了门坎和我婆婆，你和全村人都受累了，面我是压下了，馍我是蒸下了，你就让我们尽一点点心呀。"

谷大房弯腰去拉惠杏爱，伸着的手都快捉住她的胳膊了，又觉不妥，赶紧收了回来，拿话要求惠杏爱说："你起来，起来了听我说。"

惠杏爱仰脸看着威严真诚的谷大房，还有那么点儿谷大房不答应她，她就不起来的意思。但一身重孝随在她身边的大妹子谷门环，使劲扯着她的胳膊，把她往起拉了。

谷门环说："嫂哎，你不能跪了，你把膝盖都跪肿咧。"

围在祠堂门口的人，听了谷门环的话，就都一脸的悲戚，谷冬梅和谷正芳也是。他俩没有什么不好意思，就齐齐向前伸出手去，把惠杏爱扶起来说："都是谷姓人，你跪过一次就够了，不敢再跪了。"

惠杏爱站了起来，却仍然目不转睛地看着谷大房，希望他能答应她的请求。谷大房很是艰难地说："我可不能顾了埋死人，到头来把活人的嘴扎起来。"

谷大房说着话，又从他九道弯的羊羔皮袄夹层口袋里摸出一根黑色四棱棒，按着他的习惯剥去外边干裂的外壳，贴在嘴上，润了唾沫，点燃了，咬在嘴上吃着，这才扫视围在他周边的人。他给大家说："我是我，大家不要学我，让惠杏爱他们心里不忍，难受。"他给大家发了话后，又对着惠杏爱说："这没啥功劳摆的，全是应尽的责任呢！咱们谷寡婆村从过去到现在，从来都是这么做的。不仅咱们村，过去哪个村不是这么做的？啊，可是地分了，生产队散伙了，有些村就弄不到一搭了，一家有事，连个帮忙的人都寻不着……好了，寻着人了，就得花钱，就得大吃大喝，这成什么了？人和人，还讲不讲一点儿感情？还讲不讲一点儿道义？钱把人弄得没了人性，弄得没了人味儿。我就不这样，咱谷寡婆村就不这样，只要我还当着村支书，当着村主任，就坚决不让人这么干。咱们虽说随大流分了地，各人种各人的地，各家过各家的日子，但村集体的精神还是要哩。"

说顺了嘴，谷大房就有些管不住自己了，又是一阵长篇大论。过去，村里常要开大会，谷大房有他长篇大论的机会，也不管别人爱听不爱听，他都要滔滔不绝地说，唾沫飞溅地说，把人说瞌睡了还说。那时候，他的长篇大论大家真的不爱听，不想听，不要听。可是今夜，他的长篇大论没有把大家说烦，相反，还说起了大家的精神头，引起了大家的共鸣。他说着的时候，有人还激动地站了起来，敲着烟袋锅鼓励他。然而，谷大房理解错了，他还以为大家嫌他话多，在敲烟锅哄他哩，他便立刻住了嘴，咳嗽了两声，蹲在了火炉边上。

谷大房在心里想，说这些干什么呢？少说两句没人当咱是哑巴。他现在经常会这么想，这会儿又这么想了。刚一想，他就发现谷冬梅和谷正芳都拿眼睛看他，那眼神他看懂了，他们没有嫌他说得多，还怕他说少了。哦，谷冬梅、谷正芳他们，不像自己心眼多，他们都还欣赏着他，支持着他哩！

谷大房别提有多开心了。他正开心着，那个站起来敲烟锅的人说起来了。他说："村集体的精神是什么？就是咱们谷寡婆村传统的互助互爱精神。不要管他别的村子怎么样，咱们村有谷寡婆哩！她老祖宗是咱们村亘古不灭的精神！"

敲烟锅人的话，像在麻雀窝里戳了一棍子，几个人就接了话。

一个说："可不就是这个理儿吗？"

一个说："对对对，咱们过去讲觉悟，讲精神哩，可咱就没把觉悟呀、精神呀，弄明白过。这一说，我们倒是有点儿明白了。"

一个说："过去，情况好了，就说社会形势一片大好。出了问题呢，不从自己身上找问题，一概而论地说是社会问题。我倒是想说，这都是胡咧咧呢，今日咧咧着一股风，明日咧咧着一股风，见风了是雨！"

敲烟锅的人听得兴趣大增，就截了众人的话头，说："以后啊，甭管是谁，没弄好或是弄错了，就是自己没弄好、弄错了，就不要往社会的头上摊，把社会怨哩，可不能再说什么社会问题了。"

退休回村的县粮食局局长谷冬梅，听着大家由谷门坎和他妈贾桂仙入土所引发出来的议论，心里感受到了从没有过的震惊。原来总以为庄稼人只知道在土地里受苦，思想简单，观念浅薄，其实才不是呢！他们从自己的现实生活出发，从自己的切身体会去感受、思考和琢磨的，可是不简单、不浅薄的哩。她的内心深处，几乎就要赞成大家的议论了，但她又是冷静的，知道大家这么议论下去是危险的，起码是不应该的，她有必要阻止大家再议论下去。

谷冬梅轻轻地清了清嗓子，叫着谷大房的名字，说："你个大支书、大主任，今晚上不说明天的事，带头议论啥呢，那是咱要议论的事吗？"

脑子不笨的谷大房，之前以为大家烦他逮着机会就长篇大论，因此还羞惭了一会儿，接着又听大家议论，这才发现大家并没有烦他，甚至激烈地迎合着、议论着他的长篇大论，他就有些自得，并且还想再听下去。谷冬梅大声地提醒他，让他猛地醒过神来，赶紧又从蹲着的地上站起来，招呼大家甭乱议论了："咱到祠堂门口来，不是开会务虚乱议论的，咱们到祠堂来，当着谷寡婆的面，是商量着帮助惠杏爱他们家过事的。其他的，与咱暂时没啥关系。"

谷大房几句话把大家热烈的议论压制了下来，为了转移目标，他长长地叹了口气，冲着惠杏爱问话了。他说："杏爱哎，你还有啥说的没？"

恭敬地站在一旁的惠杏爱，对谷大房刚才的长篇大论并没有品出多少味儿来，对敲着烟锅的人等几个人的纷纷议论，也同样模模糊糊听不出多少意思来。但她被大家感动了，那是一种让人心尖尖颤抖的很深很深的感动哩！啊啊啊，多么真情友爱的乡党啊！啊啊啊，多么诚挚善良的村支书、村主任啊！惠杏爱完全沉浸在感动和感激之中了。突然，她听到谷大房问她还有啥说的，是啊，她有啥说的呢？心在剧烈地颤动着，惠杏爱抬起头来，她想把挤满了院子的人都看一眼，但她最终没有，她再次低下头来，给大家说，让大家再等一会儿,她还真的有一件事,要和大家说。

惠杏爱说着,从或坐或蹴或站的人的缝隙里挤了过去,挤到安放着女婿谷门坎的棺材前,把她早早放在那里的红漆枕匣抱了过来。

多么漫长的夜啊!连着几个晚上,惠杏爱就在她黑灯瞎火的洞房里睁着双眼,伴着这个红漆枕匣,辗转难眠。尽管她的眼睛酸涩得难忍,可是她就是合不上眼,睡不着觉,躺下去,一丝丝的睡意都没有,她只能大睁着眼睛干躺着。洞房的窗户是用白粉莲纸新糊的。几天前,窗户上还贴了许多鲜艳的窗花装饰,女婿谷门坎死了,就糊成了一片惨白。还好,中间的两个窗格上镶了两块不大也不规则的玻璃。惠杏爱从两块窗玻璃上看出去,漆黑如墨的天空上,似没有星月,也没有一丝儿的亮光。深夜尖利的西北风,在院子里那棵高高的杏树枝条上,"呜呜呜呜"地鸣响着,那声音仿佛是谁压低了嗓子发出的沉沉的哭泣声。还有窗子上糊着的白粉莲纸,也受到西北风的鼓动,"噗噗噗噗"地战栗着,亦如有人哽咽着。

这该是惠杏爱自己的哭泣和哽咽呢!

惠杏爱没心思去烧炕,便任凭炕冰凉着……谷门栓依然不离不弃地蜷缩在她的身边,伸手紧紧地搂着她,使她不敢轻易动弹。稍有动作,他就会惊醒过来,更紧地搂住她,嘴里哭着叫她"姐!姐!姐!"……枕头,也是冰凉的,已被她的泪水浸透了。公公通过谷冬梅传递到她手上的红漆枕匣,原本在她的枕头边放着,后来被她推开,推得远远的了。她有点儿害怕看见那只红漆枕匣,看见了就会想一个问题,那就是,她应该怎么办呢?啊,她到底应该怎么办呀!

苦苦地思量着,惠杏爱思量不出个头绪来。她太年轻了,在人生的道路上才只走过二十一年,那是短暂的,只是漫长的人生道路上的一个开头。而以后的路程还很长……山一程,水一程,谁来陪她惠杏爱走过?

血淋淋的现实,逼迫着新婚才几天的惠杏爱,要在短暂的时间里做抉择了。

抉择……啊啊,这是个怎样艰难的抉择啊!

按渭河滩上的风俗,新嫁到一户人家的媳妇儿,百日之内是要避丧的,哪怕是自己的亲娘亲老子去世,也都要回避。这个风俗,古老而悠远,那是老祖宗的伟大智慧。她是要以风俗的理由，来给予新娘子以宽容，给予她们幸福吉祥的护佑。嫁人百日之内的新娘子，依风俗有了这样的权利：如果自己的新女婿横遭不幸，新娘子想留下来守节，这是欢迎的，给她们树碑、立牌坊也是没问题的。但如果新娘子不想留，想要走，要卷起被褥立即回娘家，那谁也不能拦，翻白了眼日娘叫老子，跳脚拍巴掌地骂，也是不能拦的，得任她干干净净、一点牵挂都没有地走，走了永不回返。对这种看似薄情的举动，庄稼人自有风俗规范着，一般都是予以谅解，不予干预的。没过百日，算不得真正的夫妻，守是守不住的，迟早要走，迟走还不如早走的好。

　　惠杏爱不是神仙，也不是圣女。谷门坎血头血脸地被运送回家以后，她是起过卷起被褥回娘家的念头的。这一念头刚涌上她的脑子时，是那么强烈，让她扭回头看她的洞房时，差一点儿一头冲进洞房里，去卷包拾掇她的东西了。然而，这个念头来得强烈，去得也迅速。在村里人依照风俗，争论谷门坎能不能再进家门的那一刻，她就把回娘家的念头掐灭了。到了后来，村里的人帮忙把谷门坎的尸体抬到谷寡婆宗祠里，安置在床板上后，她就坚决地压住了这个念头，死死地，强硬地压住了。

　　惠杏爱怎么能一扭头，夹着包裹被褥就离开呢？

　　惠杏爱做不出这样的事。

　　惠杏爱在电灯泡照耀下的祠堂门口，听谷大房问她还有啥说的，她就想起了婆婆的红漆枕匣，历史地转移到她手上的红漆枕匣。她已经把红漆枕匣打开看了，里边装着婆婆贾桂仙嫁来家里时和公公谷敬勤扯的结婚证，结婚证的相片上，婆婆和公公多么年轻啊！此外，还有谷门坎上小学和初中时的奖状和毕业证，以及谷门坎高分考入的县城高中的入学通知书，这些都平平展展地压在枕匣底。另外还有不多的几张纸票子和几张粮票、布票，惠杏爱没怎么数，就已了然于胸。除了这些，就都是一张一张纸色不同、纸张大小不一的借据了。惠杏爱把那些借据上的数字加了一下，不由得抽了一口冷气——这个家庭可是太恓惶了，借人借成这个样子，大概要使村里人躲着走了。

还好，村里人没有躲着他们一家人走，还在这一家人遭受更大困难时，自觉来帮忙，甚至捐钱给他们。惠杏爱能怎么办呢，该怎么办呢？

惠杏爱在谷冬梅主张让村里人来祠堂为她家议事时，就想着把红漆枕匣抱来了。她把红漆枕匣放在了女婿谷门坎的棺材盖上，现在抱出来，是要和大家对账了。她把红漆枕匣抱出来交到妹子谷门环的手上，让谷门环抱着，她则打开红漆枕匣的盖子，取出放在枕匣里的一把纸片儿，从左手倒到右手，又从右手倒到左手，似乎那是一叠燃烧的火苗儿，她不倒手就要烧伤了她的手心似的。

惠杏爱在手里倒着那些纸片儿，说："别的……我是啥啥都没说的了。我一家人一辈子感激大家哩，门坎有灵，也感激着哩……这阵儿，炕上的老爹把婆婆的红漆枕匣给了我，我翻看了一下，都是家里借咱村上人的债。今天晚上，我把家里的借账和大家对一下，看都记上了没有，记少了没有。"

啊哟！啊哟！啊哟！

坐着的和蹴着的谷寡婆村各家主事人，万万没有想到，在此刻，惠杏爱会提出这样的要求来。人群中有了一阵轻微的骚动，大家眼睛一起睁大了，目光盯在了新婚几天又成新寡的惠杏爱身上。

谷大房像大家一样，先也是一愣，接着，他劝阻说："这事……以后再说吧。"

惠杏爱仰起脸来……她做新娘子时圆润饱满的脸，只几天的工夫便明显地消瘦了下去，在电灯光下是那么苍白，但又不失圣洁美丽。大家发现，正是这圣洁美丽，掩盖了她的悲伤和困倦，使她显得那么坚毅和严肃。

惠杏爱说了："大房叔，我觉得把家里的欠债和大家对一下好。门坎不在了，婆婆跟着又去了，可他们欠下的债在，债不能跟着他们去。大家的日子都紧，当时能给我们家里借，我们已经承情不尽了，现在，就更不能稀里糊涂。"

院子里一片寂静，刚才那种轻微的骚动，似乎被一阵风卷走了。

谷大房像下了多大决心似的说："也好。既然惠杏爱说要把欠债订对一下，各家的主事人都在，就都耐心地订对订对，让双方都把心放下来。"

惠杏爱把纸片儿举到面前，说："我就按纸条上的数目字念，对不对，大家提出来……借宽宽叔二十块，对着没？"

有人应声了："对着哩。"

惠杏爱倒过一张纸条儿再念："借东头七爷二十块，对着没？"

有人应声了："噢，是那么回事。"

惠杏爱再倒过一张纸条儿，又念："借玉祈哥十二块，对着没？"

有人应声了："就是的。"

…………

惠杏爱不断地倒着纸条儿，一笔一笔地念着，念完了，就问谁家的债忘了没记上，得到的回答是都记上了。她这才长长地出了一口气，又从口袋里掏出一叠整齐的纸条儿，一起递到谷大房的手上。惠杏爱说了，"我把门坎和我婆婆的借款重新打了条子，从今往后，门坎和我婆婆的借债，就都是我惠杏爱的了，我给大家还。"

谷大房从惠杏爱手里接过她重新写下的借条时，手软了一下。他可从来都是个刚强的人啊，但现在，借条捏在他的手里，他不仅觉得手软，身子竟也不由自主地颤了颤，差点把他披在肩上的九道弯羊羔皮袄颤落到地上。

惠杏爱说："我初来几天，人都没全认清，麻烦大房叔给大家发一下。"

谷大房还能再说啥呢，他只有给大家发借条了。他发得被动，接的人也很被动，接到借条看时，果然，在借款人的签名处，一一写成了"惠杏爱"。

人群里，倏忽间传出了感动的抽泣声。

谷大房感到他的眼睛也发潮了，这是因为惠杏爱把一纸更大的借据推到了他的手里，那是谷大房为谷门坎作保，从信用社贷款的凭据。惠杏爱说了："大房叔哎，我还要麻烦您哩，门坎在信用社的贷款是你做的保人，你再把门坎的名字换成我的，你还给我做保人，能行不？信用社还要啥手续，你尽管给我说。"

谷大房应承着，说："你这娃娃，好，叔再跑一回。手续嘛，叔的人熟，啥话都好说。"

唏嘘复唏嘘，感叹复感叹，在谷寡婆宗祠门口议事的各家主事人，唏嘘感叹着走了，村支书兼村主任谷大房也唏嘘感叹着走了……祠堂门口就只剩下惠杏爱和谷冬梅婶子以及一些手中无忙事，关心着惠可爱家事的人了。

婆婆生前的好朋友谷冬梅，一直在祠堂门口默默地注视着惠杏爱的一举一动。村里人被惠杏爱感动了，大感动呢！现在，大家走了，谷冬梅没有走，她靠近惠杏爱，把惠杏爱拥进了自己的怀里。

谷冬梅此刻想起惠杏爱的婆婆贾桂仙早年说自己的那句话："你干脆就是今日的谷寡婆哩。"今天晚上，谷冬梅在谷寡婆宗祠门口真想把这句话再说给惠杏爱，说她可是转世的老祖宗谷寡婆。

谷冬梅刚把这句话给惠杏爱说出来，就听到一阵唢呐的声响——是谷寡婆村锣鼓队的谷子乐呢。谷门坎家里穷，请不起乐人，可要安埋谷门坎和他妈贾桂仙，也不能这么悄无声息的哇！村里人有钱的出了钱，有力的出了力，谷子乐有吹拉弹唱的本领，他便动员了司锣鼓的人，自觉来为谷门坎和他妈贾桂仙吹吹打打地送行了。

正是烧纸的时候，谷冬梅拥着惠杏爱，向惠杏爱家走了去。

谷冬梅和惠杏爱在黑暗中走得看不见人了，但围在祠堂前的村里人，并没有即刻散去。大家的目光追着谷冬梅和惠杏爱，确信她俩走得没了影儿，才不约而同地回过头来，注视着刚刚复建起来的谷寡婆祠堂。人们深深地以为，谷冬梅在前，是谷寡婆转世来的，接着呢，惠杏爱又转世来了。

第十六章

　　有了谷子乐组织的自乐班子，谷寡婆村人在吃早饭的时候，也算隆重庄严地把遭难的谷门坎和他妈贾桂仙双双送进渭河岸上的官坟了。

　　惠杏爱本来是要请吹手乐人的，都安排人去了，是伤瘫在炕上的谷敬勤挡住的。谷敬勤也被他的好儿媳惠杏爱感动了，他不想给娃娃再背包袱，就把惠杏爱叫到上房，让她把请吹手乐人的人喊回来。他说，咱不请了，又不是七老八十走的白喜事，吹吹打打图个热闹，咱是个悲伤事呢，吹吹打打图个啥呀？不请了，咱不请了……谷敬勤可以坚持不请吹手乐人，但谷子乐组织人来了，谷敬勤就没话说了。在谷子乐一班乐手的吹打下，谷寡婆村人齐心协力，镢头刨，铁锨倒，一阵铁器撞击声响过，两座新坟就高高地堆起来了。参加安葬的庄稼人，看看没有了要做的事，马上就要散去了，执事的人送上一瓶散白酒，每人对着瓶子嘴，有酒量的"咕咚"一口，没酒量的轻啜一下，再接过执事人送上来的纸烟，叼在嘴角上吃着……惠杏爱拖着抬丧的大绳，领着大妹子谷门环、大弟谷门墩和小弟谷门栓，齐刷刷跪在离坟堆很远的十字路口上，按照渭河滩上流传久远的礼节，给帮忙送葬的人们送行。

　　这个十字路口，有刚才给谷门坎和婆婆贾桂仙送葬摔碎的孝盒子。此时，惠杏爱率领弟妹跪在那里，在他们的面前，还燃着一堆麦草火，送葬回村的人过来了，就都跷着火堆过，有一个人从火堆上跷过，惠杏爱和她的弟妹就一起磕头致谢。

　　人走尽了，惠杏爱嘱咐谷门墩，让他把门环和门栓两个弟妹带回去，她自己则还想到坟堆边儿去，停上一停。谷门环高低不依惠杏爱的话，扯着她，一定要和嫂子一块儿回。但惠杏爱执意要"歇一歇"，谷门墩便扯开谷门环扯着嫂子的手，拉着她头里走了。谷门栓的态度最为坚决，说什么也不离开大姐，躺在地上耍赖，也要陪着大姐。惠杏爱对谷门栓一点儿办法都没有，便只好让他留下了。

从头天开始，北边的黄土高原上刮来的风就一直没停，强一阵，弱一阵，吹过枯瘦的渭河，在河滩上鸣响。远处和近处的高压电杆之间，下垂成一张张弓弦的高压线，因为受了西北风的侵袭，不能忍受地发出呜咽，传到官坟这边来，使难受不堪的人，心头更添了一种难受。这是谷寡婆村的官坟呢——为了躲避水患，聪明的老祖先就将官坟选在一个不小的沙岗上。大大小小的坟头，一个挨着一个，伸展开去，仿佛是浑黄的河水里涌动的浪头。那些坟堆，有的似多年无人经管，风吹雨淋，塌得几乎都要没有了；有的是用砖砌的，虽经风雨剥蚀，但依然耸立；有的坟前不栽树，不立碑，毫无标记，主人家的散漫可想而知；也有的坟前植了柏，植了松，在松柏的树荫下，还要立一块碑——这样的碑是简单的，没有了古时的龙凤雕饰和严谨工整的碑文，却也显示了主人家的良苦用心……坟地里到处长着草，此时还未染上绿色，一眼看去，就都是经历了寒冬的枯草，在冷风里索索地抖颤着……个别的坟头上，有人移栽了一簇簇的迎春花，迎着早春料峭的寒风，却也开得黄灿灿的，透出些许春意。

神情木然的惠杏爱，拉着谷门栓跪坐在新堆起的坟头前。这座新坟是谷门坎的，往后斜出的则是婆婆贾桂仙的坟。谷门栓仰着他失去红润的小脸，目不转睛地盯着惠杏爱的脸，一声也不吭，尽显他惊恐和悲切。惠杏爱呆呆地望着隆起的黄沙土丘，她望了很久很久，直望得那堆新起的黄沙土丘在她眼里一直隆起，都快隆成一座大山了，她才突然跃起，扑到黄沙土丘上，张开双臂，紧紧地搂在上面，撕心裂肺地号哭起来了。

"啊……我的个你呀……啊啊啊……"

"我的个你呀……啊啊啊……我的个你呀……啊啊啊……"

官坟里此时除了惠杏爱和谷门栓，再无他人，惠杏爱尽情地号哭着……从交管工作人员雇车把谷门坎的尸体送回村里来，惠杏爱就想号啕大哭了。可是她没有，一直压制着自己，没能放开性子痛痛快快地大哭一场，有的只是压抑的低泣或是沉默地流泪。此时，她号哭起来，栖落在官坟里的松柏树枝上的乌鸦，像是呼应着惠杏爱的号哭，也"呱呱呱呱"地惊叫着，忽而又从一棵柏树上"扑噜噜"飞起来,栖落在一棵松树上,站不多久,又从这棵松树上"扑噜噜"飞起来,飞回原来的柏树上,继续"呱呱呱呱"地惊叫。

"大姐,你甭哭嘛!"

"大姐,你甭哭嘛!"

谷门栓害怕地趴在嫂子惠杏爱的脊背上,两只小手使劲地把她往起掀,他掀不动惠杏爱,没奈何,便也号哭起来了。

谷门栓号哭着:"妈呀!"

谷门栓号哭着:"哥呀!"

正是谷门栓稚嫩的哭喊声,让惠杏爱渐渐地冷静下来,止住了自己的号哭。其实,她心里是明白着的,她的哭并不完全是为了黄土堆中的谷门坎,他们虽在法律意义上成了夫妻,但实际上并没有那一回事,她是为自己的命运而哭泣啊!而黄土堆中的婆婆贾桂仙,虽对她是惜爱的、信任的,但也仅止于此,她和婆婆贾桂仙还未建立起多么深厚的感情,她哭婆婆贾桂仙,说透了还是为了自己的命运而哭泣哩。她从坟堆上爬起来,把门栓揽进怀里搂紧了,搂了一会儿,又放开他,用手慢慢抹去那张小脸上的泪水。她抹着门栓的小脸,就像抹着她的心一样——她知道她还在哭,是不出声地哭呢!惠杏爱想,她虽与谷门坎没有做过夫妻该做的事,但无论怎么说,也算是夫妻一场了。还有可亲可敬的婆婆贾桂仙,他们母子突然入了土,把一切留下来,让谁承担呀!自然是她惠杏爱了。昨天晚上,她把谷门坎和婆婆借钱的凭据签名,全都替换成了自己的名字,并当着村里的人声言,她要在两年之内还清所有的债务。这绝对不是她一时的心血来潮,而是她几日来于悲痛中做出的决定。她读了十多年的书,从小学到初中,从初中到高中,最后还复读了一年,说她没有思考过自己的命运那是假话,但她那时的思考太不真实了,虚无缥缈,漫无边际。现在她心里像镜儿一样明白了,这就是命运!她觉得,无论是生活实际,还是伦理道德,或者是道义情感,都把她逼到一条标记着"守"字的路上来了。

守!

守什么呢?守寡!守贞操!守道义!

惠杏爱把她满面泪珠的脑袋摇得像拨浪鼓一般。她竭力不去想那个让她心惊肉跳的"守"字，而且她也无力去想那个让她心惊肉跳的"守"字。

可她不想又不能。

惠杏爱擦净了谷门栓的小脸，又把他的衣服伸平拽展，便领着他到娘亲贾桂仙的坟堆前，教他端正地跪下，结结实实地磕了三个头。接着又领他到哥哥谷门坎的坟堆前，教他端正地跪下，也磕了结结实实的三个头。

这六个结结实实的头，在惠杏爱的心里，是她教门栓代替她磕的，她要永不复生的谷门坎和婆婆贾桂仙在九泉之下放心，她惠杏爱会尽一切力量把这个家撑起来的，她要孝敬好伤瘫在炕上的公公谷敬勤，她要照顾好犯傻的大弟谷门墩，她更要抚养好小妹谷门环、小弟谷门栓，有可能的话，还要立即送聪明乖巧的谷门栓上学去，她相信谷门栓会是一个读书的好材料。

谷门栓代替惠杏爱磕头毕，惠杏爱便拉着小家伙的手往回走了。那是一条仅能通过架子车的沙土路，弯弯曲曲，离村算不得远。惠杏爱走得很吃力。她走走歇歇，走了一段路，却不知哪来的一股力量，又回转身，疯了似的，跑回谷门坎的坟堆前，抓起坟前剩下的砖头瓦块，照着谷门坎的坟堆，就是一阵狂砸……谷门栓影子似的跟来了，小家伙没有拉他亲爱的大姐，他看大姐把哥哥谷门坎的新坟砸得痛快，就跟上他的大姐，也抓起残砖碎瓦，照着他哥的坟堆猛砸。这是女婿谷门坎的新坟呀！惠杏爱自己砸是可以的，她不能让别人也来砸，便是谷门栓也不行。正砸着女婿谷门坎新坟的惠杏爱，转身把帮她砸坟的小弟谷门栓抱着，扯着他又往村里走了。

谷门栓不知大姐为啥要砸他哥谷门坎的新坟，走着还问："砸坟……咱还砸吗？"

惠杏爱被谷门栓问得心里一抽一抽的，又想流泪了。但她忍着，她告诫自己，从此不能再流泪了，泪水帮助不了她。她默默地走着，好半晌才走到村口上……安埋女婿谷门坎和婆婆贾桂仙，只经历了短短的几天，可她觉得浑身的力气，在这几天里似乎都用尽了。她这时只想快些回到家里，躺下来，不翻身、不做梦地睡，睡他个不识天黑天明，不知天昏地暗。

然而，谁给她大睡不醒的时间呢？

刚刚走到村口上，惠杏爱沉重的脚步猛地收住了，一步都迈不动了。她那颗已被接二连三的伤痛刺得百孔千疮的心，鲜血一下子又奔涌起来，直往她惨白的脸上冲，使她消瘦下去的脸庞迅泛出不自然的红潮。

啊啊啊……她家门口又拥满了人，高喉咙大嗓门地嘶喊吵嚷，乱成了一团。人们拥过来，掀过去，似乎在争执揪扯着什么。

老天爷哩，又发生了什么事呀？

惠杏爱没料想到，她娘家此刻来人了。

谷门坎惨遭横祸，怎么说，惠杏爱都是该给娘家人通报的，关心她的婶子谷冬梅也提醒了惠杏爱，可是她坚持己见，执意没有让人去告诉她娘家人。她知道娘家那边都是怎样的人，她怕这头的事情还没有按住，那头再耍起麻达。她心里打算的是，待谷门坎和她婆婆贾桂仙入土为安之后，她再回娘家去，把这突然的变故，当然还有她对未来的打算，一并告诉娘家人。那时，不管娘家人是一个什么样的态度，反正，谷家的事她已伤心费力地安顿妥帖了。过去的几天里，惠杏爱一直按照自己的想法做着，她虽然悲痛至极，疲累至极，但啥都不能冲击她巴心巴肺地安顿好谷家悲惨事的决心。在婶子谷冬梅、村支书兼村主任谷大房及村里人的帮助下，惠杏爱眼看就要把谷家的事安顿得有个眉目了，可是，好事不出门，瞎事传万里，天下就没有不透风的墙，谷门坎的凶讯和婆婆的噩讯，还是不可避免地传到娘家人耳朵里去了。

娘家人气恼着惠杏爱，这么大的事竟然不给他们传话，他们便气势汹汹地撵来了。

娘家人来，心里有气，也并不是要在惠杏爱身上撒气。因为这不是气恨惠杏爱的时候，这里也不是气恨惠杏爱的地方。他们有个想法，就是来"解救"惠杏爱。他们认为，没人给他们传话报讯，肯定不是惠杏爱的主意，是谷寡婆村里人的主意呢。他们不相信刚出门的惠杏爱，突然死了女婿，又突然死了婆婆，孤苦伶仃却不想回娘家来，还不给他们说，不要他们帮忙。他们想，一定是谷寡婆村人在使坏，限制了惠杏爱的自由，要他们的女儿给才结亲几天的女婿谷门坎和婆婆贾桂仙送葬的。

这可是太欺侮人了，太不把他们惠姓人家当回事了。

要知道，渭河滩上千百年流传下来的规矩，百日不到的新媳妇是没有戴孝守丧那一说的。

气势汹汹的娘家爹，率领着惠杏爱的几位亲兄弟和几位堂兄弟，开着一辆手扶拖拉机，颠颠簸簸地一路到谷寡婆村来了。当他们来到谷寡婆村，把手扶拖拉机停在谷门坎家的门首时，全村的精壮人力和谷门坎家除瘫在炕上谷敬勤之外的所有人，都到官坟上安埋人去了。年过半百却依然强壮精悍的惠杏爱爹，摇晃着高大魁梧的身躯，走进改贴了白纸丧联的院落，喊了两声"有人没有"，听到上房炕上谷敬勤虚弱的应承，他就"咔咔"走了几步，掀开门帘跨进了屋子。

见亲家不请自来，谷敬勤先怯了几分。但他装出十分的热情，说："亲家来了。"

惠杏爱的娘家爹却不领谷敬勤的热情，他生冷地说："谁是你的亲家？啊，我不是。"

谷敬勤赔着小心，说："家门不幸，连折大娃和他妈，我们是伤心糊涂了，没给亲家通报，是怕给亲家公染上晦气，所以想把事过了后，备上礼叫杏爱回门去再给亲家说。"

惠杏爱的娘家爹显然无心听谷敬勤的唠叨，他嗓门很高地说："对咧，你的礼就免了。我给你说，我是来引女子的，我们收拾一下，一会儿就和女子走了。"

这算是给谷敬勤把招呼打了。随后，惠杏爱的娘家爹背转身去，不再理会谷敬勤给他让烟让茶的待承，而是像他进屋时一样，"咔咔"走几步，就又去掀开门帘，到了桌凳杯盘狼藉的院子里。他手一指，叫跟他来的儿子和侄子们，去抬惠杏爱新房里的箱箱柜柜、衣服被褥了。惠杏爱的娘家爹对他的儿子和侄子们说："是咱杏爱的东西都抬上，不是咱杏爱的东西一样都不要拿。"

彪悍的儿子和侄子们，也许是被院子里残留着的悲伤气氛所震慑，一言不发，一趟趟地从惠杏爱的新房里搬家具。镶着穿衣镜的大衣柜被抬出去了，描着金花的漆彩箱子被抬出去了……大红的绸缎被褥、一包袱一包袱的衣服也被搬出去了。他们甚至把脸盆架子、镜儿梳子和惠杏爱的婆婆贾桂仙传给惠杏爱的红漆枕匣都一个不剩地搬了出来，装在了惠家人开来的手扶拖拉机上。在这些物品里，最醒目的，应该还是陪嫁来的"三转一响"了——老虎牌的缝纫机、凤凰牌的自行车蝴蝶牌的手表、燕舞牌的收音机，可是当时最为流行、最为抢眼惹人的物件呢，娶媳妇嫁女，是不敢少了这些物件的，少了就有失体面，就欠缺光彩。惠杏爱的娘家爹，那是怎样一个人儿呀，大路上抓一把干面面土，握在他手里，也要握出二两油的。他要给惠杏爱陪嫁，自己是不会出水的，而且他也不会顾及别人的感受，不会管别人难场不难场，做到做不到，因而这陪嫁名义上是娘家的陪嫁，花的钱可是都要谷门坎出的——他替女儿惠杏爱向谷寡婆村的谷门坎家讨要了缝纫机、自行车，讨要手表和收音机。惠杏爱这几天没黑没明地转，转得她头昏脑胀，没有心思戴她陪嫁来的蝴蝶牌手表，表就在她炕上的绣花枕头下压着。刚才，惠杏爱的娘家爹指挥他的一帮儿子、侄子搬运物件，待显眼处的东西搬得差不多，他硬蹾进惠杏爱的新房，东翻西拣，发现了枕头下的蝴蝶牌手表，便毫不客气地抓到手里来，戴在了他的手腕上。至于缝纫机、自和堙、录音机，此时也已架在手扶拖拉机的拖斗上，或提在娘家人的手上。这些物件，此时都比惠杏爱嫁来谷寡婆村时，拉在小四轮拖拉机上或戴在她腕子上、提在他人手上要醒目哩！惠杏爱娘家爹的心里想：这有什么好说道的！我家女子太可怜了，嫁过来才两天，你家娃儿谷门坎一命归西，那是你家娃儿没福喀，这能怪谁呢？还有跟着娃娃去了的贾桂仙，你不想活了，想去阴间陪你娃你去好了，我才不想我家女子留在这里挨恓惶哩。如今是新社会，改革开放了，没有啥贞节烈女一说了。我要把我家女子从这道门里引出来，回到娘家去，要不了十天半个月，就会寻下新主儿，就又会喇叭吹、锣鼓响地拜天地了。

　　有女不愁嫁，老惠家的女子再婚，还要嫁个初婚的人家哩。

　　惠杏爱的娘家爹指挥着他率领来的儿子和侄子们，把惠杏爱新房里倒腾出来的东西，往手扶拖拉机的拖斗上装得满满的，高高的，像是平地上忽然耸起的一座小山包。他们准备着，等着去官坟安埋谷门坎和他娘亲的惠杏爱回来，就拉着她一起上路。

恰在这个时候，到官坟上帮助惠杏爱安埋谷门坎和他娘亲贾桂仙的村里人，早了惠杏爱几步回到村上来了。啥话都不用说，也不用打问，只往装得满满当当的手扶拖拉机上望一眼，再去打量一下惠杏爱娘家爹的那种神气，他们就一切都明白了。

明白了是一回事，气不平是另一回事。

可怜的谷门坎，可怜的门坎他娘亲贾桂仙！谷寡婆村的人不是不讲道理的，也不是不讲情面的，他们只是觉得气不平，觉得有什么东西严重地刺伤了他们的心。是什么呢？是手扶拖拉机顶上扎绑着的老虎牌缝纫机和凤凰牌自行车，还有戴在惠杏爱娘家爹腕子上的蝴蝶牌手表和提在惠杏爱她哥手上的燕舞牌收音机吗？是的，这些东西这时候怎么看都是那么刺眼……初春冰冷的阳光，照在这些工业化的物件上，闪射出的光芒，犹如一枚枚钢针，刺激得谷寡婆村人血脉贲张，集体在心里怒吼了！啊哈！抢劫呢吗？啊！打抢人呀吗？啊！意外的悲伤，本来就使他们心情沉重，而眼下的情景更是火上浇油，让他们一腔悲痛全然化作了愤恨，他们的眼睛红了，牙齿咬得"咔吧吧，咔吧吧"地响，他们把一棱一棱凸暴着青筋的拳头攥紧，撂在胯骨上，一步一步地拥围上来了，很快就把手扶拖拉机和惠杏爱的娘家爹，以及惠杏爱的亲兄弟和堂兄弟们围困在一个圆圈中，让他们便是插上翅膀也难逃走了。

惠杏爱的娘家爹似乎并不惧怕拥围上来的谷寡婆村人。

惠杏爱的娘家爹是个霸蛮的人，经见的事多了去了。天下的事，有些是要说的，一说了之；有些事则是要打的，一打了之。今天的事，他不以为自己理亏，谁家的女儿初婚遇上女婿死，不是他这样做的？要说，他有一河滩的理由，他不怕说。说不成了打呢？打就么，惠杏爱的娘家爹最不怕动拳脚了，别说拥围上来的人里三层，外三层，真正敢动拳脚的又有谁呢？上阵父子兵，打虎亲兄弟，拥围上来的人谁是谷门坎的父、子？谁是谷门坎的亲兄弟？太没有力量了。所以，惠杏爱的娘家爹一点儿都不怯火，他镇定地从他脖领后头抽出一管长长的旱烟锅，在烟锅里填满了烟叶，伸到他儿子面前，让他的儿子给他打火点烟。他把烟吃着了，冲着拥围上来的谷寡婆村人,东边吃一口,吐出一口烟,西边吃一口,吐出一口烟……他在心里想着女儿惠杏爱:瓜熊闷种一个!出了这种事,还不赶紧往娘家倒腾东西,竟然还到坟上送葬呢!你是疯了吗?你是傻了吗?木头脑袋不开窍,还有什么好留恋的呢?一回娘家,这里的事不就全了了吗?永远再不到这里来了嘛!你说你这贼女子,还瞒着你爹我,你是想弄啥哩?让谷寡婆村人围我吗?看我的稀奇景吗?

拥围上来的人群里有人喊话了:"弄啥呀!大天白日头的,当土匪呀!"

有人带了头,自然就有人跟:"当我谷寡婆村没人吗?"

一个跟了再一个跟:"胆子太大咧!能让你把手扶拖拉机从谷寡婆村开出去,我们就都不姓谷了!"

更绝的一声喊在惠杏爱牵着谷门栓来到人圈外面时响起来了:"老家伙拿吃烟挑衅咱们呢!把他的烟锅卸了,再卸手扶拖拉机上面的物件。"

自信自负的惠杏爱娘家爹,显然估计错了形势。在谷寡婆村人一阵杂乱的嚷叫呼喊声中,还真有人上来卸了他的长竿儿黄铜烟锅,接下来,又不管三七二十一地攀着他们已扎绑好了的手扶拖拉机拖斗,要往下卸物件了。跟着惠杏爱娘家爹来的儿子和侄子们也不肯示弱,他们把身子靠在手扶拖拉机上,与往上拥扑的谷寡婆村人推拉着,撕扯着。迅速的,有人的衣服被撕破了,有人的脸被抓伤了。

闹腾得场面就要失控,而且还可能闹出更大乱子的时候,惠杏爱牵着小弟谷门栓的手从人群外挤了进来。

有人看见她了,说:"杏爱来了。"

这人说话声音一点儿都不大,完全比不过现场的大吵大闹,却尖锐地灌进在场者的耳朵里,使撕扯着、争夺着、吵骂着的人们一起停止动作,安静了下来。刚才还是那么可怕的现场,一下子变得鸦雀无声了。无论是谷寡婆村的人们,还是惠杏爱娘家爹和他率领来的儿子、侄子,都住了手,住了口,扭过头来,目光齐刷刷地集中在了惠杏爱的身上。

安静。沉默。可怕的安静和沉默。

惠杏爱静静地伫立着。一时之间,她觉得脑子里乱糟糟的,像被柴草一样的东西塞满了,像有千军万马在奔腾冲撞,要使她的脑子炸裂开来!之前,她只朦胧地预感到,她的娘家爹听到谷门坎惨遭横祸的消息后,会到谷寡婆村来,拽着她,拉她回娘家的。她是这么简单地想了,但她绝对没有想到,她的娘家爹会带着她的亲兄弟和堂兄弟们,开着手扶拖拉机来,连自己的面都没见,不听她的感受和想法,就粗暴无理地抬出她新房里的东西,一股脑儿装到车上去!这是弄的啥事嘛!这算干什么呢?她的胸膛里,有一股气流在滚动,在往上涌,使她想喊,想叫,想哭,想破口骂人!

羞辱和愤怒,一下子控制了惠杏爱。

她把她的娘家爹横了一眼,紧接着又把她的兄弟们各横了一眼。然后,她的目光越过了她娘家爹和兄弟们,找寻着一个人。她找到了,那是远远地站在人群后头的谷冬梅——留着剪发头,穿着干部服的谷冬梅,正不动声色地观察着事态的发展。惠杏爱真希望谷冬梅能突破围了一圈又一圈的人,到她身边来,像她悲惨伤痛地面对女婿谷门坎和婆婆贾桂仙的尸体而手足无措时,来到她的身边,把手搭上她的肩头一样。那个时候,谷冬梅把手往惠杏爱的肩头一搭,惠杏爱立即有了一股战胜一切困难的力量。这一次也一样,只要谷冬梅再次把手搭上她的肩头,她仍然会立即振作起精神来,处理好一切棘手的问题。哪怕这问题就出在自己的娘家爹和兄弟们身上,她也是不怕的,一点儿都不怕。

可是,谷冬梅没有往问题旋涡中心的惠杏爱靠近,她依然固执地冷冷地观察着事态的发展。

大房叔呢?谷寡婆村的村支书兼村主任谷大房到哪儿去了?惠杏爱的目光悲怨地睃巡着,她发现他了。他像谷冬梅一样,也远远地站在一圈又一圈的人外边,披着他那件九道弯的羊羔皮袄,低着头,很有耐心地剥着他爱吃的黑色四棱棒上发脆的外皮,然后一下一下地往黑色四棱棒上润着唾沫。

谷寡婆村最具权威的谷大房,像与退休回村的县粮食局局长谷冬梅商量好了一样,无意卷入事态的旋涡中心来。

惠杏爱哪里知道，这就是谷冬梅和谷大房的厉害之处了。他俩也许有矛盾，也许有冲突，甚至是很深的矛盾、很激烈的冲突，但他俩是沉得住气的，所谓气定神闲，讲的就是他俩现时的状态——只要不出人命，完全可以任事态进一步发展，甚至恶化。此刻，他俩心里想的，几乎没有什么不同。他俩都是谷寡婆村举足轻重的人物，惠杏爱的娘家爹趁着他们招呼村里人抬谷门坎和贾桂仙的棺材去官坟入土的空当，开着手扶拖拉机来到谷寡婆村，青红不分、皂白不辨地就去拉运惠杏爱新房里的物件，这也太不把谷寡婆村人当人了。如果再往白里说，干脆就是没把谷冬梅和谷大房往眼里搁，这可是深深地刺伤了他们的自尊心，损害了他们的权威。谷大房是男人，谷寡婆村男人中的男人，就在刚才，谷大房差一点儿也要卷入撕扯中去的，是谷冬梅的冷静帮了他的忙——她虽然是个女儿身，却也不乏男人的气概以及男人的沉稳与睿智。于是，谷大房压制着自己的冲动，不动声色地站在旁边看着。谷大房不知道谷冬梅心里是咋想的，但他是愿意谷寡婆村的其他男人抡起自己的拳头，把惠杏爱的娘家爹和兄弟们都捶一顿，捶得他们头青面肿的！谷大房不无恶意地冷笑着：开玩笑哩！就凭你几个人，就是变成虎狼，也甭想在谷寡婆村撒野耍威风。告诉你们吧，要想把谷姓人家的物件轻轻松松地拉出村，不折几条胳膊，就甭想动一步！天底下没有这么轻松的便宜好占，嘿嘿，我要使你们吃饱了再兜上呢！

谷冬梅是在等待惠杏爱。

受了谷冬梅的影响，谷大房也在等待惠杏爱。

谷寡婆村两个最具权威的人，都在等待去官坟的惠杏爱。

安埋谷门坎和他妈贾桂仙的日子里，不知别人想了没有，谷冬梅和谷大房已经在想惠杏爱何去何从的问题了。谷冬梅曾经的恩人、后来的好姐妹，贾桂仙和她大娃谷门坎死了，谷冬梅岂能不为这个贫困的、支离破碎的家庭考虑啊。谷敬勤瘫在炕上，虽然一时半会儿入不了土，却也是个实际上的棺材瓤子了，对他是不能有啥指望的。谷门墩呢，正在年纪上，干活不缺力气，但谁不知道他缺根筋，是个"八成"人？谷门环聪明能干，可是年纪小，又是个姑娘娃，能指靠她来挑起这个家庭的重担吗？更甭说谷门栓了，完全就是个不醒事的牛牛娃，哭鼻子，抹眼睛是可以的，除此而外，他还能弄个啥呢？思前想后，谷冬梅没辙可想，她就只有想着惠杏爱了。只有惠杏爱不走，不离开，才支撑得住这个家庭。她耐心地观察着惠杏爱，发现惠杏爱不浮躁，有良心，有担当，完全有留下来的可能。如果惠杏爱真的留下来，谷冬梅心想，自己是不会袖手旁观的，她会尽自己一切可能帮助惠杏爱的——不仅在经济生活上，在政治生活上，自己也要全力给予帮助的。人才难得，仅安埋谷门坎和他娘亲贾桂仙的几天时间里，退休回村的县粮食局局长谷冬梅，已打心眼儿里喜欢并佩服惠杏爱了。

谷冬梅喜欢惠杏爱，想要她留在谷寡婆村，自己则帮助她、培养她。可是转念一想，谷冬梅心里又酸酸的、涩涩的，不是滋味，觉得对不起惠杏爱。

谷大房和谷冬梅思谋的问题几无二致。他从这个困难家庭的实际出发，是希望惠杏爱不要走，自觉挑起家庭重担的。可是这可能吗？初婚即守寡，不论怎么说，都是一个悲剧。将心比心，如果惠杏爱是他的女儿，他会怎么办呢？唉唉，精明强悍的谷大房几次想着这个问题，最后都把自己想糊涂了。他认定惠杏爱是会走的，一朵鲜活的正待开放的花啊……作为一个村子的支书和村主任，谷大房想，他能做的，就是在惠杏爱走的时候，设法让惠杏爱的娘家人退回谷门坎家为她所支付的所有彩礼钱。这说来不是很正，或者说几乎就是强词夺理，但他也可以拿出来，放到任何场合去说，说这是为门坎家以后的生活着想哩，咱不能让他们一家人把嘴扎起来吧？这是个理直气壮又冠冕堂皇的说法啊！如果这样做，惠杏爱抬脚走人，这个困难的家庭起码可以追回来千八百元。有了这笔钱，给二娃谷门墩寻一个媳妇，成家过日子，倒不失一个解决他家问题的办法哩。当然，惠杏爱留下来不走是最好的，那样的话，就啥话都好说了。谷大房可以做主，以后拨给村里的扶贫救济款什么的，给她家多一些不就对了？

总而言之一句话，拴住惠杏爱是最理想的结果。

头天晚上的惠杏爱，她的表现让谷大房有种出乎意料的高兴。他几乎认定了，惠杏爱必将是挑起谷门坎家家庭重担的那个人。谷大房感动了，并在心里千百次地感激着她。但在他的内心深处，总还是有一点儿不踏实，有一种没有道理的不相信。这不，她的娘家爹和娘家兄弟们寻上门来了。他还要再试一试惠杏爱，看她怎么办。反正不论什么结果，谷家的东西是一件也拉不出谷寡婆村的；再者呢，千八百元的彩礼钱，不退回谷家来，你惠杏爱就甭想出这个家门，回你娘家去，再进另一家门！

嘿嘿！嘿嘿！嘿嘿！

谷大房冷笑着，依然站在人圈外边观察事态变化。谷冬梅却轻轻地抬起脚，稳稳地往人圈的中心走去了。

谷冬梅走一步，水泄不通的人圈就让开一步，让她很有气势地走进人圈的中心，站在惠杏爱的身边，如惠杏爱所期待的，抬起一只手来，搭在了惠杏爱的肩头上。

谷冬梅不失礼数地说："杏爱，是你娘家爹和你娘家兄弟吧？"

惠杏爱不知什么时候，干涩的眼睛里又涌满了泪水。她没应声，只轻轻地点了点头。谷冬梅就抬眼看着拥围得里三层外三层的村里人，大声地说："有理不欺上门客。散开，都散开。"

谷冬梅说："让惠杏爱娘家人先进家里去，熬茶煮饭，吃了喝了咱再说话么。"

拥围起来的人，听了谷冬梅的话，有的就慢慢散去了，但更多的人，不肯离开，他们站在原地虎视眈眈，这其中就有谷大房。别人是盯着惠杏爱的娘家人看的，他则是盯着谷冬梅看的。此刻，他觉得站在惠杏爱身边说话的人是他才对。

黑卡其棉袄的前襟被撕破了一绺，露出白花花一团棉花的惠杏爱娘家爹，像红烧肘子一般油亮的脸上，有被人吐了两口的唾沫，正往下巴颏上流着。骄横自负的一个人，此时此刻，突然变得特别委屈。他没理步入人圈来招呼他的干部模样的谷冬梅，而是趁着人群渐散的空隙，往惠杏爱的身边靠了靠。

惠杏爱的娘家爹未说话先落泪，他说："杏爱哎！"

强忍着心里的悲凄和怨愤，惠杏爱顺着谷冬梅的话劝说她的娘家爹：

"爹呀,咱先进屋里去,有话在屋里说。"

惠杏爱的娘家爹哪儿听得进去她的劝,说:"还进去弄啥?你把身上拍两把,把身上的土拍干净了就跟爹回。"

惠杏爱坚持着劝说她的娘家爹:"锅都热着哩,炉子都旺着哩,爹不喝一口茶不吃一口饭就走,你让女儿怎么给人说呀?"

惠杏爱的娘家爹说:"你给谁说啥呢?啊,爹把你新房里的物件都拾掇净了,你干干净净地跟上爹走就是了。"

惠杏爱还要劝说她娘家爹:"爹……"

惠杏爱的娘家爹果断地说:"走!"

惠杏爱哪里就能走啊!她依然要劝说她的娘家爹:"爹……"

惠杏爱的娘家爹失去了耐心,他破口骂起来了:"还说你妈的屁呢!你今天是走就跟着我走,不想走也要跟着我走!"

惠杏爱眼睛里的泪水顿时流出来,挂了一脸。她紧咬着嘴唇,那张俊俏惨白的脸面,也憋成了酱紫色。能有啥办法呢?她和霸蛮的娘家爹只能在这里说话了。

惠杏爱不容置疑地说:"爹,让我的几个兄弟把手扶拖拉机上的物件卸下来。"

惠杏爱的娘家爹有点不相信自己的耳朵。他说:"你把你说的话再说一遍。"

惠杏爱毫不含糊地说:"那都是谷家门里的东西!"

惠杏爱的娘家爹像被杀猪刀捅到身上似的惊叫起来:"啊!"

惠杏爱在她娘家爹的惊叫还没落音时,就又说:"我是谷家门里的媳妇。"

惠杏爱的娘家爹闻言,脖子胀得水桶一般粗,一双圆鼓鼓的眼珠几乎要从眼眶中蹦出来了。他浑身哆嗦着,手指颤抖着,直直地戳在惠杏爱的鼻尖上,说:"好好!好好!你娃情愿当个死鬼媳妇……我……我……"

惠杏爱看她的娘家爹真是气坏了,就想安慰爹几句,就把刚才急急的语气放缓了说:"爹……"

惠杏爱的娘家爹硬的不吃，软的不受，他吼叫着说："你妈的屁！我不是你爹！"

惠杏爱把语气改得更缓了，说："爹……"

惠杏爱的娘家爹却更暴怒地吼叫着："甭叫我爹！我没你这个女！"

惠杏爱的娘家爹吼叫过了，即似还不能消除他心里的愤恨，又抡圆了胳膊，在惠杏爱的脸上狠狠地抽了一巴掌，几乎把惠杏爱抽打得趴在地上。然后，他头也不拧，大步地向谷寡婆村外走去。

第十七章

　　娘家爹打在惠杏爱脸上的那记耳光，真是太响亮了，仿佛一声晴天霹雳，把谷寡婆村的人都打醒了，他们一拥而上，解除了手扶拖拉机上扎绑着的绳索，小心地卸抬着手扶拖拉机上堆积如山的物件。
　　老虎牌缝纫机卸下来了，是两个小伙儿卸抬的，旁边的婆娘女子看得眼馋，忍不住伸了手去摸，摸着，嘴里还啧啧地称赞，好牌子！好牌子！凤凰牌的自行车卸抬下来了，仍是两个小伙儿卸抬的。他们显然还没有学会骑自行车，把车卸抬下来后，就一个跨步骑上去，一个抓着后车架扶着，骑了不几步，车便歪歪扭扭地倒在一边了，惹得他们脸红耳赤，旁边人则嘻嘻哈哈嘲笑不止……大衣柜、高低柜、写字桌，以及被子、褥子、包袱都被卸抬下来了，又都由谷寡婆村的人抬着，鱼贯地往惠杏爱的新房里送……流行一时的蝴蝶牌手表之前是戴在惠杏爱娘家爹的腕子上的，娘家爹在抬手抽打惠杏爱时，很醒目地亮出了那块明晃晃的具有防震、防摔、防水功能的手表。惠杏爱看见了，但她没好意思再说。村支书兼村主任谷大房也看见了，看见了的他皮笑肉不笑地"嘿"了一声，像是好不容易找到个让他大出风头的机会似的，挺身而上，堵住了惠杏爱的娘家爹。
　　谷大房把一根黑色四棱棒给惠杏爱的娘家爹让着："亲家公，且请息怒，吃根四棱棒棒么。"
　　这是给他搭的梯子呢，大失颜面的惠杏爱娘家爹可以借着这把梯子体面地走下来。惠杏爱的娘家爹并不笨，他去接谷大房递来的黑色四棱棒了。他是用他戴着手表的手去接的，但是谷大房把点烟的火弄灭了，并且惊惊诧诧地说起他腕子上的手表来了。
　　谷大房说："你腕子上的手表，前两天我见惠杏在爱手上戴着的呀。"
　　惠杏爱的娘家爹赶忙垂下手来，他想掩饰腕子上灿灿发亮的蝴蝶牌手表，可他眼望给他搭梯子递烟的谷大房，发现了谷大房脸上的不屑和嘲笑，便悻悻地从手腕上捋下手表，摔在谷大房伸出来的手里，扭头走了。

惠杏爱的娘家爹扭头一走，那几个跟他来的儿子和侄子们，就都如泄了气的皮球，再也不跳腾，也不嘶喊了。等手扶拖拉机上的物件卸抬尽了，他们就都爬上了空空荡荡的拖斗。竖直在半空的排气管，喷出一股一股的黑烟，踩下了油门的手扶拖拉机，"突突突突"地一阵轰响，灰溜溜地，心不甘、情不愿地往村外开去了。

望着狼狈出村的手扶拖拉机，谷寡婆村的庄稼人爆发出一阵杂乱的喊叫和哄笑。

哄笑声里，谷寡婆村的庄稼人像打了一场胜仗似的，继续帮着惠杏爱往她家里拾掇着那些散发着油漆味道的箱箱柜柜，还有散发着棉花味道的铺盖物件。

站在惠杏爱身边的谷冬梅劝说她："回去吧，杏爱。"

惠杏爱像一尊雕塑似的，一动不动。

谷冬梅就牵了惠杏爱的手，继续劝她："回去好好歇一场。这些天没少熬煎，你看你，都瘦了一圈子。"

惠杏爱被谷冬梅牵在手里，谷冬梅往前走一步，惠杏爱便跟着往前走一步，谷冬梅不走，惠杏爱便僵僵地不动……谷冬梅心里为惠杏爱想着，她为了这个家，彻彻底底地把她的娘家人得罪下了。以后的日子，她有了苦，有了心慌，想到娘家门上去走一走、站一站，都怕是不可能了。

唉唉唉，姑娘家不到万不得已，谁会挖断通往娘家的路啊！

谷大房也往惠杏爱身边来了。

谷大房的手里捏着他从惠杏爱娘家爹手腕子上巧夺回来的蝴蝶牌手表，他举在手里是要还给惠杏爱的。谷冬梅看见了，没让谷大房把手表往惠杏爱的手里递，她伸出手，一把夺了过来。

谷冬梅恨气地说："村支书太有能耐了！"

这是什么话呢？谷大房愣了愣，想要和谷冬梅强辩几句的，却突然琢磨出谷冬梅话中的意思了，于是，讪讪地笑了一下。谷冬梅却还不依不饶，要给谷大房上课。

谷冬梅说:"你该替惠杏爱想想的,那是惠杏爱的娘家爹,你咋都不想一想,那么绝情,你让杏爱怎么受得了?"

显露了一下手段的谷大房,从惠杏爱娘家爹手里巧夺回这块蝴蝶表,自己心里是得意着的,还想在村里人和惠杏爱的跟前表表他的功劳呢。他实在不想让风头都都谷冬梅占了去。但他的出手,经谷冬梅这么一说,他也自觉是欠考虑了,而且是唐突的……一村人阻拦惠杏爱的娘家爹他们拉走惠杏爱新房里的东西,其实只是一种表象,根本的,是想以此留下惠杏爱。缝纫机、自行车、收录机以及满手扶拖拉机的物件,因为惠杏爱的态度,全都利利索索地卸抬下来了,至于惠杏爱的娘家爹戴在手腕上的蝴蝶表,就让他戴去好了,哪里需要做得如此绝情呢!

谷大房仔细一想,讪讪笑着的脸僵住了。大冷的天气里,他身上竟还出了一层凉津津的细汗。

谷冬梅看出了谷大房的难堪,她不再说啥了,牵着惠杏爱的手,拉着她往门里走。但就在这时,一个陌生的声音响了起来。

陌生人叫着:"杏爱。惠杏爱。"

这陌生人就是运送谷门坎尸体回村的交管工作人员所说的陈增强。他站在距离惠杏爱不远的地方,身材是高高大大的,也是壮壮实实的。他在谷寡婆村人与惠杏爱的娘家人撕扯争执的时候就来了。他来得可不是时候,因为谷寡婆村的人不认识他,惠杏爱娘家人不认识他,争执撕扯的双方都不认识他,他还不知道他们为什么争执,为什么撕扯,就稀里糊涂地被卷了进去——惠杏爱娘家的人认为他是谷寡婆村的,扯住他就给了他几下。谷寡婆村的人以为他是惠杏爱娘家爹一伙儿的,就给了他几下暗拳,又给了他几下暗脚……最为糟糕的是,谷寡婆村的女子,还用她们尖利的指甲,抓破了他的棉衣和脸,此时,他棉衣的破绽处,正留着一道一道鲜红的血痕。

陈增强叫惠杏爱的声音,对于别人来说是陌生的,但对于惠杏爱来说,并不陌生。她的手被谷冬梅牵着,就把脸拧过来看。如果不是陈增强被撕扯破了棉衣，被抓烂了脸面，惠杏爱是能一眼认出陈增强的。但是陈增强棉衣破了，脸面烂了，惠杏爱就没能一眼认出陈增强。

迟疑着的惠杏爱说话了："你……你……"

陈增强往惠杏爱的面前走了走，说："我是陈增强呀！你认不出来了？"

之所以迟疑，是因为惠杏爱听着陈增强的声音，感觉熟悉，却看不清他的人。现在，他自报家门了，惠杏爱的记忆之门一下子打开了，她说："是你啊，你是陈增强哩。"

陈增强为被惠杏爱认出来而笑了起来，说："我就说么，几年的中学同学哩。"

惠杏爱看着陈增强的模样，有点不解地说："你……你……你这是怎么咧？"

陈增强很无辜地摸了摸自己的脸，又用手把翻出棉衣的棉絮往撕出来的洞眼里塞了塞。他说："谁知道咋了呢？我去北马坊煤矿拉煤，半道上发现一辆翻到沟里的小四轮拖拉机，给附近的交管部门报了案。他们处理交通事故，救治事故司机，我问了他们，在他们的许可下，把事故车辆从深沟里弄上来，草草地修理了一下，拖着来到你们村里，这就……唉，唉，挨了一顿黑打。"

事情的真相在陈增强的解释下还原了。

啊呀呀，这才是大水冲了龙王庙，大家把对惠杏爱家有恩的人，她的中学同学打了。刚才动手的谷寡婆村的几个年轻人，磨磨蹭蹭地走到陈增强跟前，很不好意思地给他道歉，有的还把自己的脸伸到陈增强的手边，让陈增强还他们几巴掌，只要他能解气，抓出几道血口子也没啥。误会消除了，陈增强又怎么能给向他道歉人的扇巴掌呢？不能了。他笑笑地把拥上来给他道歉的谷寡婆村人推开，端直地站在了惠杏爱的面前。不用多问，也不用再打探，陈增强凭他的眼睛，已经看出遭遇不幸的正是他的中学同学惠杏爱呢。

陈增强的心怦怦激跳着，悲伤地看着惠杏爱，说："我不知道，真的不知道……唉！"

惠杏爱想给她的中学同学陈增强挤出一点儿笑的，但终究没挤出来，她只说:"谢谢你了,陈增强。"

惠杏爱感激陈增强,她从他的身侧看过去,看见了陈增强辛辛苦苦给她拖回来的那台"秦川"牌的漆了红色油漆的小四轮拖拉机……啊啊……这台谷门坎用贷款和借债买回家的小四轮啊!它可是谷门坎生前寄予了极大希望的呢,可它还没怎么给这个困难的家庭带来什么变化,就以它的一次事故,要了对它充满信心的谷门坎的命。惠杏爱的心一抖,眼前一阵发黑,几乎就要软瘫在街巷上,幸亏谷冬梅牵着她的手没松,才使她有了站住的依靠。可她猛地甩脱了谷冬梅的手,披头散发的像个凶魔,冲到残破变形的小四轮拖拉机前,没命地踢打……钢铁的小四轮拖拉机,岂是肉身的拳脚可以踢打的,只几下,惠杏爱的脚手就踢打疼了,她停止捶打小四轮拖拉机的行为,在街巷上寻找起砖头和石块来。还别说,乡村的任何一条街巷里都不缺砖头石块,惠杏爱找到一块砖头,就捡起来,砸在小四轮拖拉机的机身上,砸出一声金属的干响;砸过了,她又捡起一块石块,砸在小四轮拖拉机的机身上,砸出更大的金属的干响……咣!咣!咣!

没有人劝阻惠杏爱,谷冬梅没有,谷大房没有,陈增强也没有,大家都没有,都静静地站着,目光锁定在惠杏爱的身上,跟着她,看她搬起砖头石块,一次一次地砸打着小四轮拖拉机。

惠杏爱砸打得筋疲力尽,砸打得都要虚脱了。她又搬起一块石头,举起手,却没有把石头砸打在小四轮拖拉机的机身上,她轻轻地垂下手来,把那块石头丢在她的脚边,随后扑到红色的小四轮拖拉机的机身上,双手抱着因为翻车,还因为被她砸打,而变得百孔千疮的机头,悲哀地呜咽着,又用她的额头轻轻地触碰着钢铁制造的小四轮拖拉机。

"……我的要命的小四轮拖拉机呀!"

…………

初嫁到谷寡婆村的新娘子上官乐和任喜过不好太过出头露面。在谷门坎和他妈贾桂仙相继横死与突亡的日子里,上官乐和任喜过出于年轻人的义愤与轻率,都在事态的发生、发展过程中说了话。被自己的家里人叫回家里后,同是新娘子的她俩,心里一刻没停地想着惠杏爱,为惠杏爱焦急着、伤心着,但都没有再冒失,像谷门坎出事那天那么莽撞。她们各自守在自己的家里,大门不出,二门不迈,安安静静地待了几天。可是她们,无时无刻不注意着街巷里的动静,把自己的耳朵支得高高的,把自己的眼睛擦得亮亮的……她们掐指算着,知道这一天是谷门坎和他妈贾桂仙入土的日子,便耐心地在家里守着,守到半上午,就听到了惠杏爱的家门前爆发出的争执声和撕扯声,她们就都在自己的家里守不住了。坐是不能坐的,坐着就如坐在针毡上一般难受,走又是不能走的,走着走着,不小心就会在门上碰一下头,在照壁上碰一下头。到最后,她俩横下心来,哪怕惹得人戳脊梁骨,也要豪迈地走出家门来了。

墙隔墙的两个新娘子,真是巧得很,上官乐把头从她家门里探出来时,任喜过刚好也把头探出了自家的门。她俩互相看了看,都没有笑,也没有说话,只是迅速地走到一起,手牵了手,小心地向惠杏爱的家门前走去了。

惠杏爱气走了她的娘家爹和兄弟们……惠杏爱搬起砖头石块砸打小四轮拖拉机……惠杏爱扑到小四轮拖拉机上,用她的额头磕碰小四轮拖拉机……一切的一切,每一个细微的动作,都钻进了上官乐和任喜过的眼睛里。她俩牵着的手越攥越紧,几乎要攥出冷汗来了。她俩设身处地地为惠杏爱想着:同为初婚的新娘子,她的命怎么那么苦呀?啊?她招谁惹谁了?

这种悲苦的追问与同情,像是阴毒的鬼魅,纠缠上了任喜过。直到她满腹苦涩和哀伤地被女婿谷梦梦拉回家里,天不黑就睡在了热被窝里,也没法不想惠杏爱……稀里糊涂的,自己是怎么睡着的,她不知道。睡梦中,任喜过只感到她的身上仿佛压着一座山,是那样巨大,那样沉重,她连身子都无法挪动了,是那种孙猴子被如来佛压在五行山下的感觉呢……啊啊……压着就压着吧,她的身子下面还像烧着一堆火,烤炙着、烧灼着她,几乎把她的皮肉都要烧烂了,让她有一种刺骨钻心般的疼痛。

任喜过想大声地喊,可怎么也呼喊不出声音来,是声带哑了吗?任喜过想痛痛快快地哭,让眼泪滂沱如雨地哭,但怎么都挤不出一疙瘩泪水来,是泪囊已经干枯了吗?

啊呀！啊呀！

任喜过挣扎着，翻腾着，浑身的劲儿都集中到了两条腿上去。她再次大吼了一声，这一声，她终于喊出来了，并终于推开了压在身上的那座小山，翻身坐了起来。

任喜过一身冷汗，惊魂未定地从睡梦里醒来，睁眼看时，这才发现压在她身上的不是什么小山，而是她的新女婿谷梦梦。他之前该是赤裸着肌肉疙瘩相连相叠的去，用他粗壮有力的胳膊，死死地搂着她，呼噜连天地沉睡着的。刚才，他被任喜过猛烈地推下去，也还是没有醒过来，而是翻了一下身，拽了一下被子，就又鼾声如雷地睡过去了。他是什么时候爬上她的身子，搂着她睡的，任喜过是不知道的。她只知道，睡觉的时候，她贵贱不让他钻进她的被窝里来，软缠硬磨不让，死乞白赖不让，最后，她甚至喝令他睡到炕的那头去了。

醒过来的任喜过，撇下打呼噜的谷梦梦，把自己的枕头抱着，到了炕的另一头，拽过另一条被子，裹住自己的身体，才又躺了下来。

躺下去了，又不忍心地爬起来，给光裸着身子的谷梦梦盖好了被子。

好奇怪呀！她刚才睡得多么死啊，想醒醒不来，想动不能动，可是这一醒来，却又大睁着眼睛，想睡睡不着，想不动又不能了。她在热烫烫的土炕上，烙锅盔似的，一会儿翻身到这边，睡不了一会儿，就又翻身到了那边。

在村西头做了两天新娘就迅速变为寡妇的惠杏爱，总是挥之不去地在她眼前晃动。太惨情！太可怜！太令人无法接受了！窝在家里几天，没再到西头里去，怕人说她好出头，好露面，说白了只是一个方面。另一个方面，她和上官乐交流过了，上官乐说害怕再见那样的场面。她自己呢，细想，可不也就是这样吗？后来，惠杏爱在谷寡婆村各家各户主事人的面前，揽下还女婿谷门坎和婆婆贾桂仙生前借的债的事时，任喜过没在现场，没有看见，但那事却像一股子旋风，迅速地灌进了她的耳朵。她不由自主地为惠杏爱操心着了，不晓得惠杏爱这是要怎么样——是要守寡守在谷寡婆村里吗？任喜过心里疑惑着，和上官乐一起来到惠杏爱的家门口，亲眼见到惠杏爱和她娘家爹撕破了脸面，一心要留在谷寡婆村的场景。为此，好心肠的任喜过在心里拷问她自己了——她要是惠杏爱，她要是遇上这号事，她能怎么做呢？会像惠杏爱一样吗？

惠杏爱的遭遇太令人心酸了。

可是自己——伴睡在土炕上的任喜过，觉得炕烧得太热了，火一般烙得她心烦意乱，忍不住又翻了一个身。她想，自己能否比惠杏爱坚强？

任喜过在被窝里摇头了。

就在任喜过摇头的时候，她不知道，隔壁的新娘子上官乐也睡在被窝里摇着头。

上官乐之所以摇头，理由与任喜过是一样的，都是为了惠杏爱。将心比心，上官乐也把自己与惠杏爱做了一番比较，觉得这个看似柔弱的惠杏爱，内心的强大，可不是她能比的。

看见惠杏爱支走她的娘家爹和兄弟们，又看见惠杏爱搬起砖头石块砸打小四轮拖拉机，最后又搂抱着小四轮拖拉机，用她的额头一下一下地碰撞，上官乐的心都要碎了呢。

上官乐以为，惠杏爱搬着砖石砸打小四轮拖拉机，她该是仇恨它的——是它翻到北马坊的沟里，夺去了她女婿谷门坎的生命，同时夺去了她的幸福；最后，惠杏爱搂抱住了小四轮拖拉机，她该又是爱着它的，女婿谷门坎死了，它就成了谷门坎，她搂抱着被她砸打得遍体鳞伤的小四轮拖拉机，就如抱着入了土的谷门坎一样。她要依靠这台谷门坎遗留给她的小四轮拖拉机，走谷门坎想走没能走好的路，圆谷门坎想圆没有圆的梦想。

为此，回到家里的上官乐，情不能抑，捉了笔，写了一首取名为《钢铁制造》的诗：

    冰冷的铁，

    冰冷的钢，

    冰冷的钢铁啊！

    制造出隆隆轰鸣的发动机。

    制造出把握前程的方向盘。

火热的铁，
火热的钢，
火热的钢铁啊！
锻铸起柔性似水的眼泪。
锻铸起血肉不屈的肩膀。

上官乐把她创作的这首诗推敲了一阵，最后还在主题下，拟写了一个副题：致惠杏爱。

上官乐把这首诗写出来，到天黑上炕时，胸中的块垒依然不能消除，她就又捉起笔来，写了一首题目为《女人的天空》的诗：

一开始没想写你，
我想写梧桐树叶上歇着的露珠，
熟睡的蜜蜂和彩蝶。
后来你占据了我，
看见你柔肩耸动，
看见你泪眼鲜红，
看见你搂住了一团钢铁的热度，
看见你是个女人。
女人的天有点低，
女人的日子却很长，很长。

写前头的那首诗时，上官乐没有觉得惠杏爱虚弱，也没有觉得自己虚弱。她把自己写得心血涌动，一时竟觉得自己有了男儿一样的豪情。上官乐把第二首诗写出来时，给她亲爱的谷天明朗诵了，她轻轻地朗诵了一遍，问谷天明怎么样。谷天明没有表示什么，她便给谷天明又轻轻地朗诵了一遍。这一朗诵，她把自己朗诵哭了，她哭着扑到炕上去，掰倒了谷天明，像个疯子一样，把谷天明身上的衣服撕扯着一件件脱下来，抛到了脚地上，然后又把自己脱光了，爬到谷天明的怀抱里，咬着谷天明的耳朵，要他抱紧她，抱紧些，再抱紧些……她还要谷天明和她做爱，不管不顾，疯疯癫癫地做爱，一回是不行的，她要，她还要，二一回，三一回地要，让谷天明手忙脚乱。

谷天明能怎么样呢？

对于他心爱的上官乐，只要她提出要求，别说新婚云雨，初尝过做爱的甜蜜，他自己还嫌不解馋呢！就是一次一次地做爱，谷天明已力不从心，也还努力着，一定要满足上官乐。此时的谷天明心里想的是，嘿嘿……做爱，上官乐别说是要和他做爱，便是她再疯狂些，要他动刀子杀人，他都会满足她的呢。

情况看来不错，因为疯狂地做爱，上官乐累了，在谷天明的怀抱里，慢慢地沉睡了过去。

第十八章

"快快,取笔去,在新娘子的肚子上画个娃娃!"

"对,画娃娃!"

"要我说,咱连新娘子的裤儿也给脱了!啊……脱了!"

"啊哈嘿!让咱看看,是黑毛哩,还是黄毛?"

多少个日子过去了,任喜过还是不能忘记新婚之夜所受的羞辱!

那天晚上,谷寡婆村没人来耍任喜过的房,谷梦梦心慌着急,他跑到大街上去,招呼来了烂眼"骚怪"他们。他们到她的新房里来,二话不说,就在炕上掏出一副扑克牌赌起来了。任喜过看不下去,但她又不好往出躲,她就只有坐在炕沿儿上,拧过身去,任凭他们在炕上胡吆喝着赌博。他们的吆喝,奇奇怪怪,什么包二奶,什么处女红,把任喜过听得心惊肉跳,面红耳赤,后来,她还听他们吆喝初夜血!这一声吆喝过去不多会儿,他们的声音突然就齐茬茬地停住了,不吆喝,也不摔纸牌了。安静了有那么一会儿,爆发出来的就都是更为淫邪粗野的一声声狂叫:"啊哈,有艳福咯,头一晚上的新娘子是咱的了!"任喜过还没意识到是怎么回事,自己的后腰已经被人猛劲地搂住了,她一下子被拖上炕去,抱在一个人的怀里了。任喜过浑身的血一下子涌到了头顶上,这倒底算是做啥呢嘛!她的眼睛惊恐地大睁着,看见的正是那双烂得红刺刺的淫邪的眼睛!这时的任喜过,还不知道这个烂眼睛是被村里谑称为"骚怪"的谷中秋,她只看见他那咧得瓢儿似的大嘴巴边上,已经流出了恶心人的涎水。还没等任喜过挣扎反抗,"骚怪"那流着涎水,喷着大蒜臭气的阔嘴,已经啃到她的脸上了。同时,呼啦啦的,她缎子棉袄的扣子被扯开了,毛衣被拥了上去,一只冰冷的熊爪似的大手伸了进去,在她鼓胀饱满的还从未被人乱动的奶子上乱挖乱抓。任喜过感觉到,她的两只奶子都要被那贪婪的熊爪子撕扯下来了!

"啪！"

是耳刮子抽在烂眼"骚怪"脸上的声音，响亮，有力。

挣扎着，踢腾着，大声哭骂着的任喜过，看见了不被女婿谷梦梦待见的云小兰，被谷梦梦喝走后，她不知啥时又回到了任喜过的新房。看不过烂眼睛"骚怪"的粗野，云小兰冲进来拔刀相助，抬手抽了"骚怪"一耳刮子。正是云小兰的这一耳刮子，惊醒了不知如何是好的谷梦梦，他飞身跃起，大吼了一声"日你妈哩！"，就像狮子扑食似的扑上去，朝着把手伸进任喜过毛衣下，挖抓着任喜过奶子的"骚怪"，又准又狠地抡了一拳，把"骚怪"打得歪倒在了炕上。

打趴了"骚怪"的谷梦梦，还痛骂着："我日你妈！你狗日的太害人了！你还想把人害成啥呀？"

肆意胡闹的"骚怪"，被云小兰一耳刮子和谷梦梦的一拳头，打得眼前金星乱飞，他怪叫一声，扔下任喜过，扑过去和谷梦梦撕扯到了一块儿。

怒骂，嘶喊，哭泣，还有桌子板凳相互碰撞的声音，搅和起来，形成极不和谐的曲调。这哪里还是要媳妇的新房呀！

好在这时，谷冬梅也来了，听到新房里的吵嚷声，立刻进来将这些人一顿骂。同来的赌徒们，此刻也觉得"骚怪"是要得过头了。他们小心翼翼地挤过去，拉的拉，拖的拖，终于把恼羞成怒的"骚怪"拉出新房去了。就这，"骚怪"还不依不饶，边在赌友的拉扯中往外走，边跳着脚日娘叫老子地吆喝："谷梦梦有种，你等着！我要让你知道喇叭是铜锅是铁！我要让你知道马王爷是三只眼！我要让你知道狼是麻的！你好好等着，过了初一就是十五呢！"

谷梦梦不甚待见的"神经客"云小兰，也许是出于本能，也许是为了抱打不平，又一次地出手了，她鬼影一样蹿到跳脚吼骂的"骚怪"身边，飞起一脚，踢到了"骚怪"的肚子上，把他踢得立刻哑了嘴。

经过这晚上的事情，"神经客"云小兰成了任喜过的好朋友，而不怎么待见云小兰的谷梦梦，也改变了态度，对她友好起来了。

烂眼"骚怪"其实也有个名字的——谷中秋。很好听吧！但他把这个好名字糟蹋了。也不知是他太健忘，还是太没脸皮，过了些日子，居然没羞没臊地到任喜过的家里借钱了。

任喜过家门口的大槐树，经不住几日的春风吹拂，树枝上卧了一个冬天的叶苗，已经呼啦啦绽裂开来，绿出了一树的鲜嫩。当然了，不只她家门前的大槐树绿了，谷寡婆村的街巷里，所有的树木都枝摇叶颤，绿得让人心动……

谷梦梦的大哥谷劳劳承包的养猪场，在渭河南岸的一块飞地上。他忙不过来时，谷梦梦是要去河南岸帮一把的。任喜过不是无心的人，她发现了大哥谷劳劳的沉默，也发现了大哥谷劳劳的沉着。大哥谷劳劳人手紧张的时候，她也是要渡过渭河，去大哥谷劳劳的猪场里帮忙的。在渭河水里来去，任喜过发现，曲曲弯弯的渭河，夹在两岸随风荡漾的柳树林里，是那么纤瘦、黄浊，反衬得河两岸的柳树丰腴多了，一眼望不到尽头的绿色，妖娆妩媚，风姿绰约。

是的呀，春天来了。

田野里的麦子起身了，任喜过回了几次娘家，她去看望她的娘家妈豆菊芳。去一次，就见田野里的麦子长高一些。一开始，她看得见麦地里奔跑的野兔子，现在呢，别说个头娇小的野兔子，就是专职撵兔的细狗，奔跑在麦田里，也都难见它们的身影。油菜夹杂在麦田里，不开花不怎么惹人注意，开了花，就现出油菜花的鲜艳与靓丽了。金黄灿亮的油菜花，与绿油油的麦田，分享着春季阳光的爱抚。

任喜过看了娘几次，娘也是要来看她的。这是渭河滩上的习俗，不是亲戚无所谓，是亲戚就要走动，越走越亲。任喜过的娘家妈豆菊芳这天来看任喜过，身上整整齐齐穿着的是她自己缝制的一身黑衣黑裤。

豆菊芳就是这样，哪怕是她自己缝制的粗布衣裳，也要浆洗干净，收拾齐整，然后再穿上出门。她到谷寡婆村来看女儿任喜过，穿得自然比她平时还要讲究一些。此外，还要把自己收拾得头光脸净才好哩。她走在如花似锦的田野上，走出了一路的风景，和一路的浅唱。

豆菊芳唱的是秦腔《三娘教子》王春娥的一段戏词：

> 有为娘发下誓教儿成名。
> 送儿在南学读孔孟，
> 指望你读书识礼有前程。
> 有几辈古人讲儿听，
> 黄香扇枕把亲奉，
> 王祥求鱼卧寒冰，
> 商骆儿连把三元中，
> 甘罗十二为宰卿。
> 你奴才将近十岁整，
> 还只顾贪玩不用功。
> 讲着讲着气上涌，
> 阵阵恶火往上升。
> 手执家法往下打，
> 活活地打死小畜生。

怎么说呢，豆菊芳在像她女子任喜过的年纪时，太热心于听唱流行于乡间的秦腔戏了。她虽然没有进过戏班学戏，但只凭着她的耳朵听，便记下了不少戏词儿。长时间戴着个富农婆子的大"帽子"，她是想唱秦腔戏解忧的，却一次都不敢唱。她怕一张嘴，别人又给她戴上顶宣扬帝王将相、才子佳人的大"帽子"，那她可就更受罪了。

现在好了，脱掉了富农婆子的大"帽子"，她是想唱就能唱了。可她人已老，又不敢大声地唱，就在路上走着的时候，低吟浅唱几嗓子，想来是不会惹人笑话的。

豆菊芳没有一点儿思想准备，正低吟浅唱着，却听到一个人的喝彩："美！唱得真个是美！"

这一声喝彩，把豆菊芳的低吟浅唱生生切断了。

喝彩声从豆菊芳的身后传来，她悄悄地回了一下头，不由得脸红了。因为,她看见的不是别人,正是她女儿任喜过的公公谷正芳。

谷正芳横背着两块木头板子,正向前走着时,听到了前头的低吟浅唱,他忍不住喝彩,那人却不唱了。他便话跟话地又说:"唱呀!人正听得过瘾着哩!"

豆菊芳还能再唱吗?她肯定是不能唱了。

豆菊芳便招呼起背着木板头也抬不起来的九先生谷正芳来了,她说:"亲家公,你甭糟贱人了。"

木板看来是不轻呢,九先生忽听唱秦腔的人称他亲家公,拽着背板的绳头一松,把两块横背的木板撒在地上,抬起头,见是任喜过的娘家妈,他便自嘲地说他干脆是头负重的驴子,只听声音,没看见是亲家母来了。

把自己嘲笑了几句,九先生谷正芳说:"你女儿任喜过可是盼你早来哩。"

在女儿任喜过与女婿谷梦梦相亲的时候,豆菊芳和九先生两亲家也见过面。但像今天这样邂逅在春意昂然的田野上,却还是头一回。

为了不使自己难堪,任喜过的娘家妈豆菊芳说:"你背这么重的木板做啥用呀?"

九先生谷正芳说:"做刻板的。"

豆菊芳说:"什么刻板?我不懂。"

九先生谷正芳认真地说:"谷寡婆你是知道的,咱们渭河滩上的人家都知道我们村的祖宗谷寡婆。那些年,村里把谷寡婆享用的祠堂拆了,如今刚整修起来。我看祠堂的大门边上空着,我想拟一副对联,刻在木板上挂起来,也是对老祖宗的一种贡献。"

豆菊芳深表赞同地"哦"了一声。她说:"你这想法好!"

受了亲家母豆菊芳的鼓励,九先生谷正芳把他搜寻到的两块上好的桐木板子土横背了起来,而此时背着,也不知为什么,竟然不觉得有多么沉重了。他大踏步地在前头走着,引领着穿得干舒齐整的亲家母豆菊芳,走回了谷寡婆村,走进了他家的门。

娘家妈的到来,让任喜过喜出望外。

九先生谷正芳不知道，娘家妈豆菊芳更不知道，就在他们进门之前，任喜过不想看见的仇对子烂眼"骚怪"，到他们家来了一回。

那个不要脸的东西，抖颤着身子来到任喜过的家里，用他的烂眼睛把院子粗粗地看过，就知道院子里除了任喜过，再没有别的人。

大哥谷劳劳的养猪场要淘粪，谷梦梦清早起来就过河去了。公公谷正芳随后也出了门，他出门去做什么，任喜过是不知道的。她孤守家门，从箱底翻出一对鞋底，穿了针，引了线，搬了一个草墩子，就在院子里的阳光下，暖融融地纳着鞋底子。不要脸的"骚怪"谷中秋进院子来了，她是看见了的，却没有抬头理睬他。

任喜过懒得理睬"骚怪"，"骚怪"自己却搭讪起来，说："新娘子，你还欠着我一个晚上的觉哩！"

"骚怪"不说还罢，一张嘴就把任喜过惹得怒从心头起，扬手就把她纳着的鞋底撇到了"骚怪"的脸上。"骚怪"躲了一下，鞋底只刮了一下他的耳朵，不过也使他的耳朵挂上红。

"骚怪"可真够无赖的，挨了打，他不气恼，反而乐了，他笑嘻嘻地说："打是亲，骂是爱，不打不骂不亲爱。"

任喜过气得两眼冒火，但她奈何不了"骚怪"，只好怒目盯视着"骚怪"。正不知如何是好的时候，"神经客"云小兰从任喜过家的头门里走了进来。她走路不偏不斜，直直地走到"骚怪"谷中秋的跟前，抬起她的巴掌，在"骚怪"的眼前晃着，晃了一下又一下。任喜过就奇怪了，那么不要脸的"骚怪"，在"神经客"云小兰的面前，为什么总是畏首畏尾，便是挨了她的耳刮子，他也不敢怎么反抗？

云小兰的巴掌，逼退了"骚怪"。

"骚怪"很是狼狈地后退着，却还解释说他是来找九先生的。他说他在绛帐火车站觅到了一宗好生意，但手头钱紧，他来是要九先生帮他筹措几千块钱，把那宗生意做下来，他可就大发了。"骚怪"给云小兰解释着，还不忘给她挤眉弄眼，像有什么暗示似的。

云小兰不吃"骚怪"的暗示，巴掌仍在"骚怪"的眼前晃着。

"骚怪"被云小兰的巴掌逼出了头门，还在头门口上，跳着脚，脑袋越过云小兰的头顶，向院子里愤怒着的任喜过喊话。

"骚怪"大声喊："我还会来的。你给你爹说，让他给我筹措三千块钱，我做生意有急用。"

这是怎么了？怎么谷寡婆村谁想用钱，都到他们家里来借？他们家是银行吗？

任喜过近些日子里想得最多的，就是这件事了。之前，大哥谷劳劳安顿好他渭河南岸的养猪场，回到村里来，一家人一起喝了一顿晚汤。才把碗放下手，有一个人来了。这人和村支书兼村主任谷大房为同胞兄弟，叫谷大楼。谷大楼一来，就直直地去了公公谷正芳的上房，很是随便地脱了鞋，爬上炕去，拉过棉被，盖住他的腿脚，张口就说谷正芳："你给二娃大办喜事，咋把我忘了呢？给你说，你可是欠着我的喜烟吃，喜糖嚼哩。"

怪了，任喜过过门的那天，她是准备好了让人来抽喜烟、来吃喜糖、来耍的。可是没人没来咯！这些人似乎要把他们这一家"晾"到干岸上，要让他们一家在该喜庆的日子，受冷落，受寂苦，品尝没人理拾的寒冷滋味。可是，过了那个日子，家里没人请谁，却不断地有人寻上门来，嚷叫着要补吃要房的烟、糖、花生等等。进门来的本村人，无论是老是少，无论是男是女，都是一个调调儿，他们"啊呀呀"地惊呼着，说那天晚上忙着哩，没顾上来要新人，可这要房的烟咧、糖咧，你家可不能把咱越了过去……来来来，给咱一样一样都补上。公公谷正芳、女婿谷梦梦笑面如花，只要人来，来了张嘴，父子俩自己脚勤着，还要让任喜过脚勤，让她出来，给来人打火点烟，让她把人都认下，谁是叔，谁是婶，谁是哥，谁是妹……没完没了。便是这样了，获得补偿的村里人似乎也并不买账，还要弹嫌。他们弹嫌糖不是奶油软糖，弹嫌烟不是带把儿的高级烟，抿过一口酒，又要弹嫌酒不是瓶装的正经西凤酒。谷梦梦给他们散烟，稍不留神，一盒烟就会被人劈手夺过去，整盒儿地装进自己的衣兜里。该吃的吃了，想拿的拿了，这些人风一般地来，雨一般地走，走着还要撒几句冷腔，说什么钱那东西，可是长着舌头哩，就只会舔肥尻子咬瘦屎。甭心疼，当爹的有公家攒钱给呢！当儿的有养猪场的大肥猪变呢！说你家是万元户，那是把你家冤屈咧！你们家三万、五万怕是打不住了！吃你几颗糖，吃你一盒烟，怕只是从牛身上拔了一根绒毛哩。你家里如今财大气粗，这一点点东西就不往眼里放了吧？有钱人就要有钱人的气魄么！

村支书兼村主任谷大房的亲兄弟谷大楼，也到任喜过的家里来了，他来了，肯定没有其他人那么好打发。

谷大楼坐在九先生谷正芳的热炕上，谷梦梦把任喜过叫了来，给谷大楼点了烟让他吃，剥了糖让他嚼，还端了花生瓜子让他嗑。他吃着烟、嚼着糖、嗑着瓜子，就蛮有兴致地算起谷正芳家的账来了。他先算了九先生谷正芳的账，他说："你回谷寡婆村多少年了？二十年？十八年？嘿呀，你回到村子来，做活不得窍，犁不能扶，籽不会撒，麦扬不了……你说你能弄啥呢？庄稼活一样做不到位。但你出工了，出工就给你记工分，就给你分粮食、分钱款，你在谷寡婆村可是没少分粮食钱款的。当然，你是戴了'帽子'的，不过右派分子的'帽子'，突然地给你脱下来了，公家又给你补钱了。你原来的月工资是多少？不少吧？公家按月积累着给你算，一把都补给了你。公家给你补了多少？啊，三万？五万？"一个萝卜两头切，用到你这里，是一点都不冤枉你的。

谷大楼这么算计着，把他算计得头上冒烟，说："早知有这样的好处，当初我就把你的'帽子'抢过去戴了。"

算计过了九先生谷正芳的账，谷大楼又来算计谷劳劳的账了。

谷大楼说："你家大娃谷劳劳屁不放一个，眼睛倒是亮呢！生产队散伙，谁都看着渭河南的飞地和养猪场发愁，怕把自己应分应得的责任地划到河南边去。老辈人说得好，种近地，养肥牛。这是说啥呢？是说地种近了方便，牛养肥了深耕，都是种田人的经验之谈。你大娃倒好，分给他的近地不要，偏偏要了渭河南岸的飞地。飞地远呀！太远了。远地里是有个生产队时期的养猪场，可那能算个啥呢？生产队养了多年猪，有哪头猪养肥了？一茬猪差不多养，到过年，放了猪的血，不够村里人过年吃一顿饺子的。大家没把生产队的养猪场当回事，你大娃主动要了飞地，折了几个小钱就连带着把破破烂烂的养猪场送了他。他把猪养起来了，听说头一年就出槽了百十头大肥猪，以后每年递增，听说年前的时候，陈仓城里的猪肉紧缺，他们的屠宰场来了几辆大卡车，把你大娃养猪场的肥猪一头不剩地拉走了。你说一辆大卡车能拉多少头大肥猪？一头大肥猪能值多少钱？"

谷大楼把他冒烟的头拍了拍，说："你说，我拿我的近地把你大娃渭河南岸的飞地换过来怎么样？"

谷大楼在算计谷劳劳的账的时候，谷劳劳就在现场。

谷大楼算计过了，才像突然发现了谷劳劳似的，转脸对着他，说："我算得不错吧？"

谷劳劳没有回答谷大楼的发问，但他已被谷大楼算计得一阵脸红，一阵脸白。任喜过也在当面，她只是不知，公公谷正芳和大哥谷劳劳被谷大楼这一通算计，他们心里是怎么想的。但任喜过在一边听了，只觉得她的脊梁骨发麻，她立在脚地，很有些站立不稳的感觉。

在此之前，任喜过一直苦恼着，他们一家人，在村里怎么那样背呢。

这下有了答案了。是谷大楼明着的一通算计，让任喜过明白过来的：他们家之所以背时，之所以被人妒忌，全在于他们家的情况出了村里人的意料，大家觉出了一种不公平。这可是太狭隘了，国家的政策，白纸黑字地写着，平反冤假错案在先，号召人们勤劳致富在后，她的公公谷正芳所得的补偿，是国家落实政策给的，她的大哥谷劳劳的收获，更是他辛勤养猪得来的，这可都是符合政策的收入哩！而且，任喜过认真地观察过了，家里的经济状况不错，家里的人却都十分低调，还都慈善仁德，绝无盛气凌人、张狂浪荡的举动和言语。女婿谷梦梦，公公谷正芳和大哥谷劳劳都是勤谨辛苦的人。就说女婿谷梦梦吧，没事的时候，就钻在家里，到老爹九先生的上房坐一阵子，退出来，回到新房里再坐一阵子。要做饭了，任喜过挽起袖子下厨房，他也挽起袖子跟进来，动不了案上的活，他就拉着风箱烧火。地里活儿一开，谷梦梦扛着锄头出门，锄一晌地回来，吃了饭又去。大哥谷劳劳在渭河南岸的活儿更多，他成天闷着，只知道埋头在养猪场里忙活。哥儿俩都是能做活儿的勤谨人，烟是不抽的，酒是不喝的……他们也都是有些胆小怕事的人。就说女婿谷梦梦吧，任喜过是他同床共枕的妻子，谷梦梦见了她，也只会龇着牙"嘿嘿"笑一下。如果没人逼他们，把他们逼得转不过身，他们是绝对不会惹是生非的。

任喜过总结她的大哥谷劳劳和女婿谷梦梦的所作所为，觉得他们太"窝囊"，太没有男子汉大丈夫的阳刚之气了。

谷大楼把公公谷正芳和大哥算计得唯唯诺诺，两人都不知怎么和他说话了。他倒是大方得很，像头贪婪的狮子张开了口，说："我今日来没有别的事，就是想给你爷们儿下话哩。"

话说到了正题上，公公谷正芳便活泛起来了。他满碟子满碗地应承着谷大楼，说："啥事嘛，只要老哥我能办到的，你只管说。"

谷大楼便笑嘻嘻地说了："也不是啥为难事。有人在南山里头给我联系了几车木头，价钱挺合适的，贩回来，一方能赚百十来元。可你爷们儿知道，我哪里拿得出那么多的本钱呢？咱也想和你爷们儿一样富裕哩，可就是缺少本钱。没办法，这就寻到你爷们儿面前了。哈哈，谁让你爷们儿是咱谷寡婆村带头富裕起来的人！"

公公谷正芳的眼睛眨巴了好几下，问："你说，得多少？"

谷大楼却眼睛眨都不眨地说："也不算多。你爷们儿大方了借我五千，小气了呢，就借我三千也成。"

公公谷正芳为难得半晌开不了口。大哥谷劳劳低头思量了一下，把一根烟又敬到谷大楼的嘴边上，笑着说："给你倒两个是能成的。但你知道，屋里才办了事，钱花了一河滩，一时拿不出那么多。真格的，我不哄你。"

大哥谷劳劳的话提醒了公公谷正芳，他满脸难为情，苦笑着说："劳劳给你说实话了。这一回过事扑腾得大，钱把人的手捆住了。嗯，你事急，我想办法给你倒上五百块怎么样？"

公公谷正芳近乎献媚的一番话，并没有能够暖和谷大楼的心。他听着听着，脸色就变了，一抬屁股下了炕，又一甩胳膊往外走，还拉长了声调说："把我当叫花子打发呀？谷寡婆村带头致富的富裕户，向你借三千元就像要你的命哩！我算是看透了，钱是长着脚的，见了有钱人往头上爬，见了没钱的人抬起脚踢哩。我不借了，我不借了与人一般高哩。"

跟到院子里的公公谷正芳和大哥谷劳劳，对望了一眼，谷劳劳只是跺脚，而九先生谷正芳却气恼地一屁股蹲在脚地上，两只手抱住了头，摇一下，唉一声，摇一下，唉一声。

公公谷正芳叹着气说："我有钱怎么了？啊，我没偷没抢没打劫人，都是合理合法的收入。他借钱？鬼信哩！开口三千块，到时候看吧，能还咱三块钱都算咱烧了高香哩。"

大哥谷劳劳劝老父亲谷正芳："他说钱长着舌头，钱长着脚哩。我看他说得对，谁敬奉钱，辛勤地务劳，钱就喜欢谁，就往谁的腰包里钻。他眼红了，咱不恨他眼红，政策在咱手里攥着哩。"

任喜过听大哥谷劳劳说着，又发现他的手里真攥着一份中共中央最新发布的文件——连着几年了，党中央都有关于农村、农业、农民问题的文件发布。任喜过盯着大哥谷劳劳手里攥着的文件，感觉他说话做事，心里是有谱的呢，便不由得从心里泛起一股对大哥谷劳劳的敬意来。

不过呢，任喜过还是不能理解，借钱的人为啥倒比出借人还要气长？好像他不是借钱来的，而是理直气壮讨钱来的！这到底是怎么了？为什么呢？

富裕了，倒把人给得罪下啦！任喜过实实地想不通。

在还未过门到谷寡婆村来时，任喜过在娘家耳闻过，也想象过。她耳闻她将嫁入的是一家富裕户。她想象，富裕户在一个村子里会被大家羡慕和尊重。——她还想象，一个劳动致富的家庭，一定是欢乐的、幸福的，因为他们享受的是自己的劳动成果呀。劳动致富么，党中央一再地号召么。谁不想富裕，谁不做梦，一个晚上就富得流油呢？

可是，现实生活偏偏不是这样，这让任喜过的心里充满了烦恼和痛苦。

烦恼着，痛苦着，任喜过却也理解她将全身心融入的这个家庭。她发现了公公谷正芳的雍容大度与宽和忍让，她发现了大哥谷劳劳的勤劳俭朴与认真负责，自然她还发现了女婿谷梦梦的诚恳认真与善良谨细。

任喜过觉得她是爱上这个家了。

娘家妈豆菊芳来看她了，她心里的不快和忧愁一扫而去，代之而来的是她发自内心的，自然而然地涌上脸面的喜悦。

第十九章

"天明,天明!"

白拴蛾又在院子里喊叫她的儿子了。

斜躺在炕上半欠着身子在拨弄收音机的谷天明,仰头答应了一声,可身子并没有动弹。说老实话,他有些厌烦他妈老是喊叫他——只要他和心爱的媳妇上官乐在新房里待上一阵儿,他妈就要那么长声短气地喊叫他了。其实呢,他妈那么长声短气地喊叫他,并不是有什么磨扇压住手的急事。虽然知道他妈没啥要紧事,但谷天明是个乖娃孝子,他是必须答应着他妈,从新房门里走出来,听他妈给他吩咐事情的。每一次的情况都一样,他妈吩咐的全都是鸡毛蒜皮不粘牙的细碎事情。谷天明这就有些不能理解他妈了,为啥老是要把他从和媳妇的幸福厮守中拽出来呢?

结婚了,和在学校时就倾心相爱的人终成眷属,谷天明尝到了人生最大的幸福。

有人说奋斗就是幸福,有人说见到谁就是幸福!对于那些个说法,谷天明曾经也是相信的。但现在,他把那些说教看透了,他觉得那些所谓的幸福都有点儿空,虚无缥缈,不着边际,离人们的现实生活太远了。和他爱的人上官乐结婚,对于谷天明来说才是具体的,这样的幸福触手可及,有滋有味。想想吧,有什么能比和自己心爱的人在一起,悄悄地说着缠绵而富于幻想的心里话还幸福呢?恼了,恼一会儿,闹了,闹一会儿,然后又是巫山云雨,又是搂搂抱抱,又是嘻嘻哈哈,这是把一切都隔离得远远的,只有他们二人世界里的神秘幸福哩!虽然呢,在村西头,为了谷门坎的丧事,上官乐给了他一个端不起,让他大丢了一回面子,使他尴尬,且那样的不愉快爆发在稠人广众之中,让他很丢面子,但也如同他俩的小恼和小闹一样,转眼间就都过去了,消失得无影无踪了。而幸福,则是巨大的,长久的……此刻,亲爱的上官乐趴在写字台上，拧亮了一盏戴着纱罩的台灯，埋着头，抄写着她的一篇什么稿子。谷天明就没话找着话说了。

谷天明说："写诗就写诗么，咋又弄起大块头文章来了？"

上官乐没有抬头，说："拨弄你的收音机好了，甭干扰我。"

找不到话说，谷天明一点儿都没有不开心。上官乐不让他干扰她，要他拨弄收音机，他就拨弄了一会儿。拨弄得没有了耐心，他就把收音机"吱哇吱哇"拧了几下，放到一边，拾起一本杂志读起来了。这是他和上官乐看了许多遍的《当代》杂志，深绿色杂着些白道道的封面，被他俩翻得都卷了角。杂志里的头题小说就是作家吴小愚的《渭河五女》，阅读的遍数多了，其中一些精彩的段落，谷天明都能一字不落地背下来。谷天明和上官乐说起自己的恋爱，说起自己的婚姻，都说可要感谢作家吴小愚，没有他的《渭河五女》，他俩可是相见容易相爱难，怎么都无法牵起手来，走进婚姻呢！《渭河五女》就是他俩的大媒人啊。读着他烂熟于心的《渭河五女》，谷天明心猿意马，忍不住抬起头来，去看在方格稿纸上奋笔的上官乐。他的眼里满是笑意，脸上浮现着无比幸福的红光。谷天明在想，就这样了，哪怕啥话都不说，只要安静地守着自己心爱的人，没人打扰，这幸福也是令人心旷神怡，令人痴迷醉心的哩！

偏偏他妈又在叫他了。

他妈白拴蛾叫他的声音是一声比一声长，一声比一声紧："天明，天明，天明！"

谷天明应了声："啥事吗？"

白拴蛾很不满意，她"啊呀呀"地继续喊叫着，一边喊还一边用双手拍打着自己的膝盖，说："我的碎爷爷哩！我一声声地呐喊你，你就不能出来吗？热炕把你娃尻子粘在上面了，还是啥东西把你缠住了撂不开？"

没有别的办法，谷天明只有拖着鞋出门了。他一肚子的不高兴，但也不想和他娘顶嘴，就只嘟囔着问："啥事？你说。"

白拴蛾把谷天明从新房里喊叫出来，就觉得自己胜利了。对她的这个宝贝儿子，白拴蛾打心里说，永远不想惹他不高兴，永远想要把他拴在自己的裤腰带上,让他亦步亦趋地跟着她,永远不想让他受气,不让他遭难……她一会儿不见谷天明的影子,她就心空怀虚,她就没着没落,她就要长一声短一声地喊叫谷天明,把他喊叫到自己的眼前。看着他,她的心就不虚了,她的怀就不空了。

当然,白拴蛾喊叫谷天明,是一定要找出话来给他说的呢。

白拴蛾"哦"了一声,说:"没啥事就不能叫你咧?"

白拴蛾等了一等,她想等谷天明说话的。但谷天明没有说,白栓蛾就只有自己说了。

白拴蛾说:"你说你呀!成天钻在屋里弄啥哩?啊,是给脸上擦粉吗?是给脚上缠布吗?你说,你就不会出去满村子转一转?碰上人了就说两句,那是与人交往哩,你知道吗?就像你爹,县上、镇上,谁不熟?办起事来多顺手。谷门坎活着时贷款买拖拉机,你爹一句话,信用社就把款放下来了;谷门坎一死,他媳妇惠杏爱,求你爹说话,你爹还是一句话,信用社就延长了他们的还款时间,把谷门坎的名字顶成了惠杏爱。你说你做得到吗?村里其他人做得到吗?我说你是为你哩,你要和你一爹一样,别只钻在屋子里,你要出去跑哩,联系领导,联系群众,到你爹老了的时候,你也能顶上去。"

一直趴在写字台上抄写稿件的上官乐,虽然没故意听院子里的对话,可是婆婆白拴蛾的一通长篇大论,还是一字不落地灌进了她的耳朵里。不是上官乐敏感,她听得出,婆婆白拴蛾虽然数说的是谷天明,其实拐弯抹角说的还是她。这么理解着她的婆婆白拴蛾,上官乐却没有一点儿不高兴。她淡淡地笑了笑,就继续埋头抄写着她新创作的一篇文章。上官乐呀,她本来就是一个心胸开阔的人,她之所以不把婆婆白拴蛾的话往心里去,是她以为,婆婆白拴蛾在锅台边转了一辈子,没怎么经见过世面,也少有文化修养。这样一个不懂得什么的婆婆,你又计较什么呢?再者,她现在忙得顾不上,她要赶黑把稿子抄写出来寄出去哩。

上官乐写的是一篇关于惠杏爱的通讯报道。

惠杏爱实在是值得上官乐大写特写表扬一番的呢,甚至可以说,她是当今社会上值得歌颂的典型人物!

从那天到村西头看了惠杏爱回来,接下来,上官乐又听说惠杏爱在祠堂当面锣对面鼓地将里的欠债跟村里人对清了,又向村里人表示要代夫还债,勇敢地挑起家庭的担子。下来,面对娘家爹和兄弟们对她的威逼,她也那么坚强,毫不动摇。她不向困难低头,也不向威胁妥协,这可让上官乐太感动,太钦佩了。作为一个女人,惠杏爱身上的那种勇于面对残酷现实,不让自身依附他人的精神,是实实在在需要给予宣传和表彰的。上官乐感动着,又钦佩着,感动钦佩了许多日子,上官乐抑制不住自己的冲动,她熬了个一晚上,在一种难以抑制的激情中,写了好几首诗,譬如《钢铁制造》,还譬如《女人的天空》。上官乐以为她的诗写得感人,然而她又觉得诗歌的抽象和虚幻,作用于生活是缓慢的、间接的,也是不能准确表达惠杏爱的精神气质的。值得人敬爱的惠杏爱,是现实生活中的人物,她的高尚品格,应该迅速得到广大群众的认可,使她成为人们学习的模范。于是,上官乐灯不熄,笔不停地又写了一篇通讯报道。在报道中,上官乐如实反映了惠杏爱所遭受的痛苦打击,以及她面对痛苦打击时,表现出来的精神风貌。

通讯报道足足写了九页方格纸。

上官乐所有的激动和感情,都化作了诗一样的语言,呈现在全篇通讯稿中,使得她的报道文采斐然。她写好后,先读了一遍,当下把她感动得流了泪。

稿子写得感人,抄也要抄得认真才是,一个字、一个标点符号,在上官乐的笔下,都工整得像是印刷在纸上的一样。把自己感动得泪水长流的上官乐,决定把稿子抄好后,直接寄到省广播电台和市、县广播电台去。她是急性子,想到什么,就要立即付诸实施。婆婆白拴蛾在院子里数落女婿谷天明,并捎话带信地给她亮耳朵,她是无所谓的。她把稿子抄出来,又仔仔细细地校对了一遍,确定没有掉字漏句,就小小心心地折叠起来,往她的衣服兜里一塞,出了房门,急急忙忙找到自行车,把自行车推到院子里,准备上绛帐火车站去邮寄了。

自行车是飞鸽牌的。"三转一响"是时下流行的陪嫁物件,新嫁娘要是没有这些陪嫁,那是不可想象的,不可想象地丢脸,不可想象地掉价,因此也就是不可容忍的。上官乐是谁？县委宣传部大部长的妹子呀！她嫁的人家呢？谷寡婆村党支部书记兼村主任谷大房家。那样的陪嫁就肯定不能少，也少不了。

好多天没有外出，也没人骑她的自行车，车子上落了一层土。

上官乐就是再匆忙，也不能骑着灰头土脸的自行车上路呀！这不符合上官乐的习惯，她可是很爱干净的，何况她是个结婚时间不长的新娘子，那就更要注意自己的形象了。她用手在车座上拍打了两下，想要把车子上的灰尘震落下来，效果不是特别好，她便把自行车往院子里一支，回到新房里，取出一块抹布，细细法法地擦拭起车子来了。上官乐擦拭自行车的认真劲儿，和她写关于惠杏爱的通讯报道一样，她一丝不苟，全心全意地擦拭着自行车，直到把车子的每一个部位都擦拭得锃光发亮，她才满意地喘了口气。

自行车就该是锃光明亮的，那样骑着才有精神，才舒服哩。

上官乐为她的出行做准备时，婆婆白拴蛾把谷天明数说得不知去了哪里，自己也从院子里消失了。上官乐懂得，她要出门是该给婆婆打声招呼的，可她在上房、偏厦和院子里到处找，都找不到婆婆的影子。上官乐找不见婆婆，还"妈，妈"地叫了两声，也没有叫应婆婆。上官乐心里奇怪着，但也没太在意，便放下自行车的支架，推着车，铮铮铮铮……轻声欢快地往头门口走了。

自行车的前轮都已探出头门了，再往前走两步，上官乐就会推着自行车到街巷里了，这时，她的公公谷大房和婆婆白拴蛾却迎面走来了。

婆婆白拴蛾不高兴了。

婆婆白拴蛾惊诧地问："哟！你推自行车弄啥去呀！"

上官乐看出了婆婆白拴蛾的不高兴，但她装傻充愣，没心没肺地笑着说："我到处找你找不着，不知你到哪里去了。"

婆婆白拴蛾的脸舒展了一点，知道媳妇上官乐的心里还是把她这个婆婆当回事儿哩，但她的问话还有几分严厉："你只说你弄啥去呀？"

上官乐把腰直了一下，说："我到绛帐火车站去一下。"

婆婆白拴蛾说："去哪儿有事吗？"

上官乐不笑了，说："有事。我刚写了一篇稿子，到绛帐火车站把它寄出去。"

婆婆白拴蛾拖长声"哦"了一下。她那颧骨突出的脸上，一道道的皱纹瞬间像有一只无形的手抻着，一下子都平了，一双小而圆的眼睛不停地眨动着，淡得几乎看不见的眉毛扬了起来……她拉开了架势，要说一说上官乐了。

婆婆白拴蛾说："好我的儿媳妇哩，写了稿子发稿子去呀！我儿媳妇可是不简单呢。不过，你得听我说，你进了咱屋里，就是咱屋里的媳妇儿，我就是你妈，妈说你，你可不要不爱听。你说是吗？"

婆媳站在头门口对立着，公公谷大房是走也不好，不走也不好。他静静地站在白拴蛾一边，一直没有张嘴，但他的眼睛盯着上官乐扶在手上的自行车，听白拴蛾数说上官乐。在谷大房的心里，他是乐意白拴蛾数说上官乐的。那一天，在惠杏爱的家门口，嫁到谷寡婆村才几天，人还没认熟呢，他这个儿媳妇就敢在千人百众面前充大拿，说大话，真是太把自己当人了。从那以后，谷大房面对儿媳上官乐，就再不给她好模样，别说是笑了，就是淡淡的一个清水模样也没有，脸色阴得总是特别重，像是阵雨天的云，只待一声雷吼，就会有瓢泼大雨砸下来。但实际上，谷大房对他的儿媳上官乐的观察，已经默默地进行了很久了。

今天可好，是谷大房又一次观察上官乐的机会呢。

但在他家的头门上，婆媳俩的对立，已经显出一点很不和谐的火花来了，谷大房虽然有心观察上官乐，却不能让事情失去控制，这不是谷大房想看到的，他怕村里人看见了笑话。谷大房觉得自己不张嘴是不行了，于是，他压低声音，但不失威严地说话了。

谷大房说："有话都回屋里说。"

谷大房说话时还从白拴蛾的身边往前跨了一步。他这一步是要拦住头门洞里的上官乐和自行车，让她怎么把自行车推出来的，就怎么推进院子里去。但谷大房没有料到的是，上官乐不仅没有往院子里退，还坚持着把自行车推着，擦着他的身子走出了头门，走到了街巷上……这可是太嚣张了！谷大房几乎忍无可忍了，但他不忍又能怎么样呢？和儿媳吵起来吗？啊啊……这可是万万不行的，吵起来的话，他是赢是输都是输——不仅在谷寡婆村，就是在整个关中西府也都是这个理儿呀！公公怎么能和儿媳妇吵嘴呢？这是不能的，公公千万不能和儿媳吵嘴闹矛盾。

谷大房的脸黑红黑红的，臊得像是抹了热猪血，他从上官乐腾开的头门口，很没面子地走了进去。

谷大房走进了头门，悻悻地继续朝里头走着，走了几步，他脑子一转，又悄悄地退到头门背后，站在那里，仔细地听头门外老伴白拴蛾和儿媳上官乐进一步的争辩。

老伴白拴蛾不负谷大房所望，她继续着对儿媳上官乐的数说。

婆婆白拴蛾说："你看你是咋对待你爹呢？嗯，你说！你爹可是谷寡婆村的支书、谷寡婆村的村主任哩！你知道吗？我给你说，你做了我家的儿媳，就和你念书的时候不一样了。那阵儿你是姑娘娃么，现在成了庄稼院里的媳妇，可不敢由着你的性子疯了！再者，你该知道，结婚三天，你是新人，妈我宠着你，让着你，叫你把新人当体面了，当光彩了。咱村一天进来了三房新娘子，满村人谁不说你是最体面、最光彩的新人啊！可是三天一过，你就要操持屋里的活路哩。不瞒你说，放到我和你爹结婚的那年月，我第二天就围着锅台转了，一天三顿饭要做好端到老人的手上哩。你看你，才来第三天，就跑到村西头，在全村人面前做报告了！现在三个月了，你说你眼里有活儿吗？手里有活儿吗？你还像个为人媳妇的样子吗？我说你呀，从今往后，你就把那些书咧、本子咧、钢笔咧，都拾掇了去。庄稼院子里没有诗，没有文章。"

上官乐啊上官乐……她听着婆婆白拴蛾的数说，在心里一遍遍地提醒着自己不要在意。她知道，她要不提醒自己，她是会与婆婆吵起来的。婆婆的话太不中听了，许多反驳的语言都涌到上官乐喉咙口了，是她内心的提醒让她坚决地把反驳的语言又咽回了肚子里。她必须装得毫不在意，必须装得毫不在乎，脸上呢，还要装出笑来，一点内容都没有的单纯无邪的笑。

上官乐笑着说："好我的妈哩！你说的可是没错，都对对对对对对着哩。可是，你那都是过时的认识了。现在是啥时代？改革开放的年代了嘛！你先甭急，等我去绛帐火车站，把我的稿子寄了，回来再给你老人家好好讲一讲新的时代、新的观念、新的生活吧！"

会写文章、会写诗的上官乐，她的嘴显然要比婆婆白拴蛾的嘴快得多。她说毕，也不给婆婆再说话的机会，更不看婆婆脸上到底是个什么表情，就踩着自行车的脚踏，向前蹬踏滑行了两步，然后腿一骗，骑上自行车座，飞也似的走了。

才几天没到村外去，上官乐骑着自行车在阳光照耀下一出村子，就立即感受到了田野上的变化，此时的田野，是那样迷人。

上官乐嫁来谷寡婆村时，当县委宣传部部长的哥哥是反对的。哥哥的意见很明确，告诉她说："你还不适宜结婚。要知道，结婚不是玩过家家，是一种庸常的烦琐的生活。你还需要再长几年，长成熟了你要嫁人，嫁给谁我都同意，我会把你体体面面、风风光光地嫁出去的。你现在的任务还是读书，一年考不上大学，你复习吗，复习一年再考，我不相信我聪明的妹子坐不到大学的教室里去。爹娘去世早，把你托付给我了，我不能辜负了爹娘对我的信任。"

哥哥的话是语重心长的，带着父亲一样的诚心诚意，但上官乐让她哥碰钉子了，她给她哥说："我要写诗。大学教室里有诗歌吗？雪莱和拜伦，还有郭沫若和艾青，他们的诗歌是在大学的教室里写成的吗？诗歌在生活中，我要到生活中去体验，去体会，我要写出我的诗歌来。我相信广阔无垠的田野上有我的诗歌，一行麦子，一行玉米，一行黄瓜，一行花生……可都是种在田野上的诗行啊！"

上官乐可以让她哥哥碰一个钉子，但心里最爱的又还是她哥哥。初嫁到谷寡婆村，她没有娘家爹娘家妈来看，但她也有遨娘家的权利，更有遨娘家的想法。于是，她就到县城，在哥哥家住了几天。遗憾的是，哥哥太忙了，她没见到他，只跟嫂子待了几天。

头一次去哥哥家时，上官乐像今天一样，骑着自行车在田野土路上颠簸，一路骑行，发现阳光是那么和煦、明媚，金红色的光线照射在辽阔的渭河滩上，使大地显得温暖而充满生机。当时，她强烈地感觉到，寒冷的冬天结束，温暖的、令人向往的春天到来了。一畦又一畦小麦地里，袅袅冉冉地蒸腾着淡淡的雾气，雾气笼罩下的麦田，似乎已开始泛绿，就像沉睡了一个冬天之后渐渐地苏醒。大路上、小路边，还有渭河岸边的柳树，招招摇摇的，长出了新芽，使它们身上，似乎都罩上了淡绿色美丽的轻纱。

从南方迁徙回到北方来的小燕子，先是顺着地皮疾飞，"叽叽喳喳"地鸣叫着，是那么自由快乐，倏忽间，又像是获得了什么信息，齐刷刷向高空钻去……它们那美妙的鸣叫和灵动的姿态，使得田野更加生动，更加清爽了！

此一时刻，勤苦的庄稼人，在家里是待不住了，他们有的拉着架子车往地里送粪，有的荷着锄头去地里锄草……

哦，春天……春天啊！

这可不就是上官乐所想要写的诗歌吗？

上官乐把她经历的生活，忠实地写进了她为自己准备的花红塑料皮笔记本里。她想，她积累的越多，她写出的诗歌会越好。上官乐不急，她一点儿都不急，生活不是急出来的，诗歌更不是急出来的……怀揣着梦想的上官乐，带着十万分的感情，又付出了十万分的激情，把关于惠杏爱的通讯报道写出来，骑着自行车往绛帐火车站去。她看到的田野，和前次看到的相比，又发生了非常大的变化，小麦起身长高了，油菜花抽薹开花了，田野变得花团锦簇，生机勃勃，似乎更有不可捉摸的气象和诗意了。

受了田园景色的影响，上官乐起先骑得不是很快，但不一会儿就把自行车踏得如飞一般了。

这就是上官乐呢，感情丰富，很少忧愁，极容易被外界的环境所感染。便是飞一般踩踏着自行车，她也还要左顾右盼，去看那泼了油似的麦田、涂了彩似的油菜地，以及飞去的燕子和明媚的阳光——这使她的心里生起一股无可名状的骚动，感觉自己身上，无一处不是痒酥酥的，刺激得她血管里的血液，似乎也流动得快起来了。为此她觉得，她不能辜负了这美好的春光哩。她应该干些什么？像婆婆白拴蛾说的那样，成为一个平庸的、可怜的农家媳妇吗?

笑话,那可不是她上官乐呢!她的人生不能太单调,不能太无味,不能太没色彩,那样的话,可是太对不起自己了。

前头就是渭河了。

上官乐骑车到了渭河边,入冬前,人们在河面上架了一座小木桥。这样的桥梁是简陋的,同时也是便于架设和拆卸的。村里的庄稼人联合起来,冬前在河水里楔下两溜儿木桩,架起圆木的长梁,于长梁上又铺上一排横木,然后抱来一捆一捆的玉米秆,垫在上面,拉来泥沙,把玉米秆均匀地压实,踩踏得硬硬的,这就是一座南北通畅的木桥了。这桥是季节性的,入冬河水枯瘦时架起,越过一个冬天,开春后头一场春水下来前,村里人又要把它拆下来,待到年尽冬至时再在河水里架起来。

这种季节性的小木桥,上官乐今日过了,明日想要再过,就不知道还有没有了。因此,她把自行车骑到漫漫沙堤上时,就从自行车上跳了下来,把车推着往前走。她以手遮眼,既好奇又珍惜地打量着还横在渭河上的小木桥,觉得那简陋得堪称寒碜的小木桥,似乎也特别有诗意。

上官乐正怜惜地观看着小木桥时,发现桥面上正有一个人急急地推着自行车在走。瞧那匆忙的背影,上官乐便觉得是惠杏爱哩。

咦,惠杏爱也过河去呀!

上官乐可不想一个人上绛帐火车站,有个伴儿多好。于是她冲着惠杏爱的背影喊起来了:"嗷——杏爱吔!"

上官乐看得不错,果然是惠杏爱哩。她一声喊,惠杏爱站住了,眯起眼睛扭头往后瞧,瞧出喊她的是上官乐,便站在小木桥上等着上官乐来。

从沙堤上下来,宽宽展展的河滩上就没有路了,到处都是大大小小的沙坑,到处都是大大小小的石头。上官乐推着自行车往前走,自行车弹弹跳跳的,左拐右扭,简直难推极了。上官乐为了赶上去与惠杏爱结伴而行,又把自行车推得很快,于是走得跟跟跄跄,好不艰难。惠杏爱看着不忍,就劝起上官乐来了。

惠杏爱说:"你慢点儿走,推慢了,就好走了。"

上官乐却不听劝，还是按着她的节奏往惠杏爱身边赶，一边赶一边说："我就不爱一个人上路，有个伴儿多好呀！这不，在渭河滩就遇上你了。你也是到绛帐火车站去吗？"

惠杏爱说："是哩，我是去绛帐火车站哩。"

上官乐就很高兴，说："刚好，咱俩是一路。"

惠杏爱等着上官乐赶上来，才又转过身，与上官乐一块儿往前走了。

惠杏爱老实地说："我想去给小四轮拖拉机配几个零件。"

上官乐的眼睛睁大了："咋？你想修门坎留给你的拖拉机？"

惠杏爱重重地"嗯"了一声。

上官乐不管惠杏爱怎么想的，她照着自己的想法说了："对着哩，总是一台拖拉机哩，修好了卖，肯定比坏着卖划算些。"

惠杏爱说："不，我不卖。"

上官乐有些不相信自己的耳朵，问："不卖，不卖你开着跑呀？"

惠杏爱说："我把驾驶小四轮的本本都已拿回来了。"

上官乐"哦"了一声，说："就说在村里见不着你，原来你是去县上考拖拉机驾驶证去了。"

惠杏爱又"嗯"了一声。

上官乐油然地对惠杏爱生出了更大的感动和敬佩。她觉出了自己的落伍，胸脯剧烈地起伏着，简直无法形容自己内心的惊异。她双眼瞪着与她并肩而行的惠杏爱，头一次发现，惠杏爱可不像她想的那么简单呀。惠杏爱的脸色是平静的，曾经的悲伤和忧戚都已消失不见了，完全恢复了她原来的神态。她的那双眼睛，虽然有些陷落，却依然又黑又亮，显得她是那么执拗而倔强，透出她的顽强和不屈。

上官乐深为感佩地说："我是服你了。"

惠杏爱低着头往前走，她平平静静地说："摊在我的头上了，你说我能怎么办，把自己愁死吗？我想过了，愁死也是死，倒不如自己振作起来，干自己的，到时候说不定还能把愁'帽子'摘下来扔了呢！"

要不是手里推着自行车，上官乐真想上去拥抱住惠杏爱哩。

都是嫁到谷寡婆村来的新人,说起话来容易投机,两人说着说着,惠杏爱也关心地问起上官乐来了,问她满头大汗地骑着自行车,是有啥急事。上官乐几乎要脱口而出,说自己为惠杏爱写了一篇通讯稿,要去绛帐火车站给省、市、县电台发稿去哩。可是话到嘴边,她又忍住了。

上官乐找着词儿回答惠杏爱:"家里闷气,我去绛帐火车站逛一下。"

惠杏爱说:"看把你心闲的……哎,我听说你写诗哩,回来让我看一下好吗?"

上官乐说:"你也爱诗?"

惠杏爱说:"说不上多么爱,欣赏欣赏,该是能解闷儿的吧。"

上官乐答应着惠杏爱,说回来让她看自己写的诗,可上官乐还想着揣在兜里的稿子——写惠杏爱的通讯报道,是有必要改一改了,要加上惠杏爱勇于承担责任,开拓新生活的这一点,这将会使通讯报道更完整,更有力度。她反省着自己:在此之前对惠杏爱的认识是不够的,是肤浅的,现在,她的认识更深一层了。到了绛帐火车站,她有必要找个地方把稿子再写一遍,她相信再写过,会把惠杏爱的形象塑造得更动人呢。

对,重写,一定要重写。

惠杏爱只见上官乐的嘴在动,却没听见她出声,刚想问她怎么了,她们身后不远处传来了一声呼唤:"哎……杏爱!"

两人一起扭过头来,发现从后边赶来的竟是高高大大的任喜过——她也推着一辆自行车,因为跑得急,自行车在凹凸不平的河滩地上"喊夸喊夸"地乱响。直到跑到上官乐和惠杏爱的跟前,任喜过才站住了脚步,却只大口大口地喘气,半天没说出话来。

上官乐说:"啥事吗,看把你急成这样!"

惠杏爱也说:"你也去绛帐火车站呀?"

任喜过丰满的胸脯还在起伏着,她说:"我不去。"

上官乐和惠杏爱就很不解地打量着她。

任喜过努力地使自己的喘气匀了下来,这才对惠杏爱说:"我爹我哥他们让我找你哩。他们说你屋里现在有困难,让我拿了三百块钱,要你把屋里好好安排一下。我刚才到你屋里去寻你,门环说你要过河到绛帐火车站买小四轮的配件,还说你打算先到火车站你的一个同学那里借钱。我听了,心里急哩,急忙跑回家,推了车子出来就追你。你骑得太快了,把我追得那个急,还以为追不上你了呢。"

任喜过说着,从她的内衣口袋里掏出一沓钱来,就往惠杏爱的手里塞。

任喜过说:"我心里寻思,半路上追不上你的话,我就到火车站寻你去。好了,我把你追上了,你去火车站买你的拖拉机配件去。"

惠杏爱的心中一阵激动,半晌没有说出话来。是啊,任喜过说得对,她屋里困难,眼下太需要钱了,没有钱,她就买不回小四轮拖拉机所需的配件,小四轮就跑不起来。小四轮跑不起来,她考回拖拉机驾驶证又有啥用?给谷寡婆村乡亲们的承诺,又用什么去兑现?惠杏爱心里激动着,却没马上接住任喜过给她的钱,任喜过就用眼看着她的眼,拿钱蹭她的手,她看出了任喜过的真诚,慢慢地张开手,接过任喜过手上的钱,然后慢慢地塞进自己的里衣口袋。她的眼睛变得潮湿起来了,停了一阵儿,才感激不尽地跟任喜过说话。

惠杏爱说:"喜过,你攥这么远给我送钱,我就收下了。你知道吗,你这是雪中送炭哩!我还是那句话,两年内一定还给你。"

任喜过说:"我爹我哥说了,不急,你慢慢用,你若还有倒不过手的时候,我爹我哥说了,他们不会袖手旁观。"

惠杏爱潮湿的眼睛,差点儿流下眼泪来,她说:"先替我谢谢你爹你哥……当然,还要谢谢你哩!"

任喜过的脸红成了灯笼罐儿,她摇着两只手说:"咱不说谢,咱是一块儿嫁来谷寡婆村的媳妇哩,日后谁还没个要人帮的事情。"

上官乐在一旁看着,想她写出的通讯报道,也应加上任喜过家富了不忘穷乡亲,热心帮惠杏爱家渡难关的事迹哩。她正这么想着,听了任喜过的话,赶紧插进嘴来,表达了她的态度。

上官乐说:"对对对,喜过说得对,咱们以后可是要互相帮助哩!"

任喜过灯笼罐儿一样的脸灿烂地笑了一下,她不想耽搁惠杏爱和上官乐的时间，就打发她们上路了，她说："你俩都要去绛帐火车站，你们就快走吧。我没事，我回呀！"惠杏爱和上官乐想想也是，就一起给任喜过挥了一下手，推着自行车往河对面的绛帐火车站去了。任喜过则调转车头，独自又往回村的路上而去。

小木桥在三个新娘子的脚下，微微地震颤着，桥下浑浊的渭河水，像欢畅的鸟儿歌唱般呜呜溅溅地流淌着。

第二十章

　　院子里燃着一堆柴火，劈开的干柴"毕毕剥剥"欢快地爆裂着。火苗通红通红，火苗的边沿上又燃着一圈儿金黄色。受了风的作用，抖动着往上蹿的火苗儿，发出"呼呼呼呼"的浅唱……在还微寒的天气里，那火可是十分鲜艳诱人的呢。在火堆的上边，支起了一个三角铁架子，三角铁架子上吊着一个豁了口的铁盒子，铁盒子里的水"咕嘟咕嘟"地响着，不断地翻着浪花儿。

　　孩子是最受火光吸引的了。谷门栓在火堆的旁边，跑过来、跑过去，一会儿添上两块劈碎了的干柴棒子，一会儿又添上两根干透了的玉米芯子……玉米芯子受了火的鼓舞，还会发出"嘭"的一声炸响，谷门栓就会高兴起来，拍着小手，又是跳又是喊，又是欢笑。

　　翻进北马坊沟里的小四轮拖拉机被大卸八块，拆得乱七八糟，又脏又黑的配件摊开在火堆一边，散散乱乱，没有一点儿条理。惠杏爱的同学陈增强被请来了。作为一个驾龄有四年多的拖拉机驾驶员，陈增强的技术是可以信赖的。但是，惠杏爱还是不甚放心地要问他。

　　惠杏爱说："这么多零件呀！你说，能给拾掇好吗？"

　　陈增强信心十足地告诉她："没麻达。保证让它跑起来和新车一个样。"

　　惠杏爱到绛帐火车站为小四轮购买配件，说是要找她的同学借钱，这个同学不是别人，就是帮助惠杏爱拖回小四轮拖拉机的陈增强。有任喜过半道赶来送她的借款，她要买所需的零配件就不成问题了。但要把小四轮拆开，再完整地修理好，刚刚拿到驾驶证的惠杏爱，显然还无法做到。她是必须求人的，她能求谁呢？陈增强是她的初中同学，她求他帮忙就是顺理成章的事了。

　　吊在火堆上的铁盒子里，煮着的就是惠杏爱从绛帐火车站买回来的零配件了。要把新配件安装到小四轮拖拉机上去,煮净新配件上的烤蜡是头一道工序。

惠杏爱听出了陈增强的信心,也看出了他的能力,就微笑着,用带了点儿调皮的语气问:"你敢给我保证吗?"

陈增强用一把小锤子,"叮当叮当"地砸一块铁页子。他抬头望了惠杏爱一眼,又低下头去,忙着他手里的活。他心里没有因为惠杏爱一再问这样的问题而产生丝毫不快,他完全理解惠杏爱现在的心情。他深知,在这辆摔得几乎"残废"了的小四轮拖拉机上,寄托着惠杏爱对往后生活的多大希望啊!陈增强没有理由不为他的初中同学把小四轮拖拉机修理好。下了这样的决心,陈增强就以一种悠闲而轻松的口气安慰惠杏爱了。

陈增强说:"不相信我是吧?"

惠杏爱说:"不相信你?不相信你我请你来做啥呀?"

陈增强说:"这不就对了。你要相信我哩,我是能给你保证的。如果国家的法律管这事,我还不敢以法律的名义给你负责哩。告诉你吧,经我手修好的拖拉机有多少,我自己都不记得了。那大大小小的拖拉机,排成队,在你们谷寡婆村怕能站一条街了。等着吧,天黑前,你的小四轮拖拉机就能吼起来了。"

是的呀!陈增强可是一点儿牛都没吹。他初中一毕业,没有考上高中,托人情,送礼情,进了绛帐火车站上的一支集体性质的建筑队。他先做了半年的小工,在工地上给人家拌灰浆、端砖头、送瓦,以及拉水管子接电线……后来就开上了手扶拖拉机。他这人是一根竹筒儿,打通了关节,就什么都是通的了。心灵手巧加上他对经手的活儿总是爱倒腾,琢磨不透就不丢手,所以有了四年的锻炼,他便成了建筑队里公认的"技术人员"了。对付这种小四轮拖拉机,就是找条布带子把他的眼睛蒙住了,他也能拆拆卸卸,安安装装,小菜一碟儿,全不当回事儿哩。

惠杏爱有些不好意思了。倒不是她不相信陈增强的手艺,只是由于她自己从来没有挖弄过机械东西,便总是担着一条心。现在,修好这台小四轮拖拉机,对于她和她的家庭来说,是太重要了啊!

在谷门坎的丧葬事务安顿完毕之后，一家人的生活，还有那些沉重地压在她肩上的债务，使她顿时陷入了一筹莫展的境地。仅仅二十一岁的她，才刚刚离开学校不久。像她这样的岁数，一般人家的女孩儿也可能还在父母面前撒娇哩，在衣食住行各个方面，也都完全有着充分的理由，赖在父母的身边，依靠父母。可是，可爱的惠杏爱，刚刚举行了她和谷门坎的婚礼，几天之内就成了寡妇！无情的生活，把她由幸福的峰巅上，恶狠狠地推进了痛苦的深渊。这一切，是怎样地折磨着她那颗姑娘家的心啊！现在，她已不仅仅是她一个人了。她还要代替谷门坎，负起敬养老人、抚育弟妹的责任哩！

在她经历了几个昼夜的思量之后，那一天晚上，她按照自己的心思，到公公的上房把全家人都叫齐了——也算是家庭会议吧，怎么说，公公谷敬勤也该是一家之长的。可是她却成了会议的真正主持者。她把自己的想法全部摊出来，摆在了全家人的面前。她说了："爹有伤哩，不叫爹做啥，对全家的事，只要想到的，爹指挥着大家办就行了。爹有经验，几时该种麦子了，几时该收大秋了，几时收碾，怎么贮藏，咱都要听爹的话呢。不管是谁，是一定要尊着老人家的哩。地里的庄稼活儿，除了收种大忙时节，全家要一起上，其他时候，我看就由门墩承担了。门墩兄弟今年二十岁咧，他完全能担起肩上的担子。他除了上学少，三年级以后回家，就一满在庄稼地里钻着哩，有他守在责任田里，相信咱屋的庄稼活落不到别人家的后边去。妹子门环，主要在家里操持家务，除了做饭和照顾老人之外，家里要再添一口猪，再往后还要养上奶山羊；家里的钱就让门环管上，进进出出都要经过她——她聪明，脑子灵，认真谨细，家里家外的事都知道，保证出不了错。门栓也不小了，该上他的学去了。家里再困难，也要让他上学哩，不能因为眼下的困难，把门栓一辈子都害了。往后的社会，没有文化知识，是啥事也弄不成的。我自己呢，我想好了，门坎留下的小四轮拖拉机，哪怕花上一点儿钱哩，也要把它修好。我给咱出去跑车，能拉啥拉啥，最好和一些机关单位挂上钩，咱就有来钱的门路了。咱全家人要一条心哩，要拧成一股劲儿地干，欠的钱很快就能还给人家了。把欠债还了后，咱家说不定还要富裕起来哩！"

公公谷敬勤赞赏地看着惠杏爱，他首先肯定了她的安排，说："甭说尊我的话。以后你们，都要尊你嫂子。你嫂子怎么指挥，你们就怎么转。"

谷门墩咧着大嘴笑起来了。可能他觉得自己的笑不合时宜吧，刚笑开了嘴，他就又迅速地闭上了，摇晃着拳头说："种庄稼我包了，谁不会种庄稼嘛！我哥在的那阵儿，种庄稼也靠我哩。嫂子啊，这你放下一百个心，那几亩责任田，我走着拿脚趾头就做了，保证要比别人家做得还好哩！"

谷门环拧过身子来，紧紧地搂住了惠杏爱。过去，她哥谷门坎和她妈贾桂仙在的时候，家里的一切收入和开销都是她妈贾桂仙掌握着，谷门环不闻不问。现在，嫂子惠杏爱把这么重要的责任交给她，她掂得来其中的分量，但她有信心做好。特别是嫂子提出增添猪羊的事，她是打心眼儿里赞成的，这才是正经过日子的路数哩。原来她就提出过多喂口猪，再养上羊的，只是她哥谷门坎不同意，不是嫌没钱，就是怕喂不好，反而赔了本钱。在庄稼院子里，锅上刷洗下来的泔水，放馊了的剩饭，不用来多喂口猪，都是可惜了。

谷门环声音细细地说："我听嫂子的。我会把猪喂得肥肥的，我会把羊喂得胖胖的。"

谷门环的回答环避重就轻，惠杏爱听出来了。她把谷门环搂抱着自己的手拆开来，让谷门环站在自己的面前，站端了。惠杏爱说："你的责任主要是管钱，给咱家当好小掌柜。"

谷门环低头撕扯着衣角，声音依然细细地问："我能成吗？"

惠杏爱说："你能成，一定能成。"

公公谷敬勤也帮着惠杏爱说他女子谷门环了："你嫂子相信你，你还有啥说的，给你嫂子说你能成。"

谷门环的头抬起来，眼睛亮闪闪地看看惠杏爱的脸，再一次扑过去，搂抱住了惠杏爱，说："嫂子，我能成。"

公公谷敬勤仍有一件事不放心，那就是惠杏爱要跑小四轮拖拉机搞运输的事。儿子谷门坎的死，把他的胆吓破了，他一想起来，就心惊肉跳。可是如今，惠杏爱把门坎留下来的小四轮拖拉机当成了宝贝疙瘩，她要开上门坎的小四轮拖拉机继续跑……啊！啊！啊！谷敬勤在心里惊呼着，他想他有多么孝顺能干的一个儿媳妇呀！在儿子谷门坎遭遇横祸后，她不但不走，反而成了家里的顶梁柱。她把全家人召集在一起，说出了她的心里话，她想的办法虽然称不上什么高招，可都是实实在在，看得见，摸得着的，让他们这困苦的、充满了灾难的家庭，像是在昏暗的旷野里看到了灯火，大家一下子有了目标，知道该鼓上劲往哪儿奔了，这可是多么让人兴奋而昂扬的事啊！最主要的，全家人在这一刻都感到他们有了主心骨，感到这个家不会散伙，不会被困死了。谷敬勤这么想着，感动着，又忍不住幻想——幻想要是他的儿子谷门坎还在，他老伴贾桂仙还在，他们家该是多么美满呀——他由不得自己，禁不住撩起衣襟擦他的眼窝子了。他对惠杏爱的安排，样样都是赞成、拥护的，他恨不得自己的腰身能好起来，为惠杏爱给他们家描绘的蓝图，使出自己的全部力气。可他……他懊恼地举手捶着自己失去了知觉的腰和腿，高高低低，死死活活，坚决不同意惠杏爱驾驶小四轮拖拉机跑运输。

谷敬勤说："我不把你当媳妇儿，当我亲亲的女子哩！我不能允许你开着拖拉机跑运输！"

惠杏爱本就坐在炕沿上，她伸手拉住了公公谷敬勤捶打腰腿的手，很坚决地说："蛇就是蛇，绳就是绳。咱不能被蛇咬了一回，再见绳子也要躲开吧？"

如果被公公谷敬勤几句话动摇了自己的决心，那她就不是惠杏爱了。

惠杏爱没有听从公公谷敬勤的劝阻。她安慰他，让他好好保养自己，把自己养精神了，就是他们子女的福哩。她说跑小四轮不会出事的，绝对不会……惠杏爱说到做到。在那次家庭会议后的第二天，她就买了去县城的公共汽车票，到县城的农业机械培训学校，学习驾驶拖拉机并考取了拖拉机驾驶证。揣着红色塑料皮儿的拖拉机驾驶证回来，惠杏爱马不停蹄地又去绛帐火车站，买回了小四轮拖拉机必需的零配件，请来初中同学陈增强，帮助她修理趴了几个月窝的小四轮。

放心吧！天黑前小四轮就会活蹦乱跳了哩！

初中同学陈增强说得多有信心呀！惠杏爱去了她的新房子里，在一只大茶缸里放上茶叶，然后又挖了两勺红绵糖，搅在茶叶里，冲上滚滚的开水，端出来，端到陈增强的面前，让陈增强喝了。陈增强两手是油，没法接糖茶，惠杏爱就端着茶缸去喂陈增强，把陈增强臊得不好意思，低下头把脸别到一边去，说他不渴，一点儿都不渴。

惠杏爱是不依的，她说："看把你封建的！"

陈增强转过脸来，看了一眼真诚的惠杏爱，红着脸叼住大茶缸的杯口，牛饮似的连喝了几口，说："你放糖了。"

惠杏爱轻轻地点了点头，说："你肯帮忙，真是要感谢你哩。"

陈增强说："别老是感谢感谢的，咱不客气了成吗？"

惠杏爱果然就不客气了。她在陈增强的身边，接不上手，只有仔细地看，认真地学，嘴上呢，不停地请教着，问这一个配件叫什么，它的作用又是啥，那一个零件是干什么的，装在哪里。陈增强耐心地听她问，又毫不保留地给她说，她则默默地，一点一点地记在她的心里。今后，她自己要独立跑车了，要懂得车哩，要会修车哩，哪能大小毛病都去请人呀。有的时候，车坏在半道上，上不着天，下不着地，你就是想请教人，也没人好请教哩。机会来了，就要逮住机会多学。

陈增强把煮在铁盒里的活塞环取出来，用块相对白净的棉纱一个一个地擦着，再一个一个地套在活塞上……虽然春天已经活过来了，暖风轻轻地吹着，但在院子里用手擦抓这些带着油渍的铁玩意儿，依然是很冷的。陈增强的手冻得像是红萝卜，甚至有些爆翘，但他只在火堆上烤一下，两手搓一搓，就又认真地、卖力地干起来。惠杏爱几次让他把手洗了歇一会儿，暖一暖，可他嘴上是答应的，手上却不停，依然认真地、卖力地，忙着整修小四轮拖拉机。

惠杏爱的心里又是感激又是抱歉，她盯空跑到灶房里去，告诉妹子谷门环，把午饭稍稍开早些——吃饭就能歇一会儿，吃饭也能暖和起来。

这时，挂在房檐口的有线广播匣子，响起一阵"咯啦啦，咯啦啦"的嘈杂音，接着就有播音员声音清亮地开始播音了。

十一点三十分，这是县广播站播报新闻的时间。播音员广播完全县的简明新闻后，又播报专题新闻了。

应该说，一男一女两个播音员，他们的普通话讲得并不十分纯正，但是播音时的感情却是充沛的、真诚的。

他们播报的声音突然大了起来，不再是播报简明新闻时的一板一眼，而有了人间的气息和生活的感情：

> 现在是我县《新人新风貌》节目时间。在这个时间里，我们以极大的热情，给全县人民介绍一位在横祸面前不退缩，全心全意为家人生活着想，自强不息、勇于开创生活的妇女新人——惠杏爱。下面，我们为您播送绛帐镇谷寮婆村上官乐同志写来的长篇感人报道。

刚刚走出灶房的惠杏爱，猛然听到广播匣子里播出自己的名字，不由得"呀"的一声，停住了脚步。她不知道这是怎么回事，心里充满了疑惑和惊讶。

陈增强也不由得停下了手里的活儿，凝神听着。

由于惠杏爱在家庭会议上宣布的计划里，是要送谷门栓上学的，因此谷门栓就更加喜欢这位刚到他们家里来不久的大姐了。少年不知愁滋味，如今，他是这个庄稼院里最欢乐的人。此刻，他刚又把几个玉米芯儿投进火里，那火苗蹿动得更欢实、更热烈了。他听见广播匣匣里说出了他大姐的名字，开始，他还有些不信，歪着头去瞅那个方方正正的广播匣匣。确定里边说的没错，就是他的大姐后，他便如欢欢实实、热热烈烈的火苗一样，一蹿一个高，一蹿一个高，还欢呼起来了。

谷门栓欢呼："大姐呀！广播匣匣里叫你的名字哩！你听着了没有？快听，快听，又说你的名字了！"

房檐口挂着的广播匣匣，对于年纪尚小的谷门栓来说，既是熟悉的，又是陌生的。因为那个方方正正的黑匣匣，每天除了咿咿呀呀地唱戏和叮叮咚咚地唱歌之外，就是播那些他根本听不懂的话。现在，这黑匣匣里说的可是他爱到骨头里的大姐哩！说的都是他知道的事，这一下子使他和那个小黑匣匣的距离拉近了。

"嗨嗨！广播匣匣里说我大姐哩！噢噢，说我杏爱大姐哩！"

谷门栓可是太兴奋了。他大喊大叫，生怕院子里没人听见似的。他先就近拉住大姐惠杏爱的手，问了他的大姐："你听见了吗？"接着又跑到陈增强跟前，和与他认识不久的增强大哥眼对了眼，问他："你听见了吗？"然后，又一蹦一跳地拍着手跑进灶房，把两手沾满面粉的姐姐谷门环拉到院子里来，让她听广播，问她："听见了吗？"最后又噔噔噔噔跑进了上房，把这消息告诉了在炕上躺着的他爹谷敬勤，问他："听见了吗？"

"噢……噢，广播匣匣里说我杏爱大姐哩！"

谷门栓在院子里追着每个人，兴奋地向他们报告着这一消息。他不需要他们的回答，他告诉他们，让他们知道，并仔细地倾听广播匣匣里的声音就成了。小小的农家院子，显然装不下谷门栓想大喊大叫的情绪。到后来，他像匹脱缰的小马驹，撒着欢跑出家门，跑进谷寡婆村的大街小巷，一路狂奔，一路大喊。因为他的狂奔，还因为他的大喊，有许多像他一样的碎娃娃，加入了他狂奔大喊的队伍，向全村人报告着这一令人新奇的消息。村子里是有几条狗的，狗儿们并不知道谷门栓他们一伙碎娃娃狂奔大喊些什么，但狗儿们是喜好热闹的，特别是谷门栓那样的碎娃娃们的热闹，它们"汪汪汪汪"地跟在狂奔大喊着的谷门栓们身后，狂吠乱跳。

不是很大的谷寡婆村，一时间都知道了广播匣匣在说村西头的新媳妇惠杏爱哩。而且，大家知道了写关于惠杏爱的通讯的作者，就是谷大房家二娃谷天明的新媳妇上官乐。

啊呀呀呀！谷寡婆村可是出名了！

出名是因为刚嫁到他们谷寡婆村的新娘子惠杏爱和写了惠杏爱的新媳妇上官乐。

在家里无所事事的谷冬梅，是有听广播新闻的习惯的。从县粮食局退休回家的局长呢，有几十年的官场经验，哪有不听新闻的理由？她既听县广播电台的新闻，也听市、省广播电台的新闻。她坐在家里，听罢广播匣匣里县广播电台播送关于惠杏爱的长篇通讯后,又拧开她须臾不离手的袖珍收音机,去听市、省广播电台的新闻。结果让她非常振奋,在中午的新闻播报时间里,市、省的广播电台,像商量好了似的,一前一后,都在他们的新闻专题节目里,播送了由上官乐采写的关于惠杏爱的长篇通讯报道。

对谷寡婆村抱有特殊感情的谷冬梅,可是太高兴了。她想与人交流关于惠杏爱的报道,但家里只有她一个人,她能和谁交流呢?她找不到人,由此及彼,又想起她的儿子谷铁柱。谷冬梅不知道他现在在哪儿,又弄些什么事,她在心里惦记着儿子,却嘴不由心地骂出了声。

谷冬梅骂:"孽种呀!你是把你妈忘了吗?"

谷冬梅骂着儿子,再环顾就她孤身一人的家,觉得空空荡荡的。在家里待不住了,她从家里走出来,看见已改为谷寡婆宗祠的门房里,九先生谷正芳捐了两块木板,与一位本村的木匠,丈量着门两边的大柱子,欲把板子割得与大柱子一般宽、一般高,来做九先生新撰的一副楹联。

谷冬梅一眼就看懂了九先生谷正芳的用意,但她还是问了九先生:"九哥,板子是你买的吗?"

九先生谷正芳回答说:"我看老祖宗的宗祠太单调了,找了两块木板,给老祖宗雕刻上一副楹联。"

谷冬梅欣赏九先生谷正芳的这一做法。但在此一时刻,她更感动于广播里的报道,就又问九先生谷正芳:"你刚听广播了没有?"

九先生谷正芳轻轻地摇了摇头。显然,他刚才叫了木匠往谷寡婆宗祠搬送木板,没注意听广播。但他听到谷门栓一伙碎娃的呐喊了,因此他说:"得是说村西头的惠杏爱哩!"

谷冬梅把她的袖珍收音机往九先生谷正芳的耳朵边举了举,说:"你听呀,省、市电台可都播着哩。"

九先生谷正芳招呼木匠停了手里的活儿,仔细地听起收音机来,才听了一段,就像谷冬梅一样兴奋起来了。他说:"谁写的呀?写得好,太感人咧。"

谷冬梅告诉他说:"大房家二娃谷天明的新媳妇上官乐写的。"

九先生谷正芳吃惊地反问谷冬梅:"你说的属实?"

谷冬梅说:"广播匣子里是这么说的,收音机里是这么说的,他们都这么说了,你说呢!"

九先生谷正芳便由衷地赞叹起来:"咱们谷寡婆村有人才咧!"

同样,村支书兼村主任谷大房也听了广播里的通讯报道。报道惠杏爱的先进事迹他没怎么吃惊,几个月来,凭他对惠杏爱的观察和认识,他真切地认为,村西头已成寡妇的新娘子惠杏爱,的确与众不同。她对那个贫困家庭的责任心,以及所表现出来的胆识,让他心与口都极服气。他用惠杏爱做参照,反观自己二娃的新媳妇上官乐,就觉这个儿媳是不着调的,不是小不着调,而是大不着调:说话没轻没重,不分场合时间;做事没轻没重,不分曲直黑白……许多年了,一直为大娃谷天亮的媳妇云小兰头疼的谷大房,给二娃谷天明娶了媳妇,他难道又要为二娃的媳妇头疼了吗?

因此,谷大房不吃惊于对惠杏爱的报道,但对报道了惠杏爱的二娃媳妇上官乐,他是大大地吃惊了。

正是准备中午饭的时候,老伴白拴蛾早已入了灶房。上官乐还在她的新房里没出来。

她在干什么呢?是靠在被垛上读书呢,还是趴在写字台上又写她那不着调的诗歌?

谷大房想象不出来,就喊二娃谷天明到上房来。老妈白拴蛾喊谷天明,他是敢拧呲的,他爹谷大房喊他,他是连毛都不敢爹的,应声就从新房里出来,到他爹的上房里去了。

谷天明进了上房,说:"爹,你喊我?"

谷大房说:"广播匣子里说啥你听见了?"

谷天明老实地回答:"我和乐乐在新房里正听收音机哩。是她写的通讯报道,分别寄给了省上、市上和县上的广播电台,想不到他们都采用了。咱家的广播匣子里是县台的播报,收音机还有市、省两级大电台的播报哩。爹你知道了吧,乐乐可是有才呢!"

谷大房正吃着他的四棱棒卷烟,听了二娃谷天明的话,他不知道是该高兴呢,还是该气愤,他把吃了半截的黑色四棱棒,一下在炕沿上戳灭了。

有才！庄户人家的媳妇，有才就是好的吗？

我的个瓜娃呀，别自己那个"有才"的媳妇，过些日子就不是你的了。"有才"的媳妇不好养，谷大房担心起他的二娃来了，怕他守不住上官乐，让她最后转投到别人的怀抱里。

正为二娃能不能守住媳妇上官乐伤着脑筋的谷大房，猛然听得院子里"咚咚咚咚"石锤子砸墙似的一阵响动。他从窗子上留着的玻璃格子看出去，制造出那么大声势的人，不是别人，正是害他一直伤着脑筋的大娃媳妇云小兰。

云小兰在院子里站定，像谷门栓在街巷上大喊大叫一样，声音很大地叫喊了起来。

云小兰喊："广播匣匣说西头的惠杏爱哩！"

云小兰喊："是咱家上官乐写的惠杏爱哩！"

这样的两句话，云小兰车轱辘似的转腾着，连说了好几遍，直到上官乐从新房里跑出来，把云小兰拉进新房里，安顿在沙发上，又把收音机端到她面前，让她听收音机里的报道，这才让癫狂痴傻的云小兰，渐渐地安静下来。

上官乐同情地注视着大嫂云小兰，觉得她真是太可怜了。大哥谷天亮当年被招了副业工——那时候，就是这不怎么起眼的副业工，也是打破头有人争哩。当时，大哥谷天亮突然就有了这样一个机会——一九七九年，秦岭山里要修一条公路，这么一个出门做工的机会，因为有做村支书的老爹走后门，大哥谷天亮便很"幸运"地去了。当时，大哥谷天亮和大嫂云小兰结婚不到半年，招工修路的机会来了，条件之一，却是要未婚的农村青年。谷寡婆村符合这个条件的青年多了去了，谁都想被招了去，把手伸进国家的馍笼里吃商品粮。大哥谷天亮也想去，老爹上下其手，使了不少手段，这就成功地把大哥谷天亮送进了秦岭。但没过几个月，噩耗传了来，炸山时，一块石头片子，隔着半架山飞了来，不偏不倚，正好砸在大哥谷天亮的眉心上，他连一声喊都没发出来，就悲惨地躺进秦岭山里的一座因公牺牲者的墓园里了，留下大嫂云小兰一个人，孤孤单单地过日子。

大嫂云小兰是要改嫁的,她为自己选择的人,是隔壁的谷劳劳。

右派分子九先生的大娃谷劳劳,村支书兼村主任谷大房是不会考虑的。他断然拒绝了云小兰改嫁谷劳劳的请求……谷大房心里是这么想的:我是谁?谷寡婆村的支部书记呀!谷寡婆村的村主任呀!他是谁?右派分子的娃!我怎么能把儿媳改嫁给他呢?不能,绝对不能。

"骚怪"谷中秋也看上了云小兰。他是贫苦家庭出身,进了门,自己吃饱,全家就都吃饱了。谷大房给云小兰选择了"骚怪",原因不只是"骚怪"出身苦寒,光棍儿一根,最要紧的是,谷大房在谷寡婆村"执政","骚怪"是他说一不二的"棍子"。只要有人敢于参毛惹事,敢于向谷大房叫板,他给"骚怪"丢一个眼色,"骚怪"就会没事找事,把惹事叫板的人痛打一顿。挨打的人断了胳膊断了腿,谷大房拧着"骚怪"的耳朵,上门给断胳膊断腿的人赔礼道歉。他批评"骚怪",安慰受害者,但是出了受害者的门,他会塞给"骚怪"一个烟盒,里面装着烟,也装着钱。"骚怪"拿了钱就到绛帐火车站去,大吃大喝一顿,再回到谷寡婆村来——工分不少他的,照样记在他的名下。可以说,谷大房在村里当头儿,欲为人上之人,没有打人的"棍子"是弄不成事的。但是,云小兰看不上"骚怪",不仅看不上,还十分厌恶他。"骚怪"有谷大房撑腰,便要给云小兰来个霸王硬上弓。但心里起了这个念头,"骚怪"没敢立即实行,他还征求了谷大房的意见。谷大房当时没说什么,只拿眼睛把他仔细看了看,淡淡地笑了一下。"骚怪"是谁?谷大房的"棍子"呢!他懂得了谷大房的意思,转身就去尾随云小兰。云小兰发现了"骚怪"的不轨意图,在"骚怪"寻找机会尾随她的日子里,想办法躲着他,可是她总也躲不过。"骚怪"就像一摊粘在手背上的鼻涕,时时处处寻找能上手的机会。这个机会让他找着了。有一日,在生产队的大田里忙活了一天的云小兰,天黑收工时,从渭河的季节性小木桥上往河南边去了。河南边的集体养猪场里,只有谷劳劳一个人。云小兰要去那里找谷劳劳吗?云小兰和谷劳劳,他们读书的时候,在中学里当了几年同学,其中的两年,还是同桌哩。那时候,他俩没有表白过,但是谷劳劳的聪明上进,还有善良勤奋,很为云小兰所赏识。如果不是因为有戴着右派"帽子"的老爹九先生，谷劳劳靠着自己的学习，一定会从初中升到高中，从高中升到大学里去的……右派分子九先生影响了他的大娃谷劳劳，谷劳劳初中毕业后就回了村，成了一个"修理地球"的农民。云小兰学习成绩一般，她没有考上高中，经媒人两头一说，嫁给了谷大房的大娃谷天亮。云小兰嫁到谷寡婆村来，猛然见到谷劳劳，这才知道她的同桌谷劳劳，竟然是她的邻居呢。

女婿谷天亮死了，云小兰说死说活一句话，改嫁就嫁谷劳劳。

云小兰太同情谷劳劳了。她由同情继而生出爱，便不管公公谷大房的阻拦，要过河去给谷劳劳说，她爱谷劳劳，要谷劳劳一定娶了她。

尾随的"骚怪"是必须阻止云小兰接触谷劳劳的。他可不能让几乎到了嘴边的肉，让他人吃了去。尾随着云小兰，走过了渭河，走在河岸边的一片柳树林里，"骚怪"紧跑几步，冲上去，把云小兰扑倒在河滩地上，三把两把，就把云小兰的上衣撕扯掉了。"骚怪"接下来要脱云小兰的裤子了，但在云小兰的嘶喊声里，谷劳劳跑来了。他在"骚怪"的屁股上猛踹一脚，把"骚怪"踹得滚到一边的河滩地上，又怒不可遏地指斥起"骚怪"来。

谷劳劳说："你就不怕坐牢吗！"

谷劳劳说："你这是强奸你知道吗？"

谷劳劳说："监狱的门就是给你开的，我现在就扭送你进去你信不信？"

打断过村里人胳膊腿的"骚怪"谷中秋，在谷劳劳的严厉指斥下，软成了一堆泥。

大嫂云小兰改嫁的事就这么拖下来，拖到现在，大嫂都有点儿"神经"了。那点儿"神经"是因为谷劳劳——上官乐一点儿都不怀疑自己的判断。有情人终成眷属……上官乐觉得她有责任，也有义务，帮助她的大嫂云小兰和谷劳劳幸福地走到一起，幸福地生活。

上官乐倒了一杯开水，暖暖地塞进大嫂云小兰的手里……

第二十一章

准时准点的，到陈增强承诺的天擦黑的时间，小四轮拖拉机被装配起来了。加上了柴油，加上了水，陈增强手握摇把，猛烈地摇转了一阵，惯性轮画出一个个美丽圆圈，催着排气管向天喷出一串串黑色的烟雾，"突突突突，突突突突……"发动机颤动着，发出了令人欢欣的启动声。

应该说，陈增强为惠杏爱修理好的小四轮拖拉机堪称完美。

在小四轮欢快的轰鸣声里，陈增强收拾好自己拿来的修车工具，扎绑在自行车后架上，推着就要回绛帐火车站去了。他所在的建筑队，在那里承包了几幢大楼的建筑任务……陈增强推着自行车往头门外走着，他没有注意到，老同学惠杏爱送着他，惠杏爱的弟弟妹妹跟着也在送他。

小四轮拖拉机启动的"突突"声真是太美妙了。

谷门环听着拖拉机的"突突"声，她还没忘中午广播匣匣里播送嫂子惠杏爱事迹通讯报道的声音。她知道，傍黑的时候，广播匣匣还要重播写嫂子惠杏爱的那篇通讯报道的。果然，她跟着嫂子送陈增强，还没有走两步，广播匣匣里又开始播报关于嫂子惠杏爱的报道了。谷门环停下了脚步，她仰头看着挂在屋檐下的广播匣匣，听得入了神。其实，中午她就听清楚了，是村主任家那个和嫂子同一天嫁到谷寡婆村来的新娘子上官乐写的报道哩。上官乐可真是漂亮呀！文章又写得这么好！门环在心里感激起上官乐来了，觉得她是替自己说了心里话。像嫂子惠杏爱这样的人，就该表扬，就该叫人学习哩！

公公谷敬勤下不了炕，他拥被坐在炕上，隔着窗户的小玻璃片，目送陈增强。

他们走着，突然又驻足，站在院子里，是因为广播匣匣里又在播报惠杏爱的事迹通讯报道呢。过去，谷敬勤不咋关心广播匣匣里的声音。他一个字不识，又成天蜷在炕上，他听那没用的话做啥呀？这回说的是自家屋里的媳妇哩，他中午就听得非常认真，再听就更认真了，字字句句，像是铁打铜铸的铆钉一样，扎扎实实地铆在他的心里了。中午听，他就流了一回泪，再一次听，眼泪止不住又顺着脸颊流下来了。他心里思量，莫不是村里人议论的那样，自家的媳妇，又是老祖宗谷寡婆转世来的！

噢……慈祥的、仁德的、大悲大爱的谷寡婆啊！

在送陈增强的队列里，没有谷门墩。这个傻里傻气的愣头小伙子，中午吃饭时才从地里回来。他也听到了广播匣匣里播送嫂子惠杏爱事迹的通讯报道，听着就"嘿嘿嘿""嘿嘿嘿"笑个不停，笑了好一阵子。他是笑着去看埋头忙活着的陈增强的，他看着陈增强时，莫名其妙的，脸上的笑顿然消失殆尽。谷门墩不像他爹谷敬勤，也不像他妹谷门环、他弟谷门栓，他们都对陈增强抱有一种敬意，尊着他，爱着他。谷门墩不。他对嫂子请来的她的初中同学陈增强没有多少好感。早晨下地时，陈增强刚到，谷门墩没给他打招呼，中午回家吃饭时，谷门墩跟他还是没有话。谷门墩黑沉着显得板滞的脸，丢下锄头，去灶房端了个大老碗，钻进他爹的上房，屹蹴在脚地上，呼噜一口，呼噜一口，像是和饭生着气似的。惠杏爱看见了谷门墩的反常，她给陈增强解释了——如不解释，任谁都要多心呢。惠杏爱给陈增强说了，说她这位大兄弟缺着心眼儿哩。惠杏爱给陈增强解释了，就又招呼谷门墩来跟陈增强聊聊，可是缺心眼儿的谷门墩，像是听不见惠杏爱的话，依然不理陈增强，端着老碗记仇似的吞咽着饭菜。谷门墩吞咽着，却没忘侧耳聆听广播匣匣里的播报。

谷门墩在心里给自己说："对着哩，就是咱嫂子么！"

谷门墩在心里说着竟说出了声："对着哩，一点儿没错，是咱嫂子呀！"

谷门墩越是听着广播匣匣表扬他的嫂子惠杏爱，越是警惕在院子里给他嫂子惠杏爱帮忙修理小四轮拖拉机的陈增强。

好不容易要走了，走了几步都到头门口了，又站下来弄啥哩！

噢……是广播匣匣里重播嫂子惠杏爱的事迹哩。谷门墩便侧着一只耳朵聆听广播匣匣里的报道，又腾出一只耳朵，听院子里走走停停的陈增强的动静。

陈增强不知道自己是怎么了，心跳得特别慌。如果不是帮忙拖回出事的小四轮拖拉机，他今生可能永远都见不着初中同学惠杏爱了。偶然的事故，让他和惠杏爱重逢了，这样的重逢，让他实在是心潮难平。他同情惠杏爱初婚就遭遇灾祸，他敬重惠杏爱，面对灾祸时，她坚强乐观……做初中同学时与惠杏爱没有多少特殊交往的陈增强，现在被惠杏爱深深地感动着，也深深地敬佩着她。正是基于这样的感动和敬佩，他才勇敢地请了假，来到惠杏爱的家里，帮助她修理小四轮拖拉机。广播匣匣播送惠杏爱的事迹是突然的，陈增强突然地在中午听了一次，又突然地在天快黑时听到了，他尝到了另外一种滋味。

是个什么滋味呢？

陈增强一时还说不上来，他扭头去看送他的惠杏爱，惠杏爱却躲着似的低下了头。

陈增强的心乱了，从此是不会再平静下来了。他中午乍听广播里的报道，抬眼去寻报道中的主人翁惠杏爱时，忘了自己正举着锤子，正往砸着的铁页子上砸，一下砸到了自己的手背上。手背变紫了，渐渐地渗出血来，他一声不吭，闷着头继续他的修理程序。

手背太疼了！真疼啊！

再听广播匣匣播送惠杏爱的事迹，陈增强觉得他的手背，比刚挨了砸的时候还要疼痛呢。

送出了头门口，谷门环和谷门栓站住了脚，惠杏爱却还随在陈增强的自行车一边，继续送着他，把他一直送到了村口上。按照情理，按照惠杏爱的心意，她真该把陈增强送出村外，送到渭河边上，再送到小木桥那里……可是惠杏爱在村口站住了脚，一步都不走了——她还摆脱不了那种沉旧的男女授受不亲的意识。

寡妇门前是非多……我，我惠杏爱现在可是个寡妇了！

陈增强似乎意识到了。他说："甭送了，回去吧。"

惠杏爱仿佛蚊子叫一样应着："嗯。"

西坠的太阳，这时候枕在遥远的渭河水里，曲曲弯弯的渭河水都因此变成橘红色的了。啼唝着的鸟儿们，在那美得迷人的霞彩中飞行着，寻找它们自己的巢。便是觅食的鸡儿们，也都收起了它们刨了一天虫子的脚爪，"咕咕""咕咕"互相关照着往自己的家门寻了去，进了门，便跃上它们该待着的棍架。

说不出为什么，此时此刻，惠杏爱和陈增强都感受到了一种压抑和沉闷。

好一会儿，陈增强说话了："等有机会，用喷漆把小四轮重喷一遍，就和新的一样了。"

惠杏爱应着陈增强，说："新的，新的……"

陈增强说："是的，和新的一样了呢！"

惠杏爱没再说话，她抬眼看着陈增强，亮晶晶的眼睛里，有太阳落霞扑进来的红光，正鲜鲜艳艳地燃烧着。

陈增强叮嘱惠杏爱："你把驾驶本本拿上了，但实际操作是另一回事了。你要按我给你说的操作方法，再熟悉几天——先甭上路，在空旷地方多转转，等你确实练熟了再跑车。老辈人怎么说来着？磨镰不误割麦工，说的可就是这个理儿呢。这样保险，安全，还出活儿。"

惠杏爱"嗯嗯"着说："我记着哩。"

是该分手了。可是他俩都还隔着自行车站着，谁都没先迈开脚步，先拧过身子走开。

突然，惠杏爱看定了陈增强的双眼，问："你把媳妇寻下了没？"

惠杏爱把话问出来了，却心想，自己问得太唐突了，便怪自己问了个不该问的问题。可是，她心里就是这么想的，同学了几年，再次相见，陈增强帮了她的大忙了，她怎么就不能关心他呢！问一问怕啥呢？但她的脸还是不期然地微微泛起一抹红潮。

陈增强没敢看惠杏爱的脸，他轻轻地说："还没呢。"

西沉的太阳，帮助惠杏爱掩饰着她脸上的红晕，她说："那……你可是要抓紧哩。"

惠杏爱本来还想问一问陈增强为什么到现在还没把媳妇寻下，是眼高，还是就没认真寻——按照关中西府的风俗,到了陈增强这样的年纪,甭说是寻媳妇,就是娶媳妇,也该娶回家里来了,这是让惠杏爱疑惑的,但她没再往下问,她怕再问下去,惹出什么让她难堪的事情来。

陈增强也不想多说这个事情,他轻描淡写地应着惠杏爱:"噢么。"

应了惠杏爱这一声后,陈增强迈动脚步,推着他的自行车往前走去了。但他只走出几步,做着姿态要跨上自行车时,又紧急刹住车闸,扭回头来了。

陈增强也有问题要问惠杏爱的。他问:"你要跑车,寻下活儿了没有?"

这可是个问题呢!改革了,开放了,别说是私人买车跑运输,便是工厂,都由政府大力倡导着让私人开办了。但是,这带来的问题也不少,市场在哪儿?没有市场,办了厂也是倒闭。买了运输工具跑活儿,不和办厂一个样吗?没有活儿拉怎么办?

一问问出了惠杏爱眼前的大问题,她说:"还没呢。"

陈增强就告诉她说:"我们建筑队的沙石用量不小呢。你要愿意拉,我回去给你联系一下。这样,你跟上我跑一些日子,熟惯了,你再一个人去跑,你看咋样?"

陈增强太知道运输这一行的情况了。你有车是你的,你没有门路,没有熟人,不懂行情,不送礼,你就很难寻找到运输的活路。"出力挣钱",话是这么说的,但出力却不一定挣得到钱。对此,老辈人是怎么说来着——"钱难挣,屎难吃"。眼下,更是这样。

惠杏爱听得欢喜,往前追了几步,把陈增强的自行车后架抓在手里,激动得声音都有些发颤。

惠杏爱说:"你给我把啥都想到咧!"

老同学陈增强的帮助是尽力的。谷寡婆村有的是沙子和石头,原来就有出卖沙石挣钱的传统,而且这还是村里的一项主要收入来源。现在,惠杏爱开着小四轮拖拉机下到渭河河滩,她打眼望去,满渭河河滩可都是被河水冲刷了不知多少年的沙石啊!好像渭河有多长,有沙石的河滩就有多长。但是,真要让河滩里的原始沙石成为有用的商品沙石,却是要进行严格的筛选的。这难不倒惠杏爱。在陈增强的指导下,她买来了网眼大小适度的钢丝筛,把谷门墩叫到渭河滩上来,让他支起钢丝筛,在渭河滩上分筛建筑需要的沙子和石子。惠杏爱自己呢,则在陈增强的带动下,小心地,也大胆地往绛帐火车站上的建筑工地里运输沙子和石子了。

惠杏爱运输到工地里的沙子纯净,石子标准,很快就赢得了陈增强所在建筑队的信任,把他们在工地上要用的沙石,一股脑都交给她拉运了。

建筑队的头头,是陈增强的本家哥,叫陈增让,年龄顶多四十岁,却已掉毛掉得头顶上需要"地方"支援"中央"了呢——把四周的头发薄薄地梳上来,盖住他大得有点儿惊人的秃头顶。一次,秃头陈增让见到卸沙子的惠杏爱,发现她还是个年轻女子,就走近了她,和她搭讪了。

陈增让夸奖惠杏爱,说:"你一个年轻女娃娃,倒吃得苦。"

惠杏爱装着糊涂说:"有我这么大的女娃娃吗?"

陈增让捋着"地方"上的头发,往"中央"盖着,说:"那就大姑娘吧。照你运输来的沙石标准一直给我拉,我让你有运输不完的活路呢。"

惠杏爱满意地笑了。

这是惠杏爱嫁到谷寡婆村以来,笑得最为开心、最为大方的一次。这时,陈增强就在惠杏爱的身边站着,惠杏爱开心地笑了时,他也开心地、大方地对着惠杏爱笑了起来。他对着惠杏爱一笑,就惹得他的堂兄陈增让要耍笑他了。

陈增让虚眯着眼,看了一阵儿陈增强,说:"我兄弟有福,能寻杏爱这样一个媳妇,他可就是烧了高香了。"

陈增强撵过去堵陈增让的嘴,说:"你可不敢瞎说的,不敢瞎说的。"

不知为什么,堂兄陈增让耍笑陈增强,陈增强自己是着急了,惠杏爱却依然是开心的。她依然开心地笑着,大方地笑着。

惠杏爱彻底走出了悲伤和忧愁的阴影,她可以开心、大方地笑了时,任喜过与上官乐两位新娘子却都开心不起来,也大方不起来了。

任喜过之所以不开心,是因为她大哥谷劳劳的养猪场遭遇了断电的事。上百头的猪,不要说检疫、治安等方面的事,仅仅一个吃,就是非常大的一个问题。没断电时,喂猪用的粗饲料、细饲料和青饲料,都是用电动粉碎机和切草机来粉碎的,断了电,就只有人工来做了。看看那一张张大得能够吃人的嘴巴，仅一张嘴，一天没有十来斤粗细饲料以及青饲料哪能打发？吃得饱，百余头猪可以吃了睡，睡了吃，不怎么趴墙撞门闹腾人。而如果吃得欠了，它们是一定要跳着跳着趴墙头，轰轰烈烈地撞门栅的，趴着撞着，还要"哼哼哼""哇哇哇"地吼叫抗议。一头猪抗议时影响不大，百头猪一起"哼哼哇哇"地嘶吼，"哐哐唧唧"上墙乱撞，形成的巨大声浪，是可以把养猪场的顶棚盖掀翻的。

为了保证猪儿们不被饿着，大哥谷劳劳那几天连家都没回，还有女婿谷梦梦、公公谷正芳也都到渭河南的养猪场里去了。他们和大哥谷劳劳一样，从天明忙到天黑，把人忙得散了骨头架子，都不能保证喂好猪。为此，任喜过心里也不由自主地焦急起来。娘家妈豆菊芳来看她，陪在她身边没见着因为在渭河南给他大哥帮着忙，住在养猪场几天了都没有回家的女婿娃谷梦梦，还以为任喜过他们初婚的小两口儿闹了矛盾，就小心地来问任喜过，关心地一问，这才知道养猪场断了电。麦禾营村还在生产队时期时，富农婆子豆菊芳，被安排在养猪场里干了几年，她知道断电对养猪场的影响，可是不敢小视呢。

豆菊芳当机立断，给任喜过说："咱还守在家里做啥哩？走，过河看看去。"

任喜过说："我爹说了，现在你一个人在家里窝着哩，你是孤单的。我爹说你来了我就陪着你说说话，要吃饭了，就做好的吃。"

豆菊芳说："把我当亲戚了！给你女子说哩，我咋都是你的妈。"

任喜过说："谁说你不是我妈了。"

豆菊芳笑了，说："麻野雀，尾巴长，嫁了女婿忘了娘。不错哩，我女子还知道我是妈。那就好，给妈带路，咱到渭河南边养猪场去，搭一把手是一把手，总不至于多了一把而乱一把吧。"

任喜过服气娘亲的地方就在这里——想问题都是从别人的角度去想的。娘亲说了去，那就去么。任喜过当即陪着她走出头门来，把两扇大门合起来，在门闩上挂了一把大锁，两手一捏，锁上锁扣，这就放心地走了……娘儿俩走出大门，娘亲却如梦方醒般抬手拍了一下自己的额头，说她真是老了，想一个事就是一个事，怎么就把旁的事给忘了呢。

娘亲怨了自己几句，就给任喜过说了。

娘亲说："三个大老爷们儿在河南边忙活着，咱就不能做点儿好吃的给他们送去？"

任喜过听娘亲这么一说，自己也懊悔起来了。她小声地附和着娘亲："还是我妈想得周到。"

娘亲说："甭给我戴高帽！"

任喜过说："我不敢，我只知道我娘昨天把黄豆都泡下了。"

刚锁在头门门闩上的大铁锁取下来了。推开门，娘儿俩就准备给河南边的三个大老爷们儿做好吃的了。娘亲做的豆腐可是一绝，做的豆腐脑、豆浆什么的，更是绝上加绝。她这一绝是家传下来的，传到这一辈，听说都有十几代了。任喜过的娘家以前之所以被算成富农，惹祸的还就是她家的豆腐手艺。庄稼人，大鱼大肉吃不起，不能经常吃，豆腐是吃得起的，而且也是可以经常吃的。因此，她家靠豆腐发财，置办下了一份不薄的家业。早年，家里管事的老人，以及任喜过的父亲，受不得"运动"那样的惊吓，前前后后辞了世，留下个年轻的豆菊芳，躲不过了，她就戴了富农分子的"帽子"。"帽子"压在头上，生产队里的干部让她干啥，她就得干啥。她有做豆腐的绝技，因此就要经常为集体磨豆腐。她为集体磨豆腐的好处显而易见，一来呢，能够满足村里灶房的需求，为口寡舌头淡的庄稼人添加一分滋味。二来呢，磨豆腐过滤下来的豆渣，可是喂猪的好饲料。一样的猪食，添加上一勺豆渣，猪吃食的嘴就张得更大，"嗵嗵嗵嗵"吃食的响声也就更大。豆菊芳是生产队的养猪员，喜欢猪吃食的那份馋相，爱听猪吃食的那种响声。昨天傍黑，豆菊芳问了任喜过，问她家里可有黄豆，任喜过就知道娘亲想在家里露一手了。不过今天，任喜过还是要开一下娘亲的玩笑的。

任喜过"嘻嘻"笑着说："手痒痒了？"

豆菊芳也笑着嗔怪道："有这样笑话亲妈的吗？"

任喜过似乎还不过瘾，依旧"嘻嘻"笑着说："放心我了？不怕我把妈的绝技偷学去咧？"

豆菊芳想要收住笑，却一时还收不住，她说："有本事你就学么。"

任喜过因此高兴起来了。在娘家时，任喜过就想学到她娘亲豆菊芳做豆腐的绝技呢，可是娘亲不让她学。娘亲的观点很鲜明："谁会的手艺多，谁会的手艺绝，谁吃苦就多，谁受累就多。天下的能人，可不都是吃苦受累在自己的手艺上吗！咱们家老先人不是传下做豆腐的绝技，咱们家也不至于排上富农，妈我也就不至于戴上富农分子的'高帽儿'。你娃应该看见了，一个富农婆子的大'帽子'，妈是戴怕了，妈是戴伤了，妈不想我女子成为有绝技的人。庸庸碌碌地过着，像牛一样吃，像猪一样睡，谁敢说那就不是幸福？"娘亲豆菊芳有这一套理论妨碍着，吃苦受累地给大集体磨豆腐时，从来都是防着女儿任喜过的，不让她靠近自己一步。娘亲知道，她们家族的人，似乎血管里就有这种基因：别人十遍百遍地看，看不清磨豆腐的绝技在哪儿，可是她们家族的人，跟着磨一次豆腐，就能揣摩到磨豆腐的绝技，并熟练地掌握。豆菊芳要在家里磨豆腐，分明是要把她原来不愿意留传给女儿的绝技教给女儿了。这是一个多么大的转变呀！任喜过跟娘亲开玩笑，心里却是幸福的、温暖的。于是，她还想和娘亲开几句玩笑。

任喜过说："把富农婆子的'帽子'脱了，是不是妈还想脱了'豆腐西施'的'帽子'？"

豆菊芳知道女儿要笑她，话跟话地说："脱下来给谁呀？"

任喜过说："当然是给我了。我要顶了娘的名，当个'豆腐西施'呢。"

原来的"豆腐西施"……是的呢，在麦禾营村以及周边的一些村子，吃过任喜过娘亲豆腐坊磨下的豆腐的人，都愿意喊她"豆腐西施"。特别是在麦禾营村，大家都叫她"豆腐西施"，叫得久了，几乎把"豆菊芳"这个本名都忘了呢。此时，老一辈"豆腐西施"豆菊芳带着想成为新"豆腐西施"的女儿任喜过，在灶房里做起豆腐来了。

娘亲豆菊芳在大磨子上磨得了豆子，在小磨子上也是磨得了豆子的。

而且好像任喜过的娘亲豆菊芳在小磨子上磨下的豆子做的豆腐比在大磨子上磨的豆子做的豆腐还要细腻、劲道、好吃，更有黄豆独具的那股豆香味。在女儿任喜过家的灶房里，豆菊芳没有大磨磨豆子，她就只有用小磨磨豆子了。这个小磨子，是她从家里拿来的，直径九寸五的样子，分上扇和下扇，都不是很厚，大约有三寸三。不用的时候，推到案板里边，要用了时，拖出来一些，就能磨豆子了。大集体时期，豆菊芳给生产队喂猪，又给生产队磨豆腐，用的都是大磨子。大磨子有三尺多的直径，有五寸的厚度，所用的役力，不是骡子就是马，磨扇绕着磨道转圈子，转出"呼呼呼呼""呼呼呼呼"的巨响，在巨响声里，黄豆浆汁就从磨缝里流出来了。生产队散了伙，豆菊芳不给集体喂猪了，也就不给生产队磨豆腐了。回到了自己的家里，她可不想淡了自己和女儿任喜过的口味——她们母女俩把豆腐吃惯了，没了豆腐吃可不行。再说了，没了豆腐，谁还叫她"豆腐西施"呢！不在大磨子上磨豆子，她省心了，也省劲了，她从自家墙基下刨出这副小磨子，在灶上给她们娘儿俩磨小磨豆腐吃了。

　　据说，这样的小石磨可是有些年头了。

　　原来的小石磨，在娘家屋的历史上，是给自家怀孕的女人磨豆腐吃的，当然还可以做豆浆喝、做豆腐脑吃呢。这对孕妇是大有益处的，不仅能够增加孕妇的营养，而且可以保证胎儿健康成长。女儿任喜过嫁到谷寡婆村里去，保不住什么时候会怀上孩子，娘家妈豆菊芳没有别的方法想，但让女儿任喜过吃上家传的小磨豆腐总是不错的。于是，豆菊芳就把自家祖传的小石磨，用包袱包了，背到女儿任喜过家的灶房里了。

　　泡了一夜的黄豆又肥又胖，豆菊芳舀一勺泡好的黄豆，扣在小石磨上，用一只手拐着小石磨上扇顶上的一个木手柄，轻轻地摇一圈子，又一圈子。黄豆从磨眼里往下漏，磨缝里便有乳白色的黄豆浆汁，汩汩地涌流下来，收到一只葫芦切成两瓣做成的瓢儿里，再倾入一只马尾绷的箩儿中。磨完豆子，用一个木制的小圈坨，不断地挤压黄豆浆汁，最后，把过滤过的一点儿杂质都没有的黄豆汁倒进大铁锅里，这就要架火来烧了。

　　坐在灶窝里烧火的是任喜过。刚才，娘亲操弄小磨豆腐的那一套程序，让她看得不转眼睛，她觉得娘亲就该被人称为"豆腐西施"——老人家的一举一动，比起古时候潜伏在吴王夫差跟前的西施，还要让人心动哩。西施有的只是容貌，而自己的娘亲，容貌是没得说的，人长在北方的关中西府，却生了一副南方水乡女人的脸面,皮肤细白身子纤巧,哪里像个年纪过了半百的女人?任喜过自知没有娘亲长得好,"抓儿像姑姑",她是随着老爹他们任家人的样子长的,黑一些,粗糙一些,为此她没少妒忌她的娘亲,甚至还问过她的娘亲:"你咋不把我生得像你一样?"娘亲的指头戳在她的额头上,数说她:"这能由得了我么?"任喜过这是成长的烦恼呢:人随着年纪的不断增长,长成了大人,步入中年、老年,就觉得年轻真好,年轻的姑娘水灵鲜活,年轻的小伙儿帅气阳刚。不过,在姑娘小伙儿的眼睛里,老奶奶、老爷爷才是最慈祥、最温暖、最迷人的呢!老奶奶、老爷爷的美可不是水灵鲜活,可不是帅气阳刚所能比的。那是经历了风霜、经历了雨雪后的沉稳和老到,就像深秋里的枫叶,是天地间的大美哩。任喜过看她的娘亲,就是这么看的,"豆腐西施"有西施姑娘有的容貌,更有西施姑娘所没有的持家绝技。

任喜过眼观心记,她把娘亲在小磨上磨豆子做豆腐的技巧,全都记在心里了。

不过任喜过懂得实践的重要。

以后再用小石磨磨豆子做豆腐,任喜过可是自己要上手了。做不好不要紧,娘亲在她身边哩,随时都会教导她、纠正她的。熟能生巧,任喜过相信她会很快继承下她娘亲的技艺的。眼下,任喜过的任务,就是拉着风箱烧火,把大锅里的黄豆汁烧沸了,煮沸了,由娘亲来点豆腐了。

便是烧水煮黄豆汁,可也要技艺哩。

娘亲指导着任喜过,先用大火攻,直把大铁锅里的黄豆汁煮得翻起了浪。然后,娘亲又要任喜过抽出一些柴棒,只用煴火,慢慢煨铁锅里的黄豆汁。

生黄豆汁就在大火的攻烧和小火的煨煮下,蒸腾出一股一股扑鼻的豆香味儿来,先是生生的、硬硬的那种味儿,后来就是绵绵的、厚厚的那种味儿了。到这时,娘亲舀出一罐子豆浆留着,然后便要使出她的撒手锏,在翻腾的豆浆锅里点豆腐了。

一点点的石膏汤。

一点点的老油根。

娘亲小心地比兑着，在翻滚着的豆浆锅里搅着。她是拿锅上的那把柳木勺来搅的，一边搅，还一边把翻滚着的豆浆舀在柳木勺里，扬起老高，又往豆浆锅里倾，"哗啦啦""哗啦啦"，眼睁眼望的，稀汤寡水的热豆浆迅速凝结，形成一块一块棉纱一般的块状物。这可是豆腐脑儿和豆腐的雏形物。娘亲手握柳木勺，稳准而迅速地打捞那些凝结起来的豆腐絮，一些盛在一只小盒子里，让其自然地化成豆腐脑；一些盛在一个方形的木范里，用一块新鲜的白布包了，不断地挤压，最后重压成一块完整的豆腐。

热的豆浆有了，热的豆腐脑有了，热的豆腐也有了……娘亲还用灶房里的油盐醋和辣椒面儿，配制了吃用这些豆制食品的料汁儿。准备好了这一切，豆菊芳就和女儿任喜过端着捧着，再次走出家门，向渭河南岸的养猪场里去了。

第二十二章

这里原来只是谷寡婆村的养猪场，大哥谷劳劳受了生产队的指派，就在这里做饲养员。那时候，谷劳劳不能有自己的主张，生产队决定怎么养，他就规规矩矩地怎么养。于是，养猪场办了许多年，到头来还只是个单纯的养猪场。现在，谷劳劳承包了这片养猪场，没有别人来给他指手画脚，他就能按照自己的思路来弄了。

从渭河季节性的小木桥上颤悠悠地走过河，再爬一道堤坡，就能看见一片茂密的柳树林，大哥谷劳劳改造过的养猪场就在柳树林的那一边。任喜过的眼儿亮，还没走出柳树林，就已看见刷在养猪场墙外一个木牌上的红漆大字，可是十分醒目哩：

良种猪饲养繁育基地

好啊！任喜过头一次到大哥的养猪场里来，看见围墙上的大字，便不由自主地在心里为大哥谷劳劳叫好了。什么养猪场，嗨，那可是太落伍了，一切为了科学，一切都要科学，养猪也不能例外的，是应该科学养猪了。大哥的良种猪饲养和繁育，不就是科学养猪的一种具体表现吗！

大锅饭，把人都吃瘦了。

大锅养猪呢？自然是没法科学的，更自然的是，没法养出肉质鲜美的大肥猪来。今与昔，任喜过不能说知道得有多全面，但她还是耳闻目睹了一些。仅此，也是够她对她的大哥谷劳劳感到敬佩了。

谷寡婆村在渭河的一个大转弯处，昔日的情况是，丰水季节，发一次大洪，河水直扑北岸的河堤，堤溃之时，便是渭河北移的时候。历史上，渭河北堤发生了多少次溃堤事故？没人认真统计。但一次一次的溃堤，在渭河南岸留下一片不大不小的空地。那些泥沙淤积形成的田地，土质可是不错哩，只要上饱了粪土，就真是个取之不尽的米面瓦缸。然而谷寡婆村人都住在北岸的村子里，要把村子里的粪土送到河的南岸，是件费力伤神却还几乎无法做到的事。渭河的水是肥是瘦，都一点儿面子都不给，很是坚决地隔离了两岸土地的联系。一九六九年，全国农业学大寨，号召养猪，要求"一人一猪，一亩一猪"，谷寡婆村召开动员大会，大家集思广益，想出了个一举两得的好办法——在渭河南边的飞地里盖一个养猪场，一来响应了号召，把猪养起来了；二来养猪积肥，正好就近施肥种飞地。养猪场初建起来时，选出的饲养员都是根正苗红的人，可人家既然根正苗红，又哪里受得了养猪场工作的辛苦与养猪场的恶臭？没有多长时间，这里便换了五六茬人。走马灯似的换着人，却换不了人的心，换来的人，谁都没在猪身上操心。这可苦了圈里猪，骨瘦毛长，养了一年长不出十来斤肉。后来，出身右派家庭的谷劳劳被指派到渭河南岸的养猪场里来了，初中毕业的他，对于命运的安排，是逆来顺受的。他不敢反抗，也不能反抗。因此，便心无旁骛地服侍着养猪场的猪儿们。

　　长久地服侍着养猪场里的猪，倒让谷劳劳对那些吃了睡、睡了吃的猪产生了兴趣和感情。在阳光很好的时候，他会蹲下身子，在猪的身上捉虱子、挠痒痒……他看到猪舒服享受的样子，自己会开心地笑起来。午饭后和晚饭后的空闲时间里，他就手捧着上级配发给养猪场的普及性养猪读物读。他读了一本又一本，读得没有可读的读物时，他的手还闲不下来，眼也闭不下来，就拜了绛帐镇的公社畜牧服务站的兽医师为老师，从他们那儿借来这样那样的牲畜饲养与繁殖等方面的书籍来认真研读。他一边研读，一边实践，时间一长，他就真的成了一名既有理论知识，又有实践经验的牲畜饲养和繁殖的土专家了。

　　土专家谷劳劳，承包下渭河南岸的飞地及养猪场，便自作主张地把养猪场改造成为现在的良种猪饲养繁育基地了。

　　和娘家妈豆菊芳端着捧着特制的豆制食品，任喜过来到渭河南岸头一眼所见的，就是养猪场的名称。任喜过相信，"良种猪饲养繁育基地"的红漆字牌，是大哥谷劳劳承包了养猪场后自己制作的，上面的字也是大哥自己写的呢。大哥大概是要把钱用在刀刃上吧，就没对生产队时期的养猪场做大的改造，土墙土舍，依然低矮简陋。便是土墙上用白灰刷写的"抓纲治国，再学大寨"的大字标语，还依稀看得见。因为端着豆制的食品，任喜过和娘家妈豆菊芳走路就走得特别小心，娘儿俩小心地穿过护堤的柳树林，慢慢地走近大哥谷劳劳承包的良种猪饲养繁育基地，就听到猪儿们的"哼哼"声从隐隐约约渐渐变得大声起来。再走近些，她们还从雄壮的猪的喧叫声里，听出了羊儿的"咩咩"叫声，悠长动听。任喜过心想，大哥莫不是增加了良种猪饲养繁育基地的项目？

还别说，任喜过想对了。

大哥谷劳劳的确是在良种猪的饲养和繁育的基础上，开始了良种羊的饲养和繁育。这几乎由不得谷劳劳自己，是周边十里的乡村的百姓逼得他进行这一新项目的拓展的。守着同一条渭河，河两岸的野草蓬蓬勃勃，是喂猪养羊用之不竭的饲料。庄户人家流传下来的习惯，使喂猪成了一种自然，养羊可不也是一种自然？谷劳劳苦心钻研良种猪的饲养和繁育，成功引进了德国的巴克夏种猪，以及加拿大的白毛精肉猪。这些良种猪的引进，使大哥谷劳劳承包的养猪场里猪的种群发生了根本性改变，他这里的猪苗，无一例外都是良种猪，生长快，出栏率高。特别关键的是，城里人食用猪肉的习惯在变化，过去是肥了好，而且是越肥越好；现在是瘦了好，瘦到一层薄薄的猪皮下，全都是筋筋道道的瘦肉更好。谷劳劳的良种猪，便都是这样的瘦猪肉，这恰到好处地迎合了城市人的消费观念，生猪出栏后的经济价值自然就高，获得的利润自然也就更为可观。

乡亲们冲着谷劳劳的良种猪而来，掏了钱，买他的猪苗子，拉了母猪来，与他的良种猪交配。

大家来到谷劳劳的良种猪饲养繁育基地，七嘴八舌地议论着，议论说咱渭河边咋就没人掏腾良种羊呢？渭河两岸有多少只奶羊和绵羊啊，可也需要良种羊来改造的。

说者无心，听者有意。大哥谷劳劳想他是有这个责任的，他应该满足乡亲们的需求，于是，就又引进了荷兰的莎能奶羊和澳大利亚的长毛绵羊。

端着豆制食品的任喜过，和她娘亲豆菊芳刚踏进谷劳劳的良种猪饲养繁育基地的白茬子栅栏门，猛然撞进她眼帘的场面，就使她的俏脸儿腾地羞红了起来。但见养猪场迎门的一块不算很大的空地上，围着七八个庄稼人。他们黑袄黑裤子，黑压压聚在一起，或是仰着头，或是弯着腰，都聚精会神地盯着空地中央。从他们的缝隙里看进去，可以看到被他们围起来的圈子正中央，有一头凶悍的大角猪，正要跟一头温驯的大牙猪交配。大牙猪四蹄粗壮，稳稳地撑开，显得特别期待。它轻轻地扇动着两只招风耳朵，回头来瞅努力与它交配的大角猪。它是快乐的。趴在牙猪背上的大角猪，一定是受了牙猪的鼓励，扬着它长而大的嘴巴，与牙猪呼应着。戴着眼镜的大哥谷劳劳，拱腰站在猪的旁边，看见机会到了，便伸手到牙猪的水门前，逮住角猪蚯蚓似的猪鞭，引导和扶助两头猪交配……角猪嘴角流出又黏又稠的白沫儿，糊了牙猪一脊梁，又一直挂到脚地上。它显得十分强悍，两只后蹄分开在两侧撑着，油黑发亮的身躯，有节奏地晃动着，嘴巴里发出猪儿们听得懂的欢呼声。

太突然了，任喜过丝毫没有思想准备。

任喜过生长在农村，但这样的场合，她是从来不去的，就是偶尔碰上了，也要红了脸跑开的。今天，她和娘亲豆菊芳到大哥谷劳劳的良种猪饲养繁育基地，迎门即遇上这个令人尴尬而害羞的场面，她是想躲开的，但没能躲开。她随在娘亲的身侧，脸面霎时红成了灯笼罐儿，热辣辣的。她急忙把头拧到一边，一眼也不敢往那地方看了。这时，她才看见旁边拴着的种公羊，高大威猛。离着种公羊不远的地方，又还有远近庄稼人牵来的大奶羊，等待着与大哥谷劳劳饲养的良种羊交配呢。

"喜过！喜过！"

两声亲热的招呼传来，任喜过听出来了，是云小兰。她才转过脸，云小兰却已紧跑了两步，站在了她的面前。

"骚怪"谷中秋为什么惧怕云小兰，而大哥谷劳劳为什么单身未娶，任喜过如今是心知肚明的了。她知道"骚怪"的单相思是可笑的，而大哥谷劳劳爱着云小兰，云小兰也爱着大哥谷劳劳，又是多么可贵而感动人啊！眼前，他俩要幸福地结合，可能还有一些困难，但什么困难能阻止他们相爱呢？任喜过坚定地以为，有情人终究会成为眷属的。大哥谷劳劳的良种猪饲养繁育基地被停了电，女婿谷梦梦、公公谷正芳放下自己的事，过河来给大哥帮忙，那是天经地义的，自己和娘家妈不在家里享清福，来这里帮忙，那也是合情合理的……云小兰却也过河来给大哥谷劳劳帮忙，就不能说天经地义，也不能说合情合理，只能说是出于两情相悦的自觉自愿了。这就能解释任喜过见到云小兰时的感觉了，有一些意外，但又觉得十分正常。大哥谷劳劳遇到暂时的困难，人手拉不过来，爱着他的云小兰岂会袖手旁观而不来帮他一把呢！

站在任喜过面前的云小兰，刚才是在帮助大哥谷劳劳给猪食槽里添食的。她一手提着一桶猪食，另一只手里握着一把大木勺，挨着一个个猪圈往前走。云小兰个头不高，她提的猪食桶就显得既大又沉，所以她每挪动一步，都要稍稍地分开双腿，吃力地晃动胳膊，这样才能使猪食桶甩开来，向前移动一些。她纤细的腰上，扎着一条白布围裙。她太喜欢干净了，白布围裙上看不见一点污渍。但是天气热了，她的负累又那么重，这让她白皙的脸面上，很自然地浸出粒粒晶莹的汗珠，丰富着她饱满的额头和挺耸的鼻梁。不要说别的什么人看她，就是任喜过看了她，也为她怦然心动呢！她正忙着给猪圈里的猪喂食，猛然看见任喜过和她娘家妈豆菊芳来了，便就像见了自己的亲姐妹和亲妈妈一样，兴奋地呼叫着任喜过的名字，"扑通"一声把大木勺往猪食桶里一扔，再"咚"地把猪食桶墩在地上，就向任喜过和她娘家妈豆菊芳快步赶来了。

任喜过对赶到她面前的云小兰说："你也来了？"

云小兰没应任喜过的话，扭头看着任喜过的娘家妈豆菊芳，说："你是大姨吧？大姨好！"

娘家妈豆菊芳头一回见云小兰，对她是不熟悉的，却也被她的热情感动着，对她不停地点着头，同时又偏过头来，去看女儿任喜过。而任喜过这时想的是：什么"神经客"？那不就是对云小兰的污蔑和歧视吗！云小兰一点都不"神经",她有她的追求！她有她的爱憎！一个人只有无法实现自己的理想，无法获得自己的所爱，才可能犯别人所说的"神经"。而一旦她能依据自己的好恶，实现自己的理想，她才不会是"神经客"呢！她该是勇敢的战士，她该是救赎自己的英雄。

任喜过热辣辣地叫了云小兰一声："嫂子！你也来了。"

云小兰高兴地，也大方地说："你哥这里缺人手，我能不来吗？我还说，你要来了呢。结果，你真的来了哩。"

任喜过手里捧着一大瓦罐豆腐脑，她捧的时间久了，捧得两手有点累。云小兰敏锐地发现了，她伸了手去接，差不多都要碰着盛豆腐脑的瓦罐儿了，却又紧忙缩回手。爱干净的云小兰，知道她刚才喂食猪儿们时，手里是提着猪食桶，拿着大木勺的。她不洗手，是不好去接任喜过手里捧着的豆腐脑瓦罐儿的。于是，她在前头带着路，领着手捧豆制食品的任喜过和她娘家妈豆菊芳，往养猪场中间的那座简易土坯房走了去。

云小兰的鼻子可是尖哩，她在前头走，还要回头和任喜过以及她娘家妈豆菊芳说话。她问："是豆腐脑吧？"

云小兰准确地报出豆腐脑后，还没等任喜过和她娘家妈豆菊芳回答，就自己跟着又说了："还有些北豆腐和豆浆吧。"

她说得真是内行哩，所谓北豆腐，是用渭北高原上的一种做法做出来的豆腐，而做北豆腐也正是任喜过娘家妈豆菊芳的拿手戏。她做的北豆腐最为独特了：点卤用的是石膏粉，化在水里，配合着一点儿老油根来点。这样点出来的北豆腐，其特点是硬度大、韧性强，含水量较低，味道微甜，蛋白质最为丰富。这样的北豆腐，煎也行，炸也行，炒就更合适了。任喜过的娘家妈豆菊芳在麦禾营村为集体磨豆腐时，村里来过几个知青，其中一个，把她磨的北豆腐捎回城里的家，偏偏遇着个爱较真的家长，切了一点儿北豆腐到他工作的实验室做了化验。让家长喜出望外的是，任喜过娘家妈豆菊芳做的豆腐，比起普通豆腐，镁和钙的含量似乎更高一些，这更能帮助人们降低血压和血管的紧张度，预防心血管疾病的发生，还有强健骨骼和牙齿的作用。消息传回麦禾营村，大家不懂这些细微的化学分析，却也高兴豆菊芳的北豆腐磨得好，就喜笑颜开，说他们可不管什么镁含量、钙含量，他们就觉得北豆腐爽滑有嚼头，他们爱吃。

任喜过的娘家妈磨得了北豆腐，自然也磨得了南豆腐，也就是通常意义上的嫩豆腐。娘家妈豆菊芳点嫩豆腐所用材料也是石膏粉，别人怎么点卤任喜过不知道，她是看着她娘亲把生石膏塞在火中焙烤了的。焙烤的火候，是点南豆腐的关键，而豆菊芳没有仪器可以依赖，凭的就是眼力——她看着好了，把石膏从火里取出来，一点儿差池都没有。豆菊芳这样做出来的南豆腐质地细嫩，富有弹性，含水量很大，味道是香甜的，更是鲜美的。

尖鼻子的云小兰那么一夸，任喜过的娘家妈就高兴了，说："一会儿有吃有喝，吃个够，管饱。"

云小兰不好意思地说："我还就馋个豆腐、豆腐脑和豆浆哩。"

说话间就到了谷劳劳养猪场的三间偏厦前。这三间偏厦是低矮简陋的，当年修建时，生产队就不曾当作啥主要建筑来修，如今，一二十年过去了，风霜雨雪的，房子就更显得寒碜破败了。从屋脊上的盖瓦、山墙上的泥皮，一直到门窗上的油漆来看，谷劳劳前不久是做了修补的，可这也不能使偏厦焕然一新。三间偏厦，一字儿挑开，一间堆放猪的饲料，一间做了灶房，剩下的一间则做了任劳劳住宿的房子。

作为灶房的这一间偏厦，屋子里锅是锅，案是案，水缸是水缸，碗碟是碗碟……一切都干净整洁，这让捧着豆制食品的任喜过不禁欢喜起来，觉得大哥谷劳劳真是不容易哩。他孤身在渭河南边的良种猪饲养繁育基地里，又要照顾那百余头的良种猪，又要照顾他自己的一日三餐，也太难为他了。而他还把自己生活的场地，收拾得如此好，不是热爱生活、懂得生活的男人，是万万做不到的。任喜过见识过一些单身男人，不敢说他们懒散无趣，家里脏乱得像猪窝一样，却也差不多就是那个样呢。大哥谷劳劳却不是，这让任喜过既感动，又同情着他，希望他能很快成个家，过上他该有的幸福的家庭生活。

任喜过这么想着时，偏脸把在灶房里端了盆水洗手的云小兰看了一眼。

爱干净的云小兰，虽然洗着手，却把任喜过投向她的眼光捕捉到了。她的脸红了，红得像是一页着了火的纸。

云小兰说："你别那么看人好吗？"

任喜过说："那我怎么看你好呢？"

云小兰洗净了手，端着水盆出了灶房，把水倒在灶房门前的一棵大柳树下，没再进灶房，而是放下水盆，站在大柳树下，招手让任喜过出去。任喜过看她神神秘秘的样子，心里好笑，就什么都不想地出了灶房门，走到云小兰的身边，看她有什么话说。可是，云小兰啥话都没说，等任喜过走近了，就拉起她的手进了谷劳劳储放猪饲料的那间偏厦，给她说，百十来头的张口货，一天要吃掉多少饲料啊！储放猪饲料的偏厦里，啥时候都该满满当当的，你看现在剩下多点儿了！再不来电，你大哥还不把猪的嘴扎起来，不给猪吃了呢。云小兰说这些话时，一脸的焦急和担心。任喜过安慰她，说车到山前必有路，从来就没有过不了的火焰山，只要咱们都来帮助大哥，就绝不会把猪嘴扎起来，不让猪吃食，不让猪哼哼。任喜过的话，对焦急担心的云小兰的安慰不小，她跷起大拇指，把任喜过夸了夸，就又拉着任喜过的手，去了谷劳劳住的偏厦里。

天壤之别！

任喜过站在大哥谷劳劳住的偏厦门口，大大地怀疑起自己的眼睛来了。她不相信这会是大哥栖身的地方——这里与一墙之隔的灶房比起来，她脑子跳出来的那个词儿，就只能是"天壤之别"了。灶房的整洁是惊人的，住的屋子却是脏乱得惊人。

任喜过睁大了眼睛，她有一个强烈的感觉，没有女人的家室，就不能成为家。

不是很大的偏厦里，人就找不到插脚的地方。屋顶是用报纸糊的，黑麻麻的，悬吊着一串串的尘网。土炕上，被子褥子胡乱地卷着，堆在一边，而在另一边，摞着高高低低一些简装和精装的书，几乎占去了小半截炕。任喜过一眼瞥过，全是《畜牧学》《猪的饲养》《奶羊的繁育和饲养》之类，炕前边的桌子上，是摊开的书、本子、报纸，吃毕了没洗的碗，一根筷子撂在碗沿上，另一根则掉在脚地上。洗脸盆放在了桌前的板凳上，毛巾还泡在洗脸水里。桌子的顶头、靠着窗子的是一个自制的木架子，堆着盆盆子、包包子、罐罐子等——看样子都是医治病猪、羊的药品，在木架子上塞得满满的，都快往下掉了。布鞋、胶鞋、塑料鞋，东一只、西一只，散乱地扔着，不能成双，不能成对。换下来的衣服，随意地丢在一个老式银柜的盖子上，和不知装过什么的布口袋及破麻袋搅和在了一起。本来应该放在柜盖上的暖水瓶，却蹾在了地上，没有塞壶塞，半壶的水都冰冰凉了。脚地似乎从来没被笤帚扫过，废纸、烟蒂、泥星，什么都有，乱七八糟的，要多乱有多乱，要多脏有多脏。

这是咋过的嘛！任喜过的心里不由生出一股难以言表的酸楚来。

云小兰捕捉着任喜过的变化。她看出了任喜过心里的酸楚，便在任喜过的面前莞尔一笑，问："灶房还整洁吧？"

任喜过点头。

云小兰说："那是我刚收拾过的。"

任喜过拿眼去看云小兰。

云小兰脸上的红色褪下去了。她说："我还说腾出手来，就收拾你大哥的住房哩。"

任喜过听云小兰说话，虽然还有着两家人的那么一种生分，但仔细揣摩，又不难听出，云小兰已完全把她当成自家人来对待了。这叫任喜过喜不自胜！她进而深想，说云小兰是"神经客"的人，他们才是真正的"神经客"呢。云小兰有情有义，她爱大哥谷劳劳，爱得踏实大方，爱得甘愿受人辱骂，这样的女人，可是女人中的女人，她的心是大美的，她的人是可爱的。

任喜过心里感动着，一声热辣辣的称呼，也从她的嘴里涌出："嫂子，好嫂子哩！"

好嫂子云小兰就轻轻地应了任喜过一声："哎！"

那轻轻地一声"哎"还没落音，云小兰就又麻利地收拾起谷劳劳的住房了。任喜过自然不能旁观，她给云小兰搭着手，两个人两双手，收拾一间不大的房子就快多了。不一会儿，原来让人看不下去的房子里就有眉有眼了。

一切东西，都放到应该归置的地方了。屋顶上烟熏火燎的黑虽不能改变，但悬吊的尘网都扫掉了，显出了房顶的高度。脚地上的纸团、烟把儿和泥星儿，扫出了房子，地面也就显得宽敞了。云小兰去拾掇土炕上的被褥和书籍，任喜过就把乱堆的脏衣服泡进了洗脸盆里，然后又去收拾踢腾得没法配对的布鞋、胶鞋和塑料鞋，鞋面上沾了泥土的，就把泥土刷干净，让它们一双一双地又都配成了对儿……谷劳劳什么时候站在偏厦门口的，任喜过不知道，云小兰也没注意。她俩收拾他的屋子，收拾得太认真、太仔细了，到她俩睁着眼睛，巡视干净整洁起来的房子，觉得里边再没可收拾的地方和东西时，她俩这才会心地笑了，轻轻地舒了一口气，同时觉得肚子也饿了。

拧过身来，任喜过和云小兰往房门外走，她俩看见了站在门口的谷劳劳，他的眼睛里有种水一样的东西在涌动。任喜过看见了，把云小兰往前推了一步。

任喜过热情地说："大哥……"

可是大哥谷劳劳截住了她的话头，说："喜过，你也来了。"

任喜过不受大哥谷劳劳干扰，又推了云小兰一下，把她推得差点儿撞上了大哥。任喜过说："都是嫂子给你收拾的哩。"

在灶房动着烟火的娘家妈豆菊芳，把豆浆和豆腐脑又热了一遍，还把北豆腐煎了、炸了，弄了好几样菜……灶房门口，有用几块渭河石支起的一块水泥预制板，任喜过和云小兰把预制板擦洗干净，然后进出厨房，一样一样地端出任喜过娘家妈做出来的豆腐菜，并且招呼忙了半天的公公谷正芳和女婿谷梦梦回到灶房门口，洗手入座，来分享娘家妈豆菊芳拿手的豆腐菜了。

大哥谷劳劳和云小兰，因为任喜过的举动，一时都有些不好意思。云小兰配合任喜过安排好水泥预制板上的豆腐菜，又不好意思地退在一边，脸红红地僵着，拿眼去看大哥谷劳劳。任喜过发现了，就又过去推着云小兰，把她从大哥的身边推到灶房门口的水泥预制板前，按坐在一块光溜溜的大石头上，接着喊叫起她的大哥谷劳劳了。

任喜过说："大哥，你洗洗手过来，我妈做的豆腐菜可是一绝哩！这几天停电，把大家都紧张着了，多吃些豆腐菜，可是提精神呢！"

任喜过的娘家妈豆菊芳还要在灶上热蒸馍，其他人齐齐地围坐在了水泥预制板周边，任喜过抓了一把筷子，分给坐在一起的公公谷正芳、大哥谷劳劳、女婿谷梦梦和她已经亲亲热热叫了"嫂子"的云小兰。任喜过发现公公谷正芳和女婿谷梦梦洗了的手依然绿得像染了彩似的，就笑着问了。

　　任喜过问女婿谷梦梦："梦梦，你把手洗干净了吗？咋还这么绿？"

　　谷梦梦看看他的手，说："整天剁猪草，别说手染绿了，就是脸，怕也绿了呢。"

　　话从染绿了的手说起，很快就说到谷大楼和"骚怪"谷中秋身上了。公公谷正芳唉声叹气，说："这人是怎么了？笑人家穷，又恨人家富。改革开放，咱家过了几天舒心日子，就被人盯上了。以前我戴着'帽子'，是被批判的对象，咱谷寡婆村人批斗我，也都是掌握着分寸的——迫于形势，他们组织会议批判我，批判得清汤寡水，可是给我把面子给大了。我把'帽子'脱了，公家给我补发了一些钱，劳劳承包下养猪场，又挣下了些钱，咱们家倒遭上罪了，好像咱家亏着谁似的。你说谷大楼，他哥谷大房当着村里的支书和村主任，把电闸的钥匙给了他，他是该给村里人服务的，可他把这当成了害人的权力，动不动就拉人家的电闸，给人家脸色看，他这还给他哥谷大房面子吗？"

　　公公谷正芳叹了一口气，说："都是来咱家借钱咱没给人家借惹的祸么。"

　　任喜过听了气不顺，说："那咱不会给他哥谷大房说去？"

　　公公谷正芳说："说……说了也只怕是白说呢。他们是兄弟呀，说不定拉咱电闸就还是谷大房拿的主意哩！"

　　香香地吃着豆腐菜的云小兰停下了嘴里的咀嚼，她抬眼望着渭河北岸的谷寡婆村，眼里像有要燃烧一切的火在喷射！

第二十三章

设宴容易请客难……九先生经过半天紧张的筹备，一桌丰富的宴席便弄了出来。肉是去绛帐火车站割回来的五花肉，一半燣了做肉臊子，一半上笼做了蒸碗子；酒是西府凤翔的红西凤酒、商洛丹凤的白葡萄酒，全是整瓶精装的；还有任喜过的娘家妈豆菊芳做的北豆腐。各样菜红是红，白是白，青是青，黄是黄，七碟八碗的，可是热闹呢！但到酒瓶上的盖子拧开，把酒满满地斟到桌上的细瓷酒杯里时，却突然有人传话进来，九先生谷正芳要请的客人谷大房来不了了。

传话给九先生谷正芳的是他的二娃谷梦梦。

谷梦梦是九先生谷正芳派去隔壁请谷大房的。昨日，九先生谷正芳专意请了村支书兼村主任谷大房，说他有瓶好酒，自己喝糟蹋了，要谷大房来，他们哥们儿一块儿喝，才有滋味哩。九先生谷正芳没给谷大房说喝酒的用意，他知道说明了，人家会拒绝入席哩，因此，他就把目的压着没说，想着等谷大房来喝酒，几杯热烫烫的烧酒下了肚子，再说出来也是不迟的，解决起问题来也方便一些。谷大房很痛快地答应了，也没问九先生谷正芳请他喝酒的用意。九先生谷正芳设好了宴，让谷梦梦去谷大房家请他，他却不在，问他家里的人，也说不清他到哪儿去了。

说不清谷大房到哪儿去了的人，是他老伴白拴蛾。

白拴蛾对来请谷大房的谷梦梦爱搭不理，并且捎话带信说："天下没有好吃的宴席，你家没事，能请我家喝酒吗？我家人的嘴贱，可是吃不起你家的酒哩。停电……电工拉了你家猪厂的电闸，你家找电工喝酒去。我给你家的人说，你家的人还不要不高兴，现在的事不好办咯！这阵儿的村支书和村主任就是应个名儿而已，都是光架架，和生产队那时比不成了。一不能随便取消谁家承包的什么，二没有工分给谁。我家谷大房的手里，现在只捏着自己的手指头，有什么办法呢？我可不想让谁把我家谷大房手指头掰了去，手指连着心哩，我家谷大房肉疼，我是心里疼呢。去吧，找电工去，电工上的事如今都由镇上统管着哩。谷大楼把他大哥当哥时，他大哥谷大房说话他听着哩，不把他哥当哥了，他哥说的话就像放屁一样。这号事，谁弄的找谁最有用，我家谷大房不好出面，他给谷大楼说了，谷大楼一口咬定是技术问题，谁能把谷大楼咋？可别把没有的事，弄成粪堆上狗拉屎，屎（事）上撂屎（事），那就太不划算了……忍忍吧，多找找大楼，两句好话当钱使哩。"

一大堆的话，全都装在谷梦梦的肚子里，他不能给老爹九先生都说出来，就只说了句："我看，咱把酒菜都摆上了，没人来吃，咱自己享用算了。"

九先生谷正芳两眼瞪着谷梦梦，说："小心酒菜烧了你娃的肠子。"

老爹九先生的语气不好，二娃谷梦梦却还要说他："咱要请人，人家躲了么。"

九先生谷正芳自知这事不能怪他二娃谷梦梦，但他心里不好受，丧气着，又着急渭河南岸大娃养猪场里的停电问题，一时不能解忧，便闷着头，取下他的二胡，很是沉闷地拉扯着，拉得一点儿调调都没有，扯得一点儿样样都不见……正没心没绪地拉扯着，"骚怪"谷中秋从头门口进来了，他踩着谷正芳的二胡声，顺着墙根子往谷正芳的跟前溜。

九先生谷正芳还沉浸在痛苦中，没注意溜进门的"骚怪"。"骚怪"溜到谷正芳跟前了，也不管谷正芳正痛苦地拉扯着二胡，站了一小会儿，就揶揄起谷正芳来了。他说："兴致不错啊！"

听到"骚怪"的揶揄，谷正芳抬起头来，茫然地看着他，竟然有种不知今夕是何夕的感觉。

"骚怪"看到谷正芳的神情，用刚才揶揄谷正芳时的口气，接着说："好酒好菜的，没人来吃吧？好了，我们来了，我们吃。"

"骚怪"怪声怪气说着时，还不忘回头往后看，招呼着门外的一个人："往进走哇。人家好心好意地设宴摆席，还不是因为你？"

被"骚怪"招呼的人进门来了。嗨，正是拉了养猪场电闸的电工谷大楼。谷梦梦看见他，一脸的鄙视与不屑。可是他老爹九先生，却像溺水的人抓住了一撮蓑草，立刻把他刚才给二娃谷梦梦置气的黑脸藏起来，热情地招呼"骚怪"和谷大楼了。

九先生谷正芳急煎煎地朝"骚怪"和谷大楼跑了过去，拉着他俩的胳膊就往上房摆开的席桌上走，嘴里一个劲儿地说："正说要找你们兄弟们哩。好，好，都来了好。"

九先生谷正芳对这两个绝非善茬的东西挤出一脸的笑，招呼他俩好吃好喝，原因只有一个，就是操心大娃谷劳劳在渭河南岸养的百十来头良种猪。断电的这些天，他们全家人齐上阵，加上任喜过的娘家妈和隔壁的云小兰，却怎么在养猪场里忙，都不能满足那百十头张口货的胃口。他没与大娃谷劳劳商量，就让谷梦梦去绛帐火车站割肉买酒，请村支书兼村主任谷大房喝酒，就是看着养猪场的良种猪就要断顿了，他想用好酒好菜，香了谷大房的嘴，求谷大房给谷大楼发话，给养猪场供上电，使养猪场的草料粉碎机转起来，全是张口货的良种猪就不愁没吃没喝了。

电……看不见，不敢摸的一个电，把无辜的九先生谷正芳实实在在地伤着了。

又不是公家的电网上没有电！如今，公家还怕哪里没通上电，正想着办法，要"村村通电，户户通电"哩。而且，现在各家种各家的地，各家过各家的日子，席包里装满了麦子和玉米，张开口袋，装多装少无所谓，随便拉着走，拉到哪家电磨坊里，磨了面给人吃，剩下的麸皮喂猪喂羊，一点儿麻达都没有。但这到了九先生谷正芳这里，却成了一道跃不过去的坎。他知道病害在哪里，打发谷劳劳去请谷大房的时候，自己怀里是揣了三千块钱的，谷大房要再提说钱的话，他会立即拿出来借给他的。可是谷梦梦没见着谷大房，只见谷大房的婆娘像是一只把门的母老虎，一只手拿着鞋底子，一只手拽着线绳儿，靠在她家门框上，说她当家的不在，还把他数落了一顿。

谷大楼能当上电工，还不是借的他哥谷大房的势。

谷大房的婆娘白拴蛾数说谷梦梦时还说了一句话,她说:"谷大楼是电工哩,你家名义上请我家的谷大房,其实是请电工谷大楼呢,这我知道,不知哪儿的酒腥味,把他早就牵着去了。"应该承认,谷大房的婆娘白拴蛾说的话有一定的道理:电工承揽了偌大一个村子所有用电的事,谁家又能离开他?因而,请吃请喝的事,对他来说,就是普通而常见的。谷梦梦请不动谷大房,九先生谷正芳训斥他,是想着让他去请谷大楼的。如果谷梦梦不去,九先生都想好了,拉下老脸自己去请。这下倒好,谷大房没有来,谷大房的弟弟谷大楼却未请自来了,这让刚才还很憋气的九先生谷正芳既感到莫名其妙,又觉得喜出望外,感觉整件事像谜一样。

"坐,坐坐。"

让九先生谷正芳莫名其妙,又喜出望外的谜底,在他把"骚怪"和谷大楼安顿在酒桌上,让着他俩喝了三杯酒后,由"骚怪"自己说出来了。

"骚怪"谷中秋说:"听说你亲家母豆菊芳的北豆腐做得可是一绝?"

九先生谷正芳说:"刚磨了。是小磨磨的呢,一会儿煎、炸、炒,有你们享的口福哩。"

"骚怪"说:"可不是么,我就把大楼兄弟硬拽来了。"

九先生谷正芳好酒好菜讨好着谷大楼和"骚怪"的时候,却不知道,大娃谷劳劳养猪场因为停电造成的困难,已经得到了初步的解决。养猪场持续多日的停电,谷寡婆村的人差不多都知道了。可以肯定的是,有人知道了会幸灾乐祸,这从那些人的问候里是听得出来的。他们说了——常常是当着九先生谷正芳的家里人说的,当着谷正芳也说了好几次——"停电?为什么停电?"不等九先生谷正芳的家里人或者九先生谷正芳回答,旁边就一定有人抢着回答:"哪有那么多为什么?停电就停电了咯!歇一歇,全当给忙人放假哩。"这种双簧式的问与答,不是幸灾乐祸是什么?九先生谷正芳和他的家里人,遇到了这样的人,听到了这些话,心里就只会酸苦咸辣,牙根儿打战战,腿肚子摇晃晃,却不能怎么样,连看人家半眼都不能,只有咬碎了牙往腔子里咽。村西头的惠杏爱也听说了谷劳劳的养猪停电的事,但她与他人的感受是不一样的,她为谷劳劳的良种猪饲养繁育基地的停电困难操心焦急了。

为陈增强所在的建筑队拉运沙石，惠杏爱可是最上心了。她让大兄弟谷门墩在渭河滩筛选沙石，建筑工地要什么规格的，她就毫不马虎地让谷门墩筛选什么规格的，然后，她开着小四轮拖拉机，一趟趟地把沙石拉到建筑工地上去。

惠杏爱守信誉，重质量，从陈增强所在的建筑工程队做起，迅速地将生意扩大到了相邻的几个工地上。她和她的小四轮拖拉机仿佛是一种令人信赖的品牌，大家口口相传，使她迅速成为沙石市场的一个标志性人物而受到了尊重。

惠杏爱太忙了，忙得恨不能把一天分成三日过。可她听说了任喜过大哥养猪场的事，就把她做得风生水起的沙石生意停了下来，开着小四轮拖拉机去了渭河南，以小四轮拖拉机上的柴油发动机为动力，驱动了养猪场的饲料粉碎机，为百十来头几乎断顿的良种猪粉碎着糠粉和食料。

当时，任喜过就在大哥谷劳劳的养猪场里。她为惠杏爱开着小四轮拖拉机来帮忙，感到特别激动，说："我可是要替我大哥感谢你哩！"

惠杏爱说："感谢的话咱不说了。谁都有个要人帮的事，你家里帮我的时候，我感谢了吗？"

任喜过说："你感谢了。"

惠杏爱用话堵着任喜过的嘴，说："好了好了。你谢我，我谢你的话就不说了。咱们抓紧时间，给张口货的猪们多粉碎一些糠和料，大嘴猪是最不扛饿的，肚子空一点儿，就哼哼哼哼抗议哩。"

惠杏爱说得不错，偌大的一片养猪场，正有饿着肚子的猪儿们一阵紧似一阵地哼哼乱叫呢！但是，带动粉碎机粉碎糠料的小四轮拖拉机的吼叫声，比起猪儿的哼哼声要大得多，完全把猪儿们的哼哼声掩盖起来了。

在家里设宴摆酒讨好谷大楼和"骚怪"谷中秋的九先生谷正芳却不知道，为了养猪场停电的事，村支书兼村主任谷大房的家里，几天了，竟和养猪场一样，一点都不太平。

首先挑起事端的，是寡居在家的大娃媳妇云小兰。

村支书兼村主任谷大房,心头没法好的那块伤疤就是他大娃谷天亮了。他利用手里的权力,好不容易为大娃弄了个做副业工的机会,本指望大娃抓住机会,来个农转非,吃上公家粮,月月有钱领,旱涝保收,大娃再把钱交给他,他花起来也方便。但人算不如天算,大娃谷天亮还只是个副业工,还没能实现农转非的理想目标,就遭遇事故,丢了性命,留下媳妇云小兰,孤苦伶仃地生活在家里。长此以往,终归不是个事呢!云小兰想改嫁,谷大房也同意她改嫁。可她谁不能嫁,偏偏要嫁隔壁的谷劳劳。谷劳劳他爹是什么?是被人民监督着进行改造的右派分子!你改嫁他们家,那不是自己往火坑里跳吗?谷大房没同意云小兰嫁谷劳劳,他想让云小兰改嫁"骚怪"谷中秋。"骚怪"在别人眼里可能不是个啥好东西,但在他谷大房的眼睛里,却是个少不了的角色。在村里当干部,没有两个戳撑的人是不行的。什么是戳撑的人?也就是人们常说的打手,或者说狗腿子。村里的工作不好做,做不动时,有那么两个戳撑的人就要好一些。谷大房自以为他有两个戳撑的人,一个是他的亲兄弟谷大楼,一个就是"骚怪"谷中秋。谷寡婆村的庄稼汉背地里骂这俩人,说他俩是谷大房的"棍子"。对此,谷大房心知肚明。谷大楼和"骚怪"也心知肚明,但他俩不以做"棍子"为耻,相反还以此为荣,忠实地做着谷大房的"棍子",让谷大房使唤起来得心应手。就因为有这一层关系,谷大房便想着把大娃谷天亮寡居在家的媳妇云小兰,改嫁给"骚怪"。可是云小兰死活不依,事情就这样拖下来了。这一日,云小兰又向他这个当着村支书兼村主任的公公叫板了。

很爱干净的云小兰,前天从渭河南边谷劳劳的养猪场回到家里,身上不像以往那么干净,甚至还沾了些猪食和泥点儿,却少有地与公公和婆婆拉起了家常。云小兰是找到公公谷大房和婆婆白拴蛾的上房里和二位老人说话的。她先说隔壁任喜过的娘家妈豆菊芳,说人家磨的北豆腐可是一绝哩!太好吃了,煎着好吃,炸着好吃,炒着也好吃……还有豆腐脑和豆浆,也都特别对胃口,嫩嫩的,香香的。"你们信吗?不信你们闻呀。"云小兰也不避儿媳与公公婆婆的忌讳,说着就把她的嘴大张开来,往公公谷大房和婆婆白拴蛾的鼻子底下凑,要他们现场即闻,吓得公公婆婆把他们的鼻子直往一边躲。

婆婆白拴蛾躲着问:"一天不见你的影子,你到哪里去了?啊,得是到河南边的养猪场去咧!"

云小兰是不避讳的,说:"他那里缺人手。"

婆婆白拴蛾气愤起来了,说:"他是谁?"

云小兰没有示弱,说:"你问咱家人么。把人家的电闸拉下来,你让人家猪场还怎么弄?还喂不喂猪了?"

婆婆白拴蛾依然气愤地说:"你给谁说话呢?啊,我看你越来越不像话了,你那么顾人家,你咋不住到他家里去!"

瞌睡遇到了枕头,云小兰笑了,说:"婆婆哎,这可是你说的话哩,我还真就要住到河南边去哩。"

婆婆白拴蛾自知失言,气得脸色白了,她不再和云小兰吵嘴,偷眼去看谷大房,却见他黑沉着一张脸,并不搭理她们婆媳的论争。这可正是谷大房与众不同的地方,他太沉得住气了,别说是婆媳俩的吵闹,就是再加进来几个人,一起闹,一起吵,他身在现场,也能保持不闻不问的态度,放了让他们吵闹。他相信再激烈的吵闹,都不会把天吵闹得塌下来。他会在别人的吵闹声里,冷静地想他的心事。谷大房不接老伴白拴蛾给他投来的求援的目光,他在想,谷寡婆村再不是过去的谷寡婆村了。没有改革开放以前,他就是村里的天,他的一抬手、一举步,可就是全村人的行动指南了。这一改革开放,谁还能听他的话?谁还能看他的眼色?他把村里人挨个儿往过数,好像只有他的亲兄弟谷大楼,以及唯他马首是瞻的"骚怪"谷中秋,还像过去一样,甘愿做他手里的"棍子"。谷大房示意谷大楼向九先生谷正芳借钱,并不是谷大楼缺钱,如果真的缺钱,他是大哥,他会给谷大楼钱使的。他让谷大楼向谷正芳借钱,就是想撇谷正芳的火。谷正芳不是有钱吗?咱就造他个"爱钱不要脸",再加上个"为富不仁"的名声,让他还像戴着右派"帽子"时那么臭。谷正芳上当了,没给谷大楼借钱,谷大房就继续指示谷大楼到处传九先生谷正芳的恶名,并借机拉了他大娃谷劳劳养猪场的电闸,让他的养猪场难办下去。应该说,谷大房的谋划产生了很是不错的作用,他满意着自己的谋划，因此，就进一步地谋划着。这进一步的谋划，是他多年前就确定的目标，他要"骚怪"谷中秋娶了守寡在家的大娃媳妇云小兰。当年，这个计划硬是让这个"骚怪"弄砸了，偷鸡不成，反蚀了一把米——"骚怪"霸王硬上弓，没有把云小兰拿下来，还把一个孤苦的人吓成了"神经客"。经过几年的养息，犯了"神经"的云小兰在逐渐好转，谷大房以为时机差不多成熟了，就又唆使"骚怪"向守寡在家的儿媳云小兰出手，采取什么办法他不管，只要能顺顺当当地把云小兰改嫁到"骚怪"的炕上去。

"骚怪"是不安分的，他在绛帐火车站混着，行情钻眼，化肥紧缺了倒腾化肥，木材紧缺了倒腾木材……也不知他倒腾得可有眉目。谷大房去绛帐火车站寻他，是在一个小饭馆寻见的。当时，他和几个像他一样的人，围着个脏兮兮的小饭桌喝酒吃菜。桌子上是塑料桶装着的散啤酒和几个粗瓷盘子盛着的小菜，谁的啤酒碗里喝空了，就自己提起塑料桶，给自己的酒碗里倒上啤酒，和同桌人碰了喝。他们每人的面前，都摆了一双竹筷，却都不用，喝了啤酒后，就伸手在小菜盘子里捏了菜来吃，油炸花生、腌酸萝卜什么的，捏起来放进嘴里，咔吧咔吧嚼得倒很带劲，仿佛他们吃着高档的山珍和海味。

谷大房偷偷地笑了一下，走进小饭馆，从一边的饭桌上摸了一只碗，"咣"地蹾在"骚怪"他们的饭桌上，也给自己倒啤酒。"骚怪"惊异于谷大房的到来，唬得站起来，按住谷大房倾倒啤酒的手。因为失急和慌乱，他一时竟把脸憋得通红。

"骚怪"说："我的神呀！您可不能喝这烂烂酒。"

谷大房没被"骚怪"拦挡住，还是给自己倒了半碗啤酒，端起来，一口喝干，说："味道不错嘛！"

"骚怪"是鲁莽的，是流里流气的，可他摸得清谷大房的心思，知道谷大房是有事要他出面了，便不再贪恋本不美好的酒桌，推着谷大房往小饭馆门外走。坐在酒桌上的其他人不知来者是谁，眼睁睁看着他们快要走出小饭馆了，其中一个干瘪的家伙嚷嚷起来，说："'骚怪'又玩什么'怪招'？你是请我们来喝酒的，你要走，就留下酒钱走。""骚怪"回头去看嚷嚷的瘦家伙，并没有往出掏酒钱的意思。谷大房就很大气地从自己身上摸出两张新发行的五十元人民币，往小饭馆门口的收款台上一拍，说："不够了，你几位补上，要是多了，就自己拿着。""骚怪"眼疾手快，从两张绿色的五十元人民币中抢出一张，重新塞到谷大房的口袋里，说五十元都多了呢。

从小饭馆门里一出来，"骚怪"就殷勤地问谷大房："啥事吗？还用支书您来绛帐火车站。"

谷大房说："好事。"

"骚怪"问："啥好事？"

谷大房就小声唆使"骚怪"说："你龟孙子倒真装得住！我给你说了多年咧，让你把我家大娃那口子给你娶到炕上去，你看你的本事么？头一回就把人吓得'神经'了。我再给你一次机会，我家大娃那口子的'神经'快好了，你抓紧，别让自己嘴边的肉，叫别人吃了去。听我说，生米做成了熟饭，就啥麻达都没有了。"

"骚怪"嘴上的涎水，在谷大房的唆使下都流出口唇了。他伸出舌头，在口唇上刮了一圈子，说："支书总是记着我。"

多么精密细致的谋划呀！但从绛帐火车站回到谷寡婆村的"骚怪"，又一次把事办砸了。他听说渭河南边谷劳劳的养猪场停电，云小兰每天都去那边给谷劳劳帮忙，心里想着，这可是个好机会哩。因此，他就又一次把"生米做成熟饭"的地方，选择在渭河南边的柳树林里。"骚怪"鬼鬼祟祟地在柳树林里守了两天多，他发现云小兰清早走过柳树林，到渭河南边的养猪场去，傍黑又走过柳树林，回到村里去，来来去去，云小兰一直没有单身过，总是和九先生谷正芳他们家里人同来同去……"骚怪"等得都快没有耐心了，终于十分难得地撞到一个机会，那是云小兰吃过任喜过娘家妈豆菊芳做的豆腐菜后的那个下午，她两眼喷着火，自个儿提前回村，打算找她公公谷大房理论，于是"骚怪"见机把云小兰截在柳树林里了。

曾经有过的失败，像是一团湿重的阴云，压迫着"骚怪"谷中秋，让气势汹汹的他见到云小兰后，心慌得像个小蟊贼一样，没敢如谷大房唆他的

"霸王硬上弓",强硬地与云小兰"生米做熟饭",而是可怜巴巴地截住云小兰,给云小兰可怜巴巴地说他在这里等候她多日了。

云小兰真是"神经客"吗?她这时面对着"骚怪"谷中秋,似乎一点儿都不胆怯。她歪头看着他,还有心情捉住垂在她眼前的一枝柳枝,把它折下来,拧了拧,抽出柳枝的薄皮儿,做了一支柳哨,噙在嘴唇上,悠扬婉转地吹了起来。

云小兰的柳哨吹得真好听呀!她吹的是关中西府流行的秦腔小戏《柜中缘》中的一段:

> 许翠莲来好羞惭,
> 悔不该门外做针线。
> 相公进门人瞧见,
> 难免背后说闲言。
> 说奴长来道奴短,
> 谁人与我辩屈怨。
> 这才是手不逗红红自染,
> 蚕儿作茧自己拴。

剧中人物许翠莲的咿咿呀呀,被云小兰用柳哨吹出来,真是别有味道。她吹着柳哨,朝"骚怪"一步一步地逼上来。云小兰表面的镇定,糊弄住了"骚怪",他不知道,云小兰的心里其实是吃惊的,也是恐惧的。

然而奇怪的是,云小兰头一次被"骚怪"拦截在柳树林里,吓得"神经"有些错乱,成了被人数说的"神经客"。而这一次,被"骚怪"拦截在柳树林里,受了惊吓的云小兰,像有万千神针扎在她的身上,竟把她错乱了的"神经"刺激得又都恢复了正常。

云小兰没有失慌得惊叫,也没有惊惧得乱跑。她镇定地吹着她的柳哨,反把"骚怪"吹得心虚发毛。云小兰敏锐地发现了"骚怪"的心虚发毛,就把柳哨吹得更是抑扬顿挫,有腔有调,那张美丽的脸庞,亦笑得像朵花儿一样。

　　正是云小兰花儿一般灿烂的脸，把"骚怪"吓得不轻。云小兰向前逼近一步，他就往后退却一步。退着退着，不知因为什么，他像是受了天大的惊吓，竟然掉转身子，像小偷没偷着东西反而被发现了似的，一溜烟儿跑出柳树林，跑得没有了影儿。

　　云小兰望着一溜烟儿跑得没有了踪影的"骚怪"跑开的方向，笑了，是多年来从没有过的大笑。她"哈哈哈哈""嘀嘀嘀嘀"，直把柳树林里的每一棵柳树，都笑得"哗啦哗啦""哗啦哗啦"地摇起来。

　　云小兰精神饱满地回到家里，这就和公公婆婆有了那一场拉家常似的争吵。

　　争吵中，公公谷大房不接云小兰的话茬，也不接老伴白拴蛾的话茬，他静静地想着心事，不免要想，"神经客"云小兰，似乎不怎么"神经"了。这让谷大房既惊讶又难受，预感到他是不能再控制这个寡居在家的大娃媳妇了。

　　谷大房控制不了大娃的媳妇云小兰，更控制不了二娃的媳妇上官乐。

　　天下的事就是这么怪，你越是忌惮谁，谁越会冷不丁地出现在你的面前，让你措手不及。谷大房没有理睬老伴白拴蛾和大娃媳妇云小兰婆媳之间的争吵，独自安静地想着心事。他从胸口的衣兜里掏出他吃惯了的黑色四棱棒，又习惯地剥着黑色四棱棒上那层包皮，准备点着来吃的时候，没防顾上官乐也站在了他的面前。

　　村支书兼村主任谷大房，可以不忌惮二娃媳妇上官乐，但她哥毕竟是县委常委、县宣传部部长呢！路子顺了，再走一步，可不就是县长、书记了吗。何况，对二娃媳妇上官乐，他是一点儿都不敢小看的——这东西性子愣，才华更是掩饰不住，她采写的通讯报道真是好啊！在省、市、县三级广播电台播出后，她娘家哥肯定听到了。她哥不为别人想，也会为妹子想，能不做进一步的打算？很有些政治头脑的谷大房，不能不想到这一层。而且他隐隐约约听到一些消息，县上和镇上要组织人员，到谷寡婆村里来，对惠杏爱的事迹做进一步的挖掘，切实把惠杏爱作为改革开放的新农村青年典型树立起来,这是时代的需要,也是县委工作的需要。

唉,该怎么弄呢?想着心事的谷大房,剥除了黑色四棱棒的外皮,送进嘴里咬着,又擦了一根火柴把四棱棒点着,猛地吃一上口,徐徐吐着烟气。他看见站在他面前的上官乐,正硬邦邦地对着他,似乎有话要说。

云小兰和婆婆白拴蛾呛了茬,拧转身要从公公婆婆的上房往出走,但上官乐把她拉住了。

上官乐说:"把话说开了好。嫂子,你先甭走,我还有话要和二老说哩。"

驴槽里伸出个马嘴来了!婆婆白拴蛾没觉得太难堪,公公谷大房吃着黑色的四棱棒,却牙痛似的咧了咧嘴,心里叽咕道:"狗嘴里吐不出象牙的。"

果如公公谷大房所料,上官乐开口就说:"咱家咋能这么对待我嫂子呢?婚姻是个人的自由,她守寡多少年了,她该做自己的主,想嫁给谁就是谁!咱家应该高高兴兴送我嫂子改嫁的,咱们说是不是?"

被上官乐拉在手里的云小兰,听上官乐把话说完,竟不由自主地伏在她的肩头上,嘤嘤地啜泣起来。

啜泣着的云小兰,仍不忘为谷劳劳的养猪场说话:"咱不能停了养猪场的电!"

上官乐也给云小兰帮着腔:"村民信任咱们,让咱家里人当干部,咱就要一碗水端平,咱可不敢站在村民的对立面,成了改革开放的绊脚石。"

反了!反了!

公公谷大房和婆婆白拴蛾心里咆哮着这两个字。但是面子上,公公谷大房倒还忍得住。不过婆婆白拴蛾就忍不住了,她心里咆哮着,嘴里也立刻喝令她的两个儿媳妇:"出去,你们两个……你们两个都出去。"

上官乐拉着云小兰,没有出去,倒是公公谷大房把咬在牙齿上的黑色四棱棒吃得火星四溅。他狠劲地吃着,心里有火不好受,便从炕头上下来,趿着鞋,"扑踏""扑踏"走出上房门,走到谷寡婆村的街巷里去了。

谷大房不想把云小兰改嫁给谷劳劳,绝对不想……他过去不想,原因是说得清的,九先生谷正芳的头上戴着"帽子",是右派,他不想云小兰嫁到一个右派家里去受罪。现在不想,原因他却是糊涂的,是因为他们家里太有钱吗？钱多又不烧手……唉唉，谷大房摇头，他想，莫不是自己有些失势？

谷大房想到这里，差点把自己吓了一跳。他不想了，不敢往下想了。

谷大房和他家的乱象，九先生谷正芳一点儿都不知道。他大娃谷劳劳的养猪场没了电，把他们一家忙得晕了头，他一心想的，就是能请谷大房吃一顿酒，让他出面说说，赶快给养猪场通上电。九先生谷正芳想得简单，可他没能请来谷大房，谷大楼和"骚怪"却来了。谷大房这两根"棍子"，不就是拉闸停电的当事人吗，把他俩灌饱酒，吃饱菜，说不定也能解决养猪场的用电问题哩。

什么技术上的故障？九先生谷正芳不信，他只相信这就是谷大房和他这两根"棍子"思想上的故障呢！

谷大楼和"骚怪"，酒喝得可是尽兴哩，吱溜一口又一口，喝着喝着，就把舌头喝大了。大了舌头的他俩，还一口一口吱溜着，大夸灶上豆腐菜煎的油香，炸的焦香，炒的嫩香，不是一般意义的香，是太香了，特殊的香啊！肉算什么？肉不如这一道一道的豆腐菜咯！

任喜过就在这时从渭河南边的养猪场里回来了。

在院子里，任喜过看见娘亲豆菊芳端着她烧的豆浆蛋花从灶房里出来，便迎上去，从她娘亲的手里接过来，往公公谷正芳上房里送了。中午宴请谷大房，任喜过是知道的。村子里谁家有事，请支书、村主任一顿酒，任喜过没有什么不习惯。可她端着娘亲豆菊芳烧的这最后一道汤菜，掀开门帘走进去，发现坐在公公谷正芳炕上享受宴请的不是支书兼村主任谷大房，而是谷大房的两根"棍子"谷大楼和"骚怪"谷中秋，她的心咯噔了一下，就觉得不是味道了。

偏偏酒喝了、菜吃了的谷大楼和"骚怪"还不自觉，满嘴是油，打着饱嗝的他俩，舌头大着，脑袋大着，正晕晕乎乎不知他俩是谁的时候，迷迷瞪瞪看见端汤进来的任喜过，就都冲着她龇牙笑了起来。

谷大楼说："喜过呀，你娘家妈的手艺啊！啊，啊，啊，啊……"

"啊"了半天，"啊"不出个准确表述词儿的谷大楼，把"骚怪""啊啊"得发急，接过话头说："天下一绝！"

谷大楼呼应着："对对对对，是天下一绝！"

谷大楼夸着任喜过娘家妈豆菊芳，夸过了，又"啊啊啊啊"了几声，依然没有"啊"出句什么像样的话来，就伸了手去捉斟了酒的酒杯。但"骚怪"谷中秋是不同的，任喜过的洞房花烛夜，他赌博赢下了她的处女身子，虽然他没能得手，但他忘不了，一直想着……这会儿，酒壮尿人胆，他眼珠子不转地盯着任喜过看，他看她的头发油黑发亮，他看她的脸蛋儿红润娇嫩，他看她的腰肢柔弱细巧，他看她的小手白净纤长……看着看着就把他的眼睛看得发直，看得要冒火星星。最后，他那些不守规矩、纷纷乱乱、闪闪灼灼的火苗儿，都烧到了任喜过饱满酥软的胸脯上了。任喜过厌恶"骚怪"谷中秋的眼神，但她忍着，端着满是豆浆蛋花的碗盘，小心地往谷大楼和"骚怪"谷中秋吃酒的炕桌上放，刚放好，手还没来得及从盘沿上抽回来，"骚怪"谷中秋即已往前扑了去，一只手压在任喜过的手上，另一只手捏着一根烟，就往任喜过的嘴里送……任喜过能怎么办呢？她只有躲着他了。

满嘴酒气的"骚怪"真是太过分了，竟然说："来，来么……不要躲，给……给我把烟吃着。"

如果只是吃烟，心里有气的任喜过还忍得下。可是"骚怪"谷中秋说起洞房花烛夜里的事了，任喜过便无论如何都不能忍了。

"骚怪"谷中秋说："你……你还……还欠了我一个……一个初夜哩！"

"啪！"任喜过抬手打掉了"骚怪"谷中秋欲往她嘴里塞的那根烟。

羞愤……无以复加的羞愤让任喜过的脸涨得通红，她气极了，忍无可忍了，她不能想象，世上竟有如此无耻和丑恶的人！她的身躯在发抖，她猛劲地从"骚怪"谷中秋的手里抽出她的另一只手，圆睁着的眼睛，像是战争中的火焰喷射器，不断地喷射出愤怒的火花……"太欺负人了！太霸道了！太卑鄙了！你是谷大房的'棍子'又怎么样？你抡过头了，如今不兴你抡了！还有谷大楼，好，你是谷大房的亲兄弟，你掌握着那点儿用电的权力，你随便拉人电闸，你想一手遮天，但我倒要看你的手有多大？"

十多天停电给任喜过带来的委屈、痛苦、愤怒，这一刻，和她受到的侮辱搅起来，一起在她的胸腔里翻流。人善被人欺，马善被人骑，这话可是老辈子的人说的哩，你越是怕事，越是怕得罪人，你就越难活！阎王爷怕的是难缠的鬼，咱今儿个就豁出去了，掰倒葫芦洒了油，我倒要看看，你们有多大的道行？

任喜过在心里鼓励着自己："我就不相信，这世道真就是恶人的了？"

任喜过大喝着："走！不要脸的，给我走！"

嘴硬尻子松，"骚怪"被任喜过这么一吼，竟像遭了棒打的狗一样，扑通坐回炕面上，红烂的眼睛惊恐地瞪着任喜过，不知所措了。

公公谷正芳也愣住了。他愣怔得不知是该夸他的儿媳妇任喜过呢，还是该责备儿媳妇任喜过。公公谷正芳实在不想让大娃谷劳劳的养猪场再停电了。

同时愣怔的还有谷大楼，他觉得"骚怪"玩过火了。

任喜过却还不依不饶，她拧身指着门外，朝着"骚怪"谷中秋吼喊："下来呀！本事大的，咱一块儿走，我不把你的东西割了喂狗我就不是我。"

公公谷正芳清楚是怎么回事了。他在心里叫起了苦，啊呀呀，啊呀呀，这下把锅砸得碎碎的了。咱请人家喝酒，是为了平事，这下事平不了，大概还会立起来呢！坐在炕上的他，连鞋都没顾上穿，赤脚下了地，把任喜过往屋外推着，用几乎是哀求的口气说："好媳妇哩！你快甭说了。"

压在心里的怒火，遇着合适的机会冲出来了，这就像决堤的水，收是收不住了。任喜过天不顾，地不顾，她一伸胳膊，把公公谷正芳拨到一边，继续冲着"骚怪"大叫大嚷："你没尿泡尿把你照一照，你是啥东西？你还有脸到我家吃喝，你只是别人的一根'棍子'你知道吗？往好里说你，你还是条狗，吃别人舍饭养的一条没人气的狗！你觉得别人都怕你，都不敢惹你，都得把你当爷敬着？你想错了，你知道吗？姑奶奶今日给你说呢，你毒你有种，你干扰改革开放，让我家的日子过不顺当！好么，我到镇上告去呀。镇上告不了，我到县上去；县上告不了，我就上省里、上北京！就只你勒索群众、聚众赌博这两条，我就要让你吃不了兜着走！再给你说呢，你甭欺人太甚，兔子急了也咬人哩。"

娘家妈豆菊芳不知是啥时候站在任喜过身边的，她用两手紧紧抱着浑身颤抖的女儿——如果没有她用力地抱着女儿任喜过，向前扑着的任喜过真要扑上去和烂了眼睛的"骚怪"拼命了。

谷大楼扫兴地下炕来，他听到了，任喜过也是骂了他的，但他吃了人家的，而且还拿了人家的，他就不好发作了。他灰溜溜地往出走着，走了没两步，却把怀里揣着的一个红包儿，不小心跌落在地上了。他看见了，想要弯腰捡的，不承想任喜过也看见了，她厌恶地"哼"了一声，谷大楼便不好捡了，讪讪地独自往出走了。

红包是九先生谷正芳在喝酒前塞给谷大楼的，不薄不厚。谷大楼当时还想，向你借钱你不给，这时候送给我了！为此，他可是在心里得意着哩。

"骚怪"是和谷大楼一起来的，九先生谷正芳给谷大楼塞了，自然也少不得给他塞。此时，"骚怪"谷中秋被任喜过一通怒斥，酒醒了大半。他见谷大楼灰溜溜地走了，就从炕上下来，跟着也往出溜着。出了上房的门，他走了两步，耳朵里却传来任喜过对他毫不留情的喝斥。

任喜过冷冷地说："把你不该拿的东西给我放下来。"

"骚怪"没敢迟疑，从他的口袋里掏出红包儿，掂了掂，很不情愿地塞回跟在他身边的九先生谷正芳的怀里。

撵走了谷大楼和"骚怪"，任喜过拧身抱住娘亲豆菊芳，"哇"的一声大哭起来。她哭着问她的娘亲，她这是怎么了，怎么会变成这样，这不成了农村人嘴里说的泼妇吗。

娘亲爱怜地拥着女儿任喜过，把她拥进了她的房子里，和她说着悄悄话……院子里，公公谷正芳不知什么时候又一次取出他的二胡，坐在上房门口，有一下没一下地拉扯了起来，拉扯得二胡上的两根丝弦，悠悠地颤抖着，发出如泣如诉的声音……

不论怎么样，到了天黑的时节，谷劳劳渭河南岸的良种猪饲养繁育基地里，电灯亮起来了。

站在谷寡婆村里，九先生谷正芳、任喜过娘家妈和任喜过，猛然看见养猪场那边的灯光，脸上的忧愁和苦闷顿时消失，换上了他们该有的喜悦。

否极泰来……九先生谷正芳一时心情大变，他想，可能他的酒菜没有打动谷大楼和"骚怪",可是儿媳妇任喜过的一通火气,把那两个惹是生非的家伙治服了。九先生谷正芳感激她的好儿媳,把他下午拉扯得难受的二胡再一次取出来,操在怀里,开心地拉扯起来了。

九先生谷正芳拉扯的是一曲秦腔,他开心地拉扯出一个过门,陪在女儿任喜过身边的亲家妈豆菊芳,突然也来了情绪,跟着九先生谷正芳的丝弦声,拿腔拿调地唱起《小姑贤》的戏词儿来:

> 我嫂嫂受冤屈泪流两行,
> 我只得请哥哥另想良方。
> 在那边他装个厉害模样,
> 却怎么一出门下马投降。
> 劝哥哥和嫂嫂互爱互让,
> 他二人真个是并头鸳鸯。
> 最可叹我的娘不加体谅,
> 常打骂失和气所为哪桩?

第二十四章

"杏爱！杏爱！"

驾驶着小四轮拖拉机的惠杏爱，在绛帐火车站卸了沙子，沿着回谷寡婆村的那条沙石路，蹦蹦跳跳地奔驰着，猛然听见背后有人喊她，她便放慢了车速，扭头去看，这就看见村支书兼村主任谷大房，骑着自行车从后面赶上来了。

惠杏爱停住了小四轮，但她没有熄火，使得停了下来的小四轮仍然颤颤悠悠的……掐指算来，惠杏爱跟着陈增强给建筑工地上拉运沙石已有一百多天了。现在的她，也已不是初婚到谷寡婆村的新娘子的形象了——一身鲜艳的衣服早已脱掉，换上了她读中学时的蓝布衣裳，头上戴了一顶蓝色的工作服帽子，囫囵地塞严了她的长发，让人乍看上去，倒会以为她是个黑黑的俊俏的年轻小伙儿呢。

陈增强在建筑队，因为他的工作成绩，还因为他堂哥陈增让而被提拔了，成了他们建筑队有职有权的项目经理了。陈增强高兴，惠杏爱也高兴，俩人便相约着下了一回馆子。菜是陈增强点的，酒是惠杏爱要的。惠杏爱从来没有喝过酒，她之所以要了酒，是想以此感谢陈增强。他热心热肠地帮助她，谢他两杯酒是应该的。而且人家又提了职——项目经理呢，以后帮助她就更有力量了，她祝贺他不是顺理成章的吗？没喝过酒的惠杏爱，满满地斟了两杯酒。她端起一杯酒，和陈增强碰了一下，也不管陈增强喝了没有，先仰起脖子，让满满的一杯酒慢慢地滑入喉咙，再慢慢地滑入胃肠……那纯净的酒液，仿佛流体的火焰，让惠杏爱觉得她的身体被点着了似的，热辣辣地燃烧了。燃烧着的她，也不知怎么就咳嗽了起来，剧烈地、无法停止地咳嗽！陈增强用筷子夹起一块猪头肉，放到惠杏爱面前的小碟上，给她说，吃口菜压一压。惠杏爱听话地把那块猪头肉吃了，效果真是不错，她被酒激发起来的咳嗽，当下便压了下来。

但她的身上还是热，被大火烧烤着似的热！

然而不论怎样，有了头一口酒填底，下来再喝就不怎么困难了。一来二去，瓶装的一斤西凤酒，竟然下去了半斤多。惠杏爱一再地感谢陈增强，说："你老同学义气，对我不是帮忙了，而是救下命了。不瞒你说，我家欠下村里人的债，我不知天高地厚，在谷门坎遭遇不幸时，我满碟子满碗背到了自己身上，我原不知道怎么还的。现在好了，有你老同学的帮助，我都已还了十来家了。照此下去，小四轮拖拉机嘟嘟嘟跑着，不停地跑，再跑两年我会把欠账都还了呢。"惠杏爱感谢陈增强，陈增强却不同意，说："咱俩打个颠倒，我是你，你是我，我遇到了你那样的事，你也会全力帮助我的。"陈增强这么说了后，进一步给惠杏爱出主意，说："你一个人开着小四轮拖拉机跑，那可是太累人了。你听我说，咱可以成立一个联合车队，谁愿意加盟都行，有钱的出钱，有力的出力。你们在谷寡婆村的渭河滩上，租一片河床地，再建一个有规模的沙石场，咱们一条线作业，你当联合车队和沙石场的总经理，我在绛帐火车站找市场。你不知道，现在的建筑市场不断扩大，可是太活跃了！我相信，今后的建筑市场还会更活跃。改革开放，哪里都在大建设、大发展，联合车队和沙石场，就不只是绛帐火车站这一个市场了，向北有咱们岐阳县的县城，向西有咱们宝鸡市的城市建设，向南有新开辟的杨凌农业示范区的新区……另外，你听说了么，有一种叫高速公路的新东西，马上就要开建了，横贯秦川八百里，咱们的联合车队和沙石场，到时不吃不喝不打瞌睡，怕都满足不了工程建设十之一二的需求哩！"

陈增强最后给惠杏爱说："你要做好准备呢，准备当咱的总经理。"

啊！总经理……这是一个多么大的头衔呀！

惠杏爱三杯酒喝得头昏脑胀，她看着陈增强的脸，上面写满了自信和决心，她被震撼了，更被感动了。

菜吃罢了，酒喝毕了，陈增强和惠杏爱从馆子里走出来，走到门口时，俩人无意识地碰触了一下，却都像触电似的愣住了。惠杏爱抬眼去看陈增强，而陈增强也正向惠杏爱看过来，两人的目光碰在了一起，有种火光的热烈……陈增强躲了一下，像是突然记起来什么似的，从他衣服口袋里掏出一卷钱来，往惠杏爱的手里递着，说："这十天的沙石账给你结了，你数一数，看还合适不。"

能有什么不合适的呢？陈增强总是十天帮她结一次账，她相信他只会给她结多，不会给她结少。她怀里揣着陈增强结给她的沙石款，驾驶着小四轮拖拉机一路往回颠，总能感受到陈增强碰触了她一下，给她身上留下的体温。

太阳迅速地向远处的渭河沉落着，太阳余晖把西边的天空染得一片金红，像是天公用他舒广的袖袍沾了五色的油彩，横着涂抹上去的……天空太绚丽壮观了，紫莹莹的薄云，一团团的刚刚隐去，一团团的又跟上来……谷大房满脸油汗地骑着自行车，叫喊着，赶到金色彩霞笼罩下的惠杏爱的身边。

谷大房喘气不匀地说："杏爱呀，你把你叔撵得好苦啊！"

惠杏爱从小四轮拖拉机的驾驶座上下来，面对着谷大房，很是不解地说："支书叔，你早叫我呀，看把你……"

谷大房一笑，说："我撵你有话给你说哩。"

惠杏爱对这位当着村支书又兼着村主任的老叔是有好感的，在安葬门坎和婆婆贾桂仙的事情上，他是出了大力的。他在大路上骑着自行车撵她，还说有话要说，他有啥话说呢？

惠杏爱小心地问了："啥话呀？支书叔，你说么。"

谷大房就说开了……他说镇政府的领导找他有事，他骑车到镇上来了，"你猜猜看，镇领导找我说啥事呢？"惠杏爱没有猜，镇政府领导给谷大房说的事，惠杏爱想，她是不该猜的，也难猜出来。惠杏爱就摇了摇头，给了谷大房一个笑脸，等着他往出说。谷大房还了惠杏爱一个笑脸，又笑着给惠杏爱说，镇政府领导给他说的事可是不小哩，他当时听完，感到事大，没敢耽搁，从镇政府出来就找惠杏爱了。"我在绛帐街上倒是看见你的小四轮了，却不见你的人。我没敢往远处走，就在附近等着你，不巧碰上一个熟人，我就转身和熟人说了两句，再转回身来，便看见你发动了小四轮，开着就往前颠。你的小四轮颠得可是快哩，我骑着自行车撵，赶急撵不上。"谷大房这一大堆的话序子说完了，他又停顿了片刻，习惯地在他中山装的大口袋里掏着，掏出他爱吃的黑色四棱棒，才又给惠杏爱说："你先甭急，让叔把烟吃上一口再给你细说。"惠杏爱敬重谷大房，他要吃烟，她便想帮他，但她伸了手去，却不知怎么帮，就看着他仔细地剥去黑色四棱棒的干皮，把四棱棒咬在唇齿间，又咔咔地打着火，点着了黑色四棱棒，美美地过了一口瘾，这才又往下说话。谷大房可是真高兴哩，他说："你还不知道吧？杏爱呀，你的事迹影响大了！咱县广播电台和市广播电台、省广播电台把你的事迹报道了后，县上领导可重视了。叔惭愧呢，觉悟低，当时听了没怎么上心，上级领导一重视，我就想，可不是吗，谁能像你一样，有了困难不怕困难，面对困难解决困难？你可真是给咱谷寡婆村争气了！长脸了！叔实话实说，上个县广播电台倒没啥，叔当年也上过，但上了市广播电台、省广播电台可就不一样哩！叔工作了一辈辈，也可以说为党的事业鞍前马后跑了一辈辈，你说我为了个啥，不就是一个名吗？好了，杏爱呀，你给咱把名挣回来咧！叔为你高兴哩……叔……叔也为叔自己高兴哩。镇上领导叫我去，通知的就这事，说是县上领导对你的评价很高，指示说要抓好你这个典型哩。"

　　黑色四棱棒容易熄火，谷大房说话时忘了吃烟，黑色四棱棒的烟头就灭了。谷大房举起来再吃时，没吃出烟，就又咬在唇齿间，打火点着了，吃一口烟，让烟在他嘴里盘旋好一阵，才从嘴角徐徐地泄出去。这时，他两眼看定惠杏爱，像是给知心人说悄悄话一样，给惠杏爱轻轻地、一字一句地说话。

　　谷大房说："明天，就是明天呢，县上领导要亲自来咱谷寡婆村看望你哩！"

　　惠杏爱的心剧烈地跳起来，"咚咚咚咚""咚咚咚咚"……像擂鼓一样。不知为什么，一种巨大的惶恐感控制了她，她红着脸，满眼都是哀求。她对谷大房说："支书叔，千万不敢哩！"

　　谷大房却浅浅地笑着说："这有啥不敢呢？上边的领导要来，那是你的事迹感人，吸引了领导，这是你的光荣呢。"

惠杏爱依然惶恐着，说："不敢，真的不敢。支书叔哩，我求你了，你给上边的领导说说，千万不敢这么弄。"

惠杏爱惶恐着说了那一堆话，还不放心，又说："这是我的真心话，甭来了，甭来了。"

谷大房原想，他给惠杏爱把这些话一说，她不知要多高兴哩！没承想……她，她听了不仅不高兴，还慌得跟什么似的。为了做好明日的接待工作，谷大房想，他有必要开导开导惠杏爱，让她在思想上高度重视，以一个正确的态度对待这件事。此时，谷大房的一只手还扶着自行车，一只脚还踩在自行车脚踏板上。为了开导惠杏爱，他把脚从自行车脚踏上落到路上，并把自行车支好，腾出扶着自行车的那只手。他向惠杏爱走近了些，说："不是叔要批评你，你的这个态度可不好！你想嘛，县委领导定了的事，我挡得住吗？我只是村上的一个小支书，我的原则是，上级领导怎么安排，我就怎么落实。我不落实是我的问题，落实不好更是我的问题，你说呢？你可不能只站在你的立场想问题，你要站在叔的立场想问题，更要站在上级领导的立场上想问题。县上领导要来看你，说明领导有眼光。不是我瞎猜，我以我的党龄和基层工作的经验理解，上级领导来看你，是从精神文明的高度出发的。现在的青年媳妇，有几个像你一样的？苦难面前不弯腰，有责任，有担当，尊敬老的，爱护小的，大家睁着眼睛看着哩。"谷大房自觉他说得很有水平，也很有道理，就又说："你是高中生哩，你不会看不见，与你形成鲜明对照的，是一些年轻媳妇，她们只看自己好，把自己当成了电影电视里的明星了，好吃懒做，一味地追求小资产阶级的生活方式，这不仅害己，而且害人。县上领导来看你，就是要宣传你的精神哩。"

许多的大道理，从谷大房的嘴里一疙瘩一疙瘩地砸出来，把惶恐着的惠杏爱砸得愣住了。她觉得谷大房说得真是有水平、有道理，可她还是觉得有欠妥当，就酝酿着准备再说两句话，谷大房却赶在她话前又说话了。

谷大房说："你听懂我的话了吗？你不能把县上领导看你当成你一个人的事，要看成一项重要的政治任务哩。"

心跳慢下来了，头脑却胀了起来，脑子里像有无数乱飞的蜜蜂，嗡嗡地响，惠杏爱努力地让自己镇定下来，说："大房叔，我不是那样的。"

谷大房似乎看得透惠杏爱的心理，知道她下来还会说什么。因此，他逮住她的话头，进一步严肃地开导她了。他说："这就好了，我想你也不会不懂县上领导的苦心。啊，这我就算通知你咧，明天你就不要再去跑车了，在家里准备着，把屋里拾掇一下。我明天要陪领导的，你一眼就看得见我，有啥事，先给叔说，叔给你定下调调了，你再说话。啊，这你可是一定要记牢，别不知轻重，说瞎一句话，那就把领导惹下了。把领导惹下的后果你知道吗？我给你说哩，你就有小鞋穿，有罪受了。"

一字一句，谷大房把话说得既严肃又认真。他说完了，把他吃剩下一截的黑色四棱棒，咬在嘴里，双手扶着自行车，一脚踏上脚踏，往前滑了两步，又跷起了另一条腿。都快骑上自行车了，他又停下来，拧回头来看着依然愣在原地的惠杏爱，很是关切地问她话。

谷大房问："惠杏爱，你是团员吧？"

惠杏爱点了点头。

谷大房说："好，好，那你听叔说，你写个入党申请书给叔拿过来，叔要介绍你入党哩。"

惠杏爱没有点头，也没有摇头，她依然呆愣愣的，不知如何是好。

谷大房就更加温暖更加关切地说："你仔细想想吧，我就头里走咧。"

通知惠杏爱准备明天迎接县委领导的事，在半路上就很好地落实了，谷大房是高兴的，也是满意的。土地承包到户后，谷大房很少有这样的机会，去通知一个人，去做他的工作，给他讲政策，讲思想，讲意义。他知道自己有这方面的才能——过去他经常给人通知事情，给人讲这些道理。对此，他骄傲着，自赏着，也享受着……好长时间没机会说了，他真怕自己忘了那些他喜爱的词句。结果不错，他说起来还是那么溜，这可是比他大块吃肉、大口喝酒还要过瘾的呢！心里滋润着，谷大房跨上自行车，骑行起来就很自在，而且也很快。风在他的耳畔嗖嗖响着，也像什么好听的音乐一样……谷大房飞快地蹬着自行车，心里还在考虑明天的事情，他不知道县上会来哪些领导，领头的又是谁，想来想去，怎么都想不出来，他也就不想了。他告诫自己，不管来的是谁，做好接待是必须的。在哪儿接待呢？在惠杏爱的家里吗？是的，县上领导来看惠杏爱，自然是要去她家的。她家的环境和条件，由于她的到来，比以前是有了大的改善了，但还难说有多么好。因此他想，他该像个电影导演一样，来主导明天的接待。他要引导县上领导，去惠杏爱的家里走一走，给惠杏爱说一些鼓舞的话，看望一下瘫痪在炕上的谷敬勤，这大概就可以了，可不能在他们家多停，多停会给他们家造成负担，他不能因为县上领导来看望惠杏爱，而给他们家添负担。人同此心，心同此理，县上领导应该也是这么想的吧。那么，让县上领导休息、抽烟、喝茶，甚至吃一顿饭，就得放在自己家里了。自己的家，镇上的干部们是常来的，吃喝也都在这里。可这一回，来的是县上领导呢！人多人少无所谓，他们怎么说都比镇上的干部高级一些吧，咱可不敢怠慢了人家。谷大房在思想上，把在自己家招待上级领导，看成一种荣誉，还看成一种权力和象征。他懂得，这在谷寡婆村的庄稼人眼中，那就是他谷某人地位巩固和不容侵犯的象征！现在的人，势利着哩，最会察言观色看风头了！所以，他觉得县上领导来看惠杏爱，稍微重视点就够了，而他家里的招待，是要非常经心和认真的呢！骑在自行车上，谷大房的心里盘算着，村里财务买下的金丝猴带把儿的烟，就在自己家里放着，是现成的，缺少的是肉。明天早上，让儿子谷天明早早地起来，骑上自行车，早早地到绛帐火车站，割一吊子新鲜猪肉，割一吊子新鲜羊肉，再买几样蔬菜，差不多就行了。

好吃好喝的有了，还要好招待呢。谷大房相信他的笑脸，更相信他的嘴巴，是一定能把县上领导招待好的。

噢，对了，听说隔壁任喜过的娘家妈豆菊芳，前一段来看女儿，回她们麦禾营村没几天，昨天又来了。她这一次来，几乎把在麦禾营村的家都搬来咧。任喜过的娘家妈豆菊芳可是不简单呢，她在谷劳劳渭河南岸上的良种猪饲养繁育基地帮了几天忙，这就看出商机来了，在她的建议下，谷劳劳在他的养猪场里又增设了一项经营项目——做豆腐。任喜过的娘家妈豆菊芳，是此道中的高手，在她的指导下，谷劳劳的豆腐坊一开张，就赢得了一片赞誉声。

做下豆腐了，销路是一个问题。但这难不住豆菊芳他们。谷梦梦和他哥谷劳劳，以及九先生谷正芳，打着豆菊芳的旗号，到绛帐火车站去走了一圈子，也没怎么给人说话，就把销路找下了。送货的问题呢？谷劳劳有他良种猪饲养繁育基地的活绊着腿，九先生谷正芳年事高了，都不是跑腿运销豆腐的人。那么该谁来跑腿呢？自然是谷梦梦了。他的丈母娘豆菊芳连夜做出的北豆腐、南豆腐，用木制的范模装载着，一层摞一层，天明时他就用自行车驮了，驮到绛帐火车站去，都不用在菜市场上摆摊子，径直到几家生意好的酒楼饭店的门首去，这家一坨，那家一坨，一手交豆腐，一手拿钱，不受多大麻烦，就把豆腐脱手了。

任喜过的娘家妈豆菊芳建议在良种猪饲养繁育基地里开办豆腐坊，往绛帐火车站销售豆腐，这是一桩生意。但这还不是最关键的，她建议的最关键处是，猪的饲料里，必不可少的黄豆可以利用起来，一举两得，做了豆腐卖了是一份收入；磨豆腐余下的豆渣，可就是饲养猪的好饲料了。过去的情况是，谷劳劳把黄豆原料磨碎了，直接添加进猪饲料里喂猪吃，但那样的干饲料，猪儿们还不爱吃。现在好了，磨豆腐余下的水水的黄豆渣，拌在猪食槽里，猪儿们吃得似乎更馋一些，长膘也快一些。

九先生谷正芳家里的人是人精，猪是猪精！谷大房想着明天如何接待县委领导时，想到了任喜过的娘家妈，不由得要在心里把九先生谷正芳骂一句了。他暗骂九先生谷正芳："结了一门亲，有了一个亲家母，你光杆杆还能把人家'豆腐西施'弄到你炕上去不成？"

哼……"豆腐西施"啊！

谷大房的眉头皱了皱，不过他想，明日待承县上来的领导，"豆腐西施"的豆腐也是应该弄一坨的。

…………

不知是身上的劲儿卸了，还是小四轮拖拉机的动力出了问题，惠杏爱坐到了驾驶座上，挂了挡，踩了油门，四个轮子的拖拉机"突突突突""突突突突"地跑着，却就是跑不过谷大房的两轮自行车，渐渐地越落越后，落后得惠杏爱都看不到前头骑着自行车的谷大房了。这可是太奇怪了，啥时候自行车倒比小四轮拖拉机还要跑得快？惠杏爱痛苦地想着这个问题，怎么也想不明白，便干脆不想了。她又想起谷大房给她通知的事情来了，这个事情让她切切实实地有了负担。她糊涂着，但知道谷大房给她通知的事情，按着常理来说，该是一件令人高兴的事呢。而且，她在内心一直感激的支书兼村主任谷大房，给她通知这件事情时是高兴的，他高兴，她也应该高兴起来，像谷大房盼咐的那样，切实地做好县上领导看望她的准备。然而，她高兴不起来，不仅高兴不起来，还像她刚从谷大房嘴里听到那事时一样，感到恐慌甚至害怕。惠杏爱弄不懂自己了，她想咱做的事是实的，上官乐的报道也是实的，对实事又为什么要恐慌呢？为什么要害怕呢？小心把握着方向盘的惠杏爱，想不明白，更想不具体……在陈增强来她家里帮助她修理小四轮拖拉机时，县上的广播电台报道她的事迹，她就在心里就埋怨上官乐了，埋怨上官乐不该把这件事捅到县广播电台去；紧跟着，市、省广播电台也相继播报了她的事迹，她就更埋怨上官乐了。她的心慌和害怕，差不多从那时起就有了，在她的心里头一点一点地浮现，一点一点地突出着。这一回县上的领导竟要来看她了，她更加心慌和害怕了。是的，支书谷大房高兴县上领导到谷寡婆村来，还有很多很多的人，也都乐意县上的领导到谷寡婆村来，乐意县上领导来了能看望她……惠杏爱却不，她不喜欢县上领导来看望她。她知道，她是有私心的。与女婿谷门坎拜了一回天地，入了一回洞房，睡了一个晚上，但她还是她，原来做姑娘时的她。可是不论怎样，有了一次做新娘的经历，被村里人夹枪带炮，荤荤素素地一场耍闹，她的身体醒来了。她能像传统社会里的节妇烈女一样，死守在谷寡婆村的家里，为那一家人牺牲自己吗？

恐慌！害怕！

惠杏爱静下心来细想，自己产生这样的情绪，原因大概就在此了。

贞节烈女，别人想做做去好了。惠杏爱不要做贞节烈女……颠颠闪闪的小四轮拖拉机，把驾驶着它的惠杏爱颠闪得腰像柳枝儿一样，扭过来，扭过去。她想着立了贞节牌坊的贞节烈女，苦守上一辈子，冷炕孤灯，到头来连个名字都落不下——譬如谷寡婆村的老祖宗，她享有自己的祠堂，生生不息地有了一个谷姓村子，后辈儿孙们敬奉她，怀念她，可谁知道老祖宗的名讳呢？不知道吧！一个偷吃了禁果，孤身逃跑到渭河边上，苦守了一辈子孤寡的人，大家都只叫她谷寡婆。这么想着，惠杏爱不禁为谷寡婆难过起来了，她不要做谷寡婆，更不要做贞节烈女。做个贞节烈女，那比做一个妓女还不如呢！

惠杏爱的脚从油门上抬起来，猛地踩在刹车上，把奔跑着的小四轮拖拉机刹得后面的拖箱差点立了起来。

不如妓女！

啊啊啊……惠杏爱被她这突然的想法吓得心惊肉跳。她把小四轮拖拉机紧急刹住，赤红着脸向前路后路仔细看了几眼，她怕路上的行人，窥见她内心这个可怕的想法，那她就活不成人了。不过还好，前路和后路，这时一个人都没有。惠杏爱抬手摸着她的心口，渐渐地平静下来了。可她还不能摆脱刚才的想法，她想着她阅读过的文学作品，其中不少描写妓女的篇章，典型如写杜十娘、董小宛、李香君等的，是那么酣畅淋漓、荡气回肠。如果说，她们埋在历史的尘埃里已太深太深的话，还有一个小凤仙，在推翻封建帝制的大革命中，掩护蔡锷将军逃出北京，成就了护国倒袁（世凯）大业。小凤仙的这份情，这份义，用一个"妓女"的称谓抹杀得了吗？惠杏爱想到这里，赤红的脸恢复了正常，还露出一抹不易觉察的笑意来。

惠杏爱之所以还笑得出来，是因为她心想，自己才不会做妓女，当然也绝不做贞节烈女。

惠杏爱有她自己的爱，是渐渐地，从她心里滋生出来的对陈增强的爱啊！陈增强对她的无私帮助，以及他对她表现出来的那一份情意，惠杏爱不是傻子，她敏感地觉出来了。惠杏爱想，她是需要陈增强的帮助的，更需要陈增强对她的那份情和意。

"我的老同学啊……"惠杏爱在心里叫了一声，又启动了她的小四轮拖拉机，向着渭河边上的谷寡婆村去了。

谷寡婆村此刻笼罩在一片朦朦胧胧的烟色之中。

第二十五章

惠杏爱把小四轮拖拉机开回家的时候，天已完全黑了下来……整整一个晚上，她闭着眼睛，却怎么也睡不着，老同学陈增强的身影，变幻着姿态，直往她的脑子里涌来。

小弟谷门栓仍然跟着惠杏爱睡觉，他偎在惠杏爱的一边，小眼儿是闭着的，"呼哧呼哧"已是睡着的样子，但惠杏爱稍一动弹，他的眼睛就睁开了。他是人小鬼大呀，从他偎在惠杏爱的身边时，就已看出惠杏爱有心事。他当时装着睡觉，没有问她，是不好意思开口，但眼睛一旦睁开，他就要问他亲爱的大姐了。

谷门栓小心地问："大姐呀，你想啥呢？"

惠杏爱以为谷门栓睡觉哩，没防顾他醒着，还问她话，她偏过脸，在小家伙的脑门上亲了一口，说："睡你的觉。"

谷门栓却不依，继续问："大姐就是想事哩吗？"

惠杏爱便背过身去，佯装她累了，要睡了，这才堵住小家伙的嘴，没让他往下问。

第二天，惠杏爱难得天明还赖在炕上多睡了一会儿，也头一次没有出车。惠杏爱不起床、不出车，家里是没有人催促她的。可她心里有事，赖又能赖出什么呢？一点儿用处都没有。因此，赖了一会儿，她就爬起来了。她整理着炕上的被褥，心里还在想着，县上领导来看她的事，给不给瘫在炕上的公公说呢？惠杏爱左考虑，右思量，犹豫了很久，还是在太阳在渭河流水上升起时，去了上房，告诉了公公。

公公谷敬勤一辈子不理事，刚听说时，还以为自己听错了，就问了惠杏爱一句："你说县上……县上领导要来咱们家看你？"

惠杏爱肯定地说："大房叔昨儿下午通知我的。"

啊哈！瘫痪在炕上好几年的谷敬勤，得到儿媳妇惠杏爱肯定的回答后，简直惊呆了，也欢喜糊涂了。他挣扎着挪到炕边，伸出一只手，原本是要拉扯惠杏爱的，但又觉得不妥，就又把手缩了回去，仰头看着站在炕跟脚的惠杏爱，花白了头发的脑袋颤抖起来，满脸的核桃纹都在他喜悦的颤抖中一起舒展开来。他高声地吆喝着，把谷门墩、谷门环、谷门栓全都叫到他的身边来，好像县上的领导要来，就是一针威力巨大的强心剂，让他往日萎靡的精神，陡然振奋起来，说话的声音也变得响亮而清晰了。这段日子里，家里的安排都听惠杏爱的，他从来都不插手，但今天，他和惠杏爱连商量都不打，就果断地决定，门墩就不到河滩筛沙石去了，还有门环、门栓，都听嫂子的，一起动手把屋里屋外拾掇一遍，该擦的擦净，该洗的洗净，该扫的扫净……清扫罢了，都把干净衣裳换上。门栓自然也是高兴的，他一高兴，就又跳了起来，吩咐事情的谷敬勤就又见缝插针地指斥他，要他懂得礼数，甭胡跑乱喊叫。把谷门栓教训得安静下来了，谷敬勤又指派门环，把开水烧上，茶壶、茶碗，都用开水烫一烫，再用碱水泡一泡——"寻出咱家的茶叶来，放在手边上，到时候取用方便……噢，对了，带把儿的金丝猴烟家里还有没有？没有就快去买。这么大的事——咱省惜一百天，省惜一千天都对着哩，但今天就不能省惜喀。"

一件件的安排，一桩桩的叮嘱，谷敬勤不歇气地全说了出来。说完这些，他松了一口气，就又看着儿媳妇惠杏爱，十分抱歉、十分伤心地给她又说了一句话。

谷敬勤说："我娃进门来，新衣服连三天都没穿够，就脱下来，换成旧衣服，我心里有亏呢！都是狗日的门坎没福，他把我娃独独撇在世上受苦哩。"

惠杏爱不想听公公说这话，她扶住公公的身子，让他躺平整了，说："爹，咱不说那话。"

谷敬勤应着惠杏爱，说："爹整日这么瘫在炕上，心里想的就是这话。你不让说我就不说了，但县上领导要登门看望你，这是天大的荣耀，天大的恩德！老天爷睁开了眼咧，看见咱家的好儿媳了。"

还有什么比县上领导上门的事大？没有了，这成了谷敬勤心中最为神圣的事。从他落生在这个庄稼院门里，快六十年过去了，哪一个大领导来过呢？庄稼人嘛，谷敬勤别说瘫在了炕上，就是活蹦乱跳着时，也没有这样想望过。可是，县上的领导突然要来了，要来看望儿媳妇惠杏爱，他嘴里指派这，指派那，心里还一个劲地惊讶着："啊！啊！啊！"腿软的他，心怦怦地跳着，满脸又是雨幕一样的眼泪了。

谷敬勤流着泪，轻声地给惠杏爱说："把我的新衣服也找出来，就是你进门时我穿的那件，我要把我穿得精精神神的。"

惠杏爱听了公公的话，去给他找衣服。她本来想给公公说，说咱没必要这么忙活。可她面对公公的那一脸兴奋，她说不出来了，她就像泪眼婆娑的公公谷敬勤一样，也快满眼窝的泪水了。

是吃早饭的时辰了，一家人按照谷敬勤的要求，总算把院子和门上，全都拾掇出来了。下来该吃早饭了，准备好的早饭，有黏糊糊的玉米糁子，有暄腾腾的热蒸馍，还有一碟儿咸萝卜丝和一碟儿油泼辣子。惠杏爱端着饭往上房走，头门口走来了任喜过。

任喜过进门就喊惠杏爱："杏爱，杏爱，我还说帮你一把哩，你自己倒把院里院外都拾掇整齐了。"

惠杏爱闻声转回头来，说："耽搁我跑一天车。"

任喜过不同意惠杏爱说的，说："你这说的啥话嘛？你不知道，我隔墙的大支书，清早派他二娃来我家要豆腐，北豆腐要了小半坨，南豆腐要了小半坨，说是县上领导要来看望你，我听了不知有多高兴呢！我等我娘家妈的豆腐一出锅，先给你割了一坨子。你要小心哩，小心没大差，到时候县上的领导留下来吃饭，咱也不至于慌了手脚。"

尽管惠杏爱把该想的都想了，公公谷敬勤也尽着他的经验，帮她详细地做了安排补充，却还是没有把县上领导吃饭的事情考虑进去。任喜过赶过来，把这个事提起来，惠杏爱甭提有多感激了。

感激着任喜过的惠杏爱把端在手里的早饭盘子送进上房里，又回头出来，牵起任喜过的一只手，说："谢谢你哩。"

任喜过的手里是提着豆腐的,被惠杏爱牵起了一只手,另一只手提着就不得劲,她说:"小心把豆腐弄碎了。"

惠杏爱这才笑了,从任喜过的手里接过豆腐,说:"这么多呀!"

任喜过却不接惠杏爱的话荏,问她:"你刚才说啥哩?啊,谢谢我。亏你说得出这句话,咱们俩,谁和谁呀!我大哥的养猪场停电,不是你开着小四轮来帮忙,还不知道会把我们家难场成啥样子哩。"

惠杏爱截住了任喜过的话,说:"客气了不是?咱俩都别客气了好么。"

上房炕上的谷敬勤听出了任喜过的声音,也听到了任喜过说的话,老人就隔着窗子表示了感谢。大家相互客气着,却突然地被一阵空油桶子滚动的巨大声响打断了。那"轰隆隆,轰隆隆"的声响,从谷寡婆村的街巷里滚过来,滚到惠杏爱的家门口,短暂停了一下。随后,"骚怪"谷中秋翻着个大柴油桶,把它跟斗趔趄地掀进惠杏爱家院子去了。

这是弄啥呢?

院子里的惠杏爱和任喜过,还有上房里的公公谷敬勤,弟弟谷门墩、谷门栓和妹妹谷门环,都盯着"骚怪"或者他来的方向,不知他又要演一出什么样的戏。

"骚怪"在谷门坎和他妈贾桂仙下葬的那天,来滚柴油桶以物顶债,被村支书谷大房拦着,没能滚走,但过了两天,他还是硬着心肠来把柴油桶滚走了。今天,没人招呼他往回滚柴油桶,他自己把它滚回来了。他的记性不错,还记得柴油桶原本所在的地方,他没问惠杏爱,也没问惠杏爱家里的其他人,直接把大大的柴油桶滚到原来栽着的地方,掀着立起来,这才回头给惠杏爱说话。

"骚怪"说:"我把柴油桶给你还回来了。"

惠杏爱盯着"骚怪",没有话好说,只是觉得非常好笑。她这么想着,没忍住,笑了起来。

"骚怪"不知惠杏爱是不是嘲讽他,无可奈何地说:"大油桶原来就在这地方栽着吧?我记得的,没有错。"

"骚怪"讪讪地说过那句话,又说:"今天大清早,支书还说要我过来给你屋里帮忙哩。支书说了，他说我有眼色，知道怎么接待上级领导。看来我来迟了，你把院子都拾掇整齐了。"

"骚怪"不这么说话倒还好，他这么一说，惠杏爱就十分地厌恶他。她说："我可劳驾不起你。听我说，欠债是要还的，我家原来欠着你，但我的这个大柴油桶，顶债绰绰有余，你要拿油桶顶债，你顶去好了，我有了装油的新桶子了。你把你的柴油桶咋滚来的，就给我咋滚回去。"

"骚怪"的脸皮子厚呢。惠杏爱数说着他，他却不以为意，看见任喜过站在惠杏爱身边，就又不知羞耻地和任喜过搭讪了。

"骚怪"说："哟！喜过也在这儿哩！你还别不信，你娘家妈的豆腐菜，我吃了一回，没出息的嘴巴，就还时常想二回呢。"

谷门墩从上房屋里冲了出来，跟在他身后的还有谷门环、谷门栓，他们冲到院子里来，把"骚怪"立起的大柴油桶又掰倒了，"轰隆隆""轰隆隆"……不由分说地又往头门外边滚。"骚怪"慌得扑过去挡，他说："有错咱就改么，坚决地改。我又不是不懂道理的人，支书也把我批评拾掇了几场。是他要我把大柴油桶还回来的，你们说，我能不尊重支书的指示吗？"谷门墩在自己的家里，有时连他爹谷敬勤的话都不听，却死心塌地地向着嫂子惠杏爱。她说一句话，是比皇上下圣旨还要起作用的，谷门墩是要一丝一毫不走样地执行的。他听惠杏爱让"骚怪"把柴油桶滚回去，"骚怪"自己不滚，他就冲出上房替"骚怪"滚了。"骚怪"说软话了，他不为所动，依然强硬地把柴油桶往头门外滚。谷门墩头脑简单，四肢却特别发达，"骚怪"的力气小，挡不住谷门墩，就又转回身来，跑到惠杏爱的身边，向她求援。

"骚怪"说："杏爱啊，这事怪我，怪我错了。我原来只当门坎殁了，这柴油桶你屋里也就用不上了，用它把债一顶，咱就两清了。我想不到，你是个能行人哩，你也能开小四轮，为了不影响你跑车，我是该把柴油桶还给你呢。"

惠杏爱已经懒得和"骚怪"说话了，她顺手拉了一把任喜过，去了她的房子，留下谷门墩、谷门环和谷门栓，像撵一条狗似的，把"骚怪"谷中秋撵出了头门口。撵跑了"骚怪"，谷门墩、谷门环和谷门栓像打了一场胜仗凯旋的英雄，先跑到惠杏爱的房子里，高高兴兴地给惠杏爱汇报了一下，然后又跑到上房他们爹谷敬勤的炕上，去端惠杏爱的糁子碗。谷门栓先端到的，端着走了两步，被谷门环抢到了手上。谷门环端着刚走了两步，就又被谷门墩抢到了手上。谷门墩端着碗一进惠杏爱的房子，就"嘿嘿"傻笑着说上话了。

谷门墩说："嫂子，还是你治得了人，他'骚怪'都不敢惹你咧。"

对于这样的变化，谷门墩他们兄妹高兴，惠杏爱自然也是高兴的，不过她没有谷门墩兄妹那么喜形于色，只淡淡地朝他们笑了一下，让他们再端一碗糁子来。

惠杏爱说："没看见你喜过嫂子来了？去，再端一碗糁子来，我俩一块儿吃。"

对此，任喜过是要推辞的，她来送点儿豆腐，就吃人家一顿饭，理上不通呀。任喜过推辞着往门外走，迎面碰上了支书兼村主任谷大房。他在家里吃过早饭了，在县上领导没来之前，他想他是应该来一下的。他不想惠杏爱的准备有什么瑕疵，给县上领导留下不好的印象，到时吃亏的只能是他，而不会是别人。因此，他翘了一下，把莽莽撞撞退着走的任喜过让过去，这才像个下基层打前站的干部一样，睁大了眼睛，在惠杏爱家前院后院、屋里屋外地转着看了……先看的时候，谷大房还有一些喜色。他之所以心喜，是惠杏爱听了他的话，今日没有出车，领着家里的兄弟妹子，把家里的卫生搞得不错。而且，包括瘫在炕上的谷敬勤在内，惠杏爱一家大小都穿得很显眼，有模有样的。这很好啊，咱要叫县上领导一来，就有个好印象哩。

谷大房十分高兴地看着，给跟着他转的惠杏爱叮咛着要注意的事，看到后来，却突然发现了一个问题。这个问题说大不大，说小不小，偏偏出在了惠杏爱的身上。谷大房的眉头皱了一下，毫不客气地把问题指出来了。

谷大房说："杏爱，叔说你你不要见怪，你今日可不能穿得这么新鲜。"

惠杏爱不解谷大房的意思，睁眼愣愣地看着他。

谷大房就很认真地给她说道起来了。他说："大庆的王铁人你知道吧？

大寨的陈永贵你知道吧？他们一个是工业战线上的典型，一个是农业战线的典型。我想你该见过宣传他们的图片呢，王铁人是钻井工人，他穿的就是工人阶级的服装，头上戴安全帽，手里握铁榔头；陈永贵是'修理地球'的农民，他穿的就是农民的服装，头上扎的羊肚子毛巾，手里握着的是镰刀。我敢保证，县上的领导来，是有记者陪同的……你也要成典型了，你开的是小四轮拖拉机，那它就是你今日表演的工具呢。我看你昨天穿的那身蓝布衣服，戴的劳动布帽子，就与小四轮拖拉机很配。记者跟着县上领导来了，要给你照相，你就站在小四轮拖拉机跟前让他们照，照出来在报纸上一登，你就有个典型的模样了不是？"

惠杏爱被谷大房说得不好意思了。她轻声地为自己辩解："是我公公要我们换的。"

谷大房说："你公公说得对，他们都要穿新鲜。但你不能，你不能和他们一样，你该有你的形象。你昨天的那一身行头，旧是旧了，还这里一点儿油渍，那里一点儿油渍，但这是不要紧的，而且可能正是因为旧，因为有点点油渍，才能在一家人的新鲜衣服里把你突显出来哩。"

谷大房说到这里，极为关切地冲惠杏爱浅笑了一下，就说他到村外看着去，小心县上领导的车队来了，没把领导接上。他说着，拧过身子就从惠杏爱家走出去了。

惠杏爱目送着谷大房走出头门，不由得对这个村支书兼村主任，又尊敬了一成，觉得他这人太有经验了。心里感激着谷大房，惠杏爱便回到她的房子里，把公公谷敬勤让她换上的新衣服脱下来，又把她穿惯了的蓝布衣服穿上身。也不知为什么，这身沾染了点点油渍的衣服，刚穿上身，她便没来由地想起了陈增强，这使她本来就不平静的心，一下又烦躁起来了。昨天，她和陈增强约好了，今日要给他的工地上送沙子，但她现在去不成了，一时又没法捎话给他，不知道可会耽误人家建筑队的施工？

因为陈增强，惠杏爱的心里愧疚着。

碎兄弟谷门栓哪里知道他大姐的心里事，还欢天喜地的，他穿着大哥娶惠杏爱进门那天穿的新衣服，跑出跑进，一刻都歇不下来，好像比那天还高兴。小小年纪的他,虽然不能完全理解这种事,可他知道这是表扬他的大姐哩!谷门栓现在只认这一条理,谁夸他的大姐,说他的大姐好,他就高兴,他就喜欢夸赞、表扬他大姐的人。村支书谷大房的二媳妇上官乐,是把他大姐惠杏爱报道出去的人,他就特别喜欢上官乐,偶然地碰上了,他是必须要跑到她的跟前去,很深很深地给上官乐鞠一躬的!

上官乐这时在家里,她对公公谷大房昨天晚上回家来,以及今天早上出门去的种种表现,感到了一丝疑惑。她心里疑惑着,就很注意公公的一举一动,还有他的面部变化……公公谷大房去惠杏爱的家里了,上官乐便敏感地意识到,她给惠杏爱所写的通讯报道起作用了。

是上级领导要来考察吗?

上官乐在县城中学读书时,住在身为县委宣传部部长的大哥家里,她看惯了宣传部部长大哥的工作方法——差不多总是跟着新闻宣传走——广播听完了读报纸,报纸看完了听广播,仔细地分辨广播里的新闻信息,认真地琢磨报纸上的新闻内容,然后决定他的工作方向及工作重点。

省、市、县三级广播电台播报了上官乐采写的关于惠杏爱的事迹通讯,当县委宣传部部长的大哥会听不到?上官乐才不相信呢。她几乎可以断定,公公谷大房的反常表现,就是为了这件事。她甚至能猜测到,她的大哥要到谷寡婆村里来了。

做事风风火火的上官乐,想到这里,在家里一刻也待不住了。她撵着公公谷大房的脚后跟,也往惠杏爱的家里去了。上官乐为自己的通讯稿顺利播出而开心,同时也为她所报道的惠杏爱高兴。她高兴着,却也有点儿遗憾,几级广播电台在播放她的通讯稿时,都把她写的关于谷寡婆祠堂的那一段删去了。

蹦蹦跳跳的谷门栓,眼睛是尖的,眼睛是亮的,他看见了上官乐……嫁到谷寡婆村里来的三个新娘子,在谷门栓的眼里,惠杏爱是他大姐,他尾巴一样缠着她,就没把她当作新娘子看;九先生谷正芳的二娃媳妇任喜过,因为她的质朴和厚道,以及她的穿衣风格总是那么传统,谷门栓也几乎不把她当作新娘子看;倒是这个上官乐,结婚那天便穿得新颖鲜亮,往后的日子里也穿得十分靓丽、别致，譬如今天，从她家头门里走出来的她，身上就是一袭农村人还很少穿的粉红色的连衣裙，谷门栓觉得她什么时候都是个新娘子。谷门栓是乐于见上官乐穿得漂亮，穿得新鲜的，于是蹦蹦跳跳高兴着的他，突然看见街巷远处走来的上官乐时，便按捺不住喜悦的心情，撒着脚丫子就往上官乐的跟前跑去了。

谷门栓跑得可是太急了，就在他兔子一样又跳又蹿，快要跑到上官乐跟前时，没小心踩在一堆牛粪上，滑得扑爬在了地上。上官乐急忙上前，把跌倒在地的小家伙扶起来，一叠声地问他跌疼了没有。上官乐万万没有料到，龇牙咧嘴的谷门栓，在她把他扶起来后，摇摇晃晃后退了一步，又向她深深地、深深地鞠了一躬。

上官乐以为谷门栓给她鞠了躬后，又会迅速地跑掉，便猛地上前一步，抓住了谷门栓的一条胳膊，问他："村里那么多人，谁让你给我鞠躬的？"

谷门栓没有挣扎没有跑，他答非所问地说："你看你穿得多漂亮，你才像新娘子哩！"

上官乐被谷门栓的话逗乐了，她知道小家伙把惠杏爱是叫大姐的，就说："那你大姐呢？她就不像新娘子了？"

谷门栓斩钉截铁地说："她是我大姐哩。大姐不做新娘子。"

上官乐和谷门栓在街巷上逗着嘴巴的时候，村外的沙石路上传来了几声汽车好听的鸣笛声。谷门栓闻声一个蹦高，嘴里快活地大喊起来。

谷门栓喊："来了，来了，县上领导看我大姐来了！"

谷门栓喊着就要从上官乐的身边跑开，但他的一条胳膊还在上官乐的手里抓着，想跑没跑离，就挣扎起来了。上官乐任凭谷门栓挣扎，不仅不松手，还把抓着小家伙胳膊的手又用了些劲。

上官乐说："你给我说，你刚才喊叫啥哩？"

谷门栓说："我喊叫说县上领导看我大姐来了。"

上官乐说："县上领导看你大姐？"

谷门栓说："你家公公给我大姐通知的。他现在正在村口迎接县上领导呢。"

上官乐把谷门栓的胳膊放开了。

解除了束缚的谷门栓,立即像一颗射出枪膛的子弹,飞也似的向汽车鸣笛的地方跑了过去。他跑出去都有三五丈远了,却还拧回头来对上官乐说:"没你的报道,县上领导不会来看我大姐呢。"

汽车的鸣笛声,不仅吸引着谷门栓撒丫子往那里跑着,也让谷寡婆村一街两行头门里的人走出来,向着汽车鸣笛的方向去了。上官乐受着大势的影响,也向那个方向走了几步,本来还要继续走的,却想到县上领导前来看望惠杏爱,怎么说都是她起的头,她是应该到现场去的。可她朝惠杏爱家仅仅走了那么几步惠杏爱,就迟疑着不走了。公公谷大房怎么不给她说呢?他给惠杏爱通知了,要惠杏爱做准备,这是应该的。但他不能不给她说呀。给她说了,她还能帮助惠杏爱呢。而且从街巷上村里人的举动来看,公公谷大房应该是通知了大家的。上官乐想得明白,大家之所以撵着汽车的鸣笛声去,应该是去欢迎县上领导的,如不然,大家不会如此匆忙,不会这么兴奋。想到这里,上官乐听到她内心响起一声尖锐的叫喊,这一声叫喊,把她自己惊得站定了脚步,没再往前走一步。

公公谷大房没给上官乐通知这件事。

公公谷大房给村里人都通知了这件事,怎么就不给上官乐通知这件事呢?县上领导能来谷寡婆村看望惠杏爱,还是她上官乐的功劳呀!没她撰写的那篇报道,惠杏爱再怎么突出,再怎么与众不同,县上领导哪里知道呀!县上的领导……上官乐苦恼地想,不论是哪里的领导,端的都是新闻碗,吃的都是新闻饭,没有了报纸广播,他们会像聋子、瞎子一样,是找不着北的。上官乐的大哥是这样的,别的领导干部也是这样的。"一张报纸一杯茶",上官乐亲眼看见,她哥回到家里,要吃饭了,手里还拿报纸读,开着收音机听。为此,她嫂子还说她大哥了,说:"报纸抵得了吃?收音机抵得了喝?要抵得了吃喝,我以后就不做饭了,你吃报纸喝收音机去。"嫂子这么说,大哥还脾气很好地笑着说:"你说得不错,我不读报,我不听收音机,我到哪里给咱家弄吃的喝的呀?"上官乐想着她的大哥,僵僵地站在街巷里,身旁不断地有人走过,有人走过时和她打招呼了,有人没和她打招呼。打了招呼的人问她站在街巷中做啥，说走呀，一块儿走，咱们一起欢迎县上的领导去。上官乐回答着大家，她说"走么走么"，却一步都没动，依然僵僵地站着。

上官乐还在想她大哥。她娘家哥是县委宣传部部长，县上来的领导肯定就是她的娘家哥呢。

上官乐想到这里，没往大家奔去的地方走，她转过僵硬的身子，回头往她家的头门走去了。

上官乐的猜想没有错，县上来的领导真就是她哥哩。三辆黑色的、红色的、银白色的"屎巴牛"小卧车，以及两辆帆布篷子的北京小吉普，鱼贯而行，从通向谷寡婆村的沙石路上开来了，路西边的白杨树，经不起车队驶过时刮起的风浪，鼓动着它们繁茂的叶子，发出一阵紧似一阵的轰响。这声音持续地传递着，传到了谷寡婆村的村口，又很自然地传递给了站成两行的庄稼人。他们在村支书兼村主任谷大房带领下，兴奋地欢快地为县上来的领导鼓着掌……驶在车队前头的是辆帆布篷子吉普车，它开过了谷大房，让跟着的那辆黑色"屎巴牛"小卧车，恰到好处地在与谷大房平肩齐身的地方停了下来。超过谷大房的那辆帆布篷子吉普车上，坐的是镇上的领导。镇领导眼尖手快，他迅速地推开吉普车的车门，跳下车来，小跑着跑到黑色"屎巴牛"小车一侧，拉开车门，把他的大手护在车门上沿，满脸媚笑地请出了车里的县领导，又招呼谷大房来和县上领导握手。

谷大房不认识下车来的县领导，但镇上的领导他是熟悉的，就是昨天通知他到镇上去，亲自给他布置任务的镇委书记王大才。王大才不给谷大房介绍，谷大房也从他轻飘飘的那一跑，以及他轻飘飘拉开小卧车车门还有用手护着车门沿的那一串举动猜出，下车来的人该是来谷寡婆村看望惠杏爱的县上领导了。

察言观色是谷大房的强项呢。他急走两步，上前握住了县上领导的手，说："欢迎欢迎，欢迎领导来谷寡婆村指导工作。"

谷大房问候得非常得体，非常诚恳。一般情况下，下级去握上级领导的手，不能握着不放，要轻轻地握一下，然后很礼貌地迅速地抽手。谷大房本来是要这么做的,但下车来的县上领导握住他的手,却握了很长时间都没放。而且,县上领导也没有开口说话,只是把谷大房的手摇一下,握着停一阵子,然后再摇一下,再停一阵子。

是领导的热情吗?谷大房一时琢磨不透,镇委书记王大才也琢磨不透。谷大房琢磨不透可以不说话,但王大才却不能不说话,他紧随在县上领导的一旁,给握着手的县上领导介绍谷大房了。王大才介绍说,谷大房是谷寡婆的村支书,同时还兼着村主任,是村里真正的一把手。介绍过了谷大房,王大才又来介绍县上领导了。他给谷大房说,县上的上官副书记,是刚被组织提起来的呢!他当书记头一次下乡,就选择了你们谷寡婆村,选择了来看你们村的典型惠杏爱,你呀,你可是太有幸了。

王大才后面还有介绍,但是是怎么介绍的,谷大房听不进去了。他只听到"上官副书记"几个字,他那急速运转的脑神经,就像被斧子砍了一下,当即短了路,他迟疑地问着站在他面前的上官副书记。

谷大房说:"您是?"

上官副书记笑了,说:"猜着了吗?甭猜了,我给你说,上官乐是我妹子。"

谷大房手足无措起来,他把他的手从上官副书记的手里抽出来,惊诧地说:"啊呀!是亲家哥呢!"

上官副书记说:"可不是嘛。"

谷大房就说:"快快,咱们屋里去。"

上官副书记说:"我不是来走亲戚的。走吧,咱们先看惠杏爱去。"

惠杏爱这时就在欢迎上官副书记的人群里,离他只有几步远。惠杏爱原想,写了她报道的上官乐是该知道这件事的,知道了是会积极地撵来,陪着她,迎接县上的领导的。可她等着,一直没有等来上官乐,这让她心里有点儿慌,还有点儿虚。没奈何了,惠杏爱就只有拽着任喜过的手,站在谷大房的身后,迎接从县上下来看望她的领导——在谷寡婆村子里,惠杏爱觉得,初婚来到这里的她们仨,天然地有了一种联系,是情感的联系!大事当前,只要她们仨在一起,她就不会觉得孤单,她就能够勇敢地面对。拽着任喜过的手，惠杏爱听到来的县上领导是上官副书记，她就在心里把上官副书记认真地记下了。她想她该主动问候上官副书记的，但她还没有问候，上官副书记就先讲到了她。在这种情况下，惠杏爱没有低头，也没有退步，她很大方地向上官副书记走去了，她走着，把任喜过也拽着了过去。

昨天还犹豫着见不见县上领导，过了一夜，当县上领导来到惠杏爱的面前，她"嗵嗵嗵嗵"虚跳的心，突然地踏实了。这是因为她在县上领导和村支书谷大房的礼节性对话中听出，来看她的县上领导是上官乐的大哥，这就给她多添了一分胆量。

惠杏爱拽着任喜过，走到上官副书记面前，向他鞠了一躬，说："谢谢书记百忙中来看我。"

任喜过被惠杏爱拽得趔趔趄趄，惠杏爱鞠躬，她也就跟上鞠躬，惠杏爱说话，她也就跟上说话，说的呢，还是同一句话："谢谢书记百忙中来看我。"

上官副书记搞不清楚她俩谁是惠杏爱，就疑惑地看着她俩，问："你们……你们谁是惠杏爱呀？"

任喜过被上官副书记问得醒过神来，把惠杏爱往前推了推，说："她就是。"

任喜过把惠杏爱明白无误地推给上官副书记后，又说："上官乐是你妹子呀！嗨，我们仨年关时一天进的谷寡婆村。你妹子有文采，惠杏爱最实干……"任喜过说着话，又在欢迎县上领导的人群里寻找着上官乐。在这一刻，不仅是任喜过，谷大房，还有上官副书记等，都在人群里寻找着上官乐，但遗憾的是，大家没找见上官乐。

别人找不见上官乐，虽然遗憾，倒也不怎么慌张，而谷大房就不同了。虽然多年当村支书兼村主任，培养出的遇事不慌的基本素质，让他表面上没有什么别的表现，依然热情周到地迎接着上官副书记一行，心里却慌得不行，乱得不行。他后悔自己没有通知写了惠杏爱事迹新闻通讯的二娃媳妇上官乐。昨晚，一家人喝汤的时候，谷大房本是准备给上官乐说的，可他一手拿着个软蒸馍，另一手掰下一块，在装油泼辣子的小碟里蘸了蘸，送到嘴里嚼着，刚要把这件事说出来时，上官乐却抢了先，说出了另一件事。

上官乐当时也拿着一个软蒸馍，也掰了一块吃着，她吃着说："爹，大嫂的事没给您提前说，主要是怕您生气，怕您不高兴。"

大嫂的啥事呢？谷大房吃馍的嘴停了下来，专注地听上官乐说。在一个锅里搅了几个月的勺把子，谷大房已经知道，上官乐的所思所想和自己太不一样了，他俩总是背道而驰，让他很伤脑筋。为了教导上官乐，更为了使上官乐跟上他的步调，谷大房在上官乐发表意见时，就不能不认真听。谷大房告诫自己，不能急，要掌握足够的材料，到他觉得时机成熟时，就一股脑端出来，让她娃娃去吃，吃不了就端上走。

谷大房自信他是个很好的庄稼把式。庄稼把式调教牛犊子，可不就是这个方子？打娃娃不如惯娃娃，先把初婚的上官乐惯一段时间再说。

上官乐哪里知道公公谷大房的心思，她没那么复杂，只把一切都照自己的想法说了。上官乐说得如此客气，如此平静，倒让谷大房有一点儿心慌，不知上官乐还会说出什么吓人的话。

云小兰的事，上官乐是和人商量过了。和她商量的人不是别人，正是让谷大房头痛的云小兰。早年，"骚怪"谷中秋吓过云小兰一次，那次的惊吓，刺激得云小兰"神经"紊乱。这一次，"骚怪"又把云下兰吓着了，可这一次惊吓，使云小兰有些紊乱的"神经"，倒有了根本性的恢复。她在柳树林里，就想大骂"骚怪"的，骂他就不是个人，也想回家来闹腾一下的，可她往回走着，渐渐地冷静了下来，她不想大骂"骚怪"谷中秋，也不想回家来闹腾了。这就是云小兰清醒过来的智慧了，她有过教训，不想她嫁谷劳劳的事没个准儿，就让公公谷大房和婆婆白拴蛾知道，那会把一切都弄砸的。云小兰瞅着空儿，去找任喜过了。对这个刚嫁到谷寡婆村的新娘子，云小兰是喜欢的，她有什么不好给人说的话，就给任喜过说。云小兰进了任喜过的房子，开门见山地给任喜过说，自己一定要嫁任喜过的大哥谷劳劳。任喜过早已知道了云小兰和大哥谷劳劳的事，云小兰这一说，任喜过当下就很高兴地鼓励她，说自己还就稀罕她这个大嫂子哩。云小兰喜欢听任喜过的话，听了就很高兴。她还连带着请求任喜过，要任喜过给大哥谷劳劳带话。任喜过答应了云小兰，很豪迈地给她打包票，说你主意定下了，我大哥那儿我去跟他说。和任喜过定下事，回过头来，云小兰又在家里瞅着空儿，把她的心里话给上官乐说了。云小兰心里非常明白，家里能帮她、敢帮她的人是弟媳妇上官乐，这是个天不怕、地不怕的主儿哩。云小兰欣赏上官乐，把她的心思给上官乐说了个开头，就获得了上官乐的夸赞，说她早该走这一步了。

上官乐当时说："好我的大嫂子哩，脚在你的身上长着呢，你走你的，谁还能拴住你的脚不成？"

上官乐真是为孤苦伶仃的大嫂子云小兰高兴呢。她鼓动着女婿谷天明，趁着公公谷大房不在家，偷出公公放在家里的村委会公章，为大嫂云小兰和谷劳劳开了一份结婚介绍信，让大嫂云小兰揣在怀里，约着谷劳劳，到镇上的民政所领了正式的结婚证。

这就是头一天上午的事儿。公公谷大房和婆婆白拴蛾听完上官乐的话，目光在上官乐的脸上烧灼着，烧得上官乐的脸几乎要皮开肉绽。她差不多要扛不住了，就岔开话题，让他们问二娃谷天明。公公谷大房和婆婆白拴蛾的眼光就又烧灼在谷天明的脸上了。

很听话的谷天明，这一次的表现是不错的，他之前低着头，一副十分难堪的样子，到爹妈的眼光烧到他脸上了，他抬起头来，和爹妈对视着说："咱不能再干涉大嫂的婚姻了，我给开的证明，大嫂和隔壁的谷劳劳领了结婚证，他们很快就要办婚礼了。"

软蒸馍抓在谷大房的手里，他也没有心情再吃了。旁边的白拴蛾，紧张地看着谷大房，他不再咀嚼软蒸馍，她也就跟着不再咀嚼，他把软蒸馍放回面前的雕漆盘子里，她也就把软蒸馍放回面前的雕漆盘子里……一顿本该吃得有滋有味的晚汤，就这么压抑沉闷地结束了。

结果呢？谷大房没有把县上领导下村来看望惠杏爱的事给上官乐说。

不说也就不说吧，能有多大事呢？嫁到家里来的上官乐，也太自以为是，也太不把他这个当着村支书又还兼着村主任的公公当回事了。谷大房心想，三番五次的，上官乐给他难看，让他下不了台，他是必须给她些颜色看了，不然她不知道马王爷有六只眼！为此，他还进一步想，上官乐这个二娃媳妇,是不是适合待在他们家,是不是适合他的二娃。这个问题在他的头脑里盘旋着,让他很是有些头疼呢!然而在他还没有想出头绪时,她的娘家哥来了,原来的县委宣传部部长,下到谷寡婆村里来,却已摇身一变,升到县委副书记的职位上了,按他的年龄和资历来看,他是一定能够升到县委书记,甚至比县委书记更高的职位上去的。

谷大房在人群里急急地寻找上官乐,没有找到她的影子,但他发现了二娃谷天明,就远远地给了谷天明一个眼色。谷天明接住了老爹的眼色,对此,他心领神会,立即转过身去,回家叫上官乐了。

县委上官副书记到谷寡婆村来看望的是惠杏爱,她自然就成了此一时刻的主角,而谷大房在上官副书记面前,就很自然地被晾到了一边。谷大房有这个自觉,他自觉地落后几步,跟着上官副书记和惠杏爱,往惠杏爱清早起来拾掇得清爽的院子走去了。

这是一支看似没有秩序,其实秩序井然的队伍哩。谷大房落后了上官副书记和惠杏爱几步,但在他的后面,又跟着镇上的领导,以及从另外几辆小卧车和吉普车上下来的县上领导。他们走在一街两行欢迎的人夹出的街道中,走得非常小心——原因非常简单,他们锃亮的皮鞋,可不能踩上稀泥和牛粪呀。左左右右地躲着稀泥牛粪,让看望惠杏爱的领导队伍很别扭,逶逶迤迤,像一条大花蛇……他们中的人,有到谷寡婆村来过的,也有没到谷寡婆村来过的,但是他们无一例外的,被好奇热情的谷寡婆村人,指指点点地认出来了。

"看么,看么,都是县上的大领导哩!"

"那个小伙儿,对对,就是脸色很白净,又戴了副近视眼镜的那位,不要看人家年轻,人家可是县里的团委书记呀!还有那个女的,很富态,很会笑的她,知道嘛,原来就在咱们的镇上工作过,那年回县里做了妇联主任……"陪同上官副书记来的干部,被欢迎的人一一指认着,他们也都很清晰地听见了。人们指认议论到谁,谁都不觉奇怪,还都开开心心、高高兴兴地举了手,和指认议论他们的人打着招呼。

脱离群众,是领导干部最怕的批评。

已经下到基层来，走在群众中间了，和大家亲密互动，是必要和自在的事呢。英俊年轻的县团委书记和貌美大方的县妇联主任，在和欢迎的群众招手致意的时候，上官副书记，也是频频地举手和大家打招呼。而且他举手和大家打招呼时，更热情、更亲切一些，也更频繁一些。这是因为，欢迎他们一行的谷寡婆村人，指认议论他的声音要更响亮一些，并且更多一些，甚至还带着惊慌和兴奋……"啊啊啊，就是前头那个高个子哩，人家是上官乐的娘家哥，县里的副书记哩！"

给欢迎他们的人们热情快乐地打着招呼，上官副书记也不忘和陪在他一边的惠杏爱说话的。他和惠杏爱说话，全都是一问一答，都是他问什么，惠杏爱回答什么。他除了没问惠杏爱的年龄，别的什么都问到了。这种说话方式，让他总在主动的位置上，而惠杏爱总是在被动的位置上，但惠杏爱不觉得有压力，她打心眼儿里因这位和蔼可亲的县委副书记而感动。因为，上官副书记不问她话，她还不知道怎么和这位大领导说话哩。

上官副书记问："你是高中毕业的吧？"

惠杏爱回答："绛帐高中是我的母校。"

上官副书记问："娘家在哪儿？"

惠杏爱回答："不远，就在渭河边上。"

上官副书记问："你的小四轮拖拉机是啥牌子的？"

惠杏爱回答："秦川牌的。"

上官副书记问："功能怎么样？还好使吧？"

惠杏爱回答："还可以吧。"

这么有一搭没一搭地说着，惠杏爱抓住一个空子，主动问了上官副书记一个问题。她问："你真是上官乐的娘家哥？"上官副书记就微微地笑着说："给人做哥，可是不好假冒的。"上官副书记这么半开玩笑地一说，把惠杏爱也说得微微地笑了起来。原因是，惠杏爱那么问上官副书记，并不是怀疑他是上官乐的娘家哥，而是有点儿眼红上官乐有这么一位待人亲切的领导哥哥。

惠杏爱说了："我要妒忌上官乐了呢！"

上官副书记听惠杏爱这一说，心里是受用的，嘴上却又岔开话题，站在主动的位置来问惠杏爱了。他说："你的事迹太感人了。我这次来，想知道你有什么困难，我又怎么来帮助你。"

惠杏爱顺着上官副书记的话想了想，觉得她是有困难的，而且困难还不少，可她又想不出有什么具体困难，就很干脆地说："我没有困难。"

上官副书记赞许地看着惠杏爱，说："那么，你说你还有一些啥想法。"

惠杏爱想起陈增强和她讨论的，成立一家沙石运销公司的设想，她便迎着上官副书记赞许的目光，有点儿不好意思，甚至有点畏怯地说："我想在渭河滩上建立一家沙石运销公司。"

上官副书记一听就说："好啊。我支持你。"

惠杏爱兴奋起来了，说："那我先谢谢书记。"

上官副书记说："先别忙着谢，到你公司挂牌时，我来给你剪彩揭牌怎么样？"

话跟话地说着，都特别体己……不论上官副书记，还是跟随他来的人，前前后后，都很好地保持着队形和秩序，也始终热情着、兴奋着，只有那位漂亮的妇联主任，跳舞似的躲着稀泥牛粪走，却还是没躲过去，一只脚踩着了牛粪，一下子把她的皮鞋糊得不成样子，惹得逶迤行进的队伍，忍无可忍地爆发出一阵哄笑……一街两行的谷寡婆村民，也笑得东倒西歪，前仰后合，不亦乐乎。大家都笑着，只有上官副书记没有笑——一个人有没有修养，这时是最能看出来的——上官副书记心无旁骛地和惠杏爱说着话，继续往前走着。闹了个大红脸的妇联主任，对旁边哄笑的人们给着眼色，让大家停止了笑，这才跟着上官副书记，走进了惠杏爱的家。

谷门墩、谷门环和谷门栓全都一身新衣服，畏怯但又高兴地守在自家院子里，每人手上都捧着一杯冒着热气的茶水。见上官副书记他们从家门走进来，他们就都迎上来，把手里的茶水往上官副书记他们的手里送，嘴上还像小学生背诵课文似的，直说着"领导辛苦了，喝口茶，解解渴"。

跟来采访的记者，端着照相机，亮闪闪地拍着照，像闪电似的。院子的一角，停放着惠杏爱的秦川牌小四轮拖拉机，上官副书记走过去，像抚摸一件珍宝似的，在小四轮拖拉机的方向盘上摸了摸。他的每一个动作，都躲不过新闻记者的照相机，都被亮闪闪地拍了下来。热情亲切的上官副书记，还招手让惠杏爱也站到小四轮拖拉机的跟前，和他一起，让记者拍了照。

瘫卧在上房炕上的谷敬勤，挣扎着侧身起来，透过窗子上那方小小的玻璃，看着院子里的上官副书记他们，他本已干涸的眼睛，不能自禁地，蒙上了一层水雾……上官副书记就是在这个时候，随着惠杏爱走到上房来看他了。

"领导忙哩！"

"领导好！谢谢领导！"

谷敬勤一声连着一声，高声朗气地招呼着、感激着上官副书记，把他迎进上房。上官副书记一只手捉住他白得几乎无血色的手，一只手还在上面轻轻地拍着。上官副书记微笑着，那样的微笑，像是一缕春风，像是一束暖阳，吹拂着谷敬勤，温暖着谷敬勤。他温暖地询问着谷敬勤的病情，又夸着他的儿媳妇惠杏爱，说："你是有福哩，娶了那么好的儿媳妇。咱们党，咱们国家，从来都鼓励大家要尊老爱幼，要家庭和睦，要邻里和睦。如今改革了，开放了，又鼓励大家勤劳致富。惠杏爱不怕困难，不畏悲伤，勇做勤劳致富的带头人，我来看望她，就是要进一步挖掘她的先进事迹，表彰奖励她，让全县人民向她学习。"谷敬勤听着上官副书记极富情感的慰问和对惠杏爱极具高度的颂扬，他就只有不断点头了。他没有别的话会说，就一遍遍重复着他迎接上官副书记进屋时的那几句话。

"领导忙哩！"

"领导好！谢谢领导！"

上官副书记就在谷敬勤反反复复的致谢声里，结束了他对这个家庭的看望和慰问。最后，他从衣兜里掏出一个鼓鼓的牛皮纸信封，送到谷敬勤的手里，给谷敬勤说："钱不多，是县委、县政府和全县人民对你们家的关心。"手里拿着牛皮纸信封的谷敬勤，觉得喉咙像被塞了一团什么，他还想再说一遍他重复说了好多遍的那几句话，可他说不出来了。他眼睛盯着上官副书记，一眨不眨地看着他们从上房门里走出去，走过他窄小的院子，走到了头门口……纯朴善良的谷敬勤，觉得他的心这时候满满的，装着的都是感激。

谷大房跟在上官副书记的身边，但他是心不在焉的，他操心着二娃谷天明去叫上官乐，怎么还没来。上官乐不能及时来，这使他心神不定，总要回头四处寻找，但他找不着上官乐，连谷天明也找不到了。这个不中用的东西！谷大房在心里骂着二娃谷天明，又想，他该说话邀请上官副书记去他家里坐了。

上官副书记是上官乐的娘家哥哩，作为上官乐的公公，她的娘家哥到了家门口，他不邀请他去家里坐，那就是他的失礼。

从惠杏爱家的头门走出来，谷大房觉得时机已到，就很大方地给上官副书记说："咱到家里去吧，你妹子在家等着你哩。"

上官副书记却不急，说："我还有两个人要看。"

谷大房不知道上官副书记在谷寡婆村还有谁要看，他疑惑地看着上官副书记，说："家里都准备好了。"

上官副书记"哦"了一声，却没有随谷大房走。

第二十六章

为了接待好县上入村调研的领导，谷大房是找了谷冬梅的。谷大房想，在县城当了多年粮食局局长的谷冬梅，对此是有心得的，他想让她给他参谋参谋，把接待办好办漂亮。谷大房这么想着，找了谷冬梅，谷冬梅还让他叫来了九先生谷正芳，三个人就在谷寡婆祠堂里，喝着茶说事了。他们把接待的事三言两语就议定了下来，谷冬梅和九先生答应谷大房，一定配合谷大房的工作，让接待工作圆满顺利。定下这件事后，谷大房一身轻松地就要走，谷冬梅和九先生却把谷大房叫住，说既然来祠堂议事，他们就还有些事情需要议一议。谷大房留了下来，听谷冬梅说，"骚怪"谷中秋在绛帐镇胡作非为，在村里也不学好，有必要给他在谷寡婆祠堂开个会，让他给老祖宗认个错。

九先生谷正芳跟着也说了话："过去的时候，咱谷姓一门，有谁不遵祖法，可是都要在祠堂议处的呢。"

谷大房一听是谷中秋的事，心里老大不乐意。他给谷中秋辩护说："中秋会把杏爱家的油桶子还给她们家的。"

谷冬梅和九先生谷正芳还想再说话的，谷大房又说："过去是过去，现在是现在，谁还兴在祠堂议事？再说了，县上领导要来，我先得把这件事安顿妥当吧。"

谷大房说完最后一句话，也不管谷冬梅和九先生什么态度，自个儿站起身来，径直走出了谷寡婆祠堂。

想说的事与谷大房没有说成，谷冬梅心里是不舒服的。她次日早晨起来，没有管谷大房接待县上领导的事，独自去看她的丈夫谷狗剩了。一路上，谷冬梅看见顶在草尖上的露珠，像是一粒一粒液态的钻石，晶莹、透亮。她抬起脚，每走一步，都要踏碎一片染着朝霞的露珠，这使她黑色的鞋面和裤角很快浸湿了。

谷冬梅在心里说:"我把你欠下了。"

谷冬梅把谁欠下了呢?她不说,别人是不知道的,她要说呢,自然是死了好多年的丈夫谷狗剩了。过去,谷冬梅在村里当干部,她太忙了,忙着带领谷寡婆村的群众,兴修大寨田,兴修防洪堤,忙得真是不亦乐乎。不到清明和小寒这些上坟祭祖的日子,她是不会到坟地里来看谷狗剩的。有时即便到了清明和小寒,她也会因为疏忽,或者是忙得抽不开身而忽略了坟地里的谷狗剩,不给他烧纸化钱,不给他添衣换季。十八年前,谷冬梅因为思想进步,工作积极,被县上破格提拔为绛帐人民公社的党委书记,此后几番调动,直到当上县粮食局局长。她把全部的时间和精力,都扑到了工作上,不是夜深人静,她失眠睡不着的时候,她几乎想不起长眠在渭河堤畔的谷狗剩,即使忽然想起他了,她也只是披衣起床,在她住宿的房门口,给撞入她思绪的丈夫谷狗剩点一根香烟。

身为共产党员,谷冬梅是不信神不信鬼的,因此她也不相信地狱和天堂,她不认为烧纸就是给亡人烧钱,也不认为烧纸衣就是给亡人换季。可是她退休了,回到了谷寡婆村,又突然觉得她把丈夫谷狗剩欠下了。

有了这个认识,不逢节,也不逢时,只要她晚上睡得不好,天明起来,她就要跑一趟官坟,坐在谷狗剩的坟头上,给他烧几张纸,再给他点几根烟——背河汉子谷狗剩,生前最惬意的事,就是忙累过了,指头缝里夹根香烟,很过瘾地吃几口。

谷冬梅是想要谷狗剩在"那边"过得好一些的,她不知道自己这么做,是否可以达成这个心愿。

昨天晚上,谷冬梅就睡得不是很好,所以天刚扑明,她就收拾起一卷烧纸,并揣上一盒香烟,踏着晨露到渭河边的官坟里来了。

乡下人起得可是早哩……谷冬梅走在街巷上时,就有打扫门口、牵牲口拾粪的人不断地问候她。

"冬梅婶,又到坟上去呀?"

"哎呀,大书记,你是有心人呢,忘不了我二叔。"

"好我的个大局长，你那口子活值了！"

"二娘啊，早晨露水大哩！"

问候谷冬梅的人，亲切地把她叫"冬梅婶"，叫"大书记"，叫"大局长"，叫"二娘"，这是各自从自己的辈分和情感来称呼的。叫她"冬梅婶"或者"二娘"，那是因为她活到了这个辈分上。年轻时在村里，人们叫她叫得最多的称呼是"谷冬梅"和"二嫂"。自然也有叫她"支书"的，那是因为她在村里当了好长时间的支书。后来她提干当了比村支书还大的官儿，村里一些叫她"谷冬梅"或"二嫂"或"支书"的人，就高兴地叫她"大书记""大局长"了。这些称呼在村里人的嘴里叫习惯了，她退休回到村里来，他们依然叫着，没有改口。不过，有一个人想改一改口了，这个人不是别人，就是现在的村支书谷大房。他之所以要改口称"局长嫂"为"冬梅嫂"，可能是因为他觉得这么叫更家常、更亲和一些吧。

谷冬梅自己，就觉得谷大房叫她"冬梅嫂"，她要轻松自在一些。

在街巷里人们的声声问候里，谷冬梅走出村子，在村口碰到了谷大房。不论什么时候，谷大房碰到了谷冬梅，都会满面春风地撵到她面前，不叫"嫂子"不说话。过去是这样，谷冬梅退休了，回到村里，谷大房还是这样。但是，谷冬梅隐隐感觉到，谷大房现在的亲热有些变味儿，假情假意的，似乎只是做给她看的。可不是吗，谷大房看见了手拿一卷烧纸和一包香烟的谷冬梅，甚至有种要躲的意思，他左右看看，实在没有好躲的去处，这才迎着谷冬梅走来，亲热地招呼她了。

谷大房说："去看我狗剩老哥去呀。"

好啊，把"冬梅嫂"都免了！

谷大房心里有点儿不快活，他看着谷冬梅的脸，想从她的脸上看出些什么来，却什么都没看出来。他想，谷冬梅是谁呀？她当了那么多年干部，心里想什么，面上是不会流露的。谷大房这么想就对了，谷冬梅心里对他的确是有看法了，只是因为谷冬梅有涵养，她觉得不能让谷大房难堪，就什么也没表现出来，还朝他淡淡地笑了笑。

谷冬梅笑了笑说："雨季就要到了，我还想看看河堤哩。"

谷大房便有点儿惊讶地说:"看河堤？啊呀，维护渭河大堤是咱们村里人的职责呢，是该看看的。噢，保护咱们谷寡婆村的大堤，还是当年您带着村里人修筑起来的呢。"

不管怎么说，对谷冬梅表现得假情假意的谷大房的这句恭维话，可是一句谁都不能否认的大实话哩。发源于甘肃鸟鼠山的渭河，滔滔千里，于两山夹峙的宝鸡峡倾泻而出，流经陈仓、虢镇、眉坞等几大西府古镇，到了他们的谷寡婆村这里，因为地势的变化，形成了一道大弯，每遇洪水来袭，北岸的河堤一片片地坍塌，几乎都要坍塌到村口上来。这造成的结果是，谷寡婆村在千年历史中，面临着不断搬迁的危险。谷寡婆宗祠有个不薄的黄册，里面就记录了几次村庄搬迁的经历。从那简略的、模糊的字画上看得出来，每一次的搬迁，都是一次泪水覆面的苦难。谷寡婆村的人，祖祖辈辈与渭河纠缠，谁都不想受村庄搬迁那样的苦难，然而人们的期望，泡在渭河水里，像是一捧河沙那么脆弱松散，总是经不起洪水侵袭，于是人们总是在一次一次地搬迁……谷冬梅嫁给谷狗剩，落户在谷寡婆村，给谷狗剩生下儿子谷铁柱后的第三年，一场百年不遇的大洪水，再次威胁到了谷寡婆村的安全。谷冬梅忘记不了，持续不断的大雨，下了三天三夜，谷寡婆村平地起水尺半高，她家的房子，还有其他村民家的房子，在洪水的浸泡下，一栋一栋地塌下来……从渭河上游滚滚而来的洪涛，使这里的河水水位不仅迅速超过了警戒水位，而且还在不断攀升。谷寡婆村的壮劳力，全都上了河堤。白天的时候，大家眼睛亮，巡逻起来还方便一些；到了晚上，就只有挑着马灯巡逻，长长的渭河堤上，就是一条灯光串联起来的游龙……谷冬梅的怀里有个小小的谷铁柱缠着，她白天还能到河堤上走一走，看一看，顺便帮一帮巡逻人的忙，给他们系一系肩膀上的蓑衣带子，给他们送一送盛装着沙子的草袋……除此而外，她就像村里的其他女人一样，到谷寡婆宗祠里去烧香。烧香叩头，叩头烧香……洪水泛滥的日子，是谷寡婆宗祠香火最盛的时候，村子里的婆娘女子，争先恐后地朝谷寡婆村宗祠拥去，给老祖宗的灯碗里添油，给老祖宗的香炉里点香……谷寡婆村人相信，老祖宗镇得住狂悖不羁的洪水。天黑了，男人还留在河堤上巡逻，女人们就都回到家里，照顾家里的老小。

谷冬梅没有老人，但她借住在别人家里，有锁在人屋里头的谷铁柱，她就从渭河大堤上撤下来，回去搂着她的谷铁柱睡觉了。预感像是一头吃人的怪兽，蓦然撞进了谷冬梅的梦境，她感觉她的心像被洪水拍激的河堤，剧烈地震颤了一下，惊得她从睡梦里醒了过来。她轻轻地把谷铁柱推到炕里边，起身披了一件油布，冲进大雨里，在黑沉沉的夜雨中，一步一滑，奋勇地向渭河堤上跑。

谷冬梅梦境里看到的是，她纯朴厚道的丈夫谷狗剩，落入洪水，被冲走了。

不知跌了多少跤，滑了多少爬扑，谷冬梅终于跑上了大雨瓢泼、灯影幢幢的河堤……她不想她的预感成为现实，然而事实残酷地摆在了她的面前。

谷狗剩英勇地牺牲了。

背河汉子谷狗剩，该是谷寡婆村最识水性的那个人。他在渭河大堤上挑灯巡逻，仔细地观察着汹涌的河水，猛然间，他发现河堤内的洪水，在堤脚处形成了一个不大的旋涡。不识水性的人，不会知道这个小小的旋涡将会造成怎样的危害。谷狗剩是知道的，他知道千里之堤毁于蚁穴的道理。因此，他挑着马灯，朝那个卷裹着树枝柴草的旋涡照着，仔细地观察了一阵。他坚定地认为，这个不大的旋涡极有可能是会造成决堤的一处管涌！

啊啊！要命的管涌啊！

谷狗剩敲响了他提在手上的那面铜锣，把附近巡逻的人迅速召集到他发现管涌的地方，对这一可能出现问题的隐患进行紧急处理。一袋一袋装满沙石的草袋，投进打着旋儿的洪水里，同时，一根一根的木桩，向打着旋儿的洪水里打进去。可是那个不大的旋涡没有变小，反而越来越大。谷狗剩在那一刻，挑着灯笼，向沙堤不远处的谷寡婆村照了照，他知道，这里的河堤一旦决口，他们的谷寡婆村就会变成一片泽国……后果不堪设想。谷狗剩鼓足了力气，奋勇地一跳，跳进了洪水里……他的带头一跳，引起了河堤上人们的一片惊呼。大家惊呼过后，一个一个……十多条汉子，像谷狗剩一样跃入了旋涡中。汉子们用他们的血肉之躯，抵挡着肆虐的洪水，为河堤上抢险的人们，争取到了十分可贵的时间和机会——大家更密集地在管涌处打木桩，更迅速地向木桩处投放沙袋。

管涌被成功地堵住了……跃入洪水中的汉子，一个一个爬上了河堤，可是却不见最先跳下去的谷狗剩。大家在河堤上，狂呼着谷狗剩的名字，希望能听到他的一声应答。可是没有，大家的狂呼和高喊，唤来的只是洪水滔滔不绝的轰响，这轰响很快地就把大家的呼唤吸收了去，听不见了。但大家还在狂呼和高喊，狂呼着谷狗剩的名字，高喊着谷狗剩的名字。

谷冬梅就在这个时候，一身泥水地跑上了河堤。她没有像河堤上的人那样呼喊，她只是站在河堤上，让泪水和着雨水流了满面。她默默地站了一阵，弯下腰，搬起一个沙袋，奋勇地投进已不见了旋涡的洪水中。

洪水退去后，谷寡婆村的人，在发生管涌的河堤下，挖出了谷狗剩的遗体，这才知道，是谷狗剩用他的身体堵住了管涌！谷狗剩是谷寡婆村的英雄，是谷寡婆村救苦救难的恩人……安葬英雄恩人谷狗剩时，谷寡婆村满是泪水，满是哭声，大家把他光光鲜鲜地埋在了距离河堤不远的官坟里。

谷寡婆村的人记着谷狗剩的好，给他垒起来的坟堆是最大的，给他树立的碑石也是最高的。

谷冬梅在村口遇到谷大房，站着和他有盐没醋地说了几句话，就甩开他，朝着安葬谷狗剩的官坟的方向去了。清晨，种着玉米、黄豆、花生和红薯的田野，绿油油的一片，因为露水的滋润，那绿色像泼过了油似的深沉鲜亮、青翠欲滴……几只渭河流域特有的红嘴黑羽毛的鸟儿，擦着浓绿的庄稼地飞过，"啾啾啾啾"地啼啭着，钻上高远的天空，而那清脆的鸣叫声，还在谷冬梅的身边缭绕着，使她觉得越是接近官坟，周围越是寂静与空旷。空气清新得像过滤了似的，带着一种凉飕飕的酸苦味……一辈子都受共产党的教育，半辈子都做着党的基层领导干部，谷冬梅虽不能如以前那么大步快速地走了，可她依然走得很有气势。没用太多的时间，她就已经沿着田间小路走过田野，又穿过一片茂密的柳树林，来到距离渭河大堤不远的官坟里，蹲在丈夫谷狗剩的坟前，给他烧纸点烟了。

谷大房说得没错，保护着谷寡婆村的这段河堤，还真就是谷冬梅的功劳呢。不过，谷冬梅心里明白，她的这一功劳，有一多半该记在丈夫谷狗剩的身上。

长眠在官坟里的丈夫谷狗剩啊！没有他那壮烈的一死，谷冬梅纵然有三头六臂，也是无法完成那一堪称奇迹的渭河大堤加固工程的。丈夫谷狗剩死了，是为了保护渭河大堤死的，他的死就有了力量，一种超凡脱俗的力量！这成了谷冬梅成就事业的一份政治资本，她带着这份政治资本，就像带着一个强大的发光体，使她通体透亮发光，走到哪里，都会给哪里带来火一样的热情，让大家真诚地敬佩她，无私地支持她。

在那个时候，要做成一件事情，政治资本是很关键的一个因素。

谷冬梅决心继承丈夫谷狗剩的遗志。为谷寡婆村世代平安，不再受渭河水患的威胁，她出面动员村里人加固河堤，村里人没有不响应的。然而，人力上的充裕，不能解决物资上的匮乏。村里人都太穷了，勒紧了裤带，也只能勒出几个响屁，却勒不出几个银洋来。谷冬梅没有气馁，她抱着谷铁柱出门了，去了公社，去了县委，去了市委和省委，如果再不能解决问题，谷冬梅是会抱着谷狗剩的遗孤谷铁柱扒火车去北京找国务院的。情况真是不错，谷冬梅没到北京去，没找国务院，只在公社、县委、市委和省委跑了一圈。她见了人就说谷狗剩的事迹，就把谷铁柱抱到大家的面前，给大家说，这是谷狗剩的遗孤哩！他死了的爹，是保卫渭河大堤，保卫谷寡婆村死的；他爹死了，他还小，她就要顶上来，加固、修复谷寡婆村一带的渭河大堤，保证谷寡婆村不再受洪水的袭扰祸害。谷冬梅用自己的真诚和自己的毅力，说服并打动了她见到的各级领导，于是公社给一点儿，县上给一点儿，市上给一点儿，省上再给一点儿，你一点儿他一点儿的，就不是一点儿，而是许许多多了，汇聚起来，就有了购买坚固的钢丝网，购买紧缺的水泥和柴油，租拖拉机、推土机的资金了。人与机器一起上，在谷寡婆村那段渭河大堤上，扯旗放炮地展开了加固河堤的宏伟工程。

燃烧过后的纸灰，从谷狗剩的坟头上腾空而起，像是一只只凌空飞舞的鸟儿……谷冬梅没有抬头，她给躺在官坟里的谷狗剩点着烟，一根，两根……丈夫谷狗剩活着的时候，唯一过瘾的事，就是抽烟了，可他能抽什么好烟呢？无非是自己卷的喇叭筒。谷冬梅给他点在坟头上的烟，算不上是最好的，可也是谷狗剩生前想抽没钱抽的金丝猴哩。

谷冬梅把烟盒撕开来，抽出一根烟，叼在嘴上吸着了，再拿出来插在谷狗剩的坟头上，然后再抽出一根烟，叼在嘴上吸着了，拿出来挨着前一根香烟插起来……燃烧着的香烟，全都冒着淡淡的烟气，烟气一点点地上升着，纠结在一起，便成了一团浓浓的像是白纱一样的烟雾。谷冬梅自己是不抽烟的，她被烟雾呛得咳嗽起来，"咔咔咔""咔咔咔"……她剧烈地咳嗽着，透过飘荡在眼前的烟雾，她似乎还能看见当年修筑、加固河堤的盛大场面，那可真的是人山人海，红旗招展，锣鼓喧天啊！其中的一个场景，虽算不得筑堤工程的主场景，但让谷冬梅想起来，依然感触颇深呢！

男女老少都在渭河边上，人配合着机械，机械又配合着人，从秋天干到冬天，又从冬天干到春天。男人的问题要少一些，而女人的问题自然要多一些。最突出也最麻烦的是，女人一月一次的月经，谁避免得了？好像是集体化的生活和劳动，让谷寡婆村的女人，一个人来了月经，其他人也都先先后后地来了月经。谷冬梅来了月经是不下河堤的，其他的女人，来了月经也坚持着不下河堤。谷寡婆村的女人那时候还没有条件使用卫生巾、卫生纸，大家沿袭着老辈人的做法，把渭河滩上白沙晒干了，装在一个特制的布包里，垫在自己的身子下，接收着汩汩溢流的经血。干沙被血水湿透了，她们就到一旁用玉米秆扎起来的厕所里去，从身子下取出沙包，把染血的沙子倒出来，换上一个干爽的沙包……在女人们来月经的日子中，玉米秆围起来的厕所里，一堆一堆，都是她们倒掉的血沙。若不小心踩上去，蓄积在沙子里的经血泛上来，是要弄湿脚上的鞋的呢。

加宽加高的渭河大堤，在谷冬梅往河滩上的女厕所倒了不知多少血沙后，顺利地竣工了。她因此入了党，并被选举出来担任了村党支部书记，直到后来，她被破格提拔为脱产的国家干部，她何曾有一天忘得了那些个让她心潮澎湃的日子啊！

所以退休回到谷寡婆村，儿子谷铁柱不争气是一回事，谷冬梅怀念自己曾经有的艰苦岁月是另一回事。

谷冬梅到官坟里丈夫谷狗剩的坟头上来，给他燃纸点烟，是不张嘴说话的。但要知道,她是在心里和睡在地下的谷狗剩进行着语言交流的。前几次来,谷冬梅痛苦地向谷狗剩告赔她的不是,默默地说她太粗心了,吃上商品粮,当了那么小一点儿的官,就把睡在地下的谷狗剩欠下了。"我不会忘了你,我是真的忙,现在退下来了,牵挂的还就是一个你。你可要原谅我呢,我给你把娃没有带出来,说严重点儿,就是没有给你带好,他蔫种野马长缰绳,好好的书念不进去,好好的工作干不下去……唉唉唉,你说我该咋办呢?我现在日夜想的就是你娃,不知他能混个啥样子出来。"

一次次到谷狗剩的坟头上来,谷冬梅给埋在地下的谷狗剩说的全是儿子谷铁柱,她打心眼里放心不下她的这棵独苗儿子。

这一次到谷狗剩的坟头上,谷冬梅要给他说些啥话呢?说初婚到村里来的惠杏爱吗?噢噢噢,这个新娘子呀,被村里人说成是老祖宗谷寡婆转世来的,可她谷冬梅以为,惠杏爱干脆就是自己的延续。可怜的惠杏爱啊,谷冬梅的心里复杂着、矛盾着,有点儿拿不定主意——是该在村里支持帮助她呢,还是为她的以后另做打算?谷冬梅之所以这么矛盾,是因为她知道自己近来不断地到谷狗剩的坟头上来,给他烧纸点烟,是还有话要和睡在地下的他说的。

谷冬梅不仅要给谷狗剩说惠杏爱,还要给谷狗剩说说九先生谷正芳。

在谷寡婆村,谷冬梅现在感到能和她说在一起,支持她、关心她的人似乎只有一个九先生谷正芳。在村里担任支书的时候,对于戴着右派"帽子"的谷正芳,谷冬梅没少组织社员群众开他的批斗会。可他如今,摘了"帽子"忘了疼,全不记当年受的难了。她退休回到村里来,顿悟般地要把她带头拆掉的谷寡婆宗祠重新建立起来,最有力地支持她的人是谷正芳。谷正芳不仅献出他偷偷藏匿的谷寡婆画像,还出资买了上好的木板,为谷寡婆宗祠雕刻了两副他亲自撰书的楹联。近来,他甚至告诉她,要把他因多年来被划归"右派"所获得的国家赔偿,以及大娃谷劳劳在养猪场里的部分收益捐出来,按照谷寡婆宗祠旧有的建筑形式将其复建。为此,谷正芳根据自己的记忆,已把旧有的谷寡婆宗祠图样都描画出来了。

谷正芳感动了谷冬梅,她对他说:"你是帮我赎罪呢。"

谷正芳在给谷冬梅讲说他的想法时，就在谷冬梅前院的石桌前。其时，谷冬梅随便种在墙脚下的指甲花、打破碗碗花开得正红正艳。谷正芳没有立即接谷冬梅的话茬，他偏着脸，认真地看着那一片一片烂漫的花儿，说："花无百日红哩，你说是不是？"

谷冬梅听得懂谷正芳的话，说："你安慰我吗？"

谷正芳说："安慰说不上。但我们总不能沉浸在过去的日子里不能自拔吧？我们要向前看哩，花红了会败，花败了还会再开，前头的日子还长着哩。"

谷冬梅笑了，说："可我心里还是觉得有愧。"

谷正芳说："愧什么愧？那是那个时候的形势么，咱们胳膊拧不过大腿，在运动中，我是运动员，你也是运动员，半斤八两，都一个样。"

话说得投机，谷冬梅起身沏了茶，和谷正芳就复建谷寡婆宗祠的事，详细地策划了一番，直把俩人策划得眉开眼笑，喜不自禁。到了最后，谷正芳说了一句话，让谷冬梅服气得很，也让她心头上的血泼泼涌流着，直往她的头顶冲，使她多年不曾红过的脸，竟像小姑娘一样热烫烫地红了。

谷正芳说："你说谷寡婆祠堂是什么？"

谷冬梅想了想，没话可说，就眼望着谷正芳听他解释。

谷正芳也不客气，说："就是咱谷寡婆村人心里的故乡，是咱谷寡婆村人精神的皈依地。"

"臭知识分子……"听着谷正芳的解释，谷冬梅突然蹦出这一个词儿来。"我是个大老粗"，多少年了，谷冬梅在稠人广众前讲话时，最自豪的就是这句话了。与"大老粗"相对应的，带着几分挖苦意味的，就是人们说的"臭知识分子"。嗨呀，知识分子真的就臭吗？在此时、在此刻，谷冬梅不觉得知识分子臭了。不仅不臭，还带着一股新鲜的香气。她把她沏的茶啜了一口，对着谷正芳，用带着些自嘲，更带着些钦佩的口气，把这句在社会上渐渐淡去的话，又说了一遍。

谷冬梅说："臭……知识分子。"

谷正芳乐了起来，说："我臭吗？"

谷冬梅说："你不臭，你香着哩。"

谷正芳因此得意了起来，就又有点卖弄似的说了一大堆话。他说："我们国家的历史源远流长，我们之所以生生不息，很关键的一个因素，就在于我们中国人都能找到自己的根，这个根就是我们自己的祠堂。我们老说社稷呀、社会呀，你说什么是社稷，什么是社会？社稷就是国，社会就是家。国在庙堂之上，家在祠堂之内。国有国法，家有家规，这是保证我们人民生活安定向上的两个重要方面，缺一就有问题。这就像个人一样，缺条胳膊缺条腿，那能行吗？那不行呀，拿不了东西走不了路。所以说，我们要把祠堂恢复起来，建设好，这是咱谷姓人家的根脉，是咱谷姓人家的荣耀。咱在村里长住着，不要犯法，犯了法法管着哩；不要犯浑，犯了浑就要由咱祠堂来办了。我是这么想的，咱这么做，不也是为国分忧吗！不要把啥事都往上推，你推我推大家推，小问题就推成大问题了不是？"

谷冬梅听着谷正芳的话，不由得对他产生了更深刻的敬重。她呼应着他，说："你说得对。"

受到谷冬梅的肯定，谷正芳就敞开胸怀继续说。他下来说的就是谷寡婆村里一些很具体的人和事情了。他说了"骚怪"谷中秋，还说了村主任谷大房的胞弟谷大楼，以及村里的另外一些人。他说有必要在祠堂里给"骚怪"一些教育，要让他警醒，不敢做得过了，再过一点，怕就触犯法律，要由法律去办他了！"我们都是谷姓本家人，我们不能看着本家人去犯法吧？还有谷大楼，仗着手里那点儿权力，想拉谁的电闸就拉谁的电闸！啊，我就直说了，我大娃谷劳劳的良种猪养殖场，就被他无端地拉了电闸！那是什么？就是不正之风，就是歪风邪气，谷寡婆祠堂就要出手管这些事，让损害村邻利益的人，得到应有的惩戒。再者说了，村里人现在传些是是非非，说是咱们村里的个别女人不知羞耻，晚上把自己好一番拾掇，悄悄地到绛帐火车站去做丢人的事！唉唉唉，这可怎么得了！"

谷冬梅对谷正芳说的事，不是看不见，不是不知道，但被他这么一说，还是感到很震惊。她听着谷正芳说，一会儿点头，一会儿摇头，觉得她和谷正芳把谷寡婆祠堂恢复起来，是太必要了——不管怎么说，都是对社会管理的一种补充。

他们交流得投机，交流得愉快。这种交流不啻疗治人心灵苦闷的一剂良药。谷冬梅把她退休的县粮食局局长的架子彻底放了下来，她觉得她就是九先生谷正芳的一个小学生，或者是他的一个小妹子，她无须提防，更不必有什么禁忌，她要给谷正芳敞开心扉，说一说她的苦乐、幻想与未来。谷冬梅把九先生谷正芳叫"大哥"了，她口无遮拦地说呀说，把她说得一会儿笑，一会儿又哭，说到最后，就说起了她不争气的儿子谷铁柱。

谷冬梅说："我那铁柱儿呀！"

谷正芳说："铁柱咋了？"

谷冬梅便把谷铁柱拿起书头疼，工作了身懒的事细说了一遍，还说："他自己大言不惭，口口声声地说要自己做生意闯市场，我看他不把自己饿着了就好。"谷冬梅说得忧心忡忡，说得好不伤感，谷正芳听了却不以为然，还说她咸吃萝卜淡操心——"做父母的，自有父母的福，做儿女的，也自有儿女的福，谁都代替不了谁。你大概还蒙在鼓里，你家谷铁柱，真在绛帐火车站把自己的生意做出来了。"九先生谷正芳把他知道的谷铁柱给谷冬梅一说，让谷冬梅大睁着眼睛说不出话来。九先生谷正芳看出了谷冬梅的疑惑，就继续给她说："我二娃梦梦，见天要到绛帐火车站去卖豆腐，他在火车站碰见谷铁柱了，他们碎兄弟一起吃了饭，还一起喝了酒。你知道你娃铁柱做啥生意吗？轻工产品出口。他原来工作的毛巾厂，生产的毛巾都被他包了，有多少要多少，打成包，既往日本出口，又往俄罗斯出口，把娃忙的，腾不出时间咯。你就消消停停地等着好了，到你娃铁柱回来看你的时候，他怕要开着自己的小卧车来哩。"

谷冬梅有点相信九先生谷正芳的话了。她喜得往前一倾身子，伸出手来，一把捉住九先生谷正芳的手，说："开不开自己的小卧车不当紧，当紧的是你让你家二娃梦梦捎个话，让我娃铁柱回来看看我么。"

谷正芳没从谷冬梅手上抽出他的手，说："我二娃梦梦说了，你娃铁柱怕他回来又遭你一顿臭骂。"

谷冬梅说："骂他！我还要打他狗日的呢！"

谷正芳知道谷冬梅说的反话，就不接她的话茬儿，只轻轻地抽了抽被谷冬梅紧紧攥着的手,说:"骂不骂的都是你娃,打不打的也还是你娃,你……你把我的手先松开。"

…………

整整一盒的金丝猴烟,谷冬梅都给谷狗剩点着插在坟头上了。而且,她把她和九先生谷正芳拉手的事,也在心里坦白地给谷狗剩说了一遍。谷冬梅坦白地说了,不知地下的谷狗剩能不能听见,但她看见点燃的香烟,明明灭灭的,升腾着一股一股的烟气,纠结在一起。

要烧的纸烧过了,要点的烟点过了,要说的话也说过了,谷冬梅在谷狗剩的坟前又坐了好一阵子,坐得太阳升起老高,她的肚子都有些饿了时,才扶着身边的那棵柳树站了起来。这棵柳树可是真大呀!蓬蓬勃勃的树冠,把谷狗剩的坟堆全都罩住了。站起来的谷冬梅,扶着柳树粗壮的树干又站了一会儿,向长满了野草的坟堆,深深地鞠了一躬,这才转过身子,向村里走去了。

谷冬梅知道县委上官副书记下村来看望惠杏爱,但不知道通往她家的街巷里怎么又挤了那么多村里人。她在人群里询问,大家都兴高采烈地给她说,你快回家吧,回到家你就知道了。这让谷冬梅丈二和尚摸不着头脑,猜想,该不是她儿子谷铁柱回来了?他那样一个不争气的东西,真会像九先生谷正芳传话给她说的那样,有出息了?

浪子回头金不换……这可能吗?

谷冬梅脚下走得快了起来,离着她家门房改的谷寡婆宗祠还有一截路,她猛一张眼,就看见了儿子谷铁柱,同时还看见了和儿子并肩站在门房前的上官副书记,以及谷大房和九先生谷正芳。

九先生谷正芳刚又为谷寡婆宗祠做了一副雕漆楹联,他指挥着他的二娃谷梦梦爬着梯子,在谷寡婆宗祠的大门两侧,把黑得放光的木刻楹联,对称地悬挂着……唉唉唉,谷冬梅抬手在自己的脑门上拍了一巴掌。几天前,九先生谷正芳就给她说过了,要在这天上午给谷寡婆宗祠挂楹联的,她为此还买了炮仗和红绸布,计划在挂楹联时,给捐献了楹联的九先生谷正芳披红,并燃放炮仗。可是……可是她竟然把这么重要的一件事,忘得干干净净。

没能赶上给九先生谷正芳披红，也没有赶上为他给谷寡婆宗祠悬挂楹联燃放炮仗，谷冬梅遗憾地拍了自己的脑门。正是那用力的一拍，让儿子谷铁柱感觉到了她，他转眼过来，又小跑着，向她跟前跑来了。之前，因为九先生谷正芳正指挥他的二娃谷梦梦给谷寡婆宗祠挂楹联，谷铁柱是朝着楹联看的，上官副书记也是朝着楹联看的，谷铁柱转脸一跑，惊动了上官副书记，他也把关注的目光改变了方向，投注到谷冬梅的身上了。

谷铁柱因为还怕着娘亲谷冬梅，跑了几步，跑到谷冬梅的跟前了，却没敢挨上她，只站在离她还有几步的地方，轻轻地叫了一声："娘！"

上官副书记没有跑，一个县委副书记可是不好那样跑的，他必须走，走得像个县委副书记……怎样才算县委副书记的走法？宪法上没有规定，党章上没有规定，就全靠自己悟了。上官副书记觉悟到的是，哪怕头上下刀子，哪怕脚下烧大火，或者是屎憋到了屁眼上，就要拉在裤裆里了，也不能急，不能跑，只能一步一步、一步一步，稳稳当当地往前走……谷冬梅是他此次来谷寡婆村要看的一个人哩，他就按他觉悟到的应该迈的、也习惯迈的步子，朝谷冬梅走来了。他走到她的跟前，主动地握住她的手，亲切地问候她。

上官副书记说："谷大姐，您回来住得还习惯？"

谷冬梅说："没地方去了么，我不回来怎么办？"

上官副书记说："好我的老领导哩，您到哪儿，哪儿不是您的地方？"

谷冬梅笑了……她知道这位在她身边工作了些年头的县委副书记是很能说话的，便不再和他闲扯了。她问他："最近提的？好，你是该提了。这次你来……"

上官副书记截住谷冬梅的话头，说："我来看望惠杏爱的。您老人家和我的中学老师谷正芳都在村里，我不能到门口了，只看惠杏爱不看你们吧。"

谷冬梅说："老了，没啥好看的了。"

上官副书记说："我看您，是有话要和您说哩。您知道，出现一个典型不容易，惠杏爱还太年轻，我可不想她一露头就消失了。您老领导刚好在村里,您是有经验的,拜托您,今后还要多多关心惠杏爱。她也说了,您对她的帮助和支持是很大的,她感激着您呢。"

谷冬梅说:"就你会说话,说得人爱听,让人像戴了二尺五的高帽子一样舒服。"

谷冬梅说的是实话,也是心里话。

有着大学学历的上官副书记曾在她的手下做过干事。没有多少文化的谷冬梅,当时是很器重上官副书记的。他来谷寡婆村看望惠杏爱,顺便来看她,她是高兴的。但她没有想到,他还提到了九先生谷正芳,说谷正芳是他中学的老师。对此,谷冬梅虽然一点儿都不怀疑,可她不知怎么就还是问了一句。

谷冬梅问:"谷正芳……你说九先生谷正芳是你中学的老师!"

上官副书记肯定地说:"谷老师把苦受了。什么右派?!他就是太出众,教学能力太强,太爱同学们爱戴,就被有些心术不正的人恨上了。"

悬挂好楹联的九先生谷正芳,拍着手走了过来。他听上官副书记给谷冬梅说他,就插进来,说:"过去的日子都是好日子……那些,那些个陈芝麻烂谷子的事,都过去了,咱不说了。"

在县委工作着的上官副书记,赶上了拨乱反正,改革开放的大环境,找他诉苦的人很多,找他给自己要岗位,给儿子、孙子要岗位的人多,此外,又还有这困难、那困难,一大堆的困难要他解决,把他逼得恨不得找个地缝躲起来。老师谷正芳倒好,上官副书记做了充分的准备,来看他,是要听他诉苦摆困难的,他却没有诉苦,没有摆困难,还说什么"过去的日子都是好日子"啊啊,啊啊……我的好老师啊!

上官副书记的眼眶湿润了。

上官副书记拉住九先生谷正芳的手,十分动情地说:"您要给我讲一个困难的,让学生也好报答您呀。"

九先生谷正芳苦恼地笑了一下,说:"我没啥困难,真的没有……不过,乡村文化的重树和建立,是我们不能忽视的,在这方面你能支持我们一下就太好了。"

上官副书记明白了九先生谷正芳说的话的意思,他依旧握着老师的手,眼光却盯在了老师刚刚挂在谷寡婆宗祠门旁的楹联上,他想给老师点头的,也想要开口给老师说话的,但他没能点头,也没能说出话来……复修谷寡婆宗祠,在他这个县委副书记的心里,是赞成的,但他吃不准这方面的政策精神,因而还不能表态。好在,谷冬梅的儿子谷铁柱就在上官副书记的身边站着,上官副书记把谷铁柱的胳膊捞在手里,往前拉了拉,拉到老领导谷冬梅的面前,自然地转换了话题,来给谷冬梅说话了。

上官副书记说:"老领导啊,我不怕给你提意见,你对铁柱太严厉了。我今天路过绛帐,不拉他回家看你,他就不敢回来。你要听我说哩,谷铁柱是咱县上不可多得的人才呢!你老领导还不要不信,要不了许多日子,咱谷铁柱就是县上数一数二的大企业家,数一数二的大老板了呢!"

谷冬梅听上官副书记这一说,再看她的儿子谷铁柱,脸上就有了一层暖色。毕竟是自己的儿子呢,天下的娘亲,谁不盼望自己的儿子好。

娘亲脸上的暖色鼓励着谷铁柱,他又叫"娘"了,叫的声音比之前大了许多:"娘。"

第二十七章

从老爹眼里捕获到指令的谷天明,一刻不停地跑回家来,告诉上官乐,说:"你知道县上领导是谁吗?知道是谁来看望惠杏爱的吗?是咱大哥哩!大哥他被提拔为县委副书记了。你知道吗?跟咱大哥来的,是县上的团委书记和妇联主任。大哥坐的是小卧车,他们坐的是吉普车,一长串子,把村口的路都堵实了,快快,快快,你快起来,咱去看咱大哥去。"

上官乐躺在炕上,身上裹了一条大红绸的被子。她把头埋在被子里,任凭谷天明说破了嘴,也既不应他声,又不往起爬。

谷天明急了,他叫不应上官乐,就伸了手去扯她裹在身上的被子,但凭他怎么扯,也连一个被角都扯不出来,相反,还扯得被子里的上官乐压抑而伤心地哭了起来。

谷天明本来就不是个胆大的人,最怕的又还是上官乐的哭,她一流泪,他便手足无措,恭呆呆的什么也做不成了。不会安慰上官乐,不会劝说上官乐,他就只会任由上官乐自己哭。爱写诗的女孩子,是不是眼泪都多,谷天明不知道,但上官乐确实太能哭了。尤其是近些日子来,一言不合,她就要眼泪汪汪地哭一鼻子。她呀,可真让谷天明不知怎么对付了。要说呢,她原来哭鼻子,瞎好都有她哭的理由,这一次又有什么理由呢?到村里来的上官副书记是她亲哥哥啊,她是娘家大哥大嫂照看大的,娘家大哥来村里看望惠杏爱,娘家大哥提拔成了县委副书记,这可都是大喜事、大好事哩,作为妹子,她怎么就不高兴呢?怎么还哭了呢?谷天明就想,上官乐铁了心要嫁他时,她娘家大哥是不大同意的,便是他们成亲的日子,娘家大哥也连谷寡婆村他们家的门都没进。上官乐哭,该不是还记恨着她娘家大哥的这点儿仇?

想到这里,谷天明释然了。他说:"还是你的办法大,写了一篇关于惠杏爱的通讯,就把县委大书记、你娘家大哥召来了。"

谷天明不说这句话，上官乐还哭得压抑伤心，说了这句话，上官乐就几乎是号啕了。她在被窝里把自己哭得像个患了寒热病的病人，剧烈地打着冷战。

打断骨头连着筋，说的是什么呀？是骨肉亲情。上官乐对她娘家哥有怨不假，但那又算个啥呢？她早就不怨了，更别说仇不仇的。谷天明把原因猜到她娘家大哥的身上，这是上官乐更为伤心的根本原因。上官乐近些时候，时不常地要反思，想她自己为自己做主，为自己选择婚姻，是不是一个错误呢？这么想，是要把她吓一跳的，她就告诫自己不要想。但不想又不能，因此就还要想，想的结果告诉她，她错了，完全错误地选择了自己的婚姻。

啊，错了吗？

上官乐想否认她得出的这个答案，但是身处这个家庭，公公谷大房，婆婆白拴蛾，女婿谷天明，他们是如何对待她的？什么事都瞒着她，什么事都不想让她知道。便是昨晚说大嫂云小兰改嫁谷劳劳的事，虽然没起多大冲突，但那不欢而散的晚饭和公公婆婆火光乱溅的眼神，都让上官乐敏感地意识到，这个家似乎难以容忍她了！

其实呢，上官乐检讨自己，觉得自己似乎也不适合这个家庭。

人心隔肚皮……初婚半年多的时间，一对幸福的新人，已经很难进行心灵上的沟通，因此，也就没法知道对方的心事了。谷天明把上官乐从被窝里叫不起来，急得在炕脚团团乱转，有几次，他烦乱地转到炕跟前，把他的巴掌都举起来了，试探着要往下砸，砸在上官乐身上，把她砸起来，拉着她去迎接她的娘家哥。可他试了几次，终究没敢往下砸，他知道砸的结果，只能更糟，不会更好。没有办法，谷天明就只有软言轻语地哄劝了。

谷天明隔着被子小声地叫："我叫你姐哩！"

谷天明又甜甜地叫："乐乐姐呀，就算你帮我的忙哩，我求你了。"

过去的日子里，这是谷天明哄劝上官乐最有效的办法，不管他俩遇到多么不堪的事情，谷天明软下口来，叫上官乐一声"乐乐姐"，一切的不堪就都不是问题了。恼着的上官乐，就不恼了；哭着的上官乐，也会破涕为笑，甚至，上官乐还会扑在谷天明的怀里，捶打着他的胸脯，给他的脸上糊一坨鲜红的唇印呢。

他们两人同年同月出生,上官乐确实比谷天明长了一天。

谷天明的撒手锏没起作用,上官乐还把她裹在被子里哭得一起一伏……这一办法的失效,让比热锅上的蚂蚁还急的谷天明再没有办法了。高中毕业,没有考上大学的谷天明,回到谷寡婆村的家里,他爹谷大房就总是不怎么待见他,嘴上虽然没怎么说他,行动上,对他还是有要求的。谷天明想要写小说,苦思冥想了一个写作提纲,摊开纸笔,刚要往出写,他爹就吼着叫他下地,说他:"成什么精?念书写字的时候,你怎么弄都有道理,把书熬熟了吃了也行,把墨水煮开喝了也行。你回家来了,回家来就只有春种秋收一条路,把庄稼侍弄好了,仓里有了粮食,才算你娃有本事。"谷天明咋办呀?他不能咋办,他爹说得对,他是个农民了,他必须收心,下到地里侍弄他们家责任田里的玉米、黄豆、落花生……他没有时间在稿纸上的格子里爬了。

手上渐渐鼓起的老茧,为谷天明做着证明,他差不多是个称职的庄稼汉了。

上官乐不讲条件、不讲理由地嫁到谷寡婆村来,给谷天明做了新娘子。上溯八辈子,谷寡婆村也没有这么结婚的——自由恋爱,自由结合。老爹谷大房做了许多年的村支书和村主任,对此,他是接受的,而且也是赞赏的,甚至还有那么一些自豪——他的二娃本事不小呢,能给自己张罗媳妇儿。特别是结婚的那天,上官乐先是一身新潮婚纱打扮,来到谷寡婆村的街巷上,让村里人艳羡得眼里滴得出血;后来又是一身红绸的绣花旗袍,更让村里人恨不得找条地缝躲起来。谷天明充分享受着上官乐初婚到他家的荣耀,他爹谷大房也不例外,那些天,他爹谷大房像是喝了酒似的,脸上红堂堂、亮光光的,对谷天明说话,也比以前客气了许多。谷天明真想永远保持这样的美好局面,可是,这样美好的局面,却似草尖上的露珠,是晶莹的、纯洁的,但也是脆弱的,经不起风吹日晒,会迅速破碎消失,难以寻觅。

叫不动媳妇上官乐,谷天明想象得到他爹谷大房会有多不安。他跺脚转圈地还想再哄劝上官乐几句的,院子里他妈白拴蛾就先尖着嗓子嚷嚷开了。

老爹谷大房一大早迎接县上领导去了，老妈白拴蛾守在家里，按照家里迎接上级领导的老例儿，紧张地准备着酒菜。上官乐没嫁进她家前，都是白拴蛾一个人弄，上官乐进了门，她一个人弄就怎么弄怎么心烦，怎么都不是滋味。上官乐进了她家的门，就是她家的媳妇儿，就该有媳妇儿的样子，做好媳妇儿的事情。可上官乐……是不着调的，也是不像话的，高兴了，偎在自己的身边，自己做什么，就伸手帮着做什么。如果不高兴，就甩脸子，言语上就顶撞人。今天倒好，谁惹她了，她竟埋头蒙被子地往炕上一睡，儿子谷天明叫她，还叫不起来……她，她这是把自己当爷看了吗！

捎话带信的，白拴蛾喊叫着她儿子："天明，你出来。"

硬着头皮，谷天明又把上官乐叫了两声"乐乐姐"，然后应着他妈白拴蛾，揭开门帘，愁眉苦脸走出房门。

白拴蛾不想看谷天明那样的脸。她说："本事大得很么……把你大嫂推到人家屋里去，你来给我帮忙呀。县上领导来，又不是我引来的，我不稀罕他们来。酒呀菜呀，不到锅里走一走，能吃能喝吗？"

谷天明叫上官乐叫不起来，精神几乎崩溃。到院子里来，他妈白拴蛾再这么指鸡骂狗地一说，他是真的崩溃了，也不管他这么做对不对，伸出手来，很干脆地捂住了他妈白拴蛾的嘴。

谷天明说："妈呀！少说些话，没人把咱当哑巴。"

可能是谷天明把他妈白拴蛾的嘴捂得紧了，他妈后退了几步，翻着白眼，嘴里唔唔哝哝地报怨二娃谷天明："你……你这娃……这娃是要你妈的命呀？"

谷天明说："县上领导……妈你知道县上来的领导是谁吗？他是乐乐的大哥哩！"

很能喊叫的白拴蛾，被二娃谷天明的话噎得噤了声，她浑身一个激灵，一把拨开谷天明捂在她嘴上的手，朝上官乐横躺着的屋子撇了撇嘴，心不甘情不愿地转身慢腾腾地去了厨房。一边去，她一边抱怨着："我就说么，势大得呀！有个当县上领导的娘家大哥呢么！唉唉，唉唉，往后这日子呀，往后这日子呀……我看可咋过呀。"

谷天明跟在他妈白拴蛾的身后，小声地，一再地劝告他妈："甭说咧，甭说咧。"

谷天明把他妈的抱怨劝进了她的肚子里，但他轻松不起来。他自知把上官乐叫不起来了，就想，他爹谷大房这会儿不知是怎么个样子，肯定很难受、很不自在吧？谷天明猜对了。跟随在上官副书记，也就是刚认识的亲家哥身边，谷大房很难有插话的机会，因此，他把他的注意力，都放在谷天明回家叫上官乐的事上了。左等不来，右等不来，谷大房觉得他急得心都要从嘴里跳出来了。焦急着的谷大房，感觉他的嘴唇上，一时三刻便爆出了几个大大的燎泡。不过还好，有惠杏爱陪着上官副书记，他问什么，惠杏爱回答他什么。后来，年轻的团委书记也插进去问惠杏爱话了。

团委书记问："你是共青团员吧？"

惠杏爱点头，说："是，我在高中就入团了，现在说，我还是个老团员呢。"

上官副书记在一边听得开心，就也顺嘴说话了。

上官副书记说："你要再进步。乡村有一个问题，很突出——年轻人都不积极要求进步，总想着往出跑。你是一个特例，一个典型，我们会帮助你，让你迅速成长起来的。"

谷大房虽然操心着上官乐咋还不来，耳朵却还逮住了上官副书记的话，他不是个甘心被人边缘化的人，因此，他赶紧插话了。

谷大房说："我给惠杏爱说过了，让她写个申请上来，我们支部马上研究。"

后来，话题又从惠杏爱身上转移到了谷冬梅和九先生谷正芳身上。上官副书记不急着接受谷大房的盛情邀请，去他的家里，而要先去看望这两个人，对此，谷大房一点儿心理准备都没有。当然，谷冬梅退休回村前，是县里的粮食局局长，而且早先还当过上官副书记的领导，他到村里来了，顺道看看她是应该的。但另一个人，九先生谷正芳，他凭什么引得上官副书记先去看他呢，就因为他给上官副书记教过几天书吗？唉唉唉，谷大房在心里哀叹着，心不甘情不愿地随在上官副书记的身边。上官书记随意地走着，走到改建后的谷寡婆宗祠前，碰到扛着一对雕漆楹联过来的谷正芳，突然收起他随意散漫的姿态，迎着谷正芳快走了几步，帮他卸下肩上的木刻楹联，又向后退了两步，很是恭敬地对着谷正芳鞠了一个躬。

上官副书记深情地叫着："老师，谷老师。"

上官副书记这么深情地一叫，不仅让九先生谷正芳愣住了，也让陪着上官副书记下来看望惠杏爱的团委书记和县妇联主任，以及镇上的领导和谷大房他们，还有站得一街两行的谷寡婆村人，都惊愣了，大家圆睁着眼睛，看上官副书记和被他深情叫着老师的谷正芳。

雕漆的楹联可是用的好木材呢！谷正芳精心制作了出来，自己扛了一边，又叫二娃谷梦梦扛了一边。自己的一边被上官副书记突然卸下来，九先生谷正芳还有些不太适应，他失重似的摇晃了几下，才站稳身子，看看给他鞠躬、叫他老师的上官副书记，不知所措地恭立在一边，茫然地看着上官副书记，不知道他是谁，他为什么叫自己老师。

上官副书记发现了九先生谷正芳的窘态，就往谷正芳跟前走了几步，说："您大概不认识我了。您听我说，我初中时是您的学生，我姓上官呀。"

九先生谷正芳喃喃地说："上官……上官……噢呀，你就是痴迷音乐、痴迷秦腔的那个上官吗？"

上官副书记说："老师的记性真不错。"

九先生谷正芳说："老了老了，啥都记不住了，但你……我是记下了。"

上官副书记不知是啥原因，竟然哽咽了，说："师母要是不走，能活到今天就好了。"

这一说，把九先生谷正芳也说得眼睛一片迷蒙，他抬手抹了一把，说："过去了，不说了。你是个有心的人呢，老师我……哦哦……还有你长眠地下的师母，感谢你哩。"

谷大房的反应总比别人快一步，他虽然紧紧张张地等待着二娃谷天明叫儿媳妇上官乐来，但在要他出面说话的时候，他是一点儿都不耽误事的。他看见现在的脱帽老右派，也就是县城中学的老教师谷正芳，和他当年的学生上官副书记回忆往事，都很感伤的样子，就插话进来缓解他们的情绪了。谷大房先向九先生谷正芳介绍上官副书记,说:"你的学生出息大了,是咱县上的副书记哩。当然,我不能瞒你,上官副书记还是我家二娃媳妇上官乐的娘家大哥哩。上官乐的娘家大哥这次来咱们村里,是看望惠杏爱的……"介绍罢上官副书记,谷大房又给上官副书记介绍谷正芳了,他说:"我要给上官副书记说哩,九先生谷正芳在我们村里,我是要把他叫九哥的,他可是个富贵人哩!亲家哥你该知道,大难不死的人必然会有大福,这在你老师九先生谷正芳的身上又应验了一回。现如今,他可是我们谷寡婆村最富有的一家子呢!啥啥万元户,对他家可是不适用了,要翻了倍地说,才顶得上他家的富有哩。"

谷大房热气腾腾的一番介绍,产生了明显的效果,上官副书记和谷正芳师生俩再次见面的悲伤情绪,迅速地退下来了。上官副书记上前一步,很是关切地扶住谷正芳的一条胳膊,他们不约而同地笑了。

上官副书记注意到了谷正芳刚才扛着的楹联,他笑着问:"老师,你这是……"

谷正芳没等上官副书记说出来,就告诉他,这是给谷寡婆宗祠捐的楹联。谷正芳说着话,还让二娃谷梦梦把一对雕漆楹联竖起来,让上官副书记来欣赏。

联曰:

横渠早归　总是福人居福地
绛帐缦悬　后来谷氏扶谷黄

身为县委副书记,上官不好对老师谷正芳他们重修谷寡婆宗祠表示什么,但他认真地读过谷正芳亲拟亲撰并亲自雕刻在两块木板上的这副楹联,对此还是非常欣赏的。他读得懂,上联是为下联做铺垫的。何谓"横渠"?就是北宋时的理学大家张载先生,他所创立的"气学"直追先贤孔子之学,对后来的儒学发展,起到了非常大的作用。张载的故居,就在离谷寡婆村不远的横渠村,因此,当地人常借"横渠"之名,以为他们成为张载先生的邻居,就是他们的大福气了。下联的"绛帐"二字,典出东汉时期的经学大家马融。马融开坛讲学,习惯在一高台之上,竖起两根木头,悬挂起一面纱帐,到晚上,帐后灯影绰绰,照得纱帐一片红亮,而他端坐绛帐之前,抑扬顿挫地向自愿而来的徒子们讲授学问。现在的绛帐火车站,便是马融悬帐点灯授业之地。谷正芳搬出"横渠""绛帐"两个本地最为脍炙人口的典故,只是为了颂扬他们村的老祖宗谷寡婆,"后来谷氏扶谷黄",才是这副楹联的核心部分。谷正芳如此写,用意不言而喻,是要谷寡婆村的人,都感念老祖宗谷寡婆的恩德,树立正气,相互扶助,共创幸福美满的新生活。

在官坟看望丈夫谷狗剩花费了太多的时间,谷冬梅见到上官副书记时晚了一些,前面的经过她不知道,一来就见上官副书记端详着九先生谷正芳为谷寡婆宗祠悬挂的楹联,便偏脸看着他,想从他的脸上看出他对此事的态度来,但她什么也没看出来。于是,她也去看九先生谷正芳为谷寡婆宗祠特制的楹联,她一眼看过,只觉九先生谷正芳雕漆的楹联很好看,但她的文化知识有限,还不能搞懂楹联的意思,就来请教上官副书记了。

本来请教九先生谷正芳更方便一些,但谷冬梅的心理上有了些敏感的变化,因此,她就把请教楹联大意的人选定为上官副书记。

上官副书记忌讳对修复的谷寡婆宗祠说些什么,但他读过老师谷正芳拟写的这副楹联,还是有颇多感慨,还是有话要说的,他便在谷寡婆村人的簇拥下,字斟句酌地把楹联解释了一番。最后,还又不失时机地号召谷寡婆村的人,都要如九先生谷正芳在楹联里所倡导的,互助友爱,创造未来。

掌声把上官副书记下面说的话湮没了。

人群中,把巴掌拍得最响的是谷冬梅的儿子谷铁柱,他热烈地鼓着掌,似乎还不能表达他的心情,间或还把食指曲着,塞进他的嘴里,吹出一声尖利的啸声。

太阳忽忽悠悠的,腆着它的红堂堂的脸盘,不偏不斜,照直挂在谷寡婆宗祠门前的那棵大皂角树上。谷大房等不来二娃媳妇上官乐,但他又不想把他村支部书记兼村主任的风头,都让退休回来的谷冬梅和脱帽右派谷正芳占了去,便不顾他们原来的上下级和师生关系,插进话来,再次邀请上官副书记去他家里。

谷大房说的是他前头说过的话:"亲家哥呀,走到门口了,咱走,你妹子在家等着你哩。"

谷冬梅是上官副书记原来的老领导,谷正芳是上官副书记原来的恩师,但是这些关系,比之上官副书记和他妹子上官乐的兄妹关系来,总归有那么点儿差距。本来,谷冬梅和九先生谷正芳都有邀请上官副书记去他们家里坐坐、喝杯茶、吃顿饭的想法,听了谷大房的邀请,他俩相视而笑,就都不好意思再张口了,也都帮着谷大房说话了。

谷冬梅说:"下次你要看我,就专门抽个时间来,我还真的有话和你说哩。"

九先生谷正芳说:"你家妹子的文采不输你呢。好了,快看你妹子去。"

上官副书记把谷冬梅和谷正芳刚才那相视一笑尽收眼底。回想他俩刚才和他说话的神情,他突然蹦一个问题来,两位老人,一个长期寡居,一个长期鳏住,他们俩……啊啊!啊啊!上官副书记在心里叹息了两声,脸上即刻浮出一抹暖暖的色彩。他凑近老领导谷冬梅的耳朵,给她悄悄地说:"我的中学老师有才吧?"谷冬梅还在愣愣地琢磨上官副书记的这句话,他又把他的嘴巴凑近了九先生谷正芳,也给他悄悄地说了一句话:"我的老领导怎么样?有情有义的一个人哩!"

上官副书记分别给谷冬梅和谷正芳说了一句话后,也不等他们明白过来他说的什么,就向两位告别,转身跟谷大房向他家里走去,去看他的妹子上官乐了。

上官乐依然裹着被子,蒙头盖脸地躺在炕上。

上官乐起先这么躺着,只是觉得心里有气,只是觉得不舒坦,躺着躺着,竟躺出一种绝望来……绝望,为什么绝望?上官乐的脑子里盘旋着这两个字,就一直躺着,躺到后来,居然躺得头昏脑胀、胸闷气短,似乎真就躺出病来了。

在新房走出走进、团团乱转的谷天明,没能叫起上官乐,却又看见了从头门口走进来的妻哥上官副书记。谷天明大大地犯头痛了,他不知道是先迎上去，迎住妻哥上官副书记，还是返身蹿回他们的新房里，给上官乐通报她娘家哥来了——"快起来呀！真的来了！"

就在谷天明迟疑的时候，从头门里走进来的上官副书记，已气宇轩昂地走到他的跟前，问他话了："乐乐呢？她还好吧？"

谷天明个头并不比上官副书记矮，可他在上官副书记的问话声里，感觉自己越来越矮。他说："大哥来了。我和乐乐还说去看大哥的。"

上官副书记点了点头，说："我就是放心不下乐乐。"

谷天明偏过头来，看了看挂了大花门帘的新房，想说什么，却一时语塞，什么也说不出来。随在上官副书记身边的谷大房，只用他的眼睛，就已看出问题来了。他指派二娃谷天明回家来叫上官乐，二娃不仅没有叫动上官乐，很可能还叫出了麻烦，闹出了矛盾。上官副书记作为上官乐的娘家哥，头一次上他的家门，他可不想闹出不愉快，给这位有权有势的亲家哥留下不好的，甚至是坏的印象来，闹得不好，他可就是背着儿媳妇朝华山——后伤屁股前伤脸。谷大房必须争取时间，来阻止险情出现。

谷大房向前跨了一步，引导着上官副书记，又说："乐乐他哥，咱上房请。"

西府的礼数就是这样的呢，来了亲戚，怎么着都要先进一家之长的屋子，这是亲戚对这个家庭的尊重，也是这个家庭对上门亲戚的尊重。上官副书记不进谷大房的头门，他是堂堂正正的县委副书记；进了谷大房家的头门，他就是这个家里的亲戚了。谷大房热情引导他，他就不能不顺从谷大房的引导，跟着谷大房去上房。

谷天明殷勤地跑了两步，便站住不动了。他目送着他爹谷大房和妻哥上官副书记进了上房，便迅速转过身，又钻进他和上官乐的新房，来劝上官乐了。

谷天明隔着被子说："你听见了吧？啊，你听见你哥来了吗？"

上官乐也许是哭得累了，这时静静地躺在被子里，一动不动，仿佛没了呼吸。

谷天明说："起来吧，我求你了。"

上官乐还是一动不动，一言不发。

谷天明听起来很可怜，甚至扯出了伤心的泣声。他说："我可不敢让你哥起疑心，认为我怎么欺负你呢。你要知道，我头一回见你哥，我可不想他心里不开心，那样我……你知道的，我会更伤心的。"

上官乐是吃了秤砣铁了心的，任凭谷天明怎么劝说，她就是一动不动，一言不发，无动于衷。谷天明没法子了，他怕老爹谷大房和妻哥上官副书记在上房等久了还不见上官乐，那他的罪就大了。于是，他斗胆又一次伸手去扯上官乐裹在身上的被子，可他刚把被子一角拽在手里，裹在被子里的上官乐，便又一次不管不顾地哭出了声，吓得谷天明把他拽着被角的手，麻利地缩了回来。

在上房里，谷大房招呼上官乐的娘家哥往炕上坐，被上官乐的娘家哥婉言拒绝了。上官乐的娘家哥说他们来了一队人哩，不能自己做了亲戚，往炕上一坐，把大家都撂在日头下。谷大房就不好再请上官乐的娘家哥上炕了。他顺嘴说："我去把陪您来的人都请进来，我准备了的，大家在我这里吃饭，也算我把你这个贵客招待了呢。"上官乐的娘家哥又拒绝了，说："我们那么大一队人，还不把你吃穷了？听我说，我可不想我的妹子因此吃稀饭喝稀汤的。"谷大房笑了，他笑着反驳上官乐娘家哥的话："哪能呀，哪能呀。"谷大房虽然诚恳地反驳着，却也没有坚持出门去请同上官乐娘家哥一起来的人。谷大房原本是想留上官乐娘家哥吃一顿饭的，喝喝酒，吃吃菜，也好把他们的亲戚关系调和一下。但他已经清楚地感知到，二娃媳妇上官乐是存了心不给他这个公公和这个家面子了，既如此，再留上官乐的娘家哥吃饭，便是自讨没趣，倒不如说说话，人家大书记要走就让人走好了，甚至可以说，早走倒比晚走好。

谷大房想到这一层，就不把上官乐的娘家哥往炕上请了。屋脚地有两把做工粗陋但敦实的木椅，谷大房就做着手势，让上官乐的娘家哥坐上去，又一边给他递烟沏茶，一边说自己在谷寡婆村当支部书记和村主任的难场。

谷大房说了，说他在村里当支部书记有些年了，后来又兼了村委会的村主任。他说他不说牢骚话，村里的干部就不是人干的，处理村民之间的那点儿事，要左手提一个泔水桶，右手提一桶花生油，该喝泔水了，就把泔水桶举起来自己喝,该给人平事了,就把花生油端着让别人喝。"唉,我是干够了,干烦了,干得没劲了。过去,我还想像谷冬梅一样,在村里好好干,喝泔水咱喝,送人花生油咱送,盼望着有朝一日,也能招了干,吃上商品粮,穿上四个兜,不说光宗耀祖,自己脸上也有光呀!现在我看要黄了,政策都变了嘛!变得我的眼前像有无数蛾子在飞,我不知道跟着哪只蛾子走才是对的。那些蛾子呀,全都花枝招展,全都随风起舞,我是实实地看不清了,弄不懂了,我怕要成为一个瞎子了呢!"

谷大房一直压抑着心里的苦闷,遇着了上官副书记,他像遇着了知音似的,喉咙口的闸一开,积累的满肚子的问题,便像渭河发了洪水,猛然间倾泻而出。他一口气说了那么多,似乎还不满足,就又说:"农村干部就不是干部了?农村干部不少费唾沫,不少伤脑筋,而跑的腿、流的汗也不少,可农村干部是啥待遇?一碗水怎么就端不平呢?"

不论是作为县委副书记,还是作为谷大房二娃的娘家哥,上官的大哥都把谷大房的话都听进耳朵里了。但他并不爱听谷大房的话,他之所以进谷大房家的头门,就是来看妹子的。妹子上官乐躲着不见他,他还能坐在上房的椅子上喝茶听她公公谷大房倒委屈吗?

上官副书记没对谷大房的冤屈表示什么,他喝干了一杯茶水,站起来说:"我看看乐乐去。"

谷大房拦挡着上官副书记说:"你踏实坐着,乐乐一会儿就来了。"

上官副书记说:"她结婚,我没来,给我记上仇了。"

谷大房听上官副书记这一说,也不拦挡了。他解脱了——要是上官副书记不这么想事,他就真的不知怎么下场了。有理不亏上门客,谷大房无可奈何地苦笑了一下,放下他的胳膊,让上官副书记走出上房门,朝挂着花红门帘的儿媳妇上官乐的屋子去了。

上官副书记叫着妹子的名字:"乐乐,乐乐,你给哥把仇记到啥时候呀?啊,哥看你来了,你坐起来,让哥看看我妹子是胖了瘦了。"

上官乐可真是沉得住气,先前,女婿谷天明叫她她不起来,现在娘家哥站在她的炕跟前叫她,她还是不起来……县委副书记啊,她的娘家哥的脸在一点儿一点儿地变红,最后,他给裹在被子里的上官乐说:"都是我把你惯出来的。"

上官副书记在妹子的炕跟前又站了一会儿,发现妹子上官乐实在没有起来的意思,这才往出退了。他退着说:"好了,我走了,过两天让你嫂子来看你。"

红着脸的上官副书记退出妹子上官乐的新房,走到头门口了,忽然听见忙碌着的厨房里,正"滋啦滋啦"炒着菜,一种有着野味的菜香气,忽忽悠悠地飘荡出来,钻进了他的鼻孔。他顿了顿脚,给送他出来的谷大房和谷天明不无遗憾地说话。

上官副书记说:"我闻到菜香味儿了。以后呢,我挑时间一个人来,尝尝亲家的手艺。"

第二十八章

天欲扑黑的时节，陈增强开着工地上的小四轮拖拉机来了。

与惠杏爱约好了的，今天，她拉一车沙子来，还要去另一家工地上签订供沙合同，可是惠杏爱没有来，这让陈增强一整天心神不安，猜想，惠杏爱是怎么了？她从来都没有爽约过的。陈增强太想往好处猜想了，可他想不出别的理由来，便很心慌地猜想，惠杏爱是病了吗？或者是小四轮拖拉机出了毛病？他百般猜想，甚至猜想惠杏爱出了车祸，把自己伤着了！这么痛苦地猜想着，他便赶在收工后的第一时间，驾驶着工地上的小四轮飞也似的到谷寡婆村来了。

陈增强没有下河滩，他驾驶着小四轮拖拉机直接去了惠杏爱的家。

一切都很正常，一切又似乎很不正常。

之所以说很正常，是因为事情并不像陈增强瞎猜想的那样。事实上，惠杏爱好好的，她自己没有生病，她心爱的秦川牌小四轮拖拉机也没有毛病，惠杏爱没有出事故，也没有伤着。之所以很不正常，那就是陈增强发现，这个农家小院是从来没有过的整洁有序，就是一把锄头一张锹，都放得非常讲究；院子光光亮亮，想找一根鸡毛杂草什么的，也找不着了；小四轮拖拉机擦得油光水滑，纤尘不染；便是家里的老小，也都像过年一样，穿着新衣新鞋……陈增强把他的小四轮拖拉机停在头门外，三步并作两步，闯进惠杏爱的家，看到的就是这样一幅情景。

惠杏爱迎着陈增强，她想要掩饰什么，却又无法掩饰，便冲着陈增强笑着说："县委上官副书记今天看望我来了。"

陈增强把心放下来了。

陈增强脸上便有了亮光，说："怪不得你违约了。"

惠杏爱依然明亮灿烂地笑着，说："对不起。"

陈增强说:"这是好事哩。"

惠杏爱说:"你说这是好事?"

陈增强说:"难道说还是坏事?上官副书记能来看望你,那是你的大荣耀呢,同时,这也是对你的大力支持啊!"

惠杏爱就把上官副书记赞同他俩合伙开办沙石场的事给陈增强说了。她还说,看望她的上官副书记还建议他们,可以想得再多一些,干得再大一些,利用渭河河道用之不完的沙石以及渭河闲置的荒滩,办一个混凝土构件厂,向沙石的深加工发展,浇筑楼房预制板、水泥电杆和水泥桥梁什么的,经济价值要高得多,利润空间也要大得多。惠杏爱说到高兴处,忘乎所以地拉住了陈增强的手,很是恳切地问他话。

惠杏爱说:"我就等你一句话哩,你说上官副书记说的弄得成弄不成?"

陈增强坚定地说:"上官副书记支持弄,就没啥弄不成的。"

惠杏爱把陈增强的手拉得更紧了,说:"技术上呢,技术上怎么样?"

陈增强说:"技术上我想办法。"

陈增强说着话,一下一下挣着,想从惠杏爱的手里把手抽出来。不知惠杏爱是无意的,还是有意的,手攥得很紧,头一下,陈增强没能把手抽出来,最后一下用了力,才从惠杏爱的手里抽出了自己的手。抽出手的陈增强,建议惠杏爱说:"我开着小四轮拖拉机来了,总不能空着开回去吧,咱到河滩上去,我装一车沙子拉回绛帐火车站,你也算有一车的收益哩。"惠杏爱答应着陈增强,但又操心陈增强来得匆忙,没有吃上晚饭,饿了肚子,就拦着他,说:"咱先不急,喝汤吃饭,吃饱了肚子咱俩再去。"

在工地上忙了一天的陈增强,不是惠杏爱这么说,他都没感觉肚子饿,惠杏爱这么一说,他还真的感到肚子饿了。嗨,都是惠杏爱的失约闹的。午饭时,热锅上的蚂蚁似的陈增强,端着碗也没能好好吃,而晚饭,他急着赶路,干脆连碗都没端。也不知是惠杏爱的话刺激了陈增强,还是他实在太饿,肚子恰在这时"咕咕"叫了起来。

惠杏爱听见了,有点得意地笑了起来。

陈增强就手捂着肚子说:"我要说我肚子不饿,我的肚子可都不答应呢。"

菜都是为迎接县委上官副书记他们准备的，有任喜过送来的豆腐，还有家里准备的鸡蛋和菜蔬。惠杏爱要做饭，材料都是现成的。在妹子谷门环的帮助下，她很快炒出了四个菜，并且下了一锅长面条。惠杏爱把菜端进了公公谷敬勤的上房，搁在炕沿上，把公公扶起来坐好，又邀着陈增强，让他也上了炕，和公公坐在一起。她则坐在炕沿，招呼着公公和陈增强吃菜。这四样菜，有一盘是炒鸡蛋，黄黄的，嫩嫩的；有一盘是烧豆腐，白白的，鲜鲜的；另两盘，荤的是葱爆腊肉，素的是油煎茄子，都是红红的、绿绿的，很是夺人眼目。这些菜还没吃进嘴里，大家已馋得舌头上水淋淋的了。公公谷敬勤以主人的口气，招呼陈增强用饭了。陈增强的客人身份是明显的，但他是要推让的。推让中，公公谷敬勤和陈增强都动起了筷子，而在这时，惠杏爱才猛然想起，她忘了拿酒。惠杏爱让公公谷敬勤和陈增强先慢用着，她则从上房门里出去，到了厨房，取出她结婚和安埋婆婆贾桂仙、女婿谷门坎时余下来的酒，拿到上房屋里，给公公谷敬勤和陈增强都满满地斟了一杯酒……本来，她是不想给自己斟酒的，但她把给公公谷敬勤斟的酒端给他，回头给陈增强端酒时，她看见了陈增强冒着火花的眼睛，就也心慌意乱地给自己斟了一杯酒。

惠杏爱端起酒杯，她没看公公谷敬勤，也没看眼里冒火的陈增强，只说了一个字："喝。"

惠杏爱"喝"字刚吐出口，便仰脖子把一杯酒灌进了喉咙里。公公谷敬勤和陈增强看着惠杏爱，看她喝酒喝得那么大胆，就都有点儿愣，就都端着酒杯，没往嘴里倒。

说来奇怪，惠杏爱原来是不会喝酒的，沾一沾嘴唇，她都会咳嗽哮喘，把自己呛得脸红脖子粗，之前为答谢陈增强而请的那顿酒，她虽然喝了不少，也觉得呛辣。可今天傍黑，她把满满一杯酒喝了，却什么事儿都没有，反而还觉得，那烧烧辣辣的酒浆，从她的喉咙里往下滑，让她有一种说不出来的情意，让她想笑，同时又想哭。她回味着烈性白酒对她肠胃的刺激，又给自己斟了一杯酒。她端起酒来招呼公公谷敬勤和陈增强，劝他们喝时，才发现他俩没有喝酒，且都看着她，有点儿惊讶，还有点儿茫然。特别是公公谷敬勤，他看着惠杏爱，却还要时不时地瞥一眼陈增强。

惠杏爱不想理会公公谷敬勤和陈增强注视她的目光，她把斟给自己的第二杯酒端着，声音坚定地招呼他俩："喝呀！怎么不喝呢？"

惠杏爱说完，也不管公公谷敬勤和陈增强喝不喝，她自己又仰着脖子，把第二杯酒灌进了喉咙里。

进出端菜端饭的谷门环，这时端着捞在碗里的面条进来了。她一手端着一个面碗，先给炕上的老爹谷敬勤面前放了一碗，再给炕上的陈增强放了一碗。腾出手来，她便要去接嫂子惠杏爱手里的酒盅子，但惠杏爱挥了挥手，谷门环没能把她手里的酒盅子接过去。而惠杏爱又抓起酒壶，再次给自己斟了一杯酒。

这一杯酒，惠杏爱斟得快，喝得也快。她没再招呼还端着头一杯酒没喝的公公谷敬勤和陈增强，迅捷连贯地就把第三杯酒灌下了她的喉咙。

谷门环惊呼起来："嫂子！嫂子！"

谷门栓在姐姐谷门环的惊呼声里，像头小狮子一样，冲进上房屋里来，抱住了惠杏爱拿着酒盅子的手，也像他姐谷门环一样惊呼起来了："大姐！大姐！"

憨憨的谷门墩，把他显得有点儿大的脑袋，从上房的门口伸进来了。他先伸了一下头，缩回去，又很快地伸进来，然后又缩回去……坐在炕上的陈增强，僵僵地端着酒杯，他听得见没进上房门的谷门墩，在用他的拳头砸着打的院墙，"咚——咚——咚——"他每砸一拳，院墙上都有被砸落的土屑"唰——唰——唰——"地落到地上。

陈增强想说什么的，踌躇了一阵子，却没能说出一句话来。倒是瘫痪在炕上的谷敬勤，自认为洞悉了惠杏爱的全部心事，他又一次地把注视着惠杏爱的目光，在陈增强的脸上扫了一下。

谷敬勤说了："杏爱，你心里不快活？"

惠杏爱没接公公谷敬勤的话。

谷敬勤又说了："上官副书记来看望你，支持你，你不高兴？"

惠杏爱依然沉默着，没接公公谷敬勤的话。

公公谷敬勤以为他说到惠杏爱的心里了。于是，他十分饶舌地劝说惠杏爱："这有啥不高兴的呢？都是你任劳任怨为咱家干出来的，上官副书记来看你，那是你的荣誉，也是他的荣誉……当官的嘛，不能只自己本事大，能说会道，他还要有别的人帮衬他哩！退休回到村子里的你冬梅婶，上官副书记看望她时，给她也说了，要她支持你、培养你……再有你大房叔，向上官副书记做了保证，要坚决听从县委的安排，把你树立起来！咱村人都说你是老祖宗谷寡婆转世的，要我说，你冬梅婶才是你的榜样呢，你现在像她当年一样了。上官副书记来看望，他说要支持你、培养你，你就等着么，你有你的好前程哩。"

公公谷敬勤的一大堆话，虽然饶舌，却不无道理，惠杏爱一句不落地全都听进了耳朵。她惊讶于平时闷葫芦般的公公谷敬勤，其实还是很能说话的，她几乎都要被公公谷敬勤说得放松心情，快乐起来了。但她的目光又接上了陈增强的目光，那双冒着火花的眼睛呀！惠杏爱苦恼极了，她恨不得把她被谷门栓抱住的手抽出来，再次斟满一杯酒，然后仰着脖子灌下去。

谷门栓把惠杏爱的手抱得太紧了，惠杏爱抽不出来，就对给她说了一堆话的公公谷敬勤说："爹的话我懂。"

公公谷敬勤便如释重负似的在他端着的酒盅子里小小地啜了一口，说："这就对了。杏爱呀，你可是要快活哩，高兴哩。"

陈增强在谷敬勤劝说惠杏爱的话语里，低头也把他端在手里的酒啜吸进了肚子里。

然而，惠杏爱并没有因为公公谷敬勤的劝说快活起来，高兴起来。当然，她也没有再喝酒，她强装欢颜，招呼着公公谷敬勤和陈增强吃了菜，吃了面，就和陈增强一起，驾驶着陈增强开来的小四轮拖拉机，到渭河滩上去装沙子去了。

在这个应该快活高兴的日子，像惠杏爱一样没能快活高兴起来的人，还有村支书兼村主任的谷大房。县上领导要来谷寡婆村看望惠杏爱，接到通知的谷大房是高兴的，他的准备工作，做得也可说是天衣无缝。惠杏爱作为本次活动的主角，配合得也算完美。好像一切都朝着谷大房的期待在发展。

更让人惊喜的是，前来看望惠杏爱的上官副书记，竟然就是二娃媳妇上官乐的娘家哥！啊，这可是太好了呢。在最基层的村级组织中，当个支书、村主任什么的，"上边"没人也是不好当的。乡下人说的好，"朝里有人好做官，灶火有人吃干饭"，说的可不就是这个理儿吗。谷大房在谷寡婆村当着支部书记，又兼着村主任，他是谷冬梅在村里发现并提拔起来的，在过去，他可都是仰仗着谷冬梅的势哩。人民公社时，谷冬梅是绛帐人民公社的党委书记；撤销了人民公社，恢复了乡镇体制，她又做了好几年的绛帐镇党委书记；再往后，她就被提拔到县里当了粮食局局长，人不在绛帐镇工作，势还在绛帐镇扎着。因为有谷冬梅，谷大房就把谷寡婆村的权力抓得紧紧的，任谁想要和他较劲，最后的结果只能是两个字，失败。谷冬梅退休回了村子，一开始，谷大房敬着她、尊着她，还想披着她的老虎皮，在谷寡婆村吓人。可是渐渐的，谷大房发现，他这么想是错的，大错而特错了呢。退休回村的谷冬梅，再不是他可以依靠的靠山谷冬梅，而是专挑他的刺，要和他作对的谷冬梅了。这让谷大房苦恼极了，正日思夜想，要为自己寻找一个可与谷冬梅相抗衡的靠山时，县委的上官副书记到村里看望惠杏爱来了。上官副书记是二娃媳妇上官乐的娘家哥，是他亲亲的真米实曲的二娃谷天明的大舅子，他攀上这么一个亲戚，就是找到新的靠山了，在谷寡婆村，谷大房就还是谷大房，谷冬梅或是别的什么人，又能奈他何？

可是，二娃媳妇上官乐的不留情面，几乎把谷大房匆匆想象出来的美丽图景撕扯得粉碎了。

上官副书记见不上妹子的面，悻悻地，又不好意思地走了后，谷大房阴沉着个脸，在院子里走进走出，一直坐不下来……以往的日子里，谷大房在家里是很坐得住的。他有一把折叠式的躺椅，秋末收起来，春尽取出来，就放在上房的檐台上，他没事了，或是想事时，都要习惯性地躺在躺椅上。他躺着，手一伸，老伴儿白拴蛾就会把一个大有讲究的宜兴茶壶——泡了上好的陕青叶子——热乎乎地送到他的手上，他啜饮那么几口，手再一伸，老伴白拴蛾就又会适时接了去。然后，他就舒舒服服地靠在躺椅上，舒舒服服地吃他咋吃都吃不厌的黑色四棱棒，吐出来的烟，在他的脸面前不紧不慢地飘着……可是，他今天坐不下来。一把他时常用着的大蒲扇，占了他的位置，静静地卧在折叠式躺椅上。

家里静极了，没有狗出入，没有鸡飞腾，上官乐依然蒙头盖被地睡在炕上，女婿谷天明赔着小心坐在炕沿上，隔一会儿就在蒙头睡在被子里的上官乐身上拍一巴掌……只有谷大房，脚不停，腿不停，在院子里没头苍蝇似的兜着圈子。他的老伴白拴蛾，万般无奈地坐在上房炕上，透过窗子上那块不大的玻璃，看一眼院子里的谷大房，然后低下头去，没低多久，就又抬起来，透过窗玻璃去看谷大房……云小兰不在家，天未大亮的时候，她就悄没声息地出了院子，到渭河南岸谷劳劳的良种猪饲养繁育基地里去了。

生在谷寡婆村，在谷寡婆村长大的谷铁柱，难得回谷寡婆村来了。他今天回村来，看他妈谷冬梅是一回事，看上官乐是又一回事。

被娘亲谷冬梅瞧不起，伤透了心的谷铁柱，并不是娘亲谷冬梅想象的那样的。他读书读不进去，在工厂干活也干不下去，但他下海做生意，却做得风生水起，做得很是顺利。县毛巾厂生产的毛巾，积压了许多，有一些花色落伍的，堆在库房里，差不多就只有等着腐烂了。谷铁柱西去陈仓，东到西安，瞎跑瞎撞，跑得可谓口干舌燥，撞得可谓头破血流，几乎无路可走了，这时，他在西安街头遇着了一件事。几个贼眉鼠眼的家伙，跟踪着一位西装革履的人，这个人的胳膊窝里夹着个黑色的皮包，在西安街头旁若无人地走着。这人过马路，贼眉鼠眼的家伙们也过马路；这人顺着长街端直地走，贼眉鼠眼的家伙们也顺着长街端直地走……也是谷铁柱无事，无聊，他发现了街头上的这一幕，就很有兴趣地也跟着他们在西安的街头走。走到一个窄巷口上，贼眉鼠眼的跟踪者中，有个很瘦很瘦的家伙，小跑着上去，只把那西装革履的人撞了一下，就把那人夹在胳膊窝里的黑色皮包偷到了怀里。瘦家伙小心地抱着皮包，头也不回地拐进了窄巷子。谷铁柱想，那西装革履者应该知道他的黑色皮包被偷了。但没有，那人被撞过后，依然向前走着。谷铁柱急了，抢前几步，一边朝那西装革履者大喊大叫："你的黑皮包被人偷了！"一边撒开脚丫，朝窄巷里的瘦子追了去。四肢发达的谷铁柱，追个瘦子是太容易了——他在学校读书的时候，文化知识学得不怎么样，但体育课成绩却很突出,特别是长跑短跑,他拿了不少牌牌。现在,他追一个瘦猴小偷,还没真正跑起来,就追到了。他把瘦子扑到地上,从瘦子的手里夺过了黑色皮包。西装革履者听到了谷铁柱的大喊,回头又看见去追瘦子的谷铁柱,这才明白发生了什么事,就也不管自己的仪表了,跟着谷铁柱向偷了黑色皮包的瘦子追了去,就在边追边喊叫时,那西装革履者发现瘦子的四五个同伴正向谷铁柱围过去。其中一个家伙手里拿着一把弹簧刀,举刀就往谷铁柱的身上捅。从瘦子手里夺过黑色皮包的谷铁柱被捅了一刀后,回了一下头,嘴里呢,很自然地发出一声惨痛的呐喊,眼睁睁看着瘦子的同伴,架起瘦子落荒而逃。

谷铁柱就这么认识了那西装革履者。

躺在西安的医院里,西装革履者天天来看谷铁柱,他说谷铁柱见义勇为,是个时代英雄哩!他还给谷铁柱介绍,说自己是省里一家外贸公司的业务员,他被瘦子偷了的黑色皮包里,都是与外国公司签订的贸易合同。一来二去的,谷铁柱向西装革履者说了他的情况,并且说了他工作过的毛巾厂。他这一说,西装革履者从自己的黑色皮包里拽出一纸合同,让谷铁柱往合同上看,问他看清楚了没有,那是毛巾外贸合同呢!"县毛巾厂积压了多少过时毛巾,可都不是问题了,我全要了,打包发到国外去,有的钱赚哩!"

西装革履者感激谷铁柱,让他在当地成立一个公司,先把县毛巾厂的积压品全签下来,再让毛巾厂把生产中的毛巾,照着外商的要求印染出来。西装革履者说了:"我打预付款,你把货往省城送,一条龙作业,不出一年半载,你谷铁柱就是大老板了!"

西装革履者信守诺言,和谷铁柱认真地做着毛巾外贸生意,一年半载的,谷铁柱果然就成了绛帐火车站上的大老板了。

上官乐偶然地认识谷铁柱,也就在绛帐火车站的街头上……那天,谷铁柱信心满满地陪客人喝了一场大酒,人有点儿飘。走在街道上,他不断地给过往的人打招呼,而过往的人也不断地给他打招呼……谷铁柱不再是原来读不了书,做不了工的他了,他幸运地成了大老板了,他有资格和条件,信心满满地与他认识的人在大街上打招呼了,他把这看成他获得成功的一种体现。谷铁柱不知道,给惠杏爱写下通讯稿的上官乐,到了绛帐火车站后,想着要对其中的一些情节做些修改,一时找不着合适的地方,就趴在邮电所的高柜台上,很是别扭地翻改着通讯稿,被晃荡在绛帐街上的"骚怪"谷中秋,不经意地看见了。谷中秋再怎么"骚怪",也只可以在任喜过或别的人跟前发发骚、耍耍怪,在上官乐跟前,他是一点儿都不敢的——借他两个胆他都不敢。上官乐是支书兼村主任谷大房的二娃媳妇,而他是谷大房脚前的一只狗,怎么说,上官乐也算他的"主子"呢,"骚怪"岂敢在主子跟前发骚耍怪?但如果主人有了困难,就是狗奴才大显身手的机会呀——"骚怪"谷中秋碰上这样的机会了。他像贼娃一样,出溜到上官乐的身后,探头看了一眼,他就看出了上官乐的困难,就指胸跺脚地给上官乐说话了。

"骚怪"说:"唉唉唉,你这是弄啥哩?看把你难场的,不就是需要一张桌子一把凳子吗,咱村谷铁柱把事弄大了,在绛帐街头开了公司,他那里的桌子大,凳子软,都是很美的,你去了,正好给他开光哩。"

"骚怪"说得天花乱坠,上官乐听得大感疑惑,但她还是在"骚怪"的引领下,去了谷铁柱的公司,在那里修改了她的通讯报道。

是日,上官乐还带了她写的几组诗,准备在投寄关于惠杏爱的通讯报道时,也把她的组诗装进信封寄出去。上官乐在修改通讯报道时,有人端了热茶,放到她的面前,看见她撂在一边的诗稿,就没有立即走开,而是俯下身来,细细地了读起来。

写了诗歌,就是让人读的。上官乐发现给她端来茶水的人很是在意她的诗歌,就把她的诗歌拿起来,交给那个人,说:"想读就大方地读,猫着个腰,多累呀!"

上官乐不知猫腰读她诗歌的人就是开公司的谷铁柱。她把诗歌交给他后,就又埋头在写惠杏爱的通讯稿里,认真地修改着。她没有想到,开公司的谷铁柱,并不像他妈谷冬梅说的,拿起书就瞌睡——他学习偏科,数学和理化方面的书他看不进去,一看就犯困,可是文学类的书籍,比如小说、散文、诗歌,就不同了,他会看得如饥似渴,看得忘了自己呢!特别是诗歌,他似乎更喜欢一些，看着时，往往还会朗诵起来哩。

可不是吗？谷铁柱就站在上官乐的身边，举着她写的诗歌，很有磁性地朗读起来了。

他先朗读的是上官乐写的一首《坐在月光下的乡村》：

　　坐在月光下的乡村
　　和月亮般明净的乡村旧事对语
　　蜗牛，青蛙，蚂蚱，知了
　　牵牛花，喇叭花，野菊花，打破碗碗花
　　还有那颗草尖上的露珠
　　轻轻一碰
　　便凉津津碎在掌心

谷铁柱的朗读是深情的，他不仅打动了自己，也把写了诗歌的上官乐打动了。上官乐停下笔，抬起她的脑袋，偏过脸注视着朗读她诗歌的谷铁柱。

也是谷铁柱朗读得太投入了，他没有理会上官乐，把《坐在月光下的乡村》朗读完了后，没有停顿，他就又朗读起上官乐另一首名为《秋天来了》的诗了：

　　秋天来了，日子变得五彩缤纷
　　嫩黄嫩黄的是剥下的玉米
　　嫣红嫣红的是日晒的高粱
　　还有杂色的豆子，以及
　　　　　白色的云朵
　　　　　蓝色的天空，和
　　清脆的鸟鸣
　　浪漫的炊烟，我要说
　　　　　我是你的爱人

朗读到这里，谷铁柱不再往下朗读了，他轻轻地合上上官乐写的诗页，将它慎重严肃地放在原来放着地方，一句话都没说，转身从上官乐的身边走开了。

他是谁呢？上官乐望着他匆匆离去的背影，猜他可能就是做生意发达起来的谷铁柱。一个读起书来就瞌睡的人，能把生意做大没有什么奇怪，可他也那么热爱诗歌，而且还朗诵得那么动情，就不能不让上官乐奇怪了。

桌子上的茶水还热着，上官乐揣测着谷铁柱的为人，顺手端起茶来轻啜了一口，再次埋下头来，修改她快要修改出来了的通讯稿。或许是因为她兴奋着，她用过没用过的词，都像美丽的花儿一样，涌到了她的笔下，使她把关于惠杏爱的通讯修改得文采斐然。

上官乐满意自己的文笔，她修改完通讯稿的最后一个字，折叠了稿纸，正要到绛帐街上的邮政所去，谷铁柱一手端着一盘点心，一手端着一盘水果，走进来了。

谷铁柱把两个盘子放在桌子上，说："刚才没打扰你吧？"

上官乐莞尔一笑，说："我想我就不用猜了。"

谷铁柱说："你说得对，我们虽然没见过面，但我知道你，你是上官乐，你也知道我，我是谷铁柱。"

上官乐本就是个大方的女子，她见谷铁柱是坦率的，自己就也一点儿拘束都没有了，说："你妈在村里说你呢。"

谷铁柱说："我妈说我拿起书就睡觉吧？我妈说我把铁饭碗拿脚踹是吧？我妈说我……"

上官乐不等谷铁柱继续说他妈如何说他，"哈哈"地乐了两声，截住谷铁柱的话头，说："你别说你妈怎么说你，你听听我说你好吗？"

谷铁柱说："你说我？"

上官乐说："我说你有情调，会逗人乐！我说你做得了大生意，是下海经商的弄潮儿！我说你……"

谷铁柱被上官乐的几句话说得不好意思起来了。他像上官乐刚才截断他的话头一样，横插进来，说："你把我的脸说红了。"

两个深具浪漫情怀，又都不守传统礼法，敢冲敢闯敢冒险的年轻人，就这么偶然地认识了。此后的日子里，上官乐写了诗歌，她不征求女婿谷天明的意见了，觉得和他谈话，差不多就是对牛弹琴——曾经那么热爱文学的人，回到谷寡婆村来，被他的父母几乎彻底地改造成一个标准的农民了。谷铁柱则不同，他做着他的外贸生意，却还矢志不渝地热爱着文学；虽然他写小说不成，写散文不成，写诗歌也不成，但他对上官乐的诗歌，却理解得很深，朗读起来，又是那么声情并茂……上官乐后来写下诗歌，自己觉得满意，就拿着到绛帐火车站谷铁柱的公司里，让他朗读，听他发表感言……最近的一次，谷铁柱朗读上官乐写的一首诗，把他自己都朗读得眼睛里闪出了泪花儿。

上官乐去谷铁柱的公司许多回了，谷铁柱却没回谷寡婆村找上官乐。

谷铁柱给上官乐说过，他怕他妈谷冬梅，他不干出个样儿来，就绝对不回谷寡婆村。现在，他干出样儿来了，回到谷寡婆村来了，和他妈谷冬梅拌了几句嘴，又和和睦睦地唠了许多家常，把他妈谷冬梅说得一惊一乍的。他妈谷冬梅不甚相信他，说他拿好听的话哄她，谷铁柱为了说服他妈，没奈何抬出了上官乐。

谷铁柱说："妈呀，你要不信可以问上官乐呀。她没少去我的贸易公司，她知道我公司的情况。"

谷铁柱有了这个借口，就从他妈谷冬梅身边离开，到上官乐的家里来找她了。

蒙头盖被睡在炕上的上官乐，女婿谷天明叫她她不起来，娘家哥看她还不起来，可是谷铁柱从她家头门里进来，只在院子里把谷大房热情地问候了一声，上官乐就把缠在身上的被子掀开，一骨碌爬起来，跳到脚地上，蹿到梳妆台前，取了梳子，匆忙地梳起妆来了。

和沮丧着的谷大房寒暄了几句，谷铁柱便直截了当地说，他是来找上官乐的。

上官乐听到了谷铁柱的话，她匆匆忙忙地把头上的乱发梳顺溜了，又拧了一把湿毛巾,把她的脸擦干净,便一挑门帘走到院子来了。

蒙在被子里使气的上官乐,站在谷铁柱的面前时,就又是个爽朗大方的她了。她笑盈盈地对谷铁柱说:"你终于回谷寡婆村了!终于回来看你妈了!"

谷铁柱说:"只兴我回村看我妈,就不兴看别人了?"

上官乐不解地说:"你看别人?看谁?"

谷铁柱说:"是啊,我回村来还要看我大房叔哩。"

脸上青红难分的谷大房,被谷铁柱的话说得绽开一道缝隙,露出一缕喜色来。他说:"难得铁柱有心。"

谷铁柱说:"大房叔先甭夸我,我来看您,是有事和您商量哩。"

谷大房说:"啥事呢?柱儿你说。"

谷铁柱说:"我公司需要一个文案,我考察过了,上官乐是最胜任这个工作的呢。"

这不是欺侮人吗?谷大房脸上的那点儿喜色,让谷铁柱的一句话全都收了回去。他不拿眼看谷铁柱了,而是越过谷铁柱,去看从房子里出来的上官乐和他的二娃谷天明。谷大房心里发着恨地想,他的二娃应该拿起院子里顺墙立着的铁锨或是锄头,照谷铁柱的头上砸。

难堪,太难堪了!

村支书兼村主任谷大房,和他老伴白拴蛾以及二娃谷天明在他们的院子里难堪着。他们不知道,渭河滩上往小四轮拖拉机上装着沙子的惠杏爱和陈增强,心里也都难堪着。

一个小四轮拖拉机的沙子,要不了多少时间就能装满,可是惠杏爱和陈增强却有一锨没一锨地装了很长时间,才差不多装得冒了尖。沙子装满了,陈增强本可以发动起小四轮拖拉机,开上渭河大堤,沿着那条沙石路,把惠杏爱捎回谷寡婆村,放下惠杏爱,再开着小四轮拖拉机去绛帐火车站的工地上去的。然而,惠杏爱和陈增强似乎一点儿都不急——他们下到渭河滩上时,天色已经很暗了,到他们一锨一锨地往拖车里装着沙子,夜色也一点一点地更暗了。渭河水在夜色中不像白天时那么浑浊,而是变得清亮起来，蓝瓦瓦的像是流着一河的碎银子，还发出了银块儿互相撞击的清脆明亮的响声。

陈增强把他拿在手里的铁锨插进拖拉机拖斗中的沙子里，走向惠杏爱，把她手里的铁锨接过来，也插进拖斗中的沙子里。陈增强在做这些善后事情时，他听到了惠杏爱的喃喃细语。

惠杏爱说："增强，我怕。"

陈增强不知道惠杏爱怕什么，他循声看去，发现惠杏爱正看着他。暗夜中，惠杏爱的眼睛是那么亮，像是闪烁在渭河水里的碎银光点。陈增强的目光，和惠杏爱的目光碰在了一起，就也好似碎银相撞一样，发出了一片细碎的清脆的声音。

陈增强说："不怕，有我在哩。"

惠杏爱却还说，"我是真的……真的怕哩。"

陈增强说："你怕啥呀？"

惠杏爱说："我不知道，我就是怕。"

陈增强不是木头人，他听懂了惠杏爱"怕"的内容，便一点点地向她靠近。他站在惠杏爱的背后，伸出他的手臂，把她的腰身环起来，轻轻地抱在了他的怀里。

惠杏爱呻吟了一下，说："抱紧我。"

陈增强便听话地使了使劲。他胳膊上用了些力气，把惠杏爱抱得感到了疼痛，她就不由自主地又呻吟起来了。

惠杏爱要求着陈增强："再抱紧点儿。"

他们搂抱着，惠杏爱扭过头来，用她热烫烫的嘴唇，在陈增强的脸庞上，轻轻地吻着，吻着……陈增强被惠杏爱吻得心里痒痒，身上火烧火燎，他不能自禁地低吼了一声，腾出一只手来，从惠杏爱的衣襟下伸了进去，颤抖着捉住了惠杏爱的一只乳房。陈增强叫了一声"杏爱"，惠杏爱也叫了一声"增强"，接着，两人身子一软，便翻到在绵软的河滩上，你缠着我，我缠着你，紧紧地，紧紧地相互搂抱着滚在了一起。

啊！啊！啊！

河岸上的柳树林里，雷吼似的爆出三声惊天的呐喊。那是谷门墩的呐喊呢，他破命似的吼喊着，却没往滚翻在河滩上的惠杏爱和陈增强撵来，而是脚步声又急又响地朝着相反的，也就是谷寡婆村的方向跑了去。

第二十九章

头痛，发热，嗓子干……九先生谷正芳过去就时常会有这样的感觉，他知道这是感冒了，没什么大不了的，熬一碗姜汤喝了，捂上被子，出一身大汗可能就好了呢。亲家母豆菊芳却不答应，非得让他到绛帐火车站的地段医院去瞧瞧。豆菊芳说得十分诚恳，说你老大不小了，还把自己当小伙儿待吗？当小伙儿时，头痛脑热没啥可怕，你都是赶六十的年纪了，有病就不能不当病，就不能扛着不治。谷正芳听得懂豆菊芳对他的关心，他感激她的关心，但还是扛着不去绛帐火车站的地段医院去，这就惹得豆菊芳急了。她叫女儿任喜过找了惠杏爱，把小四轮拖拉机开到家门口，她抱了一抱麦秸秆，铺在拖斗里，然后又抱来一床棉被，铺在麦秸秆上，硬生生地连拉带拽，把谷正芳弄上拖斗，让惠杏爱开着车往绛帐火车站去了。

豆菊芳怕谷正芳半道儿跳车，她也就陪着坐在拖斗里，和谷正芳一起往绛帐去。

惠杏爱驾驶着小四轮拖拉机，因为拉的不是沙子，是人，她就驾驶得格外小心，开得格外慢。从九先生谷正芳的家门口起步，往村外走，到村口，过去眨眼的工夫就到了的，她这一回走了有小半天，走得像是大过年时耍社火，小四轮拖拉机是载人的社火床子，而坐在小四轮拖斗里的谷正芳和豆菊芳，就是耍社火的人了。他们慢悠悠地在街上走，街巷里三三两两的谷寡婆村人，就都嘻嘻哈哈看热闹。在村里人的眼睛里，九先生谷正芳也许是感冒了，也许并不头痛发烧害着病，而是有意装出病来，给亲家母豆菊芳撒娇，以博得豆菊芳的同情，让她关心他，关照他，甚至是关"爱"他呢！

怎么了？九先生呀，你是头疼了吗？

什么什么？你头疼，还发烧？

哎哎，这就不对了，你不头疼，你不发烧，难道还让别人头疼发烧不成？

街巷里的人不是很多，却还是因为九先生谷正芳被亲家母豆菊芳拖着坐在小四轮拖拉机的拖斗里出村去瞧病，激发出许多热闹来。这是因为，西府农村的习惯是，做亲家的，有了困难和不测，私底下是可以互相帮衬和照顾的，怎么帮衬，怎么照顾，都不为过。但像九先生谷正芳的亲家母豆菊芳这样，在光天化日之下明目张胆地往来的，的确少见，太少见了。所以，看见他们双双坐在小四轮拖拉机的拖斗里，颤颤闪闪地，耍社火一样地从街巷里过，大家还能不起哄吗？

乡村中可以热闹的机会实在不多。

九先生谷正芳和豆菊芳让大家热闹了，亲家母豆菊芳倒没什么，配合着街巷上起哄的乡亲们，有笑了也笑，有乐了也乐，不时地还要关照头疼发热的九先生，问他，感觉怎么样，是不是头更疼了，是不是更烧了。豆菊芳之所以这么询问九先生，那是因为被村里人哄笑着，九先生谷正芳的脸上挂不住，他的眉头皱起来了，脸色也像染了彩，黑红黑红的，像关公一样。真是少见多怪，脸上挂不住的九先生谷正芳让亲家母豆菊芳生出了一些怨气。她想，他们一个脱帽富农婆子，一个脱帽右派，过去还少游街挨批斗了？啥场面没经过？到这时候了，还脸上染彩挂不住。豆菊芳心里埋怨着九先生谷正芳，忍不住就小声地说了出来。

豆菊芳说："甭脸红，咱不被游街批斗才几天？这比游街批斗还难堪吗？"

九先生谷正芳被豆菊芳这么一说，也就释然了，脸上的潮红也一点点地退却着，他怔怔地看着亲家母豆菊芳，眼光热辣辣的，里面都是感激和感动。

豆菊芳手里拿着把白色的湿毛巾，她关心九先生谷正芳，抱怨九先生谷正芳，九先生谷正芳不回答她，她就把湿毛巾往九先生谷正芳的手里递，九先生谷正芳欲接不接的，豆菊芳就不坚持给他递了，而是直截了当往他脸上擦了。九先生谷正芳害了急，想躲豆菊芳躲不过，便伸了手去挡，这就把豆菊芳拿着湿毛巾的手捉住了。

豆菊芳和九先生谷正芳的举动，恰巧被站在谷寡婆宗祠门前的谷冬梅看见了。

谷冬梅不能像街巷里的其他人,嘻嘻哈哈地哄笑,她惊奇地在心里问了一声:"这是弄啥哩?"

谷冬梅在心里问过后,忽然想起,九先生谷正芳可能病了。就在昨天,谷正芳到谷寡婆宗祠来,找谷冬梅商量大娃谷劳劳和云小兰的婚事。如今的谷正芳,把他最多的心思都放在谷寡婆宗祠上了,他说要振兴谷寡婆村的精神,要团结谷寡婆村人的力量,要让谷寡婆村人知廉耻、修道德,尊老爱幼,少生是非,他说有必要倡扬老祖宗的恩德,不如此就不是谷寡婆的后辈儿孙。谷正芳真诚地宣扬老祖宗谷寡婆的德行,谷冬梅听来又顺耳又顺心,在这件事上,他俩是两只巴掌拍在了一起,成了一个响儿。因为这,九先生谷正芳来谷寡婆宗祠找谷冬梅商量大娃谷劳劳的婚事,前头就有了一个铺垫——他们又都真诚地颂扬了一阵谷寡婆的德行。谷正芳说了,说他和大娃谷劳劳、二娃谷梦梦都商量过了,把家里的收入拿出一大笔来,给老祖宗修上一座像模像样的宗祠。谷冬梅听了说,是啊,咱们用住家小户的房子改建的老祖宗宗祠,确实少了些气派,太低矮了,是该建个亮亮堂堂的谷寡婆宗祠了。说到这里,谷冬梅又自己悔了一程,说:"都是我的错,当年带人破四旧,咋就敢把谷寡婆宗祠给拆了。现在好了,九哥你要拿钱重修老祖宗的宗祠,这是替我赎罪哩!我可不能袖手旁观。我那不成器的铁柱儿,听说他也大发了,我给他传话,他也是要拿钱的。"掏心掏肺的话说到后来,谷正芳才说了大娃谷劳劳和云小兰的婚事,说他和娃们都商量好了,过些天就给他们合房。

谷冬梅赞成谷劳劳和云小兰结婚合房。她说:"多好的两个人,扛到现在,是该苦尽甜来了呢。"

谷正芳心里还有问题,说:"你说得对,但就是……"

谷冬梅知道问题在哪里,说:"谷大房吗?你不用理他。"

谷正芳说:"不是我理不理他,是怕他不理这事。"

谷冬梅说:"他不理不是更简单了吗?"

谷正芳说:"我想在两个娃合房的日子,请他来吃席。毕竟,他是云小兰多年的公公，又是咱村的支书村主任，他不到场，事不周全。"

谷冬梅说："我听懂你的话了，你想让我去说谷大房。好么，我答应你，给你去跑这个腿。"

说过的话还在耳边响着，谷冬梅还没抽身去找谷大房，九先生谷正芳自己却病下了。看着豆菊芳陪着九先生谷正芳要社火一样从谷寡婆宗祠前走过，谷冬梅说不清为了什么，心头紧了一下，竟还有些疼，两只脚也不由自主地交替抬着，朝开过去的小四轮拖拉机撵了几步。

谷冬梅独自心疼着撵了几步，本还想问谷正芳几句的，却不由自主地停住脚，噤了声。她心口依然疼着，站在谷寡婆宗祠前，看着豆菊芳和谷正芳要社火一样，坐着小四轮拖拉机，"嘣嘣嘣嘣"地颠出了村子。

到了绛帐火车站的地段医院，医生给九先生谷正芳初步诊断了一下，就开了一份住院证，把谷正芳送进了病房，拿来了生理盐水，配上青链霉素，当下给他打起了点滴……医生说了，谷正芳扁桃体肿胀，导致他肺部严重感染，眼前要做的，就是全力以赴，把他身上的炎症先消除，然后再做进一步检查，再做进一步处理。

大娃谷劳劳太苦了，他妈在他老爸谷正芳戴上右派分子"帽子"后，并没有跟着他老爸回谷寡婆村。他妈是县剧团的演员，非常热爱她的演艺事业。可这件事对她的打击还是很大的，她不回谷寡婆村，也不让谷劳劳和谷梦梦回村里来，孤身带着两个儿子，在县剧团的院子里艰苦地熬着，她想熬到谷正芳摘了"帽子"，他们一家人还在县城和和气气地过日子。可是九先生谷正芳的"帽子"哪是那么容易摘掉的？为了她的工作，为了生活，她不能不跟剧团外出演出。一次，县东的菊村镇过大会，剧团要扎在镇上演三天三夜，她不好带着两个娃儿去菊村镇，就让大娃谷劳劳带着年幼的谷梦梦，留在剧团院子里。第二天晚上，她演罢戏，卸了妆，睡在临时搭的麦草铺上，刚闭上眼，就见大娃谷劳劳血头血脑地喊她，"妈妈，我怕！"她睁开眼，眼前没有大娃谷劳劳，她心知自己做梦了，但明知是梦，她也睡不着了。她走了三十里夜路，赶回县机关的剧团院子，推开她的宿舍门，看见的情景和她梦里的几乎一样——大娃谷劳劳的头上、脸上有几道伤，他坐在床上，眼睛睁得大大的，腿上睡着弟弟谷梦梦。她扑上床去，把谷劳劳拥进怀里，脸偎着谷劳劳的脸，问他是怎么了。谷劳劳不说话也不流泪。谷梦梦醒来了，揉着他的小眼睛，对连夜回来的妈妈说："我爸爸是右派，大右派，我哥也是右派了，小右派。"

妈妈摇着头说："不是的，不是的。"

谷梦梦说："院子里的大娃娃小娃娃开我哥的批斗会，让我陪站着，说啥龙生龙，凤生凤，老鼠生儿会打洞。我爸是大右派，大右派的儿子是小右派。"

做妈妈的明白了，大娃谷劳劳头上脸上的伤，是院子里和他朝夕相处的孩子们暴打的结果。为了孩子的安全，妈妈决定辞去剧团演员的职业，回谷寡婆村与丈夫相依为命了。可她提出辞职不久，还没能等到权威的批复，就在接下来的一次下乡演出中，因为放心不下撂在剧团院子的谷劳劳和谷梦梦，赶夜路回县上，半道过一条大沟时，从沟坡上滑下沟底，摔在一块石头上，当即殒了命。

受苦的孩子早当家，也要看受的什么苦。只是受饥肠之苦，早当家就未必，若是受的心灵上的苦，这孩子一定会早懂事，早当家的。谷劳劳和谷梦梦回到谷寡婆村，和老爸谷正芳生活在一起，淘米做饭，洗衣服晒被子的事，谷劳劳首先自觉地承担了起来。同时，他还极具长兄的自觉，什么时候，什么情况下，都让着弟弟谷梦梦。大麦不黄小麦黄，谷梦梦迎娶任喜过时，谷正芳还担心谷劳劳的心理感受，可是他一点儿都不在意，一心一意地给谷梦梦操心着结婚的事情。

现在好了，大娃谷劳劳就要结婚了，谷正芳心里高兴着，却在这关键的时候，生病住在医院里，这让他怎么也住不安然。好在有豆菊芳陪着他，给他端吃端喝，说话聊天，让他很是受用的，又想起了他受苦受累，孤身一人拉扯谷劳劳和谷梦梦时的一次重感冒。当时，他发烧过了四十度，把他都烧昏迷了，也只有两个娃娃陪着他，让他真是吃罪不小。也是因为人在病中，当时他想，有个伴儿多好！可他那时候，想，也就是想一想，是不能真想的，他的身份和拖累明晃晃地摆在那里，没谁敢冒那个风险做他的伴儿。

豆菊芳在病房里陪着九先生谷正芳，谷正芳的大娃谷劳劳和云小兰来了，要换豆菊芳，豆菊芳拒绝了，说："你俩安心准备结婚的事，这里有我哩，我不会让你爸受罪的。"二娃谷梦梦和任喜过也到医院来，也要换下豆菊芳，被豆菊芳用同样的理由拒绝了，她说："你哥你嫂要结婚，正需要你俩出力呢。回去吧，回去帮你哥你嫂把他们的婚事办好了，就是孝敬你爸。"

理由太充分不过了，因而谷正芳住院三天，就都是亲家母豆菊芳照顾他，这使他有些过意不去，没话找话地要和豆菊芳拉话。

清晨起来，豆菊芳端来热水给九先生谷正芳洗了手和脸，正洗着，谷正芳说："你叫豆菊芳，我叫谷正芳，咱们两个老人的名字里都有个'芳'字，你说这是不是缘分？要我说，是大缘分哩，好像……好像……"

谷正芳"好像"了几下，都没说出"好像"后边的话，豆菊芳就替他说了："好像自家兄妹，你说是吧。"

豆菊芳的坦率，把九先生谷正芳的心烧得热乎乎的，他跟着重复了一遍豆菊芳的话，说："你说得对，咱可不就是自家兄妹吗！"

两亲家热热乎乎说着话，病房门口暗了一下，谷冬梅和她做出口生意的儿子谷铁柱走进来了。在病房门口，谷冬梅的耳朵一字不落地听到了九先生谷正芳和他亲家母豆菊芳的话。她对那样的话是敏感的，敏感到觉得原来的右派分子谷正芳，和原来的富农分子豆菊芳，因为儿女的婚事，走近了，走出感情来了，再往下发展，很可能会发展成一对幸福的黄昏恋人哩！这么敏感地想着，谷冬梅就感到她的心尖尖在颤抖，甚至隐隐作疼。她在心里问自己，这是为什么呢？难道……难道回到谷寡婆村来，她几乎干枯的感情神经，在与老右派谷正芳的接触中，又生发出勃勃的新芽来了？

心里酸苦着的谷冬梅，走进病房来，脸上却笑得暖暖的，不过呢，因为心里的酸苦，她走进病房的脚步不是很实，虚虚飘飘的，像是踩在了棉花垛上，让跟在她身后的谷铁柱，不得不伸出手来，扶住他的娘亲谷冬梅。

谷铁柱说:"妈,你怎么了?"

对儿子的关心,谷冬梅一点儿情都不领,她甩开谷铁柱的搀扶,说:"我能怎么了?我好着哩,我还不老,我不要你扶。"

谷铁柱就很小心地放开他妈,脸上挂着理解的微笑。

豆菊芳的脸红了,九先生谷正芳的脸也红了。他俩心里镜子似的,知道他俩刚才说的话,被这位刚强霸气的谷冬梅听去了。那样的话,两亲家之间说说是可以的,可以增进他们的感情,增加他们的了解,但绝对不可以让他俩之外的第三者听见。第三者听见了,会怎么想象他们呢?会怎么说他们呢?他们可是儿女亲家呀,传出去成何体统,他们又怎么做人?

掩饰,只能掩饰了。

九先生谷正芳和豆菊芳需要掩饰,同样的,谷冬梅也是需要掩饰的。

谷冬梅掩饰着往九先生谷正芳病床前又走了两步,望着脸色红亮的谷正芳,像她原来做县上的粮食局局长一般,很有势派地问:"怎么,还发烧吗?"

九先生谷正芳说:"不发烧了。"

谷冬梅说:"不发烧咋脸还那么红?"

九先生谷正芳说:"我脸红吗?"

谷冬梅说:"你自己摸一摸。"

九先生谷正芳伸手摸了。他摸出自己的脸皮是烫着的,但他知道,那不是肺部发炎引起的高烧造成的,而是他和亲家母过于亲昵的话造成的。九先生谷正芳不得不承认,他的这位人称"豆腐西施"的亲家母,的确是太能干了,更重要的是,她还那么善解人意。她把女儿任喜过嫁过来,嫁给他的二娃谷梦梦做媳妇,从此,就像把她自己也嫁过来了一样,一门心思为了这个家操劳,几乎把她麦禾营的家都忘了。这样的一个亲家母,打着灯笼满世界找,找得出第二个吗?恐怕找不到了。九先生谷正芳心里暖暖地想着。但他是不能多想的,眼下最要紧的,是先把来看他的谷冬梅应付好。

九先生谷正芳避开了谷冬梅提起来的话题,望着站在谷冬梅背后的谷铁柱,说:"铁柱呀,你总算不让你妈操心了。"

谷冬梅立刻被转移了注意力,她说:"他不让我操心?哎哎,我给你说,他要不让我操心,除非我像他老子,被土埋了。"

九先生谷正芳挡着谷冬梅的话说:"这就是你的问题了,孩子的肩膀硬了,你就该少操心,让孩子自己闯去。铁柱现在不是闯得很好吗,都闯出国去了。"

谷冬梅却另有话说:"你就夸他么,现在都夸他哩。可你知道吗?他闯他的,我不拦他了,可他倒好,我退休了,回到谷寡婆村里了,他不回来看我,让我老婆子一个人为他日夜操心。好了,我把娃操心回来了,原来一年半载的,不见他的人影儿,现在他天天往咱谷寡婆村回。他回来看我是个借口,看人家谷大房的二娃媳妇上官乐是真。看了人家,还给人家说,要人家跟他走,去给他当女秘书。"

谷铁柱听他妈谷冬梅把话说多了,就插进来说:"我的妈呀!你把话说清楚好么,上官乐的文笔好,我的公司规模大了,文案上没人顶,我是聘她做我的文案助理呢。"

谷冬梅说:"助理就助理吧,你说人家答应了吗?"

谷铁柱说:"没说答应,也没说不答应。刘备三顾茅庐请诸葛亮,我才两请人家呢。我相信只要心诚,三请是请得来上官乐的。"

谷冬梅斩钉截铁地说:"你娃休想。我是你眼前的一座山,你搬不开我,就休想请上官乐给你做什么助理。"

病房需要的是安静,谷冬梅和儿子谷铁柱来看生病的谷正芳,却在谷正芳的病房里吵了起来,这让医生护士不能容忍,几个穿白衣、戴白帽、白口罩的人,来到病房,像赶鸭子一样,来赶谷冬梅和她儿子谷铁柱了。医生护士说了,这里是病房,不是吵闹的地方,要吵就都出去,到大街上去吵,那里人多,吵起来有人看。

做过县粮食局局长的谷冬梅,意识到了自己的失态,她不和儿子谷铁柱吵了,当然也没有被医生护士撵出去。她还有要紧的话给谷正芳说,便敷衍着医生护士,说她和儿子没有吵架,只是说话声音大了。然后,她指示她的儿子谷铁柱先从病房出去,并要求儿子以后要抽时间来看谷正芳,说谷正芳是谷寡婆村最有文化的人，要在以前，谷正芳要被人尊为地方绅士哩！

谷冬梅不愧做了一些年的干部，三言两语，就把眼前的一场尴尬平息了下去。到这时，她才对谷正芳说："你要我给谷大房说的话，我给他都说了。"

尽管身上有病，九先生谷正芳听谷冬梅说起大娃谷劳劳的婚事，他的精神还是一下子就上来了，说："他是啥态度？"

谷冬梅说："他答应了是他，不答应还是他。谷劳劳、云小兰，两个有情人互相答应了才是重要的呢！"

九先生谷正芳说："对对对，有你说话，我把心放下了。"

虽然谷劳劳和云小兰扯下了结婚证，一家人也紧锣密鼓地为他俩筹备着婚礼，可是谷正芳担心到了日子，谷大房要是不支持，站出来生事，谷劳劳和云小兰的一场喜事，可能会办得很不开心，甚至十分闹心。此前，二娃谷梦梦和任喜过的婚事，没能办得开心热闹，九先生谷正芳实在是怕了。

谷寡婆村，拿得住谷大房的，唯有谷冬梅。九先生谷正芳求了谷冬梅，谷冬梅按谷正芳说的，上门给谷大房说了，九先生谷正芳就再没什么顾虑了。一旦心里没了顾虑，九先生谷正芳还没好完全的肺，好像一下子好像痊愈了，他从病床上下来，站到地上，嚷嚷着要马上出院，他要回到村里，盯着他大娃谷劳劳和云小兰结婚的事。

九先生谷正芳的决心既下，别说是豆菊芳和谷冬梅，连医生和护士都奈何不了他。他态度坚决地办了出院手续，回到谷寡婆村，大张旗鼓地操办起谷劳劳和云小兰的婚事了。

家里的房子是现成的，就找来裱糊匠，用心地裱糊了一遍。九先生谷正芳要求，大娃谷劳劳新房的顶棚，要用蓝色的花纸裱糊，四角还要粘上云彩图形，让人抬头看时，有一种生活在蓝天白云下的幸福和温暖……墙围子尽量弄得素净一点，可以用白底粉色碎花的纸张……裱糊匠心领神会，很是认真地给谷劳劳和云小兰把新房裱糊了出来。

但是，谷劳劳和云小兰结婚了，是不常住在家里的，他们还得长长久久地住在渭河南岸的良种猪饲养繁育基地里。想到这一层，谷正芳就又带着裱糊匠去了南岸，把大娃谷劳劳常住的那间房子腾出来，也让裱糊匠照着家中新房的样子，细致地裱糊了出来。

谷正芳忙着为大娃谷劳劳和云小兰裱糊新房时，豆菊芳也没有闲着。她好像比亲家公谷正芳还要忙，拉着女儿任喜过，到绛帐火车站去了两次，买了白布、网套和绸缎的被面子，红黄蓝绿的……给合房的谷劳劳和云小兰缝了八床全新的被子和褥子。此外，还给谷劳劳和云小兰各缝了两身棉衣和两身罩衣……无微不至的豆菊芳，在亲家公谷正芳的家里，俨然一位极负责任的女掌柜，在她眼里，任喜过是她的亲生女儿，谷梦梦是她的亲女婿，因为他俩，谷劳劳和云小兰也就是她要操心费神的亲儿亲女了。

喜日定下来了，就在农历八月十五日，天上的月圆了，地上的新人呢，也要团圆了。

赶着这个日子，九先生谷正芳把谷寡婆村的人都请了。他请大家到渭河南的良种猪饲养繁育基地里去，参加他大娃谷劳劳和云小兰的婚礼。

把大娃谷劳劳和云小兰的婚礼办在他们专心操持的良种猪饲养繁育基地，这是谷劳劳自己的主意。九先生谷正芳对大娃谷劳劳的这个提议，起先是反对的——添丁进口娶媳妇，家里有的是地方，为什么要在猪场里办呢？不行，绝对不行。九先生谷正芳坚持着自己的意见，但他扛不过大娃谷劳劳，更扛不过云小兰，他们像是商量过了，异口同声要在养猪场里办婚礼，还说在这里办婚礼别出心裁，太有新意了，又说咱们是有这个条件，放在别人身上，想要这么办还没这个机会哩！胡说的什么话？九先生谷正芳说不过谷劳劳和云小兰，想拉二娃谷梦梦给他帮腔，结果谷梦梦干脆不接他的茬。最后，他又去拉拢亲家母豆菊芳和二娃媳妇任喜过，那娘儿俩笑笑地不搭腔。谷正芳不依不饶，追着豆菊芳和任喜过，要她俩劝说谷劳劳和云小兰，他是真的不想把一场喜事办在猪场里，但他太急切了，倒把豆菊芳和二娃媳妇任喜过逼急了。任喜过在公公谷正芳劝说她和娘家妈时，被逼无奈，就把她妈喜咪咪的脸瞥了一眼，很是委婉地劝公公谷正芳了。

任喜过说："我妈把豆子都泡在缸里了，我们就在养猪场做豆腐杀猪，待承参加我哥我嫂婚礼的人。"

不情愿也没办法了。谷正芳心里暗想，幸亏他在家里和养猪场都给谷劳劳和云小兰裱糊了新房。

时间跟着人的屁股跑，再过一夜孤寂的寡妇日子，云小兰就要嫁给谷劳劳，开始一场新的夫妻生活了。早些天，豆菊芳和女儿任喜过，怀里各抱着一个方格土布的大包袱，代表谷劳劳，从一墙之隔的家里出来，进了谷大房的家里，给云小兰下了货。所谓"下货"，就是为云小兰准备结婚衣裳。那些新嫁衣，一套一套的，都是"豆腐西施"——任喜过的娘家妈巧手缝制出来的。云小兰当着任喜过和她娘家妈豆菊芳的面，把衣裳一一试了一遍，试得喜笑颜开——红的绿的衣裳，穿在云小兰的身上，掐尺等寸，多一分就肥了，少一分就瘦了，是太合身不过了。可是，就在云小兰听到头门外炮仗声大作，她自己一身红衫衫、红裙裙就要出门改嫁谷劳劳时，上官乐到她寡居了许多年的空房里来了。上官乐拿来了自己结婚时穿过的白色婚纱和红色旗袍，怂恿着云小兰，要她试着穿。

对这位弟媳妇上官乐，云小兰的心里除了感激就还是感激呢。

上官乐的大胆泼辣，上官乐的敢作敢为，鼓舞着云小兰。她终于能和心上人谷劳劳结婚，没有什么可遗憾的了。她忘不了上官乐初到家里时的光彩和美丽，那时，不仅村里的人羡慕上官乐，作为本家嫂子的云小兰，也一样羡慕……上官乐结婚的那一天，云小兰忍不住一次一次地往上官乐的身边凑，上官乐穿的是雪白的婚纱，她惊羡着伸手去摸婚纱，上官乐换穿上旗袍了，她又惊羡着去摸旗袍。那种滑滑的、柔柔的感觉，存留在云小兰的手上，她是永远都不会忘记了。当时的天气还是太冷，她摸着上官乐穿在身上的婚纱和旗袍，担心冻着新娘，便不由自己地问了上官乐几声："你冷不？啊，可别受冻感冒了。"云小兰可能是忘记了，也可能是没有感觉到过——新娘的身体就是一盆火，穿什么都不会觉得冷的。这么漂亮的婚纱，这么艳丽的旗袍，上官乐新婚穿过了，是该压在箱底，变成存留在梦里的一个永远美丽的记忆的，可上官乐却在云小兰改嫁时，翻出来要她穿，她能拒绝吗？

云小兰愣愣地看着上官乐，愣愣地看着上官乐翻出来拿到她面前的婚纱和旗袍，很是听话地在上官乐的帮助下，往自己身上穿了。

云小兰穿了上官乐的婚纱，在镜子前仔细地照了照，脱下来又换上了旗袍，又在镜子前仔细地照了照……啊啊，云小兰听到了她心里的叫喊，她没想到，已经不再青春的她，因为穿上了婚纱，因为穿上了旗袍，便仿佛减去了十岁，她又恢复青春时期的她了。

换穿着婚纱和旗袍的云小兰，跟上官乐一起待在她孤苦煎熬了许多年的房子里，偷偷地笑了两声，又都立即惊觉地透过挂在房门上的门帘，去看公公谷大房和婆婆白拴蛾住着的上房……几天了，也就是自打商定了云小兰改嫁的日期后，上房便静悄悄的，好像里边没有人似的。其实她们知道，村支书兼村主任的公公谷大房和爱计较的婆婆白拴蛾，都在上房里待着，不是因为尿急，不是因为屎急，两位老人就不从上房里出来，这使谷寡婆村原来最为讲究热闹的农家院落，显出从来没有过的压抑和清寂。毕竟在一口锅里吃饭，又吃了那么多日子，要改嫁的云小兰不敢表现得太喜悦。上官乐呢，配合着云小兰，表现得也极是收敛。她俩有一个共同的目的，就是不想惹得两位老人太生气。

穿着婚纱时，云小兰说了："这么薄、这么露的衣服我可穿不出门。"

穿着旗袍时，云小兰说了："这么红、这么艳的衣裳我可穿不出门。"

上官乐看着云小兰，说："我能穿，你就能穿。怕什么呢？你就不想把你该有的青春找补回来？"

云小兰说："咱不说过去的事了。我今天只想问你，你得是在我改嫁出去后，也要离开家，到绛帐火车站给谷铁柱当助理去？"

上官乐想不到云小兰在这个节骨眼上会问她这个问题。她说："你说呢？"

云小兰说："你可不能答应谷铁柱呢。"

上官乐收起她刚才还挂在脸上的喜气，说："我的事，你就甭操心了。眼下最要紧的，是把你的事办好。"

云小兰说："你听不进去我的话。"

第三十章

豆腐坊是在谷劳劳的良种猪饲养繁育基地新搭起来的。虽说只是一间小小的作坊，但因为能创造经济利益，因此还是在豆菊芳的指导监督下，盖成了砖木结构，红砖红瓦，码放整齐，房顶上，加盖了一个小亭子似的屋顶，天窗蒙着优质的窗纱，严防麻雀之类的飞禽出入，让人看去，倒像机关单位的住房了呢。作坊的脚地，都用水泥打了，干净清洁。一盘磨豆腐的电磨子，靠墙安在一边，是小巧的，可操作的；煮豆浆的锅灶，就盘在南窗下面，锅台和围墙都贴了白瓷砖，既明亮又好看；锅灶的后面，是一个高高吊起的铁梁，为的是好吊豆腐包子；在墙根，一溜儿放着三口大缸，旁边是摆放得整整齐齐的豆腐模箍……所有的一切，在这间不是很大的作坊里，都显得井井有条，洁净齐整。别人要问，这是谁操持的呢？得到的回答只有一个，是任喜过的娘家妈豆菊芳操持的哩。

很好地操持和经营着豆腐作坊的豆菊芳，在中秋节的日子，挨着煮豆浆的大锅，又盘起了几口小锅。谷劳劳迎娶云小兰，把话下到村里每一家每一户，大家都答应了要来的。豆菊芳负责婚宴的一应事务，大家高高兴兴地来，吃好吃不好，可就全在她了，她得负起她的责任，因此，她忙碌在豆腐坊里，连喘一口大气的工夫都没有。

女儿任喜过和女婿谷梦梦是豆菊芳的帮手，她指拨着他们小两口，让小两口忙碌得像她一样，也连喘口大气的工夫都没有。早晨的太阳，黄蜡蜡的，刚从渭河东流的泥汤水上爬出来，还没攀升到一竿子高，谷寡婆村的人，就三三两两地走到渭河岸边，上到河水里的一艘木船上，渡到河南，往猪哼哼、羊咩咩的良种猪饲养繁育基地里来了。季节到了深秋，渭河的水大起来了，没有了冬季水枯时的便桥，村民要到河南来，渡河工具，就只有那一条木船了。当然，渡口上还有一条木船，这条木船被谷劳劳刻意地装饰成了一条花船。在今日，这条装饰成花船的木船，只有一个功用，那就是接云小兰过河。因此，余下的那条木船，用来摆渡谷寡婆村参加谷劳劳和云小兰婚礼的人，就显得非常吃紧。木船来来回回的，直到日近中午，还有一大群人聚在河北岸，等着木船过河……正等着，云小兰在谷劳劳和上官乐等人的陪同下，红红亮亮地到了渭河北岸，在大家的起哄声里，娉娉婷婷地上了花船。云小兰的前脚刚踏上木船，船上的执事就点燃了炮仗，使得木船上爆竹齐鸣，悠悠荡荡地向着河南渡去……也是大家的心太热，河北岸的村里人都等不及了，他们中水性好的一些小伙儿，只怕错过了谷劳劳和云小兰拜天地的大热闹，就在渭河北岸脱了衣裤，举在头上，跑进河水，泅水过河了。有一人带头下水，跟着就有十人八人的下了水，一时之间，水波荡漾的渭河水面上，扯开一溜长长的泅水过河的人。他们一边奋力地打着水，一边还"啊啊哦哦"地大叫着。炸响在花船上的爆竹声和飞荡在河水里的过河者的叫喊声交织在一起，把渭河都快抬起来了。

满脸堆笑的九先生谷正芳，清早起来就守在渭河南岸，手里拿着带把儿的金丝猴烟，嘴不停、手不停地招待着过河的村里人。

九先生谷正芳是真高兴哩！谷冬梅来了，她的儿子谷铁柱也来了……谷大房来了，谷大房的老伴白拴蛾也来了，谷寡婆村不落一户地都来了人。谷正芳感激着村里的人，但他没忘二娃谷梦梦结婚时的冷清，那一天太冷清太叫人难堪了！这才过去了多长时间，大娃谷劳劳结婚了，事情就翻了个个儿，变得如此地热闹、如此让人感慨！九先生谷正芳真是不敢想，一想便忍不住眼睛发热，就感觉到眼睛里水汪汪的，似有泪花儿涌动。

嘿，九先生谷正芳是个眼软的人……他不知道，在今日，眼软落泪的还不只他一个人。带着巨大伤感的谷大房，也少有地眼软了，眼软得落泪呢。他们都是当事人，但除了他们，过河来吃谷劳劳和云小兰喜宴的村里人，也有许多都像他们一样，眼软得落泪了。

大家湿润着眼睛，在渭河南岸的养猪场见证了这一对苦命人的婚礼后，在起脚回村的路上，又看见了另一个让他们眼软落泪的情景。

一起嫁到谷寡婆村的上官乐、惠杏爱和任喜过，不知什么时候走到了一起，站在渭河北岸的沙堤上，手牵着手，在说她们自己的话。顺着河道疾速旋进的一股秋风，蓦然卷起她们三人的头发，让黑黑的头发，像是在空中燃烧的三股黑色的火焰。距离她们不远的地方，停着一辆月白色的拉达进口小轿车，谷冬梅做着外贸生意的儿子谷铁柱，打开小轿车的一扇门，用手扶着那像是小轿车翅膀的车门，很有那么点儿春风得意的劲头。他双目炯炯有神，极为温暖地看着村里三个初婚的新娘子。

是的，上官乐要走了，惠杏爱和任喜过给她送行来了。

来送行的任喜过似乎还有所怀疑，她说："你真要舍下谷天明，去给谷铁柱当助理吗？"

任喜过怀疑着，惠杏爱却一点儿都不怀疑，她说："我们在一个村子里，才刚热乎，你却要走了。"

上官乐听得出任喜过的怀疑和惠杏爱的伤感，她把被风吹乱的头发理了理，大有诗人气概地说："也无风雨也无晴，要知道，我的心凉了。"

惠杏爱和任喜过吃惊地看着上官乐，异口同声地说："心凉了？"

说完这句话后，三个嫁到谷寡婆村的十分要好的新娘子，都不说话了，牵在一起的手，也渐渐地分了开来。上官乐往谷铁柱开来接她的拉达小轿车走了去，惠杏爱和任喜过跟了两步，最后站在渭河大堤上，目送着上官乐，见她在谷铁柱的照顾下，都已坐进小轿车里了，却又开车门钻出来，和惠杏爱、任喜过说话了。

她说了："你俩想了没有，咱们憧憬的爱情是多么脆弱呀！婚嫁婚嫁，咱们把身体嫁给一个人真是太容易了，衣服一脱，眼睛一闭，往被窝里一钻就嫁出去了，但咱要把自己的心、自己的情嫁出去，那可是太难了。有时候，咱以为把什么都嫁出去了，其实不然，转过身来想，可能一辈子都把自己的心和情嫁不出去呢。"

听着上官乐的话，惠杏爱的表现倒还平静，任喜过却感到特别慌乱和不安。她只觉得自己的腹腔里，正有一股她无法抑制的潮涌，翻江倒海地冲击着她的咽喉，她"啊哇"一声呕吐起来了。吐了几下，她也没有吐出多少食物，只是吐出几口苦苦的黄汤。

惠杏爱惊得问任喜过："喜过，喜过，你怎么了？你没事吧？"

任喜过手捂在胸口上，难受地摇着头，说："没什么，没什么。"

上官乐却似神仙一样，对着干呕的任喜过笑了一下，把她看了几眼，说："我想我是该恭喜你哩！"

恭喜？恭喜什么呀？上官乐把惠杏爱说糊涂了。她说："乐呀，你没看喜过都难受成啥了，你还笑话她。"

上官乐看了惠杏爱一眼，满脸狡黠地说："杏爱你装糊涂吗？"

惠杏爱说："我装什么糊涂？"

上官乐说："你看喜过吐哩，她为啥吐呀？你不知道，我告诉你，喜过有了！"

惠杏爱说："有了？"

上官乐说："有了！"

这句"有了"的话，惠杏爱听得明白，不知为什么，她也想如上官乐一样恭贺任喜过的，却不由自主地心酸起来。她想起了自己——同一天做的新娘，任喜过都已幸福地"有了"，可她……啊啊啊……什么时候能有呢？惠杏爱心酸地望着任喜过，一时不知说什么好了。

任喜过吐不出什么结果，挺直身子不吐了。她捉住一脸茫然的惠杏爱，说起上官乐来。她说："就你眼尖就你能！"

得到了任喜过的证实，上官乐不要眼尖不要能了。本来，她是要回村走一走的，这时却不想了。不过她也并没有立即走，而是又盯着惠杏爱，给她说："咱们村级领导班子要改选了，你是村主任提名人，你可要留心呢。"上官乐在说了这些话后，才又加进一句话："我走了。"说完，她再次走到谷铁柱的小轿车旁，坐进副驾驶座，把头缩进车门，顺势把门关严，任由谷铁柱脚踩油门，让车轰轰隆隆，绝尘而去。

谷大房看到了河堤上的那一幕，他的二娃谷天明也看到了河堤上的那一幕，谷寡婆村来吃谷劳劳和云小兰喜宴的人差不多都看到了河堤上的那一幕。大家——特别是谷天明，看到河堤上那一幕时，心里都有一种说不明的苦痛，只有谷天明的老爸，村支书兼村主任谷大房，脸上却展露出一丝让人惊诧的笑意来。从云小兰决意改嫁,直到她真正改嫁到谷劳劳的良种猪饲养繁育基地来的今日,好多天了,谷大房的脸色持续地阴着,从来没有放晴,但在目睹上官乐坐上谷铁柱的拉达小轿车绝尘而去后,他阴沉的脸突然晴朗起来,还大概只有他说给二娃谷天明的那句话能说明问题。

此时,二娃谷天明刚好随在老爸谷大房的身边。

谷大房扭头对二娃谷天明说:"听过老祖宗是咋说的吗?"

谷天明不知道老爸谷大房在这个让他难受的时刻想让他说老祖宗的啥话。他疑惑地看着老爹谷大房,摇了摇头。

谷大房说:"走一个穿绿的,来一个穿红的。"

谷大房说了这句意味深长的话,他的二娃谷天明没能开心起来,只无意识地"嘿嘿嘿""嘿嘿嘿"了好几声。不管二娃谷天明怎么想,谷大房自己大步流星地走在回村的人群里,不断地和身边走过的人打着招呼,问候大家,说什么"天高着哩,塌不下来""日子长着哩,啥时候不都得一天一天过"。

谷大房走过了,听到他问候的人,还在小心地议论。

有人说了:"看人家,不愧当着村支书村主任呀!"

还有人说了:"是啊,人家可是没有白当家!"

熬在家里守寡的大娃媳妇云小兰,自作主张改嫁给谷劳劳,这原本是件让谷大房很不开心的事。在云小兰改嫁的这天,他却莫名其妙地有了点儿好心情,这是奇怪的。而且,各种迹象都在证明,二娃谷天明娶回家的媳妇上官乐,也有了与二娃过不下去的危险。谷大房的眼睛不瞎,耳朵不背,他心知肚明,他是不该高兴的,可他在到渭河南岸参加谷劳劳婚礼的时候,听到了一件事,这让他不由自主地高兴起来了。

是的,谷大房为什么就不能高兴一下呢?人不能躺在忧愁的棺材里,钻进坟墓里去躲着,而要积极地发现可乐的事,让自己在不如意,甚至是苦恼着时,高兴起来。何况这的确是个值得谷大房笑一知的事呢。

"卫生革命"!几个初到谷寡婆村里的碎媳妇要在村里干这件事,哈!她们弄得成吗?

谷大房要等着看惠杏爱在村里搞什么"卫生革命"。他认为这是好笑的。笑着的谷大房已经得知，村级干部改选，镇上把惠杏爱列为候选人。这对还想把持谷寡婆村权力的谷大房来说，可不是个好消息。但和他想到惠杏爱她们要在村里进行"卫生革命"一样，在得知那一消息后，他显得很兴奋。这是因为，谷大房永远都是个敢于迎接挑战的人。这样两件事情，突然地摆在谷大房的面前，他还能窝在家里吗？自然是不能了，他是要积极应对了呢。为此，他在心里为自己鼓着劲，并在心里灭着惠杏爱她们的威风。哼呀，不就是被提名，要站出来和咱竞选村主任吗，这就沉不住气了，要用行动博取村里人的信任，运用自己家的小四轮拖拉机，从渭河滩上拉来沙石，铺垫谷寡婆村的街道！好么，你舍得出柴油钱，你就往出舍么。但你知道我怎么接招吗？我只需扛一把锨，在村街上撒你拉的沙子，啥话都不说，就把你的功劳都夺到我身上了。

谷大房为他的想法得意着。又想，这件事表面上看是惠杏爱逞的头，背地里出主意的，应该又是二娃媳妇上官乐。

透过现象看本质，谷大房自信他的揣猜不会错。

就在惠杏爱烧腾着要在村子进行"卫生革命"的前头，二娃媳妇上官乐就在家里大做舆论准备了。她哥上官副书记来村里检查工作，上官乐没给她这个村支书兼村主任的公公面子，同时也没给升任县委副书记的她哥面子，事过之后，她竟像没事儿一样，蒙头盖被睡了一场，呜呜哇哇哭了一场，就从她房子里的炕上爬起来，说村子太脏了，又脏又乱，这不是社会主义新农村应该有的样子，说改革开放，不仅是土地承包，经济发展，还应该让人在思想上和精神面貌上有所改变，这才是改革开放要达到的目标哩。

上官乐在村支书兼村主任的公公面前碰了几个软钉子。她在家里制造舆论时，没有直接对公公谷大房说话，而是捎话带信地都说给了女婿谷天明。那不是他们小夫妻的悄悄话，说起来声音就特别大，无拘无束，无遮无拦，想怎么说就怎么说。当时，院子里，婆婆白拴蛾养的几只鸡，正靠墙根刨食虫子，把院子刨烂了不说，小屁股一摆，就是一摊鸡屎，上官乐就给女婿谷天明说了。

上官乐说:"我听说县上来咱村的妇联主任,在村里的街道上踩了一脚牛粪,你看见了没?"

女婿谷天明是糊涂的,不知上官乐是在套他的话,就跟着上官乐说:"我倒没有看见……都怪你,钻在被窝里使性子。"

上官乐引导着谷天明说:"谁家女人不使性子?要我说,女人家还该蛮不讲理呢,十天半个月一次,才更像女人,你说是不是?蛮不讲理……天赋予女人的权力,你还不能不让我蛮不讲理使性子。不过,我今日心情好,不和你讨论这个问题,你只说你听没听说县上妇联主任踩了牛粪。"

女婿谷天明老实地说:"听说了。我听说妇联主任的皮鞋明光锃亮,踩上牛粪后,就没一点儿光亮了。"

上官乐就高兴起来了,她说:"看呀!咱还能让人家县上的妇联主任再来咱谷寡婆村踩一脚牛粪吗?"

女婿谷天明认真想着上官乐提出的问题,觉得是不应该再让人家妇联主任踩一脚牛粪的,就随口说:"当然不能了。"

上官乐说:"上次我哥他们来咱们村里我不知道,这一次我知道了,我哥他们还要来,来给惠杏爱的沙石运销公司揭牌,你说咱村该不该进行一次卫生革命?"

女婿谷天明从上官乐的嘴里听出一些别样的味道来了,他转脸寻找掌握着村子大权的老爹谷大房,他找到了——村支书兼村主任的老爹就在上房——谷天明没有看见他老爹的身影,但他感觉到他老爹的气息,穿透了上房厚厚的墙壁,正强劲地向他传递过来,他敏感地意识到老爹谷大房一字不落地听到了媳妇上官乐的话。"卫生革命",老爹一定不会喜欢这个词儿,而且也不会支持这一行动的。觉察到老爹谷大房的心思后,谷天明给上官乐打起马虎眼儿了。

谷天明说:"卫生革命?这话听起来太猛了。"

上官乐说:"不猛,就不能解决问题。"

谷天明说:"你说咱谷寡婆村脏,不卫生。你到别的村里去过了没有?

基本一个样。农村嘛，就要是农村的样子，养牛养马，喂猪喂鸡。你说咱们养了牛和马，喂了猪和鸡，你还能把牛马猪鸡的屁眼都拿针缝了不成？"

院墙根上刨虫子吃的一只老母鸡，在谷天明把话说到这里时，像是要证明谷天明说得不谬，小屁股甩了甩，就又拉下一摊鸡屎。上官乐看在眼里，也因为听不惯谷天明的腔调，气得脱下鞋子，朝着拉下鸡屎的老母鸡扔了过去。鞋子没打着老母鸡，倒沾上了还冒着热气的鸡屎，并把老母鸡惊得飞了起来。没能飞上墙头，它便转向朝上官乐飞腾而来，和上官乐撞了个满怀，还弄了她一身鸡屎味儿。

上官乐慌慌乱乱地后退了几步，拿眼去剜女婿谷天明，却发现他还幸灾乐祸着，心一下凉得像跌进冰窖里，就没好气地瞪了谷天明一眼，单脚蹦着，捡起她打鸡扔出去的鞋子，穿在脚上，"蹬蹬蹬蹬"从大门里走出去了。

在谷寡婆村实行"卫生革命"的序幕，就从上官乐走出家门的时候正式拉开了。

自然，上官乐要找几个意气相投的人。她首先想到了惠杏爱。她找到惠杏爱的跟前，把她的想法说了一遍，惠杏爱同意上官乐的想法，带头来做"卫生革命"的事了……可惜惠杏爱还只是个被提名的村主任候选人，如果她已是谷寡婆村的村主任，她要带头进行村庄的"卫生革命"，结果就会不一样，她能凭借手里的职权，动员谷寡婆村里人，一起来"革命"，可她现在还不是名正言顺的村主任，她就没有那个职权，她就没法动员村里人，来跟她进行"卫生革命"。

不过，惠杏爱还是识相的，在进行"卫生革命"前，她找了村支书兼村主任谷大房，她想求得谷大房的支持。这一点，倒让谷大房没有想到。

季节从冬天走过了春天，从春天又进入夏天，现在呢，又入了秋天……季节的变化，也体现在谷大房的衣着上。冬天的时候，谷大房有九道弯的羊羔皮袄可披，秋天了，谷大房可以披什么呢？他披起了四个兜的中山装，这可是一个村级干部的基本装饰。在什么时候，都不能不在身上披件衣裳的谷大房，他的藏蓝色的、深灰色的中山装，是把他与普通村民区别开来的最基本的特征。惠杏爱不是上官乐,她接受了上官乐的建议,就想着到谷大房家里去找他,和他面对面商量,这么做会使谷大房觉得他有面子。再者呢,惠杏爱从上官乐和她拉话说事的片言只语里听得出来,这个和她一起嫁到谷寡婆村来的新媳妇,和女婿谷天明以及公公谷大房、婆婆白拴蛾一家人过得并不和谐。她这么想,不是想重了,而是想轻了。上官乐和家里人的矛盾与冲突,似乎已经到了一个不能调和的地步了。善良的惠杏爱,不能看着与她一同嫁到谷寡婆村的上官乐,走上一条与其初衷不一致的道路……初婚嫁来谷寡婆村的上官乐,是多么幸福啊!她和任喜过,一点儿都不敢跟上官乐比,可是……惠杏爱不敢想那个"可是",也不愿多想那个"可是"。她此番登门请教谷大房,想在谷寡婆村进行"卫生革命"是一回事,有机会的话,她还想和她打心眼里尊敬、爱戴着的村支书兼村主任谷大房说说上官乐的事。她要告诉谷大房,上官乐真诚热情,大方泼辣,才华出众,是当代农村少有的知识女性,看待上官乐,可是不能用旧眼光,对上官乐,可用不能用旧风俗来要求……惠杏爱一路寻思,没注意到对面走来的谷大房,到她几乎要撞在谷大房身上时,这才猛地抬起头来,发现了披着中山装的谷大房。

惠杏爱的脸上堆满了笑,她说:"支书叔,我还说到家里找您去哩。"

谷大房用肩膀挑了挑有些下滑的中山装,说:"找我?找我还钱吗?信用社的贷款可是要到期了。"

惠杏爱说:"支书叔的记性不错啊!我给叔说哩,信用社的贷款还望叔多担待,等我把村里人的欠款都还清了,一准儿还掉信用社的贷款。"

谷大房提起惠杏爱托他在信用社贷的款,完全是灵机一动想起来的,他想以此给惠杏爱点儿火色看,要她别在村主任选举前太出头。谷大房不知他的这个目的是否达到了,说出这个话后,就眯缝起眼睛打量惠杏爱。惠杏爱挡掉谷大房的话题,接着说:"支书叔,我本来想去您家里请教个事呢,正好就碰见您了。村子里的环境不咋好,上次妇联主任来还踩了一脚牛粪,我想在村里搞个'卫生革命',号召大家把村子搞干净,想跟您讨个主意,你看这能行吗?"谷大房没有得到他想要的效果,就再次用肩膀头挑了挑披着的中山装,绕过惠杏爱,往旁边的谷寡婆宗祠里去。他一边走一边说:"到宗祠里去说吧。"

　　不是谷大房绕了一下，惠杏爱还没意识到她和谷大房说话的地方，刚好在大皂角树下，大皂角树的一边，不就是谷寡婆宗祠吗！

　　初婚到谷寡婆村来，惠杏爱、上官乐和任喜过是恢复了谷寡婆宗祠后，头一批进入宗祠里，按照旧有的礼俗祭拜了老祖宗谷寡婆的新娘子。可以说，惠杏爱对这位仁慈的谷寡婆虽不了解，却从心底对她产生了无限的崇敬之情。惠杏爱听人说了，而且不止一次地听人说，她就是谷寡婆转世来的。对此，她不敢相信，也不愿意相信，她不要做转世的谷寡婆，她做惠杏爱就好了。

　　恍恍惚惚，这些日子以来，惠杏爱感觉她一旦想起那位远去的老祖先谷寡婆，她就莫名地恍惚。为此她想了，这是不是与谷寡婆村人传说她是转世的谷寡婆有关？

　　惠杏爱想不明白其中的奥妙，她不想了，寻着绕开她，向谷寡婆宗祠里走去的谷大房，发现他的背可是真宽呀。这时，她听到了宗祠里拉响的二胡声。是谁在谷寡婆宗祠里拉二胡呢？不用猜，一定是九先生谷正芳了。有时候，他在自己家里拉，有时候他到谷寡婆宗祠里拉……总之，九先生谷正芳是热爱着二胡，喜欢着二胡的，他高兴了要拉，不高兴了要拉，高兴不高兴时更要拉，他拉的二胡可真是好听啊！

　　九先生谷正芳现在拉的就是一折很好听的秦腔。生于斯地，长于斯地的谷大房知道这是哪一折秦腔，惠杏爱亦不例外，她也知道这段是哪一折秦腔呢。此时，在谷寡婆宗祠里，九先生谷正芳自拉自唱，把那折《三上轿》里李老汉、李老婆两人的对唱戏，男一腔，女一调地哼唱了出来。

　　谷正芳哼唱得可是极其婉转与惆怅：

　　　　李老汉：眼巴巴难相留天昏地愁。
　　　　李老婆：闷悠悠抱姣儿心中凄楚。
　　　　李老汉：渺茫茫思前程怎度春秋。
　　　　李老婆：痛熬熬亲骨肉就要分手。

李老汉：颤巍巍扶灵柩伤心流泪。

李老婆：呜咽咽柔肠断泪滴衣透。

李老汉：气狠狠怎洗雪血海冤仇。

…………

　　就在九先生谷正芳拉着二胡哼唱到了高潮处时，谷大房在前，惠杏爱在后，两人脚跟脚地进了谷寡婆宗祠的门。宗祠里，有拉二胡哼唱秦腔的九先生谷正芳，还有手拿笤帚，拂扫着宗祠里尘土的谷冬梅。他们俩，如今把经营谷寡婆宗祠，当成了他们日常必做的一项功课，有事没事，都要来宗祠里，转一转，打扫卫生是一回事，说说话又是一回事。他俩在谷寡婆宗祠里，什么话都能说，什么事都能议，他俩愿意使谷寡婆宗祠成为村里的一个议事中心，使村里勤劳有道、品行端正的人得到颂扬，让大家学有榜样。与此相对应的，就是还要在这里对村上不守规矩，甚至是胡作非为的人，进行不留情面的批评和指导。不如此，不能端正村里的风气，不能教化村里的风俗——如果只发展经济，却忽视人们在精神道德上的教养，致使村里一些意志薄弱，或者个别恶习不改者，无法无天、胆大妄为，是不行的。需要给他们一个当头棒喝，叫他们醒悟过来，重新做人，做好人。就在谷大房和惠杏爱在大皂角树下碰面前，九先生谷正芳和退休回村的县粮食局局长谷冬梅，已对树立谷寡婆村正气的事做了一番讨论。他们耳闻，村里的锣鼓队出门给人过事，狮子大张口，向人家勒索财物，影响很是不好；在分配财物时，既不透明，又不公道，为了得便宜、得好处，其中有些人连脸都不要了，不是夫妻，也人家抛一个眼风就跟人走，脱了裤子就上炕……唉唉，长此以往，这还得了！还有"骚怪"谷中秋，撂下家里八十岁的老娘亲不管，一个人在外边乱窜，不给家里弄吃弄喝，把他年迈的老娘亲逼得到街上来，见人就说她饿，就说她渴，枯草似的白发，就那么飘拂着，谁见了能不可怜她，谁见了又能不叹息一声……最近的一个消息是从绛帐火车站传来的，"骚怪"不知在哪儿弄了两个钱，他不拿回来孝敬他的老娘亲，却在绛帐火车站寻暗门子，找了个"破鞋"去搞，被派出所抓住了，罚他钱他掏不出多少，就被关进了四堵墙里，等着判刑呢！

九先生谷正芳和谷冬梅，说得胸闷心疼，说得都不愿意说了。于是，九先生摸过他带来的二胡，给谷冬梅说："我拉段曲子你听听。"谷冬梅是爱听九先生谷正芳拉二胡的，他拉的曲子，让谷冬梅怎么说呢？有时就如一条条柔长的丝线，在她的心上织着一个让她心软的丝网；有时呢，又如一根根的银针，往她柔软的心上戳，戳得她的心疼哩！

九先生谷正芳要给谷冬梅拉二胡，这一次，谷冬梅想得多了一点儿。她想到了九先生早死的演员婆娘，她叫个什么名字呢？唉唉唉，多么可怜的一个人啊，这些年过去，把人家的名字都忘了。谷冬梅一路想着，就又想起陪着九先生在医院看病的豆菊芳……谷冬梅想起这两个人，她就不由自主地摇起了头。

谷冬梅为那个县剧团的演员嫂子摇头，是遗憾和同情，而为九先生谷正芳的亲家母豆菊芳摇头，却有种没来由的妒忌和伤感……噢！妒忌，伤感？谷冬梅妒忌豆菊芳吗？是的呢。谷冬梅承认她是妒忌豆菊芳了。那么伤感呢，谷冬梅伤感什么？是为自己伤感吗？对了，她是为自己伤感呢。想到这里，谷冬梅不由自主地又摇了摇头。

九先生谷正芳看见谷冬梅摇头了，看见她摇了一下，又摇了一下，他就随口问起了谷冬梅。

九先生谷正芳问："你摇头弄啥哩？"

没有九先生谷正芳的问，谷冬梅还不知道自己摇头了，被他这一问，才突然意识到了。但她没有直接承认自己摇头，而是跟着九先生谷正芳的问话说："我摇头了吗？"

九先生谷正芳坚定地说："你摇头了。"

谷冬梅被九先生谷正芳坚定的语气说得有点儿晕，同时还感到脸上发红发烫，她躲着九先生谷正芳的眼睛，顺手拿起一把笤帚，清扫着谷寡婆宗祠被她日日打扫，打扫得不见纤尘的地面……她打扫着，没头没脑地说出了这样一句话。

谷冬梅说："把你可怜的，受了那么多年的孤单，现在好了，你在给你的两个娃娃安下家时，也该考虑自己的事了。我想你还有几十年好活哩！"

九先生谷正芳听得懂谷冬梅的话，知道她的话中是还有话的，但他没有接她的话，只借势操起二胡的弓弦，一板一眼地拉起二胡来了。谷正芳从二胡的两根丝弦上揉扯出来的音律，是沉郁感伤的，也是轻快欢乐的，那种沉郁搅和着轻快，轻快又搅和着沉郁的乐曲，顷刻间充斥在谷寡婆宗祠，缠绕着宗祠里的梁栋，直抵人的心窝……村支书兼村主任谷大房和惠杏爱，便是踩着九先生谷正芳绝妙的二胡乐曲，走进谷寡婆宗祠的。

他俩来得可不是时候，前脚踏进谷寡婆宗祠的门坎，后脚还没跟进来，就把九先生谷正芳的二胡曲子踏断了音，同时，谷冬梅也撂下了打扫谷寡婆宗祠的笤帚。

大大咧咧的谷大房，是不顾九先生谷正芳和谷冬梅的情绪的。他一跨进谷寡婆宗祠的门，就高喉咙大嗓门地说话了。

谷大房说："二位是咱谷寡婆村的贤达，惠杏爱要在咱谷寡婆村进行一次'卫生革命'，嘿嘿，我说不好，想听二位贤达的意见。二位说说，看这'卫生革命'搞得搞不得？"

"卫生革命"四个字，谷大房在说的时候，是做了些特殊处理的——把"卫生"两个字轻轻带过，把"革命"两字又加重了许多，说得既响亮，又激烈。正是他在语气上的这种处理，把他称为谷寡婆村"贤达"的九先生谷正芳和谷冬梅，说得愣了好一阵。显然，两位贤达对"革命"两字有些敏感，他俩张口结舌，一前一后地问了。

九先生谷正芳问："什么'卫生'？什么'革命'？"

谷冬梅问："啥个'卫生'？啥个'革命'？"

惠杏爱不是傻子，她听出谷大房在九先生谷正芳和谷冬梅跟前来说她说的"卫生革命"，其用意是不友好的，往重了说，简直就是险恶的。这让她突然对她尊敬着的村支书兼村主任谷大房，有些失望。她在心里惊叹起来了，啊呀呀！村一级干部改选，我惠杏爱不就是得到提名，要和你谷大房竞争一下吗？唉唉唉，你呀你，我的大房叔哩，我才到谷寡婆村来了几天，我吃的啥饭端的啥碗，我是知道的，你至于吗？惠杏爱在心里迅速地把发生在眼前的事想了想，耐着性子，没和谷大房硬顶，而是顺着他的话，把她进行村庄"卫生革命"的设想，像给谷大房汇报时一样，给九先生谷正芳和谷冬梅说了一遍。

惠杏爱说到最后，强调了一句："上官乐和任喜过，还有云小兰等村里的人，都支持咱在谷寡婆村进行一次'卫生革命'。"

这个问题的提出，对于九先生谷正芳和谷冬梅来说，是突然的，没有预兆的。九先生谷正芳把他的二胡还像他刚才拉扯着时一样，拥在他的怀里，看了一眼惠杏爱，整个人像一尊雕像……谷冬梅亦如九先生谷正芳一样，站直了身子，拿眼去看惠杏爱，看一眼，又用目光去捕捉谷正芳……这时的她，太像挂在墙上的谷寡婆画像了。一个"雕塑"，一个"画像"，在谷寡婆宗祠里，用眼睛紧张地交换着意见，那投射过来，又投射过去的目光，是无声的，却让惠杏爱感到针刺似的不舒服。惠杏爱的眼前，现出了上官乐、任喜过、云小兰这些支持她在谷寡婆村进行"卫生革命"的人的影子，同时又现出了县妇联漂亮的女主任在谷寡婆村街巷里脚踩牛粪的尴尬场景，她给九先生谷正芳和谷冬梅又宣传上了。

惠杏爱说："脏乱差不是农村的特权，我们农民也该享受清新干净的新环境。"

九先生谷正芳和谷冬梅，对惠杏爱有着十分的好感，他俩从任何一个角度出发，都愿意支持和帮助她。过去的日子里，他俩就是这么做的，但在今日今时，他俩听出了惠杏爱话中的挑战意味，这种挑战不仅是针对村支书兼村主任的谷大房的，而且也是针对他俩的，这就使得他俩的心里有了一些不快。他俩没有说话，依然用目光交流着……谷大房猴精猴精的，惠杏爱也许读不懂九先生谷正芳和谷冬梅的沉默，但他全都看懂看明白了。看懂看明白了的谷大房，觉得这是一个机会，一个让惠杏爱丢脸失份儿，而让自己焕发精神的机会！他觉得他该向两位他称为谷寡婆村"贤达"的人表示他的意见了。

谷大房说了，他是说给谷冬梅听的："我的老支书哩，当年您领着我们，在咱村里也搞过卫生运动的……农村嘛，养牛养马，养猪养羊，你说咱能把牛马猪羊的屁眼拿针缝起来吗!"

谷大房把谷冬梅叫了个"老支书",这使谷冬梅比谷大房称呼她"老书记""老局长"什么的还要高兴。回到谷寡婆村里来,她是希望村里人称呼她"老支书"的,她以为这是对她在村里地位的一种肯定。听了谷大房的话,谷冬梅的脸上现出一种喜色来,她对着谷大房轻轻地、不易让人觉察地点了点头。

谷大房看出了谷冬梅对他的肯定和承认,他就又说上了。这几句话,他转移了目标,是说给九先生谷正芳听的:"那些年,真是难为您,让您在村里吃苦了,天天在村里义务收拾卫生。唉,我是不敢想,一想都觉着是我的罪过,我今日说出来,就算是给老哥您赔罪道歉了。"

谷大房说的是句大实话,那些年,九先生谷大房戴着右派"帽子",在谷寡婆村接受改造,起得比鸡还早,睡得比狗还晚。他被严格地要求着,每天必须迟睡早起地把全村的街巷卫生搞一遍,哪怕冬天寒风呼号,哪怕夏天大雨倾盆……回想着从前,九先生谷正芳像谷冬梅一样,对谷大房点头了。

两个点头的、被谷大房称为谷寡婆村"贤达"的人,相互用目光交流,忽然又都不约而同地看谷大房了。他俩在把目光落在谷大房身上时,还都不约而同地开口说了话。

他俩说的话,像是商量过了似的:"大房兄弟啊,你在村里当家,你说呢?"

谷大房受宠若惊地接过了九先生谷正芳和谷冬梅的话,他用带着商量的口气说:"惠杏爱年轻,她要弄让她弄去……那次,上官副书记来咱们村,妇联主任亮光光的皮鞋踩在牛粪上,的确不太雅观。"

这样的结果,惠杏爱是没有想到的,但是总体说来,还算不错。此前,她满以为九先生谷正芳和谷冬梅会全力支持她搞"卫生革命",但是,他们的态度却是那么暧昧。然而,她原来不怎么抱希望的谷大房,却支持了她,这让她丈二和尚摸不着头脑。可是不管怎么样,她既然提出"卫生革命"这一措施,她就不能不搞。所以,她在上官乐、任喜过,还有云小兰等个别热心村庄"卫生革命"者的无私相帮下,还是带头把"卫生革命",在谷寡婆村很受大家注目地开展起来了。

注目，太惹人注目了……惠杏爱、上官乐、任喜过、云小兰她们手拿铁锨、扫帚，把街巷里的牛马粪便、猪羊屎尿和碎柴烂草，铲干扫净，又从河滩用小四轮拖拉机拉来干爽的沙子，铺垫在谷寡婆村的街巷里，使往日又脏又乱的街巷，的确有了种改头换面的清爽。然而她们几个人干得满头大汗，满身灰尘时，谷寡婆村的人，却只是不咸不淡地旁观着忙碌的她们，没有人响应她们，没有人帮助她们——谷冬梅没有，九先生没有，村里人都没有。有的只是一些人的嘻嘻哈哈，甚至幸灾乐祸。

不过，谷大房还是扛着一把铁锨出来，帮助她们在村街上撒了沙子。

惠杏爱她们开展的"卫生革命"的成果，在谷寡婆村只保持了一天不到的时间。不到一天，她们铺垫的干净河沙上面，就又是一堆堆的牛马粪便、一堆堆的猪羊屎尿和碎柴烂草了。惠杏爱她们的"卫生革命"，搞在云小兰改嫁谷劳劳之前的日子里。云小兰改嫁谷劳劳的那天，村支书兼村主任谷大房去渭河南岸参加他们的婚礼，他肩挑着一件标准样式的灰色中山装，从谷寡婆村的街巷上走过，盯视着那一堆堆的牛马粪便、猪羊屎尿和碎柴烂草，像盯视村里人给他的选票一样，开心惬意。他几乎要伸出手来，拥抱那散落在街巷上的牛马粪便、猪羊屎尿和碎柴烂草了。

谷大房在心里给自己说：谷寡婆村当家的人，除了我还是我。

第三十一章

云小兰改嫁谷劳劳，在渭河南岸的养猪场办了喜宴后，到了晚上，又很自然地在谷寡婆宗祠办了认祖仪式。是夜，谷大房、谷冬梅和九先生谷正芳，自然地又在祠堂里见了面。关于"骚怪"谷中秋的事，那一次他们三人没有说到一起，逮住这个机会，谷冬梅和谷正芳，与谷大房再一次说了起来，但像那次一样，他们还是说不到一起。一只老鼠在村里，会扰乱村里的风气的，这是谷冬梅和谷正芳的观点，然而谷大房却不这么看。他说，没有那么严重吧。

谷大房依然为谷中秋做着辩护，这让谷冬梅和谷正芳一点儿办法都没有。到云小兰的认祖仪式结束后，大家都回了自己的家。夜半时分，谷冬梅在睡梦中被院子里的一声闷响惊醒过来，她披上衣服出来，看见月光下的院墙一角，有一只被人扔过墙来的死狗。与谷冬梅家的情况一样，九先生谷正芳的家里，半夜时分，也出现了一声闷响，谷正芳披衣出来看，在月光下看到的是一只死猫。谁干的龌龊事呢？不用太费神，谷冬梅想到了"骚怪"谷中秋，九先生谷正芳也想到了"骚怪"谷中秋。他俩各自站在自家的院子里，仰望着月光如水的天空，一时都有点儿无措与茫然。他俩以为，天明后就谷中秋的事，还得与谷大房继续说。

谷冬梅和谷正芳在这个晚上是睡不好了。他俩没有睡好，谷大房也像他俩一样，没有睡好。在谷寡婆村没有白当家的谷大房，在人前是一个样子，在家里是另一个样子。毕竟家里一下子走了云小兰和上官乐两个人，怎么说都显得非常空呢！正是这一种空，让谷大房吃饭不香，睡觉不香。而且，他接到了镇上的通知，过两天在谷寡婆村进行新一轮的村级干部选举。

这不是冲着我来的吗？谷大房初接通知，心里产生了那么一点儿不快。谷大房不怕挑战，但他想了，有些事可不是用挑战来解决的。他突然有一种预感，觉得在谷寡婆村，他一身兼着村支书和村主任的职务已经很长时间了，这样的状况，或许是上头想要改变的了。

谷大房顺着这个思路往下一想，他听到选举风声后，决心要和惠杏爱挑战一番的开心，当下就像被一股大风吹得没了踪影。

有此预感的谷大房，是不甘心的，他还不知道这是一种趋势，还想实现他的一肩挑。噢，一肩挑，在谷大房是习惯了，他不想别人分他的权，便幻想凭借他在谷寡婆村多年的经营，赢得村里的大选。当然，要说他没有一点困惑是不可能的。他自信着，又困惑着，却也是配合着镇上下到谷寡婆村指导选举的干部，发扬民主，开会推选村主任了。

按推选的程序，村里人先选出候选人。让谷大房颇为安慰的是，他依然获得了村民的推举，成为两名候选人中的一位。而另一位，不出意外地是惠杏爱。

啊哈，初婚守寡的惠杏爱，能和我谷大房竞选一村之主任吗？笑话，就是大家选她，她自己担当得起吗？谷大房把心放下了，彻底地放下了。

而且，换届选举这么大的事，惠杏爱似乎并不怎么当回事，她依然天不明就发动那台小四轮拖拉机，到渭河滩上装河沙，"突突突突"地驾驶着到绛帐火车站去，上午跑一趟，下午跑一趟，挣下钱了，拿回来，清还他们家欠村里人的钱。谷大房已有耳闻，惠杏爱差不多把欠村里人的钱都还上了。

就在谷大房把心放下后的一天傍晚，惠杏爱到他家找他来了。惠杏爱找他是给他还钱的。谷大房乐意惠杏爱把欠着他的钱还给他。毕竟，他的钱不是偷来的，庄稼人，一分一厘，基本都是牙缝里省、指头缝里抠地攒下来的。但是谷大房必须客气一番，他担任着谷寡婆村的支部书记，同时又兼任着村主任，他爱钱，却也不能把钱看得太重，特别是面对惠杏爱这样的人——她太有志气了。谷大房客气着，却经不起惠杏爱的真诚相对，他就把惠杏爱还他的钱接到手里来了。把钱接到了手里，谷大房轻轻掂着，客气地说，这钱他不急用，让惠杏爱再用的时候，就来他这里拿。

谷大房想，惠杏爱给他还了钱后，是该走的，但她没急着走，而是和他面对面站着，一副欲言又止的模样，这让谷大房无法躲避地把惠杏爱多看了几眼……谷大房看着惠杏爱，想着的却是上官乐，这叫他的意识不由自主地错乱了。他想，如果惠杏爱是二娃谷天明娶回来的媳妇该多好啊！贤淑懂事的惠杏爱，才是他二娃谷天明要娶的那种媳妇呢……命运捉弄人啊！谷大房这么想着，心里就有了些疼痛的感觉，对站在他面前的惠杏爱便多了一分疼爱。谷大房声音颤抖着问起惠杏爱话来了。

谷大房说："杏爱，你还有啥事吗？"

惠杏爱说："我想要支书叔帮我忙哩。"

谷大房说："啥事，你说。"

惠杏爱说："我都筹备好了，就在咱们的渭河滩上，成立一家沙石运销公司。渭河滩是咱村的一大经济资源，公司成立起来，先运销一阵沙石，等积累下一些资金了，咱们还可以开办一家水泥预制件厂，浇筑水泥楼板，浇筑工程梁柱……支书叔，我调查过了，这方面的市场大着哩，而且会越来越大。"

惠杏爱说到最后，还说县委上官副书记非常关心她创办沙石运销公司的事。那次来，说他要给公司成立揭牌，最近又捎话来，问公司的筹备情况。

不提上官副书记，谷大房会一直平静下去的。这一提起，他放下的心又提了起来。同时，他还想起了上官副书记关心惠杏爱政治进步的事，就顺嘴给惠杏爱说："你交上来的入党申请书，村支部研究了，就由我来做你的入党介绍人。"

谷大房再次提起的心，就像架在树梢上的鸟巢，乱糟糟的，想要落下来就难了。但他挡不住水一样流动的日子，确定好的选举时间呼啦啦就到了。这将是谷寡婆村的村史上一个不平凡的日子——镇上下村指导选举的干部，向谷大房传达镇上的意见，将在谷寡婆村的村级干部选举日，举行县团委授予惠杏爱"新长征突击手"和县妇联授予惠杏爱"三八红旗手"的称号的仪式。会后，县委上官副书记还将出席惠杏爱的沙石运销公司成立挂牌仪式，并亲自为公司揭牌。

陈增强从建筑工地拉来了一大堆架管和扣件，还有一大堆钢质架板，指挥着几个从工地借来的工人，在谷寡婆村最具代表性的谷寡婆宗祠前，精心地搭建一个大台子。县委上官副书记要来给惠杏爱的沙石运销公司揭牌，县团委和县妇联还要给惠杏爱授予荣誉称号，惠杏爱又要与谷大房竞选下一届村级班子领导，没有一个像样的台子怎么行呢？陈增强得知消息后，也不管惠杏爱乐意不乐意，更不管掌握着谷寡婆村大权的谷大房高兴不高兴，他自作主张，就利用他在建筑工地上的便利，组织几台加盟惠杏爱沙石运销公司的拖拉机，满载着架管、扣件和架板来了。那笔直挺拔的钢质架管、坚固牢靠的钢质扣件、规整平顺的钢质架板，"哗哗啦啦"卸在谷寡婆宗祠前时，正为重建谷寡婆宗祠而紧张筹措的谷冬梅和九先生谷正芳先围了上来，他们以为热心的陈增强是来帮他们忙的哩。围上来一问，原来陈增强是为来日的活动搭台子的，他们于是也有了更大的热情，忙抽出手来帮陈增强的忙。他俩一上手，带动村里的许多人，都来搭手帮忙了。惠杏爱哪里又能旁观，她虽不愿把事弄得太张扬，但是陈增强执意要弄，她能怎么办呢？只好随了他，也来搭手帮忙了。

都是标准件的钢质材料，台子搭得就很好看。搭起来后，陈增强还变戏法一般，从他驾驶来的拖拉机座位下，抽出一卷他准备好的红布对联在台子的两边悬挂起来，那黄漆喷涂上去的字，又鲜又亮，即使天色暗了下来，也能看清晰：

九韶新奏振兴乐
五彩精描改革春

陈增强领着人搭台子，谷大房看见了，他甚至还在搭台子的现场走了一个来回。但他没搭手，他有他要做的事。他思谋了几天，觉得他不能总处于被动，到了该出手的时候，他是必须出手的。他把他出手的目标定为惠杏爱的公公谷敬勤。这是个可怜人，更是个苦命人。他要和谷敬勤说说惠杏爱的事，这么好的儿媳妇，对他们家太重要了。谷敬勤应该清楚，他们家是不能失去惠杏爱的，失去惠杏爱，他们家不是塌半边天，而是要塌了整个儿的天呢！

谷大房从陈增强他们搭台子的现场往过走的时候，还不情不愿地和在现场忙碌着的谷冬梅和谷正芳他们打了招呼。然后，他径直去了谷敬勤的家。

进了谷敬勤的上房门,坐在了炕边上,他抽搐着鼻子,像是一条好奇的狗一般,把房子里的气味嗅了又嗅。他没有嗅出异味,就跟谷敬勤说话了。

谷大房说:"不错哩。真是不错哩。"

谷敬勤说:"家里有他嫂子杏爱,就没我操心的了,她把啥啥都照顾到了。我瘫在炕上,她一回家就往我跟前来,接屎倒尿,端汤端药,你说我哪一世修下的福分,遇上这么个懂事的儿媳妇。就是亲女子,又能怎么样。"

谷大房说:"可不是么,你听说了没有,咱村上人咋说惠杏爱呢?"

谷敬勤说:"我听说了,村上人说她就是咱老祖宗谷寡婆转世来的。"

谷大房说:"对呀,村上人就是这么说的哩。她就这么得村上人敬爱,你说你该咋办呢,该不是不想让她留在咱家里?"

谷敬勤说:"这是哪里的话呢?我咋会那么想呀!"

谷大房说:"这你可就要想办法了。"

谷敬勤说:"想办法?这有啥办法想?"

谷大房把身子往谷敬勤靠了过去,嘴巴对着谷敬勤的耳朵,给他耳语起来。他说:"那个陈增强你见过吧,啊,你见过的。你家惠杏爱可不敢被人家拐带走了。我想提醒你,你家里又不是没人,门坎死了,还有你二娃门墩哩。谷门墩憨厚老实,勤快听话,他哥殁了后,都是他跟着惠杏爱忙。他是地里的活要忙,河滩上筛沙子筛石头的活要忙……不是我多嘴多舌,他跟了惠杏爱那么些日子,怕也跟出感情来了。"

听着谷大房的耳语,谷敬勤的眼睛亮了,他说:"你的意思?"

谷大房说:"别说我的意思。你怎么想的,你拿主意。"

谷敬勤叫喊起二娃谷门墩来了。他喊谷门墩给他大房叔泡茶点烟。谷大房制止了谷敬勤,说自己眼下一河滩的事哩,县上的领导要来,给惠杏爱授予什么"新长征突击手""三八红旗手"等荣誉称号,而且还要选举新的村主任,给惠杏爱的沙石运销公司揭牌,忙着哩。谷大房说着,就从炕边上溜下地,再不回头看瘫在炕上的谷敬勤,径直出了上房门。

在门外,谷大房碰见了谷门墩,还有谷门环和谷门拴,他抬起手,慈爱地在他们的头上,摸了过去。谷大房意识到,他刚才给他们老爹说的话,他们三个都听见了。过去，谷大房是摸过他们的脑袋的，过去摸，他摸得潦草，摸得没有感情，他们不是躲开，就是要缩脖子。可是今天，他们都配合着谷大房，很是受活地接受着他的抚摸。

这一切，惠杏爱是不知道的，她在谷寡婆宗祠前，和九先生谷正芳、谷冬梅他们帮着陈增强搭好了第二天要用的台子，天黑才回到家里来。看到家里的谷门墩、谷门环和谷门栓几个弟弟妹妹，惠杏爱觉出了他们与往常的不一样，但她没有多想，一进家门，即在谷门环的帮助下，做好了晚汤，服侍公公谷敬勤吃用了后，就洗了手，看着公公睡好，就回到她的屋子里，拉开被子睡了。

惠杏爱在服侍公公谷敬勤睡觉时，发现公公的眼睛从来没有过地亮，她顺嘴说了一声："爹，你的眼睛好亮啊！"

公公谷敬勤是慌乱的，他说："亮吗？嘿嘿，我还能亮个啥嘛。"

惠杏爱还注意到了大弟谷门墩，发现他的眼睛像公公的眼睛一样，也是从来没有过地亮……也许是惠杏爱太累了，也许她就是个心里亮堂不装事的人，她很放松地睡在自己的屋子里，拉灭了灯，没有多长时间，就呼呼地睡了过去。她睡得可是太沉了，竟不知道谷门墩是什么时候摸进她的屋子，上了她的炕，把他自己脱得一丝不挂，光溜溜爬上了惠杏爱的身子……这时的惠杏爱，正好做着一个梦，她梦见了陈增强。老同学陈增强凭什么那么热心，那么热情，那么不计利害地帮助她呢？惠杏爱知道，没有别的，只有一种情况，那就是爱。陈增强爱她，那么她自己呢？她想过了，认真地想过了，她也是爱陈增强的。在渭河滩上的那一夜，如果不是谷门墩躲在堤岸上的柳树林里，狼一样号叫几声，惠杏爱都要把自己交给陈增强了呢！

上官乐说得对，结婚嫁汉，把自己的身体嫁出去是太容易了——新婚的晚上，把衣服脱了，钻进被窝里就行了。而把自己的心，自己的情感嫁出去，就不那么容易了，往往是等一辈子，到死了，都还不一定嫁得出去。惠杏爱不敢想上官乐说的这段话，她一想就想流泪，她像上官乐和任喜过一样，光明正大地结婚了，入了洞房，可她悲哀得连自己的身体都没嫁出去，更别说将自己的感情嫁出去了。幸好有老同学陈增强，他俩是相爱的，虽然她还没能把自己的身体嫁给陈增强，但她明白，像落在渭河水里的月亮一般明白，她把她的心，还有她的全部感情，都毫无保留地嫁给陈增强了。

疼！

很疼很疼！疼在惠杏爱的下身，在梦里，她觉得她的下身在撕裂，她已经不能忍受了，但她咬牙忍着，喉咙里痛苦又幸福地低声吼喊着："增强！啊！增强！"

蓦的，惠杏爱醒过来了。她看见了一双亮得喷火的眼睛，但那不是陈增强的眼睛，而是睡前从二弟谷门墩脸上看见的眼睛。对，是谷门墩，他的眼睛亮瓦瓦的，嘴角上还吊着一线哈喇子。他光裸着铁板一样的身子，跪伏在她的身上，快乐地向她的身体挺进着……她痛苦悲哀地哭喊起来了。

"猪！你个臭死猪！"

惠杏爱没有抬手打谷门墩，只是两声伤痛的哭喊，便使快活着的谷门墩落荒而逃，跌爬在炕脚地，跪着向惠杏爱哀求起来了。

谷门墩的声音是颤抖的："嫂子！嫂子！"

就在谷门墩跪求惠杏爱的那一刻，谷门环和谷门栓也从门外进来了。他俩一进惠杏爱的屋子，就挨着谷门墩跪了下来，哀哀地求着躺在炕上的惠杏爱。

谷门环说："嫂子！嫂子！"

谷门栓说："大姐！大姐！"

惠杏爱还听到了窗外瘫痪了的公公谷敬勤，压抑着的像是老牛一样的哀哀的哭泣声。怎么办？怎么办？漆黑的夜里，在惠杏爱的炕脚地，还有她的窗户外，都是哀哀的求告声，她不知道她该怎么办了。一时之间，她只觉得，她整个人像跌入了万丈深渊，迅速地下跌着，没有一个着落，她的心里，想着的只有陈增强，但她失去了自己，她怎么给陈增强说呀？

胡思乱想着的惠杏爱，蓦然想起天明后的活动——台子已经搭起来了，一切一切的活动，可都是为她准备的，她该怎么办？她能怎么办？

…………

痛苦着的惠杏爱不知道，她是被谷门墩在睡梦中弄醒过来的，而在九先生谷正芳的家里，任喜过也从睡梦中惊醒过来了。任喜过是被胸腔里一阵一阵往喉咙口冲击的呕吐物弄醒的,她捂着嘴,想要爬到炕边上呕吐,却没有做到,"哇"的一声,全都呕吐在躺在她身边睡着的女婿谷梦梦脸上了。谷梦梦遭此袭击,一下子也惊醒了过来,他用手抹着脸上的呕吐物,很是懵懂地问任喜过。

谷梦梦问:"喜过,你怎么了?"

任喜过说:"你傻呀,我能怎么?"

谷梦梦依然不解,还问:"那你吐我一脸?"

任喜过说:"吐你脸上是你活该!"

··········

惠杏爱不会想到,导演了这让她痛苦不堪的一幕的人,是她一直感激着的老村主任谷大房。她从她睡着的土炕上慢慢地爬起来,穿好衣服,也不管跪在脚地上的谷门墩、谷门栓和谷门环,一步一步,摇摇晃晃地走出她的房门,然后又走出家门,走到了黑洞洞的村街上,依然不停步地往前走。在她的身后,跟着谷门墩、谷门栓、谷门环。走到谷寡婆宗祠门前,惠杏爱看见黑影里有一个人,从身形看,正是"骚怪"谷中秋。谷中秋手里拿着一个玻璃瓶子,正往谷寡婆宗祠的门上泼着什么。尽管惠杏爱此刻心里特别乱,但她还是看得出来,那个玻璃瓶子是村长谷大房拿着从她那里灌了一瓶柴油,然后拿回家的,只是现在瓶子又怎么到了"骚怪"谷中秋的手里?到了他的手里也罢,他为什么要把柴油往谷寡婆宗祠的门上泼呢?

惠杏爱还正痛苦地想着,却见"骚怪"谷中秋敲燃打火机,往泼了柴油的谷寡婆宗祠的门上一扔,"腾"地一下,大门上就是一片火光,并迅速地蔓延着,向房檐上烧了去……

2012年10月18日草于西安曲江
2013年7月5日再改于扶风野河
2014年11月5日再改西安曲江

我想回家（代后记）

家在哪儿呢？我找不到家，找不到回家的路。这不是哪一个人的问题，而是横亘在我们每个人面前的大问题。当然，我在这里所说的家，不是我们今天普遍存在的三口之家，或大一点的四口之家。我说的是我们精神上的，有着明确姓氏标志的家。

我说的这个家，或者称为宗祠，或者称为祠堂，或者称为家祠。

近日去江西的婺源采风，连着走了李坑、汪口、江湾、严田几个被誉为最美乡村的地方，很是幸运地看了几家祠堂，其中有传承数百年而未毁的汪口的俞氏祠堂，也有毁了而新建的江湾的萧江祠堂。汪口的俞氏祠堂之所以未毁，盖因为后来成为村里的学校才被很好地保留了下来；江湾的萧江祠堂，得以毁后新建，是托了一位颇有建树者的福——他寻祖到此，花费巨资把毁坏的老祠堂新建起来。听导游讲，新建的萧江祠堂，比起毁弃的老祠堂，可是要阔气很多呢！

其实，我的出生地陕西省扶风县的闫村，也是有一座吴氏祠堂的。

那时我虽幼小，却也对村中的吴氏祠堂，有着较为深刻的印象。记得祠堂的门是村里最大的门，门槛也是村里最高的门槛，便是两厢对立的两个门墩石，也比我们小孩高出一头多，不是石狮子，也不是别的什么瑞兽，而是"抱鼓石"那种样式的。我听村里人说，祠堂门口的"抱鼓石"，不仅具有装饰、支撑门柱的作用，而且还有辟邪镇宅的大用，此外，也还有一种"遮羞"的巧用。识礼重乐的村里人，非常讲究辈分。辈分小的人，遇到辈分长的人要致礼问候，在祠堂前、祠堂里，礼节就更严。然而辈分这玩意，不能说谁的年龄大，谁的辈分就长，往往一把白胡子的老人，辈分反要输给几岁多的黄口小儿，见了面怎么办呢？抹不开面子时，白胡子的老人，就需要在"抱鼓石"的背后避一避，大家心照不宣，让双方都恰到好处地遮住难堪。

"抱鼓石"与门头上的门簪,在乡村还有一个"门当户对"的说法,而"抱鼓石"就是门当了——形似圆鼓的两块石刻构件,高高地托在门墩上,最能显示祠堂的尊严与威仪。

从"抱鼓石"夹峙的高门槛上跨进祠堂,雕梁画栋的头一座房子,称为前堂,再往里走,同样雕梁画栋的房子称为享堂,从享堂的壁龛侧后转进去,还有一座雕梁画栋的房子,称为寝堂。寝堂中,后墙面以及两侧墙面,错落有致地排列着数也数不清的小小壁龛,摆放着书写了姓名的过世先祖的牌位。而享堂中,在高大的壁龛上,悬挂着一幅据说为吴氏始祖的画像,与始祖同享祭拜的,是几位在历史上有卓越成就的吴氏祖宗。在这里回头,还会看见前堂的两根明柱上高挂的木刻对联。

我记得很清楚,对联是这样的:

堂号申明于此众议公断
室雅清寂借它鉴古观今

是的呢,这是前堂"申明堂"的对联。而前堂的横梁上,就有一面的大匾。此外,享堂的横梁上有一面"乡贤堂"的大匾;寝堂横梁上有一面"思亲堂"的大匾,而且每一进堂室的明柱上,也都有木刻的对联。"乡贤堂""思亲堂"的木刻对联写的什么内容,我全忘了,唯独没有忘记"申明堂"明柱上的这一副木刻对联。这是因为,"申明堂"里发生的故事,我都听人说过。村里的吴姓人家中,有谁作奸犯科,触碰了国法,即由国法来办,而触碰了族规,就自然地要用族规来办了。怎么办呢?吴姓一族的长者,聚在"申明堂"里,"众议公断",依凭的呢,就是张贴在"申明堂"墙壁上的"族规"和"祠规"了。

我便保存了我们吴氏祠堂里一份简刻油印的"族规"。

族规是:

一、笃忠贞:民生于三,而君成之,士既邀思遴选,当思循良报效,即身为庶民,亦宜早完国课,踊跃赴公,毋干法纪。

二、孝父母:生我幼劳,昊天罔极,人予朝夕奉养无违,犹难酬于万一,况不孝不敬,罔识身从何来乎?族中倘有无知不顾天伦者,各房内必先严惩,如怙终不悛,公同禀究。

三、睦兄弟:同胞之爱如手如足,倘因一时嫌隙,遽尔骨肉参商,甚至争讼不休,仇雠相视,是以小忿而废懿亲,匪为士林所不齿,亦宗族合羞也。凡我族人,期敦埙箎好之欢,无忘葛藟之庇。

四、敦唱随:闺门和顺,致祥之由,否则唯家之索,型于化之,篇什昭垂,倘妇不顾翁姑,不和姑嫂,本夫急宜严惩,或斥归母家,伺其悔悟。如母家不明大义,反纵与本夫为难者,族长公惩悍妇,抑或有本夫纵容者,族长公罚本夫。

五、全恩爱:无父何怙,无母何恃,故续娶后妻多为抚育前妻子女计也。近有悝女刻苦前妻子女,致伤天性之恩,族内有续弦者,本夫宜委屈开导,使母尽母道,恩斯勤斯,子亦尽子道,起敬起孝,庶慈母顺子,一门衍庆义也,而恩全矣。

六、修坟墓:神在室堂,形归宅兆,故祖宗坟墓无论远近,每岁清明挂扫,必须剪除荆棘,或有陷塌之处,急宜培补,若使枯骨暴露,惨目伤心。至七月中元焚包荐薪,又一报本追远之遗意耳。古人称挂山记处,烧包记名,良有益也。

七、勤生理:居家之法,耕种为先,其次工商末艺,亦足起家,必远虑深谋,庶可以仰事俯蓄。倘不务生理,闲游赌博,势必流为无赖,乃至一败涂地,岁月蹉跎,悔无及矣。故凡有父兄之责者,切不可任子弟日荒于嬉,毫无职业。

八、崇礼义:书曰"既富方谷",又曰"资富能留",盖以养与教两相宜也。族内有俊秀子弟资,固宜乐栽培,即资禀推鲁者,亦必从师教训,令其识字明理,彬彬有儒雅风。古人称读而不耕,则衣食不足;耕而不读,则理义莫兴。尚徒务封殖,不事读书,是深为识者所鄙也。

九、恤贫困：鳏寡孤独四者至穷，情殊可悯。如族内贫困不给者，须分多润寡，以救其生，事变亦粹乘，又须竭力扶持，以解其厄。倘徒坐拥赢余，秦越相视，比之朋友通财之谊，且不如矣。合族其共知，相维相系，庶太和之气可坐续也。

十、安己分：富贵贫贱数定于天，倘不安分守己，借端滋事，以及酗酒逞凶，恃强凌弱，肆行无忌者，族众先以家法治之，俾知改过自新。如重蹈故辙，公同禀究，决莫构和，致滋后累。

十一、彰公道：于中之事责归户首，遇有事投称，不论贫富，不论亲疏，不可挟嫌而借以报复，不可图利而颠倒是非，务宜察实再三，平情劝谕，自然解散。一有偏袒，自然不服，闹到公庭，浪费家资，两败俱伤，是彼此皆为我所害矣。倘二比一，日后和睦，必以今日之是非尽归我一人之播弄，其怨我何极，有不黳事故报复于我者乎？故彰公道不独有玉于族人，并可免害于自己。

十二、敦俭朴：冠婚丧祭，称家有无，故田费必须酌量，若务以奢华，以壮观瞻，恐相沿为习，必不惜物力维艰。盖由俭入奢易，由奢入俭难，唯量入以为出焉，则财恒足矣。

十三、崇节孝：忠臣不事两主，烈女不更二夫。故族内有女能守节，冰清自持，兼以上事翁姑，下抚孙子，以继丈夫志，以为祖宗光，房族必须票清旌坊，以彰节孝。家计贫寒，合族亦宜捐金帮助，庶潜德无不发之光矣。

拉拉杂杂，计一十三项的族规，对本家族人的行为，极尽可能地做了规范，其中一些条规，确有浓重的封建色彩，而绝大部分，应该还是很积极、很有用处的，对教化族人崇仁守德、尊礼乐俭，不无益处。然而，我们吴氏祠堂，如全国各地大多祠堂一样，在那个特殊的历史时期，被毁弃了，同时被毁弃的还有祠规和族规。

我们村的吴氏祠堂，被我们吴氏后人，溜了房上的瓦，拆了墙上的砖，从此，我们吴姓一脉，虽都还在村里住着，却没有了祖先，没有了"家"，我们各过各的日子，直到今天，好像我们把那个大家的家忘记了，其实不然，那个大家的家依然顽强地根植在我们的记忆里，是我们无法忘却的精神家园。这是因为有几个词仿佛铜铸的钟从没间断地轰鸣在我们的耳际，那就是每个中华儿女念兹在兹的家国情怀、家国精神，如果有谁胆敢侵犯我们的家园，我们会毫不犹豫地奋起，以我们的血肉之躯，保家卫国。

家在我们的心里，大于一切，神圣不可侵犯。

小河里的涓涓细流，朝着大河里汇聚。被我们比作母亲河的黄河、长江，都是因为有成千上万条的支流，流进它们的怀抱，才成为浩浩荡荡的大河的。家就是那生生不息的小河，国就是那汇聚了无数小河的巨流，小河与巨流的关系，天然地就是这个样子。

不爱家的人，大言不惭地说他爱国，也许有他自己的道理，但我是不能认同的。我爱我的家，因此我也爱我的国。

问题就这么突兀地摆在了我们的面前，我们想回我们大家的家，但我们大家的家在哪里呢？

这就是我写《初婚》的初衷。

2014年11月16日于西安曲江

大河珍藏

手铐上的蓝花花

吴克敬 著

陕西师范大学出版总社

图书代号：WX22N1066

图书在版编目（CIP）数据

手铐上的蓝花花 / 吴克敬著. — 西安：陕西师范大学出版总社有限公司，2022.8
（大河珍藏；3）
ISBN 978-7-5695-3092-6

Ⅰ.①手… Ⅱ.①吴… Ⅲ.①长篇小说—中国—当代 Ⅳ.①I247.5

中国版本图书馆CIP数据核字（2022）第123529号

手铐上的蓝花花

SHOU KAO SHANG DE LAN HUA HUA

吴克敬 著

出版统筹	刘东风　郭永新
责任编辑	姚蓓蕾
责任校对	彭　燕
封面作品	郭如林
书籍装帧	YooRich-萝卜 七七
出版发行	陕西师范大学出版总社
	（西安市长安南路199号　邮编710062）
网　　址	http://www.snupg.com
印　　刷	陕西龙山海天艺术印务有限公司
开　　本	720 mm×1020 mm　1/16
印　　张	13.5
插　　页	4
字　　数	190千
版　　次	2022年8月第1版
印　　次	2022年8月第1次印刷
书　　号	ISBN 978-7-5695-3092-6
定　　价	399.00元（全三册）

读者购书、书店添货或发现印刷装订问题，请与本公司营销部联系、调换。
电话：（029）85307864　85303629　传真：（029）85303879

手铐上的蓝花花 _ 001

杀死了丈夫的阎小样从监所的铁门里走出来了。她是一个罪犯,纵然她在森严的监所里被关押了很长时间,纵然冷冰冰的手铐箍在她的手腕上,她却还是那么出类拔萃,还是那么理直气壮,甚至还是那么风情万种……

含泪的信天游 _ 063

"梦想是美好的,但是实现梦想的历程却是艰难曲折的。"惠麦花后来见了我,张口就是这样一句话,让我瞠目结舌。不过我得承认,她说得对,说出了年轻人心里的话……

枣树圪墚枣花香 _ 115

是肥成大海一般的样子呢!满坡满梁绿草,都像受了某种神秘力量的鼓舞,奋勇地向上长着;有风吹来,便又羞涩地伏下去;才伏下去呢,却又迅速地挺起来,起起伏伏,总是难以平静。在坡梁上刈草的段枣花,心里也是这样……

马背上的电影 _ 166

张光荣热闹的心在这个双休日里,依然感到家的空寂和心的空寂。于是,他向三个娃娃没头没脑地说出这样一句话后,又说:"你们都说我享福,别人也看着我享福,可我不知道怎么就算享福了。"

手铐上的蓝花花

一

杀死了丈夫的阎小样从监所的铁门里走出来了。

纵然她是一个罪犯，纵然她在森严的监所里被关押了很长时间，纵然冷冰冰的手铐箍在她的手腕上，她却还是那么出类拔萃，还是那么理直气壮，甚至还是那么风情万种……头顶上，明晃晃的太阳，照着一步步走来的阎小样，让前来押解她的青年民警宋冲云顿觉一种惊心动魄的美丽！

宋冲云痛苦地闭上了眼睛，他难以相信，如此美丽的女子会是杀人犯。但他知道，这是事实，一个不容怀疑的事实。对阎小样，神圣的法律已经做出了公正的判决——死缓两年。宋冲云今天就是要押解阎小样到在西安的省女子监狱去服刑的。

按捺不住激烈跳动的心，这让穿着警服的宋冲云十分无奈。

宋冲云在心里无声地警告自己，心脏不要这么猛烈地跳。他是来提杀人犯的。他要把杀人犯阎小样押解到省女子监狱去服刑。他努力地压抑着自己那颗狂跳的心，却很无奈——怎么都压抑不住。他感觉怦怦猛跳的心，像是一颗火红的子弹，就要从喉咙眼儿里弹射出来了！没有办法，他俊朗的脸，不由自主地红了起来。

赶在这个时候，谷又黄来到了监所的门口。

谷又黄是接受了任务，和宋冲云一起来押解阎小样的。

与监所的管理人员交接，是必要的程序。宋冲云从押送阎小样出来的监管人员手里接过一个档案袋，抽出装在其中的档案纸，依着规定的程序问话了。

宋冲云的态度是公事公办的，他问："你叫什么？"

阎小样接受了许多次提审，对这个程序已经相当熟悉了。她很干脆地回答："我叫阎小样。"

宋冲云接着问："年龄？"

阎小样接着回答："二十岁。"

宋冲云又问："所犯罪行？"

阎小样又答："杀人。"

宋冲云原以为在这枯燥单调的交接程序里，自己的脸色能够恢复正常，但是没有，他的脸还是红着的，像是一个正发高烧的病人的脸。

敏感的谷又黄，非常清楚地看到了宋冲云的脸红。

谷又黄知道宋冲云为什么脸红。汉子嘛，见不得姿色艳丽的女子，特别是姿色艳丽却又犯了罪的女子。这一点，在公安队伍里滚爬了两年的谷又黄见得多了。她发现，自觉不自觉地，汉子警员在面对漂亮的女犯时，还很有那么点儿怜香惜玉的情怀，就会表现得"心慈手软"了。而她谷又黄就不，绝对不。纵然是个美若天仙的女犯，到了她的手里，该咋办就咋办，决不会下不了手，硬不了心肠。好像她与犯罪的女子，天生是仇敌。譬如眼前，不就是个杀人犯吗？还臭美个啥？还理直气壮？还风情万种？瞧着好了，看咱谷又黄怎么收拾你！

发狠想着，谷又黄觉得她的眼睛像染了毒一样，有种火烧的痛感。因此，她恨恨地盯了阎小样一眼，还不解恨，回过头来，又把宋冲云剜了一眼。

然而谷又黄也许是因为今日的心情好，还不想把气氛弄得太紧张。押解罪犯从陕北的保安县到省城西安去，路途可是远着哩，气氛太紧张，弄出些别扭和麻烦，那实在是不合算的。而且阎小样杀人，那是她的事，法律已对她做出惩治，咱又何必与人家过不去。女人柔软温暖的心肠，又一时让谷又黄狠不起来。但她还是想把脸红的宋冲云"刺"一把。

谷又黄贴到宋冲云的耳边，问："你呀，脸红什么？"

宋冲云掩饰地说："我脸红了吗？"

例行的交接仪式结束了，把宋冲云"刺"了一把的谷又黄，心情不错地跨步靠近了阎小样，伸手拽住阎小样的一条胳膊，向停在监所门口的那辆警用吉普车走去。

让阎小样坐在哪儿好呢？起初，心里暗气的谷又黄没有想过这个问题，现在心情好了，脑子里却还满是宋冲云的红脸，还有宋冲云的眼神……她要那样的红脸和眼神，永远都是对着她的，而不是对着一个女杀人犯的。

与宋冲云一起工作了两年，他俩之间是有点儿意思的，只差捅破那层纸，就是一对掏心掏肺的恋人了。这样看来，谷又黄是该有这么点儿小心眼儿的。

谷又黄安排阎小样坐在了吉普车后座的中央。以阎小样为界，宋冲云坐在一边，她坐在另一边。在警官学校读书时，教科书上规定，押解犯人的方法就是这样。唯有这样，才能有效控制罪犯，以免节外生枝。但今日，谷又黄心里对这样的安排生出了一种无法忍受的别扭之感。大家都已坐进了吉普车，司机老展也已发动了引擎，只要他右手松开手刹杆，脚在油门上"轰"一下，吉普车就会向前驶去。此时，谷又黄却又打开了车门，跳到车下。

谷又黄轻声吆喝着阎小样，让阎小样坐到自己先前坐的位置上，又轻声吆喝着宋冲云，让他坐在中间。她自己绕了车一圈，拉开车门，坐在了宋冲云的身边。

很显然，这样的安排是不对的，谷又黄却不管不顾，使着性子这么安排了。

谷又黄要使自己的心情舒坦起来呢。

可是呢，她也只是舒坦了一个瞬间，就又发现这样安排不行。怎么老是宋冲云挨着阎小样？这太不妙了。谷又黄不要宋冲云和阎小样挨着身子坐在车上，这会破坏她的好心情，让她心烦。于是，在吉普车又一次将要发动时，谷又黄再一次把车门打开，跳到了车下。

谷又黄同时吆喝宋冲云也下车，她先上车坐在后座的中间，让罪犯阎小样坐在她一边，宋冲云坐在她的另一边。这么看来，倒像她成了罪犯，被阎小样和宋冲云押解着了。

唉，谁让她把心贴在宋冲云的身上了呢。

反复地折腾了这么几遭，司机老展这才发动了吉普车，慢慢地向前开去了。

坐在车窗一边的阎小样，却善解人意地轻声笑了一下。

谷又黄想这是笑自己的，她不要阎小样笑，便不无气恼地轻声呵斥道："笑什么笑？"

阎小样就不笑了。

可是司机老展也笑了，自然也是轻声地笑呢。

谷又黄能怎么样呢？受聘为协警的老展，虽然算不得国家编制内的警察，却也经常工作在一起，知根知底的，谷又黄能对他恶语相向吗？所以她也笑了，轻轻地笑着呵责道："不要笑。"

二

肚腹的右下侧疼，一直疼。

大约从夜半时分就一点一点地疼起来了，到天明时分，便疼得令人难以忍受。放在平时，堪称"警花"的谷又黄，才不会忍着腹痛去执行任务呢。但她对宋冲云那么上心，现在有个与他同去西安城的机会，当然很积极了。她的目的很单纯——公私兼顾，和宋冲云到省城西安去，把罪犯交出去，两人在西安城逛一逛。钟楼是要去的，鼓楼是要去的。还有大雁塔、小雁塔，也是要去的。有可能的话，就在大雁塔的佛堂上烧一炷高香，祈求神灵保佑他们的姻缘……啊！怎么说呢？谷又黄只有忍着肚腹疼痛，和呆头呆脑的宋冲云一起押解女犯阎小样。她想等到了西安，就找个机会，把他们的关系确定下来。因此，她是要忍着的，咬牙忍着也要忍到西安去。

为了确保能去西安，在来监所提解阎小样前，谷又黄绕道去了一趟县医院，在那里看了医生。

医生只是做了个简单的临床检查，就说她是阑尾炎发作，要在医院住下来，观察治疗。

谷又黄哪里听得进去，她笑嘻嘻地说她还没那么稀贵，缠磨着医生开了几样药后，就往监所赶去了。

尽管谷又黄赶得很急，到监所还是晚了些，加之她在安排座位时又倒腾了那么一阵儿，时间就又往后推了不少。清晨原本冷寂的保安县城，此时已人来人往，开始热闹起来了。

要从监所开往县城外的公路，必须穿过一段街区。吉普车一会儿鸣声喇叭，一会儿又鸣声喇叭，颇为艰难地在人群里向前爬行。

但这是罪犯阎小样所希望的。她侧着脸，希望吉普车走得再慢些，她好眼睛眨也不眨地看着车窗外的县城街道，以及街道上熙来攘往的人群，还有街道两旁的树木和房子。她要把每一个人、每一棵树、每一幢房子，都印在她的脑子里。尽管这人、这树、这房子，与她并无多大关系，她却比往常的任何时候都留意。

是啊！谁能体会阎小样此刻的心情呢？——一个被判了"死缓"的女犯。她太热爱生她养她的故土了。

街的一边，就是县城中学的大门。

起名为"保安中学"的县城中学，在陕北是有很大名气的。谁要考进这所中学读书，那就等于一只脚已经跨进大学的校门了，只要在校用心学习，很少有考不上的。县城东南乡阎家沟村的碎女子阎小样，就凭着成绩单很豪迈地走进了保安中学，成了这所名校里学习刻苦、成绩优秀的学生之一。老师和同学都喜欢她，对她抱有极大的期望。

吉普车依然缓慢地在人群中蠕动。

阎小样一眼眼地看着，就又看见了街边的影剧院。

这座规模不是很大的影剧院，建成已有些年头了。那个时候，阎小样还在保安中学读书。她知道县政府出资，填高了县城边上的一片河滩地，号召县城的干部群众义务出工，修建了这座影剧院，它是县城建设史上从来没有过的大工程。

修建影剧院之前，保安县城多是窑洞，有青砖卷箍的，有麻石卷箍的，还有在石岩上、土崖上掏掘的。当地人曾经骄傲地说："保安堪称世界窑洞博物馆。"

为了建这座现代风格的影剧院，老师也组织在校学生到工地上来劳动。农家女子阎小样是吃得了苦的，她在工地上搬砖头、抬灰浆，干得热火朝天。打心眼儿里说，阎小样是期望他们的保安县城有座像样的影剧院的，这样她也能到影剧院里去看电影、看演出了。那该是多么令人享受的事啊！

在工地上义务劳动时，阎小样看到了许多水泥预制件。

雄伟壮观的水泥预制件呀！竖起来的两排是柱子，横架起来的是屋梁。水泥的柱子是粗壮的，水泥的屋梁是高耸的。在组装这些大型水泥预制件时，工人们动用了两台移动式大吊车。在施工人员吹响的哨子声里，一根根的柱子竖起来了，一根根的屋梁架起来了。

多么辉煌的一座建筑呀！阎小样仰着头看，把脖子仰疼了，把眼睛看酸了，好像还不过瘾。

落成之日，全县城的人自发地走上街头，扭秧歌，跑旱船，敲锣打鼓，极尽所能地欢庆此事。

然而，所有的热闹与红火，随着时间的推移都冷却下来了。如今的影剧院，除了偶尔有一两部叫座的电影放映外，其他的演出活动基本没有了。曾经那么吸引人的影剧院，就这样一天天、一年年地闲置，显得破败而落寞。不过，尽管影剧院的位置原本靠着城边，但因为县城规模在扩大，不断地有人投资修楼建房，就把它的位置推到县城的中心地段了。有商业眼光的人，租了影剧院临街的场所，隔出一两间门面房，做起了生意。

阎小样看得清楚，那里的生意还是很不错的。有人卖音响设备，有人卖音像图书，还有人卖儿童服装和玩具……总而言之，有了那么点儿繁华景象。

阎小样在影剧院看过一场电影。那是在影剧院落成后不久，为了报答义务出工人员，影剧院提供了免费放映。县城中学的三好学生阎小样，作为学校代表，坐在新建成的影剧院里，看了很受陕北人喜爱的《黄土地》。这部电影拍得太美了，陕北普通的山山水水、沟沟壑壑，在银幕上展现出来，就比现实中更好看、更喜人。再就是电影里唱的歌儿了——都是陕北人经年累月地喜欢唱的信天游，但从剧中人的嘴里唱出来，就是特别好听、耐听。

当时的阎小样，完全沉迷到电影里了。

直到电影放映完毕，影剧院的场灯全都亮起来，碎女子阎小样还沉浸在《黄土地》的世界里醒不过来。也许就在那一刻，阎小样生出了成为陕北民歌歌手的想法。

阎小样记得当时自己对自己说："我要唱歌。"

也是上天有意，给了阎小样一个少见的俏模样，还给了阎小样一副少有的亮嗓子。

在她读书的保安中学，不经意地，她就唱出名了。

那时候，阎小样没敢想得太远。她觉得只要有民歌唱，就很值得高兴了。学习之余，阎小样就去音乐老师王厚草那里，请她教自己唱陕北民歌。老师王厚草就怕没有学生学唱歌，特别是像阎小样这么天赋异禀的学生，人家自觉来学唱陕北民歌，她没有不认真教的理由。

老师王厚草被阎小样感动了。她像发现了一颗歌坛新星似的，把自己所有的技巧和功夫都教给了阎小样。

不料遗憾却来了。阎小样的母亲病了，不是一般的病，是个花钱如流水却又无法治愈的恶疾。有一天，阎小样从王厚草老师的教室里被叫出来，到了母亲的病床前。她俯身趴到母亲的身上，却没能听到母亲最后的一声嘱咐，就眼睁睁地看着母亲撒手去了。

在母亲的灵床前，阎小样哭了。她以为自己会号啕大哭的，却没有。她只是静静地流着泪，心里头无声地给母亲唱起了一首信天游。

阎小样唱的是母亲过去编唱的一首《家常饭》：

> 葫芦黄瓜嫩菠菜，
> 青菜白菜小萝卜菜。
> 绿豆小米豆钱钱，
> 荞麦三棱儿麦子尖。

苦菜叶叶儿搓拌汤，
榆钱叶叶儿熬糊汤。
硬糜子馍馍软糜子糕，
烧酒盅盅子摆开了。

阎小样不知道自己为什么会无声地在心里哼唱信天游。是因为母亲也会唱信天游吧。是啊，母亲是太会唱，也太爱唱她们陕北的信天游了，她能唱的信天游很多很多，是阎家沟村难不住的"唱家子"。而且，许多信天游还都是由母亲现编现唱的。手头、眼前是个什么，她就编唱什么。正如阎小样现时唱的信天游，就都是母亲从家常生活里编唱出来的。她用心唱给母亲，也是对母亲的祭奠。

没错，阎小样就是这样祭奠她的母亲的。

亲爱的母亲喜欢唱信天游，阎小样也喜欢唱信天游。人常说，她遗传了母亲的特长。

然而，遗传了母亲特长的阎小样，很是不幸，只能像她的母亲一样，被圈在阎家沟里唱信天游了。没有办法，家里剩下父亲、长兄和小弟，三条汉子，没个女人照料还真是不行。

阎小样辍学回了家，接过母亲的责任，料理起家里的生活。

三

让人魂牵梦萦的保安县城，被司机老展驾驶的四轮吉普车，抛在身后看不见了。

莺飞草长的陕北啊，天是那样高，云是那么淡。押解着阎小样的吉普车，像条活泼的旱天鱼，在陕北独有的沟沟墚墚上翻转。一会儿呢，呼呼啦啦地沉入深不可测的沟底；一会儿呢，又飘飘摇摇蹿升到高可及天的墚顶。

下到沟底，自然会有一条小河，鸣鸣溅溅地流淌着，不歇不停，不知疲累。这儿、那儿，又少不了成群结伙的鸭子，或者白鹅，浮在清清浅浅的水面上，悠然地游着。间或呢，是一只鸭子了，撅起肥硕的屁股，把头扎进水底——它叼住了一只小鱼吗？不知道。你见它从水里仰起头来，扑棱着翅膀，就能猜到它一定有所收获了。"嘎儿——嘎儿——"大叫着的，应该是骄傲的大白鹅了，它是在唱信天游吗？好像不是。随着它高亢的叫声，另一只雪白的大鹅划动着红红的脚蹼，迅捷地游到它的身边，于是，它把叫声压低了，它们把头颈相互绕在一起，"叽叽咕咕"说个不停……

河的两岸，是一棵一棵的柳树。

陕北的柳树啊！这些柳树都有一个奇怪的习性，喜欢被刀砍斧剁——把它蓬勃生长的树冠，从齐人高的地方砍下来，只待来年，那里就又生出更加蓬勃的新枝来。好像柳树不遭"砍头"就不自在，长着长着，会自绝性命而死去；倒是遭受了"砍头"的柳树，总是精力旺盛，生得葳葳蕤蕤，劲头十足。

这就是陕北柳树的好了。它们像是知道陕北人的需要，一次次"断头牺牲"，给陕北人奉献了生活中略嫌短缺的用材。

吉普车爬到墚顶上了……到处都是高入云天的井架。新时期的陕北，有了新的风景，就是这些涂了黄漆的井架，这是油田工人在钻新的油井……还有"磕头虫"——这是当地人对抽油设备的一种俗称，它们或者独立一处，或者成群排列，节奏有序地上来、下去，无始无终地运动着，黏稠的黑色原油，就从地下的深处冲出来，汇入相连如织的输油管道里。

不眨眼地望着车窗外的景致，阎小样有些疲倦了，她回了一下头。

正是她的这一回头，看到坐在座位中间的谷又黄。谷又黄脸色煞白，细碎的汗水像是草叶上的露珠，不断地浸出来。阎小样就很吃惊了。

阎小样小心地问："哎，怎么了？你不舒服吗？"

谷又黄却不买账，说："咸吃萝卜淡操心。"

一旁的宋冲云也注意到谷又黄的脸色，伸手在她的额头上试了试，说："不发烧呀！"

是个粗心人呢！谷又黄白了他一眼，说："你才发烧哩。"

宋冲云却还不明白，说："那你说，你的脸色咋那么难看？"

谷又黄的话就不好听了，她说："难看了你甭看。"

宋冲云知错了，依然慢言软语，说："我是担心哩。给我说，你哪儿不好受？"

谷又黄这就乖顺起来了，说："小肚子那儿，不晓得咋的，有些疼。"

宋冲云就很紧张了，说："啊呀！这可咋办呢？"

谷又黄却还故作轻松，说："凉拌（办）么。别害怕，死不了人。"

两人是，你要鸡上一口，他就鸭上一口，拌着那种幸福的小嘴。一边的阎小样，还有驾车的司机老展，就都成了无足轻重的旁人了。不知司机老展是怎么想的，他只回头关切地看了一眼谷又黄和宋冲云，就又双目朝前，聚精会神地驾驶着吉普车往前奔驰。阎小样想的就多了一点。她知道，她是一个被押解的服刑犯，是没有资格关心人的，倘若表现出一点点关切的意思，恐怕都只能惹得人烦，不高兴。呛她一头，吐她一脸，她也得满盘子满碗地接着呢。

这么想着，阎小样就想哭。

可是现在，她还哭得出来吗？不会了。一个人的眼泪是有限的，不可能像条河，长年累月地流；即便是河水，也有流干的时候。阎小样觉得她的眼泪，就如断流的河水，已经彻底地流干了。

她现在却想哭，心头上泪汪汪的。

想要汪汪地哭，是为了自己吗？好像是，又好像不是。那么就是为了押解她的女警察谷又黄？是的啊，一定是的。只是过了短短的时间，阎小样已敏锐地发现，谷又黄和宋冲云的关系不一般。他们是一对小夫妻吗？不大像哩，是小夫妻的话，要比他们现在的样子亲密。那么，他们就该是一对小恋人了。虽这么想着，阎小样在心里却依然否定着，她感觉这两人离着小恋人的关系也还存在一点儿距离……这么说，他们就是一对有点儿意思的人儿了！是的啊，一定是的，他们现在的样子，怎么看都是这样的一对人儿哩。

这么一想，阎小样清楚了——她之所以想哭，既是为了押解她的一对小警察的幸福，也是为了她的不幸。

按说呢，年轻的女子都有一个梦想——被她想爱的人所爱，爱她想爱的人。阎小样就有这样的梦想，但她不能实现了，也许永远都不能实现了。

是怕汪汪的泪水流出眼眶吗？

阎小样把头转向了车窗外，这一转，她便看见了熟悉的山梁、熟悉的沟坡、熟悉的小河了……

她那更为熟悉的家。

生了她、养了她的家啊！

就在眼前的那道山梁的背后，袅袅的炊烟，自由地从山梁的那边飘飞起来，翻过了山梁，带来了狗的轻吠、鸡的啼鸣、羊的呜咽……阎小样在心里告别着故乡，告别着家，默默地为她的亲人祷告着。

阎小样默祷说："亲人啊，小样对不起你们了。"

将心比心，一个将远离家乡去服刑的犯人，隔着车窗玻璃，如此深情地注视车窗外的一切，在宋冲云和谷又黄看来，是能够理解的。一路走来，阎小样不错眼珠地盯视着车窗外边，宋冲云和谷又黄又盯视着阎小样。这么长时间的盯视，让宋冲云和谷又黄的心头，渐渐地，很没道理地生出了一种同情感。特别是宋冲云，感觉阎小样其实是不该受这牢狱之灾的。

因为什么呢？

就因为阎小样爱唱信天游吗？

就因为阎小样生得俊俏宜人？

宋冲云的脸不再烧了，心也不再急了。但他还是不由地想起阎小样，想她的不幸和灾难。

四

辍学回家的阎小样，去了半山腰母亲的坟堆前。她拿了一卷纸——是她在学校俭省下来的纸哩，有的已经订成作业本，上面或者写了字，或者还没有写字，这可都是阎小样心爱的。她拿到了母亲的坟堆前，点上火，一页一页地烧了。

火苗在风中打起了旋儿，忽悠悠腾空而起，打着旋儿飘在没有云彩的天空，像一只只火焚的鸟儿。

阎小样知道，她正烧着她的希望，也烧着她的决心。

决心既下，阎小样回到家里，就像母亲活着时一样，为了家里的生计，不分黑明地担起了责任，为他们的家操持烟火了。

俗话说得好，"穷人的孩子早当家"。

便是这样，一旦把家的责任搁到她的嫩肩上，无论担得起担不起，阎小样都必须担着走了。多亏阎小样悟性好，入道快，家里家外，没有几天时间，就都归置得有模有样，如她母亲在世时一个样子了。

老爸是个肉性子，天大的事都不起火。所以呢，母亲在世时，家中大事小情，都是由着母亲操弄的。现在，阎小样接过了母亲的责任，自然也就由她来承担了。性情柔软的老爸看在眼里，就在一天清晨，当着阎小样的哥哥阎小虎和弟弟阎小豹的面说了。

老爸说话前，先赧颜笑了笑，说："小样啊，你太像你娘了。"

什么意思呢？别人听不明白，阎小样听明白了，她的哥哥阎小虎、弟弟阎小豹都听明白了——此前还有些不放心的老爸，此后放心阎小样管家了。大事小事，都指望阎小样来经管了。

也的确如此，从此以后，家里有一分钱的收入、一分钱的花费，就都过阎小样的手了，老爸不闻也不问。

案上锅上的洗切蒸煮、炕上炕下的缝补拆洗，阎小样有条不紊地做妥帖。然后，她还要帮助老爸下沟收种，上塬放羊。

要是由着阎小样的性子来，她是宁肯下沟上塬，也不情愿在锅边炕头上转的。在沟塬做活放羊，苦累自然要重一些，但却叫人放松。特别是赶着羊群去了坡梁上，羊儿是要撵着好草去，阎小样就跟着羊群走。羊儿吃吃走走，累了，四蹄撑着歇上一会儿，阎小样也就歇下了。在距离羊群不远的地方，随便一坐，或者侧身一躺，听沟底的小河流水，看天上的飞霞流云……

适逢这样的时候,阎小样就想唱歌,唱陕北热辣辣、甜润润的信天游。

阎小样唱的是传统民歌《女儿谣》。

> 六月里黄河冰不化,
> 扭住我成亲的是我大。
> 五谷里数不过豌豆圆,
> 人是头数不过女儿可怜。女儿哟!
> 湾水上的鸭子刮水上的鹅,
> 公家人不知我会唱歌。
> 青石板上栽葱难扎根,
> 想说心事口儿难开。口儿哟!
> 天上的沙鸥一对对飞,
> 不想我的娘亲在想谁,
> 不想我的娘亲在想谁?娘亲哟!

本来呢,阎小样的信天游唱得就好,在保安中学的校园里,又有敬爱的王厚草老师为她进行了许多专业辅导,她便唱得更好了。好像是,在野外的坡梁上迎着明媚的阳光,迎着风,她就唱得更好了。

有好几回,阎小样把家里的羊群赶到坡梁上,自己纵情唱起信天游,对面坡梁上像条黑色缎带的公路沿边,会有一两辆行驶的汽车停下来,钻出几个人,手往眉眼上一搭,瞭望着在这边坡梁上唱着信天游的她,久久地不肯离去。

坡梁这边的阎小样,心里是得意的,她喜欢人家听她唱信天游。于是阎小样唱了一首还会再唱一首。

阎小样就唱她爱唱的《这么好的妹子咋就见不上面》:

> 这么长的个鞭子——鞭子哎,
> 咋探呀么探不上个天。

> 这么好的个妹子——妹子哎,
> 咋见呀么见不上个面。
> 这么大的个锅来——锅来哎,
> 咋下呀下不了两颗米。
> 这么旺的个火来——火来哎,
> 咋烧呀烧不热个你。
> 三个疙瘩的石头——石头哎,
> 咋呀么咋是两块砖。
> 什么呀的个人来哟,
> 哎哟,把人的个心呀么心扰乱。

这就是陕北的信天游,这就是陕北女子阎小样。她是不会掩饰的,老辈人这么热热火火地唱了,她也就热热火火地唱。尽管听起来有那么点儿挑逗和"激将"的意味,但听的人感到特别过瘾——不是一点点过瘾,而是像喝了羊羔汤、吃了糜子糕一样过瘾哩。

果然就有大胆的汉子,好生不知羞惭,在对面坡梁上听着不能自禁,张开了嘴巴,要来对上几声了。

> 对面山上的圪塄塄,
> 哎哟,那是一个谁?
> 那就是我要命的,哎哟,
> 要命的三妹妹。

阎小样笑了。她发现和她对歌的人,白白胖胖,虽有了些年纪,人却显得精神爽朗。他开车在对面山上的公路上行驶,只要听见阎小样唱信天游,是一定要停车听的。阎小样就想,那是一个像她一样热爱信天游的汉子呢,但他也只有平白地喜欢了,天生的破嗓子,绝对是唱不好信天游的。

这让阎小样很遗憾,像这位白胖的汉子一样想和她对唱的人不少,却没有一个人能对得好。

有一次呢，阎小样的老爸从沟底下爬到了坡梁上。他像个隐身人一样，静悄悄地，坐在散漫的羊群边上，眼睛看着羊儿吃草，却支着耳朵，一字不落地听阎小样唱信天游。他一张满是沟壑的老脸听得一抽一抽的，一会儿就流泪了。老人顺势抹了一把，把沾在手掌上的泪水摔在了草叶上。

阎小样发现了老爸。

发现了一把一把地把泪抹下来、摔在草叶上的老爸，这着实把阎小样吓了一跳。她自己就如一只白嫩的羊儿似的，跑到了老爸的身边。

阎小样关切地问："爸呀，你是咋了？咋的流泪了？"

老爸却泪眼婆娑地笑起来，说："我是高兴哩，高兴你的信天游唱得像你的娘亲一样好。"

这是个绕不开的话题。自从娘亲去世后，老爸逢着什么事，都会情不自禁地想起阎小样的娘亲，情不自禁给阎小样说她娘亲这样好、那样好。

这一天，老爸终于抹干了脸上的眼泪，给阎小样说她娘亲的信天游好了，说他就是被阎小样娘亲的信天游吸引了，才死死活活地追着阎小样的娘亲，结成了他们死死活活的一对。

老爸说着阎小样娘亲的信天游时，还情不自禁的，张开了口，唱起了一曲信天游。老爸唱的是《小妹妹不嫌穷哥哥》：

> 鸡蛋壳壳点灯半炕炕明，
> 酒盅盅量米不嫌哥哥穷。
> 耳听见哥哥唱着歌儿来，
> 热身子扑在冷窗台。
> 只要和哥哥搭对对，
> 铡刀断头也不后悔。
> ……………

阎小样原来只晓得娘亲的信天游唱得好，没想到老爸的信天游唱得也不差。此时此刻，她正聚精会神听老爸唱着信天游，老爸却不唱了，像是一条欢畅流淌的小河，生生地断了……老爸难得地笑着，是那种发自内心的幸福的笑哩。

老爸给阎小样指着吃草的羊群说，你看吃草的羊吧，没人教它，它总是撵着高草去吃。但是有那么多的高草让它吃吗？没有啊，高草太少了，是不够它们羊儿吃的，最后还都得吃蹄子下的矮草。老爸这么说着，话题一转，就又说起阎小样的娘亲了。老爸说了，你的娘亲呢，心性是很高的，一辈子的心性高，我把她亏下了。我是没有一点儿办法的，只能把你的娘亲亏下了。

年轻时戴了大红花、穿了绿军装、骑了大白马，被秧歌锣鼓送到部队吃了几年公粮的老爸，据说是很英俊的呢。本来，老爸是有条件留在部队上的，可他念着阎小样的娘亲，于是就戴着他在部队上挣来的两枚军功章，乐乐呵呵地回到阎家沟村，高高兴兴地娶了阎小样的娘亲。

老爸的绵软性子，是他爱娘亲爱出来的。

老爸习惯了，就成了现如今的绵软人。

老爸给阎小样说了羊吃高草的话，说了娘亲心性高的话……老爸是想说什么呢？是说她阎小样如她的娘亲一样，心性也高吗？

心性高了不好吗？阎小样才不这么认为。她倒是觉得，人呢，是该有些心性的，而且越高越好，越高活得才越有品位。

阎小样就还在坡梁上放羊时唱她的信天游。

五

随山赋形，忽高忽低，或转或弯的陕北山地公路，总有一些被碾碎的路面，呈现出大小不一的坑槽。避让不及，碾上去了，车就弹起来，弹得老高。车上的宋冲云、谷又黄，还有阎小样，就都随着吉普车蹿起来、落下去，一刻不得消停。有几次，谷又黄弹跳得歪到了阎小样的怀里，她就赶紧收起身来，好像罪犯阎小样会连累了她似的。自然了，谷又黄也会弹跳得歪在宋冲云的怀里，要是这样，她就会多赖一会儿，多享受一会儿她想要的温暖。靠着车窗的阎小样不是一块石头，她也会被颠簸的吉普车弄得弹跳起来，有时会歪向窗门，把头重重地撞在车身上，有时会歪向谷又黄，把头撞在谷又黄的身上。这时，谷又黄会不无厌恶地推她一把，毫不客气地呵斥她。

谷又黄怒责："坐正！"

谷又黄痛斥："坐稳！"

行驶了一段路程，押解阎小样的吉普车上，就不断地响起谷又黄的吆喝，她出语短促而严厉，很有一股警察对罪犯的威严。

阎小样是委屈的。她也想坐正，也想坐稳，避免撞上谷又黄。但是，客观条件决定了她再怎么努力都没法坐正坐稳，好像她越是僵硬着身子，就越坐不正、坐不稳，越是要不由自主地撞上紧挨她坐的谷又黄。

终于，吉普车没躲开路面上的一个坑槽，弹跳起来，刚落下来，就又遭遇了一个坑槽，吉普车又一次弹跳起来，凌空飞射了一瞬，落下来，只听"啪"的一声炸响，吉普车便趴在坑槽前不动了。

不用检查，大家都知道是吉普车爆胎了。

司机老展和宋冲云下了车，留下谷又黄在吉普车上看守阎小样。

谷又黄就又用短促而严厉的语气警告阎小样了。

谷又黄说："坐好了，不要动。"

阎小样就很听话地坐着，纹丝不动，但这不能保证她的思绪也不动。她眼望车窗外的山川地势和眼前的公路，想她在阎家沟的时候，自由地放牧的家里的羊群。她在坡梁上唱信天游，公路上有人驻足聆听，一天过去了，一个月过去了，一年过去了……有多少过往的行人聆听了她唱的信天游，她也不知道。那一天，阎小样赶着羊群又出了坡。叫她奇怪的是，这天她的右眼老是跳。听人说，"左眼跳财，右眼跳祸"，她不晓得自己会有什么祸端，便心慌慌地看着羊儿，看羊儿差不多刚好吃饱肚皮，就吆着羊群回家了。

刚一回家，阎小样发现，哥哥阎小虎早她一步也回家来了，和哥哥阎小虎一起来家的，竟然就是那个呆立在公路边，多次听她唱信天游的白白胖胖的人。

阎小样就只有吃惊了。

同样吃惊的还有这个白白胖胖的人，他大睁着眼睛把阎小样看了好一阵子。他说："怎么是你呀！"

阎小样知道"有理不打上门客"。而且，阎小样也不讨厌这个白白胖胖的人。隔山听她唱信天游，听得那样的痴迷，作为爱唱信天游的她，应该感谢人家才对呀。但是本能告诉阎小样，她不能太给这个人好脸色。于是，她转身对着她哥阎小虎翻着白眼。那样的意思她哥应该看得明白——别把陌生人往家里带。

白白胖胖的人却不知趣，还沉浸在他的惊讶中，不住嘴地说："真个是巧，听你在坡梁上唱信天游，把人的心都唱醉咧！"

白白胖胖的人话说得轻佻了。阎小样毫不客气地斜了他一眼。对这一眼，白白胖胖的人是有感觉的，就不再说别的，只说阎小样的哥哥救了他，是他的恩人哩！

平白无故，怎么就成了恩人了？

阎小样不解地看着她哥阎小虎，这才注意到哥哥的一条胳膊曲着，用一条布带吊在脖子上，从袖筒往进看，隐约看见胳膊上打着石膏绷带。阎小样这么看着她哥，使她哥阎小虎有点儿不好意思。他倒退了几步，于是阎小样发现，哥哥的腿上也有伤，一拐一瘸，俨然无法受力的样子。

撇下手里的放羊鞭，阎小样扑到哥哥阎小虎的身边，伸手去摸哥哥受伤的胳膊，很是惊恐地问："哥啊，你是咋的了？"

哥哥阎小虎却躲着阎小样伸来的手不说话。

阎小样就又问："很严重吗，啊？哥你说。"

哥哥阎小虎还是不说。

阎小样就急得直跳脚，心疼得眼里冒起了水花花。

哥哥阎小虎就笑起来了，是个带着幸运、带着喜悦的笑哩。好像他的受伤，是件多么光彩的事。

阎小样的这位哥哥呀，叫阎小样怎么说呢？阎小样是爱着他的，同时又在心里暗藏着一点儿小小的"恨"意。

之所以还有"恨"意，是恨她的哥哥阎小虎太不争气了。他不像她的弟弟阎小豹，上学读书，就认真地上学读书；回到家了，眼里便全都是活儿，能做什么做什么，手脚不失闲。阎小豹先在阎家沟的小学上学，像姐姐一样，一路高分考进了保安中学，是学校着意培养的好学生。阎小样打听到消息，她的弟弟阎小豹，只要不松劲，国家重点大学的校门就已经向他敞开了。可她的哥哥阎小虎，却奇了怪——拿起书就打瞌睡，放下书就精神，根本不是个读书的料子。这样也还罢了，回到家，眼里根本没有活儿。不说烦琐的家务活了，沟底下、滩地里的农活，老爸忙得手脚朝天，喊他去侍弄，他却死活不动弹；坡梁上放牧羊群，阎小样想着腾出手来，做点儿家务，让他去赶坡，他仍是犟着脖项不去。枪杆高的一条汉子，还能在家里吃闲饭不成？

阎小样和她哥阎小虎大吵了一场。

老爸和小弟阎小豹，自然地，都站在了阎小样的一边，让阎小虎大失颜面，很是狼狈孤立。

狼狈孤立的人，却不认输，一跺脚，从嘴里蹦出一口狠话来："家里没我站的，好么，我走呀！"

阎小虎咬牙下着决心，说："不信天底下那么大，就没我站脚的地方。"

狠话既已从口吐出，想收就不好收回了。无奈，阎小虎就出门走了，不知都走到哪里去了。阎小样四处打听，能打听的人、能打听的地方，都没给她带来阎小虎的消息。

哥哥阎小虎去了哪儿呢？

这让阎小样一直后悔着，不该和哥哥吵那一架的。

阎小样还在后悔着，阎小虎却突然回家来了。

回来了，却又成了那白白胖胖的人的"恩人"。

那白白胖胖的人，能随便让人当他的恩人吗？他是多么富有的人啊，在陕北地界上钻了许多油井，是个呼风风来、唤雨雨到的油老板呢。隔三岔五的，他总要在报纸、电视上露个脸。这些事，阎小样是见得着的——中学扩建，号召大家资助，白白胖胖的人便捐款了；县城铺设城区道路，号召大家资助，白白胖胖的人也捐款了；再是整修河道、绿化荒山等等的公益善事，只要政府有号召，白白胖胖的人总是积极响应，踊跃捐款……他这样的举动，让阎小样不断地改变着态度，觉得像他这样的油老板，是很有些值得肯定的地方。但是呢，她的态度也仅限于此，并未从根本上改变——她的心灵深处，对他们总存着点儿瞧不起。譬如春节时，白白胖胖的人上了电视，做广告似的在电视上向群众拜年，统共说了三句话，竟没一句说得通顺，特别是他做的那个拜年的动作，阎小样当时看了，就很是不以为然。

　　阎小样为此还嗔骂了一句："黄鼠狼给鸡拜年——没安好心肠。"

　　啊呀呀，我的天啦，白白胖胖的这个人，个子不高，起的名字倒还好听，叫了个"顾长龙"。这太好笑了。不过呢，钻出黑色石油的他，却生得那样白，还是叫人惊讶的。

　　不知是笑好呢，还是板着脸好，阎小样一时没了主张。她应酬不了顾长龙，就让她哥阎小虎在家先陪着，她出门去了沟底下，叫回了她的老爸。性情绵软的老爸，同样应酬不了白白胖胖的人。他先让顾长龙进窑里坐，再给顾长龙泡了茶，就又举着他的旱烟袋，装了一烟锅的烟叶子，甚是恭敬地往顾长龙手上递，让人家也抽上一锅，还说："抽烟么，就抽老旱烟，老旱烟的劲道足哩。"

　　顾长龙还就接到了手上，划着火抽了一口，就把黄铜烟锅里的旱烟叶子磕掉了。

　　顾长龙强装呛了他似的，"咔咔咔"干咳了几声，就把他一直夹在胳肢窝里的黑皮包拿到手里，"唰拉"一声拉开拉链，从中取出一盒大红的中华烟，颠出两支来，给了阎小样老爸一支，他自己也叼了一支，打着了火，很是过瘾地抽起来了。

　　阎小样的老爸，手里捉着中华烟，也是很香地抽着了。

　　抽着中华牌的香烟，顾长龙说了。他说真该感谢阎小虎的！油井上买了几台"磕头虫"（抽油机），都是几吨重的钢家伙！他租了平板大汽车，把"磕头虫"拉到井口上用吊车卸。这一台吊车呢,过去也卸过那样的钢家伙,不曾想,这次卸货时却出了问题。是个大问题呀——吊车刚刚把钢家伙吊到空中,摆着吊臂往下落,吊车的前伸臂歪了一下。这就不得了了,当时顾长龙就站在吊臂一边,如果躲闪不及,砸他半死还是好的。千钧一发之际,阎小虎冲上来了,他把顾长龙推出了危险之地,自己却受了伤。

顾长龙是动了情的,他给阎小样的老爸说:"你养了一个好儿子。"

不是阎小样敏感,她发现,顾长龙在向她老爸说这些话时,眼神一飘一飘的,总是往她的身上飞。

阎小样就有意识地躲着顾长龙。

仿佛她的躲闪更能引起顾长龙的兴趣,他给阎小样的老爸说了那一番话后,就把脸对着阎小样了。

顾长龙跟阎小样说:"你的信天游唱得真好!"

阎小样就还想躲。

顾长龙却叫住了她,说:"你不要躲。我给你说,麻烦你了,叫你哥先在家养伤,伤好了就到我的油井上来,我的油井上缺他这样的员工。再说呢,你哥是我的恩人,你有要求了,我也会满足你的,你说呢?"

六

坡梁上,那一点点的红,肯定是山丹丹了……还有那一点点的蓝,又肯定是蓝花花了……特殊的地理环境,造就了陕北特有的植物,极尽可能地装饰着连绵不绝的山川和沟坡,使得原本单调的黄土地,显得多姿多彩,绚烂迷人。

又是一个小小的坑槽,换好了车胎的吉普车跑在上面,自然又要蹿跳一下的。谷又黄皱紧了眉头,在吉普车每一次的蹿跳中,她都要忍无可忍地轻吟一声。

宋冲云是担忧的，谷又黄有一声轻吟，他就有一声问候："你没事吧，啊？给我说，你哪儿不舒服，是肚子疼吗？"

没错，谷又黄就是肚子疼，而且是越来越疼了。她把手握成了拳，死命地抵在小腹上，尽量不发出声。

但是呢，谷又黄控制不了自己，在吉普车兔子一样蹿跳在陕北山地的公路上时，她还是要轻吟的。

一旁想着心事的阎小样，不是石头人，她能够感受到谷又黄的忍耐。她是很想关心谷又黄的，而前头的教训又告诫她，她是不好关心谷又黄的。可她不自禁地又被谷又黄感动着，知道谷又黄之所以忍受疼痛，是因为宋冲云。阎小样以一个女人的敏感，肯定谷又黄是爱着宋冲云的。为了爱，谷又黄就只有忍受了。这么一想，阎小样对这个有些严厉的女警察，生出了许多好感，甚至敬意。

阎小样侧过头去，来看另一边的宋冲云。她发现了他的粗心大意，对他就有了些微的埋怨……汉子们呀，咋就那么迟钝呢？

阎小样忍不住了，她用戴着手铐的胳膊肘轻轻地捅了一下谷又黄。这一次还好，没有听到谷又黄的呵责。阎小样便想，她是体会到了自己的关心了。都是年龄相仿的女子，这一点应该是好沟通的，阎小样呢，就不再犹豫了，她要说出自己的担心了。

阎小样叫了谷又黄一声"大姐"，说："你别硬忍了，疼就是疼，哪儿不好，你得说呀。"

谷又黄感觉到了阎小样的善意。她觉得这个爱唱信天游的漂亮女子，自己被判了那么重的刑，却还不知愁苦，凭着本能急煎煎地关心别人，实在是太难得了。为此，谷又黄想自己不能再是一副凶巴巴的面孔，是该有一点暖色了，哪怕对方是一个罪犯。不过呢，谷又黄不好转变得太快，她还得装，装出一副没事的样子。

阎小样却是不忍的，她又叫了谷又黄一声"大姐"，说："你听我说，哪儿不好是要找医生的，可别耽搁了。"

谷又黄没有理会阎小样，倒是宋冲云在阎小样温婉的劝说中，关切地看着谷又黄，同时又一瞥一瞥地看着阎小样，这就使阎小样很感激了。便是谷又黄，自然也是很受用的，她从宋冲云的那一边，看着车窗外的坡梁。

忍受着疼痛的谷又黄，一定看见坡梁上的山丹丹和蓝花花了。显然，她是非常喜欢满坡满梁、朝气蓬勃开放着的山丹丹和蓝花花的，每一朵，开得都是那么的鲜艳、奔放，张扬着一种野性的美丽。

是为了转移目标吧，谷又黄赞美起山丹丹和蓝花花来。她说："多么自在的花儿呀！"

不用谷又黄说，阎小样也是喜欢山丹丹和蓝花花的，但在此刻，阎小样晓得，谷又黄之所以赞美山丹丹和蓝花花，是说给宋冲云听的。而宋冲云也听懂了谷又黄的意思。因而，宋冲云趴在司机老展的耳朵上，给他耳语了几句，善解人意的老展，就停下了车。车还没有停稳，宋冲云就跳了下来，向公路边的坡梁上攀爬去了。

矫健的身姿，像是陕北坡梁上奔跑跳荡的山豹，宋冲云一忽儿采下一朵山丹丹，一忽儿采下一朵蓝花花……他的怀里，很快就是一束壮观的花团了。可他好像还不满足，还在坡梁上追逐着山丹丹和蓝花花，在奔跑、在跳荡……阎小样观察着谷又黄的表情，发现她被宋冲云的身姿吸引着，神情倏忽变得安详了。

虽然眼睛追着宋冲云，谷又黄却还考虑着阎小样。她问："想方便吗？"

都是女孩子，幸亏谷又黄想得到，阎小样就很老实地回答："有点儿想哩。"

谷又黄就押解着阎小样，去了坡梁上的一个背洼地。她护着阎小样，让阎小样解了个小手，然后又由阎小样护着她，她也解了个小手。到她俩回到吉普车跟前时，宋冲云已从坡梁上先于她俩到了吉普车旁。

很大很大的一束山丹丹和蓝花花哩！宋冲云早用坡梁上的葛条绑扎好了，举起来，送到了谷又黄的怀里。

让阎小样奇怪的是，宋冲云采来的花仿佛不是花，而是可以疗疾的药——谷又黄惨白的脸，埋在大团的花束里，也像山丹丹一样红亮，原来严肃得有些发冷的神色，也一下子柔和温暖起来了。

一旁的阎小样，忍不住说："大姐，你真漂亮。"

算是一种认同吧，谷又黄竟然有些不好意思地笑了一笑。

宋冲云也是，在他把采来的山丹丹和蓝花花送给谷又黄后，情不自禁地踮起脚尖，风车轮子似的，原地转了几个圈儿。

还有驾驶吉普车的司机老展，原本那么沉默寡言，却在这时，抽着一支当地产的"圣地"香烟，吐出一口浓浓的烟雾。他扯开了大嗓门，没头没尾地唱起了一曲信天游。

司机老展唱的是《风流的妹子风流的汉》：

> 山丹丹花儿背洼洼开，
> 你有心思慢慢来。
> 前半晌来了后半晌走，
> 定下关系咱好接头。
>
> 马兰的花儿蓝莹莹开，
> 你是干妹子的心尖尖。
> 抱住肩膀亲了个嘴，
> 肚子里的冰疙瘩化成了水。

应该说，司机老展的信天游唱得是不错的。他还没有唱罢，就惹得宋冲云扑到他的身边，伸手把他的嘴捂住了，催他说："谁都不会把你当哑巴，咱今日有事，咱要赶路，闭了你的嘴，咱走。"长了宋冲云一些岁数的老展，本来就是逗宋冲云玩儿的。他瞪着眼睛，很是狡黠地冲着谷又黄扮了个鬼脸，便很守职责地上了驾驶室，等着他们都上了车，就发动引擎，在陕北的山路上颠簸着向前走了。

车厢里有了那一大束的山丹丹和蓝花花，空间自然显小了一些，但却充溢着花的馨香……谷又黄一会儿把脸偎在花束里闻一下；一会儿又把脸偎在花束里闻一下，脸上是久久褪却不了的红晕。

在山丹丹和蓝花花浓郁的香气里,阎小样困了。这是从来没有的困倦呢,她的头向后一枕,当下便睡了过去……睡梦里,她听人唱起了信天游。

是她的母亲吗?

是的,是活在阎小样心里的母亲在唱了。

母亲唱的是陕北人人都会唱的《蓝花花》:

> 青线线的来格蓝线线,
> 蓝格莹莹的彩,
> 生下一个蓝花花,
> 实实地爱死个人。
> 五谷里来格田苗子,
> 数上个高粱高,
> 一十三省的女儿哟,
> 数上个蓝花花好!

眼泪水水,像是一颗颗晶莹剔透的珍珠,从阎小样闭着的眼皮下滚落出来了。

七

女孩子都有一颗爱花的心。

阎小样也是,她还仔细地想过,说不定她就是一朵转世的花魂。如果时间能够倒流,可以发现在阎小样成长的历程中,总有一些抹不掉的关于花的机缘。她能记得的最早的一次,是她亲爱的母亲带着她去串亲戚,半道上采了一枝山丹丹,系在她的一根辫梢上;然后又采了一枝蓝花花,系在她的另一根辫梢上,摔摔打打的两条毛辫子,因为山丹丹和蓝花花的点缀,一下子就生动活泼起来，到了亲戚家，亲戚都说阎小样花儿一样好看。

阎小样相信，她是堪比花儿的。

渐渐长大，阎小样上学了。在上学的路上，她受山丹丹和蓝花花的诱惑，采来一大把，认真地编成一个花环，戴在她的头顶上，光鲜艳丽地去学校。后来，她吆着羊群在坡梁上游走，很自然地，也会把手边盛开的山丹丹和蓝花花采下来，带回家里，插进一个黑陶罐子里，让色彩鲜艳的山丹丹和蓝花花，为她的生活增添一抹珍贵的亮色。

这是阎小样的自我采撷、自我欣赏。

很意外地，她也得到了别人献给她的花。但是接受了这次的献花，让阎小样日后想起来，总是心惊肉跳，追悔莫及。

邻家的小嫂子到阎小样的家里来，帮助阎小样拆洗被褥。经过了一个冬天，到了春暖花开的日子，按照陕北农村的习惯，家家户户是要赶着季节拆洗被褥的。主持家务的女人把这段时间当成了一种节日。今天呢，邀约几个相好的，到你的家里，帮助你拆洗了被褥；明天呢，转移到她的家里去，帮助她家拆洗被褥。花花绿绿的被面子，白格生生的被里子，在河沟里漂洗干净了，搭在场院的晾杆上，让日头晒着，叫微风吹着。相约在一起的人，一边等被面子被里子变干燥，一边拉着家常。这个时候，什么样的话都是能说的，有夸自己家人的，就有骂自己家人的，当然，也少不了说别人是非的。怎么说，在这些日子里，大家都是亲密无间的。

阎小样约了邻家的小嫂子，两人拉的家常话，大多都是关于小嫂子家里的。小嫂子骂自家男人"死"到外面不回来，打工，打工，就不知道家里还有个想他念他的女人……这样的话题，阎小样是不好插话的，她只有脸儿红红地笑了。

小嫂子骂了自家男人，却突然看定了阎小样，给她说："哎哟，你看我，差点儿忘了呢。"

阎小样就接了话，说："嫂子好记性，能把啥忘了的？"

小嫂子就说："死鬼男人给家里装了个电视，我看电视上说，县里要办赛歌会，赛出的头一名，还要代表县上到省里去赛歌哩！"

这倒是让阎小样欣喜的一个好消息。

对此，阎小样之前也有耳闻。说心里话，几天了，阎小样还正是为着这个消息瞀乱（方言，心烦意乱）着。她是很想报名参加的，心里却又怯怯的，像是揣了几只坡梁上吃草撒欢的羊羔儿，总是难以平静。

阎小样说："我知道的。"

小嫂子说："知道了，咋不去报名？"

阎小样说："我报名干啥？"

小嫂子说："赛歌儿呀！"

心已经热烈地跳着了，阎小样却还在表面上装得很冷静。而且，小嫂子也是个爱唱信天游的人。在阎家沟，如果说阎小样是唱得最好的那一个，小嫂子就是紧挨她的那个。

阎小样就也鼓励她的小嫂子了，说："你怎么不去呢？你要去了，我也去。"

小嫂子拿眼剜着阎小样，说："我是想去的，可我怎么去？上有汉子管着，下有娃子绊着，我心想去，身子去不了。"

应该承认，小嫂子说的是真心话。在陕北，婆姨家在村头上、野地里唱几句信天游是可以的，要到县城里的舞台上去赛歌，拖家带口，人家不说骚，自己先就骚上了脸。她阎小样就不同了，黄花大闺女一个，说去赛歌，给家里撂句话，抬脚就能走人，谁管得着？况且呢，赛好了，是家里的光荣，也是村上的骄傲。阎小样的娘亲，当年的信天游唱得好，就不仅在阎家沟村受人喜爱，在四乡八社也有好名声。可惜了，她的娘亲没有好机会；如果有，娘亲肯定会去赛歌的。再者说，阎小样回村几年，更亲密地接触山和水、蓝天和白云，她面对着熟悉的山、熟悉的水，总是无拘无束地唱，唱她想唱的信天游，唱她爱唱的信天游，倒把她的亮嗓子唱得山高水长、飞天流云、炉火纯青了。

小嫂子鼓励她说："就爱听你那满口的腔，唱得太好听了。"

小嫂子的一番话，把她的心说活了。她说："我心里乱，没有底。"

小嫂子就还打气说："去吧。你要一去，头名肯定是你的，别人拿不去。"

弟弟阎小豹，从县城的保安中学回家背馍馍，也向姐姐阎小样说了赛歌的消息。和邻家小嫂子一样，弟弟阎小豹也是鼓励她去赛歌的。

阎小样说了："我去赛歌，谁给你烙馍馍呀？"

阎小豹说："不妨的，我回家了自己烙。"

阎小样说："吃不好，你咋念书？"

阎小豹说："我向姐姐发誓，姐姐赛歌期间，我会加倍念好书。"

信心爆满的阎小豹，还适时地抬出了县城中学的音乐老师王厚草。阎小豹说他见到王老师了，王老师说忘不了阎小样——从她退学回家后，几年了，再没遇到过像她一样天赋卓越的人才。王老师也鼓励她赛歌哩！

这倒是一个很好的鼓励，阎小样下定决心了。她喜滋滋地看着阎小豹，觉得她的这个弟弟太可爱了，啥话都能说到她的心坎上。

阎小样要到县城参加赛歌活动，其实还是有许多顾虑的。老爸和弟弟的吃用是一个方面，最重要的是，她这是要到县上的大舞台赛歌哩，吊着两只空手，张着一个嘴巴，还不让人笑掉了牙？穿什么呢？戴什么呢？怎么走台？唱哪首信天游？问题一大堆，谁来帮她解决呢？

哥哥阎小虎就在阎小样愁肠百结的时候，回到家里来了。

作为油老板顾长龙的"恩人"，阎小虎伤好后，就到了顾长龙的公司，做了顾长龙的贴身保镖。顾长龙走到哪儿，他就跟到哪儿，像是顾长龙用肥肉美酒养着的一条狗，很有一些忠诚劲儿。家里人从他的话中也是听得明白的：顾长龙这也好，顾长龙那也好，仿佛是世上至善至美不可多见的一个好人。自然了，阎小虎的着装和派头也发生了变化——穿了西装，打了领带，戴了墨镜。脚上的那一双皮鞋，啥时候都擦得油光锃亮，照得见人的影子。原来的那个愣头青，竟有了点儿文雅的样子。过去不甚待见他的阎小样，对于他的变化也不能不另眼相看了。

而且呢，阎小虎这一次回家，真还把阎小样赛歌的愁肠全都解开了。

通过央视三套的《星光大道》，哥哥阎小虎惊喜地看见了唱信天游的阿宝。他绘声绘色地给阎小样说："阿宝太幸运了，他的演唱怎么样呢？也就那样吧。还有他的人样儿，怎么样呢？也就那样吧。可他却在《星光大道》上火起来了，拿了一个年度冠军，红透了全国演艺界，成了一个腕儿了。"

阎小虎极尽所能地挖苦着阿宝，同时又极尽所能地夸着他的妹子阎小样，说："我们小样的嗓子好，人样好，这一回到县上赛歌，下一回就到省上赛歌，一回一回地赛下来，就能到中央电视台赛歌去了。我们小样一旦上了中央电视台，阿宝的风光就要变了，变成我们小样的风光了。"

阎小虎还往家里提回了一个硬壳壳的拉杆箱。

阎小虎把新崭崭的大红色拉杆箱交到阎小样的手上，让她自己打开来看，看他给他的妹子都带回了什么。

哥哥阎小虎不无自豪地说："赛歌么，没有好的行头怎么行！"

人靠衣装马靠鞍，这个理儿，阎小样是懂得的。在她想象中，大红色拉杆箱里的衣物已经很奢华了。但是呢，当她把拉杆箱的盖子打开来，一件一件地取出演出服和漂亮的头饰以及这样那样的精美配件时，她把眼睛睁了个圆，不知道说什么好了。

阎小虎看出了妹子的惊喜，他说："怎么样，还可以吧？"

阎小样没有多想，她歪了一下脑袋，很是感激地瞟了哥哥一眼。

在兄妹俩的记忆中，阎小样少有地给了哥哥阎小虎一个好脸色。这下子，阎小虎很高兴，当天就把阎小样接进了保安县城，住在县城的招待所里，后来又给她租了一间民房。安顿好了吃住，阎小样去了保安中学，找到了她敬爱的王厚草老师。曾经的师生几年后重逢，两人都很兴奋，说了不少的话，谈了不少的事。

王厚草老师说："你来赛歌，老师高兴哩。"

阎小样也说："有老师帮助，是我的福气哩。"

听起来，都只是些客套话，其实不然。搞了一辈子的音乐，王厚草多想通过她的努力，培养出几个唱得响的歌手啊。在她看来，阎小样是最有希望的。而且，身为县音乐协会主席的王厚草老师，担任这次赛歌会评委会的主任，她也有这个能力帮助阎小样取得好名次。

说着话，师生俩就很投入地练起歌来了。

练歌期间，哥哥阎小虎还陪同油老板顾长龙看望了阎小样。这个时候，阎小样已经全身心地投入赛歌前的准备之中，对于顾长龙的看望，也表示了她的好感和谢意。因为，阎小样知道县里能有这次赛歌活动，多亏顾长龙的赞助——如果没有他的慷慨解囊，说不定还办不起来呢。

这就到了赛歌的日子。阎小样曾义务劳动参与修建的影剧院，冷落了一些年头后，也因为赛歌会一下子又热闹起来了。并且呢，因为赛歌会，影剧院的设施也做了些特别整修，看上去新颖又大方。有几架电视台的摄像机，或者架在舞台的台口上，或者吊在舞台的顶棚上，将对赛歌活动进行完整的现场直播。

赛歌现场的气氛是热烈的，同时又是激烈的。安排在阎小样前头的几个人都唱过了。她幸运地抓了一个尾号，因此，她有时间准备。这个准备包括酝酿情绪，还包括对前头歌手经验和教训的总结。阎小样听得仔细，看得仔细，发现已经演唱过的选手中，有个后生唱得不错，台前的评委呢，也都给他打了高分。阎小样就想，要征服评委，她是必须盖过这个后生的。

在一阵雷鸣般的掌声里，阎小样上场了。阎小样的耳朵里却响着那个后生的歌声。这可不好。她手轻轻地抬起来，捂在心怦怦轻跳的胸口上，向舞台下看了一眼。她看见了评委席上的王厚草老师，还看到了嘉宾席上的油老板顾长龙和随在顾长龙后排的她的哥哥阎小虎。而且，她亲爱的弟弟阎小豹也来了，就挨着阎小虎坐着。这些她熟悉的人，眼睛亮闪闪的，都还响亮地鼓着掌……阎小样平静下来了。

主持人极富煽情意味地介绍着阎小样，甚至用"黄土地上即将腾飞的百灵鸟"这样的话来鼓励她。

音乐声起，全场安静下来，只有阎小样的信天游在游荡。她唱的是陕北人都会唱的《蓝花花》：

> …………
> 蓝花花那个下轿来，东眺西望，
> 眺见了周家的猴老子，

就像一座坟。
你要死来，就早早地死，
前晌你死来哟，后晌我蓝花走。
…………
我见到我的亲哥哥，
有说不完的话，
咱们俩死活哟，常在一搭！

　　高亢激越的一曲《蓝花花》唱完了。黑压压的舞台下，却静悄悄的，没有喝彩，没有掌声，这叫阎小样好不尴尬。这样的静场，维持了有十几秒钟，不知谁带头拍了一巴掌，顷刻之间，像山洪袭来，影剧院便都灌满了令人震耳欲聋的掌声，久久不能平息。
　　评委的打分牌举了起来，阎小样力压那位高分后生，夺得了赛歌会上的冠军，获得了赴省城参加赛歌的资格。
　　走上舞台，给阎小样颁奖的竟是油老板顾长龙。
　　顾长龙把自己收拾得容光焕发，他呵呵笑着，把一座水晶制作的宝塔山奖杯，和一个红封皮的获奖证书交给了阎小样。接着，还从礼仪小姐端着的托盘上，取来一束扎着丝带的鲜花，送到了阎小样的怀里。
　　这是阎小样有生以来，从他人手里获赠的第一束鲜花呀！

八

　　娘亲在世时，也是爱唱《蓝花花》的。
　　阎小样演唱的《蓝花花》，在一些细节上，吸收了娘亲演唱时的特点，所以，同一首信天游，阎小样却唱出了不同，那是被人所接受、所喜欢的不同。于是，县城的赛歌会结束后，阎小样就有了一个人们常说的名号：新小蓝花花。

这样的名号，阎小样自然是喜欢的。

为了准备赴省城西安参加赛歌，阎小样回家短暂地住了两日，就又到县城里来了。王厚草老师也从中学抽调出来，做了阎小样的专职辅导。

现在的阎小样，信天游唱得好与不好，就不只是她个人的事了，她代表的是保安人民。她不敢有丝毫的懈怠，跟着王厚草老师，没日没夜地苦练。所练曲目，重点还是《蓝花花》。

一个曲目要唱好、唱出感情来，理解曲目的意思是很重要的。为了提高阎小样的演唱水平，王厚草老师给阎小样讲了《蓝花花》的故事。

故事是悲惨的，阎小样不知道那样一个故事是否真实——她从王厚草老师的讲解中得知，在她们陕北，曾有一个会唱信天游的碎女子蓝花花。蓝花花唱得确实好，但她被一个有钱有势的地主老财看上了。不管蓝花花乐意不乐意、高兴不高兴，地主老财花钱把蓝花花买进府门，残暴地占有了蓝花花。不肯屈服的蓝花花，能有什么办法呢？她只有用歌声来抗争了。

阎小样被王厚草老师讲的故事感动了，再来练唱，果然多了一份感情，是那种悲愤又昂扬的感情啊！

赛歌会上曾与阎小样争锋的后生，在她练歌期间，一有空就来看望她。两个曾经的对手，在一起时，表现得却那么友好和谐。后生有些自己的心得，也不保留，会抖开包袱，都说给阎小样听。后来呢，两人还双双走上保安县的街头，一块儿去吃羊肉剁荞面，一块儿逛书城、逛音像店……在小小的保安县城，阎小样就是明星了，她走到哪里，哪里就是一片沸腾，而且又是和赛歌会上的一个帅后生在一起，没有闲话也成闲话了。

哥哥阎小虎来找她了，给她说："你要注意影响呢。"

阎小样是不解的，问："我咋了，你说这话？"

阎小虎说："你和谁上街逛来？"

阎小样明白过来了，说："这又怎么样？"

阎小虎说："怎么样不怎么样，你不知道？"

阎小样嘴上犟着，说："我不知道。"

嘴上是这么说的，行动上还是收敛了些，后生再来约她上街吃饭或是闲逛，她就都婉言拒绝了。在阎小样的心里，参加省城的赛歌会是压倒一切的大事，她不能把这件事误了。可是呢，后生却不罢休，有事没事地还要来，来看阎小样，来约阎小样上街吃饭、闲逛……有一日，哥哥阎小虎来看阎小样，她心烦地把这件事说了一下，想不到，第二天，后生就被人打了。

是谁打的呢？一定是阎小虎了！

阎小样去了油老板顾长龙设在保安县城的公司总部，找到她的哥哥阎小虎，甚是愤怒地质问他："为什么动手打人？"

阎小虎也不否认，对怒气冲冲的妹子说："他是自找的，找着挨打。"

阎小样哪里肯饶，说："是你手太长了。"

阎小虎说："我是手长。手长咋不打别人？"

阎小样被逼急了，说："你手长打人家，打到头是打你妹子的脸呢！"

说这话时，油老板顾长龙站在了阎小样的背后，帮着阎小样说话了。他说："阎小虎，你打人了吗？这可不好，咱有事，咱就说事，可不敢打人。听我的话，是你打的人，你就给人家道歉去，这不丢人。"顾长龙指教着阎小虎，眼睛却不离阎小样，还说阎小样懂礼数，说话占着理，要阎小虎留心向他妹子学习。

顾长龙说着话，还给阎小样拉了一把椅子，说："大明星了，难得来一回，坐着说话。"

阎小样对她哥阎小虎有气，但对油老板顾长龙是不能生气的。通过这次赛歌会的经历及以前的一些事情，阎小样已经相信，有钱的顾长龙是个好人哩。她这么想着，就很顺从地坐在顾长龙拉给她的椅子上了。她想了，她是不能在顾长龙面前发火的，但她心里毕竟又窝着气，屁股在椅子上沾了沾，就站起来，"噔噔噔噔"走出顾长龙的公司，走到人来人往的县城大街上。走了一程，猛地抬起头来，这就看见了县医院的大门。

鬼使神差地，阎小样的脚一斜，便走进了县医院的大门，三问两问，问进了挨了打的后生住的病房。后生见她进来，当下起了身，站在病房里，嘴唇子颤动着，像有千言万语，却一句都说不出来。

阎小样看着挨了打的后生，心想她是有话要说的，却一时也说不出来。两人就都不尴不尬地站着，不知该怎么办了。

倒是后生心胸大，说："挨两下打没啥，只怕以后不能再去看你了。"

这个话不是阎小样想听的，既然人家说了，阎小样也不好说啥，就把身上仅有的几张大小票子掏出来，往后生病床旁的矮柜上一放，说了句"不能看了就不看"的话，转过身，就又从病房里出来了。

走出了县医院的门，阎小样却不知为了什么，忍不住流了一脸的泪。

…………

忍无可忍的一声呻吟，从谷又黄的嘴里喷薄而出，一直挺着的身子，也深深地弯了下去，弯得像只大虾米。

宋冲云伸手扶住了谷又黄，冲司机老展喊："快，去医院！"

这个时候，吉普车已经越过延安城，走过了三十里铺，快要接近店头镇了。店头镇是陕北的一个产煤区，有几家公司在这里打井采煤。道路上往来的车辆，大多是运输煤炭的。为了煤矿职工的健康，国家在镇子上设立了一家大型的职工医院，医疗技术在陕北是很有些名气的。

司机老展脚踩油门，快速而直接地把谷又黄拉到了职工医院的门口。

在这样的情况下，阎小样觉着她是该帮助病人的。何况，宋冲云在扶着谷又黄下车的一瞬间还看了她一眼，并且取出钥匙，打开了她一只手腕上的铐子。阎小样急呼呼地去扶谷又黄，可她的手还没有扶着谷又黄，宋冲云就把它拽着，将打开的那一节铐子，牢牢地铐在了吉普车前座的把手上。

已经铐停当了，阎小样还说："我能帮忙的。"

宋冲云却说："老实坐在车里，不要乱动。"

想想自己是一个囚犯，确实是不好帮助人的。正如宋冲云警告她的那样，她老实地坐在车里，坐了多久呢？阎小样不知道。只见医院门口人来人往，她想逮住个人问一问，却也只是在心里想一想，根本张不开口……时间在一点点地流走，阎小样担心着谷又黄，眼睛眨也不眨地看着职工医院的大门。这就看见了司机老展急匆匆走出门来，走到了吉普车跟前，打开了吉普车的车门。

阎小样问了："人怎么样？"

司机老展是个好脾气，说："开了刀咧。"

阎小样问："咋开刀呢？"

司机老展说："急性阑尾炎，都穿孔了，不开刀怕出大问题。"

阎小样就很吃惊了："啊！"

司机老展把谷又黄清晨提来的一个大提包取下车，提着又进了医院门。

阎小样呢，被一把手铐铐在吉普车里，她只有继续等待了。这样的等待是痛苦的。她像等待判决时一样，焦虑着、忧心着，神态就有些昏昏然了。

九

我不要，啥都不要。阎小样拒绝着，很坚决地拒绝着。她说："我去省城赛歌，就穿我在县上赛歌的服装，我不要太多的服装。"

油老板顾长龙却不因阎小样的拒绝而放手，而是让跟着他来的阎小虎，给阎小样展示从省城订制的新的演出服装。

怎么说呢，这些订制的演出服确实好，不是阎小样在县城赛歌时穿的服装可比的。阎小样需要这些演出服，也喜欢这些演出服，但她是不能接受的——不能接受顾长龙为她添置的，尽管他很有钱。

顾长龙在旁边劝着阎小样："别说你不要，去省城赛歌，不比小县城，没几身好行头，咋能出风头？"

阎小样自信地说："我凭我的歌声。"

顾长龙说："不错，是要有一个好嗓子的。可是呢，仅凭一个好嗓子就成了？没那么简单吧。老实给你说，现如今弄成个啥，背后没有一把硬手，就不要想成事。"

阎小样说："你别胡说。"

顾长龙说："我胡说了吗？啊，你问你哥阎小虎，我胡说了吗？"

哥哥阎小虎在旁边帮腔了："你不能说老板胡说的。"

阎小样的犟劲上来了："我就说他胡说了。"

顾长龙却大人不记小人过的样子，接过了话说："对，算我胡说了。我不说了，让你哥说么。"

哥哥阎小虎便插起了话。他说："我该给你怎么说呢？打个比方吧，在咱陕北，顾老板有资格满陕北钻井抽油，别人就没资格了？不对呀，别人也是有资格的，大家都有资格，但却偏偏是顾老板钻井抽油弄钱，别人怎么就弄不成呢？那是顾老板的背后，比别人多了一把硬手。"

阎小样不乐意听这些话，说："他是他，我是我，他与我无干。"

哥哥阎小虎不同意阎小样的说法。他说了："怎么与你无干？当然，如果只说钻井抽油，也确实是与你无干。但你参加赛歌会，是谁给你颁的奖？是谁给你献的花？是顾老板哩，顾老板花了钱了，资助了县上的赛歌会。还有，你在县上赛歌，穿的用的，哪一样不是顾老板掏的钱？就是你那个头名，不是顾老板给评委们使钱，你唱得再好，也拿不到！"

阎小样红了眼睛，她盯着她哥阎小虎看了。

有点儿心怯的阎小虎很怕阎小样那样看他，但却还说："我说的都是实情。过去，顾老板不让我给你说，今天，你都知道了，这不假，一点儿都不假。"

阎小样摇了一下头，又摇了一下头……她把自己从昏昏沉沉的状态中摇醒了。手上冰凉的铐子限制了她的自由，她就把头一下又一下地磕在吉普车前座的后背上。

梦里的事情，其实不是梦，而是现实中发生过的事。不过阎小样不愿意再想起罢了。

哥哥阎小虎当时咬牙要阎小样相信，他给她的演出服装，都是顾老板掏钱买的。顾老板给评委的红包，也是他给转送的。

也许，阎小样只有震惊了。

阎小样多想否认这个事实，但她否认不了。她必须承认，顾长龙和哥哥阎小虎说的都是事实。若不然，顾长龙不会那么理直气壮，不会那么不知廉耻。

老爸在窑洞里的炕沿上圪蹴着，嘴里咬着他的旱烟锅，一口一口地吞吐着呛人的烟云。

顾长龙笑了。他笑，是因为他来到阎小样的家里后，头一次观察到阎小样的无奈。他的目的很明确，就是要阎小样无奈。只要她无奈了，他的目的差不多也就实现了。开心笑着的顾长龙，不再与阎小样做言语上的较量了，他去了阎小样老爸的窑洞，把一摞红砖般瓷实的人民币，砸在老人家的炕边上。

顾长龙说了："我不能亏你。娃娃的娘亲去得早，你一个汉子抓养娃娃不容易，我得为你分担责任呢。"

口讷的老爸能说啥呢？他就只有不停嘴地抽旱烟了。

顾长龙却还说："你看么，娃娃现在都长大了，长得枪杆一样了。像你的大娃小虎，在我身边做事，你该很放心了吧？"

老爸抽着旱烟点着头。

顾长龙说："小虎在我身边，一月有一月的收入，贴到家里，家里情况好点儿了吧？"

老爸仍然抽着旱烟点着头，把他的头点得几乎像顾长龙油井上抽油的"磕头虫"。

顾长龙却还不停嘴地说："小虎不能总是单杆杆过日子，总得谈朋友的。还有你的碎娃小豹，听说争气得很，在县城中学读书，可是摇了铃地好，考大学是没问题了。可现在的大学，剥人的皮哩，咱没钱就上不起。"

点头，点头，点头……阎小样的老爸在顾长龙滔滔不绝的话面前，就只有点头了。

这辈子只会受苦，不会说话的一个老人，这时候完全失了主意。他得承认，顾长龙说的都对，都是实话。可他很怕听这样的话。因为，顾长龙说的话，只有一个强烈的目的，那就是要老人答应，把自己花骨朵儿一样的阎小样嫁过去！这怎么能行呢？这两人之间，差着一辈人的年纪，顾长龙咋敢摆出娶他的女子阎小样的架势？他又岂能把女子阎小样嫁给顾长龙？

老爸的心在碎裂，他想："这太遭罪了！"

要想娶到阎小样，顾长龙知道，不是一时半会儿说得通的。他有这个思想准备，就撂下他带来的礼金，抛下回了家的阎小虎，独自一个人走了。在阎小样的家里，顾长龙连一口水都没喝，他却不觉得渴，倒还觉得甜，是那种润润的、能够甜到心里头的甜，因为他感觉得到，死死活活地，他是一定能够娶到阎小样了。

好事多磨，顾长龙是有这个思想准备的，要想阎小样做他的新娘子，先碰一鼻子灰是肯定的，就像信天游唱的那样：

头一回到你家，你呀你不在，
你家的大黄狗把我咬出来；
二一回到你家，你呀你不在，
你的妈打了我一呀一锅盖；
三一回到你家，你呀你不在，
你的爸把我骂呀么骂出来……

从阎小样的家里走出来，顾长龙就"咿咿呀呀"哼唱起这首信天游。一路哼一路唱，他竟不由自主地笑起来了。

在保安县城练着歌时，阎小样就已经被顾长龙搅扰着了。为了躲避干扰，王厚草老师就给她安排好课目，让她回了阎家沟，在家里安心练。不曾想，顾长龙跟腿儿撵到了她的家里来，明目张胆地要娶她做新娘。

岂有此理。愤怒的阎小样，对走出她家门的顾长龙吐了一口痰，她在心里骂："死了你的心吧！"

走了顾长龙，留下了阎小虎。

阎小样的这位哥哥留在家里的任务就只有一个——逮住机会劝说阎小样。他给她说："不要犯傻，这是机会呢。社会上美女多了去了，有钱的老板却不多。老板只要张嘴，啥样的美女都娶得到。也是顾老板好听信天游，你的信天游唱得好，看上了你，是你的福气哩……"原来不咋会言语的哥哥阎小虎,为他的老板帮起腔来一套一套的,真要让阎小样刮目相看了。她烦阎小虎的腔调,他说不完几句话,她就恶声恶气地顶回去。阎小样说:"你爱做顾长龙的狗你做去,我是我,有没有福气我自己受,不要他的,他要给,我就当尿壶踢……"老爸不劝阎小样,也不反对阎小虎。老爸的窑洞里,一个晚上,又一个晚上,灯就不灭,老旱烟燃烧的味道,在老爸的窑洞里浓浓地飘荡着。

老爸就说:"我嘴里没味了,一点点味道都没有。"

老爸说得没错,这些个日子,过去狼吞虎咽的他,没了胃口,吃饭像尝饭,苦焦着一张脸,就没有别的啥话说。

想不到,乡上的书记和乡长也来了阎小样的家,找阎小样的老爸说话,磨着嘴皮子,要阎小样的老爸不可失了主意:"把顾长龙给咱拉住了,紧紧地拉住,咱们乡上就占大便宜了。大财神哩,谁家都想拉住的,他们没条件,咱有了,咱就不能放手。"

阎小样的老爸给乡上领导让着老旱烟,就还只说:"我嘴里没味了,一点点味道都没有。"

乡上的领导前脚走,县上的领导后脚就到,说的话如出一辙——县上经济发展,顾长龙立了大功。

阎小样的老爸还是那句话:"我嘴里没味了,一点点味道都没有。"

便是阎家沟最亲阎小样的邻家小嫂子,也登门劝说阎小样了。

大家都劝阎小样:"从了吧,不吃亏的。"

阎小样咬着牙不吭声。拖到后来,老爸不说他嘴里没味了。一天夜里,阎小虎手拉着老爸,到了阎小样的跟前。阎小虎说了句"求你了",就双膝跪在了阎小样的面前。

阎小样背过了身,她没有答应哥哥阎小虎。

阎小样说了,让弟弟阎小豹回来,她听弟弟一句话。

阎小豹就回来了。

和阎小豹一起回来的,还有辅导阎小样的王厚草老师。阎小样问:"弟呀,你说姐该咋办呢?"

弟弟没说姐该咋办。他只坚决地说:"姐,我不考大学了。"

阎小样的眼睛里弹出了一滴泪花儿。弟弟阎小豹的这一句话,让她没法不答应顾长龙,不能拒绝做他梦寐以求的新娘了。阎小样对她的哥哥阎小虎失望了,对老爸也失望了,她还能对弟弟阎小豹失望吗?不能啊,如果阎小豹不说他不考大学的话,阎小样是抗得下去的。光天化日,阎小样不答应,顾长龙还能把她抢去不成?他最大的能耐,就是使钱请说客……来吧,都来游说她,大不了,阎小样退出省城的赛歌会,谁还能再说啥?

王厚草老师也是说客吗?阎小样不知道,而且也不需要知道了。慈祥得像母亲一样的王老师,似乎猜透了阎小样的心思。王老师到了阎家沟阎小样的家里,把阎小样拉进怀里来,用手一遍遍地抚摸着她的头发,看她有泪弹出,就用手给她抹去眼泪……王老师啥话都不说了,她只坚定地给阎小样说:"咱不要把练歌耽误了。"

王老师拥着阎小样,说:"跟老师回县城去,咱好好练歌,去省城也红上一把。"

十

悲愁满面的宋冲云从医院的大门里出来了。

孤单地被锁在警用吉普车上的阎小样,在想心事的同时,看了一遍到处都是运煤车辆的店头镇,心头没来由地生出一些慌乱。在陕北,阎小样知道,富足和奢侈的油老板们是一个族群,富足和奢侈的煤老板们是又一个族群,他们构成新时期陕北的一个新阶层。不能说他们不好,但也不敢恭维他们的好。常有消息曝光,说煤窑下冒顶透水了、瓦斯爆炸了……出一次事故,就有一批矿工遇难。有人就说,黑宝石一般晶亮的煤炭,是用矿工的鲜血染成的。阎小样拒绝想这些问题,可她不想,这些问题却不请自来,充塞她的思绪,她就只有痛苦了。看着满载煤炭的运输车辆迅疾地从店头镇的大街上驶过，腾起一股一股的黑灰，阎小样悲伤地发现，眼前的人和物，都沾染上了浓厚的煤灰色。便是锁着她的那辆吉普车，此时也已蒙上厚厚的一层煤灰。

宋冲云出了医院门，每走一步都要回头看一眼。

这一切，就都通过煤灰遮挡的车窗玻璃，映入了阎小样的瞳孔。她的目光随着宋冲云，直跟着他来到吉普车前。她看他嘬着嘴，使劲吹去车门把手上的煤灰，打开了车门，取出他的提包，从中找出一件夹克衫来，换下他身上那件深蓝色的制服，然后，打开把自己锁在车内把手上的手铐，让自己下了车，又把刚才打开的那一端手铐，锁在他的一只手腕上。

宋冲云用命令的口气说："走，搭长途客车走。"

阎小样就很乖觉地跟上走了。

阎小样不知道，宋冲云已经打电话请示了他的上级，鉴于谷又黄病急需住院手术，留下司机老展在医院照料，宋冲云将独自一人押解阎小样，搭乘普通客车去省城的女监。

老实地跟随宋冲云向前走着，阎小样的心里还记挂着谷又黄。她问："怎么样呢？人不要紧吧？"

宋冲云不想有人问他这个问题，他说："少管闲事。"

阎小样却还固执地坚持着自己的想法，说："这时候你不能走的。我看出来了，你们是相好的一对子，她在医院做手术，你咋能一走了之？这不对呀，不是你离开她的时候。"

应该承认，犯人阎小样的话说得对，在这个时候他是不该离开谷又黄的。既然他们的恋情还没有确定下来，那他留在医院也是个机会呢。可他没有办法，他向上级组织反映了情况，是组织安排老展留守医院，让他押解人犯的。

宋冲云心里对组织有意见，可他知道组织也是无奈的。司机老展只是协警，没有押解罪犯的资格，就只能留在医院照料谷又黄了。阎小样赶着点儿质问他，质问得很对。正因如此，就惹得他很心烦，也就对她的关心很不领情了。

宋冲云说话的口气很冲。他说："操你自己的心就行了。"

一句气话即出，宋冲云倏忽想起，乘坐普通客车押解人犯的纪律，是有必要给阎小样宣讲一下的。于是，宋冲云说了："从现在起，你不要说一句话，也不要乱动，一切听从我的管教。你要牢牢记住我的话，你的每一句出格的话、每一个出格的动作，和由此引发的问题，都会成为你的新罪行，都会增加对你的新处罚。"

阎小样老实地听宋冲云说，不再说话了。

但有一个强烈的感觉在阎小样的心里激荡着。她看出了宋冲云的不愉快，他对她的态度，凶是凶了点，却绝对不是冲着她来的。这就是女孩子的敏感了，她理解宋冲云——一对有情有义的人，在一方住院做手术这样的关键时刻，另一方不能守在病床前，还要押解一个女犯离开，怎么说都是一种痛苦。

阎小样不敢多想，一种毫无来由的悲伤从心头涌起，她流泪了。

一路上，阎小样的心里泪汪汪的。她看见熟悉的沟河、熟悉的坡梁、熟悉的一棵树一棵草时，触景生情，心里总是泪汪汪的，眼睛里却很少流出一滴泪。阎小样想过了，在保安县的监狱里，她流了太多的泪，她把泪水流干了，不会流泪了……可是眼下，她眼睛里流泪了。阎小样是觉出了自己的委屈吗？好像是，又好像不是。她是从宋冲云和谷又黄的身上，想到了自己——一样都是年轻人，他们是多么自由啊！又是多么幸福啊！而她阎小样呢，太不幸了。

一切的不幸，都源于油老板顾长龙看上了她，她嫁给了顾长龙。

新婚那天，顾长龙为阎小样举办的婚礼是盛大的。保安县城也大为轰动，张灯结彩。人们笑逐颜开，一张张喜悦的嘴巴，说的都是恭喜、赞美的话。县委书记来了，县长来了，县上有点儿身份的人都来了……自然了，来的还有阎小样的老爸、哥哥、弟弟，以及阎家沟她的邻家小嫂子和众多乡亲……这一天，阎小样坚持不穿婚纱。她铁定了心，一切都按陕北民间的婚俗进行。因此，邻家小嫂子就做了娘家的送女婆姨。当然，这也是阎小样的主意，她只要邻家小嫂子做她的送女婆姨。从清晨坐进花团锦簇的轿车，直到举办婚礼,步入洞房,阎小样的手拉着邻家小嫂子的手,就没松开过。

阎小样坐在轿车上时,就对邻家小嫂子说:"我怕。"

邻家小嫂子就乐了起来,她是不解的,说:"怕啥的怕?咱又不是跳穷坑,咱进的富窝窝,咱有啥怕的呢?"

在县城招待所的礼堂举行结婚仪式,惊天动地的炮仗炸飞的时候,阎小样又对邻家小嫂子说:"我怕。"

邻家小嫂子免不了俗,前来参加婚礼的来客都免不了俗。谁都认为阎小样跌进了富窝窝,后面有她享不尽的福。如今的风气就是这样,是个人,都想攀个富亲戚的,何况她阎小样,彻底嫁了个富男人,大家就都真诚地祝福着阎小样。县委书记、县长现场讲话,说阎小样和顾长龙是百灵鸟配财神,百年好合、千年幸福。还有与会嘉宾推出的代表,所祝愿的,也是如意吉祥的话。后来,人们把阎小样的老爸也推上台子来为阎小样祝福了。老人家喝了两杯酒,脸红脖子粗,站在台子上,手拿着麦克风,半晌说不出一句话来,大家就都鼓掌了。热烈的掌声激励了阎小样的老爸,他很大声地说话了。

阎小样的老爸说:"我高兴,大家高兴。"

老爸是真高兴呢。高声大嗓地喊出这句话后,就又精神十足地下了台子,坐在婚宴席桌的中心位置,左边是哥哥阎小虎,右边是弟弟阎小豹,一家人坐在一起,大家都高兴着。

邻家小嫂子显然看见了这一切,她给说"怕"的阎小样耳语:"你看啊,你老爸你哥哥你弟弟,都那么高兴,你怕啥呢?"

婚礼正进行着,婚宴大厅的一边突然爆发了一阵小骚动,有人吵了两声,哭了两声,又迅速地被人制止了。阎小样的耳朵不聋,她听得出来,那尖利的吵喊和哭叫声,是顾长龙离弃的前妻弄出来的。于是,她不由自主地抖动着身子。

阎小样再一次地给邻家小嫂子说:"我怕。"

邻家小嫂子就还只能劝说阎小样:"好了,我的妹子呀,一会儿就入洞房了。到了洞房你就不怕了。"

雕龙画凤的一对大红蜡烛,就在阎小样的洞房里燃烧着。这是一栋由两层楼房改成的跃层式住宅,大红蜡烛燃烧着,漂亮的枝形彩灯也亮着,已经夜深如墨,屋子却被照得一片通明。阎小样孤独地坐在进门的大客厅里,身上依然还是她在白日婚礼上穿着的大红衣裙。在这个称作洞房的跃层式住宅里,正如邻家小嫂子所说,阎小样不怕了。她送走了前来参加婚礼的老爸、哥哥和弟弟,以及邻家小嫂子和众多亲戚邻里,然后,便孤身一人留在洞房里,等待一个结局。

阎小样想着,顾长龙进了洞房,想要沾她的身子,她就和他打,她不要顾长龙沾她的身子,强要都不给。阎小样不信,如果她不是心甘情愿,谁能上得了她的身子?除非把她打昏过去,他是甭想得逞的。

洞房里的阎小样,就是抱着这样一个信念等着顾长龙的。

油老板顾长龙太高兴了。婚礼上频频与人举杯,白酒、红酒、啤酒,来啥是啥,来者不拒,他都很是痛快地喝了……客人已经走完了,剩下了他的几个狐朋狗友,拉拉扯扯地又去了哪里,是不是又喝上了,阎小样是不知道的。到天黑时,为她做辅导的王厚草老师来了。

在白天的婚宴上,阎小样没有见到王厚草老师,她当时是有些遗憾的,同时还有些安慰,觉得王老师知道她的不快活,不愿看到她的不快活,因此就没来。晚上了,王老师一个人来,心情抑郁的阎小样就还好了一点儿。

王厚草老师还带了礼品,装在一只精美的盒子里,阎小样接过,埋怨王老师:"你带什么礼物嘛。"

王厚草老师就说:"是你的喜日哩,哪能不带?"

这是什么话?阎小样不很理解王老师了,说:"喜日?我的喜日?"

王厚草老师说:"是啊,是你的喜日。"

阎小样说:"老师你也这么看?"

王厚草老师说:"别犯傻,你有依靠了。以后呢,老师有啥求你的,你可不能拒绝。"

阎小样的心就冷了下来,不知道这人都是怎么了,眼里似乎只剩下了钱。她被油老板顾长龙使钱娶进门,她就幸福了?唉,人啊!阎小样可不是这么想的。她不仅心里不快活,甚至还埋藏下了深深的恨意,恨有钱的顾长龙，还恨这样的社会风气。

原来她是有许多话要与王厚草老师说的，说了这么几句，就一下子没了话说。阎小样几次起身，只是一遍遍地给王老师的茶杯里续开水，到茶叶喝得淡了，没有味道了，王老师也就站起身来，从阎小样的洞房里走出去了。

洞房里的大红喜烛快要烧到根儿上了，阎小样还是一身的大红衣裙，坐在客厅的沙发上。有电视也不开，脑子里先还想这想那，这时啥都不想了，也想不起来，满身心都是一片空白……房门的锁孔，就是这时候起了动静的。

当时呢，阎小样吃了一惊，恍惚想起大白天与她拜堂的是顾长龙，这才醒悟，大概是喝高的顾长龙回来了。

他应该还是醉的吧，钥匙在锁孔上丁零当啷戳弄了好一阵，这才把门锁打开。扑进门来的他，果然是一身酒气。和他一起扑进门来的，还有远处不知哪个人唱的信天游。阎小样听得清楚，那隐隐约约的几声信天游，是她此刻最不想听到的《嫁老汉》：

　　你爸你妈爱银钱，
　　把你嫁给个老汉汉，
　　又抽洋烟又耍钱，
　　耽误了你的青春好年华。
　　…………

也不知道顾长龙听到这首信天游没有，扑进门来的他，竟然不知道关门，就嘴里喊着"宝贝，我的宝贝，想死我了宝贝"，直往阎小样的身上扑。阎小样躲了一下，顾长龙没扑着，肥大的身子就扑在了沙发上。这是套做工考究的布艺沙发，扑爬在沙发上的顾长龙，立即就打起鼾声。阎小样以为他可能就这么沉睡下去了，就去关还大开着的房门。不成想，顾长龙从沙发上挣扎着爬起来，从身后拦腰抱住了阎小样，嘴里又"宝贝，宝贝"地叫着。这使阎小样无比反感，她使足全身的力气，把抱着她腰身的顾长龙拐了一胳膊肘。也许是酒醉的原因吧，顾长龙又轻又飘没有一点儿力量，当下就被阎小样拐了出去，向侧面倒下，他头的一侧，也就是太阳穴，重重地撞在了铁艺大茶几的尖角上，整个身子软软地滑在地上。

阎小样看见了血，也就是一点点的血。她没有想到顾长龙会死，便关了房门，上楼进了主卧室，往宽大的席梦思床上一靠，不知不觉地睡过去了。

天明醒来，阎小样从跃层的主卧室里出来，看见楼下的客厅里，顾长龙还横卧在铁艺茶几旁，她就觉得不妙。从楼梯上下来，去扳顾长龙时，他已经浑身冰冷，硬成一根冰棍儿了！

阎小样心跳发慌，她手指颤抖着拨通了110。

十一

黑色面料的夹克衫上，织着一道道的白纹，还有拉链和口袋上的皮饰，在阎小样的眼里都是那么熟悉。现在这件熟悉的夹克衫就穿在宋冲云的身上，阎小样却想起县城赛歌会上那个后生。那天晚上，早于阎小样出场的后生，就穿了这样一件夹克衫。

这个可怜的后生呀！其实呢，他是有资格取得赛歌会头名的。当然，阎小样也有这个资格。只是后生没有油老板顾长龙背后使钱，他不幸落选了，而阎小样有顾长龙在背后使钱，她有幸获选了。后生不知道这些背后的猫腻，还满心为她阎小样高兴，殷勤地与她交往。同样不知道背后猫腻的阎小样，当初甚至有点儿喜欢他呢。如果照此发展下去，他们二人走到一起，是很有希望的。后来就出了阎小虎打人的事，接着又出了顾长龙提亲娶她的事，本可以顺利发展下去的关系，便遭"腰斩"了。

普通客车上，人挨着人，人挤着人。一把手铐铐着宋冲云和阎小样，两人好不容易挤到客车的后座上，觅得一个位子，便紧挨着彼此坐了下来，任凭客车颠簸着向前走了。

是宋冲云的夹克衫，让阎小样走了一会儿神，很快地，她就又回到了现实中。

阎小样偏了一下头。

阎小样是想看一看宋冲云，看他撇下意中人谷又黄，和一个致夫亡命的女犯同坐一辆普通客车，会有什么表情。阎小样看见了，宋冲云的脸是阴沉的。他不说话，阎小样就也只好阴沉着脸，不说话了。

是宋冲云的手机吧，"吱嘎"一声响。

宋冲云当时没有取出来看，隔了一会儿，又是"吱嘎"一声响，宋冲云就从裤子口袋里掏出了手机，打开来看。他这一看，阴着的脸突然放晴了，竟然有了难得一见的喜气。

阎小样小心地捕捉着宋冲云的情绪变化。当她看见宋冲云脸上的喜气时，就不由自主地，一双眼睛也盯在宋冲云打开的手机屏幕上。

手机的屏幕上是一条短信哩。

是谷又黄发来的短信吗？阎小样心想，一定是的。现在的宋冲云，也许只有收到谷又黄的短信，才可能面露喜气。无论如何，宋冲云都是操心手术后的谷又黄的，有短信交流，对双方来说，无疑都是个很好的安慰。

阎小样想的没错，宋冲云收到的就是谷又黄的短信。

"知道我现在最想什么吗？我最想放屁了。听医生说，屁一通就什么都好了。祝一路顺利，我等你回来。"

心情颇感安慰的宋冲云，高高兴兴地看了短信后，就又在他的手机短信库里翻找着，找了一条，给谷又黄回了过去。过了不长时间，宋冲云就收到了谷又黄的回信。

是个什么样的回信呢？阎小样在宋冲云手机又"吱嘎"一声响起提示音时，留心着手机屏上的新短信。可她看不到了，宋冲云背过身去，躲着阎小样，自己看了。

阎小样感到了自己的无趣。怎么能偷看人家的短信？不过又一想，谷又黄太不容易了，甚至堪称坚强——刚做完手术就能撑着发短信，真是难为她了。

独自看着短信，宋冲云轻启了一下嘴唇。也就在这个时候，有一把亮闪闪的短刀逼在了宋冲云的眼前，同时他还听到一声断喝。

那声断喝是尖厉的："掏钱！快，把钱都给我掏出来！"

坐在客车后座上接收短信、发送短信的宋冲云，以他警察的敏感，早就发现了那几个车匪了。他们是从行车途中拦住客车上来的，先还老实地待在车厢里，过了一会儿，就都不老实了。他们中的一个瘦子，拿出三张扑克牌，有梅花尖、红桃尖和黑桃尖，倒来换去，让旁边的人猜。猜中了，瘦子给人十元钱；猜错了，别人给瘦子十元钱……猜了几番，可能是他的同伙，吵吵嚷嚷，就把十元的筹码升到二十元、三十元……好像是，"坐庄"的瘦子手气特别差，不断地被人猜中，瘦子就不断地往外输钱……这样的把戏，别说是侦察经验丰富的宋冲云，就是客车上的乘客差不多也都识破了，几个同伙就很无趣地自己玩着。不过，他们玩得越来越没耐心，贼一样的眼睛，在乘客的脸上扫来扫去，这就看到了车后座上的宋冲云……

那个时候，宋冲云尖利的眼睛也正看着他们。这样的两种目光接触上，势必会碰出火花来。

为那第一条短信乐着的阎小样，没有注意两种目光的碰撞。她正在想，谷又黄会发一个什么样的短信来呢？

恰在此时，瘦子一伙收起他们图谋骗人钱财的勾当，向客车的后座逼来了。

宋冲云没有被逼到眼前的短刀吓住，他甚至很是轻蔑地冲着短刀笑了一下，告诉他们："看明白了，我没钱。"

手握短刀的人，被宋冲云的镇定弄得有些羞恼。于是他把短刀向宋冲云逼得更近了一些，声音也更狰狞了一些。

车匪叫嚣着："别废话，小心我做了你！"

车匪之所以把矛头直接对着宋冲云，那是因为他们看清楚了，在这趟客车上想要弄到钱，是必须把这个人先拿下的。他太特殊了，高大、阳刚，很有些英武之气。尤其是他的那一双眼睛，在看他们玩骗人把戏时，每瞥他们一眼，就让他们心虚十分。瞥到最后，那目光就像他们当时还藏在身上的刀子一样，把他们的衣服皮全都剥了下来，让他们精光光地暴露在了众人面前。

宋冲云说的还是那句话："我没钱。"

宋冲云这么说话，是在拖延时间。他自己也在寻找机会，准备教训车匪了。这是他身为警察的责任，他不能让车匪再嚣张下去。当车匪的短刀几乎逼到宋冲云脸上时，他伸出那只没戴手铐的手，一把攥住车匪持刀的手腕。阎小样还没看清是咋回事，就见车匪的短刀掉在车厢地板上，整个人像只老鼠一样蜷缩起来，嘴里的嚣叫变成悲惨的哀号。同伙里的其他人见状围了上来，一个剃了光头的家伙，挥舞着另一把短刀，向宋冲云身上刺来了。阎小样看得真切，她大喊一声"住手"，自己则如一只冲动的小兽，挺身而出，挡住了刺来的短刀。

阎小样感觉到，她的右大臂上被烫了一下似的，跟着，就有鲜血渗透衫袖往外流了。

宋冲云放开了他手抓的那个车匪，车匪们惊恐地退到了车门口，叫喊着停车。客车司机听话地停了车，让一帮车匪顺顺当当地下了客车，向着四野逃遁而去。

满车的乘客，到这时候，才都如梦方醒，纷纷站立起来，对着逃遁了的车匪的背景喊"打"。"这太可恶了，光天化日之下，竟敢骗人还持刀行凶，谁给他们的胆量呢？无法无天，抓住他们，不能让他们跑了！"有几个血性充沛的汉子，摩拳擦掌，相互呼应着，就要冲下车去抓车匪了。然而就在这个时候，有人发现了阎小样手臂上的伤。

惊呼声随之而起："啊！流血啦！"

同时又有人惊叫："前面就是南泥湾，那里有医院，快到那里去看看怎么样了，包扎一下。"

这时的宋冲云，一只手紧紧握着阎小样受伤的大臂，可他的大手，不能阻住涌流的鲜血。于是，他也催促客车司机加快速度，到南泥湾的医院去，给阎小样包扎伤口。

流着血的阎小样显得俊美而娇弱。

宋冲云解开手铐，半拥着娇弱的阎小样，这又使阎小样感到莫名的快慰和幸福。他俩双双下了漆皮斑驳的客车，在南泥湾的医院里做了紧急检查和处理。幸好车匪的短刀不是太锋利，没有伤着阎小样的筋骨和主动脉。宋冲云听到这个检查结果，长长地舒了一口气，就由着医院的医生，在阎小样的伤口上缝了几针，上了些药膏，包扎了一下，就又重新铐起阎小样，带她上了那辆等在医院外的客车。

正是秋熟时节，陕北红军的三五九旅当年在南泥湾开垦出来的荒地，经过许多年的耕种，现在已是非常成熟的耕地了。沿着河川的平地上，栽着吐穗的水稻；两边的坡地上，则点种了玉米和谷子，也都吐穗扬花了。客车穿行其中，就有阵阵的稻香和花香不可阻挡地钻进车厢来，让人产生一种欲醉非醉的美妙感觉。

十二

阵雨隔犁沟。宋冲云和阎小样搭乘的客车，还在"如诗如画赛江南"的南泥湾川道上行驶的时候，只见湛蓝湛蓝的天空上，有一朵飞速飘移的黑云，从前方的山尖上翻滚而去……有经验的人知道，前头哪个地方，是有一阵暴雨要降临了。

果然是，客车越是往前行驶，前头的路面越是泥泞，快要行驶到黄龙县城的时候，前头玩儿命驰动的车辆，都变成了刀戳的野猪，"吭吭哧哧"喘着粗气，靠在路边停下来了。

宋冲云和阎小样乘坐的客车，没有长翅膀，飞不过越停越长的汽车阵，只好挨着前头的汽车屁股，极不情愿地停了下来。司机下车探问了一番，带回来的消息是，暴雨使前头的一段黄土崖滑坡了，黄龙县正在组织力量，全力以赴地清除黄土，疏通道路。

这是个谁都不想遇到的问题。乘客中便起了怨言，许多都是"官摊话"，骂一骂，消解一点儿心头怨气，也就罢了，是不伤人的。但有个别的言语就不同了，矛头直指乘坐的客车和驾驶客车的司机。

有人说了："妈那个脚，咋坐了这么一辆车，倒霉！"

有人说了："人心黑啊！车匪骗子上车骗人行凶，车主儿倒装得镇定，该不是合伙弄人钱吧？"

宋冲云是有同感的，但他知道自己的使命，就闭着嘴，没有插话。要在别的情况下，他是要站出来，和这辆客车的司机理论一番的。他不能让车匪在他的眼皮子底下犯罪，还伤了他押解的犯人，然后又从容地逃遁。这是什么事儿呀？他还是个保护人民群众生命财产安全的警察吗？

因此，宋冲云看上去，是很羞恼的。

再看阎小样，人家女孩儿虽然身负重罪，是他押解的一个犯人，可在关键时候表现出来的勇敢和无畏，真是要让他汗颜的。试想一下，如果不是阎小样挺身而出，阻挡了车匪刺来的短刀，受伤的就该是他，而且从方向和高度判断，刺来的位置该是他的心脏了。多么危险啊！

啊！不敢想，不敢想。

押解阎小样的宋冲云，对阎小样就只有抱愧了。

宋冲云抬起头来，眼睛看着阎小样，很想对她说几句宽心话，却听见客车前头涌起一阵小小的骚动。是司机呢。他从驾驶座上站起来，怒目一瞪，很是霸蛮地扫视着车上的乘客。

司机的眼睛就如车匪手里的短刀，扫到哪里，哪里的乘客就矮下了一截子。

司机恶狠狠地问："谁说倒霉了，啊？大声说，我给你退钱，你下车去！"

避重就轻，司机不和骂他与车匪合伙的人较劲，却揪住自认倒霉的乘客发威。对阎小样抱愧着，又对司机抱怨着的宋冲云听不下去了，也看不下去了，便于乘客纷纷低头的空当，"嚯"地从客车后排的座位上站起来。手铐连着宋冲云和阎小样的手腕，在宋冲云十分冲动地站起时，也把阎小样带了起来。受了伤的阎小样不堪承受宋冲云这一带，撕扯着她刚缝合好的伤口，她痛得大喊起来。

正是阎小样疼痛难忍的喊声，提醒了宋冲云，使他发热的神经冷静了下来。但他还是睁着一双愤怒的眼睛，从乘客们低着的头顶看过去，与司机的怒目碰在了一起，碰得火花四溅。可也仅限于此，四目相碰了一小会儿，司机的眼色变化着，不是那么冷硬了。

多年上路跑车，司机该是一个见多识广的人。今日他在自己驾驶的客车上，能与任何一个乘客闹矛盾，却绝对不能与宋冲云闹意见。他看得出来，小伙子不是个善茬儿，而且人家同伴受了伤，是在他的车上受的伤，他有不可推卸的责任。追究起来，够他"喝一壶"的。可是人家，一直没有追究他，这叫他面对人家，自然就气短了。

眼色的变化，迅速传达到了面皮上。司机笑了，对着怒目相向的宋冲云，说："玩时尚啊。我知道，如今的小情人，时兴这一套，叫什么来者，情侣铐吧？"

司机的一句话，把宋冲云说了个大红脸。阎小样白嫩的面皮上，也烧起一片火烫的红云。

车厢里的气氛，因此和缓下来，大家的脸上就都有了轻松的一笑。接着有人建议把车门打开，大家到车外透透气，呼吸一下新鲜空气。

这个建议得到了司机的认可。他在驾驶室里拧了一下一个黑塑料壳的按钮，"扑哧"一声，原来关着的车门，"哗啦"大开，大家相跟着下了车。

宋冲云脸色还红着，他问阎小样："咱也下去吗？"

阎小样似乎另有隐情，她也脸红着，蜂鸣一样，对宋冲云说："我是急了，很急的呢！"

宋冲云听懂了阎小样的隐情，女孩儿家，是要方便了。这是个问题呢，一路上早先有谷又黄在，阎小样需要方便，就由谷又黄陪着她一块儿去。现在怎么办？莫非还要他宋冲云陪着阎小样去了？这不能够。宋冲云在心里想着，还没想出个办法来，却已掏出一把小钥匙，插进手铐的锁孔里，为阎小样打开了手铐。阎小样却没有动，拿眼看着宋冲云，像是在问，你不怕我逃跑了？宋冲云也不回避阎小样的目光。他也用他的眼神告诉阎小样，我相信你。目送着阎小样爬上公路边的土坎，走到高处的一丛荆条后边，宋冲云把他的头拧转了过来。他感到自己的唐突。怎么能目不转睛地看着女孩儿阎小样方便呢？呸，不嫌害臊！在心里责骂着自己的宋冲云，似有一分不安。他不断地跺着脚，等方便完毕的阎小样从荆条丛的后边站起来，走下土坎，来到他的身边，他好再用手铐把阎小样铐起来。

"情侣铐！"司机那句解嘲的话，一直还在宋冲云的耳际萦绕着。他不能在乎别人说什么，他必须用手铐把他和阎小样铐在一起，这是一种职责，神圣的警员职责。

时间够长了吧？

就是尿银子、屙金子，躲在荆条后面的阎小样也该站起来了。可是没有。不好意思看，又不能不看的宋冲云，偷眼儿向隐藏着阎小样的那丛荆条看了几眼。一直不见阎小样站起来，宋冲云就有些急了，两眼便都盯在了那丛荆条上，却还是看不到阎小样站起来，甚至不见那丛荆条动一下……她是怎么了？

宋冲云不敢想，他怕阎小样借着他的信任，真的逃跑了！

这可不得了！

无法再等下去的宋冲云，从公路旁的土坎爬上去了，也向那丛荆条走了过去……是的，宋冲云担心极了，心缩得像一只蔫核桃了。正在他就要钻到荆条里时，忽然听见更高的坡梁上，传来了阎小样唱响的信天游。

阎小样唱的是《蓝花花》。

保安县城举办的赛歌会，宋冲云约谷又黄看过了，对于取得冠军的阎小样还是很佩服的，尤其是她在舞台上演唱的《蓝花花》，声情并茂，不仅打动了评委的心，台下观众的心，也都被她切切实实地打动了。

现在，阎小样把大地做了她的舞台，把高天做了她的幕布，她在满坡满梁的花草丛中，尽情地演唱着了。她唱得真是好啊！一曲《蓝花花》唱罢，公路上阻滞的车流中，车里的人和车外的人群，全都鼓起掌来。这是自发的掌声哩，热烈而持久……其中，就有热情的人高呼大叫，问大家："唱得好不好？"大家就都异口同声地应："好！"热情分子就又高呼大叫："再来一个要不要？"大家就还异口同声地应："要！"

在坡梁上唱着信天游的阎小样，听见了大家的喝彩，她弯下腰，采着脚前脚后蓝透了的蓝花花和火红的山丹丹，采下一束后，就用没有受伤的臂膀高举起来，朝着向她张望的宋冲云摇着……她看到宋冲云的鼓励了，于是，就在坡梁上铺天盖地的花草丛里又唱起来了。

这一次，阎小样唱的信天游是《老祖宗留下个人爱人》：

> 六月的日头腊月的风，
> 老祖宗留下个人爱人。
> 三月的桃花满山山红，
> 世上的男人爱女人。
> 天上的星星排队队，
> 大哥哥都有干妹妹。
> 骑上个骆驼风头头高，
> 人里头就数咱们二人好。

掌声……掌声……热烈的、持久的掌声……宋冲云看见，拥堵的盘山公路上，都是鼓掌的人，有一些人呢，还爬到了汽车车顶上，又是鼓掌，又是狂喊……可以肯定的是，在这受困的路上，还能够听到那么纯正、精彩的信天游，大家不能不为之鼓掌了。

宋冲云也情不自禁地为阎小样鼓掌了。而且，他还感到眼睛里热喷喷的，似有泪的涌动……他警告自己，忍住，必须忍住。

十三

从满是花草的坡梁上下来，阎小样一手捧着她采来的蓝花花和山丹丹，腾出另一只手来，送到宋冲云的面前。那个意思，宋冲云是知道的，就是要他再把她铐起来。

这是对的，作为犯人，阎小样是该被铐起来的。

阎小样有这个自觉，这很好。可是宋冲云却没有铐上她，而是把他刚从附近山民手上买来的鸡蛋和黄瓜什么的，塞进了阎小样的手里。

宋冲云说："饿了吧，吃点儿。"

阎小样手捧着鸡蛋和黄瓜，心头有些堵，她哽咽了，说："吓着你了？"

宋冲云也不客气，说："是哩，你吓着我了。"

阎小样就还笑了一下，说："你别害怕，我不会乱跑的。我只是想唱信天游。不晓得以后还有没有机会再唱。"

话头说得沉重了。宋冲云想要调节一下，说："怎么会没有呢？放心吧，还有你唱的机会哩。"

阎小样就很欣慰地吃起了鸡蛋和黄瓜，吃着还说："我想听你讲，我的信天游唱得好吗？"

宋冲云也吃起鸡蛋和黄瓜了，他点着头说："好着哩，好着哩。"

因为路边崖体滑坡，受阻的车辆越来越多。车辆中来得早的，已经熬了四个多小时。前不着村，后不着店，受困于公路上的司机和乘客，饮食是个问题了，大家又饥又渴。附近的山民看到了这一商机，便煮了鸡蛋，摘了黄瓜、西红柿，拿到公路上来兜售了。还有扛着瓶装纯净水的山民，一拨一拨向公路上走来。来了就有人买，尽管东西都加了价，甚至贵得离谱，人们却还买得很利索。

盘山而卧的汽车阵之间，在这个时候，穿插着聚拢起草草吃喝的人群。大家议论着前头的塌方险情，又议论着唱信天游的阎小样。阎小样从离自己很近的一些人嘴里听得到。

他们说了："嗓子太亮了，像摇响的铜铃铛。"

他们说了："看啊，你看么，人家……人家是什么，是一对对吧。"

瞎说八道。阎小样和宋冲云在心里排斥着他人的议论，却都没有从嘴里说出来。在这样的情况下，便是与人说，大概也是说不明白的。

有胆子大的人，来给阎小样献花了。也是从坡梁上采来的蓝花花和山丹丹……只一会儿的工夫,便来了八九个人,他们献的花,与阎小样先前采来的花堆在一起,几乎要把阎小样埋起来。

幸运的是,前头的塌方清理完工了。

受困于山野的汽车,又都缓慢地向前蠕动了。这时,太阳已经落山很久,如丝如缕的夜幕,黑沉沉地笼罩了整个山地。蜿蜿蜒蜒的汽车阵,前看不见头,后看不见尾,只有亮着的车灯,像一条明亮的火龙,在曲里拐弯的山道上,逶迤前行。

车过灯火通明的黄龙县城,有些汽车滑出了长长的车龙,钻进了喧嚣的县城街道;更多的汽车,依然开足了马力,向着前方疾驰。

宋冲云、阎小样乘坐的普通客车过黄龙县城时,连车速都没减,迅速地穿城而过。它的目的地是西安。因为滑坡受阻已经耽搁了不少时间,那位曾经十分霸蛮、后来又有点儿自嘲的司机,现在是一副聚精会神的模样。他两眼直视着车窗前方,加速了,减速了,左打一把方向,右打一把方向……车上的乘客,在这样的情况下,也没了抱怨和不满。车厢里鸦雀无声,只听见汽车的四轮碾压着沥青路面,向前滑动时发出的"吱吱"的摩擦声。

已是深夜两点钟了。

宋冲云和阎小样他们乘坐的汽车,这才驶进了西安城北汽车站。疲惫不堪的乘客鱼贯而下,拖着各自的行李,走出了汽车站的大门,剩下宋冲云和阎小样,还待在熄了许多大灯的候车室里。

阎小样抬眼看着宋冲云。她的身份她知道,在这里,她是不能说话的,唯一能做的,就是听从宋冲云的安排。

女监就在距离城北汽车站不远的地方。高墙上安装的探照灯,在黑漆漆的夜里,显得特别刺眼,一会儿扫向东,一会儿扫向西,强烈的光柱,像是一把飞扫的钢刀,把沉沉夜色割得支离破碎。

宋冲云朝着女监的方向看了一眼,有点儿无奈地说:"今晚,咱们就在候车室里过夜吧。"

是的了,这时候便是去了女监,人家又怎么接收阎小样这个服刑犯呢?而这,对于阎小样来说,似乎又是个求之不得的机会——她可以在监狱外边,度过一个有着人间烟火味道的夜晚。

阎小样笑了,是种发自内心的笑呢!

宋冲云看到了阎小样的笑,他被感染了,竟然也情不自禁地微笑了。整整一天多的时间,作为一个押解罪犯的公安干警,他对自己押解的这个女犯阎小样,在心理上发生了多么大的变化啊!他希望阎小样不是罪犯,而且她也不该是个罪犯。然而阴差阳错,她却无法选择地成了一个杀了人的罪犯。在保安县城,民间是有大议论的,有人认为阎小样是谋财害命,想要继承顾长龙的遗产。法庭上,公诉人也是这么说的,幸亏法官没有采信,说是证据不足;如不然,阎小样怕是性命难保了。当时,宋冲云也曾这么想过,看来他是想错了,新婚之夜……阎小样应该只是过失杀人,她是没有一点儿主观意图。案子判下来了,判得这么重……宋冲云自觉有了一种责任,他想,他该为这个不幸的姑娘做些什么。这个念头一旦在心里萌生出来,宋冲云沉重的心情一下子就轻松了许多。身负重刑的阎小样,她好像并不把那个重刑当回事,对生命、对自然还是保持着她天然的乐观。这是可贵的,太可贵了。

宋冲云说话了:"饿不饿?走,到候车室外边找些吃的去。"

很听话地,阎小样跟在宋冲云的身后走出了候车室。

那里是一个烧烤摊呢!

摊主戴着一顶白帽子,双手各抓了一把串了牛羊肉的钢钎,在一个炭火槽子上烤着。他把肉正烤一阵,又反烤一阵,还不断地向烤肉上撒着盐、辣椒末儿、孜然末儿,使这些调料极尽可能地浸入烤肉里去,好让食客充分享受。

宋冲云和阎小样嗅到了烤肉的香气,相跟着到了烤肉摊前,拣了两个无人坐的马扎,凑在一处坐了,招呼摊主给他们烤了一把羊肉,同时还要了两瓶啤酒。香辣的烤羊肉送到他们的面前,两人便一口啤酒、一口烤羊肉地吃喝起来了。宋冲云吃得豪气,喝得豪爽,不像阎小样总是细细地嚼,慢慢地喝,这就惹得宋冲云要催她了:"这肉很好吃的,好好吃!""这酒很好喝的,好好喝!"

这可都是最平常不过的关心呢，在阎小样看来，却是十分珍贵和奢侈的。"我是个夺人性命的犯人啊！"阎小样已经没有大的奢求了，能获得这样平常的关心，也让她刻骨铭心、至死不忘了。

在灯光昏暗的候车室里，宋冲云和阎小样选择坐在屋角的一条长排椅上。他们有一搭没一搭地说了些话。宋冲云问阎小样："你不喜欢顾长龙吗？"阎小样说了，说她说不上喜欢不喜欢。宋冲云就又说："你是不知道，顾长龙要娶你，全县都轰动了，都说你是个福人呢。"阎小样感到悲哀的就是这句话。她说这个福，咱不会享。宋冲云就说她："不会享咱就不享啊，你咋能要人家的性命呢？"阎小样就很无辜地说："谁要他的性命呀，他喝瘫了，手一拐他，他就倒了，倒在铁艺茶几的尖角上，把人给碰没命了。"宋冲云说："那你该给120急救电话报告的，为什么就不呢？"阎小样说："我是没有想到，人的性命咋就那么脆弱呢？就只那么一碰，一条命就没有了，我也是后悔，也是不知当时咋不给120急救电话报告……"原来一说就伤心的话，在这个特殊的晚上，无论宋冲云怎么说，自己怎么说，阎小样都不再伤心了。好像他们所说的，是另外一个人的事情。

说着话，阎小样先睡着了……到她醒来时，看见宋冲云也睡着了。这时的手铐，一端还铐在宋冲云手腕上，锁着阎小样的那一端，却空空地吊在大排椅的一边……阎小样眼盯着那端空悬的手铐，不知道宋冲云是有意呢，还是无意。要放她走？这可是太出人意料了！阎小样真想站起身来，一走了之……监狱是不好坐的，而且是个死刑缓期两年执行！这么想着时，阎小样就还真站了起来，向后退了两步。也就仅只两步，阎小样就又站住不动了。她想她不能跑。这一跑，她要罪加一等，宋冲云也是要承担责任的，还有住院做了手术的谷又黄……他们该是幸福的一对儿呀，她不能破坏他们的幸福。于是，阎小样又走回长条排椅前，坐下来，把悬空的那一端手铐，学着宋冲云的样子，给自己铐在了手腕上。

阎小样想，宋冲云打开她手腕的铐子，一定是考虑到她受伤的胳膊了。他不想让她太受罪。

天亮了。宋冲云从深睡中睁开眼睛，他看见阎小样坐在自己的身边，静静的，一动不动。昨夜的啤酒，把他喝得有点儿晕。他只记得在候车室落脚时，手铐并没有铐着阎小样，现在却铐在了阎小样的手腕上。他知道是她自己所为，因此，对她就更敬重了。

从长条排椅上坐起来的宋冲云，揉了揉眼睛，说："走吧，该给你换药了。"

被一把手铐和宋冲云铐在一起的阎小样，跟着宋冲云，去了附近的一家医院。医生给阎小样的伤口换了药。接下来呢，没有啥事可以耽搁了，宋冲云应该押着阎小样，到省女子监狱去交差了。可是宋冲云却没有，他和阎小样出了医院的大门，抬头往湛蓝如洗的天空看了一眼，低下头来吸了一口气。

宋冲云说："今日是个响晴天哩！"

阎小样听出了一些蹊跷，说："是啊，是个大好的天气。"

宋冲云便乐了一下。他说了："咱们进城里去，去看钟楼怎么样？"

阎小样就有了些异样的感觉，她说："去看钟楼？"

宋冲云说："去看钟楼。"

这是一个意外呢。阎小样早就有去看钟楼的梦想。过去，陕北距离西安太远了，阎小样只把看钟楼的想法深深地埋在心底，从来没有给人流露过。成了杀人犯以后，她到了西安，心里又触碰了那个念想。她想去看钟楼。昨夜歇在候车室的长排椅上，她做了一个梦，梦见的就是钟楼。她兴高采烈地登上了钟楼，在钟楼上跳着、叫着，最后还敲了那个大得吓人的大铜钟。

不敢想，宋冲云咋会知道阎小样心里的念想呢？

手向路边扬了一下，就有一辆绿色的出租车滑到了宋冲云和阎小样的跟前。他们俩的手臂有手铐连着，便手臂连着手臂地坐了上去。

在出租车上，阎小样仍然激动着，但她还是不解，就问宋冲云："你怎么知道我想看钟楼？"

宋冲云淡淡地笑着，说："昨晚在你的梦里。"

阎小样说:"我说梦话了?"

宋冲云说:"你说呢。"

十四

梦想中辉煌高大的钟楼,一旦被周遭新建的高楼大厦所包围,就显得有些矮小和委顿了。即便是这样,阎小样亦感到极大的满足。

在宋冲云的陪同下,一步一步……阎小样登上了庄严古朴的钟楼。她的心激烈地跳动哩,她多想如同梦中那样欢蹦乱跳、高声大叫啊!但她忍住了。一直转到钟楼西北角的黄铜大钟前,都已捉住了悬在大钟前的木制钟锤,她却还忍着,没有敲响大钟。

宋冲云鼓励她了:"敲吧。"

阎小样摇着头。

宋冲云说:"有什么心愿,你可敲钟自许的。"

阎小样仍然摇着头。

对将要走进女监服刑的阎小样来说,她还有什么愿要许呢?她不知道。她只觉一路从保安县到西安城,现在似乎已经把她残存在心里的一个大愿望圆满地实现了。

阎小样清楚地知道,她是想被人爱的。

一路之上,波折不断、困难不断,而那所有的波折和困难,好像都是为她阎小样预设的,使她在波折和困难中,点点滴滴地,享受被人爱的滋味,甜蜜、温暖,她知足了。

是家婚纱摄影楼呢!

阎小样从钟楼上看过去,西南角是富贵堂皇的钟楼饭店,西北角是绿草匝地的钟楼广场,东北角是古朴庄严的邮政大楼,东南角是时尚感扑面的开元商城……这一切都是那么光彩迷人,阎小样看得眼睛眨也不眨。她看着,努力地看着，亮闪闪的一双眼睛，倏地被一家婚纱影楼吸引了。面朝大街的玻璃橱窗是宽大的，是透亮的，里边满是做工精良的婚纱，有几件就穿在模特身上，真是太漂亮了。当初顾长龙要娶阎小样，是要带她来西安选购婚纱、拍摄婚纱照的，可她没有心思穿婚纱，更没有心思拍婚纱照。然而今天、此时，阎小样太想穿上漂亮的婚纱，拍一张漂亮的婚纱照了。她用眼睛看着和她并肩站在一起的宋冲云，热切地征求他的意见。

宋冲云从阎小样热切的眼神里读出了她的愿望。他没有说话，用铐着手铐的手，拉了一把阎小样，从钟楼上下来，直接去了那家挂牌为"新新娘"的婚纱影楼。宋冲云解开手铐，阎小样选了一套自己喜欢的婚纱换上，就由一位化妆师引领着，坐在一面竖在墙面上的镜子前，又是打粉底，又是描唇膏，又是修眉毛，收拾得宋冲云都快不认识了。

一个脱胎换骨了似的阎小样满脸羞涩地站在宋冲云的面前，使他感到手脚无措。

化妆师就在旁边催促了："别呆站了。坐到镜子前来，我给你也补些色。"

宋冲云听得出来，化妆师是在催促他了。他脸红了一下，还缩了缩脖子，说他不补色了，就给阎小样照相。

这太新鲜了，在婚纱影楼，从来都是双双对对照相的，他们俩倒好，只是给阎小样照相。听到这样的话，婚纱影楼里的情侣们，几乎把他们的眼光都聚焦在宋冲云和阎小样的身上，满脸的不理解。

宋冲云慌乱着，他的脸上竟然急出了一层细汗。

阎小样进摄影棚照相去了，宋冲云则从影楼亮闪闪的大门里出来，站在人来人往的大街上等着阎小样，等得他的肚皮都"咕咕"叫了，才等出了阎小样。于是呢，他又陪同阎小样，去了钟楼旁边的肯德基快餐店，去吃炸鸡翅、土豆泥、甜玉米、汉堡包……正吃得味浓的时候，宋冲云的手机响了。这一次不是短信，而是通话，好像还不是谷又黄打来的。宋冲云刚一接听，脸上立即像涂了层霜似的严肃起来了。

阎小样只在宋冲云把手机往耳朵上扣着时听到半句话："请报告，你现在在什么地方？"

宋冲云回答了："西安。"

接下来，手机里都说了什么，阎小样一句都听不见了。她能听到的全是宋冲云"对对对，是是是"的承诺声了。

阎小样猜想，一定是组织上的查询电话了。她取来餐盘上的纸巾，擦了她的油嘴和油手，就把双手交给了宋冲云，看着他迟疑地、无奈地掏出手铐，铐住了她的双手。

宋冲云应该知道，他今天犯了纪律——严重地犯了纪律啊！等把阎小样押解进监狱，回到陕北的保安县之后，他是一定要受到处分的。轻则蹲几天禁闭，重则会脱了他的警服……这样的结果，宋冲云想过了，但他由不了自己，他给自己说，要处理就处理吧，蹲禁闭、脱警服，就由组织决定了！

省女子监狱在宋冲云纷乱的思绪里出现在眼前了。黑漆漆的大门，关得紧紧的。两个背着长枪的监管人员，在黑漆的大门前，一左一右，笔直而威严地站立着。阎小样站在门前，她心如止水，看着宋冲云与省女监的接收人员交接手续……一切都结束了，宋冲云和省女监的接收人员，双双来到她的面前。阎小样想得到，宋冲云是要把她手上戴着的手铐解下来，带回保安县去的。而她，将戴上省女监的手铐，走进黑漆的监门里，老实地服满刑期……

宋冲云把她手上的手铐打开了……不是鬼使神差，而是心的提醒吧。在这一刻，阎小样向宋冲云提出了一个要求。

阎小样说："谢谢你了！我能抱你一下吗？"

宋冲云向阎小样走近了一步，在阎小样展开双臂抱住他的时候，他也伸开双臂，把阎小样紧紧地抱住了！

阎小样蜂鸣似的说："答应我，把我的婚纱照取来送给我。"

2007年8月14日草于西安大莲花池
2007年9月30日改于西安后村

含泪的信天游

一

"梦想是美好的,但是实现梦想的历程却是艰难曲折的。"惠麦花后来见了我,张口就是这样一句话,让我瞠目结舌。不过我得承认,她说得对,说出了年轻人心里的话。

回忆起认识周占春的情形,惠麦花说,那时她刚刚回到老家,弄了一群羊在山上放。周占春下乡到他们村里来,远远地就喊上了。他喊:"我说大姐呀,你这群羊雪白雪白的,可是太喜人啦!"周占春被惠麦花的羊儿所吸引,他让司机把小车停在半路上。他走下来,一路小跑,冲着惠麦花和她的羊群撺了过去。但他跑得太急了,又不识坡梁上的草其实是很滑的,大声喊了一句话后,还要往前跑,却把自己一脚走失,滑趴在草坡上,哧溜溜直滑到惠麦花的脚背后,把惠麦花吓了一跳。

这是谁呀?惠麦花回过头来,只把周占春看了一眼,便忍俊不禁起来。她看滑趴在她脚后的汉子,说白不白,说胖不胖的,衣着很是不俗。她就估摸,汉子该是脱了产的干部呢。不过,惠麦花不憷干部。他干部长着两条胳膊两条腿,咱自己也是呀,一条都不少。何况惠麦花是见过些世面的,知道干部也是人。你把你的干部当,咱把咱的羊群放,干部不欠咱的啥,咱也不欠干部的啥,两清着,各奔各的日子,你说咱又憷的谁呢?

说白不白,说胖不胖的汉子周占春把自己滑趴得红了脸。

惠麦花不想让人红脸,就说:"要贩羊吗?"

周占春挣扎着往起爬,说:"我像个羊贩子吗?"

惠麦花摇头了,说:"不太像。"

周占春站直了身子说:"算你眼力好,我攮着你……你……你来,是看你的羊群叫人喜欢。"

惠麦花笑了,她最乐意人说她的羊群好了。

周占春奇怪自己怎么就吞吞吐吐的。平常日子里,他可是个很会说话的人呢,机会来时,滔滔不绝,大说几个小时,一个磕绊都不打。面对这样一个牧羊的女人,他却没来由地心跳心慌,说话也就不太流利了。这似乎不难理解——碧绿的一面草坡上,就这一群白绵羊,就这一个俏女子,而她素素净净、娉娉婷婷,眼神一个流转,就是一波秋水荡漾,白胖的汉子周占春还能怎么样?也就只有心跳心慌,吞吞吐吐了。

坡垴里黑黢黢一片窑洞,七上八下的,显得十分散乱。有一棵残了半边树冠的老枣树,树上架着一个高音喇叭碗。村支书陶本纯哇啦哇啦的喊话声,正从喇叭碗里顺风传了过来。

陶本纯说:"乡上要建白兔娃甜瓜集散中心,是咱新任乡长周占春的一项英明决策。咱们乡的白兔娃甜瓜是咱们乡的特产,咱们要支持周乡长的决策,把咱们的特产白兔娃甜瓜推出门去,推到西安、北京、上海去,给咱们老百姓增加收入……过去,咱们后沟门村不习惯种植白兔娃甜瓜,这是咱们保守,咱们不开放,以后咱们也要种白兔娃甜瓜。"

周占春听着高音喇叭里传来的话,脸上的红色渐渐褪了下来。他没再照着楚楚动人的惠麦花看,而是脸带微笑,朝着坡垴里的村庄看了。

正是周占春的这一看,牧羊女子惠麦花心里有了底,猜他可能就是陶本纯在喇叭上说的新任乡长周占春了。

惠麦花可是敢说话的人。她要试探一下这个汉子,就说:"看把喉咙喊破了!都不抵众人的骂。"

乐滋滋听着高音喇叭喊话的周占春听了惠麦花的话,就又转回头看她,并且很有些不理解地问:"众人的骂?众人骂甚哩?"

惠麦花说:"骂乡上胡成精哩。"

周占春说:"乡上也是为了群众致富呀。"

惠麦花说:"别是打着为了群众致富的牌子给自己捞政绩吧。"

周占春显然不爱听惠麦花这么说,他抬脚把一块小小的碎石子踢飞,落在吃着草的羊群里,惊得羊群一阵纷乱。

惠麦花不高兴了,说:"你是谁呀?"

周占春说:"周占春。"

惠麦花调整着她的面部表情,说:"乡政府新任的乡长呀!"

周占春说:"知道了就好。"

惠麦花说:"知道了。你当你的乡长,我放我的羊,咱没甚话说。"

周占春说:"是吗?这可由不得你,我想和你说了,你就得和我说。"

惠麦花没等周占春把话说完,已经转过身不再理他,扬着手里的一把放羊铲,在草坡上铲了一撮土,抛向身前的羊群,撵着羊群向前边的草坡上转去了……正往前转着,还扯开她银铃一样的嗓子,唱起一曲信天游。

惠麦花唱的信天游叫《背对黄河面对着天》:

背对嘛黄河哟面对着天,
陕北里个山来呀山套着山。
毛垴子么柳树河曲湾湾生,
一方的水土嘛养活一方人。

二

新官上任三把火。从县委办公室副主任位子上下到榆树湾乡做了乡长的周占春,可不能乱烧火,但也不能不烧火。怎么办呢?他就连着召开了几个会。先是乡干部务虚会——让大家就榆树湾乡的发展方向,畅所欲言,集思广益,理出一个基本思路,再拿到乡长办公会上,定一个有突破性的目标——这就把全乡的村级干部都请到乡上来了。他要统一思想、统一行动,大干一场。

大干个什么呢?种植白兔娃甜瓜,号召大家都种,种出个规模来。

全乡一十五个村，村支部书记、村主任三十个人，再加上乡政府参加会议的人员，挨挨挤挤，坐在乡政府不是很大的会议室里。谁是什么表情，周占春的眼睛扫一圈子，就都看得清清楚楚……周占春感觉得到，他确定下来的这一工作目标，并不是谁都同意的。

乡党委书记蔡守训似乎就保留意见。周占春和蔡书记沟通的时候，蔡书记只说自己血压高、血糖高，并说已向组织反映了，希望把自己调回县上去，升不升职无所谓了，担子轻一点，把身体补一补。便是这全乡村级干部大会，身为乡党委书记的蔡守训都推辞了，口口声声说："你弄你的，甭管我。"这是什么话呢？周占春听不明白，还进一步问了蔡守训书记。

当时，蔡书记收拾着他的一些随身零碎，说他要回县上去。

周占春跟在他的屁股后边，说："书记呀，你说明白一点儿，是支持呢，还是有所顾虑？"

蔡守训回头看了周占春一眼，继续收拾他的随身零碎，说："看你这话问的，我放手让你干么，你说是个啥？"

周占春听得心里还是没底，但他不好再问蔡守训书记的态度了。他狠了心地想，蔡守训在基层泡了几十年了，用蔡守训的话说，泡的是群众的汗水、苦水和泪水呢。蔡守训在里头泡得心都软了，不敢再泡下去了。"你想脱身，那你想办法脱身去吧。你不想干，我干么，我刚下来，不仅要干，还一定要干出些名堂来的。"

会场上，村干部和参加会议的乡干部，都把眼睛盯在周占春的脸上。他是越讲话越有激情，三大六小九分段，讲得唾沫星子乱溅，把规模化种植白兔娃甜瓜的好处说得天花乱坠，最后还把嗓门提高了八度："从今往后，我给大家说哩，我也就是榆树湾乡的人了。咱不但要种植好白兔娃甜瓜，还要抓紧时间，在乡里建造一个白兔娃甜瓜集散中心。我想问一声大家，这样好不好？"村干部们已经考虑到钱的问题了，都没有跟着回答，只有几个乡上干部呼应了几声，而且也很不整齐。这不是周占春想要的效果，他就又大声地问大家了，声音很高，让人听了，还以为他撕破了喉咙。

周占春问："都应一声，好不好？"

结果与前次一样，还只是乡干部应了他。周占春的眼珠子就在会场上转开了。他的眼珠子似乎就是一把刀，转到谁身上，谁就会被割伤。大家都拼命地躲着他的目光……这么转着，就转到陶本纯的身上了。在这一刻，好像不仅周乡长的眼珠子转到陶本纯的身上，会场上的村级干部把眼珠子也都转到他身上了。

这不奇怪。在榆树湾乡的村支书中，敢挑头说话的，还就是他陶本纯。别说是新来的乡长周占春，就是一直在乡上当家的蔡守训，陶本纯该驳他的话时，照样往回驳。原因是，他并不热衷于村支书的位子。在他们后沟门村里，最让人头痛、最"不受人待见"的，就是他这个村支书了。他不想因为乡上的一些毫无边际的事情，让自己在村子里受刁难。两年前，由乡党委书记蔡守训做决策，撤销村级小学，并到几个优质教育点上，以便提高小学教育质量——咋说这都是个不错的决策哩——然而在并校规划中，他们后沟门村的小学被撤掉了，这使村里的后生女子要跑很远的路去上学，太不方便，也太让人操心了。陶本纯就联络一些被撤掉了小学的村支书，集体去了乡政府，找到蔡守训，提出辞职。尽管蔡守训苦口婆心，分别做他们的工作，没有让他们辞了职，可他陶本纯"刺儿头支书"的名声，还是落下了。

现在，乡长周占春的目光刺在了他的身上，村干部们的目光也盯在了他的身上。他陶本纯可该咋办呢？过去，他不把村支书的位子当回事，如今不同，他倒很在乎这个位子了。他在众人的盯视中无可奈何地低下了头。陶本纯低头是想躲过发言的，周占春却不想让他躲过去，在他低头的那个瞬间，逼他说话了。

周占春点着他的名说："你说呢？陶支书。"

陶本纯还能躲吗？不能躲了。他说："乡长点名让我说我就说一点儿。我说的是钱。一文钱难倒英雄汉，乡上又是号召大种白兔娃甜瓜，又是要建白兔娃甜瓜集散中心，这我没有意见。原因大家都知道，后沟门村从来没种过白兔娃甜瓜，乡上总不能一刀切吧？再是建造白兔娃甜瓜集散中心，不能像吹气球一样，张嘴吹就能吹出一个，这是要花钱的，钱从哪儿来？"

后边两句话，陶本纯还没说出口，一个吹气球的比喻，就把在场的村干部们都惹笑了。

大家笑着，周占春没有笑。

周占春很有耐心地等大家都不笑了，这才清了清嗓子，接着陶本纯的话说开了。周占春没有批评陶本纯，尽管他阴得能拧出水来的脸色告诉大家，陶本纯的话让他心里很不爽，可他没有表达出来，反而还把陶本纯表扬了几句。周占春表扬陶本纯有思想，遇事想得细，一个"钱"字还真把他提醒了。这么说着，周占春停顿了一下，用他刀子一样的眼神，把参会的乡干部和村干部都不轻不重地刺了一遍，接着又说话了。

周占春说："我给大家交个底，乡上没有钱。"

会场上起了一阵小骚动，大家重复着周占春的话："没钱……没钱……"

周占春没理会场下的小骚动，说："没钱就不干事了？我给大家说哩，正因为咱们榆树湾乡穷，没钱，咱才要干事的。钱不会从天上掉下来，我的同志们，咱们建造白兔娃甜瓜集散中心，我请人算过账了，每个村民拿出一百元，咱就堂堂皇皇建造起来了！"

陶本纯听到这里，就只有目瞪口呆，暗自叫苦了，恨不能抬手抽自己一嘴巴。

后来，会是怎么散的，乡长周占春还说了哪些话，陶本纯全都不知道了……看见会议室的人都抬屁股，陶本纯也抬了屁股；别人都轻轻地挪着凳子，他却把凳子撞得翻了个儿，"啪啦啪啦"的巨大声响，让参会的村干部和乡长周占春，又都把眼珠子盯在了他的身上。他低垂着脑袋，两只眼睛在地上找，如果找得见一条地缝，他想他是一定会钻进去的。

地上没有地缝，陶本纯把头抬起来，一眼就看见乡长周占春威严的眼睛，像一只猫看着一只已成猎物的老鼠一般看着他，这只猫还轻轻地动了一下嘴唇。

周占春说："你跟我来。"

这是猫的兴致。猫逮住一只老鼠，才不会一口咬了吞进肚子里。一般的情况是，猫要把成为猎物的老鼠要一要的，要得老鼠筋疲力尽，服服帖帖了，再慢慢地把它嚼着吃进肚子里。陶本纯缩着头，吊着肩，真像一只被逮住的老鼠。他跟着周占春，从村干部们中间走过去，走进了周占春的办公室。周占春没有让他坐,他就没敢坐,周占春没给他说话,他也没敢多嘴说话,就那么聋子哑巴一般,站在周占春的办公室里,眼睛跟着周占春转。周占春洗了一只茶杯,添了茶叶添了水,放在了办公桌的一端,然后坐在办公桌前的黑色皮椅上,翻开一个蓝皮的文件夹,一页一页地读着文件夹里的文件。翻看了好一会儿,把陶本纯翻看得腿都软了,额头上冒出了虚汗,周占春这才把头抬了抬,看着陶本纯说话了。

周占春说:"坐呀。"

陶本纯坐下了。

周占春说:"喝茶呀。"

陶本纯就伸手端来茶杯。

周占春说:"我听说了,你在村干部中很有威信的,乡上干个什么事,你不高兴了,就聚拢几个村支书,来乡上闹集体辞职。我看出来了,这一次你又不高兴了。好啊,你也别找他人了,你现在就写辞职报告,我现在就批准你。"

周占春说着,还把他办公桌上的一叠纸和一支笔推到陶本纯的跟前。

陶本纯笑了,说:"我怎么不高兴了?乡长大人,你可不能冤枉人。冤死了我你要赔命的。"

周占春说:"那你说,你是怎么个高兴法?"

陶本纯说:"像您乡长在会上表扬我的那样,回村上去,把今天会上决定的事完成好。"

周占春说:"那好,过两天我可要去你村上看的。"

陶本纯都走到门口了,周占春从自己打开的红猫烟盒里,抽出一根香烟,也走到门口,把烟架到了陶本纯的耳朵上。

三

被召到乡上开会的村干部都还没有走,都还等在乡政府的门前,等着陶本纯出来……好像大家都为陶本线提着什么心似的。其实呢，大家心里都明白，乡长周占春就是一只老虎。他要吃人，也得把人调顺了吃呀，他不至于人还横着，就把人生吞下去吧。要是那样，人是没命了，他吃人的老虎也得被噎死。因此，大家虽有担心，却并不是很担心。大不了，不干他二爷的个村支书、村主任了，谁还少下啥了？距离城镇近便的村子，是人不是人，都争着抢着当村干部哩，如光着屁股过河一样，你不刻意去捞，捎带着也挟他一尻渠的水哩。有利可图，自然有人要干。如果没利可图，恐怕就另说了。都在村一级当着干部，乡上开会什么的，大家私下多有交流。别人的情况怎么样，都碍着情面没有说，陶本纯却给大家亮了底。他说在后沟门村当了几年村支书，受气是一个方面；另一方面，为了支应这样一个任务、那样一项工作，他自己把家底儿都赔进去了，不得够，他还借了一河滩的债，他是把这个村支书干得够够的了，确实不想再干了。看阵势，这个新上任的乡长周占春，可不是个省油的灯。他把陶本纯会后叫进办公室，陶本纯不脱一层皮才怪哩！陶本纯会怎么办？他是要顺着周占春的脾气走呢，还是要逆着周占春的脾气来？过去给乡上领导办难看，闹集体辞职，让乡上领导兼顾一下村干部的困难，这可都是陶本纯领的头。咱们不管陶本纯这一次怎么干，给他烘一烘场子，抬一抬气势，总是应该的吧。如果他辞职不干，还真有几位村干部，嘴上虽不明说，心里想着是要和陶本纯一起辞职不干的——他们不干了，还有的是挤破头想当村干部的人。

灰头土脸的陶本纯，从乡政府略嫌破败的大门里走出来，一下子就被等在这里的村干部们围住了。

七嘴八舌，都是关切的问候。

有人说："他把你怎么了？"

有人说："你不会辞职吧？"

陶本纯听得懂大家对他的关心。一起当村干部，这一点儿感情还是有的。而且他能断定，乡长周占春真要把他怎么样了，或是他自己辞职不干了，一伙子的村干部里，肯定会有几个人和他绑在一起，跟周占春弄个高高低低的。陶本纯没有回答大家的问题。他看见惠名标，这个和他在后沟门村搭班子当村主任的人，没在围着他的村干部之中，而是远远地站在一边，正一眼一眼地看着他，看他会有什么动作做出来。

刚才还比较混乱的思路，一下子被惠名标的冷眼刺激得清醒起来了。陶本纯想，他不能乱说话，他必须有保留，有掩饰。

陶本纯说："乡长请我喝茶哩。"

这是围着他的村干部没有想到的一句话。大家听得有点儿发愣。陶本纯就笑着又说了一句话。他在说这句话时，还从耳朵背后取下一根香烟让大家看，说是一根红猫烟哩。大家就伸着脖子，争先看他手里的红猫烟。

陶本纯说："是红猫烟吧，啊？乡长还请我抽烟了呢。"

围着陶本纯的村干部，个个都如吹胀了的气球，而陶本纯的话就像一根看不见锋芒的针，所有的气球一下子被都扎破了，纷纷萎缩了，垂了头，各朝自己要走的路上走去了。

陶本纯紧走了几步，撵到惠名标的身边，把乡长周占春给他的那根红猫烟塞到惠名标的手里，给他说："你知道，我不抽烟的。"

惠名标是要客气一下的，不客气就不是他了。他用手推着陶本纯送过来的烟，说："新乡长给你的香烟嘛，我怎么能接。"

陶本纯说："给我又耍心眼儿了。"

惠名标这才接过红猫烟，认真看了看牌子，非常珍惜地叼在两片嘴唇之间，打火点着，小心地抽起来了。

村子上的干部，除了陶本纯这个支书、惠名标这个村主任，还有一个会计叫穆文化。村里许多事都是他们三个人研究确定的，人称"后沟门村三大员"。

"三大员"三个姓，什么事都在这三姓之间较量，这就是后沟门村的"村情"了。譬如"三大员"中，陶姓有人当了支书，村主任就该姓惠的当了，自然还要选一个穆姓的人出来拨算盘。维持这样一个简单的平衡，对办好村上事务，还是有好处的。

现在是陶本纯担着村支书的责任，他就是后沟门村理所当然的"一把手"了。但他不想一手遮天，遇事是一定要和村主任惠名标商量的。会计穆文化要在的话，也不会被落下，三个人三张嘴，一块儿商量个结果出来。眼下穆文化没来乡上参加会议，就他和惠名标两人，他就只好和惠名标先商量了。

陶本纯说："会上的情况你都看到了，又要从村民口袋掏钱，你说这掏得有理吗？"

抽着陶本纯转递给他的乡长的红猫烟，惠名标受活得猛咂了一口，把烟吞到肚子里，闭着嘴，任凭白雾一般的烟气，从他的两只鼻孔里慢慢地逸出……直到出完了，没有一点烟气了，他才开口说了话，说的却与陶本纯问他的话无关。

惠名标说："狗日的红猫烟还就是好抽。"

陶本纯太知道惠名标的心思了。这个比自己大了几岁的人，是很不服气自己在前头当着村支书的。陶本纯无论和他商量什么事，都如对牛弹琴一样，很难获得正面回应，这已成了惯例。陶本纯也并没有想要得到他的支持或帮助，之所以还要和他商量，无非是要告诉他，让他知道自己的想法，免得以后他说不知道，不认账。

如往常一样，陶本纯就还像他们陕北的说书艺人一样自说自话了。他说："理不理的，我说你说都没用。周乡长委派下来了，你算一下，咱们村二百六十口子人，一人一百元，那可就是两万六千元呢！咱从谁口袋里掏？咱掏得出来吗？"

惠名标依然不接陶本纯的话茬，抽着红猫烟，头抬得很高地往回村的路上走。要出乡街口的时候，他看见一个卖菜的摊子，就走过去买了一把葱，又称了两根黄瓜，外加三个西红柿，让卖菜的给他装在一个蓝色的塑料袋里，提着走了两步，却又回过头来，给卖菜的说了两句话。

惠名标说："你不知道，你发财的日子可是到了。"

菜摊摊主和惠名标很熟，但没听明白他的话，就顺嘴问了他："我就是卖个菜，能发甚的个财？甭取笑我咧。"

惠名标就给他认真地说了："告诉你，咱乡上要建白兔娃甜瓜集散中心，你是轻车熟路，改卖菜为卖白兔娃甜瓜，怕你赚的钱数不过来，还要请人帮你数哩。"

离开几步的陶本纯,把惠名标的话一字不差地听进耳朵里去了。他不由自主地皱了皱眉头,手搭在额头上,把天上的日头看了看,就甩开大步,独自在回村的路上往前走去了。

翻了六道梁,过了六道水,再转一道湾,就能看见他们星散在两面土坡上的后沟门村了。陶本纯再紧着走上一程,他就能回到自家的窑院里,坐在自家的窑炕上,端一碗凉开水,美美地喝几口,解一解渴,然后对着窑炕桌子上摆着的麦克风,向全村人宣传种植白兔娃甜瓜和建设白兔娃甜瓜集散中心的事,并号召全体村民舍小家顾大家,完成乡上集资建设白兔娃甜瓜集散中心的任务。他正边走边想,却听到一曲美妙的信天游从梁背后飘飘荡荡地传来。

陶本纯听得清楚,那是惠麦花唱的信天游呢。除了她,后沟门村其他人是唱不出来那个味儿的:

四十里那长涧哎羊羔羔的山,
好婆姨嘛就出在我沟门门畔。
沟门门畔起身哟沟门门底站,
沟门门底下么我把朋友呀看。
…………
不唱了那个曲子儿我不好盛,
我唱上了那个曲子儿就想亲人。

陶本纯是十分爱听惠麦花唱信天游的。她现在唱的这曲《唱上曲子想亲人》,陶本纯不晓得听了多少遍,每一次听到,他的心就都像泡在醋里一样,又酸又软,忍不住就要脚斜过去——他怀疑惠麦花的信天游就是一根无影无形的绳子,拴在他的手脚上,拽着他一步一步地往过走……此时此刻,陶本纯就又朝着惠麦花的信天游走去了。

陶本纯一头汗水地翻上了梁顶,他看见了惠麦花,还看见惠麦花又壮大了的羊群,在绿油油的草坡上,顶着火亮的太阳,仿佛一片坠地的云彩,悠悠然然地移动着。羊儿们有的叼了一口草嚼着,有的干脆昂起头来,神往地朝惠麦花看。这让陶本纯心里妒忌,心想他要是一只羊儿就好了,可以时时刻刻厮守在惠麦花的身边,听她唱优美的信天游。

四

不用回头,惠麦花就知道陶本纯撵着她来了。

这是起小就有的敏感呢——无论什么时候,只要陶本纯撵着惠麦花来,无论看得见看不见他,惠麦花都感觉得到。在她的意识里,仿佛有一根神秘的线,无影无踪却总是牵系着陶本纯。他心里不敢想她,悄悄地萌动一点念想,惠麦花就都知道了。

惠麦花想陶本纯和她是一样的,她要念想陶本纯了,不给说,他也是知道。所谓的心灵相通、心心相印、心领神会等等美好的字眼,说的就该是这个情形了。

他们长在后沟门村,打小爬草坡放羊,下河滩搂草,前前后后,不是你相跟着我,就是我相跟着你。到了上学的年龄,又前前后后相跟着从小学念到初中,从初中又相跟着念到高中……陶本纯的母亲去世早,他父亲既要做父亲,又要做母亲,偏偏人老实得怎么做都做不到人前面去。在这一点上,陶本纯怎么都不能和惠麦花比。她家是大人多,吃上穿上,自然要比陶本纯优越得多。这样,惠麦花就觉得她很对不起陶本纯,好像她的优越,就是一把锋利的剑,如不小心收敛,随时都会伤了陶本纯。因此,惠麦花有好看的衣服也不敢穿,有好吃的东西也不敢带,还和家里人闹过矛盾,吵吵闹闹,说她就爱穿旧衣服,就爱吃粗粮。上高中时,有一次,他们相跟着从学校回后沟门村,翻过一道坡梁又一道坡梁,涉过一道水涧又一道水涧,走乏了,就歇在一条小河畔,有一搭没一搭地说着学习上的事。

惠麦花惊奇于陶本纯,甚样的数学难题到他眼前,看两眼都像冰遇了火一样，很快就都化开了，而她费上九牛二虎的力气，却怎么都解不开。陶本纯不同意惠麦花的观点。他说："数学难题解快解慢，咱们都解开了。而老师把作文题布置下来，你眼睛眨吧眨就写出来了，写出来老师就夸你写得好。我就不行，我的脑袋里好像装了一锅糨糊，怎么也刨不出一篇好作文来。"

他们说话时面对的小河，曲曲弯弯，是要流过他们后沟门村的。他俩说着就说到了遥远的未来。惠麦花很肯定地说了，陶本纯没甚好操心的，一定会考上大学。还说她看得清清楚楚，西安、北京的大学校门，已为陶本纯敞开了。话题一转，说到自己，惠麦花却不那么自信了。她说她相跟着陶本纯，从小学相跟到初中，从初中相跟到高中，其实都是"陪着太子读书"哩。到时候，陶本纯上大学走了，她还得回到后沟门村来，像他们的祖辈一样讨生活。

惠麦花说得有点儿伤感，把自己说得眼圈都红了。

陶本纯是不同意惠麦花的说法的，他认为前头的路黑着，谁也不知道会是啥结果。也许到时候，惠麦花高高兴兴地上了大学，而他却要留在后沟门村哩。

"呸、呸、呸！"惠麦花对着小河连吐了三口唾沫，说，"你看你臭嘴么，可不敢胡说自己。"

陶本纯说："我是打个比方么。"

惠麦花说："比方都不能打……你听我说，咱可是相跟着，都要上大学的。"

陶本纯说："好么，咱相跟着一起上大学。"

对陶本纯的这个表态，惠麦花是开心的。她掩饰不住内心的高兴，脸上红扑扑像喝了酒一样……惠麦花注意到了，早就注意到了，陶本纯洗得掉色的衣袖上破了两个小洞，一个在右臂的肘关节上，一个在左臂的肘关节上。这可以证明陶本纯学习之刻苦——他是伏案时间太久了，才把左右肘关节处的衣袖磨破了。

惠麦花在她的书包里准备了两块补丁，又准备了针和线，她要为陶本纯的肘关节衣袖补上好看的补丁了。

惠麦花红着脸说:"你看,你的衣袖上破了两个洞,你知道吗?"

陶本纯抬了抬胳膊,用手摸着肘关节处,很有点儿不好意思地笑了。

惠麦花把补丁和针线掏出来了。说:"脱下来我给你补补。"

陶本纯还要扭捏的,惠麦花却已抓住他的衣襟,来解他的衣扣了。陶本纯挡不住惠麦花,就也解着自己衣服上的纽扣,一个一个解开来,还迟迟疑疑地不脱。惠麦花又抓住他的胳膊,把补丁贴在肘关节上,说她手艺很粗糙的,别一针扎进去,把补丁打不上去,倒把他的胳膊扎出一堆血窟窿出来。

没办法,陶本纯只好乖乖脱下衣服来。

脱了衣服的陶本纯,身上袒露着饱满的肌肉,证明他已是个非常成熟的男子汉了。他坐在惠麦花一旁,看着她密针细线地给他缝着衣袖上的洞眼儿,心想,他的这个同乡加同学真是太好了。这么想着,陶本纯觉得他的心怦怦地跳动着,慌乱起来。因此,他想躲开惠麦花一会儿,便悄悄地站起身,向小河下游的一个拐弯处走了走。越走他越觉得身上发热,火烧火燎的,就又脱了裤子,钻进小河里,把水一遍遍往自己的身上浇……他听见惠麦花唱起信天游了,很亲切很优美的信天游啊,还带着那么一点点的忧伤,陶本纯听得陶醉了。

  天上那个白鹅喝不上水,
  拉话话那个不拉话见一见你。
  半碗碗那个黑豆半碗碗米,
  世上的那人儿哟谁也不如你。

惠麦花的信天游一落音,陶本纯忍不住也吼起一支曲子来。陶本纯听得出来,惠麦花唱的是《世上人谁也不如你》,他要吼的就是《好不容易遇到一搭搭》:

二苴苴韭菜嘛那两把把，
好不容易咱们遇到一搭搭；
两杯杯烧酒呀肠子里转，
转来转去那呀咱好把话拉。

那是多么美好的时光呀！陶本纯想起来，就像发生在昨天一样。然而理智告诉他，这已经是十年前的事了，他和惠麦花相跟着上完三年高中，又相跟着参加了高考。正如憧憬的那样，陶本纯考上了西安的一所大学，惠麦花考上了延安的一所大专。他们俩高兴着，后沟门村的乡亲们也高兴着，因为他们俩是后沟门村有史以来头一对双双考进大学的好青年呀！但就在陶本纯怀揣红皮儿的大学入学通知书，准备离开后沟门村到西安去的时候，一个意外的事情发生了。

陶本纯的老父亲夜里寻找两只迟归的小羊羔，从黑咕隆咚的草坡上一脚走失，滚下山沟摔伤了腰脊，趴在窑炕上再也起不来了。

这个突发的事故，像根邪恶的绳子，把陶本纯牢牢地拴在了后沟门村，他不能去西安上大学了。对此，陶本纯是悲哀的，惠麦花也是悲哀的。但有一个暗中看着陶本纯的人，虽说心里也悲哀着，却勇敢地走进了陶本纯的家，帮助陶本纯服侍他腰脊受伤的老父亲。

这个人就是陶本纯后来的婆姨穆杏娟。

这个前任村支书的女儿呀，她不知是受了老父亲的影响，还是自己本来就有心眼儿，觉得怀揣了大学入学通知书的陶本纯，就是老天给她送来的大礼物，她不能让人把这个大礼物抢了去。她撺掇着老父亲，先是发展陶本纯入了党，然后发展陶本纯做了村会计，最后又让父亲让贤给陶本纯，让他当了村支书……很自然的，陶本纯和穆杏娟也成就了终身大事，做了一对称不上恩恩爱爱，却也是后脚踩着前脚走的好夫妻。

惠麦花回到村上来了。

惠麦花这一回来，让陶本纯的心不可避免地起了波澜，他不知道该怎样对待惠麦花了。

悄悄地走近惠麦花，陶本纯说："羊群里又添了几只羔儿。"

早已感知陶本纯走来的惠麦花，仍专心放牧着她的羊群，直到听了陶本纯的话，她才猛地回过头来，说："哦！什么风把陶支书刮来了。"

陶本纯听出了惠麦花话中的意思，她对他是有意见的。是个甚意见呢？陶本纯心里清亮得镜子一样。惠麦花回村后，陶本纯除帮助她承包下撤走了学生的小学院子，惠麦花是怎么发展她的养羊事业的，陶本纯就很少过问了。他得承认，自己是有意无意地躲着惠麦花的。他不能放纵自己，免得惹出没有必要的麻烦来。但是今天，他撵着惠麦花的信天游来了。这是一个表面的理由；从内心深处检讨，他陶本纯是很想惠麦花的，想见她，和她说说话。是的，陶本纯是有太多的话要和惠麦花说呢。譬如眼下，他就很想和惠麦花说说乡长周占春，说说周占春要在全乡大力推广种植白兔娃甜瓜、要在乡政府修建白兔娃甜瓜集散中心的事儿。

陶本纯没有犹豫，他说了："乡上开了会，要大力推广白兔娃甜瓜的种植。"

惠麦花事不关己地应着陶本纯的话，说："是吗？"

陶本纯又说："乡上还要在乡政府修建白兔娃甜瓜集散中心呢。"

惠麦花还是事不关己地说："是吗？"

陶本纯说："你别说是吗是吗，我想知道你对这件事的看法。"

惠麦花听得出陶本纯是真心问她的，而且问得还很心切，她便收敛起事不关己的腔调，很认真地和陶本纯讨论这件事儿了。惠麦花学的是农业科技，在这个问题上，她有资格帮助陶本纯出主意。

惠麦花说："十里水土不同，榆树湾乡有种植白兔娃甜瓜的传统，但咱们后沟门村没有，咱们这里的水土是否适合种植白兔娃甜瓜，这要试种以后才能说。"

陶本纯说："我没有时间试种，乡长周占春点火烧人屁股哩，我是能不能种都要按他的要求种，有钱没钱都要按他的要求掏了。"

五

村组干部就是一个针眼儿——上级政府有分工，千条线万条线，到了村组这里，就都要从这一个针眼儿里穿了。陶本纯听惠麦花的话，他是打定了主意，把态度放积极，到最后能不能种植白兔娃甜瓜，能不能完成周占春派下来的任务——筹够修建白兔娃甜瓜集散中心的钱，就看下面的事态发展了。

当天晚上，陶本纯让他的婆姨穆杏娟烧了两大壶开水，端来老父亲死后留下的铁皮烟盒，招来村主任惠名标、会计穆文化，在他家窑炕顶上一盏昏暗的电灯泡下，商量乡长周占春布置下来的任务。

后沟门村没有村委办公的地方。谁当支书，谁的家就是干部碰头开会的办公室。这是一个现实存在——明面子上看得见的一个现实存在。除此之外，还有一个明面子上看不见的现实存在——他们三大员在一起开会，其实是开不出个结果的，就像陶本纯和惠名标从乡政府回村路上的状况一样。但是该开的会还是要开的，哪怕是个形式，陶本纯也要把这个形式走了，不走就是他陶本纯的错了。

会计穆文化撂下饭碗，先一步来到陶本纯的家。依着穆姓家族的辈分，穆文化是要叫穆杏娟姑姑的，因此他必须把陶本纯叫作姑夫。到了陶本纯的家里，姑姑穆杏娟要给他倒开水，他抢着自己倒了一大杯，看着陶本纯的茶缸里有添水的余地，还小心地给陶本纯的茶缸添了水……这惠名标是左等不见来，右等不见来，陶本纯和穆文化没话可说，就都一口一口地喝着水。直到他俩喝得都出窑门撒了两泡尿，惠名标才像一只警觉性很高的狗一样，脚前脚后地转着眼仁珠子，走进了陶本纯的家。

陶本纯想都没想，就问了他："打牌了？"

惠名标说："打了几圈。"

陶本纯说:"怎么下的场?"

惠名标说:"输了么。不输人家能放我听你开会。"

陶本纯让婆姨给惠名标倒了水,他把铁皮烟盒往惠名标的手边推了推。这只铁皮烟盒,对惠名标是有用的——他抽烟,一到陶本纯家里开会,是一定要卷几个大炮筒子抽的。今天,他却把陶本纯推给他的铁皮烟盒推了回去,从他的怀里掏出一盒香烟来,是周占春乡长抽的那种红猫烟。

惠名标说:"乡长能抽红猫,咱村主任就不能抽了。"

陶本纯说:"有钱你就抽么。"

说了两句闲话,陶本纯就不想再说了。他开门见山,给惠名标和穆文化说:"村主任和我一起在乡上开的会,事情都知道了。刚才,我和文化也说了,你俩倒是说说看这事该咋弄。"

惠名标说:"你是支书,你说么。"

惠名标的话说得阴阳怪气,穆文化不能跟上说,但也不能不有所表态,就也说:"我听支书的。"

陶本纯早就料到他们二位的态度了,也便没有客气,非常明确地谈了他的意见。他说了:"乡长周占春的决议,依我看,是必须遵守和执行的。这是他上任后安排的头一项工作,谁要不遵守,或是执行不力,就一定有谁好看的。既是这样,我们分个工,先把分配给我们修建白兔娃甜瓜集散中心的款收上来。收款的时候,要注意策略,多宣传种植白兔娃甜瓜的好处,争取获得村民的支持。要知道,乡长周占春是限定了时限的——十五天。我们要不抓紧开展工作,到时候……到时候谁的责任谁担好了。"

话说到最后,陶本纯想说狠一点的,但从嘴里蹦出来的话,却还是那么有气无力。

陶本纯心里明白,这将是一个再怎么抓都抓不出成效的工作。果然,在接下来的日子里,他们后沟门村的"三大员"聚首汇报情况时,负责村民一组工作的惠名标说,他的嘴皮子幸亏是肉的,要是铁做的,怕都磨成刀子了,但一点儿进展都没有,没人掏什么白兔娃甜瓜集散中心修建的款,也没人想要种植什么白兔娃甜瓜。穆文化负责的是村民二组的工作,他汇报的情况，和惠名标说的如出一辙。说到最后，他还加了一句，说是村民们说了，国家考虑到农民的困难，把农业税都取消了，乡上凭什么要大家掏钱修建白兔娃甜瓜集散中心？别说我们口袋里没有钱，就是有也不掏。对于这个结果，陶本纯是早有预料的，便是自己负责的村民三组和四组的工作，结果不也和惠名标、穆文化汇报的一样吗？

但这样的结果，确实让陶本纯头疼。

头疼归头疼，陶本纯心里所希望的，不也正是这个让他头疼的结果吗？他没有责怪谁，只是要求他们"三大员"继续努力工作，设法完成乡长周占春布置的任务。他自己呢，不仅在村民三组和四组轮番地跑，还在喇叭上起劲地宣传种植白兔娃甜瓜和修建白兔娃甜瓜集散中心的种种好处。

乡长周占春，就是在陶本纯呜里哇啦的喇叭宣传声中到了后沟门村。

在村外的草坡上，周占春偶遇惠麦花，从她嘴里知道，后沟门村的村民骂他呢。骂就骂吧，做工作是不要指望不挨骂的，骂到最后，村民们尝到此项工作的甜头时，就不再骂了。到那时，村民们还会敲锣打鼓地感谢他呢。周占春沉浸在他自己的想象世界里，就没把惠麦花说村民骂他的话太当事儿，反而想着惠麦花和她的那一群羊。

周占春把惠麦花和她的那一群羊，看成他在榆树湾乡富民的又一个途径。他这个人，是太会想象了，前头还想象着榆树湾乡村村种植白兔娃甜瓜的美好景象，现在又想象起榆树湾乡处处放牧羊群的壮丽景色……周占春强忍着内心的喜悦，不想表现得太乐，却仍然满脸都带着笑。

是狗的叫声，把陶本纯从他家窑炕上的麦克风前叫出来的。他一出窑门，就看见周占春弯腰摸着土块，撵着追他而来的几条狗。陶本纯紧跑了两步，堵在周占春的身边，几声吆喝，就把狂吠着的狗们吆喝退了。

陶本纯抱歉地对着周占春说："不知道您要来。"

周占春被狗吓着了，脸色有点儿发灰，但他不失威严地说："我说过了要来，就一定要来的。"

陶本纯便很敬服地点着头，领周占春进了他的窑院，喊他的婆姨穆杏娟，让她端水给周占春洗手洗脸，并大声地嘱咐穆杏娟要舍得，弄几个菜出来，他要陪乡长喝几杯。安排着招待乡长周占春的事宜，陶本纯心想，周占春要问他的头一件事，肯定是让他头疼的白兔娃甜瓜了。他的脑筋急煎煎转着弯，想着怎么应付周占春。周占春洗了手和脸，在窑院的那块石桌前，拉了个木凳坐下来，问的头一件事却是惠麦花和她的那一群绵羊。

周占春说："在村前草坡上牧羊的女子是谁呀？"

陶本纯愣了一下，但很快回过神来，说："惠麦花么……她可是个大学生哩。"

周占春听得吃了一惊，问："大学生？"

陶本纯就说了惠麦花的情况，说她如何上的大学，如何回的村，如何承包了村上闲置的小学院子，如何大力发展养羊事业。陶本纯说得仔细，周占春听得认真，听到后来，就让陶本纯把惠麦花叫来。他说在咱们榆树湾乡，还有惠麦花这样的人才，想不到，太想不到了，我们可不能埋没了人才。

惠麦花大大方方地来了。

惠麦花大大方方地进了陶本纯家的窑院，穆杏娟依着陶本纯的嘱咐，已经有荤有素、很是舍得地弄了几样菜，端到了自家窑院的石桌上……惠麦花来了，就想帮穆杏娟一手，却被周占春叫住了。周占春让她坐到石桌前来，说他有话和她说。

惠麦花本就不是个扭捏的人，周占春让她坐，她还真就面对面和他坐了。

陶本纯这时把家里存的一瓶榆林春拧开盖子，先给周占春倒了一杯，再给自己倒一杯，端起来要和周占春碰杯时，周占春却没有端酒杯，他看着惠麦花说话了。

周占春说："陶支书啊，你可不能歧视女性的。"

陶本纯还迟疑着，惠麦花自己拿来那瓶榆林春，给她自己也倒了一杯酒，端起来就和周占春碰了。她和周占春碰了一下，都把酒杯送到嘴边了，又拿下来，找着陶本纯的酒杯碰了一下，话也不说，"吱"的一声就全吸进肚子里了。

周占春为惠麦花喝彩了，说："痛快！"

几杯酒碰过，惠麦花的脸红扑扑的，还挂了一层米粒似的细汗，叫周占春看去，觉得她水淋淋的，有着一种别样的美丽。他的心不由一抽一抽的，嘴上就还"痛快，痛快"地说着，又喝了几杯榆林春，把自己喝得都有些飘飘然了。但他没忘下到后沟门村的目的，喝着酒，又问了惠麦花的一些问题。他很是豪气地说，没想到，还真是"野有遗珠"，在咱们榆树湾乡还隐藏着这么珍贵的人才。

陶本纯是想让周占春多喝一点儿的，喝多了自己好蒙混过关。陶本纯知道，周占春来他的后沟门村，根本目的不是发现惠麦花这个人才。周占春是来查看村上为乡政府修建白兔娃甜瓜集散中心的筹款情况的。他如果顺利地筹到款，一切都好说，问题是他一分钱都没有筹到，周占春问起来，他就不好说了。因此，陶本纯想让周占春喝多一点儿，但又不能喝得太多，把周占春喝得倒在后沟门村也不好办。

偏偏是，陶本纯担心的事，就还真的发生了。周占春往嘴里又倒了两杯酒，便完全地显出一种醉态来，满嘴的胡言乱语，说自己抛家舍业，到榆树湾乡来做什么？是来受孤单呢。受了孤单也还罢了，想给乡上百姓办点实事，竟也没人理解，没人支持，还张口骂他胡成精，是给自己弄政绩哩。周占春滔滔不绝地说着，喷出的酒气，把围着酒桌子转的两条狗和三只鸡，都熏得骞骞地跑远了。但他还停不了嘴，还要酒气冲天地继续说。

周占春问惠麦花："你说是不是？"

惠麦花低了头没有表态。

周占春又还问她："你说你能理解我吗，啊？你可要理解我哩。"

惠麦花依然低着头没表态。

周占春就自说自答，说，"你不表态我知道了，你是理解我的，你一定理解我了。"周占春这么安慰着自己，摇摇晃晃地站了起来，说他走呀，他还有几个村子要去看看的。他走一步一回头，一回头给惠麦花说一句话。

周占春说："我在乡上等着你，你有什么想法了，就直接来找我。"

摇摇晃晃，晃晃摇摇，都已走出陶本纯的窑院了，才又瞪着一双红赤赤的眼睛，看定了送他出门的陶本纯，看了好一阵子，看得陶本纯心里毛拉拉的了，他才问："把乡上布置的工作完成得怎么样了？"

陶本纯以为酒能把周占春支应过去，还正为此庆幸，猛地听他这一问，结结巴巴竟说不出一句顺畅话来。

周占春却笑了起来，他的笑让陶本纯心惊肉跳。陶本纯觉得那样的笑有着太多的含义，甚至夹杂着一种淫邪的味道。

周占春说："我说的话，可是一定算话的。"

六

向来依顺陶本纯的穆杏娟，这一次不再依顺他了。穆杏娟忍无可忍地告诉陶本纯："我没钱，一分钱都没有。"

陶本纯却还腆着脸说："想想办法嘛。"

穆杏娟说："想办法，我能想个甚办法？"

陶本纯说："咱借么，给你娘家人借么。"

穆杏娟说："我没脸借了。"

陶本纯说："那你说我咋办呀？"

穆杏娟说："把嘴扎起来……咱家别的东西不多，扎嘴的绳子还是有的，找根绳子把嘴扎起来，就把甚甚的问题都解决了。"

同在后沟门村里长大，能念书、会念书的陶本纯，一直以来，都是穆杏娟眼里的神。在村里的小学，与陶本纯同班念书的穆杏娟，跌跤爬步，大约还撑得上陶本纯，后来升到乡里的初级中学，穆杏娟就是熬破了夜、点烂了灯，也都撑不上陶本纯了……她眼睁睁看着陶本纯从她的身边走了过去，走进县城的高中继续他的升学梦去了。她没有办法，就只有流泪了。

泪眼婆娑的穆杏娟记得很清楚，在陶本纯背着铺盖和干粮，从后沟门村一步步走过，走出村子，走上去县城的那条曲曲拐拐的山路时，她一步不落地躲在他的身后，跟着他往前走着，她多么想陪着他到县城的高中求学去呀！然而理智告诉她，这一切都不可能了，她没有资格陪读在陶本纯的身边，她成了后沟门村又一个回乡务农的女初中毕业生了。

在穆杏娟之前，后沟门村有许多她这样的女初中毕业生。她们的生活就是她的镜子，她以后只能像她们一样，过几年，说个婆家，把自己嫁过去，幸福或不幸福地熬着日月，生孩子、养孩子，直到头发白了，牙齿掉了……长长的一生，她不知道自己是否还会再做梦。

当时的穆杏娟，就这么尾随着陶本纯，几近绝望地想着心事，尾随陶本纯，一路默默地送着他。送出村子很远了，她想她是不能再往前送了，就驻足在村头的梁巅上，用眼睛送着陶本纯往前走……倏忽之间，她听到有人不知从哪儿，悠扬地唱着信天游。

穆杏娟听得非常清晰，那不绝如缕的信天游叫《想亲亲》：

想亲亲那个想的我直愣愣的神，
称上的那个梨儿呀，
亲妹子我送不上你家的门。
人面前想你了呀装出一脸脸的笑，
人背后想你了呀，
亲妹子我的泪蛋蛋抛。

漫川漫坡，一时之间回荡着这曲叫人心碎的信天游……穆杏娟抹着脸上的泪珠，她眼睛一眨不眨地看着渐行渐远的陶本纯……他一步一步地走着，走向了一个身穿红衣的女子。

穆杏娟知道，红衣女子就是惠麦花。

惠麦花可真幸福啊！后沟门村能够陪着陶本纯到县城高中读书的女孩子就只有她了。

穆杏娟有点妒忌，但更多的是沮丧。她低下了头。她想这一生她都将低着头活人时，在县城高中读了三年的陶本纯怀揣着一纸红皮儿的大学录取通知书，却没能走进大学的校门，而是回到了后沟门村。

对于此，穆杏娟不知道她是该伤心，还是该高兴。

陶本纯的老爹滚下沟伤了腰，睡在窑炕上起不来，穆杏娟就自觉地走进了陶本纯的家，走进了陶本纯老爹瘫睡的窑洞，自觉地担起了服侍老人家的重担……穆杏娟给老人家翻身挪位，洗手洗脸，端屎倒尿，没一样做得不仔细、不周到，别说身为老人家儿子的陶本纯看在眼里要感动，就是后沟门村及相邻村子知道这件事的人，都要为穆杏娟的行为而感动了。

惠麦花在等待入学的日子里，也常常到陶本纯家里来，穆杏娟在这里的一举一动，尽数映入她的眼睛。惠麦花看见了感动是自然的，她因此也要替穆杏娟帮两手的，但却往往是，她的帮忙成了添乱。譬如为老人家洗手洗脸，她正做着，不知怎么一带，竟把半脸盆的水泼在了老人家睡觉的窑炕上，弄湿了铺着的褥子和盖着的被子，害得穆杏娟赶忙进来，从老人家的身子下边抽出褥子，又换了被子，拿到窑院里，晒在阳光下。惠麦花羞愧于自己的笨拙和失措，就要红了脸埋怨自己。

惠麦花是站在穆杏娟的立场上埋怨自己的："看我能弄个甚？笨手笨脚的，倒给你添乱了。"

穆杏娟则是不以为然的，说："别把你说得百无一用，你是个念书的人，你的书就念得好么。"

惠麦花仍然羞愧着，说："你是骂我哩！书念得好，谁还能一辈子钻在学校捧着书念？到头来还是走出校门过日子哩。"

穆杏娟没接惠麦花的话。她打心里承认，惠麦花说得对，人呀，在哪里不是过日子？这么一想，她就把服侍陶本纯老爹的事情做得更认真了。

日子逼到陶本纯该去城里上大学的时候了，同样考上大学的惠麦花，到陶本纯的家里来，询问陶本纯准备好了没有，他们搭伴儿一起走。陶本纯没有回答惠麦花的问题，他在自己的家里，走出走进，看见窑院一角的几只羊了，扯上一把草扔过去；看见窑院门口卧着的那条大黄狗了，走近去，伸手摸着狗的头……看样子，陶本纯的心乱了，乱得没法收拾了。

惠麦花攥在陶本纯的身边，说："你倒是说话呀！"

陶本纯这才说话了，他说得有点儿上火："我是想说上大学的，可你看么，我能说甚话呢？"

惠麦花愣愣地看着陶本纯，她听懂了陶本纯的话，只是她不能相信，陶本纯会放弃上大学的机会。他俩早已有了约定，要一起走出后沟门村，一起到城里的大学去深造，一起……惠麦花不敢往下想了。

陶本纯却明白无误地告诉惠麦花："我不能背着老爹一起上大学吧？就是能去，我拿什么交学费？我拿什么给老爹看病？"

窑炕上传来了老爹痛不欲生的叹息声，伴随着的，还有穆杏娟温言软语的劝慰……惠麦花不和陶本纯争执了。她难过得心如刀绞，眼眶里蓄积着酸涩的泪水，汪汪的就有一颗滑落出来，挂在她红过脸后又变得十分苍白的腮蛋上。

太阳公公出来哟一点点那红，
你是哥哥的哎心了疼疼。
大榆么树的哟毛呀毛歘歘，
你是哥哥的哎喜了人人。

在惠麦花含泪出村上大学的那个日子里，陶本纯感觉他的耳畔一直地轰响着这首在陕北传唱了千百年的信天游，这首信天游有个让人肝肠寸断的名字：《你叫哥哥心疼了》。

悄悄地，穆杏娟走到了陶本纯的身边，她看着他劈一块干树根。

陶本纯是举着一把镢斧来劈那块干树根的。不知甚时，陶本纯家的窑院就有了这块干树根，它常常要钻进陶本纯的眼睛里，但他没有想过要把它劈开来当柴烧。耳畔轰响着《你叫哥哥心疼了》这首信天游时，他的眼里却容不下这块干树根了。他要把干树根劈碎，劈得碎碎的，一块一块塞进灶膛里烧了……陶本纯劈得来劲，劈几下就脱了身上的夹衣，再劈几下又脱了身上的衬衣，把他青春年少的身体半裸出来。在撒满阳光的自家窑院，他每举一次镢斧向干树根劈下来时，半裸的身体上，都会掉落一片汗水。

穆杏娟看着陶本纯，看他把干树根一小块一小块劈开来，散在院子里。她没有拣，也没有拾，就那么痴痴地看着陶本纯，直到他把干树根全都劈碎、随手把闪着亮光的镢斧丢在一边,这才转到他的面前,把一个用白色手绢扎着的小包塞到了陶本纯的手里。

穆杏娟说:"你打开看看,看够你上大学的学费不?"

陶本纯身上的肌肉猛地痉挛了一下。他不相信自己的耳朵了,傻呆呆看定了穆杏娟,手一松,竟把穆杏娟给他包着钱的白手绢跌在了地上。他腾出手来,抓住了穆杏娟的双肩,把她仔细地看了一阵,再一用力,就整个儿地把穆杏娟搂在他的怀里了。

穆杏娟缩在陶本纯的怀里,她给他说:"你是不能把老爹背着上大学去的。但你想么,还有我哩,我来服侍老爹,我会把老爹服侍得亲爹一样的,你信吗?"

呢呢喃喃的,陶本纯说:"我信。我信。"

过去了许多年,一直这样完全、坚决地相信着穆杏娟的陶本纯,突然吃了穆杏娟的一通软钉子,让他对自己有了一些怀疑——他是否真的相信穆杏娟?相信穆杏娟之于他的一切依顺和温暖?

在后沟门村,陶本纯家是陶姓人家里最弱势的一门。不是穆杏娟嫁给他当婆姨,他是入不了党,也当不上村支书的。

穆杏娟嫁给了陶本纯,大门大户的穆姓人家就都成了陶本纯的社会基础。穆杏娟的老父亲在村支书的位子上坐了二十多年,他需要一个接班的人。陶本纯成了他的乘龙快婿,他很自然地选择了陶本纯,把权交到了女婿的手上,还不忘全身心的支持、帮助这个女婿。

可是,支持、帮助他的老岳父抗不过岁月的召唤,和他瘫卧窑炕上的老爹先后撒手而去了。陶本纯还能取得谁的支持和帮助呢?

现在怕就剩下一个穆杏娟了。

村官难当,难就难在一个钱字上。过去的情况是,陶本纯为了村上的事,手头没钱了,他向穆杏娟伸出手来,她二话不说都要满足他的需要。就是自己家里没有,穆杏娟出门转一圈子,借也要借钱回来,满足陶本纯的需要。

这一次,穆杏娟拒绝了陶本纯,斩钉截铁地拒绝了陶本纯。

七

走马灯一般，村主任惠名标刚从惠麦花租来圈羊的小学院子出来，乡长周占春就又走了进去。周占春出来了，村支书陶本纯跟着就又走了进去……不过，村主任惠名标到小学院子来，陶本纯没有看见；乡长周占春到小学院子来，陶本纯是看见了的。

陶本纯发现周占春像个贼娃子一样，在进惠麦花租来圈羊的小学院子前，东张张，西望望，贼头贼脑、心怀鬼胎地张望了一阵，这才缩着脖子进了院子……这一切，陶本纯都看见了，他没有立即进去，而是站在背人的地方，老实地等着周占春出来，然后他再进去。陶本纯心里装着事儿，和村主任惠名标没法商量，和他的婆姨穆杏娟也商量不到一块儿去，他就想起了惠麦花，觉得他是该和惠麦花商量一下的。他有这个自信，无论什么时候，什么事情，他和惠麦花商量了，她都会支持他的。

三年前，在城里上完大学、有了工作的惠麦花突然回到村里来，在已撤走老师和学生的村小学转磨了一整天。到太阳西下，天边现出一片璀璨的霞光时，陶本纯也到空寂的村小学来了。

陶本纯听人说了，回村的惠麦花在村小学转磨着，都已转磨了一天了，他的心便悸动起来，一揪一揪的，想起他和惠麦花在村小学一起读书的时光。他们那时候两小无猜，惠麦花把他总是"哥哥、哥哥"地叫着，向他借半支铅笔，向他问一道数学题……他们一起上了初中，一起上了高中……一幕幕、一件件如烟云消散的往事，都鲜活地重现在了陶本纯的眼前。他不由自主地又来到惠麦花跟前，他想知道她在村小学转磨甚哩。

在向村小学所在的那道墹洼里爬的时候，陶本纯听见不知是谁，也不知是在什么地方，很努力地唱着一曲信天游：

不大大的那个哎嗨小青马马喂上二升料，
三天的那个路程么亲亲呀我两天到。
水流流的那个哎嗨千里呀么归大海，
走西口的那个人儿么亲亲我转了回来。
大青山的那个哎嗨高哟乌拉山低，
马鞭子的那个一甩么亲亲我回口里。

这曲名叫《走西口的人儿回来了》的信天游，陶本纯也是会唱的，他转着圈子，在坡坡塄塄和沟沟洼洼找着那个唱曲的人，却怎么都找不到。他就想，这曲信天游莫不是从自己心里流出来的？这么一想，陶本纯笑了。

就那么浅浅地笑着，陶本纯走进了村小学，走近了还在村小学转磨的惠麦花，他问惠麦花了。陶本纯问惠麦花："甚时回来的？"惠麦花回答陶本纯刚回来没两天。陶本纯又问惠麦花："在村小学转磨甚哩？"惠麦花却没有立即回答陶本纯，只拿她好看的毛眼睛看定了陶本纯，把陶本纯的脸都看红了，她才答了话，不过，她的答话竟是一个反问。

惠麦花问："你说哩，你说我在转磨甚哩？"

陶本纯结巴起来了，说："小学被撤并走了，几年工夫，都破败成了这样子。"

惠麦花听懂了陶本纯的话，知道他想起的是他们在小学读书的情景。她不再卖关子，咳了一声，清清喉咙，很直接地告诉陶本纯，说："我想把小学院子租下来。"

陶本纯是吃惊的，说："租小学？你租小学院子做甚呀？"

惠麦花说："养羊。"

陶本纯有点儿不相信自己的耳朵，说："养羊，你养甚的个羊？"

惠麦花说："你甭管养的甚羊，只说你租不租给我。"

事情就这么带着些荒唐，带着些疑惑地定了下来。正如惠麦花说的，她在租下来的小学院子里养起绵羊来了。

惠麦花养的羊儿，还真与陕北人过去养的老绵羊不一样。她说她养的羊是引进的国外品种，叫莎能羊，体型大，繁殖力旺盛，乳汁营养价值高。惠麦花养了三年，奶好吃不好喝，陶本纯没有喝过不好说，不过，其他几样优势，他长着眼睛，全看出来了——确如惠麦花说的，是很可观的。而且，听闻了惠麦花养莎能羊的消息后，近到他们后沟门村，远到几十里外的村庄，人们不断到惠麦花养羊的小学来，和她谈引种的事。谈好了，惠麦花就卖给他们几只种羊，并且签订协议，免费回答他们饲养当中遇到的问题。

小学院子被惠麦花租来养了羊，但原来墙壁上题写的一些标语，还或深或淡地残留着，例如校门口的"八字"耳墙上，一边写着"好好学习"，一边写着"天天向上"，因为是用油漆写的，就还好好地保留着。陶本纯看着乡长周占春从校门里鬼鬼祟祟地走出来，鬼鬼祟祟地走远了，他才又走到校门口，站着看了一眼校门口依然鲜艳的漆写标语，不由自主地笑了起来。

陶本纯心想，惠麦花的莎能羊，莫非都成了小学生，在小学校园里"好好学习，天天向上"地成长着？

正哑然笑着，隔着校园的围墙，陶本纯听到一声一声羊儿的叫声。他得承认，那些羊的叫声虽然不同，有高有低，有浊有清，但都是很好听的，像歌声一样悦耳迷人。

陶本纯没有防顾，猛听得惠麦花在叫他，说："今日咋的了？村主任惠名标刚走，乡长周占春来了；乡长周占春刚走，你支书陶本纯又来了。"

听到惠麦花的招呼声，陶本纯真想转过身去，离开这里。但他还没转身，就又改变了主意，像踩在一团云上，脚下轻飘飘地，软软地走了进来……这是陶本纯把小学院子租给惠麦花养羊后，头一回进小学的院门。陶本纯没给别人说，但他在心里给自己定了一条规定：不是万不得已，绝不踏进这个门。陶本纯这样限制自己，其实是对惠麦花的一种支持和保护。他不能因为自己的不慎，而影响惠麦花蒸蒸日上的养羊产业。

背后已经有人嚼舌头了，说甚的，惠麦花回村养羊，是不忘陶本纯的旧情，陶本纯把小学院子租给惠麦花养羊，也是续他们的旧情哩……别人还只是背后说说，他的婆姨穆杏娟，却已大张着嘴巴，和他当面说了。

穆杏娟警告过陶本纯：别吃着碗里看锅里，吃撑了自己！

陶本纯心里的鬼，瞒不住穆杏娟，自然更瞒不住惠麦花。他走进小学院门的一瞬间，惠麦花就全都看出来了。陶本纯不说，她也不说，只跟在陶本纯的身后。他转到哪儿，她跟到哪儿……转着转着，陶本纯说话了。他夸她的莎能羊养得好，一只一只，都像牛犊一样哩！惠麦花回答了他，说你要喜欢，捉几只回去扎个圈也养么。陶本纯就抱怨说没工夫，怕侍候不好宝贝疙瘩一样的莎能羊。惠麦花就还问他，你把工夫弄了甚了？陶本纯说，谁知道呢？东山的日头背到西山，一天一天就这么混没了……陶本纯这么无奈地说着，突然转换了话题，问起惠麦花一些饲养莎能羊的技术问题。惠麦花的羊群不断壮大，她在村上支持的几家饲养户的莎能羊种群也在迅速增长。他担心，山坡上的饲草是有限的，不能满足羊群的生长需要。

这的确是个问题呢！

陶本纯不提出来，惠麦花也已思谋过了。她深知传统的放养形式，是根本不能满足羊群快速增长需要的。而且，无限度的放养，还会使原来的草坡遭破坏而退化，甚至酿成环境性灾难。怎么办呢？惠麦花想过了，必须放弃传统的放养形式，改用新的圈养形式。这有一个好处——既可满足羊群的饲草供应，又可保护环境。但也有一个问题：村里的草坡必须合理划分，有偿使用，而这将增加养羊的成本。惠麦花自己是没问题的，她愿意支付这笔成本，可村上其他人家呢？他们能如她一样想吗？

在陶本纯之前，惠麦花的本家哥哥惠名标来找她，她已经和他说了这件事。作为村主任的惠名标对于此事，却一点儿热情都没有，让她以后再说这事。他话撵话地只给惠麦花说，村上急需用钱，让她把租小学院子的租金先交上来。惠麦花就奇怪了，说她不欠村上钱，为甚要她先交。惠名标就说，以前交的是以前，这次交的是以后，他都在账上记着哩，不会向她多收的。惠麦花却没有给他交。惠麦花说，要交也要交到陶本纯手上，她是从陶本纯手上租的小学院子。本家哥哥就有点儿气急败坏了，问惠麦花是和本家哥哥亲，还是和陶本纯亲。惠麦花没有回答他的问题，把他撇在一边，只顾照管她的莎能羊去了。被晾着的惠名标，向惠麦花的身边逼了两步，给她说："到你后悔的时候，可不要嫌本家哥哥不帮忙。"这是个甚话呢？是威胁还是另有隐情？惠麦花想她必须和陶本纯说一说了。

　　后来乡长周占春的一场纠缠，更增加了她对陶本纯的担心。她感觉，后沟门村将有一件意想不到的事情要发生！是个甚事呢？惠麦花感觉得到；却说不清楚，就想着要和陶本纯说了。还好，陶本纯来了。可是，他们俩说着话，惠麦花有意往她想说的话题上引，引了几次都没能引上去。原因是陶本纯对惠麦花所说的改传统放养羊群为新式圈养的话题特别有兴趣，他扯住这个话题，是要打破砂锅问到底了。

　　陶本纯兴趣盎然地要求惠麦花，说："你给我说仔细一些，这是个好办法，我支持你。"

　　惠麦花却没仔细说，只是逮住陶本纯的话头，说："你能支持，我很高兴，但你能咋支持我呢？"

　　是啊，能怎么支持惠麦花呢？总不是拿嘴哄人吧。

　　惠麦花笑了，说："听我给你说，你把后沟门村的支书当好、当牢靠了，就是对我最大的支持，这你应该懂吧。"

　　陶本纯点头了，点了一点，觉得不甚到位，就跟着又点了两下。

　　惠麦花转身进了她住的窑洞里，取出来一个纸包，交给陶本纯，说："你去给乡里把集资建甜瓜集散中心的钱交了去吧。"

　　陶本纯拿在手里的纸包，仿佛一块烧红的铁块。他很快把它推回给惠麦花，说："不，不，我不要你的钱！"

八

　　在自己宿办合一的窑炕上辗转反侧，乡长周占春想着惠麦花，觉得她像个传说一般迷人。从头一次与她在后沟门村的草坡上邂逅，到他再一次寻到她租养羊群的后沟门小学去，他感到，自己已经无法自拔地喜欢上了这个返乡养羊的女大学生。

鬼鬼祟祟地到惠麦花养羊的小学来，又鬼鬼祟祟地从惠麦花养羊的小学走，那只是陶本纯对他的看法。作为乡长的周占春，他自己是一点儿这样的感觉都没有的。他虽然心里惦念着惠麦花，来和她说的事却都是堂堂正正、光明正大的，是甚时候都能摆到台面上来的。

周占春希望惠麦花把她的羊群处理掉，到乡政府来工作。如果说在此之前周占春还想让惠麦花大力发展养羊事业，同时带动榆树湾乡的养羊产业，现在他不这样想了。他只想要惠麦花离他近一些，想见她了，就能很快见到她。这是周占春的私心，当然还有他的"公心"——他的白兔娃甜瓜种植计划，在乡上开展得并不顺利，为此，他准备在乡政府成立一个推广白兔娃甜瓜种植办公室。乡政府的干部，他仔细地捋码了一遍，动动嘴皮子都还可以，但要上阵推广先进的白兔娃甜瓜种植技术，都是"瞎子挑灯——白费蜡"。惠麦花就不同了，她是科班出身，回到村里，选择的是养羊致富的路子，如果劝说她卖掉羊群，专心专意来乡甜瓜办工作，她会很快熟悉起来，成为他周占春不可多得的一个帮手。

说服惠麦花。周占春在走进羊叫声一片的小学时，是充满了信心的。

周占春想，他说服惠麦花到乡上的甜瓜办工作，成为他发展甜瓜产业种植的好帮手，时间一长，惠麦花就会感受到他对她的关心和好意，在他感到孤身炕凉时，说不定会自觉地钻进他的被窝，拿她的热身子给他暖被窝哩……周占春就是这么想着，走进了惠麦花养羊的小学。

他在走进校门前，想起了一句流行很广的话，说他们乡镇干部："村村都有丈母娘，夜夜都能做新郎。"

忍俊不禁，周占春扑哧笑了起来。

周占春就这么美滋滋地笑着，走进了惠麦花养羊的小学。他寻找惠麦花的身影时，一眼都还没能看见惠麦花，却满眼都能看见惠麦花引进饲养的莎能羊，一团一团，像是粉白粉白的雪团儿，游走在扎得很整齐的几个羊圈里。周占春由不得自己地要佩服惠麦花了。她一个大学毕业的知识女性，甘愿回村当羊倌，可得下多大的决心，费多大的心思啊！

莎能羊对走进小学的周占春，咩咩咩咩欢叫着一路夹道欢迎，看着他向女主人那挂着彩绣了牡丹花样门帘的窑洞走去。

周占春不知道，正俯案读书的惠麦花，透过窑窗上的玻璃，早已发现他来了。但她只偏了一下头，扫了周占春一眼，就又埋头在她的书本里了。

惠麦花看的是一本莎能羊圈养的书，而且开始了自己的实践。凭着一种对科学知识的敏感，惠麦花深切地认识到，她要在故乡发展优质莎能羊的饲养，仅凭传统的散养是不能的。不仅是她的出生地后沟门村，就是广大的陕北地区，生态环境已经脆弱到了非常严重的地步。放眼望去，一架又一架的山、一座又一座的墚，差不多都已秃成了黄灿灿寸草不生的荒山荒墚了。如果继续放任羊群在坡坡墚墚上散养，要不了几年，坡墚上的草根怕也都要被羊的嘴巴刨出来，吃进肚子去了。

周占春掀开窑洞门上的门帘，把身子往门上一堵，窑洞里的光线当下暗了许多。惠麦花想她这时再不搭理周占春，那可就是她的错了。

惠麦花把头从书本上抬起来，朝窑门口看去，脸上当即堆起一些笑意来，她说："哪股风呢，把乡长吹到这里来了。"

周占春说："科技之风么。"

惠麦花的窑洞里就只有她坐的一把椅子，她站起来，让给周占春坐。周占春也不客气，稳稳当当地坐上去，随手把惠麦花看的圈养莎能羊的书翻了翻，顺手又推到一边，也不和惠麦花说话，把他的一双眼睛贴在眼前插满书籍的书架上……惠麦花的这个书架太简陋了，连个腿脚都没有，就支靠在同样简陋的书桌上，等分了三层，挤挤挨挨，除了几本小说和时尚读物外，就都是农业生产技术方面的书了。周占春一本一本地看着书籍上的名称，看得很仔细。有本讲科学种植甜瓜的书突然撞进了他的眼里，他如获至宝，当即伸手取了，认真地翻看起来。

一股淡淡的草香味，弥漫在不是很大的窑洞里。熟悉陕北生活的人，知道这是名叫"地椒椒"的草的味道。吃了这种草的羊，熬汤吃肉就没有膻腥气。割回来晒干，扎一把挂在窑洞里，就又有了一种别样的用途——可以祛除蚊虫，又能清新空气，是不比市面上流行的薰衣草差甚的。

惠麦花把一杯白开水端给乡长周占春。他是嗅到那好闻的地椒椒草味了，但他不相信那只是地椒椒的草味，他想其中一定还有惠麦花自身散发出来的味道。

接过惠麦花端来的白开水，周占春双手掬着喝了一口，他说话了："你可以猜猜，本乡长亲顾你的茅庐是为着何来？"

惠麦花从周占春在她窑洞里表现出的几个细节，已经看出了他的用意，但她不想猜谜，便说："乡长把自己看成刘皇叔了吧？可我不是诸葛亮，我养羊的小学也不是茅庐。"

周占春被惠麦花说得兴趣盎然，他接着说："我还就把你看成诸葛亮了。你知道我在全乡大抓白兔娃甜瓜的种植，这是咱们乡的一项优势产业。只我一个人抓不行，我要大家都行动起来。特别是你，你这个有着坚实科技基础的人才。"

惠麦花听得笑了起来。周占春看得懂，惠麦花的笑应是那种事不关己的笑。

周占春不能让惠麦花事不关己，他说："我说的是真心话。"

惠麦花收住了笑，说："可你看错人了。"

周占春便强调，他怎么会看错人？他是弄甚的，在榆树湾乡打着灯笼找人，还就真的找见你惠麦花了。"我没给上天烧香，也没给地神烧纸，上天和地神都支持我，让我在后沟门村找到了你，你说你能不帮我来抓白兔娃甜瓜的发展吗？"周占春滔滔不绝地说着，把他在乡政府成立甜瓜办的设想，和盘端给了惠麦花，最后十分肯定地说："我当甜瓜办的主任，你当甜瓜办的副主任，我就不信白兔娃甜瓜抓不出成效来！这个事就等着你了，你一出马，咱的白兔娃甜瓜就能长出腿来，跑出陕北，跑到全国的消费者口中去。"

这一番豪言壮语，差点儿要使惠麦花感动了呢。但她忍着没有表现出来，因为她没有对白兔娃甜瓜做过任何研究，也没有做过任何调查，她不能乱感动，那样是会坏事的。何况，她现在的兴趣不在白兔娃甜瓜的种植上，而在她引进饲养的莎能羊身上。

忍着感动的惠麦花只能给周占春说："对不起，我要让乡长失望了。"

周占春从椅子上站起来，带着些男人的冲动说："你不想支持我？"

惠麦花说："乡长把话说重了。"

周占春说："我说重了吗？有我在榆树湾乡当乡长，我就不能看着一个农大毕业生在草坡上放羊。"

惠麦花说："我放羊又咋的了？"

周占春说："那是对知识的糟践！更是对知识分子的糟践。"

惠麦花说："谢谢乡长，我咋就感觉不到呢？"

周占春说："你不是感觉不到，你只是不愿意承认罢了。"

惠麦花的心尖尖悠悠忽忽痛了一下。她得承认，周占春的话是有些道理的。在农业大学读书的时候，惠麦花的信心满得能从嘴巴和眼神里溢出来。大学毕业了，她参加省上组织的公务员考试，网上公布笔试成绩，她骄傲地名列前茅。参加面试，考官们对她也颇多赞许。她满以为有条件发挥她的所学了，可到公布录取名单时，却再也找不见她的名字。为此，她找了相关部门，大家的脸倒是不难看，说的话也不难听，告诉她你很有实力，下次吧，下次还有机会。为了这个镜中的机会，她又努力了一年，结果还是一个样。这时她听人说，有实力不算啥，你得有人帮忙才行。她到哪儿找人呢？在她的人生履历中，上翻三代，下找三代，也找不出个帮忙的人。失望的情绪，像一团乌云笼罩着农大毕业生惠麦花。没办法，她到人才市场上找出路，这一找还真让她找着了，那是个电视上有影儿、报纸上有字儿的农业合作有限公司。她进去后，当即成了其中的技术骨干，一时到黄河滩上去与人合作种植速生杨，说是国家急缺纸浆木材，种植三年就可砍伐……一时又到毛乌素沙漠去，学习以色列的农作物种植经验，与人合作进行生态种植计划……两年多近三年的时间里，惠麦花路没少跑，汗没少出，各种各样的规划和计划也没少做。她不是农业技术工程师，在与合作者谈判时，她被介绍的职务，却已是公司的资深工程师了。忽然有一天，来了一帮戴大盖帽的人，把公司的门封了，把公司的账本和资料也封了，并给公司董事长、总经理等人戴上手铐，推进一辆警车，拉到警察局控制起来让他们交代问题……这一干人中，就有惠麦花。谜底水落石出后，惠麦花才知道这是个诈骗团伙，他们以与人合作开发现代农业为借口，骗人钱财。公司的董事长、总经理等因此被正式逮捕判刑。胁从的惠麦花配合调查态度积极，说明问题清楚，获得宽大处理，无罪释放。

本来，惠麦花还说了个男朋友，两人都同居了一些日子，就差领证结婚了。出了那样的事，她的男朋友躲得远远的，连面都见不上了。心灰意冷的惠麦花，痛定思痛，怀揣着她的农大毕业证，决心回乡创业了。

惠麦花很慎重地选择了国外引进的莎能羊来养殖，现在正是大力发展的关键时刻，她又怎能撂下不管，去弄周占春说得天花乱坠的白兔娃甜瓜种植呢？

不能了。惠麦花疼了一下的心尖尖，眼看就要软下来时，又变得硬了起来。

惠麦花对周占春很是抱歉地说："我放不下我的羊。"

一时不能说服惠麦花，周占春一点儿都不气馁。他把惠麦花的那本种植甜瓜的书拿在手上，给惠麦花说："借给我读读好吗？"惠麦花答应了他，他就拿着书走出了惠麦花的窑洞……在窑洞门口，他站了站，回头又对惠麦花说："我的话你再考虑考虑，我还会再来找你的。"

九

一碗不咸不淡的疙瘩汤端在手里，还没往嘴里拨一口，就听窑院的门外一片人声。作为村支书的陶本纯，本能地想要走出门去，看看出了什么事。可他抬脚走了没有两步，就见窑院的门被人"咚"的一声踹了开来。不十分结实的两页榆木门扇，像是两片受了惊吓的树叶，在开向两侧时，剧烈地颤抖着。

陶本纯的心蓦然像泡在了醋里，又酸又涩，逼得他快要流泪了。

破门而入的人，不是别人，都是他家婆姨穆杏娟的娘家人。在这些人的背后，还跟着他们陶姓人家的一些人。

他们气势汹汹，踹门进来做甚呀？

陶本纯心怯怯地回头看了一眼，他是在找他的婆姨穆杏娟，却没有找到。百依百顺的穆杏娟，和陶本纯为了借钱的事，大吵了一架后，立刻卷裹了一个小包袱，回娘家去了。

是的，穆杏娟到娘家已经好几天了，这在陶本纯和穆杏娟的婚姻生活里是少见的。过去，他们也拌嘴，差不多是炕脚底拌嘴，上了炕又亲热在了一起，从来没有出过半个晚上。好像是，每拌一次嘴，他们的感情还会更亲密一些。这次奇了怪了，就吵了那么两句，穆杏娟便吃了秤砣铁了心似的，把他彻底晾在一边，连个说话的机会都没给他。

这其中有没有惠麦花的因素呢？

即便穆杏娟没有说，陶本纯也不能不往这上头想。他和惠麦花相好，自小就是村里人口头上吊着的话。他们长大了，双双上了县城的高中，双双考上了城里的大学，村里人嘴上倒是不说了，心里谁又不说陶本纯和惠麦花是天设地造的一对儿？后来的变故，迫使陶本纯和穆杏娟好在了一起，他们结成了夫妻，在一盘炕上睡觉，在一个锅里下面，原来想就这么一直过下去了。却不曾想，在城里上了几年大学，也工作了几年的惠麦花又回到了后沟门村。她要租小学院子养羊，陶本纯就很干脆地租给了她，和穆杏娟连个商量都没有。是不把穆杏娟往心里放呢，还是熄灭了的旧情又像干枯在坡梁上的败草，重新燃烧了起来？

穆杏娟拿捏不准陶本纯的心。

有段时间，穆杏娟的心惴惴不安，她睁着一双大眼睛，紧紧地盯着陶本纯，仔细观察陶本纯和惠麦花的动静。让她稍觉安慰的是，除了陶本纯把小学院子租给了惠麦花养羊之外，他们之间再没有甚新的动向。可是穆杏娟还不放心。她想她和陶本纯一起过了五六年，睡在一盘炕上，光溜溜你搂我抱，陶本纯没少出汗，她也没少呻吟，快乐时还把嘴唇咬出了血，可她就是怀不上孩子。对此，陶本纯倒是没有说啥，但她心里急呀。她不能给陶本纯怀孩子，别人呢？别人就不会给陶本纯怀孩子了？

这成了一个挥之不去的巨大的阴影，罩在穆杏娟的头上，把她压得受不了了。

待在娘家的穆杏娟，比在自己的小家里时心还慌。她有几次挟了包袱就要回去，却不知是哪一根神经起了作用，拽着她就是动不了身。她是在等陶本纯，等陶本纯来她娘家接她回家的。只要陶本纯到她娘家院里一站，她二话不说，就会乖乖地跟他回家。

可是，陶本纯不来她的娘家接她，她也就硬挺着耽搁了下来。

耽搁的结果是，当会计的本家哥哥传来话说，陶本纯被乡上暂停了职务。

暂停职务！

乍听这个消息，穆杏娟的心咯噔跳了一下，脑袋里也乱如麻。她一时想不清楚，这对她是个坏事呢，还是个好事？

然而，事到临头，已不允许穆杏娟多想了。本家之中最具影响力的人物三爷爷，在一伙本家人的簇拥下找她来了。在她娘家的窑院，三爷爷逮住穆杏娟，摇着手里的几张白条子，开门见山地给她说："你说咋弄呀？陶本纯被暂停了职务，他借我的钱可不能也被暂停不还吧？"三爷爷一开口，跟来的本家人，就都手摇着白条子，闹闹哄哄让穆杏娟想办法给他们还钱……穆杏娟要叫"六奶奶"的那个老妇人，满头的发丝像染了霜一般，白花花地飘散着，好不容易挤进人群，挤到穆杏娟的身边，把她手里的两张白条子就往穆杏娟的手里塞。六奶奶说："我的个好孙女儿哩，奶奶这两个钱不容易攒，鸡尻子里掏，人嘴巴里抠，奶奶是又掏又抠一辈子了，就攒下这几个钱，还指望养老送终呢，你要还我钱，你赶紧还我钱……"说着话时，霜染了头发的六奶奶就往地上出溜，要跪下来抱穆杏娟的腿了。

事情来得这么突然，是穆杏娟始料不及的。

但穆杏娟承认，她的穆姓本家人攥在手里的白条子都是真实的，其中有许多都是从她的手里交到穆姓本家人的手里，换来穆姓本家人的借款，然后交给陶本纯，由他再转交上去，完成名目繁多的这一个提留，那一个捐资的……穆杏娟嫁给了陶本纯，陶本纯从她老爹的手里接过了村支书的担子，可他却没她老爹当村支书的手段。遇上向村民摊派筹款的事儿，他的心就软得面条儿一样，到了最后，把钱筹不上来，就想着法儿借钱。他把他们陶姓本家的钱都借遍了，然后又向穆杏娟的本家借。逢着这个时候，穆杏娟总能挺身而出，她去穆姓本家人那里，带着陶本纯手写的白条子，苦口婆心，说陶本纯是为咱村上人哩，他不忍向大家摊钱筹款，他要能狠下那个心，咱谁还不割肉剜心往出拿。他现在是向大家借哩，是以村上的名义向大家借的，有借有还，今日借一个，还的时候加利息，就不是一个了。凭着穆杏娟的巧嘴解释，每一次都能借到陶本纯需要往上交的款。日积月累，这笔借款有多少呢？陶本纯的心里没有底，穆杏娟心里也没有底。

现在，可能陶本纯还没底，穆杏娟是大概有个底儿了。

这是穆姓本家人七嘴八舌报给穆杏娟的，她心慌意乱地加算着，越加越多，差不多快有三五万元的数目了！

穆杏娟闭上了眼睛，苦苦地咽了几口唾沫，然后抬起头来，把围着她的穆姓本家人都看了一眼，说她穆杏娟瞎不了大家的钱。她让大家看着手里的白条，上面是谁白纸黑字签的名？是她穆杏娟吗？"不是吧。是陶本纯，村支书陶本纯签的名，他签的名他就要负责，你们围着我要债，你们要得到吗？冤有头，债有主，你们去向陶本纯要债去吧。别说他是暂停支书职务，就是真免了他村支书的职务，他也免不了借咱钱的债务！"

一串话从穆杏娟嘴里不打咯噔地说出来，连她自己都很吃惊，原来她是很会说话的呀！这么说了一通大道理，穆杏娟还怕穆姓本家人不相信她，就还说了她为甚留在娘家不回的事情。

穆杏娟这么一说，当下把围着穆杏娟的穆姓本家人镇住了。就连带头的三爷爷，也说穆杏娟的话在道理，于是，就又领着大家到陶本纯家的窑院里来了。

踹门进了陶本纯家的窑院，带头的三爷爷迎面碰上端着碗的陶本纯。他二话没说，就从陶本纯的手里强行接过碗，看是他一口没动的疙瘩汤，就转身送到跟来的六奶奶手上，给她说，你还没吃饭吧？正好，孙儿陶本纯给咱做了饭，你就先端着填一填肚子。三爷爷的话，仿佛一种启发，没有端上碗的人，有几个直接去了陶本纯的灶窑，取碗在锅里盛疙瘩汤。陶本纯做得少，没两碗就舀干了锅。来人就还有了抱怨，说陶本纯怎么做那一点儿饭，不知大家要来找他吗？

这倒是句实话，陶本纯真不知道大家来，更不知道大家来做甚。

三爷爷就给陶本纯说了："你不要装镇定，乡上把你的支书职务暂停了。"

陶本纯的确没有得到这个消息，听三爷爷说还不相信，就说："我咋不知道呢？"

三爷爷说："你会知道的。我们来没别的事，就想让你在还没被免支书职务时，把你找我们大家借的钱还了。"

陶本纯说："还是一定要还的，可我……"

三爷爷说："你现在没钱是吧？"

陶本纯说："我不是说没钱，是说我借大家的钱也是为大家的，又不是为了我。"

这句话像捅了马蜂窝。围着陶本纯的人，不仅是穆姓一族的本家了，还有跟来站在外圈的陶姓本家人，都群情激愤，指责陶本纯："是人不是人？想赖账吗？"离得近的人，还咔着嘴里的痰，往陶本纯的身上唾了。

看不清是谁，冲进了陶本纯的窑里，把他和穆杏娟结婚时买的一台大彩电，往怀里一抱，就大不咧咧地走出来，经过狼狈不堪的陶本纯时，给他说你就快些准备钱吧，有了钱来我家赎你的大彩电……这个头一带，来要借款的人蜂拥而上，在陶本纯的家里，见甚拿甚。柜子箱子，粮食衣被，忽啦啦席卷而空，旁边的一个废弃窑洞里，有穆杏娟辛苦养大的两头猪，不晓得是受了惊吓还是别的原因，先还静悄悄的不出声，此时突然嘶叫了起来，下手晚的人，就都猛扑过去，有抓猪耳朵的，有拽猪尾巴的，唯恐被别人捉了去……便是陶本纯灶窑里的水缸，也被人掀翻推出了窑门，更有甚者，还把陶本纯做饭的锅也拔了起来，顶在头上往出走了。事情弄成了这样，带头而来的三爷爷都觉过了头，扔下陶本纯，在他家的窑院里，拦挡乱搬乱拿物件的人。可他凭着一人之力，把谁都没能拦挡下来。

井然有序的一个窑院,像遭了匪劫一般,转眼间空得就只剩下一个陶本纯,呆愣愣左看一眼,右看一眼……他是想哭的,却怎么也流不出泪来。

十

讨债的穆姓本家人,一股风似的从穆杏娟的身边旋开,向留在家里的陶本纯旋去时,穆杏娟就后悔了。

娘家屋里,穆杏娟的老爹去世后,她的两个哥哥分门立户,都从家里搬了出去,只留下一个上了年纪的老娘。几天了,老娘为穆杏娟置气不回家的事愁得嘴唇上起了几个泡。刚才的一幕,老娘也都看见了、听见了,她挤不进身子,也插不上话,就只有在心里急了,急得她的心扑通扑通跳着,几乎要从喉咙里跳出来了。穆姓本家的讨债人一旋出她家的窑院,老娘就拐着一双颤颤巍巍的腿脚,扑到女儿穆杏娟的身边,抓着她的胳膊,说你女子糊涂了,陶本纯再不好,再不对,他可也是你的汉子哩!你这女子到了关口上,不站在你汉子的身边也就罢了,咋还能站在他的对面,把火都往他的身上烧呢?

老娘说得激愤,忍不住举起拳头在穆杏娟的身上捶了起来。

穆杏娟心里承认,老娘的话说得对,便是老娘的拳头捶她,也是捶得对的。心里这么肯定着老娘,她的眼里就很没出息地流下了眼泪。但她还想再僵一会儿。人老了,心却明智的老娘推着她向窑院门外走,催她赶快回家去:"都是穆姓本家人,你回家了,事情要好说一些。"

在老娘的推搡下,磨磨蹭蹭地走出窑院门的穆杏娟就不需要老娘推搡她了,她已经自觉自愿地迈着步子,向后沟门村深处她的家里走去了……头几步走得还较迟疑,走了几步,就走得坚定,也走得快速起来。然而一切都迟了,在快要走到家门前的时候,她已经看见穆姓本家人,抱着家里的大彩电、粮食袋子、箱箱柜柜、衣服被褥、水缸铁锅……前呼后拥,向她鱼贯迎面而来,她伸出手,想要挡住拿走她家物件的穆姓本家人,但她挡得住一个人,却挡不住两个人……一个一个,像不认识她一样,气急败坏、高声叫唤着从她身边走了过去。

穆杏娟觉得她的喉咙口都有了血的腥味。她在叫唤:"三爷爷!"

她在叫唤:"六奶奶!"

她还在叫唤:"大哥哥、二嫂嫂……"

可是她的叫唤声没有喊动一个有血有肉的活人,倒是直扑在后沟门村的四面坡梁上,白撞回来,发出一阵又一阵的回响。

穆杏娟左阻右挡,没有阻挡得住谁,干脆也不阻挡了,垂下她的胳膊,在纷纷乱乱的人群里逆向而行,偶尔与与或怀抱或肩扛她家物件的人撞一下。一只装米的陶缸被撞落在地上,碎成了八瓣儿,陶缸里的黄米撒开来,滚得满街都是。其他人就踩着金黄金黄的小米粒,毫不迟疑地继续往前走……穆杏娟站在碎了的陶缸和撒满了小米粒的地面上,一步都走不动了,静静地站着,直到讨债的人走得一个不剩,她才"哇"地大哭起来,同时,疯了一样向她和陶本纯一起经营了几年的窑院里冲。

刚要冲进窑院门,穆杏娟高声叫唤的三爷爷迎面走了出来,穆杏娟就更高声地叫唤三爷爷了。

穆杏娟叫唤的嗓子快要撕破了:"三爷爷!三爷爷!!"

三爷爷低着头,从穆杏娟的身边挤了过去,他无可奈何地应了两声:"唉!唉!"

跟跟跄跄,跄跄跟跟……穆杏娟刚才有的那股冲劲儿一下子全没了,她像被人抽了筋脉一般,非常吃力地挪着步子,挪进她苦心经营的窑院。她继续的往前挪着,挪进一个窑洞,在窑洞里慢慢地打着转身,然后又挪出来,挪到另一个窑洞里……穆杏娟睁不开眼睛,她知道,睁开眼睛所能看到的,就都是狼藉一片,一片狼藉。

村主任惠名标赶着点儿,走进了陶本纯被人搬腾一空的窑院。

惠名标走动的声音太轻了,像只猫儿一样,这可太不像他了。平常日子,他是像只虎一样的,人还在八丈六尺远的地方,踩出的脚步就已地动山摇；他呼出的气，也能吹得草翻树颤。可他今天却像只猫儿一样，轻轻地溜进陶本纯的窑院里来了。很自然的，猫儿一样溜进陶本纯窑院的惠名标，看到了仿佛遭遇匪劫一般的狼藉样儿，他跺着脚说："这是怎么了？啊？谁敢光天化日这么弄呀！"

陶本纯被吐在身上的黏痰，也已经结成痂。他呆愣着，听惠名标在说话，他眼皮连眨都没眨，更别说回应他的话了。

惠名标却还不管不顾，说了几句关切的话，立马转换了话题，说："乡上的文件随后就到，让我先给你口头传达一下，村支书的职责暂时由我担任。"

陶本纯呆愣着的身子微微晃了晃。他听出了惠名标话里的玄机，知道惠名标早就有了取自己的支书职务而代之的想法，只是在等待时机，这一次看来是时机到了。

努力地咳了一下嗓子，陶本纯把一口痰吐在了地上，痰液中果然混合了很浓的血气。他没有看，眼睛盯死了惠名标，说："你把乡上要的甜瓜中心建设集资款交了？"

惠名标说："周乡长那人杆子硬，说话算话。"

陶本纯说："别给我说他，我问的是集资款。"

惠名标说："乡上规定的时限到了。"

陶本纯说："时限到了又咋个样？"

惠名标说；"到了还不交，就停不交人的职。"

陶本纯说："所以你去交了。"

惠名标说："我是为村上好。"

陶本纯说："你是为你自己好。"

话不投机，再说也是无益，惠名标突然变脸发狠地给陶本纯说："随便你怎么想去，随便你怎么说去，我无所谓。我来是向你传达乡上的精神的，你要不服，你到乡上说去，我犯不上被你戗戗……实话给你说呢，我受够了你的戗戗，再也不受你的戗戗了！"

昏了头的穆杏娟把她家的每一孔窑洞都转磨了一遍，最后发现她养的两头育肥猪也没了踪影，就又号啕大哭起来……她知道陶本纯还在窑院里僵着，就转了身，往他的身上扑来了，奋勇地扑着时，还嘶哑着嗓子大骂陶本纯死汉子，说："我真是鬼迷了心窍，咋把你个死汉子当成宝贝，死死活活嫁给你，指望你过上个好日子，可我把日子过成了甚？你眼睛没瞎，你看看呀，把日子过成了甚？连本家人都撵到家里来，抢家里的物件了，你死汉子一样，屁都不放一个，我跟上你还有甚指望？我活不成了，你也甭想活！"

骂呱着的穆杏娟，一头撞在陶本纯的腰眼上，他没有防顾，当下被撞得仰倒在窑院里。

惠名标是应该拉一拉架的，他却没有，看了骂骂呱呱的穆杏娟一眼，又看了倒在窑院里的陶本纯一眼，便转身去了陶本纯已被倒腾一空的住窑，把原来放在窑炕一角的麦克风和扩音器，从牵连着的一根电线上摘下来，抱着往出走。

在后沟门村，村支部、村委会的公章似乎还不能代表一个人的权力。他们村没有专门的办公场所，连着村里大喇叭的麦克风和扩音器，便具有了很强的权力意味。这两件东西，安放在谁的窑炕上，铁定了，谁就是村里的实权人物。这一点，惠名标是深有感触的。打小起，他就听着喇叭里的声音，喇叭里说东，他就必须往东，喇叭里说西，他就必须往西……惠名标真希望自己也在喇叭里说话，说东说西，让村里人跟着他东去西来。

心里痒痒着，也是迫不及待地，惠名标抱着麦克风和扩音器，刚从陶本纯的住窑里出来，就在麦克风上，"噗噗"地吹了两下。他是在试音，如果还连线着村子里的大喇叭，他是会马上发表一段演说的……惠名标心里的腹稿已经打好，他要呼吁后沟门村的群众，有条件要上，没条件也要上，积极响应乡上的号召，大力种植白兔娃甜瓜，开辟村民致富奔小康的新门路。

可惜，麦克风和扩音器还没连线村子里的大喇叭，惠名标吹了两口气也就作了罢。

把陶本纯撞翻在窑院里的穆杏娟，张牙舞爪，是还想撕打陶本纯的，却见惠名标进了她的住窑，抱出了麦克风和扩音器，还在麦克风上吹气试音。她不再撕打陶本纯了，撵过去，冲着惠名标怒吼起来。

穆杏娟喝吼着:"光天化日,你也来抢东西呀?"

惠名标躲着穆杏娟,说:"这又不是你家的。"

穆杏娟继续喝吼着:"我明白,来我家抢东西的人都是你鼓动的!"

惠名标说:"是我吗?不是我。"

穆杏娟的喝吼声更严厉了:"背的牛头不认赃,我和你拼了!"

在不大的窑院里,穆杏娟披头散发,追撵着惠名标,惠名标抱着麦克风和扩音器,努力地躲着穆杏娟……陶本纯挣扎着从窑院往起爬,他觉得腰疼。手在窑院的地上扶的时候,摸到了两封散落地上的旧信,他拿起来,一看信封上的字迹,便想起是他一个高中同学写给他的。那个同学,高中毕业后没有考上大学,却也没在陕北的村里待。那个同学跑到省城西安打工去了,打工让他在西安有了一片自己的天地,他后来开了个城市绿化工程公司。信上说他忙得不亦乐乎,急需一个帮手,他想到了陶本纯,想到了他们在一起的友谊,恳请陶本纯放下村里的事,到西安来与他携手共创大业。

同学的脸色是踌躇满志的,虽远在西安,却清晰地映现在陶本纯的眼前了。

十一

白兔娃甜瓜集散中心建设奠基仪式是别出心裁的。周占春请了榆树湾乡几个白了胡须的种植行家到场,让他们扎起乡政府预备好的白毛巾,穿上乡政府统一缝制的黑裤褂,并让乡妇联主任把她平时也很少用的化妆品拿了来,给几位穿戴了起来的白兔娃甜瓜种植能手,红红白白地在脸蛋上抹了一层又一层,这就领着他们来奠基了。

敲锣鼓和扭秧歌的队伍也是本乡的人。他们已早早来到白兔娃甜瓜集散中心的建设工地,敲敲打打,扭扭跳跳了好一阵儿。装扮齐整的白兔娃甜瓜种植行家,在周占春乡长的陪同下,在现场甫一出现,敲打锣鼓的队伍就敲打得更来劲了,而扭秧歌的队伍受了锣鼓点儿的鼓舞,扭扭跳跳得也就更欢实了。

请来的新闻记者,都已得到了乡政府的红包,或是举着照相机,或是扛着摄影机,全都一副严阵以待的模样,把镜头聚焦在场地中央立着的那块小石碑上。乡长周占春带着装扮起来的白兔娃甜瓜种植行家们走近石碑,操起一把把拴着大红绸花的铁锨,周占春讲了一通,大论种植白兔娃甜瓜的非凡意义……这是一个仪式,白兔娃甜瓜种植行家们把式扎得十分足,最后听得周占春一声"现在奠基"的号令,白兔娃甜瓜种植行家们就纷纷用锨铲着土,培到小石碑上。只一会儿,小石碑就被散碎的黄土埋没了。

此后许多日子,县上的电视台、市上的电视台,还有省上的电视台,把榆树湾乡白兔娃甜瓜集散中心奠基仪式,播了一遍又一遍……报纸是发了新闻图片的,从县报到市报再到省报,三级党报在发新闻图片的同时,都配了不短的文字评论,大论这样的奠基仪式,不重明星大腕,不重高官显贵,只重视劳动者的尊严,让专业技术农民走上前台,奠基唱主角,这无疑是一个创举,无疑是一种科学的态度。

没有在现场的惠麦花,后来在电视和报纸上看到了这个情景,她佩服乡长周占春的才智,他很善于利用新闻媒体做宣传,取得的效果也很好。

但这都是后话了。

眼下的事,像一团熊熊燃烧的大火,跟在惠麦花的脚后,撵着她在乡长周占春主持白兔娃甜瓜集散中心建设奠基仪式的好日子,从后沟门村火急火燎地赶到榆树湾乡乡政府,要和乡长周占春说一说了。

在和乡长周占春不多的几次交往中,惠麦花心里是有一些自信的。她感觉得到,只要她愿意,她给周占春说的话,应该是能起一些作用的……当然,惠麦花自己也是要有付出的,是个甚样的付出呢?惠麦花不愿去想。

那么,惠麦花要和乡长周占春说个甚事呢?

这就还得从她的本家哥哥惠名标在村里放出的话说起了。前日傍晚,惠名标一身风尘,从乡政府回到后沟门村,见了人就说,乡上已经决定暂停陶本纯村支书职务,由他来暂时兼任……惠名标这么说着,还撵到惠麦花养羊的小学，来给她亮耳风了。

虽然是惠姓本家哥哥，惠麦花却很看不惯惠名标的为人和做派。便是他装腔作势关心支持惠麦花，她照样看不顺眼，甚至还会心生更强的不齿和厌恶感。天色已经暗下来了，性子较急的几颗星儿，一闪一闪的，在高远的天幕上眨着眼睛……惠麦花在改作羊圈的小学教室里，一间一间查看着她的羊群。这是她每晚都要做的功课，不在羊圈里查看几遍，她就睡不好觉。

惠名标就是这个时候来到小学院子里的。

惠麦花没有招承他，他便自己傍在惠麦花的身边，有一句没一句地关心着惠麦花。

惠名标说："好我的个妹子哩，我就想不通，好好的你不在城里享幸福，跑回咱这山洼洼里受的甚罪吗？"

惠麦花沉默着没应声。

惠名标也不管，只顾说他想说的话："空落落的一个小学，黑瓦瓦的一个晚上，你说你一个孤身女娃娃……唉，你让羊给你做伴儿呀？"

惠麦花还想沉默的，听惠名标这么一说，她就沉默不下去了，猛一回头，眼睛瞪着惠名标，说："你是放屁还是说话？"

惠名标受了怼，却也不知羞耻，依旧傍在惠麦花的身边，说着他的话："咱一个惠姓本家，你说谁有咱们亲？你恶心我放屁，我不生你的气，我给你说实话哩，你可是要注意你和陶本纯的影响，我不能让他连害了你。"

惠麦花听不下去了，她指斥惠名标："狗嘴里吐不出象牙，我看你就是一只狗，胡扑乱咬的狗。"

惠名标挨了骂却还不羞不恼，说："好心总是被人要当驴肝肺的。你骂我，我不记你甚，你听我给你再说一句话，乡长周占春真是把你当人才哩。你听我说，你到乡上甜瓜办去，那是多好的事儿啊！"

惠麦花听出问题的症结来了。如果不是天黑夜深，惠麦花是会当即跑到乡政府去，问他周占春的。惠麦花去不了，就在惠名标走后冷寂的小学院子里苦思冥想。她想了一个晚上，想到天明，也不吆着羊群出坡了，只把她放羊时割回来并晒干的草，一抱一抱撒在羊圈里，这就一刻不停地去了乡政府。

惠麦花一头热汗地来到乡政府时，乡长周占春主持的白兔娃甜瓜集散中心奠基仪式刚刚结束。心情不错的周占春，回到乡政府他的办公室，吼叫着通讯员打来一盆热水，把毛巾浸进去，捞出来，拧干了，正在擦着他的手和脸，就听到了惠麦花的敲门声。

惠麦花是一边敲着门一边叫着周占春的："周乡长，你在吗？"

如果只是敲门，周占春是要拖一些时间的。这是他为自己设计的一种态度——凡事都要慢半拍，这样既可以表示他的稳重，又能显示他的权威。但惠麦花叫他了，他也听出是惠麦花的叫声，他就忘了自己的设计，一手举着热毛巾还在脸上擦着，一手就把办公室的门打开了。

周占春的问候中带着几分惊喜："啊，是你呀，你来了。"

不像在小学和草坡上养羊放羊的时候——在那样的场所，惠麦花穿得要朴素一些，今天就不同了，她身上是一件绛色无袖连衣裙，站在周占春的面前，亭亭玉立。这样的她让周占春像猛然被注射了一针麻醉剂似的，站在门口，把擦脸的毛巾捂在脸上，一动也不动。

惠麦花说："咱就站在门口说话吗？"

周占春闻声，这才知道他的失态。赶紧让开门，说了声"请"，把惠麦花让进了他的办公室。他又是搬凳子，又是倒茶水，忙前忙后一阵子，也不知是有意无意，竟还把办公室的门也关上了。

惠麦花笑笑地说："大乡长和一个女人家说话，把门关上不好吧，也不怕别人嚼舌头。"

周占春就走到门旁边，手把门锁头都捉住了，却没有打开来，转身说："谁人背后不说人，爱嚼舌头嚼去吧，和你一个大美女单独说话，被人嚼舌头我愿意。"

惠麦花的脸红了，说："到底是乡长啊，就是与人不同。"

周占春离开关着的门，向惠麦花走近了两步，说："想了几天想得怎么样？接受我的建议了吧。"

惠麦花说："我知道乡长是关心我，但我今天不说这事。"

周占春说:"那你?"

惠麦花从她背着的一个女式皮包里掏出两扎百元大钞,往周占春的办公室桌上一拍,说:"我是来交钱的。"

周占春不解,说:"谁让你交钱?你交的是甚钱?"

惠麦花说:"村上为白兔娃甜瓜集散中心筹措的集资款呀。"

周占春笑了,说:"有人早你一天已经交了。"

惠麦花知道是谁,可她还是问了一句:"谁?"

周占春说:"村主任惠名标。"

惠麦花想要挽回这一局面,说:"求你周大乡长哩,你把惠名标的钱退回去,他是一种'个人姿态',乡长不能支持这种背后挖人墙脚的行为吧?"

周占春笑了,他是一直笑着的,只是这一笑有点儿暧昧,手把惠麦花拍在办公桌上的两扎钱拿起来,轻轻地拍了拍,说:"那你呢?你又是甚的个姿态?"

惠麦花一时就有些语塞。

周占春把两扎大钱往惠麦花的手里塞,惠麦花拒绝着不接,三推两不推,周占春就把惠麦花的两手捉在了他的手心里。这样一捉,不仅周占春,还有被捉着的惠麦花,都蓦然触电一样呆着不动了。

惠麦花说:"乡长,你把我手放开。"

周占春却坚持不放,嘴里又还梦呓一般喃喃地说:"绵乎乎,绵乎乎……你的手可是真绵呀!"

十二

这是做甚呢,啊?一个村的人,咋能这么做事呢?从乡政府回到后沟门村的惠麦花,听说穆姓本家人和陶姓本家人因为几句传言便纠集起来,向陶本纯讨要他为应付上头的摊派而向他们借的款,讨要不成,竟把陶本纯的一个家给搬空了。对此，惠麦花是震惊了，她不能袖手旁观。像她去乡政府忍受着乡长周占春对她的污辱也要帮助陶本纯一样，回到村里，她又要来帮助陶本纯了。

在一个贫困村当支书，陶本纯是太难了。因为难，陶本纯才不惜自己的前程一遍一遍向村民借钱。他这么做，就是不想增加村民的负担，因此也就只有他一个人担了。当然，他并不是毫无作为地担。惠麦花回到后沟门村，要引进莎能羊饲养，陶本纯就支持她，还把并校后空出来的小学院子租给她，让她改造成了羊圈。陶本纯明确告诉惠麦花，后沟门村有着悠久的牧羊历史，这是他们村的传统，更是他们村的优势，他希望惠麦花在饲养莎能羊的项目上，创造出新的经验来，带领和帮助村里人，甚至使这一带的外村人，都能享受"羊利"，迅速地富裕起来。

不用说，惠麦花三年多的辛劳，已经获得了很好的回报……村里谁家要学惠麦花饲养莎能羊，陶本纯希望她能给予无私的帮助，这没甚说的，惠麦花照着做了。如今，惠麦花要进一步研究莎能羊的圈养技术，她给陶本纯说了，他二话不说，又一次坚定地站在她一边，支持她的实验……现在，惠名标一个传言，竟使陶本纯的家受了这么大的劫难，惠麦花焉有不两肋插刀的理由。

惠麦花走进拿了陶本纯家东西的人家，她给他们耐心地说："乡上并没有停止陶本纯的支书职务呀！"

大家的神情就有些恍惚，说："惠名标说了的，能有假？"

惠麦花说："他说的是暂停吧。暂停只是暂停，乡上一句话不就又给他恢复了吗？"

大家听着有理，低下头想想，也觉他们在这件事上做得过火了，就都很懊悔地直拍额头，当着惠麦花的面说："这可咋整？这可咋整？"

惠麦花便善解人意地说："给人家送回去呀！"

从东家出来，又进了西家，惠麦花口干舌燥地劝导着大家……当然，她不只是言语相劝，她还把在乡政府未给乡长周占春交上去的钱带了回来。每到一家，她就让这家人把陶本纯原来为村上借钱打的白条都拿出来，她一张张一分不少地给予兑付。

求之不得的好事呢！

从半下午回到后沟门村开始，到天擦黑的不长时间里，惠麦花走遍了全村拿了陶本纯家物件的人家，兑付完了陶本纯为村上事借的款，而他们又都乖乖地把从陶本纯家搬来的物件小心地搬挪回了陶本纯的家。

仅一天的时间内，这些人上午去了陶本纯家，把他的家呼啦啦搬挪一空，下午又呼啦啦去了陶本纯家，把他家的物件又一样不少地搬挪回来，这使呆愣在自家窑院的陶本纯像是做了一场大梦。

大家从他家搬挪走物件时，陶本纯无动于衷，僵立着没有说话……大家往他家搬挪回物件时，陶本纯依然无动于衷，僵立着没有说话。他的手里攥着高中同学从西安给他写的信，把干扎扎的信纸攥了一天，几乎都攥出水来了。

陶本纯一动不动地僵立着，耳朵里却前所未有地亮堂。他听见有人不知在哪里唱着一曲信天游，忽儿高了，忽儿低了，带着些忧伤，还带着些刚烈：

> 东山上那个点灯西山那个明，
> 一马马那个平川了呀亲妹子哎瞭不见人。
> 你在你家里得病呀我在我家里闷，
> 你身上那个有了病呀亲妹子哎我心上疼。
> 我想亲亲那个想得直愣愣个神。
> …………

这是叫一个甚名字的信天游呢？是叫《西山点灯东山明》吧，对了，是叫这个名字的。陶本纯记得，惠麦花在离开后沟门村上大学前，曾经要求他给她唱这曲信天游的。他会唱，而且唱得还不错。惠麦花要求他唱时，他却一声都没给她唱出来。今天，他想唱了，把别人不知在哪里唱了一遍又一遍的这曲信天游，从他的嘴里再唱出来……陶本纯活动了一下他站立得久了的、僵硬了的身体，一步一步地挪出了他家的窑院。他先走得很慢，走着走着又走快了。他不停地走着,走出了后沟门村,走上了村背上高高耸峙的那道山崖,站立在山崖边扯开喉咙。刚唱起来,他的眼睛便湿淋淋的,有了泪的聚集,晶晶亮亮的,一颗一颗,莹莹润润地挂在他的眼皮上。

  东山上那个点灯西山那个明,
  一马马那个平川了呀亲妹子哎瞭不见人。
  …………

枣树圪墚枣花香

一

枣树开花的时节，坡梁上的草也就肥了。

是肥成大海一般的样子呢！满坡满梁绿草，都像受了某种神秘力量的鼓舞，奋勇地向上长着；有风吹来，便又羞涩地伏下去；才伏下去呢，却又迅速地挺起来，起起伏伏，总是难以平静。在坡梁上刈草的段枣花，心里也是这样，像长了草似的，起伏着不得平静。她是想起狠心的祝金虎了。心里想着呢，就要直起腰来，朝着缠在坡梁上的那条山路瞄一眼。她这样痴情地瞄着这条飘飘摇摇的山路，仔细算来，该有八冬七夏了。

段枣花的条子顺、盘子亮，是枣树圪墚村人见人爱俏婆姨。她眼瞄着的这条山路，从坡半凹的村口漫上来，游蛇一样漫到梁顶，一直地漫向前去，漫到段枣花看不见了，还要继续往前漫……过去，这条路是很宽的，也是很喧闹的，段枣花就是从过去宽畅喧闹的路上走来，嫁给她的情哥哥祝金虎的。恩恩爱爱过了两个年头，祝金虎说他不能窝在枣树圪墚，他要出去，要到繁华的大城市去，寻找新的生活。祝金虎说走真就走了，也是从这条路上走的。从他走了以后，这条路便慢慢地窄下来了，静下来了。之所以窄，是路面被疯长的野草占去了；之所以静，是来去的人少了。枣树圪墚村，从祝金虎走出去后，像他一样的后生，就串通着似的，一个一个的，差不多都走出去了。

望穿秋水——段枣花想她瞄着山路的眼神，应该就是那个样子呢。

段枣花这样子瞄着，是想瞄见出走的祝金虎从这条路上走回来的。她瞄不见狠心的祝金虎，却在挥镰刈草的这个下午，瞄见了一个衣着邋遢的后生，背着个肥大的行囊，从这条曲曲弯弯的山路上走来了。

看样子，这是个城里来的后生哩。

他驴子一样在肩背上驮着个肥大的行囊，手里呢，还端着个炮筒子似的照相机，见着什么都新鲜，都要把他的炮筒子瞄上去，咔嚓咔嚓拍几下。

段枣花早就瞄见他了。他起先只是远远的一个黑点儿，走得近了，就见他对坡梁上密密匝匝的枣树林子来了兴趣，把他的炮筒子推远了拍几张，然后又扯近了拍几张；有时候呢，还把炮筒子凑到枣树的枝叶上拍几张，拍得兴趣盎然，不亦乐乎……后来，他居高临下地看见窝在半坡凹里的枣树圪塔村了，就手遮前额，把散散乱乱的村子看了一个仔细，这才小心地端起照相机，换一个角度，咔嚓拍一下，再换一个角度，咔嚓又拍一下，惹得段枣花直起腰，手握一把亮闪闪的弯镰，在半空里掂了掂，嘴巴动着，默着声怨他了。

段枣花说："贪心的城里人，你把枣树圪塔村还能吃进你的照相机里不成？"

段枣花的埋怨是没出声的，奇怪的是，却被城里后生听见了似的，他把拍摄村景的照相机镜头收了回来，对着刈草的段枣花又拍上了。他拍段枣花的那份专心，超过了他对前头一切事物的兴趣，没完没了。段枣花弯下腰刈草了，他咔嚓拍一下；她直起身擦汗了，他又咔嚓拍一下……他这么很有耐心地拍摄着，还一步一步朝着段枣花刈草的沟坡上挪，挪一步近一步，近得都快探上段枣花刈草的镰刀了。段枣花焉有不恼的理由？她是又恼又羞呢，心想他是谁呀？咋是这么的轻薄？咋是这么的不知羞脸？

缠在梁梢上的大路，恰在这时，传来了一阵清脆的摇铃铛声。

那是段枣花的妹子祝金花回家来了。

祝金花骑在一头拴了红绸带和铜响铃的小毛驴背上。很受段枣花疼爱的祝金花，在山那边的乡办小学读书。路太远了，去学校不方便，段枣花央求爷爷拴了这头小毛驴，为祝金花代步。段枣花还怕祝金花在路上寂寞，她自己又找了一个皮圈，拴上一圈串铃，戴在小毛驴的脖子上。小毛驴碎步走着，就有一路不绝于耳的铃铛声："丁铃铃……丁铃铃……"这样的景致，在陕北的旧日历中,是相当普遍的,到了现在,就很少见了。

祝金花在学校刚学了一曲信天游,斜骑在毛驴背上的她,就很嘹响地唱着了。段枣花听得出来,这是学校老师改良过的信天游,如今不知叫了什么名字,原来是叫《探不上采花心里头爱》。这样一曲满含情爱味道的信天游,从祝金花这样的小女子嘴里唱出来,听来就更有意思了。

> 一朵朵红花半崖上开,
> 探不上采花呀心里头爱
> 打碗碗花儿遍地开
> 把你的白脸脸呀调过来。
> …………

城里后生名叫柳五洲,他的父亲柳君红在陕北插过队。柳五洲从父亲的嘴里听到过这样的景致,当然,他还从电影和电视的画面上看到过这样的景致。他听了、看了,只是觉得很美,是那种深藏在传统里的美啊!蓦然间,这样的景致撞入了他的眼睛,就不只是一种简单的美了。那么是什么呢?柳五洲一时还说不清楚,而且他的摄像机镜头也没时间让他去多想。本能地,他调转了头,寻着祝金花骑着毛驴吼唱信天游的身姿,用他照相机的镜头,远远地瞄着,"咔嚓"按了一下快门……显然了,只按一下快门是不够的,城里后生柳五洲向他刚还专心拍摄着的段枣花挥了一下手,算是给她打了一个招呼,然后呢,就一蹦一跳地追着骑在花红毛驴背上的祝金花去了。在满是荒草的坡地上,他蹦跳几步,就站下来,举起手里的照相机,对着祝金花和她骑着的小毛驴按一下快门……他按响快门的时候,心是专注的——段枣花隐约看得见,城里后生那张青春俊朗的脸上荡漾着的,满是惊讶和喜悦。

小毛驴脖子上的串铃声该是很好的伴奏了,骑着小毛驴的祝金花,还不知觉有人追着她拍照片,如同枣树枝条般的腰身儿,随着小毛驴的蹄脚声,很有韵致地摇着,一边摇着,一边唱着她的信天游。

>白格生生脸脸黑格油油头，
>红格嘟嘟嘴唇馋死人。
>风尘尘不动树梢梢摆，
>什么风把你刮得来。

追着祝金花拍照的城里后生柳五洲，兴奋得都要大喊大叫了。他听他的父亲柳君红一伙插队陕北的知青在北京聚餐喝酒时唱过这样的信天游。他是爱听这样的信天游的。在父亲他们这些曾经插队陕北的知青唱着时，他曾忍不住大喊大叫过，但在这里，他喊叫不出来了。他怕惊了骑驴的祝金花，耽误了他拍出好照片。于是，段枣花看见蹦跳着的城里后生柳五洲，对着她的小妹祝金花，不断地按快门……就在他又一次举起照相机，对着祝金花拍照时，却毫没来由地扑趴在了草坡上。

二

变脸失色的段枣花，破了嗓子地喊叫她的小妹祝金花。

城里后生柳五洲扑趴到地上时，段枣花起初并不觉得有啥问题。在凸凹不平的草坡上蹦跳，偶尔摔上一跤，会有什么问题呢？不会有吧。段枣花就曾在草坡上摔过跤，村上的人呢，谁没在草坡上摔过跤？摔倒了，自己爬起来不就对了。但城里后生柳五洲这一跤摔得不同。他没做任何其他动作，就直接扑趴倒在了草坡上，也不爬起来，甚至动也不动。这让瞄着他的段枣花就奇怪了，她忍不住还捂了嘴偷偷地笑，正笑着呢，觉出了问题来，立刻不笑了，扔了手里的镰刀，撒开脚丫子，向着城里后生柳五洲扑爬的地方跑……快跑近了，段枣花又慢下脚步，嘴里"哎，哎，哎"地轻唤着城里后生柳五洲。见他还没动静，她这才真正地失慌起来，伸手抓住城里后生柳五洲的一条胳膊，把他拉着翻过身来。他的脸是白的，是那种不见一点儿血丝的白，而且还有一层细汗，亮晶晶地涂在他的脸上，让人觉出他有一种垂死的危险……他死死咬着的牙齿，却还像只吃草的羊儿，滑稽地叼着几根肥硕的草叶。

段枣花喊叫着，喊叫的声音有些凄厉："金花呀，你快过来！"

祝金花是还唱着信天游的，当下住了口，应着嫂子段枣花："甚事吗？你听你喊叫的。"

段枣花不让祝金花问，只喊她："话咋多得很。"

祝金花就不问了，知晓她的嫂子遇到事了，很难场的事呢！这便跃身跳下小毛驴，向她嫂子段枣花喊叫的地方跑着去了。

段枣花又喊："把你的毛驴儿一块儿牵着来！"

祝金花就很听话地转过身，抓住被她松了手的驴缰绳，"嘚儿——嘚儿——"吆喝着，一声比一声急地走来了。她像她的嫂子一样，倏忽看见草坡上躺着的城里后生柳五洲，也是慌得不行，嘴里还毫无主张地说着话。

祝金花说："这是咋的了？"

祝金花嘴里说着，手上就帮着嫂子段枣花来扶昏软在草坡上的城里后生柳五洲……背着个巨大的行囊、举着一架照相机的城里后生柳五洲，祝金花早在她上学时走过的乡街上就见过了。祝金花初见这个城里后生柳五洲时，觉得他的行为是怪异的，因此，他就特别地引她注目了。窝在陕北沟沟壑壑的乡街，她所能看到的，差不多都是左近村庄的人。他们的穿着和说话，也都如陕北的沟沟壑壑一样平常，大家即便不晓得对方的姓名，却也都有见过面的那样一种熟悉。城里来的这个后生，他不一样。他的穿着是洋气的，是那种邋里邋遢的洋气。他在乡街上晃荡着，身后总是跟着许多人，大家像看西洋景一般看着他，而他还没知觉，只管在乡街上晃荡着。终于，有人忍不住，问他话了。

问他话的人说："你是来收大枣的吧？"

城里后生柳五洲摇头了。

问他话的人就还说："那你就是来收洋芋了？"

城里后生柳五洲就还摇着头。

在他们这一带,大枣是个特产,洋芋是个特产,再者还有羊肉和羊皮。外来人到这儿来,差不多都奔着这里的土特产,是来做生意的。大家的意识里,对外来人积累下来的,就是这么一个简单的印象。这个摇头晃脑的城里后生柳五洲,他要做什么呢?

他呀,干脆就是一个不着调调的闲人。

你看他么,蓝色的一身厚布裤褂,被水洗得这儿深了,那儿浅了;交关处呢,还破了;或者大一点儿,或者小一点儿的洞眼,也不去补,任凭那大大小小的洞眼儿烂着线头……他晃晃荡荡地走到一个摆摊卖羊肉饸饹的锅灶边,就很自然地举起照相机拍照,拍了照,要摊主给他盛一碗饸饹,热汗淋漓地大吃几口。接着呢,他还要在乡街上晃荡。看见卖荞面碗坨的,看见卖糜子软糕的,看见卖洋芋擦擦的,他都要举着照相机拍照。照例是,拍了照还要摊主给他弄上一些,他热汗淋漓地大吃几口。他那么拍着照片,吃着饭食,把肚子吃得鼓鼓的了,吃不动了,还不停地又是拍照片又是吃饭食,嘴里呢,还念念叨叨,说:"吃撑了!吃撑了!"但他管不住自己,依旧拍着照片吃着饭食,吃得都举起巴掌在自己鼓鼓的肚腹上敲了。

鼓腹而歌。跟着城里后生柳五洲看"西洋景"的祝金花,当时就想到了老师教她的这句成语,她笑了。

一起跟着城里后生柳五洲看"西洋景"的人都笑了。

被人笑的城里后生柳五洲,看着笑他的人,自己也没心没肺地笑了。他笑着向大家问了一个问题。

城里后生柳五洲问:"谁知道枣树圪墚村怎么走?"

在乡街上,知道枣树圪墚村的人不只祝金花一个人。不等她说,早有其他的人给城里后生柳五洲说了。城里后生柳五洲要答谢人家,给人家照一张相的,这倒把给他指路的人吓得满街乱跑,也让人觉得城里后生柳五洲更有趣了。

这样一个有趣的人,怎么就扑趴着晕倒在枣树圪墚村的草坡上了呢?

祝金花不能多想了,她在嫂子段枣花的招呼下,扶起城里后生柳五洲,先把他背上巨大的行囊卸下来,又把他脖子上挂着的照相机摘下来。然后,姑嫂二人齐心协力地把晕过去的城里后生柳五洲弄上了毛驴背，使毛驴儿脖子上的串铃丁铃乱响地回了家。

经验丰富的爷爷，翻着城里后生柳五洲的眼皮看了看，就晓得该怎么办了。

爷爷帮助段枣花和祝金花姑嫂俩，把横驮在毛驴背上的城里后生柳五洲抬下来，搬去了自己住着的窑洞。爷爷把叠着的铺盖塞在城里后生柳五洲的背后，让他斜躺着，然后就让段枣花去端枣红酒，去化枣花蜜水。

爷爷说："喝一口枣红酒，再来一碗枣花蜜水，他就没事了。"

喘得像驴吼似的段枣花和祝金花，闻听爷爷这么说，就都把提着的心放了下来。

段枣花取枣红酒、化枣花蜜水去了。爷爷就指派祝金花，让她去拿一把地椒椒来。

段枣花一手端着枣红酒，一手端着枣花蜜水——那枣红酒是浅浅的一碗底，那枣花蜜水是海海的一大碗——端了来，小心地先给城里后生柳五洲喂枣红酒，接着又喂枣花蜜水……祝金花呢，就把她拿来的地椒椒，按在城里后生的鼻头上让他嗅。枣红酒灌了，枣花蜜水也快喂完了，城里后生柳五洲的嘴唇鼓了鼓，突然打了个喷嚏，闭着的眼睛也便慢慢地睁开了。

睁开眼睛的城里后生柳五洲，先是一阵的懵懂，骨碌碌翻转的眼珠子，茫然地看着给他又是喂枣红酒又是喂蜂蜜水的段枣花，还有拿着地椒椒给他嗅的祝金花，渐渐地明白过来了。他确认她们就是他照相机镜头里的人，白生生的脸上，蓦地生出大片的红晕来。柳五洲笑了，知道自己遭遇不测时，正是他镜头里的她们救了他。

段枣花到这时才长出了一口气，她说："城里人呀，你可醒来了！"

城里后生柳五洲从两人的抱怨声里，听出了她们对他的关怀，他就只有感激了。但他一时还说不出话来，只拿眼盯着救了他的两个美丽女子看。站在一旁的爷爷也说话了。

爷爷说："你个城里人，看来还得歇在我这儿，再喝几天枣红酒和枣花蜜水。"

城里后生柳五洲就把他感激的目光又转移到爷爷的脸上了。他承认满脸渠沟的爷爷说得对，摸准了他的脉象。好些年了，他总是血糖低，遇着体力透支的时刻，要是不及时补糖，就可能发生吓人的休克症状。他的背囊里，是准备了巧克力和奶糖的，但他举着照相机拍摄段枣花和祝金花，还有枣树圪塄村的村景及满坡上的枣树林时，太专注、太投入了，忘了吃一块巧克力或者奶糖，这就晕倒在草坡上。满腔子涌动着感激热浪的城里后生柳五洲，觉得自己眼睛里的爷爷、段枣花和祝金花在慢慢地变模糊。他知道，一定是汹涌的泪水漫溢出来了。

脸上珠帘子一般挂满了泪水的柳五洲，感觉枣花蜜水的甜味还盖不住枣红酒的香醇。此时此刻，作为药引子的枣红酒，是太特殊了。柳五洲搜索着他的味觉记忆，知晓这该是他父亲柳君红给他喝过的那种枣红酒。父亲把枣红酒一直珍藏着，只有他们一伙曾经一起在陕北插队的知青朋友聚到一起时，才舍得拿出来喝的。

三

你是谁呀？怎么独自一个人到这遥远的陕北来了？

一连几天，被段枣花一家亲切地称为"城里人"的城里后生柳五洲，很想从段枣花、祝金花或是爷爷的嘴里听到这句话，但是没有。段枣花没有问，祝金花没有问，爷爷也没有问。可他们都像亲人一样，伺候着城里后生柳五洲的一日三餐。特别是段枣花，到每餐饭时，都要给他这个城里后生取来浅浅一小碗的枣红酒，化好海海一大碗的枣花蜜水，端到他的面前，看着他，让他香香甜甜地喝进肚子里去。

爷爷说得没错，枣红酒、枣花蜜水是对着城里后生柳五洲的病症的。他觉得自己的身体好起来了，从来没有过的那种好。

枣红酒带着些淡淡的红色，枣花蜜水带着些淡淡的绿色。柳五洲没见过酿制枣红酒的过程，但他来到枣树圪壏，用他的照相机镜头扫描漫坡漫梁的枣树林时，是抓了几个特写的——辛勤采蜜的蜜蜂奋勇地振动着它们小小的翅羽，周旋在一疙瘩一疙瘩繁密的枣花中，吮吸着枣花里的蜜汁，那枣花的色彩，是带着些绿意的，蜜蜂酿出的枣花蜜，自然地也带着些浅浅的绿了。

在段枣花家的窑背上，有几个土垒的蜂窝，总有一群一群的蜜蜂出出进进，或是飞到枣花烂漫的枣树林里去采蜜，或是采了枣花蜜回到窝里来酿制。那样的纷纷乱乱，那样的勤勤恳恳，真是让人感动哩。

白花花的日头照直落在段枣花家的窑院时，爷爷搬了一把木梯，搭在窑背上来割蜜了。

割蜜的时节，家里的人都是兴奋的。蜂窝的门打开了，就有更多的蜜蜂飞起来，满天都是"嗡嗡嗡嗡"的鸣叫声。爷爷头上戴着一顶简陋的纱罩儿。守卫着窝巢的蜜蜂，大概不愿意爷爷抢割它们的枣花蜜，就都前仆后继，向爷爷的头罩和身上扑……段枣花、祝金花都在设法帮助爷爷。她俩提桶的提桶，摇蜜的摇蜜，忙得不亦乐乎。城里后生柳五洲想他也该搭把手的，但还没等他接近采蜜的爷爷，就有蜜蜂向他进攻了——有一只在他脑门上吻了一下；有一只在他的脸腮上吻了一下；有一只绝的，干脆在他的嘴唇上亲了一下，他便只有哇哇地干叫着，逃到一边。

爷爷来给城里后生柳五洲上药了。

笑哈哈的爷爷说："要不是你的身子需要枣花蜜，我是还要等些日子才割蜜的。"爷爷的话，说得城里后生柳五洲的心里热乎乎的。爷爷还说："蜜蜂蜇了你，你不要怕，那也是有益于你的身体的。我们这里，有些病症治不好，捉几只蜜蜂在皮肉上蜇几下，反而就好了。"爷爷说着，就把黏在手指上的蜂蜜往城里后生柳五洲脸上被蜂蜇了的地方涂了些。他边涂边说："一会儿就不红不肿也不疼了。"

见多识广的爷爷，几乎成了城里后生柳五洲的监护人。

爷爷、段枣花和祝金花对城里后生柳五洲无微不至地好着，倒使城里后生柳五洲不安起来，他不好意思在这里停留太久，却又拧不过热情的爷爷，就只有心怀忐忑。便是他的这点儿心思，也被爷爷看破了。

爷爷告诉他："城里人，别脸皮薄，胡思乱想。看你走路都跌趴扑，还不踏实住下来，好好喝上几日枣红酒、枣花蜜水，把你的身子骨养壮实。"

柳五洲只好客随主便，老老实实在爷爷家住了下来。几日后，爷爷和段枣花从羊圈里选出几只肥羊，赶着要去乡街上卖给贩子——这是爷爷家的主要经济来源。爷爷把选出的羊从窑背后的山洼里赶出来，就直接上了缠在山上的大路。祝金花上学去了，段枣花担心爷爷一个人照顾不过来，也相跟上去了。柳五洲看着新鲜，又不想不劳而获地住在爷爷家里，就也跟着去了。一群羊像是落在坡梁梁上的云朵，忽忽悠悠地向前飘着。爷爷和段枣花默默地跟着，谁都没有说话，柳五洲就觉得很奇怪。他看着爷爷和段枣花，发现他们的眼神颇为落寞，他们盯着云朵一样飘着的羊，盯上一阵，又抬头看天——天色真好，蓝蓝的像水洗了一样，也有一朵一朵白如棉花样的云彩，在忽忽悠悠地飘动……爷爷和段枣花很在意地把天看了一阵，就又低下头来，看他们将要卖给羊贩子的羊群……柳五洲明白了，他们落寞的眼神是为着羊群的。在爷爷和段枣花的眼里，这群羊已被他们养出感情，他们舍不得卖出去了。

这是羊儿的命运了。爷爷和段枣花尽管不舍，却也没有别的办法。

正走着，爷爷提议歇一下脚，然后就坐在坡梁梁的路边上，掏出旱烟锅装烟，吃起来了。段枣花没有坐，她站着，照顾群聚在一起的羊儿。有哪一只胆敢走乱，段枣花就操起她带在手边的放羊铲，铲起一撮土，向着乱走的羊儿抛过去。她抛得很准，随着土块在空中划出一道漂亮的弧线，便见乱走的羊身上被砸出一朵土花儿来。

爷爷叫着柳五洲，让他不要站着，坐到自己身边来。爷爷给他说自己年轻时在家待不住，是走过西口的。西口的路长啊。一次呢，爷爷走着，天上就像今日一样流动着好看的云彩；地上呢，一样的，涌动着好看的绿草。他自己走得高兴，情不自禁，就还唱起了信天游。

爷爷说，他唱的信天游就是《走西口》。说着，爷爷又哼唱了起来：

哥哥哟,走西口,
妹妹呀犯了这愁,
提起哥哥哟走西口哎,
妹妹这泪长流。

哥哥哟走西口,
妹妹呀送你这走,
送出来就大门口。
手把上的那就手儿哟哎,

送就大出来门口,
妹妹这不丢呀手,
有两句那个知心话哎,
哥哥你要记心头。

　　爷爷唱着唱着,昏花的眼睛亮晶晶的,竟然还有了泪花儿。爷爷说他当年在走西口路上,正经唱着这曲信天游时,不知咋的,眼前一黑么,就像城里后生柳五洲在草坡上一样,扑趴在地上了。到他醒来时,也像城里后生柳五洲一样,躺在一户人家的窑炕上,喝着那家人给的枣红酒、枣花蜜水。爷爷说,那家人把他留宿在家,让他喝了好多日子的枣红酒、枣花蜜水。以后的日子,他就再没有眼黑过,也再没有黑眼失脚地扑趴到地上了。

　　城里后生柳五洲还想听爷爷往下说的,爷爷却突然刹了闸,不说了。不说就不说吧,他还抬起干硬的手,在湿汪汪的眼睛上抹了一把,很是羞涩地笑了起来,还说自己"老了老了呢,就爱念想过去的事,不说了,说了丢人哩"。

　　好像不只城里后生柳五洲想听爷爷讲过去的故事,一些采蜜的蜜蜂也想听,"嗡嗡嗡嗡"地飞了来,围在爷爷的身边,飞个不停。

　　城里后生柳五洲就想,让爷爷流泪的叙述,应该还有更精彩的在后头呢!

是个怎样的精彩呢？城里后生柳五洲兀自想着，似乎想得有些眉目了，又似乎什么眉目都没有，便不由自主地笑了起来。

在旁边照顾羊群的段枣花却不让城里后生柳五洲笑，拿她眼睛里的锥子戳了一下他，给他说："你看你那笑么，有啥好笑的？"

城里后生柳五洲感受到了段枣花目光的锋利，他不笑了。

段枣花制止了城里后生柳五洲的笑，又转过脸来制止爷爷的哭了。同样的，她用眼睛里的锥子把爷爷戳了一下，给他说："你看你那泪么，有啥好流的？"

爷爷也就止住了泪。

爷爷还是说了他在走西口路上的故事。说他养身子的那户人家里，是有个妹子的，人样儿长得稀罕，信天游又唱得特别好——"唉唉，把人在他家养得……我都不想回家来了。"

听着爷爷的故事，城里后生柳五洲想他在这个温馨的家里，喝着枣红酒和枣花蜜水，差不多也积累起与爷爷一样的心愿了。

爷爷的故事讲完了，不再说话了，柳五洲却打开了话匣子，把他心里藏着的一堆话都说出来了。他说："让我怎么说呢？从我获救，留在你们的家里，好些天了。好吃好喝地把我待着，你们也不问我是谁、我是从哪儿来的、又要到哪儿去？你们也太放心了。"

爷爷憨憨地笑着，倒没说啥。段枣花是不依的，接着城里后生柳五洲的话说了，说他说的话奇怪。"我们为啥要知道你是谁、知道你从哪儿来、又要到哪儿去？我们只知道你是人就对了。你病倒在我们的枣树圪塄村了，我们照料你，要你好起来。"

城里后生柳五洲还是不理解，说："我要是一个坏蛋呢？"

段枣花就笑了说："咋了，坏蛋不是人？"

城里后生还有什么好说的呢？他没再说什么了。

四

悄悄的，就起了风。段枣花去梁坡上刈草，城里后生柳五洲嚷嚷着也去了。卖羊回来，人还乏着，本来段枣花不让柳五洲去，柳五洲却硬跟着来了。在草坡上，柳五洲举目四望，发现蓬蓬勃勃的枣树枝叶里，满是盛开的淡绿色枣花。四处流动的风，带着枣花的香气，直往他的口鼻里灌。他觉得他都要醉了呢，心也像泡在无处不在的枣花香气里，热热的，感到从来没有过的幸福。

柳五洲从他的衣服口袋里掏出身份证来，给走在他前头的段枣花看。柳五洲坚持认为，他必须把自己的心里话毫无保留地告诉段枣花一家，他不能不明不白地住在人家的家里，承受人家无微不至的关怀和照料。

段枣花对此似乎依然没有兴趣，她只轻描淡写地瞥了一眼柳五洲递过来的身份证，就说："我知道了，你从北京来，你叫柳五洲。"

城里后生柳五洲高兴起来了，说："对，我从北京来，我叫柳五洲。"

这重复的一问一答过后，段枣花却蓦然拧转身来，双目盯着城里后生柳五洲，把他盯得身上像生了虫一般。他不知道段枣花还会说出啥话来，就只有浑身痒痒地等待着。等了一会儿，段枣花说话了，说："你呀，三番五次地想要告诉我们你的名字，想要告诉我们你从哪儿来，这些都很重要吗？"

柳五洲沉默了。他在心里也问自己，这些都很重要吗？他不知道，但他知道让这个好心的一家人了解自己总是对的。

现在，他让她们一家人知道了，他的心释然了。

当然，柳五洲还有一些话要说的。那是北京城"红延安"连锁餐饮店老板的父亲柳君红，在他上路前让他带来的话。

父亲柳君红，当年下乡插队时，随着七万多北京知青来到陕北，插队的地方就在枣树圪壖村。父亲柳君红好唱一嗓子信天游，好喝一口枣红酒，这嗜好就是在枣树圪壖村养成的。父亲柳君红让他带话来，是要他问候乡亲们，说他们在北京是想着枣树圪壖、爱着枣树圪壖的。

作为老知青的后人，柳五洲打听到了枣树圪壖村，而且天意般让他晕厥在枣树圪壖村，他受到了段枣花一家亲人般的照料，他怎么能"贪污"了父亲柳君红的话，不说出来呢？

草坡上有一片被刈倒的青草，晒了两个日头，已经晒得干透了。原来流油似的深绿，因为日晒，也失色了许多，透着一种让人伤心的浅绿。这就是草的命了，好像生来就是"挨刀的货"，生着的时候，一蓬一蓬努力地生着；摇摇摆摆地高了，就得被刈倒了喂羊。

那是父亲柳君红眼里的景致。他动情地给柳五洲描绘过：一群一群的羊儿，像是一团一团的白云，就在起起伏伏、没头没尾的陕北厚土上，自由自在地游动着。哪儿草肥，哪儿就有羊群。放羊的汉子，手拿着一把放羊铲，随着羊群的漫游而漫游，自然也是自由自在的。

自由自在地游走，自由自在地大吼信天游：

　　背靠黄河面对着天，
　　陕北的山来套着那山。
　　宅垴子柳树河湾湾生，
　　一方水土养一方人。
　　翻了架圪壖拐了道弯，
　　满眼都是黄土山。
　　满天天星星满天天明，
　　有两颗不明就是咱二人。

原来的陕北，羊儿都是放养的。现在有了变化，要保护生态，保护环境，政府号召大家扎圈养羊了。对这样一个变化，起初呢，大家是不习惯的，思想上也十分抵触——自古流传下来的放养形式，哪能说改就改呢？没办法，政策规定搁在那里，你把羊群赶到坡上去了，就要重重地罚你，而你把羊群圈养起来了，就还有一大笔的资助。两相比较，大家就都扎圈养羊了。而且，大家从圈养羊的过程中看到，坡梁上的植被明显好了起来，一年比一年好。便是原来荒裸的地方，经过几年的自然修复，绿汪汪地也都生出草来了，这可正是大家希望看到的情景哩。

段枣花的家里也扎了一个大大的羊圈，就在她家的背垴上，离家不是很远，也不是很近。柳五洲去看了，一群又肥又壮的羊儿，"咩咩咩咩"地叫着，哪一日不得好好喂着。是这样，段枣花就要不失时机地去草坡上刈草的，一部分呢，要当日背回来，撒在羊圈里，让羊儿任意地啃吃；一部分呢就要晒干了再背回来，积攒成大大的草垛，以便到了枯草季节，供应羊群啃食。

正是草肥待割的时节，段枣花无一日不去攀坡刈草。

这实在是个劳力的活儿，在段枣花的家里坐享了几日现成的柳五洲，说啥也要帮助这个善良友爱的家庭做些活儿的。因为他看到，不仅段枣花整日不歇地攀坡刈草，就是年迈的爷爷和上学的祝金花，逮着空儿，也要帮助段枣花攀坡刈草去的。

柳五洲看见段枣花家的羊圈里，那么大的一群羊，那么多的嘴巴，一刻不停地嚼着草，也真够段枣花一家人忙活了。

磨镰不误割草功。爷爷每天饭后，都要蹲在窑院的那个大磨石边磨镰的。爷爷把水浇在磨石上，按着镰刀，向前推一下，向后拉一下，"嚓啦——嚓啦——"极富节奏地磨着。磨到后来，爷爷会随手捡起一根草茎，在镰刀上试一下，确信磨得非常锋利了，这才会交给段枣花去刈草。

城里后生柳五洲就是在爷爷磨镰时，嚷嚷着提出了他的要求。

柳五洲说："爷爷，给我也磨一把镰吧。"

爷爷看着他说："给你磨镰做啥呀？"

柳五洲说："刈草么。"

爷爷便乐了起来，说："城里人，你会刈草吗？"

柳五洲说："我小时候还不会吃饭哩……啥事情，都是从不会开始的。"

爷爷便点头了，说："你这个城里人，是个会说话的。"爷爷夸奖着柳五洲，还真找来一把旧镰，认真地给柳五洲磨起来了。

柳五洲跟在段枣花的身后，走在漫无涯际的草坡上。他发现没有一株草不是肥的，只走了一会儿，草的汁水就把他白色的旅游鞋染绿了。不过，柳五洲还不认识这些草，不知道这些草的名字。段枣花告诉他："你别看到处都是草，但不是什么草都能喂羊的，咱到草坡上来，就是要捡羊儿好吃的草去刈的，比如羊涎水、毛胡子、刺苋蔓……这些就都是肥羊的好草哩，但是最好的草呢，应该要数地椒椒了。"

段枣花每给柳五洲讲完一种草，都要撅上一把让柳五洲看。在她说了地椒椒，并在草坡上撅了一把地椒椒让柳五洲认时，柳五洲敏感地嗅到了一股冲鼻的香气——这就是他晕过去的那天，祝金花搭在他鼻腔上让他嗅过的草了。

香气熏着柳五洲，他像那天一样，不由自主地打起了喷嚏。

柳五洲从段枣花的手里接过地椒椒，凑到鼻子上嗅，他发现这个开着紫色小花的植物，香得让人心醉。

柳五洲问段枣花了："怎么这么香啊！"

段枣花就给他说了，这是她们陕北的神奇哩。"你听人说陕北的羊肉鲜，陕北的羊肉嫩，陕北的羊肉好吃，那就是因为陕北的羊儿有地椒椒吃。便是杀了羊熬汤，往汤锅里丢一把地椒椒，熬的羊汤也会除去膻腥气，变得香鲜好喝呢。"

俯下身子，段枣花选了一片草坡，率先刈起草来了，柳五洲学着她的样子，也刈起草来了……宽广的草坡上，这里那里，还有许多像段枣花和柳五洲一样的刈草人。也不晓得是谁，刈着草呢，还唱起了信天游。

    对面山的那个圪梁梁上站了一个谁？
    那就是勾人心的三妹妹。
    三妹妹在那个圪梁梁上招一招手，
    把我的那个哥哥哎魂扯走。
    …………

哥哥么你要爱呀就实在地爱,
为什么脸上发烧开不了口。
你快来咱的圪堎堎上,
咱哥哥妹妹就死活不分手。

五

  起伏不定的坡坡堎堎,就如一个自然的大舞台。点缀着这舞台的,是那绵延不绝的草地,是那飘荡在高天上的云彩,还有阵阵冲鼻的香气。其中,还有嗡嗡振翅的蜜蜂,这些可爱的小精灵,是冲着草地上的绚烂的花儿飞来的。城里后生柳五洲算是一个手巧的人,他学着段枣花的样式一镰一镰地刈着青草。他学得很认真,一板一眼地做,虽则笨拙,却很用心,过了不长的时间,他就能够很好地刈草了。在他的身后,经他手刃的青草已然铺晒开来,有了一大片……这时候呢,他也认识了羊涎水、毛胡子、刺苋蔓等等羊儿爱吃的草了。他重点认下了地椒椒。杂生在草坡上的地椒椒,没有其他草儿生得挺拔,没有其他草儿生得肥腴,但却生得独特,不与其他草儿论高低,不与其他草儿争地位,就那么毫无怨言地交织在无边无际的草色里,一丛一丛,一簇一簇,张扬着它紫色的小花,吐露着它淡淡的特有的香气。

  除此而外,柳五洲还认识了山丹丹花,奔放的、热烈的山丹丹花呀!再还有蓝花花,沉郁的、含蓄的蓝花花啊!手握镰刀的柳五洲,总是小心地躲开这些生在陕北厚土上的花儿,好让它们以自己的娇艳和美丽,装点这里的沟沟堎堎。

  这一回是段枣花要唱信天游了。

  段枣花刈草的技术和速度,自然要比柳五洲高超和敏捷许多。她弯腰飞镰刈草的模样,在柳五洲看来,简直就像一支绝妙的舞蹈,是在任何舞台上都看不到的舞蹈啊。柳五洲几乎要陶醉了!他还看见,段枣花总是迅捷地刈倒几把青草后,再往身后铺晒。在向身后铺晒时,她也还都要回头再看一眼的。她回望的眼神,柳五洲注意了,是带着一种隐隐的忧伤的。柳五洲猜摸不透,段枣花是为她手刈的青草而忧伤呢,还是为她自己忧伤?

柳五洲是猜摸不透的,他想问,但又问不出来,就只有静心地聆听段枣花唱信天游:

拦羊哥哥上了山,
满口口信天游唱不完。
为甚唱得这么甜,
吃了奶子泡捞饭。
羊奶子泡捞饭香喷喷,
妹妹就时时把你想。

这是柳五洲熟悉的一曲信天游,他的父亲柳君红唱得就很好。现在是段枣花唱了,跟上她演唱的节奏,柳五洲也是能唱几句的。但他没有,只安静地听着段枣花唱。他得承认,段枣花唱得真个是好。没有音乐伴奏,没有麦克风扩音,她就在这荒草坡上,自由自在地唱着,倒比在专业舞台上的专业歌唱家唱得还好听。当然了,更比他父亲那一帮知青唱得好。

柳五洲知道段枣花唱的这曲信天游叫《妹妹时时把你想》。他静静地听着,一时忘了刈草。到段枣花扯长了声调落下最后一个音时,他就急不可待地喝彩了。

柳五洲喝彩的声音太大了,喊出来把他自己都吓了一跳:"好!"

段枣花拧过身来,一张脸上飞满了红晕。她说:"我没唱好。"

柳五洲不同意,他说:"还没唱好?再好怕是中央电视台都收不住你了。"

段枣花听出柳五洲的赞赏是真诚的,就说:"那我再给咱唱一曲。"

柳五洲便扔了手里的镰刀,又是跳脚又是鼓掌地欢迎了。段枣花呢,也不扭捏,清了清嗓子,就又唱起来了:

山顶子上刮风树林林闪，
月亮地里等人好心乱。
正月走了你没再来，
留下些好吃的都放坏。
六月里黄瓜下了架，
空口说下些哄人的话。
韭菜割了它还会出苗，
哥哥你走了咋不回来？

  这一曲信天游，对于柳五洲而言是陌生的，他没有听过。但他听得新鲜，听得有趣，此外呢，还听出了无奈和感伤。柳五洲看着段枣花，想从她的嘴里知道这是一曲什么样的信天游。可他看到的段枣花，在把这曲信天游唱罢后，没有和他说话的表示，只兀自站立了一会儿，向着山梁上远远地瞭了一眼，就又转着她手里的镰刀。她把镰刀风车一般转了几圈后，就又弯下腰，利利索索地刈起草来了。
  看着段枣花矫健的刈草姿态，柳五洲的眼睛迷离起来了，他后悔攀坡刈草来时，没带着照相机——如果照相机在他手边，他是要把段枣花刈草的美好姿态拍下来的。他相信拍出这样一幅照片，拿到任何形式的摄影展上去，都会吸引参观者的眼球。
  镰刀在段枣花的手里，好像就不是镰刀了。她眼前的青草，也都不是青草了。镰刀和青草，还有天上浮游的云彩，四处飞的蜜蜂和蝴蝶，围绕着段枣花，都成了她劳动着的身姿的点缀……恍惚之间，柳五洲有点儿明白他为什么到陕北来了。
  此前，他自己是糊涂着的，觉得是一种鬼使神差，觉得有一种不可思议，而在这个时候，他有了一些觉悟。
  是个什么觉悟呢？柳五洲沉浸在段枣花的信天游和刈草的美好姿态里，胡思乱想着，一会儿又糊涂了起来，想不出个头绪了。

像段枣花一样，柳五洲又刈起草来。这时候，再挥镰，柳五洲差不多也能像段枣花一般自如。好像那镰刀，就是他伸长的胳膊和手，轻轻地扫过，就有一把汁水飞溅的青草，断了根茎，顺从地躺在他身后的坡地上……不由自主，柳五洲还要胡思乱想，他想段枣花唱的信天游，应该是唱给她打工在外的男人祝金虎听的吧。

柳五洲已经知道，段枣花的男人祝金虎，是在北京城里打工的，在那么远的地方打工，祝金虎可还听得见段枣花的信天游？这是可以肯定的，段枣花的男人祝金虎是听不见的，他又没生出个顺风耳，在遥远的北京城又怎么能听得见呢？

祝金虎听不见，柳五洲是听见了。

这样地想着，柳五洲就很欣幸了，觉得自己好有福气。手上挥舞的镰刀，就也随着他的心情，变得欢快起来……草坡上的段枣花和柳五洲，埋头刈了多长时间草呢？柳五洲是没有知觉了，他只感到自己的手太少，恨不能多生几双来，就能把草刈得再快一些，就能赶上段枣花了。他正这么想着呢，段枣花却丢下手里的镰刀，不再刈草了。

段枣花走到柳五洲的身边，给他说："累了吧，咱歇一会儿。"

听段枣花这么一说，柳五洲就真感到手腕子的疼痛，腰眼儿也酸酸地难受。于是，他也丢下了镰刀。

柳五洲是坐在他刈倒的一把青草上歇息的。段枣花呢，挨着他，不远不近，也坐在一把刈倒的青草上。本来，柳五洲还想先说话的，说段枣花的信天游唱得好，说段枣花刈草的姿态好，可他还没有说出来，段枣花抢在他的前头就先说了。

段枣花说："你说你，放着城里的福不享，你到我们陕北来找罪受吗？"

柳五洲想要回答段枣花的，可他把嘴张了几张，却没有回答出来。

段枣花就还说："你说么，你为了啥来？"

六

这的确是一个问题呢。放在过去,柳五洲不是没想,只是没有认真想罢了;现在呢,到了陕北的地界上,面对着问他的段枣花,柳五洲就不能不认真想了,想他为啥要到陕北来?对了,是梦中的一个念头吧。

那个梦,柳五洲已经做过很长时间了。好像就在他上中学的时候,他在北京开着"红延安"饭店的父亲柳君红,约了在延安插过队的一帮知青,在饭店里吃着陕北的地方小吃、喝着陕北的枣红酒、说着他们插队陕北的故事的时候,柳五洲放学回来了,他到了父亲开办的饭店,静静地躲在一边,看他们吃饭喝酒,听他们说话,又看他们抹泪。

是的呀,父亲柳君红他们都抹泪了。

有人说在陕北插队的难过。寒冬腊月的天气,撒泡尿到地上,刚还冒着热气,眨眼的工夫,就结成了冰,冒着的也就成了冷气。是这样,还不能猫在窑洞的火炕上,还要到沟坡上去,"改天换地",修什么水平梯田,打什么水库大坝。汗水把棉袄棉裤褟透了,西北风不管这些,还像锥子一般刺着,棉袄棉裤就又冻成了冰甲,罩在人的皮肉上。那是一个啥罪呀?想想都要叫骨头疼哩!吃又吃不饱,早上小米稀饭,中午小米稀饭,晚上还是小米稀饭,清汤寡水……你不知道,咱知青的口粮从来就没给够过。

这是一句车轱辘话,起初的聚餐上,他们曾经插队陕北的知青,谁都会说一段的。说到后来呢,大家就不这么说了。再说,就成了另一种口气。

这时的柳五洲已经中学毕业,考进了大学。但他爱听父亲柳君红他们这些老知青讲在陕北的事情。

大家这时是怎么说的呢?他们说咱们过去那么说,不能说咱说的不对,也不能说咱说的就对。那个时候哇,都不容易,都困难,都吃不饱。相比较而言呢,咱们知青还有政府关心,有困难,有问题,还能向政府嚷嚷。可是他们呢，土生土长的他们，就是有困难、有问题，也没处张口呀！

把话说到这里，父亲柳君红他们几乎是不约而同地要"唉"一声的，又都要端起酒杯，喝一口枣红酒。

时间让父亲柳君红和曾经插队陕北的知青，把曾经的苦难和不幸，渐渐地变成了一种怀念和向往。

这样的怀念是温暖的，向往就更是一种迷恋。

柳五洲的陕北梦，就是从父亲柳君红和他的知青兄弟的嘴巴上做起来的。

父亲柳君红他们这帮知青兄弟，从陕北返城，回到北京，经过一番打拼，现如今，各自有了自己的一番事业。柳五洲认识的何叔叔，开了一家装修公司，一年到头有干不完的装修活，队伍从起初的一二十人，发展到现在，已经超出了几百人。何叔叔自己的屁股底下，就坐着一辆价值数十万的进口小汽车……还有孙伯伯、吴阿姨，一个担任一家出租汽车公司的经理，一个担任一个街道办事处的主任。柳五洲的父亲柳君红，则开着取名"红延安"的特色饭店，先只一处，人多等座儿，就又开了一处，还是人多等座儿，就又开了一处……北京城，东南西北，都有了"红延安"特色饭店的分店，日子过得自然是很富足了。

他们照例是要聚餐的，越是事业成功，越是年龄见长，越是爱聚餐。聚餐时，又照例要说陕北的。陕北，成了父亲柳君红和那帮知青兄弟口中一个永不枯竭的话题。

柳五洲大学毕业了。就在他满北京城寻找就业机会的当口，父亲柳君红他们那帮曾插队陕北的知青兄弟，又聚在"红延安"吃饭喝酒了。

这一次，柳五洲没有躲在一边，他搅在父亲柳君红这一伙知青兄弟的中间，和他们一起吃饭喝酒了。

父亲的"红延安"饭店里，有做得十分地道的陕北菜。一张很大的圆形餐台上，凉菜热菜杂在一起上，柳五洲耳熟能详的凉菜就有苦苦菜、酸酸菜、刺蒿蒿等。热菜呢，就有荞面碗坨、洋芋擦擦、炒羊杂等，喝的酒自然是父亲珍藏的枣红酒。

他们说："过上些日子，还就馋一口枣红酒。"

他们说:"越是上年龄,心里就越是想陕北。"

吊在父亲柳君红他们嘴上的陕北,就在这一口陕北菜和一口枣红酒的吃吃喝喝里说到了高潮。

是在出租汽车公司当经理的孙伯伯大声说开的。他说了:"咱们插队村里的那个支部书记,你们谁数过他脸上的皱褶?没有吧。我数过,没有数清楚,但我感觉他那满脸犁沟一样又深又密的皱褶,多一条就多出一个诡计来。他把知青的口粮扣了一些,咱们和他理论,他把咱们领着去看村上的五保户、军烈属,咱没理论了。五保户、军烈属的口粮比咱们还困难,他把克扣咱们的口粮,一颗不剩,都匀给了他们,你说咱们还能咋说?哎哟,我是服了他咧。"

孙伯伯说着插队陕北的往事,一声一声,满怀着的全然都是一腔深情。

孙伯伯说:"也不知老支书现在的情况如何?"

父亲柳君红有着和孙伯伯一样的感受。但是何叔叔和吴阿姨他们,张嘴却来调侃父亲柳君红了。说:"孙伯伯想念老支书吧,是真的。你柳君红呢,想念的怕是老支书的姑娘哩。"

何叔叔说:"人家老支书的姑娘,稀罕着你哩,有一口好吃的,省下来,包在她的花手帕里,躲开众人的眼睛,就往你手里塞。"

吴阿姨说:"对着哩,人家姑娘的辫子是黑又长,眼睛是黑又亮,你把人家姑娘的心负了。"

吴阿姨说话还唱起了信天游,她开了口呢,一起聚餐的老知青也都跟着唱了起来。柳五洲记得真真切切,父亲他们唱得最为深情的,是一曲《单送你一颗红果果》:

> 你给我说你给我笑,
> 倒不如给我唱首信天游解心焦。
> 满肚子的事情没法说,
> 单给你送一颗红果果。
> 雷声大来雨点点小,
> 刚交下的朋友最心焦。

叫声哥哥你不要忙，
山背后的日子比天长。
有心一去不再来，
一对对毛眼睛怎丢开。

别人都还唱着哩，父亲柳君红自己倒了一杯枣红酒，仰着脖子灌进了他的嘴里，到他低下头来，把酒杯放在餐台上时，一双眼睛扑嗒嗒砸下许多泪蛋蛋儿……其他人见状，就劝父亲柳君红，好了好了，咱不说陕北了，看把咱说得伤心的。

父亲柳君红他们不说陕北了，但菜还要吃，酒还要喝，吃着喝着，没话找话，这就找着说到柳五洲的身上了。

几位伯伯、叔叔、阿姨说他们真是想不到，好像柳五洲从被抱在怀里，到放在地上学走路，就呼呼啦啦地长起来了，长得大学都毕业了。终究是吴阿姨的记性好，说柳五洲起小便心眼儿灵，看见一只小猫，拿着画笔就能画出一只猫；看见一条小狗，拿着画笔就能画出一条小狗。

何叔叔接着吴阿姨的话说："五洲呀，你在大学学的是艺术专业吧。"

柳五洲点着头说："是的，是艺术专业。"

何叔叔的舌头被枣红酒浇得有点儿大，说："那敢情好，你不用到处去求职了，到叔叔的公司来，给叔叔当助理。工程装修公司总经理的助理哩，你来当吧，叔叔的公司需要你这样的青年才俊。"

孙伯伯截住何叔叔的话，说："我那儿缺根笔杆子搞宣传。背着你的照相机到我的出租汽车公司来，会让你大有作为的。"

柳五洲等他父亲柳君红的知青兄弟把话说完，他给自己倒了一杯枣红酒，也给伯伯、叔叔、阿姨们的酒杯里添上枣红酒，端起来，说他敬各位长辈操心他，关心他，但他心里已经有主意了。

是个什么主意呢？伯伯、叔叔、阿姨们都端着酒杯，把眼睛盯在了柳五洲的脸上。柳五洲看见伯伯、叔叔、阿姨们的眼睛都充了血丝，慢慢地变红了，就像他们端在手里的满满当当的枣红酒。

柳五洲没有犹豫，他举起酒杯，张嘴把酒杯里的枣红酒倾进了喉咙，然后等着伯伯、叔叔、阿姨们也把酒杯里的枣红酒咽下肚，他便浅浅地笑了一下，把他的主意说出来了。
　　柳五洲说："我到陕北去呀！"

七

　　拴绑得花团锦簇的小毛驴，在把祝金花从山那边的学校里驮回来后，便能一身轻松地吃草吃料了。这时候的小毛驴是悠闲的，它脖子上丁当乱响的串铃暂时被卸下来，还有头顶的红缨子和脊背上的鞍子，也都暂时被取下来。在主人给小毛驴卸除这些装备时，它总是表现得很欢快，叫个不停。直到装备全部卸除下来，它还要就地打两个滚儿，爬卧在地上，四蹄用力地朝天一蹬，这就从一边翻滚到了另一边；到了那边呢，又是四蹄用力地朝天一蹬，再翻回到这边来。柳五洲看着，就觉出小毛驴的赖。这样的赖太可爱了，带着些撒娇的成分，和那么点儿讨巧的成分。
　　果然它就得到了回报。祝金花找来了一把秃扫帚，在小毛驴的身上一遍一遍地扫。把小毛驴的皮毛刮扫得顺顺的了，她就又把它牵到窑院一角的亮圈里，给小毛驴又是添草，又是喂料。一会儿呢，她又端来一盆清水，送到小毛驴的嘴边，让小毛驴饮用。
　　这是柳五洲从草坡上背草回来看到的情景。
　　在这个温暖的家庭里，形成了一个十分自然的劳动分工：祝金花的坐骑小毛驴，是她自己侍弄的；圈养的那一群羊儿，则主要由爷爷负责侍弄了；段枣花年轻，是家庭的骨干劳力，刈草或别的什么重活，顺理成章，就都被她揽过来了。譬如刚才，柳五洲跟着段枣花攆坡刈了半天青草，要回家了，是不能空手的，还得背一捆草回来。段枣花抽出带枣木弯钩的绳子，在草坡上，把晒干了的青草拢起来，先捆了一个大捆子，又捆了一个小捆子。大捆子和小捆子的个头之间，起码差了一半以上。柳五洲想，他是该背那个大捆子的，就自觉地去抓大捆子的绳头。段枣花笑笑地拨开了他的手，说他的肩膀头子嫩，背不动大捆子。柳五洲不服，硬是弯了腰背，结果用足了力气，试着背了几次，却都没有背起来，他就只好去背那个小捆子了。段枣花把大捆子的草滚到上坡头，她自己站在下坡头，肩膀往草捆子的下边一顶，便轻松地背了起来。但是那个草捆子太大了，走在回家的路上，柳五洲跟在段枣花的后边，他能看见的，只是一捆大得惊人的草捆子，却根本看不见段枣花。这让他一时怀疑，草捆子是突然生了两条腿，自己在陡峭的坡道上移动着。

虽说是晒干了的草，重量还是很足的。柳五洲背着那个小捆子，开始还不觉得怎样，背着背着，就觉出沉重了。他是想撂下草捆子歇一歇的，却看见段枣花一步一步地移着，移得很是稳重，他就不好撂草歇脚了，而是跟着段枣花，吃力地往前移着。终于快到羊圈边时，段枣花走到了那个已经堆得像座小山似的草垛前，撂下草捆子。柳五洲离草垛子还远，却也忍无可忍地把草捆子撂到了地上。

爷爷恰在羊圈里出羊粪，看到柳五洲那个力竭气短的样子，呵呵地笑了起来。

爷爷说："谁让你背那么多呢。"

柳五洲说："不多不多。"

爷爷说："还说不多，看把人累得脸都白了。你不怕晕在草坡上，你就干挣么。"

段枣花回身来帮柳五洲了，两人抬着草捆子往大草垛前走。边走段枣花边给他说："人啊，一口吃不了个大胖子，有些事是要慢慢来的。"

回到窑院，柳五洲一看见祝金花那么经心地侍弄她的坐骑小毛驴，心里就有说不出的欢喜。他一时竟然忘了困乏，取来照相机，像拍连环画一样，把祝金花侍弄小毛驴的每一个环节，一幅一幅都拍进他的照相机镜头里了。

经过几个时日的相处，祝金花对柳五洲的陌生感已彻底没有了。她对这个从北京城里来的大哥哥，有了相当的好感和爱意。她过去做作业时，遇到了解不开的难题，都是要去求嫂子段枣花的，现在则求到柳五洲面前了，而且总能得到满意的解答。昨日的一次年级考试，她破天荒地得了数学、语文两个第一，她认为，这就是柳五洲给她辅导的结果，因此，对柳五洲就更信任了。

当然，祝金花觉得柳五洲身上还有很多神秘之处，这让祝金花想象不尽。于是，她逮着机会，是要问一问柳五洲了。

侍弄好她的坐骑小毛驴，祝金花来到柳五洲的身边，把她水汪汪的眼睛几乎黏到柳五洲的脸上。

祝金花问柳五洲："你说，北京大不大？"

柳五洲随口回答她："大呀。"

祝金花说："有多大呢？"

柳五洲说："太大了。"

祝金花说："太大是多大呀？"

这倒是个问题，柳五洲一时也找不出准确的话语来回答祝金花了。而祝金花却像明白了柳五洲的答案一样，不再问他北京大不大的问题了，而是改了话题，问他北京别的问题了。

祝金花问："你说，北京高不高？"

柳五洲觉得这个问题问得奇妙！他想也没想地回答了祝金花："高呀。"

祝金花还问："有多高呢？"

柳五洲回答："太高了。"

这样的问题，问给谁都是难回答的。柳五洲就认为，他给祝金花的答案太笼统了，还想着找些词儿，给祝金花作些补充性的回答，但是，祝金花已不需要了，她对柳五洲的答案相当地满意。她一脸幸福地对柳五洲笑着点头了，一边点头还一边说，"我就想了，北京该是那么大的，北京也该是那么高，路上跑的汽车，该是像河流一样流淌着的，路两边的大楼，该是像树林一样挨着个儿的，人和人呢，都是前脚蹦后脚走着的……"祝金花还想依着她的想象给柳五洲描绘她想象中的北京，柳五洲却不让她想象了。

柳五洲说："有时间了，我带你去北京看看，看一看，你就知道北京是啥样子了。"

祝金花是惊喜的，说："你说的可当真？"

柳五洲肯定地说："当真。"

祝金花却犹豫了，她说："我哥祝金虎也在北京哩。"

柳五洲说："我听说了，在北京打工呀。"

祝金花说："我哥他只能打工。"

柳五洲说："好么，我带你到北京去，去看你哥祝金虎。"

祝金花突然就低了头，两只手很是无措地相互搓着，透露出她心无主张的慌乱。

柳五洲就还说："你不想看看你的哥哥吗？"

祝金花就又把她水汪汪的眼睛盯在柳五洲的脸上，说："谁说我不想看我的哥哥？不过呢，我嫂子才更想看我的哥哥哩。"

这说的倒是一句实话。柳五洲不好回答祝金花的问题了。祝金花却是不管不顾的，照着她心里所想，继续往下说了。

祝金花说："你带我的嫂子去吧，到北京去看我哥。"

对祝金花的这个请求，柳五洲不仅语塞，还有些脸热。他在想，自己脸热什么呢？

为了掩饰吧，柳五洲把他照相机的显示屏翻给祝金花看，说，"你看么，你在照相机里，是多么好看啊。"

这是一个转移话题的好办法，祝金花仔细地看起照相机显示屏里的自己来。柳五洲的照相机是个很有档次的数码机，液晶显示屏足有手掌般大，所呈现的画质、色彩也是那样地饱满润泽。他一幅一幅翻着让祝金花看，把祝金花看得一惊一诧，嘴里只有"啊哟啊哟……"不断的感叹了。

祝金花感叹着，还不忘把她的嫂子段枣花喊来看了。

祝金花的喊声是急切的："嫂子嫂子。"

段枣花应着："啥事嘛？把你急的。"

祝金花说："你来看了，就知道了。"

段枣花本来是要收拾锅灶做饭的，听祝金花那么兴奋地喊叫，就也凑过来看了。很自然地，她也被柳五洲照相机显示屏里的照片吸引了。

不断地翻看，就还翻出了她自己的照片。

那是柳五洲来枣树圪垯村的头一天，撵到草坡上给段枣花拍的照片。一幅一幅，把段枣花的身影恰到好处地定格在青青的地之上，蓝蓝的天之下，让挥镰刈草的段枣花显出一种别样的美来……翻着看着，他们看见在一幅照片上，有只黄色的蝴蝶，翩翩然飞来，刚好落在了段枣花头发的一侧，让照片中的段枣花，看上去更添了一重妩媚和生动。

不失时机地，祝金花又喊叫起来了："把这张照片洗出来，寄给我哥，我哥不晓得有多欢喜哩。"

段枣花捉了祝金花的耳朵，轻轻地揪了一下，说："就你的话多。"

八

现在的枣树圪垯村，本来少有新鲜事，突然来了个柳五洲，而且是从北京城里来的，又会举着照相机给人照相，无疑算是一个大大的新鲜事了。

不断地，有人找到段枣花的窑院里来，来请柳五洲照相了。

第一个来的人是孙月娥。她和段枣花一般大的年纪，走到哪儿，总像悄悄吹来的一股小风，你不注意，还不晓得她已到了身边。她来请柳五洲照相，并没有直接去找柳五洲，那样就不是她孙月娥了。她的处事风格，从来都是静悄悄的，总是怀着那么点儿不好意思。

她到段枣花家的窑院里，从摆弄着照相机的柳五洲身边经过，柳五洲当真没有注意到她。她去了段枣花的住窑里，是想和段枣花先说说的，然后由段枣花替她来请柳五洲。

不巧得很，段枣花手里拿着一张信纸，正不晓得是悲还是喜地掉着眼泪。泪水"吧嗒——吧嗒——"敲在她手里的信纸上，让人听了，心里酸酸的，也想流泪。

站在段枣花身边，孙月娥说："是你男人祝金虎来信了。"

段枣花默默地点着头。

孙月娥说："他在信上说啥了？"

段枣花收着信纸说："你男人不给你写信吗？他在信上说啥，金虎在信上就说啥。"

孙月娥的舌头吐出来。

段枣花意识到她的话说重了，便举着拿信的手，在孙月娥的肩上拍了一掌。

段枣花说："你看你么，悄没声儿的，把人偷了人都不知晓哩。"

孙月娥也不想和人置气，声气儿细细地说："还别说，我还真想把你的人偷了哩。"

孙月娥说着，就把段枣花抱住了。

段枣花挣着，说："你又不是男人。"

孙月娥对段枣花说："那你给我做男人么。"

两个枣树圪塬村的年轻媳妇，这样不知羞惭地说着她们心里的话。

段枣花说："月娥呀，你是不得了了，想男人了！"

孙月娥说："给我装么，装正经。我就不信，咱都不是干柴棍棍，没血没肉，就不想自己的男人在身边？"

段枣花承认孙月娥说得对，但她猜得出来，孙月娥到她这儿来，绝不只为和她说这些话的。而且，她也不想纠缠在这些话里，那是越说，越要使人伤心的。因此，段枣花把孙月娥还抱着她的手拆开来，拿她刚才因流泪把眼仁仁儿流得红红的眼睛，盯着孙月娥看了。她看着孙月娥，很自然地转移了话题。

段枣花说："咱不要绕弯子，月娥你说，你有啥事来找我？"

孙月娥就不绕弯子了，虽然声气还是那么细，一字一句却都清晰地传进了段枣花的耳朵眼里。

孙月娥说："你家来的那个城里人叫个甚来着？"

段枣花说："柳五洲。"

孙月娥说："他从北京城里来？"

段枣花说："晓得你还问我。"

孙月娥说："你不晓得，咱们枣树圪垯村都传疯了，这个叫柳五洲的北京人照相照得好，能把人的魂魂都照出来。我想请你求他，给我也照一张相么，照下了，我给我打工的死鬼男人寄一张去，让他看看我魂魂儿，是牺惶呀么不牺惶。"

这是一个理由啊，段枣花没有不应承的理。

孙月娥却还说："咱枣树圪垯村还传说，早些年北京知青到咱村，把咱村一下子带热闹了，那些个北京娃娃，一个赛一个好。他柳五洲一来，村上和北京知青交往深的老人，都又想起当年的他们了。"

絮絮叨叨的，都是孙月娥一个人在说，不过，她说的话，段枣花还是受听的。她得承认，不速之客柳五洲，不期然地闯入她的生活，还是让她非常欢欣的。即便她要一日三餐地做了饭，端给柳五洲吃，并且还要端了枣红酒、化了枣花蜜水给柳五洲喝，她也都是乐意的。家里的爷爷和小姑子祝金花，也都是乐意的……从北京城里来了个柳五洲呀，今天看来，好像已不只是让段枣花一家人的高兴事，而是枣树圪垯村全村人的高兴事呢。

段枣花满碟满碗地给孙月娥应承了下来。她说："好么，我给你说去。"

把窑门上的门帘儿挑起来，段枣花和孙月娥双双往柳五洲那边走，迎面却撞上了爷爷。

爷爷说："月娥来了。"

孙月娥答应着："来了。"

爷爷却还说："枣花呀，圈里怀着羔儿的母羊，这几天怕要生了呢，我看咱是该做些准备了。"

段枣花就也应着爷爷，说："我知道了。"

就这样地应着爷爷，段枣花和孙月娥走到了柳五洲的跟前。段枣花用手戳着孙月娥，让孙月娥自己给柳五洲说，孙月娥却又用手戳段枣花，让段枣花给柳五洲说。她俩的小动作，是有那么点儿难为情的，这让看在眼里的柳五洲起了疑心，不晓得她们可有什么开不了口的话。

柳五洲想，无缘无故的，他在段枣花家里住得够久了，他又不是段枣花家里的什么人，再住就不好意思了。刚才他就在想这个问题，觉得自己是该告辞走人了。

面对着心存为难的段枣花和孙月娥，柳五洲说了："刚才我还想，我是该走了呢。"

听柳五洲这么说，段枣花有点儿失态地看着柳五洲，说："想走你就走么。但你走前，得给月娥照张照片再走。"

这几乎可说是句使气的话了。

柳五洲是听得明白的。他知道自己刚才把段枣花和孙月娥的难为情理解错了。听段枣花这么一说，他把手里的照相机举了举，说："好啊，照张相么，又不费啥。"

孙月娥却急得直摇手，说："让我换件衣裳啊。"

孙月娥话音才落，便大步流星地往段枣花家的窑院外走。她都已走出大门了，段枣花把她又喊回来，给她说："你急甚急？听我说，你带人家到你家里去么，你把你的花花衣裳都翻出来，一身一身地照，多照几张。不过，你要记着，该给人家管一顿好饭的。"段枣花给孙月娥叮咛完了，转脸又给柳五洲叮咛上了，说："你到村里转一转，我们枣树圪墚村住得散，上上下下，高高低低，说不定有多少好景儿往你镜头里钻哩。"

柳五洲是受到鼓舞了，他跟着孙月娥，乐哈哈地给她照相去了。

看着柳五洲渐去渐远的背影，段枣花的眼睛里蓦地又湿了起来，耳朵畔上，隐隐约约响起了一曲信天游，那是她的男人祝金虎曾经编了给她唱的：

  一对对相好并排排走，
  一样样的心事难开口。
  沟沟洼洼野花花开，
  你把你的真心掏出来。

  河滩里石头垒不起坝，

手拿着照片拉不上话。

想你想得猫爪爪挖,

又不晓得出了啥麻哒。

九

狠心的个男人呀,当初,祝金虎铁了心出门打工的时候,段枣花是不乐意的。她在心里说,莫非城里的树上都是结着金果果,等着你去,去了就能摘几个?

心里头一千个不乐意,一万个不乐意,祝金虎坚持要去,段枣花还是笑笑地送他去了。

段枣花的男人祝金虎呀,让段枣花怎么说呢?岁数还小的时候,他的爹娘,也不知得了个啥病,三五个月的时间,说不行,就真不行了。到乡医院治疗,到县医院治疗,后来去了延安市的医院,终究没有弄清他们患的是个什么病,就那么不断地瘦下去,糊里糊涂地把人瘦死了。祝金虎可怜呢。段枣花和他同在一个学校、一个班级里念书,看到他不幸的样子,她的眼里就多了些同情。一次,祝金虎连续三天不来学校上课,老师安排同学去他的家里探访,段枣花自告奋勇地去了。到了祝金虎的家里,她发现他还有个步履蹒跚、牙牙学语的妹子祝金花。段枣花刚从他们家的窑院门里跨进去,最先追着她跑来的就是小小的祝金花,嘴巴甜甜的,上来就把段枣花叫姐姐了。

祝金花的脸是脏的,头发是乱的,衣服上的扣子还掉了一颗。段枣花一看,心里便酸酸的,不是滋味。

段枣花问祝金花:"你哥祝金虎呢?"

祝金花拉着段枣花的手,让她蹲下来,嘴巴对她的耳朵说:"我哥在哩,在窑炕上睡着哩。"

段枣花说:"大白天的,他咋还睡呀?"

祝会花说："我哥说了，说他要死了呢。"

这是什么话嘛！段枣花听得心里发紧，睁着惊慌的眼睛，腿脚发虚地挪进了祝金虎卧的窑炕上。其时，恰有爷爷请来的医生给祝金虎瞧病，量了体温，看了舌苔，听了心跳，说没什么大事的，就是感冒了，吃两天药，捂着被子发几身汗，就会好了呢。

原来是一场虚惊，都是祝金虎爹娘的那一场病把人吓的。

正如医生所说，祝金虎的感冒过了几天就全好了。

却也正因为段枣花在病中探望了自己，他对段枣花便感激上了，把她看成了自己生命中难得一遇的知己。而段枣花自己也是，不但同情、关心着祝金虎，对祝金虎的妹妹祝金花也多了一份牵挂和念想。放学了，如果没有别的啥事绊扯，她会和祝金虎走成一路，走到祝金虎的家里，给祝金虎的妹妹祝金花洗脸梳头编辫子。末了，就和祝金虎一同做作业。

两颗年轻的心，就这么不知不觉地贴近了。他们成人了，就请了一班乐人，吹唢呐放炮仗，杀羊喝汤待亲朋，成就了段枣花和祝金虎一门好亲。

恩恩爱爱地在家过了两年，段枣花是还没有过够的，祝金虎却已过不下去了。祝金虎从枣树圪樑村里走出去，到北京城里打工去了。祝金虎想他总不能在枣树圪樑村上一直待到死吧。

祝金虎起心外出打工，是远房一个亲戚捎的话惹起的。那亲戚说北京城像个大工地，到处都是招用民工的启事，只要自己有把子力气，到了北京城，随便在哪儿，都能寻到一个饭碗。祝金虎便铁了心和段枣花说了。

那是个明月高照的晚上，祝金虎把段枣花揽进他的怀里，说："我也出去打工呀。"

段枣花的热身子一颤，嘴上没应祝金虎的话。

祝金虎又说："我想好了，咱们俩一起去。头几年咱吃些力，能挣的钱挣，能省的钱省，到咱攒下钱了，咱就在城里住下来，也做个城里人。"

段枣花听祝金虎说得激动，自己却一点儿都激动不起来。不是她想不到城里的好，但是那样的好，仅凭力气就能得到吗？再说，还有爷爷和妹子祝金花，他们怎么办？和他们一起到城里去吗？很显然，这是办不到的，起码暂时办不到。

祝金虎不见段枣花应声，就还催着她，说："你说话呀。"

段枣花说了："听你想得那个美，我可不敢指望。"

祝金虎说："就你心小。"

段枣花说："你大胆你就去吧，让我心小着，和爷爷妹妹还在咱枣树圪墚上挖刨，你在城里弄成事了，我们一起奔你去，你若弄得不咋成，枣树圪墚上还有你一个家。"

事情就这么定下来了。

祝金虎去给爷爷说，爷爷只问枣花同意不，枣花同意你去你就去，枣花不同意呢，你就甭去。祝金虎就老实地给爷爷说，他是和段枣花商量过的。爷爷没再拦祝金虎，让他卸了缰绳，出门打工去了。

目标就是亲戚给他捎话的北京城。也不知他在那里混得怎么样。从来信看，他一忽儿在北京的城东，一忽儿又到了北京的城西……他在建筑工地上搬过砖，在饭店酒楼里传过菜，最新来的一封信，他又到一家住宅小区做了保安。

这封惹得段枣花落泪的信，与以往大有不同。一张纸上，密密麻麻都是字，说他在保安公司的工作多么体面，说他还学会了开汽车，朋友们出去玩儿，都是由他开着小汽车的，真是要多风光有多风光……写着，就还问到了爷爷的身体，问到了祝金花的学习。自然也问了她，问她可是想好了没有，什么时候动身，也到北京城里打工来。

段枣花看不见她的男人祝金虎，看着信，已知祝金虎的脸色是很难看的，语气也是难听的了。他是不耐烦了，开始用话来逼段枣花了。这和过去是不一样的。过去来信，祝金虎也会说起要段枣花来北京打工的事，但语气都是带着商量的，没有强逼的意思。这次就不同了，他把自己夸得花儿一样，最后还用语言来逼段枣花了。

段枣花看得懂信纸上的风雨，却没有办法，她就只有暗自垂泪了。

十

被人追逐着、被人稀罕着的感觉，真是不错哩。被孙月娥请去拍了照片后，柳五洲的屁股后边，就呼啦啦多了一长溜要拍照片的人。

这些人像孙月娥一样，自然了，也像段枣花一样，是一伙年轻的小婆姨。柳五洲走在她们中间，仿佛进了女儿国一般神采焕发，受宠若惊。

她们邀请柳五洲，目的都只有一个，就是要柳五洲给她们照相。她们把平时压在箱底舍不得穿的衣裳翻找出来，一件一件地试，只怕自己穿不漂亮；她们还找出平常不大用的化妆品，往自己的脸上，霜一层粉一层地抹，生怕把自己抹得不漂亮。这时候，柳五洲成了她最好的顾问。作为艺术专业毕业的大学生，对此他有独到的理解，他根据每个小婆姨的高矮胖瘦、肤色黑白，指导她们或穿红，或穿绿，并指导她们怎样打粉底霜，怎么涂口红，怎样上眼影，这就把枣树圪塄村的小婆姨们打扮出了从来没有过的得体。给一个小婆姨照了相，她还不舍离去，还要一路跟着，到另外一家邀请柳五洲的小婆姨家里去，看着他给那家的小婆姨照相。几天下来，簇拥着柳五洲的小婆姨已经不下十个了，她们随着柳五洲，在住家分布得散散乱乱的枣树圪塄村里，一忽儿攀上一道坡，去了一家窑院，一忽儿又扑下一道坡，去了另一家窑院。人人身上都穿得花枝招展，脸上又描画得鲜艳欲滴。你笑着，她乐着，兴高采烈，嘻嘻哈哈，仿佛村里逢了一个大节日。

小婆姨们照相的目的也只有一个——寄给自家出门打工的男人们。

小婆姨们欣喜，村里来了个柳五洲，他让她们满足了这个美丽的心愿。

因此，在柳五洲给小婆姨们照了相后，她们都是要报答柳五洲的。给钱吗？柳五洲是坚决不要的，粗脖子红脸地硬塞，也都被柳五洲拒绝了。他说这不算啥，轻轻地按一下快门，哪里就能要人钱呢。小婆姨们心下感激着，又没有别的办法。逼得急了，有个小婆姨取出她的剪纸，要送柳五洲，柳五洲接过来看了，当真很是珍爱地收了下来。后边照相的小婆姨们，就都很受鼓舞，在柳五洲照罢相后，也把自己的剪纸取出来，送给柳五洲做纪念了。其中呢，还有小婆姨把纳的鞋垫子送给了柳五洲。那样的鞋垫子，纳得真是好，上面都有设计好的画案，或是花草苗木，或是虫兽人物，使了五彩的细线，一针一针地纳出来，让深谙艺术妙趣的柳五洲看了，真是爱得不能舍手呢。

一个剪纸，一个鞋垫，这样的民间艺术品，对枣树圪塎村里的小婆姨们来说，却几乎是无人不会剪，无人不会纳的，柳五洲对此要叹为观止了。

柳五洲把送他的剪纸翻来倒去地看。

柳五洲把送他的鞋垫倒去翻来地看。

柳五洲仔细地看着时，嘴里总是要赞叹的。他一会儿说一声好，一会儿说一声好。但是，送了他剪纸和鞋垫的小婆姨们，都给柳五洲说：我们剪的剪纸，我们纳的鞋垫，都是很一般的，最好的剪纸，最好的鞋垫，还是要数段枣花剪的、纳的呢。

兴冲冲忙了几天，柳五洲给枣树圪塎村邀请他的小婆姨照着相，又耳听她们说段枣花的剪纸好、鞋垫好，便心里想着，等回到段枣花的家里，他是一定要把段枣花的剪纸和鞋垫儿都讨出来，认真学习讨教的。

不过，柳五洲还只能暂时地克制自己的急切，先精心精意地给追捧着他的小婆姨们照相了。

在枣树圪塎村，柳五洲转移来转移去，他一点儿都不觉得累。心头上呢，还累积着一种说不清道不明的感动，是因为枣树圪塎村的单纯和质朴吗？

柳五洲心想，是啊，就是村里人葆有的单纯和质朴呢，太叫人感动了。

柳五洲只有更为耐心地为需要他照相的人拍照了。起先，柳五洲为村里人拍照，是因为小婆姨们的需要；拍着拍着，有些上了年岁的老人也加入进来，要柳五洲给他们照相了。这样的照着，柳五洲有了一个发现。他发现他镜头里的，无论是一个欢喜的小婆姨，还是一位沉静的老人，一旦与他们所在的自然背景——枣树圪塎村结合在一起，就都是踏破铁鞋也难觅的摄影作品。

柳五洲奇怪了——他的照相机镜头里，连一幅青年小伙的影像都是见不到的。

柳五洲没有问，小婆姨们却告诉他，村里的青年小伙儿全走了，没有了。

锁着大门的一些窑院，也在告诉柳五洲：村里的许多家庭，已经人去窑空，任凭风吹雨打，慢慢地颓废着。

这叫柳五洲无法抑制地生出了些许感伤。

那是一孔久已无人居住的窑院，石垒的院墙上多了几个很大的豁口。柳五洲把他的照相机从豁口上探进去，对准那残缺的旧窑洞照着，像发现奇迹般，看见那并排洞开的几孔旧窑石砌的窑口上，有许多浮雕图案。在大学积累了深厚艺术鉴赏功底的柳五洲，发现那样的图案是独特的。在汉文化的画谱里，他便是搜破肚肠，也难找出这些浮雕图案的样子来。很明显，那样繁复的图形雕饰，以及人物的高鼻梁、凹眼窝和短打衣袍，无不代表着旧时北方游牧人种的特征……柳五洲好奇着，咔嚓、咔嚓把那许多的图案尽数记录到了他的照相机里。

这又叫柳五洲感伤了。

柳五洲感叹枣树圪塄村，该是一个非常古老的村庄哩。

在那一个瞬间，柳五洲把整个儿枣树圪塄村都用眼睛扫了一遍。他看见了满坡满梁的枣树，抽着鼻子，想要嗅到枣花儿的冲天香气的，但却嗅不到了。那曾经的特殊香气，随着枣花的败落已在空气里消失了。

这不要紧，今年的枣花败落了，明年还会再开的。而这个古老的、显出许多败落之相的枣树圪塄村呢？

柳五洲不愿多想这个问题，但他端着的照相机，却突然变得沉重起来，他几乎拿不动了。那是照相机里一群枣树圪塄村的小婆姨们的重量呢，凭他柳五洲的力量，要拿起来，确实是困难的呀。

感伤着的柳五洲，满足了所有要他照相的人们的希望。这天，赶在晚饭前后，他回到了段枣花的家里。在这里，正有一顿丰盛的晚餐等着他来享用。

爷爷意外地取出他酿制的陈年枣红酒，打开了坛子口，给柳五洲倒了一碗，也给自己倒了一碗，端了起来，和柳五洲碰了一下，就往自己的嘴里倾了。柳五洲没敢大口地喝,他小心地抿着,不晓得爷爷何以把这顿晚饭弄得如此隆重。

爷爷一口枣红酒下肚,就给柳五洲说了,说自己劝不动段枣花,让柳五洲也帮自己劝劝,劝段枣花依了祝金虎的心愿,跟祝金虎一起打工去。

枣红酒浓郁的香气在柳五洲的口腔里荡着,他没有说啥,只拿眼睛去看段枣花。段枣花也不避他的眼光,追上来也看着他,那意思很明白——谁都不要劝她,劝也没有用。

柳五洲劝不了段枣花,他就只有喝酒了。

香香甜甜的枣红酒啊,一口又一口……柳五洲都快把他自己灌醉了。

十一

"生女子,要巧的,石榴牡丹冒铰的。"这个流行于陕北各地的民谚,所说的就是剪纸了,民谚中的那个"冒"字,就是随意而为的意思。那个"铰"字,讲的就是"剪"的方法了。段枣花正如枣树圪梁村的小婆姨们推崇的那样,是个剪纸高手哩。

柳五洲好一场软缠硬磨,加上祝金花在一旁帮腔,段枣花这才把她的剪纸活儿亮出来让柳五洲看了。

这一幅是叫《抓髻娃娃》吧。

信天游有这么两句唱,"抓髻拨来来,婆家快娶来",唱的就是这幅剪纸的图样。这也正是他们这里的一个风俗。早些年间,女娃子未出嫁前,头发总是要梳得油光光的,等分儿扎两个抓髻,分别竖在头的两侧,有点儿像现在人们说的"羊角辫"。这样的抓髻,是要等到女孩子结婚的前夜,在娘家举行"上头"礼时,才可以拆开来的。从此梳成盘头,新嫁娘结束了活泼浪漫的少女时代,进入一个新的人生阶段。

段枣花剪的抓髻娃娃,把头上的两个抓髻,大胆夸张地变形成了两只小鸟，用小鸟的飞腾和欢跃，衬托少女的活泼与灵动。其形其貌，其姿其态，是何等地生动和优美啊。

这一幅该是《牛耕图》了呢。

柳五洲看见段枣花的这幅剪纸，便不由自主地想起美术史课上所见的汉代画像石图片，其中就有一幅牛耕图。柳五洲不知道段枣花是否看到过那幅图片，如果没有看到过，那她的这幅剪纸作品，与精美绝伦的汉代画像石牛耕图，就是不谋而合的了。而这，绝对堪称奇迹呀。

在我国的农业生产中，役牛耕田的历史是非常悠久的。段枣花的《牛耕图》，充分运用剪纸的技法，除了在一幅不是很大的彩纸上，剪出一个高扬鞭子、扶犁赶牛的农夫外，还在一大片空白处，剪了几株花开如火的牡丹，引来了一对翩翩飞翔的凤凰跃入牡丹花丛，尽情地嬉戏玩闹。柳五洲想，这是段枣花寄托其中的一种心意了吧，她希望农家的生活是忙碌的，同时又是富足的。

多么精彩的剪纸作品呀，其艺术手法之洗练明快，是太耐人寻味了。那人、那牛，造型是写实的，艺术上所谓的惟妙惟肖，大概就是这个样子了。还有凤凰、牡丹，造型是写意的，与人和牛形成了虚实对照，想象之奇妙，哪里还能见得到？

柳五洲的眼睛都要看直了呢。是这样的看着哩，耳畔上却又回响起一曲嘹亮的信天游来。

这曲信天游的名字叫《妹娃子是个好人才》：

妹娃子好来实在是好，
走路好像那水上漂。
是一对楞格曾曾鼻梁花眼眼，
是一张红格丹丹口唇白脸脸；
是一根端格溜溜身材长辫辫，
是一双灵格巧巧手手捻线线。
妹娃子好来实在是好，

妹娃子你是一个好人才。

这是谁唱的信天游呢?是柳五洲的父亲柳君红了。在陕北插了几年队,回到北京的父亲柳君红念念不忘陕北的信天游。

父亲是太爱唱信天游了,因此柳五洲在大学毕业参加工作前决意要到陕北走一走,父亲是很支持他的。

对了,柳五洲在向父亲表达他这个决定前,父亲柳君红、孙伯伯、何叔叔、吴阿姨他们一伙曾插队陕北的老知青,吃饱了陕北饭,喝足了枣红酒,正唱着陕北的信天游。柳五洲不敢保证,他要去陕北的念头就是在信天游的美好词律里决定下来的,但他能够保证,信天游的美好词律对他的这一念头,绝对是起了催化作用的。

听了柳五洲的决定,父亲柳君红他们受了一惊。酒杯都还端在他们的手上,刚唱着的信天游还在舌头尖尖上缠绕着,他们却都齐刷刷地拿眼盯着柳五洲看了。

父亲柳君红他们是不相信呢还是不理解?愣愣怔怔地看了一阵,父亲柳君红说话了。

父亲柳君红说:"你说你要到陕北去?"

柳五洲说:"是,我要到陕北去。"

父亲柳君红就乐了,一张脸笑得像开了花一样,柳五洲看得出来,父亲是发自内心地乐了啊。

父亲柳君红说:"好,你去了好。"

如此痛快,倒是柳五洲没有想到的。

孙伯伯、何叔叔和吴阿姨他们看父亲柳君红乐,也都跟着乐起来了。还说:"你娃要到陕北去,是你娃子有志气,你娃子有出息,你去了呢,你就知晓是会有收获的。"

是个什么收获呢?孙伯伯、何叔叔、吴阿姨没有说,父亲柳君红却没加任何思索就说出来了。

父亲柳君红说:"当初在陕北插队,苦是够苦的呢。现在想,咱回北京了，都还混得不错，敢说不是在陕北插队打的基础？"

这句话是不虚的，孙伯伯、何叔叔、吴阿姨他们互相交换着目光，乐乐呵呵的脸色，倏忽就变得严肃起来。他们点着头，承认父亲柳君红说得对，他们做人的基础、创业的基础，真就是在陕北插队时打下来的。

人活一世，把基础打好才是根本呢。

看见柳五洲那么痴迷剪纸，活跃在嫂子段枣花身边的祝金花，还把她的一个很大的作业本取来，让柳五洲看了。祝金花是把这个作业本当作了她的剪纸册页了，每一页上都夹了她的剪纸作品。柳五洲接到手里，轻轻地揭开作业本，像他初见段枣花的剪纸作品时一样，吃惊不小。他一幅看过，再看下一幅，没一幅不是匠心独运，饱含着一个小女孩对幸福生活的憧憬的。其中有一幅《娃娃坐莲花》，叫柳五洲尤其喜爱——一朵盛开着的莲花花蕊上，坐着一个大胖娃娃，手捧着一本打开的书，圆嘟嘟的一根小手指，点着书本上的字码，脸作沉思状，把一个好学上进、探求知识奥秘的儿童形象，逼真而传神地表现了出来。

柳五洲的眼光是欣赏的、温暖的，他一边翻看祝金花的剪纸，一边瞄着心存不安的祝金花……这就使祝金花更加不安和局促了。

在一边，祝金花搓着手说话了："你可不要笑话人。我知道，我没我嫂子剪得好。"

祝金花嘴快手也快，刚说了这句话，就把她给柳五洲欣赏的剪纸册页夺了去，又把嫂子段枣花的一幅剪纸给柳五洲看了。

这是一幅还未完成的剪纸呢，但也有了一个大体的轮廓。柳五洲没见过段枣花亲手剪纸，这时候，他突然生出一个强烈的念头——就在眼前，就在现场，他想看一看段枣花怎样使着剪刀，来剪一幅画。

柳五洲把这幅半成品交到了段枣花的手上，带着央求的口气说："你能剪给我看看吗？"

段枣花没有拒绝柳五洲的央求，她坐在了炕边上，左手拿着那幅半成品，右手摸起了剪刀，就认真地在半成品上剪起来了。柳五洲看见，那幅半成品在段枣花的手里，左旋一下，右转一下，便有小小的纸屑，从纸上脱离开来，像是飞舞的蜜蜂，盘盘旋旋，飘飘舞舞，最后落到段枣花的脚下。这样的纸屑，在段枣花的脚下越积越多，那幅剪纸也就快成形了。

柳五洲的心是急的，"怦怦怦怦"地跳着，像要从胸膛里跳出来。他警告自己，不要急，不要急，但他按捺不住的心，却越来越急地跳着。没办法，他抬手捂住了自己的胸口，眼睛眨也不眨地看着段枣花的手和剪子，觉得那就是一幕舞蹈：小小的剪子，在一张红色的彩纸上，跳跃着，灵动着，料不准会到哪儿去……在这儿呢，会简练一些，在那儿呢，又会烦琐一些……到时候了，段枣花丢下手上的剪刀，两只手把她的剪纸抻开来，嘬着她肉嘟嘟的嘴唇，轻轻地吹着，一幅美得让人心颤的剪纸作品，在仙气一般的轻吹中展露在柳五洲的面前了。

段枣花给她的这幅剪纸起了个《山前山后》的名字。

山前的景致是，年轻的婆姨依依不舍，含泪送别男人外出打工。年轻的婆姨，怀抱着小胖娃娃，两只大大的眼睛，一直地凝视着山的前方。山后的景致是毛驴儿架着一辆皮轮车，车上装满了收获的玉米、谷穗。还有一只喜鹊呢，悠悠然追着高云而去，去给山前边的打工汉报告家乡丰收的消息。不到枣树圪塔来，不和段枣花认识，柳五洲想他可能看不懂这幅剪纸。他到枣树圪塔来了，他认识了段枣花，他就完全地理解了这幅剪纸的深义了。

剪纸所要表现的，不正是段枣花和枣树圪塔村里那些跟她一样的小婆姨们的心声吗？

十二

给人家拍照，就不能让人家空欢喜，得把相片洗出来，送给人家才对。枣树圪塔没有洗相片的条件，柳五洲就只有去延安市了。一去一回，花了两天时间，到柳五洲再次回到枣树圪塔村，不仅是段枣花、祝金花、爷爷，还有村上的人，都把他当成了熟客，并且摆设下一桌酒菜，要款待他一顿了。

酒菜已经准备好了，就设在段枣花的窑院里。不过，柳五洲还不知晓。他从延安市一回到枣树圪塄村，还没进村，迎面就碰上一个小婆姨，他把为小婆姨洗出来的照片给了她，她就兴奋地喊了起来。显然她不相信自己的眼睛了，手拿着照片，嘴里咋咋呼呼地直问："这是我吗，啊？这是我吗？"柳五洲是开心的，他给那个小婆姨说："不是你，难道是我？"小婆姨这才确信，那个漂亮得让她生疑的照片上，的确照的就是她。她无限感激地看了一眼柳五洲，转身就向村里跑去了。

小婆姨边跑边喊叫："快来取照片呀！"

小婆姨的喊声是嘹亮的："城里后生给咱把照片洗回来咧！"

小婆姨的喊叫，像是一股强劲的风，迅速传遍了枣树圪塄村的角角落落。邀请柳五洲照了相的小婆姨们，都从她们的窑院里跑出来了。大家围住了柳五洲，兴奋着，激动看，从柳五洲的手里接过她们的照片。她们无不惊讶，照片上的人是那么好看，好看得都要怀疑是不是她们自己。

能给这个偏僻的村落带来这样的快乐，柳五洲的心里，自然也是快乐的。他从小婆姨们的头顶上望过去，发现祝金花站在她家的崖畔上，向他招着手，他就分开小婆姨们的包围，向他最为熟悉的那个地方走去了。

柳五洲回到了段枣花家的窑院，刚一进门，就看见窑院的石桌上摆了满满一桌菜。包括爷爷在内，早有几个村里的老人坐在了石桌边，等他一进来，就热情地把他请到石桌旁，与他们坐在一起。

这些菜，柳五洲也都熟悉了，这酒自然也是他所熟悉的枣红酒了。

柳五洲刚来枣树圪塄村，就很幸运地看到过酿制枣红酒的盛况。那个场面是热火的，随便到哪户人家去，都能看见这轰轰烈烈的烧酒景象。

这是枣树圪塄村农家的一个习惯，也是枣树圪塄农家的一门绝技。那手艺和秘笈，书上写不来，嘴上说不来，单靠枣树圪塄村农家人一辈一辈手手相传了。酿酒的原料呢，自然是他们坡坡梁梁生长的大红枣儿。

所谓枣红酒，应该就是这个理儿。

好像是，烧制枣红酒，还缺少不了枣花儿做引子，因此上，在枣花盛开的日子，村里人就开始准备了。他们穿梭在满坡满梁的枣树林里，收集着浅绿色的、散发着浓香的枣花，把枣花掺入枣红酒的酒曲里，发酵一个对年。到了来年暑热天气，这就破曲烧酒了。这个时日烧的酒，品质是最好的。

枣红酒的香气所以袭人，也许正是这鲜香的枣花儿起作用哩。

爷爷是烧酒的把式，他在自家窨院的一个烧酒的炉子上，架上一口很大的铁锅，装填上隔年的大红枣儿，注进去清冽的山泉水，兑进去砸碎的枣花儿酒曲，小火慢慢地蒸。不出三天三夜，就会有酒香弥漫开来，香了整个枣树圪壋村。人们呢，会闻香而来，东家进，西家出，到了哪一家，都有酒碗放在炉子旁，随便舀，随便喝，脚步已经趔趔趄趄的了，却还要往下一家赶，去那里又是一顿好喝。

这喝呢，又不能只是瞎喝。瞎喝者只能称其为酒鬼，是要遭人取笑的。那么，就都耐着性子，要做个善喝者了。

是善喝者呢，到人家的烧锅旁，必须先观色——看枣红酒的色气正不正。暗红不行，非是晶晶莹莹的亮红就不能算是上好的枣红酒。接下来，还要看酒花儿。啥是酒花儿呢？这里有一个讲究——在把新酒舀了往酒碗里灌注时，要扯长了，吊细了，慢慢地往酒碗里注，使碗里的酒浆，激起一簇簇的酒花来。如果那花儿云朵一般，回散而去，碰到碗沿，迅即破灭，这就叫"飞云花"，这样的枣红酒，质量就还需要提高；如果那花儿，到了碗沿边不破，层层堆积，越积越厚，这就叫"垒云花"，这样的酒，便是品质绝佳的上等枣红酒了。

柳五洲好奇着烧酒的工艺，几天时间里，他像是拖在爷爷屁股上的一根尾巴，又是帮爷爷提水，又是帮爷爷烧火，肆意飘散的柴灰，飞到柳五洲黑汤黄汗横流的脸上，使他的脸看上去五花六道，像是戏台上的猛张飞，惹得段枣花掩了嘴总想笑。

因为爷爷的烧酒技术好，不断被人请了去帮忙烧酒。因此，在枣树圪壋村烧酒的日子，爷爷是最忙的一个人。

酿制好一季的枣红酒，用坛坛罐罐地装了，哪一家都是珍惜着的，细水长流，不敢太过铺张。这是因为，要想盘炉子架锅再酿枣红酒，非得等到下一年的。可是爷爷今日把他新烧的枣红酒坛子全端到了石桌前，尽着兴让大家喝了。大家也不客气，捧着酒碗，左首碰了，"噌"的一声，右首碰了，"噌"的一声，碰了就喝一口。这样的碰碗呢，似乎还不尽兴，大家还要转着圈儿碰了……酒往肚子里灌着，菜往肚子里填着，眼看石桌上的菜碟子要空了，马上又会添上新的菜碟子。

柳五洲注意到了，那新添的菜碟子，不再是段枣花在锅灶上烧出来的，而是村里其他人家烧好了送来的，源源不断。段枣花家窑院的大门口，一会儿就有一户添菜的人家端着菜碟子走进来。

也不知一桌子喝酒的人，最后都喝得怎样。到他们剔着牙缝、打着酒嗝，从段枣花的家里走散后，爷爷一把钳住柳五洲。显然，爷爷是有话要说了。他说了，养在圈里的那群羊，今年是太争气了。这几天呢，见天都有羊羔儿生出来，下来呢，怕还有几日好生哩。爷爷说了宝贝似的羊儿，就还说了生在坡梁上的枣树，预感今年也是一个好收成。爷爷絮絮叨叨地说着，还说了村上的一些事。那些事，柳五洲大多听不明白，但有一件事，他是听明白了——爷爷抱怨，村里的后生全都没命地往城里跑，城里就那么吸引人吗？爷爷对此是一脸的茫然。不过，他话锋一转，说起柳五洲了。

爷爷说："你这娃倒是一片热心肠。"

听爷爷这么说自己，柳五洲并没有太多高兴，他只感到爷爷枯瘦的手掌，钳在他的手腕上，把他钳得隐隐痛了起来。

爷爷说："我想问你一句话，你的先人，他可曾来陕北插过队？"

柳五洲老实地点头了。

爷爷笑了，是那种醉眼如花的笑呢。爷爷说了，你娃一到我们枣树圪墚村，我就感到面熟，后来就想起那一伙北京来的知青，他们那一伙子碎崽娃呀……爷爷说着，脸上的笑僵在了眼角上，不由自主，就有热烫烫的眼泪花儿，从他僵着的笑眼里，扑啦啦滚落出来。

段枣花直说爷爷醉了，招呼柳五洲把爷爷搀扶回他的窑洞里，安放在窑炕上，盖好被子，让爷爷睡了。

爷爷的这一觉睡得真是香。高亢的鼾声，像敲响了戏台上的锣鼓家什，一波一波地往柳五洲的耳朵里灌,他觉得自己困乏得也要昏睡过去了。但他睡不着,想着爷爷说的话,尤其是嗔骂他父亲"那一伙碎崽娃"的话,说明爷爷一直是念想着他们的。这让柳五洲的身上,似有一股强烈的电流通过,有种暖洋洋的幸福感。

祝金花来向柳五洲讨要她的照片了。

跟上爷爷他们喝酒,柳五洲喝得也有些飘,不是祝金花向他讨要,他还差点忘了这码事。听祝金花讨要,他"噢"一声叫,赶紧把祝金花和段枣花的照片翻出来,给了祝金花。祝金花自然是欢喜的,拿了照片就往收拾石桌上狼藉的段枣花身边跑了去,嘴里还哎呀哎呀不停地赞叹着。

段枣花的手没有停,偏着头看祝金花拿着翻看的相片,脸上自然也是笑咪咪的。看了一程,还把眼光挑一下,瞥一眼旁边的柳五洲。

祝金花说:"嫂子,你说了,不能让人家给咱白照相的。你就把你还的礼情取出来么。"

段枣花嗔怪她的妹子祝金花了,说:"我说啥了?我啥啥都没说,我没有礼情还人家。"

祝金花小斗鸡一样和嫂子段枣花争上了,说:"你不要不承认……你是说了,你要不想给人,我可自己拿去呀。"

段枣花没有阻拦妹子祝金花,她看着祝金花从自己身边飞跑而去,去了自己的窑洞,挑着门帘蹿进去,眨眼的工夫,就又蹿了出来,跑到柳五洲的跟前,把几个衬了白色棉纸的剪纸给了柳五洲。红艳的剪纸,衬在白色的棉纸上,是最醒目不过了。柳五洲拿到手里看着,似有惊雷在天空中裂响,他的魂魂魄魄,在那一个瞬间,像要飞出七窍,随着响彻云天的雷声而去。

柳五洲看见剪纸上的图案,是一个健壮后生的模样,在后生的手里,端着一架照相机。后生扫描着镜头前的枣树林,有翩翩飞舞的蝴蝶来了,有嗡嗡鸣叫的蜜蜂来了……下意识告诉柳五洲,这幅美不胜收的剪纸,就是现实中的他自己呀!

埋着的头抬了一下,柳五洲看了一眼段枣花,段枣花也正拿眼看着他,双目一碰,又都地低了下来。

祝金花赶着趟儿插话了:"怎么样?还像你吧?"

柳五洲点头了,说:"像。"

十三

天是空的,果然是空的,空得不见一丝云影,只有一弯月亮,斜斜地挂在天边。好像不是为了普照大地,而是勾画天空,使得漫漫无际的天空透出淡淡的蓝色来,十分幽渺、十分深邃的蓝啊。

爷爷的这一场酒后大睡,真是太沉太沉了,呼噜炮仗,没完没了。窑院背垴上的羊圈里还有要生产的母羊,段枣花心疼爷爷,从爷爷的窑门口走过,没有叫醒爷爷,自己踏着如纱的月光,向背垴的羊圈去了。

段枣花走在去往背垴的路上,哼唱起了一曲信天游:

> 提起个家来家有名,
> 家住在绥德三十里铺村。
> 四妹子好了个三哥哥,
> 他是我的知心人。
>
> 三哥哥今年一十九,
> 四妹子今年一十六。
> 人人说咱二人天配就,
> 你把妹妹闪在那半路口。

这是在陕北传唱得最为普遍的一曲信天游了,名字叫《三十里铺》。在这个月色朦胧的傍晚,让段枣花唱得如泣如诉,悠悠地灌进柳五洲的耳朵里,一字一句,都像生了爪子一般,挠着他的心,让他感到从来没有过的惆怅。

> 三哥哥出门前头里走,
> 咱们二人没盛够。
> 有心掉头(个)把你看,
> 心里头害麻烦。

> 三哥哥出门坡坡里下,
> 四妹子崖畔上灰不塌塌。
> 有心拉上(个)两句话,
> 又怕人笑话。

柳五洲在窑洞里待不住了。他在想,他是该到背圪垯上去陪段枣花的。可是,正在做作业的祝金花,还在问他两道题,他就只有先陪着这位可爱的小妹子,指导她来做题了。

不像往常,祝金花今天做题时有些心猿意马,不停地问柳五洲一些作业之外的问题。

显然是,祝金花也听到了段枣花唱的信天游。她问柳五洲:"嫂子的信天游唱得好吗?"

柳五洲老实地回答:"好么。"

祝金花就还说:"我哥祝金虎也是,他也说嫂子的信天游唱得好。可是,这么好听的信天游咋就拴不住他的心?"

这不该是祝金花的问题呢,她却问出来了。柳五洲没法回答她,她就把眼睛从作业本上抬起来,望着柳五洲的脸,想从他的脸上找寻到答案。

注定了的,柳五洲的脸上是没有答案的。

祝金花便只有叹息了,说:"是啊,你是不知道的。"

说出这句话,祝金花不再心猿意马,她埋头在作业本上,专心致志地做起作业来了。也不是太难的题,一会儿就都做停当了。

柳五洲抽身出来，这就向窑院背垴的羊圈去了。夜是静的，静得只有白朗朗的月色，铺天盖地地晕染开来，使得坡梁上的枣树、坡梁上的青草，全都镀上了一层银色的光辉。柳五洲默默地走着，他嗅到一股扑鼻的草香，混合着陕北"神草"地椒椒的香气。这是段枣花从草坡刈回来，垛在羊圈旁的干草了。那么大呀，这么大的个草垛子，也是有他柳五洲一点儿小小的贡献呢。这么想着，柳五洲的心中便升腾起一股醉人的暖意。

段枣花背靠着草垛子，静静地坐着，仿佛一尊美丽的月光雕塑。柳五洲走到了她的跟前，她没有动，也没有说话，依然是月光雕塑般静静地坐着。柳五洲低头看着她，也便只有静静地站着了。

终于，段枣花开口了。她说："你不该来的。"

柳五洲没听明白，段枣花说他不该来，是指不该到羊圈这里来，还是压根不该到她们枣树圪壋村来。听不明白不要紧，柳五洲自有他的理解。

柳五洲回答段枣花了，是很坚定地回答的："来都来了，没啥该不该。"

就在他们二人一问一答的时候，羊圈里有了一些动静，柳五洲扭头去看，他是看不明白的。段枣花告诉他，是有母羊要生了呢。柳五洲就有些急，段枣花不让他急，给他说，还没到时候哩。羊生羊，哪有那么容易的……话从这里说开来，不知怎么拐的，拐来拐去，把话拐到了柳五洲的嘴里，柳五洲就说起了他的父亲柳君红，说起了和他父亲柳君红一起在枣树圪壋村插队的孙伯伯、何叔叔、吴阿姨他们……柳五洲饶有兴趣地说着，还说到父亲柳君红他们怀念着的老支书，以及老支书的姑娘。好像是，段枣花对这个话题有了兴趣。她的眼睛睁大了，在明晃晃的月光下，亮晶晶地闪着。

段枣花在口唇里呢喃着，她说："老支书。"

段枣花说："老支书的姑娘。"

柳五洲有种揭秘某个重大事件般的欣喜，他说："是啊，是老支书。"

柳五洲说："是啊，是老支书的姑娘。"

可是……可是段枣花亮晶晶大睁的眼睛，却慢慢地灰了下来。柳五洲知道，段枣花不想在这个话题上纠缠了。她在回避这个话题，好像不仅是她，喝了枣红酒的爷爷，也是回避这个话题的。

　　月照草垛，把草垛蕴蓄着的巨大香气，一波一波地蒸腾出来。不知什么时候，柳五洲也背靠着草垛坐下来了，他坐得离段枣花那么近。好好地坐着呢，柳五洲的手伸过来了，段枣花的手也伸过来了。两双青春勃发的手，一旦捉在了一起，便捉得紧紧地，生怕失去了什么似的……羊圈里的动静大了起来，低一声，高一声，是一只羊的叫声呢。

　　柳五洲说了："羊儿要生了吗？"

　　段枣花说："是啊，羊儿要生了呢。"

2008年元月12日晨于西安后村
2008年11月25日再改西安后村

马背上的电影

一

"怎么就算享福了？"双休日里，大女儿和二娃、三娃，脚跟脚地回到张光荣装修好了的新家。三个分门立户过日子的娃娃一回来，张光荣感觉得到，他空寂的家就不一样了，他空寂的心也就不一样了，一下子就热闹起来，一下子就充实起来。可是三个娃娃和他吃完一顿中午饭，就都要走了，没人能够陪着他。所以，他热闹的心在这个双休日里，依然感到家的空寂和心的空寂。于是，他向三个娃娃没头没脑地说出这样一句话后，又说："你们都说我享福，别人也看着我享福，可我不知道怎么就算享福了。"

二娃的嘴快，张光荣这句话刚说出口，他就从口袋里掏出一摞红艳艳的大票子，往茶几上一撂，说我的爹呀，你知道我忙，我人不能天天陪着你，就让钱陪着你好了。不要嫌少，不要怕输，去和你的麻友摸去吧！二娃心眼儿活，塌不下势读书，做生意倒是顺风顺水，在县城开了个家电门市部。不能说挣得盆满钵满，但他的腰包从来都是鼓的，甚事儿遇着了他，他全都拿票子来说话。三娃在县城中学教书，批改学生作业已够他受了，他还要深更半夜地爬格子，作诗写散文，把自己弄得有那么点儿小清高。他平时就不怎么看得起老二，见二娃给父亲摔票子，就更不服气地在鼻腔里吭了一声。好像他多么了解老父亲似的，他说咱爹不缺票子，缺的是情绪，老人情绪不好，票子能顶马用。二娃顶不喜欢老三的那股酸腐气，说你的话里调重了醋还是咋的？现而今，不是有理走遍天下，而是有钱走遍天下。咱们给老爹收拾房子，让老人手头活泛，咱口袋没钱行吗？二娃的话说得理直气壮。老母亲不幸病逝，老父亲睹物思人，情绪很是不好，姐弟三人商量着给老父亲把旧房子重新装修一遍，掏钱最多的还是二娃。二娃这么一说，三娃当下没了脾气。他教书挣钱不多，写书写散文能发表就已不错了，自然就更挣不来钱。而且他还交了个女朋友，交女朋友可是必须大把花钱的呢！兄弟俩对父亲关于"怎么就是享福"的话讨论着，讨论得正不着边际，身为姐姐的大女儿插话进来了。大女儿一来，就屋里屋外地忙活，又是整理老父亲这一周的家庭卫生，又是摘菜切肉地做着中午饭。大女儿数说着她的两个弟弟，说你们俩就会瞎吵吵，把嘴闭上，都来给我搭把手，让爹顺肠子吃上饭，就是爹享福了。

张光荣不能说大女儿的话就不对，能够顺着肠子吃好饭算是一种享福，但绝对不是全部。他承认，三个娃娃都极孝顺，让他总能顺着肠子吃饭。而且是，不仅能够顺着肠子吃好饭，还能顺着心穿衣服，锻炼身体，参加老年人必要的娱乐活动。在县城医院当护士长的大女儿最懂得如何照顾他了，要他每天去公园里锻炼身体。她的理由是，现在已经进入了老龄化社会，全社会都要关心老年人。而老年人自己，也要调节自己，加强自身锻炼，老有所为，老有所乐。大女儿说到做到，给他买了一身白绸的练功服，让他穿着去公园里跟人学习打太极拳，打累了，公园里还有舞蹈发烧友，他还可以参与进去，跳一跳舞……张光荣的嗓子亮，唱他们陕北的信天游是一绝，公园里场子大，随便哪里，扯开嗓子唱上一曲，也是很能娱乐人的。

老伴一年前去了，大女儿成了张光荣的生活顾问。她怎么指导张光荣，张光荣就怎么做。原来不会打太极拳，现在会打了；原来不会跳舞，现在也会跳了；原来少有条件唱信天游，现在想怎么唱就怎么唱了。在县城依山傍河修建的公园里，他的信天游一开唱，呼啦啦的，总会围来一圈人，给他鼓掌喝彩，还跟着他学唱，说他们是他的粉丝，铁杆儿粉丝，说央视三套有个《星光大道》栏目，他应该报名参加的，只要他参加，周冠军、月冠军、甚至千里挑一的年冠军，也是可以拿到手的。

县城公园里，张光荣的粉丝把他都快捧到天上去了，他自己也很受用这样的吹捧。譬如今天清晨，他去公园打了一阵太极拳，跳了一阵舞，就转到那个他平日里唱信天游的亭子里，扯开嗓子唱了起来。

张光荣会唱许多信天游，而且开口就来。粉丝们特别欢迎的还是那曲

《谁能挡住干妹子交朋友》：

> 人在世上活一生，交不下朋友不安生。
> 年轻人不把朋友交，枉在世上走一遭。
> 伐倒大树有柴烧，交下朋友解心焦。

过了一把信天游的瘾，张光荣从公园他的粉丝群里走出来，往家里走了。

张光荣往家里走，出了公园，是要过一个屠宰场的。在这样繁华的地方，设立一个屠宰场是不雅的，但这是个历史问题。这里原来没建公园时就有了屠宰场，现在解决起来就很麻烦。尽管大家的意见不少，却也无可奈何。张光荣倒是不怎么讨厌屠宰场，他喜欢喝两口小酒，喝酒就要下酒菜，屠宰场制作的腊羊肉和腊驴肉就很不错，比起外地运输到这里来的这肉那肉，要强了百倍千倍。但他往家里走着，都要走过屠宰场了，却被几声"咴啊、咴啊"的马嘶声牵住了脚步。

是伙家在嘶叫吗？

是哩！是我的伙家在嘶叫，这一点张光荣非常地肯定。张光荣不能确定的是，屠宰场屠驴宰羊制作腊肉，难不成也杀马制作腊肉？纵是你扩大肉源，杀马制作腊肉，而我的伙家你是不能杀的。张光荣心里想着，就寻着伙家的嘶鸣声，脚一歪，从屠宰场大门里拐进去。他进去张眼一看，就看见拴在一群驴和羊之间的那匹马了，那马可不就是他的伙家！

看见伙家，张光荣的脖子像有刀子逼来，凉飕飕地使他缩了一下，马上就心疼了起来。原来，张光荣作为一名农村电影放映员的时候，在陕北的沟沟坡坡和塬塬峁峁上转，给窝在山洼洼、沟渠渠的村庄放电影，没有伙家可不行。伙家是张光荣须臾不能离开的助手。它要披上鞍鞯，一边挂着电影放映机，一边挂着汽油发电机，和张光荣一起翻沟爬坡，一起上塬越峁……陕北的沟不好翻，陕北的塬不好上，遇上泥泞的落雨天，张光荣还要拽着伙家的尾巴，让伙家牵着他翻沟上塬呢。

啊呀伙家！啊呀伙家！

张光荣的心口疼着，直扑他的伙家，把拴着伙家的缰绳解开来，牵着伙家与屠宰场的人讨价还价，好说歹说，终于从屠刀下救了伙家。

救出伙家做什么呀？当时，张光荣是不清楚的。却巧，他疼爱地牵着伙家走出屠宰场，一路往家里走的时候，有个姑娘斜刺里跟了来。姑娘跟他走着，默默地走着……显然是，那姑娘认识张光荣，也认识张光荣的伙家。姑娘跟着张光荣走，张光荣却一点儿都不知道。他只心疼他的伙家，不断地抬起手来，抚摸着伙家的眉眼、嘴巴和耳朵……其实张光荣应该认识跟他走着的姑娘的，姑娘叫果果，是板崖村蒙点心的女儿。

果果跟着张光荣，一直跟到张光荣所住的小区门口，眼看着不能再跟了，她才抢前两步，跑到张光荣的前头，挡在他的面前，给他打招呼了。

果果说："光荣叔，您和伙家都还好！"

果果的话说急了，把她说得脸都红了，真的犹如陕北的枣果果一样，红得令人欢喜。张光荣看着果果，一时认不出她是谁。这对当过电影放映员的张光荣来说，一点儿都不奇怪。无论过去还是现在，总有他不认识的人，在街头迎面碰上了，都热情地问候他，这使他欣悦，也使他安慰……可是这个把他拦在小区门口的姑娘不一样，张光荣有种似曾相识的感觉。她是谁呢？张光荣把问候着他的果果多看了几眼，虽然不能确定果果是谁，但心里已经有了那么一点儿谱——这个姑娘不仅认识他，还认识他的伙家，她就不是一般问候他的陌生人了，她该是个对他很熟悉的姑娘哩。

张光荣艰难地回想着果果，果果没有让他多想，自报家门地告诉他，说："我是果果呀。"

女大十八变，张光荣听果果介绍了自己，他把眼睛睁大了。他吃惊地问："果果，果果，你是果果。"

张光荣呢呢喃喃地自问了几句，接着说："你……你长得跟你妈年轻的时候一模一样。"果果不好意思地低了头，张光荣不想让果果的头低下去，他把声音提高了几度问果果了，他问："你妈……你妈她好吗？"

果果回答着张光荣，说："我妈好着哩。"

张光荣说："好着哩就好。"

果果却抢着说:"好是好着哩,就是常要抱怨她没电影看。"

像是旱天里一声雷响,张光荣的心被炸开了,炸出了一片金光灿烂的前路。在这一刻,他决定下来,要他的伙家驮着电影放映机,到他熟悉的山村里放电影去。这些山村,当然包括果果的母亲蒙点心生活的板崖村。

大女儿吆喝着二弟、三弟,把一桌菜满满当当地端上桌,张光荣大口地吃了两筷子,又从大女儿的手里讨来酒,美美地灌了一口。他向儿女们郑重地宣布:"我把我的伙家带回来了。"

伙家拴在院子里,它的嘴里是张光荣喂给它的一捆青草,它仔细地嚼着,像是听见了张光荣的决定,要配合一下似的,高仰起马头来,冲着蓝瓦瓦的天空嘶鸣了两声。

伙家的嘶鸣是嘹亮的:"啊嗬!啊嗬!"

二

能够从窝在大山褶皱里的板崖村考进县城中学读书,这该是果果的大幸运了。她们村有此机会的人,掐着指头算,至今就只两个人——一个是板崖村老村主任柳更成的儿子柳品赞,一个就是蒙点心的女儿果果了。柳品赞的情况要好一点儿,他在县城中学读了几年书,考上了省城的一所大学。可对果果来说,这竟然成了她的一道坎儿,万般努力、千般挣扎,连考了三年大学,分数总是差那么一点点,让她真是伤心透了顶。但她是个乐观的女孩子,就算走不出陕北的崇山峻岭,也不回她们的板崖村。她在县城里落下脚,在县招待所当了一名叠被子扫地的服务员。

果果之所以留在县城不回来,理由是简单的。

县城有电影看呀!

板崖村住着的母亲蒙点心,对果果留在县城的理由也是认可的。她对女儿果果说:"有电影看最好了,你就在县城里留着,看你的电影,也替你妈我看看，看够了，回家来给我说一说。"

所以呢，在县城招待所叠罢被子扫罢地，到了傍晚，果果风雨无阻，总要抽身出来，到县城的电影院去看电影。过去的电影院都是大池子，现在改了过来，都是一个一个的小池子，最小的呢，约略只坐三二十人。小池子不比大池子，大池子票价便宜得多，改成小池子后，票价翻着跟头涨，看一场电影的花费，让果果在县城敞开了肚皮挑着吃，三天也吃不了。是的啊，果果在吃上是节俭的，节俭得近于苛刻——早上蒸馍夹咸菜，中午凉皮调辣子，晚上一碗白稀饭，这个账太好算了，抠破手指头，也不会超过十元。可是一张电影票，最便宜的也要二十元，贵了可能三十，可能五十。一分钱，一分货，果果承认，电影票价贵的，还就是她爱看的好电影。因此，果果到了电影院，就把正在放映的电影一部一部分析对比，到要买票进场时，总是要买票价贵的。她在大街上碰到张光荣的那天傍晚，就习惯性地去了电影院，左挑右选的，还是掏了五十块钱，买了刚刚上映的、由张艺谋执导的《山楂树之恋》。买票的那会儿，果果还在心里怨了一下张艺谋，怨他总是从她口袋里往出掏钱——她一个叠被子扫地的招待所服务员，有多少钱让他掏呀？没办法，又不是人家伸手来掏，一切都是自愿的，咱还怨谁呀？怨自己吧，怨自己眼馋，爱看电影。

叠被子扫地挣下的钱，经不起果果天一傍黑就去电影院消费，而她又不能把嘴扎起来，不吃不喝。这样，果果的口袋就常空得冒烟。她就是心再痒，也不能去电影院了。可是她拦得住自己的身子，挡不住自己的心，尤其是一部在她心里生下根的新影片，她是要豁出去看了，看了后管他明天太阳升不升起来，管她自己饿不饿肚子……偏偏是，张艺谋的《三枪拍案惊奇》来到县城时，果果口袋里没有钱。她向一起叠被子扫地的小姐妹伸手借，人家问她借钱弄甚？她老实回答：看电影。这个回答，让人家冲她笑了笑，说她真有意思，看电影也向人借钱？果果没有借来钱，但她心想，人家不借钱给她是对的，又不是饿肚子生病，又不是火烧水淹，如果真是那样，小姐妹肯定会借钱给她的。一个接一个地问，果果的小姐妹们没有一个人肯借给她钱。她把自己都怨恨上了，可还是不能放弃去看《三枪拍案惊奇》的念头。这个张艺谋呀,他可是太会拍电影了,果果不讲道理地都喜欢。特别是他电影里的女主角,谁当了谁红,好像他有一只点石成金的手,便是山洼洼里的魏敏芝,被他慧眼识珠地发现了,安排在电影《一个都不能少》里,演一个山村小学里的代课老师,也都红火得上了大学、出了国。果果把她和魏敏芝暗暗地比较过了,魏敏芝是山里的女娃娃,她也是呀;魏敏芝所在山村落后偏僻,她所在的山村也是差呀!比较中,果果得出了一个结论,觉得她不比魏敏芝差个甚,而且要说呢,她似乎比魏敏芝还要多一些长处哩。魏敏芝个子矮、脸盘大、手脚粗,她就不是这样,她个儿高挑、脸面细白、手脚纤嫩。除此而外,她的嗓音更是出挑,魏敏芝给山村小学的孩子教唱歌儿,没有一句是普通话,没有一句不跑调。果果的情况是怎样的呢?这绝对不是吹,果果说普通话字正腔圆,唱歌嘹亮动听。果果记得她想到这些事情时,招待所的大餐厅正接待一个会议,几十张桌子坐满了人。她转着给桌子上的客人添酒,自己无意识地哼起了一首陕北民歌。她哼的声音虽不大,吐字也不是很清晰,但偏偏被这次会议的主持人听到了。那人头顶上没几根毛,果果瞥了一眼就看清楚了,大概就三根吧!果果不知道这位主持人的姓名,就在心里把这人叫了稀毛。稀毛被果果轻声的哼唱吸引着,突然想可以以此调节用餐的气氛,就站了起来,走到果果的面前。果果以为他杯子里没酒了,端着酒壶就要往稀毛的杯子里添,稀毛把她的手挡住了,说你不看看,我杯子里的酒都要往出溢。听稀毛一说,果果的脸红了。她的脸一红,稀毛就提议,要果果把她刚才哼的信天游大声地唱出来。

稀毛一提议,几十桌的客人就都"哗"地鼓起掌来,夹杂着起哄的喊声:"唱出来!唱出来!"

果果作难了。餐厅经理适时地赶了来,他也鼓励果果了,说客人们高兴,你就唱出来。

没有退路了,果果表面上怯怯的,实际上,心里却一点儿都不怯。在县城中学读书的时候,学校组织活动,她上台唱过,而且唱了不是一次两次——唱了多少次,她都记不住了。有餐厅经理的鼓励,果果就挺了挺她的腰身,仰了仰她的脖颈,亮开嗓子唱起来了。

果果唱的是《摘花椒》：

十七八的姑娘手叉腰，
脚蹬门槛往外瞄一瞄，
瞄在花园里，
青丝绿叶全是花椒。

花椒树树长得高，
姑娘身小年又少，
手把树儿摇一摇，
遍地落下的都是花椒。

哗……打雷刮风一股，招待所的餐厅里就都是热烈的掌声了。果果把她和魏敏芝比，比出了她与魏敏芝的许多优势来，可是一点儿用都没有，魏敏芝当上了"谋女郎"，果果却还只是叠被子扫地的果果。

果果崇拜张艺谋，太崇拜了！张艺谋的《三枪拍案惊奇》在县城上演，果果典衣质铺盖也是要看的。没从小姐妹手上借来钱，但有个小姐妹把果果拉到背人处，告诉她，你傻呀不傻？凭你的人样儿，到电影院的门口站一站，保证有人请你看电影哩。这是甚话呀？果果大眼瞪着小姐妹，她是奇怪了，人家却不惊不诧，向她瞪着的大眼扮了个鬼脸，自顾自转身而去。果果愣了一阵，眼睛黏在小姐妹的背上似的，就也带动了身子，跟着小姐妹走了。走到电影院门口，不一会儿，就有小伙子招呼小姐妹往电影院入口去了。就在这时，她的身边来了一个人，向她热情地招呼着了，招呼她："看电影呀？"果果偏了一下脸，她看见了那个被她称作稀毛的人，正嘻嘻笑着，从口袋里掏出两张电影票。

稀毛说："咱是第二次见面了。"

果果点了点头。

果果点着头，啥话都没说，就很乖顺地随着稀毛进了电影院。什么事都怕有个开始，一旦开始，就难收得住。果果这么厚着脸皮，蹭在电影院门口，陪着那个稀毛看了不少电影。当然，果果不只陪稀毛看电影，还陪一些她叫不出名字不知道是谁的人看了电影。陪人看电影，可不是简单地往电影院里一坐，两眼盯着银幕，看银幕上的人儿喜怒哀乐。坐在人家身边，人家给她买了票，人家是有一些小动作的。果果是大方的，她允许他们有小动作，但也仅限于拉拉手，或隔着衣裳，蹭一蹭她的丰乳和肥臀。再下来还想做甚小动作，她就不能允许了，绝对不。不过，稀毛那人，例外地获得了果果的许可，在黑暗的电影院里，把热乎乎的嘴唇吻在她的脸颊上，她推一推，挡一挡，他就蜻蜓点水地吻那么一下两下。

　　不自量力！和张光荣碰了一面，果果突然萌生了自己拍一部电影的想法。她这么一想，就在心里骂自己，骂自己癞蛤蟆想吃天鹅肉，是不自量力。

　　可是有甚办法呢？就像果果爱看电影，口袋里却掏不出钱，就到电影院门口蹭着，拉下脸皮不要了，陪人也要看电影的时候一样，心里的这个念头一起，她就怎么都按捺不住自己了。恰好，果果在电影院的门口又蹭上了稀毛。她陪他坐在电影院里，一粒一粒地嗑着葵花籽，想着她的心事，连银幕上放的甚都没看清。稀毛感觉到了果果的心不在焉，多嗑了几颗葵花籽，掐在手指头上，全都塞到了果果的嘴里，问果果："你走甚神呢？"果果否认了，说她没有。稀毛却像获得果果的默许一样，把他的嘴吻在果果脸颊上。这一次，果果没有推，没有挡，任由稀毛吻着她。吻了好一会儿，稀毛立刻把手里的葵花籽往脚下一扔，腾出手来，像条蛇一样，摸索着往果果的衣襟下钻。果果把他蛇一样的手捉住了，她捉得很紧很紧，都把她的手指甲捉进那人的皮肉里了。

　　果果听到稀毛受了疼痛的一声低吟。

　　果果说："我也要拍电影。"

三

没人挡得住张光荣了。儿子挡不住，女儿挡不住，谁都挡不住了。听了老伙家的几声嘶鸣，还有果果的几句话，就是张光荣自己也挡不住自己了。他反复想的，以及夜里梦的，都是他过去和老伙家翻沟越梁去放电影的小山村，碾子湾、杨家坪、板崖村……唉唉唉，那窝在梁洼河湾里的小山村啊，在张光荣的脑子里，像是放着电影一样，一家一家地过着。过到板崖村，就像电影常用的技巧似的，就有了那一会儿的定格。对，是定格呢！定格的是板崖村，定格的是板崖村果果的母亲蒙点心。

往前看，日子过得可是一个慢——像树叶一样，被风吹落一片，跟着又会长出许多片来。但要往后看，却又觉得日子去得那个快，这就绝不是文明话"白驹过隙"能涵盖的了。张光荣想他和果果的母亲的相识，该就是这样一种情景了。

那时候果果的母亲蒙点心，是多么的青春可人啊！初识的时节，蒙点心刚嫁到板崖村，还是个新娘子呢，也没有生下果果，一副少妇不知愁滋味的模样，笑声就像驴脖子上的串铃，摇一摇，就是一串欢畅的丁丁零零。

张光荣记得，他是在碾子湾放过一场电影后，来到板崖村的。当时的情景，就如电影里的经典镜头一样，嵌进了张光荣的脑袋里。那次在碾子湾，张光荣放的是老片子，头一晚是《南征北战》，第二晚是《英雄儿女》，再要往下放，他还带了《地雷战》《地道战》《小兵张嘎》等。张光荣把这些片子放久了，自己都觉得不耐烦了——艰难困苦的抗日战争，都是电影里那么打的吗？他怀疑电影里所表现的，可能是真实的，也可能是不真实的。凶残的日本鬼子，端着三八大盖子，扛着歪把子机枪和小钢炮，打到咱们中国来，绝对不是和中国军队及老百姓躲猫猫做游戏的。他们杀人放火，仅仅在南京一地，就杀害了我们同胞三十万人！如此惨烈的牺牲，如此凶恶的暴行，让我们的电影艺术家，拍在电影里，完全不是一回事。穷凶极恶的日本鬼子，都那么笨拙，那么愚蠢，那么好戏弄，让我们的小毛孩子，都能耍弄得团团乱转，不知所以。是的，张光荣是这么思考那些影片的，但他发现，观众不这么想。不仅不这么想，大家好像还特别爱看这样的电影。看到会心处，也不管旁边人的感受，他们就要开怀大笑，而看到令人愤怒的地方时，同样不顾旁边人的感受，他们就要开口大骂。张光荣压抑着他内心的想法，很职业化也很负责地给山区百姓，挨村齐社地轮流放映电影。

在碾子湾放映电影时，头天晚上放《南征北战》，一切都是顺利的。到了第二天晚上，栽在放映机前跟脚的电灯一熄，就听放映机"轧轧轧轧"，像往常一样均匀地响着，但银幕上却是雪一样白，不见人影儿出来。场地上窜来窜去的人，就自觉发挥起他们的主观能动性来，各展手脚，伸脖子翘首的，在放映机的光影里似群魔乱舞，白色的银幕上，就打上了他们的影像……张光荣那个急呀！头脸冒着汗，他摸黑在放映机的几个关键部位捣鼓着，一直捣鼓不出名堂来，这就听到场地上的观众呐喊了。他们呐喊的话是："光荣光荣没讲话，光荣光荣说几句。"张光荣听得出来，鼓噪着的碾子湾人，一点儿恶意都没有，他们是真诚的、热烈的，甚至饱含着对他的无限深情。这是因为，连续当选为县级优秀放映员的张光荣，独创了一个映前节目，那就是借此机会，把他学习来的一些政策性的东西，以及农业技术上的新东西，花点儿时间，给大伙儿宣讲十来分钟。头天晚上张光荣已经讲过了，第二天晚上他不想再炒剩饭，就没有讲。热情的观众这一提醒，倒把放不出影像的张光荣从紧张中拉回到轻松的状态，他给自己找台阶下了。麦克风就在嘴边，他关了放映机，轻松自在地告诉大家，说他就不讲了——"把话筒让出来，咱们谁的信天游唱得好，就让他出来唱上一曲，我相信，咱们老乡唱的一定比我说的好。"

张光荣的鼓励是管用的。同时站起几个人，抢着要唱信天游。有位胡子白了的老人，也伸过手来，张光荣就把话筒给了他。

老人家不负众望，一开口，就把喧嚷的场面震得鸦雀无声，只有他高亢的信天游，嘹亮地回响在碾子湾的夜空里：

> 六月的日头腊月的风，
> 老祖先留下个人爱人，
> 三月里桃花满山山红，
> 世上的男人就爱女人。
>
> 天上的沙鸽成对对，
> 人人都有个干妹妹。
> 瞭见个村村瞭不见人，
> 世上最难活的是人想人。

  老人家在山梁梁上、野洼洼里可能吼唱惯了，一猛子冲着麦克风唱，把他的声音一下子放大了几十倍。他唱出头一声时，因为声音太大，把他自己还唬得噤了一霎霎声。他把手里的麦克风凑到眼前，认真地看了几眼，再接着唱，就很顺畅，也很出效果了。碾子湾的老乡亲，都晓得他吼唱的是《老祖先留下个人爱人》。这曲信天游不仅他老人家吼唱得了，观众中的许多人都唱得了，但是因为有了麦克风，就没人跟着老人家一起唱了等他唱罢了，大家还都沉浸在那浑厚嘹亮的曲调里，等了好一阵，才都一哇声地叫起好来。此其时也，老人家已很知足地坐了下来，而张光荣摆弄了一会儿放映机，重新打开放映时，银幕上《英雄儿女》里的中国人民志愿军浴血打击侵朝美军的壮烈画面，便炮火连天地都演映着了……飒爽英姿的王芳慰问到前线，她站在硝烟弥漫的战场上，向英雄的儿女唱起来了："风烟滚滚唱英雄……"王芳在电影里唱着，看电影的碾子湾人，在银幕前跟着唱。那齐声高唱的声势，连天上的星星也惊动了，在那一刻，眨巴着亮晶晶的眼睛，俯视着碾子湾激情澎湃的这一幕……那时候的电影数量少，张光荣转着圈子在那些散布在山洼洼和沟墚墚上的小山村里放电影，把有限的电影片子都放熟了。但这有甚要紧的呢？张光荣把他能放的电影再放一百遍，小山村的老百姓，也会跟着他看一百遍……小山村里的后生女子中，就有不少这样的人——他们结伙成群，尾随张光荣，从这个村子到那个村子，常常要追着看几个晚上。

在碾子湾放了两个晚上的电影，接下来，张光荣就要去板崖村放电影了。

板崖村的村主任柳更成，是掐着指头来接张光荣的。在村子里放电影，是比村子里人过寿吃满月酒都重要的事情呢。过寿吃满月酒，是一家一户自己的事情；放电影是全村人共同的事情。放一回电影，是堪比过一回大年的。柳更成不放心，牵了村子里唯一的枣红马，早早地就到碾子湾来了。柳更成有点儿担心，怕他脚步慢了，被别的村子横插进来，把张光荣接了去，那他就惨了，非遭村里人骂不可。过去，不就发生过一回吗？柳更成被村里人明里暗里骂得脸上能流血。

碾子湾的路不好走，但比较起来，板崖村的路就更不好走了。

所幸有柳更成牵来的枣红马，一边驮上电影放映机，一边驮上汽油发电机，便是相对轻便的片盒子，也都挂在枣红马的驮子上，由枣红马驮着往前走了……这一次去板崖村，是电影放映员张光荣最放松的一次，他吊着两只空手，和板崖村的支书柳更成，走在枣红马的后边。他们有闲空拉话了，话头是柳更成先捡起来的。

柳更成说："那一回接空了你，我被村里人的那个骂，真想让自己变成只老鼠，钻到地洞里去。"

张光荣检讨了："对不起你了。"

柳更成说："咱不说那话，我想问你，可有甚新的好看的片子？"

张光荣说："我倒想有新的好看的片子放哩，可咱是个放电影的。人家拍的，人不拍出来，我又能咋个办？"

柳更成说："我给我娃说了，让娃长大了，上大学，就学拍电影。"

张光荣被柳更成逗得哈哈大笑，说："你这明摆着，不是鼓励你娃将来学拍电影，我看你是糟蹋现在拍电影的人哩。"

柳更成说："我可不敢。"

两个人说说笑笑着来到板崖村，倒把路上的惊险和困难撂到了脑后。日后，张光荣想起此行板崖村放电影，非常荣幸地有了两大收获——不能说枣红马是重要的收获,但因为他结识枣红马在前,所以就暂时把枣红马排在了头一位——枣红马就是他的老伙家。板崖村之行,枣红马的作用太明显了,张光荣回到电影放映公司,把自己用马作为运输工具深入山区为老百姓放电影的体会和想法,给领导细致地说了一遍,得到了领导的支持,公司花钱给他买下了枣红马。领导说了:"张光荣呀,你可不要辜负了枣红马,把咱们县的小山村,一个不少地都去转转,让咱们县的老百姓,都能高高兴兴地看电影。"张光荣记着领导的话,他不会辜负枣红马,他和他的老伙家,长年跋涉在全县的沟沟壑壑、坡坡洼洼,很负责地为山区里的老百姓放着电影。

张光荣是村村寨寨最受欢迎的"公家人",他因此还被选为省级劳动模范。

除了老伙家,张光荣这次板崖村之行,还收获了个甚宝贝呢?

张光荣不好往明白处说,他把这个收获埋在了心底,让他独自享受了好长时间。不是别的,就是果果的母亲蒙点心。啊啊,点心,她父母可是太会起名字了。张光荣认为,她可真是一个让人心尖尖颤抖的点心呢!

晚上放电影,依例,张光荣还要冲着麦克风做些其他宣传的,可是这天夜里,张光荣把放电影的家伙收拾停当,拿起麦克风,噗噗轻吹了两口气,板崖村看电影的观众却少有地起了哄。有人举起手来,在电影机放射出的光影里瞎捣乱,有人高声呼叫,说是张光荣说得好听,但绝没有蒙点心唱得好。大家齐声呐喊:"蒙点心,唱一个!蒙点心,唱一个!"

蒙点心是谁哩?手拿麦克风的张光荣,不尴不尬地环视四周,这就看见一个身材高挑、皮肤白皙的女子被吵闹的板崖村人推到了自己跟前。这个女子就是蒙点心。她站在了张光荣的跟前,也不扭捏,也不做作,很自然地从张光荣的手里讨来麦克风,很大方地吼唱了起来。

蒙点心一开口,张光荣就打心眼儿里承认,她唱的的确比他说的好听。

她吼唱的是一曲新编陕北民歌《戴荷包》:

  送哥哥送在大门外,我身上解下一个荷包来,
  我身上解下你身上戴,你想起妹妹看荷包来。

送哥哥送在大门外,清水河上一对鹅,
公鹅展翅飞过河,留下母鹅叫哥哥。

送哥哥送在柳树墩,折根柳枝送亲人,
你握钢枪我劳动,妹妹永远都是哥哥的人。

四

又一次,果果蹭上稀毛在电影院里看电影。这时候,果果已经知道,稀毛可是县电视台的一个小头头呢。听说,稀毛最初扛着个沉重的摄像机,整天跟在县上领导的屁股后边,给领导拍新闻。这像拍领导的马屁一样,稀毛把领导拍舒服了,就也把自己拍出息了,出息成了一个头头子。他有了一定的人脉资源,还有一定的权力。他所拥有的这些权力,对果果想要实现拍电影的目标,是很有帮助的。

果果的打算是实际的。尽管她拍电影的想法太过浪漫,甚至虚悬,可她知道要想实现心中的理想,就不得不实际起来。譬如和稀毛的交往——蹭上他看电影,他手上有点儿小动作什么的,她反感着,却也忍耐着。

终于,稀毛的手突破了果果严防死守了好多日的防线,从她的衣襟下伸了进来,扒在她挺耸的乳尖上。这是处女的一摸啊!果果的身子受寒似地颤抖了几下,并且像害了牙疼一般,痛苦地呻吟了一下。

蹭着稀毛看电影时,果果只专注于银幕上的喜怒哀乐和打打杀杀。稀毛却不是。他只在剧情吸引他的时候,两眼盯着银幕看,看上一阵,就会走神。他的眼睛关注的地方,是黑暗的池子里看电影的观众,形形色色,有时候,还真比银幕上的情景要精彩。三心二意的稀毛还指给果果看,让她看池子里的千姿百态——有相拥在一起亲嘴儿的,有手忙脚乱胡摸胡揣的。果果是不看不知道，一看还真是让她吃惊不小，电影院真正看电影的人有几个呀？他们来这里谈恋爱吗？抑或是偷情？果果心里这么想着，脸上便烧得像着了火！一旁的稀毛，又喋喋不休地给果果说，他们中不排除有情有义的恋人，但更多的是无情无义的野鸳鸯。

甚的个恋人？

甚的个野鸳鸯？

果果敏感地想到了自己，还有她蹭着的稀毛。他们该算甚呢？恋人？肯定不是。野鸳鸯？应该也不是。不明不白，这到底算个啥呀？那一刻，果果出气都有了困难，粗粗地喘着。稀毛对她操上了心，问她："咋的了？哪儿不舒服吗？"果果摇着头，给稀毛硬硬地说："咱看电影。"

电影院里的这一切，几乎摧毁了果果拍电影的理想。接下来几天，果果老老实实地窝在县招待所，老老实实地扫地叠被子，这让招待所里的小姐妹们都有些不习惯。还是那个提醒果果蹭人看电影的小姐妹，偷偷地来给果果说了。她说："果果呀，你把稀毛的魂儿勾走了。你不晓得，你几天不去电影院，把人家稀毛那个急呀，像只丢魂的脱毛狗，天半黑就到电影院门口转。他转着就有蹭他看电影的女娃娃，人家稀毛不搭理，人家是在等你哩！"

小姐妹的话，虚虚实实，果果分辨不清。她心里产生了那么点儿感动，想不到稀毛还是个情种。果果不再畏缩，她又树立起拍电影的想法了。

暑日炎炎，傍黑时候，果果把自己洗干净了，换了一身清爽的衣裤，像是去赴一个浪漫的约会一样，到电影院的门前来了。她看见了稀毛，正如小姐妹说的那样，他在电影院的门前失魂地转悠着。果果不声不响，像是大暑中吹来的一股凉风，悄悄堵在稀毛面前，让稀毛好一阵发愣。待看清是果果时，他喉咙里涩涩地憋出一句话。

稀毛说："我还当你入了云，不再看电影了。"

果果没说话，浅浅地笑了一下，转过身去，没有往电影院里走，而是走向县城外边，朝着那条蛙鸣声声的小河，一直往前走。果果不用回头，她感觉得到，稀毛落后了她几步，一步步地跟着她。她甚至感觉得到，稀毛把她跟得小心翼翼，提心吊胆。小河边满是粗粗壮壮的砍头树。哦，砍头树！果果初听人把这种粗壮的柳树叫砍头树，她的心里大跳了一下，但她后来深深地懂得了砍头树的奇妙和不易。所谓一方水土养一方人，在陕北这个独特的地理环境中，砍头树充分地展现了它不同于其他树木的品格。它是需要被"砍头"的，砍一次不行，要隔上几年被砍一次，再过几年再被砍一次。一棵砍头树，生生世世，不知要被砍多少次"头"。如果不砍它的"头"，它还会死去，而砍过了，它反而生得更有精神，更是葱茏。它被一次一次砍下来的"头"，恰恰又是陕北人建房造屋以至箍窑最需要的橡木木材。面对着小河沟里的砍头树，果果是发过呆的。她甚至问过砍头树，你是甚时就有的？你还要挺立到甚时候？果果的问题，得不到砍头树的答复，因此，她就自问自答起来。她说有了地球就有了你们是吧！地球不老你们也不老是吧！果果这么问答，是因为她打小就见惯了小河沟里的砍头树，县城里有，她们板崖村里也有。一棵一棵都是那么粗壮，常常是一个人抱不过来，要两三个人一起抱，才能抱过来。而且，粗粗壮壮、矮矮墩墩的树头上，总是不歇气地生发着一丛丛碧绿的柳树枝，小娃儿的胳膊一般粗细。十几二十几根的模样，兄弟般一起奋勇地朝天长着，让人远看近观，忍不住是要感叹的，感叹一棵砍头树，几乎就是一片森林。

　　果果选了这样一棵砍头树，背靠着树身站了下来。她等着稀毛走近，对他说："我给你唱一曲信天游吧。"

　　稀毛仿佛期待已久的样子，冲果果含蓄地笑了笑。

　　果果还了稀毛一个笑，她提了提神，这便张嘴唱起来了。她张嘴唱的时候，也许想唱另一曲的，可她唱出来的，却是有几分顽皮、更有几分谐谑的《打樱桃》：

　　　　阳婆婆子上来丈二高，
　　　　风尘尘不动天气好，
　　　　叫声那哥哥咱二人去打樱桃，
　　　　要吃樱桃把树栽，

要交那朋友慢慢来，
还得哥哥你要先忍耐。
黑格丁丁头发，白格生生牙，
巧巧的嘴说下一些哄人的话。

稀毛愿意果果蹭着他看电影，但更愿意聆听果果吼唱信天游。稀毛也是土生土长的陕北后生，在相同的地域、相同的环境里，稀毛没少听人吼唱信天游，可他觉得都没有果果唱得好。其他人，干扎野毛，只是嗓门高，不像果果。她唱起来柔柔的，像云彩一样，软软的，像流水一样，但又不失信天游特有的那一份硬朗，刚刚强强，就像耸立在陕北的山山峁峁一样。稀毛驻足在果果的对面，他听果果唱，把他听得都呆住了。

当然，稀毛还听到了果果歌声之外的一份性情。

稀毛问果果了："你说，我说下一些哄人的话？"

果果黑溜溜的大眼睛盯着稀毛，她没有回答稀毛的话。

稀毛就又说："是的，我承认给你说了一些哄人的话，但你知道吗？这世上谁又不说哄人的话呢？"

果果的大眼睛依旧盯着稀毛不说话。

稀毛就还说："对了，你说你要拍电影，你知道拍电影的难处吗？要有剧本，有要演员，要有设备，要有……"

果果把稀毛一连串的"要有"劈头堵了回去，她说："怎么那么多的'要有'呀？你说你还有多少'要有'？"

稀毛没有生气，他说："要有资金，你晓得吗？"

果果说："晓得。"

稀毛说："你晓得要多少资金？"

果果说："不晓得。"

稀毛说："这不就对了。听我给你说，拍电影是很花钱的，这可不是一般的游戏。便是有了钱，也还要有一定的专业人员参与，才可能把一部电影拍摄出来。"

果果没再拦截稀毛说话,她歪着脑袋,认真地听稀毛说完话。她表扬他了,说:"你不就是专业人才吗?我看你就行。"

也不知道是果果的表扬鼓励了稀毛,还是稀毛自己抖擞起了胆量,他朝果果走近了些,张开双臂,把果果拉进怀抱,搂紧了她,给她耳语似的说了。

稀毛说:"你可真是敢想啊!"

五

老马识途。

几乎没用张光荣操心,他的老伙家驮着电影放映机和一台小型汽油发电机,颠儿颠儿地就出了县城,走上了去板崖村的路。张光荣在县城电视新闻上已经知道,从县城往板崖村走,是修了一条能通汽车的大马路的。但这条路他没走过,他的老伙家没走过,他们都没走过。于是就任由识途的老马带着张光荣,沿着他们过去走熟的那条山间小道,艰难而又困苦地走着了。

人的脚跟不上人的心。

张光荣不晓得老伙家可和他一样,身在路上走着,而装在肚子里的心,已经从自己的身体里蹿出来,早早地走到板崖村去了。具体地说,就是走到果果的娘亲蒙点心的跟前去了。

点心现在怎么样呢?

张光荣后悔,自己在县城与果果见了面,就那么简单地问了她妈几句,这能说是自己粗心吗?是自己没心。果果的娘亲,是怎样的一个人呀!冰清玉洁,美丽可人,乖爽齐整……张光荣认真探索着他的记忆,把所有美好的词汇都找出来,都不能完整地形容果果的娘亲蒙点心。张光荣以为,扑闪着两只大眼睛的蒙点心,就像盛开在陕北大地上的一株迎风摇曳的蓝花花,或是山丹丹。

啊啊啊……蓝花花、山丹丹，这些鲜活漂亮的名词，忽然闪现在张光荣的脑子里，使他的脸上露出一抹许久不曾有的笑意。

当初认识蒙点心时，她可不就是一株惹人眼目的蓝花花或山丹丹吗？她是爱看电影的。刚刚二十出头的她，一次和几个与她年龄相仿的姑娘小伙，在板崖村追着张光荣看了一场电影后，便舍不得抛下张光荣了。他离开板崖村，到碾子湾去放电影，他们就跟着去了碾子湾。在碾子湾放完电影，张光荣转道去杨家坪，蒙点心和几个伴儿又跟到杨家坪。那时候的张光荣，也就三十来岁的年纪吧。他的眼睛是好使的，蒙点心他们跟他去了几个村子看电影，他早发现了。他是想说他们几句的，可他找不到说话的机会，更找不到要说的话。他坐在灭了灯的放映场上，操心着"轧轧轧轧"轻响的放映机别出什么故障，让他把电影给大家放好。在文化生活匮乏的乡村，老百姓看一场电影不容易，他可不能因为自己的疏忽，扫了大家的兴。黑黢黢的夜，黑黢黢的人群，张光荣看着跟他一路看电影的蒙点心他们，他说不清自己是该开心，还是该伤心。

张光荣清楚地记得，他那次放映的电影是《黄土地》。这部电影的拍摄地就是陕北，说的事是陕北的事，唱的歌是陕北的信天游。一伙伙的陕北女子，一群群的陕北汉子，在《黄土地》里演绎了一场让人肝肠寸断的情感大戏。在影片放映的过程中，张光荣听得到大家会心的笑声，也听得到大家撕心裂肺的哭泣。蒙点心跟着张光荣，连看了几场《黄土地》，每看一场，她都忍不住哭一鼻子。不过，电影放映完了，蒙点心他们就会离开。他们离开了，张光荣却还不能。他要收拾电影放映机和汽油发电机，还要摘下宽宽大大的幕布和挂得高高远远的扩音喇叭。张光荣收拾这一切的时候，听见蒙点心在夜色朦胧的山路上，高喉咙大嗓子地吼唱《黄土地》里的信天游：

> 六月里黄河冰不化，
> 扭住我成亲是我大（父亲），
> 五谷里数不过豌豆圆，
> 人里头数不过女儿可怜。

> 浮水上鸭子寡水上鹅,
> 公家人不知我会唱歌,
> 青杨柳树十八根椽,
> 想说心事我开口难。

是蒙点心在唱吗？张光荣坚信，在跟着来看电影的一群人里，唯有蒙点心有这样的天赋。为此，张光荣既要赞叹蒙点心，又要赞叹信天游了。他想，陕北的信天游真是太好了，自然天成的比兴手法，一句两句，就能唱进人的心里头。张光荣感觉他自己是懂得陕北信天游的，他相信蒙点心一定把她自己唱感动了——那种如泣如诉、如悲如喜的歌声，让张光荣也想为她掉眼泪了。

掉眼泪……嗨，张光荣笑话自己了。

又一次转到板崖村放电影时，张光荣得知蒙点心结婚了。她嫁给了村里的小石匠刘铁锤。这个刘铁锤不是别人，就是伙在蒙点心他们中间一起转村子看电影的小伙子之一。陕北不比平原上——村子几乎挨着村子，在这里，不翻一架梁，不越一条沟，是很难见一个村子的。刘铁锤老实陪着蒙点心他们，他把蒙点心陪成了他的新娘，给他自己陪出了幸福，陪出了美好。

张光荣到了板崖村，扯开了银幕，发动了发电机。正要拧开电影放映机的开关时，新婚的蒙点心和刘铁锤挤到张光荣的跟前，把一把水果糖塞到他的怀里，然后，还恭恭敬敬地给他鞠了一躬。

这是弄甚哩？张光荣愣愣的，有点儿不知所措。蒙点心便开口说话了。

蒙点心真诚地说："谢谢你哩！"

张光荣结巴着应："谢……谢我个……个甚呀！"

黑压压的一片来看电影的板崖村人，像谁喊了号子一般，这时齐刷刷地回答了张光荣："谢你大媒么！"

张光荣"哦"了一声，他恍然大悟，顺手剥开一个小糖果，丢进嘴里，很香很甜地吃了起来。他吃得真是享受，然后，拧开电影放映机的开关，给大家放起电影来了。

张光荣来板崖村放了多少回电影呢？他自己是记不清了。但有一次，张光荣死都忘不了。

那一次，村主任柳更成牵着老伙家，把张光荣从碾子湾接回板崖村。张光荣很开心地给众乡亲放了电影，电影银幕上那个大大的"完"字，还亮晃晃地在人们的眼前闪着，蒙点心挤到张光荣的跟前，给他说了。

蒙点心说："肚子饿了吧？"

张光荣听得很真，听着就还真的觉出了肚子的饿。可是夜半三更的，张光荣怎好说他肚子饿啊！他没有说，只对黑影里的蒙点心笑了笑。

蒙点心看见了张光荣的笑，她说："我给你做点儿好吃的。"

张光荣知道蒙点心误解了他的笑，他想喊住蒙点心，给她说他不饿。可是蒙点心已麻利地从张光荣身边挤过去，麻利地挤在站起身来、准备散场的人群里了。

麻利的蒙点心，麻利地回到家里，麻利地点火做饭，麻利地做出一盘黏糜子油糕，又麻利地煮热了一碗黏稠的热糜子酒，这就麻利地收拾在一个新编的柳条篮子里，抱在怀里，麻利地送到张光荣借住的村主任柳更成家里来了。面对陕北百姓过年才能吃上的黏糜子油糕、喝上的热糜子酒，张光荣握着她的双手，在嘴里抱怨上了。

张光荣说："你看你这人……你看你这人……"

蒙点心顽皮地笑着打断了张光荣的抱怨，她说："我这人实诚吧？"

张光荣说："你实诚？对，你还就是实诚。"

蒙点心说："你翻山越岭地给咱老百姓放电影，咱老百姓也没啥报答你的，在你肚子饿了的时候，给你弄一碗热的吃喝，怎么说都是应该的。再者说了，你还是我和我家男人的大媒呢，我和我家男人都结婚了，也没找到机会谢你大媒哩！"

张光荣懵懂着没有说啥。

蒙点心呢，也没再说啥，她只是盯着暗夜里的张光荣，痴痴地笑。旁边的村主任柳更成添上嘴说开了。

柳更成说:"可不是咋的。蒙点心和刘铁锤,一对儿电影迷,他们俩,就是撵着你看电影,看出了感情,看成了幸福的小夫妻。"

张光荣"哦"了一声,他恍然大悟,敢情他走村转社,为山沟沟里的乡亲们放映电影,不仅娱乐了大家的业余生活,同时还起着促进自由恋爱的巨大作用。想到此,张光荣快乐地看着谢他的蒙点心。张光荣承认,虽然村主任家的窑洞仅点着一盏罩了玻璃罩的煤油灯,他却觉得一切是那么亮堂,特别是新婚后的蒙点心,简直就如一个天上飞来的神仙人儿。她的眼睛大大的,顾盼而有光辉;她的鼻子翘翘的,喘息时有香气;她的嘴唇厚厚的,嚅动即有神韵出。在那样一个瞬间,张光荣晕晕乎乎的,看蒙点心看得都有些呆了。这时的他,耳畔又悠然地响起蒙点心在他放映电影时,被板崖村的乡亲们激励着站起来,用她清幽柔婉的嗓子,吼唱的那支信天游:

正月里来正月正,锣鼓唢呐鞭炮声。
五彩缤纷人欢腾,扭起秧歌迎新春。

黄土地上刮春风,陕北秧歌闹了个红。
大街小巷人潮涌,就像巨龙一阵风。

一个嘟嘟葱,一个嘟嘟蒜,
一个嘟嘟婆姨一个嘟嘟汉,
一个嘟嘟秧歌满街上转,
一个嘟嘟娃娃撵着看,
女娃娃爱打满口口红,脸上又擦雪花粉。

蒙点心能唱的信天游太多了,唱一个换一个,张光荣没听过重样的。先听了那曲《戴荷花》,张光荣就欢喜得不得了。后来她唱的这曲《闹秧歌》,依然让他欢喜得不得了。张光荣是想学几曲信天游的。耳濡目染,他后来还真学会了几个,应该说,蒙点心是起了大作用了。

"嘚嘚嘚嘚……"是老伙家翻着蹄脚,踩在山路上的声音提醒了张光荣,把他从过去的时光拉了回来,他伸出巴掌在自己的脸上轻轻地抽了一下,坏坏地笑着自己,跟着他心爱的老伙家,一步都不犹豫地向前走去。

六

脸上的汗,擦去一层,没走几步,就又涌出来一层。张光荣怀疑,他这么汗流浃背,一路走着,不等走到板崖村,身上的水分就都会化成汗,流干淌净。腿脚也好像不甚听话,仿佛灌了铅,越走越沉,越走越重。他没有怀疑自己上了年龄,而是埋怨自己腿赖。窝在县城里许多年,哪儿也不走动,把腿脚惯坏了,惯得没有力气了。亲爱的老伙家,它似乎也不如从前了。从前的老伙家,无论多长的路、多长的坡,"嘚嘚嘚嘚",都走得又精神又快捷。走得高兴了,或是对着一条长河,或是对着一架高岭,它还会情不自禁地啸叫几声。张光荣听得出来,那时的老伙家对长河与高岭有一种轻蔑——再长的河,还能有老伙家的蹄腿长?再高的岭,还能有老伙家的眼界高?老伙家瞧不起长河与高岭。它驮着电影放映机和与之相配套的小型汽油发电机,目标是陕北山沟里的村村寨寨,它就腿不打闪、眼不旁顾地往前去。可是,老伙家脱离了张光荣一些年后,这回再重逢,结伴走他们熟悉的路时,老伙家却走得步履蹒跚,和张光荣一样,一身都是汗。那晶晶莹莹的汗珠,从老伙家的毛孔里浸出来,流淌在它红绒绒的毛尖上,一颗连着一颗,像是挂在老伙家身上一串又一串的珍珠配饰。张光荣心疼老伙家,他抬起手,一次又一次地抚摸老伙家的皮毛。他觉得它实在太累,就拽住老伙家的缰绳,让老伙家停住蹄脚,歇上一会儿。

为了让老伙家歇一歇脚,张光荣选择的地方,不是有水,就是有草,而且相对要平坦一些。那样,老伙家就可以饮点儿水,再吃上几口草。如此一来,他们走路的时间就耽搁了一些,直到太阳下山,张光荣和他的老伙家才人困马乏地走到杨家坪。

杨家坪的乡亲们，不太年轻的，都还认得出张光荣。所以，张光荣和他的老伙家满头冒汗浑身滚水地刚一走到杨家坪的街口上，就有相识的乡亲们围上来，热情地问候上了。

首先迎来的是个秃了顶的汉子。他说："哎哟，好你个张光荣呀，我还说你怕是把来杨家坪的路忘了呢。"

秃顶汉子的话还没落音，留着一撮胡子的半大老汉接话说了："啊呀呀，可把你盼来了。你是不知道，我想看电影，想得心里都长出草来咧！"

七嘴八舌，人们围着张光荣热言热语问候着。他觉得每一个人都是熟悉的，却又不晓得他们分别是谁。张光荣打着哈哈，说他咋会忘了来杨家坪的路呢，他这不是来了嘛，来给大家放电影。

掌声在张光荣的哈哈声里响起来了。

拍巴掌的是个穿着干练的妇人。像围上来和张光荣热乎着的其他人一样，张光荣对这个年纪不算太大的妇人，也有一种似曾相识的感觉。这个似曾相识的妇人，拍着巴掌挤进人群来，从张光荣的手上接过马缰绳，只说："路上辛苦了，咱们总不能干站在街口上，不吃不喝瞎热情吧！"

杨家坪不比板崖村，也不比碾子湾，杨家坪是一个规模不小的镇子哩。人民公社时期，杨家坪是延川县城关公社的所在地，延川县后来改成延川镇，杨家坪自然又成了镇政府的所在地。正因为如此，杨家坪虽然也窝在陕北山沟沟里，却又占了风气之先，便比其他的村子繁华一些。一街两行，看过去，都是这样那样的门脸儿。起早还有国营的商店、医院、邮电所等等。发展到今天，国营的商店、医院、邮电所在萎缩，而私营的超市、旅店、饭馆等等，迅速膨胀着，招招摇摇。张光荣只是拿眼一扫，便都看得清清楚楚。当然，他还看见街道上的练歌屋、洗头房、桑拿池等等流行着的新玩货。

啊！一切都在变，张光荣生活的县城变了，他多年没来的杨家坪也变了。这种变，张光荣说不准是好还是不好，他只匆匆地把变化了的杨家坪扫了一眼，就捏着他灌了铅的腿，跟着似曾相识的妇人，往她牵马走去的旅店里走了。

是的，张光荣太需要休息了。他暂时还去不了他最想去的板崖村，去看他怀揣在心里的、爱看电影想看电影的蒙点心。一步步地跟着似曾相识的妇人走着，张光荣不忘刚才热情问候的众乡亲，他半回着头，向他们打着招呼。

张光荣招呼说："大家都回去吧，回去喝汤去，喝罢汤看我给大家义务放电影。"

这是张光荣的心里话呢，可他给大家招呼出来，却没有收到他想要的效果。刚才热心热肺问候着他的他们，一个个突然像换了个人一样，全都暧昧地、甚至是嘲弄般地笑了起来。

嘲弄、暧昧，暧昧、嘲弄，满腹狐疑的张光荣，很快找到大家变脸了的根由。

似曾相识的妇人，把张光荣的老伙家，牵进前房后窑的旅店院子，拴在院子里的一根木桩上，吆喝着旅馆里的其他人给老伙家喂草喂水，她自己则亲自上手，来为张光荣准备吃喝了。

这妇人给张光荣上手弄的是羊肉烩面片，外加一碗热糜子酒。她在操弄这两样吃喝的时候，招呼张光荣洗了手，洗了脸，并且让人给他安排了住宿的房间。她招呼张光荣歇着，说她知道张光荣馋的甚，她会叫张光荣吃得满意、喝得痛快哩。果然如妇人所说，她把羊肉烩面片和热糜子酒弄好，端进张光荣住宿的房间时，一下子就吸引了张光荣的目光。他盯着热气腾腾的羊肉烩面和糜子酒，不由自主地问起妇人来了。

张光荣问："你是店老板吧？"

妇人没说话，只是轻轻地点了点头。

张光荣问："你咋就知晓我馋羊肉烩面，馋热糜子酒？"

妇人笑了，她的笑像那会儿围着他热乎寒暄的众乡亲一样，充满着一股暧昧劲儿。她暧昧地笑着说："贵人多忘事，自然也会不记人。给你说，我是白雪梅，我大是白世峰，你记起来了吗？"

张光荣在自己的额头上拍了一巴掌，说："你是白书记的女儿呀。"

自称白雪梅的妇人说："算你有记性。"

张光荣这便打开话匣子，和白雪梅说上了。他说："我这点儿记性还是有的，你知道吗？那会儿你多小，我来杨家坪放电影，可都是当着公社书记的你大来张罗，你像小尾巴一样，看我倒片放电影，看我调试发电机、电影放映机……当年的毛丫头，现在都做起店老板了。我问你，你大他怎么样？退休了吧？身体还好？人在杨家坪还是去了别的地方？"张光荣一连串的问题，把妇人问得一下子伤心起来。她回答张光荣，说她大革命了一辈子，临退休还在杨家坪的山沟沟里跑着，今天去碾子湾，明天去板崖村，好像那一个一个的小山村，都是他的亲儿子、亲闺女，牵着他的魂，扯着他的心。他那么不知疲倦、无怨无悔地跑着，把自己跑得血压那个高呀，跌了一跤就把自己跌没了。"他跑他的没有错，为了老百姓，一点儿错都没有，可他咋就不知道为我们儿女跑呢？你是住在县城里的人，你看得远，有些干部不像我大，差不多都是嘴上的功夫，嘴上为老百姓跑哩，可心里却是为自己跑着。为自己跑着，他们谁不把自己跑滋润了？我那个大呀，我都不知道怎么说他了，他撒手一走，我能怎么弄呢？就只有开个小旅店，混个有吃有穿算咧。"

是这样！张光荣把羊肉烩面片端起来，往嘴里拨了两个面片片，听白雪梅那么一说，赶紧又放下碗，从他的衣服口袋里摸出一张五十元面额的票子，往白雪梅的手里塞。

白雪梅不接张光荣的钱，张光荣就从口袋里又摸出一张五十元面额的纸钞，合起来往白雪梅的手里塞。白雪梅依然推着不接。

白雪梅说："你把我的话想错咧。"

张光荣停住给白雪梅塞钱的手，睁着眼睛，不解其意，一脸茫然。

白雪梅不要张光荣茫然，她说："你在大街上给人是咋说的？你说你义务给大家放电影！"

张光荣点着头说："是啊，我要义务给大家放电影的。"

白雪梅把张光荣放下的羊肉烩面片端起来，恭恭敬敬地递到他的手上，说："你是个老人了，甭嫌我说话不入耳。我想问你，你有多少钱，你给大家义务放电影？要我说，钱不烧人手，在杨家坪，咱们合起伙来，在技上,你放你的电影,在经营上,我做我的账。咱们放电影挣钱,挣下钱,你一半,我一半。你说怎么样?"

七

应该说,白雪梅的羊肉烩面做得不赖。张光荣拿筷子挑起几个片片,放进嘴里,没怎么嚼,就从他的喉咙里香香地滑进胃肠里去了。但是白雪梅说给张光荣的话,却没有她做的羊肉烩面好,张光荣仔细听来,也没能觉出顺情顺理,反而逆着他的胃口,让他感到些许反胃。结果是,那么香滑的羊肉烩面,他突然觉得不好吃了。

一大碗热气腾腾的羊肉烩面,张光荣吃了没多少,便脱手放了下来,坚决地给白雪梅撂下一张面额五十元的纸币便出了房子。到了干净整洁的院子里,张光荣把白雪梅招呼旅店服务员卸下来的电影放映机等物件,又小心地搬出来,扎绑在老伙家的背鞍上,牵着老伙家就往旅店门外走了。

张光荣的举动,让白雪梅一脸的迷茫和不解。她在张光荣的身边转悠,给他不断地说着,说她可是为张光荣着想哩。"现在都甚时候了,有付出,就要有收成,咱又不是骗人,真米实曲地在集市上放电影,咱该有咱的收成哩。如果你嫌我开的条件不合理,你可以还的,我四成,你六成怎么样?这该行了吧?"

张光荣闷着头收拾他放电影的行头,一直没有回应白雪梅。就在他牵着老伙家踏出雪梅旅店大门后,他回了一次头,他给白雪梅说了。

张光荣说:"谢谢老板的好意,我来放电影,真的不为钱。"

张光荣还以为被白雪梅请进她的旅店里后,围在街头上的乡亲们会散去。结果没有,大家都站在原地,他们听见了张光荣说给白雪梅的最后那句话。因此,随着张光荣的话音落下,哗地就是一阵热烈的掌声,其中还有几声高喉咙大嗓门的喝彩。这喝彩声尽管七嘴八舌,乱糟糟一片,但是张光荣只是一眼，就看到了那个白净面皮的青年人。好像他的喝彩声最为响亮。这让张光荣蓦地想起一个比喻，这个比喻，他曾给板崖村让他牵肠挂肚的蒙点心用过。他说在一堆土豆里挑一个土豆是困难的，而在土豆堆里放进一个西红柿，让他选那个西红柿，就很容易了。可爱的蒙点心就是一堆土豆里的那个西红柿，而今大声为他喝彩的那个人，也该是一堆土豆里的西红柿。西红柿在土豆里是出挑的，青年小伙儿在人群里也是出挑的。他的出挑处不仅是他有别于杨家坪人的穿着，还有洋溢在他脸上的一种气质。

青年小伙喝彩道："人可不敢掉进钱眼儿里，钱眼儿是个无底洞，掉进去就找不到自己了。"

青年小伙喝着彩，挤到张光荣的跟前，鼓励他说："光荣大叔，我佩服你。"他鼓励着张光荣，就还把自己介绍上了。他给张光荣说："我大是柳更成，我是他的小子柳品赞。"

柳品赞这一自我介绍，张光荣就想起他了。长在板崖村的柳品赞，匪得像只小老虎一样，流着永远擦不净的鼻涕，上树抓鸟儿，下河捉王八。他当村主任的老父亲柳更成说，只有张光荣来板崖村放电影时，野家伙才会消停几天。这也是个热爱看电影的主儿。张光荣听说，柳品赞长大了，学习成绩还可以，考大学时，一根筋报的都是与电影有关的专业。不过，他的运气还不错，被西安的一所大学录取了。张光荣很是欣赏地把手拍在了柳品赞的肩上，给他说："我是老了，在咱陕北翻山越岭，没有几年电影好放了。叔看见你高兴啊，以后就指望你们年轻人呢。"

张光荣的话，说到柳品赞的心里了。柳品赞读大学，怀揣一个梦想，就是能够从事与电影有关的工作。放映电影是一个方面，条件成熟时，他还想搞创作、拍电影哩！

柳品赞接过了张光荣的话，他说："那我就给光荣叔当几天助手好了。"

柳品赞说的可不是客气话。趁着暑假，他回到老家来，就是为了寻找素材，为他的大学实践打基础的。他回到老家有几天了，回板崖村给当村主任的父亲柳更成说了半夜的话，便告辞了父亲，到杨家坪来，住在老亲戚的家里。柳品赞以为，作为镇政府所在地的杨家坪，有更多的机会，能给他提供他想要的素材。张光荣和他的老伙家，千辛万苦到这里来，义务给大家放电影，这对柳品赞而言，不正是瞌睡遇着了枕头吗？柳品赞忠实地履行起一个助手的职责了。他从张光荣手里接过老伙家的缰绳，在前头牵着走，一直把张光荣接进他老亲戚的家里。从老伙家的背上卸下电影放映机等，柳品赞就一边招呼老亲戚给老伙家准备草料，一边伴在张光荣的身边，帮着做晚上放映电影的准备了。

太阳爬到西边的山顶上，还有点儿不想落下去的意思，但山那边却像有块大坠石牵着太阳，让太阳懒懒地枕在山顶上喘了一口气，就急剧地下坠，倏忽不见了影子。张光荣在柳品赞的帮助下，熟脚熟手地在杨家坪的街筒上，凭借两棵高高的白杨树，挂起了雪白的大幕布。几乎与此同时，街上爱看电影的人，自觉地抬来了家里吃饭用的八仙桌，让张光荣把电影放映机搁在桌面上，还拉来了电源。接通了电源，这就开始放电影了。

过去，日子不咋好过的时候，有张光荣牵着他的老伙家到处挪转着，杨家坪倒是不缺电影看；后来，日子好过一些了，却不知为了甚就没电影看了。张光荣不来，县上的电影公司也不派别的人来。大家可是盼着有电影看哩，多年不见的张光荣来了，他给大家放电影来了。大家争先恐后地挤在街筒子上，高高低低，长长短短，端来家里的板凳，搀老人、抱孩子。电影还没开演，满街筒子就坐满了人。一言难尽！张光荣真不想说，现在的县电影放映公司，完全成了徒有虚名的空壳壳。张光荣年岁长，提前退了休，比他年轻的，也办了早退，呼啦啦作鸟兽散。大家散伙的理由是，现在有了电视机，谁还热心看电影？电视剧一集连着一集，长的有百集，短的有数十集。天黑了，往家里的电视机前一坐，冬天冻不着，夏天热不着，谁还受罪巴脑地往电影幕布底下钻？没人钻了，还能咋办呢？就只有散了。这一散，让张光荣散得真是心有不甘呀！他在刀下救出老伙家，义务下到山村里来，给大家放电影。事实告诉他，现实并不像电影公司散伙时说的那样，乡亲们还是爱看电影的。

暗夜下的杨家坪，张光荣试了试电影放映机，就在确信能够顺顺利利给大家放电影时，他竟心酸地涌上一股热泪，把他的眼睛都模糊了。他想，他该给大家放些片子的，可他能够带进山里来的电影，还是过去的老片子。想到此，他像过去走村转社放电影时一样，在放映前有必要说几句话了。他这么想着，就嘴对麦克风，给大家说上了。他检讨自己没办法，弄不到新片子、大片子，他就只有委屈大家，和他一起重看过去的老片子了。张光荣的检讨，一点儿都没减弱大家看电影的热情。大家鼓励他了，让他就放老片子，老片子好，百遍千遍看不厌。

在大家的鼓励声中，张光荣架起飞火轮一般的电影胶卷，正式放映电影了。恰在这时，刮风打雷一般，闯进来几个人。他们是乡文化站的张干事，以及乡税务所的刘税收和乡派出所的牛公安。他们还在电影观众的圈子外面，就咋咋呼呼地吆喝张光荣，让他不要放电影了。

他们凶神恶煞一般，也不管坐在银幕前的观众是何感受，便又是手推，又是脚踩，生生地踩踏出一条通道，到了张光荣跟前，不分青红皂白，先把刚刚打出字幕的电影放映机断了电。他们一哇声地声讨张光荣："谁让你占道放电影的？你要知道，文化市场是不允许你私自放电影的，你到杨家坪来，不办证，不纳税，你就放电影了？你这是违法你知道不知道？"憨厚老实的张光荣，吃不住张干事、刘税收和牛公安的这一通申斥，他说不出话来了，倒是给他当助手的柳品赞，挺身而出，来为张光荣辩护了。他对三位言称执法的公家人说："请你们文明点儿。张老师恁大年纪，心系山沟沟的众乡亲，来给大家义务放映电影，他有什么不对了？要你们吆五喝六！"

"咔嚓！"一副亮铮铮的手铐，闪着冷冷的光亮，无情地铐在了柳品赞的手腕上。

关键时刻，又有一男一女站出来为张光荣说话了。男人是谁？张光荣不咋认识，但女人是谁，张光荣一眼就认出来了。她不是别人，正是张光荣不久前在县城见到的果果。

张光荣不甚认识的男人和果果站起来为他说话，一下子带动满街筒子上观看电影的众乡亲，大家都近乎愤怒地吼喊起来为他说话了。众怒不可违，正是大家的吼喊，让张干事、刘税收和牛公安的心怯了一下。可他们嘴上不依不饶，还对众人大喊大叫，威胁说，他们带来的铐子还有几副没用，谁想用就往他们跟前来。

　　张光荣不甚认识的男人，不像胡喊乱叫的张干事、刘税收和牛公安他们。他从自己的衣服口袋里摸出个深绿色的小本本来，亮给三位执法者看。那是个新闻采访证，是只有县委宣传部的宣传科长稀毛才持有的，他只那么一亮，就像泼给三位执法者的一盆凉水，把三位的气焰，当下灭了下去。稀毛让他们打开铐在柳品赞手腕上的铐子，给他们说："咱不要影响众乡亲看电影，咱们走，借个地方，我采访一下你们。"

　　纷乱的人群，安静下来了。果果给张光荣说："叔你不要怕，咱放咱们的电影。"

　　就在张光荣又一次打开电影放映机，要给乡亲们放电影时，他看见了白雪梅。这个曾想与他共同经营电影生意的女老板，恨恨地盯了他一眼，便动作夸张地转过身去，从众人圈里走出去了。

八

　　白格生生的脸脸水格凌凌的眼，
　　妹妹的人样儿赛神仙。
　　麻秆秆呀水沟沟里泡，
　　哥哥你挑人要往心里头挑。

　　牵着老伙家，张光荣向板崖村走来了。板崖村啊板崖村，老祖先起的这个名字，可是太名副其实了。一路走来，都是一层压着一层，层层叠叠累积成山的板板石。好像越是接近板崖村，这种板板石叠压而起的山越是高，这种板板石叠压起来的沟越是深。山高了，沟深了，连带起来的自然变化，就是靠着山、靠着沟的路越陡峭、越逼仄了。张光荣年轻的时候，翻爬这样的路，明知道危险，他也是不怕危险的。现在，长年纪了，张光荣再次翻爬这样的路，他会怕吗？不，张光荣是不怕的。尽管老胳膊老腿，翻爬得很是吃力费劲，他心里却是一点儿都不怕的。张光荣，很是豪迈地牵着他的老伙家，奋勇地向前赶着。这使他觉得崎岖不平的石板路，就如他在杨家坪给乡亲们义务放了一场电影这件事，一波三折使他产生了不小的委屈，还产生了不小的愤怒，但总的结果还是不错的。所有的算计、所有的刁难，因为稀毛和果果，还有大学生柳品赞他们的鼎力支持，都化为了乌有。

稀毛、果果和柳品赞，因为电影，与张光荣天然地结伴在了一起。清早起来，他们打点起行囊，浩浩荡荡地出了杨家坪。年轻人，忘性总是大于记性，他们簇拥着张光荣，轮流在路上照顾他。前边是个石台阶，挨得近的，自然伸出手，去扶张光荣一把。张光荣的脸上出汗了，他们谁看见了，就要掏出身上的面巾纸之类，去帮张光荣擦。张光荣非常受用三个年轻人的照顾，他心里受用着，嘴唇上却还与他们拌磕着。张光荣拌磕的话是："我很老了吗，啊？我要你们照顾！"年轻人你一言他一语，话赶话地说："光荣叔不老，真的不老，但我们总是比叔年轻的，出门路上，年轻人有责任照顾年长的人。"

这样的拌嘴，该是幸福的。张光荣流汗的脸上一直挂着不落的微笑。他知道，三个年轻人已经把昨晚在杨家坪的风波忘记了，而他自己，似乎也不怎么去想昨晚的不快。

板板崖的坡坡上，这里一簇，那里一簇，赶着热起来的暑热天，生出许多红得耀人眼目的山丹丹。果果最先被山丹丹吸引了。她往前冲了几步，扑向板板崖的坡坡，去采生得灿烂的山丹丹。她扑腾得急，把板板崖坡上的石头蹬落了几块，石头轰轰隆隆地向陡峭似墙的山沟滚下去，这就惊得张光荣一怔，喊着"果果小心"。与此同时，稀毛和柳品赞，一前一后，冲着果果扑爬的山坡坡撵了去。是的，他们俩是去保护果果的，可是没等他俩撵到她的身边，她已采到一束艳红似血的山丹丹，捧在她的胸前，昂起她的白脸脸，对着一山连着一山的旷野，高腔大调地唱起信天游：

　　地上的那个鸟儿欢欢地跑，

> 天上的那个鹞子扑格楞楞转。
> 哥哥你要学那马儿欢欢地跑，
> 万不要学那鹞子划地里转。

　　果果唱的信天游是《妹妹的人样赛神仙》，她把稀毛和柳品赞唱得直为她鼓掌。张光荣也是要鼓掌的，但他微笑的脸儿，从板板崖的坡坡上收回来，看着他的老伙家，不由自主地想起果果的母亲蒙点心了。

　　果果太像年轻时的蒙点心了，身条儿像，脸盘儿像，眉儿眼儿像，还有唱信天游的声音，也像得让张光荣几乎分辨不出……果果的母亲蒙点心，就很能唱果果刚才站在崖坡坡上唱的这曲信天游：

> 祖家的板房房比蝴蝶的翅膀单，
> 哥哥的马儿要配快活的鞍。
> 只要哥哥你心一片，
> 你就放开马儿到妹妹的身子边。

　　张光荣不是木头人，他到板崖村放电影，听了蒙点心唱给他的这曲信天游，他难免心慌心跳。他记得特别死，就像挽在他心里的一个绳疙瘩一样，记下了蒙点心唱的这曲信天游，也记下了他在板崖村放罢电影的那个晚上。

　　是啊，那个晚上像这天，也是个暑热难耐的日子。张光荣放罢电影，照例去了村主任柳更成的家。应该说，那个时候的板崖村，村主任柳更成家的条件最好。他家有石头砌的窑洞三孔，还有用砍头树的枝干盖下的三间石板房。张光荣不住在柳更成的家里，还能往哪里住？柳更成安排张光荣住进石板房，房子里有石板盘的炕，炕上有羊毛擀的毡。可是，张光荣躺下去没一会儿，就感到挨着毡垫的脊背痒得他心乱，同时对着房顶的前胸里也心慌。这是虱子和蚊子合起来对他的肉体发起的攻击造成的。经常下乡放电影的张光荣对此是不奇怪的，在乡村，哪能避开虱子和蚊虫呢？尽管被虱子和蚊虫咬得受不住，可他硬撑着，躺在有毡垫的石板炕上，想要坚持睡下去。蒙点心来解救他了。

　　黑黢黢的夜色中，张光荣先是听到柳更成家狗的叫声，接着就看见一点如同星光一样的火星，渐渐地，他又闻到了一股非常好闻的艾草的香味，悠悠荡荡地来到他睡觉的炕前。张光荣看见了蒙点心。善解人意的蒙点心啊，她把熏蒸蚊子的艾草绳子，在离张光荣比较近的地方挂了起来，端着燃烧的艾草绳头，用嘴又吹了几吹，使得幽幽暗暗的火星儿，烧得更旺一些。深山老沟，聪明的老祖先，天才地发现把鲜嫩的艾草割回家晒得半干，拧成长长的绳子，收藏起来，到有蚊子的时候，点燃了，就能熏跑蚊子，免遭叮咬。借着艾草绳头的火光，蒙点心朝躺在炕上的张光荣瞄了一眼，她看见了张光荣大睁的眼睛。天黑着，张光荣不晓得蒙点心的脸红了没有，总之，他感到自己的脸膛烧了起来，仿佛被蒙点心提溜来挂在他头顶上的艾草火头烫了一下，烧得他的脸都要起火了。

　　蒙点心被张光荣大睁的眼睛吓了一跳，但她迅速地镇定下来，声音轻得如远飞的蚊子："身上痒了吧？"

　　没有蒙点心的提醒，张光荣还抗得住身上的痒，经蒙点心一提，张光荣立即痒得难以忍耐，他呼地挺起身子，在自己的前胸和后背，咬牙切齿地挠了起来。他挠得太狠了，有几处被虱子和蚊子咬过的地方，都被他挠出血来了。

　　蒙点心看得心疼，她捉住张光荣下死劲挠痒痒的手，给他说："别把你挠成个血人儿，到头来，你放电影了，娱乐了咱们，让你却血染板崖村。"

　　张光荣拧着蒙点心捉住的手，说："这痒罪呀！倒比疼罪还难受。"

　　蒙点心没让张光荣拽了手去，她说："痒罪不好受，疼罪也不好受。你听我说，你起来跟我走，住到我家里去，我家没有村主任家的条件好，但我家干净，就不会让你下身虱子上身蚊子的，活受罪。"

　　封闭的、落后的板崖村，对于男男女女间的那点事儿，倒比别的地方开放。白天的时候，村主任柳更成就给张光荣说了，让他住到蒙点心家里去。村主任说："蒙点心的石匠汉子，被热火朝天修筑西延铁路招了工，她家里有地方，干净，不招虱子咬，没有蚊子叮。"村主任柳更成是这么说的，张光荣又哪里好意思？可是现在，他被村主任家里的虱子和蚊子咬得实在受不了，没有办法，就只有乖乖地被蒙点心牵着，去了她空空荡荡，没有虱子咬、没有蚊虫叮的干净的家里。

九

万事开头难。有了躲避虱子和蚊子叮咬的那一次，张光荣以后再来板崖村放电影，就很自然地下榻在蒙点心的家里了。

蒙点心的家确实干净，窑洞的墙壁是她用发了干黄土的稀水漫过的。张光荣住在那样的窑洞里，总能嗅到泥土特有的芬芳。摆放在土窑洞里的桌子、板凳什么的，都被蒙点心擦抹得纤尘不染，露出木头原有的白茬儿。再是炕上铺的，炕上盖的，虽然都是普通的棉布和棉花，却也被她拆洗得干干净净。张光荣睡进那样的被窝，充盈在鼻孔里的，满是肥皂好闻的味儿。这一切仿佛可以催眠似的，让张光荣总能睡得踏踏实实、香香甜甜。

不过，张光荣是要做梦的。他会梦见笑意盈盈的蒙点心，热着身子，钻进他的被窝里来，和他颠三倒四，呻吟呐喊。张光荣梦醒过来，自觉难堪。为此，他没少在心里骂自己，告诫自己可不敢想入非非，想出事端来。然而，事不由人，张光荣竟然梦想成真——蒙点心爽爽利利地钻了他的被窝。

山洼洼里生、山洼洼里长着的蒙点心，没有张光荣那许多的禁忌。能放电影的他，每次到板崖村来，都要堂堂正正地住在她的家里，这让她可是太高兴了，她以为这是她的福气呢！

蒙点心不知道张光荣睡觉会梦见她，但她清楚地晓得，只要张光荣放电影住在她家里，她都要彻夜做梦，梦里的人，跑不了都是张光荣。

啊啊啊！多么爽利干净的张光荣啊！他不仅会翻山越岭来给她和她们板崖村放电影，让大家得到娱乐，知道许多他们不知道的事情，而且，他个儿头魁伟，满头的头发没一丝乱的，他只要轻轻地甩一下头，那头发就偏分着，纹丝不乱地堆在他的头顶上。村里的婆姨女子，看张光荣的眼神，少有不飞不飘的。婆娘女子眼红蒙点心，妒忌蒙点心，逮住机会，就半开玩笑半审问地辱戳蒙点心，说你近水楼台先得月，你把张光荣的被窝钻了吧？蒙点心对婆姨女子的审问一点儿都不躁气，她没有钻张光荣的被窝，因此就很坚决地否认着。这使婆姨女子大为不解，她们就还撺掇蒙点心，要她不要硬撑，抓住机会钻张光荣的被窝。并警告蒙点心，你自己不钻，把门给我们留着，我们轮着钻张光荣的被窝。

婆姨女子可不是说白话。张光荣来板崖村放电影时，她们就放肆地在张光荣跟前发着骚。发骚的婆姨女子，对蒙点心无论如何都是一种刺激，蒙点心还真是把持不住自己了。冬季里的一个大雪天，张光荣来板崖村放电影，他被漫天飘舞的雪花留在了这里。他白日里享受着蒙点心给他精心烹煮的饭菜，晚上又享受了蒙点心给他烧得烫脊背的热被窝。张光荣不晓得，蒙点心在他踏实香甜的酣睡声里，认真地想着他。张光荣是她最崇拜的人，同时又是最为向往的人，而且还有许多说不清、道不明的情愫。蒙点心要有所行动了，这行动是刻不容缓的。她在自己的住窑里，烧了一盆热水，把自己脱光了，打上香皂，洗了一遍又一遍，直到确信把自己洗干净了，就没有再穿衣服，在雪光明亮的夜晚，走出自己的住窑，向张光荣的住窑里去了。雪光里的蒙点心，没有觉出冬天的冷。她在寒气逼人的雪光下，还在院子里静静地站了一会儿。她看见了自己的双乳，翘翘的双乳啊！她看见了自己的小腹，光滑平坦的小腹啊！蒙点心没有什么可迟疑的了，她去了张光荣的住窑，掀开张光荣的热被窝，让自己像只馋嘴的猫儿一样，钻进张光荣的被窝，抱住了张光荣的热身子。

张光荣没有让蒙点心失望。搂抱着的他们很快地合在了一起，蒙点心呻吟起来了，她像冬眠的虫子一样嘤嘤地呻吟着。蒙点心呐喊了，她像火山爆发一样啊啊地呐喊着！

幸福的蒙点心呀！

哀伤的蒙点心呀！

就在张光荣和蒙点心有了那个雪夜之后不久，女儿果果已经两岁半的蒙点心，万分悲痛地失去了她的石匠汉子。为在建的西延铁路开山凿石的石匠汉子，在一声剧烈的山炮声里，遭到一枚杏核般大小的石子击打，他仰身朝后倒下来，就再没有站起来。

安葬完石匠汉子，蒙点心捎话给张光荣，让他上板崖村给石匠汉子放场电影，也算她给石匠汉子的一点儿安慰。

得到信儿的张光荣，没有推辞，更没有迟疑。他牵着老伙家，沿着积雪还没完全消融的山间小路往板崖村走来。这是张光荣走得熟极了的一条路呢，他心想，自己闭着眼睛，任凭老伙家前头带路，瞎摸也能顺顺当当、平平安安地到板崖村来，给因工伤死亡的石匠汉子，放一场电影。但是出事了。在张光荣一点儿防备都没有的情况下，在就要进入板崖村的板板路上，他脚下一滑，这就没法挽救地滑下三十多米深的沟底。张光荣跌得失去了知觉，知情的老伙家，沿着板板石的坡路，下到沟底里，跪趴下来，用它的热身子温暖着张光荣。老伙家要嘶鸣的，它一声一声的嘶鸣，都是为了叫醒张光荣。可是一声一声的嘶鸣，没能把张光荣叫醒。老伙家是执着的，它不放弃自己的嘶鸣，一直用它裂地惊天的嘶鸣，呼唤来了板崖村的人。自然地，其中就有戴孝的蒙点心和她同样戴孝的女儿果果。

蒙点心在村里人的帮助下，把昏迷中的张光荣搬回了她的家。村里人说童子尿管用，她就寻来了童子尿，灌给张光荣喝。张光荣在他醒来后知道，蒙点心端着碗，满村子找寻六七岁的男童儿，给他们糖果儿，哄着他们撒了一大碗的童子尿，来给自己喂。在给张光荣往嘴里喂之前，蒙点心把童子尿碗端起来，送到她自己的嘴边，先自抿了一口，她把童子尿噙在嘴里，轻轻地咂巴着，仿佛她在品尝蜂蜜水一般。

热热的童子尿灌进了张光荣的嘴里，又慢慢地滑进了张光荣的胃肠，他从童子尿里缓过神，睁开眼睛时，发现他正偎在蒙点心的怀抱里，像个婴儿一样，接受着蒙点心的照顾。

万幸没有伤着骨头，张光荣挣扎着给蒙点心的石匠汉子放了电影。送走了亡人，张光荣是决计要走的，但没能拗得过蒙点心，被蒙点心留在家里，好吃好喝地服侍着。她给他煎药，给他按摩，直到张光荣完全康复过来。张光荣要离开板崖村了，村里人发现张光荣脸色的变化——以往经大风里吹、大日头下晒,是黑黑红红的,而现在倒被蒙点心养得白白胖胖,像是脱胎换了一个人似的。

村里人有所不知。养在蒙点心家里的张光荣,听凭蒙点心服侍他时,不止一次地听她给他说:"我是殁了一个男人了,我要守好你,让你活得旺旺的,活好!"

可是不管蒙点心怎么说,甚至孤男寡女的他俩,赤身裸体地再次钻在一个被窝里,你搂抱着我,我搂抱着你,两人都恨不能把对方搂进自己的肉里去时,张光荣却拿捏着自己,没再让蒙点心发出一声呻吟,呼出一声呐喊。

想你来,想你来,想你想得吹不熄灯,
灯花花落下多半升。
想你来,想你来,想你想得我见不上面,
面对面坐着还想你。

谁在唱《对面坐着还想你》?是蒙点心吗?张光荣吃惊地抬起头来,他抬起了头,还发现老伙家也抬起了头。人和马,四只眼睛茫然地逡巡了一阵,没有看见蒙点心,而是看见蒙点心的女儿果果,正在开开心心地唱信天游。快乐的、爽朗的年轻人啊!他们哪里知道张光荣的心事呀?他们不知道,还在愉快地唱响信天游。

果果的信天游唱得好。她唱罢一曲,还鼓励稀毛和柳品赞也唱起来。显然,两个汉子是心怯的,扭捏着不肯唱,联合起来鼓励果果继续唱。果果没有扭捏,她俯身捡起一枚小小的板板石,抡起胳膊,隔沟抛了出去。小小的板板石,撞上对面的板板崖,发出一声脆脆的响,好像这清脆的响儿是鼓励她自己起的调。果果就又欢欢乐乐地唱起一曲叫《白头到老不变心》的信天游:

一对对红花半崖上开,
手里呀想采心里爱。

一对对沙鸽一对对鹅，
一对对毛眼眼照哥哥。
对面洼上杨柳青，
甚么人留下一个人想人？
河做媒来山做证
白头呀到老不变心。

十

　　天刚扑黑，以蒙点心家门口为核心，就早已挤满了人。一切都如过去一样。张光荣发现，挂着幕布的两边空地，都被摆好的石块、砖块填满了，自然还有凳子——方凳子、圆凳子、长凳子、短凳子、高凳子、低凳子，形形色色，搁得住屁股的东西，密密麻麻，好像再多端来一张凳子甚的，就都没地方撂了。好些年不放电影，张光荣来了，他给大家义务放电影，板崖村的乡亲没有不看的道理，这仿佛是个隆重的节日，大家秩序井然地坐在场地上。张光荣一眼望去，就知道大家无一例外地都换了衣裳。老人们有老人的习惯，年轻人有年轻人的时尚，对襟黑色、灰色的衣裳，对应着解放了脖子的西服和自由随意的夹克。姑娘们更是了得，牛仔裤把她们的屁股裹得紧紧的，红色的、黄色的小衬衣把她们的胸口缠得鼓鼓的。看着这一切，张光荣心里感叹不已，他感叹小山村的人，是多么渴望看电影啊！

　　张光荣是这么感叹的，给他当着助手的村主任儿子柳品赞也是这么感叹的。还有稀毛和果果，都像张光荣一样感叹了。不过，张光荣是多了一项感叹的，他还感叹"世上已百年，而板崖村仅一日"，许许多多的东西，都保持着往日的质朴和纯净，特别是可亲可爱的蒙点心呀，对多年不见的张光荣依然保持着十分的熟悉和温暖。张光荣来到村里，没有任何的障碍，没有任何的禁忌，很自然地被蒙点心接进她干净的家里。她安排他的吃，安排他的住，安排他需要的一切。

　　活泼开朗的果果和稀毛、柳品赞一起陪着张光荣，快到板崖村时，果果抢先走了几步，赶在几个人的前头，蹦蹦跳跳地先进了村，然后又先闪进了自己的家。她兴高采烈地把张光荣放电影的消息，告诉了母亲蒙点心。果果满面飞霞地给母亲蒙点心说这一消息时，老伙家高亢好听的嘶鸣声也从板崖村的村口上传了过来，传到蒙点心的耳朵里了。因此，不等果果把消息说得很清楚，蒙点心就自己先明白了。

　　蒙点心自言自语地说："哦，张光荣来了，张光荣来放电影了。"

　　蒙点心自言自语地说了这两句，也不管女儿果果刚刚回到她身边，她立即麻利地翻开炕头上的漆彩箱的盖子，麻利地翻出一件红色碎花的棉布单衫，和一条色气纯正的黑色单裤，把她在家里常穿而穿旧了的衣裤换下来。母亲蒙点心的这一身行头，在果果的眼里是太熟悉不过了。过去，只要张光荣来板崖村放电影，母亲蒙点心就会穿上这套衣裳，过后又小心地浆洗，叠起来，收存在漆彩箱子里。应该说，母亲的这套衣裳，无论款式还是色调，都是陈旧土气的。可是也应承认，母亲只要穿上这套衣裳，她就是新鲜的，而且还十分清爽，十分温暖。

　　隐隐约约，果果知道了母亲穿这身衣裳的秘密。光荣叔夸过这身衣裳，说母亲穿了这身衣裳，是比开在山坡坡烂漫闪亮的山丹丹还要好看哩！

　　蒙点心在张光荣的眼里，就是那么迷人。果果小时候还因此和母亲蒙点心产生了些许矛盾，甚至一些冲突。她只要母亲对她一个人好，见不得张光荣来她家里住，见不得母亲对张光荣好。有好几次，张光荣来板崖村放电影，歇在她家，夜深人静时分，和果果睡在一个窑洞里的母亲都会从炕上溜下去，走到张光荣睡着的窑洞去。像只猫咪一样警惕的果果，在母亲进了张光荣睡着的窑洞后，她也会悄悄地溜下炕，站在那窑洞的窗台下，细听他们的墙根。有一次，果果还学着一部电影里的细节，把贴着窗花的窗户纸，用唾沫湿出一个小洞洞，把眼睛贴在洞眼上，看窑洞里的母亲和张光荣。果果没有听出母亲和张光荣说甚不堪入耳的话，也没有看到甚不堪入目的事。她听到的，都是母亲蒙点心和张光荣彼此之间关心的话语。那些话语，有许多都是直接关于果果的。母亲蒙点心和光荣叔都心怯怯地关心着她，盼她能够健康地、快乐地成长。

　　失去了亲生父亲的果果，对这样的话总是敏感的。一句一句，全都装在她的心里。那个时候她想哭，而且她是真的哭了。每一次捂着嘴离开张光荣睡着的窑洞口，回到她和母亲蒙点心睡着的窑洞里，她都总是或扶着炕边，或坐在炕上，伤心而又默默无声地流泪。母亲从光荣叔睡着的窑洞里转回来了。在她转回来踏进窑洞门的一刹那，哭着的果果总会迅速地抹去泪水，蜷缩着身子，悄悄地睡在炕上——母亲走时她睡什么样子，这时还睡什么样子。

　　警惕着张光荣和母亲的果果，因为成长，渐渐地理解了母亲，也理解了张光荣。她甚至梦想，让爱看电影的母亲和放电影的光荣叔，走得更近一些，最好能够成为一对恩爱的夫妻。这个想法，果果从在县城里见到张光荣，并且打听到他的境况时，就萌生出来了。知道张光荣从屠刀下救出老伙家，与老伙家一起，驮着电影放映机，再次走上他原来千百次走过的路，下乡义务为山村老百姓放电影之后，果果便敏感地意识到，这是一个机会呢。果果想得到，也做得到。她当即动员和自己熟稔起来的稀毛，拉着他一起尾随张光荣回家来了。果果和稀毛，真是有点儿"不清不白"。她陪着稀毛看电影，她是不白陪的。一起在县城招待所做服务员的姐妹，谁也瞒不住别人的眼睛——她只是陪人看电影，还有人做了更出格的事，偷偷陪住宿的客人睡觉呢！果果拉不下那个脸，她只是陪稀毛看电影。与稀毛一起看得多了，心里有种说不出的情愫在滋生。特别是在县城郊外的那个晚上，稀毛答应果果，可以帮助她实现拍一部电影的梦想之后，她就真把稀毛赖上了。恰好，又在杨家坪偶遇本村的大学生柳品赞，三个有志于拍一部电影的年轻人，一拍即合，相互探讨，选择素材，筹措经费。时间虽然很短，他们却也有了一个大体的目标。

　　这个目标直对着张光荣和他的老伙家，自然还有果果的母亲蒙点心。

　　在回板崖村的路上，张光荣和他的老伙家，引起三个年轻人的极大兴趣。有着新闻敏感的稀毛，给果果和柳品赞建议，就以张光荣和他的老伙家为基本素材，再挖掘一些别的内容出来，可不就是一个现成的电影题材吗？果果赞成稀毛的建议。她没有多说什么，但她心里明白，把母亲蒙点心和张光荣之间的故事加进来，这部电影所需要的素材就都齐备了。果果说不出她心里想的，柳品赞说得出来。同在板崖村长大，张光荣和果果母亲蒙点心的那点儿事，他可是心知肚明的。在家里，柳品赞当村主任的父亲柳更成，就没少在嘴上说——按他说的，张光荣和蒙点心就该是恩爱的一对儿。柳品赞可不想把他心里的话压着不说，他凑近了稀毛，给他说了果果母亲蒙点心的故事，这便乐得稀毛忘乎所以，自己击掌，自己大笑，直呼巧了，巧了。牵着老伙家的张光荣，不晓得三个年轻人在路上叨咕些甚。听稀毛那么惊惊诧诧地击掌、大笑、喝彩，他在崎岖难行的板崖路面上停了停，叮咛他们年轻人："走路可是要当心哩！别使自己顾了乐，不管脚下，那可是危险的呢！"

果果、稀毛和柳品赞一时还不想让张光荣知道他们的"预谋"，就都应承着张光荣，心里揣着他们的快乐，揣着他们的自得，和张光荣到了板崖村。

柳品赞回家把他在路上的想法说给了当村主任的父亲柳更成。热心的柳更成，马不停蹄地就去找了张光荣，不拐弯，不抹角，端直把蒙点心端出来，给他说："你现在是孤男，蒙点心早就是寡女，要我看，你俩够般配的。怎么样？给我说个痛快话，我来主持你俩的喜事。"张光荣被柳更成追问的时候，手里正拿着蒙点心给他炸的糜子油糕，蘸着雪白的砂糖，一口一口吃得又香又甜。他把柳更成的话，一句不落地听进了耳朵。柳更成原以为他说了那样的话，张光荣可能会吃惊，但却没有。张光荣只是更大口地吞咽下蘸着砂糖的糜子油糕，然后感激地给柳更成说了。

张光荣说："想穿媒鞋了吧？好说，就给村主任买双黑牛皮的。"

就在柳更成给张光荣说到这件大事时，果果也在紧锣密鼓地做着母亲蒙点心的工作。果果说话的方式是春风化雨式的，她先自责了自己的不孝：母亲多疼爱她呀！她长大了，却无以报答母亲。接下来才说张光荣，说她从小就看出来了，张光荣的心里是有母亲蒙点心的，母亲蒙点心的心里也装着张光荣。"怎么样？你们都老大不小了，苦着自己图甚呢？女儿不知道怎么孝顺母亲，就让你们有情人相互关照了。"

那么大的一件事，中间只是隔着一层窗户纸，轻轻地一捅，就又透又亮，没有甚可顾虑可拖延的了。在柳更成的强力推动下，就在当晚，就在电影场上，就在板崖村父老乡亲的见证下，大家为张光荣和蒙点心操办了一场别开生面的婚礼。

十一

马上要当新郎的张光荣，正小心地调试着电影放映机。在他的身边，是坐在一张高板凳上的蒙点心。他俩都被头顶上的一盏雪亮的电灯照着，俨然恩恩爱爱的一对子，是那般的亲密和喜悦。稀毛带到板崖村来的轻便摄像机，这时被固定在一个三脚架上，打开的镜头直冲着张光荣和果果的母亲蒙点心。从亮晃晃的摄像机镜头里看过去，被收在镜头里的张光荣、蒙点心，还像初婚的年轻情侣一样，有那么点儿羞涩、有那么点儿紧张。从坡梁上采来的山丹丹花，被果果用一条彩绸扎成一束，捧在怀里。他们是在等着老村主任柳更成发话了。

当了大半辈子村主任的柳更成，在这个特殊的晚上，难得地把他自己也收拾了起来。他一改过去的穿着，在自己的身上套了一款双排扣的新西服，并在白色衬衣上打了一条红色的领带。他不晓得自己的这身打扮有多俗套，只是庄重地、一步一步、稳稳当当地走到调试电影放映机的张光荣跟前。他让张光荣先把手里的活儿停一停，然后拿着麦克风，噗噗吹了两声，这便大声喝起礼来。

这是事先设计好的礼仪程序呢！可柳更成用力过猛，把麦克风吹得变了调。他说："果果，给你娘、你大献花！"

果果把她怀里的山丹丹捧着献给了母亲蒙点心和张光荣。

柳更成用同样刚猛的声音说:"新郎新娘拥抱亲嘴!"

张光荣听话地张开了臂膀,同时,果果的母亲蒙点心也张开了臂膀。果果和稀毛,还有柳品赞,在这时刻,异口同声地也叫喊了起来,他们向电影场上寂静的人群发布,他们的电影的开机仪式也正式启动了。

他们说,电影名字就叫:《马背上的电影》。

2011年6月30日完稿于西安曲江

2011年8月31日定稿于曲江

大河珍藏

乾坤道

吴克敬 著

陕西师范大学出版总社

图书代号：WX22N1066

图书在版编目(CIP)数据

乾坤道 / 吴克敬著. — 西安：陕西师范大学出版总社有限公司，2022.8
（大河珍藏；2）
ISBN 978-7-5695-3092-6

Ⅰ.①乾… Ⅱ.①吴… Ⅲ.①长篇小说—中国—当代 Ⅳ.①I247.5

中国版本图书馆CIP数据核字（2022）第123514号

乾 坤 道
QIAN KUN DAO

吴克敬　著

出版统筹	刘东风　郭永新
责任编辑	姚蓓蕾
责任校对	彭　燕
封面作品	郭如林
封面设计	YooRich-萝卜 七七
出版发行	陕西师范大学出版总社
	（西安市长安南路199号　邮编 710062）
网　　址	http://www.snupg.com
印　　刷	陕西龙山海天艺术印务有限公司
开　　本	720 mm×1020 mm　1/16
印　　张	29
插　　页	4
字　　数	420千
版　　次	2022年8月第1版
印　　次	2022年8月第1次印刷
书　　号	ISBN 978-7-5695-3092-6
定　　价	399.00元（全三册）

读者购书、书店添货或发现印刷装订问题，请与本公司营销部联系、调换。
电话：（029）85307864　85303629　传真：（029）85303879

有道走遍天下，无道寸步难行。

——题记

目录

第一章　狂雪雕黄河 _ 001

第二章　心头上的冰清玉洁 _ 017

第三章　燃烧的火把窝子 _ 036

第四章　跤场摔来的友谊 _ 058

第五章　挑在肩上的日子 _ 078

第六章　疼人的猪崽子 _ 094

第七章　祛病除疾心贴心 _ 111

第八章　英雄乾坤崖 _ 128

第九章　烂漫萱草花 _ 149

第十章　嘹亮的打夯号子 _ 170

第十一章　小煤窑下的希望 _ 191

第十二章　剪进窗花里的心思 _ 208

第十三章　古月华回来了 _ 227

第十四章　一枚红色"卒"象棋 _ 250

第十五章　难言的分娩 _ 282

第十六章　回不去的家 _ 309

第十七章　乾坤湾的牵挂 _ 327

第十八章　森林里的壮烈 _ 347

第十九章　艰难的成长 _ 375

第二十章　情倾黄土地 _ 409

黄河有道乾坤湾 _ 440

第一章　狂雪雕黄河

山丹丹开花哟赛牡丹,
延安窑洞住上了北京娃。
漫天朝霞山坡上落哟,
北京青年在延河畔上安下了家。
……
　　　　　　　　——信天游《延安窑洞住上了北京娃》

一

母亲在哪里,儿子的心就牵在那里。

留学在美国西雅图的罗乾生,总觉他就是母亲罗衣扣放飞的一只雏鹰,他千里万里凌空地飞着,但他听得见母亲的心跳,感觉得到母亲心跳的频率,是时候是还要回到母亲的身边来哩。顺利地通过了硕士论文答辩,罗乾生便收拾起了行囊,准备返回祖国,来与母亲团圆了。

在罗乾生收拾行囊的日子里,一曲他熟悉的陕北信天游,总要轰响在他的耳边:

漫天朝霞山坡上落哟,
北京青年在延河畔上安下了家。
毛主席身边长成人,
出发在天安门红旗下。
……

这曲信天游是母亲罗衣扣在罗乾生还生活在陕北延安的乾坤湾村时,就教会他唱了呢。

罗乾生唱会了这曲信天游的时候,还又从道老汉的嘴里知道,母亲罗衣扣前面插队在延安的乾坤湾村时,既遭遇了一场铺天盖地的大雪,还遭遇了一场突如其来的羞辱。

从首都北京一路火车、汽车,还一路毛驴地来到乾坤湾村插队的罗衣扣,没有因为几天几夜的舟车劳顿,而影响她的精神面貌,她还是那么天真无邪,还是那么聪慧机灵。北京城养下来的白脸脸,如漫天飘飞的雪一般,一双亮闪闪的大眼睛,看什么都新鲜,她初到乾坤湾村来,即赢得了满村人的喜爱。但还是因为年轻贪睡,直到天光大亮,仍然钻在知青窑土炕上的被窝里,昏昏大睡,根本不知道作为地理概念的陕北,夜里下了一场大雪。当然,更不知道还有一场羞辱,在等待她来领受。

那场雪下得太大了,给初到乾坤湾村插队的罗衣扣心里,留下了永不能忘的印象,犹如那首新编的陕北民歌,突然地钻进她的耳朵,仿佛化入了她的血液,让她记忆下来,从此与她生死相依,成了她生命不可分割的一部分:

漫天朝霞山坡上落,
北京青年在延河畔上安下了家。
毛主席身边长成人,
出发在天安门红旗下。
……

这曲新编的陕北民歌,有个非常响亮,而且蕴涵十分真切的名字,《延安窑洞住上了北京娃》。尽管罗衣扣在窑炕上睡得酣沉酣沉,可当这样一首曲调清丽、歌词鲜明的陕北民歌,如丝如缕地钻进她的耳朵时,还是把她唤醒了。不过,罗衣扣没有睁开眼睛,她还像只贪睡的猫儿似的,蜷卧在被窝里,支棱着耳朵,醉心地聆听着,聆听窑洞的外边,有人远远地还在唱着的

《延安窑洞住上了北京娃》：

> 接过革命的接力棒，
> 红色土地上把根扎。
> 就像当年的红小鬼哟，
> 满面红光映朝霞。
> 踏着前辈的脚步走哟，
> 延安精神放光华。

罗衣扣把她闭着的眼睛睁开来了。她没有品尝过酒的滋味，自然不能知晓酒的醇香是怎样的，但她听着这曲不知是谁新编的陕北民歌，便以为这曲新编的陕北民歌，就是一杯纯度极高的酒，从她的耳朵里，灌进了她的心里，让她如痴如醉，满身心地在想，那样的曲调，那样的歌词，干脆就是写给她自己的哩。

生在首都北京，长在首都北京的罗衣扣，可不就是在"毛主席身边长成的人"？

离开首都北京，要去毛主席革命了一十三年的陕北农村插队，罗衣扣还抽空从家里跑出来，跑到天安门广场上，站在天安门城楼前，让广场上的专业摄影师，以雄伟的天安门城楼为背景，给她拍摄了一幅全身像。来陕北前，罗衣扣去照相馆取了照片，她看见毛主席的巨幅画像，庄严地悬挂在天安门城楼正中央，自己被摄影师英姿飒爽地，安排在了毛主席的身边，她仿佛真如毛主席意气风发的女儿一样了。

罗衣扣爱极了她那幅天安门广场上的留影，随身带着，须臾不离，这便来到陕北她插队的川河县河怀湾公社乾坤湾村，住进了窑洞安下了身……睁开眼睛的罗衣扣，在被窝里摇了一下头，顺手从她贴身的衣兜里摸出那幅留影，举在眼前，醉心地又看了看……她看着，有一种直觉逼上她的大脑，清晰地告诉她，她是身处在一场刻骨铭心的变化中了！不过，她又无法想象她一个首都北京的女知青，会变成个什么呢？

变成一个陕北的女娃娃吗？

北京女知青的罗衣扣，插队在乾坤湾村的第一个清晨，就是这么梦幻。她从照片上挪开眼睛，首先看见的，是窑洞亮窗上那幅"忠"字窗花了。陕北的窑洞都是这个样子，为了抗御严寒，门连着窗、窗连着门，窗子的下半部分，还都安装了可以开关的窗扇，而在挨着窑顶的地方，就只是糊了一层粉帘纸的亮窗了。亮窗不但有利于相对阴暗的窑洞采光，在窑洞里烟气、湿气重的时候，还能打开来透气通风。

眼看着亮窗的罗衣扣，错把亮窗上的白光，当成了清晨的阳光。

初来陕北插队的罗衣扣，还没有那样的经验，下雪的日子，白晃晃的雪光，是也如日光一样亮堂堂的呢。

罗衣扣习惯性地举起手来，伸了一个懒腰……正因她举手伸懒腰的动作，让她敏锐地感知道，与她同睡一盘土炕的田子香和乔红叶，早就双双出门不在炕上了。警觉到自己睡过了头的罗衣扣，没敢迟疑，她迅速挺起身来，坐在炕上，穿起一件罩着红底子蓝碎花的棉袄，还有套着同花色单裤的棉裤，下得炕来，想要洗洗脸，梳一梳头发的，却发现锅是冰的，水是冷的，就没好意思洗脸，只是打开她随身带来的那个藤编衣箱，找出她带来的那面小圆镜子，照着她的头脸，分梳了两把头发，把头发梳得顺了点，这便匆匆忙忙地拉开窑门，扑到窑院里来了。

二

窑院里已经不见了田子香、乔红叶，当然也不见了池东方，柯红旗和劳九岁……厚得能没到人脖子上的雪啊，就那么静静地铺上了罗衣扣眼睛看得见的矮墙、碾盘以及层层叠叠的山坡和山坡上一棵一棵的大树，让她搭眼看去，全都绒绒的，又还虚虚的，像是趁着夜里山寂人静的时候，生出来的白色毛发一般。

罗衣扣在心里感叹着雪的壮丽，而她整个人却显得特别慌乱，一副彻底的，手足无措的样子。

初到插队的乾坤湾村来的罗衣扣，可是不想留给人一个贪睡怕劳动的印象。可她实在不知道，在这个满山遍野都是雪的清晨，她能够做什么？慌乱着而又手足无措的罗衣扣，看见窑院门前的矮墙那边，冒出一个人来。罗衣扣看得清楚，那不是别人，正是昨天牵着一头驴子，从河怀公社大院接她来乾坤湾村的道老汉。

道老汉其实不算老，他也就四十来岁的样子。但为什么就叫了老汉呢？罗衣扣初来乍到，不知道，也不好问，疑惑就只有慢慢地体会和理解了。

隔着矮矮的墙头，罗衣扣想要开口问道老汉的，可她张开嘴，把要问的话还没说出来，道老汉的招呼，却已翻过矮墙，如同钟鸣似地进入了她的耳朵。

道老汉说：起来咧……女子。

道老汉说：还说女子你在来咱村的路上摇晃了好几天，可是乏累着哩，借着落雪的时辰，让你女子多歇一会儿。

道老汉说：可你女子，没人号吵你，你倒是自己起来了。

道老汉招呼罗衣扣的时候，罗衣扣是想插话给道老汉的，可她插给道老汉的话，一次一次，总是顶在了嘴唇皮皮上，却没能插进来。道老汉几句暖心窝子的话，全都说出来后，自觉地缩了一下头，手里拖着一把扫帚，一脚深、一脚浅地拐到窑院大门口，从敞开的窑院大门，趔趔趄趄地走了进来。

罗衣扣是太急切了，她迎着道老汉，快走了几步，伸手就把道老汉拖在手里的扫帚，夺也似的夺到了她的手上。长在北京城里的时候，每逢冬季落雪的日子，罗衣扣的父母亲，都会自觉地拿起扫帚，扫除他们家院子的雪。父母亲打扫罢了院子，还要出门去，扫除他们院子门前的雪。父母亲是罗衣扣的榜样，她要向父母亲学习，来扫他们知青窑院门口的雪。窑院里的雪是已经全都扫除好了。是同住他们知青窑院的田子香、乔红叶、池东方、柯红旗、劳九岁扫除的吗？还是被站在罗衣扣身边的道老汉，扫除了的？罗衣扣的脑子里闪电似的，把这个问题想了想，这便小声得像是自言自语似的问起了道老汉。

罗衣扣是这样问出声的：怎么办呀？

罗衣扣说：都把雪扫除好了，让我扫啥呀？

罗衣扣问得不错，窑院里的雪是全都扫除好了，扫起来堆在窑院的三棵枣儿树和一棵树身很粗了的核桃树下，的确没有她能扫的雪了。看着罗衣扣性急、无辜的样子，道老汉把他揣在怀里的烟袋锅，摸出来拿在手上，塞了一烟锅碗儿的老旱烟，咬在他的嘴角上，划着一根火柴，燃在烟锅碗儿上，吃出一团浓黑的烟雾，使他的一张脸整个儿笼罩在那团烟雾里。他的这个样子，让罗衣扣更着急了，不过道老汉没有让罗衣扣太情急，当然更没有让罗衣扣太无辜，他把吃在嘴角上的旱烟锅拿在手上，偏到身子的一边去，随之偏去的，还有笼罩着他整个脸庞的烟雾，使他的脸又重新清晰在了罗衣扣的眼前。

清晰在罗衣扣眼前的道老汉，把他拿在手里的旱烟锅，朝着窑院外的峁峁塄塄，还有沟沟洼洼，这里一戳，那里一指，引领着罗衣扣的眼睛看了。罗衣扣看见，道老汉的旱烟锅指戳过的山梁与沟洼，都有扫雪人的身影，他们三三两两，弓背弯腰，无不吃力费劲地扫除着山梁沟洼里的落雪。

罗衣扣的反应是敏捷的，她给道老汉说：大家是在清扫山路上的雪呀！

罗依扣紧跟着还说：我也去清扫山路上的雪。

道老汉满意着罗衣扣的敏捷，他把旱烟锅里还未吃透的烟叶，使了吃奶的力气，连着又吃了两嘴，这就把烟锅碗儿里的余灰，叩磕在鞋底下，顺手又从窑院一边的靠墙处，拿起一把扫帚，带着罗衣扣，出门向一边少见人影的山坡扫了过去。

三

仅仅一点感激是不够的，罗衣扣可说是打心眼里感动起了道老汉。

罗衣扣感动道老汉，不只是在这个她初来乍到的雪晨，应该说从昨天道老汉在河怀公社接上她时，她就被道老汉感动上了。

"知识青年到农村去，接受贫下中农的再教育"。毛主席的最新指示哩，身为乾坤湾村贫协主席的道老汉，最听毛主席的话了。自从村里来了插队的北京知青，他很自然地就又担负起相关工作。道老汉接到通知，说是又有北京知青来村里插队，他即向村里借了一头毛驴，往北京知青汇集的河怀公社赶去了。

乾坤湾村距离河怀公社的路程，虽然不是很远，却也不是很近，牵着一头毛驴，单程走一遭，没有小半天的时间，是走不到的。为了不让补充给乾坤湾村的北京知青，坐汽车到了公社驻地，找不着村里迎接的人，而在公社大院着急，道老汉天未明透，就从乾坤湾村往河怀公社走了。道老汉走着走着，走得再过一条川河，就能走进河怀公社驻地的街道时，心里蓦地生出一股暖意来，想着给整日劳碌在村里的毛驴洗洗身子，然后去接插队来的北京知青，让人家对来接她的人和毛驴，能有一个好印象。

在乾坤湾村里，道老汉的职责，就是饲养村里的几头耕牛以及驴子。道老汉看得明白，耕牛比驴子要幸福一些，驴子除了像耕牛一样拉犁耕田外，还要为村里的人家拉磨子磨面，套碾子碾米；山坡上、沟洼里的田地，到了上粪肥地的季节，驴子还得驮上背枷，上坡下洼，一趟趟、一趟趟往田地里驮肥……牵着毛驴来接北京知青，道老汉闻得见，也看见这头白着鼻头、白着额头、同时还白着肚皮的毛驴，浑身沾着粪肥，染得驴子身上的白鼻头、白额头、白肚皮，几乎都看不出原有的白了。

道老汉想了，陕北人牵着驴子迎娶新娘子，是一定要给驴子洗身子哩。把驴子洗干净了，好让人家新娘子骑乘呀！

道老汉要接的北京知青不是新娘子，却一定是比新娘子还要贵气哩！他因此笑了笑，这便牵着很是听话的毛驴，顺着就要走过去的川河河渠，拐了下去。河水虽然冰冷，却十分清澈。道老汉双手掬着水，像是怕毛驴受冻似的，一点点、一点点往毛驴的皮毛上抹，直到毛驴的皮毛，是黑的毛色，就透出乌油油的黑，是白的毛色，就透出亮晃晃的白，这才满意地牵着毛驴，走出川河的河渠，走上河怀公社驻地的街道，走进公社院子来了。

道老汉在川河的河渠里，给毛驴清洗皮毛的举动，罗衣扣坐在汽车里路过时，她就新鲜地看到了。

罗衣扣看到了，还不能自禁地要说了呢。她说：毛驴儿洗澡哩。

罗衣扣说：新鲜！

罗衣扣说：大山、小河、毛驴儿……哦！多有诗趣，多浪漫呀。

满车的北京知青，听了罗衣扣的感慨，看到没看到给毛驴洗身子的道老汉，就都热热闹闹地你一句，他一句地应和起了罗衣扣。

是位同车的女知青哩，她抢先说：别是来接你的毛驴吧！

跟着女知青来说的，是位男知青，他在电影上看到过陕北女子骑驴的图景，因此就说：红袄袄、绿裤裤，陕北女娃娃骑在毛驴上，可有范儿了。

这位男知青的话还没说完，又一位知青插话进来说了：那是陕北的俏新娘哩！

汽车上的北京知青，因此笑成了一团，嘻嘻哈哈地，仿佛他们不是来这里插队锻炼，而是来野营旅行，所以就都开心地笑着，任凭盖着一张蒙满黄土的帐篷汽车，把他们轰轰隆隆、颠颠颤颤地拉进河怀公社的院子，让他们每个人都如帆篷汽车一样，蒙着一头一身的黄尘。知青们鱼贯地跳下车来，站在了这处距离北京千万里，让他们陌生而又兴奋的地方。

为了迎接新来插队的北京知青，河怀公社的大灶上，蒸了小米饭，熬了酸菜猪肉还有板粉炖羊肉，端给北京知青吃了。不知同来的北京知青吃得怎么样？罗衣扣头一回吃这样的陕北饭和陕北菜，虽然不是很习惯，却也过得去。罗衣扣小心地吃着酸得倒牙的酸菜熬猪肉，还有膻得呛喉的板粉炖羊肉，不意间看见道老汉，牵着他洗过冷水浴的毛驴，从公社院子的大门口走进来了。

走进公社院子的道老汉，把毛驴拴在院子的一棵老枣树上，从自己的翻毛皮袄口袋里掏出一块黑乎乎的馍疙瘩来，借势蹲在毛驴的身边，两手掬着黑馍疙瘩，一口一口地嚼着吃了。可能是黑馍疙瘩太粗了吧？有好几次，道老汉在下咽的时候，卡在了脖子那里，让他的脖子鼓起一个大包来，使他吭哧吭哧地要努力憋上几口气，才能咽下去一点儿……好心的罗衣扣看不下去了，她一手端着小米饭，一手端着酸菜熬猪肉和板粉炖羊肉，向道老汉走了来。

罗衣扣走到道老汉的面前，把她端在手上的酸菜熬猪肉和板粉炖羊肉的盆子，搁在的道老汉的面前，轻声细语地给道老汉说了。

　　罗衣扣说：有菜有肉，伴着吃，馍就好下咽了。

　　罗衣扣说：我人小，饭量小，那么多的菜和肉，我吃不了。

　　罗衣扣说：就算您老帮我忙哩。

　　之所以一句撵一句地说了这么多话，罗衣扣是怕道老汉误解了她，误解她是给他舍饭吃，而心里抵触不接她送他的菜和肉。实际的情况，正如罗衣扣想的一样，道老汉看了看她搁在他面前的菜和肉，仔细地看着，却一点没有下手要吃的样子。而是抬起头来，眼睛眨都不眨地看着她。

　　道老汉把罗衣扣看得好不心慌。

　　心慌着的罗衣扣发现道老汉看她的眼神，从开始的惊异，慢慢地转化着，转化得有些发痴了呢！

　　罗衣扣无法想象，道老汉为什么会表现出那样一种神情来？

四

　　不吃罗衣扣搁在他面前的菜和肉，道老汉抬头看着罗衣扣，是他看见罗衣扣罩在灰色外衫下的棉袄了。那是一件红底蓝色碎花的棉袄哩，在道老汉的眼里，这种花色的棉袄既是熟悉的，更是刻骨铭心的。他亲亲的四妹子啊！道老汉此时此刻，在他的心里苦苦地喊叫了一声，他不敢相信，亲亲的四妹子离开了他二十多年，会转世回来，以北京知青的面目，站在他的身边，端来菜和肉，让他香香地吃了？痴着眼睛把罗衣扣看了一阵。道老汉感到了自己的失态，他低头下来，说了句罗衣扣怎么想都没有想到的话。

　　道老汉说：咱受苦人，赶在年节时，才能吃上这样的菜，这样的肉哩。

　　受苦人！罗衣扣后来知道，陕北的庄稼汉，把他们面朝黄土背朝天的那种生活，不论苦不苦，都叫苦日子。还在过苦日子的人，自然就叫受苦人了。不过，当时罗衣扣听道老汉这一说，她当下心里作痛，眼睛发软，扑簌簌竟滚落出几滴泪水来。

埋头看着罗衣扣端给他的菜和肉,道老汉觉出了罗衣扣情态的变化,他抬起头来对着流泪的罗衣扣,没头没脑却又像成竹在胸似的问她话了。

道老汉说:我是看不错人的呢。

道老汉说:你就是罗衣扣吧?

道老汉说:我牵着毛驴来,就是接你去村上的。

罗衣扣听着道老汉的话,她收住了流着的眼泪,不明白道老汉与她才一碰面,才一说话,怎么就知道她是罗衣扣,而他牵着毛驴来,接的就是她?

罗衣扣心头上的疑惑,瞒不住道老汉的眼睛,他跟着前边说过的话,就又说了起来。

道老汉说:我经的事多了,见的人也多了。

道老汉说:我的眼里有我的道道,心里更有我的道道。

道老汉说:你活该就是个俊俏的女子哩!

道老汉说:你活该心肠好哩!

道老汉说:你活该让人心疼哩!

河怀公社的知青专干,这时端着一盆酸菜熬猪肉还有板粉炖羊肉,转到道老汉和罗衣扣这边来了。知青专干虽然是从北京派来的,但他与道老汉因为知青的事,打过几回照面,所以就很熟络了。端着菜和肉的知青专干,走近了道老汉和罗衣扣,不做任何客套,直接把菜和肉的盆子,也推给了道老汉。而道老汉客气罗衣扣送给他的菜和肉,却对知青专干的菜和肉没有客气,接到手里就吃了起来。

在道老汉大吃大咽菜和肉的时候,知青专干带着夸赞的口吻,给罗衣扣介绍说了。

知青专干说:各村的贫协主席,就属道老汉对知青好。

知青专干说:道老汉也还真会看人,他在我这里,把你认下了,你就随他去吧。

罗衣扣从知青专干嘴里,不仅知道了道老汉,还知道他就是乾坤湾村村里负责知青教育的贫协主席,因此一股敬意从她心头直往起升。罗衣扣想要对道老汉说些敬意的话，可她正措辞着，道老汉吃完了盆子里的菜和肉，抬手抹了一把嘴唇，满是知足地开口说话了。

道老汉说：借你们知青的福，让我老汉今日也享福了。

享了福的道老汉，撂下知青专干的菜肉盆子，用他带在身上的一根麻绳，把罗衣扣从北京拿来的藤编衣箱，背在了他的背上，领着罗衣扣就往他们乾坤湾村回了。罗衣扣当时还想道老汉，为什么不把她的藤编衣箱，让毛驴儿驮呢？她的这个问题，憋在心里没过多长时间，就被道老汉一个举动揭明了。

一前一后，罗衣扣跟着道老汉，走出河怀公社的大院，走出了公社驻地的街道，走上回乾坤湾村的山路，走到一处土坎边，道老汉拽住了毛驴，要罗衣扣来骑毛驴了。罗衣扣起先还不愿意骑，但她奈何不了道老汉，按照道老汉的要求，试着骑了上去……骑着道老汉清洗过的毛驴儿，罗衣扣插队到乾坤湾村里来了。

昨天有的事情，一幕幕地还在罗衣扣的心里新鲜着。睡了一夜迟起的罗衣扣，遇见道老汉，是还有更新鲜的事情，让她感激、感动的呢。

五

乾坤湾村上百户的人家，依山赋形，这里一家、那里一户，住得特别分散。手拿扫雪的扫帚，罗衣扣随在道老汉的身后，走出他们知青窑院来。她发现这一家与那一家，这一户与那一户，家家户户之间相连的道路，虽然有曲有弯，但都已被早起的村里人扫了出来，成了不被大雪覆盖的通途……乾坤湾村里没有了罗衣扣可扫的路了，但峁峁梁梁、沟沟洼洼上的路，是也要扫出来的——乡下人几千年传承着的一条规矩，下雪天不仅要各人自扫门前雪，还要去扫家与家，户与户，村与村，社与社之间的道路呢。

道老汉对此自有他的评价，他的评价铿锵有力，是他要常说的"道道"两个字。

道老汉在这个早晨，给罗衣扣是说了呢。

道老汉说：道道……世上的事，大事小事总归是有个道道的。

道老汉说：下雪了扫雪，就是个道道哩。

道老汉说：落雪的日子，扫通家与家、户与户、村与村、社与社之间的道路，不只是方便了大家，也使自己方便哩。

道老汉给罗衣扣述说着扫雪的道道，带着罗衣扣从村里人扫出来的道路上，走到村外，向着一面看不出路径的山坡上扫了去……别看大雪严严实实封了山，但道老汉心里自有一幅峁峁墚墚、沟沟洼洼的道路图，因此他每一扫寻扫下去，都能准确地扫在山路上。道老汉在前边扫着开路，让罗衣扣跟在他的后边，把他扫出来的道路上的余雪，尽可能地往两边扫，把道路扫宽敞了。他们俩，一老一少，一前一后，配合得十分默契，扫一会儿就是一弯山路，扫一会儿又是一弯山路，一弯一弯的山路，在他俩的身后不断地延长着，曲曲折折，像是一条游走在他们身后的大蟒蛇，奋勇地挣扎在白雪皑皑的山坡上……罗衣扣扫雪扫得浑身发热，脸上还沁出了一层细细的汗珠，她稍稍歇了歇手，展腰抬眼，往四周的峁峁墚墚、沟沟洼洼看了一眼。她看见每一道山峁，每一条沟洼，都有如她和道老汉一样的村里人，努力地扫着被雪覆盖了的山路。罗衣扣很为她看在眼里的情景所触动，知道她歇一歇手就好，还应该像村里扫雪的人一样，随在道老汉的身后，向峁顶上继续扫雪了。

功夫不负有心人，罗衣扣与道老汉相互协作，终于扫雪扫到了峁顶上。

站在峁顶上的罗衣扣，看见了山那边的村里人，如他们一样扫着山路上的雪，也快扫到峁顶上来了。道老汉向山那边扫雪的人，热情地打着招呼，山那边扫雪上峁的人，也向道老汉热情地打着招呼。然而，他们之间热情的招呼，却是不能吸引罗衣扣了。

"山舞银蛇，原驰蜡象"，毛主席《沁园春·雪》中的这两句词，蓦地涌上了罗衣扣的心头，她因此不能自禁地还吟诵了出来：

北国风光，千里冰封，万里雪飘。

望长城内外，惟余莽莽；大河上下，顿失滔滔。

山舞银蛇，原驰蜡象，欲与天公试比高。

须晴日，看红装素裹，分外妖娆。

江山如此多娇，引无数英雄竞折腰。

……

  首都北京的知青罗衣扣，满嘴标准的普通话，她把毛主席写在转战陕北时的这一首诗词，朗诵得字正腔圆，慷慨澎湃。道老汉还有山那边扫雪上峁来的人，听着她满怀激情的朗诵，都停下手里扫雪的扫帚，专注地看向了罗衣扣，直到她把这首诗词的最后一个字，韵味十足地吐出口来，所有聆听朗诵的人，包括她身边的道老汉，还都怔怔地站着，过了好一会儿，确信罗衣扣是把全诗都朗诵罢了，这才热烈地鼓起了掌。

  陕北的山啊，有了大雪的装扮，所呈现的不正是毛主席诗词所描写的那样吗？每一道山，每一条峁，可不都是一条舞动的银蛇吗……沉醉在毛主席诗词里的罗衣扣，低了一下头，她看见，从山那边扫雪上峁的人们身后，盘着一道巨大的弯，环起来，静静地卧在山脚下，一派壮美的雪的世界。

  罗衣扣这时还不知道，她看见的，就是夹在晋陕大峡谷里的黄河，而环起来的那一道大大的河湾，正是天下闻名的乾坤湾。

  罗衣扣把她水汪汪的一双大眼睛，看向了还在为她鼓掌的道老汉，她想问道老汉的。但善解人意的道老汉没等她问出来，就给她仔细地说了。

  道老汉说：看见了吧，女子哩，山脚下就是黄河啊！

  道老汉说：环起来的那道大河湾，就是蛇曲黄河的乾坤湾哩！

  峁顶上的风是凛冽的，把罗衣扣的脸吹红了，她深情地注目着这条顿失滔滔的黄河，不知道冰消开河的日子，又将是怎样的一种浩荡与壮观！

  道老汉是有经验的，他不能使初来乍到的北京知青罗衣扣，站在山顶上受冻了，那么嫩的皮肤，那么嫩的人，道老汉招呼起了罗衣扣。

  道老汉说：女子哩，咱还有要扫的雪路哩。

  道老汉说：咱们不用忙，今后有咱看黄河的时间哩。

罗衣扣有点不情不愿地放弃了继续观看黄河雪景的欲望，她跟着道老汉挥动起了手里的扫帚，向着峁背洼里长着一棵老松树的地方扫了去……扫到了老松树下，罗衣扣这便发现，此处是她清晨起来遇到的又一个惊喜呢。

六

嗷嗷嗷嗷的驴叫声，最先传入了扫雪到此的罗衣扣的耳朵。

罗衣扣听着，不加任何怀疑地以为，嘶叫着的驴子，应该就是昨日驮她来乾坤湾村的那一头了。罗衣扣要问道老汉了，她想从道老汉的嘴里证实她的推测。

道老汉诚实地回答着罗衣扣，并说这处生着一棵松树的背洼地，就是那头驮了她的驴子和别的驴子、耕牛的饲养窑。罗衣扣在道老汉的述说中，发现在那棵老松树的背后，有一面陡峭的崖面，崖面开着几孔破旧的窑洞，依次地排开来，有五孔之多。驴子嘹亮的嘶叫声，就是从一孔窑洞里发出来的。

其他驴子跟着那头驮过她的驴子叫了起来，耕牛也哞哞地应和。

驴子与耕牛交织的嘶叫，使道老汉加快了扫雪的速度。他快速地扫着，还不忘检讨自己说，他是把饲养在窑里的牲灵们亏欠下了。

牲灵……罗衣扣听道老汉把驴子、耕牛，不叫牲畜而叫牲灵，顿然有种莫名的幸福直往她的心头钻。罗衣扣想了，道老汉一样的陕北人，可是太有情趣，太有意思了，他们没有下贱为乡村百姓出力受累的驴子、耕牛，不仅没有下贱，而且还那么尊重，称呼他们为牲灵！

牲灵！牲灵……道老汉迅速地扫到传出驴子与耕牛嘶叫的窑洞口，走进去，一头一头地往窑洞外牵着驴子，一头一头地往窑洞外牵耕牛，把驴子和耕牛都牵出来，拴在一片平场子上的木桩或石柱子上，就用他扫雪的扫帚为那些驴子、耕牛，细细地扫着毛发。

驴子、耕牛十分享受道老汉给他们扫毛，一头一头的，无不在道老汉的扫帚下，安静下来，驴子不再嗷嗷嗷地嘶鸣，耕牛也不再哞哞哞地吼叫了……罗衣扣对道老汉经管牲灵的道行，是太欣赏了，她不敢想，如果是自己经管，那许多牲灵们可能懂得她，听她的话？

一团雪块，在罗衣扣把她与道老汉进行着换位思考时，从那棵高高大大的松树枝上跌下来，跌进了她脖子里。罗衣扣低头清理掉脖子里的雪粉，抬头看见松树枝上正有几只松鼠，在积了雪的松枝上，撵着有松塔的地方跑跳，跌进她脖子里的雪块，就是跑跳在松树上的松鼠踩落下来的。

罗衣扣高兴她在这里看得见松鼠，因此兴奋地朝着松树上的松鼠叫喊了。

罗衣扣叫着：松鼠！松鼠！

罗衣扣的兴奋劲感染了道老汉，他问罗衣扣：甚的个松鼠？

罗衣扣就手指着老松树上、蹦蹦跳跳的松鼠给道老汉看：那……那不是吗？

道老汉顺着罗衣扣的手指看上去，他看见了罗衣扣指给他看的松鼠了。道老汉因此笑了起来。他笑着说：那是松鼠吗？

道老汉说：咱们陕北，可是把那灵物不叫松鼠呢。

道老汉说：咱们陕北人叫它"毛驹溜"。

咱们陕北人……毛驹溜，罗衣扣喜欢道老汉给他说话，称呼她是"咱们陕北人"了。罗衣扣还喜欢道老汉把松鼠叫"毛驹溜"。入乡随俗，自己既然已是"陕北人"了，就跟着道老汉也把松鼠叫"毛驹溜"吧。

跑跳在松树上的毛驹溜，一定是在寻找松子吃呢。罗衣扣不知毛驹溜能否寻找到松子吃，但她却因为道老汉，实实在在地吃上了一把松子。

道老汉去了一趟饲养牲灵的窑洞，再出来时抓了一把黑丢丢，圆乎乎的松子，走到罗衣扣身边，要她张开手，一颗不剩地把松子，都倾在了罗衣扣的手掌心里。

道老汉说：吃吧。

道老汉说：你也就只能吃这一回。

道老汉说：咱这搭就一棵松树。

道老汉说着就让罗衣扣往四面八方的山山峁峁、沟沟洼洼看，还抬手指向了黄河的对岸，要罗衣扣仔细看，看仔细了，光秃秃的山峁峁没有松树，光溜溜的沟洼洼没有松树，漫山遍野，就只有这棵面向黄河的老松树。

道老汉在让罗衣扣漫山遍野寻找松树的时候，自己则沉思一会儿又仰起头来，给罗衣扣说起了这棵老松树。

道老汉说：这棵英雄的松树啊！

道老汉说：我爱这棵老松树。

道老汉说：你以后也许会像我一样，爱上这棵老松树哩。

道老汉这么给罗衣扣说老松树，自然引起了罗衣扣的兴趣，她把投向四野寻找松树的眼光收回来，专注于她眼前的这一棵。这棵绝无仅有的老松树啊，罗衣扣像道老汉一样仰起头来看了。白如云朵的雪团压在松树伸展着的枝叶上，树干挺拔茁壮，枝叶凌寒不屈，傲雪向天，使这棵老松树别具一种风姿，那样的豪迈，迎着飒飒的冷风，展现着它的不同凡响！

罗衣扣是被老松树震撼了。她只觉一肚子的话，想要对着这棵老松树来说，却纷乱得理不出个头绪来。不过，道老汉在罗衣扣身边，看清楚了她的心思哩。道老汉不想罗衣扣心太乱，所以他把他揣在怀里许多年，一直揣着的一个心思说了出来。

道老汉说：这棵老松树太孤单了。

道老汉说：我要收拾下这棵老松树的松子，把咱这光秃秃的坡峁峁、光溜溜的山沟沟，都种上松子，让坡峁峁不再光秃秃，让山沟沟不再光溜溜。

道老汉说：我一定要使这棵老松树不再孤单。

第二章　心头上的冰清玉洁

> 提起个家来家有名，
> 家住在绥德三十里铺村。
> 四妹子的那个三哥哥，
> 他是我的知心人。
> ……
>
> ——信天游《三十里铺》

一

是福？是祸？甚或如老子的《道德经》说的那样，祸兮福所倚，福兮祸所伏。身处当时的情况下，罗衣扣无法说得清。然而那样一件事，就那么鲜活地逼在了她的眼前。

跟随道老汉扫雪的罗衣扣，扫到崞顶上，见识了陕北群山的雄浑，还有黄河在雪封时节的壮美后，又去了道老汉饲养牲灵的窑院，既亲近了驴子、耕牛，又亲近了那棵老松树上无法亲近的毛驹溜，然后再回她居住的知青窑院，亲近她还不很熟悉的乾坤湾村子。不过，罗衣扣是落后了，她不是落后了一小会儿，而是比起他人，落后了一大会儿呢。

落后了的罗衣扣，在与道老汉向知青院回着时，看见窑院周围，包括高高的窑背上，都是扫雪归来的村里人。大家无不欢天喜地，兴高采烈，仿佛知青窑院里过年闹红火似的。笑的人，笑得一脸灿烂。鼓掌的人，不仅把他们的巴掌拍得哗哗哗地响，还兴奋地一跳一个高、一跳一个高……晚回知青窑院的罗衣扣，实在想不出来，他们知青窑院里有什么好笑的、好闹的事情？

不明情由的罗衣扣，因为此前经历的一切，都叫她满心欢喜，兴奋莫名，所以她也像围在知青窑院周围的村里人一样，想要笑、想要跳。

道老汉不像罗衣扣，她太单纯了，而且幼稚，他仅仅是把知青窑院周边的情况，拿眼像是扫雪一样扫过后，便立即有种说不清、道不明的担忧，直往他的脑门上冲。阅历丰富的道老汉不敢想，在这个既不逢年、又不过节的日子，能有什么让人笑，让人跳的事情呢？

道老汉理不出个头绪来，就只有陪在罗衣扣身边，与罗衣扣顺着村里人清扫出来的路，三步并作两步，往知青窑院里走。

现在的知青窑院，在北京知青没住进去之前，其实就是道老汉自己的家。

道老汉孤身一人，守着一处有着五孔窑洞的窑院，空空落落的，他时常觉得既孤单又寂寞。首都北京的知青来了，他便极为大方，甚至还有点霸道地，把北京知青接进了他的窑院里来，又陪着首批来的田子香、乔红叶、池东方、柯红旗、劳九岁他们，收拾出两孔原来闲着的窑洞，一孔窑洞里住女知青，另一孔窑洞里住男知青，把知青们都妥妥地安顿了。

自己的窑院，住进了首都北京来的知青，就被村里人叫成了知青窑院。

对于这样一个新的叫法，道老汉一点不满都没有，他乐意，而且骄傲村里人把他的窑院叫成知青窑院。他们北京知青，不分女娃娃，不分男娃娃，一个个活力四溢，青春美好。当道老汉在松树峁上的牲灵窑院，照顾好他的那些个驴子、耕牛后，再回到成了知青窑院的家里来，与知青们在一起，看着他们高兴了唱歌，苦闷了流泪，道老汉便感觉自己似乎也年轻了，有了活力了。

年轻了，有了活力的道老汉，再怎么说还是年龄大了！

道老汉与罗衣扣，快要到知青窑院的时候，道老汉有意比罗衣扣晚了几步，他跟在她的身后，看着她情急地，拨开聚集在窑院大门口，又笑又跳的村里人，钻进窑院门里去……窑院里发生的事情，罗衣扣看了一眼，就使她傻了似的，愣在窑院大门口，像是被深冬寒冷的空气瞬间冰冻的一尊雕塑。

田子香上身穿一件大红的锦缎绣花袄，下身穿一件黑色的锦缎绣花裙；

还有乔红叶,也穿了一套水绿色的锦缎旗袍,被田子香拉扯着,她俩学着一部老电影里,有钱人家姨太太的模样,瞎扭乱扭,很不成个样子!她俩扭了那么一阵子,似乎还觉不怎么过瘾,就又学着另一些老电影里,军统女特务的模样,瞎扭乱扭了!

罗衣扣看得清,瞎扭乱扭的田子香和乔红叶,此刻穿在身上的袄裙和旗袍,都是她装在藤编衣箱里,带到他们知青窑院来的衣裳呢!

二

水绿色的旗袍,被乔红叶穿在身上,倒也掐尺等寸,比较合体;而大红锦缎绣花袄,与黑色的锦缎绣花裙,被田子香穿在身上,就不甚合体了……田子香的身子胖,一个姑娘家也不知道收敛,把自己横向胖着,胖得可以说是汹涌澎湃!她那样的一个胖模样,来穿罗衣扣带来的大红锦缎绣花袄和黑色锦缎绣花裙,简直是对那身漂亮衣裳的羞辱和亵渎。

还有纱巾,罗衣扣插队陕北前,在北京的家里,她的父母亲,不仅给她准备了锦缎的袄裙和旗袍,还给她准备了许多条纱巾。

北京的风沙太害人,尤其是春秋两个季节,满城的女孩子,没有不把自己的头脸包在纱巾里的,那是北京独有的一种风景……罗衣扣从读小学起,直到上中学,出门前都是要包好纱巾的了,起先是母亲尚云霓给她包纱巾,没有多长时间,她会包纱巾了,就自己给自己包了。便是包纱巾的花样,同学们互相借鉴,互相学习,是罗衣扣她的女同学们说不完的一个话题。但在罗衣扣的记忆里,最深刻的是女同学包的纱巾,在要走进教室里的时候,都会自觉地解下来,轻轻地甩一甩,你一甩,她一甩的,到值日生打扫教室卫生,教室门口的沙粒扫起来,差不多能扫上半簸箕。

陕北有没有风沙呢?母亲尚云霓相信是有的,父亲罗志庸就更相信了,所以父母亲红、蓝、黄、绿、粉、白,给罗衣扣藤编衣箱里添置了十多条纱巾。

乔红叶穿上罗衣扣的锦缎旗袍,是田子香强迫的,但也不排除她自己的好奇。而田子香穿罗衣扣的锦缎绣花袄裙,则是她的恶作剧,甚或说是她对新来的女知青罗衣扣的下马威!

田子香强迫乔红叶穿上罗衣扣带来的旗袍,她自己穿上罗衣扣的锦缎绣花袄裙,在他们知青窑院里瞎扭乱扭时,把纱巾也拿了出来,张扬在手上,瞎挥乱舞……僵硬着的罗衣扣,是不忍目睹的,她把田子香穿着她带来的袄裙,乔红叶穿着她的旗袍,瞎扭乱扭的情态,只看了那一眼,就把她的眼睛看红了,红得像要流出血来似的。

落后了几步的道老汉,这时候也从窑院的大门口,挤进来了。

道老汉像罗衣扣一样,无法回避地看到田子香拉着乔红叶上演的这一幕戏。罗衣扣看见了,只有身体发僵,眼睛充血,她不能把田子香和乔红叶怎么样。但道老汉是可以的。

道老汉当时就是这么想的:田子香拉着乔红叶那么乱来,就是丢人现眼!如果再往严重处说,就是败坏知青的名声,破坏知识青年上山下乡运动!

道老汉肩扛着他扫雪的扫帚,从罗衣扣的身边绕了过去,几步走到田子香和乔红叶的身边,雷吼似的说起她俩了。

道老汉吼着说:道道!

道老汉吼着说:你们耍的是个甚道道呢?

道老汉吼着说:咱们不能没个道道!

道老汉的几声吼喝,让肆无忌惮的田子香收住了她瞎扭乱扭的脚步,脱手了被她拉着一起乱扭瞎扭的乔红叶……从田子香的强迫中脱出来,乔红叶自觉到了她的错误。她如此刻红了眼睛的罗衣扣一样,把凶巴巴吼喝她与田子香的道老汉瞥了一眼,即迅速地溜进她们女知青窑洞,换下她穿在身上的、罗衣扣带来的那袭水绿色锦缎旗袍了。就在乔红叶失急慌忙往窑洞里溜的时候,始作俑者田子香,还没觉出这闹有什么错。她驻足在她刚才瞎扭乱扭的地方,睁着一双眼睛,愣愣地看向对她吼喝的道老汉。她看出了道老汉吼喝里的气恼,却没看出道老汉让乔红叶胆怯的威严来。不过,她还是稍稍走了点神,把她看向道老汉的眼睛,偏了偏,朝着站在道老汉身后几步的罗衣扣看了去。田子香看见罗衣扣的眼睛也正看着她。罗衣扣看着她的眼睛凶极了,充斥着血色,仿佛是汽油轰轰地在燃烧,喷出来一股一股的火光。

田子香的心怯了,她也往她们女知青窑洞里去了。

田子香往女知青窑洞里退去的时候,并没有熄灭罗衣扣眼睛里喷射的火焰,当然也没消除道老汉的气恼。道老汉张着的嘴,像是扔炸药一样,又往田子香的耳朵里扔了几句话。

道老汉说:你有道道了不是?

道老汉说:能得个你呀,你是个甚道道哩?

道老汉说:甚的个道道呀?你说!

三

扫雪到了道老汉饲养着驴子、耕牛的那棵老松树下,道老汉大方地给了罗衣扣一把松子。

老实说,如果是别的什么糖果,譬如上海的大白兔奶糖,北京的饽饽、驴打滚什么的,罗衣扣倒不怎么样稀罕。偏偏是那松子,让她馋在齿舌尖上,馋得不得了。罗衣扣从老松树下往知青窑院回的一路上,不见她怎么动嘴唇,只见松子壳儿飞一般,一忽儿从她的嘴角飞出一两片,她一忽儿、一忽儿的飞吐着松子壳儿,直到拨开村里人,挤进知青窑院,让她看见了田子香,穿着她的锦缎绣花袄裙,强拉着的乔红叶,穿着她的一袭锦缎旗袍,在稠人广众之中,瞎扭乱扭,她吃进嘴里的松子,后面就没有壳儿往出飞了……乔红叶溜进女知青窑洞里去了,田子香退进女知青窑洞里去了,而罗衣扣的手里,还有剩下的几颗松子,她下意识地抛进嘴里,下意识地在牙齿间磕磨着松子壳儿,但却不知为什么,都没把松子壳儿磕出来。情急之下,罗衣扣把原来抛在嘴里的松子,和刚刚抛进嘴里的松子,不管不顾地在牙齿间猛劲地咬嚼着,也不管咬嚼得怎么样,碎还是不碎,就往喉咙里咽。她咽了没咽下去,倒刺激了喉咙眼,让她无法抑制地呕吐了起来。

已经脱下罗衣扣水绿色锦缎旗袍的乔红叶,换穿上了她自己的格子呢上衣,黑尼龙裤子,从窑洞里跑出来,一脸羞愧地看着呕吐着的罗衣扣,走过去扶着她，往她们女知青窑洞里去了。

乔红叶扶着罗衣扣，边走边给她道歉。

乔红叶说：对不起呢！

乔红叶说：上山下乡来，接受教育时间长了，觉得心里是空的……我们没有别的意思，就是想乐和乐和。

乔红叶说：寻找点乐子。

田子香强硬地拉着乔红叶，穿上罗衣扣带来的袄裙、旗袍，寻找到了乐子了吗？如果她们真的只是寻找乐子，而且寻找到了乐子，罗衣扣就没什么不能理解，不好理解的了。

如此想来，罗衣扣有点儿释然了。

但罗衣扣却没有原谅自己，她为什么把那一身锦缎绣花袄裙，和那一袭水绿色锦缎旗袍，装在藤编衣箱里，带到上山下乡的地方来？对此，罗衣扣想她是不能怪罪母亲尚云霓、父亲罗志庸的，还有她的大姐罗领扣、二姐罗裙扣。

自己的血亲父母亲啊！

自己的同胞姐妹啊！

在北京大栅栏的家里，罗衣扣充分感受到了父母亲和两位姐姐对她的爱，但她着了魔一般，想要离开爱她的父母亲，爱她的姐妹，到一个能锻炼她的地方去。上山下乡，插队落户，接受贫下中农再教育——唯有如此，罗衣扣才能离开了父母亲，离开姐姐，离开家。罗衣扣有了这样的机会，她来到了陕北的乾坤湾村。但只一两天的时间，在她经历了这样一件事后，蓦然觉悟过来，她其实并没有离开什么，父母亲还是自己的父母亲，姐姐还是自己的姐姐，家还是自己的家。

在家里，罗衣扣是三姐妹中的老幺。大姐罗领扣参加了工作，没有上山下乡的机会，二姐罗裙扣和罗衣扣以年龄计，都在上山下乡的范围内，按照父亲罗志庸和母亲尚云霓的意愿，幺姑娘罗衣扣不仅年幼稚嫩，而且身单力薄，老两口是不忍罗衣扣离家吃苦受累的，他们想要二姑娘罗裙扣上山下乡。可是二姑娘的心眼多，今天去一趟这家医院，明天去一趟那家医院，给自己弄出来几份医院证明，证明她心脏不好，还证明她肺上有毛病。她有病没病，父母亲能不知道？她原来除了感冒发烧咳嗽几声，是没什么大碍的。但如今，她是不感冒不发烧也不咳嗽气喘，却不知道鬼灵精怪的她，在口腔里怎么弄的，弄出丝丝缕缕的血，掺着痰液，吐得家里到处都是。负责知识青年上山下乡的街办干部，来找罗裙扣，动员她上山下乡，她一下子咳嗽起来，咳嗽得还十分厉害，一口痰里一丝血，咳嗽着吐给他们看。

父亲罗志庸、母亲尚云霓拿她能怎么办呢？好像只有顺着罗裙扣的意思，也给街道办的干部说她心脏不好，肺上有毛病，让她躲过了上山下乡的苦。

罗衣扣不像她二姐罗裙扣，她快活地挺身出来，上山下乡了。

罗衣扣乐意上山下乡，盼着上山下乡，只有上山下乡，她才好实现心里想的，离开父母亲，离开家的图谋。

父亲罗志庸的身份，母亲尚云霓的身份，应该是罗衣扣，想要离开他们的理由呢。在大栅栏百年老店内联升，担任技术总师的父亲罗志庸，不止他，父亲的父亲，爷爷的爷爷，四五代人都在内联升做技术总师。爷爷的爷爷、父亲的父亲他们在内联升做技术总师时，内联升是一家闻名京城的鞋靴老店。传说咸丰三年，也就是公元1853年，天津武清人赵廷，在一位丁大将军的支持下，开办了这家鞋靴店。店名叫内联升，也是那位丁大将军的主意。大将军说了，内，就是宫廷大内，而联升，则指穿上他们内联升的朝靴，走在宫廷大内，是可以官运亨通，连升三级的。还别说，内联升的这块金字招牌，给他们带来了非常可观的财运。然而清朝完蛋了，没人再买朝靴，穿着去宫廷大内行走了。内联升顺应时势的发展，把制靴营生彻底地抛了开来，全心全意地来做市民百姓都要穿的鞋子了。

洪宪一阵子，民国一阵子，内联升的鞋子生意，有以前靴子营生打出来的名望，一年一年做着，不仅没有衰落，而且还又越来越兴旺。父亲罗志庸就赶着这个时候，从他父亲手里接过了技术总师的班，来为内联升打拼了。打拼到中华人民共和国宣布成立的1949年以前，内联升实行股份制改造，父亲罗志庸作为技术总师，很自然的，分到了一些股份。虽然父亲的股份不是特别多，可是却在个人的成分划分过程中，不大不小的，戴了顶城市小资产阶级的帽子。这使一生爱美的母亲尚云霓，不仅不敢大大方方地美了，也让罗衣扣在学校里，常要受到同学们的挑衅。罗衣扣像她的母亲一样，不敢穿得好，不敢戴得好，当然就更不敢漂亮了。

罗衣扣最怕别人说她小资产阶级。

罗衣扣所以想要离开父母亲，离开家，逮住机会争着抢着上山下乡，她没有多想，却也知道这是一个根本性的原因。

那个藤编的衣箱，是母亲尚云霓自己用着的。母亲说藤编衣箱特殊，衣裳收纳在里边，不会生虫，不受虫蛀。罗衣扣办好了上山下乡的手续，母亲把自己的藤编衣箱腾出来，收纳罗衣扣要带的衣裳了……罗衣扣也没有多想，到她走的那天，检查母亲给她准备好的藤编衣箱时，才发现母亲在箱子底，悄悄地压了身大红锦缎袄儿和大黑锦缎裙子，以及一袭水绿色的锦缎旗袍。除此而外，还准备了两双锦缎制作的鞋子。罗衣扣发现了箱子里的这些秘密时，母亲就在她的身边，她以一种疑惑的眼神去看母亲，发现母亲的脸上有点恍惚，还有点慌乱。不过，母亲的恍惚与慌乱，掩饰不住内心的深情。母亲把掩藏在心里的情，一波一波地往脸上推，推着给罗衣扣看，并还话攥话地给罗衣扣说了。

母亲尚云霓说：是妈背着你给你赶做出来的。

母亲尚云霓说：锦缎的鞋子，你爸嫌我没他做得好，是他给你做的。

母亲尚云霓说：我和你爸都老了，我和你爸怕……

怕什么呢？母亲尚云霓没说出来，罗衣扣是想得出来的。她没有让母亲再往下说，而是很好地掩饰着自己内心的想法，开心愉快地接纳了母亲和父亲对她的馈赠，把母亲给她缝制好的袄裙、旗袍和父亲给她制作的鞋子，像母亲原来给她整理到藤箱里时一样，整整齐齐地压在了箱子底。

罗衣扣想要把她母亲尚云霓、父亲罗志庸给她的馈赠，变成她的秘密的。因为她确实说不清，母亲和父亲给予她的馈赠，于她是否珍贵，或者有用。不过，她从母亲给她没有说出的话里，听得出来两位爱她到骨子里的老人，是很担心她这一去，他们还能熬多少个年头，别是到了么女儿罗衣扣有用的时候，他们没有给她做准备。

罗衣扣这么想着母亲尚云霓，这么想着父亲罗志庸，让她快要离开他们、离开家的心情复杂了起来。

罗衣扣因此还不能抑制自己的，想起了母亲和父亲藏在家里的一本厚厚的相册。相册的做工是那么精美。罗衣扣原来压根不知道父母亲会有这么一本相册，她是在要离开父母亲、离开家的日子里，孤身一人熬在家里，也不知道要找寻什么，这里翻翻，那里找找，没有找出什么让她感兴趣的东西，倒是让她从父母亲卧室的床脚下，拉出了一个木头做的小匣子。她被这小匣子的隐秘、精美给吸引住了。

匣子里是一本封面压花相册。罗衣扣从没见过这本相册，她因此小心地捧在了手上，一页一页地翻看了。

这是母亲尚云霓和父亲罗志庸的结婚照了。上裳下裙的母亲，坐在一把扶手椅上，伸手上来被父亲牵着。而父亲罗志庸长衫裹身，低头看着母亲。新婚宴尔的小夫妻，怎么看怎么甜蜜。

罗衣扣的心，跳动得越来越快，她一手捂在了胸口上，一手继续翻看着相册。她因此就还看见了母亲尚云霓身穿旗袍的照片，不是一幅，而是一幅又一幅，穿着旗袍的母亲是美艳的，而且还有一种莫名的风雅。

母亲尚云霓、父亲罗志庸，给罗衣扣准备的衣裙，与那本相册照片里母亲身上的一个样式。应该说，罗衣扣还是很喜欢的呢。不过，罗衣扣深知她是到陕北去插队落户的，父母亲给她准备的锦缎袄裙、锦缎旗袍，她是穿不出来的。罗衣扣身上穿的是她自己为下乡插队设计的服装，她虽然没有陕北生活的经验，但她从电影和电影画报上看了《洪湖赤卫队》中的田英，还有《红灯记》里的铁梅，以及陕北女娃娃扭秧歌时的穿着，就央求母亲尚云霓，扯了红底蓝花的布料，给她缝制了那样的棉袄，穿上身到陕北来了。罗衣扣来到陕北，发现她给自己设计的棉袄，真的是太适应这里的环境了。不仅是在乾坤湾村，在罗衣扣来乾坤湾的路上，看见的陕北女娃娃，穿着的可不都是她身穿的红底蓝花棉袄吗！

罗衣扣暗自得意着她的设计了呢。

可是罗衣扣今天清早起来时大意了，只管从藤箱里取出了她用来梳妆的小圆镜子，匆忙中忘了把藤箱盖儿盖上，以致暴露了她压在箱底的秘密，使得好事的田子香，逮住机会，强迫着乔红叶一起，闹了那么一场活报剧。

还好，活报剧再怎么火爆，都有结束的时候。

田子香强迫着乔红叶合演的活报剧，在道老汉的吼喝声里收场了。收场了以后，田子香并没有怎么在意，而乔红叶觉悟到了她的错，真诚地给罗衣扣道了歉，并且一再表示，都是北京来的知识青年，她们今后不仅不会再搞什么劳什子的恶作剧，还要相互关心，相互帮助哩。

乔红叶这么给罗衣扣说着，还加重了语气，强调着她的决心，说她能保证，一定做得到！

乔红叶自己做了保证后，还征求田子香的态度，说子香你呢？你能做到不？

田子香没有给罗衣扣保证，只是轻描淡写的，在她的鼻腔里哼了一声。

四

下来发生的事情，证明田子香鼻腔里的那一声哼，的确不是对乔红叶所做保证的保证。

天黑下来了，田子香就睡在靠着窑窗的地方，乔红叶睡在炕连锅的地方。留给罗衣扣的，就是在炕中间了。陕北人的窑洞格局，一般都是锅连着炕，炕连着锅。这么布局的好处，是在烧火做饭的时候，不仅可以烧着锅、做好饭，还能让做饭烧火的热量，留在炕洞里，去加热晚上睡觉的炕。罗衣扣不知田子香睡在靠窗的地方有什么好，但看得出乔红叶睡在炕连锅的地方，便于她在油灯下读书……是夜，乔红叶就在炕连锅的背墙上放着的一盏油灯下，读了好一会儿书。她看书看乏了，便吹灭了油灯，缩进被窝里。罗衣扣睡在炕中间，一边是田子香，一边是乔红叶，她俩你一声细细的轻鼾、她一声细细的轻鼾，让罗衣扣相信她俩是睡过去了。

然而，田子香和乔红叶越是睡得实在，罗衣扣就越是不能入睡。

这没什么好说的，全都因为罗衣扣在陕北的土炕上，还睡不怎么习惯。头天晚上刚睡着，她就觉得皮肤上痒痒的，像是有虫子在爬，让她睡得很不踏实,以致后来睡着了又睡过了头。罗衣扣睡过了头一夜,今夜再睡土炕,她的皮肤还是痒,还是觉得有什么东西在爬,她因此伸了手去,居然还真逮住了趴在皮肤上的小东西!软软的,让她很容易想到传说中的虱子。生活在北京城里,罗衣扣听说过虱子,却没有见过。现在,虱子就趴在她的皮肤上,把她惊恐得一下子又松了手,并立即感觉到她的皮肤上,不只有一只虱子,而是有千只万只的虱子在爬动了。

罗衣扣没法睡觉了,她想洗一洗身子,再钻进被窝睡觉,可能要好一些。

罗衣扣这么想着,便迅即从被窝里爬起来,把与炕连着锅的锅盖揭开来,发现在铁锅里的水不烫不冷,正好洗身子,就找来洗脸盆,打了一盆温水,脱去她穿在身上的衬衣,在昏黑的窑洞里,用毛巾蘸着温水,细心地清洗她的身子了。

罗衣扣用毛巾把温乎乎的水兜起来,浇在她精赤的皮肤上,她感觉舒服极了,是痒痒过后的大舒服哩!

也许罗衣扣清洗身体的动静大了,也许是田子香有起夜的习惯,田子香不情愿地从被窝里爬起来,眼都不睁地下到炕脚底,趿拉着鞋子,在窑洞原来放尿盆的地方,抬脚拨来拨去地找。当田子香确信找不到尿盆时,才睁开眼睛,不仅发现今夜忘了提尿盆,还发现了赤条条一丝不挂的罗衣扣,在窑堖里,那么细致地清洗身子。

没有发现尿盆,田子香没怎么吃惊,但她发现了清洗身子的罗衣扣,顿然惊讶起来,并随之心生一计,蹿到罗衣扣的身边,推着精赤的罗衣扣,要她到窑洞外边去提尿盆。罗衣扣死命地抗拒着,并说她一会儿穿上衣服,再出去提尿盆不迟。可田子香不听罗衣扣的解释,她十分强横地推着罗衣扣,说她尿憋得夹不住了,一定要让罗衣扣先去窑洞门外提尿盆……偏偏是,罗衣扣的力气确实太小了,没有推几下,就被力壮如牛的田子香推到了窑门口,拉开木板窑门,把一丝不挂的罗衣扣推出了木板窑门外。

田子香如果只是推罗衣扣去窑门外提尿盆倒也罢了,但她在把罗衣扣推出窑门后,咣当一声,把大开的窑洞门关了起来,并扯着她的大嗓子,嘶喊了起来。

田子香破命似的嘶喊：妖精！

田子香嘶喊：知青窑里来妖精了！

田子香嘶喊：现世的妖精哩！

田子香破死亡命地嘶喊，惊动了男知青窑里睡了过去的池东方、柯红旗、劳九岁，他们从热被窝里爬起来，失急慌忙地穿上他们拿在手上的衣裤，跑出窑洞门来看个究竟了。

精赤的罗衣扣，被田子香吓住了！

罗衣扣受此惊吓，受此羞辱，光着她女孩儿曼妙的身子，站在没有任何遮拦的知青窑院里，受着夜里薄薄的雪光的照映，还有薄薄的月光的映照，使她仿佛一尊冰清玉洁的圣女雕塑！

罗衣扣打死不敢相信，她会遭遇这么一场难堪！

千钧一发之际，上到老松树旁的窑院里，夜饲驴子、耕牛的道老汉回来了。

回到窑院来的道老汉，听到了田子香"妖精""妖精""妖精"的尖声嘶喊，看见了被田子香推出窑门外，站在窑院里的罗衣扣。雪光、月光交织着，映照在罗衣扣赤裸的身子上，蓦然看见的一刹那，让道老汉以为那不是一个真实的存在，而是天与地交互生发出的一道闪光，白白净净、净净白白……这样一种美在道老汉的意识中，只停留了一个瞬间。他立马明白过来，光着身子的罗衣扣，是一个真实的存在。有了这个意识，道老汉先是扯下身上穿着的翻毛皮羊皮袄，扑到罗衣扣的身边，把他的翻毛皮羊皮袄，囫囵地裹在罗衣扣的精身子上，把她严严实实地包住了。

怒不可遏的道老汉，在这时候，山崩地裂般喝吼出了声：道道！道道！

道老汉吼得比白天见着田子香拉扯着乔红叶，穿着罗衣扣带到知青点上的锦缎袄裙、锦缎旗袍，胡扭乱扭时的声音还大，甚至可以说是暴怒了。

道老汉暴怒着喝吼：越来越没有道道咧？

道老汉喝吼：道道！

沉睡过去的乔红叶，先被田子香"妖精""妖精"的嘶喊声惊醒过来，不知道发生了什么事，紧接着又听到道老汉暴怒的喝吼，她才醒过神来了。

乔红叶强烈地意识到田子香的变本加厉，是对罗衣扣做出了什么新的不可原谅的坏事呢！乔红叶不敢多想，她迅速地从炕上爬起来，跳到炕脚底，把堵在窑门口的田子香一把推开后，乘势拉开窑门，这便看见站在雪光和月光下的罗衣扣。这时的罗衣扣，已被道老汉用翻毛的羊皮袄裹了起来，但乔红叶猜也猜得到，罗衣扣原本是赤着身子的。乔红叶一点都没迟疑，虽然她只穿着单薄的、仅能遮体的睡衣，但她还是迎着夜里的寒风冷气，扑到罗衣扣身边，双手抱住罗衣扣，掩护着她往窑洞里走了。

五

道老汉把他翻毛皮的羊皮袄，裹在罗衣扣的精身子上后，就只剩下夏天穿，秋天也穿的一件失了颜色的秋衣。自然的是，道老汉感觉得到深冬时节的凛冽，但他不以为冷，仰头看着天，天上有轮雪后露出半个脸儿来的月亮，白光光、亮晃晃地照着被雪装饰起来的近山远沟，道老汉把他刚才喝吼田子香的话，对着高天上的月亮又吼了起来。

不过道老汉重复他喝吼给田子香的话时，没有了刚才的愤怒与严厉，以及惶惑与不解。

道老汉说：做人该有道道的呢。

道老汉说：讲道道。

道老汉说：信道道。

道老汉说：守道道。

道老汉说得很慢，那个简单的"道"字，像是含在他嘴里的石头子儿，是一个字儿、一个字儿地蹦着砸出口的。在道老汉说着这一段关于"道道"的话题时，乔红叶自己也已穿好了棉衣，并托着道老汉裹在罗衣扣身上的翻毛皮羊皮袄，从窑洞里出来，小心地给道老汉披在身上，还帮着道老汉，把翻毛皮羊皮袄后襟上的两条布带子，相互对应着，认真地系起来。

池东方，柯红旗，劳九岁还算镇定，他们并没有立即拉开窑洞门往出冲，而是把自己的棉裤穿好，再披上棉袄后，才出门的。

什么妖精？

哪儿来的妖精？

池东方、柯红旗、劳九岁是糊涂的，他们不怎么相信田子香黑灯瞎火中的嘶喊。他们出了窑洞门，看见了罗衣扣，看见了道老汉，心里便明白过来了。知青窑院里没有妖精，如果有，就只能是田子香兴妖作怪，以伤害罗衣扣为能事，制造出来的一场"妖事"了。

池东方心直口快，他率先责备了田子香。

池东方的口气十分严厉，他说：过分了！

柯红旗和劳九岁也责备了田子香。他俩责备的话与池东方的话一字不差。

柯红旗说：过分了！

劳九岁重复地说：过分了！

都是北京来的插队知青，田子香对罗衣扣做的事，确实是过分了，太过分了呢！池东方、柯红旗、劳九岁责备过田子香后，相互间你推他一把，他推你一把的，缩头缩脑地回了他们居住的窑洞，关上窑门，爬上窑炕，呼呼地又都睡了过去。然而罗衣扣没有睡，乔红叶也没有睡。乔红叶把罗衣扣掩护进窑洞里来，上炕睡觉时，乔红叶把她睡觉的地儿挪到炕中间，而让罗衣扣睡到她原来睡着的，靠着锅的那一边。像池东方、柯红旗、劳九岁在窑洞外责备田子香一样，乔红叶也责备起了田子香。

乔红叶责备田子香的口气要和缓一些，她说：你是过分了！

乔红叶说：过分了！

乔红叶说：过分了！

睁着眼睛的罗衣扣，既懵懂又糊涂，不知自己刚来这里，把田子香怎么了，让她在一天一夜之间，对自己施行了一连串的恶作剧！不过，罗衣扣是太能忍了，她不想把事情搞得太僵，日子长着哩，她刚来这里……罗衣扣这么想着，就在乔红叶责备田子香时，伸手搭在乔红叶的身子上，摇了摇。乔红叶感知到了罗衣扣的善意，但她没有想停下责备田子香的话头，一出口就还加大了语气，再一次责备着田子香。在乔红叶责备田子香的声音里，罗衣扣把她搭在乔红叶身子上的手，加了点力气摇动了……在罗衣扣小心的一摇一摇中,乔红叶被摇动得安静下来了,她们居住的窑洞也被摇得鸦雀无声。

一夜再无话说,直到窑洞窗门高处的亮窗,涂上了一层惨白惨白的亮色,罗衣扣翻身看见了,又听到一曲陕北民歌,悠悠然然从窑洞外漫进来,轻盈地响在她的耳边:

  提起个家来家有名,
  家住在绥德三十里铺村。
  四妹子爱见那三哥哥,
  他是奴的知心人。
  ……

是谁在漫着这曲名叫《三十里铺》的信天游呢?是道老汉吗?一定是他了呢!那苍凉到极致,幽深到极致的韵调,没有道老汉那一把年纪是唱不出来的呢:

  三哥哥今年一十九,
  四妹子今年一十六。
  人人说咱二人天配就,
  你把妹妹闪在了半路口。
  ……

六

一个雪色惨亮的不眠夜啊!

罗衣扣不知道,道老汉穿着他的翻毛皮羊皮袄,蹲坐在窑院里的那盘碾子上,嘴里含含混混地念叨着"妖精""妖精",蹲坐了整整一个晚上。当然罗衣扣更不知道,道老汉含混着念叨的"妖精",与田子香恶作剧地叫她的那个"妖精"是不一样的。在道老汉的生命历程中，他的"妖精"是一个真实的存在，就是他漫着的《三十里铺》中的四妹子。

与四妹子交好，对年轻的道老汉来说，既偶然、又必然。

原籍黄河东岸柳林镇的猎户儿子、年少的道老汉根本无法预知，穷凶极恶的日本鬼子，会端着枪刺闪着寒光的三八大盖儿，牵着叫嚣狂吠的大狼狗，包围住他们繁荣富足的柳林镇，东家进西家出地抢劫钱粮，掳掠有姿色的良家女子。道老汉的父亲祁猎户不在家，他狩猎在晋西北的崇山峻岭间，为柳林镇上家里的妻儿，玩命地追逐着猎物。每一次狩猎回来，猎户父亲都会有非常可观的收获，野兔呀、山羊呀、特别是狐子……猎户父亲开心他每一次狩猎，在收获野味的同时，还能收获珍贵的皮毛。

那珍贵的皮毛，才是祁猎户家的大进项哩。一只野兔的皮毛半块银圆，一张山羊皮一块银圆，而一张狐子皮的价格，是要超过山羊皮的五倍，兔子皮的十倍……猎户父亲不在家，那个叫筑波佑载的鬼子军曹，在占领了柳林镇后的一天，嗷呀嗷呀地乱叫着，闯进了道老汉的家，竟然兽性大发，撕扯着道老汉母亲桑织娘的衣裳，糟践了他清丽贤淑的母亲！

猎户父亲回来了，见到了以泪洗面的妻子桑织娘，还有年少的儿子道老汉。他安慰了妻子几句，要妻子老实在家待着，他则趁着夜色，带着年少的道老汉，赶去黄河岸边。父亲祁猎户把年少的道老汉，托付给了一位他相熟的河工，让河工带着年少的道老汉，坐着羊皮筏子，颠簸在黄河的浪尖上，渡河去了陕北……那时的道老汉，在陕北的峁峁墚墚，沟沟洼洼流浪，他流浪着，毫无预兆地结识了四妹子。

道老汉能够结识四妹子，是因为一只狼。

四妹子的家在三十里铺村，秋天的时候，是要扑在家周边的山梁和沟洼里，撵着掏苦菜的。

那天下午，四妹子上山下洼掏苦菜，她掏到了一处偏僻的沟洼里，那里的苦菜又多又肥，四妹子掏得来劲，掏到太阳下了山，她还手脚不停地掏着……一双大灰狼的前爪，就在四妹子弯腰掏苦菜时，搭在了她的肩膀上，把她掀了掀，这便掀得她仰面倒在沟洼里。倒下去的四妹子，这才看见了那只大灰狼，它张开血盆大口就要往她的脖子上咬了！四妹子是被吓傻了，她要喊，却喊不出声来，死了一般闭上了眼睛。可就在她闭上眼睛的时候，大灰狼却歪向一边，颓然地倒了下去，顺着沟洼的坡道，骨碌碌滚向了沟洼底。

死了一回的四妹子，魂灵回归似的睁开了眼睛。

睁开眼睛的四妹子，一眼就看见了年轻英俊的道老汉，像一座刚硬的铁塔，威风凛凛地站在她面前，手里握着一把黄铜唢呐，唢呐金光闪亮的碗碗上，有他打断狼的脊梁骨时，混着血，粘在上面的灰色细毛。

年轻的道老汉，从狼口里救下了四妹子。

四妹子的家人，不仅把道老汉当成四妹子的救命恩人待承，还更进一步，把道老汉认给四妹子，要他做了四妹子的哥哥。

已经在陕北地界上流浪了一段时间，年少的道老汉把他流浪成了一位刚刚硬硬的大后生。道老汉一心一意恋着亲个蛋蛋的四妹子，但他放不下满腔的愤激，就告别了四妹子，参加了东渡黄河抗日的八路军，去黄河东岸的山西，杀鬼子、保家园……当时的情景，又鲜活在道老汉的心里。他所在的部队整装在黄河西岸的乾坤湾，准备着渡河了。听到消息的四妹子，从百里开外的三十里铺，沿着黄河西岸走了一天半晚上，见到了她的心上人。他们二人听着黄河震天的涛声，走过了一道湾，又上到了松树峁顶，看见了乾坤湾。

罗衣扣看见的是冬季的乾坤湾。四妹子与道老汉手牵着手，看见的是秋季的乾坤湾。

秋季的乾坤湾，澎湃的浪涛夹峙在一弯巨大的环形河道里，尽情地宣泄着黄河的激情和浪漫……四妹子与道老汉从傍晚时分绕着乾坤湾走，走上了松树峁，站在那棵高大的老松树下，四妹子大胆地向道老汉表白，要把她囫囵个儿地交给道老汉。

四妹子给道老汉说了。她说：你要了我吧。

四妹子说：我把我给了你，我就放心下来了。

四妹子给道老汉说着话，便解着她衣裳上的盘扣。四妹子一颗一颗地解着，她解得不急不慢，每一颗布做的小盘扣，在四妹子伸手来解时，她都要心疼地用纤细的手指抚摸一两下，然后再"嘣"的一声解开。四妹子把她衣裳上的盘扣，一颗不剩地全解开了。解开了衣扣的四妹子，把她白净润泽的身子，裸露给了道老汉……黄河喷薄的水光，天上流动的月光，照在了四妹子的身上，让道老汉看来，有种惊心动魄的美！道老汉不能自禁地把四妹子抱了起来，他如四妹子说的那样，太想把他的四妹子，踏实认真地要下来。可他在一阵冲动过后，却没有要了四妹子，而是把他紧紧抱在怀里的四妹子，轻轻地推开来，一步一步，难分难舍地向后退着，退下黄河边的乾坤湾，下到了抗日的八路军队伍里。

道老汉在往乾坤湾退时，他听见四妹子对着他的身影，重重复复地说着几句话。

四妹子说：我是妖精吗？

四妹子说：我不是妖精！

时间过得真快呀！道老汉深埋在记忆里的四妹子，因为罗衣扣，在这个寒冷的晚上，于他的心里活了过来，江涛海浪般一遍又一遍地冲击着他。他把那首烂熟于心的《三十里铺》，在这个不眠的雪夜，低声地漫着，漫了一遍又一遍。

道老汉在漫唱着《三十里铺》的时候，虽然满心都是他亲爱的四妹子，但也会分神出来想到罗衣扣。道老汉想到去河怀公社接罗衣扣，他一眼就认下了她。道老汉之所以一眼认下罗衣扣，都在于罗衣扣罩在浅灰色外衫里的蓝花红棉袄了。

道老汉亲爱的四妹子，在松树峁上的大松树下，要把她交给道老汉的时候，身上穿着的可也是一件蓝花红棉袄哩！

蓝花红棉袄啊！

四妹子的蓝花红棉袄，罗衣扣的蓝花红棉袄……道老汉轻声地漫着《三十里铺》，他把罗衣扣漫醒来了。醒过来的罗衣扣，从炕上的热被窝里爬起来，穿上她的蓝花红棉袄，从温暖的窑洞里走了出来。

走出来的罗衣扣，看见道老汉缩在他的翻毛皮羊皮袄里，蹲坐在窑院里的碾盘上，仿佛一只上了年纪的老绵羊。罩在他头顶上的，是那棵落尽了叶子的核桃树，光秃秃的核桃树树枝上，累积着的雪团，因为夜风的作用，一会儿落下一团，一会儿落下一团，有些落在了地上，有些则落在了道老汉的头上、身上，雪用雪特殊的方式，雕塑着道老汉，使他仿佛一尊凛然的雕塑。

罗衣扣踽踽地走着，走近了雕塑一般的道老汉，是想要给他说几句话的，可她没说出来，却听见道老汉没头没脑地说了这样一句话。

道老汉说：这日子呀，过得咋这么快呢！

第三章　燃烧的火把窝子

正月里来正月正，
锣鼓唢呐鞭炮声，
五彩缤纷人欢腾，
扭起那秧歌迎新春。
……

——信天游《闹秧歌》

一

日子过得确实快哩，像是有种无形的力量掀着，突然地就掀到了大年三十。

读书多，动手还写得了文章的乔红叶，后来写过一篇小随笔，对这个问题做了深入浅出的探讨。罗衣扣拜读过乔红叶的这篇小随笔，以为乔红叶太有才华了，说得头头是道，把她是说服了。

乔红叶在小随笔里是这样写来的，她首先提出一个问题，问大家是不是知觉日子过得太快了，快得人都来不及回头，便一年才过完，再一年又要到头了。乔红叶提出这一问题后，没有要谁回答的意思，她在小随笔里娓娓道来，说我们感觉日子过得快，是因为我们的日子过得还不坏，同时身体健康，朋友真诚。对她列出来的这三条理由，不仅罗衣扣深以为然，还有池东方、柯红旗、劳九岁以及田子香，他们在阅读后一起探讨，亦完全同意。生活确实如此，假如一个人的日子是艰难的，吃了上顿没下顿，他一定只会觉得日子过得慢，太慢了。而健康出了问题，躺在病床上，做不完的检查，打不完的吊瓶，心里慌着，也会觉得度日如年！最关键的还是朋友，有真诚的朋友，有话说得清，有苦诉得明，要吃酒了吃酒，要骂人了骂人，多么快意的事情啊！没有朋友交流、诉说，独自干熬，是可能罹患抑郁，万般无奈时，还可能自己要结束了自己的性命呢！

道老汉爱到骨头里的四妹子，揣在他的心里，不知不觉地就这么过去了二十多年。

满心怀想着四妹子的道老汉，坚持回到乾坤湾村来住，捡拾见证了他俩的那棵老松树的松子，要把松树峁全都点种上松子，期望它们都如那棵老松树一样，蓬蓬勃勃地葱绿起来。道老汉梦想不息地坚持着他的坚持，突然地又是一年过去，道老汉不能不为此而感叹了。

道老汉感叹日子过得快，真的是快哩！

这样地快，既在道老汉的心里头，也在池东方、柯红旗、劳九岁，以及田子香、乔红叶、罗衣扣他们北京知青的心里边。特别是刚来乾坤湾村插队的罗衣扣，她还没弄清楚怎么下地劳动，接受贫下中农的再教育，就一头闯进了过年的大日子里。

陕北的年与北京的年不甚一样，虽说都是过年，但陕北的年相对要清寂一些，不像北京，这里一处大庙会，那里一处大庙会的，热闹极了，此外还有博物馆、戏园子、动物园、电影院什么的，好玩的地儿多了去了。陕北的年，就没有这些了，有的是家家窑院门上张挂的大红灯笼，杀了猪、宰了羊，各家在各家的窑院里边煮肉，包饺子，炸油糕，蒸馍馍，踏实认真地为嘴来做事。当然了，二踢脚的炮仗，编成串的鞭炮，是一定要放的呢。

早几年时，池东方、柯红旗、劳九岁以及田子香、乔红叶他们，赶在过大年的日子，争着抢着都要回北京去，结果回一趟不容易，来一趟更困难。他们坐汽车赶得上赶不上趟儿，要看自己的运气。赶上了汽车，到了西安，在西安又得风风火火地赶去往北京的火车，要想购买一张有座位的票，绝对是一种奢望。站在火车的车厢里，整个人就像生产队收获的玉米棒子——大家背驮肩挑，把玉米运回到自己家的窑院，或是生产队的大场上，往藤条、树枝扎成的粮囤里储放，一个挨一个地插得那叫一个紧，没有丝毫的缝隙。在火车的车厢里，人就都那么呆板僵硬地站着，一站就是一天一夜。才回北京，还没把站得僵硬的腿脚松弛下来，就又得攒火车，在火车厢里那么一站，又是一天一夜地到达西安，在西安再攒汽车，又往插队的乾坤湾村回。他们那样从乾坤湾村回北京的家里，过罢一个年后，就再不去赶着受那个罪了。

留在插队的乾坤湾村过年吧，倒确实有在乾坤湾村过年的好处和妙处哩。

好处是他们首都北京来的知青，不像平常日子要自己动火烧灶，给自己弄饭吃。到了过年的日子，东家请、西家邀，把他们都当成自己家要紧的亲戚似的，去到村里人的家里去，海吃海喝，倒是舒服快活的呢。

不独乾坤湾村，陕北的人家信奉的是，宁穷四季，不穷一天。

这一天，自然就是过年的那一天了。

罗衣扣插队乾坤湾村的那年三十日下午，她开始时并不知道，乾坤湾村人这一天对他们北京知青，有多么优待。她愣愣地看着池东方、柯红旗、劳九岁，以及田子香、乔红叶，就那么在知青窑院里冰锅冷灶地等着，等得她心慌心乱，不知大过年的，大家怎么都是这样一种态度？罗衣扣还悄悄问了乔红叶，乔红叶只是有点儿神秘地告诉她，要她老实地等，等到时候了，她自会知道。没办法，罗衣扣就只有陪着他们在知青窑院等了。他们等到了大后响，不知是村里哪户人家，先把大红灯笼挂上了窑院门。陕北地面的规矩就是这样，既挂红灯，必然要燃放鞭炮与炮仗。鞭炮的声响是密集的、清脆的、持久的，在鞭炮长长久久的脆响里，二踢脚也会腾空裂响起来，呼——啪！呼——啪！仿佛冲天放枪似的，炸出一片红红绿绿的纸屑，飘飘摇摇地旋飞在天空上……一户人家的大红灯笼挂出来了，百户千家的大红灯笼跟着就都挂出来了，因此鞭炮声、二踢脚声，此起彼伏，彼伏此起的，在乾坤湾村的村街上嘹亮着。村子里的人，赶在这个时候，于嘹亮的炮仗声里，迈着大步往知青窑院来了。没有多长时间，先来的人，请走了田子香，再来的人请走了乔红叶，还有跟着来的人，相继又邀走了池东方、柯红旗、劳九岁他们。他们下乡插队在乾坤湾村时间长，他们被来人热情的邀请走，罗衣扣想得通，想得开。这没有什么，罗衣扣自觉她在乾坤湾村里过大年，是也不会孤单的哩。

罗衣扣的这个自信，来自道老汉对于她的关爱。在乾坤湾村里，道老汉为罗衣扣已经主持了两次的公道。

　　道老汉孤身一人，他在知青窑院留给自己的那孔窑洞里，亦如村里人一般，按照陕北人的习俗，一丝不苟地准备着他要过的年……道老汉要煮肉、包饺子、炸油糕、蒸馍馍，罗衣扣虽然还都不太会做，却早早去到道老汉的窑洞里去，协助道老汉来做了。

二

　　像是把过大年叫闹红火一样，纯朴的陕北人，他们把全国各地都称为饺子的饭食，却叫了个扁食的称谓……这称谓在罗衣扣插手协助道老汉时，听道老汉给她说了，倒也觉得直观形象。

　　不过呢，陕北人的扁食，不像别处人的饺子，人家的饺子用的是麦面皮，而他们的扁食用的是荞面皮。麦面皮包饺子，能够擀成饺子皮，填进馅料，一个褶子、一个褶子地捏着包。荞面团包扁食，就无法擀成皮儿包了。荞面不如麦面筋道、黏性好，荞面是松散的，所以罗衣扣看见道老汉捏扁食时，都是在面盆里剜出一小块荞面团，握在一边手心里，与另一只手的手心，合起来滚搓，滚搓得又光又圆时，拿在一只手里，用另一只手的手指，在滚圆的荞面团上，戳出一个小窝窝，戳出来后，还要左三圈、右三圈地搓搓捏捏，捏捏搓搓，扩大着荞面团小窝窝，然后填入馅料，又往出捏了，像一只元宝似的……罗衣扣眼巧，手也巧，她只看着道老汉捏出一个荞麦扁食，就自己上手捏了，她捏着，还凭自己的想象把一个荞麦扁食捏成老鼠的样子，把一个荞麦扁食捏成牛的样子，她这么捏一个，往案板上排列一个，一会儿的工夫，十二生肖就被她惟妙惟肖地捏出来了。道老汉看着罗衣扣把扁食捏得如此有意味，便高兴地把罗衣扣夸上了。

　　道老汉说：咱们今年有好吃的了。

　　道老汉说：猪、牛、羊有得吃，龙肉、蛇肉也有得吃。

　　道老汉说：不过，老鼠谁来吃呢？

道老汉的这句话，在把他说乐的同时，也把罗衣扣说乐了。一老一少，准备着大年的吃、大年的喝，却突然地闯来了柘黑娃，他喊着道老汉的名讳，进到了窑院来。进了窑院里的柘黑娃，把两孔知青窑洞都探头探脑地看了一遍，就埋怨起了自己。

　　柘黑娃说：我那婆姨太麻缠了。

　　柘黑娃说：缠着我，要我帮她把大过年的锅灶都收拾停当了，才让我出门来请知青。

　　柘黑娃说：紧走慢走的，我还是来迟了。

　　埋怨着自己的柘黑娃，虽不开心，却也快乐地拐进道老汉的窑洞里来了。他在这里，不仅看到了准备大年吃喝的道老汉，还看到了协助道老汉的罗衣扣，这使他埋怨的嘴，迅速改换成了欣喜的口吻，哈哈乐着说了。

　　柘黑娃说：拾粪要早起，请客在运气。

　　柘黑娃说：有罗衣扣在，我没有白来。

　　柘黑娃的话，把道老汉的眉头说得拧了起来，他怒目看向兴高采烈的柘黑娃，声调严厉地责问起了他。

　　道老汉是这样责问他的：你说甚事要起早？甚事在运气？

　　道老汉说：你把咱罗衣扣比喻成甚咧？

　　柘黑娃被道老汉的责问问得醒过神来，赶紧向道老汉赔起了不是，而道老汉还不依不饶，十分硬气地怼着柘黑娃。

　　道老汉说：罗衣扣哪儿也不去。

　　道老汉说：她就陪我过大年了。

　　道老汉虽然拿话怼着说话冒了头的柘黑娃，心里其实已经同意了柘黑娃对罗衣扣的邀请。柘黑娃看清了道老汉的内心，因此就把道老汉一块儿邀请上了。憨厚诚实的柘黑娃，没有一点虚情假意，罗衣扣不能驳了他的情意，道老汉不能伤了他的心意，便答应着柘黑娃，把他们捏出来的扁食，全数拾在一张木盘上，道老汉端着就和罗衣扣往柘黑娃家去了。

　　出门时，道老汉没有忘了给他们知青窑院的大门，挂上大红灯笼，也没有忘记在窑院门口，燃放鞭炮和二踢脚。

第三章 燃烧的火把窝子

大年三十的乾坤湾村，高高低低，虽然杂乱，却也层次分明地被笼罩在一片大红灯笼的光焰中……柘黑娃家的窑院，在道老汉和知青们居住的窑院高处，他们顺坡往上走，要走一段路哩。所以他们三人，就都身披着大红灯笼散射出来的红色光焰，一路往高走，进了柘黑娃家的窑院。

为人正派的柘黑娃，在乾坤湾村里，是很受大家尊重的呢。

受人尊重的柘黑娃，担任生产队长多年了，永远都是吃苦在前，哪怕他有太多的条件，太多的机会，占点儿生产队的小便宜，也绝对不做，绝对不占。柘黑娃两袖清风……就说这大过年吧，村里杀猪、宰羊、吊粉、挂面、磨豆腐，别人家怎么分，他家就怎么分，不会挑肥，也不会减瘦，对此，村里人都长着眼睛，看得清楚明了。

进了柘黑娃家的窑院，道老汉自然不用插手什么，而罗衣扣想给他们搭个手的，却也不能够，直接被柘黑娃的母亲支桂芳，还有柘黑娃的妹子柘袖子，一人牵了罗衣扣的一条胳膊，把她和道老汉招呼进他家的住窑里，态度强硬地让他们脱了鞋，上了炕来坐。

陕北人待客吃饭，是不讲究桌子摆的，一盘土炕，晚上是一家人睡觉的地方，来客人了，吃菜喝酒，在热烫烫的土炕上，铺一方布毯子，端出菜碟子、饭碗，摆上布毯子就好。一般的家庭，铺炕时先是一层麦秸秆，再是一张芦苇编的席，席上面铺着羊毛擀的毡。作为生产队长的柘黑娃，他们家的土炕，似乎连一般人家的都不如。他家的土炕上，没有铺羊毛毡，没有放菜碟子、饭碗的布毯子，所以就只有往炕席上摆放了。

生活在北京城里的罗衣扣，哪里见过这样的阵势，她慌得在炕上坐不住，很想跳下炕，去帮他们来端的，却还是被柘黑娃母亲支桂芳拦住了，要她老实坐着，坐稳妥。没了奈何的罗衣扣，就那么心慌着，一眼眼看着柘黑娃的婆姨牛小兰和她妹子柘袖子，一来一往地端菜、端饭，往光着的窑炕席上放了。

开始，罗衣扣看着柘黑娃家土炕的寒酸，以为他们是太节约了，不舍得添置，所以她眼见了后，心里是稍稍有点惊讶的。这点小惊讶在她的心上压着，就又见着了柘黑娃的婆姨牛小兰。罗衣扣看到牛小兰的头一眼，即把她心上的小惊讶，当即上升为了大震惊。

罗衣扣震惊的是牛小兰的脖子。

罗衣扣相信没人会长出两颗脑袋来，而牛小兰的脖子上，生着个腮腺瘤，大的像是人的又一个脑袋似的，强势地逼迫着她脖子上那颗真脑袋，无可奈何地偏向一边，让人看着，要怎么别扭，就有怎么别扭，能怎么难受，就有怎么难受。

腮腺瘤在陕北人的嘴里，不叫腮腺瘤，而叫瘿瓜瓜。

老实说，被瘿瓜瓜祸害着的牛小兰，倒是一位麻利乖巧的婆姨哩。她和她妹子柘袖子一趟趟走灶窑，进住窑，往土炕上布饭，一会儿就布满了菜和饭。那些菜和饭，罗衣扣简单地知道几样，譬如洋芋擦擦、小白菜黏豆腐等，而有一些她还陌生着，是柘黑娃的婆姨牛小兰和她妹子柘袖子把饭菜端来，一样一样往炕席上摆的时候，柘黑娃怕罗衣扣不知道，给她介绍来的，让她的眼睛先于齿舌间，色香味俱全地品尝了一遍。这使心地善良的罗衣扣，全身心地感受到了柘黑娃一家人，如他们摆上炕席的饭菜一样，往外漫溢着一股子浓浓的热情。

酸菜熬猪肉、羊肉炖板粉、撒糖油糕、鸡蛋泡泡……

十几道饭菜，齐刷刷摆在了罗衣扣和道老汉的面前了，还有酒，不是别处酿制的白酒、红酒、加饭酒，而是他们陕北人自己家里酿造的糜子酒。

糜子酒是热过了的，柘黑娃没让他婆姨牛小兰端，没让他妹子柘袖子端，他是自己热酒、自己端来了。他端来了后，在罗衣扣、道老汉，还有他母亲支桂芳、婆姨牛小兰、妹子柘袖子的面前，都放上一个小小的土瓷罐，端着热腾腾的糜子酒，往几只小小的土瓷罐子里面倾倒了。

就在柘黑娃往土瓷罐子里倾倒着热糜子酒的时候，罗衣扣的耳际，蓦然升起一首人人都很熟悉的一首歌：

    热腾腾的油糕端上了桌，
    滚滚的米酒捧给亲人喝。
    ……

这首《山丹丹开花红艳艳》生动叙述了中央红军到达陕北，陕北人民拥护红军，爱戴毛主席的故事，是以陕北信天游为素材，经过词作家重新编曲改词，在中央人民广播电台播出，唱响了大江南北。因景生情，罗衣扣蓦然拦腰记忆起来时，就还将这首歌相接着的全部歌词，在她的心中，迅速地过了一遍：

  一道道山来，一道道水，
  咱们中央红军到陕北。
  一杆杆红旗，一杆杆枪，
  咱们的队伍势力壮。
  ……

  道老汉看出了罗衣扣的异样，她似乎沉浸在什么中似的，所以就迟疑着，在柘黑娃的盛情敬奉声里，端起了倒满热糜子酒的土瓷罐子，却没有往嘴里倾，而是提醒罗衣扣了。

  道老汉说：衣扣女子，咱先碰个酒。

  道老汉说：碰罢热糜子酒了，你再想你心里的事吧。

  罗衣扣的脸红了一下，赶紧端起她面前的土瓷罐子，与敬爱的道老汉和柘黑娃夫妇，以及柘黑娃的母亲支桂芳、妹子柘袖子，把土瓷酒罐碰了一下，然后各自贴在嘴唇上，香香地喝了一口。

  碰罢了头一口酒，便提起筷子吃菜吃饭了。罗衣扣看着盘子里的鸡蛋泡泡，在油锅里炸得圆溜溜的，有点儿像葫芦，或者大，或者小，全都金黄金黄的，十分可爱，她就把筷子伸了过去。可是就在罗衣扣把筷子伸向鸡蛋泡泡时，道老汉却把一块撒糖油糕挑起来，送到了罗衣扣面前，要她先吃撒糖油糕。

  道老汉让罗衣扣先吃撒糖油糕的理由是充分的，他说：苦了一年了，到了大年三十，是该有一口甜味，润一润咱的喉咙，甜一甜咱的心呀。

  道老汉这么说了后，还加重语气强调了一个挂在他嘴边的词：道道。

道老汉说：就是这个道道。

道老汉说着，柘黑娃和他婆姨牛小兰也跟上说了。

柘黑娃说：道道，就是这个道道。

牛小兰说：道道，就是这个道道。

按照道老汉和柘黑娃以及他婆姨牛小兰所信奉的道道，罗衣扣先吃了一片撒糖油糕，顿然觉得，她的喉咙是甜上了，她的心也甜上了。有了甜甜的喉咙，有了甜甜的心情，还有什么化不开呢？没有了，全都没有了。有的就只是过大年，闹红火，无拘无束地吃，无拘无束地喝了。

三

大年三十的晚上，在柘黑娃家里吃得好，吃得还新鲜，喝得好，喝得也很新鲜的罗衣扣，特别注意起了柘黑娃的婆姨牛小兰。

罗衣扣发现，牛小兰除了脖子上的瘿瓜瓜害着她之外，她的长相和身条，按陕北人自己的话说，未出嫁时是个俏女娃，出嫁来是个俊婆姨。她俊俏着，还又能干着，正如他们一起吃喝的年夜饭，许多都是粗粮做来的，什么荞面碗坨，什么豌豆杂面，什么杂粮抿节……多了去了，被她做了来，却是那么有形有味，如果少点儿能耐，是断然做不出来的呢。

陕北的自然环境就是这个样子，出产最多的是粗粮杂粮。

都知道细米白面好吃，而且好做，怎么做都好做，怎么吃都好吃。而粗粮杂粮就不同了，就不能像做细米白面那么做了，要费些心思，弄通弄懂粗粮杂粮的脾性和滋味，依着粗粮杂食的特点，来在锅灶上做了。荞面碗坨，豌豆杂面，杂粮抿节等粗粮杂食，就这么被智慧的陕北人开发出来了。不过，一家有一家的差异，一家有一家的味道。罗衣扣先入为主，吃喝过了牛小兰做的那顿年夜饭，以后又还吃喝了别人家的，总觉还是牛小兰做的最对味。

牛小兰的锅灶干净明亮，是乾坤湾村人都称道的。

还有他们家的窑院，因为手勤脚勤的牛小兰，也收拾得干净明亮，亦是乾坤人所倾慕的。牛小兰的男人柘黑娃和她自己，还有婆婆支桂芳身上的衣着，当然更是干净明亮的……便是罗衣扣来到牛小兰家里吃喝年夜饭，看见了牛小兰衣服上的补丁，以及她男人柘黑娃衣服上的补丁，亦然补得有那么点儿艺术的味道，因为洗得勤快，洗得干净，褪色的地方白了，没有褪色的地方，保留着原有的色调，让罗衣扣看着，似有一种别样的美。

柘黑娃和他婆姨牛小兰，在大年三十的晚上，总是一个劲地给道老汉和罗衣扣的粗瓷罐子里添糜子酒，一个劲儿地劝他俩多吃，吃好。道老汉与罗衣扣，和柘黑娃他们一家人，其乐融融地吃喝在一起，却突然间听见有人，唱着陕北的信天游向这里走来了。

来人唱的是应时应景地《闹秧歌》：

> 正月里来正月正，
> 锣鼓唢呐鞭炮声。
> 五彩缤纷人欢腾，
> 扭起那秧歌迎新春。
> ……

听得出来，高喉咙大嗓唱着这曲信天游的人，语言不怎么地道，非为陕北人的腔调哩。陕北人吼唱信天游时，有穿山的风，为他们伴奏，还有河道的流水，为他们鼓掌，因为此，他们唱出来的信天游，独有一种美，苍凉，或者喧闹，悲苦，或者欢乐，忧伤，或者喜悦，总是特别地深入人心。

现在唱着《闹秧歌》的人，可以肯定地说，是知青中的池东方了。是他先吼唱起来的，又听到柯红旗、劳九岁跟着他，扯着喉咙在唱：

> 黄土地上刮春风，
> 陕北人把秧歌闹了个红。
> 大街小巷人潮涌，
> 就像巨龙一阵风。

......

大年三十的晚上，乾坤湾村是没有人家关闭窑院的大门的。吼唱着信天游的池东方、柯红旗、劳九岁他们，一会儿就鱼贯地走进了柘黑娃家的窑院里来了。为了迎接他们三位的到来，柘黑娃参与进了他们吼唱信天游的声浪里，也唱起了他们吼唱着的《闹秧歌》：

一圪嘟嘟的葱，一圪嘟嘟的蒜，
一圪嘟嘟的婆姨，一圪嘟嘟的汉。
一圪嘟嘟秧歌满沟沟转，
一圪嘟嘟娃娃就撵上看。

......

原来只有柘黑娃和他婆姨牛小兰，以及他们的老娘支桂芳、妹子柘袖子，再加上道老汉和罗衣扣，六个人吃着年夜饭，虽然吃喝得顺心快意，但还是没有池东方、柯红旗、劳九岁他们来了后的热闹。

柘黑娃当时去知青窑院是要邀请他们的，但他们已被人邀请去了，他没有邀请得到，心里还遗憾着，希望他们吃过了别人家，能到他家里来。他希望着，而池东方、柯红旗、劳九岁他们仿佛知道似的，这就都来了。来了好哇！柘黑娃可是不能慢待了过来的他们呢。他把坛子里喝剩下的热糜子酒，又找来三个土瓷小罐，给他们每人手里塞上一个，就端起酒坛子，给他们可着劲儿地倾倒起来了。

不像罗衣扣过的是来到乾坤湾村插队的头一个年，池东方、柯红旗、劳九岁他们已经过了几个大年了，知道陕北人的豪气和实诚。柘黑娃给他们倒酒，他们不躲不藏，把土瓷小罐齐刷刷伸给柘黑娃，看着柘黑娃给他们倾倒满了，也不管别人的土瓷小罐子里，有酒没有，自己个儿就送到嘴边喝了。池东方、柯红旗、劳九岁他们，不把土瓷小罐里的热糜子酒喝干，就不从嘴边取下来。

剩下的热糜子酒，显然不够池东方、柯红旗、劳九岁三张青春的嘴喝呢。

柘黑娃因此就还热了一坛子，来陪几位喝家子喝了。池东方、柯红旗、劳九岁他们几位喝得豪迈，喝得大气，喝着酒还抓住柘黑娃说他了。

池东方满嘴酒气地先开的口。他说：你甭嫌我嘴快，咱明着给你说，我是要踩踏你咧！

柯红旗跟着池东方说：你是小队长，乾坤湾村里最大的官，我们能不踩踏你吗？

劳九岁又跟着柯红旗说：不踩踏你，怕你没面子。

罗衣扣有点不懂了，他们来到人家柘黑娃家，怎么就是"踩踏"人家了？而且不"踩踏"人家，好像还对不住人似的。

罗衣扣后来知道，陕北人三十晚上去谁家里吃喝号吵，就是"踩踏"人家哩。这里没有丝毫的恶意，有的倒是十分的暖意，相互间的感情没到那个份儿上，别人还不去你家"踩踏"你哩。他们之间要有这样一种情分，还要有那一份气量，别人家才会去你家门里"踩踏"你哩。很显然，柘黑娃与池东方、柯红旗、劳九岁他们，是有这一份情感的，而他自己也有那一份气量，所以他们仨借着三十晚上的机会，来"踩踏"柘黑娃了。

这样的"踩踏"，是算不得踩踏哩。

当时，在罗衣扣还在"踩踏"这个词儿里愣怔着，弄不清楚根由，却已发现池东方、柯红旗、劳九岁他们，对柘黑娃开始了更进一步的"踩踏"。罗衣扣由不得自己地惊骇起来了。她惊骇着时，只听他们三人酒气冲天的嘴巴里，毫不留情地吐着他们"踩踏"柘黑娃的话。

池东方说：咱村年终分红，我受苦受了一年，没分到一点点红，倒分了一大把的债。

柯红旗说：可不是嘛！熬一天十分工。十分工二分四厘钱，够吃吗还是够穿？

劳九岁说：你是小队长，乾坤湾村的当家人哩，你心里亏不亏？

罗衣扣虽然才到乾坤湾村插队，对生产队的实际情况完全无知，但她听着池东方、柯红旗、劳九岁这么踩踏柘黑娃，还是有些不忍，她想插话进来，要他们说话别太冲，伤了人的脸。可罗衣扣的话没说出来，倒有坐在她身边的道老汉，热情地鼓励着他们仨了。

道老汉说：话说开了好，你们不要顾虑，继续往下说。

池东方于是还说：你在小队长的位子上多少年了？

柯红旗于是还说：不短了吧？

劳九岁于是还说：十几个年头了。

道老汉听出了池东方、柯红旗、劳九岁话里的话，但他没有揭穿他们，而是让他们把话往透里说，说出个道道来，他会站在他们一边，支持他们的想法哩。

不能说池东方、柯红旗、劳九岁他们早有预谋，但是他仨住在知青窑院里的同一孔窑洞里，是有些年头了，他们对乾坤湾村的村情村况，议论议论，探讨探讨，还是有的，而且不断地在升级，从原来秉承"受贫下中农再教育"的姿态，开始想着自己出头，带领贫下中农往前走了。

道老汉鼓励池东方、柯红旗、劳九岁往透里说，他们便毫无遮拦地说开了。

池东发说：你的问题就是怕。

柯红旗说：怕上级、怕下级，还怕村里人。

劳九岁说：你说你有不怕的人和事吗？

池东方还说：我们就不怕，扛硬！

柯红旗还说：上级瞎指挥，我们出面顶，村里人出问题，我们出头往平摆。

劳九岁还说：事实都已明确地摆在咱们面前了。

四

那些摆在面前的事实是什么？罗衣扣当然不知道了。

罗衣扣不知道的，柘黑娃和他婆姨牛小兰，他们的妹子柘袖子和老母亲支桂芳，以及道老汉可都心里明镜似的。那就是"吆猪""照枣""看秋"

等等事情了。这样的事情，村里人都干过，但没有一个人干得好。柘黑娃发现了知青的优势，把这些活儿派给他们知青窑院里的男知青干了。起先时，柘黑娃派给了池东方，池东方嫌琐碎不干，就再派给劳九岁。劳九岁的心思，几乎都放在了给四乡八村的人诊治疾病上，顾不过来。剩下个柯红旗，平时话不多，也不爱出人头地，但他却主动找到了柘黑娃，首先担负起了"叴猪"的活儿。

"叴猪"这个活儿不累，就是拿根树枝，满乾坤湾村观照，看谁家的猪被主人偷放出来，钻进公家地里吃"公食"。

还别说，柯红旗自觉领到这个得罪人的活儿不久，真就把人得罪下了。他得罪的人不是别人，恰是生产队长柘黑娃的弟弟柘灰娃……柘灰娃下坡受苦去了，他婆姨在家，根本没把"叴猪"的柯红旗当回事，还像平常日子一样，把她家那头正长膘的壳郎猪，偷放进地里吃"公食"。放在往日，那是一点麻哒都没有的。但现在"叴猪"是柯红旗，他看见了，就成了问题。柯红旗拿起手里举着的树枝，撵着猪往村里走了，他一步不落，看着猪往哪里去，他即往那里跟，一定要看到这头猪回谁家的门。柯红旗看清楚了，那头壳郎猪，不偏不倚，是要走进柘灰娃家的窑院了。而就在壳郎猪大腹便便，像头无法无天的油混子，碎步骞骞摇摆着，将要进到窑院的那一刻，柯红旗把猪拦下了。柯红旗拦下壳郎猪的同时，便大声地叫出了柘灰娃的婆姨，指着猪让她认，她如果认了，就要罚她家里一升玉米；如果不认，柯红旗更好办，把壳郎猪直接叴去生产队的猪圈，充公成生产队集体的猪。柘灰娃的婆姨倒是胆正，仗着大哥是生产队的队长，便对柯红旗耍起横来，承认壳郎猪是她家的，但要罚她家一升玉米，却绝对不答应。她不答应还不成，竟还高声大嗓子地吓唬柯红旗，让他向她大哥要去。这件事横在了柯红旗的面前了，可以想象，如果不是他，而仍旧是村里人，他们不论是谁，肯定都会溜掉。但这一次是柯红旗，他不仅没有溜掉，还撇开柘灰娃的婆姨，到村子去里找柘灰娃的大哥柘黑娃了。大哥柘黑娃来了，他难以对弟媳妇指手画脚，就把他弟柘灰娃直接叫了来，把他弟骂了个狗血喷头，要他弟自己回家去，装了一升子的玉米，交给柯红旗罚没了事。

这件事办得太绝妙了，从此鲜活在乾坤湾村的每一个人心里，都说北京知青天不怕地不怕，敢整事儿。

接下来的日子，乾坤湾村的人，只要看见柯红旗手拿树枝巡村，就能听到村子里的婆姨们，紧紧张张唤猪的声音。她们唤猪的声音曲折绵长，开始很平和，到结尾时，一律高升着往上爬，像唱信天游一般，可是太有韵味了呢。

道老汉听罢三位北京知青的话，当下就想到了这件事。他想到了这件事，就觉得几个知青娃娃说得在理，因此不管柘黑娃心里咋想，是个甚滋味，他倒先表态了。

道老汉说：是这个道道呢，你黑娃人好咱们都知道，但你就是怕。

道老汉说：就是他们三个知青娃娃说的那些怕。

道老汉说：我看你就歇下吧，推一个知青上来，当咱乾坤湾村的生产队长。

道老汉说：我的道道，你解下了吗？

道老汉怕柘黑娃还解不下，就又强调说：道道！道道！

道老汉苦口婆心的一通"道道"话，不知柘黑娃是怎么听的，听进去了没有。只见柘黑娃闷着头，把他面前的热糜子酒，似无知觉地端起来，靠在他的嘴唇上，一点点地啜吸着……柘黑娃的这个神态，把道老汉是惹毛了，他脸上的褶皱，一条一缕的，像是受到了什么刺激，激烈地抽搐、抖动着……池东方、柯红旗、劳九岁，以及罗衣扣，他们是头一次见道老汉这样的表情，一下子都紧张了起来，他们相互交换了一下眼色后，就又把眼睛看向了道老汉，这便发现，道老汉整个人，像是突然沉浸在了往昔的记忆里，有种甘苦自知，无法言传的样子。

大年三十的年夜饭，在柘黑娃的家里，吃成了这个样子，是谁都没有料想到的。守着一盘热炕上的人，除了突然闯来的池东方、柯红旗、劳九岁三人，柘黑娃的婆姨牛小兰，以及他母亲支桂芳和他妹子柘袖子，在这一刻，都愣怔住了。

道老汉不想大家愣怔下去，他叹了一口气，就又照着他嘴里的道道说起来了。

道老汉说：你们知道当年咱们陕北的受苦人闹红，为的是个甚呢？

道老汉说：道道，为的就是不受苦。

道老汉说：道道，为的就是不受穷。

道老汉说：道道，咱现在还苦着；道道，咱们还穷着。

道老汉说：没有谁愿意苦！

道老汉说：没有谁愿意穷！

道老汉的话还没说完，柘黑娃的母亲支桂芳就已抬起手，在她的眼睛上抹泪了。

柘黑娃的母亲支桂芳抹着泪说了这样两句话。她说：咱这顿年夜饭，是牙缝缝里省，舌尖尖上刮，省刮了一年，才省刮出来的。

柘黑娃的母亲说：吃了这一顿……

柘黑娃的母亲支桂芳说不下去了。而柘黑娃的妹妹柘袖子，就在她娘抹泪说话说不下去的当口，抢在他们全家人的前头率先表态了。柘袖子表态说话的时候，动作干脆利索，垂在胸前的两根长辫子，被她一手捉了一条，也看不出她使劲了没有，长长的毛辫子就从她的肩上飞到了身后，柘袖子说话了。

柘袖子说：道老汉说得对。

柘袖子说：我同意道老汉的意见。

柘袖子发表着她的意见时，飞到身后的毛辫子像有生命似的，又滑到了她的胸前，她再一次地把毛辫子捉在手上，双双飞到身后去，借着毛辫子飞弹到她身后的时候，她又说话了。

柘袖子说：哥，你说哩？

柘袖子询问她大哥柘黑娃的意见，她大哥半天不吐口，柘袖子就有些急，还把他们的老娘支桂芳拉过来说话了。

柘袖子拉住她娘支桂芳的胳膊问她娘：我哥不说，娘你说。

他们的娘支桂芳架不住柘袖子拿话逼他，就说柘黑娃了。

老娘支桂芳说：娃呀！你自己拿个主意吧。

老娘支桂芳说：到你娃拿主意的时候了。

态度十分坦然的柘黑娃担任乾坤湾村生产队长多年了，他当得苦不苦，不仅他自己深有感触，家里的人谁不一样呢？他当得是太苦了，自己苦，还让全村千百口人跟着受苦，他多次想过，能有个代他担起这个责任的人，却一直找不到人。现在好了，有他们知青自己跳出来担当，他认真地想着，想着，就在老娘的追问声里，苦苦地、如释重负地笑了一笑，就在他家的窑洞里，吃着他家大过年的年夜饭，喝着他家闹红火的热糜子酒，把生产队队长改选的事情，三言两语地定了下来。

柘黑娃没有什么舍不得，他说：只要你们知青娃娃敢承担。

柘黑娃说：我要谢承你们知青娃娃哩。

五

正月初五的日子，陕北人是叫"破五"的。

破五过罢，该走瞧的亲戚都走过了，可以收心谋划一年的生活了。

谋划乾坤湾村来年一年的生活，因为知青们的主动请缨，因为道老汉的助推，更因为柘黑娃的自觉退让，报告给河怀公社，来人组织了一场全村社员大会，就把新的生产队长选定下来了。

池东方，柯红旗，劳九岁，他们三个男知青谁当好呢？柯红旗和劳九岁力荐池东方，而社员们也都看好池东方，所以最后确定下来，就由池东方挑头，来做乾坤湾村新的生产队长了。

池东方也不客气，大胆得让人吃惊。他当上生产队长的当天，就向乾坤湾村的社员们宣布了一条决定。他红光满面地说了，说是到年底分红，去年是四分二厘，今年是四毛二分，如果实现不了，他自动下台。撂出口这个决定，池东方紧跟着又还宣布：乾坤湾村，要像咱陕北的其他地方一样，趁着大过年的机会，闹他一场秧歌好了。

池东方宣布：许多年没闹，咱今年就闹他一闹。

池东方说：闹就一定闹红火！

池东方宣布的第一个决定，能不能实现，相信村里人虽然兴奋着，但都有一定的怀疑。而第二个决定,他是说进村里人的心里了。苦受苦做了一年,是该闹一闹秧歌,既给乾坤湾村,也给村里每个人都添点喜气,鼓点劲儿呀。

说闹就闹,村里人自发地准备起来了。

柘黑娃卸下了生产队长的头衔,无官一身轻,首先拉出了一支颇显声势的锣鼓队。他婆姨牛小兰,不畏脖子上的瘿瓜瓜,在他的怂恿下,也拉起了一支秧歌队。早早晚晚地在村子里演练着……他们北京知青当然不能闲着,事情是当了生产队长的池东方决定下来的,他们没有不支持的理由,特别是田子香、乔红叶和罗衣扣,更是各显其能,积极地投进了闹秧歌的准备工作中去了。

不能照搬旧俗只是闹秧歌,池东方作为这次秧歌会的总指挥,他是粗线条的,但田子香、乔红叶和罗衣扣她们,就要动些脑筋了。她们开动着脑筋,思来想去,各有主张,乔红叶的主张是搞个赛诗会,罗衣扣又提议来场朗诵会,田子香则把她俩的建议全都否决了,说她们的主张和提议,都文绉绉的,在北京倒是适合搞,而在沟壑纵横的陕北,尤其是在乾坤湾村,就不好搞了。乔红叶、罗衣扣听田子香这么一说,当下没了自己的立场。因此,田子香便趁机拿出了她的方案,说咱们找几个老头儿、老太婆,搞个小演唱怎么样?

田子香的方案,被在知青窑院里的道老汉听到了。

道老汉听到后,大为赞赏,并抢先给田子香表态说了。

道老汉说:算我一个!

道老汉说:闹一闹,让我的筋骨也松活松活。

道老汉不仅自己带头,还帮助田子香、乔红叶罗衣扣她们,在乾坤湾村动员了一帮子有些能耐的老头儿和老太婆……人是组织来了,而小演唱的脚本呢?《夫妻识字》《挂红灯》是他们熟悉的,他们有人年轻的时候演唱过,稍做练习就成了,但田子香、乔红叶、罗衣扣觉得,还应该创作一个应景的小演唱。于是便撺掇乔红叶执笔,写了个《人老心不老》的脚本出来。

全部的准备,都是为了正月十五的元宵节。

元宵节那天下午的时候,生产队的打谷场上就站满了人,来迟的人,找不着地方站,就爬坡上树,哪里高往哪里去。半下午的时候,柘黑娃一班锣鼓队的人,噢嗨呦嗨地,先敲敲打打地打了一通开场锣鼓,这便依着先前排好出场顺序,在柘黑娃婆姨的带动下,来扭秧歌闹红火了。她们一大队的姑娘婆姨,上场来先演出了几出传统的秧歌,到了最后,就是田子香、乔红叶、罗衣扣她们主导下的小演唱了。老头儿、老太婆们的小演唱,什么《夫妻识字》《挂红灯》等,大家过去都看熟了,虽然也给鼓掌,也给叫好,却都没有《人老心不老》的小演唱,收获的掌声热烈,取得的效果好。

六个老头儿,六个老太婆,成双成对,在打谷场上,像飞在天空上的雁阵一样,一会"一"字排开,一会"人"字排开,一会"十"字排开,一会儿"井"字排开,转着旋着,舞着跳着,而且还张嘴唱着:

  老头老婆六十多哪,
  年纪虽老心不老。
  下定决心学知识哪,
  字字句句记心中。
  ……

诙谐幽默的老头儿、老太婆们的小演唱,把正月十五闹秧歌的活动,推向了高潮,村里人的那个欢愉,使人山人海的打谷场像一锅沸腾的水……但所有的热闹红火,随着天色的渐暗,而沉寂了下来。

不过,这样的沉寂是暂时的,因为有道老汉的指导,池东方已经作出布置,要把许多年没有搞过的"火把窝子"重新拾起来,在正月十五晚上隆重地推出来了。

六

有人说火把窝子那样的活动,是"四旧"的产物。道老汉却不这么看,他指导池东方时说了。

道老汉说：甚的个"四旧"不"四旧"。要我看，咱把火把窝子搞起来，既是你新官上任的一把火，也是给咱乾坤湾村人点起的一把火。

道老汉说：道道。就是这个道道。

道老汉说：只要与道道相合，就没有甚是不可以闹的。

池东方听了道老汉对他的指导，还与柯红旗、劳九岁、田子香、乔红叶、罗衣扣他们商量，以为火把窝子这项民俗活动，没有什么迷信色彩，倒是团结人心、积极向上的一项活动哩。池东方便张口同意了。当然，柯红旗、劳九岁、田子香、乔红叶、罗衣扣他们知青，意见是一致的，池东方同意搞，他们就积极地支持搞。所以，在热闹红火了一个白天后，村里人各自回到自家的窑院里去，喝了晚汤，壮了壮精神，就又都自发地在自己的家里，扎好了火把，点着了，往山顶上爬了。

乾坤湾村周围的山多了，有松树峁，还有紫柏坡等，但攀爬上去，看得见黄河乾坤湾的松树峁，传说是最有灵性的呢！所以道老汉提议，池东方即决定，把火把窝子设在了那里的峁顶上。

道老汉作为策划者与指导者，他早早地上到了松树峁的峁顶上，就在那棵老松树的边上，预先挖出了一个大土坑，并在土坑里铺上一层柴草，再在柴草上把从村里你家一枚，他家两枚收集来的鸡蛋，小心地铺排在上面，然后又在鸡蛋上铺了一层柴草，就等村里人举着火把往峁顶上爬了。

十五的晚上，月亮是无缺的，圆得像一面银色的镜子，照着积雪还未消散的松树峁，使陡峭的松树峁像是重复地，铺上了一层绒绒的白色絮毛，朦朦胧胧的，特别地诗意，让人产生一种无法言说的遐想……这是池东方、柯红旗、劳九岁，以及田子香、乔红叶、罗衣扣他们，随着乾坤湾村的人，往松树峁上攀爬时的感觉。过去的年份，村子里赶在正月十五的初夜，搞"火把窝子"的活动，女人家是不兴参与的。这一次，池东方废除了这一陋习，女人家、男人家，都能平等地参与了。所以，池东方、柯红旗、劳九岁他们，是与柘黑娃、柘灰娃他们村里的汉子们结伙爬来的，而田子香、乔红叶、罗衣扣她们，则是与牛小兰、柘袖子她们女子们结伙一起爬的。大家攀爬在曲曲弯弯的山道上，手举红亮的火把，争先恐后地在山道上爬着，使得雪光与月光交融的松树峁，人为地盘曲出一条耀眼璀璨的火龙！火龙中的人们，每个人都是龙的一分子，大家奋勇地爬到峁顶来了，奔到火把窝子前，即把他们手里举着的火把，往里投了。一把火把投进去，土坑里的柴草就着起火来了。顿然间，沉寂的土坑变成了火坑，而后续爬上峁顶来的人，你投他投，大家接续着往火坑里投火把，使火坑里的大火，熊熊地燃烧着，照透了半边天，而且还要不熄火地焚烧到半晚上……池东方、柯红旗、劳九岁，以及田子香、乔红叶、罗衣扣，第一次参与这样的民俗活动，他们不仅觉得新鲜，而且还又感觉好奇，所以攀爬得都很快，早早地就爬到了峁顶上，站在了红光冲天的火坑边，向着往峁顶上爬来的乾坤湾村人看，只见火把连着火把，连成长长的一串，曲曲弯弯地游动着，宛如一条闪光发亮，活着的游龙！

池东方感动道老汉给他出的好主意，他不自觉地就在火坑边跳起了舞。

池东方跳的是什么舞呢？他自己是不知道的，总之他是跳了，脚脚手手，舞之蹈之，完全一派随心所欲的跳法。他跳着带动了柯红旗、劳九岁，也跳了起来，还有田子香、乔红叶、罗衣扣，以及举着火把陆续爬上山来的人，在把火把投进火把窝子后，也都参与进来，舞蹈了起来。大家又跳又吼叫，嗷嗷嗷嗷，啊啊啊啊，跳得尽兴，吼叫得也尽兴……然而这还只是一种铺垫，就像魔术师在变魔术前的表演一般，都只是为了博人眼球的手段，把人们的心吊起来，到了最后的关键处，才是最见真章的呢。

火把窝子的真章，就是埋在火坑下边的鸡蛋了。

民俗规定，非五更十分，谁也不能上到山顶上来，在火把窝子里刨鸡蛋的。必须听到五更鸡叫，才可以往埋着鸡蛋的火把窝子那儿跑。那个激动人心的元宵节晚上，许多年轻后生，为了得到火把窝子里的鸡蛋，一个晚上都不会睡觉。因为那鸡蛋是要叫"幸运蛋"的，谁得到了，拿回家给父母亲吃，是父母亲的幸运，给自己吃，是自己的幸运，如果有个自己的心上人，送给心上人吃，是心上人的幸运。

"冲锋陷阵""争先恐后""你追我赶"，什么激动人心的词，用在这个时候都不过分。

为了抢到火把窝子里为数不多的鸡蛋，乾坤湾村的年轻后生，包括池东方、柯红旗、劳九岁，都赶在鸡叫五更即翻身下炕，穿鞋往火把窝子那里攀爬去了……不只是罗衣扣没有想到，便是田子香、乔红叶，以及池东方、劳九岁和村里的年轻后生，也都没有想到，与他们五更天一起再上松树峁顶抢鸡蛋的柯红旗，大概是生了一双翅膀，最先从火把窝子的灰烬里，掏出了两颗大火烤熟了的鸡蛋。

两颗鸡蛋中的一颗，柯红旗悄悄地送给了罗衣扣。

罗衣扣在从柯红旗手里接过那枚幸运蛋时，还感觉到幸运蛋火烫火烫，烫着她的手心。

第四章　跤场摔来的友谊

半夜三更热炕上起，
东山日头背到西。
黄土坡坡土坡坡黄，
黄土坡坡种希望。
……

——信天游《东山日头背到西》

一

闹罢了元宵节的大秧歌，又攒了火把窝子，乾坤湾村的人还都脸儿红红的，处在一种掩饰不住的兴头上。对此，池东方看出来了，看得明明白白，他知道他是不能败了大家的兴哩。这么才能不败大家的兴呢？池东方想了，他应该乘着大家的兴头，组织起来，为乾坤湾村新的一年努力了。

庄稼人为了自己的生计，是不畏农活的。新年的新生计，就在干好该干的农活上。正如农谚说的那样，"一年之计在于春，一日之计在于晨。"大年过后的春天，陕北的地界上，依然天寒地冻，村里人能够下地干什么活儿呢？

挑雪肥地如何？

池东方当上乾坤湾村生产队长后，既要去生产大队报告，又要去河怀公社报告，自然还要去川河县报告。他们首都北京来的知青，既有地方上的机构负责管理，也有随同知青一起来的，北京方面的机构负责管理，池东方是必须向这些机构报告的。池东方挨着个儿去了，因此知道这时候的川河县境内，不只是北京知青的他，当上了生产队长，还有施家峁、北磨沟等几个村子，也有北京知青当上了生产队长。而且是，他们还都比池东方早当了一年，或者半年。池东方在川河县城，不仅向管理知青工作的机构做了报告，抽出时间，还拜访了时任县委书记的易顺民。

县委易顺民书记最关心北京知青的生活了。

县委易顺民书记，作为接收安置北京知青插队陕北的先进人物，曾进京见过中央首长。易书记没说他见到过哪位中央首长，但他回到县上来，给县上负责知青工作的干部，传达首长指示精神时，没有隐瞒首长拿他的"易"姓字眼调侃他，告诫他做好知识青年上山下乡工作，可不是"易"事哩，要他戒骄戒躁，务必带好来自首都北京的娃娃们。

当上乾坤湾村的生产队长，池东方到川河县城来，岂有不去找寻易书记的道理，他是必须去的呢。

池东方所以要寻找易顺民书记，是因为易书记落实中央首长的指示扎实认真，跑遍全县所有的知青点，见到了几乎所有的知青。池东方不知易书记在别的知青点上，给知青们是怎么谈话的，但易书记到了他们乾坤湾村的知青点上，一连串问了他们很多问题，问他们吃的够不够，穿的暖不暖，学习怎么样。问到最后要走了，给他们撂下话，要他们有事就找他，好事要来找，不好的事也要来找。

池东方当上了乾坤湾村的生产队长，怎么说都是一件好事哩。他找到县上来，无论如何是都要报告易顺民书记哩。

可巧的是，就在易顺民书记的办公室里，池东方认识了施家岙村的知青生产队长邢建设。

当上生产队长比池东方早的邢建设，已经当出了他的一些经验。池东方虚心地向邢建设求教了。他说自己才当生产队长，有勇气、有干劲，但没经验，要邢建设给他支招。都是北京来的知识青年，邢建设便没有客气，说他去年春初的时候，带领村里的社员，把村子街道上还有路边的积雪，装进笼筐，挑进耕地里，雪化了，不但把地熟了，而且把地也肥了。春播时播种的庄稼，是玉米也罢，是糜子也罢，都长势喜人，收获了比前些年增产两成的好收成哩！

听着池东方与邢建设的对话，易顺民书记是开心的，他手提竹篾外壳的热水瓶,给他俩面前的搪瓷缸子里都续了热水,这就把他俩鼓励上了。

易顺民书记说:知识青年有知识,想事情看事情有见地。

易顺民书记说:挑雪肥地,就是增产丰收的好办法,值得推广学习。

易顺民书记说:邢建设把经验传授给你了,池东方,你回去就先学起来,干起来。

池东方回到乾坤湾村,想着这该是一呼百应的事情哩,结果他把挑雪肥地的事想了一夜,兴奋了一夜。第二天鸡鸣了,天亮了,他就从知青窑院的热炕上爬起来,赶去村子中间那棵挂着大铁钟的老榆树下,握着铁钟的绳锤,把大铁钟敲了个响。嗡嗡吼叫着的铁钟声,招呼来了村里的全部社员,池东方给大家安排活路了。

池东方的声音犹如刚才嗡嗡吼叫的铁钟一样,他要大家各回各家窑院,把担粪的笼筐都收拾出来,就近把村子里,以及村子外道路边的积雪,都挑到地里去,撒进地里肥地。

二

种了多少辈子的地,乾坤湾村没有人挑雪肥地。

池东方的做法是新鲜的,有些社员心生疑虑,但也仅此而已,差不多都听话地回他们各自的窑院,拾掇好担粪的扁担和笼筐,从自家窑院的积雪挑起,积极地向村庄四边的庄稼地里挑起了雪……池东方当然不能落后,他与柯红旗、劳九岁以及女知青的田子香、乔红叶、罗衣扣,也都莫名地兴奋着,小脚快步挑着雪担子,往庄稼地里挑着雪。

雪不像粪,看起来堆垛不小,挑起来重量有限,所以他们还有心情来唱与之非常切题的一首信天游。

池东方声音大,他唱得最是高调:

> 半夜三更热炕上起,
> 东山日头背到西。

黄土坡坡土坡坡黄，
　　黄土坡坡种希望。
　　……

前头几句的信天游，是《东山日头背到西》的原版，池东方唱着，触景生情地就还改了起来：

　　半夜三更热炕上起，
　　满眼都是雪堆堆。
　　雪堆堆白来雪堆堆亮，
　　白雪堆堆润田粮。

池东方轻轻松松把一担雪挑进田地里后，又开开心心地唱着信天游往村里回了。

池东方轻松开心地走着，走到了挂着大铁钟的老榆树下。在这里，并不是他要张目去看柘灰娃，以及与柘灰娃一起的几个后生，而是柘灰娃他们，摆开阵势，硬生生要往池东方的眼睛里钻了。池东方不能躲，他必须瞪着眼睛，迎着他们去了。

走到柘灰娃他们几个后生的跟前，池东方把他肩上的空挑子，作势往地上一蹾，尖尖的扁担头，把冻着的地皮，蹾出几星冰花来，四处飞溅。

池东方说他们了：你们后生家家的，不挑雪肥地，干站在这里做甚哩？

池东方把他说话的声音提高了八度，他看着他们还没有要动的样子，说了一句话后，紧跟着又还说他们了。

池东方说：没长眼睛是吗？

池东方说：看不见满村的劳力，不分男女，都在挑雪肥地吗？

池东方的质问是严厉的，但是柘灰娃一点都不胆怯，不仅没有胆怯，还拉开一种想要干架的态势，往池东方的身前逼了来。柘灰娃这一逼，跟在他身后，与他交好的几个后生，也都往池东方跟前逼了……挑雪肥地的柯红旗、劳九岁，还有田子香、乔红叶、罗衣扣，以及乾坤湾村的一些劳力，挑了一趟雪往村子里回，这时候也走到了老榆树下。他们的眼睛亮着呢，一看柘灰娃与他身后几个后生的架势，就知道他们对池东方积攒下成见了。是个什么成见呢？别的人不知道，柯红旗、劳九岁和罗衣扣是知道的，他们几乎不用怎么想，就都知道，池东方年三十晚上，在柘黑娃的家里，吃着柘黑娃家的年夜饭，喝着柘黑娃家的热糜子酒，却还言语激烈地让柘黑娃卸下他当了许多年的生产队长，把位子让出来，让他们北京知青当。北京知青的柯红旗、劳九岁、田子香、乔红叶、罗衣扣，又在全体村民的支持下，推举出池东方来当。柘灰娃是柘黑娃打断骨头连着筋的亲兄弟哩！柘黑娃高风亮节，能够让贤给北京知青的池东方，亲兄弟的柘灰娃没有那样的度量，他咽不下那口气。

你的胆子也太大咧！在我们乾坤湾村下乡插队，我哥柘黑娃对得起你了，包括你们插队村上的所有知识青年，在你们需要照顾时，我哥都会照顾你们，在你们需要关心时，我哥一样会关心你们。可是你们把我大哥撵下台，选了个你，让你出面上台。你凭个甚哩？凭你是首都北京来的知青吗？还是你农业生产的经验技术过硬？柘灰娃想不通，想得他的脑袋做疼，疼得几乎裂开。

思想不通的柘灰娃，十多天来联系了几个交好的后生，是一定要与池东方较一较劲了。

柘灰娃的老父亲起名叫他灰娃，绝对没有贬损他儿子的意思。但他柘灰娃为人处世，一点都没他大哥柘黑娃的气度，确实像个陕北话里颇多微词的"灰娃"一样，简单得可以。他见池东方安排村里人挑雪肥地，就简单地想了，人老几辈没有做过的活儿呢！就你一个知青娃娃能了？要全村的劳力，不分男女都出工挑雪？这是个什么活儿啊！柘灰娃把他对于池东方积攒下来的成见，全都集中到了这件事上，要给他一个难看了。

眼见柘灰娃气势汹汹的样子，柯红旗没等池东方上手，他先抢前一步，站在了柘灰娃的面前，像是关心他似的，给他说了几句话。

柯红旗说：你看你，池东方那个身板，你看得见，可别被他伤着了。

柯红旗说：你是要打架，还是要摔跤？

柯红旗说：打架、摔跤都行，我先替池东方上手，挨了打是我想挨打，摔跤趴下来了，也是我想趴下来。

横插一杠子进来的柯红旗，让柘灰娃发了愣，也让池东方发了愣。柯红旗就在柘黑娃、池东方还愣着神儿的时候，即把挑雪的担子搁在一边，回头过去，看着池东方，并还伸了手去，抓住了池东方的两只胳膊，以示弱的方式，把池东方拽着晃了晃，给了他一个非常清晰的信号。柯红旗给予池东方的信号是，他不是逞能，而是维护他池东方的权威呢！无论如何，当了生产队长的池东方，是千万不能上场来与柘灰娃打架、摔跤，那样的话，无论是输是赢，池东方的生产队长，大概就不好当了。

领会了柯红旗的意图，在众目睽睽之下，池东方与柯红旗撕扯着摔起跤来。可他还没认真摔，就见柯红旗在他的腿上，有意识地蹭了一下，便把抓着他两只胳膊的手一松，仰面朝天，重重地摔在了老榆树下了。

这棵老榆树，不比松树峁上的老松树年轻。那棵松树峁顶上的老松树，有老松树的故事，这棵挺立在乾坤湾村里的老榆树，自有老榆树的经历。好像是乾坤湾还未在此立村住人时，老榆树就挺立在这里了。乾坤湾村的成长与发展，还有日常的这事那事，好的，瞎的，老榆树是都见证过了。

今天，老榆树又见证了一场不期而遇的摔跤，不知是老榆树看破了池东方与柯红旗摔跤的道行，还是别的什么原因，就在柯红旗倒下去的那一刻，老榆树把它树冠上积压着的雪团儿，扑簌簌抖落下来了一大片，有些扑在了倒地的柯红旗身子上，而更多的，则纷纷扬扬，落在了站在老榆树下看热闹的人头上，或钻进了他们的脖子里。

柯红旗当真摔得不轻，后脑勺磕在地上，一定是磕疼了，他爬起来，一边抬手揉着后脑勺，一边面对了柘灰娃，给柘灰娃他们说了。

柯红旗说：看见了吧，我不是池东方的对手。

柯红旗说：你要还想再与池东方较量，那咱俩先走一手，你把我打倒了，摔趴了，就算池东方输，怎么样？

愣着的柘灰娃，此刻有点回过神来了，他不要看柯红旗在他面前演戏。不过，柯红旗自己跳出来了，要给池东方挡一手，柘灰娃即想着，就给他一个面子吧。因此把他要挑战的目标，从池东方的身上，转移给了柯红旗。柘灰娃怒目圆睁，因为激动，还血潮涌动上他的脸面，把他的脸染得红了。他不要听柯红旗煞有介事地对他说教，瞅了个空子，便如饿虎扑食般，朝着柯红旗压了过去……既比池东方瘦弱，更比柘灰娃赢弱的柯红旗，这时候像是变了个人，只见他侧身向旁一闪，趁机飞起一脚，绊在了柘灰娃的腿上。把柘灰娃一下绊得飞了起来，像只折了翅膀的老鹰，一头扎向老榆树下的雪堆，连头带身子，大半截子没进了雪堆里。

池东方知道，在柯红旗、劳九岁他们几个男知青里，别看柯红旗比较瘦小，但他是练过的。在北京的少年文化宫里，七八岁时就一招一式地练过格斗和摔跤。他呀，用北京人的话说，是个练家子呢！正月十五的晚上，攀爬松树峁去撵火把窝子，柯红旗能撵在所有人的前头，绝不是一时的侥幸……柘灰娃要给池东方难堪，横斜里插进来个柯红旗，他应该想想撵火把窝子时的柯红旗，绝对不是他可以逞能的。柘灰娃只是有一把子蛮力，从没练过功夫，哪里会是柯红旗的对手，他这一跤可是摔惨了。

跟着柘灰娃的几个后生，眼见柘灰娃的挑战不但没能成功，还输得那一个惨，就都退缩到柘灰娃的身边去，急乎乎扒着雪，扯腿的扯腿，拽胳膊的拽胳膊，把柘灰娃从雪堆里往出拉了。

得胜了的池东方、柯红旗、劳九岁他们，不想恋战，各自拿起自己挑雪的工具，又去村里挑着雪往庄稼地里送了。

田子香、乔红叶、罗衣扣挑雪肥地的行动，虽然比池东方、柯红旗、劳九岁他们慢，但也没有妨碍她们看见柯红旗，先和池东方演戏给柘灰娃看，演出过了，反手又不动声色地就把柘灰娃摔了一大跤。看见了这一幕的田子香、乔红叶她俩，心里不知是咋想的，总之罗衣扣感到她的心跳加快了，嗵嗵嗵嗵地响，像要从她嘴里跳出来似的。

罗衣扣想到柯红旗抢到众人的前头，从火把窝子里扒到了鸡蛋，为什么要分送给她一个？

罗衣扣不敢想，也没空想，因为在池东方的安排下，乾坤湾村把村里的积雪，路上的积雪，都挑去肥了地后，一项新的劳动项目跟着屁股便冒出来了。

三

　　这个活儿就是用粪笼子往地里担粪。

　　雪的重量，可以轻轻巧巧地用一个"挑"字来形容。积在农家屋里和牲灵窑院里的粪土就不能了，那个沉重劲儿，用一个"担"字来形容，似乎都显轻松了呢！担上两笼筐的粪，轻则百十斤，重则百三四十，走的又还是山路，不是往高处攀，就是往低处下，左转一个弯，右拐一个弯。整条道路，像是人随手扔在山坡上的羊肠子，没有一段路是直的，何况肩负重担。是个壮劳力倒也罢了，但对于罗衣扣这样的弱劳力来说，就不只是个艰苦的问题了，干脆就是对她在精神和身体上的一种大折磨……田子香、乔红叶也属于罗衣扣一样的弱劳力，但田子香、乔红叶与罗衣扣还有不同，她俩比她下乡插队早了几年，担粪这样的辛苦活儿，都已承受过了，虽然也喊苦，但还不算大问题。罗衣扣就惨了，她本身生得比田子香瘦弱，同时又还比乔红叶单薄，头一天出坡担粪，罗衣扣跟着田子香、乔红叶去了老松树旁的饲养窑，去担驴子、耕牛的粪便，往田地里送了。先别说驴子、耕牛的粪便重不重，只是那气味，长期地沤在一堆，不扒开不打紧，一扒开来，那股冲天的恶臭味，像针刺一般，直往罗衣扣的鼻孔里钻，刚一开始，即熏了她一个趔趄，如果不是乔红叶站在她的身后，扶了她一把，她可能会要仰面朝天地倒在地上了呢！即便如此，罗衣扣后来得知，驴子、耕牛拉出的粪便，气味还算平和，如果是猪羊的粪便，特别是羊粪，积攒沤糟出来的气味，才是最难闻的呢。

　　差点被驴子、耕牛的粪便，熏得仰倒地的罗衣扣，没有仰倒。

　　罗衣扣这便学着田子香和乔红叶的模样，往笼筐里装粪。她装得太满了，乔红叶怕她吃不消，从她的笼筐里铲出来了一些。她们就这样地各自担着自己的笼筐，经老松树一边，先上一面坡，再下一道洼，向着一块背洼地里送粪。田子香、乔红叶、罗衣扣她们，一前一后，往坡上努力地上着，开始时，罗衣扣还跟得住，上了一半的坡，只见田子香在前，乔红叶在后，继续地向坡道上攀爬，而她则已吃不消了。罗衣扣的肩膀先是酸，接着疼，后来就是她自己感知的那种酸中加着疼，疼中加着酸的困了。罗衣扣有点坚持不下来了，想要放下担子歇歇肩，可哪里是能放粪担子的地方呢？除了坡，还是坡，罗衣扣找不到放得下粪担子的地方，她看得十分清楚，只要她把粪担子放下肩，笼筐就会底朝天地滚落下坡的……没有办法，只有咬牙，罗衣扣的腿颤抖起来了，罗衣扣的腰颤抖起来了，她颤抖着腿、颤抖着腰，终于把插队到乾坤湾村来的第一担粪，担上了那条要命的坡。接着就要下洼了，可她觉得自己实在是挺不起来，撑不住了，大脑严重缺氧地晕了过去。就在这个时候，一双布满老茧的手伸过来，扶住了她的粪担子，还有她摇摇欲倒的身子。

扶住罗衣扣的人，是道老汉哩。

道老汉今天有他一个特殊的使命，就是担粪上山的人，把他们的粪担子，要在他的跟前用称过一遍，记录下每一个人粪担子的重量。

交给道老汉的这项使命的人是池东方。插队在乾坤湾村里，不仅池东方，还有柯红旗、劳九岁，以及田子香、乔红叶，不约而同地发现，在生产队这样的大锅饭状态下，社员们不分男女，出工不出力的现象太普遍了。池东方在往年春季担粪的时候，瞅见村里的狗蛋、才才他们几个大刺刺的壮后生，担粪的时候，一开始总要落后大家一段距离，到后来又都要快步如飞，赶上大家，超过大家，最先冲进地里去，把粪担子在地里倾倒掉……他们反反复复地这么干，别人是怎么看的，池东方不知道，他有点看出其中的奥妙了。有一次，池东方装作自己肚子不好，有泻痢的预兆，就躲到背人的地方，偷看狗蛋、才才他们玩什么花样。还别说，让池东方当真看到了，狗蛋、才才他们落在大家后头，就是要避开大家的眼目，在笼筐底下做手脚的。他们先给空着的笼筐，垫上厚厚的一层草，再往草上盖粪，这么倒腾下来，他们的粪担子看上去满满的，其实轻了许多……池东方当上了生产队长，他要治一治那些日鬼倒棒槌，偷奸耍滑，出工不出力的家伙，于是就与道老汉商量了这样一个办法，安排道老汉在地头上，用秤称量担粪人的粪担子。

道老汉把关女劳力粪担子的重量。

乾坤湾村担粪的婆姨女子，全都走在了罗衣扣的前头，包括田子香、乔红叶，她们的粪担子都被道老汉依次称量过了。最重的是田子香的粪担子，她一担子竟然担了一百二十斤的粪，而其他女人比田子香差点，但也没差到哪里去，一百一十斤，或者一百斤的样子，是都说得过去的。道老汉扶住了担粪上坡来几乎晕倒的罗衣扣，本来不想称量她的粪担子呢，但罗衣扣歇了一口气，缓过神来，这便看见了道老汉拿在手里的大秤，她因此就很随便问了他一句。

罗衣扣问：你拿秤称甚哩？

罗衣扣领悟语言的能力是很强的，她在乾坤湾村插队了一段时间，就已知晓了许多陕北口语，譬如普通话的"什么"还有"啥"，在这里就是一个"甚"字了。罗衣扣问出了头一句话后，喘着粗气又追问了一句。

罗衣扣问：你是称粪担子吗？

罗衣扣不能为难了道老汉，他如果把前头人的粪担子都称过了，就应该把她的粪担子也称一下的。因为罗衣扣也想知道，她往山里的坡地担粪，起始来担，究竟一担子能担多少？

道老汉没有不称罗衣扣粪担子的理由了，他像称量别人的粪担子一样，把罗衣扣粪担子两端的粪筐，用秤钩子挂着，分别称了重量，一个五十三斤，一个五十七斤，加起来竟然有一百一十斤！

道老汉惊讶罗衣扣的实诚，就真心地赞扬了她。

道老汉说：起始担粪，你可不能担多了。

道老汉说：小心伤了你的身子。

道老汉关心地赞扬了罗衣扣一句话后，却还依着他内心的想法，又说了两句话。

道老汉说：不过，到一个地方，开始做人可难了。

道老汉说：不伤身子，可能就要伤心呢。

道老汉这么说着，不忘他挂在嘴边的那句话，最后强调地说：道道……他一连说了好几声道道，因为在他看来，为人有了道道就好了呢。

初来乾坤湾村的罗衣扣，以她担粪的实诚劲儿，证明着她是个有道道的好女子哩！

　　道老汉把关称量粪担子的背洼地依着的是乾坤湾村的松树峁，地头距离村落相对近一些，所以安排来的都是女劳力。而对面的那道山坡叫紫柏坡，地头距离村落远了很多，所以就安排给了男劳力。在那面坡上，看得见几棵小小的柏树，稀稀拉拉。担着粪担子的男劳力，就在那些个稀稀拉拉的柏树间，迤迤逦逦地攀爬着曲曲弯弯的山道，把粪担子担到一棵大点儿的柏树下，接受池东方的称量了。池东方把持杆秤来为担粪担子称重，可不是他自己的心愿。因为给粪担子称重，自然要比担粪轻松。下决心带领乾坤湾村的老百姓富起来的池东方，是要一切走在大家的前头，干在大家的前头呢。所以，起先的时候，他把这个轻松活儿，派给了自愿下台，让出位置使他当上生产队长的柘黑娃，但柘黑娃坚决地拒绝了，他拒绝的理由特别充分，他说你们知道，我胆小怕事。

　　池东方还想坚持他的意见，柘黑娃没有让他坚持。

　　柘黑娃说了：你就饶过我，我把不住那个关哩！

　　柘黑娃说：面对面得罪人，我弄不了。

　　池东方给柘黑娃安排这个活儿，就在全村的劳力，肩挑粪担子担粪的时候。柘黑娃一再坚持，不接池东方派给他的轻松活儿，而池东方也一再坚持，还想说服他呢。可是柘黑娃的态度是坚决的，他迅速地摆脱了池东方，去到男劳力担粪的场子上，挑着他的粪担子，铲粪担粪去了。

　　没奈何，池东方就只有自己干了。

四

　　往村子对面的紫柏坡背洼地担粪，一个上下，能担三趟就不错了。池东方没有一开始就在紫柏坡的地头上设置关口，把关称量粪担子，而是与大家一起，担到了第三趟，他才放下粪担子，拿起一杆大秤，来把关称量了。

　　挑着粪担子担粪的，不是柘黑娃走在最头，就是池东方走在前边。

　　总之呢，池东方与柘黑娃没让谁赶到他俩前头去，便是习惯了耍弄日鬼把戏的狗蛋、才才，想要往前超，心知肚明的池东方，也要横起粪担子不让他们超，从大队长位子上下来的柘黑娃，似乎特别明了池东方的心思，他很好地配合他，拦挡着狗蛋、才才他们，没有让他们超到前头去……挑着沉重的粪担子，第三趟担到紫柏坡地头上的柏树下，池东方把他的粪担子，放在了地上，柘黑娃也把他的粪担子，放在了地上。他俩配合默契，等着挑粪跟上来的男劳力。要知道，这是他俩相互妥协的一种默契呢，柘黑娃嘴里虽然拒绝了池东方，但内心又是不忍的，想着他当生产队长时，被人这么糊弄来，糊弄去，没少受窝囊气。现在，池东方出头了，要治偷奸耍滑人的病，他觉得自己是有责任的，应该配合好池东方。

跟在他们后边，最先来到地头上的是柘灰娃，池东方拿着一杆大秤，要过他粪担子重量，他没有任何抵触，很自觉地让池东方称重了。

柘灰娃没有作假，他挑到地头上的粪担子，重达一百四十七斤。

柘灰娃高兴他粪担子的重量，他听着池东方给他报出来的数字，望着站在池东方身边的他哥柘黑娃，开心地笑了起来。

柘灰娃就是这样一个人，他哥柘黑娃卸下生产队长的帽子，戴在池东方的脑袋上，他是生气的，瞧池东方不顺眼，想着法子要捣他的蛋，并给他些颜色看看。柘灰娃是怎么想的，就会怎么做了。池东方出主意挑雪肥地，柘灰娃并不是说这么做真的有甚不好，他只是需要一个借口，捣一捣池东方的蛋，给他点儿颜色看。恰好，挑雪肥地给了他这样一个借口，他告诉跟他跟得紧，也听他支使的狗蛋、才才他们，向池东方发出了挑衅。如果柘灰娃的挑衅赢了，他就会瞧不起池东方，向池东方继续挑衅，直到他自己从生产队长的位子上滚下来。而如果柘灰娃输了呢，便也无话可说，就承认他生产队长的资格，听从他生产队长的指派。柘灰娃没想到他会输，乾坤湾村多少后生，他和谁没叫过板？没较过劲？谁不是都输给了他！一个北京来的知识青年，能有多大力气呢？满怀信心的柘灰娃，却还没轮上他与块头大，力气明显胜了一筹的池东方交手，就先输给了柯红旗。柯红旗的那个玩法，柘灰娃不是看不出来，但他血往头顶上涌，逮住谁就和谁硬碰硬地上了。当时他心里在想，你柯红旗是马槽里伸来的一个驴嘴。他把他根本就没往眼里搁。结果是丢人的，柯红旗三下五除二，就是一个绊子，把他摔得一头钻进雪堆子里后，他受到冰雪的刺激，一下子冷静了下来。他是想了，他都不能斗赢弱的柯红旗，还能赢了池东方吗？别是输给了柯红旗后，再输给池东方，那他把脸一丢再丢，可就彻底地丢没了，丢得掉进黄河里，想要捞起来都没法捞了。

鲁莽的柘灰娃，收起了他对池东方的不服气。

接下来挑雪肥地，他干得就特别欢实。挑雪肥地的活儿刚干罢，相跟着又要挑粪了，柘灰娃不想落个被人看不起，他要以他的劳动，让池东方，还有输了人家的柯红旗看了。

称量了柘灰娃粪担子的重量，池东方赞叹柘灰娃了。说：这么压秤呀！

池东方说：不知我的粪担子几多重？

池东方说着话，就把秤钩子挂上了柘灰娃的粪担子，一边的粪筐称了六十七斤，一边的粪筐称了七十二斤，合计起来一百三十九斤。

池东方向柘灰娃认输了：少了你八斤。

柘灰娃听到了池东方的认输，他心里别说有多开心了。就在这时，他看见狗蛋和才才他们，全都对着他挤眉弄眼做手势，他看不懂他们的意思，就藏起他赢了池东方八斤粪担子的喜悦，招呼他们往前走，都来过个秤，看谁的粪担子重，谁的粪担子轻。结果是，柘灰娃招呼他们，他们除了朝他挤眉弄眼做手势外，还一个一个低眉耷眼地，不敢向前走，甚至还要向一边躲了。

柘灰娃岂容他们闪躲，他追上去，首先抓住了狗蛋的粪担子。

柘灰娃抓粪担子的力气大了，把狗蛋的粪担子，一头抓得抹了，一头抓得脱了，两个藤编的粪筐，倾在坡地上，当下露了馅儿。不仅露出馅儿来的狗蛋傻了眼，才才他们一伙都傻了眼。柘灰娃是把他们的日鬼倒棒槌地把戏看到了，他因此不只是傻眼，而是更是气眼！气眼了的柘灰娃，从池东方手里讨过大秤，他亲自上来给狗蛋、才才他们的粪担子称重了。

称重的结果，狗蛋、才才他们，一个一个就没有超过六十斤的。

真相大白，没等池东方说什么，柘灰娃静悄悄把大秤还给池东方，转身过来，像头养在乾坤湾村槽头上大叫驴一样，歇斯底里吼叫起来了。他狂吼一声，先扑着狗蛋去，把他抓住就是一个背摔！摔过了狗蛋，又去摔才才，两个被摔了的家伙，一个是屁股着地，一个是大胯着地，他俩着地的地方，地里还有未能刨翻的谷茬儿，那锋利的茬根儿，向上直戳戳地挺着，如同战争中埋设在陷阱里的竹签子，尖尖的，硬硬的，当即戳破了他俩的裤子，戳伤了他俩的屁股和大胯。

丢人现眼的狗蛋和才才，挣扎着从地上爬起来时，被戳伤的屁股和大胯处已有殷红的血从他俩裤子上渗出了。

五

按劳分配是社会主义集体经济的分配原则哩！

池东方没有婆婆妈妈，他在地头上当即宣布，不分男劳力女劳力，凡是粪担子称重过了一百斤的，当日都记十分工值，一百斤以下按比例递减，狗蛋、才才他们六十斤的样子，就给他们记工四分。

这在过去是不敢想象的呢！

一个女劳力，再怎么踏实、再怎么负重，每天也只计工六分。池东方的办法，同工同酬，男劳力与女劳力负重相同，就拿相同的报酬，满分都是十分工值。对此，男劳力没啥说的，女劳力就更拥护了。人人皆大欢喜，特别是那些得了满分的女劳力，收工回到自己家的窑院里，烧火做饭，也做得比平时认真带劲。

然而有人欢喜，自然就会有人不忿，瞅着村子里的鸡要骂，指着村里的狗要骂，更有见不得阳光的人，跑去公社告状了。

告状能告出个甚结果呢？

你能暗中告状，池东方可以明里反映呀！所以告状的人，在公社没有告出个甚结果。可是他们还不知罢休，还写信向川河县和延安市里告了。直言北京知青上山下乡来，是要接受贫下中农再教育的，受教育的程度高不高不知道，却突然地得了势，反过来整治贫下中农了。告状信从市上转回到县上，又叠加上告到县里的信件，一并转回到了公社。河怀公社前有池东方的反映，没有怎么当回事，上面压下来了，他们还能敷衍塞责地不去管，往下一转了事吗？当然不能转了。因此，他们派了工作组，来乾坤湾村调查了。

面对来势汹汹的工作组，如果还是柘黑娃担当生产队队长，他肯定扛不住，非得向工作组妥协不可。

然而现在，池东方担任着生产队队长，他没有什么胆怯的，不仅不怎么胆怯，还强硬地抵抗了。池东方抵抗的办法，倒也十分讲究策略。他悄悄地找了道老汉，把工作组的情况，与道老汉做了充分的沟通。道老汉支持池东方，给池东方说，他是村里的贫协主席，让工作组找他好了，他有话给工作组说。因此池东方再见工作组，就把工作组推给了道老汉。道老汉对付工作组的办法，也是特别讲策略，便又支应工作组去找柘黑娃，说是下了台的柘黑娃，说得清这个问题。工作组的人，就这么在乾坤湾村，像是被推磨子一般，推着转了几个圈圈，最后推到了柘黑娃的面前，来听柘黑娃怎么说了。

柘黑娃倒是干脆，他给工作组说：我没那个能耐，我太软弱了。

柘黑娃说：生产队里的事情，不敢软，软了实诚人吃亏，懒汉得利。

柘黑娃说：池东方就敢干，我服气他，他把懒汉是治住了。

柘黑娃说得痛快，说你们工作组要知道，池东方当上乾坤湾村的生产队长，有想法，有办法，最根本的是他有胆量。他在社员大会上说了，乾坤湾村的事情要办好，做到这三条最重要，一是养牛，二是打狗，三是杀猪。他说到了，也做到了，三板斧下来，真是把乾坤湾村人的生产积极性调动起来了，彻底地调动起来了。

柘黑娃说起来一套一套的，说得工作组的人就插不上话。

不过，柘黑娃所说池东方"养牛，打狗，杀猪"的办法，让工作组的人百思不得其解，他们还是插话进来问柘黑娃了。柘黑娃不怕他们问，他就进一步解释说了。说牛是干活的，任劳任怨；狗呢，是咬人的，不分青红皂白；猪呀，好吃懒做。大家在生产队里参加集体劳动，都像猪一样行吗？肯定不行。像狗呢，更不行了。唯有像牛一样付出，才是硬道理！你们说呢？我不知道你们怎么想、怎么跟上级汇报。但我想要强调的是，我们乾坤湾村的百姓，是讲道道的，知道种瓜得瓜的道道，知道种豆得豆的道道，不付出劳动，哪里来的好收成。

柘黑娃说到了最后，几乎是可着嗓子来喊了：我们拥护池东方同工同酬，按劳分配的主张。

柘黑娃说：写黑信、告黑状的。一定是懒汉，是懒汉就该喝西北风。

县委书记易顺民是个务实的人，他作风正派务实，听工作组说了池东方在乾坤湾村的劳动实践，就自己骑着自行车，也到乾坤湾村来了一回。

易顺民书记来乾坤湾村，一来因为看了告状信，二来还因为听了工作组的汇报，觉得他有必要到乾坤湾村搞一次调研的，面对面既要看一看、听一听池东方的态度，更可以看一看、听一听乾坤湾村群众的认识。如果真如工作组汇报的那种情况，他也就要旗帜鲜明地站出来，支持鼓励池东方了。要他大胆地创新、勇敢地去干。

春节后赶着点儿播种的谷子、糜子和玉米，还有红豆、绿豆和黄豆，以及陕北独有的黑荞麦、白荞麦和苦荞麦，到了春天，破土出来，在乾坤湾村的山梁梁上和沟洼洼里，绿油油这里一块，那里一块；夏天的风一阵，雨一阵，庄稼沐浴着灿烂的阳光，蓬蓬勃勃地生长了，长到了凉风爽爽的秋季，谷子、糜子和玉米，红豆、绿豆和黄豆，黑荞、白荞麦、黑荞麦和苦荞麦，渐渐地脱下随风舞动的绿装，换披上了金色的服饰，也是老天有眼，当然还有池东方挑雪肥地等一系列农业生产措施的效力，乾坤湾村一派丰收的景象。易顺民书记能怎么说呢？

易顺民书记就只能说好了。而这正也是他想要的调研结果，他满意池东方，坚决地站在了他一边，支持他了。

易顺民书记在乾坤湾村，当着全村社员说：县委支持池东方。

易顺民书记说：池东方做得对，干得好。

六

得到了易顺民书记的支持鼓励，再看着乾坤湾村地里的庄稼，不要说头一年担任生产队长的池东方，便是柯红旗、劳九岁、田子香、乔红叶、罗衣扣他们北京知青，谁能不开心高兴呀！还有祖祖辈辈生活在乾坤湾村的老百姓，他们知道瞎与好，心里更是开心高兴哩！

心里高兴着，怎么能把自己的高兴表达出来呢？在黄土高原上的陕北，最好的方式，就是敞开自己的喉咙，唱起自己想唱的信天游：

　　上一道那个坡来哟下一道墚，
　　见不上那个妹子哟好惜慌。
　　马走那个千里哟一道道路，
　　人走那个千里哟一道道情。
　　……

这是谁吼唱的呢？是田子香哩，出得了大力，流得了大汗的田子香，插队在乾坤湾村，已经能唱许多曲信天游了，而且唱得像陕北的后生女子一样地道。参加护秋劳动的田子香，漫游在庄稼溢香的山梁梁、沟洼洼里，隔不上一会儿，就要唱一曲信天游，而她最爱唱，唱了一遍又一遍的，便是这曲《人走千里一道道情》了。

越是秋熟的时节，护秋越是重要，这是保证丰产还能丰收的一个关键环节。他们知青六亲不在乾坤湾村，没有人情顾忌，是护秋的主要力量。

罗衣扣也被池东方派到山梁梁、沟洼洼里看秋哩。她看不见田子香，但她凭印象，亦知唱出这曲信天游的人，该就是田子香呢。但她听着听着，却也不敢确定，想着也可能是别人唱出来的。不过，她知道有人一旦唱出这曲信天游后，是一定会有人跟上来再唱的。

听吧，又一曲名叫《一条扁担软溜溜》的信天游，当下有人接着唱出来了：

　　一条扁担软溜溜，
　　我担上黄米下苏州。
　　苏州爱咱的大黄米，

咱爱苏州的好风光。
……

那么，唱出这曲信天游的人又是谁呢？会是池东方吗？

罗衣扣像不能确定前一曲信天游是谁唱的一样，也不敢确定这一曲就是池东方唱出来的。但她凭着自己的印象，以为该是池东方唱出来的呢……总而言之，乾坤湾村在池东方担任生产队队长的这个秋天，整个儿沉浸在一片喜悦的，欣欣向荣的丰收景象中。

谷子、糜子和玉米，收回到打谷场上来了，谷子、糜子和玉米，堆成了山；红豆、绿豆和黄豆，收回到打谷场上来了，红豆、绿豆和黄豆，堆成了山；黑荞麦、白荞麦和苦荞麦，收回到打谷场上来了，黑荞麦、白荞麦和苦荞麦，堆成了山……因为丰收，因为池东方执掌生产队后的措施得力，满乾坤湾村的劳力，无不积极主动，无不自觉自愿，大家在池东方的安排调度下，紧张而不慌乱，匆忙而不纷乱，充分利用天时地利的优势，把收回到打谷场上来的庄稼，全部碾打了出来，便是地里遗落的几穗谷子、糜子，或者几枝红豆、绿豆和黄豆，还有玉米黑荞麦、白荞麦和苦荞麦，也有村子里动员来的小娃娃，捡拾回来，交给生产队，碾打了出来。

可以说，乾坤湾村真正做到了颗粒归仓。

年终分红，趁着丰收业绩大，池东方串联了道老汉、柘黑娃几位能够主持公道，也鼎力支持他、扶持他的人，把他将要实施的又一个措施，拿出来与他们商量讨论了一下，这便召开社员大会，大胆地提了出来。

池东方的这一措施，关乎村里的劳动分配，他一提出来就炸了锅。

池东方的这个分配主张，比他前面推行的工分计取办法更大胆，更具争议性，他在会场上刚一说出来，就引得大家一片吵闹声。池东方没有急，他任凭大家吵，任凭大家闹，吵闹到了一定的程度，池东方把他的眼睛盯向了道老汉、柘黑娃他们。他们心领神会，站起来发言了……因为他们的发言，把吵吵闹闹的会场，说得安静了下来，到最后，虽然没有达到全体社员的支持，池东方亦不计后果地告诉村里人，并强硬地推行开来。池东方的这个主张，就是改变过去的"劳二人八"的粮食分配比例，而变为他主张的"劳三人七"比例。乾坤湾村没有傻子，便是有，也算得清这笔账，池东方"人劳分配"比例的调整，把劳动力所占的收入从百分之二十，一下子提高到了百分之三十，这对大家参加劳动的积极性，肯定是一大刺激。

有利就有弊，村里的干部家属，还有义务服兵役的军人家属，在粮食分配上，很自然的要吃亏了。

这是个问题呢。负责着乾坤湾村与另外三个生产队的大队书记，就坚决不同意。

大队书记秦汉朝，平时对池东方还是很支持的。

池东方前边的所有作为，譬如不分男女劳力，按劳取酬的改革措施，他就十分支持，有人告状，他也是站在池东方一边的，没有给池东方出难题。但在人劳粮食分配的比例上，他是万万不能苟同了。以为他池东方，完全是在出风头，是在瞎胡闹。秦汉朝的大队书记，可是不能白当哩，他得站出来，纠正池东方的错误了。这是因为，大队书记的秦汉朝本人，虽然不是在乾坤湾村里的人家，但他怕池东方的那一改变，像传染病一样，传染进他和他的家庭所在的生产队，他就不好办了——他个人和他们家，恰是池东方改变粮食分配比例后要吃亏的那种家庭类型。

为了防患未然，大队书记秦汉朝就先站在池东方的对立面，把池东方叫去大队部，勒令他把改变了的分配比例，重新改回到原来的标准。

池东方会变回去吗？他不是柘黑娃，如果是柘黑娃，也许会听话地变回去，池东方才不会呢。他把大队书记秦汉朝的勒令，开口便怼了回去。

池东方说：你不是说了嘛，要向上面报告，那你报告去吧。

在来大队部的路上，支持池东方的柘黑娃，先被大队书记秦汉朝叫去统一思想，他听了大队书记的说教，当面没有表态，但在回乾坤湾村的路上，碰见了池东方，就把对大队书记与他统一思想的顾虑，和盘说给了池东方，要他在思想有个准备。

柘黑娃说：大队书记说了，说你能够听话地改回来，他就还站在你一边，支持你，让你继续担任生产队长。

柘黑娃说：他说你固执己见，就别怪他不客气，他要向上级报告你，撤了你的职，罢了你的官，让你甚甚都做不了。

　　柘黑娃说：大队书记的脑子，就只知道向上级报告问题了。

第五章 挑在肩上的日子

太阳出来满呀满山坡,
女娃家担水起了程。
担上担儿朝呀朝前走,
三步并作两步下了沟。
……

——信天游《女娃担水》

一

内心纯净善良的女孩,最能获得人的同情与关爱了。

柯红旗后来在给罗衣扣信中说过的这句话,不要罗衣扣深想,即承认他是说对了。那种往山梁梁、沟洼洼里担粪的山路,的确是太沉重了,的确不是罗衣扣所能胜任的。罗衣扣举步艰难,担着一担粪,像担着两座山似的,常要压得她头昏脑涨,眼冒金星。可她又是个不服输的人,每一担粪都担得特别实在,担了几天,肩膀先是红,接着又肿,最后还又发青……好在罗衣扣善于琢磨,看着人家担粪能够不落肩地换肩,她学着换了,换得虽然很不顺利,却也可以换了,这使她信心大增,以为天地间的难事,在人坚强的意志面前,都将不复存在。山路是弯曲的,有时还是窄陡的,布满了能滑人一跤的搓脚石。罗衣扣咬牙担着粪,担到了第三日,下午的最后一担粪,担到松树峁上的一块地里去,倒空笼筐里的粪土,担着空笼筐就能回到知青窑院歇一下了。然而,担着沉重的粪担子,往山坡上的地里送,山道上又圆又滑的搓脚石,没有滑倒罗衣扣,偏偏是她空着粪担子下坡时,却把她滑倒了。

被搓脚石滑倒的罗衣扣,跌坐在陡峭的山道上,她屁股下的搓脚石,像是抹了油的滚珠子，让罗衣扣根本收不住身子，迅猛地向下滑着，竟然还跃身而起，落下了一道两人高的地坎。

往山上的坡地担粪，与罗衣扣同在松树峁上的女劳力，谁都比罗衣扣走得快。她们走快的好处是，有相对近便的地块，就能倒掉粪担里的粪土；而走得慢，走在后边了，就只能往更远处的地里倒粪了……罗衣扣不是不想走快，她实在是走不快，所以就要费更大的力气，走更远的山路，所以在她被搓脚石滑倒，滑跃着跌下地坎时，看见她的人，就只有道老汉一个人了。

道老汉的责任，还是在地头称量粪担子。

罗衣扣滑下了地坎，他看见了，没敢迟疑，径直跑下地坎，来扶罗衣扣了。道老汉下了些力气扶她，却一时把罗衣扣怎么都扶不起来。

疼是一定的，罗衣扣却不呻吟，只是紧闭着眼睛喘大气。

道老汉没了办法，就抓住罗衣扣的两条胳膊，把她背起来，背回了知青窑院。

背着罗衣扣刚进知青窑院，道老汉就把劳九岁喊叫上了。不过劳九岁那时候，还没有回知青窑院，道老汉叫不来他是必然的。但是业已回到知青窑院的田子香、乔红叶、池东方、柯红旗他们听见了。他们听出了道老汉的吼声是着了急的，因此就都从窑洞里冲了出来。冲出来的他们看见道老汉背上背着的罗衣扣，就手忙脚乱地帮扶着道老汉，把手上脸上都是血道子的罗衣扣，接进女知青窑洞里，扶她躺在了温热的窑炕上。

劳九岁的二姨，在北京城里的一家医院里工作，这家医院久负盛名，而他的二姨则又是这家医院里极有名望的一位妇科医生。劳九岁响应号召，不可逃避地要到陕北插队，二姨心疼他，就在他出发前的两个星期，把他寸步不离地带在身边，二姨要上门诊了，就带着劳九岁上门诊，二姨要进住院部了，就带着劳九岁进住院部，便是二姨要为病患者手术时，也把劳九岁带在手术台边，让劳九岁跟着她，看她怎么问诊，怎么手术……白班、夜班的，劳九岁眼观、耳听、心记，跃进式初识了不少医疗方面的知识。

劳九岁离家去北京火车站，乘坐火车要去陕北的那一天，他二姨一身白大褂，撵到火车站来，追着火车启动后"哨吃——哨吃——"的吼叫声，隔着火车车窗，把一个准备好的医疗包，递给了劳九岁。

二姨递给劳九岁的医疗包里，有这样那样的药片，还有一小包中医用以针灸的银针和一本《赤脚医生手册》。

凭着二姨给的医疗包和那本《赤脚医生手册》，劳九岁插队在乾坤湾村，不期而然地建立起了村里的"赤脚医生医务室"。

之所以说是不期而然，是因为劳九岁一个北京来的毛头知青，在他二姨的帮助下，学习下的那些初始医疗手段好使不好使，劳九岁自己是都不敢保证哩。但是他们知青，在道老汉腾出来的窑院里安顿下来后，劳九岁即敏感地发现，道老汉的腿脚，不是很利索。开始时，劳九岁没敢多嘴。过了些日子，他顺嘴问了道老汉，而道老汉也如实地告诉了他，说他的腿脚，都是自己过去的日子，风里来，雨里去，自己又没法不经历，这就落下病来了。劳九岁听出了问题的所在，就还进一步询问道老汉说，你在天气好的时候，感觉是不是会要好点儿；而天气不好的时候，感觉也会不好。

道老汉惊讶劳九岁对他腿脚的认识，便盯着劳九岁说了。

道老汉说：你这个北京来的娃娃呀，是咋知道的呢？

道老汉说：你刚住进我的窑院，对我咋就知道得这么多？

劳九岁便拿来他二姨送给他的医疗包，取出二姨送给他的针灸用针，给道老汉比画着说，要给道老汉针灸了。

劳九岁说：您肯让我给您扎针吗？

道老汉见多识广地鼓励起了劳九岁说：我老胳膊老腿，倒是不怕被扎针，而你敢扎吗？

不用再做什么交流了，劳九岁拉着道老汉坐在窑院的碾盘上，帮助道老汉脱去鞋袜，并卷起他的裤腿，在他的腿脚上用手指揉捏膝眼、梁丘、阳陵泉、膝阳关、鹤顶和足三里等穴位，找到一处，先用酒精棉球把穴位消毒，然后挑选适当的针，对着穴位扎进去……道老汉配合着劳九岁，早上起来扎一次，晚上安枕前扎一次。扎到初春时，劳九岁收获了长在田坎边的艾蒿，叶子晒干了，制成艾绒，拿来给道老汉扎针的时候辅以艾灸，让饱受风湿性关节痛的道老汉，一日好于一日。

道老汉见人就说劳九岁的好。

道老汉说：那个北京娃娃不得了，会给人疗疾呢！

道老汉说：我那风湿老寒腿，愣是被他娃娃扎针扎出效果来了。

道老汉说：那娃娃咱服气。

二

听到道老汉宣传的乾坤湾村人，有个头痛脑热的，就都来找劳九岁来问诊瞧看了。长此以往，劳九岁就是自己不想让他们的知青窑院成为赤脚医生医务室，都不能了。

忽然的一个晚上，劳九岁都已睡了过去，睡梦里被他诊治过疾病的人，一会儿你来了，一会儿他来了，大家排着队来找劳九岁，他在梦里一边聆听着他们的诉说，一边总结着自己对病患者施治的经验教训，却突然地听闻有人，边往他居住的知青窑院跑，边大吼大叫地喊他劳九岁。

喊他的人声音太大了，抢命地在叫：九岁！

喊他的人一直地叫：九岁！

睡梦中的劳九岁，听得没错，真的是有人边跑边喊地往他们知青窑院来了。劳九岁从睡梦中惊醒过来，他下意识地抓过医疗包，就要往窑洞外冲了。劳九岁都已冲到窑洞门口了，才知觉他还没有穿上衣服哩。在劳九岁被惊醒的同时，池东方和柯红旗也被惊醒过来，他俩一个抓起劳九岁的上衣甩给了他，一个抓起劳九岁的裤子扔给了他。劳九岁匆匆忙忙地穿上衣裤，这就冲出窑门，跟着抢命似跑来的人，往那人带的路上跑了去。

半夜三更，那人所以抢命似的跑，抢命似的喊，的确是有一个人的生命，需要劳九岁抢速度，抢时间地往活里抢了。

这个半夜时分抢命似跑来喊叫劳九岁的人不是别人，正是那位不怎么着调的狗蛋。狗蛋的婆姨，白天时与自己的婆婆闹了些不愉快，到了夜里，想着睡在狗蛋的身边，把她热烫烫的身子，偎进狗蛋的怀里，给她的男人狗蛋诉一诉苦，说一说怨，就算一河的滚开水，也都凉了去。结果她还没有等到自己男人狗蛋上她的炕，给他诉苦说怨，她婆婆就先给她狗蛋先说了。狗蛋的脑子是太简单了，他青红不分，皂白不问，气冲冲走进了婆姨和他睡觉的窑洞里去，揪住婆姨的头发，把婆姨就是一顿打。

狗蛋没有想到，他睡到半夜，一泡尿把他憋醒过来，下炕去撒尿，才下到炕边上，却见窑门上影影绰绰挂了一个人。他没有咋想，就知道挂着的人是自己的婆姨呢！因此，他一泡尿没收住，尿了自己一裤裆，扑上去，把自己的婆姨从绳套里落下来，放在炕上，就抢命似的跑着喊着，来叫劳九岁了。

跌跤爬步地，劳九岁在狗蛋的带领下，去了他们家。

劳九岁去摸狗蛋婆姨的脉，已经摸不着了。当时他很心寒，想要抽狗蛋一巴掌的，却发现婆姨的舌头还没有从嘴里吐出来，于是劳九岁先施针扎了她的人中，她没有反应。再施针扎她虎口上的合谷穴，她还没反应，劳九岁都要绝望了，这是因为，一个人在生命垂危的时刻，一针扎进人中，一针扎进合谷，如果还不见效果，问题就大了！就在劳九岁打算放弃时，忽然又想起脚底板上一个叫涌泉的穴位，所以就又试着往涌泉穴上，施针来扎了。

看来这个叫涌泉的穴位，一点不假，真正是人的生命之泉哩。

劳九岁施针扎了狗蛋婆姨的左脚板，发现她的腿肚子轻微的颤抖了一下，于是又捏出一根针来，施针扎向了狗蛋婆姨右脚板的涌泉穴，是这一扎，婆姨的喉咙里吐出了一声微弱的"噢"。劳九岁知觉人有救了，因此捉住扎在左脚板涌泉穴上的针，搓一搓，捻一捻，再捉住扎在右脚板涌泉穴上的针，搓一搓，捻一捻……半个小时过去，狗蛋婆姨的呼吸慢慢正常了，身子也活动了起来。

狗蛋婆姨"死而复生"，劳九岁自以为只是一个"碰巧"，或者说是"天意"使然，但他能把死人救活的名望，却一下子传了出去，让他成了乾坤湾村，甚至河怀公社，以至整个川河县无人不知，无人不晓的"神医"了呢。

罗衣扣摔在了土坎下，被道老汉背回来，要劳九岁施治，别人不知劳九岁去了哪儿，柯红旗是知道的，他知道劳九岁下午的时候，被村里的一个老奶奶急煎煎拉着走了。

老奶奶有双缠过的碎脚，真真正正的三寸金莲。她找劳九岁，说她宝贝疙瘩的孙娃子发烧打摆子，要他赶紧过去。

当时，劳九岁的肩上是挑着粪担子的，老奶奶撵了来，从劳九岁的肩上卸下来，自己顶替劳九岁来担了。劳九岁哪能让一个碎脚老奶奶替他担粪，就把老奶奶拉住，放下他挑在肩上的粪担子，拉着老奶奶，让她在前头领路，他们一起从担粪的山路上回村里了。

柯红旗知道老奶奶家的窑院在哪里，他撵到罗衣扣住着的窑洞口，看了一眼罗衣扣，给她说，要她挺住，他这就去找寻劳九岁了。

柯红旗从他们知青窑院出来，一路上坡下坳，去了老奶奶家的窑院，把已给老奶奶孙子诊疗过疾病的劳九岁，从老奶奶家的窑院，像老奶奶前边拉扯劳九岁一样，急匆匆拉扯着，回了他们知青窑院。

给罗衣扣检查过伤情，劳九岁确信罗衣扣并未伤筋，也未动骨，这让他绷紧的神经放松了下来。

劳九岁的神经放松下来了，道老汉、田子香、乔红叶、池东方、柯红旗的神经也就都放松了下来。

彻底放松下来的劳九岁，给同样放松下神经的道老汉、田子香、乔红叶、池东方、柯红旗他们说了。劳九岁说的是对罗衣扣摔伤身体的看法，他说罗衣扣呀，就是太要强了。先说了这样两句话后，跟着还又强调，他们知青初次插队都有的经历，情况与罗衣扣一个样，身体条件不能适应那种担粪一类的劳动，太沉重，太费力气了。特别是罗衣扣，自己的力量不够，却还咬牙坚持，担粪把她是给累惨了，再那么毫无准备地一摔……

劳九岁说着停顿了一小会儿，接着还说，她现在唯一可做的，就是躺在窑炕上，恢复恢复她自己的体力了。

三

生产队担粪的活路，还要坚持些日子，罗衣扣没有再挣扎，她听话地留在知青窑院，尽职尽责地为他们知青打理后方，做起了锅灶上的事情。

初上锅灶，操持他们知青的后勤，因地制宜，做的只能是陕北特色的饭食了。罗衣扣该怎么办呢？她是毫无办法的，好在有道老汉，让她不至于特别狼狈。身为生产队驴子、耕牛饲养员的道老汉，并不需要时刻守在老松树旁的牲灵窑院，他有大把的时间，脱离开性灵们，回到知青窑院来，帮助罗衣扣了。所以，罗衣扣在操持他们知青后勤的时候，是能找道老汉指导的，而如果道老汉指导得不到位，关心着罗衣扣的道老汉，还会找来柘黑娃的婆姨牛小兰，来帮罗衣扣的锅灶。正因为有他们帮忙，清早起来，田子香、乔红叶、池东方、柯红旗、劳九岁他们要上工，罗衣扣就能给他们熬好小米稀饭，而锅灶上恰好有些南瓜、红芋什么的，她熬小米稀饭时，就往稀饭里加进些切成碎块的南瓜或红芋，熬出的小米稀饭，就还成了南瓜稀饭，或者红芋稀饭。当然，仅有稀饭是不够的，她还给大家馏黄米的馍馍，玉米的粑粑，切上红萝卜丝、白萝卜丝，调上辣子、醋，端给他们吃……中午的饭，入夜的饭，罗衣扣依靠道老汉与柘黑娃婆牛小兰的帮助，并尽着她的可能，为大家花样翻新地忙碌在锅灶上，让他们饥一顿、饱一顿、生一顿、热一顿折腾着肠胃的北京知青，打心底里是都感激上罗衣扣了。

吃苦自知苦的苦，享福自知福的福。

田子香、乔红叶、池东方、柯红旗、劳九岁他们，把罗衣扣夸上了。

田子香和乔红叶称呼罗衣扣为小妹。她俩说：小妹灵性好，让姐姐们享福了。

听见田子香和乔红叶把罗衣扣称呼小妹，池东方、柯红旗、劳九岁把罗衣扣也叫起了小妹。他们也说：小妹用心了，大家喜欢你。

来乾坤湾村插队落户，被早来的田子香、乔红叶、池东方、柯红旗、劳九岁他们接受认同，罗衣扣别说有多开心了。她回答他们的话，热辣辣的又不失谦虚，说她都是向兄长姐姐们学来的。

谦虚着的罗衣扣，使田子香、乔红叶、池东方、柯红旗、劳九岁他们，就更喜爱罗衣扣了。

罗衣扣手脚上的外伤，在知青窑院为大家操持了一段后勤，渐渐地就全养好了。而且她的体力，也得到了一定的恢复，因此罗衣扣就又挑起了扁担。不过这一次她挑起扁担，可不是去担粪，而是下到沟里，为他们知青窑院担大家吃用的水……知青们不论田子香、乔红叶她们女知青，不论池东方、柯红旗、劳九岁他们男知青，似乎都不喜欢锅灶上的烦琐，总是缺乏插手饭食制作的热情。原来大家是轮着在锅灶边转磨的，他们轮换到谁来转磨，转磨不了几日，就烦不胜烦，厌不胜厌。现在有了罗衣扣，她被担粪摔的那一跤，摔得拴在了锅灶上，因为有道老汉和牛小兰的帮助，加之她慧心所及，圆满地转磨下来。他们知青的勺把子，有她罗衣扣搅在一口锅里，他们是不需要怎么讨论了，只在一次晚饭后的闲谈中，也不知道是谁先说出来的，知青们就都举手赞同，劝说罗衣扣就留在知青窑的锅灶上，为他们专心致志地操持后勤，打理饮食了。

乾坤湾村的人，吃水都在松树峁和紫柏坡夹峙着的沟底下。

松树峁如果强势地逼前一部分，紫柏坡就会乖乖地退后一部分，而紫柏坡如果强势地突出一部分，松树峁又自会乖乖地退让出一部分……一条长长的名叫川河的河流，就在两山夹峙之下，呜呜溅溅地左拐一道弯，右拐一道弯，响响亮亮地朝着黄河的方向流着。流到乾坤湾村这处地方，一低头，立即变得像是一位羞涩的小女子，把她俊俏的模样，嫣然融入进黄河浩荡的激流中去……罗衣扣下到川河边担水，她觉得身体好的时候，可以把水桶担得满一点，如果感觉身体不是很好，也可以把水桶担得少一点，担满了少走一趟，担少了多走一趟。

尽心尽意地打理着他们知青的锅灶，罗衣扣每天都要下到川河边，担三四趟水。她一来二回地下川河担水，把河边的松树、榆树、桑树以及树下长出的草，都担得绽出一片嫩嫩的绿，这叫罗衣扣觉出了一种生命的暖意，甚至还有一种浪漫的诗意。而就在这个时候，由不得罗衣扣多想，或者感慨，自会有人不知从哪个方向，什么地方，唱一曲信天游：

    太阳出来满呀满山坡，
    女娃家担水起了程。

担上担儿朝呀朝前走,
三步并作两步下了沟。
……

罗衣扣听熟了的这曲名叫《女娃娃担水》的信天游,总有人在她瞅不见的地方唱起来。她既然听熟了,在别人唱着的时候,情不自禁地,也要跟着来唱:

水桶放在河沿上,
三下两下灌满水,
担上担儿往回走,
对面墚上过来个冒失鬼。
……

罗衣扣是知恩感恩的人,她明白大家对她照顾,不过她还是想了,既然落户在乾坤湾村,她不能只在知青窑院里,给他们知青打理后勤锅灶上的事。她的这个心思,别人看不出来,道老汉是看出来了。所以在罗衣扣又一回担着满满一担水,出声跟随别人哼唱着《女娃娃担水》的信天游,悠哉游哉地从川河边,担水回到知青窑院来时,道老汉追着她,征求她的意见了。

道老汉说:你看见河边的桑树了吗?

道老汉说:还有山坡上这里一棵,那里一棵的桑树?

罗衣扣当然看见了,她回答道老汉说:桑树的叶子啊!

罗衣扣说:油绿油绿的,可是肥呢!

道老汉满意罗衣扣对他的回答。因此他说:那你给生产队养蚕好吗?

道老汉说:咱们这里是有养蚕的传统哩。

四

这倒是个放在罗衣扣的身上,解决她投身乾坤湾村的生活,接受教育的好主意哩。

罗衣扣在北京上小学的时候，因为母亲尚云霓的关系，在家里就养宠物似的养过蚕儿。母亲尚云霓，有其旧时女性养成的一个习惯，就是特别喜欢女红。想要获得女红用的彩色丝线，在那个物质相对贫瘠短缺的时代，母亲找寻不到，就在自己家里挖潜了。母亲挖潜的办法，就是养蚕儿。罗领扣、罗裙扣、罗衣扣是她的女儿，她从自己的主观出发，还想她的女儿们，也能有这样的见识。尚云霓因此就把她的那个习惯坚持下来，带着她的女儿们，在家里小规模地养殖蚕儿了。

罗衣扣没有想到，她小时候在母亲尚云霓身边学下来的那点小技艺，插队在陕北的乾坤湾村，居然还能派上大用场，这使她不禁喜出望外。

罗衣扣没有歇气，她立即答应道老汉，说：这太好了！

罗衣扣老实说：我在北京的家里，跟我娘养过蚕儿。

罗衣扣虽然十分开心地答应着道老汉，但心里却还打着鼓，想她在母亲尚云霓身边养殖蚕儿的那点知识，用在生产队大规模的养殖中，不知管不管用的？因为此，罗衣扣就把她心里的担忧，又和盘托出，说给了道老汉。而道老汉觉得已成竹在胸，就细心地给罗衣扣解释上了。

道老汉先说了他们乾坤湾村过去的时候，各家各户都要养蚕儿的呢。你家窑院养一点儿，他家窑院养一点儿，虽然不成规模，却也各自为了自家窑院里的那点蚕儿，有足够的桑叶来吃，便都争着抢着去摘桑叶，把桑树糟践得不成样子。大家你争他争，争得多了，抢得火了，还可能动嘴吵起来呢，吵闹到头了，还可能动了手打起来……道老汉说了这一通话后，就还夸起了池东方，说生产队长的池东方，看问题全面透彻，他给我说了，桑树是为生产队集体所有，咱们能不能集体出面，选派专人，集体养殖蚕儿。道老汉把池东方一番夸奖罢，就表达了他的意见，说他同意了池东方的设想，因此就想到你，看着你罗衣扣，女娃娃家心细，还有耐心，把你们知青的后勤锅灶，打理得那么好，便觉着你，也一定能把蚕儿养殖得好了呢。

道老汉这么一路说来，说到了底，其实就是要罗衣扣尽管放心，他不会让她一个人，承担那么重的养殖蚕儿的任务，他会找一个乾坤湾村当地的婆姨，和她一起养蚕的。

道老汉给罗衣扣找来了柘黑娃的婆姨牛小兰，她是乾坤湾村里，最有植桑养蚕经验的能手。

养宠物似在母亲尚云霓身边养蚕儿，罗衣扣见到的，都是已经成虫的蚕儿。在乾坤湾村为集体养蚕，罗衣扣首先见到的，是几页针尖般大小的蚕卵，黑黢黢地，粘连在一方一方的白麻纸上。牛小兰带着罗衣扣，让她学着她，把粘连在白麻纸上的蚕卵，小心地暖在窑洞里的土炕上，试着土炕被窝里的温度，不敢太热，不敢太凉，不热不凉地暖过十天半月的时日，黑黢黢的蚕卵，便开始有所萌动，先是蚕卵的颜色，变得不那么黑了，接着就有与蚕卵颜色一起变化的幼蚕，从蚕卵里探头出来……牛小兰指教着的罗衣扣，把孵出蚕卵的白麻纸，从被窝里挪出来，放在炕边的空闲处，找来更大一些的白纸片儿，把孵出蚕卵的蚕种纸，小心地往大点儿的纸片上抖，抖下来一条一条小小的幼蚕，然后把还有没孵出幼蚕的蚕种纸，塞回土炕上的被窝里暖，反反复复，一天多的时间，蚕种纸上蚕卵，就都有小小的幼蚕，蚂蚁似的，出齐了。

幼蚕虽然小，但露头出来，就会食桑叶。

起初的时候，罗衣扣去采桑叶，桑树上叶片其实都还很嫩，但她还挑挑拣拣，尽量拣更嫩的采。桑树叶子跟着小小蚕儿在成长，小小蚕儿爬在嫩嫩地桑叶上，一天一个样儿的变，变得白了，变得胖了，桑树的叶子便也长得肥厚葱茏。长大了的蚕儿，蚕食的桑叶量，也从开始时的一把嫩桑叶，变成一天几担肥厚葱茏的老桑叶了……因为是集体性质的一项事业，蚕儿小的时候，占地不大，可以在自家窑洞里的炕头上养，渐渐地大起来，就搬去道老汉饲养驴子、耕牛的那处窑院里了。

那里还有两孔闲着的窑洞，牛小兰抽空和罗衣扣仔细地收拾出来，把她俩宝贝似的蚕儿，安置在里边，白天守着不离身子，黑天住着不离身子。当然，牛小兰与罗衣扣两人不能一起守，白天的时候，一个人守在窑洞里时，另一个就要出坡下沟采摘桑叶。到了晚上，一个困了就睡，睡醒换另一个再睡，好像是，人在困的时候，蚕儿却不会困，特别是在晚上，夜静人寂，看着蚕儿，在养着的窑洞里，什么时候都有蚕食桑叶的声音在飘荡，唰唰唰，唰唰唰，唰唰唰……仿佛蚕儿集体合奏的音乐，美妙极了，动听极了，一刻都不会停止。

五

眼看着蚕儿一天天长大，大到蚕儿的身上透出一股隐隐的亮光，有经验的牛小兰就给罗衣扣说了。

牛小兰说：蚕儿要是全身亮透了，就不会再吃桑叶，而是要吐丝了呢。

牛小兰即使不说，跟在母亲尚云霓身边，有过养蚕经历的罗衣扣，也是知道的。但她还是很听牛小兰话的回应了。

罗衣扣说：咱不就是等着蚕儿吐丝吗。

罗衣扣说的是实话，因为她和牛小兰忙忙碌碌了几个月，黑黑明明地守着蚕儿，喂它们桑叶吃，不就是想要把它们养大了吐丝的吗。不过，就在蚕儿即将成熟的这段日子，进食桑叶的量，也是特别的多，白天采回来的桑叶，洒上水，阴干在窑洞里，一会儿给蚕儿喂上一层，转身想要坐下来歇一歇，把屁股刚刚搭在炕沿上，还没能坐热，就见养着蚕儿的箩筐上，才铺上去的桑叶，就只剩下光溜溜的叶梗儿……那一天，天还没亮，阴干在窑洞里的一大堆桑叶，就被贪食的蚕儿蚕食没了，而这个时候，绝对不能给蚕儿断食，那会严重影响蚕儿成熟后吐丝的质量呢！

罗衣扣操心着贪食的蚕儿，她一个晚上，就没怎么睡，天快亮时打了个盹儿，又突然地睁开眼来，偏脸去看困在她身边的牛小兰，发现她睡得那是一个香，便不舍得叫醒她，独自拿起一个采摘桑叶的大背筐，往身背上一背，就往沟底下的川河边去了。

罗衣扣和牛小兰，喂养着乾坤湾村集体的蚕儿，把近处能采的桑树叶子都采遍了，现在去采，只能走远点儿去采摘……那些个日子，在罗衣扣的眼里，只有蚕儿和桑叶，她白天的时候，已经观察出来，沟底下川河的对面，有几树桑叶，生得十分茂密。所以她背起盛装桑叶的大背筐，下到沟底，直接就去蹚川河了。陕北人有句话说的好，"隔山不算远，隔水不算近"。隔着一条窄窄的川河，对面的桑树眼看着伸手就能采摘到。罗衣扣没有怎么想，她踩着川河的列石，黑乎乎地就渡过河去了，她爬上河岸，再走一段路，才扯住桑树的梢子，来采桑叶了……也是罗衣扣摘桑叶采得快意，因此贪心了一些，把盛装桑叶的背筐已经装满了，双手又压住桑叶，使劲地往背筐深处压，压出些空隙来，继续采；再装满了，又继续压，直到她在背筐里再怎么压，也不能压出一点儿空隙了，这才弯腰下来，背起背筐往回走了。

罗衣扣哪里想得到，川河的上游，夜里下了一场大雨！

罗衣扣蹚过川河去采摘桑叶的时候，上游河道起来的大水，还没有泄下来，使她很方便地过了河。可是她采摘满了一背筐的桑叶，背在肩背上想要回到河的那边去，就不容易了……罗衣扣小心地沿着山路下到川河边，却猛然发现，不见了她过川河时踩踏的列石了！她同时还发现，河床里的水面，也变宽了许多。

罗衣扣对陕北那种季节性的河流太缺乏认识了，那时她心里想着的，只是已经没有桑叶蚕食的蚕儿，便不管河里水大水小，把鞋子脱下来，提在手上，不管不顾地往河水里下了。

罗衣扣先在川河里还能深一脚浅一脚地走，走了几步，只见汹涌的河水，像是吃人的水龙一般，顺着罗衣扣的腿杆子往上爬。她没有因此而害怕，而是依旧向着河的对岸走，快要走到河心了，她怕河水湿了背筐里的桑叶，就还把背筐举着，顶到了她的头顶上。恰在这个时候，上游下来的大水变得更大了，像是一道崩塌下来的大水坎，忽然地涨到了罗衣扣的脖子上，她头顶着装满桑叶的大背筐，身不由自己地在大水里摇晃起来，越摇越晃越剧烈，并不可抑制地向水势倾泻的方向倒了去……

六

千钧一发之际，有人伸手过来，不仅拉住了罗衣扣的手臂，还拉住了装满桑叶的背筐，把罗衣扣和她采摘到的桑叶，拉扯出了滚翻的川河洪流，拉拽上了川河对面的河岸。

惊魂未定的罗衣扣，以为天神天将向她伸出了手，救她出了灾难。

罗衣扣浑身是水，她迷迷糊糊地睁开眼睛。就在她睁开眼睛的一瞬间，看见的不是天神，不是天将，而是他们北京知青的柯红旗。她这时看见的柯红旗，仿佛英雄一般，是高大的，是伟岸的，他像她此刻一样，浑身是水，一只手紧紧地拉着她的胳膊，一只手紧紧地扯着装满桑叶的大背筐。

罗衣扣后来千百次地问过自己，她问天地间可有天神，可有天将？

罗衣扣认真地想了，如果有，在那个关乎她生命的危险时刻，柯红旗就是她的天神！柯红旗就是她的天将！

柯红旗冒着生命的危险，天神天将突现般救助了她！

柯红旗能够救了罗衣扣，全都因为他有一个坚持了许多年的习惯，早晨起得比别人早。他早起有一套拳脚要练，风雨无阻，寒暑不避。小时候，在北京的胡同里就练起来了，练进了他上的小学，他上的中学。上山下乡，他插队落户到陕北山沟沟里的乾坤湾村，就把他练了许多年的拳脚，又丝毫不落地练在了乾坤湾村。

罗衣扣早起背着采摘桑叶的大背筐，下到沟底，踩着川河里的列石走到河的那边。

罗衣扣蹚过川河采摘桑叶走的时候，柯红旗是也起来了。早起的柯红旗，出了他们知青窑院，出了还在沉睡中的乾坤湾村，去了他常常练习拳脚的打谷场上来，做了几个深呼吸，拉开架势，按照他所练习的"五步拳"拳法，先并步抱拳，再弓步冲拳、弹踢冲拳、马步架打、歇步盖冲拳、提膝仆步穿掌、虚步挑掌的一路打来，一招一式，可以说他练得十分认真，练得十分扎实。就在他一套"五步拳"的拳路打下来，又并步抱拳收住他的拳式，歇一歇，想要再打一套时，他看见了罗衣扣。

柯红旗想不到，为乾坤湾村集体养着蚕儿的罗衣扣，会起得这么早。

柯红旗把他的目光盯上了罗衣扣，看着她走下了川河，去了川河的对岸，因此他就也收回了自己的目光，再在打谷场上，把他的"五步拳"，从起势式开始，再次地打了一套后，就收了势，本想歇一歇，就回知青窑院去，洗漱收拾一下自己，该出工下地劳动时，就跟大家伙儿出工下地了。可他却不由自主地，追着罗衣扣，往川河的方向下来了，一直地下到川河边上来，在川河边上像是鱼嘴般伸进河水里的一块大石板上站定，向川河对面采摘桑叶的罗衣扣看了看，就还又在那块平展展的大石板上，一招一式地重复练习起了他的"五步拳"……柯红旗练习拳脚，打谷场是一处地方，川河边的这块鱼嘴似的大石板，是又一处地方。柯红旗早起练习拳脚的时候，没有一定的规律，任由自己的意念，随意地带着他腿脚走，走着去了打谷场上，就在打谷场上练习，去到川河边的大石板上了，就在大石板上练习。所以说，这天早晨的柯红旗，先在打谷场上打了两套"五步拳"，后又下到川河边上的大石板上练，冥冥中应该也是一种随心所欲的意念，起了作用呢。

正是柯红旗这一次随心所欲的意念作用，却非常及时地救助到了罗衣扣。

当时的柯红旗，还有罗衣扣，都不会提前预想，会有这么突然的事故发生。所以不论后来怎么想，也只能说是一种天意。

天意如此，罗衣扣遭难了。

天意如此，罗衣扣被救了。

得救了的罗衣扣傻呆呆地站着，她先是眼睛眨也不眨地看着柯红旗，而柯红旗的眼睛也是眨也不眨地看着她……他俩相互看着，不知不觉地又都看向了轰轰隆隆流泻的河水，在川河不是特别宽阔的河沟里，继续地上涨着，无羁无绊，黄乎乎泥汤一般，卷着倒在激流里的树木，还有死了的羊，死了的猪，在她落水的地方，不受任何约束地流泻着……流泻向下游的一处断崖边，不管不顾，不知危难地再跌下去。

罗衣扣不敢往下看了，她想如果不是柯红旗及时地救助了她，她被河水冲下那处断崖，她还会活着站在这里吗？

因此，罗衣扣不敢往下想了。

不敢看，不敢想的罗衣扣，觉出她被柯红旗抓着的手腕，疼了起来。因为疼，她轻轻地哼了一声，给柯红旗说了。

罗衣扣说：我手腕子疼。

罗衣扣说：被你抓疼了。

随着罗衣扣的那一声呻吟和提醒，柯红旗松开了她的手，而被松开手的罗衣扣，把前面被柯红旗抓在手里的那条胳膊，还原模原样地朝他伸着，没有放下来……老实说，罗衣扣多么想要柯红旗不要放手，一直地抓着她的手腕，他把她的手腕抓着，是她的安全，生命的安全呢！

而且也还可能是一种宿命？

罗衣扣想不明白的一种宿命。

一切都太突然，罗衣扣把她被柯红旗放松了的手，慢慢地放了下来。就在罗衣扣把手放下来那一瞬间，她的心里，像有一坛发酵好的醋水，让她酸的无法忍受，刺激着她流泪了，两行热辣辣的泪水，冲出了她的眼眶，并挂在她细白的脸面上，她不想哭，然而又实在抑制不住地哭了。

罗衣扣哭出来的声音，从低低的抽泣，渐渐地大起来，大成了一声一声，越来越嘹亮的哭声。

乾坤湾村的人，包括知青窑院里的田子香、乔红叶、池东方、劳九岁他们，都听到了罗衣扣嘹亮的哭声，大家纷纷走出自家窑院的院门，向罗衣扣哭声嘹亮的川河边涌了来。

道老汉和牛小兰也来了，别人或许不知道罗衣扣湿淋淋站在川河边哭什么，但道老汉和牛小兰是知道的。尤其是牛小兰，她知道罗衣扣早早起来，是到川河的那边去采摘桑叶了。而采摘了桑叶的罗衣扣，在要返回川河这边来时，一定是遭遇了洪水的阻拦……牛小兰扛着她歪在一边的头，抢在别人的前边，扑上去抱住了罗衣扣，好言好语地劝慰起了她。

牛小兰说：那么大的洪水啊！

牛小兰说：为了蚕儿，你是要把命赔进去吗？

牛小兰说：回吧，咱们的蚕儿饿了呢。

牛小兰说：蚕儿等着吃你采摘的桑叶哩！

第六章　疼人的猪崽子

过一天如一年望不尽的黄土山，
一条又一条的羊肠路。
咱们就喜气洋洋，
一步一步地往上攀。
……

——信天游《望不尽的黄土山》

一

都是血气方刚的年龄，男女情窦萌动是必然的事。

罗衣扣是到了那个情窦萌动的年龄了呢，她应该算是一个相对迟钝的人，但并不是说她就没有自己的感动，以及内心爱的秘密。由己及人，罗衣扣敏锐地发现，田子香是把她青春的那一股子情愫，毫无保留地全都寄托在了池东方的身上了。

当然，池东方的果敢与智慧，也是值得田子香寄托的。

年初从柘黑娃手里，接过乾坤湾村生产队长的职务，池东方没有食言，他身体力行，管理有方，年底生产队分红，果然把原来可怜的四分三厘工日值，提高了十倍，达到了四毛三分钱……舞得了笔，弄得了墨的乔红叶，以前写了些小散文，投稿给川河县通讯组油印的一本名叫《山花》的杂志社，其中的一篇即顺利地被刊登了出来。罗衣扣写不了文章，但却崇拜有此能耐的人。油印的《山花》杂志，邮寄到了乾坤湾村来，是道老汉先拿到的。道老汉拿到后，交给在老松树旁窑院里养殖蚕儿的罗衣扣，要她转交给乔红叶。罗衣扣也不晓得那么大的一个信封，里面邮寄的是什么？乔红叶拆开信封,第一个看到她的散文,被登上《山花》。罗衣扣随在乔红叶的身边,是第二个看到的人。

罗衣扣似乎比乔红叶更加惊喜,她从标题看起,还情不自禁地念出了声。

散文的标题是《在灿烂的阳光下》。罗衣扣像在北京的学校里,诵读同学的范文一样,把标题念出来后,就还字正腔圆地往下念起了正文。

乔红叶的散文,开宗明义:"我们从首都北京来到陕北农村,插队在河怀公社乾坤湾村,接受贫下中农的再教育,已经三年了。在这红色的土地上,还有这浪涛翻涌的黄河岸边,我们挑雪肥地,我们担粪养地,我们播种,我们收获……我们鼓足干劲,我们力争上游……阳光灿烂、红旗招展,冰封的北国,孕育着我们青春的张扬!"罗衣扣的记忆力不错,她把乔红叶的这篇小散文,匆匆地念过,便深深的记忆在心里了。

罗衣扣记在心里的,还有与乔红叶的散文相媲美的一曲名叫《秋收》的信天游:

 九月里九重阳啊,秋呀秋收忙,
 谷子那个糜子啊,收呀收上场。
 红个蛋蛋的太阳啊,暖呀暖堂堂,
 满场的新谷糜啊,喷呀喷喷香。
 ……

乾坤湾村在池东方担任生产队队长的那个秋季,赶在秋收的时候,村上总是有人要唱这曲《秋收》的信天游。有人在松树峁上的谷子地里起头唱起来,紫柏坡的人,是一定会要呼应着唱来呢。而如果谁在紫柏坡上带头唱起来,松树峁上的人,是也要不失时机地呼应着唱:

 新糜子场上的铺啊,铺呀铺成行,
 铺好了的那个来打场啊,来呀来打场。
 你看那谷穗穗啊,多呀多么长,

比起那往年呀，实呀实在强。

满村人自秋收以来，全都沉浸在那种丰衣足食、喜气洋洋的氛围中。这样的局面，这样的歌唱，其实都是在给池东方记功哩。为此，不仅罗衣扣鼓励乔红叶了，对池东方情有所属的田子香，更是尽了全力，鼓励乔红叶，要她把池东方和他领导的乾坤湾村，好好地写一写，那可是对他们插队知青的一种彰显与肯定呢！

罗衣扣鼓励乔红叶的方法，不仅说在了嘴上，还投入到了行动上，自觉承揽起了他们知青锅灶上的事务。对于罗衣扣的自觉行动，田子香表现得更为主动，她强硬地把罗衣扣从锅灶边挤了出去，要罗衣扣陪着乔红叶，去写那篇他们都期望着的文章，乔红叶如果手边需要纸笔了，罗衣扣给她捧上纸笔就好；乔红叶如果口渴了，罗衣扣给她捧上热腾腾的水就好。田子香无怨无悔，前所未有地承担起了知青窑上的一切饮食后勤等工作。

当然，乔红叶没有让大家失望，她点灯熬油，前后写了几遍，最后写了篇3000字的通讯，像前次向《山花》杂志投稿一样，写信寄了出去。

通讯稿件是寄出去了，接下来就是等待。

二

他们的等待是忐忑的，忐忑中等来了一位姓谷的汉子，骑着辆半新不旧的永久牌自行车，满身尘灰地到乾坤湾村来了。他见到了乔红叶，自我介绍说他叫谷若水，是川河县委通讯组的组长。

谷若水组长看来是个文痴，他从川河县城到乾坤湾村来，有百余里的山路，虽有一辆永久牌的自行车骑乘，但山路可不是好骑的，他一路应该是骑一程自行车，又让自行车骑一程他，人和车相互骑乘着才到乾坤湾村来的。他在见到乔红叶后，都来不及把额头上的那层细密的汗，抬手擦一擦，就和乔红叶说起她写的通讯稿件了。谷组长赞叹乔红叶的笔头子，说她前次邮寄给《山花》的散文稿，就非常不错，这次的新闻通讯，结合散文的笔法，别出心裁，好看耐读。谷组长开口把乔红叶一通肯定，接下才说，他所以亲自到乾坤湾村来，没有别的意思，就是想要对通讯稿件中的内容，做进一步的核实，力求稿件真实性与文学性的完美性统一。

谷若水组长与乔红叶是站在知青窑院的大门口谈论通讯稿件的。

以实际行动把守着知青锅灶的田子香，把她藏着的一块红糖，生生掰了一半下来，投进一个搪瓷缸子里，拿起竹篾皮的热水瓶，倒了满满一缸子的滚水，化匀了，小跑地端出知青窑院，捧给了谷若水组长喝。

一路上的爬坡下沟，谷若水组长是真渴了呢。他接过田子香捧给他的搪瓷缸子，送到嘴边喝了一口，就把他喝得睁大了眼睛，看着田子香，想要给她说些什么。然而满嘴的红糖水，使他又说不出来……田子香这时表现得特别乖巧，她心领神会地给喝着红糖水的谷组长解围了。

田子香说：甜吧？

田子香说：县上的大笔杆子哩！

田子香说：大笔杆子到我们乾坤湾村的知青点上来，我们太欢迎了，热烈欢迎！

田子香的脸儿红扑扑的，她给谷若水组长说着像是红糖水一样甜的好话，蓦然想起，腊月二十三的小年夜里，乾坤湾村里的人，是都要给住家的灶王爷嘴巴上，涂抹蜂蜜红糖水，希望灶王爷升达天宫，能为他们家说好话，降下吉祥安康。田子香这么想来，就又笑嘻嘻地给谷组长说了。

田子香说：灶王爷的嘴巴哩，可是不敢苦了。

田子香没头没脑的这句话，把谷若水组长差点说得喷了嘴。

因为谷若水组长知道他们陕北的那个风俗，而给他说话的田子香，显然是把他看成了上天言好事的灶王爷了。谷组长自觉他当不了灶王爷，但他有一个好，就是喜欢有文字才华的人，被他发现了，是一定要逮住，帮助人家成才的。写稿给他的乔红叶，是一个难得的人才呀，他能不逮住她，使她成才吗？满嘴红糖水的谷组长，看着把他比作灶王爷的田子香，突然地就想笑。他咬牙忍着，就先把盛着红糖水的搪瓷缸子，从嘴巴上脱离开了些。站在旁边的田子香，发现谷组长不喝她捧给他的红糖水，就紧张了起来，她恨不能伸手上来，把搪瓷缸子推到谷组长的嘴边，按住他的脑袋，把红糖水喂给他喝了。

谷若水组长不能使田子香把她想要做的动作做出来，所以就在她的眼皮子下，把搪瓷缸子再一次接近他的嘴。谷组长喝着红糖水的样子，十分享受，红糖水滑进他的喉咙时，他脖子上喉结一动一动的，让田子香看着，好不开心高兴。

谷若水组长喝光了搪瓷缸子里的红糖水，他把空了的搪瓷缸子，底朝天地倾了倾，这就还给了田子香。

谷若水组长说：其实白开水就行。

谷若水组长说：白开水才是最解渴哩。

谷若水组长说：当然，红糖水更能显示我来的是个时候。你们乾坤湾村的知识青年，是欢迎我来的。

后来坚持只喝白开水，不喝红糖水的谷若水组长，在乾坤湾村住了两天，他不仅把乔红叶写在通讯稿里的件件事情，找到当事人，以及村子里知情的人，详细地做了核实，并且当着乔红叶的面，逐字逐句的帮助她润色修改。谷组长润色修改的那个细呀，不只是一字一句，便是一个一个的标点符号，都要反复斟酌，让乔红叶收益很多，她发现经谷若水组长那么润色修改过后，稿件里的废话没了，啰唆话也不见了，整篇通讯，是那么顺畅，把要体现的主题，十分突出地表现了出来。

《打法得当，措施得当》的标题下，谷若水组长还加了一条"群众参加集体劳动的积极性提高30％"的副标题。这篇通讯先在川河县的广播电台，持续播出几天，紧跟着延安市的广播电台，亦给予了转播，便是《陕西通讯》这份陕西省委的机关刊物与《陕西日报》，也把这篇通讯稿，于醒目的位置转载了出来。

可喜可贺啊！田子香、乔红叶、罗衣扣、柯红旗、劳九岁他们，没有跟池东方打商量，就叫来道老汉，把他们知青窑上的一头快要养肥的猪，让他帮助他们杀了。

三

这头猪的来历，是蹊跷的，仿佛天意一般。

担粪时摔了一跤的罗衣扣，受他们知青的优待，留在知青窑上，为他们知青料理后勤锅灶上的事情。然而让罗衣扣始料不及的是，就在她向道老汉和牛小兰学习着，来做这一切的时候，一天傍晚，不知是有人故意为之，还是别的什么原因，两只圆溜溜、黑突突的小猪崽子，突然跑进了知青窑院，撵到罗衣扣的身边，给她扇动着耳朵，摇着尾巴。

两头小猪崽子，太可爱了！

罗衣扣走到两头小猪崽子跟到，一个欢喜地哼哼叫着，一个欢快地吱吱叫着。罗衣扣手里择着菜，有大白菜的老帮子，有萝卜的缨穗穗、洋葱的皮儿，她择下来，扔给它们俩，两个小东西就表现得更欢实，更欢快。哼哼得十分幸福，吱吱得十分喜悦。罗衣扣看看它俩是高兴的，就伸了手，才刚挨着它俩的小身子，它俩即知趣地卧下来，接受罗衣扣的抚摸，罗衣扣不停手，两个小东西就不起身。

罗衣扣想了，两头小猪崽子，该是乾坤湾村谁家走失的呢。她等着有人来找。

然而一天过去了，两天过去了，一个星期过去了。总是不见来人找，罗衣扣就还给田子香、乔红叶、池东方、柯红旗、劳九岁他们带话，让他们出工劳动的时候，给村里的人放话，让村里人知道，他们知青窑院跑来了两头小猪崽，是谁家跑丢的，谁家就来拉回去。

话是带出去了，带得满村人都知道了。其中好奇心强的人，还跑到知青窑院，看了两头小猪崽子，发现小猪崽子是那么亲罗衣扣，就说罗衣扣是做好事呢，明明是你们知青窑院里的小猪崽子，想送人，得有个送人的法子，像你们这么送，可是送不出去哩。

罗衣扣百口莫辩，她没有了别的办法，就像料理他们知青的后勤锅灶一样，也照料着两头小猪崽子……有苗不愁长，两头小猪崽子长在知青窑院，不仅有罗衣扣照料它们，田子香、乔红叶、池东方、柯红旗和劳九岁，他们出坡参加生产劳动的时候，遇着了小猪崽子能吃的草，就你拔一把来，他拔一把来，打成捆子，带回知青窑院里，扔给两个不速之客食用了。

他们并不知道，养架子猪必须在猪崽小的时候，如是公猪，要动刀子骟了，如是母猪，要动刀子劁了。幸有热心的道老汉帮助，张罗着给两头小猪崽子动刀子劁骟了。这使罗衣扣起了疑，以为这两头不知根底的猪崽子是道老汉自己花钱捉了回来，偷放给他们知青的。

罗衣扣坚信她的猜测不会错，她因此还向道老汉求证了。

就在道老汉找来劁猪的人，在他们知青窑院劁骟猪崽的那天，罗衣扣问了道老汉。

罗衣扣说：谁家的猪崽子呀？

罗衣扣说：没根没底的。

罗衣扣问出这么一句话来，还要进一步问的时候，道老汉开口把罗衣扣要问的话挡回去了。

道老汉说：到了谁家的灶头上，就是谁家的猪。

道老汉说：陕北的民风，就是这个样子。

道老汉给罗衣扣这么说着时，提着一根长长的刀，上端系着些红红绿绿布条子，一路张张扬扬来到知青窑院劁骟猪崽的人，已经手提刀落，把两头小猪崽，该劁的劁过了，该骟的骟过了……被劁、被骟的两头小猪崽，破死亡命地嘶叫着，躲在了罗衣扣的身边。罗衣扣蹲下身子，很是疼爱地护着小猪崽，用她柔软的手指头，抚摸在小猪崽的皮毛上，给两个小东西，因为疼痛而呼呼颤动的小身子，耐心地挠着痒痒。

两头小猪崽子在剧烈的疼痛里，慢慢地安静了下来。此后，就长在他们知青的集体灶上，被知青们集体饲养，都养大了，长出膘色了。

为了成为新闻人物的池东方，长出膘色的猪啊，是时候做出它们的奉献了。

在两头已经养肥了的猪里，先挑出一头相对大点儿、肥点儿的，杀出来了。

自然，剩下的那一头，春节的时候也要杀出来，犒劳了大家一年的劳苦与奋发……然而，让罗衣扣他们知青没想到的是，开春后的一个日子里，又有两头圆嘟嘟，黑乎乎的小猪崽子，没头没脑地跑进了他们知青窑院，而且又还像极了前一次的那两头小猪崽子，既萌又呆，与罗衣扣他们知青亲得不得了……这样的事，在他们知青窑院，年复一年地上演着……

知青们不再放话了，也不再在乾坤湾村寻找猪崽子的主人了。

这是因为罗衣扣，还有知青窑院里的池东方、柯红旗、劳九岁、田子香、乔红叶全都认定：那一年复一年，于春暖花开的某一日，欢欣快活地跑进他们窑院，与他们做伴的猪崽子，一定是满心爱着他们，关心着他们的道老汉，自己掏钱买来送给他们的。

没儿没女，孤苦伶仃的道老汉，把他们知青，是当成他的儿女了。

猜透了道老汉心思的知青们，特别是罗衣扣，觉得他们是应该回报道老汉的。在知青窑院，她自觉走进道老汉的窑洞，看见他有洗刷的衣裳，拿出来就给他洗了，衣裳有个洞眼或是开了线，她翻找着线也一定要给他补缀好……罗衣扣把道老汉窑洞里的活儿，都替他做了。即使这样，她还不能放心道老汉在老松树窑院那边的生活。在那里，道老汉饲养着生产队的驴子、耕牛，他应该有更繁重的活儿要做呢。对于此，罗衣扣在和牛小兰为集体养蚕的时候，就已看得非常清楚了。驴子和耕牛都是大牲畜，草料吃得多，水喝得也多，拉下来的粪便自然多。生产队给道老汉是派了一个帮手的，但那帮手身体有点残疾，腿脚不太利索……罗衣扣可是不能让胸怀道道，坚守道道，信奉道道的道老汉太受累，所以她只要有时间，就要赶到他那里去，帮助道老汉给驴子、耕牛撒草拌料。这样的活儿不是很重，她伸手就帮道老汉做得了。

道老汉感激罗衣扣心眼好，逢着她帮他干活时，忍不住要夸赞她。罗衣扣不要他夸赞她，她拒绝道老汉夸赞她的办法，就是用道老汉常挂在嘴上的话应付他。

罗衣扣说：道道。

罗衣扣说：这是你说的道道吧？

罗衣扣说：依你说的道道做，就是我的道道。

　　没事找事做，帮着道老汉的罗衣扣，在道老汉又一次把两头小猪崽子，放进知青窑院，到要劁煽的时候，罗衣扣只让劁煽了那头小公猪，留下了小母猪，等到小母猪养成大母猪，她还拉着大母猪配了种。大母猪没有让罗衣扣失望，到了一定的月份，一下子生产了八头小猪崽。

　　从此，知青窑上有了自己繁殖的小猪崽子养，还有多余的，就送给道老汉，让他处置了。

四

　　知青窑院要杀猪了，他们知青不用请别人，道老汉自会磨好杀猪刀子，帮他们来杀呢。

　　知青们佩服道老汉杀猪的技能，真是太高超了。他背身一个手拿着钢钎，钢钎的尖梢上有一个特制的小弯钩，他另一手顺着袖口，拿着一把弯月似的杀猪刀。杀猪刀虽然是藏着的，但藏不住道老汉细心磨出的那一道寒光……别人杀猪，要有三五个后生帮忙的，把养肥的猪逮住了，扯耳朵的扯耳朵，压腿的压腿，还有拽猪尾巴的。道老汉不需要别人帮忙，他看似不经意地走向要杀的猪，在猪愣着神，不知要给它下刀子的一瞬间，道老汉出手了。背手拿在身后的钢钎，快如闪电般伸到猪的下巴上，吃住猪的下巴颏，还没听到猪叫唤，他即已把袖口里藏着的杀猪刀，捅进了猪的脖子里，点破了猪的心脏……第一次见道老汉杀猪，田子香、乔红叶、罗衣扣都躲开了，跟着道老汉的池东方、柯红旗、劳九岁，他们是看见了，看得他们惊心动魄，目瞪口呆。

　　猪杀出来后，不能只是他们知青独享的。正如道老汉说的那样，乾坤湾村谁家娶婆姨嫁女办喜事，全村人都是高兴的呢，都是要来凑热闹的。

　　池东方在乔红叶的笔尖上，成了新闻人物，可是要比乾坤湾村里谁家娶婆姨嫁女的喜事大哩！所以，他们必须请来一村人，与大家一起热闹红火了。

　　在他们知青窑院的锅灶上，锻炼了几年的田子香、罗衣扣，是公认的炊饮高手。但那只限于对付他们知青几个人的嘴和胃,要宴请村里人,就必须再请大把式的呢。与罗衣扣十分要好的牛小兰,是村里能请的第一人。罗衣扣去了她家的窑院,没费多少话,就拉着牛小兰的手,到他们知青窑院来了。

牛小兰主厨,田子香、罗衣扣帮厨,外加道老汉前后左右,见缝插针地帮忙,一顿猪肉板粉熬菜和小米干饭的大宴,就在他们知青窑院扯旗放炮地开场了。

邀请村里人赴宴的是池东方、柯红旗、劳九岁他们。他们走一家,那家就来一个人,谁在家谁来,有老有少,有男有女,大家来时,不用他们知青提醒,都要顺手从自家窑院里带一只碗,一双筷子……熬着菜的猪肉板粉,从锅灶上溢出一股香气,搅和着蒸在锅灶上的小米饭香,相互感染着,漫荡在窑院里,不只香了他们知青窑院,把整个乾坤湾村都香透了,到最后把锅盖揭了去,来到知青窑院的村里人,就把他们带来的碗伸到了锅灶边。

乾坤湾村的风俗即是如此,村里人大宴,就吃猪肉板粉熬菜和干蒸的小米饭。

田子香和罗衣扣,给伸到锅灶上的碗里扣着小米干饭,牛小兰再往饭上加猪肉板粉熬菜。

有此绝美的口福享,大家端着碗,埋着头在猪肉板粉熬菜和小米干饭上,呼呼地就是一个劲地扒。扒着是都要说话的呢,端着碗,你转到他的面前去,问他一声好吃吧?他端着碗,又转到你的面前来,问你一声好吃吧……好吃自然是好吃的,特别是平日少油寡肉的,能有一顿肉菜吃,便如过大年一般的美好了呢。

柘黑娃欣喜他卸下生产队长的担子压给了池东方。而池东方没有食言,把乾坤湾村的日子务劳红火起来了。他心里那个高兴呀,不唱出来是不能了呢。

柘黑娃端着猪肉板粉熬菜,和小米干饭的碗,吃了两口,这就兴奋地唱起信天游来了:

> 过一日来如一年,
> 望不尽的黄呀黄土山。
> 一条又一条的羊肠路,
> 咱们就喜气洋,一步一步地往上攀。
> ……

柘黑娃唱的信天游是《望不尽的黄土山》。他高声大嗓子的一唱出来,当即引起了大家的共鸣,满知青窑院的人,都端着猪肉板粉熬菜和小米干饭的碗,跟着柘黑娃起头的唱词,欢欢乐乐地往下唱了:

> 昨黑天,我梦里边,
> 看见你来到我身前。
> 毛眼眼痴痴地看着我的脸,
> 热突突的泪珠挂在胸前。
> ……

柘黑娃带着大伙儿唱罢了这曲信天游后,他弟柘灰娃也来了劲,是也要唱一曲信天游了。

柘灰娃原来不怎么服气池东方,几场较量下来,柘灰娃在服气上池东方的同时,也把知青窑上的几个知青全都服气上了。他感动他们的正直坦荡,还感动他们有知识,有文化……他被请到知青的窑院,吃了他们招待全村人的一碗猪肉板粉熬菜和小米干饭,说什么都要开口唱了呢:

> 灶台上的锅,灶台下的火,
> 面做的鱼鱼越拨越多。
> 走上了梁,走下了坡,
> 扑里扑腾地过了河。
> ……

柘灰娃的信天游唱得实在极了,他带动了狗蛋、才才他们,跟他一起唱上了:

要想不会渴,要想不会饿,
浑身的力气就不能少用着。
天上那个不会落馍馍哟,
嘴呀那个不张唱不出歌。

柘灰娃一首《天上不会落馍馍》的信天游,把知青窑院里的气氛推上了一个高潮,能唱会唱的人,跟着柘灰娃一起唱了;不会唱但会扭秧歌的人,就都端猪肉板粉熬菜和小米干饭的碗,手举筷子敲着碗边,在窑院扭起了秧歌……柘灰娃把一首信天游唱罢,还不过瘾,刚要开口再唱的时候,他忽然发现,知青窑院里田子香、乔红叶、罗衣扣在,池东方、柯红旗也在,怎么不见劳九岁呢?

五

劳九岁可是柘灰娃家大小子的救命恩人呢。

时间过去了才一天,可那一天是比一年还要长哩。柘灰娃的婆姨给他们家的窑炕上,落草了一个宝贝疙瘩的小儿子。百天刚过,鲜嫩得如同一颗锅头上的豆芽儿,不敢让经风,不敢让经雨,然而偏是这么个豆芽儿一样的宝贝疙瘩,在自家窑院,被抱在娘怀里吃奶,不知为何不但叼不住娘的奶头吮吸,还把前边吃进肚子里的奶水,啊哇……啊哇……狠命地往出吐。但这样了,柘灰娃的婆姨还没当回事,只凭她的经验,以为她的宝贝疙瘩是积奶了,就在宝贝疙瘩的后背轻轻地拍着,帮助宝贝疙瘩,把肚子里的积奶往出吐。他相信宝贝疙瘩吐尽了肚子里的积奶,等上小半会儿,又会吊在她的奶头上,大吃大咽她的奶水了呢。

然而,后续的发展,没有往柘灰娃婆姨想的走。

入夜后，柘灰娃的婆姨搂着她的宝贝疙瘩睡下了。睡到了小半夜，宝贝疙瘩的额头抵在柘灰娃婆姨的前胸上，她感到前胸的烫，像火烧一般，她呼地从沉睡中惊醒来，两脚蹬在柘灰娃的脊背上，告诉柘灰娃，咱家宝贝疙瘩发烧咧！

柘灰娃的婆姨想起了劳九岁，她给柘灰娃说：快去知青窑院把九岁喊来。

柘灰娃没敢迟疑，他从窑炕上爬起来，用他的额头抵在宝贝疙瘩的额头上，试了试，便一手提鞋，一只手拿着个手电筒，撒开丫子往知青窑院赶了。

村里人半夜三更，跑知青窑院喊劳九岁，已经有好几回了。

乾坤湾村不只是他柘灰娃会这个样子，许多有小娃娃的家庭，都会这个样子哩，劳九岁也已习惯了这样的情况，所以在柘灰娃失急忙慌，跑到知青窑院来把他才喊叫了一声，劳九岁就从被窝里爬起来，背着他旧了的药箱，跟着柘灰娃，一起往他家窑院的方向走了。

已入冬季，劳九岁往柘灰娃家的窑院里去，感到冰冷的西北风，从黄河奔流着的峡谷里逼过来，刮在他的脸上，有种针刺般的疼……赶到柘灰娃家的窑院，劳九岁见到了他家的宝贝疙瘩，他没有拿出温度计，只是伸出手来，用他的几根手指，在宝贝疙瘩的额头上试了试，就知道宝贝疙瘩的高烧，上到了40度！这么严重的高烧，搁在成年人身上都要受不了呢，何况一个小娃娃。劳九岁给宝贝疙瘩仔细地诊断了，依他既往经历过的小娃病案，知道他们家的宝贝疙瘩，患下了病毒性肠胃感冒，因为未能及时医治，导致呕吐、腹泻，加之高烧，已经严重脱水，处于昏迷的状态了。

怎么办呢？

服药是一定的，输液也是必需的。劳九岁打开药箱，却无法找出一整套输液设备。对此结果他是料到的，原有的输液设备因为老化，已不堪大用，只有鸡肠子似的橡胶管还盘在药包里。劳九岁还看到了输液针，这使他放心了不少，自己动手用输液设备上余下来的橡胶管和输液针，做成了一套临时的输液设备，找着宝贝疙瘩脚背上相对粗点儿的血管，他一条腿跪着，一条腿蹲着，小心翼翼地来给宝贝疙瘩扎针了。

为小娃娃扎针，是很不容易的，特别在黑魆魆的晚上，就更不容易了。

劳九岁用上了十分的心，才给柘灰娃家的宝贝疙瘩扎上了针。输液的过程，是要把输液瓶挂起来的，可是柘灰娃家的窑洞里却没有合适的工具悬挂，劳九岁就双手抱着输液瓶，高举着，静静地站在他家宝贝疙瘩的身边，给宝贝疙瘩输液了。

劳九岁给柘灰娃和他婆姨说，他双手抱举着输液瓶，可以使输给宝贝疙瘩的药液预点热，让宝贝疙瘩好受些……一个晚上，输液瓶就那么抱举在劳九岁的双手里，给宝贝疙瘩点点滴滴地输着药液，好几次柘灰娃要替换劳九岁，柘灰娃的婆姨也要替换劳九岁，他都坚持着没有换……天亮了，宝贝疙瘩还是昏迷不醒，柘灰娃和他婆姨，满心的焦急，可他们夫妇看到镇定自若的劳九岁，就都不言不语，陪着劳九岁，看他一直坚持着最初的姿态，双手抱举着输液瓶，静静地为他们的宝贝疙瘩输着液……终于，昏迷中的宝贝疙瘩，咧了咧嘴角，非常虚弱地哭了一声。到这时，劳九岁双手抱举的输液瓶里，也就剩下了最后的几滴。

拔除了宝贝疙瘩脚背上的输液针，劳九岁才感到两眼直冒金星，脊背上浸出了虚汗，湿漉漉的。

想着劳九岁的好，柘灰娃收住了再唱信天游的兴头，他在欢乐的知青窑院里，找起了对他家宝贝疙瘩有救命之恩的劳九岁了。可是他在人群里怎么都不见劳九岁。

柘灰娃有所不知，就在他们北京知青杀猪设宴，要庆祝池东方成为新闻人物的时候，河怀公社卫生院来了人。他们来了就给劳九岁说，卫生院收治着一位宫外孕的妇女，他们没有办法，就赶紧来请劳九岁了。

劳九岁能怎么办呢？患者的疾苦就是他的疾苦，患者的生命就是他的生命。

劳九岁不能迟疑，更不能推脱，当即跟着河怀公社卫生院来的人，迅速往公社所在地去了。

走出知青窑院，劳九岁都已闻得见猪肉板粉熬在锅里的香气了。小米干饭独特的味道，也追着劳九岁的脚步，一股一股地往他鼻子里钻，但他连头都没空回了……

六

　　找不着劳九岁，柘灰娃站在了池东方的面前，他本来要问问劳九岁的，但又想着今日的热闹红火，都是因为池东方成了新闻人物，就换了他要问的话题，来问池东方了。

　　柘灰娃问得直截了当。他说：咱们乾坤湾村富足了不少，你是立下了大功劳哩！

　　柘灰娃说：村里人啊，不能只吃你们知青锅灶上这一次热闹红火的，我们今后还想多吃红火热闹的呢。

　　柘灰娃说：你就不能给咱乾坤湾村人说点甚的吗？

　　池东方是有他要说的话哩，满肚子都是，他真想在柘灰娃的鼓励下振臂来说的，却又不知说什么好。不过，他刚才听到柘灰娃唱的信天游，以为他唱的对，唱的及时。"天上不会落馍馍！"是的呀，他唯有使出浑身的力气，不要闲着，再接再厉，带领乾坤湾村的父老乡亲，勇敢地闯，奋勇地走，才能喜洋洋地把他们的好日子，一步一步往上攀了。

　　池东方躲不过柘灰娃的提问，他给柘灰娃说了。

　　池东方的话既是说给柘灰娃的，当然也是说给欢天喜地的乾坤湾村父老乡亲的。

　　池东方说：哪里的歌儿，可是都没咱陕北的信天游好，开口唱出来，或者悲，或者喜，或者哀怨，或者希望，都在戳着人心窝子的歌词里了。

　　池东方没有拿腔捏调，他说了：天上不会落馍馍。

　　池东方激昂慷慨地说：浑身的力气就不能闲着。

　　池东方说：咱就喜气洋洋，一步一步地往上攀啊！

　　牛小兰听到自家汉子的弟弟柘灰娃所唱的那信天游，鼓励了池东方，使池东方宣誓似的重复着信天游里那几句振奋人心的词句，牛小兰随口附和了几句话。

　　牛小兰脖子上的腮腺瘤，比罗衣扣初见时似乎又大了一些，妨碍着她的脑袋，向一边偏的更显严重。不过，欢乐热情的牛小兰，不知是习惯了脖子上的腮腺瘤，还是无可奈何，认命就是这样了，她们从她的动作与行为上，一点都看不出腮腺瘤给她的不便，甚或痛苦……她要为欢乐在窑院里他的汉子和大家说话了。

这是牛小兰一贯的风格，关心他人总是多于自己。

牛小兰说：有碗热糜子酒，给他们漱口，他们就更快乐了！

牛小兰说：后生家都是热糜子酒里养大的。

牛小兰这种善解人意，老为别人着想的性情，让田子香、乔红叶、罗衣扣深有感触，特别是罗衣扣，她与牛小兰有一起养蚕的经历，所以感触更深一些。罗衣扣知道在牛小兰的乐观下，是有些掩藏在心里的事情哩，那些事情让她在平常日子，是非常苦闷的呢。

牛小兰给罗衣扣说过：我那汉子，可想有个自己的娃娃抱哩！

牛小兰在给罗衣扣说她埋在心里的这个愿望时，是要深深地叹口气的。

牛小兰叹了气后，还要埋怨自己。说：我太不争气了。

牛小兰说：我能给我汉子争口气就好了。

牛小兰叹气、埋怨着自己，不自觉地抬起手锤打脖子上的腮腺瘤，她捶打着说：女人家家的，结个肉疙瘩就往肚子里结呀，怎么能结在脖子上呢？

牛小兰给罗衣扣诉说她的这个烦心事时，是在她俩养蚕的窑洞里。

多少个白天，多少个夜晚，牛小兰和罗衣扣养的蚕儿，最后都上蔟进窑墙边她俩扎的麦秸秆儿架子上。一个一个亮透了的蚕儿，爬在麦秸秆架子上，勤奋地吐着丝，把自己包在重重细密的丝里，结成一个一个手指肚儿般大小的蚕茧……牛小兰和罗衣扣从麦秸秆架上捡拾蚕茧。因为捡拾蚕茧，牛小兰联系到自己身上，抱怨她的恓惶了。

牛小兰说，我是连个蚕儿都不如呢。

牛小兰说：蚕儿到时候都会结成一个疙瘩茧儿。

牛小兰说：可是我呀……可是我呀……

罗衣扣想要安慰牛小兰的，可她当时没能给牛小兰说出来。但她后来在知青窑院里问劳九岁了：腮腺瘤可能做手术？劳九岁听得懂罗衣扣的问题，知道她是操心上了牛小兰了。劳九岁不想让操心牛小兰的罗衣扣失望,就模棱两可地告诉她:应该是能做的呢!

劳九岁给了罗衣扣希望,却不能给她保证,因此还说,他是没有做过这样的手术的,不仅他没有做这手术的经历,川河县医院,甚至是延安市的医院,听说也没有这方面的医生,更别说经验了。

罗衣扣为牛小兰求上劳九岁了。她说:西安的大医院呢?还有咱们首都北京的医院呢?

罗衣扣说:大城市的医院有没有这样的医生,这样的经验?

劳九岁肯定得回答了罗衣扣。他说:有!

让乾坤湾村人大吃大喝了一顿的知青窑院,渐渐地你走了,他走了。配合着田子香、乔红叶、罗衣扣她们把锅灶收拾出来,牛小兰是也要回她家窑院去了。罗衣扣紧紧跟着牛小兰,把她送出了知青窑院的大门,在曲曲折折的村道上又还送了一程。牛小兰把罗衣扣按下了。

牛小兰觉出罗衣扣,有话要给她说哩。牛小兰就问罗衣扣了。

牛小兰说:有话甭闷在肚子里。

牛小兰说:闷在肚子里要闷出难来呢。

罗衣扣不想在她肚子里闷事儿,她老实说了。

罗衣扣说:劳九岁说了,大城市的医院能摘除你脖子上的疙瘩哩。

罗衣扣说:把那疙瘩摘除了,你就轻松了!

第七章　祛病除疾心贴心

请神神呀敬神神，

神神的头上跑马你尊神神，

神神的方头不敢听，

看病救命有咱贴心人。

……

——信天游《看病有咱贴心人》

一

河怀公社卫生院也是急患者所急，想患者所想，但他们的医疗水平太有限了，遇着个棘手难办的病患，他们首先想到的，就是插队在乾坤湾村的北京知青劳九岁。

劳九岁不断地被请进河怀公社卫生院，他已经做了几例阑尾炎手术，几例肠梗阻手术，因为逆生，还因为脐带绕颈，也做了两例剖宫产手术。但像宫外孕这样的手术，劳九岁只是在他二姨给他的相关医学书上看到过，知晓这种手术的危险性是很大的，患者自己缺少准备，耽搁了时间，甚或医者没经验，处置不当，是都可能出问题的，而且是会要了人命的大问题呢！

跑来乾坤湾村接劳九岁的人，有河怀公社卫生院的一位年轻人，还有一位自称姓常，叫常欢喜的人。他说他婆姨姓郝，叫郝喜欢。常欢喜这么介绍了他和他婆姨后，急煎煎，唠里唠叨地给劳九岁说他婆姨郝喜欢，给他怀的是头生娃娃，清早起来烧火做饭，饭没做熟，就肚子疼上了。庄户人家，谁没个头疼脑热肚子疼的时候，想着耽搁一会可能就过去了，但他婆姨却越是耽搁越是肚子疼，这就到公社卫生院来了。到卫生院一来，医生和院长就在一起打商量，说是要叫你来，再给我婆姨治肚子疼。

显然是，名叫常欢喜的男人，还不知道他婆姨郝喜欢的病患，绝不是什么肚子疼，而是宫外孕这样的大问题。

常欢喜和河怀公社卫生院的来人，接上了劳九岁后，在往公社卫生院回的路上，他像他和他婆姨的名字一样，依然欢喜着，喜欢着……欢喜喜欢着的他，像从他们身边流淌着的川河一般，喋喋不休，说个不停。常欢喜给劳九岁说，他婆姨郝喜欢，最会唱信天游了。

常欢喜说着，就还学着他婆姨的腔调，唱出了一曲叫《远远听见哥哥声》的信天游。

> 远远听见那是谁的声，
> 侧起耳朵吊起个心。
> 我听见哥哥唱着来，
> 热身子扑在冷窗台。
> 我的哥哥过来了，
> 呼啦啦开了门就跑出来。
> 光脚的片片呀，
> 手里提着两只绣花鞋。

劳九岁佩服上了这个叫常欢喜的汉子了。他学着他婆姨郝喜欢的腔调，唱罢了这曲信天游，就还不能忍地给劳九岁说，他就是听着他婆姨的信天游，撵进她家的窑院，扑进她住着的窑洞，把她娶回他家，给他做了婆姨……劳九岁没有嫌弃常欢喜的碎嘴，他只是操心着在公社卫生院里待诊的郝喜欢，她可是需要他们加快步伐，赶着去给她诊治病患的呢！然而，常欢喜已然收不住他的话匣子了，他还要撵着劳九岁，给他唠叨的哩。

劳九岁为了赶路，就阻拦常欢喜了。他说：咱们把说话的力气，都用在腿脚上好吗？

劳九岁阻拦着常欢喜说话，怕他有别的想法，因此就还多说了两句。

劳九岁说：你婆姨在公社卫生院等着咱们哩。

劳九岁说：你不想让你婆姨久等了是吧。

如果有辆自行车，往河怀公社卫生院去，要快很多，但是没有，他们就只有迈着大步走了。劳九岁走得满脸是汗，而常欢喜与公社卫生院的年轻人，也走得气喘咻咻……气喘咻咻的常欢喜，因为劳九岁的阻拦，暂时闭了一会嘴，一会跑在劳九岁的前头了，一会又落在了劳九岁的身后，他这么气喘咻咻地走了一会儿，终究不能扼杀他说话的欲望，就又不能忍受地给劳九岁说上了。

常欢喜说：我婆姨还会编信天游哩。

常欢喜说：我婆姨编的信天游可好听了！

常欢喜说：我婆姨就还给你编了一曲信天游哩。

常欢喜像怕劳九岁再次阻拦他似的，一句话没说完，下一句话便立即跟上来说了。他连说了这样三句话后，情不自禁地，就把他婆姨郝喜欢改编的一曲信天游，唱出来了：

> 请那神神又敬神神，
> 神神的头上跑马你尊神神。
> 神神的方头不敢听，
> 看病救命有咱知心人。
> ……

常欢喜才唱出来，劳九岁就听明白了。他知道这曲信天游的名字原来叫《看病》，老早就在陕北地面上流传开了。原来流传的版本，是人生了病，缺医少药，无法及时救治，便寄望于泥塑石雕在庙堂的神神，或是那些装神弄鬼的神婆巫医。改编后，在原来的名字上多加了几个字，叫《看病有咱知心人》，歌词是把他劳九岁改成了信天游里的主人翁，传唱起他了。

听吧，常欢喜唱到关键的词儿上了：

九岁姓劳他劳苦命,
北京来的知青就根本不信神。
一根银针一颗心,
剜除病根咱就活个快活人。

二

常欢喜唱的是一点都不客气,好像他的唱,就是他婆姨郝喜欢唱一样,他唱着要不停地拿眼来看劳九岁,唱罢了,还征求起了劳九岁的意见。

常欢喜说:怎么样,我婆姨改编得好吧?我婆姨可是有才哩。我没我婆姨唱得好。

对于常欢喜嘴上他有才的婆姨郝喜欢,劳九岁虽未谋面,却也已经有了初步的认识。劳九岁承认,常欢喜年轻的婆姨郝喜欢,能以一曲旧的信天游为底本,改编成这样一曲新的信天游,的确是有才的,而且还让他感动……有些日子了,劳九岁被人请着这里去看病,那里去看病,他已听多了常欢喜当面给他唱的这曲信天游。他是听多了,却不知道这是常欢喜的婆姨郝喜欢改编的。

感动着常欢喜的婆姨郝喜,劳九岁他们紧赶慢赶,终于走进了人来人往的公社卫生院的大门。

刚走进卫生院的大门,劳九岁就听到了几声压抑着的呻吟。他不要别人介绍,仅凭他的听觉,即已判断出来,发出这种呻吟的人,一定是常欢喜挂在嘴上的婆姨郝喜欢。

原因是,郝喜欢病中的呻吟,似也带着股吟唱信天游似的味道。

劳九岁向传出呻吟声的那间挂着布帘子的窑洞走了去,在窑洞门口,他遇上了与他已经很熟的一位医生。那位医生把卫生院对郝喜欢的基本诊断材料,交到了劳九岁的手上。劳九岁仔细地翻看了一遍,没再啰唆,就伸手挑起已经不是很白的白布门帘,进到窑洞里,把那个有才的,能够改编信天游,能把信天游唱得出类拔萃年轻婆姨看了一眼,就让他有了种刀剜心腹般的难受。

那应该是一张圆圆的，十分俏丽的俊脸蛋呀！

圆圆俊俏的脸蛋因为剧烈的腹痛，已完全变了形。不过，叫郝喜欢的俏婆姨，看见走进窑洞来的劳九岁了，她便在自己痛苦不堪的圆脸蛋上，挤出了一丝苦笑。

劳九岁向跟他进到窑洞里来的医生说：马上手术！

河怀公社卫生院作为病房的窑洞就是做手术的手术室。在劳九岁向卫生院的医生说出"马上手术"的决定后，大家立即迅速地行动。刀、剪、钳子、缝合针堆在消毒的高压锅里端进来了，还有止血纱布、胶皮手套等一些手术需要的物品，都由配合劳九岁手术的卫生院医护人员送来了。劳九岁自身也要消毒的，就在他对自己的手指，用酒精一遍遍地擦抹，认真消着毒的时候，郝喜欢的男人常欢喜，站在他婆姨就要手术的床边，失声喊了起来。

常欢喜起先还轻轻地在叫：喜欢，我的喜欢呀，你不用怕，劳九岁来了哩！

常欢喜叫：是你信天游里唱着的劳九岁给你看病哩！

常欢喜叫着叫着，不见他婆姨郝喜欢有任何反应，这便急了起来，而把轻轻说话的声音，突然变成了破命的喊。

常欢喜大声地喊：我的喜欢……她，她没声气了！

常欢喜叫喊得没错，他宫外孕的婆姨郝喜欢已经休克了！

测量血压，已经低到不能再低了。对郝喜欢实施手术，及时输血，是关键中的关键。而小小的河怀公社卫生院又没有验血设备，不能检验血型，怎么给她输血呢？劳九岁的手腕上，有一块他从北京插队来陕北时，二姨送他的手表。二姨说了，为病人把脉，没有手表上的秒针验证，是很难结论的。二姨送给他的手表，让劳九岁在给患者诊治疾病时，起了大作用。劳九岁时刻听得见手表秒针的滴答声，那清脆的滴答声，在这个时候，似乎更为响亮，每跳动一下，都像一把打铁的锤子，砸在他的耳鼓上。劳九岁直觉年轻婆姨郝喜欢的生命，此刻就牵系在剧烈跳动的手表秒针上，能抢一秒钟的时间，她的生命，就多一秒的保证，如果过去一秒，则少一秒的希望……正是那秒针如锤的敲击声，敲打了劳九岁的思路。他想了，能不能用郝喜欢腹腔内的自体血,清理出来,给她的血管里输呢!

劳九岁把他的想法大胆地说了出来。

劳九岁身边的河怀公社卫生院医护人员觉得太冒险了,就小心地提醒了他。

与劳九岁熟悉的那位医生说:这样行吗?

还有配合过劳九岁,现在就在劳九岁身边的护士亦说:这太冒险了!

确实是冒险的,而且正如那位护士说的,是太冒险了!然而命在旦夕的郝喜欢,劳九岁不冒险,她的生命就危险了!能怎么办呢?休克了的年轻婆姨郝喜欢,自己是不能开口说话了。但她男人常欢喜,作为她的亲人,他是可以说话的,而且唯有他说了话,在医疗程序上,方才有效,劳九岁也才能给常欢喜实施他所提出来的,前人从没有做过,而他要做的事情。常欢喜是无知者,因为无知,所以无畏,他在听了劳九岁的想法后,勇敢地站在了劳九岁的立场上,大胆地接受了他的方案。

总是话多的常欢喜说:我看行。

常欢喜说:只要能救命!

常欢喜说:我要我婆姨活着,给我唱信天游哩。

手表上的秒针,跳荡的更激烈了,劳九岁没有了多少犹豫的时间,他把同意了他方案的年轻婆姨郝喜欢的汉子常欢喜,重重地剜了一眼睛后,当机立断,要求卫生院的医护人员,就照他的想法来做了。

劳九岁把郝喜欢的腹腔打开来,发现她的血压正在急剧地下降,裹在她臂腕上的血压计,几乎已测量不到应有的血压了。劳九岁要郝喜欢的男人常欢喜到窑洞外边去,但那个多嘴多舌的家伙,愣是犟着脖子没有出去,但他见不得婆姨郝喜欢腹腔里的血,刚看了一眼,他即手脚冰凉,头晕脑涨地倒在了地上。

常欢喜倒地就倒了吧,过会儿自然会醒来,这是劳九岁的自信了,他非常清楚,此刻他是不能有丝毫的分心,他必须专心一意地对待郝喜欢……河怀公社卫生院医护人员,听着他的吩咐,用一大根针管,吸纳着郝喜欢腹腔内的血,一管吸得满了,推进一个封闭着的输液瓶里,再在郝喜欢的腹腔里汲取……就这么一大针管、一大针管地汲取着,往封闭着的输液瓶里推入了满满一大瓶。在此期间,劳九岁没有闲着,他争分夺秒地为输液瓶里的鲜血,做着抗凝处理,又迅速地连接上一根消过毒的橡胶输液管,像针头扎进了郝喜欢手背的静脉中,一滴一滴,一滴一滴地给郝喜欢回输着血。

给郝喜欢回输自体血液的成功,促进了劳九岁手术的成功,他用消过毒的手,勇敢地伸进郝喜欢的腹腔,摸到了破裂的卵巢,迅速地结扎起来。

一分钟过去了,三分钟过去了,十五分钟过去了,郝喜欢的血压在回升……一个小时后,抢救中的郝喜欢睁开了眼睛,她看着站在她身边的劳九岁,再一次给他笑了起来。

郝喜欢这次的笑,不同劳九岁刚到她身边来时的笑,那次的笑,是苦苦笑,这次的笑是欢喜的、喜欢的笑。

三

因为劳九岁的大胆施治,把郝喜欢从死亡线上拉了回来。郝喜欢在她病体完全康复了后,把她给劳九岁改编的那曲《看病有咱知心人》的信天游,唱得就更响亮了。

劳九岁虽然把命悬一线的郝喜欢从死亡线上拉回来了。但他当时并不完全放心,因为他那种救治病人的法子,从来没有人做过,他怕后续出现问题,所以在河怀公社卫生院里,就多留了一些日子,直到郝喜欢出院,他才拖着疲惫的身子,回乾坤湾村来了。

在乾坤湾村里,还有一个难度更大的手术,摆在了劳九岁的面前,他是要做也得做,不要做也得做了呢。

这就是给柘黑娃的婆姨牛小兰切除腮腺瘤!

柘黑娃没有找过劳九岁说,牛小兰也没有找过劳九岁说。挺身而出,站在劳九岁面前,理直气壮地说给劳九岁的,是与牛小兰结下深厚友谊的罗衣扣。

劳九岁在河怀公社卫生院为宫外孕患者郝喜欢成功手术的消息,早已传回了乾坤湾村。这个消息是太振奋人心了,罗衣扣心想,劳九岁既然能用别人没有用过的新招险招，为宫外孕这样的高危病患做手术，就一定能为牛小兰腮腺瘤做切除手术了！心里有了这样一个想法，罗衣扣便心急火燎地等着劳九岁回村来……几天时间里，罗衣扣有时等在他们知青窑院大门口，有时等在乾坤湾村的村口上，有时还等在劳九岁回村必须要走的川河边上。

罗衣扣把劳九岁等回来的时候，她刚好就站在川河边上，远远地眺见了他。

在等劳九岁的时候，罗衣扣眼看着川河的流水，觉得川河流淌得缓慢极了。而那潺潺缓缓的川河水，仿佛也会唱信天游似的，罗衣扣在迎接到劳九岁之前，仿佛总能听到不知什么人，在什么地方，十分动情地唱着信天游。

> 立春梅花开得分外灿。
> 雨水红杏花儿艳。
> ……
> 芒种育秧放庭前，
> 处暑葵花笑开颜。
> ……

这曲取名《季节歌》的信天游，长得可是有地唱哩！一年中的二十四节气，都被编进了信天游，一个人哪怕再懵懂，听会了这曲信天游，依着信天游里的节气特点，安排自己的生活，就一定能顺时应律，把自己的日子过得很好了……插队在乾坤湾村，罗衣扣自觉不自觉地，把自己托付给了那些自然而来的节气，让她充分看到了节气变化带来的景象，是怎样丰富着人们的生活。

川河的流水，是信天游最好的伴奏，《季节歌》的词色，泛滥在水花飞溅的河面上，继续往罗衣扣的耳朵里闯：

> 寒露的菜苗么田间绿，
> 霜降的芦花飘满天，

小寒呀游子么思故乡，

小雪的那个雪花舞蹁跹。

在那不知何人吟唱的信天游里，劳九岁走着回来了。罗衣扣看见了劳九岁，她立即跑着迎上去，卸下了他背在肩上的医疗包。

罗衣扣说：你是医疗英雄哩！

罗衣扣说：欢迎我们的英雄回来。

罗衣扣把对劳九岁的钦佩才说出来，也不等劳九岁说什么，就开门见山地把给牛小兰手术摘除腮腺瘤的请求，说给了劳九岁。

罗衣扣说：你把牛小兰把脖子上的腮腺瘤给手术了吧。

罗衣扣说：我看着那个疙瘩就难受。

罗衣扣说：你看着也特别难受吧！

罗衣扣几句话说到了劳九岁的痛处了。插队在乾坤湾村，抬头不见低头见，他见多了脖子上扛着腮腺瘤的牛小兰，每见一次，他就难受一次。他是想着要给牛小兰摘除脖子上的腮腺瘤的，没有行动，是他对自己的医术还不是特别自信。他给有手术必要的患者动刀子，切除阑尾炎，切除肠梗阻，还给逆生、脐带绕颈的产妇实施剖宫产，可都是在积累经验哩。劳九岁想他要有足够的手术积累，积累到他自信能为牛小兰摘除脖子上的腮腺瘤了，他不需要谁提醒，也一定不会退缩，而是主动地来给牛小兰实施手术的。

郝喜欢的宫外孕手术，让劳九岁临床经验，自觉得到了一定的提升。但也是因为郝喜欢的情况危急，人命关天，不及时手术就会产生无法想象的问题，他才不计后果地冒险做了。牛小兰的腮腺瘤，至今许多年了，手术不在其早，而在其安全有保证。因此，劳九岁觉得他还需要再等等，再积累些经验，所以他没有立即答应罗衣扣，给牛小兰实施手术，而是劝起了罗衣扣，让她不要急，他心里是有他的盘算呢。

劳九岁安慰着焦急的罗衣扣：咱不要太急好吗？

劳九岁说：给我多留些时间。

劳九岁说：我到时一定会把害着牛小兰的腮腺瘤，从她的脖子上摘除下来的。

　　劳九岁给罗衣扣说的话，像是一个心怀信仰的人，在为自己的理想发誓一般。他还让罗衣扣去找牛小兰，要她也要做好思想准备，他是要为她手术了呢。

四

　　发誓似的撂下这些话后，劳九岁请了半个月的假，回北京去了。

　　劳九岁回北京是去找他的二姨，学习请教腮腺瘤的摘除手术。劳九岁在北京见到他二姨的时候，爱着劳九岁，并全力支持着劳九岁的二姨，却没有亲人久别相见的亲热。当时，劳九岁的二姨，就值班在门诊岗位上，她有条不紊地叫着号，给来门诊的患者，仔细诊问着疾病……劳九岁赶着去了，静静地站在诊室门外，看着二姨把挂了号的患者，一个一个都诊问完了，这才走进诊室，站在了二姨的面前。

　　劳九岁的出现，把他二姨吓着了。

　　劳九岁吓着了二姨，不是因为他被陕北高原的太阳晒黑了，被陕北高原的风把皮肤刮粗糙了，而是因为《中国青年报》上的一篇报道。那篇报道是乔红叶用通讯的方式，写出来刊发上去的。动得了笔墨的乔红叶，在把池东方报道成了新闻人物后，又借助同样的方式，也把劳九岁报道了出来了。乔红叶报道池东方的新闻稿，还只限于陕西省境内，而她报道劳九岁，不但投稿给陕西省的电台、报纸，还给北京的媒体投了稿。操心着劳九岁的二姨，就在劳九岁回到北京站在她面前不久，很意外地在收音机里听到劳九岁的事迹。劳九岁的二姨听着，起初她以为那个叫劳九岁的人，不是她的亲人劳九岁，而是另一个与劳九岁同名同姓的人。但她在报纸上也看到这样的报道了，一字一句地读来，二姨看清楚了，那个劳九岁就是她的亲人劳九岁。为此，二姨是高兴的，但二姨看到劳九岁在河怀公社卫生院那样的地方，给宫外孕患者用那样的方法输血、手术，她还是吃惊了，并为她这个不按常理出牌的亲人，操上了心。

啊呀呀！啊呀呀！

二姨听着、看着对劳九岁的新闻报道，她心慌心跳，暗暗吃着惊，以为劳九岁是太大胆了！他那么干，是不专业的，更是危险的。弄得好尚且罢了，弄不好，人死在手术台上怎么办？

担心着劳九岁的二姨，已经写好信要寄给劳九岁，质问他，教导他的。他却突然地站在了二姨的面前，二姨能不被吓着吗？

不过，二姨终究是二姨，短暂的惊吓过后，带着劳九岁去了他们医院的食堂，给劳九岁要了一份粉蒸肉和一份西红柿炒鸡蛋，外加一份白米饭，看着劳九岁狼吞虎咽地吃，她没说什么话。直到劳九岁把两份菜和一份米饭，大口地吃完，接过二姨递给他的手绢擦嘴时，二姨这才问他了。

二姨问劳九岁的，都是乔红叶通讯稿里报道出来的事情，一桩一件，一丝不苟，严肃认真……回答着二姨的问话，劳九岁向二姨检讨上了，承认他是冒失的，没有认真考虑后果。

检讨着自己的劳九岁，没敢给二姨说他还想给他们乾坤湾村的牛小兰做腮腺瘤切除的手术。他只是央告二姨，要二姨把他带一带，让他在二姨的身边，深造几天。

劳九岁说：二姨太关心我了，怕我出错。

劳九岁说：我确实不能出错。

劳九岁说：要我不出错，就赖二姨带我了。

对于劳九岁的请求，二姨能怎么办呢？她对"冒失鬼"劳九岁，就只有满口答应下来这一个办法。

时间是紧迫的，机会是难得的……十多天来，劳九岁像尾巴一样，不离左右地跟着二姨，在手术台前观摩学习了好几例肿瘤方面的手术后，他就告别了二姨，从北京回陕北的乾坤湾村来了。

这次回到乾坤湾村来，劳九岁想要做的，就是为牛小兰实施腮腺瘤手术。

但要做好牛小兰的腮腺瘤手术，一个基础的开端，就是先让牛小兰做好思想准备。罗衣扣仗着她与牛小兰一起养过蚕宝宝，相交密切的优势，自告奋勇，去找牛小兰拉话了……秋收过后的农家窑院，靠墙立着的必定是玉米囤子，此外还有如诗如画般挂在窑院墙头上的谷子、糜子穗儿，以及辣椒的串串子。让人搭眼看来，可不只是一句"赏心悦目"就说得过去，那是一个家庭最为真实的生活状态哩，更是一个家的希望。罗衣扣大步流星地向牛小兰家的窑院走来了，进了窑院的大门，就看见牛小兰在用三块石头支起的一口小锅，煮染分给她家的丝线，红一缕、紫一缕、黄一缕，已经煮染了出来的丝线，搭在一根光溜溜的木棍子上晒着，经受着风的吹拂，前摇一下，后摆一下……罗衣扣走近了看，发现牛小兰在小锅里煮染的，又是一种蓝色的丝线了。

牛小兰喜欢罗衣扣来她家里，说：我把丝线染出来，分你一些好不？

牛小兰说：扎个花，绣个朵，咱不求人。

牛小兰说：女娃娃家，都有要用丝线的时候哩。

牛小兰说的那个时候，罗衣扣知她暂时还用不到，所以她并不是十分关心，她自告奋勇地来，是要给牛小兰做思想工作的。罗衣扣要给牛小兰说，劳九岁回了一趟北京，深入学习了些外科手术的技能，他回来要给牛小兰手术了，切除掉她脖子上碍人、气人、烦人的腮腺瘤。罗衣扣为此想了再想，以为她给牛小兰做思想工作，一定要先从牛小兰的自身感受说起，她给牛小兰说了。

罗衣扣说：小兰嫂子呀，你说你脖子上那么大一个家伙，长了那么多年，难看不说了，难受你是最有发言权了。

罗衣扣说：劳九岁都已准备好了，就让他给你把那个肉疙瘩切除了吧。

罗衣扣这么开口说来，牛小兰把她煮染丝线染了些颜料的手，拍在她的腮腺瘤上，就给罗衣扣表态了。

牛小兰说：人有一颗脑袋就够了。

牛小兰说：我顶着两颗脑袋，顶了这许多年，晚上做梦，都想做掉一颗，留下一颗，让我能轻轻松松活一阵。

牛小兰说：我相信劳九岁，别说他帮我切除那颗没长鼻子眼睛耳朵嘴巴的脑袋，便是伤着了长着鼻子眼睛耳朵嘴巴的那一颗脑袋，我也没啥顾虑的。

五

　　为牛小兰手术切除腮腺瘤的事,就这样定了下来。

　　但是在哪里进行手术呢?劳九岁的意见是,最好到川河县医院去,那里的医疗设备和条件,还有配合劳九岁进行手术的医护人员能力,都要好些。可是牛小兰却不去县医院,她不仅不去县医院,便是河怀公社的卫生院,她也不要去。为此,罗衣扣费了不少口舌,她说不动牛小兰,就还动员决心给牛小兰手术的劳九岁,要他自己出马来说了。劳九岁从专业医疗的角度,及一个医生为患者手术,必须对患者全权负责的角度,说服着牛小兰,最后也未能说服她。他们不能说服牛小兰,就找牛小兰的男人柘黑娃说,他当了那么多年乾坤湾村生产队长的人,是个有主意,也拿得了主意的汉子哩。但他在给他婆姨牛小兰手术切除腮腺瘤的事情上,居然那么失主意,罗衣扣、劳九岁,不论谁给他说,方方面面的利与害说,说得口干舌燥,可他就只是双手死死地抱住他的脑袋,愣是一句话都不说。

　　罗衣扣看不惯柘黑娃那个样子,她说柘黑娃了,而且说起话来还那么急,那么冲。

　　罗衣扣说:你死抱着你的脑袋做甚哩?

　　罗衣扣说:是给你婆姨牛小兰手术切除腮腺瘤哩,又不是割你的脑袋!

　　听了罗衣扣的话,柘黑娃才提心吊胆地吐出了两句话。

　　柘黑娃说:真要是切除我的脑袋倒好了呢,我没啥害怕的。

　　柘黑娃说:但刀切的是我婆姨的脖子。

　　柘黑娃说:我就得听我婆姨的话。

　　没办法……不过没办法的办法,恰恰就是最终的办法呢。劳九岁去了趟川河县医院,顺便又到河怀公社的卫生院也走了走。这两家的医护人员,他们中有人配合劳九岁为病患施行过手术,他们信任劳九岁,没用劳九岁多说,就都自愿配合他。在确定下的日子里,大家分头到牛小兰家的窑院里来了。他们以劳九岁为核心,商量着在牛小兰居住的窑洞里,设置起临时手术台，来给牛小兰切除腮腺瘤了。

乾坤湾村开天辟地的一件事呢！

川河县医院与河怀公社卫生院前来配合劳九岁的医护人员，先用他们带来的福尔马林溶液，把柘黑娃和牛小兰夫妇居住的那孔窑洞，不留死角地都泼洒了一遍，这是他们在那样的环境下，所能采用的最有效的消毒方法了。把窑洞充分地消毒出来，再用两块木板，支起一个临时手术台，铺上公社卫生院消过毒的褥子与床单，这就要给牛小兰手术了。可这时候，牛小兰吓得浑身颤，软得如同一根绳子，缠在她男人柘黑娃的一条胳膊，缠得那叫一个紧。罗衣扣来招呼她去手术了，缠在她男人柘黑娃身上的牛小兰，没有松手，她不仅不松手，似乎还比刚才缠得要紧。罗衣扣招呼不动牛小兰，就招呼来同到牛小兰家窑院的田子香和乔红叶，一起招呼牛小兰了。人多力量大，动嘴招呼不动牛小兰，她们仨就走近牛小兰，出手来拉她了。但是牛小兰缠着她男人柘黑娃的胳膊，像是相互肉连着肉、血通着血似的生在了一起，任凭罗衣扣她们三个女知青，怎么拉，都不能把他们夫妇俩分开来。

在柘黑娃和牛小兰夫妇自家的窑院，给牛小兰动刀子切除腮腺瘤，乾坤湾村走得动走不动的人，就都走到他们家的窑院来了……看着他们夫妇紧挽双臂的模样，自有调皮的人，要拿他们夫妇开玩笑了。

开玩笑的方法没有别的，就还是吼唱信天游：

　　俏妹子俏来实在是俏，
　　哥哥早就把妹子相中了。
　　打破碗碗花儿当地开，
　　妹子把你的白脸脸调过来。
　　……

玩笑式的信天游，这个时候起了作用，柘黑娃的黑脸红了起来，牛小兰的白脸也红了起来，他们夫妇红着脸，把挽着的胳膊，慢慢地松了开来，使得罗衣扣、田子香和乔红叶有了机会，搀扶着牛小兰，把她往收拾出来给她手术的窑洞里进去了。

然而，开玩笑的信天游没有歇下来，依然在乾坤湾村围来的人群里，玩笑着在唱：

二道道韭菜缯把那个嗨，
俏妹子莫怕心莫哪慌
哥哥和你么手要拉上个手，
死死活活咱一搭哩走。

罗衣扣后来知晓，这曲独具玩笑味道的信天游有个很好听的名字，即《把你的白脸脸调过来》。正是这曲名字好听也好玩的信天游，把牛小兰送上了设在她家临时搭起的手术台上，由劳九岁给她实施手术了。

六

应该说，劳九岁的手术进行得很顺利呢。

给牛小兰消毒麻醉，劳九岁既采用了必需的注射麻醉，还采用了针扎的方法，中西医双管齐下，使手术中的牛小兰无痛无痒，静悄悄地躺在手术台上，十分安详地接受着劳九岁的手术。手术刀在牛小兰腮腺瘤近着肩部的地方，拉开了一个口子，顺着那道不大的口子，劳九岁一点点地剥离着腮腺瘤，他欣慰自己手上的手术刀，像生出了他希望有的灵性，没有怎么费劲，就成功地把腮腺瘤，完完整整地，未受丝毫伤害地剥离了出来。

血淋淋人头一般大的腮腺瘤，有来帮忙的县医院和公社卫生院护士，放在一张搪瓷手术盘上，端出窑洞来，端给了柘黑娃看了，把柘黑娃看得当下晕趴在了地上。

柘黑娃晕趴在地上倒不要紧，要紧的是牛小兰。

不知是因为牛小兰脖子上少了那块腮腺瘤的压迫，还是别的什么原因，她躺在手术台上，突然地有了种无法呼吸的表情……劳九岁与配合他的县医院和公社卫生院医护们，紧急商量，得出了窑洞里氧气不足的结论。这可如何是好？劳九岁在给牛小兰施行手术时，即已紧张得满头满脸的汗，现在就更紧张，就更急迫，因此头上脸上的汗水也就更多了。劳九岁在给牛小兰施行腮腺瘤切除手术前，是对可能发生的问题，都做了必要的准备，唯独忽视了氧气这一环节。人急了，会有急的办法，劳九岁就是这样，他急中生智，吆喝站在窑洞外边的人，把牛小兰家里收拾粮食的簸箕找来，在窑洞门口，把窑洞外的空气往窑洞里扇……牛小兰家里只有一个簸箕，看到劳九岁吆喝着大家往窑洞里扇送空气，与牛小兰家相邻的几户人家，都自觉地跑回家去，拿来他们家的簸箕，加入了往窑洞里扇送空气的行动中。前边扇送空气的人动作慢了，立即有人插手上来，接过他们手上的簸箕，持续不断地往窑洞门里扇送空气。

这样的土办法，居然大有效用，手术后的牛小兰，呼吸慢慢地恢复着，血压也完全达到了正常值。

切除了脖子上的腮腺瘤，牛小兰像变了个人一样，不仅脑袋不歪了，身条似也扯高了一些，人一下子精神了许多，她确信自己完全康复了后，说什么都要请劳九岁到她家里去，她要下厨为劳九岁备一顿酒宴。

牛小兰因此到知青窑院跑了几回了，她去请劳九岁，自然不会少了罗衣扣、田子香、乔红叶、池东方、柯红旗他们的，特别是罗衣扣，可是主张为她切除腮腺瘤的表现最积极的一个人。牛小兰三番五次到知青窑院里来请，作为主角的劳九岁，总是忙得不能得空，惹得牛小兰急了，就派她男人柘黑娃到知青窑院逮住劳九岁，不要和他讲理由，直接往他家窑院里生拉硬拽了。

牛小兰的这个办法是很管用的，没出两天时间，就把劳九岁请进了他们家的窑院。随同来的，还有罗衣扣、乔红叶、田子香、池东方、柯红旗他们。

酒是热糜子酒，菜是牛小兰拿手的几样陕北菜，猪肉熬板粉、羊肉炖萝卜、鸡蛋泡泡……劳九岁他们来了，就都没有客气，一个个吃喝得特别解馋，满嘴流油。然而这顿好吃好喝，像一场不期而遇的送别宴，大家正畅快淋漓地吃喝着的时候，河怀公社的通信员来了，他拿着一份县上发下来的红头文件，指名道姓，调劳九岁去县医院工作，乔红叶去县委通讯组工作。

这一人事变化是突然的，不仅劳九岁和乔红叶两位当事人，手拿红头文件愣起神来，旁边站着的罗衣扣、田子香、池东方、柯红旗他们，也都愣起了神。不过，他们没有愣得太久，即在牛小兰和她男人柘黑娃的庆贺声里醒过了神。

牛小兰庆贺说：九岁去了县医院，是全县人的福哩！

柘黑娃庆贺说：红叶去了县委通讯组，也好把咱这一方土地上的好人好事，向上头写呀！

牛小兰和她男人柘黑娃说的话，是太有道理了。然而这也只是一个方面，另一个方面则是，他们首都北京来的知识青年，插队在农业生产的最基层，的确是太受苦了。他们能够凭借自己的一技之长，走出生产队，走进他们可以充分发挥特长的地方去，也是对他们特长的认可与尊重哩。

热糜子酒又热了一遍，热得烫烫的，牛小兰端在手上，开心高兴地再次给来她家的知青们酒碗里添了。牛小兰把热糜子酒，给在场的人都添得满满的，要她男人柘黑娃鼓动大家端起来，相互地碰了一圈，然后就都仰着脖子，灌进了嘴里面。

第八章 英雄乾坤崖

> 瞭不到头的那个沟哎,
> 瞭不断头的河。
> 瞭不到头的黄河一湾又一湾
> 一弯一弯心上过。
> ……
>
> ——信天游《乾坤湾》

一

罗衣扣当上孩子王咧!

通知罗衣扣在乾坤湾村的小学当孩子王的人是道老汉。虽然道老汉通知了罗衣扣,可在罗衣扣听来,应该不是道老汉决定的,那是池东方的决定了。身为乾坤湾村的生产队长,他有决定这件事的权力,可是罗衣扣问了池东方,池东方却没有承认。罗衣扣所以要问池东方,根本的原因在于田子香,同为首都北京来到乾坤湾村插队的知青,田子香也是可以在这里做孩子王的。而且与池东方同年插队来乾坤湾村的田子香,把她对池东方的爱意,已经毫不掩饰地写在了她的脸上以及一举一动中,她不允许别的人对池东方不好,更不允许池东方对别的人好,哪怕只是一个眼神一句话,她都会特别计较,没事找事地都要与那人置气……罗衣扣把田子香的情态看在眼里,这便使她有所醒悟,当初她刚来乾坤湾村的知青窑院,连遭田子香两次羞辱,不能排除田子香就是给她下马威,要她有所警觉,在知青窑院里不能挑战她田子香的地位以及感情。罗衣扣渐渐地感知到了,就小心地躲着,不去惹那个麻烦,长此下来,田子香对她的态度在变,变得平和了……怀着这样一种心思，罗衣扣不问个明白，她是不会去当孩子王的。

老实来说，罗衣扣还是很想当那个孩子王的哩！

从池东方嘴里没有问出结果，罗衣扣是开心高兴的，因为她已拿定了主意，如果真是池东方做出的决定，她就会自觉退下来，让池东方安排田子香去当孩子王。池东方没有承认是他的决定，罗衣扣就可以不用顾忌田子香的感受，去当她想当的孩子王了。不过，罗衣扣总是心存着那么点儿疑惑，想要知道究竟是谁给她做出这个安排的。因此她找到一个机会，又问了道老汉。道老汉倒也坦率，说他算是一个建议者。

道老汉这么说了后，还说牛小兰她男人柘黑娃，还有柯红旗也是都值得一问哩。

道老汉把话说到这个份上，罗衣扣是谁都不找，谁都不问了，她勇敢地当起了乾坤湾村的孩子王……罗衣扣有机会当孩子王，是因为原来的孩子王病倒了，人家不是乾坤湾村的人，病倒后回了家，就怎么都不回乾坤湾村的村小来了。人家的理由是充分的，说他来乾坤湾村小学时，年轻体壮，他熬在这里，饭要自己做，衣要自己洗，炕要自己烧，他把自己的青春无怨无悔地扔在了这里，谁又看得见？谁又懂得了？他难道不能有另一种生活吗？去到县城，谈他一个恋爱。结他一个婚，生他一个娃娃……他那么胡思乱想，把他想得病倒了，这就离开了乾坤湾村，回到县城眺病去了。

不逢寒假不逢暑假，罗衣扣就这么半茬儿进到村小，当起了孩子王。

进到乾坤湾村村小的窑院里来，罗衣扣才知道了小学的情况是个甚样子。窑洞的墙壁上，有不知什么年代画上去的雷神，张牙舞爪，还有药神，慈眉善目，以及一些她认不清，也叫不出名讳的神神子。罗衣扣由此判断，村小该是从过去的一座旧庙改造过来的呢。乾坤湾村的孩子在此读书学习，似已习惯了凶神恶煞的雷神和慈眉善目的药神，所以并不觉得恐惧。而罗衣扣头一天来，还是被那样的壁画吓住了。如果不是她的学生帮助她，给她壮胆，罗衣扣真不知道，她该怎么开始孩子王的工作。

老师不要怕，雷神不会伤害好人的。

老师你看，药神多么慈祥，他是救人疾苦的。

……

罗衣扣的学生，争先恐后地安慰着受到惊吓的她，让她很有点羞愧了呢！也正是因为她的羞愧，感染着她的学生，大家在一个名叫线线的大点儿的女娃娃指拨下，使那些一、二年级的碎娃娃，坐进了画有药神壁画的窑洞里，三、四年级的娃娃，则坐进了画有雷神壁画的窑洞里。

全小学四个年级，四十一个学生。

罗衣扣提前熟悉了四个年级的课程，所以也就能够正常地给学生上课了。他们两个年级的窑洞罗衣扣先进了一、二年级的药神窑洞里，给他们分别安排学习。窑洞的一面墙上，有一块残缺不全的黑板，罗衣扣在一年级学生坐的那一边，往黑板上写出几个课堂上需要讲解的生字，注上拼音，带着一年级学生念了几遍，就告诉他们一边默读课文一边默写生字。她还教导他们一定不要乱说乱动，影响了二年级学生。把一年级学生的学习内容安排下来，罗衣扣就又在黑板上，对着二年级学生授课了，二年级学生是算术课，她用粉笔在黑板上写出算术题来，要他们给一年级学生做榜样，更不能乱说乱动，全神贯注地听她讲解题意，然后要他们自觉演习算式，解答算题。

把一、二年级学生安排好，罗衣扣连口大气都没机会喘，就又急急匆匆地旋进三、四年级的雷神窑洞里去，给他们安排学习和布置作业了……罗衣扣满意她在村小的教学工作，可是就在她给四年级的学生讲解他们的作文时，没想到一个光屁股的小男孩，无声无息地爬到了她的身边，张嘴叼住了她裤脚，用力地吮吸起来！

当上孩子王的罗衣扣，在村小给她的学生娃娃们教学，一板一眼，按照教学规范做得专注认真，根本想不到，在课堂上会有光屁股的小娃娃，待在教室窑洞里，爬到她跟前来……罗衣扣感觉到了她脚边的异常，低头往脚下一看，把她看得乐了起来，便暂时放下她讲解的作文，来抱光屁股小娃娃了，却见线线一个跑步冲了过来，抢先从罗衣扣的手头抱去了光屁股的娃娃。

小娃娃不能接受线线那粗鲁的抱法，张胳膊蹬腿的抗拒着，抗拒不过时，即刻大声地号哭起来。

乾坤湾村村小的现实情况就是这样，不仅要教育适龄娃娃读书学习，还要接纳刚能离开娘身子的幼小娃娃，做他们的幼儿园。

光屁股的小娃娃，一个人号啕倒还罢了，他的号哭迅速地传染开来，另有两个如他一般幼小的娃娃，原来被大点的姐姐哥哥压制着，都蜷缩在他们的膝下，这时跟着光屁股的小娃娃，全都不管不顾地号哭起来了。

不仅乾坤湾村的现实是这个样子，全陕北的农村，哪儿不是这样呢？

罗衣扣想着要提高他们乾坤湾村小的教学质量，头一个要解决的问题，不是适龄学生的走读，而是把适龄学生从帮助家庭带小弟弟、小妹妹的困扰中解放出来，让他们在村小里能够全心全意地投入学习。

解决这个问题，罗衣扣不能找生产队长池东方，不能找关心她、爱护她的道老汉，当然更不能找柯红旗、田子香他们了。

罗衣扣自作主张去找牛小兰了。

牛小兰没有了腮腺瘤的压迫，与她男人柘黑娃商量了再商量，集中起他们夫妇的全部精力，想要怀上孕，给他们夫妇生下个自己的小娃娃来。这成了牛小兰眼下最迫切的一个想法……罗衣扣找她来了，还没说出在村小遇到的问题，而牛小兰则口无遮拦地，就先给罗衣扣说了她的想法。对此，罗衣扣一个未婚的北京女知青，怎么都不好接嘴。罗衣扣努力地想着办法，要把牛小兰引到她的思路上来。她依着牛小兰的需求往下想来，便想出话来，当面锣对面鼓地给牛小兰说了，你有了自己的娃娃，是不是要在村里小学读书呀？你是一定要让你的娃娃上咱村里的小学哩。牛小兰不假思索地继续给罗衣扣说，说我牛小兰不是神仙女子，我不让我家的娃娃在村里小学读书，还能像牛郎织女把自己的娃娃挑在担子上，爬到月亮上去读书吗？牛小兰的回答是有趣的，当下把罗衣扣惹得笑了起来。她笑着问牛小兰，说你一定希望咱们村的小学办得好是吧。牛小兰重重地给罗衣扣点头。罗衣扣看着是个好机会哩，就开诚布公地说了小学里存在的问题，要牛小兰给她想办法，帮助她……牛小兰的办法，来得非常快。她给罗衣扣说，让为家里带小弟弟、小妹妹的学生娃，在去村小上学前，先把他们的弟弟、妹妹带到她身边来，她帮他们来带。

牛小兰对此特别有兴趣地说：我是要给我男人怀娃娃的呢。

牛小兰说：先把那些光屁股的小东西带着，对我可是个难得的启发哩。

牛小兰说：启发我早怀娃娃，早生娃娃。

罗衣扣高兴牛小兰给她想的办法，但她没有立即同意。这是因为，罗衣扣来找牛小兰时，自己已在心里思谋下一个办法了，那就是动员牛小兰把乾坤湾村有小娃娃的婆姨们召集在一起，大家排队轮班，你一天，她一天，轮换着来带小娃娃。

罗衣扣说了：带一个是带，带几个还是带。

罗衣扣说：轮到谁接班带了，既带自己的小娃娃，又带别人家的小娃娃。把自己和别人家适龄读书的娃娃解放出来，该是多么好啊！

罗衣扣说：适龄读书的娃娃，把书读出息了，可不就是他们每一个家庭的光荣吗？

听着罗衣扣的话，牛小兰感知到她为此想的办法是有点自私了，她想的只是有利于自己，而罗衣扣的办法要公道的多，想的是其中的每一个人，每一个家庭。她同意了罗衣扣的办法，并表明态度，她能够把那些有娃娃的婆姨，都召集起来，听从罗衣扣的安排。

牛小兰向罗衣扣表了态后，竟然如道老汉一样，也说起了道道。

牛小兰说：道道。

牛小兰说：对了，就是这个道道，相互换工，你换我的工，我换你的工，谁不亏谁。

这个办法的实施，根本上解决了村小教学秩序的问题，加之罗衣扣严谨认真的教学态度，以及自身的文化素养，使乾坤湾村适龄在校读书的娃娃，读书读得认真，学习学得愉快，多有进步，在暑假前的年级升级考试中，没有一个留级的学生，特别是四年级的学生，全都通过高年级的考试，升到河怀公社所在地的完全小学读书去了。

这样的成绩，在乾坤湾村的村小历史上，是极其少见的。

二

　　无论是大点儿的核桃果，还是小点儿的青枣儿，都还没到成熟的季节，一个一个，全都小心地躲在绿汪汪的叶子下边，没敢露出头来。在知青窑院那一大片浓稠的核桃树荫下，面对面坐着的是道老汉和柯红旗。他俩对坐的石头桌子，平常日子是他们知青吃饭的地儿。但可以清晰地看见，那方石头小桌子上线刻了一副象棋棋盘，横平竖直，楚河汉界。

　　道老汉说过，那副棋盘，是他住进这处窑院来，才刻上去的。

　　道老汉有不错的棋艺，得空的时候，总想与谁相对而坐，在石头桌子线棋盘上大杀一番。然而，从道老汉居住进乾坤湾村以来，他就未能遇到一个对手，所以石头棋盘一直寂寞着。直到来了插队下乡的柯红旗，寂寞着的石头棋盘，除了吃饭用一用，道老汉和柯红旗，是还要捉对杀那么一场两场的。

　　从知青窑院的大门口进来，罗衣扣便看见道老汉，与柯红旗对坐在那方线刻了象棋棋盘的石头桌子前，你支士，他跳马，你出车，他拱卒……热火朝天地杀着一盘棋，杀得正在兴头上。道老汉的棋力十分硬朗，很有他的一些老功夫，然而柯红旗并不弱，他在北京生活的日子里，不仅常练他的拳脚，而且还又兴趣盎然地学习了一手不错的象棋技艺……罗衣扣见识多了他们一老一少，在核桃树下的石头桌子上，相互博弈的场景。她从村小回来，见他们二人在博弈，就静静地站在一边，没有干扰他们，看着他俩把一盘象棋杀到最后，相互投子议和，这就向道老汉说起了她的想法。

　　罗衣扣说：好啊，和了。

　　罗衣扣说：和了好。你俩和了一盘棋，给我把时间腾出来，我有话说哩。

　　罗衣扣这种起承转合的说话方式，无疑是很有效的，当下引起了道老汉和柯红旗的注意。他俩同时把眼睛看向了罗衣扣，就等罗衣扣说话了。罗衣扣因此快活地乐了一乐，就说她为了进一步提高在校娃娃学习的积极性，想要把课堂学习，与社会学习结合起来，不断提高村小教学的教育效果。罗衣扣在这个问题上，想了不是一天两天，她想的是很成熟了呢。因此，她进一步说了，革命老区的陕北，到处都有名冠千秋的红色遗址，以及健在的革命老人。特别是革命老人，他们有的参加过红军，有的参加过八路军，有的参加过解放军，许多人既投身了艰苦卓绝的抗日的战争，又投身了灿烂壮阔的解放战争。

罗衣扣所以这么来说，是她知道，敬爱的道老汉，就是这样一位使人敬仰的革命老人哩！

罗衣扣把她的设想一说出来，道老汉倒还没说什么，柯红旗就先激动了起来。

激动起来的柯红旗，钦佩地看向罗衣扣，以为她的设想，是太有创意了。他当下大表赞赏，伸手收拾着石头桌子上他与道老汉下了一程的象棋，就还为罗衣扣的创意，出起了主意。

柯红旗说：远在天边，近在眼前。

柯红旗说：现成的，道老汉就是你该找的革命老人。他老人家给你的学生娃娃们上社会课，效果不知要有多好哩！

柯红旗给罗衣扣出的主意，正好也是罗衣扣心里想的。她知道，在道老汉自己住着的窑洞里，有他珍藏着的一把黄铜的军号。那把军号，道老汉有时间了，就要拿在手里擦拭，擦拭得金光闪闪……这把黄铜军号，是有其不凡的经历呢，是道老汉革命生涯的一个最为真切的证明。

有柯红旗配合着，罗衣扣把想邀请道老汉给她的学生娃娃们上社会课的设想，清楚明白地说给道老汉后，道老汉虽然没有说同意还是不同意，但他如柯红旗和罗衣扣当时想的一个样，转身离开他和柯红旗博弈了一场象棋的石头桌子，去了他居住的窑洞里，拿出珍藏的黄铜军号，举起来凑到嘴唇上，朝着蓝莹莹的天空，先是试了试音，便惊天动地地吹奏了起来。

罗衣扣听懂了道老汉吹响黄铜军号的意思。

道老汉是答应她了，答应给她的学生娃娃们上社会课了。

三

道老汉把给罗衣扣的学生娃娃上社会课的日子，安排在了暑假后开学的那一天。

　　道老汉不说为什么选择在这一天，但罗衣扣是知道的，她为了道老汉给她和她的学生娃娃上好社会课，先做了许多功课：三十多年前，即1937年8月下旬到10月初，是中国共产党领导下的红军改编为八路军，东渡黄河抗击日本侵略者的日子。因为此，道老汉把他要上的社会课，安排在了松树峁顶上。

　　那一天，道老汉早早地站在那颗孤独的老松树下，迎接来上社会课的罗衣扣和她的学生娃娃们了。

　　站在老松树下的道老汉，这一天是别样的，一身麦黄色的旧军装，胸前佩戴着好几枚军功章，让他看上去，是那么英武，是那么雄壮……当然，他珍藏的那把黄铜军号，这个时候，也被带上了松树峁，道老汉严肃静穆地抓在手上。罗衣扣和她的学生娃娃，往松树峁上攀爬的时候，先是远远地看见了老松树，继续向上攀爬着，就看见了站在老松树下的道老汉，他们继续向上攀爬，又看见了道老汉拿在手上的黄铜军号。

　　道老汉是也看见向着松树峁上攀爬来的罗衣扣和她的学生娃娃们了。

　　他举起了拿着黄铜军号的右手，向他们兴奋地招着，到他们攀爬得近了些时，就把军号从右手倒在左手上，而腾出他的右手，给罗衣扣和她的学生娃娃们敬了一个十分标准的军礼……罗衣扣和她的学生娃娃们，学着道老汉的样子，也都举起右手，向道老汉认真地还着礼。道老汉为罗衣扣和她的学生娃娃致礼的时间，持续得十分久，而罗衣扣和她的学生娃娃们，给道老汉还礼的时间，持续得亦非常久。这是道老汉在给罗衣扣和她的学生娃娃开讲社会课前，自己思谋着兴起的一个仪式。道老汉把他思谋的这个仪式，提前给罗衣扣是说了的。罗衣扣虽然心知肚明，但临场做起来，使她顿然感到，比她心知肚明的那一种样子，要严肃庄重得多，要神圣壮观得多……站在老松树下的道老汉，把他的右手一直地举着，看着一个又一个的学生娃娃，从他的身边走过，他铜铸石刻一般，保持着开始时的姿态，直到最后一个学生娃走过他的身边，他才规范地收起了他的军礼。

　　收起军礼的道老汉，招呼罗衣扣和她的学生娃娃，在老松树下自找地方坐下来，听他讲社会课了。

在老松树下抬头远看，即能毫无阻碍地看见黄河对岸直上直下千百尺的乾坤崖，低头俯瞰，又能不受约束地看见弯成一个太极图似的黄河。震撼人心的乾坤湾啊！罗衣扣的学生娃娃们，也许有人上过松树峁，看过乾坤崖，见过乾坤湾，但他们一定都如罗衣扣一样，是头一次看见一身麦黄色旧军装的道老汉，以及他佩戴在旧军装上的军功章。道老汉就那么站在老松树下，把他与老松树一起，非常恰切地融入了这里的原始风景，让攀爬到这里来的罗衣扣和她的学生娃娃们，看着他，直觉这里是雄浑的，更是壮美的……道老汉的社会课，就此拉开了帷幕。

道老汉开口向罗衣扣和她的学生娃娃们，先问了一个问题。他问的问题是不需要谁回答的，因为他是这样问的。

道老汉问：咱们先吼唱一曲信天游好不好？

就在道老汉把这个问题问出口，还没落下音时，即有一曲叫《乾坤湾》的信天游，被他雷吼一般唱了出来：

> 瞭不到头的那个沟哎，
> 瞭不断头的河。
> 瞭不到头的黄河一湾又一湾，
> 一弯一弯心上过。
> ……

乾坤湾村的人啊，谁不会吼唱这曲信天游呢？大概是没有的，便是他们小小的学生娃娃们，耳濡目染，在黄河的乾坤湾边长着，也是都会吼唱的呢。然而道老汉唱来，似乎有些不同，完完全全地是用他的生命来吼唱的。罗衣扣和她的学生娃娃们，被道老汉的吼唱感染了，他们把注目在道老汉身上的眼睛，像道老汉一样，齐刷刷地投向了深陷在峡谷中的黄河，对着那道弯成一个巨大环状的乾坤湾，亦如道老汉一样，唱起了这曲他们都会唱的信天游：

> 红彤彤的那个太阳婆,
> 金灿灿的那河
> 千回百转转不完的那河湾湾,
> 一弯一弯随风过。

发源于青藏高原上的黄河,就是这么特别,自冰川万丈的巴颜喀拉山山麓,一路奔来,流经青海、四川、甘肃、宁夏、内蒙古,到了陕北高原,遭遇高山峡谷,那桀骜不驯的洪流被注入向下切割的力量,使地壳的岩石圈形成一个又一个的大湾。松树峁与乾坤崖夹峙的乾坤湾,只是那湾湾不断中的一个,以此为坐标,北上还有延水湾、伏寺湾、太极湾等,南下又有清水湾、鸡鸣湾、羊角湾等,一湾连着一湾,湾湾不绝,气势之磅礴,如咆哮的雷电,似澎湃的海啸……道老汉起头唱来,罗衣扣和她的学生娃娃跟进来合唱,使这曲信天游,有机地融合进了黄河的湾流中,成了黄河的一部分。

在如此激动人心的背景下,道老汉为罗衣扣和她的学生娃娃举办的社会课,正式开讲了。

四

道老汉讲了一位母亲和一位父亲的故事。

那位母亲就是道老汉的血亲老娘桑织娘,那位父亲就是道老汉的血亲老父祁猎户……多么慈爱的母亲啊!多么雄壮的父亲啊!在黄河东岸的柳林镇里,母亲桑织娘,自己养蚕,自己缫丝,自己煮染彩线,自己描红绘样,自己扎花绣朵,是柳林镇上少有的一位花样织娘。花样织娘的她妩媚温婉,人见人爱。作为她唯一的儿子,年少的道老汉,是她顶在头上怕吓着,含在嘴里怕化了的宝贝疙瘩。那时候的道老汉,完全地享受着母亲桑织娘和父亲祁猎户对他的恩与爱。祁猎户强悍豪迈,他一杆猎枪,百发百中,不仅享誉柳林镇,便是在广阔的晋西北地面上,亦然声名赫赫。穿行在崇山峻岭之间,凡是撞进他视野里的猎物,就没有逃生得了的。他们一家三口,在柳林镇的家里，过着说不上怎么富裕，但也绝不贫寒的生活。

然而，他家平静的生活，因为日本侵略者的到来，被彻底打破了。

凶残的侵华日军，自卢沟桥事变以后，沿着长城一线，如一群毫无人性的野兽，席卷而来，迅速占领了冀北平原。为了获得山西的煤炭资源，达到他们以战养战的罪恶目的，很快又入侵山西境内，相继攻下大同、太原等战略重镇，并囤积兵力，准备更大规模的侵略行动。其中的川岸师团，向黄河一线的晋西北扑了过来，柳林镇不可避免地遭遇到了日本鬼子的血腥占领。

就在日本鬼子占领了柳林镇后的一天，道老汉的母亲桑织娘，被一个叫筑波佑载的鬼子军曹，毫无人性地糟践了。

悲剧发生的时候，道老汉不在家里，道老汉的父亲祁猎户也不在家里。

道老汉不在家里，是因为日本鬼子想要掩盖他们的侵略罪行，实行他们所谓的亲善举动：他们挨门齐户地搜查，凡是在柳林镇镇办学校读书的学生，不许待在自己家里，搜查到了谁，就给谁洋糖吃，还给谁饼干吃……道老汉就这么被鬼子搜查出来，送进了镇办学校。

道老汉好读书，爱学习，他被鬼子兵送进镇办学校，开始时，并不觉得有什么不好。黄河古道边的柳林镇啊！有一个非常好的传统，就是兴学办教育了。满镇子里的人家，谁都希望自己家的孩子，是个读书的料子，读好书，出息了，可以光宗耀祖，还可以报效祖国，那是多么令人期待的荣光呀。

柳林镇能有这样的一个传统，都源于柳林镇是那一带最为繁华的一个去处，既有南下北上的船商，还有在柳林镇坐地开店的商户，烟、茶、盐、醋、香料，是为最大宗的商品，此外还有杂货、布匹，住家户用的日常物品等，其中有一家经营皮货的商户。道老汉的父亲祁猎户与这家皮货店老板才志祥，是非常要好的朋友。平常日子，祁猎户狩猎打回来的皮货，无一例外，都会交售给才老板。他俩每做一次交易，都要高兴地去镇子上的酒楼里，推杯换盏地狂饮一场。

就在道老汉的父亲祁猎户与才老板狂饮了一场大酒，再次扛着他的猎枪，钻进晋西北的山山岭岭，去撵野猪、黄羊、狐子的时候，日本鬼子打进柳林镇里来了。

道老汉就读的柳林镇镇办学校,应该说还是很讲究的呢!

早些年的时候,镇子上的人家,无论经商的商户,还是耕种庄稼的农户,大家都参与集资办起的这所学校,聘请的教师,已不是旧日的私塾先生,而是十分时髦的新式教员。有新思想、新文化、新知识的新式教员,他们在给学校设置教学的课程时,保留了部分私塾教授的传统文化,同时还教授新式的内容,譬如国文、数学、物理、化学等。在此基础上,又给学生们教授体操、篮球、乒乓球等体育项目。对学生中有独特潜质的人,还会因材施教,于他们的专长方面,给予特别的育导。

道老汉就是一个有专长的学生。

道老汉的专长,即是象棋博弈了。他的这一专长,得益于皮货店老板才志祥。才老板在做好他皮货生意的空闲时间里,就喜欢在柳林镇上,找人进行象棋博弈。道老汉受父亲的影响,小小年纪与才老板竟然也处得很有些道行。这都源于道老汉对棋艺的敏感了,他天生是个象棋博弈的好手。老板才志祥在柳林镇上找人弈棋,年少的道老汉凑上去看热闹。别人家观棋不语,很是君子的模样。年少的道老汉,初生牛犊不怕虎,他凑在一旁观棋,居然被他看出了门道。既然看出来了,他少不更事,就插手进来,也不管是才老板的棋艺好,还是老板找来对弈的人棋艺好。总而言之,他观棋看到谁的棋势弱,就偏向于谁,看到谁的棋走臭了,就为他支招,三下五除二,帮助棋势弱的人反败为胜,赢了棋的呢!

才老板发现了道老汉的这一特长,就还时常把年少的道老汉,请去他的皮货店,有意识地培养他的棋艺,使年少的道老汉,在柳林镇的象棋博弈场上,很是风光呢!

鬼子军曹筑波佑载,就是在皮货店老板才志祥那里发现道老汉的。

那时候,年少的道老汉正与才老板,在皮货店门口上捉对博弈。搜寻镇办学校在读学生的筑波佑载来了,他没有直接叫走年少的道老汉,而是静静地站在博弈着的道老汉与皮货店老板才志祥的身边,看着他俩,你来我往,在一方象棋棋盘上,杀得不亦乐乎,直到他俩把一盘棋博弈完毕,筑波佑载仿佛很有礼貌的，这才插话进来了。

筑波佑载说：吆西！吆西！大大地好！

筑波佑载说：你的，神童地干活！

筑波佑载自然说的是年少的道老汉了。他说着，把两颗洋糖还有两片饼干，直往道老汉的手里塞。他塞着还说了。

筑波佑载说：上学。

筑波佑载说：读书。

对于上学、读书，年少的道老汉自然是喜欢的，他没有忤逆鬼子军曹筑波佑载，而是说他要回家去，拿他上学读书的课本。筑波佑载同意了，但他没有让道老汉一个人回，而是跟随着道老汉，去了他家里，拿了课本、作业本。

伪善的筑波佑载，笑眯眯的，在道老汉的家里，见着了道老汉的母亲桑织娘。善于缫丝刺绣的桑织娘，在自己的家里，手拿一个圆形的绣花架子，在绣一方枕头的枕面，鲜鲜活活地已经绣出了一只鸳鸯，而另一只也已绣出了个大概。鬼子军曹的筑波佑载，不知因为道老汉乖巧秀美的母亲桑织娘，还是因为桑织娘绣在手上的鸳鸯枕头面儿，他看着，把他看得眼直了。不过，筑波佑载还没有失态，他只是像夸赞道老汉的棋艺一样，也把道老汉的母亲桑织娘夸上了。

筑波佑载说：吆西！吆西！大大地好！

筑波佑载说：鸳鸯。

筑波佑载说：绣花。

听不懂鬼子军曹筑波佑载的夸赞，是个甚意思。道老汉又被筑波佑载跟随着，去了镇办学校。到了学校后，自诩中国通的筑波佑载，心痒痒地要与道老汉较量较量象棋。对于侵略到柳林镇上的日本鬼子，年少的道老汉愤慨不已，他是很想有个机会，杀一杀他们的威风，因此就爽快地答应了。

镇办学校有的是象棋棋盘，年少的道老汉没有迟疑，他带着鬼子军曹筑波佑载，去到学校的棋室里，摆开场子，拉开架势，与筑波佑载，各选一边，楚河汉界地对弈起来。道老汉支士，筑波佑载架炮；道老汉跳马，筑波佑载出车；道老汉拱卒，筑波佑载飞象……一盘棋，道老汉下的全是守势，而筑波佑载则全是攻势。然而，偏是在道老汉的守势棋风下，筑波佑载狂妄的攻势棋风，渐渐地现出一种败势来，并最终输了个一塌糊涂！

  鬼子军曹的筑波佑载，不甘心他的失败，又还咋咋呼呼地，与道老汉博弈了两局。无一例外，坚持攻势的筑波佑载，还是凄惨地败给了年少的道老汉。

  心里不知怎么气恼呢！但面子上亦然笑眯眯的鬼子军曹筑波佑载，投子在棋盘上认输了。他两手一摊，对年少的道老汉做了个无可奈何的手势。同时呢，还张嘴吱里哇啦，夸了道老汉的棋艺，然后心不甘，情不愿地搓着他的双手，走出了学校。

  道老汉不知笑眯眯败下阵来的鬼子军曹筑波佑载，竟然再次闯进他的家里，欲火中烧地强暴了他可爱的母亲桑织娘。

  母亲不能忍受如此大辱，张嘴咬住了筑波佑载的一只耳朵，血淋淋咬掉了一小块。

  恼羞成怒的筑波佑载，手拿枪刺，就要来戳道老汉的母亲了。恰好被放学回家来的道老汉撞见了，不顾死活猛地撞开了筑波佑载，使筑波佑载未能得手。

  鬼子军曹的筑波佑载，在象棋的棋盘上，奈何不了道老汉，他是羞愧的。

  正因为此，鬼子军曹的筑波佑载，悻悻地收起他凶残的枪刺，抬手捂住他伤了的耳朵，用他气急败坏的眼神，恶狠狠地看着道老汉，把道老汉看了几好眼，最后转过身去，不无颓丧地走了。

  皮货店老板才志祥，听闻了道老汉的母亲桑织娘被鬼子军曹筑波佑载糟践的噩讯，他不怕自己被筑波佑载盯上遭受祸殃，勇敢地去了道老汉的家。才老板冒着巨大的风险去道老汉的家里，他是怕年少的道老汉，也受筑波佑载的祸害……道老汉和他母亲桑织娘，平常的日子，如果祁猎户出门狩猎不在家，家里有什么事了，就都去找皮货店才老板。眼前的事是太大了，道老汉的母亲不敢大意，才老板赶了来，她即把年少的道老汉，托付给了他，让他带着道老汉去了他的店里，藏了起来。

把年少的道老汉藏在皮货店里，才老板是还不放心呀！他盘算着道老汉的父亲祁猎户，差不多就要回柳林镇时，才老板带着道老汉，潜出柳林镇，远远地在半道上去等祁猎户了。

才老板和道老汉在一个黄昏，等回来了道老汉的父亲祁猎户。

五

道老汉不会忘记，与才老板等到父亲祁猎户的时候，他父亲祁猎户的肩上，是搭着几张黄羊皮、野猪皮和狐子皮的。

道老汉的父亲祁猎户不知家里发生的变故，见着了儿子和才老板，他竟然还心情不错地告诉才老板：打的全是眼对眼。

道老汉的父亲祁猎户说：才老板呀，你可是要给我个好价钱哩！

皮货店老板才志祥没接祁猎户的话，他偏着脑袋看向道老汉，想要道老汉给他父亲说出原委的。但年少的道老汉在见着父亲后，一句话都不说，只是低头下来一个劲儿地哭……才老板没有了办法，他就只有自己给祁猎户说了。说他祁猎户不在家里时，道老汉的母亲桑织娘，守贞不屈，但她斗不过鬼子兵的霸道，被……皮货店老板把那个"被"字后边的话没说来，但道老汉的父亲祁猎户，是已听清楚了。

祁猎户听得顿时两眼冒火，什么话都说不出来，只把他肩上搭着的黄羊皮、野猪皮和狐子皮，卸下来搭在才老板的肩膀上，推着他，要他回镇子里去。祁猎户则在黑夜里，带着他的年少的儿子道老汉，转身隐没在了无边无际的夜色中。

道老汉的父亲祁猎户，没有什么犹豫，他把年少的道老汉，交给他相熟的一位走河汉子，送过了黄河，去了陕北。

几天后的一个早晨，天还没有亮透，一声嘹亮的猎枪声响，响彻了柳林镇，随着那声响，起早出门在柳林镇街道上跑步的筑波佑载，一头栽在了街面上，瞪了瞪眼睛，当下就咽了气。

筑波佑载被猎枪打了个耳对耳。

有此精妙枪法的人，除了道老汉的父亲祁猎户，还会有谁呢？住在柳林镇上的日本鬼子，抓住耳对耳打死筑波佑载的这一特点，在柳林镇调查开了，就在鬼子兵拉网式的调查期间，还有两个日本鬼子，亦然以被猎枪耳对耳击穿的方式，丢掉了性命……对柳林镇上的人来说，这既是一个秘密，但又不是一个秘密，特别是在皮货店的老板才志祥那里，就更不是秘密了。

筑波佑载与那两个日本鬼子一样，以耳对耳这种方式被打死的时候，才老板就认定了这是道老汉的父亲祁猎户干的。

别的猎户狩猎，一枪筒子的散弹，能打得住猎物，却也会把猎物打得浑身枪眼。满身枪眼的野兽皮，就难卖出好价钱呢。祁猎户打猎，在猎枪里不装散弹，从来都是一根小拇指般粗的铸铁条子，瞄准的是猎物的眼睛。一枪打去，他如果瞄准的是猎物的右眼睛，就从右眼睛进，再从左眼睛出；如果瞄准的是左眼睛，就从左眼睛进，右眼睛出；眼对眼，绝对不会伤了猎物的皮毛。

去了黄河西岸的陕北，道老汉的生命安全得到了保障。但他时刻关注着黄河东岸的消息，所以总是不离黄河地走。

道老汉在黄河边上走，隔上几天，或者一连几天，都能听得到关于鬼子兵，被人一冷枪打他个耳对耳死了去的消息。

耳对耳死去的鬼子，开始时仅限于驻扎在柳林镇上了日本兵，后来不断地扩大着，就扩大到了整个晋西北……日本鬼子对这样的死法，既莫名其妙，又清楚明了。他们猜都猜得出来，那些被打了耳对耳死去的人，一定是被有经验的猎人猎杀的，抓住这一难得的线索，日本鬼子醒回神来了，他们派出特工，到各皮货店里查验皮货。这一查，真叫他们查出眉目来了。他们最先在柳林镇上的才老板店里，找到了打猎物眼对眼的皮张。

鬼子兵二话不说，就把皮货店老板才志祥抓起来。他们把才老板抓起来，也不去他们驻扎的地方，就在老板才志祥的店子里，审问起了他，要他交代眼对眼打法的皮张，是谁交售给他的。

才老板当然知道，这是道老汉的父亲祁猎户交售给他的。

所有交售给才老板的皮货，他是要一张一张认真检查的，这是生意，谁做生意不为赚钱，眼对眼猎获的皮张，比散弹打伤的皮张，要贵两三倍的价钱哩！才老板不能不仔细认真地检查。才老板多年检查的结果，发现从来只有祁猎户交售给他的皮张，是一枪打的眼对眼……但是他不能说，即使丧心病狂的日本鬼子要他的命，打死他，他都要保守住这个秘密，不使道老汉的父亲祁猎户暴露。

才老板那段时间最爱听到的消息，就是又一个日本鬼子兵被耳对耳地击毙了。

凶神恶煞的日本鬼子，在皮货店里审问才老板的话，像是撞在了一堵墙上，没有任何回声。鬼子兵的皮鞭抡起来了，一鞭比一鞭狠，抽在了才老板的头上、脸上。连着挨了几皮鞭子的抽打，才老板的头上脸上，就都有鲜红的血，汩汩地涌流出来，他才像突然醒悟过来似的，给审问他的日本鬼子回话了。

皮货店老板才志祥说：猎户们给我交售皮张，我就只认是什么野物的皮张好了，哪里又能分的清，哪张兽皮是哪个猎户交售来的？

才老板说：你们打死我吧。

才老板说：打死我，我也分不清楚。

日本鬼子不是不想，而是不能打死皮货店老板才志祥，打死了他，就把耳对耳击毙他们的猎户找不出来了……他们抽出闪着亮光的东洋刀，架在了才老板的脖子上，放出狂吠乱叫的大狼狗，咬在了才老板的胳膊上。恫吓与威胁，都没有能使才老板说实话，他们就把浑身是伤、浑身是血的才老板，押着往他们鬼子兵驻扎的地方去了。路过道老汉家的家门口时，道老汉守在家里的母亲桑织娘不忍看见这悲壮惨烈的一幕，她忘记了危险，不顾死活地扑出家门来，就在押解着皮货店老板才志祥的鬼子兵面前，给他们提了一个条件。

桑织娘说：你们在找耳对耳打死你们鬼子兵的人吗？

桑织娘说：我知道那个人。

桑织娘说：那个人就是我的男人！

鬼子兵被道老汉母亲桑织娘这突如其来的一问一答，弄得愣了起来。愣着的他们,把举在手上的东洋刀,指向了桑织娘……桑织娘脸不变色心不跳,她给他们又提出了一个条件。

桑织娘说:你们放了皮货店老板。

桑织娘说:放了他,我告诉你们。

鬼子兵无可奈何地放走了皮货店老板才志祥,这便逼着道老汉的母亲桑织娘,要她说出耳对耳击毙他们鬼子兵的人在哪里。他们要找到他,剥他的皮,喝他的血……桑织娘没有食言,她无比骄傲地告诉鬼子兵,她知道她的男人在哪里,要鬼子兵跟着她,她带他们去找她的男人。

六

走在前面的是道老汉的母亲桑织娘,跟在她身后的是一队鬼子兵……桑织娘把鬼子兵带到了黄河岸边的乾坤崖上。

壁立千仞的乾坤崖,确有那擎天的气势,扎根在波涛汹涌的黄河激流中,饱含着激情向两边伸展着,形成一个环状的崖壁,然后努力地向上、再向上……此一时也,道老汉的母亲桑织娘,就骄傲地站立在乾坤崖最高处,她举头仰望了一会天,接着又低头俯瞰起了黄河,她看见蔚蓝的天空上,有朵朵白云,还看见高高的乾坤崖边,有雄健的雀鸟在飞……道老汉的父亲祁猎户在这里吗?

日本鬼子已经不很耐烦了,他们狼嚎鬼哭似的要道老汉的母亲桑织娘交出她男人。道老汉的母亲桑织娘回答他们了,她回答他们的是一曲信天游。这曲起名为《英雄汉》的信天游,在晋西北地区的百姓口头上,因为道老汉父亲祁猎户的作为,而被大家唱得特别响亮:

> 九曲那黄河一十八道弯,
> 盘山越岭弯套弯。
> 大太阳烤红了咱的胳膊弯,
> 风里雨里就弯里转。

……

道老汉的母亲桑织娘，本来是个不怎么吼唱信天游的人。但她站在了乾坤崖上，面对着洪涛滚滚的黄河，心里想着她英雄的男人祁猎户，便不能自禁地要吼唱信天游了。而她一旦吼唱起来，又是那么动听感人：

生我的铁骨练我的胆，
老汉我喜欢灭豺狼。
仰起头咱喝一壶老白干，
骑上黄龙咱做英雄汉。

桑织娘的信天游让日本鬼子听出问题来了，这使他们的不耐烦，突然加重了许多，隐约知觉，他们可能被桑织娘骗了。但他们没有死心，还想在道老汉母亲桑织娘的嘴里，掏出打他们鬼子兵耳对耳的祁猎户来。他们恶狠狠地向道老汉的母亲桑织娘询问祁猎户，桑织娘在他们的询问声里，抬起她了的右手，指向了乾坤崖下的黄河，很坚决地告诉了鬼子兵。

桑织娘一脸的荣耀。她说：看见了吗？我的男人！

桑织娘一脸的豪迈。她说：打你们鬼子兵耳对耳的我男人！

道老汉母亲桑织娘的右臂，被鬼子兵举在手上的东洋刀劈了去，半截的右臂齐茬茬落在了地上。

鬼子兵劈断了道老汉母亲桑织娘的右臂，似还不能发泄他们受骗的怒气，就还扑上去，撕下了桑织娘的衣裳……站在乾坤崖上的桑织娘，赤裸着她的上身，是那么的圣洁，她依然一脸的豪迈、骄傲与荣耀！她又抬起她的左臂，指向了乾坤崖下的黄河。

桑织娘说：我的男人！

桑织娘说：我亲亲的男人啊！

日本鬼子的东洋刀，再次地劈下来了，像劈断道老汉母亲桑织娘的右臂一般，又劈断了她的左臂……道老汉的母亲桑织娘，面朝着黄河，倒在了乾坤崖上。

道老汉的父亲祁猎户，在三天后的一个黄昏，独自摸上了乾坤崖。

在这三天当中，晋西北的崇山峻岭间，先后又炸响了三声脆亮的猎枪声，道老汉的父亲祁猎户依然用他猎获野兽的方法击毙着日本鬼子……晋西北山里的老百姓，多是他的眼线，他勤劳的妻子桑织娘，被日本鬼子杀害了的消息，不胫而走，在老百姓的中间传颂着，很自然地传送进了祁猎户的耳朵里，他向桑织娘死难的乾坤崖赶来了。

祁猎户黑赶明赶地赶在赶来的路上，祁猎户没有让他心爱的猎枪哑火，他击毙着撞到他猎枪枪口上鬼子兵，最后赶上了乾坤崖。

血泊中的桑织娘，在初夜的月光下，以一种使祁猎户心碎的姿态趴卧着，道老汉的父亲祁猎户，扑到道老汉母亲桑织娘的身上，抱着她，想要把她扶起来，然而已经不能了。

道老汉的母亲桑织娘，在乾坤崖的崖顶上，已然硬成了一尊壮丽的雕塑。

豺狼般狡诈的日本鬼子，杀死道老汉的母亲桑织娘后，即扯旗又放炮地撤回到了柳林镇，做出乾坤崖上唯有桑织娘尸体的假象。又悄悄地安排了几名鬼子兵，于夜半时分，在夜幕的掩护下，再次爬上乾坤崖上，分散开来，寻找到可以隐藏他们的掩体后，潜伏下来，等待来给桑织娘掩埋尸体的祁猎户。

明枪好躲，暗箭难防。

躲在大树背后或是灌木丛中的鬼子兵，没人不知道祁猎户的厉害，他们惧怕着祁猎户，怕他们暴露了自己，被祁猎户耳对耳的一枪，打他们一个耳穿死，所以就都特别小心，谨慎……小心着，谨慎着，却也是要有所行动的。他们的行动就是要神不知、鬼不觉地使用他们端在手上的枪，向摸上乾坤崖的祁猎户瞄准了。正是他们端枪瞄准的那一细微的动作，使他们暴露给了祁猎户，但见他斜挂在身边的猎枪，只是小小的正了一下，便有一声清脆的裂响，随着一股耀眼的火焰，喷射而出，灌木丛里的鬼子兵，即有一个被一根铸铁的条弹，耳对耳地穿透过去，死在了灌木丛里。

命悬一线的时候，比的就是谁的眼快，手快，感觉快。

道老汉的父亲祁猎户，在抢先打死一个鬼子兵的同时，潜伏在乾坤崖上的另外几个鬼子兵，差不多都对准了他，扣动了扳机，砰、砰、砰……祁猎户的腿上、腰上、胳膊上，都有枪弹的钻入。祁猎户不要被日本鬼子俘虏，他把心爱的猎枪，扔下了乾坤崖，接着抱起他相亲相爱的女人桑织娘，奋勇地一跃，腾空起来，与他的猎枪一样，投进了滚滚滔滔的黄河。

啊！黄河以黄河的博大，还有黄河的包容，接纳了道老汉的父亲祁猎户和母亲桑织娘。

黄河咆哮着，一直地咆哮着；黄河呜咽着，一直地呜咽着……黄河在为道老汉英雄的父亲祁猎户而咆哮，黄河在为道老汉英勇的母亲桑织娘而呜咽。

坐在大松树下罗衣扣和她的学生娃娃们，聆听着道老汉讲说社会课，他们被那悲壮的故事吸引住了，屏声静气，沉浸其中，满耳朵眼里，依然是黄河不绝的咆哮与呜咽。

第九章　烂漫萱草花

青天蓝天蓝格莹莹的天，
这是什么人的队伍上了前线.
叫声老乡咱听分明，
这个就是坚决抗战的八路军。
……

——信天游《军民一条心》

一

在罗衣扣的组织下，道老汉给罗衣扣和她的学生娃娃们，已经上了几次社会课了。

道老汉在给罗衣扣她的学生娃上社会课时，起头都要吹上一阵嘹亮的军号，讲罢结束时，还要把黄铜军号举在手上，嘹亮地吹上一阵子。罗衣扣知道，那旋律不同，节奏不同的军号声，开始有开始的激越，结束有结束的深远，是都有各自不同的蕴涵的呢。吹罢了军号，道老汉还要把他关于"道道"的说法，重复地说出来。

道老汉的语气是凝重的。他说：道道。

道老汉说：无事不能不讲道道。

道老汉说：没道道不成方圆。

道老汉给罗衣扣和她的学生娃娃上的社会课，照他自己说，他讲的都是他要讲的道道。对此，罗衣扣也从心里承认，道老汉讲出来的，确实无一件事情不是道道，无一句话不是道道……道老汉的道道，让罗衣扣想要更深入认识他。就在道老汉于松树峁的老松树下，给罗衣扣和她的学生娃娃们上了一堂社会课后，罗衣扣再次提请道老汉，再给她和她的学生娃娃们准备一堂社会课的要求时，道老汉给罗衣扣说了。

道老汉说：延安城里有个"八一敬老院"，你知道吗？

道老汉说：那里的人，谁来讲都是一堂求之不得的社会课哩。

道老汉说：还可以请他们来给你和你的学生娃娃们讲一讲的。

罗衣扣看见，道老汉在给她说这几句话时，他脸上的神情，比他刚才给她和她的学生娃娃们讲社会课时，还要庄重，还要严肃。

罗衣扣把道老汉的建议记在了心里，她利用一个星期日，早早起来，缠着道老汉，拉着他搭乘公共汽车，赶去了延安城里的八一敬老院。那种陕北窑洞式的八一敬老院里，居住着一百多位老红军、老八路，他们多多少少都有那么点儿残疾，或者胳膊或者腿，或者脸面或者身子……罗衣扣一踏入敬老院的大门，就看清楚了。他们现在的身份，都叫荣誉军人。这个称谓太准确了，他们身体上的创伤，很好地证明着他们的荣誉。走进敬老院的院子来，荣誉军人中的一些人，与道老汉非常熟悉，他们与道老汉或曾有过枪林弹雨的战友之谊，或曾有过同甘共苦的生活之交。道老汉的到来，让他们好不热情快活。你看见了道老汉，就一把拉住，便是一通热肠热肺的问候，他看见了道老汉，也一把拉住，又是一通热肠热肺的问候……罗衣扣伴随在道老汉的身边，有人错把罗衣扣当成道老汉的女儿。他们说道老汉了，说你老家伙有福，女儿都这么大了，生得俊，长得俏，惹人心疼啊！开始有人这么说，道老汉还向他们解释，说罗衣扣是从首都北京来的知识青年，她跟我来看你们，是要请你们去她教学的学校里，给她和她的学生娃娃们讲社会课哩。到后来，再有人这么说，道老汉不解释了，只是笑笑地，把罗衣扣疼爱地看上一眼，仿佛罗衣扣真是他的女儿一般。

罗衣扣深深地敬爱着从战争年代走来的荣誉军人，她随在道老汉的身边，走向哪位荣誉军人，她就都先向着那位荣誉军人，深深地一鞠躬……罗衣扣后来常常要想，她在那一天，不知向敬爱的荣誉军人们鞠了多少躬。她还感知到，她每一次鞠躬，既是是对老一辈革命军人的致敬，也是对自己的精神与灵魂的一次洗礼与升华。

因为道老汉的面子，还因为罗衣扣的虔诚，八一敬老院几位腿脚方便的荣誉军人，被请到了乾坤湾村，上到松树峁，在老松树下，给罗衣扣和她的学生娃娃们上社会课了。

他们都如道老汉一样，上社会课时都要郑重其事地穿上他们曾经穿过的军装，佩戴好他们获得的荣誉勋章。这使罗衣扣认识到，他们讲的每一堂社会课，无一不很好地融入了他们穿在身上旧军装，以及佩戴的军功章里。

二

三级独立自由勋章；

三级解放勋章；

三级八一勋章。

八一敬老院的荣誉军人们佩戴的军功章，与道老汉的军功章相映衬，让罗衣扣和她的学生娃娃们始知，道老汉所获得那三枚金光闪闪的军功章，是太有分量了。其中那枚三级八一勋章，是他参加抗日战争，与日寇殊死搏杀获得的；而那枚三级解放勋章和三级独立自由勋章，则是他参加解放战争，冲锋陷阵获得的。

此前，罗衣扣和他的学生娃娃们，只见道老汉佩戴在他胸膛前的军功章，是那么的辉耀灿烂，想要知道其中的故事，大家是问了道老汉的。其中不仅罗衣扣问过，她的学生娃娃们，也稚声嫩气地问过。

罗衣扣是这么问的，她说：一枚一枚的军功章啊！

罗衣扣说：都是您老人家的荣耀哩！

罗衣扣说：给我和我的学生娃娃们，说一说您荣耀的出处吧。

道老汉没有给罗衣扣明说，他只是一脸的微笑，抬手抚摸着他胸膛前排成一行的军功章，然后说：能有甚呢？

道老汉说：没那么要紧，都是我碰上了。

罗衣扣的学生娃娃们七嘴八舌地说了：爷爷，爷爷，给我们说说嘛！

罗衣扣的学生娃娃们说得特别真诚：好爷爷啊，我们想要知道哩。

道老汉依然没有说，又抬手抚摸在他胸膛前排成一行的军功章，给罗衣扣的学生娃娃们说了。他说：咱不着急，慢慢地你们就知道了。

真被道老汉说准了。有八一敬老院熟悉道老汉的荣誉军人，到乾坤湾村来讲社会课，使得罗衣扣和她的学生娃娃们，详详细细地知道，年少时的道老汉，因为柳林镇家里的那一场惨烈的变故，他渡过黄河，在陕北的地面上流浪了些时日，他结识了四妹子，怀着满腔的仇恨，在爱着他的四妹子陪同下，参加了红军队伍改编来的八路军，回到黄河东岸的山西境内，打日本鬼子了。

道老汉参加八路军的时候，队伍就驻扎在黄河边的乾坤湾。

道老汉在队伍里，一边做着基本的军事技能训练，一边准备着东渡出征去打鬼子兵。这个准备的时间，说长不长，说短不短，差不多就在道老汉参加八路军两月不到的日子，命令下来了，道老汉将要跟随大队伍东渡黄河了。

就在东渡黄河的那天初夜，四妹子撵着来了……在此之前，四妹子隔三间五地也要赶到道老汉所在队伍的驻地，来看道老汉的。但这一次来，是不同前面任何一次了。四妹子撵了来，她是要把她身子，完全彻底地给了道老汉呢。

下定了这个决心的四妹子，到了道老汉所在队伍的驻地，约出了道老汉，先把她给道老汉黑赶明赶，拉鞋底、绱鞋帮，赶制出来的三双踢得倒山的鞋子，送到道老汉的手上，看着他扎绑进他出征的背包里，这就伸手拉住道老汉，把他拉出军营来，绕着黄河走了一程，一直地走，他们双双转过了乾坤湾，最后走上松树峁，站在了老松树下。

老松树上的毛驹溜，是调皮的。

调皮的几个小东西，在高高的老松树顶上，欢欢乐乐地又是跳，又是叫。它们是听见、看见了道老汉与四妹子说的话，还有他俩拉手手、亲口口的举动了吧，喜悦得越跳越欢实，越叫越热烈……道老汉没有四妹子主动，没有四妹子大胆，他被四妹子越拉越近，拉得月光下的他俩，变成了一个人。四妹子饱满温热的嘴唇，逼近着道老汉的嘴唇，他没有迎上去，而是要躲开来，他左躲躲不开，右躲躲不开，就只有向上躲了。道老汉把他的脑袋向空中躲了去，这便看见了老松树上的毛驹溜。

蹦蹦跳跳的毛驹溜啊！欢欢叫叫的毛驹溜啊！

它们是为爱着的道老汉和四妹子在欢跳、在欢叫吗？

四妹子没有抬头，她低着头，说了要把她给了道老汉的话，却没有得到道老汉的回应，她就也抬头仰望起了老松树。四妹子是也看见毛驹溜了，不过她没有在意那些个小东西，而是敬仰着老松树，在给道老汉说了。

四妹子说：让老松树给咱俩做媒，给咱俩作证吧。

四妹子说：我生是你道老汉的人！死是你道老汉的鬼！

四妹子说了这两句话后，她手拉着道老汉的手，逼着道老汉回应她了。

四妹子是这么逼问来的。她说：我是你的亲人。

四妹子说：你世上现在唯一的亲人。

四妹子说：你说是吗？

道老汉没有说话，他只是一个劲儿地给四妹子点头。

四妹子在道老汉点头如捣蒜的眼面前，把她仰望老松树的脸儿低下来，火辣辣照在道老汉的脸上，盯着道老汉的眼睛，解起了她衣裳上的纽扣。粗布印花的衣裳，煮染的是红色的底子，蓝色的花儿，可是很新很新的呢。道老汉可以断定，这件新衣裳，是四妹子今夜穿给他的。衣裳新，纽扣也新，而且也是粗布的条儿制作成的，所以就特别的紧，四妹子要解开一枚，得费上很大的力气，但她就那么笑笑地，而且费力地解着她衣裳上纽扣，一颗，两颗，三颗……四妹子上衣上的纽扣被她全都解开了，一轮皎洁的月光照下来，正好照在了四妹子的胸膛前，使她的胸前一片雪白，晃得道老汉的眼睛迷离朦胧，分不清是天上的月亮，照着四妹子明净的前胸，还是四妹子的前胸，照着妩媚的月亮……决意要把她交给道老汉的四妹子，就那么袒露着她前胸，依偎在道老汉的怀里，逼迫着道老汉，要他要了她！然而道老汉却紧张地朝后退步了！道老汉每退一步，四妹子就向前逼一步，道老汉觉得他是退无可退了，便再一次把四妹子紧紧地拥在怀里，拥得四妹子都快喘不过气来了。

四妹子虚弱地给道老汉强调说：我把我给你了。

四妹子说：你要了我。

四妹子说：现在就要了我。

可是道老汉在四妹子虚弱的强调声里，却把他拥在怀里的四妹子，慢慢地推着，推开了一点儿距离，然后撒手开来，转过身去，惊慌失措地离开四妹子，向着乾坤湾边的部队营地跑了去。

道老汉在跑回部队的路上，听见了松树峁上四妹子唱给他的信天游：

　　太阳出来呀一点点红，
　　出门的人儿谁心疼。
　　月亮出来呀一点点明，
　　出门的人儿谁照应？
　　……

道老汉听得出来，四妹子唱给他的信天游是《出门的人儿谁心疼》。四妹子在苍茫的夜色里，就那么站在老松树下，一直地唱着，她一定把她是唱哭了呢！那饱含着泪声的唱呀，把道老汉也唱哭了：

　　羊肚子的手巾三道道蓝，
　　出门的人儿回家难。
　　天上的星星两颗颗亮，
　　在家的妹子牵心上。

三

道老汉以为四妹子唱给他的这曲信天游，像四妹子绣花时穿在针眼里的丝线，一针一线的，扎着他的心，是刺绣在他的心上了。

道老汉坐上了东渡黄河的大木船，他渡过了黄河，攀崖上到了父亲祁猎户和母亲桑织娘双双死难的乾坤崖上，短暂地停歇了一会儿。那一会儿，道老汉把四妹子唱给他的信天游，给他的父亲和母亲，也悲声地默唱了一遍。

道老汉这是要告慰他的父亲祁猎户，和母亲桑织娘的，他要两位老人放心，他是有人牵心上他了。

心怀着牵心他的四妹子，道老汉跟随八路军抗日的大部队，很快就参加进了忻口阻击战……此战打完后，接连又参加了七亘村、黄崖底等抗击日寇的战斗。这一连串在鬼子侧翼的战斗，不仅有效地打击了鬼子的嚣张气焰，而且还有力地策应和配合了国民党军队在战场上的战斗，极大地增强了全国人民抗战胜利的信心。同时，为共产党日后建立敌后抗日根据地，壮大人民革命力量，奠定了坚实的基础。

东渡黄河抗战之初，道老汉被编制在八路军129师771团团部，做了一名通信兵……这是道老汉的优势呢。

自幼长在黄河东岸的道老汉，对晋西北一带的山山水水，比起他人自然要熟悉得多，还有晋西北传奇英雄的父亲祁猎户，和母亲桑织娘独生儿子的身份，给他带来了更大的便利。道老汉可以坦坦然然、光明正大地走进老百姓中去，从当地百姓的嘴里，知晓晋西北侵略日军的动向。

道老汉从当地百姓的口中知晓，日本鬼子组织了他们的109师团第135联队一个大队，自九龙关向昔阳侵犯。鬼子兵也是很狡诈的呢，他们的目的是昔阳，但他们的兵力所指，却是广阔的榆次地区。道老汉从百姓口里得知了鬼子的这一动向后，立即报告给了他所在部队的连首长，连首长继续往上报，很快报到了师部首长那里。师部首长分析判断，发现了日军的进犯行动，必然要经过昔阳以东的南、北界都和黄崖底。有了这样一个明确的判断，师部首长心里有了底儿，这便不慌不忙地研究了黄崖底的地势情况，以为此地为天然的河谷地带，有利于我方部队潜伏，侍机歼灭日寇。为了打好这场战斗，师部首长考虑到黄崖底兵力部署的情况，还即刻决定，命令八路军靠近黄崖底的771团，在黄崖底以南的凤居村河谷地带一线潜伏狙击，命令772团在与凤居村形成掎角之势的巩家庄一带高地设伏……是年11月2日，日军侵犯而来的一个大队人马，糊里糊涂地进入了狙击区，771团抓住时机，向日本鬼子一顿铺天盖地的射击，迫使日本鬼子如同没头的马蜂，退至黄崖底最为狭窄的河谷地带，被771团和772团两面夹击。最终日军的这一个大队被全歼。随后打扫战场，发现此战共击毙俘获日寇三百余人，战马三百余匹，而参战的八路军仅仅伤亡不到三十人。

道老汉因为此战提供信息的准确，还获得了奖励。

然而大幸中也有不幸，不到三十人的伤亡者中，就有道老汉。他的腹部被日寇的一颗飞弹的碎片击中了。道老汉被转移到八路军设在黄崖洞的战地后方医院，进行手术、疗伤。

和平年代的黄崖洞，是一处风光旖旎、个性独特，颇为吸引人的风景区，方圆十多平方公里，海拔多在一千六百米以上，在一面南向的黄色峭崖上，因为一处天然的洞穴而得名。飞瀑直挂千丈悬崖，溪涧前苍松翠柏，杂树生花，以及各种珍稀动物，徜徉其中，什么翁圪廊、黑虎口、水窑山、桃花寨等等风景名胜，数不胜数，一处景观就有一处景观的奇妙，或怪石而嶙峋，或奇峰而突兀，或幽眇而神异……然而，正值全民抗战的时期，这样一处环境佳绝的地方，不是游人巡游的景观，而被开辟成八路军华北敌后兵工基地以及战地后方医院。

道老汉在这里治疗腹部的枪弹伤，却向往着战火纷飞的前线，他向后方医院申请，想要出院归队，到抗击日寇的前线上去，打鬼子，报国仇，泯家恨。可是后方医院没有同意他的请求，要他老实待在医院里，完全康复后再走……就在这个时候，日本侵略者汲取黄崖底失败的教训，集中了五千多人的主力，兵分数路，向黄崖洞发起了扫荡。

为了抵御日本鬼子的疯狂扫荡，道老汉他们在这里养伤的人员，跑得动路，拿得了枪的人，也都编进了黄崖洞反扫荡的战斗队伍中。

尽管如此，参加进战斗的人员，比起疯狂的日本鬼子还是少了许多，而且武器装备也十分落后。就在这种极不对等的战争状况下，守卫在这里的八路军，巧妙地运用黄崖洞的地利优势，以及自身灵活机动的战术安排，与日本鬼子血战了八个昼夜，歼敌一千余人，以敌我伤亡六比一的辉煌战绩，开创了中日战争史上敌我伤亡对比空前未有的纪录。

四

在这次保卫战中，最激烈的要数水窑口的战斗了。

日本鬼子连续攻击了数回，却只突破了不长一段路程，恼羞成怒的鬼子兵，除了不断增加兵力，还调来火焰喷射器，向八路军阵地实施火攻。但守卫在水窑口阵地上的战士，不畏鬼子的凶残与狂暴，在阵地上与鬼子兵殊死搏斗，寸步不让，直到后来，还发展成了至近距离的肉搏战……阵地前尸骨累累，山石上血渍斑斑，八路军战士们阻击着侵犯而来的日本鬼子，始终未让他们越过水窑口半步。

最为壮烈的一幕，发生在守卫在这里的八连八班。他们的班长王振喜，在阵地工事被日寇的火焰喷射器燃烧起火后，他满身烈焰，带领八班的战士跃出工事，向着日本鬼子射击、投弹，击毙鬼子兵七十余人，直至他壮烈牺牲！

道老汉当时就被暂编在特务团八连，不过他那个时候，有一项更为特殊的任务要执行，那就是保卫深入敌后抗日根据敌考察八路军抗日的国际友人埃文斯·卡尔逊。这位美国海军陆战队的军官，是抗日战争中第一位深入华北敌后抗日根据地的美国军人。他跋涉两千余公里，获得了许多鲜活的现场资料，回到美国后，撰写了大量宣传八路军英勇抗击日寇的文章，并到处发表演讲，呼吁美国政府援助中国的抗日战争。

日本鬼子在黄崖洞实行扫荡的时候，埃文斯·卡尔逊恰好在这里考察。

为了保卫好国际友人的安全，包括道老汉在内，共有一个加强班的战士跟随着他，借用他们熟悉地形的优势，翻山越涧，躲开日本鬼子的正面进攻，在一条密道上迂回而行……这条密道是道老汉的猎人父亲祁猎户，狩猎时走过的，道老汉年少时，有幸跟着父亲走过一回。黄崖洞的八路军，唯有道老汉一人走过这条密道，因此他被特别抽调而来，由他带路引导，把埃文斯·卡尔逊安全地转移去后方。

对于这次安全转移，埃文斯·卡尔逊后来还撰文作了记述。赞扬八路军的"纪律是建立在自觉自愿的基础上的",战士们之所以英勇抗战,是因为他们接受了充分的思想教育,知道抗击日寇是保卫大家的共同幸福。他记述那次转移行动,走了有九十公里的路途,冒严寒,越深谷,跨急流,最后安全转移到目的地时,包括他本人,全都筋疲力尽,却没有一个人掉队,其中还有负伤没有完全康复的战士。

埃文斯·卡尔逊记述的那位没有完全康复的战士,就是道老汉。

道老汉因为这次护卫国际友人安全的功劳,再加上前次向上级报告的日寇行动信息,在后来的一次嘉奖大会上,他获得了那枚荣耀的三级八一勋章。

在埃文斯·卡尔逊的记述中,他还实录了一曲信天游:

青天蓝天蓝格莹莹的天,
这是什么人的队伍上了前线。
叫声老乡咱听分明,
这个就是坚决抗战的八路军。
……

八一敬老院熟悉道老汉的一位革命老人,给罗衣扣和她的学生娃娃们着重强调了这一点。那位革命老人说了,黄崖洞的军工厂里,既有八路军指战员,还有许多有专长、有技术的老百姓,大家都是自愿来的,他们中有木匠,有铁匠,有石匠……大家聚在一起,各取所长,各展其能,为英勇抗战的八路军生产枪械、子弹、手榴弹和地雷,是八路军抗战的一支不可多得的重要力量。

不过,国际友人埃文斯·卡尔逊在他的文章里记述的那曲信天游,是道老汉给罗衣扣和她的学生娃娃们强调说的呢。

道老汉说:这曲信天游,是来黄崖洞慰问的四妹子最先唱出来的呢。

满心恋着道老汉的四妹子,在道老汉参加了抗战的八路军,奔赴黄河东岸的山西境内打鬼子的时候,她在抗日大后方的陕北,也参加了八路军的慰问团,东渡黄河,慰问英勇抗战的八路军而到了黄崖洞。就在日本鬼子向黄崖洞扫荡来的前夕,四妹子参加的战地慰问团,刚好也走进了黄崖洞,向黄崖洞的八路军兵工厂,还有后勤医院慰问演出。

在慰问演出的现场,四妹子就首唱了这曲信天游。

道老汉养伤在黄崖洞里,他幸福地见着了心上人四妹子,听到了四妹子演唱的这曲信天游……道老汉回忆当时的盛况,给罗衣扣和她的学生娃娃们说了,四妹子在黄崖洞里开口唱起来,不仅赢得了黄崖洞八路军战士的一片掌声,还带动了山林的喧哗,以及泉水的鸣溅,都汇入四妹子的歌声里,壮大着她的歌唱。

四妹子演唱的这曲信天游,后来还被黄崖洞里的八路军战士们,视为了黄崖洞的洞歌,大家都能唱一嗓子:

八路军爱护老百姓,
老百姓来也都帮助八路军。
军民合作大家一条心,
赶走那日本鬼子享太平。

对此,道老汉是深有感触的,他们掩护转移国际友人埃文斯·卡尔逊,我们的老百姓真如那曲信天游唱的那样,不仅与八路军一条心,更是不惧危难,一路上冒死帮助着他们,才使他们胜利地完成了那个具有国际影响力的艰巨任务。

从延安城请来八一敬老院的老红军、老八路,给罗衣扣和她的学生娃娃们讲社会课,极大地充实了社会课的内容。但是请他们中的谁来,都是很不容易地呢。所以最常给罗衣扣和她的学生娃娃们讲社会课的,就还是道老汉。

道老汉讲得生动,罗衣扣和她的学生娃娃们爱听,他们像道老汉一样,把四妹子搁在了他们的心上,是还想知道四妹子的故事哩。道老汉没有辜负罗衣扣和她地学生娃娃们的期待,给他们进一步讲了他永远装在心上,与他心心相印的四妹子。

　　唱得一嗓子信天游的四妹子慰问在黄崖洞，但道老汉和四妹子，没有能相守多长时间。

　　当时的情况是，四妹子与慰问团的团员们，只在黄崖洞里成功地进行了一场慰问演出候，就突然地遭遇了日本鬼子的大扫荡。不仅道老汉他们养伤在这里，跑得动路，拿得了枪的人，全部参加了反扫荡的战斗，四妹子他们慰问团的人，也参加进了反扫荡的战斗。

　　道老汉他们顺利地完成了掩护国际友人埃文斯·卡尔逊的特殊任务后，再回黄崖洞，道老汉是希望再次见到他温馨可人的四妹子的。然而，一个使他心碎的噩耗，就那么残忍地钻进了他的耳朵。

　　牵在道老汉心上，使道老汉须臾不能忘怀的四妹子牺牲了。

　　是日本鬼子一颗罪恶的流弹，夺去了四妹子青春的生命，她把她演唱信天游的声音和灿若星光的笑容，永远地留在了黄崖洞。

　　道老汉还有新的任务要去完成，他悲伤地告别了他心爱的四妹子，英勇地踏上了新的征程。

五

　　前脚赶走了日本鬼子，后脚就又投入到艰苦卓绝的解放战争中。在道老汉的记忆里，他所在的部队，从延安一路南下，迅速参与进了解放大西北的战役，爆发在关中地区的扶眉战役，是最为关键的一战。这场大战发生在1949年的夏天，此其时也，全国大部分地区已经解放，而胡宗南仍执迷不悟，妄想以其残余部队，在泾河南岸抵抗解放军，保卫他在西安的老巢。但他的这一迷梦，被解放军的进攻势头打破了，胡宗南不得不撤离西安，率领伪绥署人员退居汉中。他人去了汉中，却还在宝鸡设立了指挥所，于凤翔、宝鸡以及渭河南岸一带高地负隅顽抗，企图争取时间整补部队，伺机出击，窥复西安。

　　蒋介石亦幻想盘踞在大西北多年的马家军，沿西兰线东进，配合胡宗南残部向咸阳和西安进犯。

识破了蒋、胡图谋的解放军一野,在扶风县和眉县交界的地方,与顽抗的胡宗南和马家军,展开了一场殊死的战斗。战斗打响后,首先解决掉的是马步芳的马家军,接下来一野的55师、177师、187师、160师、53师、61师等主力部队,把胡宗南残部包了个大肉包子……战后统计,歼灭胡、马军队四万三千余人。

道老汉和其他一野二兵团的战士紧急迈过法门寺镇,又过青化镇和益店镇,前插至扶眉战役的核心地带罗局镇,在那里奉命堵截向西逃窜的国民党军。困兽犹斗,道老汉他们一野二兵团紧急行动,前脚刚刚插进罗局镇外的强家沟,还未来得及构筑工事,便与溃败而来的胡宗南心腹部队187师和247师,交上了火。

那场遭遇战,作为通讯员与号手的道老汉,寸步不离地跟在营长柯守国的身边。

年轻的道老汉自黄崖洞保卫战后,出院奔赴前线,就编制在了柯守国的身边。他们是出生入死的战友,柯守国是道老汉的首长,道老汉是柯守国的兵。道老汉不怕牺牲,英勇无畏,深得柯守国的欣赏。1944年克复神池、宁武诸县的战斗后,由柯守国介绍,道老汉光荣地加入了中国共产党。

道老汉在跟随柯守国的日子里,知道他是从沦陷区的黑龙江,一路艰辛进入关内,辗转石家庄、北京、天津等地,结识了几位与他一样的知识青年,在四处漂泊期间,很幸运地接触到了从事地下工作的共产党组织,因而深知二万五千里长征到达陕北的红军,是一支由共产党领导、坚决抗战、真正为全国人民谋幸福的队伍。他们便在共产党地下组织的帮助下,取道西安,途经铜川、洛川、到达了红色延安,进入了红军大学校学习。这所学校因为抗战的需要,后来改名为中国人民抗日军事政治大学。他在这里学习,发现他的同学几乎都是冲破重重阻力,跨越重重障碍,不畏生死,从全国各地来到红色革命圣地的知识青年。他们大家学习在这里,团结友爱,较为系统地接受了马列主义教育,以及共产党、八路军对于抗战的种种策略和主张。抗大毕业后,柯守国被补充进了359旅,开进了南泥湾,参加了影响深远的南泥湾大生产运动。柯守国因为吃得了苦，下得了力气，一年下来，即被评为了劳动英雄。

八路军东渡黄河抗战，柯守国从普通兵干起，因为有知识有文化，且又作战英勇，有智有谋，迅速地升任为连长……道老汉分配在了柯守国连，他把道老汉带在他的身边，是他最为称职的通讯员与号手。

吹得了唢呐的道老汉，吹起军号来，更为慷慨嘹亮！

但是，把军号吹得嘹亮慷慨的道老汉，为柯守国连长所欣赏的，还有一项特长，那就是他的棋艺了。

偏偏是，有一手好棋艺的道老汉，跟在柯守国连长的身边，发现他崇敬的柯守国连长，是也非常热爱博弈的呢！他随身带着一幅象棋，无论驻扎在哪里，还是行军途中，甚至作战的间隙，都要不失时机地把他带在身上象棋，找块平坦的地方，摆开来，与道老汉搏杀他一场……输了，赢了，在连长和通讯员的柯守国、道老汉之间，几乎是分不清楚的呢。他们一个连长，一个通讯员，常常会要因为一盘棋局的厮杀，面红耳赤，大吵起来哩！然而他俩，吵归吵，吵得摔了棋子。但是过后，又会找时间，寻机会，摆开棋盘，拉开架势，楚河汉界，昏天黑地再博弈他一场。

前插罗局镇的命令，就是在他们大杀了一盘棋后得到的。

在战争中成长着的柯守国，这个时候已从抗日战争时英雄的八路军连长，成长为了一名英勇的解放军营长。

此前，柯守国营长，已经率领他们营参加了扶眉战役的几场战斗。全营战士，勇敢杀敌，今天在马家山打击胡宗南残敌，明天又在二郎沟阻击马步芳顽匪，柯守国他们营，白天有白天的战斗，晚上有晚上的战斗。这次突然地接到新的命令，要他们轻装前进，迅速前插罗局镇。

柯守国营长率部前插来了，来即打起了一场遭遇战。

因为是遭遇战，战斗打得就不仅仓促，而且打得激烈。在横亘在古周原的强家沟，胡宗南的残部把他们能打的炮弹，全部拿出来打了。纷飞的炮弹仿佛大年十五夜里放天花一般，呼啸着向在西沟边阻击他们的柯守国营阵地飞落，剧烈的爆炸声震耳欲聋……胡宗南残部借着炮击的掩护，组织步兵向西沟边冲锋如汹涌的潮水，一波下去，一波又来，但都被柯守国营的战士用步枪、手榴弹打了回去……遭遇战从午饭后打起，一直打到了太阳落山，强家沟东西两边的沟坡上满是战斗死亡的人员。

柯守国营长胜利阻击了胡宗南残部，使他们没能越过强家沟半步。

后续支援的部队赶过来了，伤亡惨重的柯守国营官兵，可以换防下来，撤退后方休息了。但就在这个时候，胡宗南残部的炮击战又打响了，其中的一颗炮弹，摇头晃脑地打了来，不近不远，就落在了柯守国营长附近，滋滋地喘着大气。道老汉看见了，他跃身起来，扑向他敬爱的柯守国营长想保护他不受炮弹爆炸了的伤害，可距离炮弹近点的柯营长，抢先半步，先扑住了道老汉……

那颗罪恶的炮弹呀！

道老汉从昏迷中醒来时，已经被转移到解放了的西安市的医院。当时那所医院的医疗条件是非常好的了，特别是他们的创伤科，给道老汉的炮弹伤给予了尽可能好的治疗……从昏迷中醒来的道老汉，虽然感觉得到炮弹伤的极度疼痛，但他顾不上自己的伤痛，开口即问起了柯营长。

道老汉急切地问：柯营长呢？

道老汉问：柯营长在哪里？

道老汉问：柯营长好吗？

没有人回答他，而道老汉的脑海里，依然是那颗炮弹炸裂时的一瞬间，如被利刃雕刻了一般……

绣着两枝萱草花的荷包，由一位医护人员送给了道老汉。

那位医护人员说：弥留之际，柯营长把这个荷包取下来，让我们交给你。

那位医护人员说：你收好了。

还有一枚红色的"卒"字棋子，也交到了道老汉的手上。

这枚红色"卒"字的棋子，是道老汉与营长柯守国常拉开架势搏杀的象棋中的一枚。那盘象棋，在过去的日子里，哪怕是行军打仗，通讯员道老汉也须臾不会离身。道老汉在西安的医院里醒来时，三十二枚棋子，都不见了，唯余这枚红色"卒"字的棋子，在道老汉负伤昏迷的时候就攥在了他的手心里，没有丢失，他紧紧攥着，一直攥到医院……就在道老汉接过绣着两枝萱草花的荷包和红色"卒"字棋子时，他很想忍住不哭的。但他没忍得住，还是哇哇地哭了，哭得像个婴儿一样。道老汉哭着，先把绣着萱草花的荷包撑开，再把那枚红色"卒"字棋子，小心地装了进去。绣着萱草花的荷包，因为装进了红色"卒"字的棋子，一下子饱满了许多……

它们是道老汉此生最为宝贝的珍藏，给罗衣扣和她的学生娃娃们上社会课，道老汉是必须给他们说一说呢！

道老汉把那枚红色"卒"字的棋子，不仅说给了罗衣扣和她的学生娃娃们，还说给了柯红旗……当然，再是绣着萱草花的荷包，道老汉在给罗衣扣和她的学生娃娃们说了后，也说给了柯红旗。让罗衣扣和她的学生娃娃们，还有柯红旗，都知道了那枚红色"卒"字的棋子与绣着萱草花的荷包，意义是非凡的。特别是绣着萱草花的荷包，可是柯守国营长的母亲，在柯守国从黑龙江的故乡向关内流浪的时候，送给他的一件礼物。

日本鬼子侵略到了东北三省，柯守国别离母亲，要往关内转移了，他亲爱的母亲看着他，把她绣了萱草花的荷包，深情地交给了他，要他把她送给他的荷包戴身上，须臾不离开。道老汉跟随在柯守国营长身边，做他的通讯员和号手，因为莽撞，还因为无知，在他见到柯营长戴在身上的荷包后，他还问了柯营长。柯守国营长睹物思人，很长时间没有回答道老汉的问题。道老汉见此情景，他紧张了起来，知道他问了一个让柯营长伤怀的问题。就在道老汉手足无措，想要躲开柯营长的时候，柯营长却伸手拉住了他，给他说了这个绣着两枝萱草花的荷包。

这件事情就发生在扶眉战役时，道老汉跟随柯守国营长转战在阻击胡宗南残部的战斗间隙里。

道老汉从柯守国营长的嘴里，知道了绣着萱草花的荷包，先是他母亲送给他的，母亲在荷包上首先绣了一支萱草花。柯守国营长后来把母亲送给他的荷包，转送给了他的妻子古月华。妻子古月华在绣着一枝萱草花的荷包上，又绣上了一枝萱草花……绣着萱草花的荷包啊！让道老汉破天荒地知道，为人俗称的金针花，还有一个这么好听的学名，以及更为触动人心的

"母亲花"和"忘忧草"的雅称。

> 萱花虽微花，孤秀能自拔。
> 亭亭乱叶中，一一劳心插。
> ……

柯守国营长在给道老汉述说萱草花荷包来历的时候，还深情地背诵出了北宋大词人苏东坡写给萱草花的一首五言绝句。短短几个句子，写的是萱草花，却未有一字直述萱草花，而是尽力避开萱草花，使每一字、每一句，都极有分量，且意味深远，韵味绵长，既是"孤秀"的，又是"自拔"的，融入了词人强烈的思想情感，尤其是"劳心"一词的用运，更将高洁自守的母亲情怀，十分恰切的表露了出来。

> 问之花鸟何为者，独喜萱花到白头。
> 莫把丹青等闲看，无声诗里颂千秋。

绣着两枝萱草花的荷包，打开了柯守国营长的话匣子，他在吟诵和解释了苏东坡的萱草花一诗后，接着又还吟诵起明代大画家徐渭，题识在他泼墨的一幅萱草花图上诗句。柯营长把徐渭的题画诗吟诵出来后，要给道老汉解释了，他解释时，还引用《诗经·卫风·伯兮》的句子："焉得谖草，言树之背。""背"泛指北堂，而北堂在古代又为母亲所居之处，所以萱草花就是母亲花了。

何以又叫忘忧草了呢？

柯守国营长是要给道老汉说的呢，但军令来了，柯营长只是给道老汉说了句开头话，便收住话题，命令道老汉吹响了进军的号声，率领全营人员，向要执行任务的区域开拔了……道老汉跟随着柯守国营长，有意无意地学习了许多东西，绣着萱草花的荷包，让他幸运地认识到了萱草花的美丽及其内涵。

道老汉想着还有机会，聆听柯守国营长更深入地给他讲解萱草花的……却不能了，这使道老汉手捧着柯营长留给他的绣着两枝萱草花的荷包，捂在了自己的胸口上，就只有痛哭流涕了。

六

柯守国营长为了祖国的解放牺牲了，道老汉活了下来，但是他也残疾了。

道老汉没有残疾胳膊残疾腿，而是残疾在了让人难以启齿的地方。因此道老汉在伤愈出院后，他没能再回到部队上去，而是被安排进了延安城里的八一敬老院。但他在敬老院待了些日子，就怎么都待不住了。他待不住的原因，不是敬老院的条件不好，不是敬老院的待遇不好，而是他待得太闲了。心闲下来的他，总要想到他的四妹子。道老汉一想起他的四妹子，就还要想起松树峁上的那棵老松树。

因此，道老汉蛮不讲理地到乾坤湾村来了。

道老汉把他一个革命有功的人，变成了乾坤湾村里的一个社员。在村子里，道老汉有生产队安排给他的窑院，但他想念着心爱的四妹子，所以经常地要攀爬到松树峁上去，到老松树下怀想他可爱的四妹子。东渡黄河抗战，在老松树下，四妹子解开了她衣裳上的纽扣，要把她给了他。当时他没有要了四妹子，他现在倒是可以名正言顺地来要四妹子了……记忆着老松树下四妹子送他东渡黄河抗日的情景，道老汉把老松树幻化成了他心爱的四妹子，他要守着老松树，还想要老松树分枝散叶，让松树峁长满郁郁葱葱的松树来……道老汉是这么想来的，松树峁上既然有一棵老松树的生长，就一定还会长出松树来的。他自从到乾坤湾村来，就强蛮地收集着老松树上的松子，应时应律地往松树峁上的坡地里点种了。

道老汉在松树峁上点种松树子儿，希望松树子儿能长出松树苗儿来。但是奇怪得很，他是年年点种，却又年年失望……失望算什么呢？失望没有挡住道老汉在松树峁上点种松子儿，他依然故我，一年一年复一年，收集着老松树上的松树子儿，赶在春暖花开的日子，还在松树峁上点种松树子儿。

社会课上，罗衣扣从道老汉的嘴里听说了他的柯守国营长，听说了柯营长绣着萱草花的荷包……那个绣了萱草花的荷包，从此像一株鲜活烂漫的萱草花一样，长在了罗衣扣的心里，她想进一步知道，道老汉把绣着萱草花的荷包，又怎么样了呢？

道老汉是自己珍藏着吗？

罗衣扣的心里，装得满满的都是萱草花荷包。她想道老汉是一定自己珍藏着哩，因为此，她就特别想要看一看，看看道老汉的讲述中柯营长母亲先绣了一枝萱草花，后又由柯营长爱人绣了一枝萱草花的荷包，是怎样的一种美！

罗衣扣寻着道老汉，向他提问了。

罗衣扣问了好几次，都没有问出结果来。罗衣扣没有因此而灰心，她再一次寻找道老汉，就寻找到了他点种松树子儿的松树峁上，随在道老汉的身边，小心地从他的手里抓来一把松树子儿，帮着他在松树峁上，学着他的样子，也点种起了松树子儿。罗衣扣总结了她前边几次询问道老汉，没有询问出绣着萱草花荷包的教训，她不再直接地问了。她想用她的行动，感动道老汉，让他自觉地说出来。

看来是，罗衣扣的这一方法起了效果，道老汉点种着松树子儿，给罗衣扣说了起来。不过，道老汉没有直接来说萱草花荷包的事，而是先说了他点种松树子儿问题。

道老汉说：是个甚道道呢？

道老汉说：谷子种在地里能出苗，糜子种在地里能出苗，甚甚的个种子点种在地里都会出苗，这松树子儿种在地里，怎么就不出苗儿呢？

道老汉说：我就点种，一年一年地点种，我就不信点种不出松树苗儿来。

罗衣扣附和着道老汉。她说：我相信你。

罗衣扣说：谁知道呢，说不定这一年点种下松树子儿，可能就出苗了。

道老汉高兴罗衣扣说给他的话，他因此话题一转，便把他藏在心里，一时还不愿说出口的话，给罗衣扣说出来了。

道老汉说：柯红旗太像我的柯守国营长了。

道老汉说：许多年了，我一直打听我们柯营长的家眷。

道老汉说：我不敢想，事情会是那么巧，在我千般打听，万般寻找的时候，那么多北京知青下乡插队到陕北来了，我到公社去接他们，竟把柯营长的儿子柯红旗接来了！

道老汉说：绣着萱草花的荷包啊，有主人了。

  初一到十五哎十五的月儿高，
  那春风摇动杨呀杨柳梢。
  三月里那桃花开，娘亲捎书来，
  捎书书带信信有一个荷包戴。
  ……

就在罗衣扣从道老汉的嘴里听到绣着萱草花的荷包下落时，不知是谁，也不知在哪里，突然地唱响了一曲《戴荷包》的信天游……罗衣扣不由自己停下了点种松树子儿的手，她直起腰来，抬头找寻唱响《戴荷包》的人。但她找了一阵，都没有找到，却看见了也在松树峁的一面山坡上劳作着的柯红旗，罗衣扣感觉她的眼睛，像两颗闪光的钉子，钉牢在柯红旗的身上，脱不开了。

罗衣扣和她的学生娃娃们，在聆听了道老汉给他们讲的社会课后，她总想着要分享给一个人，与那人一起感动，一起敬仰的。但那个人是谁呢？

罗衣扣很自觉地选择了柯红旗，她采摘桑叶落入洪水中，生死攸关的时刻，幸运地获得了早起练习拳脚的柯红旗救助。罗衣扣把柯红旗，不仅自觉地当成了她的救命恩人，还渐渐地把柯红旗往她的心里收着，收成了她爱在心尖尖上的人了呢！

罗衣扣努力地寻找着机会，她是一定要跟柯红旗分享她心中关于那绣着两枝萱草花荷包的感动和敬仰呢。

绣着萱草花的荷包，罗衣扣从道老汉嘴里知道有了主人，而这个主人竟然就是她爱在心尖尖上的柯红旗，这使她站在松树峁上，遥望着柯红旗，仿佛看见他把萱草花的荷包戴在身上的一样，把她的眼睛看得辣着了，辣得她热泪盈眶……罗衣扣听见她的心"啊！啊！啊！"地在呼叫，呼叫着让她埋怨起了柯红旗，埋怨他可是太能藏埋了，那个感动人的绣着萱草花的荷包，现在的主人就是你呀！

唱响在松树峁里的《戴荷包》，还在山坡上回荡着，罗衣扣情不能禁地跟随着《戴荷包》的回响，向着劳碌着的柯红旗，也大声地唱了起来。

  捎书书带信信有一个荷包戴，
  里边的意思你呀你去猜。
  一绣一枝花，
  萱草尖儿上萱草花儿开。

第十章 嘹亮的打夯号子

深不过黄土地高不过天，
吼一声信天游唱唱咱庄稼汉。
水个灵灵女子虎格生生的汉，
人尖尖就在咱九曲黄河边。
……

——信天游《庄稼汉》

一

县委书记易顺民到乾坤湾村来了。

易顺民书记这次来乾坤湾村，是接池东方的。那一次劳九岁调转县医院，乔红叶调转县委通讯组，只有河怀公社派来的通信员，把县委发下来的一纸红头文件，带到乾坤湾村来，交到劳九岁和乔红叶的手上，嘱咐了他们两句话，就转身返回公社去了。劳九岁和乔红叶是自己个儿收拾行李，自己个儿到县上去的。池东方以他在乾坤湾村的优异表现，也等来了调转的好机会。他的调转，比起同是乾坤湾村知识青年的劳九岁和乔红叶，可是要红火得多，热烈得多，连他们尊敬的川河县委书记易顺民，都亲自出马，到乾坤湾村来接了。

这个红火热闹的一天，在罗衣扣的记忆里是太深刻了。

动员柘黑娃辞去乾坤湾村生产队长的职务，由他自己担负起这一责任的池东方，在那个比狗睡得晚，比鸡起得早的岗位上，干得确实不错。他一个欠缺乡村生活经验的知青，凭着自己的满腔热情，吃苦耐劳，以及那一股敢闯敢干的精神头，不仅赢得了乾坤湾村男女老少的拥戴与信赖，还赢得了上级领导和组织的重视与信任……成为县委通讯组一员的乔红叶，就多次受县委书记易顺民的嘱托，回乾坤湾村采访报道池东方，使得池东方的事迹，不断地荣登省上的报纸和广播。正因为此，省委的主要领导就都关注上他了。县委书记易顺民来乾坤湾村接池东方，就是按照省委书记白耀世的指示，要易顺民把池东方从乾坤湾村接出来，送到省上去，交给他，他要听取池东方的意见，给池东方安排个新的位置，使他能有一个更为广阔的用武之地。

是个什么用武之地呢？易顺民书记也许还不知道，所以他没有多说什么，只是来到乾坤湾村，把他的北京吉普往村口上一停，就下车往池东方带领乾坤湾村村民，大力开展的小流域综合治理工地上来了。

小流域综合治理工程，是池东方担任乾坤湾村生产队长两年以来，在冬春季农田基本建设，也就是山坡地梯田化的基础上，开展的一项具有革命性的农田基本建设……北京知青的池东方，他能苦干，但绝不蛮干，从报纸和广播上，看到、听到山西和山东的一些山区农村，在专业的农业技术专家指导下，开展小流域综合治设，是科学的，有益的，这便使他心向往之，以为该是山区农业生产大发展的一个方向。于是，他派出柯红旗，让柯红旗到山西和山东实行小流域综合治理的地方去，学习人家的经验，回来在乾坤湾村推广，使乾坤湾村的小流域，从根本上得到治理，以提高乾坤湾村的农业生产水平。

扎实认真地学习了人家的经验，柯红旗回到乾坤湾村，他向池东方做了详细的汇报，而他自己对此似乎比池东方还要兴奋激动。

柯红旗告诉池东方，一条沟就是一条小流域。

柯红旗还进一步告诉池东方，咱们乾坤湾村有多少条沟道呢！十几二十条有吧，原来都是过水的沟，天下大雨，沟道里泥水横流；天旱了呢，又寸草不生，谁看了谁头疼。咱们学习人家山西、山东开展小流域综合治理，在这些沟道的末尾，打起阶梯式的坝子来，截住大雨天横流的泥水，淤起一台一台的坝地。坝地的肥力，是比坡地要厚实许多倍哩！种上谷子、糜子、玉米、油麻，收成可也要比坡地好许多倍哩！

柯红旗给池东方汇报得激动兴奋，池东方自然不会迟疑，他当即拍板下来，就由柯红旗挑头做技术员，在乾坤湾村首先选择一处相对平缓的沟道，试验性开始了小流域综合治理。

这条平缓的沟道，有个不一般的名字，是谓龙尾沟。

还别说，整条沟道曲里拐弯的，真像一条横卧山间的土龙，摇摆着它长长的龙尾……去年冬天，在柯红旗的规划指导下，由池东方组织乾坤湾村的劳力，自上而下，划分了三道坝址，便扯旗放炮地大干开了。打坝先要打坝基，深挖下去，挖出原始土层后，再从原始土层开始，一层一层地铺土，然后夯筑大坝。龙尾沟的沟道，设计规划了三道坝，因为人力物力的限制，柯红旗就对三道大坝，分出先后施工了。他从学习来的经验出发，首先从上水的那道大坝夯筑起来，夯筑好了，接着夯筑二道坝，翻过春节，到了春季草色渐起的时候，就只剩下了下水的那一道大坝了。

柯红旗不是给乾坤湾村人说瞎话。他明确地告诉大家，龙尾沟的流域综合治理，必须在今年的雨季前完成。如不然，小流域综合治理工程就有被大水冲毁的可能。有鉴于此，春季的时候，乾坤湾村的男女社员，还有他们北京知青，一个都不少地坚守在小流域综合治理的工程上，加班加点，夯土筑坝。为了赶时间，大家到了吃饭的时候也不回家去，而是由家里的老人或是孩子，把做好的饭菜，还有馍饼米汤啥的，盛在瓦盆罐子里，提到工地上来，拿起馍馍就啃，抱起罐罐就喝。吃了，喝了，放下罐子，拍拍手，抹一把嘴，就又拉土的拉土，抬夯的抬夯，挥汗如雨地干上了。

虽然因为池东方带领村子里的人挑雪养地，担粪肥地，以及充分调动大家劳动积极性的相关政策，生产队的土地有了相对不错的收成，大家的日子有了些起色，但是还很不够。这从小流域综合治理工地上，大家的吃，大家的喝，就看得很清楚了。

一般是，你家提到工地来的是酸菜，他家提来的依然会是酸菜。广大的陕北农村地区，入冬后的菜食，也就只有酸菜一种呢。偶尔有一家，可能会变一变花样，弄出点儿洋芋丝儿或是洋芋片儿，那就非常稀罕了。而吃的馍饼，黑乎乎都是杂粮做出来的，又粗且糙，如果没有点儿小米稀饭配着那黑乎乎的馍饼，喉咙里几乎咽不下去。

二

　　道老汉作为一个革命老人，对此深有感触。
　　村里的人，无分男女，加上知青窑上的全体北京知青，大家齐心协力，在那个长长的冬天里，全都扑在龙尾沟小流域综合治理工地上，干得热火朝天……道老汉在松树峁上老松树下，经管好村子里的驴子、耕牛，就也要下到龙尾沟里来，看着那里能添一把手，他就自觉地添上去。道老汉帮助大家干着活儿，是要忍不住发一发感慨的呢。
　　当着乾坤湾村孩子王的罗衣扣，星期天的日子，是也会下到龙尾沟来里的。
　　罗衣扣在龙尾沟里的小流域综合治理工地上，就不止一次地听到了道老汉的感慨。罗衣扣听着，觉得道老汉的感慨，声音虽然非常轻，几乎如自语一般，但灌进罗衣扣的耳朵里，却如雷鸣，让罗衣扣牢牢地记了下来。
　　道老汉感慨地说：当年咱们陕北人闹红，为的是啥呢？
　　道老汉不用别人回答他。他自己问过了这样一个问题，就自己解答了。他说：大家吃不饱，穿不暖呀！
　　道老汉说：这人啊！没人愿意受穷，没人愿意受苦。
　　道老汉说：没办法，就只有闹红了。闹红才能不受穷，不受苦，才能吃饱、穿暖和呀！
　　罗衣扣把她从道老汉嘴里听到的感慨，转述给了守在龙尾沟小流域综合治理工地上的池东方还有柯红旗。他俩听了，如罗衣扣从道老汉嘴里听到时一样，也感到醍醐灌顶，带领大家进行小流域治理的决心更大，干劲也更足。整整一个冬天，池东方、柯红旗他们就只在龙尾沟的小流域综合治理工地上摸爬滚打，他俩明显地黑了许多，瘦了许多。不过，他俩的精神头儿，可是比下乡插队在乾坤湾村来的任何时候，都要大了呢。
　　池东方、柯红旗的黑与瘦，罗衣扣看在了眼里，道老汉也看在了眼里，乾坤湾村的老百姓是都看在了眼里。特别是道老汉，他看见村里人在龙尾沟小流域综合治理工地上辛劳，他们自有家里人给他们热汤热饭做好了送来。而池东方、柯红旗，还有田子香，谁给他们热汤热饭地送呢？道老汉不能不为他们操上这份心了，他与罗衣扣商量了一下，就自觉地为他们承担起了这件事。

就在县委书记易顺民来乾坤湾村的日子，道老汉与罗衣扣再一次给池东方、柯红旗、田子香他们送来了热汤热饭，他又感慨上了。

道老汉感慨地说：咱们现在的日子，是能吃得饱穿得暖了。

道老汉感慨地说：你们北京来的娃娃呀，把自己在乾坤湾村操心成甚了？又累成甚了？

道老汉感慨地说：你们就是要咱老百姓吃得更饱，穿得更暖和！

县委易顺民书记，对池东方、柯红旗他们在乾坤湾村实施的小流域综合治理工程，早已知道了。冬季的时候，他就曾来现场考察了一次。易书记非常赞赏池东方这一水土改造的规划，也十分赏识柯红旗的技术。夯筑土坝淤地，先上水，后下水，并且在大坝一侧，预留出泄洪的渠道，保证大坝既能安全地淤地，又能不被洪水冲毁……规划与设想，是完美的，但必须建立在一夯一锤，扎扎实实，一丝不苟的劳动中。

冬季的时候，县委书记易顺民前来龙尾沟小流域综合治理的施工现场视察，他亲眼见到池东方和柯红旗他们两个带头人，是如何以身作则劳动的……大坝的基础要向沟道的深处挖下去，把覆盖在沟道上的淤泥浮土，全都铲除干净，挖到原始土层上，才能夯筑大坝。然而，挖除淤泥浮土，并不是一件容易的事。挖到低洼的地方，还会冒出水来，在严寒的冬季，那冒出来的水，不一会儿就冻成了冰碴碴。怎么办呢？为了不耽误工期，池东方挽起裤腿，跳进冰碴碴里继续挖除，柯红旗自然不能后退。他俩的举动，感染了乾坤湾村的人，柘黑娃、柘灰娃兄弟俩，也跳进冰碴碴里，与池东方、柯红旗他们，一起挖除淤泥浮土。易顺民在现场看着他们，感动得眼泪哗哗的。他感动池东方、柯红旗他们，但又怕寒冷的冰碴碴冻坏了他们，就招呼筑坝工地上的人，抱来柴火点燃了，把在冰碴碴里挖除淤泥浮土的池东方、柯红旗、柘黑娃、柘灰娃他们拖上来，站在火堆旁烤火了。他们烤热了身子，又跳进冰碴碴里，去挖刨淤泥浮土了。

易顺民书记那次来小流域综合治理工地考察，罗衣扣的学生娃娃们，把她缠在学校里，她没到机会到大坝施工的现场来。她如果来了，是也会要心疼下到冰碴碴里劳作的池东方、柯红旗、柘黑娃和柘灰娃他们的。

罗衣扣没在工地上，柘袖子在哩。

柘袖子是看着池东方、柯红旗，以及她哥柘黑娃和柘灰娃他们，跳进冰碴碴里，清除淤泥浮土劳作的。她没有明说，但她实实在在的是疼上他们了。柘黑娃和柘灰娃，是柘袖子血亲的哥哥，再是池东方……柘袖子说不清楚为什么，在冰碴碴里清除淤泥浮土的人里头，她最心疼的，似乎就只是池东方了。

心疼着池东方的柘袖子，其实更是需要人来心疼的呢。

别人不知道，柘袖子是知道的。在龙尾沟小流域综合治理工地上，男劳力们尿急了，屎急了，随随便便地转到一个背人的地方，就把自己的问题解决了。而女劳力呢，就没那么方便了。池东方考虑到了这一现实问题，他组织劳力，在小流域综合治理大坝的一侧，靠着一面陡立的土崖，用一大捆玉米秆，围成一圈圈，就算是女劳力的厕所了。

玉米秆围起来的女性厕所里，一个满是凝血的灰包，摞着一个满是凝血的灰包；一个满是凝血的沙包，摞着一个满是凝血的沙包。那样的灰包和沙包，摞了再摞，摞成了一个半人高的散乱的堆垛……凝血的灰包，包着的是家中灶火里的草木灰；凝血的沙包，包着的是川河河滩上晒干了的细沙。

那个时候，陕北乡村里的女人，还没有用上卫生纸，更别说卫生巾了。

这些灰包与沙包，就是陕北女人传统的卫生纸、卫生巾。柘袖子不知道小流域综合治理工地上的其他女性劳动力，她们的例假是否正常。她只知道自己完全是乱了套的。一月一次的例假，有的月份推后，个别特殊的月份，却又提前来。乱了，乱了，整个儿的是紊乱了呢！紊乱的例假不来就不来，而来了呢，过去不会疼，现在是要疼了的。虽然不是要了人命的疼，但也是非常疼痛难忍的呢！

难忍不难忍，别人是怎么对待疼痛的，柘袖子不知道，也管不着，但她铁姑娘一般，在她们女厕所里，扔掉一个灰包，换上一个沙包，揉揉她疼痛难忍的肚皮，还是刚刚强强的一个铁姑娘。

作为乾坤湾村生产队的女队长，还作为池东方的得力助手，柘袖子没有甚不能忍的，她忍在小流域综合治理的工地上。池东方他们跳下冰碴碴的大坝基坑里，清除淤泥浮土，她也往冰碴碴里跳，配合着池东方他们，清除淤泥浮土……柘袖子跳进了冰碴碴里，她不心疼自己，她心疼池东方。

柘袖子心疼着池东方，把她心疼得是要流泪的。横流的泪水，常常会要挂在她的脸上，被寒风速冻着，凝固成水晶般晶莹的一个一个冰粒儿。

县委书记易顺民来的那一次，柘袖子在大坝上点燃了一堆火，她一把一把地往火堆里加着柴，把火堆烧得旺旺的……县委书记易顺民看见了柘袖子脸上的泪珠，就向在冰碴碴里，清除淤泥浮土的池东方、柯红旗、柘黑娃、柘灰娃他们说了。

易顺民书记说：别冻坏了！

易顺民书记又说：上来烤烤火吧！

易顺民书记还说：你们都不看看，有人为你们流泪了呢！

冬季里的那次视察，县委书记易顺民把池东方、柯红旗、柘黑娃、柘灰娃他们深深地记在了他们心里。开春再来乾坤湾村，知道池东方他们一定还在龙尾沟的小流域综合治理工地上，所以他径直走向了龙尾沟。

三

夯儿起哟是一个往，
不抬头就不起来。
嗨哟嗬嗨哟，
嗨儿哟嗬嗨儿哟
……

与冬季视察龙尾沟小流域综合治理工程时一样，县委书记易顺民到工地还有很远的路要走，但有打夯的号子声，却已惊天动地地往他的耳朵里钻了。易书记听得清楚，这是工地上的木夯号子哩。伴随着木夯号子的，还有石夯号子，要唱响起来哩：

> 黄河里上来吔黄河里下，
> 那是要夯的淤泥坝。
> 嗨儿哟嗬嗨儿哟，
> 嗨儿哟嗬嗨儿哟。
> ……

在木夯号子与石夯号子交替嘹亮着的时候，县委书记易顺民走到龙尾沟来了。

去年冬天，易顺民书记视察来的时候，规划设计中的三道淤泥坝，还都不见雏形，这一次他来，上水的两道淤泥坝已经夯筑完工了，现在就只剩下了下水头的这道淤泥坝，而且已在木夯和石夯的捶打下，从开挖的淤泥浮土里探出头来了。继续一层一层地铺土，一层一层地夯实，用不了多少日子，就会与上水头的两道淤泥坝一样顺利完工。

池东方、柯红旗、柘黑娃和柘灰娃他们，都手挽一把麻绳，喊着号子在抬夯，所以他们没有第一时间看见易顺民书记，倒是如池东方、柯红旗、柘黑娃和柘灰娃一样，坚守在夯筑淤泥坝工地上的柘袖子，像有一股琢磨不透的风，带动着她，稍稍地偏了偏脸，这就看见风尘仆仆走来的易书记了。

柘袖子记着冬季时易顺民书记在小流域综合治理工地说的话，她感激这位亲民爱民的县委书记。所以在她一眼瞥见易书记的同时，嘴上就喊了起来，她没有喊别人，喊的只是池东方。

柘袖子喜滋滋地喊：东方、池东方，你看谁来了？

柘袖子不等池东方回答她，就跟着她前面说出口的话又说：是易书记哩！

柘袖子说：县委易书记又来了！

这时候的柘袖子不知道，县委书记易顺民是来接池东方的呢，柘袖子如果知道了，她是会高兴呢，还是会不高兴？

这对一个陕北山沟沟里的姑娘家来说，真是太难了。

但是，问题已经逼到了眼前，再难忖度，也要忖度了。

陕北的地势就是这样，隔山隔沟地，看得见人影儿，听得见人说话，但要走近了来，却还要费上一些工夫呢。往龙尾沟小流域治理工地上走来的县委书记易顺民，与在小流域综合治理工地上的柘袖子一样，他们相互看得见人，听得见声，但要走到一起来，是还要等一会儿哩。

因为柘袖子的提醒，抬夯的池东方、柯红旗、柘黑娃和柘灰娃他们，都暂时地停下了抬在手上的木夯、石夯，把目光投向了远远走来的易顺民书记。他们抬眼看着，不仅看见了易顺民书记，还看见了提着饭菜罐罐往工地上走来的村里人，其中就有道老汉和罗衣扣。

道老汉与罗衣扣是走在易顺民书记前头的。

村子里送饭送汤的人，像道老汉与罗衣扣一样，是都走在易顺民书记前头的。他们还像道老汉与罗衣扣一样，比易书记早到工地上一会儿。道老汉与罗衣扣提来的饭菜，是给池东方、柯红旗和田子香吃用的，他俩因此招呼抬夯停下手来的他们，要他们抓紧时间喝汤、吃馍饼。池东方、柯红旗、田子香他们没有急着端碗，想要等一等易书记来的。但是道老汉与罗衣扣，回头看了看易书记，发现他还有很长的一段路要走，就强硬地要求池东方、柯红旗、田子香他们，自己先吃先喝好了，不要等易书记。

道老汉说：等易书记来，热烫烫的汤饭就凉得没法喝了。

道老汉还说：易书记不是旁人，你们等他，把饭汤等凉了，他不会表扬你们的，可能还会批评你们哩！

道老汉说的确实是个道理呢。池东方、柯红旗、田子香他们就听话地先吃喝了起来。就在他们吃喝的时候，与道老汉和罗衣扣一起送饭送菜到工地上的人，也招呼起他们的家里人吃喝了。辛劳了小半天，大家是都肚子饿了呢。所以，工地上一时满是呼噜呼噜噜喝汤吃馍饼的声音。

县委易顺民书记，就在大家喝汤吃馍饼的声音里，走进了龙尾沟小流域综合治理工地。

易书记踏进工地,不仅听见了大家喝汤吃馍饼的声音,还清楚地听见了道老汉说给池东方、柯红旗他们的那几句话。易书记为道老汉说的话喝彩了。

易书记的嗓门真是高哩。他说:道老汉说得对。

易书记说:不是一点点对,是太对太对了!

道老汉在给池东方、柯红旗、田子香他们喝汤吃馍饼时,有意识地留了一点,还有别的人,在吃喝自家饭菜时,也有意识地留了一些。易书记走到了他们中间,他们不能让易书记看着他们吃喝,而是应该一起吃喝哩。因为此,道老汉先把他给易书记留下的汤饭和馍饼,递给易书记吃喝了。

刚刚吃喝罢道老汉递到手上的汤饭馍饼,又有柘黑娃、柘灰娃他们留下来的汤饭馍饼,往易书记的手上递来了。

易书记接连吃喝了好几个人递到手上的汤饭和馍饼,他吃饱喝好了,没说他此来的目的,自觉走到一个大石夯边,捡起一根粗粗的夯绳,号召池东方、柯红旗他们,都把夯绳子拿起来,他要与他们一起抬夯了。

四

歇一歇,缓一缓,咱再开始呀,
嗨哟,嗨哟,呀嗨哟
一夯子,一夯子就升起来呀
嗨哟,嗨哟,呀嗨哟

县委书记易顺民成了领夯的人,他领得有模有样,大家跟得齐心协力,咚、咚、咚的大石夯,夯在淤泥坝上,不偏不倚,夯得实在、踏实,夯了好一阵子,不是池东方作势让与易书记停手,易书记兴致勃勃地还要继续领夯,继续往下抬呢。好在大家住了手,易书记也就住了手。住了手的易书记把握在手里的夯绳,往夯把子上一撂,这就走向了池东方,先在他的胸前捅了一拳,又在他的肩上拍了一掌,这便当着众人的面,告诉了他来接池东方去省城的消息。

县委书记易顺民说:池东方呀!省委看上你了。

易书记说:调转你去省委哩。

易书记说:我就来是接你的。

听到易书记这一席话,工地上的人,包括池东方、柯红旗、柘黑娃和柘灰娃他们都愣了,似乎不能相信易顺民书记说的话是一句真话。就在大家没人相信,还在愣怔着沉默不语时,柘袖子哭了。

柘袖子先是低低地咬着自己的嘴唇哭,哭了那么一下,就张开了嘴巴,不管不顾地大声哭了起来。柘袖子响亮的哭声,传遍了龙尾沟小流域综合治理的工地,并还不断地传播着,传播向了与龙尾沟相连和相邻的沟沟坡坡。

大哥柘黑娃走向了号哭着的柘袖子,不解地劝说她说:你哭甚哩?

二哥柘灰娃也走向了号哭着地柘袖子,依然不解地劝说她:咋地就哭了呢?

没有谁能劝得住柘袖子,既是她的亲哥哥劝说她,她还是忍不住地要哭。亲哥哥们劝不住小妹子的哭,那是因为他们不知柘袖子心里的活动,他们越是劝说,柘袖子哭得越是激烈。最后,池东方走了过去,他站在了柘袖子的面前,没有劝她,只是那么站着,站了一小会儿,她便抽泣着不哭了。

柘袖子不仅不哭了,还露出一脸的笑,笑着给池东方说了两句话:

柘袖子说:真是为你高兴哩!

柘袖子说:乾坤湾村屈了你了。

柘袖子说:省委才是你用武的地方哩!

就在柘袖子先是号啕大哭,继而又笑着恭贺池东方的时候,有一双冰冷的眼睛,看向了柘袖子。那是田子香的眼睛呢,她觉得柘袖子的哭莫名其妙,而她的笑就更是莫名其妙。

凭着女孩子的本能,柘袖子敏锐地感知到了田子香投向她的眼神。但她没有回避,依着自己的心性,哭就哭了,笑就笑了。

癞蛤蟆想吃天鹅肉吗？冷眼看向柘袖子的田子香，在她心里把这句话狠狠地连说了几遍。她在心里这么说柘袖子来时，是也这么想她自己的呢。下乡插队落户之初，当她发现池东方与她分配在一起的时候，她走到他的面前，不知为什么，手软得把她提在手上的搪瓷脸盆、碗的网兜，"咣啷"一声，就跌在了地上……田子香北京的家，紧靠着池东方家所在大院的一边，是条小得可怜的胡同。池东方是大院孩子，穿得光鲜，吃得高级，不是她们小胡同的孩子可以比的。但她就是想比，想着法儿地往人家的面前凑，可总是还没凑到人家跟前，就被人家甩掉了。人家不带她玩儿。可池东方就不同了，他没大院那些孩子势利，对她是最友好的。曾经的一次，她追着他们玩，摔伤了手，别人都懒得理她，是池东方带着她，去到他们大院的医务室，给她包扎了伤口。田子香打心里是把池东方认下来，认下给她做男朋友，她不能允许别的人亲近池东方，同是知青的女孩子不能，一个陕北土生土长的柘袖子，就更不能了。

田子香早就发现了问题的存在，但她没有把柘袖子往心里放。不过必要的竞争，她与柘袖子还是已经有了的。乾坤湾村的队委班子，按照规定，是要有一名妇女队长的。

池东方从柘黑娃手里争取来了生产队长，田子香想要学习他，就也来争取妇女队长。但提名的时候，池东方却把柘袖子提了出来，拿到乾坤湾村全体社员大会上来选。田子香当时还想与柘袖子争一争，结果社员们选择了柘袖子。这让田子香的心情坏了很长时间，从此也就注意上了柘袖子，怕她坏了她的事。

田子香注意的结果是，在妇女队长的岗位上，柘袖子尽职尽责，做得十分出色，可以说是池东方最为得力的一个助手。

那个的大年三十晚上，池东方来柘袖子家吃年夜饭，向她大哥柘黑娃争取生产队长的职责，她不顾亲情，坚决地站在了池东方的立场上，支持了池东方。后来，池东方又支持她，让她担任了乾坤湾村的妇女队长，她没有理由不为池东方当好助手。生产队队长的池东方，在村子里决策干什么，柘袖子都会无条件地站在他的身边，既会坚决地支持他，还会全力以赴地帮助他。用她大哥柘黑娃的话说，柘袖子把她都变成池东方的一条胳膊一条腿了。

柘袖子不能否认她大哥柘黑娃说的话，她从心里爱慕着北京知青池东方，心甘情愿做他的一条胳膊一条腿，如果可能，她把她整个人，是都想要给予池东方哩！

冷眼看着柘袖子的田子香，不能总是冷眼的，在池东方调转省委工作的这件大喜事上，她不能不有所表示，而应该开心高兴起来，给池东方一个真诚的祝贺……田子香这么想着，立即把她的冷眼换成一副笑颜，扭动着身子，迅速地插进相对站着的池东方和柘袖子之间。

田子香心里还想着，如果可能，她要偎进池东方的怀里，让他抱着她，把她抱紧了！当然她也抱着池东方，把池东方抱紧了。但这只能是田子香心里的活动，面子上的她很清楚，众目睽睽，这是不可能的。

田子香的心酸就在于此了，有许多次，或者晚上，或者白天，在无人的时候，她有意识地走近池东方，想要池东方抱抱她，她也抱抱池东方的，可是都被池东方严厉的眼色拒绝了。田子香没有办法，就还夜里做梦，让梦里的池东方抱住了她，而她也抱住了池东方，但梦是不作数的。田子香为了博取池东方的欢心，她便像柘袖子一样，对担任生产队长职责的池东方，在态度上是坚决支持的，行动上的支持更是坚定的。田子香守在乾坤湾村里，跟着池东方，看着妇女队长柘袖子怎么干，她就也是有样学样地怎么干。

忽然地，县委书记易顺民带了好消息，池东方要调转到省委去，让柘袖子又哭又笑，而田子香就不想哭，不想笑吗？她是也想哭，也想笑的呢！可她一时哭不出来，也笑不出来。

哭不出来，笑不出来的田子香，插在池东方和柘袖子中间，强装出一副笑颜，拿话抢着祝贺池东方了。

田子香说：你为咱北京知青长脸了！

田子香说：北京知青里有你，是咱北京知青的光荣！

田子香说：我要去省委看你，你可不兴躲。

县委书记易顺民的耐心是让人要佩服了呢，他静静地站在淤地大坝的工地上，没有干扰柘袖子对池东方又哭又笑的告别，也没有干扰田子香对池东方有点嫉妒，有点留恋的告别……易书记是太善解人意了，他知晓还有人要以他们的方式与池东方告别的，譬如柯红旗，他的拳头擂在了池东方的胸膛上；还有柘黑娃和他弟柘灰娃，他俩的巴掌拍在池东方的肩膀上。上山下乡，从首都北京到乾坤湾村来插队，池东方与大家朝夕相处得有了感情，他要调转省委这样的大好事儿，各人用各人的方式，向他告别，是太正常不过了。看着在淤地大坝上的人，与池东方一一告别着，告别得差不多了时，易顺民书记说话了。

易书记说：挥拳抡巴掌的，别把池东方伤着了。

易书记说：池东方调转省委，又不是不再回乾坤湾村。

易书记说：时间不早了。

易顺民书记说着话，走向还呆愣愣站着的池东方，双手推着他，把他从淤地大坝上推了出来，向乾坤湾村村口停着的北京吉普车走了去。易书记推着池东方在前面走，淤地坝上的乾坤湾村人，包括柘袖子、田子香以及柘黑娃、柘灰娃他们，被一种神奇的力量牵引着，集体跟在易顺民书记和池东方的身后向前走了。

五

走出淤地大坝的工地，转一道弯，上一面坡，就能看见村口上停着的北京吉普车。

此其时也，池东方调转省委工作的消息，已经像风一样，吹遍了乾坤湾村的角角落落。获得消息的乾坤湾村人，无论是在别处劳作，还是没有劳动能力的老人和小孩，也都纷纷向着停在村口的北京吉普车来了。到易顺民书记推着池东方，一路走进到北京吉普车跟前时，乾坤湾村人，把吉普车里三层、外三层的，围了个水泄不通。易书记推着池东方走来了，围在吉普车前的村里人，都自觉地让了开来。易书记推着池东方，从他们的身边走过，走到了吉普车的车门前。驾驶吉普车的司机，拉开了车门，帮助易书记把池东方塞进了吉普车里，然后绕到吉普车的一侧，爬上驾驶座，发动了吉普车的发动机，轻轻地鸣了两声车笛，这就慢慢地挂挡起步往前走了。

　　直到这个时候，有来告别送行的人，才想起他们出门时是带着一把大红枣儿的，是带着两颗鸡蛋的，因此，撵着吉普车，透过车窗，把大红枣和鸡蛋直往吉普车里递……柘袖子的老娘和她嫂子牛小兰，就夹在告别送行的人里头，柘袖子的老娘手里举着的是一把大红枣儿，嫂子牛小兰手里举着的是鸡蛋。从淤地大坝跟着走来的柘袖子，看着她娘和嫂子挤不到吉普车跟前去，就撵到老娘和嫂子的身边去，从她们手里拿过大红枣儿和鸡蛋，挤开前面的人群，挤到缓慢挪动着的吉普车边，把她手里的大红枣儿先是抛进车窗里，再把鸡蛋塞进池东方的怀里。吉普车越走越快，终于摆脱了告别送行的人们，屁股上掀起一条黄色的土龙，在路上颠儿颠儿地奔跑着，消失在了告别送行的乾坤湾村人的视野里。

　　就在这时，却突然地不知是谁，唱起了那曲名叫《庄稼汉》的信天游：

> 深不过黄土地高不过天，
> 吼一声信天游唱唱咱庄稼汉。
> 水格灵灵的女子虎格生生的汉，
> 人尖尖就在咱九曲黄河边。
> ……

　　这曲信天游是池东方最爱唱的呢，他在乾坤湾村里，高兴了要吼一嗓子，不高兴了还要吼一嗓子。池东方自告奋勇，担负起乾坤湾村生产队长的职责，他是真心要把自己熬成一个实实在在的庄稼汉的，却突然的被调转去省委工作，他着实是被动的，而且还又难舍难分，龙尾沟的小流域综合治理，还没有最终实现，再者还有……还有很多他要做的工作，都在心里谋划着，特别是柘袖子，啊！啊！可亲可爱的陕北姑娘柘袖子啊！在淤地大坝上，她不管不顾地哭，还不管不顾地笑，她撵着吉普车，给他抛来大红枣儿，给他送进煮熟的鸡蛋。柘袖子在池东方的眼睛里，在池东方的耳朵里，过去,还是现在,扎根下来,总是那么鲜活,鲜活成了一道抹不去风景。

陕北的峁峁墚墚,陕北的沟沟道道,就有这么一个好,会把人们吼唱的信天游,传得很远很远……坐在飞奔的北京吉普车上,池东方听到了乾坤湾村那边吼唱起的《庄稼汉》,他不管易顺民书记有何感受,自个儿不能忍地,跟着就也吼唱起了:

> 山沟沟里熬日月磨道道里转,
> 苦水水里煮人人泪蛋蛋漂起个船。
> 山丹丹可沟沟里兰花花开满山,
> 庄稼汉的那信天游唱不完。

这曲《庄稼汉》的信天游,送走了准备做一辈子庄稼汉的池东方后,乾坤湾村空缺下来的生产队长一职,经过全体社员大会选举,就由柯红旗担任了。这是因为同为北京知青的池东方,干得太出色了,干的村里人信任,所以亦为知青的柯红旗,名正言顺地被大家推选出来,推到了生产队长的岗位上。

池东方担任生产队长的成功经验,柯红旗全都吸取了进来;池东方担任生产队长取得的生产成果,柯红旗不仅照样继承下来,他还开动脑筋,想方设法,要在池东方取得的生产成果基础上,获得更多的成果……想是这么想了,但要实际行动起来,却极为困难。首先是方向,柯红旗带领乾坤湾村的老百姓,该往哪个方向发展呢?再就是方法和目标了。有了好的方向,没有好的方法,也是无法达到自己想要的理想目标呢。

对那些走水坡坡地实施梯田化改造,被柯红旗拿出来,放在了他工作的重要位置上。

对龙尾沟这样的小沟道,实施小流域综合治理,不论池东方还是柯红旗,他们带领乾坤湾村人施工的时候,依赖的都是社员的人力。参与其中的柯红旗,如土生土长在乾坤湾村里的人一样,身体力行,彻底地领略到了人力的极限,大家不是肩扛就是手提,把自己劳累得像驴子一般,然而工程的进度和收到的效益，还是很小的呢！

农业的根本出路在于机械化……柯红旗读书读报，在书报上看到了机械化的威力。

如果有了相对先进的农业机械，投入到此前的小流域综合治理和即将开展的梯田改造工程中去，人与机结合，情况一定会好得多。

靠近县城的一些生产队，近水楼台先得月，他们抢先从北京市支援来的农业机械中，得到了手扶拖拉机等。柯红旗从插队在那些村子的知青朋友嘴里，知道了这一情况后，专门去了那些村子，做了充分的了解，并现场观摩，发现一台十二马力的手扶拖拉机，比得上二十个精壮后生的劳力。柯红旗大大地动了心，他是想了：北京市所以有农业机械的支援，根本的原因就是他们这些插队于此的北京知青。距离县城近的村子有北京知青，他们得到了支援来的农业机械，距离县城远的村子，也有插队来的北京知青呀，像他们乾坤湾村，是也应该有的呀！

观摩罢了手扶拖拉机等农业机械的好处后，柯红旗没有回乾坤湾村去，而是直接去了县城，去了县农机公司。

让柯红旗欣喜的是，农机公司的院子里，多的是农业机械，什么山地犁、旋耕机，播种机等，应有尽有，便是最为抢手的手扶拖拉机，并排儿放着，就有五六台……柯红旗的眼睛，被那漆光锃亮、排列整齐的手扶拖拉机勾住了，他一步一步走了去，伸手珍爱地触摸着手扶拖拉机。他触摸的太用情了，农机公司的一位职工向他走了过来，走到了他的身边，他都没有觉察到。

农机公司的职员说他了：想要吗？

当然想要了，柯红旗回过头来，看到了一身中山装的农机公司职员，发现他左边的上衣口袋里，并排插了两支钢笔。柯红旗看到他这个样子，忍不住要笑，并还想他说的话，完全是废话。但柯红旗忍住没有笑，这是因为他想要从这位农机公司职员的嘴里知道，他怎么才能得到触摸在他手里的手扶拖拉机。

农机公司插着两支钢笔的职员，看透了柯红旗的心思，所以接着他前面说过的话，又说了。

农机公司的职员说：手扶拖拉机真是个好东西呢！

农机公司的职员说：在咱陕北农村，像北京知青一样，可是大有作为的。

农机公司的职员说得嘴角上挂起了些微白沫。白沫影响着他说话的口风，蓦然一个转向，告诉了柯红旗一个让他沮丧不堪的话来。

农机公司的职员说：钱比手扶拖拉机更好。

农机公司的职员说着，给柯红旗报了个价。他因此又说：你拿钱来了吗？

柯红旗的口袋里，仅有他们乾坤湾村通往县城的几个车票钱，几天了，他吃饭充饥，都是在附近的知青点上，向靠近县城而且相熟的北京知青蹭饭填肚子呢……三千六百块钱一台手扶拖拉机呀！那可不是个小数目呢，柯红旗到哪儿去找那样一笔巨款呢？而且这仅只是一台手扶拖拉机的价格，配套的拖斗呢？还有山地犁，旋耕机等等农机具，也是要钱来配套的。

六

钱从哪儿来呢？从社员们的牙缝里抠吗？从社员们的舌头上捋吗？

即使抠，即使捋，又能抠出多少？捋出多少？

去县城考察罢了手扶拖拉机等农业机械的柯红旗，当时就挠上了头。他回到乾坤湾村来，为了钱的事，就更挠头了。好几天来，他一直在挠头，他把手指头插进头发里挠一阵，落下来的就是一把头发！

摔跤输给柯红旗的柘灰娃，愿赌服输，现在是柯红旗在乾坤湾村铁到家的铁兄弟，他看到了柯红旗愁眉苦脸挠着头的样子，就如柯红旗头挠了他似的，感同身受，格外不是滋味。柘灰娃不晓得柯红旗为何而挠头，他就找着机会，在柯红旗挠头的时候，有意靠近他，向他问话，要为他分忧了。但有几次，柘灰娃把话都给柯红旗吐出来了，而柯红旗却没有接柘灰娃的话茬。

柯红旗现在是乾坤湾村的生产队长，他不想把他的忧愁，推给任何人，让人家替他分担。

> 一个呢的老鼠一颗头,
> 两个哩的眼睛是黑格豆豆。
> 四个呢的腿把子朝前站,
> 一个哩的尾巴还随着后跟。
> 哟儿哟,太平年……

依然奋战在淤地大坝的工地上,柯红旗在土坡的一边,挥动着镢头挖着土方,他挖着挖着就又想起手扶拖拉机的事,不由得把他的手指头,再一次插进头发里挠了起来。在大坝上铺土的柘灰娃,抬头看见了柯红旗的那个样子,想要为他解忧除烦却不能够,就可着嗓子唱起了这曲叫《太平年》的信天游。

柘灰娃唱得起劲,唱了一段发现柯红旗还在挠头,就还要接着来唱:

> 两个呢的老鼠两颗头,
> 四个哩的眼睛是黑格豆豆。
> 八个呢的腿把子朝前站,
> 两个哩的尾巴还随着后跟。
> 哟儿哟,太平年……

也许这曲诙谐幽默的信天游起了作用,在柘灰娃声情并茂地唱着再次走近柯红旗时,不用柘灰娃多嘴问他,他就给柘灰娃敞开心扉说出来了。

柯红旗说:咱们村能有一台手扶拖拉机就好啊!有了手扶拖拉机,咱们夯筑淤地大坝的效率就高了!村子里的重体力活,手扶拖拉机都能搞定。

柘灰娃说听柯红旗这么一说,他先来了劲,自告奋勇地向柯红旗表态说:好啊!那我就来当拖拉机手。

柘灰娃说：我早就想做一名现代化农业生产的拖拉机手了！

柯红旗顺着柘灰娃的话说：就是你了，你是咱们乾坤湾村头一个拖拉机手。

柯红旗说：我相信你会做得非常好。

柯红旗说：可是钱呢？把一台手扶拖拉机开回咱乾坤湾村，没有那一把要命的钱，就只能干瞪眼开不回来。

柘灰娃听出柯红旗的忧愁来了。

钱……手扶拖拉机……农业机械……柘灰娃听出了柯红旗的忧愁后，他思考着，反复地念叨着"钱""手扶拖拉机""农业机械"三个词，他很想帮助柯红旗，把钱的问题解决了，开一台手扶拖拉机开回乾坤湾村来。可是，柯红旗没有办法，他柘灰娃能有甚的个办法呢？

柘灰娃想了又想，想到他老姑家所在的王叉沟村，是有一处小煤窑的。早些时候，他大哥柘黑娃托过他老姑，下过那处小煤窑，听说特别艰苦，却也是下一趟小煤窑，就有一趟的现金收益。柘灰娃这么想着，就朝淤地大坝上忙碌着的他大哥喊了起来。

柘灰娃喊得他大哥柘黑娃抬起了头，却没有喊叫他大哥往他和柯红旗的身边来，而是他伸出手来，拽住柯红旗的一条胳膊，往他大哥的身边跑了过去。跑到他大哥柘黑娃身边了，柘灰娃把柯红旗往他大哥面前一推，就给他大哥开诚布公地说上了。

柘灰娃说：大哥你也看出来了，柯红旗这些日子的愁肠。

柘灰娃说：他是被钱愁呢！

柘灰娃说：想给村子里添置手扶拖拉机，添置农业机械，减轻社员们的劳动强度，提高筑坝淤地、梯田化改造的效率，造福咱们乾坤湾村，但他是，有理想没钱。

柘黑娃听他弟弟一通说道，把他弟弟拉着柯红旗在他面前来的想法，当下全吃透了。但他又能怎么办呢？去抢去偷吗？柘黑娃苦苦地笑了笑。

柘黑娃苦笑着说：一分钱难倒英雄汉。

柘黑娃说：我不是英雄汉，咱们都不是英雄汉。

柘灰娃不要他大哥柘黑娃再往下说。他截住他大哥的话头说了：老姑家他们村的小煤窑开着吧？

柘灰娃说：你求咱老姑去吧。

柘灰娃说：咱下他们的小煤窑背炭，一篓一篓给咱背回一台手扶拖拉机。

第十一章　小煤窑下的希望

天地那个玄黄哟混沌那个天，
千年里洪荒呀一年又一年。
盘古爷的那个眼瞪眼，
面朝的是个黄土哟背对着天。
……

——信天游《天地玄黄》

一

说来容易，做到难。

包括柯红旗、柘灰娃在内，他们只晓得下到小煤窑掏炭来钱快，但没有下过小煤窑，就不知晓下到小煤窑掏炭的危险了。柘黑娃下过小煤窑，在小煤窑掏过炭，他是知晓的，所以在他弟柘灰娃建议柯红旗，拉出他来，要他去王叉沟村求他们的老姑柘书兰，争取掏炭的机会，他闭口未予应承……在柘黑娃的内心深处，存储着他在王叉沟村小煤窑掏炭时亲身经历过的一场事故。

当时的柘黑娃，初中毕业，回到村上来"修理地球"，乾坤湾村像他一样大的男娃娃，赶在他的前头，差不多都娶了妻，甚至生了子，可他就是连个女朋友都交不上。

这么来说柘黑娃，似乎欠缺点公平，他生得结实强壮，而且还有个中学毕业证书，算是一个很有学问很出息的后生了呢。当时的陕北农村，具备他这样条件的人，凤毛麟角，看上他的俏妹子、俊女子有的是。但是他们家太穷了，给人家俏妹子、俊女子下点彩礼，扯几身光鲜的衣裳，怎么说都是应该的。可家里就是拿不出来，拖着不能再拖了，老娘支桂芳没说要柘黑娃下小煤窑掏炭，但老娘日天里看向柘黑娃的眼神，逼着柘黑娃，他自己跑去王叉沟村，找了老姑柘书兰，借着老姑的脸面，争取来了一个下小煤窑掏炭挣钱的机会。

父愁子妻，子愁父亡。人的一生，父父子子的，就是这么重重复复过来的。

柘黑娃去到王叉沟村下小煤窑掏炭的消息，传回到了乾坤湾村，他的父亲柘耕劳，以为这是一个父亲应该尽的责任，所以他也赶到王叉沟村来，与柘黑娃一起下小煤窑掏炭挣钱了。挣下钱好给儿子聘女朋友，结婚生娃续香火。

老父亲没来小煤窑的时候，柘黑娃下小煤窑掏炭，还算平静。可老父亲头一天下煤窑就出了问题……那种陕北特有的小煤窑，有直上直下的窑口，也有一面大斜坡直下数百米，抵达有煤的掌子面，铁镐刨，钢钎撬，依靠的都是人力，连刨带撬，掏上一筐炭来，驮在肩背上就要往窑口上背了。

往窑口背炭，站是站不起来的，一条曲曲弯弯的黑煤巷子，虽有坑木支护着，但横横斜斜，高处比人高，低处比人低，个别地段甚至仅有八十来公分，猫着腰能在巷子里走，都算是好的呢，到了狭窄低矮处，整个人要匍匐在巷道里，像条虫子一样，只能爬着向前了。父亲柘耕劳与柘黑娃就是这么在巷道里掏煤炭的，他俩一后一前，每人的肩背上，都是装得满满的一筐炭，不知老父亲是怎么想的，柘黑娃直觉他驮在肩背上的煤炭，就是他的女朋友。他们父子俩在巷道里，一会儿猫着腰走，一会儿匍匐在地爬，奋勇地往窑口上驮着煤炭。然而天有不测风云，人有旦夕祸福，就在父子俩匍匐着爬过一段最为低矮的巷道，可以稍稍地展一展身子，再猫着腰，往窑口驮煤炭时，柘黑娃身边支护着巷道的坑木，发出了一声可怕的炸响，父亲柘耕劳在可怕的炸响声里，伸手在柘黑娃的后背上猛地一推，把柘黑娃向前推去了六七尺远，而老父亲自己，则被冒顶下来的大石块，结结实实地压在了下边，压断了最后一口气。

小煤窑成了他们柘家再也不愿提起的伤痛。

然而，却因为柯红旗要为生产队添置手扶拖拉机等农业机械，而被自己的亲弟弟柘灰娃捡起来说，柘黑娃的眉头拧了起来，他没有理会弟弟柘黑娃，转过身去，像是生了铁锨的气似的，一铁锨又一铁锨，在淤地大坝上狠劲地铲着土。

老父亲柘耕劳，终其一生，耕劳在他们乾坤湾村里，最后却惨死在小煤窑下的伤痛，不能说只是疼在他大哥柘黑娃的心上，作为弟弟的柘灰娃，像大哥一样，是也十分痛心的呢。但是为了乾坤湾村能够有钱买回手扶拖拉机等农业机械，柘灰娃就只有把他内心的伤痛掩藏起来，硬着头皮，也要帮助柯红旗，去到他老姑家所在的王叉沟村，下小煤窑掏炭了。

求不动大哥柘黑娃，柘灰娃自己挂帅出马，去了王叉沟村，找他老姑柘书兰了。

老姑柘书兰在王叉沟村的威信，比王叉沟村里的任何人都要高，大小事儿，只要老姑柘书兰发了话，就没有行不通的……柘灰娃去找老姑，绕道去了趟办在河怀公社大街上的供销社，买了一包当时非常流行的糕点天鹅蛋，带着去了王叉沟村，他进到老姑家的窑院，把天鹅蛋珍爱地拿给老姑，让缺牙漏气的老姑尝了一下，就把他要与乾坤湾村的一干后生，下小煤窑掏炭的事儿说了。

柘灰娃说：老姑知冷知热，最善解人意了。

柘灰娃说：老姑的王叉沟村有小煤窑上的收益，手头活便，早把手扶拖拉机买回来了。有了手扶拖拉机，有了配套的农业机械，老姑的王叉沟村是把乾坤湾村甩下来了，甩得远远的，撵都撵不上了。

柘灰娃说：乾坤湾村再怎么说，都是老姑的娘家哩。

柘灰娃说：老姑不能看着娘家被甩下来吧？

柘灰娃给老姑柘书兰没说一句下小煤窑掏炭的事儿，但老姑把啥都听明白了。王叉沟村有小煤窑，王叉沟村用上了手扶拖拉机等农业机械，娘家乾坤湾村没有这样的地利条件，就用不上手扶拖拉机等农业机械。老姑人在王叉沟村里寄居着，老姑的心，少说有一半还留在乾坤湾村……弟弟柘耕劳，为了给大儿子柘黑娃请聘女朋友，把命丢在了小煤窑下，老姑有一千条理由，可以不帮柘灰娃说事，但老姑在他的胸口上，猛然锤了一巴掌，答应下了柘灰娃的请求。

老姑柘书兰说：就说你给老姑买天鹅蛋吃哩。

老姑柘书兰说：我拉下老脸，就给王叉沟村说了，让他们把看着安全点儿的小煤窑，给你们掏几天。

老姑柘书兰说：掏到你们够买一台手扶拖拉机的钱了，你们也就见好收手，甭给老姑惹麻烦。

二

有柘灰娃承头支持，柯红旗当即在乾坤湾村组织起了十多个自愿掏炭的青壮后生，浩浩荡荡地去了王叉沟村。

老姑柘书兰没有食言，她答应了柘灰娃，并在柘灰娃走后，满村子找拿事的人，祭出她的老脸，好说歹说，不仅为她的娘家村讨到了下煤窑掏炭的机会，而且又还是大家认为最安全的一处小煤窑，交给了隔天即来王叉沟村的柯红旗和柘灰娃他们。

浩浩荡荡来到王叉沟村的柯红旗和柘灰娃他们，谢天谢地谢老姑，抓紧一切可用的时间，下到小煤窑里掏炭了。

便是一处最为安全的小煤窑，直上直下地，也要潜进百余十米深的井洞子，再顺着打满密密麻麻支护的巷道，往里一直走，到该猫腰时猫腰，到该匍匐下来爬行蠕动时就爬行蠕动。到了称作煤炭掌子面的地方，铁镐用上了，钢钎用上了，掏上百十斤重的煤炭，装筐背在背上，这便背着往窑口上走了。同样的路径，包括柯红旗，柘灰娃在内，他们十几个青壮后生，都只是那么驮了一趟煤炭，到了窑口的竖井下，就都把裤子的膝盖磨穿磨破了。他们再次下到煤炭掌子面那里，再驮第二趟煤炭时，便只能是膝盖上的肉，对着巷道里的煤炭渣子磨了，所有人的膝盖磨下来，都成了血肉模糊的一片……柯红旗尽管插队在乾坤湾村五六个年头，按照贫下中农再教育的要求，把他磨炼得已是一位道地的农民了，但在如此艰难的生产环境下劳作，他还是比不过柘灰娃他们,尤其是在背负身上一大筐煤炭,在巷道里往出爬行的时候,就显出了这样一个差别。柘灰娃能够咬牙持续地背着煤炭爬行,柯红旗则在遇到了一处相对开阔的地界,就想着能展一展腰,歇一歇气。正是因为他的这一想法,让他吃了一个大苦头。

柯红旗背负着沉重的煤炭筐,匍匐爬行着,他看着到了一处相对开阔地,才刚抬了一下头,即"嘭"的一声,头顶上一个仿佛斧子似的石头棱子,在他的额头上,即刻给他开了一道半寸长的血口子!

柯红旗疼得喊了一嗓子。

柘灰娃在柯红旗的前头听见了,他折回头来,看见了柯红旗头顶上的血口子。

柘灰娃二话没说,就把柯红旗送上了竖井,让他在竖井上面,开动卷闸机往井口上提升煤炭……土生土长的乾坤湾村后生,比柯红旗耐劳多了,他们在柘灰娃以身作则的带动下,愣是在那鬼门关一般的小煤窑下,掏了近乎十天的炭,挣够了买一台手扶拖拉机以及配套农业机械的资金!

大把沾着血汗、沾着煤炭渣子的钱,攥在了柯红旗的手上,他忍不住流下了热汪汪的一摊泪。

就在柯红旗攥着那把沾满血与汗的钱,站在小煤窑的窑口流泪的时候,柘灰娃几个乾坤湾村的后生,吼唱起了一曲陕北地界至为古老的信天游:

> 天地那个玄黄哟混沌那个天,
> 千年里洪荒呀一年又一年。
> 盘古爷的那个眼瞪眼,
> 面朝的个黄土哟背对着天。
> ……

什么艰难,什么困厄,什么险阻,在柘灰娃他们这样的陕北后生面前,全被他们的乐天派精神打败了,稀里哗啦势不可抵挡地败了……柯红旗被柘灰娃他们感动了,他因此也参与进来,吼破了喉咙唱上了。

柯红旗唱着，把那曲古老的信天游，改了几句词儿：

> 天地那个玄黄哟混沌那个天，
> 千年里洪荒呀到今年。
> 盘古爷那个笑开颜，
> 驴子那个老牛哟要被机械换。

手上拿到钱了，柯红旗和柘灰娃就没从王叉沟村回乾坤湾村，他俩直接去了县城。

柯红旗前次考察了解农业机械使用情况的村子，就在县城边上，他北京的一位同学在那个村子插队，所以他一点岔路都没走，带着柘灰娃，直接去了那个村子，找到他的同学，向他的同学说出了他的需求。同学就是同学，没有虚虚套套，他们答应了柯红旗，从他们村子里的几位拖拉机手里，挑选了一位性格温和，技术较高的，推到柯红旗面前，要柯红旗放心带上，帮他们挑选好的手扶拖拉机，再教他们的拖拉机手学习驾驶。同学把话说得很扎实，说到后边，几乎是赌咒发誓般说了。他既是说给柯红旗的，还给他们村上的拖拉机手，要他们听好了，如果教不会、教不好乾坤湾村的拖拉机手，就住在他们乾坤湾村里，可以不回来。

同学把话说到这个程度，柯红旗就只有感谢的份儿了。

柯红旗承谢同学的办法特别有趣，他不自己往出说，而是转头来问柘灰娃了。

他说：灰娃兄弟，你天天看，看得见咱们乾坤湾村的俏妹子，俊女子，可是多了去了！

柯红旗说：这个好事就交给我们村的拖拉机手，把教他的师傅留下来，在我们村成家好了。

柯红旗说得那叫一个开心，他说到最后还问柘灰娃，你欢迎不欢迎。

柘灰娃被柯红旗这么一问，他不知怎么回答才好，是欢迎还是不欢迎？他实在是说不出口，就红着脸对着请下的师傅深深地鞠了一躬，然后很是恭敬地请告师傅了：灰娃愚钝，还望师傅用心。

柘灰娃说：师傅骂徒弟，徒弟不还口；师傅打徒弟，徒弟不还手。

柘灰娃的真诚，把柯红旗和他的同学以及请来的师傅，都惹得大笑了起来。说过了，笑过了，柯红旗的北京同学，要留柯红旗和柘灰娃在他们知青点上吃饭，柯红旗豪迈地谢绝了。他给同学说，说他腰里有的是钱，他要带着柘灰娃和请下的师傅，到县城的公共食堂里去，犒劳一下他们。

柯红旗说话算话，他带着柘灰娃和请来的师傅，马不停蹄转到县城，在县城唯一一家公共食堂，为他们每人要了份大碗的羊肉饸饹，大吃大咽了一餐后，抬手抹着油渍渍的腮帮子，就去了县农机公司的大院里。

三

进到农机公司的大院里，柯红旗发现前次他来，农机公司的大院里，还看得到五六台手扶拖拉机，这次再来，已少到只有两台了。柯红旗心里一阵吃惊，想他来的还算时候，如果再晚几天，恐怕就捞不着他想买的手扶拖拉机了。

有钱没货，你能有个甚奈何！

上衣口袋插着两支钢笔的那个农机公司的职员正好在，柯红旗在认出他的时候，他也认出了他……柯红旗挺着他的腰，因为有钱撑着，便很有些鼓鼓囊囊地走向了那位职员，做出一副熟人的样子，微微笑着给他说了。

柯红旗说：我把购买手扶拖拉机的钱挣下来了。

柯红旗说：我们是下小煤窑掏炭挣下的钱，每一分钱上，都沾着我们的汗，还沾着我们的血。

柯红旗说：我们的血汗钱，要购买一台手扶拖拉机，还要购买与手扶拖拉机相配套的山地犁，旋耕机……

插着两支钢笔的农机公司职员，本来想要等着柯红旗把他要说的话说完了，他再说话的，但他发现柯红旗因为激动，还因为兴奋，说得一时停不下来，就把他的一只手伸向了柯红旗……显然是，柯红旗把那位职员伸来的手误解了，他以为他是伸手要钱的，就把他捆在身上的钱，一股脑儿掏出来，往那位职员的手上搁了。可是那位职员躲着柯红旗往他手上交的钱，张口说了句话让柯红旗像被浇了一盆冷水，一下子浇得凉透了。

那位职员说：指标呢？

那位职员说：你有指标吗？

柯红旗没有指标，他只想着有钱，就能开回一台手扶拖拉机，却没想到，有了钱，还得有指标才行。那么指标在哪儿呢？柯红旗把他眼睛盯在了那位职员的脸上，可能是他的眼睛太犀利，震慑住了那位职员，他怯弱地向后退着，却也实话实说，告诉柯红旗，指标在他们农机公司经理的手上。经理批一张条子，拿给他，他立马开票，卖手扶拖拉机给柯红旗。

事情是严酷的，没有一点商量的余地。

柯红旗因此打发柘灰娃和他师傅，暂回师傅所在的村子，让柘灰娃转告他在那个村子里的同学，好生招待柘灰娃，就让柘灰娃跟着他师傅，在他们村学习驾驶手扶拖拉机的本事了。

打发走了柘灰娃和他师傅，柯红旗在县城找了家最便宜的小旅馆住了下来，决心要从农机公司经理的手上，批到一纸能买手扶拖拉机的条子……柯红旗从那位口袋里插着两支钢笔的职员表情上看得出来，他要从他们经理手上，获得一张购买手扶拖拉机的条子，绝对不是一件容易的事儿。

吃了秤砣铁了心，柯红旗才不管容易不容易，他不能往乾坤湾村开回去一台手扶拖拉机，就住在县城不走了。

柯红旗想到就要做到，他当天就去农机公司，找了农机公司的经理。但他找到天黑，却都没有找见人的影儿……第二天再去找，他把农机公司的经理，面照面地堵在了农机公司的院子里，向经理申请指标。经理看着他，看明白他是北京来的知青，就颇具耐心地给他说了。经理说你们北京来陕北下乡插队的知青多了去了，几万人哩。你们北京领导真是好，惦记着你们，给咱们搞来了一批手扶拖拉机，以及部分配套农机具，我按照计划，把指标都分配下去了。经理说到这里，把他的手摊了摊，公事公办地给柯红旗说了，下一批吧，下一批就给你们乾坤湾村一台手扶拖拉机的指标……经理把话说到这份儿上了，如是别人，可能会要老实地来等下一批了。可是柯红旗不是别人，他是柯红旗，他不能等了。而这正是他们插队知青担任村干部的脾性呢，不仅敢与有权威的人顶撞，还有一股子不达目的不罢休的狠劲儿。再者说了，为能购买一台手扶拖拉机，他们一帮乾坤湾村的年轻汉子，下小煤窑掏炭，冒了多么大的风险！付出了多么大的劳动！柯红旗因此没有被农机公司的经理糊弄走，整整一天时间，他跟在经理的身边，不离经理半步，便是经理尿急了，要甩开他去厕所撒尿，柯红旗也寸步不离地跟着去撒尿……然而柯红旗的软缠硬磨，却没起多少作用，经理就是不给他松口批条子。

守在县城里，柯红旗把一个夜晚又守过去了。

柯红旗是夜想着办法，把他想得一夜都没怎么睡，快到天明时，才踏实睡了过去。但他睡得也是太踏实了，竟还做起了梦，梦见他和柘灰娃，把一台崭新的手扶拖拉机，及配套的农业机械，突突突突……开回到了乾坤湾村，村里的男女老少，等在村口上，其中就有罗衣扣和她的学生娃娃们。罗衣扣笑得灿烂极了，她带领她的学生娃娃们，笑着给驾驶手扶拖拉机的柯红旗和柘灰娃唱起了一首信天游：

> 远远听见那是哥哥的声，
> 侧起个耳朵吊起个心
> 听见哥哥唤妹子，
> 格闪闪晃疼了妹眼睛。
> ……

这曲深情的信天游，有个让人听了心花怒放的名字，那就是《听见哥哥唤妹子》。

柯红旗在梦中把这曲信天游听得那叫一个开心，他是还想再听的，却在歌声还没落下调子的时候，把自己开心得乐醒了过来，睁眼看见红彤彤的日头，照着小旅馆的窗子，把窑窗上的剪纸，十分醒目地映射进来，花花绿绿地落了他一身……他一骨碌爬起来，虽然觉出了肚子的饥，还有嘴巴的渴，但他没有顾上吃,没有顾上喝,闷着头就往农机公司那里跑了去。

柯红旗是还要去农机公司找他们的经理的,他可不能因为睡过了头,而失去找经理的机会。

不过,来得早不一定就是机会,来得迟不一定就不是机会……柯红旗这天来迟了,却发现了一个绝佳的机会,在等着他,他可以从经理手中批到条子了。

四

急匆匆走进农机公司的大门,柯红旗发现那位生了不吃,熟了不吃的经理,还有个下象棋的爱好。他当时就在公司院子的一棵大树下,席地铺开一张牛皮纸的棋盘,与一位比他年轻点的后生,拉开架势在下象棋。柯红旗向他们一点点靠近,靠近了,他听见经理自言自语地说了两句有点沮丧的话。

经理说:算你娃娃能耐,下得了两步棋。

经理说:但我还就不相信,赢不过你娃娃。

正是公司经理的这两句话,给了柯红旗莫大的鼓舞。

柯红旗的烈士父亲柯守国,就有一套扎实的象棋棋艺。他继承了父亲的基因,在北京上小学时,就敢与胡同里下棋的人交手了。下乡插队在乾坤湾村,又遇到与他烈士父亲柯守国在艰难困苦的战争岁月里博弈过的道老汉。柯红旗在乾坤湾村,又与道老汉盯着空儿,瞅着机会,便要交流一盘两盘。柯红旗是把他的棋艺,在道老汉那里磨炼得炉火纯青,愈发奇崛。他心里暗忖,以为是能够买到手扶拖拉机了!

观棋不语,那是正规的比赛。而完全民间的走势,看出了好的棋路,上前支两招,是不会惹人烦的。

柯红旗就在公司经理与那位年轻后生下棋的时候,他看出了经理棋局的劣势,也看出了年轻后生的破绽。柯红旗插手进来了,他给经理连支数招,支士,走马,出车,架炮,将军,没费吹灰之力,就把处在胜势的年轻后生,杀了个丢盔弃甲……赢了棋的经理,与柯红旗没说话,拉住他的手,拉到他的嘴边上，猛地亲了一口，就让柯红旗去了他的办公室。

在公司经理的办公室里，经理把柯红旗安顿在他常坐的那把椅子上，给柯红旗当即鞠了一躬，然后请求柯红旗，要他做他的老师，教他象棋，特别是能够赢人的几手绝招。

柯红旗一口标准的京腔，很干脆地回答经理，说：那小菜一碟儿。

一句大话说出口来，柯红旗没有歇气，就把他给乾坤湾村要买一台手扶拖拉机的事，满碟子满碗端在了公司经理的面前。公司经理这才恍然大悟，发觉帮他三下五除二，拿下一局胜棋的北京知青，就是昨天来，缠着他要买手扶拖拉机的柯红旗。经理乐了，他没再说啥，即从他办公室的台历上，撕下一页过期了的台历纸，在台历纸空白的背面，用办公桌上他用惯了的蘸水笔，唰唰唰唰两行字，写好了，拿起来，凑在他的嘴边上，噗噗地吹干了蘸水笔写着时，掉下来的两滴墨水，然后交到柯红旗的手上，对他不无敬佩地说了两句话。

经理说：有那么一手棋艺，你不早说。

经理说：你都看见了，我是又要输了棋的呢。

经理说：可是你，给我几步走下来，硬生生把一盘败棋扳回来赢咧！

没有什么好说的了。柯红旗真诚地感谢着农机公司的经理，说经理时间允许，他可以常到经理办公室来，与经理切磋棋艺……正是柯红旗说的这几句客气话，让经理当了真，把已交到柯红旗手上的条子，又要了过去，把原来批的三千六百元价钱，减去了三百元，改为配套一辆手扶拖拉机的拖斗。

公司经理说：就算你来县上教授我棋艺的路费了。

公司经理说：今后你真来了，还有优惠给你们生产队哩。

公司经理说：那是国家对农业生产的补助，给谁都是给。

喜出望外的柯红旗，叫来了在他同学村子学习驾驶手扶拖拉机的柘灰娃。

也是柘灰娃的灵性好，他几天来跟着那位有经验的师傅，虚心求教，踏实练习，已经学练得有模有样。正如那位师傅说的，柘灰娃是能熟练地驾驶手扶拖拉机了。所以，开票买好了手扶拖拉机，以及需要的农业机具，柘灰娃和柯红旗俩人，就自己驾驶着手扶拖拉机，一路顺风顺水地回乾坤湾村来了。

回到乾坤湾村里来，柯红旗在县城小旅馆做的那个梦，像是有谁刻意导演过似的，在他们乾坤湾村的村口真实地上演了。

> 青天苍天紫格莹莹的天，
> 站在那村口我瞭哥哥。
> 十里的那山路九道道弯，
> 瞭哥哥瞭的奴眼发酸。
> ……

是谁在唱信天游呢？会是可亲可爱的罗衣扣吗？

坐在手扶拖拉机上的柯红旗不敢保证，但他远远看见，罗衣扣和她的学生娃娃们，此刻是都站在村口上的。柯红旗因此相信，这一定是罗衣扣教给她的学生娃娃们，和她的学生娃娃一起唱的了。

> 当川里刮起一阵风，
> 山路上转来个人影影动。
> 方脸膛红来浓眉毛黑，
> 那不是奴的哥哥能是个谁。

五

一台手扶拖拉机造成的轰动，让乾坤湾村热闹了一整天。

然而轰动归轰动，热闹归热闹，关键要看手扶拖拉机对农业生产的实际效能了……龙尾沟小流域综合治理，是乾坤湾村当前最为要紧的事情，构筑的三道淤地坝，上水的头道坝和二道坝，都保质保量地完工了，现在就只余下下水的第三道坝了。龙尾沟小流域综合治理，柯红旗起初是技术指导，后来上升为了负责人，他更深刻地知道下水的第三道淤地坝，是核心中的核心，必须要既保质保量，还要按时按点地构筑起来。但是下水的第三道大坝，工程量比起上水的头道坝、二道坝，工程量可是大了许多。柯红旗算了工程量，所要动用的土方，比完工的那两道坝加起来，还要多上近乎一倍呢！

工期是那么紧，一定要赶在汛期来临前，全面完成下水大坝的施工。

手扶拖拉机在柘灰娃的驾驶下，上到龙尾沟小流域综合治理工地上来了。无论是运载土方，还是碾轧坝面，手扶拖拉机的使用，让施工效率。顿然提高了许多。柯红旗看在眼里，发现那绝对不是人力可以比的呢。当时发生的一件事，让青壮年后生，事后把他们自己笑话了许多天。

手扶拖拉机被柘灰娃开回村里来，开上了淤地大坝。村里的青壮年后生，看着蹦蹦跳跳的手扶拖拉机，还有点儿不怎么服气，就建议柘灰娃，说他们要与手扶拖拉机比力气。柘灰娃同意了，十几位青壮年后生便把他们打夯用的麻绳解下来，拴在了手扶拖拉机屁股后面的挂钩上，要来一场人机对抗的拔河赛了。

柯红旗当时就在现场，他不仅没有阻止青壮年后生要与手扶拖拉机拔河的举动，并还鼓动他们了。

柯红旗说：人定胜天。

柯红旗说：手扶拖拉机还不是天。

柯红旗说：咱们人能胜天，还胜不过一台手扶拖拉机吗？

青壮年后生没有听懂柯红旗的话，真以为是对他们的鼓励哩，所以就都更有信心了。但他们理解错了，完完全全地错了，柯红旗绝不是鼓励他们，而是日弄他们哩……柯红旗自告奋勇，为人机对抗的拔河比赛做起了裁判。他先看着柘灰娃发动了手扶拖拉机，把档挂在了最慢且也最有力量的一挡上，然后又看着青壮年后生们，抓紧了粗麻绳，憋足了劲的时候，他一声令下，人机拔河比赛就在淤地大坝的第三道坝坝面上开始了……还别说，十几位青壮年后生拉着麻绳，与手扶拖拉机在坝面上，还僵持好长一阵子！但人的力气缺乏持久性，而机械的手扶拖拉机则不同，两条有着人字形粗壮花纹的胶皮轮胎，把坝面上已经碾压得非常瓷实的土，刨得满天飞，刨了一会儿，像拖挂着一群不服输的烈牛，就拽着青壮年后生们向前拉着走了十多步，把那根拔河的粗麻绳都拽断了，使得后生们顷刻朝后摔了去，一个压住一个，堆起了一个人垛子，这才停了下来。

输给了手扶拖拉机后，青壮年后生没人不开心，没人不高兴。

大家在龙尾沟的小流域综合治理工地上，人干人的活，手扶拖拉机干手扶拖拉机的活，人机互相结合，大大地加快了第三道淤地坝的施工进度，终于在陕北汛期到来前，保质保量，按时地完成了全部工程。

结果也非常完美。

一年当中，几次山洪下来，把沟坡上的表层土冲刷着漫下来，首先填在头一道坝里，下来再填第二道坝、第三道坝，一年的时间，阶梯式的三道淤地坝，差不多都已淤出了个样子来，成为乾坤湾村人理想的肥土沃壤……大家相信，不出两个年头，首先完成小流域综合治理的龙尾沟，定会成为乾坤湾村人旱涝保收的粮食囤囤呢。

还需要再动员吗？

不必要了，乾坤湾村人在柯红旗的带领下，赶在下一个冬季来临的时候，又对他们村叫作马尾沟的沟道，照着龙尾沟小流域综合治理的模式，实施起了一场新的小流域工程治理。

结合小流域综合治理工程，柯红旗还开创性地对乾坤湾村的山坡地，组织村里不适合构筑淤地大坝建设的人，上到山坡地上，有规划地，展开了梯田化的改造。

柯红旗带领着乾坤湾村的人，轰轰烈烈开展的小流域综合治理，以及梯田化改造等事迹，躲不过调转去了县委通讯组、当了专职通讯员的乔红叶的眼睛。乔红叶像当年采访池东方一样，回到乾坤湾村来，非常感性地给予了报道。

不过，同在一个知青点上摸爬滚打了些年头的乔红叶，回到乾坤湾村来，不仅报道了柯红旗带领乾坤湾村人大力发展农业生产的事迹，还无意间发现了新的事物，那就是罗衣扣移栽进他们知青窑院里的萱草花了。

乔红叶当然知晓萱草花的俗名，在陕北是叫金针花的。而且还知道萱草花又叫"忘忧草""母亲花"。所以她最初看见了烂漫在知青窑院里的萱草花时，不由自主地吟诵起了古人描写萱草花的诗歌来：

> 芳草比君子，诗人情有由。
> 只应怜雅态，未必解忘忧。
> 积雨莎庭小，微风藓砌幽。
> 莫言开太晚，犹胜菊花秋。

　　陪着乔红叶的罗衣扣，听得出她吟诵的是唐人李咸用的诗句。望族陇上的李咸用，久习儒业，对故乡的感怀特别浓烈，他写的这首《萱草》，即是对故乡的一种眷恋。

　　乔红叶吟诵古人的诗句时，颇有一种诗人的兴味。罗衣扣听着，自有她的一种理解，她爱上萱草花，并在他们知青窑院移栽来了许多，是有她的原因的。此前，罗衣扣并不知道"萱草花"就是陕北人嘴上的"金针花"，她只看见乾坤湾村周边的峁峁塄塄、沟沟洼洼，生着许多金针花，还看见村里人，在金针花开放的日子，会要顺手采摘下来，拿回家炒了吃，煮了吃，她照样学样，也顺手采摘回来，在锅灶上炒了吃，煮了吃……她就那么懵懵懂懂地吃着，突然从道老汉那里知道，柯红旗的烈士父亲柯守国，临终前转送给了道老汉一件绣着萱草花的荷包，她才知道了俗名"金针花"的寻常物，原来竟是那么的高迈……罗衣扣把萱草花深深地爱在心里了，她因此还把峁峁塄塄、沟沟洼洼里的萱草花，挖刨出来，移栽进他们的知青窑院里。

　　"金针花"的名称是世俗的，不足以表达生长在罗衣扣内心的情愫。

　　所以在罗衣扣往知青窑院移栽金针花的时候，坚决地把金针花叫"萱草花"。罗衣扣喜欢萱草花的名字。

六

　　后来的日子，罗衣扣凭着她对萱草的理解，还在村小课余的时间，给她的学生娃娃们,情不自禁地讲说了。罗衣扣在给她的学生娃娃们讲说的时候,是必须以古人吟诵萱草的诗开场的,她发现她的学生娃娃们,还特别喜欢她给他们讲说萱草花……回到知青窑院里来的乔红叶,吟诵了李咸用的《萱草》,这让罗衣扣抑制不住自己跳荡的心绪,把她在村小课堂上讲说给学生娃娃的一首关于萱草花的诗,也吟诵了出来:

  诗人美萱草,盖谓忧可忘。
  人子惜此花,植之盈北堂。
  庶以悦亲意,岂特怜芬芳。
  使君有慈母,星发寿且康。
  ……

  罗衣扣吟诵着的萱草诗,乔红叶也非常熟悉。因此乔红叶跟着罗衣扣,就都声情并茂地吟诵了起来。她俩的吟诵是和谐的,有一种动人的气韵:

  寓物傥适意,何须动悲凉。
  况复循吏政,和声入封疆。
  抚俗时用乂,事亲日尤长。
  萱草岁岁盛,此乐安可量。

  罗衣扣和乔红叶吟诵的这首诗,是宋代诗人家铉翁的《萱草篇》。
  她俩的吟诵,情深意浓,诗性缠绵……但罗衣扣没有让乔红叶在她营造的萱草花氛围里再盘绕。因为她有她还要知道的事儿哩,那就是与乔红叶一起调转到县上去的劳九岁了。不知是罗衣扣的嘴慢,还是乔红叶通过萱草花的移栽,看透了罗衣扣的心事,罗衣扣还没说出她要问的关于劳九岁的话,倒让乔红叶抢了先,向她问起了柯红旗。
  罗衣扣听得出来,乔红叶向她询问柯红旗,没有别的意思,就是他俩的感情交往了。

罗衣扣虽然听出了乔红叶问她话的意思,但她是不能照实说的。罗衣扣接过乔红叶的话头,迅速地回了她一句话,当下就把乔红叶的话给套出来了。

罗衣扣说:你不是采访柯红旗了吗?

罗衣扣说:你采访了他,他怎么样你不比我清楚?

罗衣扣怕她的话还岔不开乔红叶的话,就又有所指地问起乔红叶来了。

罗衣扣说:你回乾坤湾村来了,劳九岁呢?

罗衣扣说:劳九岁怎么样?他在县医院忙吧?

当然忙了,劳九岁为老百姓治病疗疾的名声,在陕北的地面上传颂着,现在不只是川河县里的百姓,有了难以治疗的病找着他去,便是全延安市还有榆林市下几十个县的老百姓,有了什么疑难杂症,都往他所在的川河县医院里撵了。

闺蜜之间的话,有些是可以敞开心扉来说的,有些则还需要点时间慢慢说。像乔红叶在罗衣扣面前打问柯红旗,罗衣扣在乔红叶面前打问劳九岁,就都是要搁在时间里,慢慢地来说呢。不过,既是闺蜜,就有闺蜜说不完的话,她俩说着说着,很自觉地说起了田子香……同样的是,田子香与她俩在一个炕头上,是也滚了些日月的,她的情况怎么样呢?乔红叶好久没见着她了,所以很自然地就向罗衣扣问起了她。

乔红叶手抚着开得十分灿烂的萱草花,问了罗衣扣。她说:怎么不见田子香呢?

乔红叶说:姐妹们一场,咋就不见她来?

罗衣扣老实给乔红叶说了。她说:我也经常见不着她。

罗衣扣说:自从池东方调转去了省委,田子香隔几天就要离开村子。

罗衣扣说:过些日子她回来了,却也待不住,像是魂儿丢了似的,又会出村去了呢。

第十二章　剪进窗花里的心思

说起个他来的还是个他，
他是我搁在心上担不起的他。
说给我的姐妹听仔细，
我热烫烫的心思他知晓吗？
……

——信天游《心里有个他》

一

罗衣扣把峁峁墚墚、沟沟洼洼野生的萱草花往知青窑院，还有村小校园里移栽，帮她最多的是柘袖子。

自然了，道老汉也是帮罗衣扣移栽萱草花的人。没有道老汉给她和她的学生娃娃讲社会课，讲出他的柯守国营长，以及柯营长留给他的那个绣着萱草花的荷包，让她把萱草花的荷包与柯红旗联想起来，也就没有她移栽萱草花的举动了。

罗衣扣把绣有萱草花的荷包，与柯红旗联系起来后，她就给道老汉说了，说她要在她眼睛看得见的地方，都移栽上萱草花。

罗衣扣说：我要在知青窑院里移栽上萱草花。

罗衣扣说：我要在村小院子里移栽萱草花。

罗衣扣说：我要我的眼睛时刻都能看见萱草花。

罗衣扣赌咒发誓般这么给道老汉说着时，正是道老汉揣摩着节气，在松树峁的坡地上，点种他年复一年点种松树子儿。道老汉这种锲而不舍点种松树子儿的精神，与传说中挖山不止的老愚公可有一比，老愚公不把他家门前的王屋山、太行山挖穿誓不罢休，道老汉是把松树峁不种出、种满松树苗誓不罢休……罗衣扣下乡插队到乾坤湾村来，凡是道老汉赶着季节，在松树峁的坡地上点种松树子儿时，她都会撵着来，帮助道老汉也来点种的。年年点种，年年不见出苗，罗衣扣想到了道老汉这样点种松树苗，可能不甚得法。要不然，道老汉点种了这么多年松树子儿，怎么就没一棵松树苗儿出来呢？

罗衣扣是这么想了，却没给道老汉这么说。

罗衣扣怕她说出来，会伤了道老汉的心。道老汉因此再一年，再一次地在松树坡上点种松树子儿，罗衣扣也还是撵来了。撵来了的罗衣扣，帮助着道老汉点种松树子儿，她点种着，逮住个机会，就给道老汉说了她要移栽萱草花的事儿。听到罗衣扣说出她的心愿，道老汉把他手里拿着的一把小锄头，猛然扔在了地上，站直了身子，看着罗衣扣，看了好一阵子。

道老汉问罗衣扣了。

道老汉说：萱草花！你与柯红旗商量了？

道老汉说：柯红旗给你咋说的？

罗衣扣把绣着萱草花的荷包，虽然与柯红旗紧紧相连在了一起，但她见着了柯红旗，她很想问一问他，却终究没有问出来。不过，那有什么要紧的呢？她……罗衣扣知道就行了。正因为此，她才下了决心，要在她眼睛看得见的地方，都移栽上萱草花。罗衣扣要母亲一样的萱草花，围绕着她，让她时刻感受得到母亲般的鲜亮！母亲般的温馨！母亲般的美好！

罗衣扣把她决定移栽萱草花的计划，在帮助道老汉点种松树子儿的松树坡上，说给道老汉，是想要道老汉证实，他点种松树子儿的时节，应该也是移栽萱草花的时节哩。

罗衣扣说：你点种你的松树子儿，我移栽我的萱草花。

罗衣扣说：我移栽我的萱草花，是也应该在这个春暖花开的季节吧。

道老汉被罗衣扣的心思感动了。她看得出来，罗衣扣移栽萱草花，绝不是一时的心血来潮，她是认真的呢！移栽萱草花，蕴含了罗衣扣多么美好的向往啊！道老汉没有理由，不真诚地支持她了。

道老汉回答了罗衣扣，说：是的呢。

道老汉说：我点种松树子儿的时节，也是移栽萱草花的好时节。

道老汉给罗衣扣真诚地说着时，把他的眼睛，投向了他看得见的峁峁墚墚，沟沟洼洼。在那峁墚沟洼里，盛开着一簇一簇的兰花花！一簇一簇的山丹丹！兰花花的清雅，山丹丹的火热，都极为惹人眼目。就在那些清雅的兰花花，火热的山丹丹花之间，同时还有俗称金针花的萱草花，蓬蓬勃勃地生长着，盘踞在这些沟洼里，扎根在这些峁墚上。

二

罗衣扣把她帮助道老汉点种的松树子儿，还给道老汉，向道老汉道了一声别，就撵着那些野生的萱草花去了。

罗衣扣手挽一只藤编的拌笼，肩抗一把小小的锄头，像只欢乐的燕雀一般，如飞似跃，撵着峁峁墚墚、沟沟洼洼里的萱草花，兴奋莫名地去了。她每到一处萱草花前，还要给那野生的萱草花，虔诚地鞠上一躬，这才顺着萱草花的根部，四面刨开来，深深地刨下去，刨出萱草花白生生的根芽来，装进她挽来的藤编拌笼里。罗衣扣这么虔诚地挖刨着野生的萱草花，挖刨出一藤编拌笼了，就小心地挽回知青窑院来，或是村小校园里，挨着窑院的墙根、校园的墙根，开垦出一道深壕来，把她刨来的萱草花，小心地移栽进去。

柘袖子发现了罗衣扣移栽萱草花的举动，她撵着罗衣扣来了。

插队落户在乾坤湾村，柘袖子算是罗衣扣处的最亲的一个人。柘袖子有事没事，都爱找罗衣扣，与她有一嘴没一嘴地斗斗嘴，或者是有一句没一句地扯扯闲。总之，她俩没有不能说的话，没有不能扯的闲，如果家里做一顿像样的饭，柘袖子还会找到罗衣扣，把她拉去她们家，一起吃那像样的饭哩。

柘袖子的大嫂牛小兰，还有柘袖子的老娘支桂芳，像柘袖子一样，也都很喜欢罗衣扣。

有好几次，罗衣扣被柘袖子拉着去她们家吃饭，往炕上端汤端馍饼的时候，先会端上来两个白面馍馍。柘袖子的老娘做主，会把一个白面馍馍塞给罗衣扣，让她来吃，剩着那一个白面馍馍，罗衣扣不吃，就一直剩在饭盘上，没有谁会动。罗衣扣不知就里，要把那个白馍馍拿着，给柘袖子的老娘让，给柘袖子的大哥柘黑娃、大嫂牛小兰让，然而不管她给谁让，让到他们的手上了，最后还会原封不动地，回到罗衣扣面前的饭盘上。

柘袖子他们一家人不吃白面馍馍，吃啥哩？

次数多了，罗衣扣这便发现了真相。原来他们一家人，在蒸馍馍的时候，不可能都蒸白面馍馍，当时的生活条件，也不允许全蒸白面馍馍，他们在锅灶上蒸馍馍的时候，笼屉里除了中间的两个白面馍馍外，转周围可都是玉米面粑粑，或者是掺和着些豆面蒸的馍饼。两个白面馍馍，他们家就是蒸给罗衣扣吃的，而他们背着她，都吃玉米面粑粑和掺和着豆面的馍饼。

罗衣扣发现了事情的真相，再被柘袖子拉去她们家吃饭，就也坚决不吃白面馍馍，而要与他们家人一样，吃他们吃的玉米面粑粑和掺和着豆面的馍饼了。

罗衣扣的理由是：我下乡插队到咱们村子里，是接受教育的。

罗衣扣说：你们关心我，照顾我，我打心里感激哩！

罗衣扣说：但你们不能太宠我了，把我宠坏了。

柘袖子的老娘支桂芳不能同意罗衣扣的理由，她就说了。

支桂芳说：看你这女娃娃啊，见外了不是。

支桂芳说：你远离你娘，到咱这穷山沟沟里来，我们可是不能亏待了你哩。

支桂芳说：村里的娃娃家，最是难教育呢。让人头疼，你看你多用心呀，把娃娃们教育的一天比一天有出息，一年比一年有出息。村上人都说，你是咱乾坤湾村上没有过的好老师哩！

柘袖子和她大哥柘黑娃，想要依着老娘也来说罗衣扣的，却都没有抢过牛小兰。与罗衣扣一起，为村集体养了一季蚕宝宝的她，在他们的老娘把话还没有说完的时候，两只巴掌很响地拍在了一起。

牛小兰拍着手说：我老娘的话，说得太对了。

牛小兰说：我有了娃娃，还指望着你罗衣扣给教育哩！

罗衣扣还能怎么办呢？她一张嘴说不过他们一家人，就只有顺着他们的意，担忧了他们的心，把村小的教育抓得更仔细，办得更认真，她再被柘袖子一回一回，把她拉到他们家去，吃他们家特意给她蒸出来的白面馍馍，她的心，才能平静下来。

被柘袖子拉到她们家里去，罗衣扣能吃到专门为她蒸下的白面馍馍，别的人家，学着柘袖子家的样样，是也要拉罗衣扣去家里，给她蒸白面馍馍吃的……在乾坤湾村，罗衣扣敢说，她在吃上，是最上档次的一个人。

罗衣扣享受着乾坤湾村人对她的偏爱，她要移栽萱草花进知青窑院和村小的校园里来，柘袖子撵着帮助她来了。

柘袖子好奇罗衣扣，不晓得她何以钟情萱草花？撵着给她帮忙的时候，就问了她。

柘袖子说：咱们陕北，最让人动心的，是蓝花花，是山丹丹，你咋就只爱金针花？

土生土长的陕北姑娘柘袖子，还不知道金针花，有那样一个贵气的名字，所以她把萱草花还叫金针花。

柘袖子说：蓝花花清雅，山丹丹火热，你说金针花呢？

柘袖子说：我说不好，你说呢？

罗衣扣没有客气，她就把她的理解，给柘袖子说了：质朴，温馨，纯粹。

罗衣扣这么给柘袖子说着，柘袖子若有所思地说了两句让罗衣扣想不到的话。

柘袖子说：怕还不止你说的那样吧？

柘袖子说：应该还有你心里一个秘密哩！

被柘袖子窥破内心秘密的罗衣扣，没有惊慌，没有失态，但她还是脸红了……红了的脸罗衣扣，为了阻挡柘袖子进一步揭露她的想法，便想着法子，要给她自己解围了。可她还没有想出解围的法子，柘袖子却已抢在她前头，嘴像机关枪一样又说起了她。

柘袖子说：你咋就红脸了。

柘袖子说：好看，你红了脸的样子真好看。

柘袖子说：你看我，是不是也脸红了？

柘袖子说：我觉得我的脸皮好像也发着烧。

罗衣扣敏感到柘袖子，原来并不是因为她移栽萱草花而要揭露她啥。柘袖子是有自己心里的秘密哩，借着罗衣扣脸红了的理由，柘袖子来说她面皮发烧的秘密了……罗衣扣想得没错，柘袖子是真的要给她袒露心思了呢。

柘袖子在给罗衣扣坦露心思前，为了掩饰她的心慌，就先还轻轻地给罗衣扣唱了一曲信天游：

说起个他来的还是个他，
他是我搁在心上担不起的他。
说给我的姐妹听仔细，
我热烫烫的心思他知晓吗？
……

柘袖子唱的是《心里有个他》。柘袖子唱着把她羞得低下了头，一双手揪住垂在胸前的长毛辫子，把辫子梢上的几道结，刚解开来，又结起来……罗衣扣一下子听明白了柘袖子的心思。不过她没有怎么理会她唱信天游，而还像柘袖子前来找她时一样，继续移栽着她从峁峁墚墚、沟沟洼洼刨回来的萱草花。

但是痴心的柘袖子，不管罗衣扣理会不理会她，她还是照着她前头唱着的信天游，继续着她的唱：

说起个他来还是个他，
他是我搁在心上担不起的他。
我的姐妹你给我说，
我热烫烫的心思他晓得了我咋活？

三

听了柘袖子唱出来的信天游，罗衣扣心里明镜似的，已经知道柘袖子心里的他是谁了。

那个他不是别人，就是调转去了省委工作的池东方。以前，池东方是生产队长，柘袖子是妇女队长，他俩开队委会，研究村上的事情在一起，安排村上人的活路也在一起。池东方开展小流域综合治理工程建设，他俩又还在一起……他俩在一起接触的机会，不是别人可以比的，而且是为妇女队长的柘袖子，仿佛一个女版的池东方，池东方决策什么，她赞成什么，池东方不同意什么，她也坚决不同意。但是他俩的感情生活，发展到一个怎样的层次，罗衣扣还不敢多想多说。这是因为，还有个田子香，早就把池东方看作男朋友了。

田子香把她全部的爱，都倾注给了池东方，柘袖子难道就看不见？

这是个问题呢！池东方知道不知道？陕北姑娘的柘袖子，把她的心是完完全全地牵在他的身上了！

罗衣扣这么想着，便同情起柘袖子了。

罗衣扣强烈地感受到了柘袖子的痴情，柘袖子希望她的痴情能结出一个好的果子来。

柘袖子把《心里有个他》的信天游唱罢了，没有得到罗衣扣的回应，她便大着胆子，想要给罗衣扣敞开心扉，来说她的心思了。然而她却欲言又止，很是难受地又唱起了一曲信天游：

　　有人就爱唱个乱刮风，
　　碾轱辘打烂就针缝，
　　哟儿呔是弄不成。

　　有人就爱唱个乱刮风。

鸡蛋打烂用蚂蟥钉，
哟儿呔是弄不成。
……

柘袖子唱了这么一曲带着些调侃意味的信天游，情绪便发生了些变化。她不再纠缠她自己的心思，而是放手来帮罗衣扣移栽萱草花了。

移栽了些时日的萱草花，罗衣扣在柘袖子的帮助下，把他们知青窑院，还有村小校园，就都移栽出规模来了。在知青窑院里，移栽来那么一片有规模的萱草花，柯红旗不会看不见，更不会没有感受。他是看到了，也感受到了。

柯红旗把他看到的，感受到的，就都自觉地落实在了他的行动上。

柯红旗的行动，就是为罗衣扣移栽进窑院，还有村小校园里的萱草花，挑水浇灌了。好有一段时间，柯红旗忙完了乾坤湾村集体的事情后，到了晚上，即会挑起知青灶上的水桶担子，下到村前的川河里去，一担一担地挑来水，浇灌罗衣扣移栽来知青窑院和村小校园里的萱草花。

同样的是，罗衣扣移栽萱草花，柯红旗看得见，有感受。那么柯红旗挑水浇灌萱草花，罗衣扣看见了，能没有感受吗？

罗衣扣自然是有感受的，她开心柯红旗下到村前的川河，挑水浇灌萱草花。柯红旗挑水回到知青窑院和村小校园里，浇灌的是萱草花，但罗衣扣看着，却有种柯红旗把挑来的河水，一桶一桶浇在了她的心上似的感觉，使她的身心，滋滋吸吮着那清凌凌的河水，有种无法言说的舒服感！

柯红旗把河水挑回到知青窑院来了，那是因为罗衣扣就在知青窑院。罗衣扣会接过柯红旗挑来水桶，往萱草花的根上浇；柯红旗把河水挑到村小校园来了，那是因为罗衣扣就在村小校园里。罗衣扣会接过柯红旗挑来的水桶，往萱草花的根上浇。

这样的情景，被柘袖子看见了。

柘袖子看见了，她是想唱一曲信天游的，却干急找不出一曲应和得上的信天游，就把她在广播匣子里听来的一段黄梅戏，撵着柯红旗和罗衣扣都在

的时候,没脸没羞地唱给了他俩听了:

> 树上的鸟儿成双对,
> 绿水青山带笑颜。
> ……
> 你耕田来我织布
> 我挑水来你浇园。
> ……

显然是,柘袖子在广播匣子里,把黄梅戏的天仙配还没有听熟,或者她是听熟了,而根据她看到的情景,有意识地挑着用得着的词句来唱了:

> 寒窑虽破能避风雨,
> 夫妻恩爱苦也甜。
> 你我好比鸳鸯鸟,
> 比翼双飞在人间。

柘袖子爱唱就唱吧,罗衣扣不会气恼她,柯红旗也不会气恼她。

柯红旗依然故我地下到川河,挑他的河水;罗衣扣依然故我地在知青窑院,或是村小校园,接到柯红旗挑来的河水,浇灌她移栽来的萱草花……柘袖子唱得来劲,唱着竟然还别出心裁,把柯红旗挑水,罗衣扣灌溉萱草花的景致,剪成了一幅剪纸,红彤彤地贴在了罗衣扣住着的知青窑窑窗上。

四

生女子,要巧的,石榴牡丹冒铰的。

陕北人夸赞一个女娃娃的话,就是这么直接,柘袖子绝对符合这样的条件,她一把小剪刀,瞅见鸡、鸭、猫、狗,以及花花草草,都能剪得像模像样。他们陕北人的家户,逢年过节,讲究的一些传统窗花,柘袖子剪得更为生动传神，啥啥的十大怪，啥啥的十大福，啥啥的十大耍……往细了分，民俗味道浓厚的抓髻娃娃、双龙戏凤、天鼓鸣春、蛮婆子耍汉等等，柘袖子没有剪不了，剪不好的。好几年了，柘袖子赶在大年三十，都要精心精意的剪出一堆她喜欢的剪纸来，不仅给他们家里的窑洞窗户纸上贴，还要分出一些来，拿到知青窑院里，给罗衣扣她们女知青居住的窑洞窗户纸上贴了，花花绿绿地贴出一大片。

这一次剪了柯红旗和罗衣扣挑水浇灌萱草花的剪纸，柘袖子是得意的，有意的，她得意她的手艺，把柯红旗和罗衣扣挑水浇灌萱草花的剪纸，剪得那么像，出神入化一般；她有意则是她的小心思了，要着意贴在知青窑院，罗衣扣住着的窑洞窗户中间那块大方格的纸上，这样看来，就会显眼得多。

罗衣扣才不见怪柘袖子的那一番作为哩。她不仅不见怪，还特别喜爱柘袖子剪出来，贴在她窑洞窗户纸上的那幅以她和柯红旗为题材的剪纸呢。

当然了，罗衣扣更爱她移栽进知青窑院，以及村小校园里的萱草花。

万物复苏的春天，罗衣扣把萱草花移栽了来，到初夏的时候，那郁郁葱葱的一簇簇萱草花，在温热的暖风里，抽枝开花了，黄灿灿地今天开上一簇，亮灿灿地明天开出一波……就在萱草花开得十分烂漫的日子里，走出知青窑院许多日子的田子香，回到乾坤湾村里来了。

就在田子香回到乾坤湾村的那一天，调转去了省委工作的池东方，也回到了乾坤湾村。

田子香是天扑黑的时候回来的，回到知青窑院她们女知青居住的窑洞里，也不洗脚，也不洗脸，蓬头垢面地爬上炕，在她过去占着睡觉的靠窗一边，钻进被窝里，蒙头盖被地就睡了去……罗衣扣那个时候，还不知田子香回来了，因为她在村小校园里，既要批改学生娃娃们的作业，还要准备第二天的课堂讲义，回知青窑院就晚了些。在她批改完小学娃娃们的作业，又准备好第二天的课堂讲义，一身轻松地回到他们知青窑院，钻进她们女知青住着的窑洞里，点亮油灯，还想烧锅做口吃的，这才猛然发现，回来睡在炕上的田子香。

罗衣扣的心里是惊讶了一下的。但也仅仅是惊讶了一下，就什么都没说，什么都没做地也爬上窑炕睡了去。

本来呢，罗衣扣回到知青窑院，是要给自己烧锅做些热饭吃的，可是田子香回来了，回来又还不声不响，蒙头盖被的大睡，罗衣扣就放弃了烧锅做点热饭的打算。因为她怕烧锅做饭搅扰了田子香，就把锅里的几口剩汤，凉冰冰地囫囵吃进肚子，就也拉开被子睡了。

罗衣扣既不知道田子香回乾坤湾村，也不知道池东方也回了乾坤湾村。直到第二天早晨醒来，罗衣扣给连着炕的锅里添上水，点起火来，准备为早饭熬点小米稀饭时，柯红旗站在了窑洞门外，给罗衣扣说了，要她多加一瓢水，她才知晓池东方是也回来了。

一个人，一双筷子一个碗，陕北的农村生活历来就是这个样子。

罗衣扣许多个日子了，她在他们知青灶上做饭，就都只有她和柯红旗两个人，两双筷子两个碗。今天早上的锅台上，增加了两双筷子两个碗，使原来的灶台一下子充实起来了。罗衣扣喜欢这样的充实，她把小米稀饭熬煮出来，还馏了馍饼，切了白萝卜丝，把生麻油，滴进了两滴，搅拌好往院子里端。生调了麻油的白萝卜丝，有一股子特别香气，飘散着，别说入口，闻着就香得人要打喷嚏……这是罗衣扣从柘袖子的老娘支桂芳那里学来的，生调红白萝卜丝，就用生麻油，熟过了的麻油，没有生油的油香味。

罗衣扣把早晨要吃的小米稀饭，软馍饼和生调白萝卜丝收拾出来，全都端到窑洞门口的那方线刻着象棋棋盘的石桌上，招呼柯红旗，以及回到知青窑院来的池东方，田子香来吃用了。罗衣扣招呼的声音，唤来了柯红旗，池东方，却唤不来依然睡在炕上，蒙头盖被昏睡着的田子香……罗衣扣便返身进了她们女知青住着的窑洞，伸手去拉田子香盖在身上的被子，可是被子被田子香死死地拽着，任凭罗衣扣怎么拉，都拉不开来。罗衣扣敏感到了问题的存在，没办法，她就从窑洞里出来，示意柯红旗和池东方，要他俩就在院子里吃，而她则把她和田子香吃的两碗小米稀饭，还有馏软的馍饼，调好的白萝卜丝，匀出一些，重新端回进窑洞里，搁在窑炕的炕边上，打算和田子香一起吃了。

为了劝说田子香起来吃早饭，罗衣扣有意识地把盛了小米稀饭的碗，还有馏软了的馍饼,和生调出来的白萝卜丝,从炕边往田子香的头边挪近了,要田子香闻到她的手艺,是不是很有长进。罗衣扣相信田子香是闻到早饭的香味儿了,但她还是赖在被窝里,一动不动。罗衣扣的好脾气,在这个时候表现出来了。她没有不耐烦,而是继续耐着性子,软着心肠,劝说田子香,要她不要自己与自己过不去。

罗衣扣说:人是铁,饭是钢,一餐不吃饿得慌。

罗衣扣说:和谁置气,都不要和自己置气。

罗衣扣说:身体是自己的,饿坏了,还是自己的。

罗衣扣把她能说的话,都说了,但她没能劝说得动田子香。劝说不动,罗衣扣也不好死劝,因为时间催人,村小校园里她的学生娃娃们,还都等着她去教授课文哩。罗衣扣无可奈何了,就把小米稀饭和馍馍,扣在热锅里,把生调白萝卜丝扣在面盆下,给田子香留话说,要她睡起来了,自己端出来吃。

罗衣扣说:你一定把自己的肚子要填瓷实。

罗衣扣说:我劝不动你,你好自为之吧。

罗衣扣说:村小有我的学生娃娃哩,我走了。

罗衣扣前脚走出知青窑院后,柯红旗有他乾坤湾村生产队长的事儿要干,就也从知青窑院出去了。池东方回乾坤湾村来,不是回来闲转腾的,他是也有一件重要的事情要做哩,所以亦然跟着柯红旗,前脚踏后脚地出了窑院……就在他们都走出窑院后,田子香像是一头饿虎一般,从她的被窝里钻出来,跳下炕,把罗衣扣留给她的小米稀饭和馍饼,就着生调白萝卜丝,风卷残云似的吃了个精光。田子香吃完锅灶上的能吃的热饭食后,两只红得冒火的眼睛,把她们女知青居住的窑洞,从里到外地看,她看见窗户纸上贴着的窗花了。柘袖子剪出来,贴在她们女知青窑洞窗户纸上的剪纸,在田子香的眼里似乎变了形!抓髻娃娃在田子香的眼里,变成了一个吃人的魔鬼,还有双龙戏凤,天鼓鸣春,蛮婆子耍汉等,都也变着,变成了魔鬼的帮凶。田子香看不下去了,她扑到窑窗前,双手生风,撕扯着那些让她痛苦不堪的剪纸……特别是柘袖子以罗衣扣和柯红旗担水浇灌萱草花为题材的剪纸,她撕扯得更为碎烂。

就在田子香歇斯底里，撕扯着柘袖子给她们窑洞窗户纸上贴着的剪纸时，柯红旗走到那棵打谷场边的大榆树下，拽着悠悠荡荡的铁钟绳子，单手拉着，一下一下地敲着钟锤，把铁钟敲得嗡嗡地响……敲着铁钟的柯红旗，眼睛没有离开池东方，他看着他在乾坤湾村的村道上，向上继续地爬着，爬了一段坡，上到了柘黑娃家的窑院门前。

站在了柘黑娃家的窑院门前，池东方举起手来，稍稍地迟疑了一下，随后便豪气地推开了他们家的窑院门。

五

站在了柘黑娃家的院子里，池东方听得见铁钟声，一下一下，震撼着他的耳鼓。对铁钟的声音，池东方是太熟悉了，他就是那年三十的晚上，吃着柘黑娃家的年夜饭，从他手里把敲打铁钟的权力，硬生生夺到手上，现在又转移到了柯红旗的手上……池东方这么想着，不由自主地还笑了一笑。他就那么笑着，大声地把柘黑娃喊叫起来了。

池东方敞开嗓门喊：黑娃哥哎，你在吗？

池东方还喊：黑娃哥呀，我回咱乾坤湾村来咧。

池东方的习惯就是这个样子，从来都大不咧咧的。不过，他在调转省委工作前，喊叫柘黑娃时，一字不落，叫的是他的全名。今天他又喊叫他了，却省略了他的姓，而在他名字的后边加了一个字，把柘黑娃亲热地叫起了哥。

池东方继续地喊：黑娃哥，你不见我都来家里了。

池东方喊：我到家里来了，黑娃哥欢迎吗？

听到池东方的喊叫，最先应声跑到他面前的是柘袖子。池东方把柘黑娃叫了哥，柘袖子心有灵犀，她听懂了池东方改口的目的，因此就也按照他的逻辑，顺理成章地把他改口也叫了哥。

柘袖子说：真是东方哥哩！

柘袖子说：心想东方哥是省城里的人了，还能回咱山沟沟里来吗？

池东方瞅着柘袖子，眼里满是一种他收也收不住，掩也无法掩的爱意。他接着柘袖子的话，也不避讳，大声地吐露了他的心声。

池东方说：有我亲亲的妹子在山沟沟里，我能不来吗？

池东方说：我这回回来，就是要给咱妈说，让咱妈答应我，把你嫁给我！

突然吗？确实是突然，但对池东方来说，一点都不突然，他在乾坤湾村插队的日子，一天天，一年年，是真的把柘袖子看在眼里了，记在心上了。他在村里担任生产队队长，柘袖子担任妇女队长……他调转去了省委工作，人不在乾坤湾村里，可他的心就没离开过乾坤湾村，因为他的心就牵在柘袖子的身上。

池东方爱柘袖子，是在乾坤湾村的生产和生活中，一点一滴积累来的。原来都在乾坤湾村里的时候，池东方虽然也在心里爱着她，却不如他离开乾坤湾村那么强烈。他离开乾坤湾村了，调转去了大城市里的省委，在那个人见了人，都是一副笑脸的大机关里，池东方是颗人见人夸的政治新星。但那抹不去他对柘袖子的思念，而且还更强烈的感知到，他是真的爱着的柘袖子呢。柘袖子比省委大院子里的笑脸，要迷人的多。在乾坤湾村里，池东方见着的柘袖子，总是笑着的。她的笑脸真诚、淳朴，没有一丝一毫的做作。池东方扪心自问，他问了自己好多回，问出来的结果全是，他的生命里不能没有柘袖子。

池东方全身心地爱着柘袖子，那么柘袖子呢？

柘袖子当然也是深爱着池东方的。对此，任谁都是不容怀疑的。山沟沟里长大的柘袖子，与池东方摸爬滚打在乾坤湾村几年时间，她把亲爱的池东方，装在她的内心深处，默默地爱着，爱到如今，已经爱成了她的东方哥了！

爱着池东方的柘袖子，起初只是悄悄地爱在她的心里，她不敢想，她爱着的池东方，是北京来的插队知青啊！他在她的眼里和心里，就像天上的星星，看着离她很近，近得她经常能看得见。但又知觉很远，远得在高高的天际上。许多次了，可爱的柘袖子心慌心乱，她要趁着夜色，爬到松树峁的最高处，仰望着高远的天空，想要把天上的星星，摘下来捧在她的手里。可是她抓不住，就还跳着抓，依然抓不住。到这时候，她才知道，天上的星星，真的是很远很远的呢，远到只能看在眼里，想在心上，而不能抓在自己的手上。

柘袖子抓不住星星，她的心因此会顿然苦起来，心上苦着，就还在嘴上苦苦地要唱一曲陕北民歌：

　　背洼洼开花背洼洼红，
　　山里的女女盼着那好光景。
　　有朝一日天放晴，
　　我要和我的心上人结个婚。
　　……

柘袖子唱的这曲信天游叫《背洼洼开花背洼洼红》。她苦苦地唱着这曲信天游，直觉她自己就是开在沟沟洼洼里的一朵花。心上的人啊！柘袖子不敢多想，她再想就流泪了，流着泪在潮湿的夜里，继续唱她的信天游：

　　春风呀杨柳树树长得高，
　　我看我心上人那哒哒都是个嫽。
　　马里头挑马不一般高，
　　人里头就数你哥哥好。
　　黄河畔上灵芝草，
　　妹子我好像水上漂。

灵芝草一样的柘袖子，因为心里总是装着池东方，所以才有县委书记易顺民来到村里的淤地大坝上，宣布那个好消息时，她没头没脑地大哭……柘袖子哭了，她的哭的确有些突兀，有些莫名其妙，但也是她的那一通大哭，给池东方留下来更为深刻的爱，他日后常要想起柘袖子的那场哭，梨花带雨，使他心疼，使他心伤。

柘袖子迎着来到她家窑院里的池东方，听见他那么豪声大气地说，要他们的老娘支桂芳，答应把她嫁给他！她当下愣在了池东方面前，感觉她的身子，轻得如同一片羽毛，是要凌空飘飞起来呢！

柘黑娃也迎着池东方来了，他自然听见了池东方说的话。听到池东方说得那句话，柘黑娃举起拳头，三步两步走到池东方的跟前，照着他的胸膛，重重地就擂了一拳，然后拉着他往老娘支桂芳住着的窑洞里去了。

池东方在院子里说的话，柘袖子和他大哥柘黑娃听见了。窑洞里炕上坐着的老娘支桂芳，当然也是听见了。她听得心里一惊！老娘支桂芳心里那一惊，与她女儿柘袖子听到时的心惊，是不一样的。女儿柘袖子的心惊了，是她期待中的心惊。而老娘支桂芳的心惊，是有她一个过来人，经历了许多事情，以为不可能实现的一种心惊呢！支桂芳相信，池东方那么大呼小叫，只能说是一个年轻后生家的冲动，那是危险的！她要保护她女子柘袖子，不要被那一时的冲动所伤害。所以在她的大儿子柘黑娃，拉着池东方，进到她住着的窑洞里来时，她没有理会他们，而是手里拿着个扫炕笤帚，该扫她的炕，依然地扫着；扫罢了炕，再换一把扫地的笤帚，该扫她的窑洞脚底，又还依然地扫着……池东方知道他是心急了，他不应该一进柘黑娃家的窑院门，就把他要说的话，大不咧咧地都说出来，他应该先与柘袖子达成统一，然后再给她的老娘支桂芳说了。柘袖子说通了她老娘，他才能实现迎娶柘袖子的目的。

池东方想他既然急了，就还继续地急。他因此堵在窑洞门口，看着扫炕扫地的柘袖子老娘支桂芳，一声连一声地，叫支桂芳娘了。

池东方热情地叫：娘。

池东方再热情地叫：娘。

池东方又热情地叫：娘。

六

池东方把柘袖子的老娘支桂芳，连声叫了三声娘。

就池东方把柘袖子的老娘支桂芳，一声一声叫着"娘"的时候，支桂芳没有躲开池东方，但也没有应承他。柘袖子的老娘支桂芳继续扫着她的炕，继续扫着她的窑洞脚底。而且是，支桂芳比别的任何时候，扫炕扫得更仔细，扫窑洞脚底扫得也更仔细……支桂芳先把炕上的灰尘扫下地，再把窑洞脚底从窑墙根儿上扫起，一点点地扫，扫着扫到了窑洞门口，扫到了池东方堵着她的脚前面，这才抬起头来，给池东方说了两句。

柘袖子的老娘支桂芳说：你还是像你过去一样，叫我大娘好了。

柘袖子的老娘支桂芳说：你听我说，你最好到王叉沟村他们老姑家去，住上些日子，回来再叫我娘吧。

柘袖子的老娘支桂芳说：那时候，你还叫我娘，我也许能应承你。

池东方听得出来，这该是柘袖子的老娘对他的考验哩。他愿意接受这样的考验，所以满嘴答应下来。

池东方是答应下来了，那么谁陪他去他们老姑王叉沟村的家里去呢？柘袖子是最积极的，但她被她老娘支桂芳喝止住了。恰在这时，分门立户，到另一处窑院过日子的柘灰娃，听人说池东方回到乾坤湾村来，大清早就去了他们家的老窑院，他即刻撵了过来。就在柘灰娃跨老窑院的时候，老娘支桂芳看见了他，就大声指派他，要他陪池东方到他们老姑家里去。

柘灰娃先还丈二和尚摸不着头脑，愣愣地不知所云，但他也没有刨根问底，就答应了他老娘，和池东方一路往王叉沟村的老姑家去了。

走在去王叉沟村的路上，池东方和柘灰娃拉着话，才使柘灰娃知晓了事情的根由。

知晓了根由，柘灰娃既佩服池东方的勇气，更赞成他的勇气。

柘灰娃说：你池东方有情有义，是个难得的好汉子！

柘灰娃还说：我妹子有福，遇上了你池东方这样一个大好人。

得到柘灰娃的支持鼓励，池东方便顺嘴请教起他来了。池东方要他给他说，咱们娘，为啥要我到老姑家住些日子，她才能应承把我把她叫娘啊？

与池东方交往深厚的柘灰娃，听池东方这么一说，他心里是明白过来了。

明白过来的柘灰娃，就透底儿地给池东方说了。说他们王叉沟村的老姑柘书兰，可是不简单呢。陕北闹红的时候，她老姑就参加了革命，在革命队伍里，被人说成是一支红花哩！她在革命的队伍里，恋爱了，结婚了，怀上娃娃了……老姑没法跟着革命队伍，她恋爱结婚的革命伴侣，离开陕北，随着革命的队伍，进了城，当了官，就把老姑忘咧！老姑柘书兰还不知道。到娃娃一岁时，她抱着娃娃撵着寻她的革命伴侣去。老姑柘书兰从王叉沟村走到川河县城，从川河县城走到延安，从延安走到西安，又从西安走到宝鸡、走到天水，最后到了兰州城。老姑柘书兰在兰州找寻见了她的革命伴侣，可她的革命伴侣，在他的工作单位，胸戴一朵大红花，正与一位年轻有文化的女学生，举办他的又一场婚礼呢！

柘灰娃给池东方说到这里，他停顿了一下，偏过脸来，去看池东方。

柘灰娃看见池东方的脸上是平静的，波澜不惊。他因此继续往下说了。说他们老姑柘书兰太了不得了，当时是想大闹一下的，可不知为什么，鼓足了干劲的老姑没有闹，甚至都没有哭，她就那么悄悄地躲在人群背后，看着满脸喜气的娃娃他爹，她曾经的革命伴侣，把婚礼要走的一切程序都走完，这才走到重做了新郎的娃娃他爹面前，把娃娃他爹吓了个不轻，满脸通红。娃娃他爹正不知怎么办时，他羞愧地低下头，看见了他胸前佩戴着写了"新郎"两个字的大红花，就慌慌张张地伸手撕扯起来。他们老姑柘书兰开口说话了，说你个男子汉，敢做就要敢当，怕什么呢？

他们老姑柘书兰开口说了这句话后，竟然还给慌慌张张的娃娃他爹，笑了一笑。

笑着的他们老姑柘书兰，因此还说：对不起。不知道你今日个新婚，打扰了。

他们老姑柘书兰从从容容，继续说：没给你带啥礼物，我失礼了。

他们老姑柘书兰这么说着，把她一路辛辛苦苦抱来的娃娃，往娃娃他爹面前一举，就又说了：咱娃娃算是个礼物吧！

柘灰娃说他太佩服他们老姑柘书兰了，就这么三言两语地，把娃娃他爹说得恨不能钻进老鼠窝里去。旁边有人来说和了，刚要插嘴，还没有能够插进来，他们老姑就教着她怀里的娃娃，让娃娃把浑身都不自在的他爹，响亮地叫了一声爹，这就转身来，又抱着娃娃，任谁撵来劝，都没有劝住，便一路抱着娃娃，又从兰州到天水，天水到宝鸡，宝鸡到西安，西安到延安，回了王叉沟村的家。

柘灰娃把他们老姑柘书兰的底细，和盘端给了池东方，让池东方听得心里好不心酸。不过，池东方也已清楚柘袖子他们娘，要求他到他们老姑柘书兰家里来，住上一段时间的深意了。

柘灰娃看出了池东方伤心，他不想池东方太伤心，就替他老娘掏着心窝子，给池东方说了几句宽心话。

柘灰娃说：你可是不要怪咱们老娘哩。

柘灰娃是以接受池东方做他的妹夫了，他在给他说话时，把他的老娘与池东方已经说成"咱们老娘"了。池东方感激柘灰娃把他没有当外人看，听了他的话，当即对他郑重地点着头说了。

池东方说：我怎么能怪咱娘呢？

池东方说：咱娘有心考验我，可不也是对我的认同吗？

柘灰娃把他一路绷得有点紧的心放松了一些，就还接着池东方的话说：你这么想事情就好了。

柘灰娃说：不过我还是要给你说哩。我不晓得咱妹子是你心上个啥？但我知晓咱妹子是老娘身上掉下来的一块肉。

柘灰娃说：听咱老娘话，住在老姑家里了，陪着老姑好好说话，你就知道我老娘的想法了。

第十三章　古月华回来了

红军共产党来天心顺，
全国的百姓都随红军。
一人一马一杆的那枪，
咱们的红军呀势力壮。
……

——信天游《天心顺》

一

有柘灰娃带路，翻沟爬墚，出了几身大汗，池东方和柘灰娃这就走到了王叉沟村，走进到了老姑柘书兰家里。

柘灰娃拉着池东方到老姑柘书兰面前说：咱乾坤湾村的北京知青哩。

柘灰娃说：当了咱乾坤湾村两年的生产队长，干得可是不赖，就被省委看上了，调转去了省委的大机关工作了呢！

柘灰娃说：他叫池东方。

柘灰娃说：他来看您老姑，是我娘的主意，要他跟上您住几天。

柘灰娃说：我娘的意思，老姑是知道的。

柘灰娃本来想他遵照老娘支桂芳的意思，把池东方送达给老姑柘书兰，交代上几句话就可以回乾坤湾村了。所以他在把他应该交代的话都说罢后，便告别着老姑，转身准备回乾坤湾村了。但池东方的心是怯着的，他看着老姑柘书兰，一副对他爱搭不理，不热不冷的脸，他的心就不只是怯着了，人还慌起来了呢！池东方不敢放柘灰娃走，怕他一走，他在老姑面前就更难堪，更不知所措。因此，他就伸手拽住了柘灰娃的袖口，想要留他下来。

柘灰娃感觉得到池东方的胆怯，还有心慌。作为好朋友，一股帮人帮到底的念头，在他的心里升腾着，他就顺从了池东方，在老姑家住了下来。

一天过去了，两天过去了……住在老姑柘芳兰这里，池东方真切地感受到了她的不易与坚强。两天时间里，池东方要给老姑劈柴，老姑会把斧头夺了去，自己劈；池东方拿起水担要去挑水了，老姑也会把水担夺了去，自己挑……柘灰娃把发生在池东方与老姑柘书兰之间的事情，看在眼里，急在心里，他很想调和这种不甚和谐的气氛，就自己插手进来，抢着给老姑劈柴、挑水，结果老姑也没给他好脸色，拒绝着他的殷勤，没有让他得逞。

时间就这么尴尴尬尬地往前走着，到了第三天，老姑发话了。

老姑柘书兰的话是说给柘灰娃的。她是在早饭后，看着柘灰娃和池东方吃喝得饱了，收拾着土炕上的碗筷来说的。老姑说话时，既没有面对池东方，也没有面对柘灰娃。但在柘灰娃听来，听懂老姑的话，不是说给池东方的，而是说给他的哩。

老姑柘书兰说：我锅灶上的饭菜还能吃能喝吧？

老姑柘书兰说：老姑今时，给你们只能做到这个样子了。

老姑柘书兰说：把我吃喝了两天，吃喝罢了回去吧。

老姑柘书兰说：在我的窑院里，可是不好赖着哩。

听着老姑柘书兰的话，柘灰娃和池东方打心底承认，老姑两天来虽然面冷，但心肠是热着的，她尽着一切可能敬着他俩的嘴巴，敬得实在不赖，一天三顿不重样，冷的热的，荤的素的，老姑没有俭省，把他俩吃喝得嘴角是油，舌尖就更油了。

油着嘴角，油着舌尖的柘灰娃，从老姑柘书兰几句撵他回家的话里，听出来的不是失望，而是希望。他因此乐了起来，把没有听懂老姑话，而还愣着神的池东方瞪了一眼，并挥起拳头，在他的腰眼上捅了一下，笑呵呵地给他说了。

柘灰娃说：你好生在老姑家住着，老姑还有好吃好喝敬你的嘴头子哩。

柘灰娃说：老姑喜欢上你啦！

柘灰娃嬉皮笑脸说着话，也不管愣着神的池东方反应过来没有，他已向着老姑深深地鞠了一躬，这便侧转身去，走向老姑的窑院大门，头也不回地走了去。

池东方不是愚钝之人。柘灰娃的几句话，春风化雨般把他说得回过神来了。两天来，他急切想要的可不就是这样的结果吗！他感激柘灰娃，攥着他的背影，向老姑窑院的大门口攥了去，目送着柘灰娃，兴高采烈地走着，一步一步走得远了，这便回身过来。再去给老姑劈柴，老姑不夺他手上的斧头了；他因此又去给老姑挑水，老姑也不夺他手上的水担了……就在池东方给老姑劈了一大堆柴火，又给老姑挑了几趟水，把窑里的大水缸挑满了，押着袖口擦着他脸上的汗珠子，行为赖赖地往老姑身边踅摸了，他踅摸着想他是能够给老姑说出他心里的话了，却不承想，老姑窑院的大门口，传来了一声响亮的吆喝。

吆喝声虽然带着点儿陕北味道，但掩饰不住那种纯粹的北京腔。

陕北味加北京腔的头一声吆喝，把池东方吓了一跳：大妹子呀，姐姐我看你来咧！

陕北味加北京腔头一声吆喝才落下音，第二声就又起来了：我是古月华哩。

陕北味加北京腔的吆喝在继续：你把姐姐要想死了呢！

池东方不晓得陕北味加北京腔的来者是谁？但他看见老姑柘书兰，听见窑院大门外的吆喝声，整个人突然地像年轻了许多岁，把她拿在手里清扫窑院的扫帚，猛地扔在一边，撒开脚板就往大门口扑了。就在老姑扑到大门口上时，与吆喝着从大门外进来的人，面对面地撞在了一起。她俩一撞面，没有立即相拥相抱，而是站在大门口上，愣愣地站着，一个看着一个，看了好一会儿，才你抬起来手来，与她抬起来的双手，相互拉在了一起。

不知情由的池东方，看见老姑柘书兰流泪了。

老姑柘书兰流着泪说：大姐姐呀，你还记着我哩！

不知情由的池东方，还看见陕北味加北京腔的人也流泪了。

她流着泪说：大妹子不也记着我吗！

不知情由的池东方，虽然还不知道陕北味加北京腔的来人是谁？但他看得已经十分明了，老姑柘书兰与她，可是有着不同寻常的交情哩！

池东方不禁心里问了一句话：她是谁呀？

二

她是柯红旗的母亲古月华老人哩。

与老姑柘书兰一样，古月华老人是也有抗战时期来到延安，参加革命的不凡经历呢。老革命的古月华，这次从首都北京来到延安，没有啥好说的，就是来看她的宝贝儿子柯红旗的，不过她从北京来到延安，进而到达川河县河怀公社，没有直接去她儿子柯红旗插队落户的乾坤湾村，而是绕了一个圈子，来看她的大妹子来了。

对于陕北的山山水水，老革命的古月华，是很熟悉的呢，而且还非常的热爱。她到陕北来了，虽然是来看她儿子柯红旗的，但她触景生情，心心念念想着的就还有大妹子柘书兰，所以就把挂牵在心上的儿子，继续地挂牵在心上，先来了王叉沟村。

在柘书兰的窑院里，她们老战友泪流满面地拉起手，进到柘书兰的窑洞里，双双上了土炕，还不能丢手，一直地拉着，说着她们的过去，以及她们的思念。

在柘书兰与古月华两位革命老人拉话的时候，池东方静静地守在一边，既很有眼色地收拾古月华老人带来的行李，还从锅连炕的灶台上，拿来两只小点的粗瓷碗，提起热水瓶，倒上热水，送到两位老人的手边。

池东方的举动，很自然地引起了古月华老人的注意。

古月华老人把池东方看了一眼，没有认出他是来自首都北京的知青，而是把他看成了柘书兰的儿子，就很开心地把池东方夸上了。

古月华老人把池东方夸着说：小伙子长的精神！

古月华老人夸说：是条好汉子！

古月华老人把池东方夸说了两句，就还把柘书兰老人也夸说上了。

古月华老人夸奖柘书兰说：你养了个好儿子！

古月华老人夸说：是比那个没良心的要出息哩！

古月华老人把老姑柘书兰夸说得乐了起来。她接着她的话说：咱不说那个没良心的，就说咱面前的小伙子吧。

　　老姑柘书兰说：我的儿子叫柘青云，在西安城里工作着哩。

　　老姑柘书兰说：小伙子是你们北京知青，他与你儿子红旗在一起，插队落户在咱陕北的穷苦地方，干得不错，调转到省城里去了。

　　柘书兰老人说：他现在就和我儿子工作在一个办公室。

　　听着老姑柘书兰对古月华老人的介绍，池东方的心里甭提有多快乐了。他给两位革命的老人点头笑着，回答了她俩几句话。

　　池东方说：老姑不敢夸我，小心我骄傲了。

　　池东方说：老姑的儿子柘青云，是我的顶头上司，我随在他身边，是我学习的榜样哩。

　　池东方说：我与柯红旗是好朋友，他现在当着乾坤湾村的家，比我做着时，还要做得好。

　　池东方的几句话，很有点儿见缝插针，得意卖乖的意味。他所以如此，都在于老姑柘书兰两天来，对他不理不睬，不冷不热的样子，把他吓坏了。他需要老姑的理解与认可，然后才有他与柘袖子的好事。池东方心里太熬煎了，熬煎了两天四十八小时，每一小时，每一分钟，都使他度"时"如年，度"分"如天了呢。现在好了，老姑柘书兰吐了话，虽然吐出的话不是说给他，而是说给古月华老人听的。但他听得出来，老姑柘书兰并不反感他。不仅不反感，似乎还有种欣赏他的意味在其中。

　　古月华老人走不出老姑柘书兰的窑院了，她在这里暂时地住了下来。

　　暂时住在老姑柘书兰的窑院里，让池东方有了用武之地。在古月华老人未来之前，老姑柘书兰就已放手池东方，让他劈柴，让他挑水了。他接下来干脆把老姑锅灶上的事情，都也承包了下来，便是老姑不能放心，插手进来帮着他做，他也会像刚来老姑窑院，老姑不让他插手劈柴、挑水、下灶火一样，坚决地不让老姑插手了。池东方要老姑柘书兰放心他，表态他会尽心尽意的做，做得老姑满意的。

　　池东方说到做到，没有食言，赶在早饭、中饭、晚饭时候，总能可心可意地做好锅灶上的事儿。

早饭的主食是小米粥，蒸馍饼，配菜是生麻油凉调白萝卜丝；中午饭的主食是小米干饭，配菜是洋芋擦擦、酸菜熬豆角；晚饭的主食是麻汤饭，配菜是青西红柿炒辣椒……延安时期的战友，多年后的老姐妹，一天多的时间，因为池东方的坚持，让她俩不仅热肠热肺地拉足了心里的话，还胃口大开地享受到了池东方锅灶上的好味道。

老姑柘书兰与古月华老人，因为吃喝着池东方的味道，吃喝得满意开心了，把她俩拉得热络着的话，会要暂时地放下来，逮住机会夸奖池东方了。特别是从首都北京来的古月华老人，看着操持锅灶内行的池东方，让她不禁想起抗战时期的延安，有她和她的烈士丈夫柯守国一样的知识青年，向往圣地延安的那一股子爱国热情，冲破重重阻力，突破种种干扰，从全国各地而来。大家在家里的时候，可能什么都不会做，许多人都是衣来伸手，饭来张口的大公子、娇小姐，到了这里，大公子变成了自食其力的好汉子，娇小姐变成了百事能来的巧女子。他们大家生活在一起，别说锅灶上的那点事儿，便是开荒种地，纺线线缝衣裳，也都不在话下，一个一个，做得都是非常娴熟的呢！

有感于池东方的手艺，古月华老人说了。她说：我们首都北京的知识青年哩，插队落户在陕北，把自己是锻炼出来了。

古月华老人说：你呀，让我想起我们来了。

古月华老人说：当年的我们，可也是知识青年哩。我们不像你们，你们响应的是毛主席的号召，下乡插队来了延安；我们是自觉自愿来的。要我说，那个时期的我们，是第一批来到延安的知识青年，而你们，应该算是第二批了呢。

古月华老人说：我们知识青年，到红色土地延安来，锻炼学习，是很有必要的呢。

古月华老人说：这里是红色中国的根据地，在这里接受教育，经受锻炼，能够使我们学习到许多宝贵的东西，会让我们意志更坚强起来，树立起坚定的人生目标，并坚持不懈地努力。

听着古月华老人说的话，池东方的心里有种雷鸣的感觉。

池东方承认古月华老人说得对，说到了他的心坎上。他不断地朝着古月华老人点头，表达着他对老人的尊崇和尊敬。他把嘴张了几次，想要回应老人的，却因为老人还在说，他就不忍打断老人的话，因此还一而再，再而三地给老人点着头。就在古月华老人把她要说的话，说了一个段落，落下音来不再说了的时候，池东方依然没有给老人回上一句话，因为老姑柘书兰插话进来了。

老姑柘书兰说：好久听不到大姐姐你说的话了呢！

老姑柘书兰说：我就爱听大姐姐你说话了。你说的话，就像会蒸馍馍的女人一样，把一锅的馍馍大火蒸着，蒸得气满了，到揭开锅的那一会儿，立见真章，把个前头糊涂着、懵懂着，云里雾里的东西，当下清楚明了地交代给咱，让咱不再糊涂，不再懵懂。

池东方先听古月华老人说，再听老姑柘书兰说，让他知觉到老姑家里来，真是来对了。

心怀感动的池东方，陪在古月华老人与老姑柘书兰的身边，就只陪了一天一夜的时间，但他感觉自己从她俩的身上，学习到的，可是一辈子的事情哩！

两位老人到了第二天，招呼着池东方，起身离开了老姑柘书兰的家，离开了王叉沟村，往乾坤湾村走来了。

古月华老人与老姑柘书兰手挽着手，在路上依然亲亲热热地说着她们的话，让池东方对她们有了更多的了解。

池东方是要感叹了。他感叹两位老人是还有许多他要学习的地方呢！

三

红军共产党来天心顺，
全国的百姓都随红军。
一人一马一杆的那枪，
咱们的红军呀势力壮。

......

　　在老姑柘书兰的紧密陪同，以及池东方的殷勤照顾下，柯红旗的母亲古月华老人，头顶温暖灿亮的春阳，于午后走进了柯红旗插队落户的乾坤湾村。她们到来的时候，村子里的社员群众都还上山爬坡，参加他们日复一日的集体劳动。她们看得见松树峁的峁峁墚墚，紫柏坡沟沟洼洼里，散着一群一群的男女社员，给春种春播出来苗的糜子、谷子，还有玉米，以及一些陕北土地适宜耕种的杂豆，间苗松土……赶在这个万物生发的时节，道老汉当然不会袖手闲着，他是也撑着和煦的春日，迎着温润的春风，匍爬在松树峁的坡地里，持续他点种了许多年的松树子儿。道老汉并不知道柘书兰陪着古月华到乾坤湾村来，但他仿佛敏感到她们来了似的，一边点着松树子儿，一边扯开喉咙，唱起了那曲《天心顺》的信天游。

　　这曲信天游在革命时期的陕北地面，唱得是非常热烈红火的哩。

　　所以唱得热烈，唱得红火，就因为通篇歌词恰到好处地刻画了当时的社会面貌，真真正正地唱出了老百姓的心曲。点种着松树子儿的道老汉，在峁坡起头唱来，熟悉这曲信天游的古月华和柘书兰，受到道老汉的感染，她俩去到空无一人的知青窑院，把古月华老人从北京带来的一些东西，放在窑院的石头桌子上，没有怎么停留，就撑着道老汉吼唱信天游的松树峁上来了。

　　道老汉车轱辘似的在唱那一曲信天游，他唱罢头一段，撑上峁坡来的古月华、柘书兰，跟着他一起，唱起了第二段：

　　　　镰刀斧头来老镢头，
　　　　砍开那大路穷人走。
　　　　革命的气势呀大无比，
　　　　红旗那一展天下都红遍。

　　一起回到乾坤湾村来的池东方，没有跟着古月华与柘书兰两位老人上松树峁。他给两位老人说了，您们就自便吧，我到地头上去找柯红旗。池东方让两位老人自便，两位老人也就让他自便了……自便了的古月华和柘书兰老人，随着道老汉吼唱的信天游，刚张口唱起来，立即引起了道老汉的注意，他直起身来，向随着他吼唱信天游的古月华和柘书兰看了过来。

道老汉看见古月华和柘书兰了。

刚好是个星期天，罗衣扣没有学生娃娃的羁绊，便像过去一样，赶在道老汉在松树峁峁坡上点种松树子儿的时候，撵着来帮助道老汉了……道老汉平时也吼唱信天游，但很少吼唱这一曲。但他到了点种松树子儿的时日，即会情不自禁地吼唱了呢。

罗衣扣好奇道老汉，总是赶在这个时候吼唱这曲信天游，她不能理解，就还曾问了他。

罗衣扣在问道老汉这个问题时，很自然地就在点种松树子儿的现场。道老汉选择着峁坡可以点种松树子儿的地方，他是一边点种着松树子儿，一边吼唱这曲信天游的。他点种松树子儿的节奏，仿佛就是给他吼唱的信天游打拍子，右手挥着一把短把儿锄头刨坑，左手往土坑里点松子，他的身子一起一伏，吼唱信天游的声音也一起一伏，相互之间，非常合拍，非常和谐。罗衣扣爱听，听得是要着了迷哩！她听得多了，跟着就也能溜着唱了呢。

罗衣扣跟着学唱，学唱出了道老汉吼唱声里的意味，是苍凉浩茫的，是追忆难忘的……罗衣扣受到了感染，她不能不问道老汉了。

罗衣扣问：你一上松树峁的峁坡点种松树子儿，就吼唱这曲信天游。你吼唱这曲信天游是能使点种下的松树子儿好出苗吗？

罗衣扣从道老汉的嘴里是问不出个啥的。她因此就还说：我不敢听你吼唱这曲信天游，你一吼唱，我就想哭、想流泪。

罗衣扣说：你是在吼唱一个人吗？

罗衣扣说：还是怀念一个人？

罗衣扣想得不错。道老汉所以上到松树峁的峁坡点种松树子儿，的确是在怀念一个人。道老汉怀念的那个人，就是罗衣扣已经耳熟能详的四妹子了。道老汉所以总是在点种松树子儿的时候，要吼唱这曲《天心顺》的信天游，那是因为四妹子，当年参加延安鲁艺的演出队，首先演唱的就是这曲信天游。四妹子在鲁艺演出队首唱了后，这曲信天游在陕北的大地上迅速地蔓延着，不仅唱红了陕北革命根据地，又还随她渡过黄河，去到抗日的最前线，唱红了晋察冀等革命根据地……一曲《天心顺》，在道老汉的心里，几乎就代表了四妹子，而四妹子似也代表了《天心顺》。

道老汉与罗衣扣在松树峁的峁坡上，吼唱着信天游《天心顺》时，从乾坤湾村走出来，向松树峁的峁坡爬来的古月华和柘书兰老人，应和着他俩一起吼唱，这便使这曲传统的红色信天游，从松树峁不断地扩散开来，汇入了四周绵延的群山，并继续地扩散着，跃进了波涛汹涌的黄河，群山与黄河，仿佛也都吼唱起了呢。

古月华与柘书兰两位革命的老人，应和着道老汉与罗衣扣吼唱的信天游，这就攀爬着松树峁，攀爬得与道老汉和罗衣扣近了。

罗衣扣是听说过柘书兰老人的，但还没有见过她。罗衣扣不认识柘书兰老人，自然地就更不认识古月华老人了。道老汉就不同了，他不仅认识她俩，而且与她俩还非常熟悉的呢。但他们相互却是不常见面的，到她俩渐渐地走近，道老汉不再吼唱信天游，而是有点喜出望外，他朝着她俩喊叫起来了。

道老汉喊叫着说：是你们俩呀！

道老汉喊叫着说：我的古月华大姐！

道老汉喊叫着说：我的柘书兰大姐！

道老汉的古月华、柘书兰大姐开心动应承着他，没有绕啥弯子，张嘴就都说起了道老汉。

古月华老人先说：你在松树峁上点种松树子儿，是为你种植念想哩吧！

柘书兰老人跟着说：我知道，他是念想他的四妹子哩！

熟悉道老汉的古月华和柘书兰老人，不会不知道老汉在松树峁上点种松树子儿的秘密，因为她俩不仅熟悉道老汉，还更熟悉四妹子。道老汉与四妹子在松树峁上的大松树下，有过的那一场"爱"的经历，四妹子与古月华、柘书兰她俩在一起的时候，她无所忌讳地都告诉了她俩……时间虽然不回头地在过去，但古月华和柘书兰来到松树峁上，看见道老汉点种松树子儿，便一下子明白过来，四妹子依然活在道老汉的心里，没有离开过。

红色延安时期即已熟悉的他们，重逢在松树峁上，道老汉不想窥见了他内心秘密的古月华、柘书兰，逮住他亲亲的四妹子往下说，就把他点种着松树子儿的活路，暂时地罢了手，招呼着她俩，要从松树峁的峁坡上下来，下到乾坤湾村里歇下来。

道老汉想让她俩歇下来的方法，就是拉出古月华老人的儿子柯红旗，给她俩说事儿了。

道老汉说：好我的柘书兰大姐哩，你陪着古月华大姐到咱们村上来，怕还没见着柯红旗哩。

道老汉说：咱回知青窑院里去，先见咱娃娃柯红旗好了。

然而道老汉的设想，没有获得古月华、柘书兰两位老人的同意。她俩把道老汉业已罢手的短把锄头，夺也似的拿过来后，还把他装进口袋里的松树子儿掏出来，一个人在前边挖刨着土坑，一个人往土坑里点着松树子儿，学着道老汉的样子，小心点种着松树子儿……得到消息的柯红旗，在池东方的陪同下，赶在这个时候，是也撵到松树峁的峁坡上来了。

还没有攀爬上松树峁的峁坡，柯红旗就把他娘古月华喊叫上了。

柯红旗大声地喊叫：娘！

古月华听着儿子喊叫她"娘"的声音了，她答应着他，但她答应他的声音不如他喊叫她的声音急，在她答应着时，一声热辣辣的"哎"，总会糅进柯红旗的喊叫"娘"的声音里，成为他们母子应答声的和鸣。站在古月华老人身边的罗衣扣，被他们母子的应答声所感染，一时竟然轻声地啜泣了起来。

罗衣扣所以会要啜泣，应该是有她的一点私心哩。

罗衣扣私心来到乾坤湾村来的古月华老人，是她装在心里放不下的柯红旗母亲哩！

罗衣扣全身心地爱着柯红旗，很自然地就也深爱上了革命老人古月华。

在松树峁的峁坡上攀爬得气喘咻咻的柯红旗，撵到老娘古月华的身边来了。看他来撵老娘的那副火急火燎的样子，不知面对了老娘，会要做出啥样的举动？他会把老娘拦腰抱起来吗？还是会双手举着老娘，举过他的头顶……然而他撵到老娘身边，那样的热烈举动，他都没有做出来，而是像个羞怯的毛头小子，隔着老娘两步远，再不敢走近，而是傻傻地站着，傻傻地笑着，一副手足无措的模样。

柯红旗的这副模样，把刚才还轻轻啜泣在的罗衣扣惹得不哭了。

不再啜泣了的罗衣扣，迅速地转换着她脸上的表情，使她挂着泪水的脸上，蓦然呈现出一片喜色来，红亮亮地十分好看。

古月华老人注意到了罗衣扣脸上的变化，瞬间啜泣了，瞬间又乐了。

古月华老人因为面对着她的儿子柯红旗，却把她蕴藏了许久许久，对儿子的满怀情愫，没有立即给予儿子，而是转向了罗衣扣，伸了手去，拉住了罗衣扣的手，很是爱怜地抚摸着，给她说起了话。

古月华老人说：你就是罗衣扣吧。

古月华老人说：红旗在给我的来信里，说了你哩。

古月华老人说：红旗每一封信里，都少不了说你。

罗衣扣爱听古月华老人这么说柯红旗与她。她的脸色因为柯红旗撵着来而由悲转喜，红了起来，接着又被古月华老人这么一说，她的脸就更红了，不断地红着，似乎都要红透进她的血管里去似的。罗衣扣不能让古月华老人再这么说她了，她要找到一个话题，把老人说着的话岔开来。罗衣扣想到了她的学生娃娃们，如果请老人给她的学生娃娃们，像道老汉与"八一敬老院"的老革命一样，给她的学生娃娃们讲讲社会课就好了。

罗衣扣是这么想来的，因此就也张嘴给古月华老人提了出来。

罗衣扣说：道老汉给我的学生娃娃们上过社会课了。

罗衣扣说：延安"八一敬老院"的一些荣誉军人，也给我的学生娃娃们讲过社会课了。

罗衣扣说：您老人家来了，给我的学生娃娃们也讲讲社会课吧。

罗衣扣说：我的学生娃娃们，最爱听你们革命老人讲的社会课了。

四

　　古月华老人答应了罗衣扣的请求，她给罗衣扣和她的学生娃娃们来讲社会课了。

　　古月华老人给罗衣扣和她的学生娃娃们来讲社会课，像道老汉与请来的延安"八一敬老院"的革命老人一样，是都在松树峁峁顶上的大松树下，面对着滔滔滚滚的黄河水，以及环成一个大湾的乾坤湾，来给罗衣扣和她的学生娃娃们讲了的。在古月华老人的社会课开讲前，道老汉依然如故，先是拿起他珍藏着的黄铜军号，向着晴朗朗的天空，以嘹亮的军号声，为古月华老人开讲拉开了序幕，然后就和罗衣扣和她的学生娃娃们都静静地蹲坐在大松树下，听由古月华老人讲说了。

　　古月华老人给罗衣扣和她的学生娃娃们讲社会课，同来乾坤湾村的柘书兰老人也没闲着，她是配合着古月华老人一起来讲的。她俩娓娓地道来，让罗衣扣和她的学生娃娃们还有柯红旗，充分感受了她们宽广的胸怀，以及浩荡的家国情怀！

　　罗衣扣因此更多地知道了四妹子的许多往事，还知道了柯红旗的母亲古月华，以及柘书兰她们许多当年的故事。

　　红色延安时期的古月华老人，不像现在，满身心的沧桑。她那时年轻靓丽，激情澎湃，幸运地出生在北平一户殷实的家庭里，其丰厚的家庭资财，使她很容易地进了一家女子学校。父母亲的愿望，是要她读书识字的，但不指望她有什么出息，当然更不希望她冒险革命了。像他母亲给她说的，凭她优渥的生活条件，优异的知识学养，嫁个好人家，做个张口有好饭吃，伸手有好衣穿的富家太太，绰绰有余，该是多么好啊！不能说父母亲的眼光短浅，爱着自己孩子的父母亲，有谁不是这么想的呢？很少了吧。然而父母亲的好心好意，在有理想，有追求的子女面前，个别的可是要失败了呢。

　　古月华就是这样一个女子，她就让爱着她的父母亲失望了。

　　古月华当时还在女子学校读书，她的父母亲就已给她可心可意地，相了一家门当户对的公子哥，单等她拿到北平女子学校毕业证，就把她嫁过去，使她安享荣华富贵……母亲为此给她都准备好了嫁妆，但在她毕业的时候，她与她的几个同学，参加了反抗日本侵略的学生运动，被日本宪兵队抓进北平的监狱，后来在北平地下党的努力下，营救出来，并秘密送出北平城，一路向革命圣地的延安走来了。

　　古月华她们青年学生，感激一路上共产党地下联络站的帮助，让她们走得虽然曲折，却也还算顺利……她们从北平走到了山西境内，走着都能听见黄河的浪涛声了，却突然出了状况。

　　那个突发的状况，不是因为人，而是因为自然界的狼。

　　那个时候的晋西北，以及隔着一条黄河的陕北地区，地广人稀，既有日本鬼子和地方反动派那种披着人皮的狼，还有隐匿在深山大沟里自然界的狼。披着人皮的狼会伤人，自然界的狼也会伤人。生活在北平城里的古月华她们青年知识女性，心有梦想，她们是都见识过了、也领教过了披着人皮的狼的凶残，但对自然界的狼，还从未见到过，也就没有领教过，但却突然地遭遇到了……月光是清凉的，月光下的山色，却十分凄惨。古月华她们白天的时候，在距离黄河不是很远的一个山村人家，吃饱了睡觉，睡饱了再吃，她们就那么在共产党的秘密交通站，安然地度过了一个大白天。天黑时分，那轮灿然的月亮爬上到了半天上，明亮的月光，仿佛是古月华她们女性知识青年离开敌占区，渡过黄河去红色延安的信号，她们在相关人员的组织下，收拾着行李，整装好往黄河边上移动了。

　　延安……一个多么令人向往的地方啊！

　　古月华她们不兴奋、不激动是不可能的！她们兴奋着，激动着，跟随着向导，在月光下往黄河边的渡口走，她们深一脚、浅一脚地走在山路上，走着走着便看见了月光下，晶晶莹莹、灿烂着星光下的黄河，曲曲弯弯，浩浩荡荡……古月华不晓得与她同行的伙伴，是何等的心情，她那个时候，真想对扑入眼帘的黄河大喊大叫几声的，但她知晓纪律的严格性，是不允许她大吼大叫的。她因此只有咬住嘴唇，把她的眼睛睁得大大的，十分贪婪地注视着她每走一步，就有一步变化的黄河，她的心激动得都快冲上到喉咙眼，她真想扑入黄河里去，化成一朵跳跃在黄河上的浪花！

在给罗衣扣和她的学生娃娃们讲着的社会课上，柘书兰很好地配合着古月华也讲了。

就在古月华讲到这里时，柘书兰是想插话进来说一说的。因为她早已听说了古月华当时的心境，因为她们有纪律约束，不能大喊，不能大叫，更不能高声吼唱。但不妨碍她们聆听走河汉子的吼唱。

赶在这个时候，准备插话进来的柘书兰，没有插话说啥，而是配合着古月华老人的讲说，低声吼唱起了那曲《天下黄河九十九道湾》的信天游：

　　你晓得天下的黄河几十几道湾哎？
　　几十几道湾里有几十几条船？
　　几十几条船上有几十几根杆哎？
　　几十几个那艄公哎把船来扳？
　　……

柘书兰低声吼唱出的《天下黄河九十九道湾》，强化着古月华老人社会课的讲说效果。

应该说，柘书兰老人低声的吼唱，是非常到位的，一字一句，都穿透人心！现在，古月华老人是听得明白听得懂的，但初临黄河时的她，从北平城一路千辛万苦，刚刚走到她满心向往的黄河边上，并不知晓走河汉子吼唱的是啥信天游，她只觉夜色里走河汉子的吼唱，如同他吼唱的黄河一样，是那么的悠远宏阔、壮美雄浑。她隐隐约约地听着，听了也就一遍，却已深刻地记忆在了她的心上，再也没有忘记掉。现在的古月华老人，即使满头黑发已褪成了满头银丝，但在柘书兰低声吼唱出《天下黄河几十几道湾》的信天游时，她听得依然心潮澎湃……为罗衣扣和她的学生娃上社会课，因为柘书兰低声的吼唱，惹得她也跟着吼唱起来了。

古月华跟着柘书兰一旦吼唱起来，带动了听她们讲社会课的罗衣扣和她的学生娃娃们，还有道老汉、池东方、柯红旗他们，也都情不自禁，共同吼唱起了那曲脍炙人口的信天游：

> 你晓得天下的黄河几十几道湾哎?
> 几十几道湾里有几十几条船?
> 几十几条船上有几十几根杆哎?
> 几十几个那艄公哎把船来扳?
> ……

五

九曲十八弯的黄河啊!

大浪滔天、星光闪烁下的黄河啊!

在那个过往的晚上,古月华她们北平城里的一群青年知识女性,走在了黄河边,她们的注意力全部被黄河的魅力吸引了。她们大家在那一刻,都想着就要坐船渡过黄河,投身红色革命的摇篮里去了!却没想到,一双狼的眼睛,虎视眈眈地尾随着她们,也走到了黄河畔上的那道山洼里,就在她们毫无防备的情况下,突然地跃身出来,窜到了她们的前路上,用狼的眼睛所能闪射出的凶光,挡住了古月华她们要走的路。

掩护古月华她们的向导,最先发现了狼的行踪,他低声吼叫起来,提醒着古月华她们。

向导的提醒是惊恐的:狼!

向导还失慌地提醒她们:都往一块挤!

古月华她们都是头一次遇见狼。在从北平城往红色的延安去,她们走到了晋西北后,就有关心她们的人,提醒她们了,要她们一定注意路上的狼。提醒她们的人,都有恶狼祸害人的故事讲给她们听,听得她们无不毛骨悚然,胆战心惊……而她们走到了黄河畔上,庆幸天老爷眷顾着她们,没有使她们遇着狼。然而一切的侥幸,在这一刻全都消失了。她们无法避免地与狼面对了面!失慌心惊,恐惧胆寒,是必然的反应,她们听从着向导的提醒,往一块儿挤了。但这种防御,是不足以应付狼的攻击的……手无寸铁,她们挤在一起向四周看去，发现周围除了那只挡住她们去路的狼外，还有几双闪烁着绿色凶光的狼的眼睛，死死地盯着她们，并且一点点地向她们围逼，大有一跃而起，撕咬她们的架势！

千钧一发之际，一声冷枪射了过来。

那声冷枪不是很响，又沉又闷，像是喷射而来的一股烈焰，扑向了阻挡在她们去路的狼头上。古月华她们看见，那只狼的眼光，刚才是那么凛冽，现在被更强的火光掩盖住了，它的身子又猛然地往起一跃，便软软地倒在了路的一边。

向导惊喜地高呼了一声：眼对眼！

甚的个眼对眼？

古月华显然是不晓得向导的惊呼是何意思，但惊呼出这句话的向导是太知晓了。在晋西北地区，唯有祁猎户有这个本领。他猎杀猎物，一般打的都是猎物的"眼对眼"。但是打向的是个人呢？就是"耳对耳"了。祁猎户那段时间犹如独狼一般，在晋西北的广大地区，向侵略到此日本鬼子们复仇，他打死每一个鬼子兵，就都只用一枚猎枪的枪弹，带着一股强烈的火光喷射出来，打着的就全是耳朵对着耳朵的"耳对耳"。

向导惊呼出这一声吼的时候，他看见了打了那只狼"眼对眼"的猎户了！

是祁猎户呢！

祁猎户闪身出来，在古月华她们的面前，绕着走向倒地而亡的那头狼前，抬脚踢了踢那只死狼，检查了一下那头死狼头上的枪眼，他快意地笑了一笑。月光下，向导看见了祁猎户脸上的笑，古月华她们也看见了祁猎户脸上的笑。祁猎户把他检查过的狼，踢翻在了路边上，挥手示意着向导，还有古月华她们，向着黄河走了去。

向导与古月华他们，走过了被祁猎户射杀的那只狼。可是他们依然惊魂未定，以为还有别的狼围着她们来，所以就都小心地朝四周看。

月光下，只有威威武武的祁猎户，肩扛他的那管猎枪，照看着他们，让她们放心大胆地向黄河走了去。

古月华他们并不知道，道老汉的父亲祁猎户，在家庭遭遇那一场惨痛的变故后，他游击在晋西北的山山水水间，手握他的单管猎枪，用他"耳对耳"方式袭击着日本鬼子，就还加入进了晋西北共产党领导的地方游击队，成了游击队打击日寇最为有力的一分子。全国各地向往延安革命根据地的知识青年，从不同的线路，向延安进发着，晋西北的崇山峻岭是其中的一条线路。道老汉的父亲祁猎户，秘密地接受了一项任务，就是在这条交通线上，配合护送知识青年的向导，暗中保护他们。

古月华她们有道老汉的父亲祁猎户暗中保护，从狼嘴里逃生出来，走到了黄河畔上，坐上了走河汉子驾驶的羊皮筏子，渡过了黄河，去到了她们向往的红色延安城。

去到红色延安城里后，古月华被分配进了文艺工作队。

古月华在文艺工作队，先认识了同在这里的柘书兰，她把北平城来延安的青年知识女性，在黄河东岸遭遇恶狼的事情，仿佛一段传奇，绘声绘色地给她说了。

古月华在告诉她时，特别强调了向导当时惊呼过的那句话。

古月华说：眼对眼！

古月华说：那个猎户太厉害了，他打野物，打的是眼对眼。

古月华说：但他打日本鬼子，打的是耳对耳。

四妹子是后来加入进文艺工作队的，她也听古月华这么说了。古月华把祁猎户打猎都打"眼对眼"，打鬼子都打"耳对耳"，当成一个传奇，是要经常说的呢。她给四妹子传说了，四妹子当然知道她说的猎户，不会是别人，而只会是她爱在心尖尖上的道老汉的父亲了。

四妹子不想瞒着她心里的爱，她就证实给古月华说了。

四妹子给古月华说了，人与野兽不一样，人的眼睛平摆在脸上，不好打，就打他鬼子"耳对耳"了。

四妹子给古月华说得十分仔细，她说着，很自然地把道老汉带了出来，让古月华也知道了东渡黄河去打鬼子的道老汉。

祁猎户是道老汉的父亲，道老汉是祁猎户的儿子。

当然，那个时候的道老汉，还不能称其为道老汉。道老汉那个时候，只是四妹子幸福的三哥哥。

　　三哥哥的道老汉参加了抗日的八路军，他跟随部队东渡黄河抗击日本侵略者去了。他走以后，有一副好嗓子的四妹子，在文艺工作队里的，与古月华、柘书兰在一起，她们相处得亲亲热热，处成了好姐妹。

六

　　好姐妹的古月华、柘书兰和四妹子，因为红色的延安，轰轰烈烈地开展了改造"二流子"的运动。她们还一起去了柘书兰的婆家王叉沟村，在那里执行任务。

　　　　正月里来一个五更寒，
　　　　家家户户那一个好打扮。
　　　　人家有妻打扮起呀，
　　　　光棍我无妻打扮谁？
　　　　……

　　初到王叉沟村，古月华、柘书兰和四妹子，就听到有人在唱《光棍哭妻》的信天游。不要说唱着的人要哭，她们听着也都要为唱着的人伤心起来哩：

　　　　十三月里闰月半，
　　　　手提儿烟袋又抽哎哟烟。
　　　　人家有妻把火点啦，
　　　　光棍我无妻，无妻戳火镰。

　　走访王叉沟村的庄户人家，她们好姐妹，是不虚走访哀唱《光棍哭妻》的后生申长年的。

申长年的家里有十余亩山地，他却不事耕种，冬天了，身穿一件翻毛皮的羊皮袄，夏天了，干脆什么都不穿，光着个膀子，在村里晃。晃到塬顶上了，昂起头，对着蔚蓝的天空，他吼一嗓子信天游，晃到河底下了，低下头，又对着河底下的流水，他吼一嗓子信天游。好像他吼出来的信天游，顶得了吃、顶得了喝……怎么办呢？自力更生、丰衣足食，他常年这么晃下去怎么得了？

改造"二流子"，是解决陕北劳动力不足，而为扩大生产实行的一项迫切任务。古月华、柘书兰和四妹子没有回避，也不能回避，她们把自己带到王叉沟村的行李，往柘书兰的婆家一放，这就冲着申长年，找到他的家去了。

古月华、柘书兰和四妹子，找去了申长年家的窑院，却没有见到申长年，他不知逛游到哪儿去了。

三位改造"二流子"申长年的女文艺工作队队员中，最熟悉他的人，自然是为柘书兰了。她在与古月华和四妹子找寻申长年的路上，就告诉她俩，申长年家的窑院，又脏又乱，让人是睁不开眼睛看的。柘书兰提前打了预防针，可在她们赶到申长年的窑院里时，还是让她们大大地吃了一惊！小小的一个窑院，到处都是猪啊、羊啊的屎堆堆，让她们几乎找不到下脚的地方。她们喊了申长年，不见他应声，就推开他那个从不上锁的窑院门，挑选着能够下脚的地方走，走到了他住着的窑洞口。推开窑洞门，人还没有往窑洞里进，一股骚臭不堪的味道，夺门而出，把三位站在门口的女文艺工作队队员，熏得往后退了好几步，不是你踩一脚羊粪，就是她踩一脚猪屎……她们全部都把眉头锁了起来，想着要批评申长年的，可是他人不在窑洞里。

他去哪儿了呢？呈现给古月华、柘书兰和四妹子的，只是一座空空的窑院，和两孔空空的窑洞，以及窑院里的羊粪猪屎堆和窑洞里脏乱的衣物，以及吃过饭未洗的锅灶饭碗。

古月华、柘书兰和四妹子找不着申长年，锁着眉头就要离开了。

三位女文艺工作队队员，都已动了脚步，向后退着走了几步，再往后退，就退出窑院的大门了，就在这个时候，多有山村生活经历的柘书兰，停下了她退着的脚步，伸手把窑院大门边的一把铁锨，摸在了手里，铲起了窑院里羊粪猪屎。在柘书兰的带动下，四妹子和古月华就都没有走，各自寻找到可手的工具，干起了她们能干的活儿。她们忙了小半天，不仅把申长年家窑院里羊粪猪屎，铲到一边去，堆积起来，作为日后厚地肥土的肥料来用，还把窑院里杂杂乱乱的物什，收拾到该收拾的地方，使窑院整个儿整洁干净起来。他们三位做得来了劲儿，干脆一不做、二不休，从申长年的窑洞里，搬出他的脏被褥、脏衣服，看着要补的补，要拆的拆，从沟底下的河渠里挑来清水，都给干干净净地洗出来，挂在窑院里等着日头晒了。

就在古月华、柘书兰和四妹子她们，把申长年家里的一切，全都收拾出来的时候，嘴里依然哼唱着信天游的申长年，吊儿郎当地往家回了。

在窑崖背上，申长年就看见了晾晒在窑院里的衣服被褥了，他同时还又看见打扫干净了的窑院。他看得吃惊了，以为传说中的仙女下凡来，帮助他清理干净的，因为此，他把哼唱在嘴里的信天游，像是被要命的刀客挥起一把快刀，唰唰两刀，插进了他的口里，当下砍杀得断了声气。

申长年吃惊着，却没有停下他的脚步，甚至加快了他脚步的频率，从窑崖背冲锋一般往下跑了。他跑动的步子冲得急了，冲到自家的窑院门口收脚时，竟然没能收得住，扑趴在了窑院里的地上。

申长年看见了三位水灵灵、光艳艳的女文艺工作队队员。

三位女文艺工作队队员，让"二流子"的申长年，趴在地上动不了身。申长年以为他是在做梦，就抬手在自己的脸上，狠狠地拧了一把脸皮，他感觉得到脸皮的疼痛，这便相信，他没有做梦，他眼见的，都是真实的。

申长年的脸红了，他慢慢地从他趴着的地上站了起来。

申长年先转着身子把他干净了的窑院看了一遍，这就走到挂在窑院里洗出来的衣服被褥前，伸着手，把在热烘烘的日头下，晒得暖融融的衣服被褥，一件一件地摸着，摸到后来，摸出了大把大把的泪珠，滚翻在他的脸上，他没有擦，而是抬起手来，十分响亮地抽了上去。他左一巴掌、右一巴掌地抽着他的脸，把他脸上滚翻的泪珠，抽得飞溅了起来……

柘书兰知晓王叉沟村有个小寡妇，她与古月华和四妹子三番两次地去做工作，还拉着申长年到小寡妇家里去，向小寡妇求婚，帮助他俩，把两个恓恓惶惶的家，合成了一个家。

从此，"二流子"的申长年变勤劳了，他主外，耕种两家的土地，小媳妇主内，让申长年吃得好，穿得好，一年的时间刚过去，小媳妇便开了怀，给申长年生了个大胖小子。

过去了的这件事情，道老汉是也知道的。就在古月华老人，与柘书兰回忆着，给罗衣扣和她的学生娃娃们讲社会课时，再讲出来，不要说罗衣扣和她的学生娃娃们，听着有什么感受，便是道老汉自己，又听出了新感受。

道老汉因此不能自禁地说了这样两句话。

道老汉开口说的还是那两个字：道道。

道老汉说："二流子"就应该改造的，绝对不能惯了他们。

道老汉说：把"二流子"改造过来，就是帮助他们脱贫致富哩。

古月华老人对道老汉今日的说法大为赞同。她因此跟着道老汉也强调了两句。

古月华老人说：陕北老区当年就是这么做的呢。

古月华老人说：这么做的结果，也十分有效。

古月华老人的文化水平高，她当年就根据这一非常有效的真实事件，编了部《二流子变好汉》的秧歌剧，在她们文艺工作队排练出来，先在延安的礼堂，向在延安的中央首长汇报演出，受到了首长们的表扬肯定。下来还做了进一步的修改，然后巡回在陕北演出，深受农村群众的欢迎与赞美。八路军东渡黄河，去到晋西北抗击日本鬼子，古月华、柘书兰和四妹子她们接受任务，东渡到了抗战前线，参加进慰问前线指战员的演出队，把这部秧歌剧也唱了个遍。

道老汉的心上人四妹子，在秧歌剧里，表演的就是那位小寡妇。她演唱得太好了，让看到听到秧歌剧的人，无不为她而哭而乐。

可是，不幸就那么让人猝不及防地撵着她来了。四妹子光荣地牺牲在了晋西北的抗战前线慰问演出中！

古月华和柘书兰两位革命老人，给罗衣扣和她的学生娃娃们，把发生在几十年前的事情，绘声绘色地重现了一遍。

　　古月华老人在重现那段故事的时候，几次回头去看道老汉。

　　古月华发现道老汉的眼睛是红了的，红着便不能抑制地流泪了，唰唰唰唰……鼻涕一把，泪一把，仿佛流淌在乾坤湾河道里的浊水一般，止都止不住……罗衣扣在旁边看见了，她急忙跑到道老汉的身边，掏出她口袋里的花手绢，去替道老汉抹眼泪，都被道老汉躲了过去。

　　古月华老人停下了她正讲说的社会课，面对了道老汉，给他说这样一句话。

　　古月华老人说：咱把四妹子迁回来吧。

　　古月华老人说：迁回来，就安葬在松树峁上。

　　柘书兰听古月华这么一说，她跟上附和着也说了。

　　柘书兰说：道道。你道老汉满嘴的道道，把四妹子迁回到咱松树峁上，就是个道道哩。

　　柘书兰说：咱没有啥犹豫的，说迁咱就迁。

第十四章　一枚红色"卒"象棋

怀胎一月哎月呀月光是那个月，
河湾湾里是那个水萍萍。
苗苗儿他就落下了根，
娃娃家吔是十月了生。
……

——信天游《十月怀胎》

一

把四妹子从黄河东岸的黄崖洞迁回来，迁到松树峁上的大松树旁，是道老汉多年来的一个梦想。

道老汉与他亲爱的四妹子生没能生在一起，他就很想死了后与她埋在一起。

四妹子牺牲了，牺牲在了艰苦卓绝的抗日前线，道老汉熬了过来，他以一个革命者的身份，回到乾坤湾村来，喂养着村里的驴子、耕牛，守望在松树峁上，无时无刻不在思念他可爱美丽的四妹子。平常的日子，他有了时间，就站在大松树下，隔着波涛汹涌的黄河，要瞭望向黄河的东岸，他在那个时候，既专注地瞭望他心爱的四妹子，还瞭望他亲爱的父亲祁猎户和母亲桑织娘。

道老汉后来知道，他英雄的父亲祁猎户，就在暗中护送古月华她们来到红色延安后不久，为了母亲桑织娘的大义，他寻到乾坤崖顶上，遭遇鬼子兵的围攻，他抱着母亲，跃身投入黄河，与黄河融为了一体！

道老汉想着把他心爱的四妹子，迁回到松树峁上的大松树下时，还想把他坚强勇敢的父亲祁猎户、母亲桑织娘，也迁回到松树峁上的大松树下。

鲜活在道老汉心里的这一梦想，一直在心里，没有说出来过，这次被重回陕北来的古月华老人，还有柘书兰她俩说出来，他感激她们。但具体操作起来，还是要费些劲儿哩。因为四妹子是一位抗战牺牲的烈士。山西方面抗战胜利后，在黄崖洞抗战遗址上，专门开辟了一处烈士陵园，四妹子的遗骨被他们寻找出来，安葬进了烈士陵园里。古月华、柘书兰、道老汉他们要把四妹子迁回到松树峁上来，就必须提出申请，获得相关部门的批准，才能够动迁回来。

这个过程非常烦琐，却也体现了后人对于抗战烈士的尊重。

被后来人尊重着的四妹子，只要把程序走到，是可以动迁回来的。但道老汉的父母亲呢？他们融入了黄河，怎么动迁呢？道老汉一点主意都没有，他只有听大家怎么说怎么做了。在省委工作了一段时间的池东方，在这个关键的时候，挺身而出，自觉担起动迁四妹子的重任。他先跑了川河县，取得了易顺民书记的支持，然后又跑了延安市，最后去了省委，一个部门一个部门地找，在动迁四妹子的申请书上，让他们一个大红印章一个大红印章地摁。马不停蹄地池东方，迅速办好了陕西这边的手续，就还马不停蹄地往山西那边赶。在黄河东边的山西省，池东方仍然一个部门一个部门的跑，一个大红印章一个大红印章地摁……这可是太需要时间了。

罗衣扣很会抓时间，她在大家等待池东方办理迁回四妹子的日子里，又缠着古月华和柘书兰老人，给她和她的学生娃娃们讲社会课了。

古月华和柘书兰两位老人前次讲的社会课，即深深地触动了罗衣扣。她打心底深处，把和蔼可亲的古月华和柘书兰两位老人，当成了她最崇敬，也最信赖的人了。

就在两位革命老人头一次讲说社会课时，别说罗衣扣被深深地触动着，便是活跃在大松树上的毛驹溜，也被古月华和柘书兰两位老人互相配合讲说着的革命故事触动了，亦然静静地蜷卧在葱郁的大松树树梢上，一动不动，听得入了神！

罗衣扣再次把古月华和柘书兰两位老人，请上松树峁，来到大松树下，她抬头看了一眼大松树上的毛驹溜，发现灵性绝异的毛驹溜，又安安静静待在大松树的树梢上，聚精会神地聆听古月华老人，在柘书兰老人的配合下讲社会课了。

两位革命的老人，这一次讲说了柯红旗的烈士父亲柯守国。

像柯红旗的母亲古月华一样，同为那个时代的知识青年，柯红旗的父亲柯守国向往红色圣地的延安，他怀揣着离别老母亲时，老母亲送给他的绣着萱草花的荷包，随着从东北逃亡而来的大军，一路到达古城西安。在这里，他幸运地结识了已然逃亡而来的张寒晖先生，参加了他在西安组织的抗日宣传队，走上西安的街头，演唱先生创作的《松花江上》《可恨的小日本》《告我青年》等著名抗战歌曲，以唤醒国人"激奋进，齐赴国难"的爱国热情。1936年12月初的一天，柯守国他们自发组织起来的青年抗日宣传队，在西安的街头，面对万千群众，如泣如诉地地演唱着《松花江上》，他们在演唱到"爹娘啊，爹娘啊"时，不仅把他们演唱的呜咽着哭了起来，现场的观众和听众，不由自主地跟着他们演唱的旋律，也呜咽着痛哭起来了。

然而就在这个时候，国民党警察纠集而来逮捕了他们，把他们投进了设在西安城里的药王洞监狱……张寒晖先生闻讯，多方营救无果，直到"西安事变"后，张先生找到七贤庄的红军西安联络处，通过他们向国民党当局多方交涉，把遍体鳞伤的柯守国他们营救出来。出狱后的柯守国，一直跟随着张寒晖先生，后来，他们离开了西安城，去到古周原上的凤翔县。那里有一所高举抗战大旗的"东北竞存中学"，张先生担任了该校的教导主任。

在这处抗战气氛高涨的学校里，柯守国他们一大批东北、华北逃亡关中来的知识青年，既积极学习文化知识，还热忱学习救国图存的革命道理，以及基础的军事训练……然而他们尊敬的张寒晖先生，被国民党特务盯梢到了这里，一日不得安宁。为了张先生的生命安全，共产党地下组织行动了，他们秘密转移先生离开了凤翔县里的"东北竞存中学"。柯守国作为张寒晖先生喜爱的一位弟子，与他的另外几个同学一起，再次跟随张先生，辗转凤翔、麟游、旬邑等县，首先来到红色延安的马栏镇，最后到达他们心中的圣地延安，进入到延安的鲁迅艺术学院继续他们的学习。

不过，柯守国在鲁艺没有太多停留，就转学到了延安的抗日军事政治大学，在那里学习了。

就在他们秘密转移去红色延安的路上，也是很不平静的呢。好在有熟悉当地情况的北山游击队队员，穿梢林，爬悬崖，走密道，一路上千辛万苦，眼看就能到达红色延安最南端的重镇马栏，却突然地面临着一条不算凶险的泾河，横亘在他们的面前。如果没有那场突如其来的大雨，泾河的水流也不能把他们怎么样，但是那场瓢泼似的大雨，迅速地提高了泾河的水位，他们想要渡过河去，涉水是不能了。

游击队的队员，从附近他们熟悉的人家，找来了一艘小船，把张寒晖、柯守国他们分批往泾河的对岸摆渡……头一趟摆渡过去了，再一趟也摆渡过去了，可就在摆渡最后一趟时，却在渡船快要靠上对岸的那一刻，上游一个巨大的浪头翻下来，当下把小小的一艘渡船，掀翻在了洪流中！

柯守国当时就在这艘小小的渡船上，他们同船的几位同学，全都落在了洪流中。柯守国不识水性，落到洪水里，瞎扑腾着就先灌了几口水，生死关头，他知觉自己的头发被人抓住了，抓得他的头皮一阵疼痛……疼痛着他伸手去摸自己的头皮，这才发现他已从洪流中被人救助上到泾河的对岸。到了这个时候，他才知道与他一起落水的同胞，都已被洪水冲得不见了踪影。便是救了他的一位游击队员，在把他抓着头发推上泾河岸上后，因为筋疲力尽，也没能爬上河岸，而被洪水卷裹着冲走了！

柯守国跪在了泾河的岸边，号啕大哭！他刻骨铭心地记下了那个灾难的时刻，被洪水冲走的同学，以及救了他的游击队员！

柯守国的在那一刻起，即建立起了投笔从戎的理想，他是一定要到抗击日寇的最前线去了呢。

胸怀这一理想的柯守国，从鲁艺转到抗日军事政治大学后，把他学习的方向和目标，集中在了军事学习上面，刻苦认真地学习了一段时间，这便如愿以偿被编进了野战部队，穿上军装，成了红军、八路军的一员，直至东渡黄河，奔赴打击日本鬼子的最前线。

在抗日战场上，他机智勇敢，多次负伤，又多次获奖，于枪林弹雨的前线，不仅申请加入了中国共产党，还又迅速地成长着，成长为一位足智多谋的八路军指战员，直到他为了祖国的解放事业而牺牲……英勇壮烈的柯守国，生前最为满意的一件事，就是他在鲁艺学习的短暂日子里，认识了风华绝代的古月华，他们相爱了，结成了一对恩爱的夫妻。

结成夫妻的柯守国，把老母亲送给他的那个绣着萱草花的荷包，交到了古月华的手上。

柯守国在把绣着萱草花的荷包送给古月华时，是在他俩新婚的那天晚上。许多他俩的战友和朋友，撵到他俩新婚的洞房里来，热烈地祝贺着他俩。就在这个喜庆的时候，古月华从柯守国的手里接过了绣着萱草花的荷包，她珍藏起来，并在有了儿子柯红旗后，学着柯守国母亲绣在荷包上萱草花的样子，一针一线地也绣上了一朵萱草花。

绣上了两朵萱草花的荷包，古月华在最初的时候，是一直珍爱地戴在她的身上哩。抗战胜利了，柯守国所在的部队从原来的八路军，整编进了解放军第一野战部队，从延安出发，南下关中，参加解放大西北的战役前夕，古月华撵到踏上南下的柯守国面前，把她戴在身上绣着萱草花的荷包去下来，交给了柯守国，让他戴在了他的身上。

古月华老人的社会课讲述，把道老汉听得泪流满面！

很自然的是，罗衣扣和她的学生娃娃们，像道老汉一样，几乎同时发出了压抑着的啜泣……柯红旗也流泪了，他站起身来，把道老汉转交给他的萱草花荷包，小心翼翼从身上取出来，恭恭敬敬地双手奉到母亲古月华老人的手上。

道老汉说：我们柯营长的荷包哩。

二

绣着萱草花的荷包啊！

古月华老人从柯红旗热烫烫的双手里接到她手上后，就没再丢手。她手拿绣着萱草花的荷包，就像手捧着她的烈士丈夫柯守一样。绣着萱草花的荷包，是他们爱的证物。许多年后，复又回到她的手上，她珍爱的程度，比过去似乎更甚……古月华老人把绣着萱草花的荷包拿在手上，住进了儿子柯红旗他们北京知青居住的窑院里。

在儿子柯红旗他们北京知青的窑院里，古月华老人有了一个新的发现，那就是如荷包上彩绣的萱草花一样，知青窑院靠着院墙边，鲜活着一片萱草花！

最初的时候，古月华老人不知萱草花是移栽来的。她爱着那应季而生，开放得绚丽灿烂的萱草花，就自觉负起了一种责任，细心地管护起了萱草花……古月华老人利用一切可以利用的时间，给窑院里的萱草花除草，给窑院里的萱草花浇水，因为她的悉心管护，那一畦一畦灿烂的萱草花，不仅花枝生长更加茂盛，便是黄亮亮的花儿，也开放得愈加灿烂。

古月华老人的举动，使罗衣扣心跳速度加快了许多。

是个春天夕阳西下的傍晚哩，晚霞红彤彤地，照到知青窑院里，照着又在给萱草花除草的古月华老人，她撵着萱草花，在萱草花丛间铲锄着杂草……老人铲锄杂草十分用心、专业，她铲锄的如果是株酸酸菜，或者灰灰菜，她就小心地拔除下来，收集在萱草花的畦埂上，待最后收拾起来，拿回锅灶上水煮凉拌了吃；而如果是棵咪咪毛，或者独独笤荨等，她就连根拔起，扔到院子里，单等太阳爆晒了……忙着乾坤湾生产队上活路的柯红旗，不能放下集体的活路不顾，来陪他娘古月华；罗衣扣也是，她有村小学校园里的学生娃娃们，给他们上课、批作业，她也不能守在知青窑院，陪伴古月华老人。但是柯红旗和罗衣扣心有灵犀，知晓照顾好古月华老人，是他俩不容小视的责任。因为此，柯红旗和罗衣扣，下工了，放学了，是都不敢耽搁一点时间的，要立即往知青窑院里回的。这天傍晚，柯红旗早回了一步，在他前脚踏进知青窑院的时候，罗衣扣后脚也踏进了知青窑院。他俩进到知青窑院来，不约而同地看向了在萱草花丛里忙活的古月华老人，他俩便也毫不迟疑地走向了老人，走向了晚霞中愈发灿烂的萱草花。

罗衣扣看着古月华老人那么喜欢萱草花，她的心里是高兴的，太高兴了。高兴着的罗衣扣，在向老人走去时，在心里措辞着，想要琢磨出两句话来，说给古月华老人的。但她还没有措辞好，说不出什么来时，即已听见柯红旗给他老娘说上了。

柯红旗说：娘你知道吗，萱草花都是罗衣扣移栽来的呢。

柯红旗说：陕北的峁峁塬塬，沟沟洼洼，长得满是野生的萱草花。

柯红旗说：罗衣扣爱萱草花，就从山野里移栽回来了。

为萱草花清除着杂草的古月华，在她儿子柯红旗的述说中，把她的眼睛抬了过来，落到了罗衣扣的脸上了。白了头发的古月华，似乎明白了什么，她就在儿子柯红旗给她介绍萱草花来历的一瞬间，把她来到乾坤湾村与罗衣扣见面后的事情，迅速地又过了一遍。古月华老人想她来到乾坤湾村，见到的罗衣扣，该是爱着她的儿子柯红旗哩，而她的儿子柯红旗，同样也爱着她。

柯红旗、罗衣扣，他俩是真心相爱地一对儿呢！

明白了这一实情，古月华老人站在芳香四溢地萱草花花畦旁，很想把她明白过来的实情，挑破了开口说出来。可她儿子柯红旗，抢在她的话前边，给她再一次地说起了罗衣扣，以及罗衣扣移栽萱草花的过程来。

柯红旗说：罗衣扣在她当老师的村小校园里，也移栽了萱草花。

柯红旗说：你看她呀，把她自己都快变成一株萱草花了呢！

柯红旗说的话，恰到好处地把他母亲古月华，带入进了一种大美的情景中。这使站在古月华老人旁边的罗衣扣看得出来，她尊敬的古月华老人，可能会因她儿子柯红旗说的话，要想到她与柯红旗的老奶奶，不也都是一株萱草花吗！

美不胜收的萱草花呀！

母性深重的女子，应该都是一株萱草花哩。

柯红旗的母亲古月华，借着眼前盛开的萱草花，来说罗衣扣了。

古月华老人说：你是怎么爱上萱草花的呢？

古月华老人说：我猜出来了你信吗？

罗衣扣被古月华老人的两句话，说得一下子红了脸，羞得她一猛子扎进老人的怀里，摇着老人的胳膊，没有让她往出猜……也正因为罗衣扣的羞脸，古月华老人不去猜了。但她是开心高兴的，抬手在扎进她怀里的罗衣扣脸上，轻轻地拍了拍，就还告诉罗衣扣，说她是个惹人疼爱的好姑娘哩。

古月华老人把罗衣扣这么夸奖了后，还给她说了两句话。

古月华老人说：这几天你就陪着我好了。

古月华老人说：有你陪着我，我心里透着亮。

罗衣扣把她偎在古月华老人怀里的身子，偎得更深了。几天来，就是古月华老人没说，罗衣扣是也想尽一切办法，要陪在老人的身边哩。罗衣扣是认真地想了呢，她陪着古月华老人，老人是高兴的，柯红旗应该也是开心的呢！

现在好了，古月华老人说出的这句话，可是说到她的心坎上了。

接下来的日子，罗衣扣就更加积极主动地争取时间来陪古月华老人了。一日一日地陪着，让罗衣扣陪出来了许多感受，知觉老革命的古月华老人，可是太有魅力了。老人家言传身教，浓厚的人文情怀，丰富的人生经验，使罗衣扣受益匪浅，短短的几天时间，她仿佛成长成了一个新的她自己。这个她自己，无论精神上，或是潜意识里，似乎就如古月华老人一样了呢！

把迁回四妹子的报告拿着，跑好了陕西这边的手续，又跑去山西那边的池东方，快把那边的手续也要办好了……等在乾坤湾村里的古月华老人，住在知青窑院里，她看出了田子香的与众不同，与罗衣扣可以说是格格不入。热心的古月华老人，可是不想同在一个知青窑院生活的她们，闹矛盾，不和谐。她因此主动地靠近田子香，与她拉话，考验她，说服她……田子香也并非冷血心肠，她心里不愉快，不痛快，针对的不是罗衣扣，不是柯红旗，当然更不是古月华老人了。她不愉快、不痛快，的确另有其人。因此，在古月华老人主动靠近她的时候，她没有对抗，也没有甩脸子，而是隐忍着她内心的不愉快、不痛快，听着古月华老人说给她的话，心平气和地应答老人了。

这是田子香的进步哩。她进步着，就还跟着古月华老人，参加进老人做务萱草花的事情中来了。

跟了古月华老人两天，田子香似乎也爱上乐观愉快的老人了。她因此在跟着老人做务萱草花的时候，还腾出时间，跑了一趟河怀公社，在公社大街上的供销社里，买了些白色的粉帘纸，把她此前撕扯烂了纸的窗户，重新裱糊了起来……做着这一切的田子香，像她曾经在知青窑院里一样，还又忙碌起了锅灶上的事情。

　　一顿饭，两顿饭，三顿饭……早晨做，中午做，晚上做……吃喝着田子香在锅灶上的饭菜馍饼，罗衣扣与她就也恢复了她们北京知青间应有的亲密。终于在一个晚上，她俩共同躺在锅连炕的土炕上，呼呼呼呼要睡过去时，田子香给罗衣扣说话了。

　　田子香说：不瞒你说哩，我要回北京去了。

　　田子香说：但我心不甘，怎么想，怎么不心甘！

　　田子香说：你不知道，我是都羡慕上你了。

　　田子香说：我现在就祝福你，祝福你幸福美满！

　　罗衣扣想要回答田子香几句话的，但她想了想，没有合适的话能说，就以田子香告诉她要回北京的事情回答田子香了。

　　罗衣扣回答她的语气平静中带着些兴奋。她说：回北京才是大事哩。

　　罗衣扣说：你回到北京了，不要让我太想你，记着给我来信。

　　有了这天晚上的对话，罗衣扣与田子香早晨起来，两人一起做了一顿早饭，吃喝罢了，田子香便收拾好她的那点行李，这便离开了乾坤湾村，回她的北京城去了。

　　柯红旗和罗衣扣商量了一下，他俩结伴去送田子香。

　　在知青点上，尽管经历了一些不愉快，甚至一些龌龊事，但同为北京知青，让柯红旗和罗衣扣不能不送田子香一程。他俩替田子香肩背行李，手提行李，一路走着，把她送到河怀公社有公共长途汽车的地方，看着她搭乘上一辆漆皮斑驳的公共汽车，慢慢地向前滑走了去，走了有一程了，他俩这才转身过来，要往公社机关所在的大街上去了。但就在这个时候，却听见了田子香热辣辣地喊叫声。

　　田子香的喊叫声非常大：红旗、衣扣，谢谢你们俩！

　　田子香继续地喊叫着：我如果有什么遗留的事情，要你们帮忙时，还望你俩像今天一样，不计我的仇，不计我的恨，能够帮助我！

　　柯红旗和罗衣扣回头来看了，他俩看见了田子香伸出汽车窗外的半张脸，骨碌碌，骨碌碌，有大颗大颗的泪珠，从她的眼睛里往出涌，涌动着划过脸颊，直往汽车下掉，每掉下一颗来，砸在尘土堆积着的地面上，都要砸起一片飞溅的土雾来！

田子香泪珠砸起的土雾，比起汽车腾起的土雾是太小了，迅速地要被汽车腾起的土雾携裹去，不见了踪影……长途公共汽车的速度在加快，很快地淹没在了它自己腾起的尘雾中，不见了。

不见了飞驰而去的长途公共汽车，柯红旗和罗衣扣这才重又转身走向了河怀公社的大街上。他俩没有到别的地方去，直接去了公社的院子。柯红旗让罗衣扣就站在公社院子里等他，说他去见一下公社人武部的干事，问一件事情……罗衣扣听话地待在院子里，她待了没有多长时间，就见柯红旗从人武干事宿办合一的窑洞门里出来了。

罗衣扣相信，柯红旗没有孙悟空七十二变的本领，但他就那么一会儿的工夫，再从人武干事的窑洞里出来，却变了一个人。

变化了的柯红旗，一身草绿色的军装，精精神神地走了几步，这就走到罗衣扣的身边了。

柯红旗说：我入伍了！

罗衣扣有点眼晕，她看着变化了的柯红旗，重复地说了一遍柯红旗刚刚给她说过的话。

罗衣扣说：你入伍了！

三

赶在春季征兵的时节，柯红旗的老母亲古月华到儿子柯红旗下乡插队的乾坤湾村来，一个主要的目的，就是给柯红旗办入伍手续的。

送罢田子香，柯红旗在河怀公社人武干事那里穿上绿色军装，与罗衣扣回到乾坤湾村来了。还没有走到村口上，他俩远远地就看见了从山西那边回村来的池东方……池东方比柯红旗和罗衣扣早回了一小会儿，他当时就站在村口上，被村里人围着，问三问四的。不过，这并没有影响池东方的视野，他是隔着人群，也远远地看见了柯红旗和罗衣扣。当时，池东方并不知道他俩是去送别田子香的，他只是远远地看见，与他一起下乡插队到乾坤湾村来的柯红旗，几日不见，突然地出现在他的面前，却已是一身新崭崭的绿军装！

池东方和柯红旗、罗衣扣他们相互看见了，就都举起手来，远远地向着对方打起了招呼。

他们相互间的招呼声，像是约定了似的，都在一个时间点上喊了出来。

柯红旗的招呼声是：把动迁手续都办好咧？

池东方的招呼声是：哈呀，穿上解放军军装了！

应该说他们之间的招呼声都有点多余。池东方如果没有把迁回四妹子的手续办好，他就不会那么高兴，甚至可说连回乾坤湾村都不会回来的哩！池东方千辛万苦、千方百计，确是圆满地办好了迁回四妹子的一切手续，盖了许多大红印章的申请材料，现在就装在他干部装的上衣口袋里。听了柯红旗的招呼，他解开上衣口袋上的扣子，把那份折了几折的材料掏出来，高高地举在头顶，对着柯红旗和罗衣扣摇了……就在池东方摇着那份折痕累累的材料时。柯红旗拉着罗衣扣，飞也似的跑到了村口人群聚集的地方，站在了池东方的面前，把他穿在身上的绿军装，抻抻袖子，抻抻衣襟，转着圈子既给池东方看，也给围在村口上的乾坤湾村人看。

转着圈子的柯红旗，对池东方和围在村口上的村里人说：是要感谢我的妈妈哩！

柯红旗的话既让池东方听明白了，也使村口上的村里人听明白了。他所以不声不响、不见大动静地穿上绿军装，没有他母亲古月华的帮忙，还真不是那么容易的呢。

革命老人的古月华，当然也是个母亲呢！

是为母亲的古月华老人，一日一日见老，而她遗腹独生的儿子柯红旗，下乡插队在陕北农村，她无一日不想他，无一日不念他……人之常情啊！谁不是这样的呢？当时知青们的家长，只要有点办法的，便都托人想办法，给儿子或是女子寻找机会，让他们能从下乡插队的地方快点走出来，开始他们新的生活。古月华老人有许多延安时期的老战友，便是她自己不忙着给儿子柯红旗找出路，她在北京城里的老战友、老姐妹，也要撵着给她建议，为她出主意想办法了。今年春季征兵时节，果真有柯红旗烈士父亲柯守国部队上的人，来找古月华老人了。他们见了古月华老人，既向她表达了对烈士柯守国的敬意，又拿出了他们对烈士儿子柯红旗未来前途的一个意见。

他们说：烈士的子弟可是不能忘记哩。

他们还说：为了祖国的解放，烈士牺牲了，部队还在，他们既有责任，更有义务，关心照顾好烈士的子弟。

没有让古月华老人太费什么神，烈士丈夫柯守国原来的部队，为柯红旗入伍做好了一切前期准备。古月华老人这次到陕北来见她的儿子柯红旗，就是要带着他去到烈士父亲柯守国原来的部队，接上烈士父亲的班，继续为祖国做贡献了。

穿上绿色军装的柯红旗，再佩戴上两枚红灿灿的领章，和一枚红亮亮的五角星帽徽，英俊飒爽，威武豪迈……但他还不能立即就走，他的老母亲古月华与柘书兰老人提议，要为道老汉把他亲爱的四妹子迁回来。为此池东方跑了一些时日，现在把动迁的手续都办齐了，不把四妹子迁回来，他是无论如何都不能动身走了呢。

迁回四妹子，池东方立下了头功。手续齐全，下来就是组织力量，东渡黄河，去到黄崖洞的抗战烈士陵园，把四妹子往回迁了。到了这个时候，还未卸任乾坤湾村生产队长的柯红旗，自觉他该挺身而出，来做这件事情了。他想得清楚，老母亲古月华，还有柘书兰老人，以及道老汉他们，可是都看着他，要他出头了呢！

虽然业已办理好了入伍的一切手续，但柯红旗在乾坤湾村一天，他就还是乾坤湾村的带头人！

自觉为带头人的柯红旗，叫来了柘黑娃、柘灰娃兄弟俩，与池东方一起上到松树峁顶，与道老汉商量迁回四妹子的具体事情了……这些天来，道老汉因为迁回四妹子的事情，守候在松树峁顶上，为他亲爱的四妹子寻找着可以"安家"的地方。他在松树峁上这里走走，那里走走，最后觉得，还是大松树旁的那处簸箕般的洼地，是最好的一块宝地了呢！他因此不管别人怎么想，怎么做，他自己就先在那处洼地里，抡起镢头和锨，为即将"回家"的四妹子平整着"家园"，到柯红旗、池东方，还有柘黑娃、柘灰娃兄弟上到松树峁上时，他差不多都已完成了挖墓起坟头的基础工作。

柯红旗、池东方，还有柘黑娃、柘灰娃兄弟上到松树峁来，他们看见了道老汉给四妹子平整"新家"的劳动，就都眼睛红红地与他商量了。可是他们还没有开得口来，道老汉却已扔掉手里的镢头和锨，给他们先说上了。

道老汉说：我有我的四妹子，还有我的爹娘呢。

道老汉说：我能迁回四妹子，不知能不能迁回我的爹娘？

道老汉这么一说，把撵到他跟前的柯红旗、池东方，以及柘黑娃、柘灰娃兄弟，当下给说懵了，他们一时都不知道怎么给道老汉回话了呢。因为大家都知道，道老汉英勇的父亲祁猎户和母亲桑织娘，是都跃身黄河，与黄河融为了一体，又如何能与四妹子一起迁回来呢？

这是个不好商谈的事情哩。挺身而出，担起这项艰巨任务的柯红旗，就没接道老汉的话，而是用他在乾坤湾村安排社员干活的方式，来给大家安排事情了。

柯红旗先安排了东渡黄河迁回四妹子的人选。他说，道老汉就不用说了，自然要去，而池东方、罗衣扣和他，也必须去。动迁四妹子，可是他们一次不可多得的学习教育机会哩。上山下乡在乾坤湾村，他们是受到学习教育了，但那是不够的，有机会东渡黄河迁回四妹子，他们接受的将是更深入、更真切的学习和教育哩。

柯红旗这么说下来，这便说到了他母亲古月华和柘书兰老人，他说两位老革命，都是四妹子的亲密战友，年纪虽然都大了，但咱挡不住她俩去。

三言两语，柯红旗把东渡黄河迁回四妹子的人选定下来后，嘴上没停，就又安排起了村子里迎接四妹子的人选了。

柯红旗把他的眼睛看向了柘黑娃、柘灰娃兄弟俩。他给他俩说，四妹子要回来了，她的"新家"怎么造？又如何往"新家"里送？你兄弟俩本地本村，最知道规矩了，一桩一件，咱都按本地的规矩办。

对于柯红旗的安排，大家听得明白，而且都没有意见，因此就都各自分头准备去了。

东渡黄河的日子，池东方与山西那边都也约定好了。对此，池东方是要感谢山西那边一个人的。那个人就是柳林镇皮货商才志祥的儿子才永怀。他现在任职黄崖洞烈士陵园主任，池东方寻找到他，说明了来意，才永怀当即满口答应了下来。才永怀答应得那么干脆，倒使池东方大为意外。因为他在赴山西前，反复地想了，以为那该是一个非常难办的事情呢！烈士的四妹子，咋能说迁就迁呀？池东方因此还谋划了许多应对的方法，可他遇到了才永怀，使他谋划的方法，不仅一个都用不上，人家还主动配合他，在山西那边上上下下地跑，让他少跑了许多路，少费了许多事儿，直到把全部的手续办下来，池东方因此就只有深情地感谢才永怀了。

池东方说：太感谢你了！

池东方说：我们迁回四妹子，想来困难不会少了呢。

池东方说：可是你……

才永怀没让池东方把话都说出来，就插话进来给他说了。

才永怀说：你回去给道老汉说吧，他有情有义，四妹子应该与他团圆哩。

才永怀说：我老爹人不在了。他老人家生前也是这么说的呢。

池东方从才永怀的话里听出了些蹊跷来，就多问了他一句话。

池东方说：能给我说……老爹他……

才永怀说：原来柳林镇上的皮货商。

听才永怀这么说来，池东方的心亮堂起来了！道老汉的父亲祁猎户与皮货商才志祥，道老汉与才永怀……他们可是世交哩！池东方开心他在山西那边遇到了才永怀，他与他约定下一个日子后，回到黄河西边来，与道老汉、柯红旗和罗衣扣，以及古月华与柘书兰他们商量好，赶着那个日子，清早起来吃饱了肚皮，即从乾坤湾村出发，东渡黄河，去迎接四妹子了。

他们从乾坤湾村往黄河边上的渡口下着，下得不快不慢，一步一步走得很是稳重，到他们下到黄河边上时，却听见了劳九岁与乔红叶的喊叫声。

劳九岁和乔红叶所以能够赶着来，幸亏县委易顺民书记的一通电话。易书记电话告诉了他俩这件事后,明确表态,迁四妹子回来,有道老汉,古月华和柘书兰几位革命老人,照顾他们的身体,咱不能不考虑到。

易书记把这句话是撂给劳九岁的。他说了后,接着又给乔红叶说了。

易书记说:多么好的一个新闻题材呀,红叶,你能错过嘛?

当然不能错过了。乔红叶不能错过这么好的新闻题材,劳九岁也不能错过向革命老前辈学习的机会呀。他俩为了赶上道老汉他们,就还借来易顺民书记帆布篷的北京吉普车,蹦蹦跳跳在陕北的山道上,紧赶慢赶地,终于是撵上他们了。

劳九岁站在他们面前说:我背着药箱子哩。

乔红叶跟了一句话:难得的一个新闻题材呀,我咋能放过去。

有条大木船,就在道老汉他们赶到了黄河边上时,从黄河的那边劈风斩浪地划过来了。

青天蓝天蓝格莹莹的天,
这是什么人的队伍上了前线?
叫声老乡听分明,
这个就是坚决抗日的八路军。
……

大木船颠簸在黄河的浪涛上,快要划到河中央的时候,突然地爆发出了一声石破天惊的吼唱。道老汉、古月华和柘书兰老人听得明白,大木船上的人吼唱地是一曲《军民一条心》的信天游。那曲信天游,红色延安的时期,人人都会吼唱,他们几位就经常的吼唱了呢。便是现在听来,依然那么的震撼人心……池东方、柯红旗、劳九岁、罗衣扣、乔红叶他们一定不知道,站在大木船上吼唱这曲信天游的人是谁,但是道老汉、古月华和柘书兰他们,即便听得隐隐约约,也觉得特别耳熟。

吼唱这曲信天游的人会是他吗?那个曾经摆渡过他们的走河汉!

波涌浪翻的黄河洪流中,那艘大木船劈风斩浪,走得越来越近了……吼唱着信天游的人，双腿叉开，稳稳地站在大木船的船头上，道老汉古月华和柘书兰老人把他看清楚了，他不是别人，就是当年英勇的走河汉哩！

英勇的走河汉已不复当年的年轻与英俊，他头发花白，满脸沟渠……这使道老汉、古月华和柘书兰他们要唷叹了呢！他们唷叹时间太残酷了，一下子老了英勇的走河汉。他们这么唷叹着走河汉，却发现他依然那么精神矍铄，英气勃发，便是他吼唱出来的信天游，还像他当年摆渡道老汉、古月华、柘书兰他们，东渡黄河去抗战前线时一样豪迈：

　　八路军爱护老百姓，
　　老百姓来也都帮助八路军。
　　军民合作大家一条心，
　　赶走那日本鬼子咱享太平。

原来的走河汉，现在的老河工，吼唱着道老汉他们熟悉的信天游，操控着大木船停在黄河岸边，当即便使道老汉、古月华和柘书兰他们，异口同声地把他喊上了。

道老汉、古月华和柘书兰大声地喊：老哥哥好！

道老汉、古月华和柘书兰大声地喊：与老哥哥又见面了！

那种建立在战争年代的感情，比平常年代要浓厚得多。道老汉、古月华和柘书兰喊叫着走河汉的老河工，他们就都忍不住地流了泪。还在大木船上的老河工，也不能忍受地流泪了。

大木船接上道老汉、古月华、柘书兰，以及池东方、柯红旗、劳九岁、罗衣扣和乔红叶他们，重新起航，往黄河的那一边划着去了……就在黄河的那一边，因为才永怀的大力支持，他们山西送别四妹子的人，已用一口大红漆色的棺材，盛殓上四妹子的骨殖，从黄崖洞抗战烈士陵园，抬到了黄河边上，就等道老汉他们过来迎接了。

池东方去到山西那边，在办理搬迁四妹子的手续时，他幸运地结识了老皮货商的儿子才永怀，他不仅感知到了他们两家两代的交往的情谊，还感受到了山陕人对烈士的共同情感……池东方当时想了，想的是陕西人自己如何迁回四妹子，而才永怀代表他们山西人说了，他们感动抗战牺牲在山西境内的四妹子，迁回四妹子的路程，属于山西的那一段，就由他们山西人来送好了……池东方能说什么呢？他只能答应他们的好意，因此就有了今天的安排，道老汉、古月华、柘书兰老人，还有池东方、柯红旗、劳九岁、乔红叶、罗衣扣他们，乘坐上老河工操控着的大木船，横渡黄河去迎接四妹子了。

大木船还在黄河的洪流中颠簸着，却也已经看见，黄河那边的渡口上，搭着一顶军绿色的帐篷，四妹子大红漆色的棺材，就庄严地摆放在帐篷里。

站在大木船上的道老汉，一眼看见军绿色帐篷里的四妹子，全身即不由自主地颤抖起来，他颤抖着把带在身边的黄铜军号举起来，对在他的嘴唇上，就是一声啸吹，参与四妹子动迁工作的人，不分山西来的，陕西来的，都被他一下子带进那远去的，激情澎湃、热血沸腾的日子里……眼泪从道老汉的眼眶里流泻出来了。

道老汉的眼泪，和着他的军号声，如泣似哭，呜呜咽咽！

声音嘹亮雄壮的军号，原来还能吹奏出这样一种悲痛壮烈的曲调。此时此刻，接送四妹子的人就都有种抑制不住地伤情，仿佛黄河的流水，直往他们的心头上涌。大家是都流泪了。

以才永怀为代表的山西那边送行四妹子的人，提前是准备了响器班子的。道老汉的军号声，把响器班子晾在了一边，他就那么一直地吹着。在黄河的东岸，池东方与山西以才永怀为代表送行的人，在大木船上进行着一系列的交接。在此期间，才永怀几次走向道老汉，想要与他有所交流，但道老汉因为一直吹着他的军号，而没能与才永怀说上话。

也或许是，道老汉的军号声，就是对才永怀想要与他交流的回应。

才永怀大概听明白了，他就没有过多干扰道老汉玩命地吹军号……一切需要交接的手续都完成了，该是发动大木船，向黄河的西岸回了。可是大家发现，不见了操控大木船的老河工。

老河工去哪儿了呢？

黄河东岸的乾坤崖上，有许多水溶风蚀的石头洞，大者可以藏驴卧牛，小者也可以宿鸟栖雁……老河工这个时候就攀爬在那些个石头洞子上，攀爬着上到高处一个险峻的大石头洞子里，从洞子里拿出一杆枪来。

那杆枪可就是道老汉的父亲祁猎户打猎物"眼对眼"、打日本鬼子"耳对耳"的猎枪呢！

老河工把祁猎户的猎枪，从石头洞子拿出来下到黄河滩上时，还拿下来了两件破旧的衣裳。

老河工把那杆猎枪和两件破旧的衣裳，拿着走到道老汉的面前，往道老汉的手里递了。道老汉其时还在吹他的军号，他看到老河工送到他面前的猎枪和衣裳了，这才把他吹着的军号声压制住，慢慢地歇了下来。

道老汉看得清楚，老河工拿给他的猎枪确实就是猎户父亲的枪，破旧的衣裳也确实是父母亲的旧衣裳。

泪流如瀑的道老汉，伸手过去，从老河工的手里接过了父母亲的遗物，那杆猎枪和破旧衣裳的遗物，似乎特别沉特别重，沉重得都使道老汉要跪给老河工了呢！

跟在道老汉身边的池东方和柯红旗，把他扶住了。

就在这个时候，才永怀组织的响器班子，有了用武之地，他们不失时机地又是擂鼓，又是鼓瑟，还吹奏着唢呐，把当时的气氛推上了一个高潮……当年的走河汉，今日的老河工，就在这样的气氛里把他收藏道老汉父母亲遗物的事情，一五一十地说了出来。老河工说得感情激荡，他说跃身黄河的道老汉父母亲，身体是被黄河的洪流冲走了，但那杆猎枪，和道老汉父母亲从乾坤崖坠落时飘飞的衣裳，遗落在了黄河的滩岸边，敬佩着道老汉父母亲的走河汉，把道老汉父母亲的猎枪和衣裳拾起来，攀爬上乾坤崖上石头洞，收藏在里边。

老河工一直收藏着，等待着机会……机会来了，道老汉得到了父母亲的遗物，他也能把英勇的父母亲安置在松树峁了。

一个意外的收获哩！

大木船荡摇在黄河的激流中，很快横行到了河的中游。道老汉又一次地吹起了他的黄铜军号，他吹了那么一小会儿，就又猛然把军号从他的嘴边取下来，冲着黄河的山西那一边，向着还站在岸边的才永怀他们破着嗓子喊了两声。他的那两声喊，贴着黄河的水面飞向了乾坤崖，撞在高高耸立的乾坤崖上，激荡起一串串的回响。

声嘶力竭的道老汉喊了：爹呀！娘呀！儿子接上您二位老人家咧！

声嘶力竭的道老汉喊了：妹子啊！四妹子，哥哥接上你啦！

四

亲爱的四妹子回松树峁来了！

敬爱的老父亲老母亲也回松树峁上来了！

乾坤湾村的乡亲们都为道老汉高兴哩。性子急的人，是都赶到黄河边上来了呢。总之，从乾坤湾村的村口直到黄河边上，一路上全是乾坤湾村的人，男男女女、老老少少……开始的时候，池东方、柯红旗、劳九岁他们三人各抬着大红漆色的四妹子棺柩的一角，乔红叶、罗衣扣两人合抬一角，把四妹子抬了一小程，就有村里赶来的后生家，挤到他们跟前，把他们换下来抬了。四妹子的棺柩，就这么在村里人的手上换着来抬，你们几人抬一程，他们几人抬一程，就没让四妹子的棺柩落地，大家一直地抬着，这便抬进了四妹子的"新家"，给四妹子"安家"了。

负责这一事项的人是柘黑娃、柘灰娃兄弟俩，精心准备，为四妹子设计了一整套的"安家"环节，但却受到了道老汉干扰。他们接上了四妹子的棺柩，众人轮换来抬，再是道老汉父母亲的猎枪和破旧的衣裳，亦有古月华、柘书兰两位老人来抱，道老汉自己空着手，因此就不由自主地继续吹着他的军号，而把柘黑娃、柘灰娃兄弟俩准备好的唢呐班子晾到了一边。

在给四妹子安顿"新家"的过程，道老汉的军号声就没有停。

下来给道老汉的父母亲的遗物要"安家"了，那虽然不是父母亲的遗体，却堪称父母亲的精神与灵魂呢！柘黑娃、柘灰娃兄弟俩的办事能力，在这时充分体现了出来。四妹子的"新家"，早前有了准备，道老汉父母亲的"家"，是没有准备的。兄弟俩便现场操办，也很快地给道老汉的父母亲修造起来了。

　　黑漆的棺材，是柘黑娃、柘灰娃兄弟给他们母亲准备的，他兄弟着人抬上松树峁，装殓了道老汉父母亲的猎枪与破旧的衣裳。

　　下来就如刚才给四妹子起坟堆墓一般，来给道老汉的父母亲堆墓起坟了。到了这个时候，柘黑娃、柘灰娃兄弟准备的唢呐班子，算是有了用场，在他们的吹吹打打声里，乾坤湾村人在大松树旁，给道老汉的父母亲起了一座合葬墓。

　　给四妹子和道老汉的父母亲安顿好了"新家"，王叉沟的老姑柘书兰，把池东方叫到她的身边，与他一起去了她娘家的窑院，当着柘袖子和袖子娘支桂芳的面，给了他说了一句肯话。

　　老姑柘书兰问池东方：你和袖子办事儿，我娃柘青云能回来吗？

　　池东方对此是自信的。他说：能。

　　池东方还说：回来见证我和柘袖子办事儿。

　　老姑柘书兰所以要让池东方叫回她的儿子柘青云，是有她的道理的。柘青云的生身父亲，虽然有了新欢，但他内心是惭愧的呢。他有很长一段时间，都会按月给老姑寄些生活补贴回来，但都被她原封不动退回去了。不过，在柘青云的教育问题上，老姑没有太执拗，她那位另有新欢的革命伴侣，要把柘青云接出去读书深造，她答应了。

　　他们的娃娃柘青云，倒也是个读书学习的材料，大学毕业后，工作在省委机关里，为农村工作部的副主任。池东方被选调到省委去，恰就在他的身边工作。

　　老姑柘书兰说给池东方的话，使池东方满心的愁绪，顿然消除了去。他听话地跑了趟河怀公社，在那里打电话给他的主任柘青云，让他如同救命救火般从省城西安赶回乾坤湾村来，给他主持婚礼了。

　　办罢四妹子回家来的事情，乾坤湾村人的心，还没怎么平静下来，又要给池东方和柘袖子办婚礼，让大家一会儿悲，一会儿喜，似乎还有点儿不好适应。

　　但事情就这么紧凑地逼在了一起，大家能怎么办呢？厚此薄彼吗？当然不能了。选作池东方、柘袖子洞房的知青窑院，大门的门框上，自有竭力为他俩帮忙的劳九岁、柯红旗、乔红叶、罗衣扣，贴上了一副红红火火的喜联，还有原来男知青居住的窑洞，也被精心收拾了出来，窗棂上的粉帘纸撕掉裱糊上了新的，白亮亮的，贴满了柘袖子剪出来的窗花，喜鹊登梅、抓髻娃娃、五谷丰登……虽然简朴，却也不失隆重，池东方和柘袖子把婚礼办了下来。

一副毛主席的画像，张贴在给池东方和柘袖子做洞房的窑窗上，由证婚人的柘青云，为他俩喝礼，给毛主席三鞠躬后，又给村子围来看热闹的人三鞠躬，最后是他们一对新人，面对面站着，相互鞠躬致礼了。很有些文字才华的柘青云，看着大家在池东方、柘袖子的婚礼现场闹得都很高兴开心，就还祝福池东方和柘袖子了。

柘青云的祝福太有意思了，他祝福他俩既要分分秒秒平平安安，又要朝朝暮暮恩恩爱爱，还要日日夜夜健健康康，再要岁岁年年风风光光，更要永永远远快快乐乐、生生世世顺顺当当。

柘青云的祝福，在那个时候算是美妙的了呢！好些日子，乾坤湾村就总能听到有人重复地说那几句话……满怀幸福的池东方和柘袖子，就在村里人不断说着那些个祝福话里，从知青窑院走出来，去了省城西安，做他们城里人去了。在他俩走的时候，劳九岁、乔红叶相跟着，是也离开了知青窑院，回了川河县城。而穿上绿色军装的柯红旗，还能在知青窑院待多久呢？

可以肯定地说，柯红旗是也待不下几天了。

知青窑院恢复了平静，古月华老人把她的注意力，重新交给了罗衣扣移栽进窑院里的萱草花。

罗衣扣也许心里想了，也许没有想，或者说想的还不是那么具体。但就在她与古月华老人一次又给萱草花浇水的时候，老人家给她说话了。

古月华老人：能把自己变成一株萱草花多好啊！

古月华老人说的既是她自己，也是说柯红旗的奶奶。罗衣扣听着，仿佛明白了些什么，又仿佛什么都不明白。不过古月华老人还有话说，而且是加重了语气来说的呢。

古月华老人说：我想了，你就也做一枝萱草花吧。

陪在古月华老人身边的还有她儿子柯红旗。老人家既不想让罗衣扣再糊涂，更不想她儿子柯红旗糊涂，她就把他俩的心中所想，很明白地给他俩说出来了。古月华老人这么说着的时候，把她的一只手，伸向了她儿子柯红旗。懂事的柯红旗脸红了一下，把他装在口袋里，已经绣了两枝萱草花的荷包，掏出来递在了母亲的手上。

这个柯红旗的奶奶和母亲各自绣上一枝萱草花的荷包啊！此时此刻，罗衣扣看在眼里，紧张在心上，她是这样想了呢，古月华老人要把荷包送给她，让她来绣上第三枝萱草花了吗？

罗衣扣想得不错，古月华老人把罗衣扣的手牵了过去，把绣着两枝萱草花的荷包，可心可意地放在了她的手上，认真地给她嘱咐了。

古月华老人说：你看见了，荷包是柯家的传家宝哩，前头已经绣了两枝萱草花。

古月华老人说：第三枝萱草花，就等你来绣了。

一股幸福的暖流涌入了罗衣扣的心房，她郑重地给古月华老人点了头。

罗衣扣点着头说：我就来绣了。

古月华老人听着罗衣扣的话，她把罗衣扣拉扯着，揽进她的怀里，给罗衣扣又郑重地叮嘱了几句话。

古月华老人说：柯家的传家宝交给你了。

古月华老人说：交给你，我就放心了。

古月华老人与罗衣扣，她俩相互承诺着，那是一个家族爱的承诺呢！特别是罗衣扣，她想了，认真地想了，她不能使革命的老人古月华失望，她必须遵守做出的承诺，在绣了两枝萱草花的荷包上，绣上第三枝萱草花。

后来赶在柯红旗离开乾坤湾前的几个日子里，罗衣扣缠上了牛小兰，她向牛小兰讨要了彩染的丝线，还请教牛小兰，学着她绣花的样子，在柯红旗家的传家宝上，传承前两代人的心愿，来绣第三枝萱草花了。

牛小兰的指导是有益的，罗衣扣把第三枝萱草花绣出来了，绣得活了一般。

赶在柯红旗奔赴他参军的部队的那天，罗衣扣把她绣了第三枝萱草花的荷包，拿给柯红旗看了。

柯红旗高兴地看了后，把荷包贴在他的胸前，紧紧地贴了好一阵子，就又还给了罗衣扣。

柯红旗把绣了三枝萱草花的荷包，送还给罗衣扣时，像他母亲一样，给罗衣扣也叮嘱了几句话。

柯红旗说：我们柯家的传家宝哩。

柯红旗说：我娘交给了你，就是你戴了。

柯红旗说：荷包上有了你绣的第三枝萱草花，戴在你的身上，就如我在你身边一样。

罗衣扣听话地把绣了三枝萱草花的荷包，老实地戴在了她的身上。但她没有忘记装在荷包里的那枚红色"卒"字象棋，她在把荷包往自己贴身里戴的时候，从荷包里掏出红色"卒"字象棋，让柯红旗张开手掌，小小心心地按在了他的手心上。

罗衣扣叮嘱柯红旗说：这枚红色的"卒"字象棋，你带上的好。

罗衣扣说：红色"卒"字象棋，是烈士爸爸的遗物哩。

罗衣扣说：就让爸爸珍爱的红色的"卒"字象棋陪着你吧。

罗衣扣在给柯红旗说这几句话时，有意识地把他的烈士爸爸，也叫了爸爸。

柯红旗接住了罗衣扣还给他的红色"卒"字象棋，他把他有力的手指拳起来，握紧了，发誓似的给罗衣扣说：爸爸传给我这枚棋子，是要我做个红色的兵哩！

柯红旗说：我是一个兵。

五

胸佩大红花的柯红旗，被乾坤湾村人敲锣打鼓地送出村，送上了他的军旅生活。

罗衣扣当然在送行的队伍里，不过，她还不能表现得太亲近，她得保持点儿距离。那时的社会风气就是这样，相亲相爱的人，亲在心里、爱在心里就好了，是不可以不加掩饰地表露出来的呢。看着柯红旗走远了，走得看不见了，罗衣扣这才依依不舍地往知青窑院里回了。

　　原来的知青窑院里，有池东方、柯红旗、劳九岁，还有田子香，乔红叶，他们的知青窑院人声鼎沸。钻研医学知识的劳九岁，埋头他的医学知识；喜欢文学写作的乔红叶，埋头她的文学世界；棋艺非凡的柯红旗，埋头在他与道老汉的博弈中……总之，他们知青窑院是很热闹的呢。现在，柯红旗走了，在柯红旗走之前，劳九岁、乔红叶就先走了，后来池东方也走了，田子香也走了，偌大的一座知青窑院，现在就只剩下了一个罗衣扣。

　　空落落的知青窑院，空落落罗衣扣一个人，她是真切地感受到了孤寂。

　　不过还好，罗衣扣有她村小读书的学生娃娃们，他们让她还不至于太孤寂。

　　此外还有道老汉，有心的他，鉴于变化了的知青窑院，他在松树峁上，照顾好养在那里的驴子、耕牛后，是要尽可能地赶回知青窑院来的。哪怕他饲养驴子、耕牛，身子困了，特别地困，困得不想动身子，他也一定要摆脱驴子、耕牛的羁绊，回到知青窑院里来。

　　道老汉不想使罗衣扣孤寂，也不能使罗衣扣孤寂。

　　尽管有道老汉用心相伴，但他毕竟不是柯红旗。知青窑院里，劳九岁、乔红叶、池东方、田子香他们走了，罗衣扣虽然不舍，但她没有感到怎么孤寂。罗衣扣所以感到孤寂，都是因为柯红旗参军走了。柯红旗把罗衣扣的心带走了，为了免除内心的那一份孤寂，罗衣扣更加集中起她的精力，用在了村小读书的学生娃娃们身上了。她给她的学生娃娃们讲课布置作业，以及批改作业，比之以前，按照学生娃娃们的话说，是更仔细了，孜孜以求，诲人不倦。

　　除此而外，还能解除罗衣扣孤寂的，就是柯红旗的来信了。

　　古月华老人说过：柯红旗参军入了伍，他干得出色，就能提干，提了干就能结婚。

古月华老人说：他提干了，你就带上绣了第三枝萱草花的荷包，与他结婚，共度人生。

心怀着这样一个美好的未来，罗衣扣在知青院里虽然觉得孤寂，但她并不苦闷，而且还十分乐观，特别当她心想亲爱的柯红旗时，是要把绣着萱草花的偷拿出来看的。她看着绣了三枝萱草花的荷包，情不自禁地还要笑了呢。

脸上有笑的罗衣扣，不可避免地暴露出了她身体的一些变化，这变化让她心慌心乱。她心慌她的舌尖，她心乱她的味觉，有一阵子特别地想吃辣，有一阵子又特别地想吃酸。不论是想吃辣，还是想吃酸，到她给自己辣做出来，酸做出来，盛在碗里，托在手上，要往馋着辣、馋着酸的舌尖上吞咽了，却不能咽，喉咙里像有个令人讨厌的小手指，在胡乱挠，挠得她不仅吞咽不了辣，也吞咽不了酸，而且还使胃里原有的东西，一股一股地直往上冲……发现了罗衣扣这一变化的人，是劳九岁和乔红叶了。

有能力、有经验的医生走出县医院，下到偏僻村落巡回医疗，是劳九岁的倡议。

劳九岁既然倡议出来了，就身体力行，率先垂范，背着他背了许多年的医药箱，蹚进一条沟道，陌生还是熟悉，他是无所谓的，只管往里走！谁让他满怀着一颗为基层民众解除病痛的心，又具备非常好的医术呢？无论走到哪家村子，都有围上来请求他现场诊疗的病人……劳九岁在川河县的县域里，不辞辛苦地游走着，为无数缺医少药的病患群众诊病疗疾。

劳九岁那么走着，他没有想到，乔红叶撵着他来了。

乔红叶所以要撵着他，那是她的任务哩。在县委通讯组工作的乔红叶，知道了劳九岁巡回在广大农村，为病患群众送医上门的举动后，报告给了通讯组的领导，而通讯组的领导又报告给了县委的领导。县委的最高领导，就是他们知青喜欢的易顺民书记。他感动于劳九岁那种"专门利人"白求恩式的精神，就把乔红叶派了去，给她下达了追踪劳九岁，把劳九岁这一新创举，深入地发掘出来，宣传出去，推广开来。

偏僻农村的病患群众，忍痛受罪，盼的就是劳九岁这样的好医生！

领到任务的乔红叶，顺着劳九岁一路走过的地方，收集着在群众中的口碑，把他给攒上了……乔红叶在攒劳九岁的过程，恰是她深入采访，发掘劳九岁先进事迹的好方式。她攒上了劳九岁时，已经收获了许多鲜活生动的素材，不过呢，乔红叶还想再收获些现场的素材，所以就跟随着劳九岁，继续着巡回医疗。他俩就那么走着时，突然就想起了他们插队的乾坤湾村，因此就双双对对地走到乾坤湾村来了。

　　回到乾坤湾村，劳九岁和乔红叶都被热情的村里人，你推着去他们家坐一坐，他拉着去他们家聊一聊，但他俩最想去的地方，就还是保留了他俩多年青春回忆的知青窑院。

　　现在的知青窑院，就只有一个罗衣扣……劳九岁和乔红叶，被熟悉的乾坤湾村人，热情地纠缠了多半天时间，直到天色将晚的时分，才摆脱了村里人的缠绕，走进了他们想要走进的知青窑院。

　　在劳九岁、乔红叶走进知青窑院的时候，罗衣扣先了他俩一步，给她的学生娃娃们放了学，回知青窑院来，给她自己烧晚饭吃了呢。

　　有股淡蓝色的青烟，从罗衣扣烧着的灶眼里燃起，穿过她晚上睡觉的土炕，钻进窑崖掏到窑顶上的烟囱，向幽渺的天空，一缕一缕地飘散着……劳九岁和乔红叶，是熟悉那样的炊烟哩，他俩就抬眼看着炊烟，喊叫着罗衣扣的名字，进到了知青窑院。他俩回来，罗衣扣别提有多高兴了，她热烈地回应着他俩，很自然地操起大勺把，往她已经烧开的锅里，多添了两碗水，多撒了两把小米。这样的情景，劳九岁与乔红叶是都熟悉，十分的熟悉呢！乔红叶不用罗衣扣说，自然地找到了自己的活儿，俯身蹲在灶眼门前，往灶眼里添起了柴……乔红叶没有调转县上，在知青窑院里时，和罗衣扣一个锅里搅勺把，相互就是这么配合着的，所以既是自然的，更是和谐的。

　　劳九岁看着灶眼门前的柴火不多了，就跑去窑院的柴堆前，扯了一抱柴火，抱进了灶火里来。

　　抱了柴火的劳九岁，看到了窑院里罗衣扣移栽来的萱草花，他即以此萱草花为题，与罗衣扣聊起了天。

劳九岁说：萱草花是你移栽进咱们知青窑院的？

乔红叶觉得劳九岁说的话多余，就扯着灶火里的风箱说他了：难不成是你移栽来的？

劳九岁被乔红叶呛了一句，情绪上没受一点影响，依然照着他扯出来的话题，把萱草花所有的药用价值，大概说了一通。劳九岁说萱草花味甘、性凉，无毒。煮了来食用，可医治小便滞涩，身体燥热；再做成酸菜来吃，还能通便而安五脏，使人欢乐无忧，身轻，耳聪目明，不丧意志……从医学知识出发，劳九岁说得兴起，就还说萱草花的根，可以治沙淋，去火气。女子在哺乳期时，奶水不足，用萱草花的根，捣成浆渣，敷在乳头上，即可通乳，还能解除一时的乳痛。

劳九岁说到这里，作为医生，他自己没有觉出什么，但乔红叶和罗衣扣就不能不有所反应了。乔红叶的反应是嫌劳九岁啰唆了，罗衣扣的反应则不同，不仅觉得胃里总是反酸，还觉得她的乳房，隐隐约约，莫名其妙地有种肿胀感。

锅里的小米稀饭热了，馏在小米稀饭上的馍饼也软了，而生调的萝卜丝，也端出窑洞门来，放在了他们过去吃饭的石头桌子上。

罗衣扣留守在知青窑院里，她和劳九岁、乔红叶在石头桌子前坐定了，她没有先动筷子，而是以主人的身份，请劳九岁和乔红叶先动了。乔红叶还要客气，而常在患者家里走，吃百家饭的劳九岁，就没那些客套了。他最先端上碗，还又拿起馍，就往嘴里送着吃了。劳九岁喝一口小米稀饭，就说小米稀饭甜，再吃一口馍，就还说馍饼香。他吃着小米稀饭和馍饼，是要伸着筷子，来夹生调萝卜丝吃的呢。那是他们知青在知青窑院里养成的一个习惯，一口稀饭一口馍，外加一筷头的生调萝卜丝，这样吃来才有味。但是劳九岁把一筷头的生调萝卜丝，刚刚投进嘴里，就感到一股强烈的辣，还有一股强烈的酸，让他的味觉强烈地被刺激上了，刺激得他几乎无法咀嚼，更无法吞咽。

恰在这时，罗衣扣感到胃里有股她抑制不住的东西，猛烈地往她的咽喉上涌，她迅速地用手捂住嘴，跑到了那棵核桃树下，手扶着核桃树，啊哇一声、啊哇一声，想要呕吐，却呕吐不出来。

撵在罗衣扣身后的劳九岁和乔红叶，去扶呕吐着罗衣扣。

乔红叶没有医学知识，她拉着罗衣扣的一只手，没有拉出什么感觉。但劳九岁是有医学知识的呢，他只拉了一把罗衣扣的手，就拉出罗衣扣的问题来了。

这个问题是严重的，是劳九岁不敢想、不能想的一个问题呢。

罗衣扣……怀孕了！

都是从北京插队陕北来的知青呢，劳九岁不能不为罗衣扣担心了。

罗衣扣怀孕的事，可不是个简单的作风问题。那个时候，发生在插队知青身上，就是大到天上去的政治问题呢！破坏知识青年上山下乡罪，白纸黑字地列明在红头文件上，谁大胆包天，竟敢做出这样的事情来！

六

知道问题的严重性，劳九岁把他巡诊的脚步暂时停了下来。

暂时住在知青窑院的劳九岁，没有把罗衣扣的问题直接告诉她，而是给乔红叶说明了情况，要乔红叶以她们的姐妹情，陪着罗衣扣睡在同一个窑洞的同一盘炕上，探知罗衣扣的问题，动员罗衣扣，就由劳九岁给她秘密地解决问题，把她怀在肚子里的胎儿，干干净净地处理掉。

乔红叶苦口婆心，站在一个大姐姐的角度，给罗衣扣讲说着利害。可是她的讲说，像是讲说给了一堵石头墙，对罗衣扣一点作用都没有。只听乔红叶给她讲，给她说，讲说得痛心疾首，唾沫星子横飞，罗衣扣都是一言不发，还要幸福地用手抚摸着她的肚皮，任由她怀在肚子里的问题，不断地发展与隆起。

乔红叶说不动罗衣扣，劳九岁就也来说了。

劳九岁总结乔红叶说服不了罗衣扣的教训，知道一切的拐弯抹角，是不起作用的，就以一个医生的语气，直截了当地告诉罗衣扣了。

劳九岁说：肚子不是隐藏秘密的地方。

劳九岁说：趁着现在还没有人知道，你听我的话，我保证……

劳九岁的保证，还没有说出口，即被罗衣扣的一句话，堵死在了他的嘴里。

罗衣扣说：你保证不了我。

罗衣扣说：只有我保证得了我。

罗衣扣在说这两句话时，她脸上浮现出的那一抹幸福的红晕，被乔红叶再次敏感地看见了。当然，劳九岁也看见了。他们看见了罗衣扣脸上幸福的红晕，乔红叶不能理解，劳九岁亦不能理解。她呀，怎么不知危险呢？还把她给幸福的……乔红叶和劳九岁是怎么都想不明白罗衣扣了。

既然想不明白，而且又还无能为力，乔红叶和劳九岁，就都不约而同，相互苦苦地对视了一眼，然后又都面对了罗衣扣，向她苦苦地笑了笑，就无奈地离开了罗衣扣，离开了知青窑院，离开了乾坤湾村。

在劳九岁和乔红叶无奈地离开时，罗衣扣收起了她脸上的幸福感，她陪在他俩的身边，来送他俩了。

罗衣扣知道乔红叶和劳九岁对她的好，感动乔红叶和劳九岁对她的好，所以她是要送他俩了。对于别人，罗衣扣是要保守她肚子里的秘密呢，不能向他们表露什么，但对于劳九岁和乔红叶，她没有什么可隐瞒了。因此，她在送劳九岁和乔红叶时，走在坎坷不平的道路上，竟还给他俩唱起了一首《十月怀胎》的信天游：

怀胎一月哎月呀月光是那个月，
河湾湾里是那个水萍萍，
苗苗儿他就落下了根，
娃娃家吔是十月了生。
……

劳九岁和乔红叶在前头走，听着罗衣扣跟在他俩后边，给他俩轻声细语唱着信天游，他俩的心里太不是滋味了！因此，他俩站住了脚，把送着他俩的罗衣扣拦了下来，他俩要自个儿走了。罗衣扣是听话的，她没有再往前送他俩，但她看得清，他俩走得忧心忡忡……忧心忡忡的他俩走着，走得远了，罗衣扣把《十月怀胎》的信天游，像她刚才唱着时一样，继续轻声细语地唱着。流动着的空气带着她的信天游，一波一波地跟着劳九岁、乔红叶，还往他俩耳朵里送：

怀胎三月哎正呀娃娃有了形，
世上人那怀娃娃，
人家就满没愁，
单等着出生长成个人。
……

劳九岁、乔红叶愁肠着罗衣扣了，可他俩从她的歌声里听来，她自己似乎并不发怎么愁。不仅不怎么发愁，好像还无忧无虑，在她哼唱着的信天游里，四处飘散着。

但是，正如劳九岁说的，罗衣扣的肚子不是隐藏秘密的地方，乾坤湾村的人，渐渐的都从罗衣扣的肚子上看出问题来了。

柯红旗参军入了伍，乾坤湾村再没有担当生产队长的北京知青了，柘黑娃就又被全体社员选为了生产队长。村里人关于罗衣扣的风言风语，不断往柘黑娃的耳朵里钻，他听到了，先还不讲情面地批评传话给他的人，说他们就知道嚼烂舌头！可是他也看出问题来了，他不好去找罗衣扣说啥，就支派他婆姨牛小兰，去到罗衣扣的身边，说了他们的担心。但牛小兰说了也就说了，问题还是问题，而且越来越是严重！突然地，就有河怀公社负责知青的干部，赶到乾坤湾村来了。他们来了后，也没怎么动作，等在乾坤湾村里，便又等来川河县负责知青工作的干部，也赶到了乾坤湾村……负责知青工作的两级干部，面对罗衣扣肚子里无法掩饰的问题，自然都束手无策，解决不了问题。

问题积累下来，身穿白色公安制的人，就也一批一批地来了。

这些公安人员，既有川河县里的，还有延安市上的。

他们来到乾坤湾村，把罗衣扣怀孕的问题，不仅作为一件刑事案件来看，还像劳九岁劝说罗衣扣时说的那样，作为一件政治案件来办了！

乾坤湾村一时之间，风声鹤唳，人无分老少，亦无分男女，都被身穿公安制服的人叫去问了话，当然包括了道老汉……别的人被叫去问话，都说了甚样的话，公安人员不说，村里的人就不知道。道老汉被叫去了，公安人员还没有向他怎么问话，他自己就把那个谁听了谁怕的问题，一肩扛了起来。

道老汉说：你们真要找出一个人来吗？

道老汉说：不难为你们，也不难为别人了，我坦白，那就是我。

道老汉说：把我抓进去吧。

红口白牙，道老汉自己招的供，不仅让公安人员吊着的那一口气放松了下来，也使人人自危的乾坤湾村，安静了下来……破坏知识青年下乡罪的罪名，兜头戴在了道老汉的身上！道老汉在公安人员给他谈话的知青窑院里，开口把他说的几句话，刚刚说罢，一根手指粗的麻绳，就被公安人员从腰上抽出来，唰地甩开来，非常利索地搭在了道老汉的肩背上，从他的两条胳膊上，像蛇一般缠了三五圈，就把他的双手绑了起来，穿在肩脖儿上留着的一个小小绳套里，稍稍用了点儿力气，就把道老汉的双臂吊了起来。

公安人员押着道老汉，从他们办案的知青窑院走出来，走在乾坤湾村的村街上，往村头上走去了。

公安人员和道老汉走过的地方，都是闻风而来的乾坤湾村人。大家没人相信，罗衣扣肚子的问题，与道老汉有关系。所以在公安人员走来时，大家总是不自觉地要给公安人员制造点障碍，让他们走得很不顺利……幸有道老汉为公安人员解围，要大家配合公安人员，把路让开来，他跟他们走。道老汉和公安人员，就这么走着，差不多都要走出乾坤湾村了，突然看见了罗衣扣。

罗衣扣是从松树峁上跑下来的，她跑得太急了，跑到了被公安人员押解着的道老汉身边，没能刹得住脚，一下子竟扑到了道老汉身上。她抓住捆绑着道老汉的粗麻绳，使出吃奶的劲儿，来解绑道老汉的麻绳了。

　　罗衣扣说：是我愿意的。

　　罗衣扣说：我自愿扎根农村，与贫下中农结为一家人。

　　罗衣扣说：幸福的一家人。

第十五章　难言的分娩

想你哩，口唇皮皮想你哩，
实实对人难讲哩。
想你哩，头发梢梢想你哩，
红头绳绳难编哩。
……

——信天游《想你哩》

一

哇……啊！哇……啊！

罗衣扣在县医院生产了！她落生下了个大胖小子。就在小子儿发出两声稚嫩的啼哭后不久，终于坐上胎的牛小兰，也在隔壁的产房里，生产了一对双胞胎的女儿。是的呢，罗衣扣和牛小兰来县医院生产，对于陪在她们身边的道老汉和柘黑娃，是没有秘密可言的，大家心知肚明。

然而田子香也在这天，躲在县城里的一处地方生产了个男孩，就绝对是个让他们要吃惊的事情了。

好心的劳九岁和乔红叶，不仅挂念着身在乾坤湾村里的罗衣扣，还挂念着走出了乾坤湾村的田子香。只有他俩知道，罗衣扣在乾坤湾村坐胎怀了上孩子，回了北京城里的田子香，也坐胎怀上孩子了。同为北京知青的劳九岁和乔红叶，心里矛盾极了。他俩对罗衣扣和田子香，有种无法说出口的同情，甚或一种负罪。就在他俩矛盾地挂念着罗衣扣和田子香的日子里，又不断地掐算着，知觉是该把罗衣扣从乾坤湾村接进县城来了，就由乔红叶向他们县委通讯组请了假，回了趟乾坤湾村，把罗衣扣接进县医院了。也是乔红叶操心多，她在接罗衣扣的时候，因为罗衣扣的一句话，顺道把牛小兰也一起接到了县医院。

罗衣扣和牛小兰顺顺当当地住进了县医院，她俩不知道，劳九岁还神不知鬼不觉地把从北京城潜回陕北的田子香，秘密安排在县城一处地方，像她俩一样，也临盆生孩子了。

大红果子剥皮皮，
人家都说我和你。
其实咱二人没关系，
哎呀哟，好人就落了个赖名誉。
……

道老汉因为罗衣扣坐胎怀娃娃的事，被公安绑了一次，当时就没人相信道老汉有那个问题，乾坤湾村没人相信，传到河怀公社，以至川河县委大院去，是也没有人相信的。当然，熟悉了解道老汉的劳九岁、乔红叶，就更不能相信了。因为没人相信，所以道老汉在乾坤湾村里，不仅自己会要哼唱这曲《大红果子剥皮皮》的信天游，便是村上的人，为了给他叫屈鸣冤，是也会要哼唱这曲信天游的哩。有些日子了，乾坤湾村的街道上，大家像把别的信天游都忘记了，要唱就都来唱这曲信天游。道老汉自己就在这曲萦绕于耳的信天游声里，没事人一样，在村子里除了照看他饲养着的驴子、耕牛外，就还要全身心地照顾罗衣扣。乔红叶回到乾坤湾村来接罗衣扣了，道老汉没有犹豫，他当即把松树峁上需要他照管的驴子、耕牛交代给了别人，又自觉地跟着她俩来了县医院。

大家所以都不相信道老汉有那样的问题，都在于有一个人，在大家的心里清晰着，以为他该是让罗衣扣坐胎怀上娃娃的人呢。

这个人就是参军入伍了的柯红旗。

所有的人，包括劳九岁、乔红叶，大家这么想着，就都很释然了。因此在罗衣扣临盆生产的时候，劳九岁还问了罗衣扣一句话。

劳九岁说：你给柯红旗写信了吗？

罗衣扣因为宫缩，痛得她的脸有些变形，但她听了劳九岁的话，竟还在她已经疼变形的脸上，浮出一丝会心的微笑。劳九岁看懂了罗衣扣脸上的微笑，所以他又安慰罗衣扣说了。

劳九岁说：你不方便写信，我写好了。

劳九岁说：我给柯红旗写信，把这个喜讯告诉他怎么样？

这是劳九岁的临床经验哩。一个女子在临盆时，如果她的丈夫在身边，她哪怕生产得再难耐，也要好受一些。处在临盆状态的罗衣扣，感受得到劳九岁的好意。所以她宫缩得不管多么疼痛，脸上就都挂着微微的笑意，不使劳九岁太过操心。但劳九岁又不能不为她操心，所以他在说了那几句话后，是想获得罗衣扣的回应呢，而罗衣扣依然微微笑着，不做表示。不过，正是罗衣扣脸上一直葆有的那种微笑，明白无误地告诉了劳九岁，还有乔红叶以及道老汉，知道她在县医院生产时，其实内心无时无刻，都在想念着参军入伍的柯红旗。

罗衣扣是太想念柯红旗了！

罗衣扣这么想着柯红旗的时候，为了积攒力气，临盆生产她与柯红旗的孩子，就还于她的意识中，轻轻地漫出一曲特别动人心魄的信天游：

想你哩，口唇皮皮想你哩，
实实对人难说哩。
想你哩，头发稍稍想你哩，
红头绳绳难编哩。
……

起名《想你哩》的这曲信天游，成了罗衣扣把她与柯红旗的孩子，安全生产下来的精神支撑。孩子在她肚子里每一次的胎动，都会唤起《想你哩》的那一种情愫，泛滥在罗衣扣的内心，让她自己常常不能自禁，是要把这曲信天游在她的意识里，轻轻地漫唱出来：

> 想你哩，眼睛仁仁想你哩，
> 看见人家当成你。
> 想你哩，舌头尖尖想你哩，
> 酸甜苦涩难尝哩。
> ……

二

被推进了产房门，躺在了产床上，在这时候，罗衣扣会要怎么想？想谁呢？

罗衣扣不会乱想，她心里想着的，就只有她心爱的柯红旗了。正如她总要唱她咋唱都唱不厌的信天游《想你哩》……穿上军装的柯红旗，真的是太威武了，就在他要告别乾坤湾村，告别罗衣扣，到他参军的南方边境去的那天晚上，他俩相约上了松树峁。

那晚的松树峁，月光如纱，轻轻薄薄地覆盖了远远近近的峁墚，还有沟洼……柯红旗与罗衣扣相互挽着手臂，爬到松树峁的峁顶上，一眼就看见了道老汉。

道老汉那个时候，就蹲坐在迁回来的他父母亲和四妹子的墓前，身披的月光，一动不动，仿佛一座雕塑……许多个月明星灿的夜晚，道老汉就都要守在父母亲和心上人四妹子的身边，给他们拉话，或是唱一曲信天游。

罗衣扣在医院生产儿子时，为鼓舞她的精神气，在心头漫唱的信天游《想你哩》，道老汉在他父母亲和四妹子的墓前，是也唱了呢。

当然了，道老汉是唱给他心上人四妹子的：

> 三哥哥想你哩，
> 想你哩，想你哩，
> 想你哩，想你哩，

……

　　三哥哥想你哩。

　　相携相扶着爬上松树峁来的柯红旗与罗衣扣，他俩看见了道老汉，很自然地又还听见了道老汉的漫唱。不过他俩听来，道老汉把一曲《想你哩》的信天游，唱得太不连贯了，断断续续的，似乎就只有"三哥哥想你哩，想你哩，想你哩……"的一句话。

　　这是不好责怪道老汉的，他确实是"三哥哥"想着"四妹子"哩。

　　父母亲和心上人四妹子没有迁回松树峁的时候，道老汉只能隔着黄河，瞭望他英勇的父母亲和可爱的四妹子。现在迁回来了，他是不能让父母亲和可爱的四妹子孤单的，通常的情况下，逢着了四时八节，道老汉要给父母亲和心上人四妹子烧纸祭奠，而平常的日子，只要他的心里，浮现出父母亲或者四妹子……特别是四妹子可爱的影子，他就都会转到父母亲和四妹子的墓前去，坐在墓旁，先陪一阵子父母亲，然后就再陪四妹子，与她拉话，排解她的心慌。

　　道老汉会给四妹子说，要她别怕，他不会使她孤单的。

　　道老汉还会给四妹子说，到他自己老百年了，就躺在她的身边，陪她了，长长久久地陪着她。

　　在松树峁上，柯红旗和罗衣扣被道老汉再一次感动了。

　　柯红旗与罗衣扣被道老汉感动着，他俩不约而同地把眼睛还从道老汉孤坐的身影上看过去，大松树上的毛驹溜，此时此刻，也还那么活泼，相互追逐在大松树的树梢上，仿佛要度过一个不眠的夜晚了呢。

　　柯红旗和罗衣扣在这个时候，以为道老汉与毛驹溜，都在用自己的形式感染他俩，启示他俩……他俩静悄悄站在道老汉的背后，站得他俩相互感受到了对方的心跳。他俩这个时候的心跳，从来没有的激烈，从来没有的勃然，他俩的心跃跃欲动，你的手伸过来，他的手伸过来，他俩手拉着手，从松树峁上退下来，退回到了如今只他俩居住的知青窑院。

　　回到知青窑院的罗衣扣，开始打扮起自己来了。

罗衣扣在她居住的那孔窑洞里，借着一盏煤油灯的光亮，翻开她从北京带来陕北的藤编衣箱，找出母亲尚云霓给她准备下的水绿色锦缎绣花旗袍，还有绣着花的大红锦缎袄儿、黑色锦缎裙子，平平地摊开放在土炕上，用她发热的手掌心，抚摸了好一会儿，就脱下她身上穿着的素常衣服，来穿那母亲给她的准备的两身鲜亮的衣裳了。罗衣扣一会儿穿上水绿色锦缎绣花旗袍，独自在亮着灯光的窑洞里，来来回回地走。她走那么几个来回，又换着穿上大红锦缎的绣花袄儿，和黑色锦缎的绣花裙子，独自在亮着灯光的窑洞里，来来回回地走……罗衣扣就这么反反复复地换着穿过来，换着穿过去，换着穿上了，就在亮着灯光的窑洞里走，她是想走出一种姿态来呢。

是个什么样的姿态呢？罗衣扣心里没底，但她觉得自己的潜意识里，是有那么一种姿态的，非常的优雅，非常的别致，是绝对不同于她平时走的那一种姿态呢。

罗衣扣就这么在亮着灯光的窑洞里折腾着她自己，折腾得她自觉是可以了，这便穿上水绿色锦缎绣花旗袍，从她居住的知青窑洞里走出来了。她没有左顾右盼，而是直接走出知青窑院，向着川河边的那块大石头走了去。

罗衣扣在换穿母亲尚云霓给她准备的锦缎绣花衣裳时，把她脚上穿着的鞋子也换了。平常的日子里，她穿的多是胶底的帆布鞋子，那样的鞋子走在坑洼不平的山路上，要好走一些呢，她是也走习惯了呢。但在今天这个特殊的晚上，罗衣扣不管她习惯不习惯，即决然地换穿上了老父亲罗志庸给她特意制作的手纳底子绣花鞋……罗衣扣坚持认为，她晚上只有这么把自己扮饰起来，呈现给她心爱的柯红旗，才是最正确的举动哩！

新娘！

罗衣扣不论穿上母亲尚云霓给她缝制的水绿色锦缎绣花旗袍，还是大红锦缎的绣花袄儿、黑色锦缎的绣花裙子，以及父亲罗志庸给特制的手纳底子绣花鞋，意识里总要冒出这个鲜亮的词儿。

罗衣扣高兴她意识里冒出的这个词儿！就在今天晚上，她是要把自己扮饰得新娘子一样哩。

罗衣扣既穿上水绿色锦缎绣花旗袍，还不忘拿上母亲尚云霓给她准备的那身同样绣着花的大红锦缎袄儿、大黑色锦缎裙子……川河边的那块大石头，自从罗衣扣采摘桑叶落入洪水，生命面临极大危险，柯红旗把她救上岸来后，她就经常地会要到那里去。久而久之，去得多了，就养成了她的一种习惯。

养成习惯的罗衣扣每次到大石头那里去，几乎是都可以见到柯红旗的。

柯红旗不知是有意呢还是无意，总之他自那次的意外发生后，把他练习拳脚的场地，从原有的打谷场，彻底转移到了那块平展展的大石头上了。罗衣扣与柯红旗，因此经常能在那块大石头上相遇了。

罗衣扣今夜是这么想了呢，她想那块大石头，怕是宿命地要做他俩的婚床哩。

怀揣着来做新娘的愿望，罗衣扣往川河边的大石头那里走，自觉她走得与平常日子是不一样的。有几个不一样词儿，在她的记忆里存储着，很少使用，却在此时呼啦啦如飞溅的水花一般，蹦跳在了她的眼前，她知道那几个词儿的美妙，什么娉娉婷婷，什么袅袅娜娜，什么……罗衣扣想着都要忍不住地笑起来哩！

女为悦己者容！笑着的罗衣扣，想她此时此刻，可不就是那样的一个心态吗？

柯红旗在罗衣扣换穿锦缎绣花衣裳的时候，即从知青窑院下到川河边的那块大石头上来了。过去的日子，他俩就是这个样子，总是柯红旗来得早。这一夜依然如此，柯红旗还是来早了，来早的他站在大石头上，翘首看着乾坤湾村曲曲折折、高高低低的村道，看得他都要眼酸了呢。

终于是，柯红旗看见罗衣扣了。

柯红旗看见的罗衣扣，觉得她走着，像是突然地生出了一对翅膀，几乎是飞着扑向了等在大石头上的他。一身绿色军装的柯红旗，张开双臂，把飞向他的罗衣扣，拥抱在了他的怀里，紧紧地拥抱着，呢呢喃喃地说了这样几句话。

柯红旗说：哦，穿上旗袍了！

柯红旗说：你娘给你裁剪的旗袍真好看！还有绣花袄儿、绣花裙子，也都好看。

柯红旗赞美着罗衣扣，让罗衣扣很自然地想起了她的母亲尚云霓，还有父亲罗志庸，她的心顿时又软又暖和。

柯红旗先这么赞美了罗衣扣几句，紧接着就还给罗衣扣说，他母亲古月华就有几幅穿着旗袍的留影。柯红旗说得开心高兴，把他热烘烘的嘴巴，还凑到说罗衣扣的耳朵边，神秘兮兮地说了。他说罗衣扣穿着旗袍的样子，与他老娘的留影，一模一样好。

柯红旗的这句话，把罗衣扣说乐了。她当下变得顽皮起来，把柯红旗推了一把，与他拉开了一点距离，莞尔一笑，说起柯红旗了。

罗衣扣说：我可不要做你老娘哩。

罗衣扣说：我要……我要做你的新娘！

时间在这个时候，突然地停摆下来了，柯红旗听得见他的心跳，像他和罗衣扣身边湍急的川河流水一般！罗衣扣也是，她自己说出来的话呢，把她当下说得亦然心跳加速，如同川河湍急的流水一样，轰轰隆隆，难以平静……正因为此，罗衣扣蓦然抛开柯红旗，转身就往大石头旁边的一丛灌木后跑了去。

罗衣扣跑得如风一般，轻盈快捷，仿佛那丛灌木背后，有什么神秘的物质吸引着她，迅速地隐身而去，不见了影子。

柯红旗想要追进灌木丛后去，不过他追了两步，即站住没再动。

柯红旗不相信罗衣扣有特异功能，但他老实等着，等到罗衣扣从灌木丛的背后转出来，面对了他时，让他几乎相信，她真有变身的能力呢！就那么一会儿的工夫，大变活人似的，身上的水绿色锦缎绣花旗袍变成了大红色锦缎绣花袄儿和黑色锦缎绣花裙子。

柯红旗惊叹，罗衣扣身穿水绿色锦缎绣花旗袍，有穿旗袍的风采。她换穿上大红锦缎绣花袄儿和黑色锦缎绣花的裙子，就又有袄儿和裙子的风韵，各姿各雅，各具风华……他俩相拥着坐在大石头上，说起了他们的心里话。他们都说了什么心里话呢？似乎说了他们自己，又似乎说了道老汉和四妹子，还似乎说了黄河乾坤湾……总而言之，他俩天上一句，地上一句，说了许许多多的话。但他俩把刚刚说过的话，似乎又都迅速地忘记了，而有一件事一句话，罗衣扣记了下来，就再没有忘记。

罗衣扣还相信，柯红旗是也一定记下来忘不了哩。

这个情况是罗衣扣引起来的，她与心上人的柯红旗拉着话，拉得热火着时，她把那个绣了三枝萱草花的荷包，从怀里摸了出来。就在她摸出荷包的同时，柯红旗把他揣在怀里的那枚红色"卒"字象棋，也摸了出来。他俩珍爱地把绣着萱草花的荷包，与红色的"卒"字象棋，又合在了一起。正因为绣花荷包与红色"卒"字象棋合为一体的时候，不知是柯红旗先把他的嘴吻上了罗衣扣的嘴，还是罗衣扣先把她的嘴吻上了柯红旗的嘴。总之他俩难分你我地拥吻在一起，紧紧地拥吻着，在清清亮亮的月光下，在呜呜溅溅的川河流水声里，他们把自己拥吻成了一个人！

罗衣扣幸福地呻吟着说：红旗……我的红旗！

罗衣扣说：我的……红旗。

在那个幸福的时刻，柯红旗没有说话，没有呻吟，他只有满怀的激情……享受柯红旗激情的罗衣扣，在那个特殊时刻，居然还想起了道老汉和四妹子，她不知道柯红旗想到了没有，总之她是想到了呢。罗衣扣想到了可爱宜人的四妹子，就立即感受到她与柯红旗激情澎湃着的身边，有川河的流水哗哗啦啦地倾泻着，激起一串串的浪花，向前奋勇地奔流着，奔流进黄河环着的乾坤湾里，继续地冲锋着，激荡着，宣泄着，发出更为巨大的声浪！那轰然鸣响的声浪，正冲击着她，冲击着进到了她的身体，她感受到了疼痛，又感觉到了兴奋，她不禁喊起来了！

在川河边那快大石头上喊叫的罗衣扣，如今处在临盆生产中，她是又喊叫起来了。不过，这时候的她没有喊叫出声，而是咬牙在心里喊叫的。

罗衣扣喊叫了：红旗，我的红旗！

罗衣扣喊：我的……红旗。

喊叫不是胆怯，喊叫不是埋怨，喊叫着的罗衣扣，满脑子都是柯红旗给予她的那个幸福时刻，哪怕她现在正经历着多么不能忍受的宫缩疼痛，就也能忍了，她努力地忍受着，甚而感觉到她的身体里，正有黄河环在乾坤湾里，泛滥着的那一种冲锋与激荡，还有宣泄……她鼓足了一口气，把他和柯红旗的孩子，在劳九岁的帮助下，顺顺利利地落生在了人世间。

一个暖人的肉蛋蛋呀！

罗衣扣怀抱起她与柯红旗的骨血，心里充满了爱。

三

享受着成为母亲幸福的罗衣扣还不知道，返城回了北京的田子香，比她稍晚了点儿，像她一样，也在川河县城里，秘密地生产了一个男孩儿。

那应该不能是劳九岁的主意呢，当然更不会是乔红叶的主意了。然而谁又能说得清呢？就在罗衣扣顺利生产了她与柯红旗的孩子后，没有多长时间，就要高高兴兴出院回乾坤湾村的那天，秘密产下一个男孩的田子香，把她月子里虚虚胀胀的一张脸和头，用一块陕北农村妇女常用的碎花包头巾，包得严严实实地找她来了。

田子香不是一个人来的，她怀里抱着她生产下来的大胖小子。

田子香抱着她的大胖小子，进到罗衣扣住院的产房里来，罗衣扣一下子没有认出来，以为只是个在县医院生产的普通乡村妇女。但是田子香抱着她的小子，径直走到罗衣扣的面前，扑通跪在罗衣扣的脚下，给罗衣扣磕头了。

咚地磕下去一个！咚地又磕下去一个！

咚、咚、咚的磕头声，是那么深重，让不知原因的罗衣扣吃惊了。

吃惊了的罗衣扣，在看清楚抱着个小子儿给她跪下来磕头的人是田子香时，她就更为吃惊了！

这是怎么回事呢？

容不得罗衣扣细想，也容不得罗衣扣细问。给罗衣扣磕了几个头的田子香开口说话了，她说她太难了，下乡插队到乾坤湾村，她是回不去了，没脸回去了。她得给自己想个办法的，她的办法……就是返城回北京去！田子香说到这里，伤伤心心地哭了，哭着进一步给罗衣扣说，我这个人我知道，你当然也知道，我是对不起你的。但我后来发现，你真的是个好人，我就服你，我把我落生下来的冤孽，就交给你了。我回北京去，为我自己混出个人样儿了，就来接我的儿子。

田子香说到这里，给罗衣扣又磕起头来了。

田子香磕一个头，说一句话：我发誓要报答你！

田子香磕着头说：你的恩情大了呢！

田子香继续磕着头说：你会像养你的小子儿一样，养我的小子儿的，我相信！

一切都是那么突如其来，一切都由不了罗衣扣做出她的表示，田子香即从她跪着的地上，站了起来，把她的小子儿塞进了罗衣扣空着的左臂弯里，这便转身过去，抬起她的双手，捂着她的嘴脸眼睛，快脚碎步地跑走了。

当时的情况，道老汉在一旁看得清楚，罗衣扣的右臂弯里，抱着她的小子儿，左臂弯确实是空着的。她空着的左臂弯，正好抱住田子香塞给她的她的小子儿。

罗衣扣左搂右抱，她把搂抱着两个小子儿的姿态，保持了很长时间。

在那段时间里，罗衣扣的心乱极了，她自己生产下来的小子儿，还不知道怎么养呢，却突然地多了一个小子儿，不明不白，不是自己的亲生，罗衣扣痛苦地闭上了眼睛。她是想了，田子香那个荒唐的，没理都要争上三分的家伙，把她自己的亲生，抱来给了她，跪在了她的脚下，磕着头，低三下四说了那么多话……人啊！不到万不得已，谁会那么低贱了自己呢？特别是田子香，她给她那么做了，下跪、磕头、说软话！

罗衣扣能怎么办呢？她是没有办法了。

罗衣扣在想，伟大的母性啊！唯母性才能使一个人变得如此。

陪着罗衣扣的道老汉，看到了田子香把她亲生的小子儿，推给罗衣扣的全过程。当时，他没有说话，尽管他肚子里憋了许多话想说，可他都压制住没有说。他在观察田子香，同时还在观察罗衣扣。

道老汉观察到后来，他把憋在肚子里想说的话，反反复复斟酌着，反反复复措辞着，最后给罗衣扣说了。

道老汉说：一个是养，两个也是养。

道老汉说：啊！道道。

道老汉说：柘黑娃的婆姨牛小兰，不就生产了一对双胞胎吗？咱也当是双胞胎养哩。

道老汉说：啊！道道。

道老汉开口一句"道道"，闭口一句"道道"，他"道道""道道"地说着，就还征求着罗衣扣的意见，来给罗衣扣抱在怀里的两个小子儿起名字了。

道老汉把罗衣扣生产的小子儿，起名叫了乾生。

道老汉把田子香推给罗衣扣的小子儿，起名叫了坤生。

啼哭着来到人世间的两小子儿，便乾生、坤生地生活在了乾坤湾村里，他们是罗衣扣抱在怀里的宝贝疙瘩。与他们兄弟俩同年同月同日生产在劳九岁手掌心的，还有柘黑娃和他婆姨牛小兰的双胞胎女儿。她俩是也要起名字了。心有灵犀般，柘黑娃和他婆姨牛小兰，给他们的女儿依着乾生、坤生的名字，便把大的叫了川秀，小的叫了河秀。

有苗不愁长，在乾坤湾村里，罗衣扣的儿子乾生，田子香儿子坤生，以及柘黑娃和牛小兰的女儿柘川秀、柘河秀，长着刚会翻身，就又会爬了。他们爬了些日子，就还扶着人能走了……呼呼啦啦的，四个小人儿，见风就长，长得都能叫娘了。

柘川秀和柘河秀，有爹叫，有娘喊。

乾生和坤生，只有娘喊，没有爹叫，这使罗衣扣受了不少难。幸有道老汉帮忙，他辞去了饲养生产队驴子、耕牛的活路，几年来专心一意地帮助罗衣扣，来养罗乾生和罗坤生了。养到两个虎头虎脑的小家伙，会想事情，会发问了，就向罗衣扣问了一个问题。

乾生与坤生，在一天喝着米汤的时候，他俩喊了声罗衣扣妈妈，这便问她话了。

乾生是先问的：妈妈，我的爸爸呢？

坤生跟上来问：人家柘川秀、柘河秀有妈妈，有爸爸，我和哥哥怎么就只有妈妈，而不见爸爸呢？

罗衣扣语塞了，她无法回答两个心存疑问的孩子，就把他俩推给了道老汉，而道老汉也不能说明问题。不过，道老汉自有他的办法，帮助两个小家伙寻找他们的爸爸了。

道老汉讲了一个扛枪的解放军叔叔，如何的英勇威武，如何的爱国爱民，守卫边疆，让两个梦想寻找爸爸的小家伙的心灵，得到了比较好的慰藉。

这件事被道老汉糊弄过去了。但两个小家伙还有新的问题要问出来呢。同样是一次吃喝着米汤的时候，他俩问起他们的姓氏了。而又同样的是，乾生打头来问了。

乾生问罗衣扣。说：妈妈，柘川秀、柘河秀都有他们的姓，我们和弟弟坤生怎么就没姓呢？

坤生应声虫似的跟了一句：是啊，妈妈，我和哥哥姓甚哩？

小哥俩提出的这个问题，让罗衣扣的心疼了起来。自己抱在怀里，抱得大起来的他们，是都长心思了。她不能责怪小哥俩问题多，而只能责怪现实对于她，就是这么难。但是难归难，她还不能回避，她得给小哥俩一个合理的回答……罗衣扣能有什么合理的回答呢？她没有，想了又想，无可奈何时就只有蛮不讲理，才是解决问题的办法。

罗衣扣这次没有依赖道老汉，她自己给乾生、坤生兄弟俩说了。

罗衣扣说：跟着妈妈姓不好吗？

罗衣扣说：妈妈姓罗，你兄弟俩就姓罗。

懂事的兄弟俩给妈妈点头笑着说了。

乾生说：罗……我叫罗乾生，弟弟叫罗坤生。

坤生说：罗……哥哥叫罗乾生，我叫罗坤生。

时间就这么不尴不尬，不快不慢地走着。其中不仅道老汉竭尽全力地帮助着罗衣扣，养着她身边的两个小子儿。工作生活在省城西安的池东方，没有袖手旁观，他是有条件没条件，有机会没机会，都要创造条件，创造机会，到乾坤湾村来，帮助罗衣扣的。

池东方帮助罗衣扣的，是给她送两个小子儿吃喝的炼乳或者奶粉。

那个时候的炼乳和奶粉，可是不好弄的呢。没有点权力，没有点手段，便是有钱，也买不到货。在省委机关工作的池东方，就有这样的权力，就有这样的手段，弄到炼乳，弄到奶粉，拿着就到乾坤湾村来给罗衣扣送了……池东方把两个小子儿吃喝炼乳、奶粉的时间，拿捏得十分准确，绝对不会使两个小子儿，在他俩的哺乳期，断了吃喝。

其中几次，柘袖子借回娘家的机会，也带着炼乳、奶粉，去到知青窑院，攒到罗衣扣的身边，看望她，帮助她……柘袖子不像池东方，见到罗衣扣和她带在身边的罗乾生、罗坤生，粗粗地看上一眼，放下炼乳、奶粉，话也不说一句，转身立即走人。柘袖子要待上一会儿的，她待着的时候，会要把罗乾生抱到她怀里抱一抱，抱过了，送给罗衣扣，再把罗坤生抱过来抱了。

池东方对两个小子儿无微不至的关心与关怀，还有柘袖子抱着罗乾生、罗坤生时，脸上的那一种表情，不用他俩说什么，罗衣扣是已明白过来了，田子香推给她的罗坤生，与池东方是有扯不断、理还乱的关系呢。

罗衣扣是这么想了，道老汉当然也是这么想了呢。

罗衣扣与道老汉这么想着时，等来了巡诊医疗的劳九岁，他回到他们知青窑院里，罗衣扣悄声地问了他。

罗衣扣说：你就给我说了吧。

罗衣扣说：我不会闲话的。

罗衣扣说：是个猪娃子养在身边养熟了，我都爱哩。坤生养在我的身边，他是我的儿子了呢。

劳九岁回答了罗衣扣的问题，但他没有明说，而是拐着弯，抹着角地说了呢。劳九岁说：咱们都是北京来的知青哩。

劳九岁说：马上就有政策，咱们知青可以返京回城了！

劳九岁没有妄言，国家大势开始发生着巨大的变化，上山下乡在广阔天地里的知青，不像田子香回城那么艰难了。政策下来，大家是都可以离开插队的村庄返城了,哪怕是在他们插队的地方,与农村青年结了婚,生了子,只要自觉自愿,也能离乡返城。与此同时,还有一条更为振奋人心的大消息,也政策性的颁布出来,国家恢复了高考制度,老三届、新三届,年龄不是问题,只要勇于报名高考,走进高考的考场来,考出水平,就都能够登堂入室,步入大学的校园,把自己失去的时间和机会,在大学校园里找回来。

劳九岁和乔红叶,不用商量,依据自己的特长与爱好,报名参加高考,分别考进了一所专业医科大学,一所综合大学的文科专业。

难得的是池东方,他娶了柘袖子,把柘袖子以副业工的形式,安排在了省委机关的材料打印室里。他俩有王叉沟柘书兰老姑的儿子柘青云帮顾,夫妻俩的小日子,过得滋润甜蜜,所以即便有了参加高考的机会,池东方也放弃了。

池东方放弃了上大学的机会,却没有放弃他进步的脚步。他得到省委推荐,去到北京的中央党校深造去了。

罗衣扣她本来想要参加高考的,但大学的门却是她的两个嗷嗷待哺的小子儿给封堵上了。不过,她是能够返城回京的,所以就随着大流,带着她须臾不能离开的小子儿罗乾生、罗坤生,返城回北京来了。

就在罗衣扣准备返城回北京的日子里,乾坤湾村的人,排着队宴请罗衣扣。

首先来请的自然是柘黑娃和他婆姨牛小兰了,他们在乾坤湾村积累下的那一份情,叫柘黑娃和他婆姨实在不想让罗衣扣走。柘川秀和柘河秀,与同年同岁的罗乾生和罗坤生,年纪虽小,却在村子里耍得特别投机,听说罗乾生和罗坤生要回北京,柘川秀和柘河秀孩子家家的,不会装假,见了面,当下哭得红鼻子红眼睛的,让在场的罗衣扣和柘黑娃、牛小兰们都不能忍受地流下泪来。

老了几岁,头发如一堆乱草似的柘黑娃老娘支桂芳,颠着她的一双小脚,也到罗衣扣身边,带着泪声说话了。

支桂芳老人的话说得太实在了,她说:我还指望我的双胞胎孙女,在你的指教下大出息哩。

支桂芳老人说：乾坤湾村的小学，没有遇到过你这样的好老师。

支桂芳老人说：你是不知道，乾坤湾村的人，倒是希望你回北京去，走一走、看一看，还能会再回咱乾坤湾村来哩。

村里人宴请罗衣扣，没有谁放着道老汉不请。被请去的道老汉，不管别人怎么说，他不会反对人家的说法，但他会照着自己的想法，也说一说的呢。

在柘黑娃家，柘黑娃的老娘支桂芳说了那几句话后，道老汉就跟着说了。

道老汉说：道道。

道老汉说：咱都得手捂胸口想一想，依着道道说才好哩。

道老汉说：罗衣扣在咱乾坤湾村当老师，她老师当得优秀，当得咱不舍得人家走。可是人家的老父亲，人家的老母亲，还有姐姐、妹妹，是都在北京城里呢。咱能为了自己的娃娃出息，耽搁人家一家人的团聚吗？

道老汉说：道道。

道老汉把他在柘黑娃家宴请时说过的话，在接下来去别人的家里，那家人还说柘黑娃老娘支桂芳说的话时，他就还要吃喝着，数说他们呢。

道老汉说：道道。

道老汉强调说：人不能只想着自己，不去想别人。

道老汉说：道道。

道老汉说：要想到别人，想在道道上才好哩。

四

罗衣扣的耳朵里，满是乾坤湾村人舍不得她走，希望她留来的话，但她终究是一步一回头地离开了乾坤湾村，回她北京的家里去了。

为送罗衣扣回北京，柘黑娃指派他弟柘灰娃，把柯红旗当生产队长时购买回村的手扶拖拉机收拾出来，披红挂彩地开到知青窑院门前，先在拖斗里铺上谷草，再把罗衣扣要带的东西，装进拖斗里，最后扶着罗衣扣及罗乾生、罗坤生，都爬到拖斗里，坐好了，在全村人依依不舍的目光里，突突突，突突突……慢慢地开出乾坤湾村，开到了川河县城，然后看着罗衣扣和她的两个孩子，转乘去延安的长途汽车。

罗衣扣原想，离开了乾坤湾村，见不着村里人了，她可能要好走一些。

但是罗衣扣没有想到，就在川河县城里，有她在乾坤湾村村小教育出来的学生，或者出村在这里做临时工的人，知道她要在这里转车，就互相邀约着，等在长途车站，给她送行了。

他们送行就送行吧，却在罗衣扣转乘上长途汽车，与他们声声告别时，有人突然唱起了一曲信天游：

> 白脖子的狗儿朝南那个咬，
> 远路上的姐姐走远了。
> 青水壕壕走过了，
> 石板坡坡走过了。
> ……

这是信天游《姐姐走远了》的歌词哩，在陕北地区另有所指，一般都是唱给结婚出嫁的女子呢。在罗衣扣返城回北京，乾坤湾村有人在村子里送她的时候，就戚戚哀哀地唱过了。在村小受过她教育的学生、长大工作在县城的许多村里人，相约给她来送行，就又唱起来了。他们唱得让罗衣扣恨不能从开动的汽车上跳下来，不走了，就留在乾坤湾村算了。

不过，罗衣扣也就只是在心里这么不舍地想了想，她还是走上了返城回京的路……两天加上两夜的奔波，不论是在汽车上，火车上，还是回到她北京大栅栏的家里，那首动人心魄的信天游，一直浓烈地回响在她的耳朵眼里：

> 天底下满共一十三省的人，
> 就数亲格旦旦的姐姐最爱人。
> 爱我姐姐的哟人才好，
> 爱我姐姐的哟爱我们。

至亲至爱的父亲罗志庸，至亲至善的母亲尚云霓，几年没有见过的他们的三女儿罗衣扣了，老两口是把罗衣扣要怪上了呢。然而在老两口见着了罗衣扣时，他俩顿然知觉，可是不能怪罪女儿罗衣扣呢。
　　女儿罗衣扣不是狠心的人，她有她的累赘呢！
　　尾巴一样跟着她的罗乾生，罗坤生，让她太不方便了。
　　下乡插队在乾坤湾村，罗衣扣得到了她的亲生罗乾生，还得到非亲生的罗坤生，她多次想要把她得到孩子的消息，写信给她亲爱的父母亲，但几次铺开信纸，提起笔来，落墨上"父母亲大人好"几个字，再落墨上"你们有了自己的外孙子"的话，她就写不下去了，不仅写不下去，还会把铺开的纸，复又揉成团，塞进炕洞里烧成灰。没有哪个女儿，不想把她有了孩子的消息，给孩子的外公、外婆说的。罗衣扣就是这样，可她却不能，所以就只能忍心拖着，拖到了现在，拖得不能再拖了，就左手牵着罗乾生，右手牵着罗坤生，让她的父亲、母亲，看着她突兀地回到了家。
　　左手牵着罗乾生，右手牵着罗坤生的习惯，是罗衣扣从田子香把她的儿子，托付给罗衣扣的那天就形成了。
　　当时的罗衣扣，右手臂弯里是抱着她的亲生儿子罗乾生的，田子香把她的儿子塞进了罗衣扣的左手臂弯里。但在田子香转头走了后，罗衣扣把她的右手臂弯腾出来，给了罗坤生，而把她的亲生儿子罗乾生抱在了左手臂弯里。两个小家伙就这么在罗衣扣的臂弯里成长，会走路了，罗衣扣牵着他们俩，很自然的还把罗坤生要牵在右手里，而把罗乾生牵在左手里。
　　罗衣扣所以把罗坤生抱着时抱在右手臂弯里，牵着的时又还牵在右手上，她不说，别人是不知道的。这成了罗衣扣内心的一个秘密，她感觉得到，她的右胳膊比左胳膊有力量，她的亲生罗乾生长在她的身边，应该是罗乾生的大幸福哩。而田子香的亲生罗坤生，寄养在她的身边，已经是罗坤生的大不幸了。罗衣扣听道老汉说过，还听牛小兰说过，他们说的是陕北地面上的道道，铿锵有力，言之凿凿，"要得公道，打个颠倒"。罗衣扣面对她的亲生儿子罗乾生，与田子香的亲生儿子罗坤生，她打着颠倒想了，所以就把罗坤生抱着的时候,坚持抱在右手臂弯里,牵着的时候,牵在右手上,而把罗乾生抱着的时候,抱在左手臂弯里,牵着的时候,牵在左手上。

罗衣扣就这么左手牵着罗乾生,右手牵着罗坤生,走进她日思夜想的北京的家,站在父亲罗志庸、母亲尚云霓的面前。父母亲看着她,是喜出望外的,但在同一时刻,又看见了她牵在手里的罗乾生和罗坤生,两位可亲可爱、慈祥和蔼的老人,又蓦然愣了起来。

父亲罗志庸是这么想了呢:怎么手里牵了两个小子儿?

母亲尚云霓是这么想了呢:两个小子儿,是谁的呀?

罗衣扣看出了父亲罗志庸、母亲尚云霓内心的活动。自己的生身父亲呢,自己的生身母亲呢,罗衣扣不能让她的父母亲,瞎想乱想了。她有必要把真相告诉父母亲,而且相信父母亲能够理解她,给她以关爱的。

罗衣扣把牵在手里的罗乾生,先往父母亲的眼前推了推,再把罗坤生向父母亲眼前推了推,她向父亲介绍起两个小家伙了。她说先一个叫罗乾生,后一个叫罗坤生。还说她插队落户的乾坤湾村,紧挨着的就是黄河九曲十八弯的乾坤湾,两个小家伙都是在那里出生的,一个的名字带上乾字,所以叫了罗乾生,一个的名字带上坤字,所以叫了罗坤生。

罗衣扣在给父亲介绍罗乾生时,就还指教牵在左手上的罗乾生,让他来叫两位老人了。

罗衣扣指教说:叫姥爷,叫姥姥。

罗衣扣在给父母亲介绍罗坤生时,也指教他叫两位老人了。

罗衣扣说:叫姥爷,叫姥姥。

从乾坤湾村回北京家里的路上,罗衣扣给两个小家伙,一遍一遍地灌输着姥爷、姥姥的信息,所以在她指教两个小家伙来叫姥爷、姥姥时,两个小家伙叫得都极响亮,而且没有一点生疏感,他们叫了姥爷、姥姥后,还都在罗衣扣的指教下,扑向姥爷、姥姥,把他们刚才牵着罗衣扣的手,伸过来,牵住了姥爷、姥姥的手。

这样的情景,是罗衣扣所希望的,从她决定返回北京的时候起,就这样希望着了。好像越是离家近,她的这个希望就越强烈,她因此还在路上,把在乾坤湾村时听熟的一首《女看娘》的信天游,在她的记忆里,不出声地唱了一遍又一遍。

罗衣扣默默地唱:

不得看娘哟娘思想,
女娃子哟我最想娘。
想娘想的女娃子吃不下饭,
捎带着又还喝不下汤。
……

便是罗衣扣左手牵着罗乾生,右手牵着罗坤生,都已走到她家的门口了,她记忆里的这曲信天游,又还被她默唱了一遍:

娘想女娃子哟是真心想,
女娃子想娘哟刻心上。
到了娘屋我吃干饭喝米汤,
还有油糕甜酒香。

然而结果和罗衣扣希望的太不一样了,她的父亲罗志庸、母亲尚云霓只是狐疑地低下头,看向了牵住了他们的手,仰着头与他们对望的罗乾生、罗坤生,目视了好一阵子,都没有回应。

就在这个时候,罗衣扣的大姐罗领扣,二姐罗裙扣,得到小妹罗衣扣回北京的消息,前脚后脚地也回大栅栏家里来了。

五

像他们的父亲罗志庸,母亲尚云霓一样,两位留在北京城没受上山下乡之苦的姐姐,对罗衣扣的返京,是欣喜的,是热情的。那样的欣喜与热情,忽然地面对了罗衣扣带回家里来的罗乾生、罗坤生，就一下子消失得无影无踪，她俩不仅不能理解，甚而还生出一股让人心寒的厌恶来。

趁着罗领扣、罗裙扣的厌恶感，还没有爆发出来，罗衣扣又急忙拉着罗乾生和罗坤生，站在她的大姐罗领扣和二姐罗裙扣的面前，给两个小家伙介绍起了罗领扣、罗裙扣。像刚才提示两个小家伙叫姥爷、姥姥是一样，罗衣扣又提示小哥俩，要他俩叫罗领扣大姨。

罗衣扣说：叫大姨。

有前边在罗衣扣的指教下，叫姥爷、姥姥的锻炼，罗乾生、罗坤生再在罗衣扣的指教下，叫他们的大姨，便顺口多了。他们小哥俩听了妈妈罗衣扣的指教，异口同声地叫出声来了。

罗乾生、罗坤生叫：大姨。

大姨罗领扣的嘴巴张开了，似乎是要回应两个小家伙呢，却被厌恶感强烈的罗裙扣朝她一瞪眼，没有回应出声。

自己的父亲呢，自己的母亲呢。

父亲罗志庸、母亲尚云霓刚才在罗乾生、罗坤生热烫烫叫他们爷、姥姥时，都没有回应出声来，罗衣扣能指望她大姐罗领扣回应出声吗？她没有太敢奢想。她所以要指教罗乾、罗坤生叫姥爷、姥姥，叫大姨，是她还葆有一种期望，能在至亲的父母亲，和至亲的姐姐跟前，获得她想要获得的承认。姥爷、姥姥，没有回应罗乾生、罗坤生，大姐没有回应罗乾罗坤生，罗衣扣就还她把她心里的期望，寄托给了二姐罗裙扣。所以在她还没到完全气馁时候，强忍着内心的难受，又来指教罗乾生、罗坤生，叫她的二姐罗裙扣了。

罗衣扣拨拉着罗乾生、罗坤生的脑袋，使他俩面对了罗裙扣。

罗衣扣指教小哥俩说：叫二姨。

罗乾生、罗坤生是要叫出口来了。可是嘴快的罗裙扣没等两兄弟叫出声来，即把她对他们的厌恶感，彻底地发泄出来了。

罗裙扣质问罗衣扣，说：怎么回事？

罗裙扣说：他俩谁呀？

罗裙扣说：不明不白的。

对于二姨罗裙扣而言，罗乾生、罗坤生两个小家伙，突然闯入她北京的家里来，的确是不明不白的。她是快言快语说出来了，姥爷、姥姥没说，大姨罗领扣没说，但不等于他们内心就不这么想。他们对于罗乾生、罗坤生，其实是也很厌恶的呢。罗衣扣把她带着罗乾生、罗坤生回北京家里来的各种可能都想过了，她想有那么一会儿的尴尬，有那么一会儿的难堪，是完全可能的，但绝对不会发展到让他们厌恶的程度，然而事情却就这么无情地发生了，这让罗衣扣能怎么办呢？她可爱的罗乾生、罗坤生，没有什么不明不白。在特殊的时期，特殊的情况下，他俩出生了，不缺胳膊不缺腿，他们理直气壮！

罗衣扣面对她的父母亲，还有两位姐姐，特别是二姐罗裙扣，居然说出了那样几句话，她能不翻脸吗？

在北京大栅栏的家里，排行老幺的罗衣扣，不仅从来没有与她的父母亲翻过脸，而且也没有与她的姐姐们翻过脸。她一贯地听话懂事，一贯地柔柔弱弱。但她今天不同了，在陕北的乾坤湾村插队几年，她有了这样的胆气，更有了这样的资格，她是能够翻脸了。而且是说翻脸就翻脸，当下张嘴红脸地，就跟二姐罗裙扣争辩上了。

罗衣扣说：把你的嘴巴放干净点！

罗衣扣说：你有资格这么说话吗？

罗衣扣说：想想你自己吧。

罗衣扣说：你千方百计躲着不去下乡插队，我去了，去的是陕北的山沟沟。我要问你，如果是你插队去了那里呢？你能怎么样？

罗衣扣从小长到现在，她没有这么说过话，痛快淋漓，洒脱快意。她是还有许多话要说的呢，看见她发怒了的罗乾生和罗坤生，就像两头不怕虎的小牛犊，撞开妈妈罗衣扣要他们叫的姥爷、姥姥、大姨、二姨，护在了罗衣扣的身子两侧，像他们的妈妈一样，怒目看向了被他们妈妈怒斥的二姨……他俩盯着二姨，似乎还不能解他们妈妈的恨，就还相互看了一眼，便不约而同地向罗裙扣凶猛地撞了去，把罗裙扣撞得踉踉跄跄，退了好几步，如果不是家里的墙挡着，一定会仰面朝天倒在地上呢。

已经懂事的罗乾生和罗坤生，前面已经领教了妈妈罗衣扣，让他俩来叫姥爷、姥姥的冷遇；接下来又听妈妈罗衣扣的话，要他俩叫大姨、二姨后引来的厌弃，他俩不能不有所表露了。在一头撞了罗裙扣后，两个小家伙攥着拳头，向他们没有撞过的姥爷、姥姥，还有罗领扣，举着晃了晃，然后撤回到妈妈罗衣扣的身边，还像他们平时一样，罗乾生牵住了妈妈罗衣扣的左手，罗坤生牵住了妈妈罗衣扣的右手，扯着他们的妈妈罗衣扣，使劲地往门外扯了。

　　大姐罗领扣的性格，相对温和一些。

　　小妹罗衣扣回家来，连一口热水都没喝上，就闹得如此不愉快，她是心疼了。所以她把话锋一转，对着被罗乾生、罗坤生扯着就要出门去的罗衣扣，浅浅地笑了笑……她的浅笑里，有种可贵的自知，自知回城来的知青，像小妹罗衣扣的情况，并非少数！她工作的单位里，风言风语地就有传说。因此，她想着把眼前几乎不可收拾的局面能挽回一点儿。

　　浅笑着的罗领扣说：哟呀！妹子是结婚了吗？

　　罗领扣说：看妹子你么，结婚咋不给家里说呢？

　　罗领扣说：好咧，都有自己的孩子了！

　　大姐罗领扣在北京是结婚了，二姐罗裙扣也结了婚。她俩结婚的消息，通过信件，给罗衣扣是都说了的，大姐现在这么来说罗衣扣，确实没有啥问题。她们能够给罗衣扣说，罗衣扣能给她们说吗？可是不好说的哩。她的那样一个现实情况，怎么能给家里写信呢？罗衣扣不好给家里的他们说，却幸福地有了自己的孩子，而大姐罗领扣、二姐罗裙扣，结婚是结婚了，却都没有自己的孩子。

　　大姐罗领口、二姐罗裙扣两人不仅没有自己的孩子，便是她俩的住处，也没有解决好。她俩呀，你厚着脸皮，赖在父母亲的老房子里，她厚着脸皮，赖在父母亲的老房子里。

　　这是一个非常现实的问题呢！

　　已经有她罗领扣，还有罗裙扣，结婚了依旧挤在父母亲的老房子里。老房子的空间是有限的，她俩那么挤进来，挤得家里再怎么倒腾，是都倒腾不出空间来了。罗衣扣返城回京到家里来，回来的还不是她一个人，而是一下子回来了娘儿仨！仨人的背后呢？会不会再来一个人，一个孩子的爸爸！啊呀，那可怎么办好呢？

罗领扣既想挽回小妹罗衣扣回家来的不愉快局面，而心里又还想了这许多问题。

女儿家七上八下的那种豌豆心肠，在这个时候，于罗领口是得到了一次充分的体现。她那么想着小妹，突然地就又想，小妹罗衣扣结婚不给家里说，应该是有她不好说、不能说的隐情吧。

是个什么隐情呢？

未婚先孕吗？而且把她能的，竟然还一胎生了俩……罗领扣的心这么乱糟糟地想着时，罗裙扣像是窥透了大姐的心中所想，随着她就也想了呢。她想过去逆来顺受的小妹罗衣扣，居然学会了愤怒！恰恰是她这一发怒，让罗裙扣冷静了下来。她想小妹罗衣扣说得不错，她所以没有下乡插队，不正是要尽心眼逃避的结果吗？她是躲过了上山下乡，小妹罗衣扣去了。去了几年的小妹，赶着政策的变化，能够返城回京了，她是她血亲的小妹，她希望她回来，欢迎她回来。

小妹罗衣扣回来了，可是她回来的这个情况，太出人意料！

出人意料就出人意料吧。罗裙扣能怎么办呢？大姐罗领扣，迅速地改变着她的态度，她想她是也应改变点儿呢！然而她能改变什么呀？父母亲的老房子，非常非常的拥挤窄狭，小妹罗衣扣和她带回来的两个小子儿，再住进来，可怎么容纳得下呀？

父亲罗志庸、母亲尚云霓的年龄都已大了。

他们夫妇三个女儿，最小的罗衣扣，下乡插队在遥远的陕北，让他俩有心操不上，便只有日盼夜盼，盼着小女儿罗衣扣回到北京的家里来。他俩把罗衣扣盼回来了，但没有盼回来亲人相见时的欢愉和快乐，却盼回来了这样一场矛盾！年龄大了的罗志庸、尚云霓，无法忍受地抹起眼泪来了。

老泪纵横……父亲罗志庸甩出一把来，母亲尚云霓甩出一把来。

在父母亲纵横的泪流中，作为姐妹中的老大，罗领扣把父母亲的伤心看在眼里，这就拿眼来看罗裙扣了。罗裙扣心里的变化，促使着她缓和着脸上的生冷，配合罗领扣，来化解眼前的矛盾了。

只有化解掉眼前的矛盾，上了年纪的父母亲，才不会太过难受痛苦了呢。

把皱着的眉头展开了的罗领扣，起手拉住罗裙扣，向着被罗乾生、罗坤生扯着往自家门外一步步退去的罗衣扣走了去。她俩在走到罗衣扣身边时，罗领扣拉着罗裙扣的手，用了些劲儿。所以用劲，是为了挡住罗裙扣不要再说话。而另一只空着的手，很顺便地搭在了罗衣扣的肩头上，带着些亲热，还带着些责备的口气，说罗衣扣了。

罗领扣说：妹子是结婚了。

罗领扣说：我和你二姐也都结婚了。

罗领扣说：妹子结婚就有收获。

罗领扣说：比我和你二姐强。

改变了心态的大姐罗领扣，说话是柔软了许多，但她话中的那种小心思，并不比二姐罗裙扣刚才的直言，让罗衣扣听着好受。

回家的路啊！罗衣扣想到了不易，但没想到这么难！她伤心不已，那种走投无路的凄凉感，像是寒冬腊月，有人往她的头上一盆一盆地泼水一样，让她觉得血管里的血，发冷凝滞！

幸有她亲生的罗乾生，还有她的罗坤生，一左一右地牵着她的手，让她想到了一个去处。

柯红旗的老母亲古月华啊！罗衣扣想到她老人家，发冷凝滞的血管顿然有了热度，且滚滚烫烫地要沸腾起来了呢！

多么可爱的老人家呀！她一定是盼着她和罗乾生、罗坤生的呢！

走，咱们到老人家身边去。

六

罗衣扣北京大栅栏出生成长的家啊，尽管有她的父亲罗志庸，母亲尚云霓在，但是这个家，已经不是她的家了。

这个家容不下她罗衣扣了。

不过，罗衣扣并不特别难过，因为柯红旗的老母亲古月华不失时机地浮现在了她的心头上，她没有什么可难过的了。

慈爱的、智慧的、坚强的古月华老人啊。

罗衣扣把她从乾坤湾村带回来的大帆布包，由肩上卸到手上，又从手上放在脚下，拉开帆布包上的拉链，把她装在帆布包里的陕北特产大红枣儿，还有她自己移栽的萱草花蒸晒成的菜干，各自取出三包，堆在帆布包的一边，又重新拉上帆布包的拉链，再把帆布包背在肩上，然后垂下手来，很自然的左手牵起罗乾生，右手牵起罗坤生，也不给她的父亲罗志庸，母亲尚云霓，大姐罗领扣，二姐罗裙扣说什么，这就从她回来没有多会儿时间的家里，往出走了。

骨肉连心，作为父亲的罗志庸，母亲尚云霓，觉出了压抑在心里，一直无法抑制的心疼。小女儿罗衣扣上山下乡在遥远的陕北，回家来，就这么一口水没喝，一口饭没吃，甚至都没能小坐一会儿，就离家而去吗？

父亲罗志庸向前走近了些，母亲尚云霓也向前走近了来。

父亲罗志庸走近了说：女子哩，爸不要你走！

母亲尚云霓走近了重复地说：女子哩，妈不要你走！

父亲罗志庸和母亲尚云霓的话，没能挡住罗衣扣出门要走的脚步，他们就还要再说罗衣扣的呢。

父亲罗志庸说：你能去哪儿呀？

母亲尚云霓说：哪儿你能去呀！

牵着罗衣扣左手走着的罗乾生，还有牵着罗衣扣右手走着的罗坤生，小兄弟俩走出门的态度，不仅坚决，而且往前走的动静也特别大。两个牛犊似的小家伙，把他们的妈妈罗衣扣，努力地向前拽着走，拽得罗衣扣向前倾着身子，不停步地回了一下头。回过头来的罗衣扣，给追着她的父亲罗志庸，母亲尚云霓说了两句话。

罗衣扣说：孩子有他们的奶奶呢。

罗衣扣说：罗乾生、罗坤生的奶奶，见着小兄弟俩，不知会要怎么高兴哩！

大姐罗领扣，二姐罗裙扣，也许想到了，也许没想到，她们的小妹罗衣扣好不容易回家来，咋就闹了这样一场不欢。在父亲罗志庸，母亲尚云霓，跟着离开家的小妹罗衣扣往出走着时，她俩就也跟着走了。

亲姊热妹的，不可能没有一点感情呀。

不过，在罗衣扣看来，血亲的父亲罗志庸、母亲尚云霓，与跟在父母亲身后出来送她的大姐罗领扣、二姐罗裙扣，怎么是那般陌生！而这又是为了什么呢？是因为她离开了家，上山下乡去了陕北的乾坤湾村吗？

罗衣扣为此感到悲哀，但她说不清楚，是为自己悲哀，还是为她的父亲罗志庸、母亲尚云霓，还有大姐罗领扣、二姐罗裙扣而悲哀。

悲哀着的罗衣扣却不悲伤，几年上山下乡的历练，没有什么可以使罗衣扣大悲伤了，此时此刻，她甚至还感觉到了一种自豪与自傲，自豪她的历练，自傲她的情绪。罗衣扣心里这么想着，回头来，还又看向她的父亲罗志庸、母亲尚云霓，以及大姐罗领扣、二姐罗裙扣，她对他们笑了起来，笑出了一脸的灿烂，那灿烂的笑脸，透着十分的自信，还有十分的自强和自爱。

罗衣扣就那么笑着，给她的父母亲和大姐、二姐又叮嘱了几句话。

罗衣扣说：我留在家里的是三袋大红枣儿，三袋黄花菜。

罗衣扣说：大红枣儿是我们乾坤湾村的老乡听说我要回北京，你一把，他一把，选了最好的来送我。

罗衣扣说：黄花菜是我栽植的萱草花，采摘下来自己蒸煮晒下的。

第十六章　回不去的家

千里的雷声万里的闪，
远路的朋友照不见。
山下的路又那个远，
照不见哥哥他出重山。
……

——信天游《走到哪哒记着我》

一

　　返城回京的罗衣扣，看到北京城的变化，已不是她上山下乡离开时的模样了。
　　那个时候的北京城，所有的建筑，还有道路还有人，都灰瓦瓦一个色调。唯见贴得到处都是的标语，制造出些许红红绿绿的鲜亮色彩……突然地，仿佛一夜春风一夜雨，北京城变化了，变得罗衣扣觉出了北京的生疏。那样的生疏，却又是她所喜欢的，她睁大了眼睛，努力地四处张望，发现一栋一栋的新建筑，各有各的模样！便是旧的建筑，也有搭起来的脚手架，工人们站在脚手架上，用他们辛勤的劳动，改变着原来的色调。特别是标语，原来满街红红绿绿的标语，正被设计新颖亮眼的广告牌取代，彰显出一种蓬蓬勃勃的气息……罗衣扣手牵着罗乾生、罗坤生，去找寻古月华老人了。罗衣扣的手里，有古月华老人在乾坤湾村时留给她的一个地址，嘱咐她回北京来，就找那个地址来找她。
　　罗衣扣寻找古月华老人来了，她一路走，一路感慨。
　　连罗衣扣一个有着北京生活经历的人，都要感慨不已，就更别说两个初到北京城里来的小家伙儿了。罗乾生、罗坤生兄弟俩，各自睁着双亮晶晶的大眼睛，骨碌碌左看看，骨碌碌右看看，他俩看得那叫一个贪婪，那叫一个好奇，那叫一个惊讶，贪婪好奇惊讶着，就还要不停嘴地来问妈妈罗衣扣了。

对于天安门，小哥俩倒是不陌生，他们在罗衣扣的言传身教下，早都知道了。

他们小哥俩不仅知道了天安门，还见到过天安门的画片，大点儿的，就贴在窑洞里墙面上；小点儿的，就是妈妈罗衣扣与天安门的合影了。妈妈站在天安门前，与天安门合影，妈妈是那么漂亮好看，天安门是那么雄伟好看。所以小哥俩一眼看见天安门，就大呼小叫地喊起来了。

罗乾生喊：天安门！

罗坤生喊：天安门！

站在天安门前，小哥俩喊着都走不动脚步了。因此就还转着圈子，把他们看见的人民大会堂、军事博物馆、人民英雄纪念碑等建筑，挨着个儿向罗衣扣问了一遍。小哥俩问着，很自然地问到了那座最新修建起来的毛主席纪念堂。

触景生情，罗衣扣的眼睛热辣辣地，似有泪的涌出。她因此低头来看牵在手上的罗乾生、罗坤生，发现他们小哥俩，竟然也泪流两行。

流着泪的罗乾生、罗坤生不知道，他们的妈妈罗衣扣，在从大栅栏父母亲和姐姐们居住的家里走出来，走在天安门广场上，不仅给他们小哥俩回答这样那样的问题，而她的心，一如彩霞翻飞，翻过了千重山、飞过了万条水，翻飞到柯红旗的身边时，她都会口不由心地，轻声唱起一曲信天游来：

千里的雷声万里的闪，
远路的哥哥照不见。
山下的长路长又那长，
照不见哥哥照得见山。
……

名叫《走到哪哒记着我》信天游，成了罗衣扣向柯红旗倾诉感情的一种手段。

罗衣扣把她倾诉感情的这一曲信天游，还写信抄写给了柯红旗。罗衣扣希望她在想念柯红旗时，唱出这曲信天游，能够获得他的响应。亲爱的柯红旗回信给罗衣扣，如她想象的一样，他说在她唱起这曲信天游时，他真的听得见，不是用耳，而是用心……罗衣扣满意柯红旗信中的回应，哪怕他说的不是真话，只是为了安慰她，她也是很开心、很高兴的呢！

鸿雁飞书……罗衣扣与柯红旗把他俩的心情，还有他俩的感情，在寄托给这曲信天游时，还很自然的还寄托给了千里万里的邮路。柯红旗的来信，罗衣扣早晨收到了，下午即有她笔下的一封信，邮寄给柯红旗。对此，心细的罗衣扣，想问柯红旗的，却没有问，她只是坚持，把柯红旗写给她的信，拆开来，读过后，就都要往信封里夹进去一束晒干了的萱草花，然后装进枕头里，让柯红旗的来信，枕在她的头下，与她一起入梦。

罗衣扣记着柯红旗写给她每一封信的内容。

柯红旗事无巨细，把他在部队上的事情，几乎不加过滤地都要说给罗衣扣，今天吃过红烧肉了，前天刚吃了饺子，而后天又要吃包子哩……军事训练，射击他得了第一，徒手格斗，他还是第一，再是野外练兵，深入生疏的绝密之境，寻找侦查目标，他仍是第一。柯红旗说他热爱部队生活，解放军像家一样，战友们像亲兄弟一样。

柯红旗的来信事无巨细，罗衣扣的回信啰唆唠叨。

罗衣扣要把她在乾坤湾村里的生活，毫无保留的回信给柯红旗。什么道老汉在松树峁上，还是不依不饶地点种他的松树子儿；什么她移栽的萱草花，越长越繁茂，刚收下一茬花，二茬花，三茬花跟着又要收了；什么他的学生娃娃们，参加升学考试，大多数能向高一级考升上去；有只野生的兔子，没头没脑地闯进村小校园里来，被她的学生娃娃们逮住了，先交给了她，她又交给了道老汉……柯红旗与罗衣扣的通信，加深着他们的思念，紧密着他们的情感，罗衣扣有许多次，埋头在信纸上，想把他们儿子罗乾生的事，告诉给柯红旗，可是都被她硬生生地跳跃过去，没能落在笔头下。

罗衣扣怕她把这个消息告诉给柯红旗,会使柯红旗分心,而影响他的声誉和前途,所以就不告诉他,而由她一个人扛了。

二

告别乾坤湾村,罗衣扣返城回京来,她别的什么都可以不带,但柯红旗写给她的来信,是一封不少的都带上了。

最新的一封信,罗衣扣拆开看了一遍后,不能舍手,就还贴身装在她的衣兜里,在她想要看时,立即就能拿在手上,打开来看了。这封信里,柯红旗告诉了罗衣扣两个重要信息,其一是,他从小班长提干成了大排长,他有条件探亲了,向上级请下婚假,回来即可与罗衣扣结婚。

信里的这一消息,罗衣扣每看一遍,就要脸红心跳一阵子。她脸红心跳着,另一个信息就会强硬地钻进她的眼睛里,让她心慌心悸,手拿信纸,是不想看,又要看,不敢看,而又不能不看……柯红旗白纸黑字地告诉她,因为他国私心膨胀,祖国的边境很不太平,作为守卫祖国边疆的人民解放军一员,他不能,也不允许敌对势力,破坏边疆的安全,伤害边民的平安。柯红旗在来信的末尾,信誓旦旦地给罗衣扣说,祖国的需要和人民的幸福,将是他效命疆场的伟大使命!

罗衣扣是操心上柯红旗了,她越是操心柯红旗,就越是要在心里,唱她要唱的《走到哪哒记着我》:

> 白葫芦开花哟爬上了架,
> 记着哥哥的人才哥哥的话。
> 马吃上豌豆哟人吃上面,
> 妹子在心上画下哥哥的人模样。
> ……

背在肩上的帆布包里，既有柯红旗写给罗衣扣的信，还有柯红旗的母亲古月华老人写给罗衣扣的信。

　　柯红旗的母亲古月华老人，在乾坤湾村把绣着萱草花的荷包，给了罗衣扣以后，就真心地把罗衣扣当作他儿子柯红旗的女朋友了。她写给罗衣扣的信不多，交代的事情却都十分重要，她要罗衣扣照顾好自己，照顾好她栽种的萱草花，并一而再，再而三地把她在北京的家庭住址，重复、清晰地写在信纸上，要她记着，有时间了，有机会了，就回北京来，她盼着与罗衣扣，住在一个屋檐下，吃一口锅里的饭，享一样的家庭幸福。

　　古月华老人喜爱罗衣扣，自有她爱的道理。

　　罗衣扣温馨明丽，善解人意，这应该是古月华老人爱着她的一个理由呢。再者罗衣扣是她儿子柯红旗的女朋友，她是他的母亲，她爱自己的儿子天经地义；天经地义，自然会要爱上儿子的女朋友哩。

　　当然了，罗衣扣是也很爱很爱古月华老人的呢！

　　罗衣扣扪心自问，她在乾坤湾村认识了古月华老人后，与老人家短暂地相处了几天时间，充分地感受到了老人家的心胸和老人家的情感，都是她要认真体会，好好学习的呢！所以，罗衣扣是也打从心底，把老人家爱上了。

　　古月华老人交代给罗衣扣的家庭住址，准确无误，罗衣扣照着那个地址，又是公交车倒公交车，又是地铁倒地铁，虽然不是好找，还是让她找到了……罗衣扣看着这处规格很高的高干养老院，脚步轻盈地走向花白了头发，又还胳膊上带着袖标，拿着把大蒲扇在生火炉子的老门卫，向他说明了情况。罗衣扣的神情这是胆怯的，她胆怯着老门卫怎么回答她，却见那位责任心极强的老门卫，直起身来，看了一眼她，就给她热情地说上了。

　　老门卫说：你是柯红旗的女朋友吧？

　　老门卫说：月华大姐满院子说的就是一个你。大姐说你可能干了，上山下乡在陕北的山沟沟里，给那里的孩子当老师。还说你移栽了许多萱草花，蓬蓬勃勃生得可繁茂了。

　　老门卫高兴地说着，却突然地情绪低落下来了。

　　情绪低落下来的老门卫看着罗衣扣，半天不语。他的这个神态，把罗衣扣是吓着了，当下心急火燎了起来！心急火燎的她问老门卫了。

罗衣扣问：老人家怎么了？她好吗？

老门卫无奈地告诉了罗衣扣。他说：大姐病了，住进医院里去了。

老门卫放下他生火用的铁钳子，进了一趟门卫室，再出来时，手里拿着一封信，交到了罗衣扣手上，给罗衣扣解释说，是柯红旗邮寄回来的信件哩。月华大姐叮嘱我说了，有你和柯红旗的来信，要我刻不容缓，立即给她送去。大姐她现在住院了，柯红旗来了信，我没法立即给她送过去，只能等我下了班，骑自行车给她送呢。这下好了，你是回来了，你到医院去，顺带把信也送去。

职业素养极强的老门卫，几句话把罗衣扣之前回她们家弄得凉透了的心，一下子说得热起来，让她知道，她虽然从没有来过这里，却已因柯红旗的母亲古月华老人，使她在这里，像个主人似的，熟悉在街坊邻居里的心里了……就在老门卫热情地招呼着罗衣扣的时候，院子里有人从大门里进，也有人从大门里出，老门卫就还给大家介绍罗衣扣了。

老门卫的介绍千篇一律。他说：柯红旗在陕北插队的女朋友哩！

老门卫说：回来看望古大姐哩。

老门卫说：古大姐有福气呢。

罗衣扣相信，经老门卫的嘴这一介绍，不用多长时间，满院子的人，都会知道柯红旗的女朋友，也就是她罗衣扣回来了。这是重要的，罗衣扣开心这里的人们都知道她。不过她也强烈地意识到，柯红旗身在部队上，母亲古月华生病住院了，他是不能回来守在母亲的身边尽孝，照顾她。

罗衣扣这么想来，当下站在了柯红旗的立场上，为他考虑了，以为他该是十分难受和痛苦不安的呢！

罗衣扣因此又想到了她，想她在这里是柯红旗的女朋友，她就理所当然地应以柯红旗女朋友的身份，承担起她的责任，住在医院里，守在疼爱着她、把她认作柯红旗女朋友的古月华老人身边，代表柯红旗，既尽到一个儿子该尽的责任，同时尽到她作为柯红旗女朋友的责任。

三

罗衣扣向老门卫要了古月华老人所住的医院和床位号，都没顾上喝一口老门卫递到她手边的热水，这便牵着罗乾生、罗坤生，告别了老门卫，急匆匆向那家医院赶去了。

罗衣扣走了一程，回头看了一眼还站在门卫室前向她挥手的老门卫。她看清楚了，老门卫看护的这个院子，是一家老干部休养所。

是的呢，古月华老人是位参加工作很早的老革命哩。老革命的她，居住的是老干部休养所，老革命的她生病了，住的医院也该是为他们老干部办的呢。罗衣扣的理解没有错，她手牵着罗乾生、罗坤生，再一次下了汽车倒汽车，下了地铁倒地铁，寻找到了那家医院，寻找到了住在医院里的古月华老人。

在医院的护士站，罗衣扣刚把古月华老人的名字问出来，在护士站里值班的护士，像干休所的老门卫一样，值班护士抬头把她仅只看了一眼，也把她认定为古月华老人儿子柯红旗的女朋友了。

那个圆脸脸的女护士说：你是柯红旗的女朋友吧！

女护士说：我们这里的人，都知道你了呢。知道你叫罗衣扣，插队落户的陕北乾坤湾村，移栽了满院子的萱草花。

女护士说：你太像月华奶奶说的你哩。

圆脸脸的女护士说了几句，相对瘦点也黑了点的护士，跟上也来说了。

瘦点黑点的护士说：奶奶是老革命，她自己病了，住在医院里，给我们说她儿子柯红旗，还说你，说你的话，比说他儿子的话多了去了。

瘦点黑点的护士说：奶奶病轻的时候，说起她儿子柯红旗和你，倒还罢了，病情重了以后，说起她儿子和你，就说得很热切了，恨不得她儿子柯红旗与你，就都站在她的病床前。

瘦点黑点的护士真是能说，她给罗衣扣说了这一大堆话后，还不无担心地告诉罗衣扣：我们在医院里时间长了，看得出月华奶奶那个情况，我们征求老人家的意见，想给柯红旗和你打电报，把你俩叫回来，陪陪奶奶的。但月华奶奶坚决不同意，奶奶说了，柯红旗在部队上要上进，她可不能拖儿子的后腿。还说你在下乡插队忙，你要备课上课批作业，有许多学生娃娃离不开你。奶奶说起你来，话就长了，特别说你移栽的萱草花，没有你照顾管理可是不行。

瘦点黑点的护士说到最后，她问罗衣扣了。说：你来了，你是知道月华奶奶的病情回来的吗？

瘦点黑点的护士说：奶奶的病情……

瘦点黑点的护士快要说漏嘴了，幸有胖点白点的护士，伸手扯了扯她的衣襟，让她没有全说出来。但是罗衣扣已经听得很清楚了，两位护士，一个胖点白点，一个瘦点黑点，她们絮絮叨叨，说别的话时，倒也顺畅，特别是听俩护士转述古月华老人嘴里的她，就如老人的心，仿佛晒在了太阳下，暖暖的，满是期盼与幸福。可是一说到古月华老人的病情，就吞吞吐吐，半遮半掩，使罗衣扣发觉她俩心里，是惊着、慌着的。

罗衣扣感动了，知道古月华老人是把她牵在心上疼，牵在心上爱着的呢！

亲爱的古月华老人啊！罗衣扣来了，来了要好好地陪护她，好好地照顾她。

内心大受感动的罗衣扣，眼睛里热喷喷地，正有泉涌似的泪水在聚集。

瘦点黑点、胖点白点的两位护士，放下她们手里的活儿，共同带着罗衣扣，往古月华老人住着的那间病室里去了……走在了病室门口，还没推开门，两位护士像排练过一样，异口同声地给古月华报起了喜。

她俩用她们护士职业性的语气说：奶奶好！您念叨的人来了。

她俩说：是奶奶念叨的罗衣扣哩。

她俩说：您儿子柯红旗的女朋友来看您啦！

瘦点黑点、胖点白点的两个护士没有想到，古月华老人没有回应她们的报喜声。她俩把病室的门推开来，看见老人蜷卧在病床上，像睡着了一样，既一言不应，又一动不动！两位护士紧张起来了，没再给古月华老人报告罗衣扣来了的好消息，而是扑到病床前，胖点白点的护士，捉住了老人的手，摸起了老人的脉搏，瘦点黑点的护士，用她的手轻轻触摸在老人的额头上。

两位护士同时感到了问题的严重，胖点白点的女护士留在了老人的身边,瘦点黑点的女护士,风卷一般出了病室,去报告值班医生了。

四

古月华老人的意志太坚强了!

罗衣扣不寻到医院来,她就无法知道老人罹患的竟然是肺癌。古月华老人三年前到陕北的乾坤湾村时,就已经确诊下来了。可她不能因为自己罹患了肺癌,影响儿子柯红旗的进步,更不能因为自己罹患了肺癌,干扰了罗衣扣的工作。她独自扛着,扛到最后直到不好再扛不下去了,也仅是自己一人住进医院,而还没给儿子柯红旗说,自然也就没给罗衣扣这个柯红旗的女朋友说了。多么令人钦佩的革命老人啊!她是太有主见了,住进了医院,也没有听从医生的建议,进行手术,而只是在医院里采取保守的疗法……保守疗法并不是说不可取,但是癌症的病灶,如果不切除,抑制得住了算好,抑制不住,麻烦就大了。这个时候的古月华老人,的确是出了大问题了。留在她身边胖点白点的女护士,焦急地等来了瘦点黑点的女护士,与女护士一同来的有两名值班的医生,他们采用中西医结合的办法,既给老人注射药物,又给老人进行穴位刺激,使老人的病情得到了比较一定程度的缓解,她从一种浅昏迷的状态,渐渐地醒了过来。

清醒过来的古月华老人,看见了眼里噙着泪水的罗衣扣。

古月华老人看见了罗衣扣,似像忘了自己的病痛,她强打精神,对着罗衣扣笑着,她笑得是那么温暖,是那么慈祥,笑着还努力地抬着她的手,伸着朝向了罗衣扣……罗衣扣见状,抬手在她的眼睛上抹了一把,迅即俯身过来,把她的一双手伸给老人,捉住了老人的手。

罗衣扣在捉住古月华老人手的同时,老人也捉住了她的手。

罗衣扣感觉得到,古月华老人捉着她手的力道,似乎比她要大许多,几乎可以说,老人是在用生命的力量捉着她,捉得她的手一阵阵生疼。

古月华老人捉着罗衣扣的手说:荷包。

古月华老人手上的劲道大,但口齿上,却力薄气弱。她怕罗衣扣听不见她说的话，跟着又还重复地说了呢。

古月华老人说：绣着萱草花的荷包。

古月华老人的判断没错，她给罗衣扣头一声来说"荷包"时，罗衣扣的确没有听清，到说第二声时，连听带猜的，罗衣扣才听明白过来。

罗衣扣把她揣在怀里绣着萱草花的荷包，迅速地掏出来，给气息羸弱的古月华老人捧着送了。老人先是睁眼盯着荷包看，在罗衣扣捧着就要送到她手里时，她却仿佛抢似的，猛然伸手过来，从罗衣扣的手里拿去了绣着萱草花的荷包。

古月华老人在把绣着萱草花的荷包，抢到她手里后，凑在她的眼前，只是一眼看过，就开心兴奋地说了一句话。

古月华老人说：我有孙子了！

古月华老人强调说：我的孙子呢？

古月华老人这么说着时，眼睛盯在罗衣扣送给的荷包上，就不再挪开，她看了一个仔细。老人看着呢，还颤抖她的手，抚摸在荷包上……老人家在把荷包送给罗衣扣的时候，荷包上是绣着两枝萱草花的。为荷包绣上萱草花的意义，古月华老人比谁都清楚，她知道绣上第一枝萱草花时，那是她烈士丈夫柯守国的母亲，生养了柯守国而绣上去的。她得到了绣着一枝萱草花的荷包，继而生养了柯红旗，她像柯红旗的奶奶一样，在荷包上绣了第二枝萱草花。现在的荷包上，出现了第三枝萱草花，并着排儿与前面的两枝相依相偎，是罗衣扣绣上去的，其所昭示的意义，还能是什么呢？还会是什么呢？

古月华老人的心踏实了下来。她说：把我孙子领给我。

古月华老人说：我要看见我孙子！

古月华老人说：快，把我孙子领给我！

罗乾生、罗坤生这个时候，就旋磨在古月华老人的病室门外。他小哥俩是懂事的、听话的，牵在妈妈罗衣扣的手上，遭遇了姥爷、姥姥家的事情，让他小哥俩的心不期而遇地蒙上了一层阴影，从陕北的山沟沟里，来到繁华的北京，小哥俩不知道，他们还会遭遇到什么事情……随在妈妈罗衣扣的身边，辗转去了那处他们完全陌生的干休所，在大门口见到了那个热情负责的老门卫，妈妈与老门卫说了一会话，牵着他们小哥俩的手，又来到更加陌生的医院。他们小哥俩心里是毛焦的，妈妈罗衣扣的心里也不踏实。听了老门卫的话，妈妈罗衣扣牵着小哥俩，到了医院，嘱咐他们小哥俩要听话，他们小哥俩乖乖地待在医院的楼道里，连脚都没怎么挪，睁着他们的大眼睛，看着他们的妈妈，还有医院里的医护人员，忙来忙去，他俩既感觉新奇，又知觉无趣，并且还有一股他们小哥俩不知道的气味，冲他们俩的鼻子钻。小哥俩想起了他俩在乾坤湾村里的生活，草丛里鸣叫的蛐蛐，飞蛾，山坡上的野草野花，还有河道里的流水，都是他们的玩伴，这里能有什么和他们玩呢？

没有，什么都没有。

就在小哥俩百般无聊的时候，妈妈罗衣扣从那间病室里湿润着眼睛走出来了。妈妈罗衣扣走出来时，抬手紧紧地捂着她的嘴，她是要哭了吗？小哥俩这么想着他们的妈妈，就轻脚快步跑向了她，罗乾生习惯地牵住了妈妈罗衣扣的左手，罗坤生要牵妈妈的右手上，但妈妈的右手捂在她嘴上，他就跳着把妈妈的右手拉下来，拉在了他的手里……牵住了妈妈罗衣扣的手，妈妈就连拉带拽地拖着小哥儿俩，进到她刚才走出来的病室里，把他俩推到个骨瘦如柴躺着的老人身边，捉起小哥俩的小手，交到那位他俩不知道是谁的老人的手里。

古月华老人的手颤抖的厉害，但却像铁钳子一样，抓住了罗衣扣交给她的小哥儿俩的小手。小哥俩一时不能适应老人抓他俩的手，就想着要抽出来，你一抽，他一抽，却都没能抽出来。

古月华老人的声音是颤抖的，她给罗乾生、罗坤生说：叫奶奶。

罗乾生、罗坤生有在姥爷、姥姥那里的教训，他俩没有叫出来。

老人就还颤抖着声音给他俩说：叫奶奶。

罗乾生、罗坤生还是叫不出来，站在他们身后的妈妈罗衣扣，把她的左手抬起来，搭在了罗乾生的头上，把她的右手抬起来，搭在罗坤生的头上，罗衣扣望着古月华老人，教他们小哥俩了。

罗衣扣说：听奶奶的话，叫奶奶呀。

罗衣扣说：叫奶奶。

罗乾生、罗坤生的手拉在古月华老人的手里抽不出来，就都回头，看看妈妈罗衣扣，小哥俩从妈妈平静安详的脸上，看出了妈妈内心的喜悦，小哥俩就也快活了起来，他俩复又面对古月华老人，叫老人家奶奶了。

罗乾生嫩声嫩气地叫：奶奶！

罗坤生嫩声嫩气地叫：奶奶！

古月华老人病容浓重的一张瘦脸上，在罗乾生、罗坤生叫她"奶奶"的嫩声嫩气里，泛出了一抹淡淡的红晕，像是从她心里生出来的花朵一般，她响响、脆脆地应着罗乾生、罗坤生有点儿小小心心的叫。

古月华老人应着罗乾生：哎！

古月华老人应着罗坤生：哎！

母亲尚云霓，父亲罗志庸看着他们的小女儿罗衣扣，一手牵着罗乾生，一手牵着罗坤生，从大栅栏的家里走开后，两人的心就也跟着她走了。插队落户在遥远的陕北，一去就没回来，回来了在家里却……怎么说都是父母亲心上的疼……老夫老妻的两人，听了小女儿罗衣扣最后给他们说的几句话，依然不能放心地尾随着她。她去了那家高干养老院，他俩尾随着跟到了那里；她去了那家高干医院，他俩跟去了那里……为父母的两人，跟出这样一个结果，他俩的脸上有了笑容，没有惊动女儿罗衣扣，悄悄地回了他们的家里。

父母亲承认，女儿罗衣扣找到好人家了。这使他们提着的心，轻轻地放了下来。

五

接下来的日子里，古月华老人的病室，就像一个祖孙三代同堂的家一样，弥漫着一种温馨、甜蜜的气氛。

罗乾生把"奶奶"两个神圣的字叫惯了，一会儿上去到老人的病床前，把老人叫一声"奶奶"。罗坤生也是，把"奶奶"两个神圣的字叫顺口了，一会儿撵到老人的床前，把老人叫一声"奶奶"。而身为"奶奶"的古月华老人，听到罗乾生、罗坤生叫她"奶奶"的声音，不管她有没有力气，也都要像她头一回应着小哥俩时一样，顺顺的、脆脆的答应他们小哥俩一声"哎"的。

端来热水，给古月华老人洗身子擦脸，也都是罗衣扣做了……老人想翻身子向左，罗衣扣就帮她翻向左，老人想翻身子向右，罗衣扣就帮她翻向右，老人想靠着在病床上坐一会，罗衣扣就用枕头棉被，垫在老人的后背上，让她靠坐着。罗衣扣怕老人靠坐得不稳，就还以她自己为靠垫，插身在老人的身后，让老人像个婴孩一样，靠在她的怀里，坐上一会儿……古月华老人，似乎特别享受她靠在罗衣扣怀里的时光，就念念叨叨的要夸赞罗衣扣了。

古月华老人气息羸弱地说：我享福了。

古月华老人说：衣扣啊！你是妈前世修来的好儿媳妇哩！

古月华老人说：我是把心放下了。

奶奶古月华和妈妈罗衣扣这么相依相靠拉话的时候，罗乾生、罗坤生看在眼里，想着他小哥俩，原来就常那么依偎在妈妈罗衣扣的怀里，他们小哥俩长起来了，是依偎在妈妈的怀里长起来的。所以他们小哥俩依着他们儿童的心思，羞起奶奶古月华了。

罗乾生说：我和坤生，才往妈妈怀里偎哩！

罗坤生说：奶奶不是小孩了，为啥也往妈妈怀里偎呢？

小哥俩的话，把奶奶古月华老人和妈妈罗衣扣都惹乐了，便是查房来的医护人员，也要被小哥俩童言无忌的话说乐起来呢。一家三代，能够其乐融融处在一间病室里，是院方听了古月华老人的请求后，认真研究后同意的。这样的好处是，能让一生相对孤独的老人，享受到她渴望的天伦之乐。当然了，这么一来，也有不好的地方，那就是病中的老人，难以安安静静地休养病体。院方把这两种情况，没有直接告诉老人，而是告诉了罗衣扣，所以在小哥俩撑着和奶奶古月华老人拌嘴时，她都要板起脸，制止小哥俩的。

罗衣扣制止小哥俩说：一对小心眼儿。

罗衣扣制止小哥俩说：不要乱说奶奶。

柯红旗在此期间，给他的母亲古月华老人又写来了一封信。罗衣扣前边受干休所老门卫的嘱托，已给老人带来了一封。她初来医院，见到古月华老人，发现老人家的精神不是那么好，就压着没有立即给老人说。过了些日子，在院方人员专业的治疗，以及她的尽心服侍下，老人的心情和病情，相对稳定了一些，罗衣扣就把她先前带来的信，还有柯红旗这次写来的信，都拿出来，交给老人家看了。

古月华老人把信捉到手，没有拆开，而是仔细地用手摩挲着，好像那信就是她的儿子柯红旗……老人摩挲了好一会儿后，把信推还给了罗衣扣，要罗衣扣拆封给她念了。

古月华老人说：你在我身边，你帮我拆开好了。

古月华老人说：拆开了念给我听。

罗衣扣听得懂古月华老人让她念信的意思，她信任她，她爱着她……罗衣扣这么想着便没有推辞，把柯红旗写给母亲古月华的信拆开来，要念给老人听了。先前的那一封信，与罗衣扣从乾坤湾村返城回京时柯红旗写给他的信，在内容上差不了多少，她就毫不隐瞒地都念给了老人听，听得老人好不快活。

古月华老人在罗衣扣念着信的时候，插了几次话。

古月华老人说：红旗说得对，他是可以请假回来了。

古月华老人说：趁着我还有一口气，让我看着你俩，幸幸福福地进洞房。

先前的那封信，罗衣扣给古月华老人念完了，老人高兴开心，她开心高兴。她因此不歇气地就又拆开了柯红旗新来的那封信，张嘴就要念出来时，却惊吓住了她，使她张着嘴念不出声来。她面对着那张薄薄的一页信纸，看着那一行行熟悉的钢笔字，一眼就看出了这封信的不平常！太不平常了，可以说是一个保家卫国的男人，在走进枪林弹雨前，写给老母亲的诀别书。

罗衣扣的眼睛盯在信纸上，想要把信纸上柯红旗写的字，吃进她的眼睛似的，看了个扎实。

突然听不见了罗衣扣给她念信，古月华老人急了。

古月华老人说：衣扣，你念信呀。

第十六章 回不去的家

古月华老人说：你怎么不念了呢？

古月华老人这么说着罗衣扣时，还把她枯瘦的手努力地抬着，像要从罗衣扣手里拿过信纸来，她自己来看了呢。无可奈何，罗衣扣是必须念给古月华老人听了。当然，她不能一五一十地给老人念，她怕一字一句地念出来，会使老人大受刺激，而加重本已严重的病情。因此，罗衣扣就重复地来念前一封信了。

罗衣扣念着信说，柯红旗给您老报喜他提干了，他给首长请了假，回来就结婚。罗衣扣这么又念又说的，古月华老人自然是喜悦的，她喜悦着，脸上喜滋滋地还要现出些许红晕来……罗衣扣为了能瞒哄住古月华老人，她就还加油添醋地念着信说了呢。她说柯红旗在信里说他们成了婚，他是要返回部队的，留下罗衣扣在老娘的身边，服侍老娘，给老娘做伴儿……因为不能照着第二封来信念，罗衣扣便念说得结结巴巴，很不顺畅，念到关键时，她不能不念，又不知道怎么来念，就念得更加疙疙瘩瘩，她念到最后，念得古月华老人怀疑起她来，睁着双狐疑的眼睛，看着罗衣扣说她了。

古月华老人说：红旗的信上写啥了？

古月华老人说：你不要瞒哄我，照实给我念。

罗衣扣能怎么办呢？她没有办法了，就只有把柯红旗信上的话，照实念给古月华老人听了。

罗衣扣念说柯红旗在信上写了，他起头是请到了回家来的结婚假，但部队遇到了紧急状况，他暂时不能回家来了。不只是他一个人，部队像他一样请了假的战友，都自觉地放弃了回家结婚或者探亲的机会。他们是人民的解放军，人民需要他们，国家需要他们，他们就必须站出来，站到人民与国家需要的地方，为人民服务，为国家效力。

罗衣扣这么念着信，古月华老人没有什么不高兴。但老人家从罗衣扣念信的语气，还有不甚流畅的语态上，觉出罗衣扣依然在糊弄她。

古月华老人的脸色板了起来。不过老人家不是要责备罗衣扣，而是要批评他的儿子柯红旗了呢。

古月华老人嘴里嘀嘀咕咕地说：什么事儿呀？

古月华老人说：能比回家来结婚更重要吗？

六

当然比回家结婚更重要了呢！

柯红旗所在的部队，就处在祖国南方的边境线上，一场不能不打，不得不打的自卫反击战，已经炮火连天地打起来了。他们的部队，是自卫反击战的先头部队，而他所在的营、连，又是先头的先头，特别是他担任排长的侦察排，部队首长交给了他们更为特殊的任务，命令他带领他们排，穿插前进，潜入到敌人后方去，侦察敌方的实际情况，为我们的自卫反击部队，提供全面的、可以信赖的敌方信息。

柯红旗邮寄给母亲古月华这封信，就在他出征的前夕写下的。

柯红旗在信中最后写了，说他父亲柯守国忠诚祖国忠诚党，他为父亲骄傲，要以父亲为榜样，向父亲学习，做一个忠诚祖国忠诚党的解放军。父亲柯守国不怕艰难，不怕牺牲，他也要不怕艰难，不怕牺牲。在祖国需要的时候，需要的地方，哪怕他不幸牺牲了，也一定要像父亲一样，以英雄的姿态牺牲。

这样的句子，罗衣扣说什么都不会念给古月华老人听了。

罗衣扣不仅不能念给古月华老人听，她自己默默地看着那样的字眼，亦然使她惊骇不已，心跳像敲打着的鼓一样。她顽强地抑制着自己，没有把柯红旗在信里表达的那一种壮烈和她看到后的悲伤，给古月华老人表露出来。

关键的时候，抄写在信纸上的一曲信天游，帮了罗衣扣忙。为了掩饰自己的情绪，罗衣扣给古月华老人说了，她说柯红旗是乐观的，太乐观了，给老娘写信，还把一曲他喜欢的信天游抄了下来。

罗衣扣的话勾起了古月华老人的回忆，她说了：他乐观什么呢？

古月华老人说：他老爸柯守国才乐观哩！

古月华老人说：在战争年代，他老爸风里来，雨里去，打了多少硬仗啊！他那才是乐观哩，每逢战斗，都要带领他的战友，唱一曲《调兵》的信天游。

有其父，必有其子。正如古月华老人说的一样，罗衣扣在柯红旗写来信纸上，看到的信天游恰是《调兵》。罗衣扣知道她唱不出那种壮怀激烈的气势来，为了安慰古月华老人，更为了掩饰自己的悲伤，她给老人说，这曲信天游，她也会唱。

罗衣扣给古月华老人说着，就开口唱了起来：

  姐儿房中呀绣花英，
  只听见书信来调兵。
  一十三省哪全不调，
  单调英雄的得胜营。
  ……

罗衣扣对照着柯红旗信纸上的字迹，轻轻唱给古月华老人时，老人竟然跟着也轻声地唱了：

  头一杯烧酒呀敬天地，
  二一杯烧酒么哥哥饮。
  哥哥出征呀打胜仗，
  姐儿哟翘首等书信。
  ……

罗衣扣还在轻声唱着信天游，而跟着她也来唱的古月华老人，突然地就没了声……罗衣扣不能相信，可亲可敬、可爱可佩的古月华老人，就这么咽下了她的最后一口气，躺在病床上，静静地撒手去了！

安排古月华老人的后事，罗衣扣首先想到了柯红旗，作为儿子，他最应该在场了呢。但他身在烽火硝烟的战场上，为国尽忠，成了他刻义不容辞的庄严使命，罗衣扣不能给他说，因此她想到了道老汉。

作为古月华老人生前的故交及古月华老人烈士丈夫柯守国的战友，罗衣扣电报给了道老汉，把他叫来送古月华老人了。

道老汉来送古月华老人，该是对她最好的安慰呢。

第十七章　乾坤湾的牵挂

三疙瘩的石头衬锅底，
跟人家拉话说起你。
花喜鹊飞回窗背上落，
声声欢叫你女先生。
……

——信天游《女先生》

一

罗衣扣把一份电报拍给了乾坤湾村的道老汉。

下来就是收拾古月华老人的遗物了。老人居住的干休所，全力以赴地帮助着罗衣扣，还有医院里的医护人员，也参加了进来。那位胖点白点和瘦点黑点的护士，在清点古月华老人的床头遗物时，在老人常用的几件衣服里，发现了老人手书的一份遗嘱……古月华老人因为病痛的折磨，这份遗嘱写得不是很工整，但看起来还是很清楚的。

古月华老人讲了，她死后如果还有能用的器官，就给需要器官移植的病人移植了去……她拒绝送花圈，拒绝开追悼会，遗体火化后，也不要留在北京，她想把她埋葬在烈士丈夫身边，如果政策不能允许，就把她的骨灰交给儿子柯红旗，儿子愿意把她埋葬在哪里，就埋葬在哪里好了。

一条一款的，古月华老人把她的后事，交代得清清楚楚。

在那清清楚楚的遗嘱里，古月华老人竟还诗意大发，在遗嘱的后边，加了这样一段话。古月华老人是这样写来的，她写陕北的萱草花生得好，特别是罗衣扣从山野之中移栽进他们知青窑院的萱草花，生得才是可人哩！

拿到电报的道老汉，还去了一趟王叉沟村，通知了柘书兰老人，他俩星夜兼程，结伴往北京城里赶来了。

道老汉和柘书兰老人赶得非常紧急，到他们赶来时，已经到了古月华老人病逝的第五日。但罗衣扣是个体贴的人，她在干休所与医院医护人员的帮助下，把古月华老人火化后，盛敛在了一口黑色雕漆的骨灰盒里，就在老人居住着的干休所里，等待道老汉和柘书兰老人。

风尘仆仆的道老汉和柘书兰老人赶来了，他俩对罗衣扣处理安排古月华老人的后事，给予了充分的肯定。

道老汉说：你做得对。

柘书兰跟上说：衣扣，你做对了。

道老汉因此还说：柯红旗在保家卫国的战场上流血战斗，他没法分身回来尽他该尽的孝心。柯红旗有他的儿子哩，你带着他和你的儿子，为老人尽了孝，也算柯红旗把孝尽到了。

柘书兰继续跟着道老汉说：人都有一死，你带着柯红旗和你的儿子，最后给古月华老人尽孝，她老人家没有啥遗憾了，她在九泉之下，应该是瞑目了呢。

善解人意的道老汉，把话说到这里时，又重复地说起了他最爱说的那两个字。

道老汉说：道道。

道老汉说：就是这个道道。

柘书兰还跟着道老汉说：道道。

柘书兰说：真就是个道道哩。

道老汉把他从乾坤湾村带来的一个大布包解开来，首先掏出一把他从罗衣扣移栽的萱草花丛里采来、风干的花，分给了柘书兰老人一簇，他俩恭恭敬敬的献在了古月华老人的遗像前，然后，道老汉又掏出许多形式各异的信来，交到了罗衣扣的手上，罗衣扣只是淡淡的一眼，就看清楚那些形式各异的信，是她村小里的学生娃娃们写给她的。

罗衣扣在乾坤湾村里的学生娃娃们，用他们稚嫩的笔墨，告诉了罗衣扣一个非常严峻的现实问题："我们没有老师了"。她的学生娃娃们的童稚，在各色各样的信纸上，表现得充分极了。

学生娃娃们写：罗老师，我们都想您。

学生娃娃还写：罗老师，您回来吗？

学生娃娃们求上了罗衣扣，因此就继续写：罗老师，您回来。

学生娃娃们再写：我们需要您！

二

向人民英雄纪念碑致敬的建议，是道老汉提出来的。

道老汉说了，许多次梦里梦见，他胸佩他在抗日战争和解放战争中荣获的金光闪闪的奖章，站在天安门的人民英雄纪念碑前，向巍峨雄壮的人民英雄纪念碑，举手敬礼！

道老汉的这个提议，首先得到了柘书兰老人的拥护。她这次跟在道老汉来北京，就如道老汉的一个应声筒，道老汉说啥，她就应啥。道老汉提议要去天安门广场致敬人民英雄纪念碑，罗衣扣还没来得及回应，柘书兰老人就先开了口。

柘书兰老人说：来北京不去天安门，还叫来北京吗？

柘书兰老人说：到了天安门广场，不致敬人民英雄纪念碑，咱心里能安吗？

柘书兰老人连声两问，加上道老汉的提议，极大地触动了罗衣扣，她赞赏老人家心怀着的那份对于革命烈士的深情厚谊。因此，他们选择了一个风和日丽的日子，带着罗乾生、罗坤生到天安门广场上来了。两个小家伙，在天安门前已经走过一次了，这次再来，小哥俩自觉做起了道老汉和柘书兰的向导。开始的时候，小哥俩还你牵着罗衣扣的左手走，他牵着罗衣扣的右手走，他们在天安门广场上走着，就都不知什么时候，从罗衣扣的手里脱离开来，罗乾生像他总是牵着妈妈罗衣扣的左手一样，牵住了道老汉的左手，而罗坤生也是，像他总是牵着妈妈罗衣扣的右手一样，牵住了柘书兰老人的右手。小哥俩似乎本能地知晓道老汉和柘书兰的心思，他俩牵着两位老人的手，向在天安门广场上高高耸立的人民英雄纪念碑走了去。

　　道老汉在赴京时，没忘带上他在乾坤湾村给罗衣扣和她的学生娃娃们讲社会课时，穿着的那套旧军装，以及他荣获的军功章。

　　柘书兰没有道老汉那样的行头，不过她有在延安时期做宣传队员时的一套草灰色衣裳，样式是那个时候流行的列宁装，是也带到北京来了。

　　这一天，道老汉早早地穿上佩戴了军功章的军装。柘书兰亦穿上了她的草灰色列宁装。道老汉雄赳赳、气昂昂的，特别有他当年从军时的气概；柘书兰端庄大气，英姿飒爽，特别有她当年红色宣传队员的气韵。他俩在罗乾生罗、坤生的陪伴下，走到了人民英雄纪念碑前，仰视着人民英雄纪念碑，抬起右臂，向人民英雄纪念碑敬了一个标准的军礼……随在道老汉和柘书兰身边的罗乾生、罗坤生小哥俩，学着他们的样子，也举起了他俩的右臂，向人民英雄纪念碑敬礼了。

　　此一时也，参观到人民英雄纪念碑前的游客，一群一群的还有许多，大家被道老汉、柘书兰和罗乾生、罗坤生，致敬人民英雄纪念碑的举动所吸引，许多人也像道老汉、柘书兰和罗乾生、罗坤生一样，举手为人民英雄纪念碑敬礼了！罗衣扣在整理古月华老人的遗物时，整理出了一台海鸥牌的照相机，她今天拿了来，做了道老汉、柘书兰和罗乾生、罗坤生的专职摄影师，她把相机的镜头，聚焦在了道老汉、柘书兰和罗乾生、罗坤生的身上，咔嚓咔嚓，不停地按着快门。

　　为道老汉、柘书兰和罗乾生、罗坤生拍着照片的时候，罗衣扣是也要聚焦着人民英雄纪念碑来看的。她眼里看着人民英雄纪念碑，心里想着的是身在自卫反击战前线上的柯红旗了。

　　柘书兰是道老汉顺道叫来北京的，她不知道道老汉在来北京时，不仅给罗衣扣带来了许多想念她的学生娃娃们的信件，还给罗衣扣带来了一封柯红旗从部队邮寄给她的来信。返城回京的日子里，罗衣扣把柯红旗邮寄给古月华老人和她的信，都认真地看了，她是看了一遍又一遍。从道老汉手里接过她离开乾坤湾村后，柯红旗写给她的信，她看见这封信，与他写给他母亲古月华老人最后的那一封,是同一个日子。

这也就是说,两封信都是柯红旗奔赴自卫反击战前线前,抽空儿写给他母亲古月华老人和她罗衣扣的呢。

柯红旗写给罗衣扣的信,与写给他母亲古月华老人的信有许多相同的句子。此外,还有许多不同的句子,那就是专意写给她的呢。柯红旗在信上说了,组织上在批准了他回来与她结婚的假期后,他的战友们,自己动手,在连队的灶上,给他还办了一场喜宴。大家无人不知,他有个陕北插队的知青爱人罗衣扣。战友们在喜宴上,都把她罗衣扣叫了嫂子哩!柯红旗说他身上带着罗衣扣的一幅彩色照,被他的战友们翻找出来,这个仔细看了,说嫂子好看灵气!那个接过来再看,重复着前面的战友说过的话,还说嫂子灵气好看!嫂子罗衣扣,在战友们的眼睛和嘴巴里,超过了那些在银幕上常露脸儿的明星大腕。

柯红旗信中的这些话,把罗衣扣看得脸红心跳。

然而最使罗衣扣脸红心跳的,是柯红旗笔下的这样一段话了。柯红旗说到他与罗衣扣激情难抑的那个夜晚,换穿了锦缎绣花旗袍和绣花袄裙的罗衣扣,让他在严谨肃穆的军营里,时常要想起来呢。特别是在梦里,他想到了,梦见了,都会极为敏感地知觉,他的右肩在作痛,所以疼,都是你当时为了不喊出声而咬给我的……我进入了你,你张开了嘴,咬住了我肩膀头上那块坚实的肌肉!你咬我了,咬得我好疼好疼,我带着你在我肩膀头上咬出来的那一种疼,离开了你,参军入伍,但就因为我的右肩膀头上你咬出来的疼,使我知道,我们并没有分离,你就在我的肩膀头上,让我疼着,我是你的,你是我的!

罗衣扣看着柯红旗写给她的信,不仅心跳脸红着,是还要想身处烈火烽烟的自卫反击战前线的柯红旗,而为他更是担忧与心慌了。

柯红旗誓言旦旦,他在信里说了,说他相信英勇无畏的参战部队,会有班师凯旋的一天。他胜利归来,就立即请假回家。

然而,他却又说,有奋战就有牺牲,如果他牺牲了,他要回到他们相爱的地方来,埋葬在松树峁上,日日夜夜,聆听黄河的涛声!

柯红旗的信里，居然还有闲情写松树峁的那棵大松树，以及生活在大松树上的毛驹溜。

他说道老汉大松树的上毛驹溜，真活泼，真可爱。

哦！罗衣扣想起来了，就在他俩那天傍晚攀爬上松树峁，站在松树峁上的大松树下，生活在大松树上的毛驹溜，有那么一只，是被罗衣扣与柯红旗内心的激情感染了吧，快活地跳下大松树来，仿佛舞蹈一般，跳跃着从他俩身边跑过去，跑到道老汉的面前，把他歪着脑袋看了两眼，就还爬上四妹子的坟头，转回身来，睁着亮闪闪的小眼睛，注目着他俩看了。

毛驹溜确实活泼，确实可爱，它把柯红旗、罗衣扣看了很久很久。

罗衣扣不能忘记，因为可爱的毛驹溜，窥见了她与柯红旗内心的秘密，所以在他们下到川河边的那块大石头上，翻云覆雨的一场激情过后，罗衣扣羞得不敢抬头，柯红旗却还记得松树峁上的毛驹溜，居然还把那个小东西拿来开玩笑了。

柯红旗说了：毛驹溜呀，在松树峁上时，是给咱俩"骚房"哩！

罗衣扣当时并不知道"骚房"的意味。她因此羞羞地还问了柯红旗两句话。

罗衣扣问：甚的个"骚房"？

罗衣扣说：你给我说明白。

柯红旗就给罗衣扣说了，他说"骚房"是陕北地区的一项民俗活动。新婚的人，初入洞房的晚上，自有他们的好兄弟，好姐妹，结伙成群，撵进新人的洞房里来，拿新人玩乐取笑。

罗衣扣听柯红旗这么一说，她当下明白过来了。她因此举起拳头，在柯红旗的胸膛上，用力地捶了几下。

挨着罗衣扣捶打的柯红旗，放任着她的捶打。就在罗衣扣捶打着柯红旗的时候，他居然在大石头旁边的一道土崖上，发现了几只毛驹溜，他因此抬起手来，引导着罗衣扣的眼光，让她去看大石头边上的那一处土崖，她看见了毛驹溜。而毛驹溜这种小东西，无论在哪儿，似乎都太别地调皮，特别地玩谑。小东西大概因为眼前看到情景，不知是心慌了，还是害羞了，有几只直立着起来,抬起它们的前爪,从它们的头顶上,一下又一下,挠头抹脸。

罗衣扣看得笑了。她笑着说:毛驹溜羞了呢!

柯红旗说:你也羞了呢!

三

一次艰难的抉择,因为学生娃娃们和柯红旗的来信,强烈地左右着罗衣扣,让她面对着人民英雄纪念碑前,默默地说了几句心里话。

罗衣扣说:回乾坤湾村里去。

罗衣扣说:乾坤湾村是我的家。

罗衣扣说:我在乾坤湾村……

罗衣扣在乾坤湾村怎么样呢?她虽然没有说得透亮,但她清楚她说的话,是不好早说出来的呢。恰在这个时刻,罗衣扣听到了几声熟悉的声音,就在她身后的不远处,亲切地叫着她。罗衣扣听得出来,他们是与她一起,在陕北的乾坤湾村插过队的劳九岁、乔红叶、田子香!

是啊!确实就是他们仨人呢。

最先叫出罗衣扣名字的人是乔红叶:衣扣!罗衣扣!

劳九岁跟着乔红叶叫了:罗衣扣!

田子香叫声是迟钝的,直到罗衣扣回转身来,看见了他们仨的时候,她才蜂鸣似的低声叫了出来:衣扣!罗衣扣!

最先知道罗衣扣返城回京消息的是田子香了。干休所大门口上的老门卫,是田子香的舅亲,他听田子香说过她在陕北插队的事情,知道她与罗衣扣就在一个知青点上。送别古月华老人,老门卫与干休所里的许多人,都去火葬场送了她一程,告别仪式结束后,老门卫感念延安时期的革命老人古月华,就联想到田子香开办的红延安小饭店,回程时顺道去到那里,吃着几样陕北口味的饭菜,便把罗衣扣返城回京和安葬古月华老人的事情,都给田子香说了一遍。田子香听着亲戚门卫的话,她当即想到了寄养在罗衣扣身边的她的儿子。田子香太想看到她的儿子了，她一旦想起来，神情就有点恍惚，这使舅亲的门卫一时有点懵，看着她就还问了她两句话。

老门卫问：你咋的了？子香？

老门卫问：你不舒服吗？

田子香借势抬手揉了揉她鬓角上的太阳穴，给她舅亲的老门卫苦苦地笑了一下。说：我真的有点头疼了呢。

老门卫因此转换了一下话题，给田子香说起了罗乾生和罗坤生。

老门卫说：罗衣扣带回来的两个小子儿，可是可爱的呢！

老门卫说：谁见了谁爱。

老门卫说：你见了保准也要爱上了呢。

自己的亲骨肉啊！田子香怎么能不爱呢。她就在心里暗暗下着决心，是要找寻罗衣扣，去看她的亲骨肉了。但她却又总是这样一个担心，那样一个担心，就是不敢去找罗衣扣。心慌气短的田子香，没有了奈何，这就硬着头皮去找劳九岁和乔红叶了。劳九岁考的首都医学院，乔红叶大学考的是首都师范学院。他们考回北京来，因为同在乾坤湾村插队的关系，就又联系了起来，你心里有什么困扰，打电话给他说一声，他遇到了什么事儿，就也打电话给你道一声。自己寄养在罗衣扣身边的儿子，回北京来了，田子香怎么能不见一面呢！田子香思来想去，是必须亲眼见一见了。牵心着寄养在罗衣扣身边的儿子，田子香没敢自己去找，她给劳九岁、乔红叶打电话了，要他俩陪着她，找时间，寻机会。

劳九岁和乔红叶、田子香说起道老汉对他们在乾坤湾村的知青是非常关心的，无论生产，无论生活，又都十分的照顾。既然在北京城里见着了道老汉，即由劳九岁建议，要与乔红叶、田子香，把道老汉好好地谢承一番了。

谢承道老汉，劳九岁、乔红叶、田子香是真心的。但对于田子香，不能不说，这也仅只是个借口，最根本是要谢承罗衣扣呢。

那么如何谢承呢？北京的烤鸭，外国的领袖来了，咱们国家的领导人，一定会拿烤鸭招待他们。轮到劳九岁、乔红叶、田子香他们谢承道老汉、罗衣扣了，自然是也要把他们当作贵宾了呢。好了，谁都不能推辞，就在大前门的北京烤鸭店，吃他一顿烤鸭了。

站在天安门广场上，劳九岁这么建议出来，乔红叶立即附和着他说了。

乔红叶说：对，咱就谢承道老汉、罗衣扣一顿烤鸭。

田子香也是想附和的。但她心里有点儿自己的小九九，她的小九九影响着她，所以就怯怯地征求劳九岁的意见了，说能不能给她一个机会，让她出面安排谢承道老汉、罗衣扣。

田子香是这样说了的：九岁呀，你是知道的，我开了一家红延安小饭店，到我店里去，让道老汉和罗衣扣给我的红延安，提提意见如何？

田子香给劳九岁建议了后，还鼓动乔红叶说：红叶呀，你要支持我哩。

到这时，劳九岁和乔红叶灵醒过来了。田子香在得知罗衣扣回到北京城里的消息后，告诉他俩，拉上他俩，是有她自己的想法呢。

田子香自己做的亏心事啊，大了去了，积压心底里，让她难受，使她痛苦……邀请道老汉、罗衣扣，去她的红延安小饭店，嘴上说是让道老汉、罗衣扣品尝她饭店的陕北食品，给她提意见，她来改进，实则并非如此。

田子香的真正目的，是要向道老汉、罗衣扣致歉谢恩，安慰自己伤痕累累的心。

劳九岁和乔红叶想到这层意思后，就敏感地发现，田子香寻找到他俩，拉着他俩来到天安门广场，见着了道老汉、罗衣扣，以及罗乾生、罗坤生，他俩是自然、正常的，但田子香就不能了。她一双抱愧的眼睛，经历了初次见面的亲热后，就死死地看向了罗乾生和罗坤生。田子香在死盯着小哥俩的时候，哥俩因为要做道老汉的向导，一左一右抓住的是道老汉的手。这个时候，田子香不能分清谁是罗乾生，谁是罗坤生。她把他们小哥俩那么盯着看，看得小哥俩不自在起来，就都丢开道老汉的手，像素常那样去拉罗衣扣的手，罗乾生很自然地拉住了她的左手，罗坤生很自然地拉着了她的右手。

这样一来，田子香按照她的理解，就把罗乾生、罗坤生分辨出来了。

田子香以为牵住罗衣扣左手的罗乾生，该是她的亲生了呢。

四

田子香所以这么辨识罗乾生、罗坤生，她是有她自己的印记呢。

那个印记像刀刻一般，深深地印在田子香的心上了。在川河县城的医院里，她抱着初生的小儿子，不顾心上流着血，不顾脸面流着血，她去找了罗衣扣，把她的亲生往罗衣扣的怀里塞，祈求罗衣扣给她抚养的时候，她记得非常清楚，当时的罗衣扣，左手臂弯是空着的，她像割自己身上的肉一样，把她初生的小儿子，塞进了罗衣扣的左手臂弯。

世间的母亲啊！田子香想象得来，右手臂弯的力气要大一点儿，来抱自己的孩子，没有什么可商量的。

罗衣扣会是一个例外吗？

田子香不敢相信，也不会相信。她把她的亲生，交在了罗衣扣的左手臂弯里，罗衣扣会倒个过儿。罗衣扣一定是把她田子香的亲生，在要抱着的时候，抱在左手臂弯里了呢。孩子长大了，不需要抱了，可以牵在手上走了。所以田子香就还认为，罗乾生、罗坤生在牵罗衣扣的手时，自自然然，分分明明，她的亲生，会牵在罗衣扣的左手上，而罗衣扣的亲生，则会牵在罗衣扣的右手上。

田子香这么想，还不能说她有什么问题，千古以来的人之常情呢。

但是千古既有的人之常情，在罗衣扣这里，发生了根本性的变化。她把左手臂弯和她的左手，自然地交给了罗乾生，而把右手臂弯和右手，自然地交给了罗坤生。

田子香坚持她的想法，所以直觉牵在罗衣扣左手的罗乾生，就如一块吸引力超强的磁石，她本能地伸出了手，要去摸罗乾生的头了。

但田子香不想表现得太势利，就在她把手伸过去时，却半途拐了个弯，先摸向了罗坤生，去验证一下她的判断。而接下来发生的，正如她想验证的结果一样，罗坤生犟了犟脖子，摇了摇头，就把田子香摸来的手躲过去了。

田子香暗中开心罗坤生躲开她，这使她坚定了牵在罗衣扣左手上的罗乾生，就是他的亲生儿子了呢。

田子香没有气馁，她顺势把摸向罗坤生的手，转向了罗乾生……相对乖巧的罗乾生，没有如罗坤生那样躲开田子香伸来的手，他接受了她，任她把手摸在他的脑袋上，摸得知足，摸得享受。

田子香知足享受地摸着罗乾生的小脑袋，就大了胆子，把她蓄谋好的主意说出来，劳九岁和乔红叶，就不能驳她的意了。

劳九岁和乔红叶不仅不能驳她的意，他们你拉道老汉，她拉罗衣扣地往田子香的红延安饭店去了。他们大家起步走的时候，罗坤生自然地牵在罗衣扣的手上，而罗乾生则牵在了田子香的手上。

国家新的政策，不仅放开了个体经济的发展，还大力支持个体经济的成长。"春江水暖鸭先知"，有着这方面需求的城里人，包括皇城根儿上的北京，雨后春笋般地开办起了无数这样的小店，那样的小店。田子香用她的办法，早早回到北京城里来了，但她的工作问题，却一直地耽搁着，只在街道经营的一家纸盒厂混日子。机会来了，田子香想她身在要死不活的街道工厂里讨生活，倒不如来个干脆点的，自己下海自己干了。

田子香的红延安小饭店，在这样在北京城里开张了。

他们一起向田子香的红延安小饭店去，一路又是下了汽车倒汽车，下了地铁倒地铁，倒了几个来回，终于到了田子香开的红延安小饭店。

田子香给她的红延安小饭店起的名字是准确的，她在名称里加了个"小"字，让劳九岁、乔红叶、道老汉、罗衣扣他们来了后，发现红延安的规模确实是小。小则小矣，但食客们来的却不少。劳九岁、乔红叶、道老汉、罗衣扣与罗乾生、罗坤生他们，在田子香的引导下，来到红延安饭店，差不多刚好赶上中午饭的饭口，小店里的餐桌已座无虚席了呢，而饭店外，还不断地有食客来，站在饭店门口，等着翻台进店吃用了……田子香不能让她请来的劳九岁、乔红叶、道老汉、罗衣扣与罗乾生、罗坤生等餐，就带着他们，穿过满是陕北风味的餐厅还有操作间，去了红延安小饭店的后院，在后院的一面露天石桌前，坐了下来。

这不是田子香的有意安排，但其形制与他们插队乾坤湾村，知青窑院里吃饭用的石桌，竟然一模一样，所以大家坐在这里，不由自主地都要抬手摸一把石桌子。

摸着石桌子，他们都感觉到了一种萦绕在他们之间的亲近。

五

红延安小饭店里服务员，田子香没有使用他们，而是她自己端菜上酒了。

田子香所以这么来做，是因为心里的愧疚，促使着她，让她唯觉自己向他们表现得殷勤些才好。劳九岁、乔红叶、道老汉、罗衣扣他们感觉到了田子香内心里的愧疚，他们不想使田子香愧疚了还再难堪，便在他们围着石桌坐下来后，就也拉着田子香，招呼她坐在一起。可是田子香没听劳九岁、乔红叶的话，她在等罗衣扣说话。罗衣扣岂是不解人情的人，她开口让田子香坐了。罗衣扣开了口。田子香这才挑挑拣拣，找了个与罗乾生相挨的位子，坐了下来。

坐在了罗乾生的身边，田子香是要自觉给罗乾生夹菜吃呢。

每个人的面前都有一个精致的吃碟。田子香端来一样菜，就给罗乾生面前的吃碟里夹两筷头，罗乾生吃得慢，吃得少，田子香夹给他吃碟上的菜，堆起来都要往石头桌面上掉了……把罗乾生当成了自己的亲生，田子香给他夹菜，挟一筷头堆上罗乾生面前的吃碟上，她还要催促罗乾生吃的呢。田子香催促罗乾生吃的方法，就是要不停地腾出手来，去罗乾生的头上、脸上摸了。她爱意绵绵地一边摸着呢，一边劝说罗乾生吃，劝说罗乾生喝。

罗衣扣把田子香心里的那点小心思，看得透透的。

为了田子香把她爱的用心，不至于用错了人，罗衣扣就拉着罗乾生和罗坤生，要给他们小哥俩换位子，但被田子香强硬地推脱了。

不要说田子香认错了儿子，劳九岁和乔红叶，是把罗乾生、罗坤生也分不清楚了。小哥俩长在罗衣扣的身边，她把他俩当作孪生兄弟来养，给他俩吃同样的饭，穿同样的衣裳、玩同样的游戏，他们小哥俩相互影响着，长得是越来越像，真的如一对孪生的小哥俩。

在石桌子上吃饭，田子香不好把她埋在心里的话，说给罗衣扣。但是罗衣扣毫无禁忌地说了她的打算。罗衣扣说她心里话时，面对的是劳九岁、乔红叶，给他俩诚恳地说了，说她返城回京来，也有些日子了。在这些日子里，她遇到了不少事，这事那事的，迫使着她在想这样一个问题，那就是她留下来在北京城里讨生活，还是回到乾坤湾村去。这个问题想得她头疼。今天可好，她遇见了他们，就想着与他们一起商讨一下这个问题。

罗衣扣要劳九岁、乔红叶、田子香与她一起商讨这个问题，他们没有敷衍她，就都想了想，给他说了。

乔红叶嘴快，她说：当然留在北京想辙好了。

田子香跟着乔红叶，也谈了她的想法。说：要不咱就一起经营红延安，相互是个帮手，不愁咱把红延安办不大，办不好。

劳九岁倒是沉稳，他没有立即表态，把罗衣扣看着，反问了她一句。

劳九岁说：听你的意思，还想再回乾坤湾村去？

劳九岁说：你放不下你的学生娃娃吗？

劳九岁的两句反问，把罗衣扣的心中所想点准了。返城回京了一些日子，她没有觉得有多好，而是还感受到了许多人世间的冷暖，让她并不怎么开心。道老汉和柘书兰老人到北京来了，特别是道老汉，他带给她那么多乾坤湾村小学娃娃的来信，让她一封一封的读来，她迷茫的心，渐渐地清晰起来，她要回乾坤湾村去了……内心有了这样的一个决定，她与劳九岁、乔红叶、田子香他们一起吃喝，把这个问题提出来，摆着个与他们大家来商讨的意思，其实她自己是已经拿准主意了。

拿准了主意的罗衣扣，所以还要与劳九岁、乔红叶、田子香他们商讨，不过就是为了通报他们一声，获得了他们的回应罢了。罗衣扣获得了他们的回应，那些回应使她感动，因此她是要感谢感激他们了呢，特别是田子香，竟然还有那样高的态度，把她辛辛苦苦办起来的红延安小饭店的，可以拿出来，与她一起来办，罗衣扣因此不能不对她刮目相看了，以为她还算是个有良心的人哩。

劳九岁、乔红叶、田子香对罗衣扣的问题，都表了态后，罗衣扣当着他们的面，就把心里的决定，说给他们听了。

罗衣扣说：还是咱们知青的兄弟姐妹亲，说的都是关心爱护我的话，我感谢大家。

罗衣扣说：不过我是反复想了呢，还是回咱们插队的乾坤湾村去，而且立即就走。那里的学生娃娃们，他们需要我，而我也放心不下他们。

罗衣扣说：来田子香这里吃饭前，我就准备好了行囊。

罗衣扣说到最后，把劳九岁、乔红叶、田子香的脸，转着看了一遍。特别是看到田子香时，她就还多看了她一会儿。田子香从罗衣扣看她的眼神里，敏感地接收到了罗衣扣的心思，她无法说得清楚，在听了罗衣扣的这一番话后，是一种什么样的心情，总之她流泪了。

流着泪的田子香，把罗衣扣，还有劳九岁、乔红叶拉到一边，给每个人都斟了满满一杯酒，一杯一杯地端起来，送到他们的手上，要他们给她作证，她把北京城里的生意做起来了，做出了成就，就到乾坤湾村去，给罗衣扣修建一所像北京城里一样的小学！

田子香的这一表态，别说罗衣扣，便是劳几岁和乔红叶，还有道老汉、柘书兰，他们是都听明白了。

道老汉因此像他在陕北的乾坤湾村里一样，又一次的开口说了。他说：道道。

道老汉说：是这个道道。

柘书兰在道老汉说着"道道"时，她看向他，也一连声地说了两声。

柘书兰说：道道。

柘书兰说：是这个道道。

两位老人说的"道道"，首先是针对罗衣扣的，其次才是针对田子香的。她俩刚才说的话，让两位老人是都感动了，他俩没有多的话说，"道道"两个字，最能表达他俩的心声了。

听着道老汉和柘书兰的话，田子香加重了语气还说：我说到做到，绝不食言。

田子香说：衣扣，你等着我。

对于田子香那种赌咒发誓般的表态，大家是都听出她暗藏其中的潜台词了。这个潜台词是，她亲生的儿子在罗衣扣的身边，现在是长起来了，接过罗衣扣尽过一段时间的责任，由她来养了，天经地义，这是一个母亲的她，最为神圣的职责呢！但是，她暂时还不能这么做，她还需要再等等，等到她的条件成熟了，机会也合适，她就到陕北的乾坤湾村去，把她的儿子接回到北京来，在北京读书进步了。

当然了，田子香不是没心没肺的人。她不会让付出了那么多的罗衣扣，平白无故地代她承担责任，她会捐一所像北京城里一样的小学，还她罗衣扣一个大大的人情的。

田子香这么说来，劳九岁、乔红叶倒不怎么意外。他俩想了，田子香就是那样一个人，你能盼望她什么呢？什么都不要盼望。但是在罗衣扣听来，就很意外了。罗坤生是她田子香忍痛受难，亲生的儿子哩！在她插队的陕北乾坤湾村，她当时的那样一个情况，确实不好自己来带自己的亲生。现在的情况呢，发生变化了，她都是北京城里一家小饭店的老板了！还能有什么困难？不能带她自己的亲生？刚才，他们大家围在石头桌子前吃喝，田子香多么心疼她的儿子呀！虽然她错把罗乾生当成了她的亲生，一个劲儿地给罗乾生偏吃偏喝，其所表露的，不正是一个母亲最为真实的情感吗！

田子香是太忠实于一个母亲的情感了，罗衣扣看穿了田子香的偏心，她想把田子香的偏心纠正过来，让她用对了人，可她太执拗了，罗衣扣没能纠正过来。

既然纠正不过来，那就让她去做好了。

这是罗衣扣的另一种想法呢，她是站在田子香的立场上，同样是以一个母亲的情感来想的。罗衣扣想罗乾生是她亲生，罗坤生是田子香的亲生。她为田子香的亲生，已经付出了许多许多，现在让她给她的亲生罗乾生，还点儿人情，给一些偏心，似乎天公地道，也没什么不可以。

六

　　来田子香的红延安小饭店吃喝，走在路上的时候，罗衣扣就想了呢。

　　罗衣扣想，今天是个机会哩，她应该把罗坤生的身世，当着田子香和劳九岁、乔红叶的面揭开来，让罗坤生留在北京城，生长在他亲生妈妈的跟前，还他一个该有的，幸福的亲子人生。

　　罗衣扣把她将要揭秘罗坤生身世的措辞都想好了。

　　罗衣扣打算先把罗坤生推给田子香，给她说：你看坤生像谁呀？

　　罗衣扣打算说：你的儿子哩，多么像你呀！

　　罗衣扣打算说：你的儿子呢，是该长在你的跟前了。

　　但是罗衣扣想好的话，在大家围坐在小石头桌子上吃喝着时，田子香的那一番说辞，把罗衣扣准备好要说的话，一下子压死在了肚子里，说不出来了。说不出心里所想，罗衣扣似乎还不甘心，她在把田子香认真地看了看后，没从她脸上看出新的转机，罗衣扣就又转脸去看道老汉了。

　　道老汉脸上的神色，人罗衣扣看得出来，老人家内心所有的道道，再一次地包容了田子香。

　　包容了田子香的道老汉先从小石头桌子边站了起来，他招呼大家说了，说咱们吃了人家田子香，喝了人家田子香，咱们都吃喝好了吧？正是他的一声招呼，劳九岁、乔红叶、罗衣扣和罗乾生、罗坤生，就都站了起来，呼应着道老汉，你说吃好了，他说喝好了，就都相跟着道老汉，从红延安小饭店的后院走到前厅，继续往出走。他们没人想得到，就在大家刚刚走出小饭店的大门来，却在门口遇着了池东方！

　　池东方对田子香的红延安小饭店，似乎一点都不陌生，因为与他一起的还有几位。

　　他们几位显然是常来这里吃喝的呢，与道老汉、柘书兰、劳九岁、乔红叶、罗衣扣、田子香撞了面，那几位不认识道老汉、柘书兰、劳九岁、乔红叶、罗衣扣他们，但对田子香就不同了，似乎非常熟悉，因此满嘴酒气地就把田子香说上了。他们一哇声地说，田子香的红延安名副其实，确实是老延安的味道哩！他们几位夸赞田子香的话语，虽然不小，但都不如池东方的声音大。他没有夸赞田子香，也不与田子香说话，直截了当地就先与道老汉、柘书兰、劳九岁、乔红叶、罗衣扣他们拉起了话。

池东方说：巧了，能在北京见上面，是多大的缘分啊！

池东方一句笼统的话说过，就透着十分的热情，首先走向柘书兰，挽着她的胳膊，就给与他一起吃过喝过的人介绍说了。

池东方说：我亲亲的老姑哩。

池东方说：不说你们不知道，我的小命就在老姑的手心里攥着呢！

池东方给他的同伴这么说着话，就把他们顺势打发走了，他则留下来，拉住在北京难得一见的道老汉、柘书兰他们，非得再坐一会儿不可。池东方的同伴听话地都走了，他即张开手臂，拥着大家反身回到田子香的红延安小饭店里来，吆吆喝喝地补菜补酒，便又补开了一桌席面……有机会考大学而不考，读了中央党校的池东方，比他过去似乎更为爽快，更为豪气。他在招呼道老汉、柘书兰与劳九岁、乔红叶、罗衣扣他们时，不忘随在罗衣扣身边的罗乾生、罗坤生小哥俩，像是领导干部深入基层，表演亲民样子似的弯下腰来，把牵在罗衣扣手里的罗乾生揽进他的怀里抱了抱，亲了亲罗乾生的小脸，然后又去抱罗坤生，抱住了又还亲了亲他的小脸。他抱着小哥俩亲他俩脸蛋时，一定要罗乾生、罗坤生小哥俩叫他叔叔。

常回乾坤湾村关心照顾罗乾生、罗坤生的池东方，与小哥俩倒是不怎么陌生，小哥俩就听了他的话，叫他叔叔了。

罗乾生叫的声音很小：叔叔。

罗坤生叫的声音更小：叔叔。

池东方就是这个样子，从来说一不二。道老汉、柘书兰，以及劳九岁、乔红叶、罗衣扣他们，就只有听他摆布，重新坐回田子香的红延安小饭店里，补菜补酒的吃喝了。因为都吃喝过了，补上桌子的菜，几乎没人动筷子，但池东方补上的酒，是北京的特产牛栏山二锅头，度数高，烈度大，池东方也不管道老汉、柘书兰，以及劳九岁、乔红叶、罗衣扣他们喝不喝，很有点儿蛮不讲理地都给他们倒满了一杯，要大家来喝，结果他是喝了个底朝天，别人的只在舌尖上舔了舔，这么几轮下来，大家都没事，而他因为前边已经大喝过了，现在再喝，很快就把他喝得烂醉。

不过，池东方在他烂醉之前，倒还说了几句理性的话。

池东方照例先给柘书兰老人说了。他说：老姑可是要体谅我哩，我不会忘了老姑对我的照顾哩。

池东方不愧池东方，他对道老汉也说了一句感激的话。他说：下乡插队在乾坤湾村，遇到了道老汉，是我们知青的福气哩。

池东方对劳九岁、乔红叶、罗衣扣他们，谁都不落的说了话。他给谁说话，就端着满杯的二锅头与谁碰，碰了就喝，绝不拖泥带水。他这么喝着酒，很快就把他喝高了。喝高了的他，再说什么话，便如车轱辘一般，要反反复复地说了。像他从中央党校就要毕业的话，说来说去没个完，他说他就要回省上去了，也不知省上怎么安排他。他说到最后，就还说他是想下基层的，而且要下就下到陕北来，把他下乡插队陕北的路走到底。

池东方车轱辘的醉话，别人不好说他，柘书兰仗着他叫老姑的身份，把他数落了两句。

柘书兰老人说：少灌点黄汤亏不了你！

酒在陕北人的嘴里，多数时候是要叫"黄汤"的，像他们的热糜子酒一样，确实黄乎乎如汤一般。老姑这么数说了池东方一句，似还不够，紧跟着就又说了他一句。

柘书兰老人说：你给我记好了，能少灌点黄汤就尽量少灌点。

柘书兰老人把话是说给池东方了，但他不知听进耳朵里了没有，依然连篇地说他自己的醉话。他到这时，仿佛梦醒般精神一振，逮住劳九岁和乔红叶，朝他俩狡黠地一乐，这便说起他俩了。

池东方说：大学里的宠儿哩！我羡慕你们。

池东方说：可是你俩呢？看不起我是吧？

池东方把话说成这个样子，田子香警觉起来，她不能不有所行动了。迅速站到池东方的面前，真如主人似的，既回应着柘书兰老人说的话，又安慰劳九岁和乔红叶他们，要他们不要计较池东方，说他就是拿不住自己，喝醉酒了乱说。田子香这么给大家说着，借势扶起浑身酒气的池东方，把他连拉带抱，拖进红延安小饭店的里间房子里去，安顿他休息下来，然后出来送大家走了。

田子香不只把大家送出了她的红延安小饭店，便是送道老汉、罗衣扣和罗乾生、罗坤生他们回陕北的火车票，田子香不容分说，也给他们买了下来，并且租了一部专车，送他们一起去了火车站……火车开动了，啃吃啃吃费力地向前都爬起来了，而送行的田子香，已然攥着火车爬动的节奏在跑，她没多余的时间给道老汉、柘书兰说什么，就重点给罗衣扣叮嘱了两句话。

田子香说：我很快就来乾坤湾村。

田子香说：不能先给你建设一座北京一样的学校，我可以先给学校的困难学生，捐一些现金的。

田子香说：我年年捐，绝不缺席。

火车爬行的速度越来越快，把田子香说给罗衣扣的话，毫不留情地抛进了风里……罗衣扣没把田子香说的话当话，她在道老汉和柘书兰的陪同下，带着罗乾生、罗坤生，重返陕北来了。柘书兰老人回了她的王叉沟村，罗衣扣和道老汉带着罗乾生、罗坤生回了乾坤湾村。

回到乾坤湾村来，罗衣扣总能听到村里人要唱这样一曲信天游：

> 三疙瘩的石头衬锅底，
> 跟人家拉话说起你。
> 花喜鹊飞回窗背上落，
> 声声欢叫你女先生。
> ……

罗衣扣返京回城的日子，不知乾坤湾村里的谁，把这曲流传久远的信天游改编了一下，起了个《女先生》的名字，在村里就唱开了。村里人唱着这曲信天游，想念的是罗衣扣。他们没有人相信，罗衣扣返城回到了北京，还会重返乾坤湾村。就在大家怀念着她,也遗憾着她的时候,罗衣扣却放弃了留京生活的机会,毅然回到乾坤湾村来,大家因此把这曲信天游唱得更欢实了。

罗衣扣第一次听见这曲信天游的日子,就是在她重回乾坤湾村的那天。

罗衣扣在道老汉的陪同下,风尘仆仆,左手牵着罗乾生,右手牵着罗坤生,刚刚出现在村口时,聚集在村头的乾坤湾村人,即迎着他们,仿佛山洪暴发似的,立即唱出了这曲信天游:

> 瓜子豆子埋在土里头,
> 难场就埋在了心里头。
> 萱草花开了黄又黄,
> 拿不下狠心回不来。

罗衣扣把这曲信天游听在了耳朵里,心想她真的是"拿不下狠心回不来"。

这拿下来的狠心,有她罗衣扣自己的一半,还应该有柯红旗的一半。柯红旗给罗衣扣来信,他说"为祖国牺牲了,就把我埋回松树峁上"的话,强烈地刺激着罗衣扣,强悍地震惊着罗衣扣,她牢牢地把那句记在了心上,所以她是必须狠下心来,再回乾坤湾村的。

"女先生"罗衣扣回来了,缺少老师的乾坤湾村村小,迅速恢复了正常的教学与学习。

不过,村小里的学生娃娃们发现,他们敬爱的罗老师,再给他们教学的时候,虽然还是那么认真专注,但总会有那么一个瞬间,不能自禁要走一下神。

第十八章 森林里的壮烈

头一道圪梁梁来二一道洼,
三一道圪梁梁上咱好拉话。
一样样路来一样样马,
一样样的亲亲我想他。
……

——信天游《二道圪梁》

一

乾坤湾村小学的学生娃娃们有所不知,他们的罗衣扣老师所以走神,是她抑制不住自己,在她走神那个瞬间里,她热烫烫的心要飞扬起来,飞到自卫反击战的战场上,牵系在她亲爱的柯红旗身上呢!

亲亲爱爱的柯红旗呀!爱爱亲亲的柯红旗呀!

罗衣扣不敢想,却又不能不想,想着就必然会走神。

罗衣扣走神走得自己觉悟到了,才会手足无措,紧紧张张地对着她的学生娃娃们抱歉地笑一笑,然后神态如常地,继续给她的学生娃娃们,讲授她要讲的课程。

因为老是走神,罗衣扣知觉她是把她的学生娃娃们亏欠下了。为了补偿她老走神的亏欠,罗衣扣就还开动脑筋,自觉地想了一招,来回报她的学生娃娃们。

罗衣扣想到的这一招,就是给她的学生娃娃们教唱信天游:

头一道圪梁梁来二一道洼,

> 三一道圪墚墚上双骑那马。
> 骑马不要骑那带驹驹马,
> 马那驹驹随娘哎想着家。
> ……

教唱学生娃娃演唱信天游,成了罗衣扣平静心绪的最好办法。她教学生娃唱的时候,自己也来唱。她唱着的时候,恍而惚之地感觉得到,遥远的自卫反击战前线上,她亲爱的柯红旗也会跟着唱起来哩:

> 头一道圪墚墚来二一道洼,
> 三一道圪墚墚上咱好拉话。
> 一样样路来一样样马,
> 一样样的亲亲我想他。
> ……

村小校园里的萱草花,知青窑院里的萱草花,从明媚的春天,一茬一茬地开起来,灿灿地开满一个春天,一个夏天,到了初秋的时节,迎着渐渐冷下来的秋风,是还要蓬蓬勃勃地再绽放一茬呢!

罗衣扣教唱给学生娃唱着的这一曲信天游,叫《二道圪墚》。

罗衣扣在教唱给她的学生娃娃们时,还想着给她移栽回村小校园、知青窑院里的萱草花,唱上一唱的哩!许多次心慌意乱的时候,她如果身在村小校园里,就站在村小校园里的萱草花前,教萱草花唱;如果身在知青窑院里,就教知青窑院里的萱草花唱。罗衣扣看得见,萱草花是善解人意的,那一丛又一丛碧翠的萱草丛,头顶着黄亮亮盛开的萱草花,似乎特别懂得她的心情,在她耐心地给它们教唱着这曲信天游时,虽然萱草花不会如人一般发出声来,但却能心领神会地按照罗衣扣教唱的旋律,点头首肯,或是摇动身子,以它们纤瘦飘逸的枝叶,和舞蹈的姿态,呼应罗衣扣的教唱。

罗乾生、罗坤生都还欠点年岁,不能算是上学读书,却可以缠绕在罗衣扣身边,妈妈要去村小了,小哥俩就相跟着也去;妈妈要回知青窑院了,小哥俩就相跟着回知青窑院……跟在妈妈的身边,妈妈教萱草花唱《二道圪梁》的信天游,小哥俩也就跟着学唱。

小小年纪的罗乾生、罗坤生,把《二道圪梁》的信天游,一字不差地都学唱会了。

那一天的陕北,天高云淡,秋风习习,罗乾生、罗坤生跟着妈妈罗衣扣,从村小回到了知青窑院。小哥俩在村小的时候,就在妈妈移栽来的萱草花丛边,学唱了这曲信天游。小哥俩在村小院子里没有唱够,回到知青窑院来,站在妈妈移栽来的萱草花丛边,又还要唱他们学会的《二道圪梁》。

还别说,小哥俩用他们特有的童声唱出来,似乎更多一种迷人的,而又感伤的韵味:

> 头一道圪梁梁来二一道洼,
> 三一道圪梁梁上放眼望。
> 望不到头的山来望不断的水,
> 山水有情呀人有心。

二

罗衣扣没有想到,劳九岁、乔红叶他们,会在罗乾生、罗坤生站在萱草花丛边,童声唱着那曲信天游的时候,回到乾坤湾村,进到知青窑院里来。

劳九岁、乔红叶他们进到熟悉的知青窑院里,听着罗乾生、罗坤生在唱那曲信天游,他们没有干扰小哥俩,全都安安静静地站在窑院门口,继续来听小哥俩的演唱。小哥俩也是,根本没有感觉窑院里来了人,依然唱得是那么投入,那么用心。不过,这个时候的小哥俩,唱的信天游已不是《二道圪梁》,而是另一曲了呢。

这曲信天游的名字叫《一对对雁》:

一弯弯的流水哟绕山冈，
一对对的大雁哟飞过了山梁。
大雁的那个飞去哟甚时候回，
我站在山峁峁上哟望断了肠。

听着罗乾生、罗坤生唱着的信天游，回到知青窑院里的劳九岁、乔红叶的脚都像瞬间生下了根，深深地扎进了土地里，寸步难移了呢。

他们就还站在窑院门口，安安静静地听着罗乾生、罗坤生小哥俩，唱他们唱着的信天游：

一弯弯的流水哟绕山岗，
一对对的大雁哟飞呀飞回来。
大雁的那个飞回歇歇脚，
我伴着大雁哟就歇在山峁峁上。

与劳九岁、乔红叶他们一起回来的，还有从中央党校毕业回省委继续工作的池东方。没人给罗衣扣说，她自然不知道，这个时候的池东方像他在北京时说的那样，真的要回到陕北来了，而且还就要回川河县工作了。

跟在池东方身后的，是嫁给他，做了他妻子的柘袖子。

他们安安静静地站在原来的知青窑院，听罗乾生、罗坤生小哥俩，把他俩倾心来唱信天游，唱到落下音来，这便大气不敢出，小气不敢喘，轻脚轻手地走向了站在萱草花旁的罗乾生、罗坤生跟前，低头看着小哥俩……乔红叶和柘袖子，看着小哥俩时，内心像是埋有一股巨大的痛苦，让她俩无法释怀，便迅即蹲下身来，分别抱住了小哥俩。池东方和劳九岁，似乎有着与乔红叶、柘袖子一样的感受，就也把他俩的手，轻轻地触摸在了罗乾生、罗坤生的脑袋上……罗乾生、罗坤生因为专心专意地在唱信天游，开始时并没有立即感受到劳九岁、池东方他们的到来，便是他们的妈妈罗衣扣，因为侍弄她的萱草花，也没有立即感受到劳九岁、池东方、乔红叶、柘袖子他们的到来。然而一种说不清，道不明的情绪，蓦然让罗衣扣感受到知青窑院的变化，她把摘了满把萱草花的手抬起来，用手背在她额头上，把她垂着的散发掠了一掠，这就看见了劳九岁，乔红叶，以及池东方和柘袖子。

看见了劳九岁、乔红叶和池东方、柘袖子他们，罗衣扣心里突然地一惊，随之又还一喜。

罗衣扣所以要一惊，是她不知劳九岁、乔红叶和池东方、柘袖子他们，为什么这个时候集体回到乾坤湾村，进到知青窑院来？跟着的那一喜，则因为罗衣扣是想着他们哩，而他们仿佛从天而降一般，就这么突然地出现在了她的面前，她又怎么能不欢喜呢。

特别是在北京读大学的劳九岁和乔红叶，咋能抽出时间回乾坤湾村呀！

但是他们还是回来看她了……连日来，思念身在自卫反击战中出生入死的柯红旗，因为思念，所以担忧。日复一日地担忧着，就还变化着要忧惧恐慌了呢！同在一个知青点上熬了许多时日的劳九岁、乔红叶、池东方，以及好朋友柘袖子他们，抱团回来了，罗衣扣当即把她积压在心上的恐慌忧惧，抛到了九霄云外。她只是一个瞬间，便高兴开心起来了！

罗衣扣因此就还没心没肺地跳了起来，跑了起来呢。跳着、跑着的罗衣扣，快活地扬起手，把她采摘在手里的萱草花，撒得遍地都是。

罗衣扣撒掉她手里的萱草花后，就朝劳九岁、乔红叶和池东方、柘袖子扑了来，伸手一边去拉了池东方和柘袖子，一边又拉劳九岁和乔红叶。

拉住池东方和柘袖子，罗衣扣就还高兴开心地说他们了。她说他们都还记着知青窑院，能抱团回来，让冷清孤寂的知青窑院，一下子又热闹起来了。罗衣扣开心高兴地说着话，却发现池东方的脸有点僵硬，很有点儿领导干部流行的那种脸色，就狐疑地看着他的脸，想要问他了呢。但她张着嘴还没问出话来时，柘袖子插话进来说上了。

柘袖子说：他现在就是这个样子，好像谁把他欠着似的。

柘袖子说：特别是对我，从来没有好脸子。

罗衣扣依然狐疑着……她狐疑着想起了田子香，在北京城里开着家红延安小饭店的田子香啊！罗衣扣一旦想起她，就直觉心头痛，她心痛着罗坤生时，是还要心痛柘袖子的，以为池东方的内心是太复杂了。好心眼的罗衣扣，可是不想在这个问题上多想，但她控制不住自己，想到蒙在鼓里的柘袖子，顿觉她的不容易，甚至可怜来。然而，柘袖子似乎还一无所知，还傻傻地来为池东方调节起了气氛。

柘袖子说：衣扣你不知道，池东方要回咱川河县工作了。

罗衣扣听柘袖子这么一说，她把她脸上的那种狐疑感撕去了些，一脸浅笑地祝贺池东方了。她说：好啊！回川河县来给我做靠山。

罗衣扣热情地祝贺了池东方后，还不忘调侃了他一句话。

罗衣扣说：老鼠戴官帽，架子都爬上脸来了。

池东方听罗衣扣这么说，他笑起来了。尽管他的笑有点勉强，但他毕竟是笑了。笑了的他把脸转向了柘袖子，而柘袖子似乎心领神会，这便有意识地把罗衣扣的注意力，往劳九岁和乔红叶的身上引了。

柘袖子说：别只顾着与东方和我说话，你不看劳九岁、乔红叶要急了呢。

柘袖子说：你该问问他俩为啥回咱乾坤湾村。

柘袖子说得对，她提醒了罗衣扣，便在与池东方、柘袖子一阵寒暄过后，撇开他俩，转身直面了劳九岁、乔红叶，拉住他俩的手，与他俩说起话来了。

罗衣扣说：对不起，把你俩冷落了。

罗衣扣一句道歉的话说罢，便知根知底地说起了他俩此行的目的：告诉我，你俩回咱知青窑院，是要办婚礼了吗？

劳九岁不想隐瞒，也不必隐瞒，就老实地回应罗衣扣了。

劳九岁说：知青窑院的生活，让人怀念啊。

乔红叶跟着劳九岁也回应了罗衣扣。

乔红叶说：欢迎吗？我和九岁就在知青窑院办婚礼。

罗衣扣当然欢迎了。她高兴他俩能回知青窑院办婚礼。

罗衣扣因此以主人的姿态，话赶话地说了。他说：知青窑院是我们的家。

罗衣扣说：我给你俩操办。

劳九岁和乔红叶感激罗衣扣，他俩异口同声地感谢着她，说他俩早就谋划好了，结婚就回乾坤湾村来，在他们生命中留下深刻影响的知青窑院，办个有特色、有纪念意义的婚礼。

劳九岁和乔红叶的新婚计划，像一把燃烧起来的大火，不仅烧热了池东方、罗衣扣他们老知青的心，把满乾坤湾村的人的心也烧热了。大家都在想，劳九岁和乔红叶，是对有情有义的人哩！他俩参加高考，考回到北京去了，却深情不移，依然爱着偏僻的乾坤湾村……池东方、罗衣扣，以及乾坤湾村里的人，这么来想劳九岁和乔红叶是想对了，他俩插队在黄河边上的乾坤湾村，几年时间，确实是对乾坤湾村积累下了深厚的感情。他俩回到曾经生活过的知青窑院，给他俩举办婚礼的喜讯，就这么在众人之间流传着，你传我，我又传他，传得不仅轰动了乾坤湾村，便是邻近的村子，找劳九岁瞧过病的人家，也都感恩着他的好，在他俩定好办喜事的那天，喜气欢天地从四面八方赶来了。

满乾坤湾村，因为劳九岁河乔红叶回来举办他俩的婚礼，赶时赶点赶来的人的，热闹得像是过大年一样的呢。

劳九岁、乔红叶的时间有限，在他俩回乾坤湾村来办他们的婚礼，不想搞得太大，有个意思就好了。因为他俩业已办好了留学美国的手续，回乾坤湾村来，把他俩的终身大事办过，便立即启程，越洋过海地走了。但乾坤湾村的人，以及闻讯赶来的邻村人，哪里会放弃他们的热情。他们必须要报答劳九岁、乔红叶在这里受苦受累，为他们做下的那些好事！特别是"圣手神医"的劳九岁，他医术精湛，不辞劳苦，为当地老百姓行医疗疾，大家不是无情的人，都记着他的好哩！他和他的爱人乔红叶回来了，怎么能不给予他俩以报答呢？

陕北人不能不识这个理，就像道老汉挂在嘴上说的那样。

啊！道道。

劳九岁为人处世，是很讲道道的。

劳九岁有道道。

作为陕北地面上的人，特别是他们乾坤湾村人，当然得要还给劳九岁以道道了呢。

啊！道道。

三

原来的知青窑院，现在就只住着罗衣扣和她带在身边的罗乾生和罗坤生，她理所当然地是知青窑院的主人。劳九岁、乔红叶回他们知青窑院举办结婚典礼，很自然地是要她出面了呢。坚持做人做事必须在"道道"上道老汉，似乎特别懂得罗衣扣的心，他配合着她，按照他说的"道道"来行事了。

道老汉行事的"道道"，就是与罗衣扣商量好，劳九岁、乔红叶回知青窑院结婚，头一顿饭必须由她在知青窑院里做着吃了。

然而就在道老汉配合着罗衣扣，紧急为劳九岁、乔红叶回知青窑院来的头一顿好吃好喝时，柘黑娃出面了。再次担任起乾坤湾村生产队长的柘黑娃，坚持来请劳九岁、乔红叶去家里吃，道老汉和罗衣扣就不好与他争了。道老汉和罗衣扣都不去争，村子里还有谁会争呢？没有了吧。何况柘黑娃的亲妹子柘袖子与她女婿池东方，也在其中，他俩回到村里来了，回自己的娘家、丈人家窑院，天经地义，最是在理了呢。

老娘支桂芳是老了，越来越老了呢。老了的支桂芳，因为年龄的关系，行动也困难了起来，不好往知青窑院来眺热闹。就在家里，一声一声指使柘黑娃，要他快去请他们，赶得越快越好。

柘黑娃因此踏着一个生产队队长的步子，到了知青窑院，朝劳九岁、乔红叶、池东方他们喊了。他的一声喊，就把劳九岁、乔红叶他们大家喊着，都跟上了他，到他家里来了。

柘川秀、柘河秀是在劳九岁的手上出生的。柘黑娃去请劳九岁、乔红叶、池东方他们了，牛小兰即把老弟柘灰娃和弟媳妇叫到家里来，帮助她在家里的锅灶上忙。牛小兰不仅要忙锅灶上的活儿，还要操心窑院门外的动静，哪怕只是一点点的响动，她即会手牵双胞胎的女儿，出门站在她家的窑畔上，向知青窑院的方向张望……她张望上一会儿，又怕耽搁了锅灶上的准备，就嘱咐她的双胞胎女儿柘川秀、柘河秀，要姐妹俩站在她家窑畔上，不要乱跑，看见了她们的爸爸领着人回来，就在窑畔上喊她。

牛小兰出去进来的，在她们窑院外的窑畔上，不知来回跑了几趟，终于听到她的双胞胎女儿柘川秀、柘河秀喊她了。

先是柘川秀喊了的。她喊：妈妈，来了。

紧跟着柘河秀喊了。她喊：妈妈，来了。

炸油糕是要和面的，牛小兰顾不得搓净手上沾着的糜子面，就从灶火窑里往出跑了。她跑出窑院的大门来，刚好碰上被她男人请来的劳九岁、乔红叶，以及池东方和自家妹子柘袖子。牛小兰一脸喜悦地迎上去，给别的几位只给了一张没有遮拦的笑脸，然后便地把她的全部热情，一股脑儿给了劳九岁。手术切除了牛小兰脖子上瘿瓜瓜的，是劳九岁；牛小兰怀孕生产双胞胎女儿柘川秀、柘河秀，为她顺利接生的，还是劳九岁！在牛小兰的心里，劳九岁该是一个让人心服口服的神医呢！甚至在神医之上，更是一个让人要顶礼膜拜的大仙哩！

牛小兰把她的双胞胎女儿柘川秀、柘河秀往劳九岁的面前推了。

牛小兰边给劳九岁推着她的双胞胎女儿柘川秀、柘河秀，边给劳九岁介绍。她介绍了柘川秀，介绍了柘河秀，就还把她内心存储的，对劳九岁的感动，给他说了。因为感动，所以还慌乱。感动着，慌乱着的牛小兰，说出来的话，就有些语无伦次，甚至错乱了关系。

牛小兰说：我能生娃娃，可是多亏了你哩！

牛小兰说：没有你，我哪里生得下娃娃呀？

牛小兰说：我的娃娃是你给我的！

牛小兰的话把劳九岁说的脸红了起来，而牛小兰自己还没知觉，就还要照着她的逻辑再说的，乔红叶、罗衣扣以及她亲妹子柘袖子，忍着满腹的笑，抢前一步，推拉着牛小兰，把她推进了窑院的大门，直接去了灶火窑里，一起来做大家要吃的饭食了。

手里拿起了锅灶上的铲子、勺子，牛小兰回过神来了。

回过神来的牛小兰，才知觉她的那一串胡言乱语，就立即给乔红叶道了歉，说她自己太不会说话了，就知道个干活，要乔红叶别乱想。牛小兰这么给她自己找着台阶下，下着呢，就还有了她再说的话。而且再说，还都说到了点子上。

油糕投进油锅里炸起来了。

在油糕被炸得滋滋响的声音里，牛小兰给乔红叶说：你回咱乾坤湾村结婚是回来对了。

牛小兰说：你就只管省你的心。

牛小兰说：裱糊窗子剪窗花，铺炕放炮仗，咱们都给你包圆儿做了。

回到乾坤湾村来，在他们下乡插队的知青窑院举办一场窑洞婚礼，既是劳九岁与乔红叶的一个夙愿，而且更是他俩走向新生活的一种奠基……在柘黑娃的家里，吃了他们回乾坤湾村来的头一顿饭，就让劳九岁、乔红叶深感他们这个决定的正确性了。

如果不能实现这一夙愿，劳九岁、乔红叶才是要遗憾的呢，而且是遗憾终身。

为劳九岁、乔红叶操办他俩的婚礼，时间上是紧了些，但会干活的牛小兰不怕时间紧，她在接下来的两天时间里，拉上罗衣扣，还有她的亲妹子柘袖子，忙前忙后，与道老汉、柘黑娃、柘灰娃兄弟，分了一下工。牛小兰要罗衣扣、柘袖子主内，跟着她在知青窑院收拾出一孔窑洞来，来做劳九岁和乔红叶的洞房；道老汉、柘黑娃、柘灰娃主外，在知青窑院里，负责婚宴上吃吃喝喝等事项。

大家齐心协力，为劳九岁、乔红叶迅速筹办好了他俩想要的一场婚礼。

要做新娘子了，没有一身新娘子的行头怎么好！罗衣扣有压在藤编衣箱底的水绿色锦缎绣花旗袍，有红色锦缎绣花、黑色锦缎绣花的袄裙，不用乔红叶说，罗衣扣就自觉翻找出来，给乔红叶穿了。

乔红叶征求着罗衣扣意见，先穿了红色锦缎绣花、黑色锦缎绣花的袄裙，把她穿饰得确如一位新娘子一样，与劳九岁完成了他俩的拜堂仪式，送进洞房后，再换穿上水绿色锦缎绣花旗袍，出门来给参加他俩婚礼的人敬酒，一个环节，一个环节，极其到位，乔红叶十分满意。

新娘子乔红叶，把她新娘子的姿态演绎得非常完美。

那么新郎的劳九岁呢，自然不能拖后腿，他是也要演绎好的呢。

一条羊肚子手巾，是道老汉扎在劳九岁头上的，还有扎着裤脚的大裆裤子，翻着毛的羊皮袄儿，把劳九岁扮饰得绝对一个英俊无比的陕北后生。

陕北的结婚习俗，烦琐而有韵味，唢呐手是不能少了的，此外还有拜席口、骚房、冲帐、撒帐、踩四角、打醋炭等等程序。劳九岁和乔红叶完全不知道，所以就没想做。但是柘黑娃、柘灰娃的老娘支桂芳不能同意。为了劳九岁、乔红叶的窑洞婚礼办得地道，办得不失礼数，支桂芳捎话给道老汉，说咱陕北人多少辈的礼数呢，革甚的个命，革命得歇了些年份了，咱不能让那些习俗断了根吧？恰好劳九岁、乔红叶看得起乾坤湾村，在咱村里办他俩的婚事，咱就要担起这个责任，给两个新人，把婚礼办彻底。道老汉被支桂芳说服了，他也不管劳九岁、乔红叶愿意不愿意，就强硬地照搬陕北旧有的婚习，给他俩办了。

劳九岁、乔红叶懂得入乡随俗道理，就听话地按照支桂芳和道老汉安排，来走那有点儿折腾人的婚礼程序了。

乔红叶在柘袖子的陪同下，先上支桂芳守着的家里，来等劳九岁迎娶了。至关重要的一个环节，就在于此，依支桂芳的话说，不给劳九岁出点难场事，他不会珍惜乔红叶。对此，乔红叶倒是非常赞同呢，她上到支桂芳守着的窑院里，老实地来等劳九岁了。劳九岁自然不能懈怠，他随后在引婆姨的牛小兰，还有拉驴的柘灰娃，以及道老汉他们陪同下，在几竿唢呐吱哩哇啦的鼓吹声里，上到了支桂芳家的窑院里来了。

来到窑院门前，是要给乔红叶掏钱买门的，但这个象征性的仪规只要意思到了，柘袖子便扶着乔红叶出门，骑上驴子，往知青窑院来了。

那头迎娶乔红叶的驴子，是被道老汉他们精心打扮了的，额头前系一朵红绸大花，驴背上搭着个华彩的鞍子。乔红叶要骑，不能跨在驴背上骑，而是要双腿斜跨在驴背上骑的呢。乔红叶红色锦缎绣花袄儿、黑色锦缎绣花裙子，一身鲜鲜艳艳向知青窑院走着，她要走的路上，撒上些染彩的草节才好哩。是为新娘子以及送亲迎亲的人，是不能脚踩土的，要造成一种云里来，雾里去，如虚似幻的效果……来撒彩色草节的人，非童子不能为。罗乾生、罗坤生小哥俩，还有柘川秀、柘河秀小姐妹，成了必然的人选，童男童女的他们，每人臂挽一个藤编小篮，盛满五彩的草节，于前头撒着草节引路，一把一把地撒，把送亲迎亲走着的路，撒得花红绿柳，好不喜庆。

罗乾生、罗坤生小哥俩，以及柘川秀、柘河秀小姐妹，这天的穿着也透着十分的喜庆。

小哥俩有妈妈罗衣扣为他们缝制的军绿色服装，新崭崭罗乾生一身，新崭崭罗坤生一身。哥俩从裤子到上衣，还有帽子和鞋子，穿得那叫一个整齐，俨然两位小战士。小姐妹有她们的妈妈牛小兰为她俩缝制的碎花衣裤，柘川秀新崭崭一身，柘河秀新崭崭一身，她俩上身的碎花布衫红底子蓝花花，下身的裤子黑底子红花花，像把陕北峁墚墚、沟洼洼里的山丹丹、蓝花花，彩染在了她俩的衣裤上似的，鲜艳如两只山野里的花喜鹊。

小哥俩的罗乾生、罗坤生，小姐妹的柘川秀、柘河秀，成双成对，分列迎亲队伍的最前边，他们一左一右，撒着五彩的草节，引导着骑在驴背上的乔红叶，迤迤逦逦地走到了知青窑院的大门口上。这时候扶乔红叶下驴，又非得送新娘的柘袖子不可，她扶着乔红叶的手下驴来，转手交给引新娘的牛小兰。她们二人的你一送，她一接，就把乔红叶从一个姑娘家，变身为一个新娘子了。

最有趣味的一项仪规，是饭后举行的上头活动了。新娘子的乔红叶，与新郎的劳九岁，背靠背坐在一个水桶上，把他俩的头发拢在一起，由送亲的柘袖子和接亲的牛小兰，给他俩梳发唱俗了。乾坤湾村有些年份没有这样做了，今天做来，就不仅有趣，而且新鲜。柘袖子和牛小兰，手拿梳子，象征性在劳九岁和乔红叶的头发上梳着，能唱俗，会唱俗的道老汉，随着柘袖子和牛小兰拿着梳子在劳九岁、乔红叶的头发梢上走，他即抑扬顿挫地朗声唱了。

道老汉唱：

一木梳青丝云遮月，二木梳两人喜结缘。
三木梳夫妇常和气，四木梳四季保平安。
新女婿新来一个新，新娘新来又一个新。
荞麦根儿哟玉米芯，一个看见的一个亲。
双双核桃哟双双枣，双双儿女呀满炕跑。
天作呀良缘配好的，夫妻呀恩爱一辈子。

核桃和枣儿不是干唱的，就盛在道老汉手里端着的一个小簸箕里，在他唱俗到最后，即把小簸箕里的核桃枣儿，从劳九岁、乔红叶的头顶倾下来，要他俩张开衣襟，眼快手快地收了。

乾坤湾村的人，给劳九岁、乔红叶操办婚礼，他们各有自己的执事，大家井井有条，欢欢喜喜地办着劳九岁、乔红叶的婚礼。其中不少听闻劳九岁消息的外村人，也赶了来。他们许多人是身患着疾病的，劳九岁可是不能耽搁了他们的期望。他抽着空儿，要走到患病人的身边，给他们把脉瞧病了。

婚礼现场到了最后，几乎变成了一处为民除疾的诊疗站。

罗衣扣一整天都在为劳九岁、乔红叶的婚礼忙活着。忙活着的她，看着他俩的婚礼办的是那么的热闹红火，即不免想起自己。罗衣扣想她可也能如他俩一样，办一场如此美妙的窑洞婚礼？

罗衣扣这么想了，想着不禁红了脸，而且眼睛还热辣辣地，弹出两颗热泪出来，晶晶莹莹地挂在她红彤彤的脸颊上。

罗衣扣在她的泪光里，似乎看见了她与柯红旗的婚礼！

罗衣扣想她与柯红旗，把他俩欠着的婚礼，到时候就照劳九岁、乔红叶的样子办下来。

关心着罗衣扣的道老汉，看见了她挂在脸颊上的泪水了。他看得透罗衣扣内心的活动，因此他去了一趟他居住的窑洞，拿出了他珍藏的那把军号，走到院子来，把军号凑到他的嘴上，嘹亮地吹奏了起来……为劳九岁、乔红叶的婚礼吹奏唢呐的汉子们，本就众多，看着道老汉吹奏起了他的军号，便都参与进来，形成了一种陕北地面少见的吹奏奇观，特别的激烈，特别的昂扬。

就在这个时候，上调到延安市政府任职副市长的易顺民，也驱车赶来了。

四

副市长易顺民是来给新婚的劳九岁、乔红叶贺喜的吗？

看来不是。因为跟他一起来的，还有两名身穿军装的人。他们的到来，使知青窑院喜庆快活的气氛，猛然起了变化。和蔼可亲、善解人意的易顺民副市长，脸色是冷峻的，还带着些掩饰不住的忧愤与悲伤。

罗衣扣看见了走进知青窑院来的易副市长，她在看见他的那一瞬间，就敏感到她亲亲的、爱爱的柯红旗出事了。

亲亲爱爱的柯红旗牺牲了吗？爱爱亲亲的柯红旗为国捐躯了吗？

罗衣扣意识到了问题的残酷，她此刻就像身处在自卫反击战的战场上，眼前清晰地浮现出了一幅柯红旗壮烈牺牲的情景。

穿插敌后侦察，柯红旗带领他们侦察排的勇士，已经成功地完成了几次这样的艰巨任务。

部队首长表扬了他们排，下令他们可以撤退到后方休整几日。但他听闻到了部队有新的战斗任务时，拒绝了后撤休整的命令，以他几次穿插敌后侦察的成功经验为理由，请命与发起进攻的大部队一起战斗，并担当起向敌纵深穿插，侦察敌情的任务……像前几次一样，柯红旗身先士卒，秘密穿行在山林里，向他们需要侦察的方向，迅速地穿插着。

柯红旗他们有了前几次穿插侦察的经验，这一次向敌后纵深穿插，就穿插得更坚决，更有渗透性。

为了利于穿插，柯红旗他们把穿插途中的自然条件，以及敌人的火力部署等重要战术资料，通过他们随身携带的无线电通信设备，不断地向后方的首脑机关传送……最后还把他们侦察到的战地情况，绘制成一幅非常实用的战地实测手绘地图。依照柯红旗出发时接受的命令，他下来是可以带着他的手绘地图，与他们侦察排的战友，原路潜回后方来，一边进行必要的休整，一边等待主攻部队的胜利消息。可他没有往后方撤,而是进一步请示后方的首脑机关,请求让他们排全体成员,就地潜伏下来,在敌人的纵深地带,像一把插入敌人心脏的尖刀,等待后方进攻的炮声响起时,即可抢先攻取敌方的军事重地,使防守的敌人,在我方大进攻之初,即被撕开一道缺口……后方首脑机关斟酌再三,同意了柯红旗的请求。

柯红旗随即安排了一名山野穿插能力强的班长及两名战士,带着他的手绘战地实测地图,让他们向后方撤了去,他则遵照首脑机关的命令,与他们排的其他战友,在敌人的眼皮底下,潜隐下来了。

潜隐的艰难,不比冲锋陷阵小什么,有时甚至比真枪实弹的战斗更为考验人。

柯红旗在他潜隐下来的那一片山林草丛里,与他的战友们,就遇到了他们自己没有想到的折磨。南国边境上的山林,不比柯红旗他们熟悉的北方干燥舒朗。南国边境的山地,平常日子既多雨又多雾,既阴暗又潮湿。但却奇怪得很,就在柯红旗他们潜隐下来的那一天,却不知雨去了哪儿,雾去了哪儿,一大片相对开阔的山沟沟里,别说飞过一只蝴蝶,鲜鲜艳艳看得见,便是飞过一只苍蝇、一只蚊子,也清清楚楚看得见。柯红旗和他的战友们,潜隐在草丛里,一动都不能动,哪怕他们的头脸上,爬满了虫子,肉钻子一般往人的肉皮里叮,叮得人既痛又痒,想要发疯发狂,也都得咬牙忍着,不能动,不敢动……日过晌午时分,有一头野猪出现在了柯红旗他们潜隐的地方。

那头带着几只猪崽的野猪,还算眼儿亮,懂得避让,知道这里不是它能够活动的地方,便摔打着它的耳朵和尾巴,带着它的猪崽,向一边走了去。

那头带着猪崽的野猪,走出柯红旗他们潜隐的地方,走得不是很远,即把它们暴露给了山头上的敌人,柯红旗他们潜伏着的战友们,听闻到了一声沉闷的枪响!与枪声几乎同时,柯红旗他们战友便看见那头硕大的野猪,凌空腾跃了一下,就顺着陡斜的山坡,向沟坡下滚了去。那头野猪滚动得轰轰隆隆的,它生养的几头小猪崽,看着它们的猪妈妈往山坡下滚,一个一个,也追着翻滚的猪妈妈,向山沟底下蹦蹦跳跳地撵了去……跟着猪妈妈滚动的方向，有两个敌方人员，从他们的战斗岗位站起来，扛着枪撵去了！

敌方人员没有发现潜隐着的柯红旗和他的战友们，但这只能说是一个侥幸。

侥幸提醒着柯红旗和他的战友们，他们潜隐的地方不能发生任何状况，出了状况，将是一场惨烈的搏杀，造成无法衡量的损失。

发动大进攻的时间，定在傍晚的时候。

柯红旗和他们侦察排的战友，咬牙潜隐着，眼巴巴看着太阳在走，但是走得太慢太慢，苦受苦挨，一分钟像一小时一样长，慢慢地走啊走，终于走到西边山顶上时，一条白环黑环相间花色的小蛇，向柯红旗扭曲着身子爬来了……奔赴战场前，部队请来了这方面的专家，给柯红旗他们执行穿插侦察任务的人，补了这样的课。所以，柯红旗在看见那条小蛇时，就知道它是一条毒性极强的银环蛇呢！

柯红旗希望那条小蛇能够绕开他去，但同时又怕它绕过了他，扭曲蛇行到其他战友的身边去。轻则咬伤他的战友，重则暴露了目标，造成重大的伤亡……这么想着问题时，柯红旗的手指，在草丛里向那条毒蛇，悄无声息地做了个挑逗的动作，这便引得那条小蛇飞蹿过来，张口咬在了柯红旗手掌的虎口上！被蛇咬住的那个疼，没有遭受毒蛇咬过的人，是不知道的，那是一种锥刺般的疼呢！而且要命，柯红旗为了他的战友不被伤害，他招惹来了毒蛇，在毒蛇咬住他虎口的一刹那，还反手抓住了小蛇，他被小蛇咬得有多么疼痛，他手抓小蛇的力气就有多大！

渐渐地，落在西山顶上的太阳不见了踪影。然而英雄的柯红旗，在与蛇毒的较量中，也已有些神志不清。

就在此刻，主攻部队吹响了大进攻号角，一排带着烈焰的火炮，呼啸着在暗淡下来的天空中飞翔，飞翔着还没有落在敌军的阵地上，又见一排带着烈焰的火炮，呼啸着狂追而来，向着柯红旗他们战友事先侦察到的敌方阵地，发起了地毯式的袭击！潜隐在敌军阵地一侧战友们，包括神志已不甚清晰柯红旗，都在炮火于敌军阵地上炸响的同时，飞身而起，怒吼着向他们预定目标中的那座敌方山头冲了上去！

英勇的战友们，在敌军面前出现得太突然，打得又特别精准，没费多长时间，就成功地拿下了敌方阵地，为后续部队深入攻击，提供了重大支援。

战友们欢庆起了他们的胜利！

战友这个时候，多么想与他们英雄的排长一起庆贺啊！可是他们亲如兄弟的排长呢？大家呼叫起了柯红旗，呼叫的声音，响彻了他们刚才潜伏着的山谷，然而就是不见他们排长回应。见不着朝夕相处的排长柯红旗，战友们顺着他们攻击山顶敌军的路线搜索下来，这才发现他们的排长，在他原来潜伏的位置上，跃前了几步后倒下来，静静隐伏草丛里，一动不动。

排长柯红旗牺牲了！

牺牲了的柯红旗，手里依然攥着那条咬了他的毒蛇，软溜溜地也没了生气。

五

战争就是这么残酷，来不得一星半点的意外！

带着柯红旗部队上来的两位战友，易顺民来给罗衣扣做工作了。他做工作讲述的事迹，仿佛两情相悦的罗衣扣与柯红旗通了灵似的，一个在潮湿的丛林里，一个在干旱疏朗的黄土地上，相距千里万里，但罗衣扣却在此前一个黑沉沉的夜里，清晰地都梦到了。而且不是一次，昨天夜里就又梦到了一回。

从沉沉的梦里醒来，罗衣扣不能相信她的梦，拒绝着她的梦……天明起来，参与给劳九岁、乔红叶举办的婚礼流程中，罗衣扣忙得那是一个脚打后脑勺。

罗衣扣忙着却总是心不定，神不宁……她像在等着个甚似的？是易顺民副市长的来吗？罗衣扣不能肯定。不过易副市长与柯红旗部队的两位战友，凝重着脸色来了，罗衣扣感知到了不幸，她是应该心更不定，神更不宁的。但她却反而心定了下来、神宁了下来。所以在易副市长和柯红旗部队上的两位战友，要给罗衣扣讲述柯红旗的事迹时，罗衣扣却告诉他们说，她知道了。

易顺民副市长和柯红旗部队上的战友，语塞了好一阵子。

他们所以语塞，是不知道接下来该如何与罗衣扣对话。她都知道了什么呢？易副市长在重新措辞，与他同来的柯红旗的两位火线战友，也在措辞着新的话题。他们想到了一块儿，那就是给罗衣扣讲述有关政策了。对此，罗衣扣确实需要听一听的，易副市长先说了地方上的政策，柯红旗的两位战友后说了部队上的政策。罗衣扣听是听了，但是听进耳朵里的有多少，她自己是说不清楚的。

易副市长与柯红旗的两位战友讲完了政策，下来就是罗衣扣的表态了。

罗衣扣能怎么表态呢？便是易副市长和柯红旗的两位战友，不给她讲政策，她也已有了自己的主张。罗衣扣的主张合不合乎地方上的政策，还有部队上的政策，她可能会要考虑，但不会只考虑政策的规定。所以表态给易副市长和柯红旗部队战友时，说了柯红旗写给他母亲古月华的信，以及他最后一封信里的心愿。易副市长这时还不知道柯红旗的最后心愿是什么，所以他是茫然的，不过柯红旗部队的战友，好像知道。因此，他们在给易副市长揭秘着柯红旗信里的愿望，并毫不含糊地答应了罗衣扣。

柯红旗部队的战友说：部队的首长，知道柯红旗的心愿。

柯红旗的部队战友说：首长理解柯红旗的心愿。

柯红旗的部队战友说：首长下令我们要落实好柯红旗的心愿。

柯红旗的部队战友，不只是嘴上是说了，他们要落实好部队首长的命令。出发时，就还真的随身抱着柯红旗的骨灰盒，一路抱在怀里，抱来了陕北的乾坤湾村。他们期望在易副市长的大力支持下，按照柯红旗的生前心愿，把他安葬在松树峁上，让他听得见黄河的涛声，看得见大松树上活泼可爱的毛驹溜。

一场劳九岁和乔红叶的婚礼，一场柯红旗的葬礼，就这么攒在一起要办了。

劳九岁和乔红叶的婚礼，上演在乾坤湾村，村里人都是高兴开心的。突然地又要给柯红旗操办葬礼，村里人又沉浸在了大哀里。罗衣扣该像大家一样，也一则喜，一则哀地迅速变化着……真心关爱罗衣扣的道老汉，把她的变化看在眼里，却还不能多说，就指教着罗乾生、罗坤生，要他们小哥俩完成为劳九岁、乔红叶新婚扬撒七彩草节的任务后，就尾巴似的随在她妈妈罗衣扣的身边，依偎着她，分担她哀伤了。

罗乾生、罗坤生小哥俩的角色，想变不想变，是由不得他俩了。

在劳九岁、乔红叶的婚礼上，他俩是扬撒七彩草节的童子。小哥俩要为新婚的劳九岁、乔红叶，抛撒出遍天遍野的喜悦之气。刚刚完成那个喜庆的任务，转过身来，又要扮演一个完全不同的角色呢。他们小哥俩身上穿着的草绿色仿军装衣裳，是不用换了。不换正好，而换了则不好，不能适应马上就要开始的一场新的活动，安葬烈士柯红旗的活动。

罗乾生、罗坤生，不论谁是亲生，谁是非亲生，在这个时候，就都是柯红旗的亲生了。

既是亲生，就要承担起孝子的角色，披麻戴孝，来为柯红旗送葬了。

一面仿佛鲜血染成的军旗，折了四折，包着一方做工精致的骨灰盒。黑色漆光的骨灰盒呢，四棱四正，盛敛着牺牲了的柯红旗的骨灰，为柯红旗的战友双手捧着，先是捧在其中一位的怀里，他的军阶似乎低了点，一直地捧着，在易顺民副市长和那位军阶高点的战友，给罗衣扣说明了一切后，一直抱着柯红旗骨灰盒的战友，把骨灰盒恭恭敬敬地送到了那位军阶高点的战友怀里。那位军阶高点的战友庄重肃穆地抱着，又慎重庄严地送到了易顺民副市长的怀里……易副市长的眼睛是红了，红得像要流血。他就用他几乎流血的眼睛，看着罗衣扣，没有要给她怀抱里送的意思，但罗衣扣抢前两步，如同抢似的从易副市长的怀抱里，夺了骨灰盒过去。

真正的悲伤，也许不是号啕大哭，也不是捶胸顿足，而是无声的落泪。

罗衣扣把柯红旗的骨灰盒抢到了她的怀抱里，扑簌簌只见泪水长流，不见哭声出来，易顺民副市长、柯红旗的战友，道老汉与围上来的劳九岁、乔红叶、池东方、柘袖子，以及柘黑娃、柘灰娃以及乾坤湾村的乡亲们，都为罗衣扣担起了心！他们想的是，罗衣扣哭出来要好一些。人啊，不论多么哀伤，多么悲痛，只要哭得出来，多多少少地就能化解点儿。可是罗衣扣没有哭，她只流着泪，把她的头埋下来，偎在了柯红旗的骨灰盒上，唰唰唰唰……仿佛黄河的流水一般，迅速地透湿了包在骨灰盒上鲜艳的军旗！

劳九岁劝说罗衣扣了。他说：哭吧！

劳九岁说：你快哭出来呀！

乔红叶跟着也劝说起罗衣扣了。她说：我要哭了。

乔红叶说：我真的哭了！

还有池东方、柘袖子、罗衣扣、道老汉、柘黑娃、柘灰娃他们，也要劝说罗衣扣哭出来呢。但是乔红叶一句"我真要哭了"的话，把现场上的人，就惹得哭起来了。刚才热热闹闹、快快活活为劳九岁、乔红叶举办婚礼的知青窑院，顿时处在了一片伤心欲绝的痛哭声里了！

多少眼泪都不能解决问题。还是道老汉先冷静下来，与易顺民副市长交换了几句话，就吆喝着池东方、柘黑娃他们，按照柯红旗生前的要求，有规划，有秩序地来做烈士柯红旗的后事了。

易顺民副市长相信道老汉吆喝着池东方、柘黑娃他们，能够尽善尽美地安葬好烈士柯红旗，他因此就没再多言，亦像一个乾坤湾村的村民一样，听着道老汉的指挥，与池东方、柘黑娃他们，操办着柯红旗的葬礼。

陕北的婚礼有婚礼规制，葬礼自然也葬礼的范式。不过，该简化的是也要简化的，例如盘锅垒灶，宴请村里人就都免除了。还有吹手唢呐的一班乐人，村里有此能耐的人，自发地毅然担起了他们的责任。所以说，在松树峁上打墓，就成了重中之重，柘黑娃作为乾坤湾村现任的生产队长，他自觉带上他弟弟柘灰娃，还有村上几位后生就上了松树峁；下来呢，就是安排送葬的事情了。对此，道老汉有话要说。

道老汉说了：柯红旗是从咱乾坤湾村入伍走的。

道老汉说：他为国捐躯，成了国家的烈士，当然也是咱们乾坤湾村的烈士。

道老汉说：咱给咱们乾坤湾村的烈士，要办个体体面面的葬礼。

道老汉认为的体面，就是要乾坤湾村的人，大家一起来，你们几个人抬着柯红旗走一程，他们几个人抬着柯红旗走一程，把烈士柯红旗抬上大家的肩膀，高高地抬着，抬上松树峁……道老汉这么说了，大家就都这么来做。

棺轿在乾坤湾村有现成的，抬来知青窑院，把盖着一面军旗的柯红旗骨灰盒，端端正正地放在棺轿的最中央，然后用一卷一卷的白色布幔，张挂起一圈棺轿的裙脚，再在棺轿上面的拱形架杆上，挽出一个一个的白色大花，系在架杆上。

乾坤湾村人，有条不紊地安排着安葬柯红旗的事宜。

要很好地安排这一切，没有三天时间是不能的。紧紧张张地忙碌了三天，村里自发组织起来的吹手唢呐班子，早早晚晚地也为柯红旗鼓吹三天。三天过去了，到了要起丧的时候，村子里没人动员，大家都早早起来了。给柯红旗烧纸，村里人一个不少地都走到柯红旗的棺轿前，行礼如仪，悲悲伤伤地敬香、祭酒、吊褉、叩首……谁来给柯红旗烧纸，完成着这一套礼俗时，就还都要告窆柯红旗几句话的。那些话，无一句不是对柯红旗的思念与不舍。

有人告窆说：你是乾坤湾的英雄哩！乾坤湾人爱着你记着你。

有人告窆说：真是为你而骄傲呢！

有人告窆说：回咱乾坤湾了，就是咱乾坤湾的精神，四时八节，咱乾坤湾人上松树峁给你烧纸。

……

棺轿起身的时辰到了，副市长易顺民，还有回县工作了的池东方，以及道老汉、柘黑娃他们四人先抬了一程，跟着的便是乾坤湾村的人了，曲曲弯弯的一条山路，高入云端似的，换人不歇棺轿，一口气抬到了松树峁的峁顶上……给劳九岁、乔红叶撒了七彩草节的罗乾生、罗坤生，给他们的爸爸送葬，军绿色的衣服没有脱，又在上面有套了一身粗拉拉的白色孝服，依然牵在罗衣扣的手上，走在棺轿的前头，一步一声哭，一步一声号，小哥俩的哭号，在这一天，是非常特殊的呢。

罗乾生、罗坤生戴孝哭号，为他俩的身份，做了最为明确的解释。他们小哥俩有爸爸呢！

他们小哥俩的爸爸就是烈士柯红旗。

柯红旗想要倾听到黄河流水，还要看见的毛驹溜。在为他举办的葬礼上,他想听见的黄河巨流,轰轰隆隆的鸣响着,像极了一个母亲的呜咽,而毛驹溜们则在大松树上,吱吱呀呀的轻鸣着,亦然像极了一个玩伴的啜泣……一座新的坟堆,就在四妹子的坟墓不远处,在乾坤湾村人你一锨土,他一锨土的堆积中,高高地隆起在了松树峁上。

但这是不够的,还有最后一个仪规要实行呢。

这项仪规别人不能代做,必须是柯红旗的血亲儿子做了呢。罗乾罗、罗坤生为烈士的柯红旗戴孝送葬,完成了他俩的身份证明。所以,就由道老汉指教着他们小哥俩,人手一把锨,绕着他们烈士爸爸的新坟,看着有土坷垃,就用锨拍碎;看着有草木碎屑,就伸了手拣出来。

这项仪规名曰圆坟。圆坟到最后,就是罗乾生、罗坤生,一个手里拿张裁出来的烧纸,一个手里拿块土坷垃,爬到他们爸爸的新坟顶上,把那方烧纸压在坟头上,就算走完了全部安葬烈士柯红旗的程序。

一则以喜,一则以哀,在这个田野上的庄稼就要成熟的日子里,乾坤湾村人的感情,大起又大落,太不是滋味了!

是夜,忙碌了几天的村里人,都回到他们的窑院里歇夜去了。知青窑院却没有早早入睡,易顺民副市长,以及池东方、劳九岁、乔红叶、罗衣扣和柘袖子他们,坐在知青窑院的石头桌子前,有一句没一句地拉着话。他们拉话的时候,半轮弦月灿灿地照来,照着笼罩在他们头顶上的枣儿树,一会儿跌落一颗枣儿,一会儿又跌落一颗枣儿……那都是早熟的枣儿哩,有枣儿跌落下来,小哥俩的罗乾生、罗坤生,就去捡了来,放在石头桌子上。两个小人儿,早早地感受到了愁滋味。他俩表现得那么乖顺,无事可做了,就依着他俩的习惯,罗乾生趴在妈妈的左腿盖上,罗坤生趴在妈妈的右腿盖上。他们小哥俩张着耳朵,听妈妈罗衣扣,在和易副市长、池东方、劳九岁、乔红他们拉话。

罗衣扣问劳九岁、乔红叶了:你俩要去美国深造了。

罗衣扣说:好事儿哩!但不知这一去,啥时候才能回来?

劳九岁没有让罗衣扣太忧伤。他说:美国是人家美国人的美国。

劳九岁说:我有我的目标哩。下乡插队在陕北,这里缺医少药,这里的百姓需要我。

劳九岁说：被人需要，是多么幸福的事儿呀！

劳九岁看样子还有话说，但乔红叶插话进来了。她说：乡亲们对九岁的感情深哩！

乔红叶说：九岁对乡亲们的感情也深着哩。

一个不眠的夜晚呀，劳九岁、乔红叶第二天天未亮的时候，收拾好了他们的行囊，就要赶着点儿回北京，再乘坐国际航班去到美国继续他们的深造去了。但就在新婚的夫妇俩告别了罗衣扣，从知青窑院走出来，就要往北京城里赶的时候，他们在知青窑院的大门口，十分意外地见着了田子香！

田子香是也听闻柯红旗壮烈牺牲的事情，而匆忙赶来的吗？

六

这没什么好怀疑的，田子香的确是知道柯红旗牺牲的消息了。

同在乾坤湾村的知青点上熬了几年，他们插队落户下来的同甘共苦之情，深深地影响着田子香，她知道了柯红旗牺牲的消息，就不能不来了。再说她还牵心着寄养在罗衣扣身边自己的骨血，她就毫不犹豫地赶来了……走出知青窑院的劳九岁和乔红叶，几乎脸对脸地撞着了田子香。他俩撞见到的田子香，衣裳是太不整齐了，还有头发，也不怎么整齐。她是哀伤的，太哀伤了！她哀伤着那一副模样，把撞见她的劳九岁、乔红叶，都惊得吓了一跳。

劳九岁、乔红叶受到惊吓的神态，迅速传染给了跟在他俩身后的池东方、柘袖子，以及道老汉、罗衣扣他们。他们也被田子香惊吓住了。

不过，他们所受惊吓的内容是不一样的。

劳九岁、乔红叶受到的惊吓，全在于田子香的哀伤，而池东方与柘袖子受到的惊吓，则要复杂一些，既有田子香的那副哀伤样，还有看见她时他们心里的难堪了呢。特别是柘袖子，迅速地躲到池东方的身边，双手环住他的一条胳膊，看着劳九岁和乔红叶，与田子香拉了几句话，便告辞走掉了。

劳九岁与乔红叶一走，池东方能留下来陪田子香吗？当然是不能了，他因此也给田子香告了辞，与柘袖子走了。

他们都走掉了，罗衣扣怎么办呢？

罗衣扣不能怎么办，她只有硬着头皮来陪田子香了，哪怕她不怎么待见田子香，却也得守在这里陪着她，招待她了。现在的知青窑院上，没有了别人，只有罗衣扣一个人。过去的几个日头，在这里给劳九岁、乔红叶操办婚礼，接着又往松树峁上送葬柯红旗，因为有劳九岁、乔红叶、池东方、柘袖子他们在知青窑院里，罗衣扣喜也罢，悲也罢，都熬过去了……现在的她，又必须面对田子香，与她在一起继续熬了。

此时此刻，罗衣扣的心里悲痛极了，也矛盾极了。她不知道田子香的到来，能否弥补上劳九岁、乔红叶、池东方、柘袖子他们走后留给她的空寂与伤悲。

这么想着田子香的罗衣扣，心中积累下来的那种锥心剜肺的悲，伤肝伤情的哀，赶在这时候是怎么都抑制不住了，她伤心欲绝地痛哭了起来。罗衣扣不哭的时候，已经使人特别地揪心难受了呢！她一旦痛哭出来，就更有一种摧人心肝的哀伤，让人如她一样难受、一样悲痛了呢！

田子香不能例外，她进到知青窑院来，还没有放下手里带来的行装，即被罗衣扣的痛哭吓着了。她被罗衣扣吓得可是不轻，膝盖不由她的软了一下，整个人便如一滩稀泥似的，竟然扑趴在了罗衣扣的面前。

田子香扑趴下来的时候，像罗衣扣一样，也哀哀痛痛地哭了起来。

扑趴着痛哭的田子香说了。她说：我给你保证过，要来乾坤湾村里的。

田子香说：我知道了柯红旗的事情，买上火车票就往这赶了。

田子香说：我知道你看不起我，可我就是想来陪陪你，陪着你了一了我欠着你的心愿。

道老汉像罗衣扣一样，是也不怎么待见田子香呢。他本来想着躲一躲田子香的，但他无法躲开罗衣扣的哭，还有田子香的哭。田子香哭着说了那几句话。道老汉听明白了，最讲"道道"的道老汉，以为田子香此刻说的话，就都在"道道"上，他因此就站在痛哭着的罗衣扣和田子香身边，像是劝说她俩似的，连着说了三句话。

道老汉说：道道。

道老汉说：啊呀呀……道道。

道老汉说：这是个道道哩。

这时候的道老汉，一遍一遍地强调他的"道道"，让人听不明白他是要表达甚样的意思？他是原谅田子香了吗？还是打心里依然厌恶着田子香？他没有明说，但在罗衣扣听来，道老汉是把田子香原谅了呢。

道老汉原谅了田子香，罗衣扣不是铁石心肠，她听着田子香的絮叨，承认她说的没错，她是不怎么看得起她呢。她甚至是见她一回，就受一肚子气！那次返城回京，如果不是先受了亲爹亲娘、亲姐妹的气，田子香撵着她到天安门前的人民英雄纪念碑前，撺掇着劳九岁、乔红叶出面请她去红延安小饭店，罗衣扣不知要怎样生气呢。

带着罗乾生、罗坤生，罗衣扣重回乾坤湾村，在村小继续做她的"女先生"，她与田子香井水不犯河水，可她还好意思，撵到乾坤湾村来？

不过田子香说了，她说她是知道了柯红旗的事儿。

罗衣扣承认，这是个理由呢。有了这个理由，是为知青窑院主人的罗衣扣，就只有接纳下田子香，让她陪着她熬几天生活了。想到这里的罗衣扣，慢慢地收住了她的悲伤、她的哭泣，她弯腰下来，扶起了田子香，并且伸手过去，帮着她擦她满脸伤心的泪……把田子香满脸的泪水擦干后，罗衣扣拉着她进到她们原来住着的窑洞里，安排她住了下来。这时她俩住在一起，田子香不会，也不敢像她过去与罗衣扣住在一起时那么强势了。对此，田子香心知肚明，她把她的姿态，尽可能地放低，低了再低，低得只剩下了讨好巴结罗衣扣了。

从北京来乾坤湾村时，田子香仿佛搬家似的，把北京城里的好吃好喝，一样不落地带来了一份。与此同时，还挑着流行在北京里的衣裳，不仅给罗衣扣单的买了两身，棉的买了两身，还给罗乾生、罗坤生，以及道老汉都单的、棉的各买两身……田子香把她带来的这许多礼物，在交给罗衣扣的时候，她没敢说她开在北京城的红延安饭店的生意，但罗衣扣看得出来，她经营的是不错的，不然，她不会这么既低三下四，又大方豪气地到乾坤湾村来。

　　有理不伤来客。生活在乾坤湾村里的罗衣扣，把自己完全彻底地变成了这里的一分子，她习惯了这里的生活，也深刻地接受了这里的生活法则。罗衣扣看着道老汉对田子香的态度，虽然有所改变，但依然是不怎么对付，就还在与道老汉歇着围坐在窑院里的石头桌子前时，以拉家常的方式，做道他的工作了。

　　罗衣扣说：那次在北京，田子香可是用心了呢。

　　罗衣扣说：在田子香的红延安小饭店后院，她像在咱知青窑院一样，也安排了一方石头桌子。

　　罗衣扣说：是对咱知青窑院的纪念吧。

　　对罗衣扣的说辞，田子香就只有起劲地给她点头了……在知青窑院里，田子香除了讨好巴结罗衣扣外，就还眼角眉梢都是活儿，看见水缸里的水不满了，就抢着下到川河去，挑水回知青窑院，把他们吃水的水缸总是挑得满满的，还要再挑来水浇灌院子里的萱草花……她一刻都不让自己闲着。挑罢了水，就又找来斧子劈柴火，劈柴把她的手，磨出了一手的血泡，血泡破了，流着血，她却还不管不顾地要再劈！她把劈好的柴火，顺着堆柴的窑墙，一层层的堆，堆得比她人还要高。

　　空寂的知青窑院，因为有田子香陪伴，罗衣扣的坏心情有了些许的修复。

　　特别是田子香，没有忘记她在北京城给罗衣扣许下的愿：把小饭店经营好了，就给乾坤湾村的小学捐款，年年捐，资助学校里的贫困学生。对她的这一承诺，罗衣扣当时也许是相信了呢，也许根本没有相信。

　　相信不相信，一切都要以事实来说话。田子香陪着罗衣扣，在知青窑院住了几天，就告别着罗衣扣，要回北京去了。田子香临回北京前的一天，把她带来的一沓现金，拿到村小校园里去，交到了罗衣扣的手上，说这是她的头一笔捐款，后面她就从邮局汇了，一年邮汇一笔。

　　回了北京城的田子香，坚守着她的承诺，为罗衣扣的学生娃娃持续捐着款，她捐助到罗乾生、罗坤生的年龄也到了入学的那一年，就还带着她要捐助的现金，亲自到乾坤湾村来了。这次来，到她走的时候，竟然背着罗衣扣，把罗衣扣的血亲儿子罗乾生，硬生生当成了她的血亲，从乾坤湾村带去了北京城。

这件事情发生时，罗衣扣头昏脑涨，一片空白，眼冒金星，目不能视，她是愤怒起来了！

愤怒着的罗衣扣，当即起步去追田子香，可她刚刚跑动的腿脚，却被扑上来的罗坤生双手抱了起来。因为她的腿被罗坤生抱着，她就跑不起来。愤怒着的她，因此就还狠心推了一把罗坤生，把罗坤生一下子推得坐在了她面前。这使她突然地又心疼了起来。心疼起来的她，不往前跑了，她弯下腰来，把坐在她面前的罗坤生，双手揽进怀里，紧紧地抱着，不能自禁地哭了起来……罗坤生扬起脸来，承接着妈妈罗衣扣纷纷坠落的泪珠，并抬手到妈妈的脸上，擦拭着妈妈的眼泪。

罗衣扣鼓足了要追田子香的力气，慢慢地泄着，泄得她像一摊抽去了筋骨的稀泥，瘫坐在了地上，任凭她热泪横流，而被她紧紧抱着的罗坤生，则还一个劲儿，既伤心又无奈地低声啜泣着叫她妈妈。

罗坤生说：妈妈，我害怕！

罗衣扣还能怎么样呢？她不能怎么样了，既不能带着罗坤生去追田子香，换回她的血亲儿子罗乾生，更不能让罗坤生知道他不是她的亲生。那么，罗衣扣也许只有接受田子香给她造成的现实，让她把她的亲生带走，而她把她的亲生带在她的身边，当作自己的亲生继续养了。

唉！唉！唉！罗衣扣连声叹着气，她想亲生不亲生，是都抱在自己的怀里抱大的，抱到如今，又有什么好分的呢！

放弃了去追田子香的念头，罗衣扣怪起了她自己。她怪罪自己是太大意了，让田子香钻了空子……再来乾坤湾村的田子香，照例向罗衣扣的学生娃娃捐了款，照例在知青窑院帮助罗衣扣料理家务事，该挑水了她挑水，该劈柴火时她劈柴火，她如此任劳任怨，把罗衣扣真的是都感动上了呢！

感动着的罗衣扣，将心比心，与道老汉背过田子香商量了几次。

罗衣扣给道老汉说：我是个母亲，田子香也是个母亲呢，母亲不能为难母亲。

道老汉赞赏罗衣扣的观点,他给罗衣扣表态了。

道老汉的表态是他说惯了的那个话:道道。

道老汉说:人世上的道道啊,可不就是这个样子吗?

罗衣扣准备往道老汉所说的"道道"上做了呢。可是田子香,却乘着她不在知青窑院的时候,鬼鬼祟祟地给罗坤生口袋里塞了几颗大白兔奶糖,哄他藏进窑洞里,就还故伎重演,又用几颗大白兔奶糖,哄着罗乾生,跟她走出知青窑院来,走到村口的大道上,攥着一辆她掐好时间的乡村公共汽车,带着罗乾生走了。

不辞而别的田子香,给罗衣扣留下了一封信,她在信里给罗衣扣说,请原谅我或者恨我……我确实是个该被恨的人!你不恨我,我都恨我了呢!恨我把乾生带走了,带回到北京去了。他是我的亲生哩,我太对不起乾生了!自己的亲生啊,我日日夜夜想着他,想得我睡不着觉。我太难受了,一次次、一次次地,我自己骂我自己,骂我不像个人。你要相信,北京的教育环境,比这里是要好许多哩。这个事实你得承认……我当年把儿子托付给你时,我把他送到了你的左臂弯里。那次在北京时,我就认真地观察到了,乾生总在你的左手上牵着。这次来,我还注意到,乾生依然总是牵在你的左手上。

田子香把她在北京时就写好的信,用炕上的枕头压在了罗衣扣和罗乾生、罗坤生同睡着的炕沿上。

第十九章　艰难的成长

恰咯哟馍馍哟小米粥，
田间哟地头哟小山头。
望不断的黄河水滔滔，
看不够的乡亲笑呵呵。
……

——信天游《情难休》

一

知青窑院里的萱草花、村小校园里的萱草花，开了谢了，年复一年。

罗乾生、罗坤生长到了上学的年龄，小哥俩要报名上学了，却被田子香赶来乾坤湾村，偷偷地把罗衣扣的亲生罗乾生带去了北京城，而剩下田子香的亲生罗坤生，便赶着点儿，与柘黑娃和牛小兰的双胞胎女儿柘川秀、柘河秀，一起报名上了乾坤湾村的村小，在罗衣扣的眼前，接受着她的教育，一天一天的进步着，一年一年的成长着，呼呼啦啦地就都小升初，从乾坤湾村小学考进了河怀镇中学，以走读的方式读了三年初中，接着参加中考，就又顺顺利利地考去川河县城，上了县城里的高中。

在此期间，罗衣扣享受着政策的优待，也从一名村级民办老教，晋升为了有正式编制的公办小学老教。

成为有身份的公办老师后，罗衣扣有几次机会，可以调离乾坤湾村，上调到河怀镇，甚至川河县城的小学里去教学的。这是因为教育系统的评比，年年都搞，每年的评比，罗衣扣不仅年年是河怀镇上的教学能手，也多次被评为川河县里的教学能手，其中好有几年，还被评为延安市的教学能手。成为教学能手的罗衣扣，自然就成了教育系统的香饽饽，谁都想把她挖了去，充实他们学校的师资力量。细数下来，有心挖她去的学校，给她的待遇，比在乾坤湾村村小高了去了，而且还在不断攀升，是非常优待了呢！但罗衣扣坚守在乾坤湾村的小学里，谁挖她都不去，就那么安安心心地守在乾坤湾村小学里，既做她的小学校长，还做她的小学老师。

在乾坤湾村小学的教台上，面对着年年都有变化的学生娃娃们，罗衣扣满怀期望，还满怀信心，把村小的教学工作，越做越有成效。使他们乾坤湾村村小，如她本人一样，也成了河怀镇、川河县里的典型了呢。

把罗乾生蛮不讲理地带回北京去的田子香，信守着她的承诺，年年给乾坤湾村小学汇来一笔捐款。她的捐款从最初的千八百块的资金，不断地增长着，已经翻上到近万元的资金了。这是罗衣扣与田子香保持联系的一个渠道，还有一个渠道，就是上学读书了的罗乾生了。他会把他的进步和变化，写信告诉妈妈罗衣扣、弟弟罗坤生的。让他们知道他在北京的学习，是也非常的顺利，从小学读到了初中，又从初中读到了高中，而且还是北京城里出了名的重点中学。

牵在心上的罗乾生，因为学习上的进步，使罗衣扣放心了不少。然而，长在她身边罗坤生，却还不怎么放心他的哥哥罗乾生，常常要向她打问罗乾生呢。一次从川河县高中回村来，罗坤生帮助妈妈罗衣扣浇灌着院子里的萱草花，他低着头没敢看妈妈，却开口说了句妈妈从没说出口的心里话。

罗坤生说：妈妈，我想哥哥乾生了。

罗坤生说：哥哥他走了那么多年，怎么就不回来看您哩？

罗坤生说：几颗大白兔奶糖，就能跟着人家走，妈妈……我就不走。别说几颗大白兔奶糖，就是把奶糖拉上一火车皮，我也不会走。

罗坤生说：哥哥太不值得了。

罗衣扣没有想到罗坤生会说出那么一堆话来，她小心地浇灌着开得一片烂漫的萱草花，没有应他说的话，但她的眼睛里，却不由自已地湿润起来，聚成两串晶莹泪珠，扑簌簌漫流在了她的脸上……罗衣扣的泪水，把罗坤生说话的嘴堵住了。他丢下浇灌萱草花的水瓢，小步走着，走到妈妈罗衣扣的身边来，抬手来擦妈妈脸上的眼泪。

罗坤生不要妈妈罗衣扣流泪，但他下来说的话，让妈妈就更伤心，就更要流泪了。

罗坤生说：妈妈，你不给我说，其实我是都知道了。

罗坤生说：你每时每刻都揪心着哥哥，她把哥哥偷着带走，是把你的心剜出来带走了呢。

不要罗坤生再说什么，罗衣扣即已从他的话里听得出来，他是知道罗乾生是她罗衣扣的亲生，而他是田子香的亲生……纸里包不住火，所有的事实，以为隐瞒着的都只是她自己。听出罗坤生话中的话，罗衣扣的泪水晶晶莹莹地挂满了她的脸面。

罗坤生继续为妈妈罗衣扣擦抹着泪水。他一边擦抹一边说：妈妈不哭。

罗坤生说：哥哥乾生是妈妈心头掉下来的一块肉，我也是啊。

罗坤生说：我和哥哥乾生都是妈妈心头上的肉哩。

妈妈罗衣扣心头肉的罗坤生，没有因为已知他是田子香的亲生，而疏远非亲生了他的罗衣扣，相反比起过去，似乎更加亲着罗衣扣，去了学校读书，把要读的书，把要做的功课，也会读得更认真，做得更认真；而他节假日回到妈妈罗衣扣的身边来，眼睛里满是活儿，手头上满是活儿，帮助妈妈把他们作为家的知青窑院，收拾得干干净净，家里的水缸里没有水了，罗坤生便下到川河畔去，一担一担挑水回来，非把水缸灌满水不可；家里的劈柴还够烧些日子，罗坤生放心不下，就还要抡着斧头，劈出一大堆柴火来，垒墙似靠着窑墙码起来……为妈妈罗衣扣做着这一切的时候，罗坤生是还要关照到道老汉的，他怎么帮助妈妈，就还怎么帮助道老汉，这使道老汉要夸赞他了呢。

道老汉夸赞罗坤生说：懂事了。越来越懂事了。

道老汉夸赞说：有苗不愁长，咱们罗坤生五马长枪地，都长成个大小伙了。

道老汉的夸赞没有错，罗坤生的确生得胖胖壮壮，虎虎有生气。然而，一个严重的问题，在道老汉、罗衣扣和罗坤生毫不知情的时候，突然地发生在了罗乾生的身上了……身在北京的他生病了,而且是个让人听之色变的疾病呢!

这个可怕的疾病,把在北京市重点中学里读书的重点生罗乾生击中了!

在与罗坤生有了那次心知肚明的对话过后,罗衣扣就想了,并且还与道老汉打了商量,决定下来,要给返城回京在北京城里做生意的田子香,把罗乾生、罗坤生兄弟中,谁是她的亲生说个清楚了。她咬牙忍痛,给田子香写了一封信,可是田子香没有因为她的一封信,改变她原有的立场,依然故我地把罗乾生当作她的亲生,养在北京她的身边。

田子香坚持把罗乾生养在自己的身边,养到他上到高三年级上半学期。一身朝气的罗乾生,身体却突然出了状况。开始时,田子香以为是要准备高考了,罗乾生的学业重,吃不消,田子香就千方百计地给他加营养,锅灶上山珍海味、鸡鸭鱼肉,无所不有地弄回来,做给罗乾生吃了。与此同时,又还蜂王浆口服液、健脾补脑液什么的,也一盒一盒地买回家来给罗乾生服用了。然而一点作用都没有,罗乾生的身体越来越虚弱,越来越成问题。田子香没了办法,就带着罗乾生去到北京城里的一家大医院检查,从罗乾生胳臂弯上的血管里抽了血,检查化验,结果出来,把田子香当即惊吓得晕了过去!

从天旋地转的眩晕中回过神来的田子香,再看检查化验单,依然是那么一行使她要晕过去的字迹:急性白血病。

这是个什么疾病呢?严重时,胸闷气急,甚至发生晕厥,死亡率非常高。听到院方专家的意见,让田子香几乎要绝望了呢!但她没有气馁,而且信心满满地这样想了,生病不可怕,可怕的是没有方法。在医院里,田子香知道依靠新生儿的脐带血,是个解决问题的好办法。但前提必须是患者自己的父母亲怀孕生子才行呀。

田子香想到了池东方,她与池东方再同房一回,再生一个他们的孩子如何?

田子香这么想来,即把她想得面红耳赤,心头上直发颤……十七年前她在西安城里经历过的那一幕,在她的记忆里迅速地重现出来了。那时候的她，就只爱个池东方，便是到了今天，她也绝不认为自己的爱有错，可是池东方却偏偏地爱上了一个土生土长的陕北姑娘柘袖子。田子香不能相信，池东方真会爱上柘袖子。她死缠烂打，池东方调转去了省委工作，她就撵到西安城里去，池东方去省委上班，她就往他办公的地方去，池东方下班去他在建国路上的单人宿舍，她不依不饶，继续撵他到单人宿舍里去……就在那间单人宿舍里，田子香撕下她一个姑娘家的羞脸不要了，死皮赖脸地钻进池东方的被窝，把她的身子囫囵给了池东方。

把自己的身子给了池东方后，田子香给池东方说了几句话。

田子香说：算我爱过你一回了。

田子香说：你把我办回北京去吧，从此我不黏你。

田子香说：我说话算话。

田子香给池东方说了那些话后，天亮从池东方身边离开，没过几天时间，她如愿以偿地拿到了返城回京的手续……可是回到北京城里的田子香，一个月时间过去了，两个月时间过去了，应按月如期而来的月信，却不见来，她还有了强烈的妊娠反应！只是一个晚上的孟浪，田子香居然就怀孕了。对于别人来说，未婚而孕，是非常惊恐的呢！但田子香没有，她不仅一点都不惊恐，而且还把她高兴得恨不能见人就说，我怀上自己的孩子了！当然，田子香还没有那么不理智，她清楚她的处境，必须为她肚腹里的孩子而保密，不仅对她周围的人保密，对她家里的人保密，还要对池东方保密。田子香保密的办法，就是在她几乎无法保住肚腹里的秘密时，离开了她好不容易回来的北京城，秘密地到她插队落户过的陕北，找了一户好心的人家，给了那家人一笔钱，以那家人亲戚的名义，秘密居住到要临盆时，被劳九岁接进县城，帮助她把她与池东方的孩子落生下来。

劳九岁能怎么办呢？他没有别的办法，唯一的办法就是帮助田子香把她与池东方的孩子，顺顺利利地生下来，并把这个消息辗转告诉池东方。

知道了结果的池东方，后来的表现，让田子香还是很满意的呢。他们的孩子在哺乳期时，池东方千方百计地给罗衣扣那里送奶粉、送炼乳；他们的孩子长大要上学了，池东方又给他们的孩子买衣裳、买书包……池东方默默地尽着一个父亲的责任。现在,他们的孩子不幸罹患了那样一种要命的疾病,池东方还会……

田子香想了,但她知道自己这么想,只能是她自己的一厢情愿罢了。

池东方是不会再与她同房了,因为这是不现实的,太不现实了。

此外还有一个方法,那就是进行干细胞移植手术。寻找到合适的配型,给罗乾生移植进骨髓里,他的身体就能恢复过来。这个方法鼓舞着田子香,她没有犹豫,作为亲娘的她,甘愿捐出自己的干细胞,来为罗乾生实施移植手术了。医院的专家说了,亲属之间,最容易找到适当的配型。然而她的化验结果出来了,却与罗乾生的干细胞,完全无法相配。

事到如今,田子香这才彻底明白过来,罗衣扣没有欺骗她,给她写信说的都是实话,罗乾生真不是她的亲生呢。

在这样的一个事实面前,田子香就只有羞愧了。

羞愧难当的田子香穷途末路,她因此把她在北京遭遇到的这一切,拍了一份电报,不做任何掩饰地都告诉了罗衣扣。

电报拍给了罗衣扣后,田子香等在北京城里,天天守着罗乾生。守着罗乾生的她,心痛得如刀在绞。她想她真是太荒唐不过了,就只相信她眼睛,最初时把她的亲生抱给了罗衣扣的左胳膊弯,这便坚信她的亲生,罗衣扣只会抱在左胳膊弯,长大了,仍然会把她田子香的亲生牵在左手上……自己的偏执偏心,让她顽固地把罗衣扣的亲生罗乾生当成了她的亲生,偷着哄骗回北京来,带在身边尽心尽意的养育着,费心巴脑地培养着,十多年的朝夕相处,到这个时候,她心痛罗乾生虽然不是她的亲生,却也被她带得胜似亲生了呢!

愧悔吗?懊恨吗?对于这个时候的田子香来说,都是多余的,田子香现在唯一想的就是给罗乾生治病了。剜她的心,掏她的肺,如果能治罗乾生的病,她都在所不辞了。还管什么脸面不脸面,只要罗衣扣来北京,帮助救治罗乾生。

接到电报的罗衣扣,一刻没停地带着罗坤生到北京来了。

二

说来也巧,接到田子香电报的日子,也正是罗坤生放寒假的时候。

心急火燎的罗衣扣想她一个人去,要利索些,但罗坤生缠上了妈妈罗衣扣,说他乘着寒假的日子,又不会耽搁学业,就要陪着妈妈一起去。罗衣扣没有拒绝罗坤生的请求,就把他带上一起往北京去了。不过,罗衣扣也没有告诉罗坤生,他的哥哥罗乾生病了,病得还很邪乎!所以罗坤生获得妈妈的同意,可以去北京见他的哥哥罗乾生,他的心里别提有多高兴了!

走得太匆忙了,罗坤生想要给哥哥罗乾生准备个礼物啥的,都没能做到,他似乎只来得及系好自己的鞋带,就伴在妈妈罗衣扣的身边,踏上了去北京的路程。他们先是乘坐汽车,换了两次,再乘坐火车,一天一夜。人还在路上时,罗坤生即已感知他的心,去到了哥哥罗乾生的身边。对于他的身世,已经心知肚明的罗坤生,没有原谅他的生身母亲田子香,他觉得生身母亲田子香太自私了,所作所为,完全不像个生身母亲。她生了他,却没有养他,都是非生身的妈妈罗衣扣,千难万难地养着他,巴心巴肺地爱着他……非生身的妈妈罗衣扣啊!罗坤生不敢想,他想着就要难受,既为妈妈罗衣扣难受,还为自己难受,也为哥哥罗乾生难受,是田子香不顾他们哥哥弟弟的感情,硬生生把不是她生身的哥哥罗乾生,偷偷地骗进北京城,使他们兄弟俩身处北京、陕北两地。还好,遥远的两地没有分割开他们哥俩的情感,自幼长在一起,同时吃妈妈罗衣扣的奶,同时依偎妈妈罗衣扣的怀抱,哥俩建立起来的兄弟情,岂是北京、陕北之间的那段距离能够隔开的!他们哥俩上学了,会写字了,就互相你来一封信,他回一封信。特别是上到高中以来,他们哥俩的通信还又愈加地频繁了呢。他们在信里交流学习心得,交换思想情趣,相互鼓励鞭策,罗乾生要罗坤生加油再加油,高考就往北京考,考到北京来,他们哥俩好团聚!

罗坤生所以要缠着妈妈罗衣扣到北京城里去,就是哥哥罗乾生信里说给他的话,督促着他,要赶着寒假的日子去的呢。

欢天喜地,是罗坤生获得妈妈罗衣扣的同意,带他到北京去见哥哥罗乾生时最本能的反应了。但他怎么都想不到，匆匆忙忙地跟妈妈罗衣扣带他到北京来，见他的哥哥罗乾生，原来是哥哥患上了那样一个要命的病。

乘坐在公共汽车上时，人稠地方窄，罗坤生没法问妈妈罗衣扣的话。转乘上火车了，罗坤生有大把的时间问妈妈了呢。但是他喋喋不休的问话，问给妈妈罗衣扣时，都像问到了火车的车窗边，窜出窗，随风去了。妈妈罗衣扣似乎不是平常日子里的妈妈了，她不仅沉默寡言，还一脸的忧凄与哀伤，甚至是还满怀着不可消解的愤怨与愤恨。妈妈这是怎么了呢？罗坤生满腹狐疑，他不能再那么没心没肺地问妈妈了。

火车喷吐着一股一股白茫茫的烟雾，突然咔吃咔吃地长鸣了一声，停在了北京火车站。

等在火车站站台上的田子香，东张西望，她看见下车来的罗衣扣和罗坤生了。

在看见罗衣扣的那一瞬间，田子香像看见了罗乾生的新生一般。她听见她的心，咯噔响了一下，那一声响，告诉她一个喜讯，她的罗乾生有救了！

迎着风尘仆仆的罗衣扣和罗坤生赶了去，田子香远远地就招呼上了罗衣扣。

田子香喊似的招呼罗衣扣：衣扣啊，你来了！

田子香喊：来了好啊，你不知道我都要急死了呢！

罗衣扣想象得出来，田子香说的不是假话，她确实是着急了呢。罗乾生那样的状况，搁在谁面前是都要急的。但是罗衣扣装在肚子里的愤怨，一路上在发酵，在她看见田子香的时候，已经发酵到她没法不发泄了。她面对了田子香，没有呼应她的话，而是一把抓住罗坤生，往田子香面前一推，近乎咬牙切齿地给她说了。

罗衣扣说：看清楚了，坤生真是你的亲生呢！

长得比罗衣扣已经高出一头的罗坤生，听到妈妈罗衣扣这一说，虽然自己的心里早已知道，也早有准备，可能的一天，他将会面对这样一个局面，但真的面对了时，他还是被非生身的妈妈罗衣扣说出的那句话，说得愣了起来……罗坤生不敢相信，把他爱在心尖尖上的妈妈罗衣扣，不仅当面锣对面鼓地说出了他的身世，而且态度还是那么让他吃惊。过往的日子，非生身的妈妈罗衣扣对他总是温言软语，爱抚有加，到这时突然变得不是她了，她说话的语气是那么冲！动作也是那么冲！罗坤生的脸色急剧地发生着变化，而罗衣扣也已敏感地看见了罗坤生脸上的变化，但她没有照顾他的情绪，紧接着又还对田子香愤愤地说了两句话。

罗衣扣说：把人认准了！

罗衣扣说：把心放正了！

罗坤生不像哥哥罗乾生，生性要柔和一些。他就不同了，生性是刚烈的，而且还很倔强。原来与罗乾生生活在一起时，知道哥哥罗乾生比他出生的时间要早一会儿。但晚出生的他，却常要欺负早出生的哥哥罗乾生。不过，哥哥罗乾生被他欺负了，并不生他的气，转回头，还怕他不开心，不仅帮着他在妈妈罗衣扣跟前隐瞒他的莽撞，还要安慰他，仿佛他受了委屈似的。他们哥俩现在大了，都会想事情了，罗坤生因此就要想了，想他是亏欠下哥哥罗乾生许多委屈呢，他这次跟随妈妈罗衣扣到北京来，要见多年不见的哥哥罗乾生，是一定要给哥哥检讨求饶的呢。可他还没能向哥哥求饶检讨哩，却在火车站的站台上，听到妈妈罗衣扣面对了田子香，说了那样几句话。脾性倔强的罗坤生，不能也不会站在生身母亲田子香一边的，他是要坚定地站在非生身的妈妈罗衣扣的一边，向他生身的妈妈田子香也要发作了呢。然而，他能怎么发作呢？非生身的妈妈罗衣扣。把生身的妈妈田子香一通数说，说得她低眉顺眼，甚至低三下四地向非生身的妈妈罗衣扣求告了

田子香说：我求你哩，衣扣。

田子香说：这些话咱先不说好吗？

田子香说：给乾生治病，是咱眼下比天还要大的事情哩！

强忍着没能发作的罗坤生，从生身妈妈田子香的嘴里，听到哥哥罗乾生病了，病得还是比天大的事情，他就更发作不出来了。他不仅发作不出脾气来，还急速的转变着情绪，为他听到的关于哥哥罗乾生的病情，担忧了起来。

罗坤生问了：哥哥怎么了？

罗坤生问：哥哥在哪里？

罗坤生说：快、快，我要见哥哥！

因为罗坤生的几句话，使罗衣扣迅速地冷静了下来。满腹的怨怼，满腹的愤恨，还有什么满腹的不容调和，就这么突然变得都不重要了。治愈罗乾生的疾病，抢救罗乾生的性命，成了罗衣扣此刻心里最为迫切的一个想法……对此，罗衣扣不仅愤懑不起了田子香，怨恨不起田子香，甚而滋滋地生出一股要感谢田子香的情愫来。想想看，如果不是田子香偏执于她个人的一己之私，错把罗乾生当作她的亲生，哄骗到北京城里来，而让罗乾生留在乾坤湾村，在那个医疗环境相对落后的地方，不是要耽搁下来，延误了他的治疗吗？

首都的北京啊，祖国的心脏哩！

可不只是田子香在留给罗衣扣的信里说的那样，教育资源丰厚，罗乾生可以受到很好的教育，这里的医疗环境，同样十分优越，譬如为罗乾生诊断出白血病的那家医院，就非常了得，不仅在国内，还在国际上享有盛名……罗衣扣不好再说什么了，她拉着罗坤生坐进田子香带来的一辆小车里，往罗乾生住的医院里赶了。

说来也巧，罗乾生住的竟是古月华老人当年住过的那家医院。改革开放，原来只为一些特殊人员开办的医院，也放开了限制，市民百姓有困难了，一样可以住进来治疗了。在这家相对神秘的医院门口，罗衣扣、罗坤生在田子香的引导下，刚刚走进医院大门，罗衣扣就听到有人轻声地招呼她。她开始没怎么注意，想她一个陕北山沟沟里的乡村小学老师，走到北京城里来，会有谁认识她招呼她呢？可是招呼她的声音还在持续，她因此顺着招呼声看了去，这便看见了那位曾经守在古月华老人病床边，与她一起照顾过老人的护士了。

她是白点胖点的那一位，罗乾生住院的病床，恰就在她当了护士长的科室里。

白点胖点的护士不仅职务上变化了，长相也在变化，比那时瘦了点，却依然的白。她撵着过来，给罗衣扣报告了一个好消息。如今不胖还白而担当起护士长的她，在报告罗衣扣好消息时给她说了，她说罗乾生刚一住进他们医院，她看着罗乾生的名字就觉得熟。没过两天，她即已认定罗乾生是谁了。她说罗乾生与罗衣扣在医院里照顾古月华老人的时候，罗乾生没少跟她与那位黑点瘦点的护士玩，他们玩得很熟了呢。业已成长为护士长的她，说她认出罗乾生后，就想着罗衣扣会来哩。现在好了，罗衣扣来了，他们大家一起想办法，来为医治罗乾生的疾病寻找方法。

白点的护士长还说到了那位黑点瘦点的护士。她说她俩都念叨罗衣扣哩，还说她如果把罗衣扣来医院的消息，给黑点瘦点的护士一说，她是一定会赶着来看你哩。

白点的护士长说：她现在权大了呢！是咱们医院的总护士长了。

白点的护士长介绍了黑点瘦点的总护士长后，这便边走边给罗衣扣说了那个好消息。

白点的护士长说：是位留学美国的医疗专家呢！

白点的护士长说：为了抢时间给罗乾生找到好的治疗方案，我们医院把罗乾生的病理状况，挂到了网络上，寻求国际支援，人家身在美国的大专家看到了，在网络上留言，说他立即回国来，帮助医院对罗乾生实施治疗。

这确实是个好消息呢！

那么这位旅美留学的大专家又是谁呢？

罗衣扣在想这个人，田子香也在想这个人。她们想着想到了同一个人，那就是留学美国的劳九岁了！非是他，谁还会那么巴心巴肺地关心罗乾生？想到了劳九岁的身上，罗衣扣、田子香如同有了靠山一般，心静了不少。她们等在一起，在那家医院里，罗衣扣像田子香最初时一样，也向院方提出来，把她的骨髓与罗乾生的骨髓做了配型。与哥哥罗连着心的罗坤生，亦然把他骨髓也做了配型。遗憾得很，罗衣扣与罗坤生的骨髓与罗乾生，都无法配型成功。

罗衣扣、田子香、罗坤生他们干瞪眼没办法，等在医院里，确如白点的护士长说的那样，那位黑点瘦点的医院总护士长，找罗衣扣来了。

把罗乾生的病理状况，挂上网络的正是她。她的话，让罗衣扣、田子香她们，知觉对于治愈罗乾生的白血病，一下子有了更大信心。

总护士长的她说：那位专家，是世界治疗血液病方面的权威哩！

总护士长的她说：他明天就到北京。

是夜，在罗衣扣和田子香等待劳九岁时，她俩从罗乾生住院的病房里出来，走在了医院的院子里。避开了罗乾生、罗坤生，却无法躲开地又说起了他们哥俩。

话题是田子香先提起的。她说的话，延续着她俩在北京火车站初见面时所说的话题。田子香没有怪罪罗衣扣当时说话的恨声恨气，她此前就已认真地想了，罗衣扣听闻她的亲生罗乾生，患上那样的疾病，别说用话臊她，就是见面拿把刀子，砍她的脸，剜她的心，她是都要承受了呢！所以她没有怪罗衣扣说话狠，为了罗乾生，她忙了好多天，又想了好多天，在这个晚上，她要敞开心扉，给罗衣扣说说心里话了。

田子香说：那天在北京火车站，你见面说给我的话都对。我也知道了，罗坤生是我的亲生，但你往我面前一推，他就不是你儿子了？

田子香说：罗坤生不是你的亲生，可你问问他，看他怎么说？他能不认你是他的娘吗？你为他受的苦，遭的难，你啥时候都是他亲在心上的娘，他是你亲不够的儿子哩！

田子香说：就如罗乾生是你的亲生，是你的儿子，难道就不是我的儿子了吗？他还是我的儿子哩！

田子香说出的这几句话，说得罗衣扣心头一震！她与田子香在医院的后花园里走着，突然放慢了脚步，不走了，偏过脸去看田子香，发现田子香变了，变得她都不能认识了。

对田子香一肚子的怨气，甚至还搅和进许多恨气的罗衣扣，把她赶到医院来，在病床前初见罗乾生时的情景，蓦然又浮现在了心头上。一脸病容的罗乾生，看见她从病房门口走进来，当即就从病床上爬起来，双脚站在地上，迎着她跑了两步，低头钻进她的怀里，就给她说起了他的伤心。

罗乾生说：儿子想妈妈哩！

罗乾生说：你要听我说哩，你不在北京的时候，都是子香妈妈照顾我，她为我什么苦都能受，什么难都能扛，子香妈妈太不容易了。

罗乾生说：你们都是我的妈妈，我爱你们两个妈妈。

罗乾生说给罗衣扣的话言犹在耳，就在刚才，田子香又给她掏心窝子地说了那么一堆话，好心眼的罗衣扣还能怎么说呢？她不会说怨气话了，更不会说恨气话了，她能说的就只能是加强她们情感的话了。

跟着田子香说给她的话，罗衣扣问她了。她说：这些是你自己想说的？

田子香高兴罗衣扣能这么问她。她说：是我发自内心说的。

田子香跟着还说：人是会变的，我想我是变了呢。

田子香跟着又说：你是我的镜子，我拿我与你对照，我能不变吗？

罗衣扣感动田子香的这一变化，因为她很早就想过了，想的是田子香错把她的亲生罗乾生带回北京，她没少怨她恨她。怨着恨着一直在想，想到了罗乾生患上那个要命的白血病，她渐渐地有点想通了，想她亦如田子香说的，罗乾生虽是她的亲生儿，可也是田子香巴心巴肺养在身边，养了多年的儿子呢！将心比心，罗坤生是田子香的亲生，可不是也养在她的身边，养成了她的儿子了吗？

罗衣扣感同身受的回应了田子香：你说对了。

罗衣扣说：这才是你该说的话哩。罗乾生、罗坤生是兄弟俩，是咱们共同的儿子。

罗衣扣说：他们兄弟虽未生在一起，却是长在一起的，便是咱们要分出个谁是谁来，他们兄弟可还不要分哩。

三

被罗衣扣和田子香猜想对了，从美国自愿回国帮助罗乾生治疗白血病的人，果然是劳九岁。

乾坤湾村一起下乡插队的老朋友啊！他们在北京的首都机场一见面，罗衣扣、田子香都先流了泪。劳九岁是也有泪要流的，但他看见罗衣扣和田子香，没有任何芥蒂地一起来迎接他，他释然了下来。这与他从美国回北京来的路上，想象的太不一样了。他想的是，罗衣扣不知要怎么痛恨田子香呢。

对于罗衣扣来说，田子香仿佛她的一个痛苦的渊薮，一切的不快、伤心，几乎都是田子香给她造成的。她能完全谅解田子香吗？她能放下内心的厌恶吗？怀揣满腹的疑问，劳九岁走出候机楼的出口，见到了罗衣扣、田子香，把他心里的疑问，顿然释解开来，化成了一缕清气，飘得没了踪影。劳九岁觉得他没有流泪的条件了，不仅无泪可流，而且还有一抹喜色，从他的内心深处生发出来，涌到了他的脸上，他笑了，笑得坦率温暖！

哦……罗衣扣、田子香需要的就是劳九岁的坦率温暖的笑呀！

朋友的意义，应该就是这个样子哩！遇到一些难以面对的问题时，相互之间，你理解了我，我理解了你，大家把问题在相互的理解中，转化成了他们之间的需要，并使现实的需要，进一步转化成大家希望的一种美好。

为治愈罗乾生白血病的前途，蓦然显出一片璀璨的光明来！

但是治疗白血病的那个花销，却是个让人要呼天抢地的数字呢！凭借罗衣扣一个乡村小学教师的收入，连个小小的零头都不够，幸好有田子香和她办在北京城里的红延安小饭店，把那像个巨大的窟窿一般，吓人的治疗费用，满碟子满碗地给填着了。

为了她们共同的儿子，田子香没有什么拿不出来的，就看劳九岁回来怎么拿方案了。根据罗乾生住院的院方，在网络上向全球医疗机构发出的公开函，劳九岁给罗乾生找到了三例合适的干细胞配型，其中一例，偏巧就是与劳九岁在美国共同生活的乔红叶呢！

赴美留学深造的劳九岁，硕士研究生毕业后，又还申请了博士学位的深造机会，他在西雅图的一家大学，既做他的学问，还走向社会，受聘在一家很有声望的私立医院，以中西医相合的治疗方法，不仅在那里站稳了脚跟，而且打出了不小的名望，找他就诊的病人络绎不绝。但劳九岁身在美国的西雅图，却时刻关注着自己的国家，特别是医疗方面的信息，只要他能提供帮助的，就一定要挺身而出，想尽一切办法给予协助。

罗乾生干细胞移植的公开函，就这么进入了劳九岁的眼底，他看着那个熟悉的名字，立即想起了当年一起插队去陕北乾坤湾村的罗衣扣。

罗乾生是罗衣扣的儿子。劳九岁对此深信不疑，当即就认定了下来。

劳九岁打印了一份为罗乾生征询干细胞的公开函，西雅图能够提供配型的医疗机构，为罗乾生紧急地寻访到了两例合适的配型。知道了原委的乔红叶，不用动员，就也和劳九岁一起报名，给罗乾生配型了。配型的结果，排除了劳九岁，但乔红叶的配型，一项一项核对下来，竟然与罗乾生最为相配。乔红叶为此而欣喜，冥冥中以为这该是老天爷的安排哩！

往北京赶回时，乔红叶本来是要与劳九岁一起回的呢。但他俩商量了一下，以为把罗乾生接到美国来做治疗要好一些，因此就只劳九岁赶着回北京来了。

在从美国西雅图的家里离开时，乔红叶送劳九岁到家门口，乔红叶叮嘱劳九岁，要他快去快回，抓紧时间给罗乾生治疗疾病。

乔红叶这么叮嘱劳九岁，劳九岁能不叮嘱她一句吗？当然要叮嘱了。

劳九岁叮嘱乔红叶说：我听夫人的话，快去快回。

劳九岁这么叮嘱着还说：夫人这些天就不要减肥了，多进食些营养的，到时候好给乾生捐献呀！

马不停蹄地飞回北京来的劳九岁，有与乔红叶在美国拿定的主意，即与罗乾生住院的院方人员，包括罗衣扣熟悉的那位黑点瘦点的总护士长，以及白点的科室护士长，一起就罗乾生的治疗问题，做了认真仔细地沟通，这便确定下来，给罗乾生做一次化疗后，这便启程去往美国，在那里接受相对成熟，也相对安全的检查与治疗。

这个决定在罗衣扣和田子香看来，是她俩求之不得的。

不过，罗衣扣还有担心，那就是医疗费用的问题了。对她的担心，田子香是镇定自若的，她劝罗衣扣说，只要劳九岁有办法带着罗乾生去美国治疗，费用不是问题，她一定解决得了。田子香不是口头上说说那么轻松，她在拿出自己积蓄的基础上，还在她的红延安小饭店，设立了一个捐款箱，声明是为一位北京老知青儿子的治疗重疾，恳请大家解囊相助。还别说，来红延安聚餐的人，多为陕北插队回京的老知青，大家都有一个知青的身份，不用谁苦口婆心地劝说，不要谁千言万语地动员，来了后看着那个纸箱做成的简易捐款箱，就都纷纷解囊，聚纳下了一笔非常可观的善款……田子香把她筹集好的钱款整理好，在劳九岁带着罗乾生赴美前交到劳九岁的手上，要他带上走。

田子香给劳九岁说：你先拿上这些吧，下来我再想办法。

田子香说：我的红延安小饭店，现在已经不小了，在北京城里都已开出分店来了哩。每天都有进账，再是咱们北京的老知青，又还每天往捐款箱里捐着款。我现在就只拜托你和红叶，把咱乾生的病早早治疗好。

罗衣扣唯有她当乡村教师的那点收入，非常的微薄，这时候拿出来也加进田子香的那一沓钱款里，给劳九岁交代了。

罗衣扣把她交代得愧疚难当。她说：子香说得对，我和她现在就只有拜托你和红叶了！

劳九岁能说什么话呢？他把罗衣扣和田子香递到他手上的钱款，用手约了约，用眼睛看了看，发现那扎成一捆一捆的钱款，卷角起毛，是浸润着浓烈血汗呢……劳九岁的眼睛红了，他没有全部接下田子香和罗衣扣送到他手上的钱款，而只是抽出两捆来，即把其他扎得实实的钱捆子，推还给了田子香和罗衣扣。

劳九岁说：海关上有规定，钱多了带不出去。

劳九岁说的这句话虽是借口，可也是事实。他因此拦住了田子香和罗衣扣。但就在劳九岁带着罗乾生启程到了北京机场的国际出发大厅，田子香和罗衣扣，又还给劳九岁的行李里塞进了去了两扎……排队在安检口外，劳九岁和罗乾生一步一回头地向前挪着，他们都快挪到安检口上了，罗乾生却突然转身跑了来，她把罗衣扣抱了抱，又把田子香抱了抱。

罗乾生抱着罗衣扣，把她亲热地叫着妈妈。

罗乾生说：妈妈把心放下，你就等我的好消息吧。

罗乾生抱着田子香，把她亲热地叫着妈妈。

罗乾生说：妈妈一定放心哩，放心等我的好消息。

罗乾生以他的方式告别着了他的两位妈妈后，这便再次往安检口挪了去。罗乾生的脚步，既带动着田子香的眼睛，更带动着罗衣扣的目光。罗衣扣一眼眼盯着罗乾生，看着他走到了劳九岁的身边，想她可以收回她的目光，放心地让劳九岁带着他去美国了，可她没能做得到，她依然死死地盯着罗乾生看，看着看着时还把她的目光转移到了劳九岁的身上，又死死地盯着他看了。

罗衣扣知道她感动劳九岁，感念劳九岁，除此而外，还有没有别的什么因素呢？

罗衣扣说不清楚。说不清楚的她就只有流泪了。

仅仅是因为一起下乡插队的，人家劳九岁知道了罗乾生的病情，便自觉自愿地回国来，带着罗乾生去美国，这可是多么大的一份人情啊！便是一个救苦救难的菩萨，又能怎么样呢？好心肠的劳九岁亲力亲为，为罗衣扣分担起了这么巨大的痛苦和悲伤……劳九岁也许感觉到了罗衣扣看着他的眼光，他往检票口挪着脚步时，蓦然回了一下头，回头看见了泪流满面的罗衣扣，她横流的泪水瞬间泡软了劳九岁的心，他像罗乾生一样，也走了回来。走到罗衣扣的身边，他不知道该做什么，就依着他在美国养成的习惯，很温暖地把罗衣扣揽进他的怀里，轻轻地拥了拥。

一个熟悉的身影，赶在这个时候，急匆匆撵着罗衣扣、田子香、劳九岁和罗乾生他们来了。

四

这个熟悉的身影不是别人，就是与罗衣扣、田子香和劳九岁一起插队落户在乾坤湾里的池东方了。

池东方，从省委选调到中央党校学习了一段时间，再回省上把他安排在了川河县，从副县长做起，一直做到了县委书记，前些日子经过组织考察，就又获得提拔，升任了延安市副市长……罗乾生罹患白血病的消息，田子香没有告诉他，罗衣扣也没有告诉他，是道老汉给他说了的。他知道了，能不来吗？他不来可就不是他了。

罗衣扣匆匆忙忙，带着罗坤生从乾坤湾村往北京城里赶的时候，她本想给道老汉说了实情的，但又担心道老汉的年纪大了，经受不了那样的打击，就只轻描淡写地说了说，即拉着罗坤生走了。不过，罗衣扣走得太惊恐、太慌急，因此给道老汉的内心，留下了一团非常浓厚的疑云，他不能追着罗衣扣来，就撵到延安市里去，把罗衣扣带着罗坤生奔赴北京城的情状，给池东方说了。

道老汉说：你不知道，罗衣扣带着罗坤生走得太急了，而且慌张！

道老汉说：有啥事情让她能走得那么急？那么慌张呢？

道老汉说：你想想看。

池东方能怎么想呢？他先想到了罗衣扣的父母亲，想是他们谁的身体出了什么状况。但他这么想过后，又立即否定了他的想法。因为如果罗衣扣的父母亲身体出了状况，她是会给道老汉说明白的。她给道老汉不说明白，说明就不是她父母亲的问题了。那么会是什么事情呢？池东方想到了罗乾生……罗衣扣与柯红旗的儿子哩！莫不是他出了什么状况？这么想来，池东方虽然不敢肯定，但也没有犹豫，结合他一项工作的需要，就迅速地往北京城赶来了。赶到北京城里来的池东方，从田子香的红延安小饭店打听起，打听到了罗乾生住院的那家医院，又从那家医院打听到罗衣扣、田子香和劳九岁他们的行踪，这便火急火燎地赶到了北京机场的国际出发大厅……池东方还算幸运，来得不迟不早，刚好见得着了罗衣扣、田子香、劳九岁和罗乾生他们。见着了他们，池东方没有别的什么寒暄，直接走向罗乾生，把他拦在怀里，抬手抚摸着他的脑袋，给他叮嘱了几句话。

池东方叮嘱说：去到美国那边，就听劳九岁伯伯和乔红叶大妈的话，好好治疗，把身体恢复好。

池东方叮嘱说：我们都在国内等着你，等你的好消息。

池东方来北京，自然没有空手来，他带来了他所能努力的做到的，还顺便带来了道老汉的礼物……道老汉的礼物是一大包松树子儿，被他炒熟后，还一个一个在松树子儿上，用小刀子开了个口子出来。

视松树子儿如命的道老汉，给罗乾生带来这样的礼物，把罗衣扣一下整懵了。池东方就把道老汉的几句话，照实说了出来。

池东方说：年年在松树峁上点种松树子儿，把道老汉的耐心是伤着了呢。

池东方说：道老汉说他不想再在松树峁上点种松树子儿了。

池东方说：道老汉说那么好的松树子儿，炒熟就给乾生吃了吧。

时间不等人，北京机场的国际出发口，劳九岁和罗乾生乘坐的那一趟航班检票到只剩下了他俩了。检票员是看见走到登机口来，都快要检票的劳九岁和罗乾生，你退回去，他退回去，他俩都退回到了候机大厅，就不见再来，而他俩乘坐的航班，从检票员手里撕下来的机票存根看，也就剩下他俩了……时间在匆匆地走着，检票员等不来他俩，就拿起手边的话筒，催促起了他俩，响亮的催促声，一声接着一声，劳九岁和罗乾生万般无奈，他俩在检票员响亮的催促声里，告别着罗衣扣、田子香，还有池东方，快步小跑地通过了检票口，迅速地消失在通往飞机座舱的廊桥里……眼泪，罗衣扣和田子香呆呆地站着，她俩无一例外地流着泪，你涕泪滂沱，她泪洗面颊。

池东方似乎也有流泪的冲动，但是他多年在领导岗位上的锻炼，使他有了这样一种能力，便是满腔的情绪，翻江倒海般的涌动，眼泪也不会流出他的眼眶了。

如果说忍得满腔的泪水不流出来，是池东方的一种能力，那只能说是小看他了。池东方的能力大了去了，从中央党校毕业回到省委后，他有充足的理由，也有充分的条件，是可以继续留在省委工作的。但他自己提出申请，要从省委下到基层去，而且要去就还到条件艰苦的地方去。组织上征求他的意见，他报出了川河县的名称，这便义无反顾得像他插队下乡时一样，再次来到川河县……池东方没想来川河县吃什么老本，他头戴副县长的帽子来了，除了开必要的会议时，他在县城能够停留那么几天，然后就是下乡调研了。

晴天满身土，雨天满身泥……池东方在他担任川河县副县长的日子里，就把全县跑了个遍，县境内的每一道墚峁他都爬过，每一条河沟他都蹚过，川河县在他的心里，比他的家还要使他热爱。池东方把他全部的热情和热望，都倾注给了这里的山山水水，和生活在山山水水间的父老乡亲，他向基层走得越是深入，调研得越是广泛，就越是感动这里的人民，可是太了不起了。他们为了中国革命的胜利，作出了多么巨大的贡献啊！但他们的生活却还是那么苦焦，这让池东方内心特别难受，因此他在深入基层调研的时候，还一次一次地要去拜访革命老人，像他熟悉的道老汉和柘书兰，他就经常地去看望他们。曾经的一次，池东方先拜见了道老汉，然后又拜见了柘书兰，他向他俩提出来同样的一个问题，想要与他俩讨论。

池东方向他俩提出的问题非常浅显。他说：咱们陕北人当年闹红，为的是个甚哩？

池东方原来心里在想，两位革命老人会给说些极有觉悟的道理的呢。但他听到的，像他问出来的问题一样，也是那么浅显。

两位革命老人没假思索地就给他说了。他俩说：吃不饱，穿不暖嘛。

两位革命老人这么说了后，还都加重语气强调说：我们就想吃得饱，穿得暖。

对于两位革命老人的给予他的回答，池东方当时是震惊了的。

池东方不能忘记，他当时面对两位革命老人，听着他俩的回答，他再不敢正面地看他俩了。他感觉到自己的脸在发烧变红，一直烧到了耳朵根子上……池东方只觉他心里翻江倒海一般，太不是个滋味了。父老乡亲的生活，现在还根本无法说达到了他们"闹红"时诉求的"吃饱穿暖和"。不过，池东方跑基层，搞调研，却发现依然贫困着的父老乡亲，很少怨言与不满，大家对待生活的态度，总是那么积极向上。

热爱思考，也善于思考的池东方，因此还自觉跑去安塞县，到张思德烈士死难的那处山沟里，缅怀烈士"为人民服务"的那一种高尚情怀。在此同时，池东方又还拜谒了延安时期的劳动模范杨步浩的墓地，回顾了杨步浩不平凡的一生。

杨步浩的内心深处，毛主席就是人们的大救星。他一个揽工的苦汉子，土改时分到一座窑洞和八十垧地，他在自己的土地上精耕细作，过上了不愁吃、不愁穿的好日子。吃米不忘分田人，翻身感谢共产党。为了支援抗战，早日打败日本鬼子。杨步浩起五更睡半夜，努力生产，种植的小麦、谷子，长得格外好，曾被选为边区农展会的展品。他年年多打粮，多交救国粮，而且领导全村搞变工互助，发展牲畜养殖，组织妇女纺织，打井抗旱，办学，植树，备荒，安置移民难民。在他的带动下，当时的川口区六乡成为远近闻名的模范乡。到了1943年，他光荣地被推选为陕甘宁边区的劳动英雄。边区政府实行的大生产运动，杨步浩得知"毛主席也有生产任务，也要同战士一样开荒种地。"他心里想了，毛主席为咱受苦人翻身解放，能过上好日子操碎了心，每天都要谋划革命的大事情，咋能让他也去生产劳动呢？于是他就自觉为替毛主席代耕代种粮食了。

新中国成立后，杨步浩担任着村党支部书记，仍在农村默默地耕耘着，为新中国的繁荣富强努力奋斗。1952年，延安组织老区人民参观团赴京参观国有农场，杨步浩被推荐为代表之一。到北京后，毛主席还派车把他接到家里，亲自给他倒水端饭，而且一再要他不要拘束，吃饱喝好。

离开这片红色土地二十多年的周恩来总理，于1973年陪同外宾回到延安来了。总理愿意看到延安人民真实的生活，他在吃饭的时候，邀请来了毛主席和他当年在王家坪的老邻居杨步浩。

周总理没有忘记杨步浩，杨步浩更时刻想念着毛主席和周总理。

周总理回到延安来了，他是一定要与老邻居的杨步浩吃一顿饭了。与老杨一起吃饭，既是对老邻居的切身挂怀，也是了解延安人们生活的方法。过多的细节没有披露，新华社发表的新闻报道说，杨步浩吃饭的时候，看见白花花的米饭，顿时控制不住自己，大口大口地往自己嘴里塞。周总理见状，自己都没吃，看着他吃完一碗，周总理再给他添满一碗的时候，他这才反应过来了。从杨步浩吃米饭的事上，周总理感受到了老区百姓的疾苦，他当时就流了眼泪。接下来给当地政府开会，周总理批评了自己。他说革命都胜利二十多年了，革命老区却依然贫困。为此总理还提出，延安要在三年内改变面貌，五年内粮食产量翻一番，并十分激动地说：五年内粮食翻一番，我一定来！我一定来！只要我在世就一定来！

周总理说给杨步浩和延安人民的话，言犹在耳，池东方能怎么办呢？

池东方只有奋发而为，在他的工作岗位上，带领父老乡亲，把大家的日子过好了，让大家真正"吃饱穿暖和"，享受大家应该有的生活……深入细致的基层生活调研，池东方需要一种精神的支撑，他从道老汉、柘书兰等健在的革命老人，以及张思德、杨步浩等烈士的身上，感受到了这样一种巨大的精神力量，鼓舞着他，他要把他心里基本谋划好的一些措施，付诸实践了。

国家当时的发展形势，也促使着池东方，是能够大刀阔斧地干了呢！

"无农不稳，无工不富，无商不活"的十二字方针，已经成熟在了池东方的大脑里，他在县里的干部会上，这么大声呼唤，还又不断地下基层，到人民群众中去，向他们宣传……池东方没有只是呼唤在嘴唇上，宣传在舌尖上，而是脚踏实地，落实在他的具体行动上。

"吃不穷，穿不穷，谋划不到一世穷"，流行在陕北地面上这句民谚，最能说明问题了。熟知这句民谚的池东方，把乾坤湾村选为了他的试验田，他有那么一段时间，重新住回进了知青窑院，与柘黑娃他们村里的干部，以及责任心极强的道老汉他们，就乾坤湾村的新发展，进行着积极的谋划，黄河岸边的山山峁峁，自然生长的枣树，生命力最是旺盛，别看被黄河峡谷的风吹得七弯八拐，疙里疙瘩，却一年有一年的收成，只是产量非常有限。能不能人为地干涉一下，适量增加枣树的密度，使其产量获得提升？还有小流域综合治理出来的土地，地力肥沃，引种一些高产的粮食品种如何呢？再是河川的荒滩地，生长的杂草特别茂盛，是养殖活猪、活羊的上好饲料，青草期猪羊吃不了，存储起来，过了青草期再拿出来喂养猪羊好不好？带着商量的口气，征求着柘黑娃、道老汉他们的意见，大家觉得可以试验，这便努力地推广开来，效果很是不错。因此，池东方就在乾坤湾村组织了一场学习会，把川河县各乡各镇，以及重点村组的干部召集来，现场观摩学习，然后大力推广，使川河县在土地使用这一块儿，有了一次跨时代的变化。

仅有农业生产的变化是不够的，池东方还放手在工商业的发展上，推出了许多措施，号召有一技之长的人，给他们一定的资金支持，帮助他们兴办工厂与公司……其中最使池东方上心的，就是川河县的地下矿产资源开发了。

王叉沟村的小煤窑，已有上百年的开采历史。

能不能采用资源换技术的方法，请来地质勘探队伍，让人家对这里的煤炭资源，做一次专业的勘探，弄清楚是个怎样的水平？池东方的提议，与当时已经开始了的改革开放政策，是相适应的，他的提议当即获得了市级领导们的大力支持。池东方到西安城里去，与省上有此资质的专业团队协商沟通，得到了他们的响应，拉起一支很有规模的队伍来，很快就普查出来这里的煤炭资源，是非常可观的，而且还是国家需要的优质煤，低磷长焰，可以作为煤化原料，加工转化成为腈纶、涤纶等纺织工业所需的化学纤维……埋在深山沟里的宝贝哩，就这么轻而易举地搞清楚了。

消息以书面的方式，在池东方再次来到王叉沟村时，摊开在了他的眼前，他看得一个蹦地跳，跳起一米多高……他现场拍板，就先由王叉沟村自己筹资来搞了。

因为此，池东方大大咧咧地去到柘书兰老姑的家里去，首先给老姑报了喜。

老姑高兴池东方那种执着于为人民服务的劲头，就留池东方在她家里，尽着她的可能，做了洋芋擦擦、鸡蛋泡泡、小白菜黏豆腐等几样陕北特色的菜肴，招待池东方使用了。老姑柘书兰的窑洞里，藏了些年头的糜子酒，也被她拿出来，煮沸给池东方喝了。

然而，村里无论人力条件，还是资本投入，再怎么搞，就还是个小煤窑。

池东方不能满足那样一个发展速度与规模，他努力地在想办法，谋划着扩大王叉沟煤矿的经营……他的那股子带领群众创业致富的劲头，看在上级领导的眼里，就提拔他一个台阶一个台阶地上，很快就上到延安市政府，做了一名主抓经济工作的副市长。这使他有了更多的机会与权力，帮助王叉沟那样的小煤窑升级发展了。副市长的池东方，把他的位子还没坐热，就策划了一个赴京招商引资的活动。

这个活动与罗乾生罹患疾病的事情，叠加在了提起，池东方便没有耽搁，迅速往北京赶来了。

赶到北京来的池东方，把时间安排得特别紧凑，他送走了罗乾生，在与田子香、罗衣扣、罗坤生返身回程的路上，就有意识地给田子香透露他来北京城的另一项使命了。池东方在给田子香透露这个讯息的时候，把她先还夸赞了一下。

池东方说：我到红延安小饭店去了一下，看到的情况让人高兴哩！

池东方说：如果你有兴趣，可以再回陕北发展的呀。

池东方在领导岗位上做得时间长了，养成了一个面面俱到的习惯。他在给田子香这么透露讯息时，没忘身边的罗衣扣，给她就也说了一句话。

池东方说：我动员田子香回咱陕北，你欢迎吗？

罗衣扣不置可否地笑了笑，说：那要田子香自己拿主意哩。

池东方没想过多纠缠这个问题，他把要给田子香、罗衣扣说的话说罢后，顺手摸上了罗坤生的后脑勺，还问了他两句话。

池东方说：乾生哥哥到美国去了，你呢？是在北京读高中吗？

池东方的话说到了罗坤生的痛点上。他没有犹豫，立即扭转脑袋，不看生身了他的田子香妈妈，而是望着养育了他的罗衣扣妈妈，十分坚定地说了。

罗坤生说：我回川河县读高中。

五

劳九岁受聘的那家私立医院的条件，的确是非常好的呢。

劳九岁带着罗乾生远渡重洋，来到美国的第二天，就把罗乾生安排住进了医院。住在医院里，又还按照院方的医疗规定，全面系统地给罗乾生做了检查，并对乔红叶与罗乾生的骨髓配型，进行了更为严格的比对，再对罗乾生进行一次很强的化疗，这便来给罗乾生实施移植手术了。手术的程序是，先把一根又粗又长的穿骨针，从乔红叶的髂后上脊刺进去，抽出适量的骨髓。紧接着就还要用一根又粗又长的针头，刺进罗乾生的静脉血管中，把从乔红叶身上获得的造血干细胞，注入罗乾生的身体中。

术前的那次化疗，为了植入造血干细胞能更好地植活、生成，使用了足以把罗乾生身体里残留的恶性细胞和正常细胞全部杀死的药物剂量。要命的白血病，罗乾生是多么痛苦啊，他可以喊疼流泪的，但他是坚强的，没有喊疼，也没有流泪。这让劳九岁为他心疼，疼得张口直吸冷气，流了一大泡眼泪。

而乔红叶不仅心疼，还被罗乾生感动得难以自抑。乔红叶想了，她捐献的造血干细胞注入进了罗乾生的身体里，罗乾生的身体就有了由她的细胞制造出的血了，乔红叶当时就想以干儿子来喊罗乾生了呢！

但是乔红叶没有立即做出来，不过她从心里已把罗乾生，当作她的干儿子对待了。

罗乾生接受了造血干细胞移植手术后，又在医院进行了支持治疗，他的造血和免疫功能逐渐恢复了正常，可以出院了。乔红叶把罗乾生接回到家里来，又给他进行科学的调养了。有着深厚中医药积累的劳九岁，只需给乔红叶说，醋泡红皮花生、复方阿胶浆，对罗乾生的病体恢复有帮助，她的手边没有这些东西，听劳九岁说了，就会立即驾驶私家车，跑遍西雅图找回来，把红皮花生用醋泡了，配合着复方阿胶浆，按时按点给罗乾生吃。劳九岁还说人参、黄芪、红枣、枸杞有助于罗乾生病情的恢复，乔红叶又还立即驾驶私家车，跑遍西雅图，把几样中草药找回来，按照劳九岁指导的方式，煎煮出汤水来，早一杯、晚一杯地给罗乾生喝。

药疗给予罗乾生的调养，在乔红叶说来只是一个方面。

还有饮食上调养呢，乔红叶就自己做主了。只是她要讨教劳九岁，什么样的饭食对罗乾生的病情有帮助？劳九岁很专业的给她说了，多多摄入富含铁质的食物，是会有大益处的。乔红叶应承就选择动物的肝、血、甲鱼，以及蔬菜中的豌豆、黑豆、黑木耳、芝麻酱、鸡蛋黄等食物，还有苹果、香蕉、柑子、橘子、草莓、石榴、软柿子等水果，询问着罗乾生的口味，按照他吃得香、吃得好的原则，一日三餐，变换着花样给罗乾生做着吃用了。

罗乾生享受着乔红叶对他的关爱，因此会要想到幼小时，长在罗衣扣妈妈身边他所获得的关爱；再是长大了，又在田子香妈妈的身边所获得的关爱，她俩对他都是无微不至的，充满母性的那一种爱。不过，罗乾生以为那是应该的，他是她俩的儿子，他天经地义，应该得到她俩的爱。但乔红叶大妈呢？她与罗乾生非亲非故，他半道被劳九岁伯伯接到美国的西雅图，给他移植了她的骨血，使他的生命获得了新的生机，他不知要怎么感激和回报他们呢！可是他没来得及感激，更没来得及回报，养身在他们的家里，又被乔红叶大妈无微不至地关爱着。这使罗乾生诚惶诚恐，想他只有很好地配合劳九岁伯伯和乔红叶大妈，在美国西雅图他们的家里，接受着他们的关爱，安心调养好自己。

罗乾生发现，只要他的身体调养得有进步，劳九岁伯伯和乔红叶大妈的心情，就会跟上好一些。

陕北饭菜的味道，给罗乾生留下了非常深刻的记忆。乔红叶发现了他的这一特点，因此就还调整着自己为罗乾生制定的饮食标准，既不脱离罗乾生病情的需要，还又照顾好他的胃口，做他爱吃的陕北饭。终于一次，乔红叶在家里，再为罗乾生做了顿洋芋擦擦、鸡蛋泡泡、麻汤饭等几样陕北特色的饭菜，招呼罗乾生吃喝了。罗乾生吃得开心，吃得高兴，他吃着低头红脸，由衷地给乔红叶说了几句他憋在心里的话。

罗乾生一口洋芋擦擦地吃着说：大妈把我都养胖了呢！

罗乾生还一口鸡蛋泡泡地吃着说：我最爱吃大妈做的饭菜了。

罗乾生又一口麻汤饭地吃着说：我生来有两个妈妈，一个是衣扣妈妈，一个是子香妈妈，大妈您再当我一个妈妈吧！

罗乾生眼里含着泪花说：妈妈，我的血管里有您的血，我时刻感知得到您的血与我的血，蓬蓬勃勃地一起在跳动！

乔红叶听闻罗乾生这么说来，她当即拉住他的一只手说了，说她就盼着罗乾生叫她妈妈哩。还说罗乾生把她大妈大妈叫了些日子，今天把那个"大"字去掉，叫她妈妈，她太开心了。

开心的乔红叶还补充说：乾生啊，你把大妈叫妈妈了，叫得亲热，叫得熟了，可会从我的身上，给你叫来个小弟弟哩！

乔红叶说的亦是憋在她心里很久了的一句话。因此她继续给罗乾生说：你说你能给妈妈带来一个小弟弟吗？

乔红叶说：乾生哥哥一定能带个小弟弟来哩。

罗乾生把乔红叶改口叫了妈妈的日子，乔红叶配合一批来自北京的影视界朋友，正在西雅图筹拍一部名叫《西雅图的北京人》的电视剧。乔红叶在美国攻读的就是这方面的领域。她参与进剧组里来，既部分地承担着编剧任务，还交叉地承担着部分剧务责任，那叫一个忙。

然而乔红叶一切的忙，在这个时期，是都以罗乾生的康复为中心的哩。

而罗乾生从把乔红叶改叫了妈妈后，自觉他有了一份责任，那就是依着妈妈乔红叶的期望，叫着乔红叶妈妈，能为妈妈的乔红叶叫来一个她亲生的弟弟。

妈妈乔红叶忙活着她的《西雅图的北京人》电视剧创作，罗乾生是也不能闲着的，他有他要做的事情呢。在北京的时候，他是重点中学的重点班学生哩，他不能在美国的妈妈乔红叶身边，把他学业落下呀！所以在他的病情恢复着，好转着时，他把他的高中课程拾了起来，就在妈妈乔红叶的眼皮子下，刻苦认真地自学了起来。

妈妈乔红叶乐见罗乾生自学的态度，更乐见他自学的精神头。

把罗乾生的那一种态度和精神看在眼里的妈妈乔红叶，更喜欢她认下的干儿子了。因此，乔红叶一边尽其所能地调养着罗乾生，还抓住罗乾生在英语学习上需要提高的问题，带着他一起温习英语，使罗乾生的英语这一学业短项，也有了长足的进步。这便使乔红叶多了个想法，想要给罗乾生一个更好的学习环境，使他既能安心地在她的身边，还能使他成长得更有力量。

偶然的一天，妈妈乔红叶削个苹果，拿给了自学着功课的罗乾生，递在他的手上说：儿子哎，你就在美国上大学好了。

罗乾生或许这想过，但他没有想得这么容易，可是机会就这么突然地摆到了他的面前，他一下子愣怔了起来，没敢立即接话。

妈妈乔红叶就还说：美国的大学，是也需要你这样好学的大学生哩。

罗乾生依然没敢接话。

妈妈乔红叶就又说：怎么样？申请一个美国的大学，待在妈妈的身边，妈妈该是有多么幸福啊！

罗乾生能不顺着大妈的意愿表态吗？他必须回答妈妈乔红叶了。

罗乾生咬了一口苹果，嚼着说：经常能吃妈妈削给我的苹果，我才是幸福哩。

罗乾生说：妈妈最心疼我了。

有劳九岁干爸非常专业的医治，加之乔红叶妈妈在生活饮食上的精心调养，罗乾生是完全恢复过来了。但有一个问题，却没有因为罗乾生绕在乔红叶的身边，把她热乎乎地叫着，使她受到影响，而给罗乾生叫来个小弟弟。

乔红叶没有太往那个方面想，劳九岁也没有太往那个方面想，但现实的问题，非常清楚地摆在了他俩的面前，乔红叶的身体出了状况。

福无双至，祸不单行。

对满腹爱心的劳九岁来说，怎么都想不到，他会被这个民间俚语所言准。他与乔红叶结婚以来，开始时，他俩专注于各自的学业，无心考虑怀孕生子的事情，随着年龄的增长，和他俩事业上的发展，开始考虑怀孕生子的事了，但还不是特别迫切。罗乾生的到来，加剧了两人怀孕生子的想法，尤其是乔红叶，过去身边没有孩子时倒还好，有了罗乾生在身边，朝夕相处，把她的母性，非常强烈地激发了出来……罗乾生是罗衣扣的亲生，而罗衣扣比她还要小上几岁哩。比她小了几岁的罗衣扣，儿子都这么大了，她还能再耽搁下去吗？

有孩子与没有孩子，可是不一样呢。

有了干儿子的乔红叶，知觉她有了更为饱满的爱心，知觉她期待着挥发她更多更大的爱心……乔红叶抽出时间，不论她参加的《西雅图的北京人》剧组，有的多么忙，她是也要抽出时间，到劳九岁执业的那家私立医院，给她做一番检查了。检查结果令人是沮丧的，竟然发现她的子宫里，有颗恶性肿瘤的存在，而且已经到了晚期！

晚期恶性肿瘤是很难治疗的呢。

看到诊断结果的劳九岁，脑袋嗡地爆响了一声，天塌地陷一般，神智有了那么一个瞬间的模糊，但他迅速镇定下来，并在心里下着决心，一定要把乔红叶的病患治疗好。

劳九岁在诊断出乔红叶的病情后，他是想隐瞒着她的呢。但冰雪聪明的乔红叶，是不好隐瞒的，她三言两语就从劳九岁的嘴里知道了问题的严重性。不过病情的严重，对她的情绪虽然产生了一定的负面影响，但还没到不可收拾的程度，其中的原因，劳九岁看得明白，缠绕在他们夫妻之间的罗乾生，该是一个十分重要的因素哩。

有罗乾生缠绕在乔红叶身边，乔红叶的表现要积极得多，乐观得多。

劳九岁把他面临的问题，写信告诉了在乾坤湾村小学执教的罗衣扣，还有重回陕北，在川河县王叉沟村开发煤炭的田子香，希望病情好转了的罗乾生，能在西雅图多停留些日子，甚或就在西雅图读大学了。劳九岁得到了罗衣扣、田子香的回信，她俩全都支持劳九岁，说他和乔红叶需要罗乾生，就让罗乾生待在他俩身边好了，要待多久就多久，只要他俩需要。

绕在乔红叶的身边，罗乾生把乔红叶妈妈、妈妈地叫着，鼓励着乔红叶展开了一系列的治疗活动，先手术，再化疗……乔红叶精神饱满地与疾病抗争着。

抗争着的乔红叶，待她自己感觉身体还可以的时候，提出了一个请求。

乔红叶给劳九岁说：咱回一趟乾坤湾村好吗？

乔红叶说：我的梦里，总是黄河，总是乾坤湾。

六

乔红叶如愿以偿，她在劳九岁和罗乾生的陪同下，回到乾坤湾村来了。

身在美国西雅图的罗乾生，在回乾坤湾村的前夕，申请的华盛顿大学西雅图分校，发通知给他，吸收他为该校的一位外籍学生了。与此几乎同时，身在川河县高中读书的罗坤生，还有与他同龄的柘川秀、柘河秀，参加当年的高考，也都考出了不错的成绩，就等着录取通知书，给他们手里邮递了。

知青窑院里的萱草花，还有村小院子里的萱草花，因为有在家里等待大学录取通知书的罗坤生，以及柘川秀、柘河秀的帮忙，既适时地给萱草花松土锄草，又从川河挑水来浇灌，使得这一年的萱草花，生得特别旺盛，蓬蓬勃勃，灿灿烂烂，在和煦的暖风里摇曳着，仿佛知道乔红叶、劳九岁、罗乾生他们要回乾坤湾村了，而姿态万千地迎接着他们。

好像还不只是罗衣扣移栽回他们知青窑院和村小校园里的萱草花，生长得繁茂兴盛，便是松树峁和紫柏坡上的山丹丹，以及应季而发的兰花花，也都开放得十分烂漫芬芳……得知劳九岁、乔红叶和罗乾生回乾坤湾村消息的罗衣扣、道老汉，还有罗坤生他们，早早地赶到川河县城，接到了劳九岁、乔红叶和罗乾生。大家一起回到乾坤湾村里来，在往他们熟悉的知青窑院走的时候，乔红叶放眼北边的松树峁，又张目南边的紫柏坡，她几乎忘了她是个带病的人，是不宜激动的，可她偏偏抑制不住自己的激动，站在知青窑院的大门前，像她当年初到乾坤湾村时一样，唱起了那首名叫《蓝花花》的信天游：

青线线那个蓝线线，蓝格莹莹的彩，
生下一个那蓝花花哟，实实的爱死个人。
五谷里那个田苗子儿，数上高粱高。
一十三省的女儿哟，唯有那个蓝花花好。

曾经的乔红叶，插队落户在乾坤湾村里时，就特别爱唱《蓝花花》，虽然她那时唱得不是很纯熟，不是很饱满，却也给乾坤湾村里的人，留下来一个非常好的印象。乔红叶与劳九岁结婚，不忘乾坤湾村，特意赶回乾坤湾村来，举办了她与劳九岁的婚礼，乾坤湾村只要提起她，还有劳九岁，就都十分认同，以为她与劳九岁，把乾坤湾村没有当外乡，没有把乾坤湾村人当外人。

乾坤湾村的人，听到了乔红叶漫唱的《蓝花花》，就都迅速地往知青窑院围来了。围来的人群里，就有柘川秀、柘河秀姐妹俩。双胞胎的姐妹俩，早就从妈妈牛小兰，还有老师罗衣扣的嘴里知道了乔红叶、劳九岁在乾坤湾村的故事，知道了她俩的出生，劳九岁、乔红叶他们是担了很大的风险呢！

柘川秀、柘河秀姐妹俩，感动再回乾坤湾村的劳九岁、乔红叶夫妻，便就配合着乔红叶，加入进她的漫唱，一起唱起了《蓝花花》……姐妹俩的嗓子太清亮了，原汁原味，听起来特别抓人：

> 一对对那个鸭子儿哟,一对对的鹅,
> 蓝花花躲在硷畔上找哥哥。
> 我见到我的情哥哥,有说不完的话,
> 咱们两个死活要常在那一搭。

赶回乾坤湾村乔红叶、劳九岁,看着时间距离天黑尚早,在知青窑院稍稍歇了歇脚,即在道老汉陪同下,乘兴攀爬上到了松树峁。

在松树峁上,再回乾坤湾村来的劳九岁、乔红叶,与罗衣扣、道老汉他们,一起给大松树旁的四妹子、柯红旗,还有道老汉的父母亲祭扫了一下墓。祭扫过了坟墓后,他们也不往一边去,就在四妹子、柯红旗,还有道老汉父母亲的坟墓边,席地而坐。四妹子的坟墓周边,有道老汉移栽来的兰花花,这时候开得非常灿烂;柯红旗的坟墓周边,有罗衣扣移栽来的萱草花,亦然开得十分烂漫;还有道老汉的父母亲坟墓周边,有罗衣扣和道老汉移栽来的迎春花,虽然花期已过,却也郁郁葱葱,一片苍翠……大家坐在一起,都觉有话说的呢,却一时又都不知说啥好。而伞盖似的大松树,因为风的鼓动,便飒飒地摇晃着,可见松树枝叶间的毛驹溜,窜上窜下,活泼得真是可以。

大家就那么安静地坐着,直到夕阳落着,落得天色暗下来,大家也不见谁提醒谁,而都又无声地站起身,鱼贯地往松树峁下的乾坤湾村下来了。

走着的劳九岁、乔红叶和罗衣扣,回头发现道老汉没有跟着他们走,而是向着松树峁的另一边,也就是乾坤湾里的黄河那边走了去。劳九岁、乔红叶和罗衣扣他们看见了,心里有所醒悟,就也全都反身过来,跟在道老汉的身后,沿着一条羊肠子似的小路,曲曲弯弯地向乾坤湾里的黄河边上下了。罗乾生、罗坤生、柘川秀、柘河秀四位年轻人,还能怎么办呢?他们就也跟着他们一起下了……他们所有人,估摸得到,晚饭是逃不过柘黑娃的安排哩。

事实的确如此,柘黑娃的婆姨牛小兰,还有他们老娘支桂芳,早就烧好了晚饭，出门来，站在村路上，是要迎住他们的。

然而柘黑娃与他弟柘灰娃等在村子里的，左等右等，就是不见上到松树峁上的他们下来。他们因此想了，劳九岁、乔红叶、罗衣扣和道老汉他们，是下到乾坤湾里的黄河边去了……柘黑娃招呼着他的弟弟柘灰娃，站在暗夜里相视笑了笑，这就回家去，把老娘支桂芳和他婆姨牛小兰着意烧出来的一顿晚饭，装碗子的装碗子，装盘子的装盘子，打包在两个藤编的小筐里，抱在怀里也往乾坤湾里的黄河边来了。

在美国西雅图的家里，劳九岁、乔红叶也做陕北特色的饭食，但是因为水土的问题吧，做出来还是欠缺点儿地道。在乾坤湾里的黄河边，临着汤汤的黄河水，柘黑娃、柘灰娃兄弟抱来在家里做好的晚饭，当着先下到黄河边的大伙儿面，选着一处干净的河滩，一样一样地铺摆开来，招呼着大家香香地吃上了。

他们大家吃着时，田子香竟然也赶了来。

在王叉沟投资煤矿建设的田子香，获知乔红叶、劳九岁回乾坤湾村的讯息后，她紧赶慢赶地也往乾坤湾村来了。

下乡插队在乾坤湾村的他们，难得聚集在一起。在大家的面前，有柘黑娃从家里出来时，老娘支桂芳交给他的一大包土炉月饼，一小袋花生米，还有道老汉收藏在他窑洞里的白沙果、红沙果，使得他们的黄河夜餐会，一下子显出别样的规模来。刚才在大松树下时，大家有意无意地收集了些松树子儿，亦然被道老汉置在了河滩上，动员着大家享用了……然而大家没有听从道老汉的招呼，而是不约而同地举起头来，望向了暗蓝色的夜空。大家望着呢，又垂下头来，瞩目起了身边的乾坤湾黄河。

此刻的夜色是多么明净啊！

一轮灿灿的满月，高挂在星光闪烁的天际，却魂牵大地似的，扑跌来，跌入水声汤汤的黄河，与环成一个大湾的乾坤湾互相映照。别人都不说话，道老汉就先说了呢。

道老汉说：又是一年中秋夜啊！

在乾坤湾里的黄河边上，过节拜月，的确是个好去处哩。劳九岁、乔红叶、罗衣扣、田子香、柘黑娃、柘灰娃，还有罗乾生、罗坤生、柘川秀、柘河秀他们没有经历过，这一年的这一夜，道老汉把大家带了来，让大家对他顿然有了一个新的认识，而他一句"又是一年中秋夜"话头，迅速地带动了大家的情绪，让大家在中秋节夜里的黄河乾坤湾，你一言我一语地说开了……回趟乾坤湾村是不容易的，尤其是乔红叶，她这次带病回来，以后还不知能不能回来？

身体有了灾病的人，可能会要多愁善感一些。乔红叶就是这样，她接过道老汉的话头，便没头没脑地说了几句使人感伤的话。

乔红叶说：乾坤湾夜空上的月亮啊，是比美国的更明亮哩！

乔红叶说：乾坤湾里的黄河啊，是比美国密西西比河的浪声还大哩！

乔红叶说：黄河……我们的母亲啊！

乔红叶把话说到这里，谁又能很好地接上呢？看来是很难很难了呢。

不过把乔红叶感伤的话头岔开来，倒是非常应该的呢。道老汉在听出了乔红叶的话中话后，他没等别人张口来接乔红叶话，他即迅速地找到了个新话题，来岔她的话头了。道老汉的话头，便是柘黑娃的老娘支桂芳捎来的土炉月饼与花生米，以及他带来铺摆在黄河沙滩上的白沙果、红沙果，和他们大家置在河滩上的松树子儿。

道老汉说：我怎么都想不通，年年收集松树子年年种，可我哪年哪月才能种出松树苗儿呀？

道老汉说：我老了，怕是没有时间种出松树苗儿了。

道老汉对他种植不出松树苗儿的事，感到特别失望。失望了的他，伸手取了那河滩上松树子儿上，捏了几颗，拿在手上往他嘴里投了。他嚼动着嘴里的松树子儿，就还把沙滩上铺摆的白沙果、红沙果，往大家手里塞。

道老汉说：收藏在窑洞里的白沙果甜哩！

道老汉说：收藏在窑洞里的红沙果香哩！

道老汉说：不是中秋节，我还舍不得往出拿哩。但我听说，大苹果可是比白沙果、红沙果还要甜香哩！

道老汉说：这白沙果、红沙果，是不是野生的苹果呢？

围绕着道老汉拉出来的几个话题，乔红叶、劳九岁、罗衣扣、田子香、柘黑娃、柘灰娃，还有罗乾生、罗坤生、柘川秀、柘河秀他们，或多或少的都发表了一些他们的感触。特别是申请了在美国留学的罗乾生，不仅把道老汉说出来的愿望，听进了耳朵里，还深刻地记忆在了他的心上，当作了他今后赴美学习的一个方向……罗乾生此后跟随劳九岁、乔红叶在美国读书深造，但他的心似乎还留在乾坤湾村里，想着道老汉之所想，满怀信心地要把道老汉想要在松树峁上种出松树苗儿，以及想要在乾坤湾村嫁接出大苹果的心愿，一桩一件，都给实现了。

罗乾生下定了决心，他是不会辜负道老汉的愿望了呢。

第二十章 情倾黄土地

> 黄河边，延水岸，黄土筑高原，
> 窑洞前，石磨碾，仿佛回到了昨天。
> 风清清，天蓝蓝，我要回延安，
> 先登宝塔山，再看南泥湾。
> ……
>
> ——信天游《我要回延安》

一

粗布工作服上满是尘土泥浆，破旧安全帽上满是泥浆尘土，田子香就以这样的一副模样，在乾坤湾村的希望小学施工现场，跑来走去，指挥着施工人员，要求他们中开动搅拌机的人，尽量把搅拌机的声量压小了，还要求浇筑水泥梁柱的人，把他们手里的震动棒频率也降低了……为罗衣扣新建一所希望小学的承诺，田子香早在北京城里开办红延安小饭店时就说给了她。现在，是落实承诺的时候了。

田子香能回陕北的王叉沟经营煤矿，都是池东方动员的结果。

劳九岁带着罗乾生赴美治疗疾病的那天，池东方赶来了。池东方、罗衣扣、田子香和罗坤生把劳九岁、罗乾生目送进国际航班的检票口后，他们坐上了田子香驾驶的银色日产丰田小轿车……在此之前，罗衣扣因为儿子罗乾生的疾病问题，她没有怎么注意田子香的变化，现在她观察注意到田子香了呢。罗衣扣发现坐在驾驶座上的田子香，不仅心绪、心态发生了很大的变化，便是神态与仪态，也发生了很大的变化，她变化得自立自信，甚至还自豪自傲，完全一副成功人士的派头！

罗衣扣为她观察到的田子香而吃惊，坐在田子香驾驶的丰田小车里，偏头来看池东方，发现他此时与她一样，是也在观察田子香了呢。

池东方观察到的田子香，罗衣扣不用与他交流，即已感到与她的发现该是一样的呢。在此基础之上，池东方应该还有新的更深层次的感知哩。对此，罗衣扣似乎也有感知，那就是田子香摸爬滚打在北京城的商海里，锤炼出的那一种宝贵的市场经验了……想到了这一因素，罗衣扣对田子香变化的吃惊顿然消除了，知道田子香的那份自立自信，以及自豪自傲，来得可是根基不浅哩，当然也是很不容易的！

罗衣扣因此在她心里，对田子香还蓦然生出了一股强烈的钦佩来。

北京城是什么地方呀？改革开放的设计中心，市场经济的策划中心，发展经济的实验中心……田子香是无畏的，她敢闯敢干，抓住她曾插队落户陕北的生活经历，迎合返城回京知青们的心理需求，深挖陕北特色的饮食，开创性打造出红延安小饭店的名头，并以她优异的餐饮品质和优秀的服务，不仅傲然地立足于北京市场，且还获得了非常理想的商业品牌效应，不断地扩大着经营门店，可以看出，她经营的思路是清晰的，而市场反应也非常好。

驾驶着银色丰田小轿车的田子香，坐在驾驶座上，双手把握着方向盘，双目直视着正前方，聚精会神，一会儿超越一辆小车，一会儿超越一辆小车……在她旁边坐着的池东方，赶在她又超越一辆小车的时候，给她说话了。

池东方说：子香呀，你把小车都要开飞了！

池东方说：你听我说，把车速降点儿，我有话给你说哩。

池东方确实有他给田子香说的话哩，那就是他前面透露给田子香的讯息呢。这次他到北京来，还要搞的一场招商引资的活动。他这时合盘说给田子香，希望她能拨冗出席。池东方所以要把这个的事情说给田子香，是他发现，现在的田子香以她的实力，还有她积累下来的市场经验，如果能够重上陕北，把她的已有的能量发挥出来，可以有她一个更为辉煌的发展前景哩！

池东方也将因此收获到他想要的东西，亦即宏伟的政绩功劳！

田子香没有因为池东方要求她放慢小车的速度而减速，她把银色丰田开得似乎更快了呢……池东方请求她参加他举办的招商活动,她听见了,也听明白了。她不知道自己该怎么回答他,是去参加呢,还是不去参加?田子香心里矛盾极了,此刻她的五脏六腑,翻江倒海,五味杂陈,竟然不由自主地眼睛发酸,有滚滚的热泪,自眼角倾泻而下。

池东方就是池东方,他读得懂田子香的泪水,全是对他的控诉!

流就流吧,痛痛快快地流吧。田子香有她大流特流满腹泪水的理由,池东方既不阻拦她,也不劝说她,任凭她热烫烫的泪水滑下她的脸颊,吧嗒一滴……吧嗒一滴……往田子香把握在双手上的方向盘掉。罗衣扣不忍田子香流泪,她要劝说田子香了。可她只是作态还没说出来,即被池东方眼神制止住了。

池东方看着田子香流了好一阵泪后,发现她慢慢地平复了下来,就把他准备好的一封招商活动请柬,轻轻地放在银色丰田小车前的挡风玻璃下。

做了这一切后,池东方像才突然像发现了坐在小车里的罗坤生似的,把他放下请柬的手,调转过来,回头抚摸在了后排的罗坤生脸上,连着问了他几句话。

安排座位的时候,罗衣扣要罗坤生往前排坐,田子香也希望罗坤生能坐到前排的,可是罗坤生犟着脖子,愣是不往前排坐,一定要与罗衣扣妈妈坐在一起,好像他与罗衣扣妈妈分开一刹那,就会使他永远离开她似的,他抱着罗衣扣的右胳膊,一起坐在了车后排……池东方本来也想让罗坤生坐在前排的,但他看着他那一副犟劲儿,就没与他硬抗,便息事宁人地自己坐在了前排。

坐在前排的池东方与田子香说话倒是方便,而与罗坤生说话,就不那么自在了。他忍受着小轿车被田子香脚踩油门,飞速向前奔驰的难受劲儿,回头与罗坤生交流,总要产生一种强烈的眩晕感来……池东方选择着他能说的词句,本来想打开窗子说亮话,要他认下田子香,把田子香叫妈妈的。可他没敢说出来,就转换了一个话题,来与罗坤生说了。

池东方说:哥哥乾生到美国去了,你可以留在北京备考大学的。你要知道,北京学籍的考生,在高考的分数上有大便宜的哩!

池东方的话还没说完全,就被罗坤生打断了。

罗坤生先把他被池东方抚摸着的脸,使劲地甩了一下,甩脱掉了池东方的手,即正色地回答了他。

罗坤生说:谁爱在北京备考大学谁就留下。我才不会留下来呢!

这些天在北京经历的一切,罗坤生尽管早有预感,但还是让他既吃惊,又震惊……哥哥罗乾生罹患了那样一个怕人的疾病,他为哥哥而担心,但这只是他担心的一个方面,而还有一个方面呢。那就是他与哥哥的身世了,罗坤生不晓得哥哥罗乾生,是否如他一样,对他俩的身世早有醒悟,如果是那个样子,他可能还要好受些,如果不是那样,哥哥背井离乡跟随劳九岁伯伯到美国去,他的心情会好吗?总之,因为哥哥罗乾生的一场病患,把他俩的身世是摊明了,可他的心情没有变好,反而变得更难受,更为不好。

心情不是很好的罗坤生说给池东方的话,也灌进了田子香的耳朵,她听出了罗坤生的决绝……田子香手拿池东方送给她的邀请函,准时准点地参加了他的招商活动,并在招商活动现场,以壮士断腕的决心,与池东方带来的相关人员,谈妥了投资意向,签订了合作协议,这便把她首创在北京城里的红延安小饭店及其连锁门店,转手卖给了一位有意接手的人。她同时卖掉的,还有她在北京购置下的一套房子,以及那辆银色丰田小轿车,筹得近五百万元的资本,拿着上陕北来找池东方了。

田子香依照她在北京签订的合约,把她的全部资本,一股脑儿都投给了王叉沟村的煤矿……她这一大刀阔斧的投资,让她如愿以偿,获得了如池东方所说的丰厚回报。

田子香迅速成长为陕北地面上的一位富婆老板,举手投足,非常有派头,非常有气势,她要兑现给予罗衣扣的承诺,这便眼睛眨都不眨地来做了。

为罗衣扣投资建设乾坤湾村希望小学,忙在王叉沟煤矿上的田子香,完全可以委托他人来做的,因为她真的是太忙太忙了。现在的王叉沟煤矿,不是过去的小煤窑,而是一个装备了现代化采煤机械的新型煤业公司,人员的调配,车辆的安排,以及安全生产等等环节,没一项不要田子香操心,但她还是要抽出身来,亲临现场,指挥施工了……报恩,田子香心里装满了"报恩"两个字,她要报恩罗衣扣,就不能不亲自出马到现场上来了。

在乾坤湾村希望小学建设现场,田子香所以吆喝着施工人员,要他们在施工的过程中,尽可能降低施工造成的噪音,是她顾及罗衣扣的学生娃娃们,让他们在课堂上读书作业,不要受到太大的影响。

希望小学的新楼,选址就在原小学前的空场上。后边旧庙改造的教室里,罗衣扣给学生娃娃们的教学声,清晰而明了,而她的学生娃娃们,在她的教导下发出的诵读声,则更为嘹亮清脆……田子香听着那样的声音,她不禁要陶醉呢!

田子香到了这时,以为她算是活出个人样儿来了。

二

活成个人样儿的田子香,突然觉得时间过得是那么快,有些事像刚发生的一样。

坚持回到川河县高中备考大学的罗坤生,高考志愿报的是乔红叶在北京攻读过的首都师范学院,与他同年级的柘川秀、柘河秀姐妹俩,则双双报了西安市的一所综合大学……四年的大学苦读,罗坤生从首都师范学院毕业了。毕业了的他是可以继续深造的,欣赏他的老师,还专门找他谈话,让他报考他的研究生,可他婉言拒绝了。罗坤生的心里,装满了妈妈罗衣扣坚守乡村教育岗位的那一种态度和情怀,他是立志要做妈妈一样的乡村教师了。他原来报考首都师范学院,目的就是学成回来,来接妈妈乡村教师的班哩。他现在有这个条件了,怎么能违背自己的初衷,而不回到妈妈的身边来呢?罗坤生因此毅然决然地从他熟悉的首都师范学院走出来,回到妈妈的身边来了。

妈妈罗衣扣在乾坤湾村小学做她的乡村教师,他守在妈妈的身边,向妈妈学习做乡村教师。开始时,妈妈罗衣扣任由他跟在她的身边,但他跟了妈妈一些日子,妈妈罗衣扣就不乐意了。

妈妈罗衣扣问罗坤生:你老跟着我做甚哩?

罗坤生开诚布公地说：跟妈妈实习，也做个像妈妈一样的优秀乡村教师。

妈妈罗衣扣说：乖儿子哩，抢班夺权呀！妈给我娃说呢，我还做得动乡村教师，我这里不需要你。

妈妈罗衣扣说：去到你田子香妈妈那边去，她那里才是最需要你的哩。

罗坤生狡辩说：妈妈撵我了吗？

罗坤生说：妈妈你撵不走我，我是赖皮一个，就赖在妈妈身边了。

妈妈罗衣扣在与罗坤生说这些话的时候，他们是在田子香捐资修建好的乾坤湾村希望小学的校园里，钢筋水泥浇筑起来的两层教学楼，外墙砌了奶白的瓷砖，处在陕北那种苍郁的山川之间，显得特别亮眼。罗衣扣原来移栽进校园里的萱草花，田子香在为希望小学建设施工的时候，非常巧妙地保护下来，一株都没有伤害，在此一时，正烂漫自然地开放着，很好地烘托着希望小学的新，还有希望小学的美！妈妈罗衣扣睁着她温暖的眼睛，把希望小学转着圈子看了个遍，也引领着罗坤生，睁着他青春的眼睛，随着妈妈的眼睛转……妈妈罗衣扣就这么引领罗坤生看着希望小学校园时，她又给罗坤生说了。

妈妈罗衣扣说：看见了吧，比你在这里读小学时阔气多了！

妈妈罗衣扣说：这是你田子香妈妈的贡献哩。

妈妈罗衣扣说：你田子香妈妈说到做到，她承诺给咱乾坤湾村修建一所希望小学，真金白银地还就修建起来了，我感激你妈妈田子香哩！

罗坤生在妈妈罗衣扣的劝说里，态度不是那么强硬了。情知妈妈罗衣扣说的都是实情，他点头了。他所以点头，是他还感受得到，妈妈罗衣扣劝说他的一片好心，她把他往生身的妈妈田子香身边推，她自己心里难受吗？应该是也难受着哩！但她没有只顾自己的一己私念，而是想着他们亲生母子的情……罗坤生这么想来，就更感动罗衣扣妈妈的那种大情怀了。不过，罗坤生紧着嘴不说话，惹得罗衣扣妈妈就还要进一步地说服他了。

妈妈罗衣扣说：人亲哪比血更浓，你就忍心你的田子香妈妈一个人在王叉沟的煤矿上打拼吗？

妈妈罗衣扣说：你要还把我认妈妈，就听话到王叉沟煤矿上去，给你妈妈做助理好了。

　　妈妈罗衣扣说：柘河秀都去你妈妈田子香身边了，河秀捎话来，也希望你到王叉沟煤矿上来哩。

　　苦口婆心地给罗坤生讲事实，说人情，摆道理，妈妈罗衣扣把罗坤生说去了王叉沟村，给他的生身妈妈田子香做起了助理。正如妈妈罗衣扣说的，大学毕业了的柘河秀，早了罗坤生一步，去了王叉沟村，做了王叉沟村的大学生村官……他们在自己的岗位上，扎扎实实地干了两年时间，突然获知深造在美国西雅图的罗乾生，硕士毕业，是也要回陕北来了。

　　告诉他们这一消息的人，就是罗坤生大老板的妈妈田子香。

　　田子香妈妈给罗坤生说了：你哥哥罗乾生硕士毕业，他们学校邀请你罗衣扣妈妈去美国，参加你哥哥的毕业典礼哩。

　　田子香妈妈说：送你罗衣扣妈妈去机场，你去吗？

　　当然要去了。罗坤生不仅自己要去，还联络了在王叉沟村当大学生村官的柘河秀，一起去了呢……卖了北京时的银色丰田小车，田子香来到陕北开发王叉沟煤矿，鸟枪换炮，又买了一辆丰田霸道。四驱丰田霸道最善于跑陕北这样的山路了，赶在既定的日子，田子香便驾驶着新崭崭的丰田霸道，即从王叉沟村出发，往乾坤湾村跑来了。

　　丰田霸道跑在山路上，一忽儿深入下了沟道里，一忽儿又从沟道里翻上来，爬在一座山墚上……丰田霸道就这么忽上忽下地跑着时，田子香的心思，会要比丰田霸道快一步，去到乾坤湾村的罗衣扣身边。像她一样，她儿子罗坤生的心思，也比丰田霸道要快一些，去到乾坤湾村的罗衣扣妈妈身边……好心肠的罗衣扣妈妈，为了田子香他们母子，真是费了劲儿了呢！其中的一幕，越是靠近乾坤湾村，就越是清晰地闪现在田子香与罗坤生的心头上。

　　罗乾生与劳九岁、乔红叶那次回乾坤湾村，他们走的时候，罗衣扣妈妈采折了一束萱草花，交给了罗坤生，要他给田子香敬献了。

　　罗衣扣当时心想，既然什么都亮开了，罗坤生不叫田子香妈妈怎么行？她当着劳九岁和乔红叶的面，要改变这样的局面。她把那束萱草花递到罗坤生的手上，给他就这么说了。

罗衣扣说：你娃只知道我不容易，你娘田子香呢？

罗衣扣说：你娘可是比我更不容易哩。

脾气再怎么不好，有他深爱的罗衣扣妈妈督促，罗坤生还能怎么办呢？他身上热烫烫流动的血，使他没法不亲近田子香了。罗坤生慢慢地靠近了田子香，把罗衣扣妈妈送进他怀里的萱草花，献给了田子香，头一次把她叫妈妈了。

罗坤生叫田子香妈妈的声音，像是从墙缝里挤出来似的，很低很软。他叫：妈妈。

罗坤生是叫出来了，田子香却羞得半天应不出来。

罗衣扣就只好再逼田子香了。

罗衣扣说：娃叫你咧，你倒是应呀！

田子香诚惶诚恐地应出了声：儿子！

丰田霸道顺着川河河道飞奔着，翻过了又一道山墚，再往前奔跑上一程，就进入了乾坤湾村……村口上站着柘川秀。柘川秀像她妹子柘河秀一样，是也做了一名大学生村官哩。她做的大学生村官，没有在外村，而就在他们乾坤湾村。罗衣扣阿姨要赴美参加她儿子罗乾生的毕业典礼，大学生村官的她，几天来就不离罗衣扣阿姨，帮助她收拾着要带的行李。

田子香阿姨、罗坤生和柘河秀，赶在时间来接罗衣扣阿姨，柘川秀做好了准备，是也要去送阿姨的呢。

迎着飞奔而来的丰田霸道，柘川秀接住田子香、罗坤生和柘河秀，一起去到罗衣扣始终寄住着的知青窑院，他们没有怎么耽搁，就你肩扛一个提包，他手提一个箱包，把所有行李装上后备厢，这便发动了丰田霸道的引擎，往西安方向去了。

来送罗衣扣的，自然少不了道老汉，他站在村口上，向丰田霸道招着手。

丰田霸道的座位有限，柘川秀没有上车，她也如道老汉一样，向丰田霸道招着手。

三

有高速公路与没有高速公路可是太不一样了。

没有高速公路的时候，从陕北高原的川河县到西安城里去，再怎么跑，都得跑上十七八小时才能到。有了高速公路就好了呢，半天的工夫，丰田霸道即已穿山洞、跨桥梁，跑出了黄土高原的陕北而进入到关中平原，乘坐着丰田霸道的田子香、罗衣扣，以及罗坤生和柘河秀，从车窗里看出去，隐隐约约都已看得见高楼林立的西安城了。田子香、罗衣扣、罗坤生看见了西安城，会是一种什么感受，柘河秀不好说，但她想起生活在西安城里的姑姑柘袖子了。

高考后读在西安城的那家综合性大学里，柘川秀、柘河秀姐妹俩四年本科读下来，毕业时恰逢公务员招考，姐妹俩踊跃报名，她俩先笔试，再面试，放榜时双双录取为了国家公职人员。知道这一好消息的姑姑柘袖子，把她姐妹俩叫到家里去，做了一桌子的好吃好喝，要祝贺一下她俩了。

因为池东方的原因，姑姑柘袖子走出他们乾坤湾村，进到了西安城。姑姑把自己磨炼得已经很像个城里人了，一头的大花卷发，一身的细软幽香，仅从仪表上看，是看不出姑姑内心的遗憾，甚或说是自卑。但她是有自己的遗憾呢，那就是她的文化知识欠缺了点，一次次她自卑自己身份。姑姑柘袖子一直想着，能有人为自己弥补上这一切。柘川秀、柘河秀是她的亲侄女，两侄女求学在西安城，她把她的期望，早早地就寄托在她俩的身上了。为了两侄女在西安城里学习好、生活好，柘袖子没少费心，她经常要到两侄女的大学里去，并还常常把两侄女请到家里来，给她俩无微不至的关心与照顾。两侄女出息哩，她俩的出息不仅帮助她实现了她想要的东西，也给他们乾坤湾村的老柘家，扬眉吐气了一把！柘袖子高兴啊！可她把两侄女请到家里来，与她围坐在满桌丰盛的美食前，听了两侄女说的一句话，把她热烫烫的一颗心，又一下子打入了冷库。

她们姑侄女各自斟了一杯红酒，为柘川秀、柘河秀姐妹俩高兴的柘袖子，端起来，与两侄女轻轻地一撞，都把红酒杯子送到嘴边了，柘川秀、柘河秀姐妹俩却说话了。

姐妹俩给她们亲爱的姑姑柘袖子说：谢谢姑姑的关爱。

姐妹俩说：我俩头一次喝红酒，喝罢姑姑红酒，我俩就回咱老家去了。

姐妹俩回老家做什么去呢？是去看望她俩的老奶奶、爸爸和妈妈吗？好像不完全是，柘袖子敏感起来了，她听出一种别样的语意，就拉下脸来问姐妹俩了。问出来的结果，让她满心的欢喜，顿然冷凝了起来。柘袖子原来只是知道姐妹俩考取了省级机关的公务员，却不知道姐妹俩找到组织，提出申请，自愿回家乡去，做个直面基层生活的大学生村官……姑姑柘袖子的庆贺宴，因为柘川秀、柘河秀姐妹俩的选择，把她的心情搞得由喜到悲，突然心酸地了流了泪，但她坚持喝光了酒杯里的红酒，把空了的酒杯往餐桌上一放，用她伤心的眼睛看向柘川秀、柘河秀姐妹俩，站在她的立场上，想要劝说姐妹俩，不要幼稚，不要意气用事……姑姑柘袖子劝说着姐妹俩，劝到后来，就还用祈求的语气来说姐妹俩了。

姑姑柘袖子说：你俩不回老家去行吗？

姑姑柘袖子说：你俩不好反悔，姑姑替你俩反悔好了，我找组织上去说好了。说咱是一时的头脑发热，咱不做大学生村官，咱就留在省级机关工作。

全面建设小康社会，重点在农村，难点在农村，希望也在农村。选聘高校毕业生到乡村任职大学生村官，就是向农村输送有文化、懂技术、会经营、善管理的优秀人才，帮助农民群众理清思路、加快发展，引导农民群众崇尚科学、弘扬新风，为新农村建设注入新的动力和活力。柘川秀用她刚刚学习来的道理，给姑姑柘袖子说了。她说了一通，柘河秀跟着也说了。

柘河秀说的同样是刚学习来的道理呢。什么大学生村官制度的建立，是为党和国家培养接班人的一项战略工程，让有志于担责国家兴旺发达的大学生，深入到乡村生活的第一线，植根群众、服务群众，既有利于把党政干部培养链扎根在基层人民群众之中，更有利于培养了解国情、熟悉基层、心贴群众、实践经验丰富的可靠接班人……

姐妹俩这么给姑姑柘袖子说，并没有说服她，而且还使她不耐烦了呢。

姑姑柘袖子在姐妹俩说得起劲的时候，打断了她俩的话。她说：给姑姑会说漂亮话了。

姑姑柘袖子说：若论说漂亮话，姑姑比你俩说得会更漂亮。但你俩要知道，漂亮话当不了饭吃，当不了钱使。

姑姑说：漂亮话是要害的人的呢。我不能眼睁睁看着我柘家的女子，再受漂亮话的害了！

姑姑柘袖子说服不了侄女俩的柘川秀、柘河秀，侄女俩的柘川秀、柘河秀也说服不了姑姑柘袖子，但姑姑柘袖子做给侄女俩的一桌好菜好饭，在姑姑的坚持下，侄女俩硬着头皮还是吃了的。侄女俩吃罢了姑姑给她俩的那一顿好饭菜，在离开姑姑家里后，还怕姑姑真会去找组织挡下她俩来，当即拾好自己大学生活时简简单单的那点行李，就马不停蹄地回老家报道了。

柘川秀报道在了乾坤湾村。

柘河秀报道在了王叉沟村。

两年的实践下来，柘河秀像迟来王叉沟些许日子的罗坤生一样，他们两人，是都成长为了田子香经营王叉沟煤矿的好帮手。

他们两人虽然成长为了田子香的好帮手，但柘河秀与罗坤生却还有着本质的不同。罗坤生可以一头扎进田子香的王叉沟煤矿发展事业中去，全心全意为煤矿的兴旺发达贡献力量，但柘河秀则不能，她身为王叉沟村的大学生村官，必须站在王叉沟村的立场上，心想王叉沟村的事情，然后才是煤矿上的事，来为煤矿上的事情操心出力了。

农工商结合，全面发展王叉沟经济的思路，就是柘河秀提出来了。

柘河秀所以为王叉沟村提出这样一个经济发展的思路，她是要感谢身为延安市副市长的池东方哩。他来王叉沟村视察，看见煤矿的发展，与王叉沟村的发展很不平衡，就问大学生村官的柘河秀了，问她可有什么好办法？上任大学生村官后，组织上为了提高他们的认识与工作能力，把他们组织起来，既务虚，又务实，请来多位对此工作有研究的人，从理论上讲，还带领他们去到省内外的乡村建设典型村里去，向现实学习……柘河秀不敢说她学习到了多少，但她还是深刻地认识到，乡村的建设与发展，单纯依靠农业是不够的。在此期间,她还听到池东方在川河县工作时,所提出的"无农不稳,无工不富,无商不活"的发展理念,就大胆地给池东方说了她的想法。

柘河秀说:农工商协同发展,可能才是王叉沟村经济发展的出路哩。

柘河秀说:我说的,炒的还是姑父你的剩饭哩。

池东方非常受用柘河秀说的话,他大力支持柘河秀,在王叉沟村积极推行这一新的发展思路,应该说效果还是很不错的呢。当然,田子香经营的煤矿,也积极参与配合,对煤矿的发展,亦起到了很大的推动作用……激情满怀的柘河秀,全心全意为王叉沟村的经济发展而操着心。

有件刻不容缓的事情,看在柘河秀的眼里,急在田子香、罗坤生心头,是必须解决了呢。

煤矿的快速发展,吸引来了众多大型载重汽车,串着线似的往王叉沟村来,停车成了一个十分突出的问题。见天都有王叉沟村村民,与汽车司机因为占道,或是践踏农田而起冲突,严重的一次,几位村民扛着镢头铁锨,与践踏了农田的司机大打出手,打得双方都挂了彩,流了血。这么闹下来,惹得村民们不能忍了,大家自发组织起来,挖断了通往煤矿的道路,阻止拉煤车辆通行……大学生村官的柘河秀没有回避矛盾,她迎难而上,征得上级政府和村民的同意,大刀阔斧地对村里的土地,进行了一次调整,梳理出部分土地来,以村集体的名义,在梳理出来的土地上筹办起了一个停车场,不仅就很好地解决了煤矿上停车的这一老大难问题,还为村集体赢得了一笔非常可观的收益。

丰田霸道的方向盘,在上路的时候,就掌握在了罗坤生的手里。

手握方向盘的罗坤生,因为心里想着柘河秀为煤矿上做的好事,他感激她,便在保证丰田霸道平稳行驶的同时,一路上给坐在他身边的柘河秀说了许多感谢的话。解决拉煤车辆停车难的问题,罗坤生先前就已夸赞过柘河秀了,在路上他又因此把柘河秀夸赞了一番。总之,罗坤生如今见着柘河秀,觉得她什么都好,怎么夸赞她都不够……西安城在罗坤生的眼里不断地清晰着,他的内心因此又蓦然生出一个新的想法,要和柘河秀交流了呢。

把握着方向盘的罗坤生偏了一下头，把坐在副驾驶座上的柘河秀瞥了一眼。说：煤矿上有一个问题，需要你支持哩。

是个什么问题呢？柘河秀把她的脸儿拧向了罗坤生，还没问出声来，罗坤生就开诚布公地说出来了。

罗坤生说：煤矿上的人员不断增加，肉菜油等副食供应，总要来西安城里补充，即不方便，也难保新鲜。我想了呢，村子上能不能帮忙做起来。

这有什么难呢？柘河秀马上回应了罗坤生。她说：你相信我，我就能帮助你解决。

柘河秀这么给罗坤生回应的时候，很有种"瞌睡遇上了枕头"的舒服。因为她是也看到了煤矿上的这一问题，并已行动起来，跑了延安市的相关部门，找来相关的专家，进驻王叉沟村，对村上的土地进行理化分析，以便为煤矿上所需的副食供应来找解决方案。专家们对村上的土地、气候状况，考查分析后，给了柘河秀一个结论，这个结论让她是非常激动的呢。她现在可说是胸有成竹，猪羊如何养殖，蔬菜如何种植，已经有了十分成熟的方案，下来就是如何实施了。

柘河秀答应着罗坤生，由村上来为煤矿职工解决副食供应的问题，是还有她一个小打算哩。

这个小小的打算藏在柘河秀的心里，是要在完成送罗衣扣阿姨的任务后，抽出时间来，拉着罗坤生，要他陪着她走一趟西北农业大学，去那里见几位商品农业生产方面的专家，向他们虚心求教，给她支招出主意，把谋划在她心里的一个方案，再充实充实……柘河秀是这么想了，却没有照直给罗坤生说，就还坐在他的旁边，给他旁敲侧击卖关子。

柘河秀卖的头一个关子，是关于王叉沟村种植的玉米。

柘河秀说：你发现了吗？煤矿上的人，对咱村上农户的玉米糁糁特别有兴趣，咱们村上的石碾子，现在可是忙了呢！

柘河秀说：还有咱们村上的稻米，也非常受煤矿职工的青睐。

柘河秀卖给罗坤生的关子，他虽然一时不能完全理解，但是她所说的却千真万确，都是事实，他们煤矿上的人，包括妈妈田子香和他在内，也都以自己的味觉为准则，以为王叉沟村出产的玉米糁糁和稻米，要比外来的玉米糁糁和稻米好吃好消化。罗坤生驾驶在丰田霸道，偏脸对柘河秀点了点头，就顺着她的话回应她了。

罗坤生说：那你就组织村民把咱的石碾子都用起来，多多给咱碾玉米糁糁，多多给咱碾稻米。

罗坤生说：煤矿职工就吃咱王叉沟村喂养的猪羊，就吃咱王叉沟村种植的蔬菜。

柘河秀听得开心，便莞尔一笑，把她白里透红的脸对着罗坤生说：不瞒你说，我要涨价了。

柘河秀说：涨价让矿上职工吃得满意吃得好。

四

罗乾生在美求学，心心念念想着的，却总是生养了他的黄土高原。

黄土高原的陕北，有他亲爱的妈妈罗衣扣、田子香，有他手足情深的弟弟罗坤生，还有他热爱的道老汉，以及知冷知热的众乡亲，他深造在美国西雅图的华盛顿大学分校校园里，始终胸怀一个念头，就是学有成就，回到红色土地上的延安，报效他亲在眼里、恋在心上的故乡。

罗乾生深造的这所大学，有全美公立常春藤大学之誉。校园的景色非常优美，无处不有草坪、古树，被参天大树掩映的教学楼、图书馆、实验室，鳞次栉比、错落有致……秋来了，风凉了，在这里攻读林学专业的罗乾生，经常要到干爸劳九岁开在这里的诊疗馆里去，吃他做洋芋擦擦、酸菜熬猪肉，还有荞面圪节、饸饹面、麻汤饭什么的。

长在妈妈罗衣扣的身边的时候，罗乾生在妈妈的关照下，陕北特色饭食的洋芋擦擦、酸菜熬猪肉、荞面圪节、饸饹面、麻汤饭……妈妈上顿下顿变着花样地给他做，他上顿下顿变着花样地吃。

罗乾生坚持认为，陕北风味的饭食，该就是妈妈的味道呢！

移民在西雅图的劳九岁干爸，原在一家私立医院执业，他中西医结合治病疗疾的方法,深得病患的推崇,而那家私立医院的条件,又不能充分满足病患的需求,劳九岁干爸便辞职出来,自己开设了一家中医药诊疗馆,来为患服务了……罗乾生在妈妈罗衣扣的身边,享受不到妈妈的味道,隔三间五,有劳九岁干爸招呼他,可以有顿妈妈的味道给他补偿,让他感激不尽的呢!罗乾生以为,这是他留学美国期间,一个不可多得的大福气哩。

劳九岁干爸开在西雅图的诊疗馆,牌子不大,黑色底子上"九岁"两个宝蓝色汉字,极具中国风格,看上去十分亮眼。在那宝蓝色汉字下边,又是一行"九岁"的英文字母,自然也很吸引人。

罗乾生在大学门口叫了辆计程车,一路风驰电掣地往劳九岁干爸的诊疗馆来了。诊疗馆的门里,触目都是前来问诊的人,既有黄皮肤的亚洲人,还有白皮肤、黑皮肤的本地人,好像各种肤色的美国本地人,还要比黄皮肤的亚洲人多。穿着一身白大褂的劳九岁干爸,忙碌在来到他诊疗馆问诊的人之间,听着问诊人的问题。以为需要扎针解决的问题,即引导他们去扎针的诊室;以为可以拔火罐解决的问题,又引导他们到拔火罐的诊室去……劳九岁干爸忙碌极了,虽然他也录用了好几位助手,协助他处理前来问诊的人,可是因为问诊的人,都太相信他了,所以他还是特别的忙。不过他忙而不乱,极为体贴、极有条理、又极温暖地与问诊的人打着交道。罗乾生进门来了,虽然劳九岁干爸为他的患者忙碌着,却也敏感地感知到了他,因此偏了一下脸,这就把他招呼上了。

面对问诊的人,劳九岁干爸的脸色是认真负责的。突然地面对了罗乾生,他的脸色,几乎没有什么过渡,便迅疾转换成了一种亲切与关心。

劳九岁干爸声调柔和地说:路上还顺利吧?

罗乾生听得懂劳九岁干爸的话,他所以如此招呼他,是因为美国的枪击事件发生得太频繁了,特别是校园里……此前不久,罗乾生深造的华盛顿大学西雅图分校,就突然地爆发了一场枪击案,有几位罗乾生认识和不认识的同学,即悲惨地倒在了血泊里。罗乾生的脑子里,把那悲惨的一幕录像似的,过了一遍,便朝着问候他的劳九岁干爸,苦苦笑了一下。

苦笑着的罗乾生,张开胳膊,在劳九岁干爸的面前,踮着脚尖,转了个圈子，就伸手过去，要帮劳九岁干爸的忙了。

罗乾生常到劳九岁干爸的诊疗馆来，每次来，诊疗馆都人满为患，他能帮上忙的地方，就尽量地伸手帮了。而且是，这里确也有他帮得了的忙，痰盂儿、垃圾桶、废纸篓……罗乾生发现有需要倾倒的，就拿着去倾倒掉，发现有需要清洗的，就拿着去清洗。可是这一次，罗乾生看见了墙角边的痰盂儿，是需要倾倒清洗了，可在他伸着手，要去端的时候，劳九岁干爸把他叫住了。

劳九岁干爸说：去吧，到楼上去吧。

劳九岁干爸说：我过会儿也上来。

恭敬不如从命，罗乾生上楼去了。这座三层高的小楼，顶层是劳九岁干爸的生活区，罗乾生刚一爬上三楼，就见开放式的厨房餐台上，有劳九岁干爸烧好的洋芋擦擦、酸菜熬猪肉和荞面饸节，一样一样，倒扣在一个一个的玻璃汤盆下，让罗乾生透过玻璃汤盆，看见了，口角上即刻垂挂下来些许馋涎。

劳九岁干爸没让罗乾生久等，他脱掉白大褂也上三楼来了。上到三楼来的劳九岁干爸迅速揭去扣着洋芋擦擦、酸菜熬猪肉和荞面饸节的玻璃汤盆。罗乾生也没闲着，他取来雕漆的筷子，给劳九岁干爸和他自己每人一双，这就洋芋擦擦一口，酸菜熬猪肉一口，荞面饸节一口地豪吃起来了。

豪吃着的罗乾生，不用劳九岁干爸问，就把一直关心着他的劳九岁干爸，感谢上了。

罗乾生一口洋芋擦擦地吃着说：与我妈做的一个味。

罗乾生一口酸菜熬猪肉地吃着又说：与我妈做的一个味。

罗乾生一口荞面饸节地吃着还说：与我妈做的一个味。

怎么能不是一个味呢？罗乾生知道，在黄土高原的陕北乾坤湾村里，妈妈罗衣扣是怎么做这些陕北特色食物的，身在美国的劳九岁干爸，也一定是怎么做的呢。环境的改变，改变不了印记在罗乾生舌尖上的记忆，他是想妈妈了。在美国的西雅图，罗乾生时时刻刻，都在想着身在祖国陕北的妈妈。

劳九岁干爸与罗乾生，香香地吃着陕北特色的饭食，相互说着不咸不淡的话题。他俩说着,劳九岁干爸突然开口,问了罗乾生一个问题。

劳九岁干爸说:你要毕业了,你妈妈来参加你的毕业典礼吗?

劳九岁干爸说:学校会邀请你妈妈来的呢。

罗乾生这次到劳九岁干爸的诊疗馆来,就是要讨论过这个问题哩。他因此老实地回答说:是的哩,给妈妈的邀请函都已寄去了。

罗乾生说:我的毕业典礼呢,妈妈一定要来。

听罗乾生这么肯定的说来,劳九岁干爸拿起手边的一个遥控器,对着他装置在这栋小楼里的播放机,轻轻地摁了一下开始键,就有一曲《情难休》的信天游,如水一般漫唱了起来:

吼一声信天游悠长的调调,
剪一纸红花花贴在窗口。
问一声大娘大爷在家吗?
掀开绣花门帘就坐上了热炕头。
……

《情难休》的信天游,词儿要长一些,曲儿要缠绵一些,罗乾生在劳九岁干爸这里听了许多回了,听得他是很熟很熟了呢。因此,他跟随这曲信天游的旋律,情不自禁地也哼唱起来了:

抓一把红枣我甜到心里头,
吃一口扁食我泪水止不住地流,
望着窗外奔忙的云,
心里满是乾坤湾村的父老乡亲。

劳九岁干爸在他的既做诊疗馆又做公寓的小楼里,装备的这套音响设施,常要播放一些好听的陕北信天游。譬如他俩在吃陕北特色饭食到时候,还有一曲信天游要播放的呢。果然是,一曲《情难休》的信天游刚刚落音,劳九岁干爸手里的遥控器，就又轻轻地一摁，《黄河水滔滔》的信天游，便又嘹亮在了罗乾生的耳边：

  饸饹哟馍馍哟小米粥，
  田间哟地头哟小山头。
  望不断的黄河水滔滔，
  看不够的乡亲笑呵呵。
  ……

  劳九岁干爸创立的中西医结合诊疗馆，虽然是所专业化的医院，但无论在疾患者的眼里，还是在罗乾生的眼里，却有着一种家的温馨……煮咖啡的炉子与煮茶汤的炉子，相向而立，口腔里有品饮咖啡的需要，自己就去煮咖啡好了，齿舌间有啜饮茶汤的需要，自己就也去煮茶汤好了，此外是还有许多的图书，文学的，社会学的，自然科学的，民俗风情学的，应有尽有，一本本排列在诊疗馆四周的书架子上，随手取来一本，就能阅读了……然而最为使人称道的，应该还是装置在诊疗馆里的音响设备了。劳九岁干爸会把播放音乐作为一种背景，给来他诊疗馆的患者听的，特别是他在给患者扎针、拔火罐时，他播放的一定会是陕北的信天游哩。罗乾生来的次数多了，看到了、听到了，他就还以玩笑的方式，说了劳九岁干爸的呢。
  罗乾生说：有信天游伴奏，扎针、拔火罐的效果会更好？
  劳九岁干爸没有烦罗乾生这么说他，但他是要打击罗乾生的，说：你不愿意听吗？
  劳九岁干爸说：反正我爱听，听着身上就暖和。
  罗乾生不能与劳九岁干爸拌嘴，所以他听了干爸的解释，就只有顺着他的意，连声地叫着劳九岁干爸，说他也爱听，听着不仅身上暖和，心里头也暖和。罗乾生这么说，不是要应付爸爸劳九岁，而是他在华盛顿大学西雅图分校校园里，把他的全部精力都倾注在专业的学习上，很难有机会在劳九岁干爸这里，感受那种浓浓的故乡情。他在这里听着他熟悉的信天游，让他的身心会要产生一种别样的感受,仿佛人在异国他乡,而又能感受着故乡的风,沐浴着故乡的雨,给他以精神上的洗礼和灵魂上的抚慰!

这次到劳九岁干爸的诊疗馆来,罗乾生与干爸需要商量的,就是妈妈罗衣扣来美国参加他毕业典礼的事。

这件事不难商量,罗乾生吃着劳九岁干爸给他做出来的陕北特色饭食,三言两语就与干爸说定了……离预定的时间还有两天,在这两天时间里,有件事情困扰着想罗乾生,他想了又想,似乎想出个眉目了,却似乎又糊涂着,那就是他的乔红叶干妈哩。

乔红叶干妈在她身体遭遇严重病害的时候,与他们一起回了一趟乾坤湾,上了一趟松树峁,再回美国的西雅图,即被病魔彻底地撂倒了。弥留之际,乔红叶干妈睁着她一双渴望的眼睛,说了她生来最后一句话。

乔红叶干妈说:我……我要回……回延安!

劳九岁干爸应该记着乔红叶干妈说过的这句话呢。妈妈罗衣扣到美国来,参加了他的毕业典礼,他就要与妈妈一起回延安了。那么劳九岁干爸呢?他回去吗?还有乔红叶干妈,她也回去吗?

怀揣着这样一个问题,罗乾生挨到了与劳九岁干爸约好时间,再一次往干爸的诊疗馆赶来了……赶了来的罗乾生,把干爸的诊疗馆门推开来,发现原来患者若市的诊疗馆内,今日空空荡荡,不见一个人影。罗乾生乐见这样一个情景,他知道劳九岁干爸,嘴上没有给他明说,但行动上是已做好了准备,要与他一起回国了呢。

诊疗馆里的劳九岁干爸,把他添置在这里的医疗器械,可以带走的,正往一个特制的木箱子里装着,而且都已基本装好了。罗乾生赞赏劳九岁干爸的决绝,他夸赞起干爸了。

罗乾生说:等我来做呀,那么一大摊子事。

罗乾生说:放着我做啥用呀?

劳九岁干爸接着罗乾生的话说:当然有用了,是大用哩。

劳九岁干爸说:去接你妈妈罗衣扣!

劳九岁干爸的小轿车早就从车库里开出来了,罗乾生看见,旧点儿的一台小车,被干爸早已仔细地擦洗过了,在灿亮的阳光下,泛着一抹油亮的漆光……劳九岁干爸招亲亲热热地呼着罗乾生,罗乾生又亲亲热热地招呼着劳九岁干爸,他俩走出诊疗馆的门来,坐进小车里去,就由干爸脚踩油门,如风一样驾驶着小车向前走了。

劳九岁干爸的小车里,如同他的诊疗馆一样,是也装置了音响设备的。他驾驶着小车向前开了没几步,就摁了一下小车上的音响按键,顿时即有一曲陕北信天游,在他们的身边漫唱了开来。

罗乾生听得清楚,那是劳九岁干爸自己翻唱的呢:

黄河边,延水岸,黄土筑高原,
窑洞前,石磨碾,仿佛回到了昨天。
风清清,天蓝蓝,我要回延安,
先登宝塔山,再看南泥湾。
……

劳九岁干爸翻唱的这曲信天游名叫《我要回延安》,罗乾生过去就听到过,这次再听干爸的翻唱,让他有了一种新的体验与感受,那震撼人心的词句,与鼓的捶打声、锣的敲击声,以及唢呐、二胡、板胡声,纠缠在一起,一字一句,都重重地锤打着罗乾生的耳鼓,使他感知了他与干爸的心,是已脱离开了美国的西雅图,飞越过了太平洋,回到了陕北的山山水水间:

梦里边,枕儿畔,千呼与万唤,
泪咸咸,地平线,万水与千山。
夜无眠,星月远,我要回延安。
杨家岭,青枣园,常在梦里边,
羊杂汤,黄米饭,我要去延安。
……

连着几个晚上，因为妈妈罗衣扣要来，罗乾生睡得很不好，到了昨天夜上，他干脆就怎么都睡不着，闭上眼睛就是妈妈身影。他不睡觉了，从床上爬起来，找到妈妈送给他绣着萱草花的荷包，拿在手上直到天明……现在，他坐在劳九岁干爸的小车里，去往机场接妈妈，他的手依然紧握着那枚荷包，并且用他的手指，一下一下摩挲着那枚荷包。

绣着三枝萱草花的荷包，可是他们柯家的传家宝呢！妈妈罗衣扣在送给他时，是给他说了一句话的。

妈妈罗衣扣当时说：你把荷包戴在身上，就是把娘戴在你身上了。

距妈妈罗衣扣说过的那句话，已经过去了五年，却依然刀刻斧凿一般，刻印在他的心里，让他想来就像昨天听到的一样，新鲜清晰……罗乾生在与劳九岁干爸向着西雅图机场走的路上，罗乾生一直摩挲着那带着他体温的荷包，潜意识里，又把妈妈罗衣扣说给他的那句话，在他的内心重复了好几遍。

罗乾生自言自语，默默地念叨着：妈妈。妈妈。

五

妈妈罗衣扣到西雅图来，在劳九岁干爸的陪同下，参加了罗乾生的毕业典礼后，干爸建议罗乾生，带着妈妈把西雅图的几个有名的地方走一走。

到美国来一趟不容易，即使劳九岁干爸不建议，罗乾生也是要带着妈妈罗衣扣转转哩。靠近加拿大国境线上的美国城市西雅图，确实有几处地方是可以看看的，什么太空针塔，什么派克市场，什么奇胡利玻璃艺术馆……罗乾生给妈妈既做向导又做翻译地游览着，他发现妈妈开始时倒也游览得兴致勃勃，结果走了两处地方，就败了兴致，下来不论走到哪儿，都一副索然无味的情态，嘴上说的又都是同样的几句话。

妈妈罗衣扣说：都是什么呀？都有什么呢？

妈妈罗衣扣说：还说人家这好那好，好什么好呀，咱不眼红。

妈妈罗衣扣这么说来，就不乐意转着看了。代之而来的，就是焦急地催促罗乾生，念叨着要回乾坤湾去……罗乾生能怎么办呢？他就只有听妈妈罗衣扣的话，并与劳九岁干爸商量，预定好了飞机票，这便会同劳九岁干爸，准备回国了。

就在劳九岁干爸、罗衣扣妈妈准备好回国前的一天，由干爸提议，罗乾生附议，他俩带着妈妈再次走上了西雅图的街头，去了这里的先锋广场……这处不是很大的广场，恰恰却是西雅图的发源地，当年的淘金热吸引了大批的人潮，涌入到这里来，为西雅图创造了非常可观的黄金财富，使西雅图迅速成长为美国的西部重镇以及大型贸易港口。漫步在这里的街道上，满地红砖散发着一种强烈的移民气息，广场四周有许多的酒吧、画廊、咖啡馆和古董店等，身穿中式传统服装的妈妈罗衣扣，走在这里显得特别出挑，不断地有人要靠近她，请求与她拍照合影。

就在妈妈罗衣扣一次与人拍照合影时，劳九岁干爸却不见了踪影，害的罗乾生与妈妈失色转脸寻找他时，他却在一旁的草木丛里，漫唱出了一曲陕北信天游：

　　山峁峁上看得远，
　　你在那遥远的乾坤湾。
　　叫一声妹子你没听见，
　　哥哥心里实在想念。
　　……

罗乾生听得清楚，妈妈罗衣扣自然也听得清楚，劳九岁干爸漫唱的是一曲《山那边》的信天游哩。赴美参加罗乾生的毕业典礼，妈妈精心给自己准备了两身衣裳，一身改良旗袍，一身陕北气息浓郁的刺绣服装。劳九岁干爸和罗乾生去机场迎接妈妈时，妈妈穿的是她的改良旗袍，后来还穿了几天，今天出来游逛，妈妈就换穿了她这身陕北气息浓郁的服装，上身一件纯蓝底子缀黄花的夹袄，下身一件纯黑底子缀红花的裤子。妈妈见劳九岁干爸躲开她，漫唱起来信天游，她没有示弱，就那么站在原地，挺了挺身子，开口就与劳九岁干爸对唱起那曲信天游的下半阕：

> 你在山的那一边，
> 我站在这乾坤湾上看。
> 长长的辫子好身段，
> 毛个眼眼亮闪闪。
> ……

掌声……掌声……靠近妈妈罗衣扣拍照合影的人，最先鼓起了掌，并迅速地传播着，由近及远，于西雅图的先锋广场，此起彼伏地响着……妈妈的脸色在众人的掌声里灿亮了起来，红艳艳的，十分好看，让靠近妈妈拍照合影的人更多了，其中就还有自己的同胞，撵了来，既与妈妈拍照合影，还向妈妈祝贺，夸赞妈妈是文化传播使者，为异国他乡的西雅图送来了中华文化瑰宝的信天游。

应该说，这是妈妈罗衣扣赴美参加罗乾生毕业典礼最快活的一天。

这一天过去，罗乾生就与妈妈罗衣扣，劳九岁干爸乘坐上国际航班，颠簸在一片望不到边的云层上，飞回到他们的乾坤湾村来了……可恶的子宫癌，夺走了乔红叶干妈的生命，干妈也与他们一起回来了呢。

从劳九岁干爸西雅图旧居离开时，罗乾生就自觉把乔红叶干妈的骨灰盒抱在了他的怀里，他一直地抱着，登上飞机，不是因为飞机上的规定，罗乾生是要一路抱着乔红叶干妈的骨灰盒回乾坤湾的。因为飞机机舱里制度性的规定，罗乾生就把干妈的骨灰盒，安放在他头顶上的行李舱里，过一会儿，他就抬起头来，把那里看一看……飞机降落在了祖国的机场上，罗乾生复把乔红叶干妈的骨灰盒抱在怀里，抱回到乾坤湾村，送上了松树峁。

送葬乔红叶干妈，乾坤湾村与四乡八社听闻了这件事的人，都赶了来。

葬礼的仪式，与前次送葬柯红旗差不多，主持人还是道老汉。他在这样的大事面前，总是特别稳重，有条不紊，他指导两杆唢呐一面鼓，响响亮亮地吹打着，还指导罗乾生披麻戴孝，手拄一杆糊了孝纸的柳棍，头顶一个纸灰飘扬的孝盆，哭哭啼啼地走着，走过了乾坤湾村，走在了村外的十字路口，"啪"地摔碎孝盆，就让送葬的人群，脚踩着散碎的孝盆，在鼓乐声的伴奏下，把干妈的骨灰盒送上松树峁，对干妈做了最后的告别。

陕北人把这样的告别是叫祭拜的，先是乔红叶的亲人祭拜，再是来客祭拜。亲人的祭奠最繁复，也最伤怀，干儿子的罗乾生，三跪九拜，然后拄着柳棍，依在乔红叶干娘的骨灰盒旁，陪着送葬来的人，人家怎么祭拜，他跟着怎么祭拜……因为来人太多，祭拜仪式竟然从午时起，几乎持续到了半下午。

罗坤生与柘川秀、柘河秀姐妹俩，自然没有旁落，他们因为各自父母亲的念叨，就也视他们为了乔红叶的儿女，给她戴孝守礼了。

在松树峁上为乔红叶干妈送葬，于罗乾生来说，仿佛就是对他帮助道老汉栽种松树苗，实施松树峁绿化的一个奠基礼。葬礼结束后，他当即扑下身子，首先下到乾坤湾的黄河边上，开辟出一块种苗培育试验田来，化验分析了一下土质，再从松树峁上的老松树下，收集来老松树在岁月里积累下来的腐殖质，掺和进培育松树种苗的土壤里，就筑坝分畦，列行播种撒松树子儿了。他早一次，晚一次，为松树子儿浇灌着黄河的水，几天时间，松树的幼苗就从松软湿润的坝畦里，破土出头了。

在乾坤湾村担任大学生村官的柘川秀，自觉是为罗乾生的助手，她陪在罗乾生的身边，罗乾生做什么，她就做什么。看着一畦一畦的松树幼苗，绿汪汪破土而出，既壮硕又光亮，柘河秀甭提有多高兴了。

柘河秀自己不知道，她看向罗乾生的眼睛，就像她看破土而出的松树苗儿一样，是钦羡的，是爱慕的。

道老汉与妈妈罗衣扣知晓了松树苗破土而出的消息，他俩赶在第一时间，也都下到乾坤湾的黄河边上来，参观罗乾生培育出来的松树苗儿了。道老汉比妈妈罗衣扣早来了一会儿，他一来就把罗乾生夸赞上了。

道老汉说：好个道道哩！

道老汉这么开口来说，是因为他没有太过相信罗乾生，把他多半辈子种植不出的松树苗儿，经他那么来做，就能培育出来。事实胜于雄辩，他下到罗乾生僻整出来的苗圃前，看着那满眼的一片绿，就只有甘拜下风地这么说了。

道老汉先说了那一句话后，紧跟着还说：道道。

妈妈罗衣扣就在道老汉这么说着时来了的。她听见了道老汉嘴里的"道道"，因此就也重复着他的话，说起"道道"来了。

妈妈罗衣扣说：道道。

妈妈罗衣扣说：好个道道哩。

罗乾生改土育苗，成功培育出了松树苗，只是实现了道老汉心愿的第一步，而为更繁重、更需要做的，就是把培育出来的松树苗，移栽上松树峁了。对此，罗乾生把他既定的改土育苗方案，又还运用到大面积移栽工程中来。他把那样的栽植方法，科学地叫了个"改土移栽"的名称。在松树峁上实行改土工程，重要的一条，就是清除掉松树峁上全无生气的刺槐树，及其埋在土中的根苗。

对于松树峁来说，刺槐树为外来物种。罗乾生给大家讲了，刺槐的真名叫德国槐，十九世纪才引种进了咱们中国。刺槐树太霸道了，特别是在干旱少雨的北方地区，譬如黄土高原的陕北，凡是引进种植了刺槐树的地方，是沟是洼，是峁是墚，在未引进种植刺槐前，差不多都生长着一些本土的草木，但把刺槐树引进种植下来，几年的时间，不论乔木、灌木，凡本土物种，大多数招架不住刺槐树的霸道，慢慢地枯缩着，最后就都不见了踪影。

罗乾生讲的，道老汉、柘黑娃、柘灰娃他们听得懂。因为他们曾经亲眼所见，原来的松树峁上，确实是长着些高高的树木和一丛一簇的灌木哩。

把道理讲清楚，大家就没有了顾虑，一场声势浩大的松树峁改土移栽松树苗的活动，便迅速地开展起来了。

这项工程的开展，使松树峁上很快就被松树苗儿绿化起来了。

六

捐资修建乾坤湾希望小学，是田子香对罗衣扣发自内心的承诺，她诚心诚意地做到了。

劳九岁从美国回来了，回来要为他曾经热情服务过的乡亲们，继续他原来有过的服务。田子香对劳九岁没有过什么承诺，但她还是慷慨解囊，来为劳九岁服务的川河县医院捐建一栋门诊大楼了。田子香把她捐建门诊大楼，坚持来用劳九岁的名字命名了。在这件事上，田子香与劳九岁还发生了点儿小的冲突，最后请出池东方来，由他决断，省去一个"劳"字，用"九岁"两个字命名了大楼，这才化解了冲突。田子香就是那样一个性子，风风火火，从不拖泥带水，她说干就干，把王叉沟煤矿的经营推给罗坤生后，就住进川河县城主持建设"九岁"门诊大楼了。

田子香这么做来，是要报答劳九岁吗？自然是了，当年她任性怀上罗坤生，任性生下罗坤生，没有劳九岁默默地关照，默默地帮助，她会落个什么样的结果呢？事后想来，田子香自觉她虽然胆大性烈，却也不免心慌心惊呢！

田子香也感激劳九岁哩。而劳九岁由此也感激上了田子香。

相互感激着的劳九岁和田子香，把县医院的门诊大楼建设，当成他俩那个时期优先做好的大事情……门诊大楼的设计，还有施工，自有门诊大楼的特殊需求。所以，田子香要拉着劳九岁，让他来做门诊大楼建设的顾问，从每一处细节，每一项功能，给设计和施工人员讲规范，提要求。正因为此，门诊大楼的设计与施工，进展得都非常顺利，川河县城的人，清早起来看见的县医院在建门诊大楼，是一个样子，到傍晚时再来看，就又是一个样子了。

妈妈田子香把心操在了县医院门诊大楼的建设上，而把煤矿上的事务，一股脑儿压给罗坤生，他没有胆怯，而是勇敢地承担起来，奋勇地做了。

罗坤生不想做个高高在上的经营者，他有时间了，就还戴上安全帽下矿井，到生产的一线了解情况。大学生村官的柘河秀，也许是她心里朦朦胧胧地装下了罗坤生，听说他下矿井，就还缠着他，也下矿井了……他俩一次下了矿井上到地面上来，一个看着一个，忍不住地就都大笑了起来。他俩大笑着，一个说一个是猫脸，一个说一个是老虎脸。两人相互取笑着，柘河秀突然对罗坤生提了一个意见。她在提意见时,先还很策略地把罗坤生先夸赞了一番。她夸赞罗坤生支持王叉沟村既有力,又有利,王叉沟村人可是感激你哩。

柘河秀的夸赞,是非常真诚的呢。

现在的王叉沟村,把村子出产的玉米和稻米,统一收集起来,统一加工,统一销售,不仅保证了加工的质量,更使加工成的糁糁子和精稻米在售价上,给了村里人一定的倾斜,使村民的收益得到稳步提高……还有猪羊的养殖,蔬菜的种植,也在有力地增加着村民的收益,如今的王叉沟村,高高耸立的煤矿井架,和轰轰隆隆串成串而拉运煤炭的大型车辆,是一道风景,满河川的塑料种植大棚,以及深沟道里的现代化猪羊养殖场,亦是一道风景……可在这美好风景掩盖下的一个问题,柘河秀是看见了,她因此不能不给罗坤生提出来。

柘河秀把她的食指伸进鼻腔里拧了拧,拿出来给罗坤生看。罗坤生看见她的食指黑乌乌的,就也把自己的食指伸进鼻腔拧了。他拧出来的结果,不用多说,是也黑乌乌的呢。

柘河秀因此说了。她说:你不觉咱王叉沟村的环境,有问题了吗?

柘河秀说:煤矿建设富裕了企业,带动了王叉沟村经济,但也造成了环境的污染,我们对此不能不有所警惕和重视了呢!

罗坤生的眉头皱起来了,他承认柘河秀说得对,说到了经济发展的一个核心问题上了。罗坤生虽然认同了柘河秀的意见,但他没有与她在这个问题上多纠缠,他想到了妈妈田子香,以为这样的大事,没有妈妈的支持,他是做不了主的。

罗坤生等着妈妈田子香回王叉沟村来,他等得十分焦急。柘河秀看在眼里,心疼上了他,就提议他要抽时间放松一下自己。柘河秀让罗坤生放松的办法很直接,就是她陪着他,回一趟乾坤湾村,看看罗坤生的妈妈罗衣扣,还有哥哥罗乾生,以及在那里担任大学生村官的柘川秀。

柘河秀说:咱回一趟乾坤湾村这么样?

柘河秀说:你一定想罗衣扣妈妈了,还有罗乾生哥哥。

罗坤生愉快地接受了柘河秀的建议，驾驶着矿上给他购置的那辆小车，与柘河秀往乾坤湾村回了……像柘河秀一样，担任着大学生村官的姐姐柘川秀，在乾坤湾村努力做好罗乾生的助手，几年下来，已使乾坤湾村的自然环境，发生了比较大的变化，原来荒凉的松树峁满是绿意盎然是松树苗，让坐在小车里的罗坤生与柘河秀，透着车窗玻璃，看得那叫一个赏心悦目。他俩只觉乾坤湾村不仅山绿了，而且天也蓝了许多，水也清了许多……陶醉着乾坤湾村的变化，罗坤生、柘河秀没有看见罗乾生、柘川秀，却听见了他俩的喊叫声。

罗乾生和柘川秀的喊叫几乎在一个频道上。

他俩喊：我俩看见你俩咧。

他俩叫：你俩看见我俩了吗？

罗乾生和柘川秀的喊叫声，是从紫柏坡上里传出来的，并迅速地越过罗坤生、柘河秀走来的川河沟道，撞向对面的松树峁，形成一种山与山的共鸣，在罗坤生、柘河秀的耳边回荡，他俩从那回荡声里，听出了罗乾生、柘川秀内心的快意与骄傲……他俩听得不错，罗乾生与柘川秀，在乾坤湾村几年来的努力，确实是有他俩快意与骄傲的呢！

回村来担任起大学生村官的柘川秀，感动罗乾生把他在国外求学得来的知识，活学活用在了乾坤湾村的生产实践中来，成功育种出松树苗儿，绿化了松树峁。这一成功范例，鼓舞着罗乾生，也鼓舞她，他们再接再厉，又向一个新的目标发起了冲锋……这个目标就是一直存在罗乾生心里，替道老汉完成他舌尖上的一个愿望——在他们乾坤湾村种植出大苹果树来。

大苹果树的种植，罗乾生把他的眼光，首先盯在了野生白沙果、红沙果树上。因此，他在黄河边上培育松树苗儿的时候，就与柘川秀商量，要她去做乾坤湾村野生白沙果、红沙果树分布情况的调查。与此同时，他则抽出时间奔赴山东的烟台，与本省的礼泉、洛川等地，实地考察他们种植苹果的经验，带回了红星、金冠、桑萨等许多大苹果树的枝丫，拿回来在乾坤湾村的野生白沙果、红沙果树上嫁接了。

柘川秀的调查，非常彻底，她走遍了乾坤湾村所有的山山峁峁、沟沟岔峁，不仅发现了千余棵野生白沙果、红沙果树，还发现了白沙果、红沙果树多生长在半阴半阳的山洼洼和沟渠渠里，譬如紫柏坡的几条山塄和沟峁里，就有几处生长相对集中的白沙果、红沙果树林……出门考察他乡苹果种植经验的罗乾生回来了。回来了的罗乾生与柘川秀，拉着道老汉，找了柘川秀的父亲柘黑娃，商议建立起了一个集体性质的果业公司，组织经营他们乾坤湾村的苹果林了。

原来野生的白沙果、红沙果，现在有了集体的属性，突然就变得珍贵了起来了。

身为大学生村官的柘川秀，通过村委会研究讨论，兼任起了果业公司的经理。她倾尽全力，带领村里人，把村里野生的白沙果、红沙果树，都嫁接上了大苹果树的枝丫。两年多的时间，大苹果就已红红绿绿地，挂满了树梢头。与罗乾生、柘川秀汇合在他们精心做务出来的苹果树林里，罗坤生、柘河秀看见缀满枝头的大苹果如小姑娘的脸蛋儿，既鲜又艳……罗坤生、柘河秀馋涎欲滴，但没有伸手去摘枝头上的大苹果，而是弯下腰来，各自捡起一颗落果，就张着嘴尝了呢。

道老汉赶在这个时候来了，他倒是很大方，没让罗坤生、柘河秀尝落果，而是摘下两颗，给他俩吃了。

道老汉说：可甜可甜哩！可香可香哩！

道老汉说：你俩吃呀，吃到嘴里才合道道哩。

把"道道"吊在嘴上的道老汉，在这样的一种情况下，重复他的"道道"，把罗乾生、罗坤生、柘川秀、柘河秀惹地大笑起来了。他们笑着，就还带动了道老汉，也欢快地大笑了起来……他们笑着的时候，柘川秀告诉了柘河秀一个消息，她说她们的姑姑柘袖子回乾坤湾村来了。回来了两天，还像她在西安城里一样，很不满意咱俩的选择，给我一直板着脸，把我可是吓坏了呢。

姐姐柘川秀说的话，让柘河秀当即警惕起来，她问姐姐：姑姑走了吗？

姐姐柘川秀说：走了呢。去你王叉沟村了。

姐姐柘川秀猜都对了，柘河秀与罗坤生从乾坤湾村返回王叉沟村来，带回了两个大苹果，柘河秀拿着到姑奶柘书兰家里去。她刚到门口，就听到了姑姑柘袖子的哭声，她不知道姑姑哭什么，知觉姑姑的哭泣，像一堵墙挡在她的面前，她躲开走了。

哭哭啼啼的姑姑柘袖子，自此以后，给柘河秀心里留下了一个无解的谜，她时常会要想起，总觉有种不祥预感，困扰着她，让她寝食不安……日子就这么掀着，掀到罗坤生的妈妈田子香，赶在春节时，把给县医院捐建的门诊大楼，保质保量地建设起来，这便回王叉沟村来了。

回到王叉沟村的妈妈田子香，与罗坤生和柘河秀商量，要过一个精彩的年。

把年过精彩过好的标准，就是在年后的元宵节晚上，办一场"转九曲"的民间活动。"小初一，大十五"，田子香要在王叉沟村办她的"转九曲"，而罗衣扣、罗乾生、柘川秀他们，也要在乾坤湾村办他们"转九曲"……陕北民俗讲究的"转九曲"，需要一处大的场子，王叉沟村的田子香、罗坤生和柘河秀，乾坤湾村的罗衣扣、罗乾生和柘川秀，就各自在他们村庄选出一块地皮，组织人员把玉米秆统一裁成三尺的样子，扎成笆子，在他们选出来的地皮上竖着栽了。竖栽的间距依然三尺的样子，横斜栽来，各栽十九行，连同阵门共367根，形成一个四方城的城图来。这是基础，有了这个基础，就还要于栽好的玉米笆上，安放洋芋、萝卜挖成的"灯碗"，倒上清油，放上棉花捻子，罩上五色纸灯罩，就等天黑后点燃灯盏，吸引来村里的人，在辉煌的灯火里，绕着迷宫一般的九曲城来转了……传说金、木、水、火、土、日、月、罗喉、计都，天上的九个星宿，这时候都下到了凡间，守护着九道城门，让大家转在其中，可是很有趣，还很有讲究的呢。

乾坤湾村元宵节晚上的"转九曲"活动，与往年基本一致，唯独变化的是用来做灯盏的材料，用了一些苹果，倒是十分添彩。

反观田子香、罗坤生和柘河秀他们在王叉沟村办的"转九曲"活动，就很不顺利……省、市、县三级税务部门，组织了一个稽查班子，偏偏赶在这个时候，进驻到他们煤矿上来，铁面无私地查验起了他们的账册。查了几天，田子香被查得心里发毛，她想到池东方，想要给他打个手机的，就躲着查账的人员，给池东方打了去，结果连打几次，却没能打得通。

田子香打给池东方的手机，是他们约定的一个号码，平时是不怎么用的。

打不通池东方的手机，让田子香的心不能平静了。她胡思乱想了起来。甚至想到池东方会不会被组织上审查了？她这么想来，就不顾一切地又给他打手机了，然而，任凭她怎么打，还是打不通。她因此扔了手机，驾驶着她的丰田霸道，往延安市里开着去了。就在她把丰田霸道开出村子不远，猛地听到了一声发自地层深处的巨响，随在那声巨响，她驾驶的丰田霸道，竟也剧烈地摇晃着，翻滑向了公路一边。

田子香想，煤井下爆炸了吗？

田子香想的不错，煤井下是爆炸了呢！

黄河有道乾坤湾

一

一个道道地地的关中人，我是把黄土高原的陕北当作自己的故乡了。

所以故乡，自然有故乡的理由，如我心里想的，是把生养我的故乡古周原，看做了我的天堂呢！我不知天堂在哪里，也不知天堂远不远，更不知天堂好不好。但我和芸芸众生一样，是很向往天堂的。不过我又发现，因为各种原因，是上到天堂去了的人，却也悲惨得很，再也不见他们回来。这叫我糊涂而迷茫，糊涂那么令人向往的天堂，迷茫那么使人着迷的天堂，怎么如我们的人生路一样，是一张单程票！那样的天堂是该警惕的呢，因为那是亡魂的天堂。所以我要说了，我们是还有自己灵魂的天堂呢！这个天堂就是我们自己的故乡了，我们落草在故乡，我们成长在故乡，我们还成熟在故乡。热爱天堂一样的故乡，不仅养成了我们的身体，成熟了我们的灵魂，更养成了我们的精神，还有我们的品格，我们的梦想……我们精神昂扬，我们灵魂饱满，我们是故乡的宠儿，我们自由地出入在天堂般的故乡，故乡教化着我们，我们为故乡是该做些努力的呢。

广袤的古周原是我的故乡，广漠的陕北也是我的故乡。

历史的周原，高迈的陕北，既然都是我的故乡，而我天堂般迷人的故乡啊！我是不能厚此薄彼的，所以我既深爱着我生活成长的故乡周原，又还深爱着给我文学灵感的故乡陕北……2007年的时候，在西安报业集团讨生活的我，架不住心的召唤，想要逃离媒体的工作，继续我差不多中断了二十二年的文学梦想。早在1985年时，懵懵懂懂的我，一头闯进文学的天地中来，在当年的《当代》杂志第三期以头条的位置，推出了我的中篇小说处女作《渭河五女》。可以说，我心怀的文学梦想，获得一定的安慰。但我毅然决然地放手下来，不再触碰还在心里热着的文学。因为我心知肚明，文学是高贵的，而且还极高迈。我算什么呢？大概只有那么点儿朴素的乡村生活而已。这是不够的，太不够了……我需要新的积累，生活的、文化的，我要补上这一课，不再"劳模"一样的写了。我在那年秋尽的日子，与友人在渭河边散步，竟然在友人的眼皮子下，像个疯子似的，鞋子不脱，衣服不脱，跃身起来，跳进了四野霜飞的渭河！我把友人吓着了，站在渭河边惊慌失措，不知拿我怎么办，而我在不是很深的渭河水里，扎了几个猛子，便自觉地爬上了河岸。

冰凉的渭河水，对我是一种滋润，更是一种教化，我把我文学的冲动，冷却了下来，开始了我的文学准备。

我一点都不急，急得是我的朋友。贾平凹先生的《怀念狼》出版了，作为西安报业的一名负责人，我给贾先生主持召开了一次研讨会。在此之前，我还主持了贾先生多部长篇小说在西安的研讨会。但这一次，以西北大学教授杨乐生为代表，发言时都像事前商量了的，一开口就把我批评上了。言辞之犀利，让我汗颜不已。他们说了，说他们早先都已把我作为陕西的一位重要作家研究了，可是这么多年过去，我是连个业余作家的名分都丢失了呢。我听得明白，陕西的朋友对我还有期待，而我心里文学的火焰，到了这个时候，也已噼噼啪啪地重新燃烧起来了。

文学的火焰啊！不是在火焰里化为灰烬，就是在火焰里受到冶炼。

我是无所畏惧了，想要在文学的火焰里冶炼一下了。但这对已五十五岁的我来说，是一场新的冒险。但我没有退路，是沟是崖，都无所谓的，是要跳了啊！然而，我该从哪儿下手呢？轻车熟路，我首先回到我生活的故乡，动手写了两部古周原上的中篇小说，然后虽然懵懂着，却也豪迈地北上陕北，在陕北钻了几条山沟，翻了几道梁，听了几多信天游，最后来到黄河边的乾坤湾，住在一户村民的家里，写了一部名叫《手铐上的蓝花花》的中篇小说。

来写这部中篇小说时，那种顺手、顺当和顺利，是我过去没有享受过的，我因此全身心地爱上了黄土高原的陕北。

一个印着红军不怕远征难的帆布背包，成了我不能离身的伴侣，陪伴着我，在黄土高原的陕北，至今走了数十道沟河，翻过了数十道峁墚，聆听了数百上千曲别具风格、别有风采的信天游……我谋划着，给予我文学灵感的陕北，是该写一部长篇小说来报答了。

哪里是我着墨的始发地呢？

当然是延川县的乾坤湾了。

二

九曲十八弯的黄河乾坤湾啊！

我把我对我文学故乡陕北的回报，义无反顾地确定在了这里。专心摄影的朋友武强，是我西安城里的知己，在我有了好事，心情愉悦的时候，他会与我推杯换盏，痛痛快快地大喝一场；而我遭遇不快，甚至被诋毁、被伤害的时候，他更会与我一起，推杯换盏，心照不宣地大喝一场。人之一生，知己是难求的，我俩约在一起到陕北是已跑过几回了。他热爱陕北，我热爱陕北，他知道我心存着这一心愿，所以赶在2018年8月2日，他开着他的越野车，我们一路往陕北来了，同车的还有他的爱人小丁。小丁不小了呢，都从西安的一家妇科医院退休下来了。在妇科医院工作时，小丁总是被人称作小丁，退休下来，改不了的还是被人称作小丁。能够被人称作小丁，自然有她小丁的道理，她生得白呀！一白遮千丑，所以就只能一辈子当小丁了。这次我与武强上陕北，她跟着来，是有她的职责哩。我的身高不客气地说，是比较高哩，但也血糖高、血压高、高血脂。小丁一路跟来，关注的是我的身体。这我就不能不感动而还要感激了呢！感激他们夫妇的用心，是多么细致呀。

北上陕北，不是上华山，只有一条路。

上陕北的主干道就有三条之多，我们没有选择好走的高速公路，而是选择了较难行走的沿黄线走了。难走的沿黄线，有一个好处是好走的高速公路所没有的。即我们从西安出发，先行赶往黄河岸边，从那里出发，汽车的四个轮子就要不离黄河地往陕北走了。一路的风光，洽川湿地、司马迁祠、党家村、韩城古城、吴堡古城、闯王寨、乾坤湾……对了,就是乾坤湾了。越野车的性能真是不错,我们出发时走早了点,赶到半下午的时候,就已赶到了我写《手铐上的蓝花花》的乾坤湾……汤汤浩浩、滚滚滔滔的黄河啊!鬼斧神工般,切割出的那一道大弯,真的如乾坤轮深陷在晋陕峡谷里呢!

这里是我的文学福地,也是朋友武强的摄影福地,他在前年那个大雪纷飞,山舞银蛇的春节,与他的几位摄影家朋友,冒雪来到乾坤湾,并以乾坤湾为背景,拍摄了一组摄影作品。其中的一幅,以其独特的视角,不仅丰富了我的想象,还给了我动力,我能怎么办呢?魂牵梦绕,我到乾坤湾来了。

写作了《手铐上的蓝花花》的那户农家院子,对我的吸引是大了去了。

那是因为当时的乾坤湾,还没在黄河的边上修建可以居住的窑洞。这次来了,我是还想住在那处民居窑洞的,但有我延川县的交往深厚的朋友高汉武、白小平、张北雄几位,候在了乾坤湾旁的山巅上,等着我们的越野车到达停车场,把一路带来的尘灰还没有甩脱,就见他们热情地撵了来,给我们介绍了今日乾坤湾的情况,特别是接待能力,与原来可是大不相同了。他们说了峡谷底的黄河岸边,新建了宾馆式的窑洞院落。

住到黄河水边去!我听得心里大热,当即在他们的引领下,弃计划中的民居窑洞不住了,而毫不犹豫地下到黄河边上来,住进了建起来不久的河谷窑洞宾馆。

晚饭就在窑洞宾馆用了,是最纯粹的陕北饭食,凉盘子有杂粮拼盘、凉调羊杂、凉拌三丝、甘泉豆干、鸡蛋泡泡……热碟子有清炖羊肉、洋芋擦擦、苦菜黏洋芋、米脂驴板肠、麻汤饭……我一副关中西府的胃口,倒是对陕北的吃食特有兴趣,大快朵颐,吃了一个痛快。饭毕,抬手抹一把嘴,转身即下到黄河的边上,绕着乾坤湾走了起来。有几位走了走,唯见黄河乾坤湾里流水汤汤,似觉无趣,就返身回了宾馆。而我依然与黄河乾坤湾为伴,坚持走着,不知走了多久,直到剩下我一人,依然往前走去,这便遇见了一位捉蝎子的人。年少的时候,我是也捉过蝎子的,知晓蝎子的药用价值,突然再见一个捉蝎子的人,让我顿觉亲切。遂站在他的身边,与他聊了一会儿天。知他来捉蝎子，是为一位老人疗疾用来的，而那位老人，居然还是一位甘居家乡的老红军。我的敬仰之情油然而生，与之约好，想要拜访那位老人。可捉蝎子的人告诉我，老人是住在延安市里"八一敬老院"里呢。前两天的时候，回来了几日，昨日又回他的"八一敬老院"去了。

我没有遗憾，因为我要来了老人家的联系方式，想我可以再找机会寻访他呀。

是夜天空如洗，一片暗蓝，漫天的星斗，灿烂无比，映射在波翻浪滚的黄河流水里，使我恍而惚之，以为高远灿亮的天，就是我身旁的河，而我身边的河，也就是灿亮高远的天！恍恍惚惚的我，回到宾馆来，发现同来的武强夫妇，还有高汉武、白小平、张北雄几位，有事回县城的已经回了，而没有回县城的，都已在自己登记好的窑洞里睡了去。

我心头满是行走黄河乾坤湾的感受，想要拉住谁倾诉的，知觉不好强为人难，就也进入我登记的窑洞，爬上陕北特色鲜明的土炕，倒头睡了起来。

睡在黄河乾坤湾的边上，我无论醒着时，还是进入了梦乡，仿佛头枕着黄河的波涛……黄河的流水，虽然喧嚷，虽然激烈，但是对我而言，仿佛母亲在我年少时，唱给我的催眠曲一般，让我安安稳稳地睡了一个晚上。是日晨起，回县城的白小平按照我的要求，既带来了几位当地的朋友，还带来了几个大西瓜。我们吃着西瓜聊天，聊了许多话题，聊到关紧处，使我自觉满腹浩气，便要注目我们身边的黄河乾坤湾，感觉我的胸怀，亦如激流奔放着的黄河乾坤湾一般。我们聊得开阔，聊得深广，就这么大聊了一整天。但我是依然不甚满足，再一日去了延川县城，逮住他们，还请他们给我找了些熟悉延川县风物人情的人，又美美地聊了一天。直到第三日，我与武强收拾好行李，这便撤回我西安南郊的家里，把我闸门大开的文思，落在了我的硬抄笔记本上。

我要补充来说一件有趣的事，血糖、血压、血脂都高的我，这一趟陕北行，一路保护我健康的小丁，没法测量我的血脂，但一天两次的血糖、血压，她是坚持给我测量了的，结果数值都恢复了正常。

一个我的习惯，就这么一次次营养着我，养得我文学上每有新的动作，是必须北上陕北去的，而且要去就去黄河乾坤湾。似乎从这里出发，我才会有不一样的收获……探寻其中的原因，我生发出了一种强烈的感受，知晓我们华夏民族，不只是常说的农耕文明和草原文明两个板块，而应该还有第三种文明的存在，那就是以长城为线，以陕北为点的一种文明了。这种文明就鲜明地存在于陕北的地理环境里以及人们的世俗生活中。这种文明是农耕文明与草原文明，在长期的对立与融合中，形成了一个独特的文明形态。从陕北出发，似乎才能完成一次民族新的成长，新的建立。

我的这一认识，也许是片面的，错误的，但我深入陕北，与生活在这样一种文明状态下的人，坐在一盘土炕上，吃他们的饭，喝他们的酒，听他们说古谈今，说得高兴了唱信天游，说得悲伤了还唱信天游，让我做了他们的朋友，甚至知己……我庆幸热爱文学的我，就这么化入进了陕北独有的那一种文明，水乳交融，血脉相连。

陕北成了我的文学故乡，我成了陕北文学的游子。

三

那首《老祖宗留下个人爱人》的信天游，就是我孤身一人，走进志丹县一条又陡又深的荒山沟里听来的。

"群众领袖，民族英雄"——毛泽东主席为刘志丹将军的题词，可能是吸引我来陕北，总要去志丹县的缘故吧。有一次上到陕北的志丹县，半路上看见一道沟里林草丰茂，就走了进去。我走了多半天的路，天黑下来，借宿在一户人家的窑院里……许多回上陕北，我就都是这么任性地喜欢一个人走，走到哪里黑了哪里歇，哪里饿了哪里吃。而陕北的老百姓，还就有这样的气度，对外来的游人，不加提防，很是信任，他有一口吃的，你来了掰一半送你吃，你身子困了，土炕上有你伸腰展腿的空地方。我到的这家窑院，只有一位花白了头发和胡须的老人。老人家无私地接待了我，晚饭时竟然不顾我的劝阻，给我还杀了一只羊。我俩坐在他家的土炕上，敞开了肚皮，大吃一顿羊肉后，就在还未撤去羊肉的土炕上拉起了话。拉的话我没有记下多少。但他冲口唱出的一曲信天游，实实地把我是冲击上了。

老人家先是在炕头上哼唱的，我听得兴起，就还拉着老人家到窑院里唱了。

在窑洞里哼唱是一码事，在窑洞外的窑院里吼唱是另一码事。同样的曲调，同样的词句，在窑洞里唱，瓮声瓮气，让人听着有种没来由的压抑感。而站在窑洞外来唱，空间发生了变化，星空璀璨幽眇，白亮亮的月光，交相辉映，照射在宽阔幽深的山沟里，还有老人家身上，因此他唱起来，就特别地与众不同，放浪形骸，我被他震慑住了。感慨他的吼唱气势非凡，野声呼应着野气，似乎天也在和，地也在应，一字一句，都如锋利的箭镞，从老人家的嘴里飞射出来，直刺我的心肝……我听了一遍，听得入迷，就还央求老人家把这曲信天游，给我再唱一遍，说我要学下来，记在心里，想唱的时候，就也能像老人家一样唱出来。

老人家满足了我的请求。不过他在重复地来唱这曲信天游的时候，回了一下他居住着的窑洞，再出来时，他似乎不是了他。

老人家的头上，扎了个陕北人爱扎的白毛巾。有了白毛巾的衬托，使他看去伟岸了一些，也浪漫了一些。他腮帮子一鼓，即是一声冲天的吼唱，当下响彻了夜色中的高天，还有大地：

> 六月的日头腊月的风，
> 老祖宗留下个人爱人。
> 三月里桃花山山红，
> 世上的男人就爱女人。
> ……

唱出这曲信天游的老人姓白，我在他的窑院里住了一夜，到第二天走的时候，想要知道他的名字，他却没有告诉我，说我记得陕北山沟沟里的有个白老汉就行了。

声音沧桑洪亮的白老汉，用一曲信天游，对热爱文学的我，像当头棒喝似的，让我对于文学，有了一种不可言说的醒悟。后来我参加文学界的采风活动，把我在白老汉嘴边学来的这曲信天游，学着唱了出来，从此便成了我参加文学采风活动时，必给大家吼唱的一曲节目呢，不唱我就过不了关。有几次，我在唱了这曲信天游后，同仁们鼓着掌，还建议在陕北寻块石头，把这曲信天游里的四句歌词，镌刻其上，送到联合国大厦前的广场上，找块显眼的地方树立起来，让世界上的人，白种人、黑种人、黄种人都知道，中华民族自古以来，无论自然环境多么极端，是都必须"人爱人"的；而且无论底色多么浪漫，是都必须"男人爱女人"的。

我感动白姓老人家那曲信天游的立场与力量，不仅壮大着我文学的底气，还壮大着我生命的追求。

游历在陕北的山山墕墕、沟沟峁峁里，我总有机会认识如白姓老汉一样的人。

譬如米脂县的杨家沟，有个与我的家乡扶风县名字一样的镇子，即扶风镇。对陕西文学做出很大贡献的张艳茜女士，那时候在米脂县挂职副书记。她招呼了十来位同道，在米脂县采风，安排大家去了那里。我好奇扶风镇的存在，与大队人马脱离了一阵子，在镇子里遇到了一位老人，便从"扶风"两个字说起来。说得开心，就还说了我在志丹县听那位老人家唱的信天游。结果他听着，也极熟悉地跟嘴把那曲信天游的后一段唱了出来：

> 天上的星星排对对，
> 人人都有个干妹妹。
> 骑上那个骆驼风头头高，
> 人里头就数上咱二人好。

这位老人唱了这曲信天游的后一段后，与我拉起话来。他先说了我关心的"扶风"二字。我始知他们扶风镇，的确与我们关中平原的扶风县，血脉相承，是一家子人哩。他们的祖先在明末清初，为躲祸乱，从关中平原扶风县来到这里，开辟了这里的扶风镇。老人家这么说了后，加重了语气，说了这样两个字。

老人家说：道道。

老人家说：人这一辈子，是要讲道道的。

老人家说：就像信天游里唱的那样，人爱人，就是道道。

老人家说：男人爱女人，就是道道。

老人家与我一个姓，我们认了一家子。后来我还去过一趟扶风镇，找了本姓老人家，知晓他有儿有女，儿女们通过自己的奋斗，都离开了老人家，搬进城里生活去了。他的儿女，都是孝顺的，都要把老人家接到他们身边去，让老人家享清福的。但老人家说他不是会享福的人，在儿女的身边住上几天，不是感冒发烧，就是咳嗽气喘。儿女们要送他进医院，他坚决不去，而是给儿女们耍赖，要回他山沟沟的窑院里来，住进他冬暖夏凉的窑洞里。

住回到他的土窑洞里，老人家甚的个感冒发烧，甚的个咳嗽喘气，就都消失了。为此，老人家又说他的道道了。

老人家说：道道。

老人家说：这是个甚道道呢？

老人家说：故土难离。

我在陕北的山山峁峁上走，在陕北的沟沟岇岇里翻，走了许多山沟峁，翻了许多沟岇，见了许多人，我在与他们的交谈中，不断地累积着"道道"两个字，到最后，我是相信下来了，陕北的语言体系里，"道道"是必不可少的一个词语。他们讲道道，做人要讲道道，做事要讲道道，无道道不成方圆，无道道非天地人伦。

哦！好一个道道啊。

道道，人要爱人。

道道，男人就要爱女人。

不论环境是多么极端，炎热的六月，寒冷的腊月，都不能改变人爱人。春天来了，桃花开了，大自然是多么美好啊，明媚娇艳，我们没有理由不爱，爱我们的母亲，爱我们的姐妹，爱我们爱着的心上人。

"道道"二字影响着我，启发着我，感应着我，在我创作的这部长篇小说里,我便蛮不讲理地安排了一个人物,他叫"道老汉"。

四

道老汉可是那位我在黄河乾坤湾采风时,想要拜见而没有见上的老八路哩!

确确实实是他了呢。而且还不只是他一个人,而是像他一样的一群人哩。2019年9月中旬,中国作家协会推荐了部分作家,参与进脱贫攻坚战的现实创作。我有幸成为其中一员,领到的任务是陕北采风写作。轻车熟路,我从北京赶回西安,稍做休整,就上了陕北。本来我是要直往延川县去的,走到延安市,见到柯昌万、霍爱英、成路诸君,听他们介绍,陪我还跑了安塞、子长等县。期间我想起在乾坤湾边有过的一个约定,便提出要求,还在他们的陪同下,走进了"八一敬老院"。在那里我是想找到那位老八路的,与他座谈一会儿的。但他身体所限,我便没敢打扰他了。但这里的老八路、老解放多的是,据敬老院的服务人员说,有着二百多人呢!他们住在这里想家了,就回家里去,在家里住得又想来这里了,就去接来,来来去去十分方便。

我为我无法履约而惭愧的时候,竟然意外地看见了那位不告知我名讳的白老汉。我是惊讶了呢,撵到白老汉的身边,他不仅认出了我,还记得给我教唱信天游的事儿。然而也仅如此,我想要从他身上挖掘点创作素材的,却又被他淡淡地谢绝了。白姓老人家拒绝的词汇,依然是他说给我的那两个字。

白姓老人家说:道道。

白姓老人家说:我那点事有甚好说的呢?

白姓老人家说:道道。

白姓老人家说:这里有故事的人多着哩。

确如白姓老人家说的那样,能够住进"八一敬老院"的人,不是老八路,就是老解放了呢!我调整好自己的语气,在"八一敬老院"负责人的引导下,一下午的时间,与六位谈吐自若的老八路、老解放,做了较为深入的恳谈。

他们六人是：

同景飞，93岁，志丹县义正镇人。原三五九旅轻机枪手。

孟振亚，90岁，洛川县石头镇人，原三五九旅重机枪手。

王步福，101岁，延安市宝塔区蟠龙镇人，原三五九旅战士。

王乃胜，92岁，延川县永坪镇人，原西北局战士。

高志昌，89岁，延安市安塞区坪桥镇人，原西北局战士。

李福功，88岁，米脂县城关镇人，原西北局战士。

与几位革命的老人恳谈，他们说得最多，也最为集中的一个话题，就是他们参加革命，就是"为了吃得饱，穿得暖"。志丹籍的同景飞老人，回忆说了，他们兄弟姐妹满共九人，吃不上、穿不上，前前后后饿死了好几个。父母亲为了让他能活下来，13岁就送他参了军。他刚参军时年纪太小，做不了甚，就是整天整天纺线线，他可是能纺线线哩，一天纺个七八两的棉花，一点麻哒都没有。他因此还获得了纺线能手称号！去南泥湾开荒种地大生产，他更是一把好手。最后跟上队伍上战场，扛着枪，打胜了扶眉战役，就还一直往西去，解放宝鸡，解放天水，解放兰州……甚时候都不会饿肚子，不会穿不暖！

同景飞老人家与我恳谈时，他身上是穿了军装的，在他军装的左胸前，佩戴了几枚灿亮的军功章，这使同景飞老人家神采奕奕，雄赳赳、气昂昂的，很是为我所敬慕。他军功章显赫，却如此淡泊心静，要有怎样的修养，才能做到呀。

同景飞老人家讲说他的经历时，也不失时机地要说"道道"的。

不只他要说"道道"，与他同住"八一敬老院"的老八路、老解放，恳谈拉话的时候，是也要说"道道"哩。

我与他们的恳谈深入着，越是深入，"道道"两个字他们说得就频繁，让我深刻地认识到，叠字的"道道"，可不是陕北人措辞时喜欢叠字叠句那么寻常，其所包含的精神力量，是可以上升到哲学的层面来看待的。

> 一对呀红花哟半崖上开,
> 手里呀想采哟心里头爱。
> 一对呀鹧鸪哟一对对鹅,
> 一对对白毛眼眼瞭哥哥。
> ……

我文学的主人公道老汉呢?他是必须懂得爱,知道爱的。因为爱就是陕北的山山峁峁,沟沟崂崂里最受尊崇的"道道",唯有"道道"上的爱,只有"道道"上的爱,才能活出个人样儿来。

我的道老汉在我的鼓励下,他是要唱这曲《手里想采心里头爱》的信天游了呢。他不唱,或者是唱不了,他就做不成我小说里的主人公:

> 对面呀洼上呀杨柳青,
> 什么人留下个人想人。
> 做下媒来哟山做证,
> 白头呀到老哟不变心。

我长篇小说里道老汉是那位不愿具名的白老汉,是"八一敬老院"的同景飞、王步福……可不是嘛!王步福参加革命,让他说出来,竟然是这样一个理由。

老人家说:我出来闹红,是老爸把我打出门来的。

老人家说他年轻的时候,心里的"道道"少了点,不知道人爱人,是不讲富贵,不认命的,难道富贵的人,就该受人尊重、被人爱,而命不好的人,就不必受人尊重、受人爱了?

老人家因此还将个埋在他心里的故事,说给了我。他说的是一位衣衫破烂、面黄肌瘦的讨口人,讨到他家窑院门上来了。他不仅没给讨口人一口食,还恶作剧地放出他骑在胯下的大黄狗,撵走了讨口的人。那时候的陕北,苦极了,谁家都缺吃,他父亲为了家里人不太受饿,就学了门石匠的手艺,农忙时收种碾打在家里,农闲了就到处揽活,给人打石条箍窑。父亲并不知道他攮走讨口人的事,是他说给父亲的。他说了还想得到父亲的夸赞哩,结果被父亲抬手一个巴掌,打在他的后脖子上,把他打得趴在了地上。

父亲打趴了他后依然没有收手,还揪住他的后脖领,把他拽出窑院门来,拽到一处背洼地边,压着他的脑袋,让他跪在了一堆乱草前……乱草下有两只光脚露在外面,他看了一眼,头便"嗡"地大了起来。他绝对没有想到,被他攮走的讨口人,就那么凄惨地死在了野外。

石匠父亲吼他了:道道!

石匠父亲的吼声从来没有如此严厉,做人是要讲"道道"的,没了"道道",就不是人。

乾坤湾村里的道老汉,就这么成长为了我小说里一个十分重要的人物。道老汉是陕北地界心怀"道道",做人讲"道道",做事讲"道道"的一种精神的综合体,道老汉是他们中的每一个人。

"道可道,非常道……"圣哲老子的《道德经》,开篇这么说来,被人不断的阐释解读,但我想说,与陕北人嘴上的"道道"是否有所联系?再是圣人孟子的那句"得道多助,失道寡助",与陕北人嘴上的"道道"有何关联?不是我说不了,而是我不好说,怕说出来被人笑话。

但我面对我小说里的人物,觉得还是可以说点儿的。

我说来特别简单,即"道"者,道也。"道"作用宇宙万物,是自然的根本,是人的根本。万物有"道",万物兴哉;人有"道",人兴矣。

五

道老汉出现在我的小说里,我倾心书写的《乾坤道》就有了灵魂。

但仅有一个道老汉是不够的,我在陕北的山山水水间、沟沟峁峁上寻找陪伴道老汉的人物,可以说我寻找得并不艰难,我寻找到了劳九岁、池东方、柯红旗,还有罗衣扣、乔红叶、田子香他们。他们手携手、脚跟脚地走进了我的小说《乾坤道》里，使得《乾坤道》一下子热闹起来了。

　　要知道，劳九岁、池东方、柯红旗，还有罗衣扣、乔红叶、田子香们，都有一个共同的身份，即插队在陕北的北京知青。

　　看过几部研究陕北近现代文化发展的专著，知晓抗战时期的红色延安，吸引来了全国各地大批有理想、有梦想的知识青年，他们对陕北红色文化的发展，起到了强力的推动作用，他们反封建，反独裁，反帝国主义，为救国救民做出了极大的贡献。

　　《乾坤道》里的柯守国、古月华，是他们的代表，他们代表了走进陕北的第一代知青。

　　原三五九旅轻机枪手的同景飞，原三五九旅重机枪手的孟振亚，以及王步福、王乃胜、高志昌、李福功等，住在延安"八一敬老院"的革命老人，在我走进他们当中，与他们聊天的时候，他们总会说起当年冲破重重阻力和障碍，到红色延安来的柯守国、古月华一般的知识青年，说他们有知识，有文化，志向高远革命老人们对知识青年赞誉有加，同时还羡慕有加……奔赴陕北的第一代知青，他们给陕北这片神奇的土地，留下了非常深刻的文化记忆。

　　我不能说后来的北京知青，与他们有什么必然的联系，但也不能说一点联系都没有。在柯守国、古月华他们第一代知青为了祖国的解放事业，离开陕北二十多年后，更为集中，更为广泛的就是响应上山下乡、接受贫下中农再教育而到陕北来的北京知青了。北京地方志编纂委员会编辑的《劳动志》，清楚地记录了这件事，自1969年开始，先后有四批共两万七千二百一十一名北京知青，响应毛主席的号召，从北京来到陕北，插队在一千六百多个生产队，从事繁重的农业生产劳动。到了1979年初，北京知青开始大返城，他们或是参军入伍，或是参加高考，或是返城回家，绝大多数离开了陕北农村，还有一些则留在了陕北。《延安日报》2001年8月22日报道，当年选择留在陕北的北京知青，2001年时仍有二百多名健在。

　　北京知青无论留下或者离开，都给陕北的社会经济和文化进程，造成了深远的影响……我把我的视野投向了他们，我把我的笔触也伸向了他们。

我与插队在陕北的北京知青是同龄人，但我没有他们的北京身份。不过同龄人有同龄人的好处，亦即我们的心灵是相近的，特别是我把陕北也当作我文学的故乡后，插队落户在陕北的北京知青，以他们丰富多彩的人生姿态，不断地向我涌来，他们在我的意识里发着热，发着光，他们成了我的朋友，我是时候来写他们了。

我所以选择了延川县乾坤湾，做了我小说的根据地，是因为我听延川县的朋友说，我敬仰的知青作家史铁生，插队在这里的时候，就特别喜欢看黄河的流水，喜欢听黄河的波涛……还有路遥，可也是道道地地的延川儿孙呢！

路遥在他关于故乡的记述中，是也讲了他热爱的黄河乾坤湾了。

我追寻着史铁生还有路遥的足迹，想象着他们的想象，也站在了黄河岸边的乾坤湾。站在乾坤湾边我问了黄河一个问题：上山下乡的知识青年都到哪儿去了？他们是上海知青、天津知青，西安、武汉、广州等城市的知青，他们曾经去了北大荒，去了西双版纳，去了贵州的十万大山……他们回城了，其中的有些创作才华的人，把他们上山下乡的经历写成了文字。我阅读了许多那样的文字，除了悲惨还是悲惨，除了愚昧还是愚昧，除了落后还是落后。总而言之，那许多的文字，对他们上山下乡的地方，所给予的多是怨恨与控诉。我把那样的文字，与史铁生写下来的文字做了对照，发现他们之间的观点大为不同。史铁生《我的遥远的清平湾》，刻画了他曾插队落户的陕北，满满的全都是怀恋，温暖而又温馨，不见一词一句的不满，就更别说怨恨与控诉了。

不只史铁生这样来写他插队落户陕北的情感，还有陶正、梅招静他们一批作文写诗的人，发表、出版的文章和诗歌，也如史铁生一样，对他们插队的陕北，充满了一种饱满的感念之情，他们爱陕北，爱得深，爱得真，爱在了他们的心窝子上。

站在黄河岸边，面对着那一道巨大的名叫乾坤湾的弯，我还向黄河发问：是北京知青们的心肠好、重感情？还是陕北人的心肠好、重感情？

滚滚滔滔的黄河没有回答我，但我听得懂黄河的心声，正如黄土高原的陕北孕育出来的信天游唱的那样：

> 山沟沟里磨日月磨道道里转，
> 苦水水煮人人泪蛋蛋飘起个船。
> 山丹丹开哟山洼洼红
> 兰花花开哟满坡坡蓝，
> 受苦人呀知道受苦人的难。

老实说，北京的知识青年插队落户来陕北确实是受难了。陕北的山水，陕北的人，在那个特殊的历史时期，不也同样的受难了吗？因为受苦人知道受苦人的难，大家一起承受了苦，承受了难，苦也就不是苦了，难也就不是难了。

"道道"……陕北人不仅把"道道"说在了嘴上，还落实在行动上了。他们最讲究的是，为人应该信"道道"，有"道道"，说"道道"，守"道道"，尊"道道"……在"道道"这一基本准则下，插队在他们村里，与他们一起生活着的北京知青，耳濡目染，是也跟着陕北人有了深刻的"道道"了呢！

不能说劳九岁、池东方、柯红旗，还有罗衣扣、乔红叶、田子香他们，就是插队在陕北的知青代表，但我热情地把他们邀请进了我的小说，就是想要他们文学地与最讲"道道"的道老汉一起，以他们的生命体验，充实并升华我小说的艺术品格。

劳九岁、池东方、柯红旗，还有罗衣扣、乔红叶、田子香他们，千真万确，是为来到陕北这块神奇土地上的第二代知青了。

那么第三代知青呢，他们是谁？

六

罗乾生、罗坤生、柘川秀、柘河秀他们就是。

罗乾生赴美学成回国，投入进了秀美山川工程的伟大实践中，他是专业的，他是专注的，他业已取得了非常可喜的成就……罗坤生学习罗衣扣，立志乡村教育事业，但在罗衣扣的开导下，加入亲生母亲田子香的团队，为富裕乡村做着他的贡献……柘川秀、柘河秀姐妹俩，在选择职业时，义无反顾地走进大学生村官的行列，返乡回村……他们继续父母辈未竟的乡村建设事业，本来都有留城工作的机会，可他们都偏偏选择了乡村，他们让人钦佩，令人感动。

他们不期而然地撞进我的生活，是因为中国作家协会去年组织的脱贫攻坚报告文学创作工程，我受《中国作家》杂志推荐，参与其中，深入到陕北的延安，在当地宣传部门的领导，特别是作协领导霍爱英及几位朋友的陪同下，走访了宝塔区、延川县、子长县、安塞区、甘泉县、黄陵县……我在田间地头，还有土窑洞、土炕头，认识了许多大学生村官和脱贫攻坚驻村第一书记，我记在心头的就有马秀、卢继霞、佘春妮等等二十余人。

当然我还要感谢，感激我敬仰的李敬泽先生，他说过的一句话，我是也要照录在这里呢。就在我受《中国作家》杂志推荐，参与进脱贫攻坚报告文学的写作，在京参加动员研讨会时，李敬泽先生似乎洞察了我的心思，他指名道姓，说我"深入到陕北的现实生活中去，写出脱贫攻坚报告文学时，还可能写出个长篇小说来呢。"我不能辜负了他对我的引导与启发，因为我恰好在接受脱贫攻艰报告文学任务前，已经开始了这部长篇小说的写作，我愿我的写作能够获得李敬泽先生的批评。

刚刚起步算不算深入进黄土高原陕北的第三代知青呢！这没有什么好说的，他们与全国广大的大学生村官，以及脱贫攻坚的驻村第一书记，名正言顺，就是第三代知青。

一代一代又一代，黄土高原的陕北，来了三代知青，每一代有一代的精彩，有一代的积淀，有一代的树立。我因此要说，这是陕北的大幸，也是三代知青的大幸，更是祖国的大幸……已故著名作家陈忠实先生就曾经说过："陕北自古就是一块古老神奇的土地，这里的每座山、每道沟、每一个村庄，每走一处，都有如诗的传说和丰富多彩的民间艺术。挖掘这些深层次的艺术宝藏，无疑是对这块土地最好的回报。"我一个关中道上的人，真诚地把陕北当作了我的文学故乡，我有理由为我神奇的文学故乡，塑造出新的传奇来。

三代知青在陕北，他们启发着我，我感谢他们，感激他们。

薈書坊